धीरे बहे दोन रे...

उपन्यास

2

धीरे बहे दोन रे...

भाग 6-7-8

मिखाइल शोलोख़ोव

अनुवाद
गोपीकृष्ण 'गोपेश'

राजकमल
विश्व क्लासिक

ISBN : 978-93-6086-881-9

मूल्य : ₹1100
(दो खंडों में)

पहला संस्करण : 2003
दूसरी आवृत्ति : 2024

प्रकाशक : राजकमल प्रकाशन प्रा.लि.
1-बी, नेताजी सुभाष मार्ग, दरियागंज
नई दिल्ली-110 002

शाखाएँ : अशोक राजपथ, साइंस कॉलेज के सामने, पटना-800 006
पहली मंजिल, दरबारी बिल्डिंग, महात्मा गांधी मार्ग, प्रयागराज-211 001
1, अनमोल सोराबजी संतुक लेन, धोबी तलाव, मरीन लाइंस, मुम्बई-400 002
वेबसाइट : www.rajkamalprakashan.com
ई-मेल : info@rajkamalprakashan.com

आवरण-चित्र : *फ़्योदोर बोगोरोद्स्की (1961) की पेंटिंग 'दि डिपार्चर'*

चयन *रामबाबू*
संयोजन *हरीश आनंद*

मुद्रक : बी.के. ऑफसेट
नवीन शाहदरा, दिल्ली-110 032

DHEERE BAHE DONE RE...-2
Novel by Mikhaiel Sholokhov
Translated by Gopikrishna 'Gopesh'

हमारी धरती पर हलों की लीकें नहीं हैं...
हमारी धरती पर घोड़ों की टापों के निशान हैं–
और,
हमारी धरती में बीज नहीं,
कज़्ज़ाकों के शीश बोए जाते हैं।
हमारा शान्त दोन-नद जवान बेवाओं से जवान है–
हमारे दोन-नद के प्रदेश में फूल नहीं,
यतीम फूलते हैं–
शान्त दोन की लहरों में
हमारे पिताओं और माताओं के आँसू तरंगित हैं !
ओह, दोन-नद !
ओह, पिता दोन-नद–
तुम बहते हो तो तुम्हारी धार
इतनी गँदली क्यों होती है ?
लेकिन, दोन-नद,
मेरी लहरियाँ इतनी गँदली भला क्यों हैं !
मेरी गहराइयों में शीतल सोते फूटते हैं–
मेरे अन्तराल में, शान्त दोन,
रुपहली मछलियाँ उछलती हैं।

–एक पुराना कज़्ज़ाक गीत

भाग : छह

1

1918 की अप्रैल में दोन-प्रदेश के बीच एक बड़ी दरार-सी पड़ी। खोपर, उस्त-मेदवेदित्स्काया और ऊपरी दोन के पानी से हरे रहनेवाले उत्तरी ज़िलों के क़ज़्ज़ाक, लाल-गार्दों की पीछे हटती टुकड़ियों के साथ, अपनी आगे की पंक्ति से पीछे हट गए। दूसरी ओर, निचले ज़िलों के कज़्ज़ाक उन्हें प्रदेश की सीमाओं की ओर खदेड़ने और ठेलने लगे।

खोपर ज़िले का एक-एक कज़्ज़ाक लाल-गार्दों में शामिल हो गया। उस्त-मेदवेदित्स्काया ज़िले के लगभग आधे कज़्ज़ाकों ने खोपर ज़िले के कज़्ज़ाकों का साथ दिया। पर, ऊपरी दोन-क्षेत्र के थोड़े ही कज़्ज़ाक उनके साथ जा सके।

यों यह दरार पूरी तो हुई 1918 में, पर इसकी शुरुआत हो गई थी सैकड़ों साल पहले। उस समय उत्तर के कज़्ज़ाक बाकी कज़्ज़ाकों से कहीं गरीब थे। न उनके पास उपजाऊ ज़मीनें थीं, न अंगूर के बागान, न क़ीमती शिकारगाहें और न मछली के शिकार की जगहें। ये लोग जब-तब ही चेरकास्क से अपना नाता तोड़ लेते थे और मनमाने ढंग से महान रूस के ज़िलों में उतर आते थे। स्तेन्का-राज़िन के ज़माने से सभी बाग़ी आम तौर पर उन्हीं के बीच से उभरे थे। वे खास तौर पर उन्हीं की ताकत पर नाचते थे।

और, इसी समय नहीं, बल्कि बाद में भी खुल्लमखुल्ला विरोध दोन के मात्र उत्तरी ज़िलों के कज़्ज़ाकों ने ही किया। यानी, जब सारा प्रदेश ज़ार की तानाशाही से रौंदा जाकर त्राहि-त्राहि कर उठा तो उन्होंने ही खुलकर बग़ावत की और ज़ारशाही की नींवें हिला दीं। उन्होंने अपने अतामानों के नेतृत्व में शाही फौज़ों से डटकर लोहा लिया, दोन पर बजरों के कारवाँ के कारवाँ लूटे, वोल्गा तक अपने को बढ़ाया, और ज़ापोरोज़्ये के कुचले हुए कज़्ज़ाकों को विद्रोह के लिए उभारा।

अप्रैल के अंत तक दोन-प्रदेश के दो-तिहाई भाग को लाल-गार्द छोड़कर चली गई। और उनके छोड़कर चले जाने पर यह ज़रूरी हो गया कि वहाँ किसी-न-किसी तरह की स्थानीय सरकार कायम की जाए। 28 अप्रैल दोन-प्रदेश की अस्थायी सरकार के सदस्यों और अलग-अलग ज़िलों और फौज़ी यूनिटों के प्रतिनिधियों की परिषद् की बैठक के लिए तय हुआ।

तातारस्की में व्येशेन्स्काया के अतामान का एक नोटिस आया कि इस महीने की 22 तारीख को एक सम्मेलन होगा और उस सम्मेलन में परिषद् के लिए सदस्य चुने जाएँगे। मिरोन कोरशुनोव ने गाँव के लोगों की एक सभा में नोटिस पढ़कर सुनाया, और गाँव के लोगों ने दादा बोगातिर्योव और पैन्तेली मेलेख़ोव को व्येशेन्स्काया भेजने का फ़ैसला किया।

व्येशेन्स्काया की सभा में पैन्तेली मेलेख़ोव को आगे की सैन्य परिषद के लिए प्रतिनिधि चुना गया। वह उसी दिन अपने गाँव लौट आया और ठीक समय पर नोवोचेरकास्क पहुँचने के लिए उसने अगले दिन सुबह मिरोन कोरशुनोव के साथ मिलेरोवो के लिए रवाना होने का फ़ैसला किया। मिरोन मिलेरोवो जाना चाहता था पेराफीन, साबुन और घर के इस्तेमाल की कुछ दूसरी चीज़ें खरीदने के लिए और

मोख़ोव की चक्की के लिए चलनियाँ वग़ैरा ख़रीदकर थोड़ी-सी रकम सीधी कर लेने का भी उसका विचार था।

दोनों उषा की पहली किरण फूटते ही रवाना हो गए। मिरोन के काले घोड़े हल्की बग्घी आराम से खींचने लगे। रंगीन गाड़ी में दोनों अगल-बगल बैठे रहे। जब गाड़ी गाँव के ऊपर की पहाड़ी पर पहुँची तो उन्होंने आपस में बातें करना शुरू किया। जर्मनों ने मिलेरोवो में पड़ाव डाल रखा था, इसीलिए मिरोन ने उत्सुकता से पूछा, ''क्यों, क्या ख़्याल है, ये जर्मन कहीं हमारी मरम्मत तो नहीं करने लगेंगे ? बड़े उजड्ड हैं।''

''नहीं,'' पैन्तेली ने उसे विश्वास दिलाया, ''अभी उस दिन मातवेइकशुलिन मिलेरोवो गया था। उसका कहना है कि जर्मन डरते हैं। उनमें हिम्मत नहीं है कज़्ज़ाकों को हाथ लगाने की।''

मिरोन होंठों-ही-होंठों मुस्कुराया और चेरी की लकड़ी के अपने चाबुक से खिलवाड़ करने लगा। साफ़ है कि अन्दर-ही-अन्दर उसे ख़ुशी हुई और उसने बातचीत को दूसरी बातों की तरफ मोड़ दिया, पूछा, ''कैसी सरकार बननी चाहिए ? क्या सोचते हो तुम ?''

''हम एक अतामान अपने बीच से चुन लेंगे। वह कज़्ज़ाक होगा।''

''भगवान करे ऐसा ही हो। अच्छा आदमी चुनना। बड़े-बड़े जनरलों को उसी तरह परखना जैसे जिप्सी घोड़ों को परखते हैं।''

''ऐसा ही करेंगे। दोन के कज़्ज़ाकों के बीच अब भी दिमागवाले हैं।''

''हो सकता है कि हों, भाईजान, मगर हमारे बीच बेवक़ूफ़ भी तो हैं।'' मिरोन के झाईं से भरे चेहरे पर उदासी का बादल-सा छा गया—''मैंने सोचा था कि मैं मीत्का को बनाऊँगा कुछ। मैंने चाहा था कि अफ़सर बन जाए वह। पर, उसने पादरी के स्कूल तक की पढ़ाई भी ख़त्म न की, और अगले ही जाड़े में भाग खड़ा हुआ।''

दोनों को बोलशेविकों के पीछे-पीछे बहुत दूर चले गए अपने बेटों का ध्यान हो आया और वे क्षणभर को मौन हो गए। गाड़ी ऊँची-नीची सड़क पर उछलती, धचके खाती आगे बढ़ती रही और दाहिने हाथवाला घोड़ा अपनी टाप से टाप बजाता रहा। गाड़ी की कंडिया इधर-उधर लहराती रहीं, और दोनों, जाल की मछलियों की तरह, एक-दूसरे पर भहराते रहे।

''पता नहीं हमारे कज़्ज़ाक कहाँ होंगे इस वक्त !'' पैन्तेली आह भरकर बोला।

''वे खोपर-प्रदेश तक पहुँच गए हैं। अभी उस दिन फ़ेदोत वहाँ से लौटकर गाँव आया था। उसका घोड़ा ख़त्म हो गया था...कह रहा था--कज़्ज़ाक तिशान्स्काया की तरफ बढ़ रहे हैं।''

एक बार फिर चुप्पी छा गई। हवा के झोंके से उनकी पीठ ठिठुर गई। पीछे...दोन के पार, उषा की आग की लपटें जंगलों, चरागाहों, झीलों और जंगली मैदानों को गुप-चुप बड़ी भव्यता से अपनी लपेट में ले रही थीं, ऊपर का बलुहा इलाका शहद की मक्खियों से छत्ते के ऊपर की पीली पपड़ी-सा लग रहा था। रेत के टीले काँसे के रंग की हल्की-हल्की झलक दे रहे थे।

वसन्त आ रहा था, पर धीरे-धीरे। वैसे जंगल के हरे-नीले रंग ने घनी पत्तियों के गहरे हरे रंग को अपनी जगह दे दी थी, पूरा स्तेपी का मैदान फूल रहा था और बाढ़ का पानी घट गया था। इस बाढ़ ने निचली चरागाहों में जो अनगिनत ताल छोड़े थे, वे चमक रहे थे। पर, ढलवाँ किनारों के नीचे की बर्फ़ अब भी गली न थी। उसका चमचमाता उजला रंग चुनौती-सी देता था।

ऐसे में दोनों साथी अगले दिन शाम को मिलेरोवो पहुँचे और उन्होंने एलीवेटर के पास रहनेवाले एक उक्रइनी जान-पहचानवाले के यहाँ रात बिताई। अगले दिन सुबह नाश्ते के बाद पैन्तेली रेलवे स्टेशन के लिए रवाना हो गया और मिरोन अपनी गाड़ी पर सवार होकर खरीदारी के लिए निकल पड़ा। उसने क्रॉसिंग सही-सलामत पार की, कि ज़िन्दगी में पहली बार उसकी निगाहें जर्मनों पर पड़ीं। सामने ही तीन जर्मन सड़क पार करते दिखे। उनमें से एक नाटे कद, घनी दाढ़ीवाला आदमी हाथ झुलाता नज़र

आया।

मिरोन ने चिन्ता और परेशानी से अपने होंठ काटे और घोड़ों को रोकने के लिए रास खींची। पर, इस बीच वे जर्मन उसकी ओर बढ़े और उनमें से एक मोटे-तगड़े, लम्बे प्रशियान ने अपने उजले, चमचमाते दाँत निकालते हुए मुस्कुराकर कहा–"वह देखो, उधर...जीता-जागता कज़्ज़ाक...कज़्ज़ाकी कपड़े तक पहन रखे हैं उसने...उसके बेटों ने ज़रूर ही लोहा लिया होगा हमसे। आओ, उसे ज़िन्दा बर्लिन भेज दें। वह नुमाइशी होगा। वहाँ लाजवाब नुमाइश लगेगी।"

"हमें तो उसके घोड़े चाहिए। वह खुद जाए भाड़ में।" घनी, भूरी दाढ़ीवाला आदमी होशियारी से घोड़ों के सिरों के पास से गुज़रता हुआ गाड़ी के पास पहुँचा।

"नीचे उतर, बूढ़े ! हमें स्टेशन के पास की पनचक्की से आटा लाना है। तेरे घोड़ों की हमको ज़रूरत है। नीचे उतर।" मैंने कहा। "बाद में कमांडेंट के पास जाकर वापस ले आना इन्हें !" उसने पनचक्की की तरफ़ इशारा किया और अपने चेहरे के भाव से मन का इरादा बिल्कुल साफ़ झलकाते हुए मिरोन को गद्दी से उतरकर ज़मीन पर आने की दावत दी। उसके दोनों साथी मुड़े। वे पीछे देखते और हँसते हुए धीरे-धीरे पनचक्की की ओर बढ़े। मिरोन का चेहरा पीला पड़ गया। वह फुर्ती से नीचे आया और रासें पकड़कर घोड़ों को ले चलने के ख़्याल से आगे पहुँचा।

'कैसी बुरी बात है कि इस समय पैन्तेली मेरे साथ नहीं है !' उसके दिमाग में विचार कौंधा और उसके सारे शरीर में कँपकँपी-सी दौड़ गई–'ये लोग घोड़े ले लेंगे–आख़िर मैं अकेले आया ही क्यों ?'

ज़र्मन ने होंठ सिकोड़े, मिरोन की बाँह थामी और पनचक्की की ओर चलने का इशारा किया।

"चलिए, चलता हूँ।" मिरोन ने झटके से अपनी बाँह छुड़ाई। उसका चेहरा और उतर गया– "अपने साफ़-सुथरे हाथ मेरे घोड़ों पर से हटा लीजिए। ये आपको नहीं मिल सकते।"

मिरोन की बात के लहज़े से जर्मन ने जवाब का तरीका समझा। उसने अपने नीले, सफेद दाँत निकाले, कज़्ज़ाक पर निगाह जमाई और उसकी आवाज़ रोबीली और कर्कश हो उठी। उसका हाथ कन्धे पर लटकी राइफल के पट्टे पर जा पहुँचा। परन्तु इसी क्षण मिरोन को अपनी जवानी के दिन याद आ गए और उसने जर्मन के गाल की हड्डी पर भरपूर मुट्ठी जमाई। आदमी का सिर पीछे की ओर झटका खा गया। वह मुँह के बल भहरा पड़ा और खून थूकने लगा। इस पर भी उसने उठने की कोशिश की तो मिरोन ने उसकी खोपड़ी पर दूसरा हाथ कसकर जमाया और चारों ओर निगाह दौड़ाकर उसकी राइफल छीन ली। इस समय उसके दिमाग ने बड़ी तेज़ी से काम किया। उसने घोड़े मोड़े तो यह विश्वास उसके मन में बराबर रहा कि यह आदमी अब उस पर गोली नहीं चला सकता, लेकिन उसके अन्दर दूसरा डर यह बना रहा कि बाक़ी दो जर्मन स्टेशन से कहीं उसे देख न लें। बस, तो उसने घोड़ों की रासें ढीली कर दीं। अब यह समझिए कि घोड़े इस तरह हवा से बातें कर चले कि क्या कहिए ! शायद ही कभी पहले वे इतनी तेज़ी से दौड़े हों; और शायद ही कभी शादी-ब्याह की गाड़ियों की दौड़ में भी किसी गाड़ी ने यह रफ़्तार पकड़ी हो।

'हे प्रभु, मुझे बचाओ ! हे भगवान, मेरी रक्षा करो ! प्रभु यीशु के नाम पर मेरी रक्षा करो !' मिरोन अपना चाबुक सटकारते हुए बुदबुदाया। पर, अपने स्वभावगत लोभ पर उसका बस अब भी न चला। उक्रइनी के यहाँ जाकर अपनी चीज़बस्त ले लेने की बात उसके मन में उठी। लेकिन अक्ल की जीत हुई और उसने अपनी गाड़ी नगर के बाहरी इलाके की ओर मोड़ी। बाद में इस घटना का जिक्र करते हुए उसने कहा कि पहले गाँव तक की बीस वर्स्ट की दूरी उसने पैग़म्बर एलीज़ा के अग्निरथ से भी तीव्र गति से तय की और उस गाँव में पहुँचने पर एक परिचित उक्रइनी के अहाते में अपनी गाड़ी मोड़ी और उसने अपने को ज़िन्दा से ज़्यादा मुर्दा पाया। फिर भी उसे सारी दास्तान सुनाई और आग्रह किया कि वह उसे और उसके घोड़ों को कहीं छिपा ले।

उक्रइनी बोला, "भले आदमी, मैं तुम्हें छिपा तो लूँगा, लेकिन यदि वे लोग यहाँ आकर तुम्हें पूछेंगे

और न बतलाने पर मुझे तंग करेंगे और सताएँगे तो मुझे राज़ खोल देना पड़ेगा। तुम सबकुछ जानते हो। अगर मैं नहीं बतलाऊँगा तो लोग मेरे घर में आग लगा देंगे और मुझे रस्सी से जकड़कर ले जाएँगे।''

''मुझे छिपा लो। तुम जो कुछ कहोगे, मैं तुम्हें दे दूँगा। इस वक्त मुझे जैसे भी हो मौत से बचा लो, कहीं छिपा लो। मैं तुम्हारे लिए रेवड़-की-रेवड़ भेड़ें भेज दूँगा। अपनी अच्छी-से-अच्छी भेड़ों में से भी मैं तुम्हें दस भेड़ें दूँगा।'' मिरोन अपनी गाड़ी शेड में लाते हुए बार-बार गिड़गिड़ाया और वायदे करता गया।

वह रात होने तक उस उक्रइनी के साथ रहा। इसके बाद उसने गाड़ी जोती और फिर पागल की तरह गाड़ी हाँकने लगा, यहाँ तक कि घोड़ों के मुँह झाग से भर उठे। इसके बाद मिलेरोवो से काफी दूर निकल आने पर ही उसने घोड़ों की रासें खींची। परन्तु अगले गाँव के आने के पहले उसने हथियाई हुई राइफ़ल सीट के नीचे से खींचकर निकाली, पट्टे पर हाथ फेरा, नीचे की ओर पक्की पैन्सिल से लिखा जर्मन का नाम देखा और चैन की साँस लेते हुए कहा, ''शैतानो, तुम मुझे नहीं पकड़ सके। मैंने ऐसी तेज़ी से घोड़े दौड़ाए कि तुम्हारे हाथ तो भला मैं क्या आता !''

पर, उसने अपना वादा पूरा नहीं किया और उक्रइनी के पास एक भी भेड़ नहीं भेजी। बाद में, उसी साल शरद के समय, उसे किसी काम से उस गाँव में जाना पड़ा तो उसने उक्रइनी की नज़र अपने ऊपर आशा से गड़ी देखी। बोला, ''हमारी सारी भेड़ें मर गईं।...जहाँ तक भेड़ों का सवाल है, हमारी हालत ज़रा नाजुक है, पर मुझे तुम्हारे पिछले एहसान की याद है, और मैं तुम्हारे लिए अपने बाग की थोड़ी-सी नाशपातियाँ ले आया हूँ।'' उसने सफर के कारण कट-फट गई नाशपातियों का एक बोरा गाड़ी से बाहर खींचा और चालाकी से उक्रइनी की निगाहें बचाते हुए बोला, ''हमारी नाशपातियाँ अच्छी होती हैं, बहुत अच्छी होती हैं।'' इसके बाद उसने जल्दी-जल्दी अलविदा कहा और अपनी राह ली।

उधर मिरोन ने मिलेरोवो से बाहर निकल बेतहाशा घोड़े दौड़ाए और इधर पैन्तेली रेलवे-स्टेशन पहुँच गया। वहाँ एक जवान जर्मन ने उसके लिए 'पास' तैयार किया, एक दुभाषिए के ज़रिए उससे पूछताछ की और एक सस्ता-सा सिगार जलाते हुए, अपने शब्दों में उदारता भरकर बोला, ''यह रहा तुम्हारा 'पास'। मगर याद रखो कि तुम्हें एक समझदार सरकार की जरूरत है। तुम अपने लिए राष्ट्रपति चुनो, ज़ार चुनो या जो चाहो सो चुनो, मगर चुनो ऐसा आदमी जिसमें थोड़ा राजकौशल हो और जो जर्मनी के प्रति वफ़ादारी की नीति अपनाए।''

पैन्तेली ने दुश्मनों की-सी निगाहों से उसे घूरकर देखा, अपना 'पास' लिया और टिकट खरीदने चला गया। वह नोवोचेरकास्क पहुँचा तो नगर में उसने इतने जवान अफ़सर देखे कि अचरज में पड़ गया। उनकी भीड़ सड़कों पर नज़र आई, वे रेस्तराओं में बैठे मिले और अतामान के महल और न्यायालय के चारों ओर जमा दिखाई दिए। न्यायालय की इमारत में ही परिषद की बैठक होनेवाली थी।

बैठक में भाग लेनेवाले बाहरी प्रतिनिधियों के लिए एक मकान अलग था। वहाँ पैन्तेली की मुलाकात अपने ज़िले के कितने ही दूसरे कज़्ज़ाकों से हुई। प्रतिनिधियों में अधिकांश कज़्ज़ाक थे। बाकी लोगों में थोड़े-से अफ़सर और प्रान्तीय खुफिया विभाग के सदस्य थे। खुफिया विभाग के सदस्य गिनती में अफ़सरों से ज़्यादा थे। बातचीत का प्रमुख विषय प्रान्तीय सरकार का चुनाव रहा। मगर बातें कुछ अस्पष्ट अधिक रहीं। साफ बात एक ही सामने आई और वह यह कि एक अतामान तो ज़रूर ही चुना जाना चाहिए। इस सिलसिले में कई कज़्ज़ाक जनरलों के नाम सामने रखे गए और उनके गुण-दोषों पर अलग-अलग सोच-विचार किया गया।

पहले दिन शाम की चाय के बाद पैन्तेली घर की चीज़ों का स्वाद लेने के लिए अपने कमरे में आया। यहाँ जैसे ही उसने सूखी कार्प मछली मेज़ पर सजाई और डबलरोटी काटी कि पास के गाँवों के दो कज़्ज़ाक़ और कई दूसरे लोग भी आ शामिल हुए। बातचीत वर्तमान स्थिति से आरम्भ हुई और

फिर सरकार के चुनाव के सवाल पर आ थमी।

"तुम्हें स्वर्गीय जनरल कालेदिन से अच्छा आदमी ढूँढ़े मिलेगा नहीं। ईश्वर उनकी आत्मा को शान्ति दे !" इने-गिने बालों की दाढ़ीवाले एक कज़्ज़ाक ने आह भरकर फ़तवा-सा दिया।

"हाँ, यह बात तो है।" दूसरे कज़्ज़ाक ने पहले की बात का समर्थन किया।

बातचीत में हिस्सा लेनेवाला एक जूनियर कैप्टन, ज़िले का एक प्रतिनिधि ज़रा गरम होते हुए बोला, "क्या मतलब है आपका, यानी क्या कोई काबिल आदमी इस वक्त मिल ही नहीं सकता ? जनरल क्रॉसनोव के बारे में क्या ख़्याल है आपका ?"

"कौन-सा क्रॉसनोव ?"

"भले आदमियो, आपको यह सवाल करते शर्म नहीं आती ? क्रॉसनोव जाने-माने जनरल हैं, घुड़सवारों की तीसरी कोर के कमांडर हैं, बहुत ही अक्लमंद आदमी हैं, संत जॉर्ज पदक से सम्मानित हैं, और बहुत ही प्रतिभावान रेजीमेंटल कमांडर हैं।"

जूनियर कैप्टन के तेज़ चापलूसी से भरे इन वाक्यों पर ऐक्टिव-सर्विस रेजीमेंटों का एक प्रतिनिधि तमककर बोला, "और मैं आपको बतलाना चाहता हूँ कि हम सब जानते हैं कि कैसे प्रतिभावान आदमी हैं वे ! बड़े शानदार जनरल हैं ! जर्मनी की लड़ाई में बड़ा नाम कमाया है उन्होंने ! भाईजान, क्रान्ति न हो गई होती तो वे ब्रिगेडियर से आगे तो बढ़ते नहीं।"

"आप जब जनरल क्रॉसनोव को जानते नहीं तो इतना सब कहने की आपको हिम्मत कैसे पड़ती हे ?" जूनियर कैप्टन ने ज़रा बुझे हुए लहजे में जवाब दिया, "यानी आपकी हिम्मत होती है ऐसे जनरल के बारे में इस तरह की बातें करने की, जिसकी सभी जगह सभी लोग इतनी इज़्ज़त करते हैं ? आप यह भूल जाते हैं कि आप हैसियत से महज़ एक कज़्ज़ाक हैं, और कुछ नहीं।"

कज़्ज़ाक थोड़ा गड़बड़ा गया। बुदबुदाया, "हुज़ूर, मैं सिर्फ़ यह कहना चाहता हूँ कि मैंने ख़ुद उनकी कमान में काम किया है। आस्ट्रिया के मोर्चे पर उन्होंने हमारे रेजीमेंट को काँटेदार तारों में झोंक दिया था। यही वजह है कि हम उनके बारे में कोई बहुत अच्छी राय नहीं रखते। मुमकिन है कि हमारी राय ग़लत हो।"

"तुम सोचते हो कि संत जॉर्ज का क्रॉस उन्हें यों ही दे दिया गया ?" पैन्तेली क्रोध के कारण मछली की हड्डी लगभग निगलते हुए आगे की पंक्तिवाले आदमी पर टूट-सा पड़ा, "तुम्हें खुरपेंच निकालने की आदत हो गई है। तुम्हारे लिए हर चीज़ बुरी है। तुम्हें कुछ भी नहीं सुहाता। अगर तुम्हारे जैसे लोगों की ज़बान ज़रा कम लम्बी होती तो आज हमारे सामने यह मुसीबत का पहाड़ न होता। तुम महज़ बातूनी चिड़िया हो, और कुछ नहीं।"

पूरा-का-पूरा चेरकास्क ज़िला क्रॉसनोव के पक्ष में निकला। बूढ़े लोग जनरल को पसन्द करते थे। उनमें से ज़्यादातर लोग रूसी-जापानी लड़ाई में उनके साथ हिस्सा ले चुके थे। अफ़सर उनके अतीत को लेकर फूले नहीं समाते थे। जनरल गारद-अफ़सर रहे थे। उन्हें शानदार शिक्षा मिली थी। वे शाही महल और सम्राट की सेवा में रहे थे। उदारचेता बुद्धिवादी इस बात से सन्तुष्ट थे कि क्रॉसनोव सिर्फ़ फ़ौजी जनरल ही न थे, बल्कि लेखक भी थे। अफ़सरों की जीवन-सम्बन्धी उनकी कहानियाँ कितनी ही पत्र-पत्रिकाओं में छप चुकी थीं। नतीजा यह कि फ़ौजी होने पर भी उन्हें काफ़ी प्रबुद्ध और संस्कारों की दृष्टि से सुसंस्कृत माना जा सकता था।

क्रॉसनोव के नाम को लेकर प्रतिनिधियों के बीच तूफ़ान-सा उठ खड़ा हुआ। दूसरे जनरलों के नाम फीके पड़ गए और महत्त्वहीन लगने लगे। क्रॉसनोव का समर्थन करने वाले अफ़सरों ने कहा कि बोगायेव्स्की की देनिकिन से बड़ी घनिष्ठता है, और अगर बोगायेव्स्की को अतामान चुन लिया गया तो बोलशेविकों के शक्तिहीन होते ही और श्वेत-गार्दों के मास्को में घुसते ही कज़्ज़ाकों को मिलनेवाली सभी सुविधाएँ समाप्त हो जाएँगी, और आज़ादी देखते-देखते उड़नछू हो जाएगी।

वैसे क्रॉसनोव के विरोधी भी निकले। प्रतिनिधि बनकर आए एक स्कूलमास्टर ने जनरल के नाम पर कीचड़ उछालने की कोशिश की। उसने प्रतिनिधियों के कमरों के चक्कर लगाए और कज़्ज़ाकों के बालदार कानों में ज़हर उँड़ेला।

"क्रॉसनोव, जानते हो उसे ? एक गया-बीता जनरल, और उससे भी गया-गुज़रा लेखक। एक साथ ही दोनों तरफ रहना चाहता है, कीड़ा है, कीड़ा ! चाहता है कि एक तरफ लोग राष्ट्रवादी मानकर उसे पूजें, दूसरी तरफ वह भोलाभाला जनतन्त्रवादी भी बना रहे। मेरी बात याद रखना, अगर वह अतामान बन गया तो पहली बोली बोलनेवाले के हाथों नीलाम कर देगा दोन को। ऐसा सौदा करेगा कि नाम-निशान बाकी न बचेगा। कोई हैसियत है उसकी ! राजनीति का कोई ज्ञान है उसे ! हम तो आगेयेव को चाहते हैं। वह बिल्कुल दूसरी ही किस्म का आदमी है।"

लेकिन, स्कूलमास्टर की सारी मेहनत बेकार गई। परिषद की बैठक के तीसरे ही दिन यानी पहली मई को लोगों ने जनरल क्रॉसनोव के नाम की आवाज़ लगाई तो सारे सम्मेलन में उत्साह की लहर-सी दौड़ गई।

अफ़सरों की ज़ोरदार तालियों के जवाब में कज़्ज़ाक भद्दे ढंग से हथेलियाँ पीटने लगे। उनके मशक्कत से कड़े काले हाथों की खुश्क सख्त आवाज़ गलियारों और बरामदों में भरी महिलाओं, अफ़सरों और विद्यार्थियों की कोमल हथेलियों के मधुर संगीत से बिल्कुल अलग थी।

लेकिन जब एक लम्बे क़द का जनरल मंच पर आया तो हॉल तालियों की गड़गड़ाहट और हर्षध्वनि से गूँज उठा। यह जनरल अपनी उम्र के बावजूद जवान और देखने-सुनने में सुन्दर लगा। वह ऐसे खड़ा था जैसे कि तस्वीरवाले पोस्टकार्ड में अंकित हो। अपने क्रॉसों व मैडलों से सजे सीने व चेहरे के गहन भावों के कारण वहाँ उपस्थित अनेक लोगों को वह पुराने शासकों का पुनरवतार-सा प्रतीत हुआ।

पैन्तेली की आँखों में खुशी से आँसू आ गए। अपनी टोपी से लाल रूमाल निकालकर उसने नाक पोंछी। मन-ही-मन बोला, 'यह है जनरल ! पहली निगाह में ही समझ में आता है कि आदमी तो यह है ! बादशाह तो क्या, उससे भी इक्कीस लगता है। अरे, आदमी तो ग़लती से उसे सिकन्दर तक मान सकता है !'

परिषद यानी दोन-मुक्ति परिषद ने अपना काम काफ़ी धीरे-धीरे किया। परिषद के अध्यक्ष कैप्टन यानोव के सुझाव पर, कन्धे की पट्टियाँ और सभी सैनिक-चिह्न धारण करने के सम्बन्ध में एक प्रस्ताव पास किया गया।

क्रॉसनोव ने सुविचारित भाषण दिया। उन्होंने बोलशेविकों के अभिशाप से ग्रस्त रूस, रूस की पिछली सामर्थ्य और दोन-प्रदेश की किस्मत की प्रभावशाली ढंग से चर्चा की। फिर उन्होंने वर्तमान परिस्थिति पर विशेष बल दिया और सरसरे ढंग से जर्मनों के अधिकार का उल्लेख किया। अन्त में उन्होंने बोलशेविकों की हार के बाद दोन के स्वतन्त्र अस्तित्व की सम्भावना की ओर संकेत किया तो इतनी तालियाँ पिटीं कि आसमान तक गूँज उठा।

उन्होंने कहा, "दोन-प्रदेश पर सैनिक परिषद का शासन होगा। कज़्ज़ाक जाति क्रान्ति करके आज़ादी हासिल करेगी और प्राचीन कज़्ज़ाक जीवन की शानदार व्यवस्था को नया रूप देगी। उस समय अपने पूर्वजों की तरह हम गूँजती हुई ज़ोरदार आवाज़ में कहेंगे, 'हम शान्त दोन के कज़्ज़ाक आपका स्वागत करते हैं, पत्थर के बने मास्को के गोरे ज़ार' !"

उसी शाम जनरल दोन-कज़्ज़ाकों के अतामान चुन लिए गए। एक सौ सात वोट उनके पक्ष में आए। दस लोगों ने वोट नहीं दिए। पर, उन्होंने यह पद स्वीकार करने के पहले परिषद के सामने कुछ शर्तें रखीं। उन्होंने अतामान के रूप में अपने लिए असीमित अधिकारों की माँग की और चाहा कि कुछ बुनियादी कानूनों के मामले में लोग एकमत हो जाएँ। वह बोले—"हमारा देश आज बरबादी के कगार पर खड़ा है। ऐसे में मैं यह पद स्वीकार तभी करूँगा जब आपका मुझमें पूरा विश्वास हो। वक्त

की माँग है कि अपना कर्तव्य-पालन करते समय मेरे मन में इस बात का पूरा भरोसा रहे कि आपकी मुझमें आस्था है, दोन-प्रदेश के लोगों की आशा-आकांक्षाओं को सर्वोपरि अभिव्यक्ति देनेवाली परिषद का मुझमें विश्वास है और बोलशेविक लफंगेपन और अराजकता की जगह क़ानून के मज़बूत हाथों ने ले ली है।''

चूँकि कानून के ये मज़बूत हाथ पिछली शाही हुकूमत के ही क़ानून थे और दोन नई परिस्थिति से तालमेल बिठाने के लिए इनमें सिर्फ़ थोड़े-से उलटफेर किए गए थे, इसलिए परिषद ने इन्हें स्वीकार किया, और सहर्ष स्वीकार किया। जनरल द्वारा प्रस्तावित ध्वज भी पुराने दिनों की यादगार बना रहा। झंडे की नीली, लाल और पीली पट्टियाँ कज़्ज़ाकों, विदेश-निवासियों और कालमीकों की प्रतीक रहीं। हाँ, कज़्ज़ाक आत्मा को अधिक मुखर करने के लिए वंशगत ढाल के परम्परागत चिह्न में अवश्य ही आमूल परिवर्तन किया गया। दो सिरों और फैले हुए डैनोंवाले लालची बाज़ और शिकारी पंछी के खुले हुए पंजों की जगह एक नंगा कज़्ज़ाक रखा गया—नंगा कज़्ज़ाक, शराब के पीपे के इधर-उधर टाँगें फैलाए बैठा, सिर पर भेड़ की खाल की टोपी, हाथ में तलवार, राइफल और लड़ाई का दूसरा सामान।

सहज-स्वभाव के, एक चापलूस-से प्रतिनिधि ने खुशामद के ख़्याल से एक सवाल किया, ''महामहिम, सम्भवतः आप बुनियादी क़ानूनों पर नए सिरे से विचार करना या उनमें कुछ फेरबदल करना चाहेंगे!''

क्रॉसनोव उदारतापूर्वक मुस्कुराए और हल्की-सी चुटकी लेने के विचार से उन्होंने उपस्थित लोगों पर एक निगाह डाली। फिर सर्वथा लोकप्रिय और सर्वसमर्थन-प्राप्त व्यक्ति के-से स्वर में बोले, ''हाँ, मैं सोचता हूँ कि करना चाहूँगा। मैं ध्वज, ढाल के परम्परागत चिह्न और राष्ट्रगीत से सम्बन्धित 148वीं, 149वीं और 150वीं धाराओं में अवश्य हेर-फेर करना चाहूँगा। लाल ध्वज के अलावा और कोई भी ध्वज, यहूदियों के पाँच कोनेवाले सितारे या किसी भी मैसॉनिक चिह्न के अलावा सरकारी ढाल का कोई भी परम्परागत चिह्न और 'इन्तरनेसनाल' के अलावा और कोई भी राष्ट्रगीत मुझे स्वीकार है।''

परिषद ने हँसी के ठहाके लगाते हुए प्रस्ताव पास किया, और फिर अतामान का यह मज़ाक़ एक ज़माने तक लोगों के होंठों पर नाचता रहा।

पाँच मई को परिषद का अधिवेशन समाप्त हुआ। इस अवसर पर अंतिम भाषण हुए। दक्षिणी वर्ग के कमांडर और क्रॉसनोव के दाहिने हाथ कर्नल देनीसोव ने निकट भविष्य में ही बोलशेविकों की कार्रवाइयों को कुचल देने का बीड़ा उठाया। फिर अतामान के सफल चुनाव और मोर्चे की ताज़ा ख़बरों से जैसे प्रतिनिधियों का मन हलका हो उठा। वे बहुत ही गद्गद भाव से अपने-अपने घरों के लिए रवाना हुए।

पैन्तेली पर सारी घटना का बहुत ही गहरा प्रभाव पड़ा। वह खुशी से फूला न समाया और नोवोचेरकास्क से घर लौटने के लिए गाड़ी उसने इस अटूट विश्वास के साथ पकड़ी कि अतामान की सत्ता बहुत ही सही हाथों में आई है, बोलशेविक बहुत ही जल्दी हारेंगे और उसके बेटे अपने फॉर्म में लौट आएँगे। वह डिब्बे की मेज़ पर कोहनियाँ टिकाकर बैठा तो उस समय भी जैसे दोन-प्रदेश के राष्ट्रगीत के स्वर उसके कानों में आते, उसकी आत्मा में एक ताज़गी-सी घोलते और उसकी चेतना में गहरे-ही-गहरे उतरते रहे। उसे लगा कि 'शान्त और धर्मपरायण दोन-प्रदेश' सचमुच नई करवट ले रहा है और जाग उठा है।

पर, गाड़ी नोवोचेरकास्क से कुछ ही वर्स्ट दूर पहुँची कि खिड़की से पार देखते पैन्तेली की निगाह, आगे के गश्त लगानेवाले बवारियाई घुड़सवार फ़ौजियों पर पड़ी। वे रेल की पटरी के किनारे-किनारे गाड़ी की ओर बढ़े आते दिखाई दिए। फ़ौजी अपनी काठियों पर आराम से जमे थे। दुमकटे घोड़ों के चिकने कूल्हे धूप में चमकते नज़र आए। पैन्तेली आगे की ओर झुक गया। पीड़ा से उसके माथे में बल पड़ गए। उसने घोड़ों को अपने खुरों से कज़्ज़ाक धरती को रौंदते देखा। थोड़ी देर में वे गुज़र गए,

लेकिन बूढ़ा जैसे अपनी जगह बैठे-ही-बैठे नीचे धँस गया। वह हाँफने लगा और उसने अपनी चौड़ी पीठ घुमाकर खिड़की की ओर कर ली।

2

सफ़ेद आटे, मक्खन, अंडे और ढोरों से भरे ट्रकों की कतारों की कतारें दोन-प्रदेश से, उक्रइन के रास्ते जर्मनी के लिए रवाना होती रहीं। हर ट्रक की रक्षा के लिए एक जर्मन फ़ौजी होता। जर्मन फ़ौजी के बदन पर नीला-भूरा ट्यूनिक होता, सिर पर बिना चोंच की गोल टोपी होती और उसकी संगीन हमेशा सीधी तनी रहती। इस तरह लोहे की नालोंवाले अच्छे भूरे चमड़े के जर्मन जूते दोन-प्रदेश की सड़कों को बराबर रौंदते रहते। बवारिया के घुड़सवार फ़ौजी अपने घोड़ों को पानी पिलाने के लिए दोन के किनारे ले जाते। पर, दोन-प्रदेश और उक्रइन की सीमा पर जवान कज़्ज़ाक पेटलुरा रेजीमेंटों से लोहा लेते रहते। यह समझिए कि नवसंगठित बारहवीं दोन-कज़्ज़ाक रेजीमेंट के लगभग आधे लोग स्तारोबेल्स्क के पास लड़ते-लड़ते काम आए। मगर, इस लड़ाई के फलस्वरूप कज़्ज़ाकों ने उक्रइनी-प्रदेश का एक हिस्सा और जीत लिया।

उस्त-मेदवेदित्स्काया के उत्तर में स्तनीत्सा में देखते-देखते ही बार-बार परिवर्तन हुए। पहले उसे लाल सेना के कज़्ज़ाकों ने हथियाया। लेकिन, एक घंटे के अन्दर-अन्दर अलेक्सेयेव की गोरी पार्टीज़ान-टुकड़ी ने उन्हें मार भगाया, तो सड़कों पर जहाँ-तहाँ स्कूलों और कॉलेजों के विद्यार्थी नज़र आने लगे। वे टुकड़ी के प्राण बन गए।

ऊपरी दोन-प्रदेश के कज़्ज़ाक एक के बाद दूसरा इलाक़ा छोड़ते और लाल-सेना के सदस्यों के साथ सरातोव-प्रान्त की सीमा की ओर पीछे भागते रहे। गरमी ख़त्म होते-होते उन्होंने लगभग पूरा खोपर ज़िला खाली कर दिया। अब हथियार उठाने योग्य सभी उम्र के कज़्ज़ाकों की दोन-सेना ही के अधिकार में सीमान्त-प्रदेश रह गया।

फिर, सेना को नए सिरे से संगठित किया गया। उसमें नोवोचेरकास्क के अफ़सर आ शामिल हुए और अब वह दुश्मन से डटकर लोहा लेनेवाली समर्थ सेना लगने लगी। अलग-अलग ज़िलों की फ़ौजी टुकड़ियों को मिला दिया गया और जर्मनी की लड़ाई में बचे लोगों की नियमित रेजीमेंटों से डिविज़न बनाए गए। हेड-क्वार्टर्स में कॉरनेटों की जगह मँजे हुए कर्नल रखे गए और कमान के अफ़सर तक धीरे-धीरे बदल दिए गए।

गरमी के अन्त तक सेना ने दोन का सीमान्त-प्रदेश पार कर लिया, वोरोनेज़ प्रान्त के समीपतम गाँवों पर अधिकार कर लिया और बागुचार नाम के प्रान्तीय नगर के चारों ओर घेरा डाल दिया।

तातारस्की गाँव के कज़्ज़ाकों की टुकड़ी, प्योत्र मेलेख़ोव की कमान में चार दिन तक गाँव-पर-गाँव और स्तनीत्सा पर स्तनीत्सा पार करती उत्तर की ओर बढ़ती रही। उनकी दाईं ओर, बिना लड़ाई का ख़तरा मोल लिए, लाल-गार्द के लोग पीछे हटकर रेलवे की ओर बढ़ते रहे। कज़्ज़ाकों ने अपने मार्च के दौरान दुश्मनों का नाम-निशान तक कहीं नहीं देखा। पर, एक बार में ही लम्बी मंज़िल उन्होंने तय कभी नहीं की। इस मामले पर उनमें बहस कभी नहीं हुई, पर प्योत्र-मेलेख़ोव ने, और यों सभी कज़्ज़ाकों ने निश्चय यह किया कि हड़बड़ाकर मौत के मुँह में धँस जाने से क्या फ़ायदा, इसलिए एक दिन में वे तीस वर्स्ट से ज़्यादा आगे न बढ़ते।

पाँचवें दिन उन्होंने खोपर नदी पार की। पूरी-की-पूरी चरागाह पर डाँसों का मलमली पर्दा-सा तना मिला। उनकी भनभनाहट चारों ओर गूँजती सुन पड़ी। वे घोड़ों और घुड़सवारों के कानों और आँखों में घुस गए। घोड़े हींसने और गर्दन हिलाने लगे। कज़्ज़ाकों ने बार-बार हवा में हाथ लहराए और अपने खेतों में उगी तम्बाकू का धुआँ रह-रहकर उड़ाया।

"यह भी अजब तमाशा है ! भाड़ में जाए यह !" क्रिस्तोन्या एक आँख से बहते पानी को आस्तीन से पोंछते हुए बड़बड़ाया।

"डाँस तुम्हारी आँख में पड़ गया क्या ?" ग्रिगोरी ने हँसकर पूछा।

"ज़हरीला मालूम होता है, शैतान की तरह तकलीफ़ दे रहा है।"

क्रिस्तोन्या ने अपनी ख़ून-सी लाल पलक उलटी, पुतली पर उँगली फिराई, और फिर दाँत भींचते हुए अपने हाथ के पिछले हिस्से से थोड़ी देर तक आँखें मलता रहा।

ग्रिगोरी उसकी बगल में था। तातारस्की से रवाना होने के बाद से वे दोनों बराबर साथ ही रहे थे। अनीकुश्का भी इस गुट में शामिल हो गया था। पिछले कुछ हफ्तों में वह और मोटा हो गया और अब पहले से कहीं ज़्यादा औरत-सा लगने लगा था।

टुकड़ी में सौ से कम ही लोग थे। प्योत्र का सहायक था सार्जेंट-मेजर लातिशेव। उसका विवाह तातारस्की के एक परिवार में हुआ था। ग्रिगोरी ट्रुप का इन्चार्ज था। ट्रुप में ख़ास तौर पर गाँव के निचले सिरे के लोग थे। ये थे क्रिस्तोन्या, अनीकुश्का, फ़ेदोत-बादोव्स्कोव, मार्तिन शामिल, इवान तोमिलिन, लम्बा और दुबला-पतला बोश्चियोव, भालू-जैसा ज़खार कोरोल्योव, प्रोख़ोर ज़ीकोव, जिप्सी वंश का मेरकुलोव, येपीफ़ान मक्सायेव, येगोर सिनिलिन और कोई बीस दूसरे जवान कज़्ज़ाक।

दूसरे ट्रुप का कमांडर था निकोलाइ-कोशेवोइ, तीसरे का याकोव-कोलोवीदिन और चौथे का मीत्का-कोरशुनोव। मीत्का को, पोद्त्योलकोव की फाँसी के बाद, ख़ुद जनरल अलफ़ेरोव ने तरक्की देकर सीनियर सार्जेंट बना दिया था।

टुकड़ी के लोग अपने घोड़ों को चुस्त दुलकी चलाकर उनमें गरमी ला रहे थे। सड़क भरे हुए तालों का चक्कर काटती, नए बेंतों और पौधों से भरे खड्डों से गुज़रती चरागाहों के आर-पार जाती थी।

घोड़ों का नालसाज़ याकोव भारी गले से पीछे की पंक्तियों में ठहाके लगा रहा था, और अन्द्रेइ-काशुलिन की पतली आवाज़ में वे ठहाके गूँज रहे थे। पोद्त्योलकोव के साथियों का ख़ून बहाने के उपलक्ष्य में अन्द्रेइ-काशुलिन को भी सार्जेंट की पट्टियाँ मिल गई थीं।

प्योत्र-मेलेख़ोव, लातिशेव के साथ टुकड़ी के बग़ल में घोड़े पर सवार चला जा रहा था। वे आपस में धीरे-धीरे बातें कर रहे थे। लातिशेव अपनी नई तलवार की मूँठ से खिलवाड़ करता जा रहा था। प्योत्र अपना बायाँ हाथ घोड़े की गर्दन पर फेर रहा था और उसके कानों के बीच का हिस्सा खुजला रहा था। लातिशेव के भरे हुए चेहरे पर मुस्कान थी और छितरी मूँछों के नीचे तम्बाकू के धुएँ से रँगे गहरे पीले दाँत चमक रहे थे।

कज़्ज़ाक आपस में बातें करते-करते, जब-तब ही लाइन तोड़ देते और पाँच-पाँच की कतार में आगे घोड़े दौड़ाने लगते। उनमें से कुछ उस अनजाने इलाक़े का, उस चरागाह का, बड़ी सावधानी से सर्वेक्षण करते ताल चरागाह के चेहरे पर चेचक के दाग-से लगते। दूर हरे सरपतों की बाड़ें और चिनार नज़र आते।

कज़्ज़ाकों के साज-सामान से साफ लगता था कि उनकी मंज़िल लम्बी है। घोड़ों की काठियों में लटके थैले कपड़ों और दूसरी चीज़ों से भरे थे। उनके बरानकोट कायदे से तह किए हुए, और काठियों के पीछे कसे हुए थे। घोड़ों के साजों की हर पट्टी पर कायदे से मोम किया गया था। किसी चीज़ को किसी तरह की मरम्मत की ज़रूरत न थी। हर चीज़ हर तरह फिट थी। एक महीने पहले इन कज़्ज़ाकों को लड़ाई न होने का पूरा विश्वास था, पर आज ये घोड़ों पर सवार चले जा रहे थे और इस यथार्थ को मान गए थे कि ख़ूनख़राबा किसी भी तरह बचाया नहीं जा सकता। हरएक के दिमाग में एक बात थी कि आज तुम्हारे बदन पर ख़ाल है, पर कल यही खाल खुले मैदान में चील-कौओं का भोजन बन सकती है।

वे सरपतों के छप्परोंवाले एक गाँव की बगल से गुज़रे। अनीकुश्का ने अपनी पतलून की जेब से

घर की बनी थोड़ी-सी पेस्ट्री निकाली, आधी मुँह से कुतरकर चबाने लगा। उसकी दाढ़ें खरगोश की दाढ़ों की तरह हिल रही थीं।

"भूख लग रही है ?" क्रिस्तोन्या ने उस पर निगाह डाली।

"क्यों नहीं...? मेरी पत्नी ने बनाई है यह पेस्ट्री।"

"सटके चलो ! तुम्हारा पेट सुअर की तरह न फूला तो क्या बात हुई !" क्रिस्तोन्या ने कहा और शिकायत और क्रोध से भरी आवाज़ में बोला, "कितना खाता है यह गधा ! ख़ैर इतना आख़िर भरता कहाँ चला जाता है ?" फिर ग्रिगोरी की ओर मुड़ा—"आजकल यह देखने में भयानक लगता है ! कद तो कुछ है नहीं, पर ठूँसता चला जाता है कि पेट फट जाए।"

"मैं जो कुछ भी खाता हूँ, अपना खाता हूँ। रात को भरपेट भेड़ का गोश्त खाकर सो जाओ तो तड़के ही आँख खुल जाती है...पता है, सबकुछ पिस जाता है इस चक्की में !"

अनीकुश्का होंठों-ही-होंठों हँसा और उसने ग्रिगोरी को आँख मारी। क्रिस्तोन्या ने क्रोध से थूका।

"प्योत्र पैन्तेलेयेविच, आज रात हम कहाँ गुज़ारेंगे ? घोड़े थक गए हैं।" तोमिलिन ने चीखकर कहा।

मेरकुलोव ने उसका समर्थन किया, "सूरज डूब रहा है।"

प्योत्र ने अपना चाबुक नचाया, "हम अगले गाँव में रात गुज़ारेंगे। यह भी हो सकता है कि हम और आगे बढ़ चलें और रैनबसेरा कुमिलज़ेन्स्क में हो।"

मेरकुलोव ने अपनी घुँघराली, काली दाढ़ी के बीच से फुसफुसाते हुए तोमिलिन से कहा, "अलेफ़ेरोव को खुश करने की कोशिश कर रहा है, सुअर कहीं का ! हड़बड़ी में है।"

मेरकुलोव की लहराती हुई दाढ़ी किसी ने इस तरह छाँटी थी कि टेढ़ी खूँटी-सी लगने लगी थी। उसने अजब मज़ाक़ किया था कि ग़रीब को सब लोग बराबर ही छेड़ते रहते थे। सो, इस समय तोमिलिन से भी न रहा गया। बोला, "और, तुम किसे ख़ुश करने की कोशिश कर रहे हो ?"

"तुम्हारा मतलब ?"

"यह जनरल की तरह जो तुमने दाढ़ी छँटवाई है तो शायद यह सोचकर कि इसके बल पर ही वे तुम्हें सीधे-सीधे एक डिविज़न सौंप देंगे ?"

"तुम बेवकूफ़ हो। तुम कभी संजीदगी से चीज़ों को क्यों नहीं ले सकते ?"

वे इसी तरह ठिठोली करते और हँसते रहे कि अगला गाँव आ गया। अन्द्रेइ काशुलिन पहले घर के पास उन्हें मिला। वह फ़ौज़ियों के ठहरने के लिए स्थान ठीक करने के लिए पहले ही यहाँ भेज दिया गया था।

बोला, "ट्रूप मेरे पीछे-पीछे आएँ...पहले ट्रुप के लोग वहाँ के तीन घरों में ठहरेंगे, दूसरे ट्रुप के लोग बाईं तरफ़ के मकानों में और तीसरे ट्रुप के, कुएँ के पास के चार घरों में।"

प्योत्र अपना घोड़ा काशुलिन के पास लाया। बोला, "कुछ सुना ? कुछ पूछताछ की ?"

"यहाँ तो उनकी हवा भी नहीं है। मगर प्यारे, शहद यहाँ बहुत है। एक बुढ़िया के यहाँ शहद की मक्खियों के कोई तीन सौ छत्ते हैं। आज रात को एक छत्ता ज़रूर तोड़ा जाएगा।"

"बेवकूफ़ी न करना। अगर तुमने ऐसा किया तो मैं तुम्हें तोड़कर रख दूँगा !" प्योत्र के माथे पर बल पड़े और उसने घोड़े को चाबुक छुवाया।

कज़्ज़ाकों ने अपने-अपने ठिकाने ढूँढ़े और घोड़ों को अस्तबलों में बाँध दिया। गाँववालों ने उनके खाने की व्यवस्था की। खाने के बाद लोग हातों में आकर लकड़ी की टालों पर बैठे कुछ देर तक बातें करते रहे और फिर अपने-अपने कमरों में जाकर सो रहे।

टुकड़ी सवेरे तड़के फिर चल पड़ी और कुमिलज़ेन्स्क की ओर रवाना हो गई। पर, कुछ दूर जाने पर एक हरकारा उन्हें मिला और उसने प्योत्र को एक पत्र सौंपा। प्योत्र ने लिफाफा खोला और काठी

पर बैठे-ही-बैठे पत्र पढ़ना शुरू किया। उसने पत्र को यों थामा जैसे कि बोझ के कारण उसे साध न पा रहा हो। ग्रिगोरी अपना घोड़ा भाई के पास लाया। पूछा, "ऑर्डर है कोई ?"

"हाँ, है।"

"क्या लिखा है इसमें ?"

"मुझे टुकड़ी सौंप देनी है। मेरी एक साल की फ़ौजी सेवा के सभी लोग वापस बुला लिए गए हैं। उनसे 28वीं रेजीमेंट बनाई जाएगी। तोपचियों और मशीनगनें चलानेवालों को भी बुलाया गया है।"

"बाक़ी लोगों का क्या होगा ?"

"यह रहा उनके बारे में...लिखा है कि वे 22वीं रेजीमेंट के कमांडर के हुक्म के लिए आर्जेनोव्स्काया पहुँच जाएँ, फ़ौरन ही।"

लातिशेव पास आया, ऑर्डर उसने अपने हाथों में ले लिया और उसे पढ़ने लगा तो उसके भारी होंठ ऐंठने लगे और एक भौंह तन गई।

"फारवर्ड !" प्योत्र ने ज़ोर से हुक्म दिया। कज़्ज़ाक एक-दूसरे की ओर देखते हुए आगे आए और प्योत्र के कुछ कहने का इंतज़ार करने लगे।

प्योत्र ने कुमिलज़ेन्स्क पहुँचने पर हुक्म लोगों को सुनाया। पहले की भर्ती के कज़्ज़ाक लौटने की तैयारी के सिलसिले में व्यस्त हो गए। उन्होंने रात कुमिलज़ेन्स्क में बिताकर अगले दिन तड़के ही, अपनी अलग-अलग मंज़िलों के लिए रवाना होने का फैसला किया।

प्योत्र आज सारे दिन अपने भाई से बातें करने का मौका ढूँढ़ता रहा था। सो अब वह उसके ठिकाने पर पहुँचा। बोला, "ग्रिगोरी, चौक में निकल आओ।"

ग्रिगोरी चुपचाप अपने भाई के पीछे-पीछे चला आया। मीत्का कोरशुनोव उसके पीछे-पीछे दौड़ आया, पर प्योत्र उससे रुखाई से बोला, "तुम जाओ यहाँ से, मीत्का, मैं ज़रा अपने भाई से बातें करना चाहता हूँ।"

"तुम करो बात।" मीत्का ने बात समझते हुए दाँत निकाले और पीछे रह गया।

ग्रिगोरी ने कनखी से प्योत्र पर निगाह डाली और तुरन्त ही समझ गया कि भाई के दिमाग पर बोझ है। उसने वातावरण को हलकी-फुलकी बातों की ओर मोड़ने की कोशिश की। बोला—

"अजीब लगता है न कि हम अपने घर व गाँव से सिर्फ सौ वर्स्ट दूर आए हैं और यहाँ के लोग वहाँ के लोगों से बिल्कुल ही अलग हैं। वे हमारी तरह बातें नहीं करते। उनके मकान हमारे मकानों की तरह नहीं हैं। वह देखो, उस फाटक के ऊपर छत है। हमारे यहाँ फाटक के ऊपर छत नहीं होती। और वह देखो, उधर !" उसने एक घर की ओर इशारा किया—"उस घर के बाहर के हिस्से पर एक ढक्कननुमा छत्र-सा भी है, इससे शायद लकड़ी खराब नहीं होगी। है न ?"

"अरे ख़त्म भी करो न ये बातें !" प्योत्र ने गुस्से से कहा, "हम यहाँ बाहर इसलिए नहीं आए कि ऐसी बातें करें। चलो, बाड़ के पास चलें। यहाँ लोग हमें देख रहे हैं।"

चौक से आनेवाले गाँव के लोगों ने दोनों भाइयों को उत्सुक निगाहों से देखा। ढीली, नीली क़मीज पहने और उतरे हुए गुलाबी रंग की पट्टीवाली कज़्ज़ाक टोपी लगाए एक कज़्ज़ाक उनके पास आकर रुका और पूछने लगा, "घोड़ों के लिए जई तो नहीं चाहिए ?" प्योत्र ने जवाब में 'नहीं' कहा और बूढ़े को धन्यवाद दिया। बूढ़ा चला गया।

"हाँ, तो तुम बात किस चीज़ के बारे में करना चाहते हो ?" ग्रिगोरी ने बेसब्री से माथे पर बल डालते हुए पूछा।

"हर चीज़ के बारे में।" प्योत्र बरबस मुस्कुराते हुए अपने गलमुच्छों के सिरे चबाने लगा, "ग्रीशा, वक्त ऐसा है कि हो सकता है कि अब हमारी मुलाकात आपस में दुबारा कभी न हो।"

ग्रिगोरी के अर्द्ध-चेतन में अपने भाई के लिए जो विरोध-भावना थी, वह सहसा ही गायब हो गई।

उदासी से नहाई मुस्कान, और प्योत्र की मीठी आवाज़ उसे अपने साथ बहा ले गई। उसी तरह उदास मन से मुस्कुराते हुए प्योत्र ने अपने भाई की ओर स्नेह से एकटक देखा। फिर होंठों से मुस्कान हवा हो गई। चेहरा कड़ा हो उठा और वह बोला–"ज़रा देखो कि इन लोगों ने हमें किस तरह बाँट दिया है। गलीज़ कहीं के ! हम जुते हुए खेत की तरह बँट गए हैं कि एक तरफ एक, तो दूसरी तरफ दूसरा। अजीब ज़माने में हम जी रहे हैं। मिसाल के लिए देखो–हम दोनों भाई हैं, हमारा ख़ून एक है। लेकिन, मैं तुम्हें नहीं समझता। ईश्वर जानता है कि मैं तुम्हें नहीं समझता। मुझे यह लगता है कि तुम बराबर मुझसे दूर-ही-दूर चले जा रहे हो। ठीक है न यह ? तुम खुद समझते हो कि बात यों ही है। मुझे डर है कि हो न हो, तुम लाल-सेना के लोगों से जा मिलोगे। अभी तुमने अपने-आपको समझा नहीं है, ग्रीशा !"

"और, तुमने समझ लिया है अपने-आपको ?" ग्रिगोरी ने खड़िया की पहाड़ी के पीछे छिपते सूरज की ओर घूमकर देखते हुए पूछा। पश्चिम का सारा आसमान अस्त होती हुई रक्तिम आभा से दमक रहा था। बादल काले पहाड़ों को कन्धों पर उठाए क्षितिज से भागे जा रहे थे।

"हाँ मुझे मिल गई है मेरी अपनी लीक। तुम मुझे उससे अलग नहीं कर सकते। मैं तुम्हारी तरह डगमगाऊँगा नहीं, ग्रिगोरी !"

"आह !" ग्रिगोरी के होंठों पर मुस्कान दौड़ गई।

"हाँ, मैं डगमगाऊँगा नहीं।" प्योत्र ने अपनी मूँछें आक्रोश से ऐंठीं और यों पलकें झँपाने लगा, जैसे कि आँखों में चकाचौंध लग रही हो–"तुम मेरी गर्दन में फन्दा डालकर भी मुझे लाल लोगों की तरफ घसीट नहीं सकते। कज़्ज़ाक उनके खिलाफ हैं और इसलिए मैं भी उनके खिलाफ हूँ। मैं कज़्ज़ाकों के खिलाफ जाना नहीं चाहता और मैं उनके खिलाफ जाऊँगा भी नहीं। यह बेमतलब बात होगी, और मेरे किए ऐसा होगा भी नहीं।"

"यह बात छोड़ो।" ग्रिगोरी ने थकान से भरे स्वर में कहा और अपने ठिकाने की ओर जाने को मुड़ा। फाटक पर प्योत्र ठिठका और पूछने लगा, "मुझे बताओ, मैं जानना चाहता हूँ–ग्रिगोरी, मुझे बताओ कि तुम उन लोगों से तो जाकर नहीं मिल जाओगे ?"

"कह नहीं सकता। मैं नहीं जानता।"

ग्रिगोरी ने हिचकते हुए संकोच से जवाब दिया। प्योत्र ने लम्बी साँस ली, पर अपने भाई से आगे और कुछ नहीं पूछा। वहाँ से लौटा तो काफी परेशान और विचारों में डूबा हुआ था। उसके और ग्रिगोरी, दोनों के ही सामने यह तकलीफदेह बात आईने की तरह साफ थी कि जिस पथ पर वे दोनों एकसाथ बढ़े, वह अनुभव के झाड़-झंखाड़ के अभेद्य फैलाव में उस रास्ते की तरह ही खो गया, जिस पर भेड़-बकरियों के खुरों के निशान होते हैं, जो पहाड़ के किनारे के ढाल से नीचे उतरता है, और फिर तलहटी की झाड़ियों के झुरमुट में एकाएक ख़त्म हो जाता है।

दूसरे दिन टुकड़ी के आधे लोग प्योत्र की कमान में व्येशेन्स्काया के लिए रवाना हो गए, और बाकी ग्रिगोरी की कमान में आरज़ेनोव्स्काया के लिए।

उस दिन सुबह से ही सूरज बेरहमी से आग बरसा रहा था। स्तेपी का मैदान भूरी धुन्ध के बीच उबल-सा रहा था। कज़्ज़ाकों के पीछे छूट गई थीं पहाड़ियों की नीली रेखाएँ और बालू के विस्तार की जाफ़रानी बाढ़। घोड़े पसीने से नहाए, साधारण चाल से बढ़े जा रहे थे। कज़्ज़ाकों के चेहरे गरमी और धूप से लाल हो रहे थे। काठियों की कमानें, रकाबें और लगामें इस तरह जल रही थीं कि नंगे हाथों उन्हें छूना आसान न था। जंगल में भी ठंडक न थी। वहाँ भी हवा में उमस और बरखा की तेज़ चमक थी।

ऐसे में हल्की-हल्की-सी एक उत्कंठा ग्रिगोरी को बराबर मथती रही। वह अपनी काठी पर हिलते-डुलते हुए रह-रहकर अपने भविष्य के बारे में सोचने लगता। प्योत्र के शब्द रुद्राक्ष की माला की गुरियों की तरह उसके कानों में बजते। चिरायते की कड़ुवाहट से उसके होंठ बिचक उठते। सड़क से गरमी के कारण भाप-सी निकलने लगती। स्तेपी का सुनहरा भूरा मैदान धूप में औंधा पड़ा रहा और खुश्क हवाएँ उसके ऊपर सर्राटे भरती रहीं। वे जहाँ-तहाँ बची घास की पत्तियों को बराबर हिलाती-डुलाती रहीं और गर्द के पर लगाकर उसे उड़ाती रहीं।

शाम होने को हुई तो एक झलाझल धुन्ध ने सूरज को ढँक लिया। आसमान धुँधला होकर और भूरा पड़ गया। पश्चिम में बादल उदासी का वातावरण लिए छा गए और क्षितिज के बारीक सूत के सहारे जड़ से बने लटक गए। फिर हवा ने उन्हें हाँका तो वे जैसे धमकियाँ देते हुए उसकी लहरियों पर तैरने लगे और चिढ़कर अपने सिरे बहुत नीचे तक खींच ले गए। उनके किनारों पर चीनी की-सी सफ़ेदी दौड़ गई।

टुकड़ी ने एक धारा पार की और चिनार के जंगल में प्रवेश किया। हवा के झोंके में आकर पत्तियों ने अपने अन्तर का दूधिया नीलम प्रकट किया और गहरे मर्मर स्वरों में कुछ कहा। खोपर नदी के पार कहीं बादलों की उजली टुकड़ियों से पानी की आड़ी-तिरछी फुहारें गिरीं और ओले पड़े। साथ ही किसी ने चटख रंगों से इन्द्रधनुष बुन दिया।

कज़्ज़ाकों ने रात एक छोटे-से एकान्त गाँव में बिताई। ग्रिगोरी ने अपने घोड़े की देखभाल की और फिर शहद की मक्खियोंवाले बाग़ में निकल गया। घुँघराले बालोंवाले, बुज़ुर्ग-से कज़्ज़ाक ने उससे चिन्ता से कहा, "शहद की मक्खियों का वह छत्ता देखते हो ? ये मक्खियाँ मैंने उस दिन खरीदी हैं, पर जाने क्यों इनके बच्चे मरते जा रहे हैं। देखो न, मक्खियाँ उन्हें घसीटकर बाहर ला रही हैं।" वे दोनों छत्तेवाले लट्ठे के पास रुके तो मेज़बान ने छत्ते के मुँह की ओर इशारा किया। शहद की मक्खियाँ हल्के-हल्के भन-भन करती हुई अपने छोटे बच्चों को उठाए बाहर ला रही थीं और उनको लिए उड़ी जा रही थीं।

मालिक ने सन्ताप से अपनी आँखें सिकोड़ीं और होंठ ऐंठे। वह चलता तो जैसे झटके-से खाता और अपने हाथ भद्दे ढंग से बहुत ही ज़्यादा हिलाता। उसकी चाल-ढाल का यह भद्दापन और ताकत की यह बरबादी शहद की मक्खियों के छत्तेवाले उस बाग़ में बेमानी-सी लगी, क्योंकि वहाँ इन मक्खियों का बड़ा परिवार था, और परिवार के सदस्य अपना काम बहुत सोच-समझकर धीरे-धीरे एक संगीत की-सी लय में बँधकर कर रहे थे। सो, ग्रिगोरी ने धुँधली-सी नफरत से भरकर अपने मेज़बान पर निगाह जमाई। यह नफ़रत उस आदमी ने ख़ुद अपनी, अटपटी बातों से और बढ़ाई, "शहद की मक्खियों के ख़्याल से यह बड़ा अच्छा साल है। महकदार पत्तियोंवाले थाइम (पौधे) में ख़ूब फूल आए, और बहुत पनपा। फ्रेम छत्तों से अच्छे होते हैं। कुछ और फ्रेम मँगा लूँगा...।"

ग्रिगोरी बावर्चीखाने में चाय पीने को आ बैठा। चाय में शहद डाला गया। शहद गोंद की तरह गाढ़ा और चिपचिपा लगा। उससे जड़ी-बूटियों और चरागाही फूलों की भीनी-भीनी महक आई। चाय मेज़बान की बेटी ने उँड़ेली। उसका कद लम्बा था और वह एक खूबसूरत-से फ़ौजी को ब्याही थी। फ़ौजी लाल-सेना के लोगों के साथ पीछे हट गया था, इसलिए उसका ससुर, यानी इस लड़की का पिता, इतना मेल-मिलाप और इतनी मिलनसारी दिखला रहा था। इस समय वह इस तरह बना जैसे बेटी ने भौंहों के नीचे से ग्रिगोरी पर तेज़ी से नज़रें डालीं तो उसने देखा ही नहीं। लड़की ने चायदानी के लिए हाथ बढ़ाया तो ग्रिगोरी की निगाह उसकी बगल के चमकदार, काले, घुँघराले बालों पर पड़ी। फिर उसकी आँखें कई बार उसकी गहरी, उत्सुकता से भरी आँखों से मिलीं। ग्रिगोरी को लगा मानो ऐसे अवसर पर हर बार उसके चेहरे पर लाली दौड़ गई हो और वह मुस्कुरा दी हो।

"मैं आपका बिस्तर सामनेवाले कमरे में लगाए देती हूँ।" लड़की ने चाय के बाद कहा और तकिया

और कम्बल लाने को चली। बगल से गुज़री तो उसने ग्रिगोरी को अपनी भूखी निगाह से झुलसा-सा दिया। बाद में तकिया ठीक करते समय, वह शान्त भाव से, धीरे-धीरे यों बोली जैसे कि बात कुछ महत्त्व ही न रखती हो, "मैं शेड में सोती हूँ,...अन्दर बड़ी घुटन होती है और डाँस काटते हैं...।"

ग्रिगोरी ने सिर्फ़ अपने बूट उतारे। फिर बूढ़े कज़्ज़ाक के खर्राटे ज्यों ही उसके कान में पड़े, वह उठा और शेड में आया। लड़की ने उसके लिए अपनी बगल में जगह कर दी, भेड़ की खाल अपने ऊपर खींच ली, और ग्रिगोरी के पैरों का अपने पैरों से स्पर्श करती चुपचाप पड़ी रही। उसके होंठ खुश्क और कड़े रहे। उनसे प्याज की बू आती रही और एक अनूठी ताज़गी बरसती रही। ग्रिगोरी उसकी दुबली-साँवली बाँहों के आलिंगन में तड़के तक बँधा रहा। सारी रात लड़की उसे हृदय से लगाकर भींचती रही और अपनी अतृप्त यौवन-भावना से दुलारती रही। हँसी-ठिठोली करते हुए उसने उसके होंठ इस तरह काटे कि ख़ून छलक आया। साथ ही गर्दन, सीना और कन्धे भी इस तरह दन्तक्षत करके चूमे कि वहाँ भी जानवरों के-से छोटे-छोटे दाँतों के नीले निशान बन गए। अन्त में मुर्गे ने तीसरी बाँग दी तो ग्रिगोरी ने झोंपड़ी में वापस जाने के लिए उठने की कोशिश की, पर लड़की ने उसे रोका। वह अपनी झूलती हुई मूँछों के बीच मुस्कुराते हुए और धीरे से अपने को छुड़ाने की चेष्टा करते हुए बोला, "मेरी जान, जाने दो। जाने दो अब मेरी सलोनी चिरैया !"

"थोड़ी देर और लेट लो...लेट जाओ।"

"लेकिन, लोग देख लेंगे हमें, जल्दी ही उजाला हो जाएगा।"

"देखें, तो देखें।"

"लेकिन, तुम्हारे पापा क्या कहेंगे ?"

"वे जानते हैं।"

"क्या मतलब तुम्हारा ?" ग्रिगोरी ने आँखें ऊपर उठाईं।

"क्यों, तुम खुद ही समझ सकते हो। कल उन्होंने मुझसे कहा—'अगर अफ़सर चाहे तो तुम उसके साथ सो रहना, नहीं तो ये फ़ौज़ी तुम्हारे पति के लाल सेना में जाने के कारण, उनके प्रतिशोध में या तो घोड़ा खोल ले जाएँगे या कुछ इससे भी बदतर करेंगे'...मेरा पति लाल सेना के साथ चला गया है न !"

"तो मामला यह है !" ग्रिगोरी नफ़रत से मुस्कुराया, पर अन्दर-ही-अन्दर उसने अपमान अनुभव किया। परन्तु, लड़की ने उसके मन की दुर्भावना दूर कर दी। वह उसकी भुजाएँ सहलाते हुए काँपने-सी लगी। बोली, "मेरा बाँका पिया तुम्हारा पासंग भी नहीं है !"

"कैसा है वह ?" ग्रिगोरी ने गम्भीर निगाहों से पीतरंजित आसमान के गुम्बद की ओर निहारते हुए पूछा।

"वह बिल्कुल निकम्मा है, कमज़ोर है..." वह विश्वास के साथ ग्रिगोरी के और पास सट गई और सिसकने लगी। "मैं उसके साथ रही ज़रूर, पर मेरी ज़िन्दगी में कोई मिठास कभी नहीं आई। वह औरत के क़ाबिल नहीं।"

उस विचित्र-सी लड़की की बच्चों की-सी, भोली-भाली आत्मा ग्रिगोरी के सामने इस तरह सहज भाव से खुल गई, जैसे ओस से नहाया फूल अपनी पंखुरियाँ खोल देता है। ग्रिगोरी पर एक नशा-सा छा गया और उसे उस लड़की पर तरस आने लगा। वह नदी-नाव संजोग से मिली अपनी इस संगिनी के बालों पर हाथ फेरने लगा और उसने थकान से भरी अपनी आँखें बन्द कर लीं।

चाँद की मुरझाती किरणें शेड के छप्पर के फूँस से छनने लगीं। एक सितारा टूटकर तेज़ी से क्षितिज की ओर लपका तो राख के रंग के आसमान में रोशनी की एक रेखा-सी खिंचती और दूसरे ही क्षण मिटती चली गई। तालाब में एक बत्तख की और एक मुर्ग़ाब ने वासना से भर्राई आवाज़ में अपना स्वर मिलाया।

ग्रिगोरी झोंपड़ी में वापस आ गया। उसे अपना खाली शरीर हल्का, पर मधुर थकान से चूर-चूर लगा। उस कज़्ज़ाक औरत के भूखे शरीर और उस शरीर से उभरती सुगन्ध, यानी जड़ी-बूटी, शहद, पसीने और गरमी से मिल-जुलकर बनी सुगन्ध की याद उसने अपने अन्तर् में अच्छी तरह बसा ली। अब उसके नमकीले होंठों का अपने होंठों में रस लेते हुए वह सो गया।

उसे दो घंटे बाद कज़्ज़ाकों ने जगाया। प्रोखोर ज़िकोव अपना घोड़ा कसकर बाहर लाया। ग्रिगोरी ने अपने मेज़बान की, चिनगारियाँ बरसाती, दुश्मनी से भरी, कड़ी निगाह का दृढ़ता से सामना करते हुए उससे विदा ली। इस बीच लड़की उधर से गुज़रकर अन्दर गई तो उसने झुककर उसे अलविदा कहा। लड़की ने अपनी गर्दन झुकाई, और पीड़ा की अवर्णनीय कसक-भरी मुस्कान उसके प्यारे-प्यारे, पीले होंठों के कोनों से झाँकने लगी।

ग्रिगोरी ने मुड़कर पीछे की ओर निगाह दौड़ाते हुए, अपना घोड़ा किनारे की गली से आगे बढ़ाया। बीच में वह झोंपड़ी पड़ी जहाँ उसने रात बिताई थी और उस औरत के शरीर को वासना से उत्तप्त कर दिया था। यहाँ पहुँचने पर उसने देखा कि औरत बाड़ के उस पार खड़ी है, और आँखों पर अपनी भूरी हथेली की आड़ किए उसे एकटक निहार रही है। आशा के प्रतिकूल उत्सुकता के साथ ग्रिगोरी ने पीछे घूमकर उस औरत को भर-आँख देखना चाहा और उसके चेहरे के कुल भाव पढ़ लेने चाहे। पर इरादा पूरा नहीं हुआ, क्योंकि हर मोड़ के साथ आँखें मोड़ते हुए लड़की ने बिल्कुल वैसे ही अपना सिर घुमा लिया, जैसे सूरजमुखी का फूल धीरे-धीरे परिक्रमा करते सूरज के साथ-साथ घूमता चला जाता है।

मिखाइल कोशेवोइ को व्येशेन्स्काया से पैदल मोर्चे पर हाँक दिया गया। वह फेदोसेयेव एतश्नीत्सा पहुँचा। पर ज़िले के अतामान ने एक दिन उसे वहाँ रखा और फिर एक आदमी साथ कर व्येशेन्स्काया लौट जाने का हुक्म दिया। मिख़ाइल ने क्लर्क से पूछा, "आप मुझे वापस क्यों भेज रहे हैं ?" क्लर्क ने संकोच के साथ जवाब दिया, "हमें व्येशेन्स्काया से ऐसे ही आदेश मिले हैं।"

वह व्येशेन्स्काया पहुँचा तो पता चला कि उसके आने के बाद उसकी माँ गाँव-पंचायत में गई और बड़े-बूढ़ों के पैरों पड़ गई। उन्होंने पूरी पंचायत के नाम पर अनुरोध किया कि मिख़ाइल को ज़िले के घोड़ा-पालन फार्म में चरवाहा नियुक्त कर दिया जाए। अनुरोध मिरोन कोरशुनोव खुद अतामान के पास ले गया और उसने बड़ी आरजू-मिन्नत की।

ज़िले के अतामान ने मिख़ाइल को पूरी बात बताते हुए लम्बा भाषण झाड़ा और अन्त में क्रोध से बोला, "दोन-प्रदेश की रक्षा के मामले में हम बोलशेविकों पर भरोसा नहीं कर सकते ! फ़िलहाल, तुम घोड़ा पालन-फ़ार्म पर जाओ, बाद में देखा जाएगा। सुअर के बच्चे, तुम्हारी माँ पर तरस आ गया हम सबको, वरना...जाओ यहाँ से !"

मिख़ाइल गरमी से तपती गलियों से अकेला गुज़रने लगा तो वर्स्टों पैदल चलने से चूर-चूर उसके पैर आगे बढ़ने से इन्कार करने लगे। वह किसी तरह रात-भर भीगते-भीगते अपने गाँव पहुँचा। दूसरे दिन फूट-फूटकर रोया तो माँ ने बड़ा धीरज बँधाया। फिर, माँ की बढ़ती हुई उम्र के चेहरे और उसके बालों के चाँदी के तारों की स्मृति अन्तर् में सँजोए वह अश्व-पालन फ़ार्म के लिए रवाना होने की तैयारी करने लगा।

कारगिंस्काया के दक्षिण में कोई 28 वर्स्ट लम्बा और 6 वर्स्ट चौड़ा स्तेपी का एक अछूता मैदान था। यह हज़ारों एकड़ ज़मीन जिले के स्टैलियनों की चराई के लिए अलग रखी गई थी। प्रतिवर्ष संत येगोर दिवस पर चरवाहे स्टैलियनों को जाड़े के अस्तबलों से हाँककर चरागाहों में लाते। यहाँ ज़िले की सरकारी रक़म से घोड़ों के लिए एक अस्तबल और चरवाहों, ओवरसियर और पशु-चिकित्सक के लिए

एक झोंपड़ी बनाई गई थी। हर साल व्येशेन्स्काया के कज़्ज़ाक अपनी घोड़ियाँ लेकर यहाँ आते और ओवरसियर और पशु-चिकित्सक इन घोड़ियों की परीक्षा करते। नापते कि वे चौदह हाथ से कम ऊँची तो नहीं हैं। देखते कि उनकी उम्र चार साल से कम तो नहीं है। फिर ये स्वस्थ घोड़ियाँ चालीस-चालीस के गिरोह में जमा की जातीं और हर स्टैलियन अपने गिरोह को लेकर स्तेपी मे निकल जाता। वह अपनी घोड़ियों पर कड़ी नज़र रखता और दूसरे स्टैलियनों से बहुत ही ज़्यादा जलता।

सो, मिख़ाइल ने अपने परिवार की घोड़ी पर सवार होकर घोड़ा-पालन-फ़ार्म को जाने का फ़ैसला किया। माँ ने ऐप्रन के सिरे से अपने आँसू पोंछते हुए कहा, "हो सकता है कि वहाँ इस घोड़ी के भी बछेड़ा हो जाए। देखो, इसकी कायदे से देखभाल करना। सवारी करना तो इसे बहुत थकाना मत। हमें घर में एक दूसरे घोड़े की बड़ी ज़रूरत है।"

मिख़ाइल ने मंज़िल तय की और दोपहर होते-होते भाप छोड़ती धुन्ध के पार नीचे घाटी में झोंपड़ी और अस्तबलों की, मौसम की मार से धुँधलाई भूरी छत देखी। इसके और पूर्व में ताल की ओर दौड़कर जाते घोड़ों पर उसकी नज़र पड़ी। एक आदमी उसकी बगल में घोड़ा सरपट दौड़ाता दिखाई दिया। आदमी क्या, वह तो एक खिलौना लगा। उसका घोड़ा भी महज़ खिलौना समझ पड़ा।

मिख़ाइल बैरक के अहाते में आया, घोड़े से नीचे उतरा और बरसाती के खम्भे से घोड़ा बाँधकर अन्दर गया। वहाँ चौड़े बरामदे में उसे एक कज़्ज़ाक चरवाहा मिला—मोटा, तगड़ा, झुर्रीदार चेहरा। वह मिख़ाइल को सिर से पैर तक, अजीब-सी नज़र से देखते हुए बोला, "किससे मिलना है ?"

"मैं ओवरसियर से मिलना चाहता हूँ।"

"ओवरसियर इस वक्त यहाँ नहीं है। कहीं बाहर गया है। उसका सहायक है बाईं ओर के दूसरे दरवाज़े में। लेकिन तुम्हें काम क्या है उससे ? कहाँ से आए हो तुम ?"

"यहाँ मैं चरवाहा बनकर आया हूँ।"

"कैसे-कैसे लोगों को यहाँ भेज दिया जाता है !" आदमी बड़बड़ाता हुआ दरवाज़े की ओर बढ़ा। कन्धे पर पड़ी कमन्द उसके पीछे-पीछे ज़मीन पर घिसटती रही। उसने दरवाज़ा खोला और मिख़ाइल की ओर पीठ कर अपना चाबुक नचाते हुए ज़रा स्नेह से बोला, "लेकिन भाई, हमारा काम बड़े जीवट का है। कभी-कभी दो-दो दिन घोड़ों की पीठ पर सवार-ही-सवार गुज़र जाते हैं।"

मिख़ाइल ने आदमी के चौड़े कन्धों और नंगे घुटनों को नज़र गड़ाकर देखा। ड्योढ़ी की रोशनी में उसके भद्दे चेहरे और शरीर की रेखा-रेखा साफ़ हो उठी। उसके कमान-से पैरों को देखकर मिख़ाइल को मन-ही-मन हँसी-सी आई—'लगता है कि इसने चालीस साल बराबर घोड़े की नंगी पीठ पर सवारी की है।'

ओवरसियर का सहायक नए चरवाहे से बड़ी बेरुखी से मिला। ज़रा देर बाद खुद ओवरसियर आ गया। ओवरसियर हट्टा-कट्टा कज़्ज़ाक और अतामान के रेजीमेंट का पहले का सार्जेंट मेजर था। उसने मिख़ाइल का नाम राशन के रजिस्टर में लिखे जाने का आदेश दिया और उसे साथ लेकर बाहर बरसाती में आया। बोला, "तुम घोड़ों को साध सकते हो ? कभी किसी घोड़े को साधा है तुमने ?"

"यह कहना तो ग़लत होगा कि मैंने कोई घोड़ा साधा है कभी।" मिख़ाइल ने सही बात सीधे-सीधे मान ली। मगर, दूसरे ही क्षण ओवरसियर के पसीने से नहाए चेहरे पर असन्तोष की एक गहरी रेखा देखी। ओवरसियर अपनी पीठ खुजलाता मिख़ाइल को एकटक घूरकर देखता रहा।

"तुम कमंद इस्तेमाल कर सकते हो ?"

"कर सकता हूँ।"

"और घोड़ों के साथ अच्छा बर्ताव कर सकते हो ?"

"कर सकता हूँ।"

"घोड़े इन्सानों की तरह ही होते हैं, सिर्फ़ यह है कि बोल नहीं सकते। उनसे हमेशा प्यार का

व्यवहार करना।'' ओवरसियर ने हुक्म दिया और सहसा ही आपे से बाहर होते हुए चीखा, ''उन पर निगाह रखना, मगर चाबुक से नहीं।''

क्षण-भर के लिए उसका चेहरा विचार की गहराई से खिल उठा, पर यह रंग दूसरे ही पल उड़ गया। उसकी जगह अन्यमनस्कता की एक परत ने तुरन्त ही ले ली। बोला, ''शादी हो गई है ?''

''नहीं।''

''तुम बेवकूफ़ हो। शादी कर लेनी चाहिए थी।'' उसने मिख़ाइल को विनोद से झटका दिया।

ओवरसियर ज़रा देर तक विस्तृत स्तेपी के आर-पार नज़र दौड़ाता रहा और फिर जम्हाई लेकर झोंपड़ी के अन्दर चला गया। उसके बाद एक महीने से अधिक समय की अपनी नौकरी के काल में मिख़ाइल ने उसके मुँह से कभी एक शब्द नहीं सुना।

फ़ार्म में कुल 55 स्टैलियन (साँड-घोड़े) थे और हर चरवाहे को दो-दो या तीन-तीन गिरोहों की देखभाल करनी पड़ती थी। मिख़ाइल को जो दो गिरोह सौंपे गए, उनमें से बड़े गिरोह का अगुआ बख़ार नाम का एक ताक़तवर पुराना स्टैलियन था, और बीस घोड़ियों के छोटे गिरोह का सरगना बनाल नाम का एक दूसरा स्टैलियन। ओवरसियर ने सोलदातोव नाम के सबसे होशियार और बेधड़क चरवाहे को बुलवाया और उससे बोला, ''यह हमारा नया चरवाहा है। नाम मिख़ाइल कोशेवोइ है। तातारस्की गाँव से आया है। इसे बख़ार और बनाल के गिरोह दिखला दो। और एक कमंद दे दो। यह तुम्हारी झोंपड़ी में रहेगा। इसे बता दो झोंपड़ी कहाँ है ! इसे अपने साथ ले जाओ।''

सोलदातोव ने बिना कुछ बोले सिगरेट जलाई और मिख़ाइल की ओर देखकर सिर हिलाया, ''चलो।'' बरसाती में पहुँचने पर उसने मिख़ाइल की धूप में खड़ी ऊँघती घोड़ी की ओर इशारा किया और पूछा, ''यह तुम्हारी घोड़ी है ? क्या गाभिन है ?''

''नहीं।''

''तो इसे बख़ार के पास ले जाओ। वह कोरोलयोव के अश्व-फार्म से आया था। उसका बाप अंग्रेज था। यों भी उस फ़ार्म के घोड़े बहुत तेज़ होते हैं। अच्छा, तो सवार हो लो, घोड़ी पर।''

घोड़ों पर सवार होकर दोनों साथ-साथ चले। आगे बढ़ने पर घोड़ों के घुटने-घुटने तक घास आ गई। झोंपड़ी और अस्तबल पीछे छूट गए। उन्हें अपने सामने नज़र आया नाजुक, नीली धुन्ध में लिपटा स्तेपी। वहाँ के सन्नाटे में उन्हें एक शोभा और शान का अनुभव हुआ। सूरज सफेद बादलों के पार की अपनी चोटी से धूप बरसाता रहा। गरम हवा से भारी बू उठती रही। दाईं ओर झील की मोटी-सी दूधिया सतह धुन्ध से मढ़ी रेखाओंवाले गढ़े में चमकती रही। लेकिन, निगाहों की दौड़ की पकड़ तक हर ओर हरियाली नज़र आई, अनन्त विस्तार धुँधलके के बीच लहरें लेता दीख पड़ा और प्राचीन स्तेपी के पैरों में दोपहर की गरमी की बेड़ियाँ दिखलाई पड़ीं। क्षितिज पर जादू-सा एक अमूर्त टीला दिखाई दिया।

घासों की जड़ों के चेहरे तमतमाए हुए थे और उसमें गहरा हरा रंग घुला हुआ था। हनीड्यु घास के फूलों में धूप ताँबे के रंग भर रही थी। लम्बी फ़ेदर घास छितरी हुई थी। उसके बीज कच्चे थे और उनके बीच-बीच में इमुरका के गोल धब्बे थे। काउच घास बीजों से बोझिल अपनी बर्छियाँ सूरज की ओर लपका रही थी। बौनी झाड़ियाँ, सेज-जड़ी के ठूँठों के बीच, जहाँ-तहाँ अन्धों की तरह ज़मीन से चिपकी हुई थीं। आगे फिर स्तेपी की घास की बाढ़ ठाठें मारती थी।

दोनों कज़्ज़ाक, बिना एक-दूसरे से बोले, घोड़ों पर सवार आगे बढ़ते गए। मिख़ाइल को इस शान्त विनय का नया अनुभव हुआ। स्तेपी के मैदान का सन्नाटा, और उसकी सधी हुई शान उसे टीसने-सी लगी। उसका साथी अपने घोड़े की अयाल पर झूलकर ऊँघने-सा लगा। काठी की कमान पर झुर्रियों से भरे उसके हाथ यों बँधे लगे जैसे कि वह किसी धार्मिक संस्कार में हिस्सा ले रहा हो।

इसी समय घोड़ों के खुरों के बीच से एक सारंग चिड़िया निकली और अपने पंखों के नीचे सफ़ेदी

चमकाती नाली के ऊपर उड़ने लगी। हवा की लहरें घास की पत्तियों को झूले झुलाने लगीं। शायद इन्हीं लहरों ने सुबह अज़ोव सागर की लहरियों में बल डाल दिए थे।

आधे घंटे में उन दोनों घुड़सवारों को ताल के किनारे चरता, घोड़ों का एक समूह मिला। सहसा ही सोलदातोव जाग उठा और सुस्ती से ऐंठता हुआ सीधा हुआ।

''यह तो लोमाकिन का गिरोह है, पर वह ख़ुद तो कहीं दिखलाई पड़ता नहीं।''

''इस गिरोह के स्टैलियन का क्या नाम है ?'' ऊँचे, हल्के, भूरे स्टैलियन की मन-ही-मन तारीफ़ करते हुए मिख़ाइल ने पूछा।

''फ्रेज़र...शैतान, बड़ा ही ख़ूँख़ार है। वह देखो, वह जा रहा है।''

स्टैलियन एक ओर को बढ़ा तो घोड़ियाँ उसके पीछे दौड़ पड़ीं।...

मिख़ाइल ने अपने दोनों गिरोह सँभाल लिए और अपनी चीज़ें खेतवाली झोंपड़ी में रख दीं। दूसरे तीन चरवाहे भी उसके साथ झोंपड़ी में हिस्सा बँटाते रहे। सोलदातोव उन सबका सीनियर था। उसने मिख़ाइल को उसका काम समझाया, स्टैलियन के चरित्र और आदतों के बारे में बताया और मुस्कुराकर सलाह देते हुए बोला—

''समझा यह जाता है कि तुम अपने काम अपने घोड़े पर सवार होकर ही करोगे, लेकिन अगर तुमने अपनी घोड़ी हर रोज़ जोती तो वह निकम्मी हो जाएगी। उसे तो तुम गिरोह में शामिल कर दो और सवारी किसी और घोड़ी पर करो। साथ ही घोड़े अक्सर ही बदलते रहो।''

और मिख़ाइल की आँखों के सामने उसने गिरोह से एक घोड़ी चुनी, बड़ी ही दक्षता से कमंद डाली, उस पर मिख़ाइल की घोड़ी की काठी कसी और उसे उसके पास लाते हुए बोला, ''तुम इस घोड़ी पर चढ़ा करो। लेकिन, ख़्याल रखना, यह अभी साधी नहीं गई है। चढ़ो और इस बहाने साधो भी इसे।'' उसने दाहिने हाथ से तेज़ी से लगाम खींचते और बाएँ हाथ से घोड़ी के कँपकँपाते हुए नथुने सहलाते हुए चिल्लाकर कहा, ''घोड़ों की देखभाल प्यार से करना। घोड़े अस्तबल में बात मानते हैं, मगर बाहर मैदान में दूसरे ही हो जाते हैं। मगर, जहाँ तक बख़ार का सवाल है, आँखें खुली रखना। उसके पास अपनी घोड़ी कभी न लाना वरना वह तेरी हड्डी-पसली चूर कर देगा।'' उसने रकाबों में पैर जमाते और घोड़ी के कसे हुए, रेशमी स्तनकोष को स्नेह से थपथपाते हुए कहा।

3

मिख़ाइल ने एक सप्ताह तक आराम किया और सारा समय काठी पर बैठे ही बिताया। स्तेपी ने उसके चित्त को थोड़ा विनम्र बनाया, और उसे पुराने ढंग की ज़िन्दगी बिताने पर मजबूर कर दिया।

घोड़ों का गिरोह आस-पास निकल जाता और वह या तो काठी पर बैठा ऊँघता रहता या घास पर लेटकर शून्य मन से आसमान में भटकते बादलों को देखता रहता। पहले जीवन से यह विराग उसके मन को ख़ुशी से भरता रहा और लोगों की भीड़भाड़ से इतनी दूर की ज़िन्दगी उसे भली भी लगी। पर, वह नई परिस्थिति से अपना तालमेल बैठाता रहा कि पहले सप्ताह के अन्त में एक धुँधली-सी आशंका उसके मन में घर करने लगी। उसे ख़्याल आया, 'दूर लोग अपनी और दूसरों की क़िस्मतों का फ़ैसला कर रहे हैं और यहाँ मैं इतनी सारी घोड़ियों की देखभाल कर रहा हूँ।' लेकिन, एक दूसरे स्वर ने उत्तर में उभरकर फुसफुसाते हुए कहा, 'लड़ने दो उन लोगों को। वहाँ तो हर जगह, मौत का प्रसार है, लेकिन यहाँ आज़ादी है, हरी घास है और नीलम का खुला आसमान है। वहाँ लोग क्रोध से उबल रहे हैं, मगर यहाँ शान्ति है। क्यों सिर धुनो कि दूसरे लोग क्या कर रहे हैं !' लेकिन, इस पर भी विचार उसके चित्त की शान्ति भंग करते रहे और इसी वजह से वह दूसरों के संग-साथ की तलाश करने लगा। अब वह पहले से कहीं अधिक सोलदातोव की संगत चाहने और उसके करीब आने की

कोशिश करने लगा।

लेकिन, सोलदातोव को अकेलेपन की कोई बीमारी न थी। वह शायद ही कभी रात झोंपड़ी में काटता, प्रायः घोड़ों के अपने गिरोहों के साथ ताल के किनारे बना रहता, और जानवरों की-सी ज़िन्दगी बिताता। अपने खाने के लिए शिकार करता और इतनी अक्लमंदी से करता, जैसे कि जीवन-भर सिर्फ यही काम करता रहा हो। एक बार मिख़ाइल ने उसे मछली के शिकारवाली बंसी को घोड़े के बाल से चमकाते देखा और पूछा, ''इसमें क्या पकड़ोगे तुम ?''

''मछली।''

''पर मछलियाँ हैं कहाँ ?''

''तालाब में।''

''तुम मछलियों के लिए चुग्गा क्या इस्तेमाल करते हो ? कीड़े ?''

''रोटी और कीड़े-मकोड़े।''

''इन चीज़ों को उबालते हो तुम ?''

''मैं इन्हें धूप में सुखाता हूँ। लो, ज़रा चखकर देखा।'' सोलदातोव ने अपनी पतलून की जेब से कार्प का एक टुकड़ा निकाला और खुशी से हँसते हुए मिख़ाइल को दिया।

दूसरी बार मिख़ाइल अपने गिरोह का पीछा कर रहा था कि सोलदातोव द्वारा बिछाए जाल में उसे एक सारस फँसा दिखा। पास ही बहुत ही कुशलता से बना नकली सारस दिखाई दिया और जाल बहुत ही कला से घास में छिपा नज़र आया। सोलदातोव ने उसी रात ज़मीन में छेद कर जानवर पकाया। इसके लिए उसने पहले उसके ऊपर अंगारे बिछाए। मांस पक गया तो उसने मिख़ाइल को खाने की दावत दी। जब मिख़ाइल ने ज़ायकेदार मांस हाथ में उठाया तो सोलदातोव बोला, ''जाल में दुबारा हाथ मत लगाना, खराब कर दोगे तुम उसे।''

''आख़िर तुम यहाँ कैसे आ टपके ?'' मिख़ाइल ने उससे पूछा।

''मैं अपने माँ-बाप का अकेला बेटा हूँ।'' सोलदातोव एक क्षण को चुप रहा और फिर अचानक ही बोला, ''सुनो, लड़के कहते हैं कि लाल-लोगों में से तुम भी एक हो। यह बात सही है क्या ?''

मिख़ाइल को ऐसे सवाल की आशा न थी, इसलिए वह अचकचा गया, ''नहीं तो...हाँ, मैं चला गया था उनके गिरोह में...पर, पकड़ा गया।''

''तुम गए क्यों थे उनके गिरोह में ? किस बात का लालच था तुम्हें ?'' सोलदातोव ने और धीरे-धीरे मुँह चलाते हुए गम्भीर भाव से पूछा।

वे दोनों एक सूखे दर्रे के ऊपर, आग के किनारे बैठे थे। कंडे की आग घना धुआँ उगल रही थी, और राख के बीच से हल्की-सी लपट उठ रही थी। उनके पीछे रात खुश्क और गर्म साँसें ले रही थी और सूखे चिरायते की गन्ध ऊपर से आ रही थी। काले आसमान में टूटते सितारों के डोरे पड़-पड़ जाते थे। सितारा टूटता तो हर बार ऐसा निशान छोड़ता जैसा कि चाबुक का निशान घोड़े की साज की दुमची पर पड़ जाता है।

मिख़ाइल ने सोलदातोव के, आग की रोशनी में दमकते चेहरे पर सावधानी से नज़र गड़ाई और जवाब दिया, ''मैं लोगों के हक़ के लिए लड़ना चाहता था।''

''कैसा हक़, ज़रा मुझे बताओ।'' सोलदातोव ने धीमी आवाज़ में राज़ लेते हुए पूछा, इस पर मिख़ाइल एक क्षण तक हिचकिचाया। उसने सोचा कि उसके साथी ने अपने मन का भाव छिपाने के लिए कंडे का ताज़ा टुकड़ा आग में डाला। फिर वह हिम्मत जुटाते हुए बोला, ''हक के मानी हैं, हरएक के लिए बराबरी, यानी यह नहीं होना चाहिए कि कोई रईस हो, राजा हो, और कोई किसान हो। समझे ! और, यह बराबरी आकर रहेगी एक दिन।''

''तुम्हारा ख़्याल नहीं है कि जीत कैडेटों की होगी ?''

"नहीं, मेरा ख़्याल नहीं है।"

"तो यह चाहते थे तुम भी..." सोलदातोव ने लम्बी साँस खींची और झटके से उठकर खड़ा हो गया, "कुत्ते का पिल्ला कहीं का, तो तू चाहता था कज़्ज़ाकों के साथ गद्दारी करना और यहूदियों के साथ मिलकर जाना ?" उसकी आवाज़ में गुस्सा था, "तुम हम सबकी जड़ उखाड़ना चाहते थे, क्यों ? इसलिए कि यहूदी सारे स्तेपी में कारखाने बिछा दें ? इसलिए कि वे हमें यहाँ से भगा दें, हाँक दें ?"

परेशान मिख़ाइल भी उठकर खड़ा हुआ। उसे लगा कि सोलदातोव उस पर भरपूर हाथ जमा रहा है, सो वह उछलकर एक क़दम पीछे हो गया। सोलदातोव ने उसे पीछे हटते देखा तो मुट्ठी घुमाई। इस पर मिख़ाइल ने उसका हाथ थाम लिया और कलाई मरोड़ते हुए सलाह देते हुए बोला, "होश में आओ, नहीं तो तुम्हारा सारा नशा हिरन कर दूँगा मैं। गला क्यों फाड़ रहे हो ?"

दोनों अँधेरे में एक-दूसरे के सामने खड़े रहे। उनके पैर पड़ने से नीचे की आग बुझ गई। केवल कंडे का एक टुकड़ा धुआँ देता रहा। वह टुकड़ा ठोकर लगने से दूर जा गिरा था।

सोलदातोव ने बाएँ हाथ से मिख़ाइल की कमीज़ का कॉलर थामा और उसे ऊपर उठाकर मुट्ठी में समेटते हुए अपना दाहिना हाथ छुड़ाने की कोशिश की।

"छोड़ो मेरी क़मीज !" मिख़ाइल अपनी गर्दन ऐंठते हुए हाँफने लगा, "मैं कहता हूँ छोड़ो इसे...मैं तुम्हें भूसा करके रख दूँगा, सुनते हो ?"

"नहीं...मैं नहीं छोडूँगा...तू मेरा भूसा करके रख देगा...ठहर, अभी बतलाता हूँ तुझे !" सोलदातोव गुर्राया।

मिख़ाइल ने अपने को छुड़ाया, सोलदातोव को पीछे ढकेला और उस पर चोट करते, उसे भरपूर ठोकर देने और अपने हाथों को खुलकर खेलने का पूरा मौक़ा देने के ख़्याल से, काँपते हुए, अपनी कमीज़ ठीक की।

सोलदातोव ने उसकी ओर बढ़ने की चेष्टा नहीं की, दाँत पीसे और धुआँधार गालियाँ बरसाते हुए ज़ोर से बोला, "मैं शिकायत करूँगा...मैं ओवरसियर से तेरी शिकायत करूँगा। साँप है तू...साँप ! कीड़ा कहीं का ! बोलशेविक ! तेरी नौबत तो वही होनी चाहिए जो पोद्त्योलकोव की हुई !"

'अब यह शिकायत करेगा मेरी। एक का ग्यारह करके बताएगा ! वे लोग मुझे जेल में ठूँस देंगे। अब वे लोग मुझे मोर्चे पर न भेजेंगे यानी मैं जाकर लाल-लोगों के दल में शामिल न हो पाऊँगा। मेरा सारा काम तमाम समझो !' मिख़ाइल के बदन-भर में ठंडक दौड़ गई और अपनी बचत की राह सोचते हुए वह इस तरह मायूस हो गया, जैसे कोई मछली नदी की बाढ़ के पानी के उतरने के बाद किसी छोटे-से ताल में पड़ी रह जाती है। उसने सोचा—'मैं मार डालूँगा इसे। मैं गला घोंट दूँगा इसका। इसके सिवाय कोई और चारा नहीं है।' और दूसरे ही क्षण वह अपनी बचत के बहाने ढूँढ़ने लगा—'मैं कह दूँगा—इसने मेरी जान लेने की कोशिश की तो मैंने इसकी गर्दन पकड़ ली...धोखे से यह मर गया।'

वह थरथराते हुए सोलदातोव की ओर बढ़ा, और उसने उसे दौड़ाने की कोशिश की कि मौत और ख़ून एक-दूसरे की जान के गाहक हो जाएँ। पर, सोलदातोव खड़ा कोसता रहा तो मिख़ाइल ठिठक गया। उसके पैर टिकने से जवाब देने लगे और पीठ पर पसीने की धारें बह चलीं।

"मुँह बन्द करो, सोलदातोव...सुनते हो, चीख़ना बन्द करो ! शुरू में तुमने वार किया था मुझ पर..." उसके जबड़े काँपने लगे, आँखें फटकर नाचने-सी लगीं और वह दीन भाव से बोला—"यह तो महज़ दोस्तों की तकरार थी। फिर, मैंने पहले तुम पर हाथ नहीं छोड़ा। मैंने तो कुछ कहा नहीं। अगर मेरी कोई बात बुरी लगी हो तुम्हें तो माफ़ करो...ईमानदारी से कहता हूँ !"

सोलदातोव धीरे-धीरे शान्त हो गया। ज़रा देर बाद, वह अपना हाथ मिख़ाइल के ठंडे, पसीने से तर हाथ से खींचता हुआ बोला, "तुम साँप की तरह दुम नचाते हो ! ठीक है, मैं किसी से कुछ नहीं कहूँगा। मैं तुम्हारे गधेपन पर तरस खाऊँगा, लेकिन अब तुम मेरी नज़रों के सामने न पड़ना। मुझे तुम्हारी

शक्ल गवारा नहीं। सुअर कहीं के, तुमने अपने को यहूदियों के हाथों बेच दिया, और जो अपने को रक़्म के लिए बेच देते हैं, उनके लिए मेरे मन में किसी तरह का कोई रहम नहीं होता।''

मिख़ाइल अँधेरे में ग्लानि और दैन्य से मुस्कुराया, पर सोलदातोव की निगाह उस मुस्कान पर वैसे ही न पड़ी, जैसे कि उसकी नज़र उसकी भिंची हुई मुट्ठी पर न पड़ी थी।

आगे और कोई बात न हुई और दोनों एक-दूसरे से अलग हो गए। कोशेवोइ ने उतावली से अपने घोड़े पर चाबुक जमाया और उसे सरपट दौड़ाता अपने गिरोह की खोज में निकल पड़ा। पूर्व में बिजली कौंधी और बादल गरजे।

उस रात को स्तेपी में तूफ़ान आया। आधी रात के करीब एक चक्रवात उठा और ठिठुरन और गर्द का घना बादल अपने पीछे छोड़ता धरती पर उमड़ चला। आसमान में घटाएँ घिर आईं। बिजली मिट्टी-से काले बादलों के विस्तार को अपने हल में जोतने लगी। फिर सन्नाटा हो गया। इसके बाद फिर दूर कहीं बिजली चमकी और धरती पर बूँदों के बीज पटापट बरसने लगे। बिजली की दूसरी कौंध के उजाले में कोशेवोइ ने देखा कि आसमान में काले-काले बादल उमड़-घुमड़ रहे हैं, धमका रहे हैं और नीचे धरती पर घोड़े एक जगह गोल बाँधकर, एक-दूसरे से सटकर खड़े हो गए हैं। इसके बाद बिजली भयानक रूप से कड़की और इसके साथ ही मूसलाधार पानी बरसने लगा।

स्तेपी अस्फुट स्वरों में बुदबुदाया। हवा मिख़ाइल की गीली टोपी को उसके सिर से उड़ा ले गई और उसे घोड़े की काठी पर जैसे दबा गई। एक क्षण तक गहरा सन्नाटा रहा। फिर बिजली नए सिरे से यहाँ से वहाँ तक लहरा गई। गिरोह के घोड़े पैर पटकने लगे। मिख़ाइल, अपनी घोड़ी की लगाम पूरी ताक़त से खींचते हुए, घोड़ों के मन का डर निकालने की कोशिश में चिल्लाया, ''सीधे खड़े हो...ए...हें...!''

बादलों के बीच, बिजली की दूध-सी टेढ़ी-मेढ़ी रेखा के चमचमाते ही मिख़ाइल ने देखा कि उसके गिरोह के घोड़े ज़मीन से लगभग अपना सिर सटाए, उसकी ओर दौड़े चले आ रहे हैं। उनके फैले हुए नथुने ज़ोर-ज़ोर से साँस लेने लगे और उनके बिना नालों के खुर नम धरती पर बजते मालूम हुए। बख़ार अपनी पूरी रफ़्तार से आगे-आगे दौड़ता दीखा। कोशेवोइ ने अपनी घोड़ी की लगाम खींची और उसे यों हिराया-फिराया कि गिरोह बग़ल से निकल गया। उसने यह नहीं समझा कि परेशान और बिजली की कड़क से घबराए हुए घोड़े उसकी चीख पर उसके पास सरपट दौड़ते आए। उसने इस बार और ज़ोर से आवाज़ लगाई–

''रुको...खड़े हो जाओ...हे...ए!''

फिर, खुरों की तेज़ पटापट, अँधेरा चीरती उसके कानों में पड़ी। वह डर गया और घबराहट में चाबुक घोड़ी के माथे के बीचोंबीच भरपूर बैठ गया। पर चिड़ियाँ खेत चुग गई थीं। सहसा ही एक बौखलाई घोड़ी का सीना उसकी घोड़ी के पुट्ठे से टकराया। वह काठी से उछलकर इस तरह दूर जा गिरा, जैसे कि किसी ने उछाल दिया हो। मगर, उसकी जान बच गई और इसे एक चमत्कार ही कहिए। हुआ यह कि पूरा गिरोह उसकी दाईं ओर से निकल गया। सिर्फ़ एक घोड़ी का खुर उसके दाएँ बाजू पर पड़ा। वह उठा और होशियारी से आगे बढ़ने लगा। उसने अपने को अधिक-से-अधिक शान्त रखा। उसे पास ही गिरोह की घोड़ियों की आहट मिली। वे इन्तज़ार करती दिखाई दीं कि वह आवाज़ लगाए और वे ताबड़तोड़ फिर उसकी ओर सरपट दौड़ें। साथ ही स्टैलियन की ख़ास हिनहिनाहट भी उसने सुनी। वह सुबह तड़के तक झोंपड़ी वापस नहीं पहुँचा।

4

15 मई को दोन की विशाल सेना के अतामान क्रॉसनोव, विभागीय अध्यक्षों की परिषद के प्रधान और

विदेशी मामलों के विभाग के अध्यक्ष मेजर जनरल अफ़्रीकान बोगायेव्स्की, दोन-प्रदेश की सेना के जनरल स्टाफ़ के चीफ़ कर्नल किसलोव और कुबान के अतामान फ्रिलीमोनोव के साथ स्टीमर से मानिचस्काया पहुँचे।

दोन और कुबान प्रदेश के जागीरदार डेक पर खड़े होकर सबकुछ देखने लगे। जहाज़ ने लंगर डाला, जहाज़ के गैंगवे में दौड़-धूप शुरू हुई और उसके नीचे की लहरें आन्दोलित हो उठीं। फिर, किनारे खड़ी भीड़ के सैकड़ों लोगों की निगाहें उन पर जम गईं। मेहमान किनारे आए।

आसमान, क्षितिज और स्वयं दिनमान के चारों ओर एक नीली धुन्ध लिपटी रही। यहाँ तक कि दोन भी गैरमामूली तौर पर पीले रंग की झलक देते हुए नीली दिखाई देती रही, और लहरियादार बादलों के पहाड़ों की बर्फ़ीली चोटियाँ उसमें ऐसे झलकती रहीं, जैसे कि नदी का धरातल खोखला हो।

. हवा, धूप खार से भरे सूखे दलदलों और मुर्दा घास की बास से बोझिल होने लगी। भीड़ के बीच लोग फुसफुसाने लगे। स्थानीय अधिकारियों ने जनरल का अभिवादन किया और जनरल चौक की ओर रवाना हुए।

एक घंटे बाद दोन-सरकार और स्वयंसेवक-सेना के प्रतिनिधियों का एक सम्मेलन अतामान के मकान में शुरू हुआ। स्वयंसेवक-सेना का प्रतिनिधित्व किया जनरल देनिकिन, जनरल अलेक्सेयेव, जनरल रोमानोव्स्की, स्टाफ़ के चीफ़, कर्नल र्‍यास्न्यान्स्की और कर्नल इवाल्द ने।

सभा का वातावरण उत्साहहीन रहा। क्रॉसनोव ने अपनी मर्यादा का पूरा ध्यान रखा। अलेक्सेयेव इधर-उधर, हर ओर हाथ हिलाते घूमते रहे। फिर मेज़ पर बैठ गए और उन्होंने अपने फूले हुए गाल अपनी ख़ुश्क, उजली हथेलियों से साधकर आँखें अन्यमनस्क भाव से बन्द कर लीं। मोटर के सफ़र के कारण उन्हें अपनी तबियत ज़रा भारी लगी। वे उम्र और घटनाओं के बोझ के कारण मुरझाए हुए मालूम हुए। मुँह के सिरे अजब ढंग से झूलने लगे। नीली, नसोंवाली पलकें सूज़ी हुई और भारी लगीं। कनपटियों के आरपार झुर्रियों के ताने-बाने दिखे। गाल से चिपकी उँगलियाँ, बुढ़ापे के कारण पिलछरे, भूरे बालों की सीमाएँ छूती रहीं। इसी समय कर्नल र्‍यास्न्यान्स्की ने, किसलोव की सहायता से एक नक्शा सावधानी से मेज़ पर फैलाया। रोमानोव्स्की नक्शे का सिरा अपनी छोटी उँगली के नाख़ून से दबाकर खड़े हो गए। बोगायेव्स्की ने अलेक्सेयेव का निराशा पैदा करनेवाली सीमा तक थकान से उतरा, गहरी संवेदनावाला चेहरा देखते-देखते नीचे दोस की टेक लगा ली। चेहरा प्लास्टर के बनावटी चेहरे की तरह सफ़ेद था। बोगायेव्स्की ने अपनी तरल, बादाम जैसी आँखें उसी तरह जमाए मन-ही-मन सोचा, 'कैसे बूढ़े हो गए हैं ये ! कितने ज़्यादा बूढ़े लगते हैं !'

बाक़ी लोग मेज़ के चारों ओर बैठ भी न पाए कि देनिकिन एकाएक ही क्रॉसनोव को सम्बोधित करते हुए उत्तेजित स्वर में बोला, "सम्मेलन के शुरू होने से पहले मैं आपको एक ज़रूरी सूचना देना चाहता हूँ कि हमें आपकी बात पर बड़ा आश्चर्य हुआ है। बताइस्क को हथियाने के लिए फ़ौजों को भेजने की बात करते हुए आप कहते हैं कि आपके कॉलम के दाहिने सिरे पर एक जर्मन तोपखाना रहेगा। मैं यह सीधे-सीधे मान लेता हूँ कि इस तरह का सहयोग मुझे अजीबोग़रीब तो लगता ही है और भी कुछ लगता है। क्या मैं आपसे पूछ सकता हूँ कि देश के दुश्मनों से, देश के ऐसे धोखेबाज़ दुश्मनों से आपकी इस साँठगाँठ के मतलब क्या होते हैं ? आप उनकी मदद क्यों मंजूर करना चाहते हैं ? क्या आपको यह खबर नहीं मिली कि मित्र-देश हमें सहायता देने को तैयार हैं। स्वयंसेवक-सेना, जर्मनी से आपकी इस दोस्ती को, रूस के पुनःस्थापन के आन्दोलन के साथ ग़द्दारी मानती है। दोन-सरकार की कार्रवाइयों को भी व्यापक मित्र-वर्गों में कुछ इसी तरह समझा जाता है। मैं आपसे इस चीज़ की सफ़ाई चाहता हूँ।"

देनिकिन की भौंहें क्रोध से तन गईं और वह उत्तर की प्रतीक्षा करने लगा।

क्रॉसनोव आत्म-नियन्त्रण और सत्संस्कारों के कारण ही गम्भीर बना रह सका, पर आक्रोश दूसरी

भावनाओं को दबाता गया। मूँछों के सफ़ेद होते बालों के नीचे उसका मुँह अधीरता से ऐंठता रहा। अन्त में उसने बड़ी विनय के साथ, बड़े शान्त भाव से उत्तर दिया–

"जब पूरे-के-पूरे उद्देश्य या आन्दोलन का भविष्य अनिश्चित हो उठता है तो पहले के दुश्मनों से भी मदद ली जा सकती है। इस मामले में तुनुकमिज़ाजी से काम नहीं चल सकता। ख़ैर, तो दोन की सरकार, पचास लाख सर्वसत्तात्मक जनता का प्रतिनिधित्व करनेवाली सरकार, और किसी के भी संरक्षण से सर्वथा मुक्त सरकार के सामने इन कज़्ज़ाकों की रक्षा का सवाल है, और इनके हितों को ध्यान में रखते हुए उसे स्वतन्त्र रूप से कार्य करने और कोई भी क़दम उठाने का पूरा अधिकार है।"

इन शब्दों पर अलेक्सेयेव ने अपनी आँखें खोलीं और वे ध्यान से सुनने की गहरी कोशिश करने लगे। क्रॉसनोव ने बोगायेव्स्की पर एक नज़र डाली। बोगायेव्स्की बेचैनी से अपनी चिकनी, चमकदार मूँछें ऐंठ रहा था। क्रॉसनोव आगे बोला, "महामहिम, आपका तर्क अपने मूल-रूप में नैतिक मामूल होता है। आपने एक दायित्वपूर्ण वक्तव्य दिया है और हमारी कार्रवाइयों को रूस के पुनःस्थापन के आन्दोलन के साथ ग़द्दारी और मित्र-देशों के साथ ग़द्दारी आदि के नाम दिए हैं। लेकिन मेरा ख़्याल है कि आप यह जानते हैं कि स्वयंसेवक-सेना ने हमसे बम के गोले लिए हैं, और ये गोले हमारे हाथ जर्मनों ने बेचे हैं।"

"अलग-अलग तरह के दो मामलों को आप कृपा कर उलझाइए नहीं। मेरा इस बात से कोई सम्बन्ध नहीं कि आप जर्मनों से फ़ौजी सामान किस तरह लेते हैं, लेकिन उनसे फ़ौजी मदद लेने के मामले में हामी भरना..." देनिकिन ने क्रोध से कन्धे झटके।

क्रॉसनोव ने अपना भाषण पूरा किया, और अन्त में बड़ी सावधानी के साथ, मगर दृढ़ स्वरों में कहा, "आज मैं वह ब्रिगेडियर-जनरल नहीं हूँ, जिसे देनिकिन आस्ट्रो-जर्मन मोर्चे पर जानते रहे हैं।"

क्रॉसनोव के बोलने के बाद वातावरण को एक भद्दे सन्नाटे ने ग्रस लिया। देनिकिन ने यह वातावरण बदला और बहस को दोन-प्रदेश और स्वयंसेवक-सेना के संगठन, और एक मिली-जुली कमान की स्थापना की ओर मोड़ा। परन्तु इसके पहले छिड़े विवाद से उनके बीच के सम्बन्धों में जो दरार आई, वह बराबर बढ़ती ही चली गई। उसका अन्त बाद में तब हुआ जब क्रॉसनोव ने सरकार से इस्तीफ़ा दे दिया।

फ़िलहाल, इस समय क्रॉसनोव सीधा जवाब देने से क़तराया और उसने सुझाव दिया कि हमें ज़ारित्सिन के खिलाफ़ मिल-जुलकर आन्दोलन करना चाहिए। इस आन्दोलन के दो उद्देश्य होने चाहिए–एक तो युद्ध की दृष्टि से एक ज़ोरदार अड्डा हथियाना, और दूसरे, यूराल के कज़्ज़ाकों से अपना सम्बन्ध स्थापित करना।

इस पर थोड़ी बहस हुई।

"मुझे यह बतलाने की ज़रूरत नहीं कि ज़ारित्सिन का हमारे लिए कितना महत्त्व है !"

"स्वयंसेवक-सेना की टक्कर जर्मनों से हो सकती है। कुबान की आज़ादी के बाद ही ज़ारित्सिन जाने की बात सोच सकता हूँ, उसके पहले नहीं।"

"ठीक है, पर ज़ारित्सिन का हथियाना जाना मूलभूत समस्या है। दोन-सैन्य-सरकार ने मुझे अधिकार दिया है कि मैं इस मामले में आपसे सहायता का अनुरोध करूँ, महामहिम !"

"मैं एक बार फिर कहना चाहता हूँ कि मैं कुबान के कज़्ज़ाकों को पीठ दिखाकर भाग नहीं सकता।"

"ज़ारित्सिन पर हमले की हालत में मिली-जुली कमान का सवाल उठ सकता है।"

अलेक्सेयेव ने बात के विरोध में अपने होंठ काटे, "इसका सवाल ही नहीं उठता ! कुबान के कज़्ज़ाक तब तक अपनी सरहद के बाहर एक क़दम न रखेंगे जब तक कि उनके प्रदेश से बोलशेविक पूरी तरह साफ़ न हो जाएँगे। स्वयंसेवक-सेना में सिर्फ़ ढाई हज़ार संगीनें हैं और सेना के एक-तिहाई

लोग या तो ज़ख्मों की वजह से बेकार हैं, या बीमारी की वजह से।''

यानी, सस्ते भोजन के दौरान जो बातें हुईं उनसे यह बात साफ़ हो गई कि कोई समझौता हो नहीं सकेगा। इस समय कर्नल र्‍यास्न्यान्स्की ने मारकोव के एक फ़ौजी कारनामे की मनगढ़न्त-सी, एक ऐसी मज़ेदार दास्तान सुनाई कि उसके और खाने के प्रभाव के कारण तनाव कम होने लगा। लेकिन, भोजन के बाद अफ़सर धूम्रपान करने के लिए बैठकख़ाने में आए तो देनिकिन ने रोमानोव्स्की का कन्धा थपथपाया और क्रॉसनोव की ओर अपनी अधखुली आँखों से टेढ़ी निगाह डालते हुए फुसफुसाकर बोला, ''इस इलाक़े का नैपोलियन समझिए !...आदमी को दिमाग़ नाम की चीज़ तो जैसे मिली ही नहीं।''

रोमानोव्स्की ने शान्त भाव से मुस्कुराकर तेज़ी से जवाब दिया, 'हुकूमत सम्हालना चाहता है। है तो ब्रिगेडियर-जनरल मगर बादशाहों की ताक़त के नशे में चूर है। मेरी राय में हँसी-मज़ाक़ को समझने का माद्दा उसमें है ही नहीं।''

दुश्मनी की भावना लेकर ही वे एक-दूसरे से अलग हुए—अपने-अपने मन में एक संशय-सा लेकर—

उस दिन से दोन-सरकार और स्वयंसेवक-सेना के बीच के सम्बन्ध बराबर बिगड़ते ही गए, और स्वयंसेवक-सेना की कमान को जर्मन सम्राट् विलहेल्म के नाम लिखे क्रॉसनोव के पत्र की बातों का पता चला तो यह स्थिति अपने चरम बिन्दु पर पहुँच गई। नोवोचेरकास्क के अस्पताल में स्वास्थ्य-लाभ करते घायल स्वयंसेवकों को, क्रॉसनोव की अपनी हुकूमत की प्यास और पुराने कज़्ज़ाक रीति-रिवाजों को फिर से जमाने की इच्छा पर, हँसी आ गई। अपने हलक़े में वे उसकी चर्चा नफ़रत से करते और देहाती लहजे में उसे 'माई-बाप' का नाम देते। दोन-सेना के सरकारी-सम्बोधन के सिलसिले में वे 'सर्वशक्तिमान्' की जगह 'सर्व-प्रसन्न' शब्द का प्रयोग करते। जवाब में, आज़ादी के पीछे पागल लोग स्वयंसेवकों के नाम के पहले 'घुमक्कड़', 'चारण' और 'बिना बादशाहत के बादशाह' जैसे विशेषण जोड़ देते। स्वयंसेवक-सेना के एक बड़े पदाधिकारी ने चोट करते हुए एक बार कहा कि दोन-सरकार एक ऐसी रंडी है, जिसकी रोटी जर्मन-शय्या से चलती है। इसका उत्तर खुद जनरल देनिसोव ने दिया। बोले, ''अगर दोन-सरकार रंडी है तो स्वयंसेवक-सेना एक ऐसी बिल्ली है जो उसकी जूठन के टुकड़ों पर पलती है।''

यह था स्वयंसेवक-सेना का दोन-कज़्ज़ाकों पर पूरी तरह निर्भर की ओर संकेत, क्योंकि इन कज़्ज़ाकों को जर्मनों से जो फ़ौजी सप्लाई मिलती थी उसमें उसका साझा होता था।

रोस्तोव और नोवोचेरकास्क स्वयंसेवक-सेना के पिछले मोर्चे थे और इन दिनों अफ़सरों से भरे पड़े थे। इनमें से हज़ारों मुनाफ़ाख़ोरी से जीते थे, पीछे के अनगिनत संगठनों में काम करते थे, नाते-रिश्तेदारों और परिचितों के यहाँ पनाह लेते थे, और जाली दस्तावेज़ों के बल पर घायल बनते और अस्पतालों में चारपाइयाँ तोड़ते थे। उनमें जो सबसे बहादुर थे वे या तो लड़ाई में खेत रहे थे या टाइफ़स बुख़ार और ज़ख्मों के कारण चल बसे थे। जो बाकी बचे थे उन्होंने क्रान्ति के वर्षों में अपने सम्मान और अपनी आत्मा को बेच खाया था। आज वे पीछे के मोर्चे के इलाक़ों में दुम दबाए फिर रहे थे, और समय की तूफ़ानी धारा पर गँदले झाग की तरह उतरा रहे थे। ये रिज़र्व में चले आए बासी अफ़सर थे, जो सान पर कभी न चढ़े थे और आरोप और लांछन लगाते हुए चेरनेत्सोव ने जिन्हें कभी रूस की रक्षा करने को ललकारा था। इनमें से अधिकांश, फ़ौजी वर्दी में, तथाकथित 'विचारशील बुद्धिजीवियों के निकृष्टतम उदाहरण' थे। वे बोलशेविकों के साथ से कट आए थे, पर 'श्वेतों' की क़िस्मत से उन्होंने अपनी तक़दीर का तार न जोड़ा था। वे कूप-मंडूकों की तरह जीते, रूस के भविष्य पर बहसें करते, अपने बच्चों के दूध के लिए जो कमा सकते सो कमाते और हृदय से लड़ाई के ख़त्म हो जाने की आशा लगाए रहते।

देश पर किसकी हुकूमत होती है और किसकी नहीं, इस बात से जैसे उन्हें कुछ लेना-देना ही न

रहता। क्रॉसनोव, जर्मन या बोलशेविक, सब उन्हें एक-से ही लगते। वे तो सिर्फ़ यह चाहते कि जैसे भी हो, लड़ाई ख़त्म हो।

पर, घटनाओं की बिजलियाँ दिन-प्रतिदिन कौंधती रहीं। साइबेरिया में चेक-विद्रोह हुआ, उक्रइन में मख़ानो ने जर्मनों से तोपों और मशीनगनों की भाषा में पूरे ज़ोर-शोर से बातें कीं--सारे का सारा रूस आग की लपटों में लिपट उठा। पूरे का पूरा रूस दर्द से ऐंठने लगा।

जून में पुरवा हवा के झोंके की तरह यह अफ़वाह पूरे दोन-प्रदेश में फैल गई कि जर्मनों पर हमला बोलने की तैयारी के सिलसिले में चेक बोलगा के किनारे-किनारे पूर्वी मोर्चा बना रहे हैं और सरातोव, ज़ारित्सिन और अस्त्राखान पर अधिकार कर रहे हैं। उक्रइन में जर्मन स्वयंसेवक- सेना के रंग में रँगकर, रूस के बाहर चले गए अफ़सरों को, अपनी पाँतों के बीच से गुज़रने की अनुमति देने लगे, यद्यपि थोड़ी हिचक के साथ।

जर्मन कमान ने, 'पूर्वी मोर्चे' की रचना की इसी अफ़वाह से घबड़ाकर, अपने प्रतिनिधियों को दोन-प्रदेश भेजा। दस जुलाई को जर्मन सेना के मेजर वॉन कॉकेनहाशेन, मेजर वॉन स्तेफ़ानी और वॉन शेलेनील नोवोचेरकास्क पहुँचे। दोनों का उसी दिन अतामान क्रॉसनोव ने महल में स्वागत किया। जनरल बोगायेव्स्की भी इस अवसर पर उपस्थित थे।

मेजर कॉकेनहाशेन ने अपने श्रोताओं से कहा, ''जर्मन-कमान ने दोन की 'महान सेनाओं' को हर तरह की मदद दी है। दोन-प्रदेश ने जब बोलशेविकों के विरुद्ध संघर्ष किया और अपने सीमान्त-प्रदेशों को नए सिरे से अपने अधिकार में लेना चाहा तो उसने सशस्त्र हस्तक्षेप तक किया। अब आप बतलाइए कि चेक अगर उन्हीं जर्मनों के खिलाफ़ फ़ौजी कार्रवाई करें तो आपका रुख क्या होगा, आप क्या करेंगे ?'' इस पर क्रॉसनोव ने मेजर को विश्वास दिलाया कि अगर ऐसी हालत पैदा हुई तो कज़्ज़ाक पूरी तरह तटस्थ रहेंगे, और दोन-प्रदेश को फ़ौजी अखाड़ा तो किसी भी सूरत में नहीं बनने देंगे। मेजर वॉन स्तेफ़ानी ने कहा—''तो, ठीक है, अतामान यही बात हमें कागज पर लिखकर दे दें।''

क्रॉसनोव ने जर्मन सम्राट को निम्न पत्र लिखा—''महामहिम महाराजाधिराज, इस पत्र के वाहक, आपके शाही दरबार में दोन-प्रदेश की महान सेना के अतामान और उनके सहयोगियों को मैं--दोन का अतामान—यह अधिकार देता हूँ कि वे महान जर्मनी के सर्वोपरि सम्राट का, यानी आपका, मेरी ओर से अभिवादन करें, और आपकी सेवा में मेरी ओर से निवेदन करें कि—

''दोन-प्रदेश के पराक्रमी कज़्ज़ाक दो महीने से अपनी मातृभूमि की मुक्ति के लिए संघर्ष करते रहे हैं और इस संघर्ष में उन्होंने उसी साहस का परिचय दिया है, जिस साहस का परिचय इधर के ज़माने में जर्मनों के सगे-सम्बन्धी बोरों ने अंग्रेजों से लोहा लेने में दिया है। इन कज़्ज़ाकों को राज्य की हर सरहद पर कामयाबी मिली है। फलतः आज तक दोन की महान सेना का नब्बे प्रतिशत क्षेत्र जंगली लाल-फ़ौजियों के पंजों से आज़ाद हो चुका है। इसके साथ ही देश में व्यवस्था के हाथ मजबूत हुए हैं और क़ानून की पूरी हुकूमत क़ायम हुई है। हम बड़े आभारी हैं कि आपकी शाही फ़ौजों ने हमें मित्रों की भाँति सहयोग दिया है। हमने उनकी सहायता से, देश के दक्षिण में शान्ति स्थापित कर ली है और कज़्ज़ाकों की एक ऐसी कोर तैयार कर ली है, जो देश में व्यवस्था बनाए रखेगी और बाहर के दुश्मनों के इस ओर मुँह उठाने पर उनका डटकर सामना करेगी। पर, दोन-सेना के राज्य जैसे नववयस्क राज्य के लिए अकेले अस्तित्व बनाए रखना कठिन है। यही कारण है कि उसने अस्त्राख़ान और कुबान की कज़्ज़ाक फ़ौजों के कर्नल राजकुमार तुन्दुतोव और फ़िलीमोनोव से समझौता किया है, ताकि अस्त्राख़ान और कुबान के बोलशेविकों से मुक्त हो जाने पर, महान दोन-सेना, अस्त्राख़ान सेना, स्तावरोपोल प्रान्त के कालमीकों, कुबान सेना और उत्तरी काकेशस का, मिले-जुले संघ के सिद्धान्तों पर एक ठोस राज्य बनाया जा सके। इन सभी राज्यों की अनुमति मिल गई है, और इस नव-निर्मित राज्य ने, दोन की महान सेना की रज़ामन्दी से तय किया है कि वह पूरी तरह तटस्थ रहेगा और अपने इलाकों

को ख़ूनख़राबे का फ़ौजी अखाड़ा न बनने देगा। अब आपके गौरवशाली दरबार के हमारे अतामान को मेरी ओर से पूरा अधिकार है कि वह–

"महाराजाधिराज, आपसे प्रार्थना करें कि आप दोन की महान सेना के स्वतन्त्र अस्तित्व के अधिकार को अपनी मान्यता प्रदान करें, और कुबान, अस्त्राख़ान, तेरक और उत्तरी काकेशस के मुक्त होने पर 'दोन-काकेशस संघ' के नाम से बननेवाले सम्पूर्ण संघ के प्रभुसत्ता-सम्बन्धी अधिकारों को अनुग्रहपूर्वक मानें;

"आपसे अनुनय करें कि कुल और भूगोल के पिछले आधार पर आप दोन की महान सेना के सीमान्त-प्रदेशों को मान्यता दें; और तगानरोग ज़िले के सम्बन्ध में उक्रइन और दोन की सेना के बीच के झगड़े को दोन की सेना के पक्ष में समाप्त करवाने में सहायता दें। दोन सेना ने तगानरोग का यह ज़िला पाँच सौ से अधिक वर्षों से अपने अधिकार में रखा है और इसे वह आज भी त्मुतराकान का एक हिस्सा समझती है। इस त्मुतराकान से ही दोन-सेना का प्रदेश निकलता है।

"आपसे विनय करें कि आप, दोन-प्रदेश को, युद्ध-नीति के कारणों से, सरातोव-प्रदेश के कामीशिन और ज़ारित्सिन नगरों के साथ, वोरोनेज़, लिस्की और पवारिनों के शहरों को भी अपने साथ शामिल कर लेने में मदद दें। साथ ही दोन-सेना-प्रदेश की नक्शे में दी सीमा को अन्तिम सीमा मान लें। नक़्शा हमारे प्रतिनिधि के पास है;

"आपसे निवेदन करें कि मास्को के सोवियत अधिकारियों पर ज़ोर डालें और उन्हें आज्ञा दें कि वे दोन काकेशस संघ में शामिल होनेवाले महान दोन-सेना और दूसरे राज्यों के सभी क्षेत्र खाली कर दें। आज वहाँ लाल-सेना की लूट-खसोट का बोलबाला है। साथ ही कुछ ऐसा अनुग्रह भी करें कि मास्को और दोन के बीच शान्तिपूर्ण सम्बन्ध नए सिरे से स्थापित हो जाएँ। बोलशेविकों के हमलों से दोन-प्रदेश के लोगों के जान-माल, व्यापार और उद्योग को जो नुकसान हुआ है उसका पूरा हर्जाना सोवियत रूस को देना चाहिए;

"आपसे आग्रह करें कि आप हमारे नए राज्य को हथियारों, लड़ाई के सामानों और इंजीनियरिंग के प्रसाधनों की सहायता दें। इसके साथ ही, यदि आपको अपने लाभ की बात मालूम हो तो, दोन-सेना के प्रदेश में तोपख़ाने ौर छोटे हथियारों, बमों और कारतूसों के गोदाम बना दें।

"दोन-प्रदेश की महान सेना और दोन-काकेशस-संघ के दूसरे राज्य जर्मनों की मित्रतापूर्ण सेवाएँ सदा याद रखेंगे। कज़्ज़ाक इन जर्मनों के कन्धे से कन्धा मिलाकर तीस-साला लड़ाई के ज़माने तक लड़े हैं। उस समय दोन के कज़्ज़ाक वैलेनन्स्तीन सेना में शामिल थे। फिर 1807 से 1813 तक दोन के कज़्ज़ाकों ने अपने अतामान काउंट प्लातोव के नेतृत्व में जर्मनी की स्वतन्त्रता के लिए लोहे से लोहा बजाया और अभी साढ़े तीन वर्ष प्रशिया, गैलिशिया, बुकोविन और पोलैंड के मैदानों में जब ख़ून की नदियाँ बहीं तो जर्मनों और कज़्ज़ाकों दोनों ने एक-दूसरे की वीरता और दृढ़ता का आदर करना सीखा। उन्होंने महान योद्धाओं की तरह एक-दूसरे से हाथ मिलाए। आज फिर दोनों ही हमारी मातृभूमि, हमारे दोन-प्रदेश के लिए एकसाथ लड़ रहे हैं।

"दोन की महान सेना, आपके इन सारे अनुग्रहों के बदले में संकल्प करती है कि राष्ट्रों के विश्व-व्यापी संघर्ष के समय वह बिल्कुल तटस्थ रहेगी और जर्मनों की विरोधी सेनाओं का सशस्त्र संघर्ष अपने सीमा-क्षेत्र में कहीं न होने देगी। अस्त्राख़ान सैनिक प्रदेश के अतामान राजकुमार तुन्दुतोव और कुबान-सरकार ने भी यह बात मान ली है, और एकीकरण होने के बाद दोन-काकेशस-संघ के हमारे सदस्य भी इस संकल्प का आदर करेंगे।

"दोन की महान सेना वचन देती है कि स्थानीय आवश्यकताओं की पूर्ति के बाद जो कुछ बाकी बचेगा, वह प्रदेश सबसे पहले जर्मन साम्राज्य को भेजेगा। इसमें होगा अनाज, आटा, चमड़े का सामान, खालें, ऊन, मछली से मिलनेवाली चीज़ें, शाक-सब्जियों और जानवरों से प्राप्त होनेवाली चर्बियाँ, तेल,

तेल का सामान, तम्बाकू, तम्बाकू से मिलने वाले पदार्थ, घोड़े, दूसरे पशु, अंगूर की शराब और शाक-सब्जियों और साधारण खेतीबारी से सम्बन्धित दूसरी चीज़ें। इसके बदले में जर्मन राज्य दोन-प्रदेश को भेजेगा खेतीबारी की मशीनें, रासायनिक पदार्थ, चमड़ा सिझाने का सामान, राज्य के दस्तावेज़ों की तैयारी के लिए साज़-सामान, कपड़ा, कपास, चमड़े की कमाई, रसायनों, चीनी और दूसरी चीज़ों की फैक्ट्रियों के लिए साज-सामग्री और बिजली की चीज़ें।

"इसके अतिरिक्त महान दोन सेना की सरकार जर्मन उद्योग को दोन के औद्योगिक संस्थानों और व्यापार में पूँजी लगाने के लिए विशेष सुविधाएँ देगी। इनमें भी वे निर्माण, नए जलमार्गों के उपयोग, और संचार के दूसरे साधनों में रक़म ख़ास तौर पर लगा सकेंगे।

"इस तरह के समझौतों से दोनों ही पक्षों का हित होगा और इस दोस्ती पर उस खून की मुहर होगी जो जर्मनों और कज़्ज़ाकों ने एकसाथ लड़ाई के मैदानों में बहाया है। यह दोस्ती हमारी वह बड़ी ताक़त होगी जिसके सहारे हम अपने दुश्मनों के दाँत खट्टे करेंगे।

"महाराजाधिराज, यह पत्र न आपको कोई राजनयिक लिख रहा है और न अन्तर्राष्ट्रीय क़ानून का कोई दिग्गज विद्वान। यह पत्र आपको लिख रहा है एक साधारण सिपाही--एक फ़ौजी। यह एक ऐसा सिपाही और ऐसा फ़ौजी है जो जर्मन हथियारों की शक्ति का लोहा मानता रहा है और आज भी मानता है। इसलिए आप मेरी स्पष्टवादिता और सीधी-सादी बातों के लिए मुझे क्षमा करें, इनमें कहीं भी चाल और चालाकी न समझें और मेरे हृदय की इन भावनाओं की ईमानदारी पर विश्वास करें–

सादर आपका,
प्योत्र क्रॉसनोव,
(मेजर जनरल)
अतामान, दोन-प्रदेश"

पत्र पर 15 जुलाई को विभागीय अध्यक्षों की परिषद ने विचार किया। इस समय अध्यक्षों ने साफ़ तौर पर रोकथाम से काम लिया और कुछ ज़्यादा कहना पसन्द नहीं किया। लेकिन सरकार के बोगायेव्स्की जैसे सदस्यों ने साफ़-साफ़ उसका विरोध किया। इस पर भी क्रॉसनोव ने, बिना हिचक के, बर्लिन के कज़्ज़ाक प्रतिनिधि लिशेनबुर्ग के ड्यूक को यह पत्र सौंप दिया। ड्यूक तुरन्त ही कीएव के लिए रवाना हो गया, और वहाँ से जनरल चेरेयाशुकिन के साथ, जर्मनी गया।

पर, बोगायेव्स्की की जानकारी में, विदेशी मामलों के विभाग में पहले पत्र की कई प्रतियाँ बनाई गईं, और उचित टिप्पणियों के साथ कज़्ज़ाक यूनिटों और ज़िलों को भेज दी गईं। पत्र प्रचार का ज़ोरदार साधन साबित हुआ। आवाज़ें ज़ोर पकड़ती गईं और ऐसा कहनेवाले लोगों की संख्या बढ़ती गई कि क्रॉसनोव ने अपने को जर्मनी के हाथों बेच दिया है। मोर्चों पर असन्तोष की आग धधक उठी।

इस बीच जर्मन अपनी सफलता पर फूल उठे। वे रूसी जनरल चेरेयाशुकिन को पेरिस के रास्तों पर ले गए। वहाँ से उसने और जर्मन जनरल स्टाफ के लोगों ने क्रूप तोपख़ाने की आग में एंग्लो-फ्रेंच फ़ौजों को भूनने का शानदार तमाशा देखा।

5

जाड़े में येव्गेनी लिस्तनित्स्की दो बार घायल हुआ। मगर, हर बार चोट मामूली आई और वह अपने यूनिट में लौट आया। लेकिन, मई में जब स्वयंसेवक सेना नोवोचेरकास्क में आराम कर रही थी तो वह बीमार पड़ा और उसे 15 दिन की छुट्टी दे दी गई। उसकी घर जाने की बड़ी इच्छा हुई, लेकिन उसने नोवोचेरकास्क में ही बने रहने का निश्चय किया, क्योंकि लम्बी यात्रा में समय खोने का उसका जी न हुआ। प्लेटून के उसके एक साथी कैप्टेन गोरचाकोव ने भी इसी समय छुट्टी ली और

लिस्तनित्स्की से नोवोचेरकास्क के अपने मकान में साथ-साथ आराम करने को कहा। बोला, "मेरे बच्चे नहीं हैं और मेरी पत्नी को तुमसे मिलकर बड़ी ही ख़ुशी होगी। मैंने अपने पत्रों में तुम्हारी बड़ी चर्चा की है।"

सो, दोपहर में वे एक छोटे-से मकान में जा पहुँचे। यह मकान गली के एक-दूसरे से सटे मकानों में से एक था, और यह गली रेलवे-स्टेशन से लगी हुई थी।

"यहाँ कभी मैं रहता था," गोरचाकोव ने अपने क़दम तेज़ करते हुए कहा। उसकी बड़ी-बड़ी काली आँखें उमंग और प्रसन्नता से चमक उठीं। वह घर में घुसा तो कमरे एक फ़ौजी के बदन से निकलनेवाली तेज़ बास से भर उठे।

"ओलगा निकोलायेवूना कहाँ हैं ?" उसने मुस्कुराकर बावर्चीखाने से निकलती हुई नौकरानी से पूछा। फिर ख़ुद ही बोला, "बाग़ में हैं...चले आओ, लिस्तनित्स्की।"

बाग में सेब के पेड़ों के नीचे सेबों की छाया के धब्बे थे और हवा से शहद और तपी हुई धरती की बास आ रही थी। ऐसे में लिस्तनित्स्की का बिना फ्रेम का चश्मा सूरज की आड़ी किरणों के बीच चमका। दूर कहीं, कोई रेलवे इंजिन रह-रहकर भक-भक करता और धुआँ छोड़ता रहा। इस शोर के बीच गोरचानोव ने ज़ोर की आवाज़ लगाई, "ओलगा, ओ ओलगा !"

आवाज़ के जवाब में एक लम्बी-सी औरत, पीले कपड़े पहने, उनकी ओर लपकी। वह एक क्षण तक तो सहमी-सी हाथों से सीना दबाए, खड़ी रही और फिर हाथ फैलाए इन दोनों मित्रों की ओर दौड़ी। वह इतनी तेज़ दौड़ी कि लिस्तनित्स्की को सिर्फ़ उसके स्कर्ट से लड़ते घुटने, स्लीपरों की आगे की नोंकें और सिर के चारों ओर हवा में लहराती सुनहरे बालों की लटें ही दिखाई दीं। औरत पास आई, अँगूठों के बल खड़ी हुई और उसने धूप से साँवली अपनी बाँहें पति की गर्दन में डाल दीं। उसने बार-बार उसके गर्द से नहाए गाल, उसकी नाक, आँखें और होंठ और गर्दन चूमे। चुम्बनों से फूटती ध्वनि मशीनगन की आवाज़-सी लगी। लिस्तनित्स्की ने अपना चश्मा पोंछा, वरबीना पौधे की महक का अनुभव किया और उसके होंठों पर मुस्कान बिखर गई। इस मुस्कान में जहाँ एक संयम था, वहीं एक अजीब-सी बेवकूफ़ी भी थी।

पत्नी की ख़ुशी का आवेश कुछ कम हुआ, तो गोरचाकोव ने बड़ी सावधानी, मगर दृढ़ता से उसकी उँगलियाँ अपनी गर्दन से अलग कीं, अपना हाथ उसके कन्धे पर रखा और उसे हल्के से मोड़ा— "ओलगा, ये हैं मेरे दोस्त लिस्तनित्स्की।"

"लिस्तनित्स्की ? मुझे आपसे मिलकर बड़ी ख़ुशी हुई। इन्होंने मुझसे आपकी चर्चा की है।" उसने ख़ुशी से भरी नज़रें लिस्तनित्स्की पर डालीं, पर आनन्द के बीच जैसे उसे कुछ भी दिखाई नहीं पड़ा।

अब वे तीनों घर में आए। यहाँ गोरचाकोव का, गन्दे नाख़ूनोंवाला, रोयेंदार हाथ अपनी पत्नी की कलाई पर टिक गया। लिस्तनित्स्की ने, निगाह बचाते हुए वरबीना की महक और इस औरत के धूप में सँवलाए शरीर की सुगन्ध में साँसें लेता वह हाथ देखा। उसे बच्चों की तरह कुछ इस तरह बुरा लगा, जैसे कि किसी ने उसे अनुचित रूप से गहरी चोट पहुँचा दी हो। उसने औरत के रेशमी बदन और छोटे गुलाबी कानों पर नज़र डालीं। एक कान का आधा निचला हिस्सा सुनहरे बालों से ढका हुआ था। लिस्तनित्स्की की आँखें उसके गाउन पर छिपकली की तरह फिसलीं। उसने देखा कि औरत के सीने दूधिया और भरे हुए हैं, और स्तनों की घुंडियाँ छोटी और भूरी हैं। औरत ने भी बीच-बीच में हल्की-नीली आँखें उसकी ओर मोड़ीं और उन दोनों की निगाहों में परस्पर स्नेह और अपनापन जागृत हो उठा। लेकिन, उसी औरत ने जब एक दूसरी तरह की प्रसन्नता से चमकते नेत्रों से अपने पति के साँवले चेहरे की ओर देखा तो लिस्तनित्स्की के मन में काँटा-सा चुभा। इस तरह उसे जो दर्द हुआ उसमें गुस्से की कुछ रेखाएँ भी आ मिलीं। लिस्तनित्स्की ने खाने के समय अपने मित्र की पत्नी को सिर से पैर तक भर-आँख देखा। उसका बदन सुडौल था और उसके चेहरे पर सौन्दर्य के रंगों के पर लग रहे

थे। यह सौन्दर्य एक ऐसा फूल था जो किसी औरत के तीसवें शरद में फूलता है। इस पर भी उसकी चाल-ढाल में अब भी जवानी की रस लुटाती बहारें थीं। उसकी आँखों में परिहास और चेहरे पर कोमलता थी। आकर्षण कम न था, मगर नाक-नक्श शायद साधारण थे। लेकिन, उसमें एक बात ऐसी थी जिस पर फौरन ही निगाह टिक जाती थी। उसका बदन गहरा गुलाबी था, भौंहें भूरी थीं मगर होंठ दक्षिणी पीले बालोंवाली साँवले रंग की औरतों की तरह रचे हुए और गहरे लाल थे। उसकी हँसी में एक आज़ादी थी, लेकिन इस पर भी जब उसके शानदार चमकते हुए दाँत कौंधते थे तो ऐसा लगता था जैसे कि वह सोच-समझकर, जान-बूझकर मुस्कुरा रही हो। उसकी आवाज़ में ज़्यादा दम न था, और उसमें प्रकाश और छाया की आँखमिचौनी कम से कम मिलती थी। परन्तु, लिस्तनित्स्की को यह औरत ऐसी सुन्दर लगी कि क्या कहिए ! कारण साफ़ था। उसने दो महीने से फ़ौजी नर्सों को छोड़कर किसी औरत की परछाईं तक न पाई थी। सो, उसने औरत के भारी जूड़ेवाले, अभिमान से तने सिर को घूरकर सवालों के उलटे-सीधे जवाब दिए और थकान की दुहाई देता हुआ अपने कमरे में चला आया।

फिर, दिन-पर-दिन गुज़रते गए। वातावरण में जितनी मिठास रही उतनी ही प्यास। बाद में लिस्तनित्स्की ने इन दिनों को अपनी कल्पना में दूसरा रूप दिया। पर, इस समय वह अपने को बचकाने ढंग से बेमतलब सताता रहा। गोरचाकोव दम्पती ने मिल-जुलकर उसे बहलाने की कोशिश की। उन्होंने उसे, कमरे की मरम्मत के बहाने, अपने सोने के कमरे की बगल के घर के एक कोनेवाले कमरे में कर दिया। उसने स्वयं यह अनुभव किया कि उसका वहाँ रहना उनके लिए एक मुसीबत है। लेकिन, इस पर भी कहीं और जाने का उसका मन न हुआ। वह हर रोज़ गर्द से भरी हल्की ठंडक में सेब के पेड़ों के नीचे, पैकिंग कागज़ पर छपे अख़बार जल्दी-जल्दी पढ़ता या भारी तन-मन को और शिथिल करनेवाली नींद में रहता।

उसकी इस ऊब में हिस्सा बँटाता उसकी बगल में पड़ा आहें भरता, एक कुत्ता जैसे कि उसे अपनी मालकिन पर मालिक की तानाशाही हुकूमत से डाह हो।

लिस्तनित्स्की कुत्ते की पीठ पर हाथ फेरता और बूनिन की प्यारी-प्यारी पंक्तियाँ गुनगुनाता। वह कवि की जितनी अधिक पंक्तियाँ याद कर सकता, याद करता और आखिरकार सिर टेककर सो जाता।

ओलगा ने अपने नारी-स्वभाव के आधार पर उसकी इस मनःस्थिति का कारण समझा, इसीलिए आरम्भ से ही अपने को थोड़ा खींच रखा, और फिर यह खिंचाव बराबर बढ़ता गया। एक दिन पार्क के फाटक पर गोरचाकोव को जाने-पहचाने अफ़सरों ने रोक लिया तो लिस्तनित्स्की और ओलगा शहर के बाग से साथ-साथ लौटे। लिस्तनित्स्की ने औरत का बाजू अपने हाथ में साध लिया और उसकी कोहनी अपनी बगल से सटाने की कोशिश करते हुए उसे खासा परेशान किया।

औरत ने मुस्कुराते हुए पूछा, "आप मेरी तरफ देखकर इस तरह घूरते क्यों हैं ?" लिस्तनित्स्की को उसकी आवाज़ में एक हल्की-सी चुनौती लगी और उस चुनौती में खिलवाड़ की भावना घुली-सी मालूम हुई। इससे उसे बढ़ावा मिला और उसने अपने पत्ते खेलने का खतरा मोल ले लिया। पिछले कुछ दिनों से उसके दिमाग में कविता यानी किसी दूसरे के दर्द का संगीत भरा रहा था। सो, उसने अपना सिर झुकाया और मुस्कुराकर फुसफुसाते हुए कहा—

उसके सामीप्य के जादू से बँधा-सा,
उसके परछाईंदार पर्दे को भेदते हुए
मैं मंत्रमुग्ध-सा सागर के किनारे को देखता हूँ—
यह सागर का किनारा, बहुत दूर है—
किसी तिलिस्मी पीले फैलाव के पार है—

इस पर औरत ने धीरे से अपना हाथ छुड़ा लिया और खिली हुई आवाज़ में कहा, "येव्गेनी निकोलायेविच...मैं...मैं आपका रवैया अपने मामले में समझ नहीं पाती। शर्म नहीं आती आपको ? और

सुनिए, मेरे ख़्याल से काश कि आप ज़रा कुछ और ही तरह के आदमी होते...तो, कुछ और अच्छा होता न ? ऐसे प्रयोगों के लिए मैं बहुत ही मामूली चीज़ हूँ।...यानी, आप मोहब्बत के सपने देख रहे हैं, क्यों ? आखिर हम अपने मित्रतापूर्ण सम्बन्ध इस तरह क्यों खराब करें ? आपको अक्ल से काम लेना चाहिए। मैं ठीक कहती हूँ न ? लाइए, अपना हाथ इधर बढ़ाइए।''

लिस्तनित्स्की ने एक बनावटी-सी नफ़रत दिखलाने की कोशिश की, पर यह कोशिश बहुत देर तक नहीं चली—और ओलगा का अनुसरण करते हुए वह भी ठठाकर हँस पड़ा। इतनी देर में गोरचाकोव पास आ गया तो औरत और खिल उठी, लेकिन येव्गेनी चुप हो गया और पूरे रास्ते अपने को कोसता रहा।

ओलगा ने, अपनी सारी समझदारी के बावजूद, सोचा कि इस घटना के बाद उनके बीच मित्रता के सम्बन्ध हो जाएँगे। बाहर से लिस्तनित्स्की ने उसके विश्वास के अनुकूल ही कार्य किया, लेकिन मन-ही-मन वह उसे जैसे नफ़रत-सी करने लगा। इस पर भी कुछ दिन बाद उसे उस औरत के चरित्र और व्यक्तित्व में कितनी ही चीज़ें प्यारी लगने लगीं और उसे रह-रहकर सताने लगीं। उसने अनुभव किया कि वह उसे प्यार-सा करता है और उसका यह प्यार सचमुच गहरा है।

छुट्टी के दिन एक-एक कर बीत गए और अपनी यादें उसके अन्तर्मन में छोड़ गए। इस बीच स्वयंसेवक सेना में नए लोग आए, और सेना के लोगों ने आराम कर लिया। अब सेना ने हमले की तैयारी की और गोरचाकोव और लिस्तनित्स्की के साथ कुबान की ओर मार्च किया।

ओलगा ने उन्हें विदाई दी। उस समय काले, रेशमी गाउन में उसका रूप और निखरा लगा। वह आँसुओं से डबडबाई आँखों से मुस्कुराई। उसके सूजे हुए होंठों के कारण उसके चेहरे पर जितनी परेशानी झलकी, उतना ही बचपन। और, लिस्तनित्स्की के दिमाग़ में उसका रूप सहज ही अंकित हो गया। फिर खूनखराबे से और गन्दगी से भरी लड़ाई के बीच भी उसने बहुत ही सावधानी से उसके इस अनुपम चित्र को अपनी स्मृति में अमिट रखा। वह जैसे उसे समर्पित हो गया, और अपनी कल्पना में उसे अपनी पूजा का ताज पहनाने लगा।

जून के महीने में स्वयंसेवक सेना लड़ाई पर बुला ली गई। पहली मुठभेड़ में ही बम के गोले के टुकड़े से गोरचाकोव का पेट फट गया। उसे सैनिक पंक्तियों के पीछे कर एक गाड़ी में लिटा दिया गया। यहाँ उसके पेट से खून बहता रहा। एक घंटे बाद उसने लिस्तनित्स्की से कहा, ''मैं नहीं सोचता कि मैं मर जाऊँगा। मेरा ऑपरेशन जल्दी-से-जल्दी किया जाएगा। कहते हैं कि क्लोरोफॉर्म यहाँ नहीं है। चोट ऐसी नहीं कि मैं मर जाऊँ, है न ? लेकिन अगर...येव्गेनी, मैं इस समय अपने पूरे होश-हवास में हूँ और एक बात कहना चाहता हूँ कि तुम ओलगा को छोड़ मत देना। हमारे बीच किसी तरह के कोई सम्बन्ध नहीं हैं। तुम ईमानदार और भले आदमी हो। उससे शादी कर लेना। शायद तुम उससे शादी करना नहीं चाहते, क्यों ?''

उसने येव्गेनी की ओर नफ़रत, पर मिन्नत-भरी आँखों से देखा। बढ़ी हुई दाढ़ी के बालों से भरे उसके गालों की खाल काँपने लगी। उसने अपने खून से तर, गर्द से भरे हाथ से सँभालकर अपना घाव दबाया और अपने होंठ का पीला-सा पसीना चाटते हुए बोला, ''वायदा करते हो ? उसे छोड़ तो नहीं दोगे ? हाँ, अगर रूसी फ़ौजी मेरी तरह तुम्हारा भी रूप निखार दें तब की बात अलग है। वायदा करते हो ? औरत अच्छी है।'' उसका सारा चेहरा दर्द से ऐंठने लगा, पर वह अपनी बात कहता गया, ''औरत क्या है, तुर्गनेव के उपन्यासों में अंकित एक नायिका है। इस ज़माने में ऐसी औरतें मिलती कहाँ हैं...बचीं ही नहीं...तो, वायदा करते हो ?''

''वायदा करता हूँ।''

''ख़ैर, तो अब शैतान ले जाए तुम्हें। अलविदा !''

उसने अपना काँपता हुआ हाथ लिस्तनित्स्की के हाथ में दिया और बेचारगी से भरे भद्दे ढंग से

उसे अपनी ओर खींचा। इसके बाद उसने अपना पसीने से तर सिर उठाने की कोशिश की तो बुरी तरह काँपने लगा। इस पर भी वह उठा और अपने होंठों से लिस्तनित्स्की का हाथ चूमा। इसके बाद तेज़ी से अपना सिर उसने ओवरकोट के सिरे से ढका और करवट बदल ली। उसके होंठों पर बर्फ़ की एक परत बिछ गई और चेहरे पर नम सफेदी की एक झाईं पड़ गई। येव्गेनी को इस सबकी एक झाँकी मिली।

दो दिन बाद वह मर गया। इसके अगले दिन ही लिस्तनित्स्की का बायाँ हाथ और जाँघ बुरी तरह ज़ख्मी हो गईं। उसे पीछे भेज दिया गया।

और हुआ यह कि अनिश्चितता से भरा लम्बा संघर्ष बराबर चलता रहा। येव्गेनी के रेजीमेंट ने हमले का जवाब हमले से दिया, और वह उसके साथ दो बार आगे बढ़ा। तीसरी बार उसकी बटालियन की ओर आगे बढ़ने का आदेश दिया गया। कम्पनी के कमांडर ने ललकारते हुए कहा, "बढ़ते रहो जवान—बढ़ते रहो—कोरनिलोव के लिए बढ़ते रहो !" लिस्तनित्स्की अनकटे अनाज के खेतों के बीच से गिरता-पड़ता भागा। उसने बाएँ हाथ से एक फावड़े के सहारे अपने सिर का बचाव कर रखा था और दाहिने हाथ से अपनी राइफल साध रखी थी। सहसा ही एक गोली फावड़े के फल की बगल से सरसराती निकल गई और वह खुशी से भर उठा। लेकिन, दूसरे ही क्षण गहरे वार से उसका एक हाथ दूर जा गिरा। उसने फावड़ा नीचे गिरा दिया और सिर के बचाव के किसी साधन के बिना वह पचास गज तक आगे दौड़ता चला गया। उसने अपनी राइफल को अपने साथ घसीटने की कोशिश की। पर, उसके हाथ ने उठने से इन्कार कर दिया। दूसरी ओर उसके जोड़-जोड़ में दर्द इस तरह उतर गया, जैसे पिघला हुआ सीसा भर दिया गया हो। वह खेत की मेड़ पर गिर पड़ा और बार-बार चीखने लगा। दर्द उसके काबू में न रहा। लेकिन, यहाँ इस हालत में भी एक गोली उसकी जाँघ में लगी और वह दर्द से धीरे-धीरे बेहोश हो गया।

बाद में उसका हाथ काटा गया और हड्डी के टुकड़े जाँघ से खींचकर बाहर निकाले गए। इसके बाद दो सप्ताह तक वह निराशा, पीड़ा और ज़िन्दगी की प्यास से बेचैन पड़ा रहा। इसके बाद उसे नोवोचेरकास्क भेज दिया गया। यहाँ वह तीन दिन तक अस्पताल में पड़ा बेचैनी के दिन काटता रहा। उसे हर ओर ज़ख्मों की मरहमपट्टी और मनहूस चेहरोंवाले डॉक्टर और नर्सें नज़र आईं। हवा की लहरों पर आयोडीन और कार्बोलिक की बू उमड़ती मिली। ऐसे ही एक दिन ओलगा उधर आ निकली। इस समय उसके गालों पर कालिमा-भरी ज़र्दी नज़र आई। उसके मातमी लिबास से उसकी आँखों की उदासी और गहरी हो गई। लिस्तनित्स्की ने उसके मुरझाए चेहरे को एकटक देखा, शर्म से चुप रहा और चोरों की तरह अपनी खाली बाँह कम्बल में छिपाने लगा। ओलगा ने न चाहते हुए भी अपने पति की मौत के बारे में तरह-तरह के सवाल किए। उसकी आँखें रोगियों के बिस्तरों पर दौड़ती रहीं और बातें सुनाते हुए भी उसका दिमाग़ कहीं और रहा। बाद में येव्गेनी अस्पताल से छूटा तो उससे मिलने गया। वह उसे घर की सीढ़ियों पर मिली। लेकिन, येव्गेनी ने जब बालों के छल्लों से सुसज्जित सिर उसका हाथ चूमने को झुकाया, तो उसने अपना चेहरा दूसरी ओर कर लिया।

उसकी दाढ़ी बहुत ही साफ़ बनी हुई थी और उसने शानदार ट्यूनिक पहन रखा था, लेकिन उसकी खाली बाँह रह-रहकर खल रही थी। उसके कटे हुए हाथ का बँधा हुआ हिस्सा रह-रहकर हिल-डुल रहा था। ख़ैर, तो वे दोनों घर के अन्दर आए और खड़े-ही-खड़े येव्गेनी कहने लगा, "मरने के पहले बोरिस ने मुझसे कहा, मुझसे वायदा कराया कि मैं तुम्हें छोड़ूँगा नहीं।"

"मैं जानती हूँ। यह बात उसने मुझे अपने पत्र में लिखी थी..."

"उसकी बड़ी इच्छा थी कि हम दोनों साथ रहें। अब सवाल है तुम्हारे राज़ी होने का, और सवाल है किसी बेहाथ के आदमी से शादी करने का। मैं चाहता हूँ कि तुम विश्वास करो—अगर मैं इस समय अपनी भावनाओं को लेकर बकबक करने बैठूँ तो बड़ा अजीब-सा लगेगा। लेकिन, मैं ईमानदारी से

तुमको खुश देखना चाहता हूँ।''

येव्गेनी की परेशानी और मन की बेचैनी से भरी बातों का औरत पर बड़ा प्रभाव पड़ा। बोली, ''मैंने इसके बारे में सोचा है। मैं राज़ी हूँ।''

''तुम मेरे साथ मेरे पिता के घर चलो। बाक़ी बातें बाद में तय हो जाएँगी।''

''ठीक है।''

येव्गेनी ने उसका संगमरमरी हाथ बड़े आदर से चूमा। फिर उसने विनय-भरी अपनी आँखें उठाईं तो औरत के होंठों पर मुस्कान की एक छाया फिसल गई।

लिस्तनित्स्की को प्यार और अटूट वासना ने ओलगा की ओर खींचा। वह अब प्रतिदिन उसके यहाँ जाने लगा। पर रोज़-रोज़ के संघर्ष से तंग आकर उसका मन किसी परी-देश के लिए ललकने लगा। उसने शायद अपने सहज शारीरिक आकर्षण पर पर्दा डालना चाहा, और उसमें चार चाँद लगाने चाहे। इसीलिए वह अपने साथ किसी क्लासिकल उपन्यास के चरित-नायक का-सा व्यवहार करने और बिल्कुल अनजानी राहों पर दौड़ने लगा। इस पर भी परी-कथा का एक पंख यथार्थ की धरती से छू गया। उसे लगने लगा कि यह औरत अचानक ही उसके जीवन में चली आई है, पर वासना की प्यास के अलावा किसी और अनजाने बन्धन ने भी उसे उसकी ओर झुका रखा है। परन्तु उसने अपनी भावनाओं को सुलझाने की कोशिश की तो सिर्फ़ एक बात साफ़ हुई कि वह एक हाथ का, अपाहिज आदमी है और हैवानियत से भरी एक भावना आज भी बेरोकटोक उस पर हुकूमत करती है, यानी वह अपने लिए हर चीज़ को वाजिब और जायज़ मानता है। नतीजा यह कि ओलगा के सीने पर पति के मौत के सदमे का भारी पत्थर रखा रहा, तो भी वह मृत बोरिस से डाह करता, उस आग में झुलसता उस औरत को पाने के लिए बेचैन रहा—होश-हवास खोकर बेचैन रहा। दूसरी ओर, ज़िन्दगी पागल भँवर की तरह हर तरफ़ फेन उगलती रही। उसने अनुभव किया कि बारूदी हवा में साँस लेते चारों ओर के वातावरण से अन्धे और बहरे हो गए लोग हर क्षण को दाँत से पकड़ रहे हैं। शायद इसीलिए अपने जीवन का गठबन्धन ओलगा की ज़िन्दगी से कराने में उसने इतनी जल्दी की। शायद उसे लगा कि जिस चीज़ के लिए उसने मौत का सामना किया है—उसे बर्बाद होने से कोई रोक नहीं सकता। शायद होनहार पहले ही उसके दिमाग़ में कौंध गई थी।...

उसने अपने पिता को सूचना दी कि मैं शादी करना चाहता हूँ और अपनी पत्नी को लेकर यागोदनोये आऊँगा। पत्र के अन्त में उसने दर्द-भरे व्यंग्य से लिखा—''मुझसे थोड़ा-बहुत जो भी बना, मैंने किया। आज भी, एक हाथ होने पर भी मैं विद्रोह का ज़हर निकाल फेंकने के लिए लोहा ले सकता हूँ, इस अभिशप्त 'जनता' को समाप्त कर सकता हूँ। इसके भाग्य और भविष्य को लेकर ही रूसी बुद्धिवादी दसियों सालों से आँसू बहाते और, जैसे सन्निपात में, बड़बड़ाते रहे हैं। लेकिन, सच बात तो है कि यह चीज़ मुझे आज बिल्कुल बेमतलब और बेमानी लगती है। क्रॉसनोव देनिकिन से कभी समझौता नहीं करेगा। दोनों कैम्पों की आज बड़ी बदनामी है। साँठ-गाँठों, षड्यन्त्रबाज़ियों और बदमाशियों का बोलबाला है। कभी-कभी तो मुझे डर लगने लगता है। मैं सोचता हूँ कि आख़िर यह सब ख़त्म कैसे होगा ? मैं अपने एक हाथ से आपको हृदय से लगाने, आपके साथ रहने और इस संघर्ष को बाहर से देखने-समझने के लिए घर आ रहा हूँ। अब मैं एक मामूली फ़ौजी नहीं हूँ बल्कि तन और मन, दोनों से ही अपाहिज हूँ। मैं थक गया हूँ। शायद अब मैं निश्चित मन से सुरक्षित स्थान पर अपनी ज़िन्दगी के जहाज़ का लंगर डालना चाहता हूँ।''

नोवोचेरकास्क से रवाना होने से कुछ दिन पहले येव्गेनी ओलगा के मकान में चला आया। फिर सुहागरात के बाद से औरत के गाल बैठने लगे और चेहरा सँवरता हुआ मालूम हुआ। वह उसकी जिद्द बराबर मानती रही, लेकिन अन्दर से संतप्त बराबर बनी रही, क्योंकि उसकी अपनी स्थिति प्रतिक्षण उसे टीसती रही। उसकी आत्मा जैसे घायल होती गई। येव्गेनी ने न जाना और न जानना चाहा कि

उन दोनों को एक सूत्र में पिरोनेवाले प्यार के माप कितने ही हो सकते हैं, पर नफ़रत का माप केवल एक होता है।

यागोदनोये से रवाना होने के पहले उसे कुछ यों ही अकसीनिया का ख़्याल आया, तो वह अपने मन में बहुत सकुचा-सा उठा। उसने अपने को उसके ख़्यालों से बचाने की उसी तरह कोशिश की जिस तरह कोई आदमी हाथ की आड़ से अपने को सूरज की धूप से बचाता है। लेकिन उस औरत के साथ के दिनों की याद दबाए न दबी और उसे रह-रहकर परेशान करने लगी। एक बार उसे यहाँ तक लगा कि उससे अपने सम्बन्ध तोड़ना कोई ऐसा ज़रूरी नहीं है। उसने सोचा कि वह मान जाएगी। परन्तु शिष्टभाव ने बाक़ी दूसरी भावनाओं को दबा दिया। उसने निश्चय किया कि यागोदनोये पहुँचने पर वह उससे बातें करेगा और चेष्टा करके उससे सम्बन्ध तोड़ लेगा।

नोवोचेरकास्क से रवाना होने के बाद चौथे दिन, येव्गेनी और ओलगा यागोदनोये पहुँचे। बूढ़े जागीरदार ने अपनी जागीर से कोई एक वर्स्ट के फासले पर उनकी अगवानी की। येव्गेनी ने देखा कि उसके पिता ने बहुत ही धीरे से टोप सिर से उठाया। पिता बोला, ''प्यारे मेहमानो, मैं आया हूँ तुम्हारा स्वागत करने। आओ, तुम्हें भर-आँख देख तो लूँ।'' बूढ़े ने पुत्रवधू को बहुत ही भद्दे ढंग से सीने से लगाया, और सीने से लगाया तो उसकी हरी-भूरी मूँछों के बाल उसके गालों में गड़ने-से लगे। येव्गेनी बोला, ''पापा, आओ अन्दर बैठें...और, कोचवान चलो ! ओह, हैलो बाबा साश्का, तुम अभी तक सही-सलामत हो ? पापा, अब आप मेरी जगह बैठिए, मैं कोचवान के पास बैठूँगा।''

बूढ़ा ओलगा की बगल में बैठ गया। उसने रूमाल से अपनी मूँछें पोंछीं और स्पष्ट रूप से जैसे कोई विशेष राज़ न रखते हुए अपने बेटे को सिर से पैर तक देखा। बोला–''तो, ठीक हो ?''

''मुझे आपसे दुबारा मिलकर बड़ी ख़ुशी हो रही है, पापा !''

''यानी तुम्हारे पैरों में बेड़ियाँ पड़ गईं ?''

''यह तो होना ही था।''

पिता ने घूरकर देखा, अपना स्नेह कठोर मुद्रा की आड़ में छिपा रखा और अपनी नज़रें ट्यूनिक में झूलती हुई कटी बाँह से दूर रखीं।

''कोई बात नहीं है, मुझे अब यह अजीब-सा नहीं लगता।'' येव्गेनी ने अपने कन्धे झटके।

पिता जल्दी-जल्दी बोला, ''अजीब क्यों लगेगा, ऐसे रहने की भी आदत पड़ जाती है। सिर सलामत रहना चाहिए, सो है। तुम सम्मान के साथ वापस आए और एक ऐसा ख़ूबसूरत कैदी भी अपने साथ ले आए।''

येव्गेनी अपने पिता के मँजे हुए, पुराने ढंग से बहादुरी के मापदंड से खुश हुआ और उसने आँखों ही आँखों ओलगा से पूछा, ''क्या राय है पापा के बारे में ?'' और उसकी खिली हुई मुस्कान और आँखों के उल्लास से उसने समझा कि बूढ़ा ओलगा को पसन्द आया।

तेज़ भूरे घोड़े द्रोशकी की बग्घी को रफ़्तार से पहाड़ी के ढाल पर उड़ा ले चले। बाहर की इमारतें, बगीचों की हवा में लहराती अयालें, मैपल के पेड़ों वाले सफेद दीवारों के घर और खिड़कियों पर इन पेड़ों के साए दूर से नज़र आने लगे।

''हर चीज़ कितनी प्यारी है ! सचमुच कितना प्यारा दृश्य है !'' ओलगा ने ख़ुशी से भरकर कहा।

राह में काले हाउंड कुत्ते मकानों के अहातों से दौड़े-दौड़े आए और द्रोशकी यानी बग्घी को घेरने लगे। साश्का ने गाड़ी के अन्दर कूद आने की कोशिश करनेवाले पास के कुत्ते पर चाबुक सटकारा और चीखा, ''अबे शैतान के बच्चे, अभी आ जाएगा पहिए के नीचे !''

येव्गेनी घोड़ों की ओर पीठ किए बैठा रहा और घोड़े हींसे तो हवा नन्हीं-नन्हीं, नम बूँदें उसकी गर्दन पर उड़ा लाई।

वह अपने पिता, ओलगा, गेहूँ के छितरे हुए दानों से भरी सड़क, और दूर के क्षितिज को धीरे-धीरे

छिपा लेनेवाले, पीछे छूट रहे टीले को देखता और मुस्कुराता रहा, ''मीलों दूर का फासला है यहाँ ! और, कितनी शान्ति है !''

ओलगा भी, होंठों पर मुस्कान सजाए, सड़क के आर-पार उड़ते कौओं और तेज़ी से बगल से गुज़रते चिरायते और तिनपतिया घास के गुच्छों को ध्यान से देखती रही।

''लोग हमारी अगवानी के लिए गाँव के बाहर जमा हैं...'' पिता ने आँखें सिकोड़कर नज़र दौड़ाते हुए कहा।

येव्गेनी ने गर्दन उचकाकर देखा तो लोग काफी दूर होने के कारण पहचाने न जा सके। पर, औरतों में उसने अकसीनिया को पहचान लिया और उसके गालों पर लाली का गहरा रंग दौड़ गया। उसे लगा कि गाड़ी फाटक से निकलेगी तो अकसीनिया के चेहरे पर परेशानी की रेखाएँ नज़र आएँगी। सो इस भावना के साथ ही उसका दिल ज़ोर-ज़ोर से धड़कने लगा। उसने बाईं ओर देखा तो निगाह उसी पर जा थमी। मगर, उसे ख़ुशी से खिला हुआ देखकर उसे ताज्जुब हुआ, परन्तु साथ ही जैसे एक बोझ उसके कन्धे से उतर गया। उसने सिर झुकाकर उसका अभिवादन किया।

''बड़ी ही ख़ूबसूरत औरत है। कौन है यह ? उसका रूप तो जैसे चुनौती-सी देता है, क्यों ?'' ओलगा ने अकसीनिया की ओर आँखों से इशारा किया।

इस बीच येव्गेनी में साहस लौट आया और उसने बहुत शान्त भाव से ओलगा की बात का समर्थन किया, ''हाँ, औरत हसीन है...घर में काम करती है।''

ओलगा यागोदनोये में रही तो उसकी उपस्थिति ने मानो सबको जादू में बाँध-सा लिया। सोने की वेशभूषा पहनकर दिन-भर इधर-उधर घूमनेवाले बूढ़े बाबा ने हुक्म दिया—''पुराने कोट और जनरल की वर्दीवाले मेरे पतलून बक्सों में बन्द हैं...वे बक्सों से निकाले जाएँ और कपूर की गोलियाँ अलग की जाएँ !'' यानी पहले अपने मामले में पूरी तरह लापरवाही बरतनेवाले लुत्सनित्स्की अब लिनेन में ज़रा भी सिकुड़न देखते या सुबह जूते गन्दे पाते तो अजीब तरह से मुँह बनाते और अकसीनिया पर चीख उठते। उनमें जैसे ताज़गी आ गई। दाढ़ी बनाने के बाद उनके गाल ऐसे चमकने लगे कि येव्गेनी को अचरज होने लगा।

अकसीनिया तो जैसे किसी आसमानी ताक़त के बस में हो गई। वह अपनी नई मालकिन को ख़ुश करने की पूरी कोशिश करती। उससे बड़ी ही विनय के साथ बातें करती और हुक्म बजाने के लिए, उसकी सेवा कर पाने के लिए, उतावली रहती। लुकेरिया बढ़िया से बढ़िया व्यंजन पकाती, और इस कोशिश में जैसे अपना दिल निकालकर रख देती। एक-से-एक नई चीज़ें ईजाद करती। एक-से-एक ज़ायकेदार सलाद और चटनियाँ तैयार करती। और तो और, इतना बूढ़ा और कमज़ोर साश्का भी यागोदनोये की बदलती करवटों से अछूता नहीं रहा। बड़े मालिक सीढ़ियों के पास मिलते, उसे सिर से पैर तक देखते, और उँगली हिला-हिलाकर, आँखें नचा-नचाकर धमकाते गुस्से से लाल हो जाते—''क्यों वे सूअर के बच्चे, क्या है यह सब ? ज़रा अपनी पतलून की हालत तो देख !''

''क्यों, क्या ख़राबी है मेरी पतलून में ?'' बूढ़ा साश्का ढिठाई से जवाब देता, हालाँकि मालिक के गैरमामूली मुआइने और उनकी काँपती हुई आवाज़ से अन्दर-ही-अन्दर थोड़ा घबरा जाता।

''एक जवान औरत घर में है, और तू मुझे ज़िन्दा कब्र में धकेलने की कोशिश कर रहा है—गधा कहीं का ! अबे उल्लू के पट्ठे, पतलून के बटन ठीक क्यों नहीं करता !''

बूढ़े साश्का ने अपनी उँगलियाँ नीचे के बटनों पर इस तरह फेरीं जैसे कोई अकार्दिओन बजा रहा हो। इसके बाद उसने ढिठाई से कुछ जवाब देना चाहा। लेकिन मालिक ने अपना पैर ऐसे ज़ोर से पटका कि उसके पुराने फ़ैशन के नोकदार बूटों का तल्ला ऊपर के चमड़े से अलग हो गया। वह चीखा,

''वापस...फौरन अपने अस्तबल को वापस ! क्विक मार्च ! मैं लुकेरिया से कहूँगा कि वह तेरा बदन खौलते हुए पानी से रगड़-रगड़कर साफ़ करे। ज़रा अपने बदन का मैल तो देख बुड्ढे सुअर !''

येव्गेनी ने आराम किया और राइफल हाथ में लेकर तीतरों के शिकार को निकल पड़ा। अकसीनिया की समस्या उसके दिमाग़ में नाचती रही और उसका मन मथती रही। लेकिन, एक दिन शाम को पिता ने उसे अपने कमरे में बुलाया, और दरवाज़े की ओर ताकते हुए और बेटे की निगाहें बचाते हुए पूछा, ''तुम्हारे व्यक्तिगत मामलों में मेरी दखलअंदाज़ी पर तुम मुझे माफ करना, लेकिन मैं जानना चाहता हूँ कि अकसीनिया के बारे में तुम क्या सोच रहे हो ?'' येव्गेनी ने हड़बड़ाते हुए एक सिगरेट जलाई और इस तरह अपनी परेशानी पर पर्दा डालना चाहा। इस समय भी उसका चेहरा वैसे ही लाल हो उठा जैसे यहाँ आने पर पहले दिन हुआ था। और यह अनुभव करते ही उसके गालों की लाली और गहरी हो उठी। बोला, ''मैं नहीं जानता...सचमुच मेरी समझ में कुछ नहीं आता !'' उसने जैसे अपने हृदय की ईमानदारी व्यक्त की।

बूढ़ा अपने शब्द तोल-तोलकर बोला, ''लेकिन मैं जानता हूँ। जाओ और फ़ौरन उससे बात करो। चुपचाप उसके हाथ में पैसा रखो।'' बूढ़ा होंठों-ही-होंठों में मुस्कुराया, ''उससे कहो कि यहाँ से चली जाए। हम कोई और नौकरानी खोज लेंगे।''

येव्गेनी तुरन्त ही नौकरों के क्वार्टरों की ओर बढ़ गया। अकसीनिया दरवाज़े की ओर पीठ किए खड़ी थी। उसकी कमर झुकी हुई थी और कन्धे की कमानें हिल-डुल रही थीं। उसने आस्तीनें कोहनी के ऊपर तक चढ़ा रखी थीं और उसकी भरी हुई मांसल भुजाएँ रह-रहकर अठखेलियाँ कर रही थीं।

येव्गेनी ने उसके बालों के घने छल्लों को गर्दन के चारों ओर मचलते देखा और बोला, ''अकसीनिया, मैं तुमसे एक मिनट बात करना चाहता हूँ।'' औरत तेज़ी से मुड़ी। उसने शिष्टता से नमस्कार कर अपने-आपको सँभाला, लेकिन येव्गेनी ने देखा कि आस्तीनें नीचे करते हुए उसकी उँगलियाँ काँप रही हैं।

अकसीनिया ने ज़रा डर से बावर्ची पर निगाह डाली। मन की ख़ुशी सँभाले न सँभली और अपनी मुस्कान में ख़ुशी और जिज्ञासा भरकर वह येव्गेनी के पीछे चल पड़ी।

बाहर की सीढ़ियों पर वह उससे बोला, ''हम बगीचे में चलेंगे, मुझे तुमसे कुछ बातें करनी हैं।''

''अच्छी बात है।'' वह प्रसन्नता और विनय से बोली। उसे लगा कि इस तरह उसके पुराने सम्बन्ध शायद नए हो उठेंगे। रास्ते में येव्गेनी ने उससे धीरे से पूछा, ''तुम्हें पता है, मैं तुम्हें बाहर बुलाकर क्यों लाया हूँ।''

अँधेरे में मुस्कुराते हुए अकसीनिया ने उसकी बाँह थाम ली। लेकिन उसने अपना हाथ छुड़ा लिया। अकसीनिया ने स्थिति समझी और ठिठकी, ''क्या बात है, येव्गेनी निकोलायेविच, मैं आगे नहीं जाऊँगी।''

''अच्छी बात है, हम यहीं बातें करेंगे। हमें कोई नहीं सुनेगा।'' येव्गेनी ने जल्दी-जल्दी अपनी बात कहनी चाही तो शब्दों के अनदेखे जाल में उलझ गया, ''तुम्हें एक बात समझनी चाहिए कि मैं पहले की तरह अब तुम्हारे साथ नहीं रह सकता...मैं तुम्हारे साथ नहीं रह सकता...बात समझ में आती है ? अब मेरी शादी हो गई है और ईमानदार आदमी होने के नाते मैं अब ऐसा कुछ नहीं कर सकता जिससे मुझे जिल्लत उठानी पड़े। मेरी आत्मा गवाही नहीं देगी।'' उसने कहा और अपने ऊँचे स्वर में कहे गए शब्दों पर ख़ुद ही लज्जित हो उठा।

रात अन्धकार लिए पूर्व से अभी-अभी आई थी। पश्चिम में आसमान का एक हिस्सा ढले हुए सूरज की लाली से अब भी रंगीन था। खलिहान में लोग सुहाने मौसम से फ़ायदा उठाकर, लालटेनों की रोशनी में अब भी अनाज साफ़ कर रहे थे। मशीनों में गति थी। अनाज साफ़ करने की मशीनों का मुँह, बिना थके, भरते हुए एक आदमी भर्राए हुए गले से, ख़ुशी से उमड़ते स्वरों में चिल्ला रहा

था, "और...और !" बगीचे में बड़ा सन्नाटा था। हर तरफ़ बिच्छू के पेड़, गेहूँ और ओस गमक रही थी।

अकसीनिया ने मुँह से कुछ नहीं कहा। येव्गेनी ने पूछा, "क्या कहती हो तुम ? तुम इस तरह चुप क्यों हो अकसीनिया ?"

"मेरे पास कहने को कुछ नहीं है।"

"अकसीनिया, तुम जितने रूबल चाहोगी, मैं तुम्हें दूँगा। लेकिन, जैसे भी हो तुम चली जाओ यहाँ से। मेरे लिए मुश्किल होगा कि मैं तुम्हें हर वक़्त देखूँ, और अपने को सँभाले रहूँ।"

"एक हफ्ते में मेरा महीना पूरा हो जाएगा। क्या तब तक मैं रह सकती हूँ ?"

"बेशक...बेशक !"

अकसीनिया एक क्षण तक चुप रही। लेकिन सहसा जैसे हिम्मत ने उसका साथ छोड़ दिया। वह धीरे-धीरे येव्गेनी की ओर खिसकी, "ठीक है, मैं चली जाऊँगी। लेकिन क्या तुम...आख़िरी बार...सिर्फ़ आख़िरी बार...? अकेले रहते-रहते मेरा दम घुटने लगा है। मुझे बुरा मत समझना, येव्गेनी !"

उसकी आवाज़ खुश्क हो गई और वह काँपने-सी लगी। येव्गेनी यह समझ न पाया कि वह हँसी कर रही है या यह बात गम्भीरता से कह रही है।

"तुम चाहती क्या हो ?" वह खीझ से खाँसा और उसे लगा कि वह अँधेरे में उसका हाथ टटोल रही है।

कुछ समय बाद वह गीली मुनक्के की महकदार झाड़ी से बाहर आया। घर पहुँचने से पहले वह ठिठका और उसने घास की नमी से गीली पतलून की टाँगें पोंछीं। घर पहुँचकर वह सीढ़ियों पर चढ़ा तो उसने मुड़कर पीछे देखा। अकसीनिया अपना जूड़ा ठीक करती नज़र आई। उसके होंठों पर मुस्कान की थिरकन फैली थी।

6

फेदर घास पक गई थी। स्तेपी में यहाँ से वहाँ तक चाँदी-सी लहरा रही थी। हवा सीटियाँ बजाती हुई इस चाँदी पर उछलती फिर रही थी। वह दूधिया लहरों को कभी दक्षिण की ओर ढकेल देती थी तो कभी पश्चिम की ओर। हवा के झकोरे जिधर भी मुड़ते, फेदर घास की पत्तियाँ आदर से सिर झुका लेतीं। कपूरी विस्तार पर एक गहरी-सी लीक बुन जाती।

रंगबिरंगी घासें मुरझाने लगी थीं। मुरझाया हुआ, बेरंग चिरायता पहाड़ी की चोटियों पर झुका खड़ा था। छोटी रातें देखते-देखते उतार पर आ जाती थीं। रात के समय काले कोयले के आसमान में जैसे कोई अनगिनत सितारे और चाँद छिड़क देता था। कज़्ज़ाक इस चाँद को 'छोटा सूरज' समझते थे। यह चाँद बराबर घटता जाता और पीला पड़कर हल्के-हल्के चमकता रहता। आकाशगंगा में सितारों की दूसरी धाराएँ आ-आकर मिलती रहतीं। वातावरण में सन्नाटा रहता। हवा खुश्क लगती। उससे चिरायते की बास आती रहती। धरती भी, सर्वशक्तिमान, चिरायते की बू से नहाई रहती और तरी के लिए तरसती। सितारों से भरे रास्ते जानवर और इन्सान दोनों से ही अछूते रहते। सितारे मुरझाते और अपना मुँह छिपा लेते। गेहूँ के दानों की तरह बिखरे हुए सितारे काले आसमान में डूब जाते। धरती की तरह ही काले आसमान के इन बीजों से न कोंपलें फूटतीं और न ही वहाँ इन्हें देखकर कोई ख़ास खुश होता। सूखा स्तेपी की सारी घास को शुष्क कर देता। उसके ऊपर बटेरों और झींगुरों की बजती हुई झंकारों का वितान तना रहता।

स्तेपी में दिन गर्म होता। धुन्ध-सी हर ओर घिरी रहती। बेरंग, बिना बादलोंवाले पेडुकी के रंग के नीले आसमान में बेरहम सूरज चमकता रहता। चीलों के फैले हुए डैनों का भूरा इस्पात जहाँ-तहाँ

मेहराबें बनाता रहता। फेदर घास आँखों में चकाचौंध पैदा करती और पूरे मैदान में बे-रोकटोक फैली नज़र आती। उसका रंग ऊँट के रंग का-सा हल्का भूरा धुआँ-सा छोड़ता लगता। चीलें आसमान की लहरों पर लहरातीं। उनकी लम्बी-चौड़ी छाया बिना आवाज़ किए घास की पत्तियों पर फिसलती चली जाती।

ससलिक चिड़ियों के भर्राए हुए स्वरों से थकावट टपकती। गिलहरियाँ ऊबड़खाबड़ पीले ढालों पर ऊँघती। स्तेपी का पूरा मैदान आग में उबलता। सिर्फ उसका दम-भर नहीं निकलता। हर तरफ बेजान सन्नाटा सायँ-सायँ करता। क्षितिज का नीला ऊँचा टीला अदृश्यता के सिरे पर इस तरह मँडराता, जैसे कि सपने में हो।

प्यारे स्तेपी ! तेज़ हवा घोड़ियों और स्टैलियनों की अयालों से उलझ रही है। घोड़ों के खुश्क नथुने हवा से खारे हो रहे हैं। वे अपने रेशमी होंठ चबा रहे हैं और हवा और धूप के कारण हिनहिना रहे हैं।...दोन नदी के ऊपर झूला झूलते आसमान के साए में पलनेवाले प्यारे स्तेपी...तुम्हारी तलहटियाँ लहरियादार हैं। घाटियाँ सूखी हैं। किनारे रतनारे हैं। फेदर घास के फैलाव में घोड़ों के खुरों के गहरे, काले निशान बने हुए हैं। टीले बुद्धिमानी से सिर उठाए, चुपचाप खड़े कज़्ज़ाकों के विस्मृत और मृत यश की रक्षा कर रहे हैं।...दोन के कज़्ज़ाकों के स्तेपी प्रदेश, मैं तुम्हें नमन करता हूँ। तुम्हारी मिट्टी आँखों से लगाता हूँ।...यह मिट्टी ख़ून से तर है, और यह ख़ून ऐसा है, जिसमें कभी जंग लगनेवाला नहीं।

स्टैलियन का सिर साँप की तरह छोटा और पतला था। उसके कान चौरस और चंचल थे। सीना भरा हुआ और चौड़ा था। पैर शानदार और मज़बूत थे। खुर नदी के केकड़ों की तरह मुड़े हुए थे। पुट्ठे थोड़े ढलवाँ और मुलायम थे। पूँछ मोटी और तार की बनी लगती थी। वह दोन-प्रदेश की असली नस्ल का घोड़ा था। उसकी नसों में ख़ून की एक भी बूँद बाहर की न थी, और उसका पुश्तैनी रक्त चाल-ढाल और नाक-नक्श से साफ़ झलकता था। उसका नाम मलब्रुक था।

एक दिन पानी पीते समय अपनी घोड़ी का बचाव करने की कोशिश में वह एक दूसरे स्टैलियन से भिड़ गया। दूसरा स्टैलियन उससे उम्र में बड़ा और कहीं मज़बूत था। उसने घोड़ी के लिए लड़नेवाले स्टैलियन के एक पैर का हिस्सा, लात मार-मारकर बुरी तरह जख्मी कर दिया। फिर दोनों घोड़े एक-दूसरे को ढकेलते और एक-दूसरे पर दुलत्ती चलाते चले गए। दोनों ने एक-दूसरे को इस तरह काटा कि मांस नज़र आने लगा।

चरवाहा वहाँ न था। वह मैदान में सूरज की तरफ पीठ किए, दर्द से भरे जूतोंवाले अपने पैर फैलाए आराम से सो रहा था।

ऐसे में दूसरे स्टैलियन ने मलब्रुक को पछाड़ दिया, और वह उसे उसके गिरोह से बहुत दूर खदेड़ ले गया। जब उसके बदन से ख़ून बहने लगा तो उसने उसे छोड़ दिया, और दोनों गिरोहों पर अधिकार कर लिया।

घायल स्टैलियन अस्तबल में लाया गया। पशु-चिकित्सिक ने उसके घायल पैर की मरहमपट्टी की। छः दिन बाद मिख़ाइल कोशेवोइ एक रिपोर्ट लेकर वहाँ आया तो उसने मलब्रुक को देखा। उसमें अपनी नस्ल को ख़त्म न होने देने की बलवती इच्छा दिखाई दी। उसने अपना रस्सा तुड़ाया, कूदकर बाहर आया, बैरक के अहाते में चरती घोड़ियों को जा घेरा और पहले दुलकी और बाद में सरपट दौड़ते हुए उन्हें स्तेपी में लाया। इस सिलसिले में जो घोड़ियाँ पीछे रह गईं, उन्हें उसने दाँत से काट-काटकर आगे बढ़ाया। चरवाहे, ओवरसियर समेत बाहर आए, पर वे मजबूर थे। कर कुछ न सकते थे। घोड़ियाँ अपनी-अपनी रस्सियाँ तुड़ाकर भटकती-पटकती, उछलती-कूदती भाग गई थीं।

"भाड़ में जाए, गधे ने हमारी सवारी तक के लिए एक जानवर नहीं छोड़ा !" ओवरसियर ने आँखों से ओझल होते घोड़ों को एकटक घूरते हुए कहा।

दोपहर को मलब्रुक अपनी घोड़ियों को पानी पिलाने लाया। इस समय चरवाहों ने उसे घोड़ियों से अलग रखा। मिख़ाइल ने उस पर ज़ीन कसी और उसे लाकर उसकी अपनी घोड़ियोंवाले गिरोह में छोड़ दिया।

यहाँ की दो महीने की नौकरी में मिख़ाइल ने घोड़ों की चरागाही ज़िन्दगी का बारीकी से अध्ययन किया। वह उनकी समझदारी और इन्सानी बनावट से दूरी के कारण उनके प्रति आदर से भर उठा। उसने स्टैलियनों को घोड़ियों पर सवार होते देखा तो आदिम परिस्थितियों में यह आदिम हरकत उसे बहुत सहज, स्वाभाविक और बुद्धि से पूर्ण लगी। उसका मन अपने-आप इन घोड़ों की तुलना मनुष्यों से करने लगा, तो मनुष्यों का पलड़ा हलका ही पड़ा। लेकिन, इस पर भी, घोड़ों के आपसी सम्बन्धों में भी बहुत-कुछ इन्सानियत दिखाई दी। मिसाल के लिए मिख़ाइल ने बुढ़ापे की ओर बढ़ते स्टैलियन बाखर को देखा। बाखर घोड़ियों के मामले में आम तौर पर बड़ा रूखा, अक्खड़ और बेरहम था। पर उसी ने एक चार साल की, भूरी-लाल, माथे पर सितारेवाली, चमकीली आँखों की एक घोड़ी चुन ली और उसके साथ दूसरे ही ढंग का व्यवहार करने लगा। वह उसके साथ रहता तो बेचैन और अधीर नज़र आता। वह उसके बदन पर साँसें छोड़ता तो इस ढंग से, हींसता तो संयम से, हालाँकि फिर भी वासना का आभास उसकी हींस में छिपा रहता। वह खड़ा होता तो अपना बड़ा-सा सिर अपनी प्रिय घोड़ी के पुट्ठे पर टिका देता और फिर घंटों ऊँघता रहता। उसकी चिकनी खाल के अन्दर मांसपेशियाँ रह-रहकर हिलती रहतीं। मिख़ाइल को लगता कि बाखर उस एक घोड़ी को ख़ास किस्म का प्यार देता है, उसके इस प्यार में अपार अत्यन्त उग्रता के साथ-ही-साथ उदासी की भावना है, और यह एक बूढ़े आदमी का प्यार है।

मिख़ाइल अपना काम बड़ी मेहनत से करता। साफ़ है कि उसकी जीतोड़ मशक्कत जिले के अतामान तक से अनजानी न रही। सो, अगस्त आधा बीता कि ओवरसियर को आदेश मिला–कोशेवोइ को व्येशेन्स्काया वापस भेज दिया जाए।

मिख़ाइल झटपट तैयार हो गया। उसने अपना सामान बटोरा और उस दिन शाम होते-होते व्येशेन्स्काया को चल पड़ा। उसने अपनी घोड़ी को लगातार हाँका और सूरज डूबते-डूबते कारगिन से आगे निकल गया। वह पहाड़ी पर पहुँचा तो उसे एक गाड़ी व्येशेन्स्काया की दिशा में बढ़ती दिखलाई पड़ी।

गाड़ी हल्की-फुलकी कमानीदार थी। गाड़ी हाँकनेवाला उक्रइन था और घोड़े बराबर दौड़ाए जा रहा था। घोड़े हट्टे-कट्टे, तन्दुरुस्त थे और मुँह से भाप छोड़ रहे थे। गाड़ी के अन्दर, पीछे की ओर एक शानदार-सा आदमी झुका हुआ था। आदमी के कन्धे चौड़े थे। उसके बदन पर शहराती काट का कोट था और भूरा फैल्ट-हैट खोपड़ी के पिछले हिस्से पर जमा हुआ था।

मिख़ाइल ने, कुछ दूर तक अपना घोड़ा गाड़ी के पीछे रखा। वह गाड़ी के धचकों के साथ उस आदमी के कन्धों की हरकत और उसके कॉलर की सफ़ेद, धूल से भरी पट्टी देखता रहा। सफ़र का एक पीला थैला, और तह किए हुए ओवरकोट से ढका एक बोरा उसे मुसाफ़िर के पैरों के पास रखा दिखाई पड़ा। साथ ही सिगार की अनजानी महक से उसके नथुने भर उठे। अपनी घोड़ी को गाड़ी के बराबर लाते हुए उसने मन-ही-मन सोचा–'शायद कोई अफ़सर है, व्येशेन्स्काया जा रहा है।' पर उसने कनखी से उस आदमी के टोप के छज्जे के नीचे का चेहरा देखने की कोशिश की तो उसके जबड़े जम गए और ताज्जुब और डर की एक लहर सिर से पैर तक दौड़ गई। गाड़ी में लेटा, सिगार का काला सिरा बेचैनी से चबाता, और अपनी हलकी भयानक आँखें सिकोड़ता व्यक्ति स्तीपान अस्ताख़ोव जान पड़ा। मगर मिख़ाइल को विश्वास नहीं हुआ। उसने अपने गाँव के साथी के परिचित, पर अजीब ढंग

से बदल गए चेहरे पर दुबारा नज़र डाली। बात ठीक निकली यानी व्यक्ति स्तीपान ही निकला। मिख़ाइल उत्तेजना से पसीने-पसीने हो उठा और खाँसते हुए बोला—"माफ़ कीजिए, आपका नाम अस्ताख़ोव तो नहीं है ?"

इस पर गाड़ी में बैठे आदमी ने अपना टोप और पीछे की ओर सरकाया, मुड़ा और मिख़ाइल की ओर देखते हुए बोला, "हाँ, मेरा नाम अस्ताख़ोव है। तो, तो आपका मतलब ? मगर सुनो... तुम...तुम कोशेवोइ तो नहीं हो ?" वह आधा उठा और होंठों-ही-होंठों मुस्कुराते पर बाकी मुद्रा उसी तरह कठोर रखते हुए उसने अपना हाथ आगे बढ़ाया, "तुम तो कोशेवोइ हो..मिख़ाइल ! मुझे बड़ी ख़ुशी हुई।" उसके चेहरे की ख़ुशी में परेशानी मिश्रित थी।

"लेकिन कैसे...तुम यहाँ कैसे ?" मिख़ाइल ने रासें ढीली कर दीं और अचरज से हाथ फैला लिए—"सुना तो यह था कि दुश्मनों ने तुम्हें मार डाला...पर मैं देख रहा हूँ कि तुम सही-सलामत हो।"

वह मुस्कुराने लगा और काठी पर बैठे-बैठे ही चंचल हो उठा। स्तीपान के हाव-भाव और उसकी अर्ध-सभ्य आवाज़ ने उसे भ्रम में डाल दिया। उसे कोई अनदेखी दीवार-सी अपने और उसके बीच लगी, अतएव उसने अपना स्वर धीमा कर लिया और बातचीत का लहजा बदल लिया।

दोनों बातें करने लगे। घोड़े साधारण चाल से रास्ते पर बढ़ते गए। अस्त होता सूरज पश्चिम में दमकने लगा और ट्यूलिप फूलों की तरह लाल बादल नीलम के आसमान की लहरों पर तैरते हुए रात के काजल में बदलने लगे। इसी समय सड़क के किनारे के जई के खेत में एक तीतर कीका। दिन की चहल-पहल और दौड़-धूप शाम की वीरानगी में बदली और धूल-धूसरित सन्नाटा स्तेपी पर उतरने लगा। तातारस्की और व्येशेन्स्काया को जानेवाली सड़कों को बाँटनेवाला दूर का चौराहा बकइनी आसमान के साए में चमका।

"कहाँ से आ रहे हो, स्तीपान अन्द्रेइच ?" मिख़ाइल ने ख़ुश होते हुए पूछा।

"जर्मनी से आ रहा हूँ। वापस आया हूँ अपनी धरती की गोद में।"

"लेकिन, हमारे कज़्ज़ाकों ने तो बताया कि उन्होंने तुम्हें मरते देखा।"

स्तीपान ने गम्भीरता के साथ, सोच-सोचकर इस तरह जवाब दिया जैसे कि सवालों के बोझ से दबा जा रहा हो—बोला, "मैं दो जगह घायल हुआ। जहाँ तक कज़्ज़ाकों की बात है, उनका क्या...? उन्होंने मुझे जहाँ-का-तहाँ छोड़ दिया और मैं कैद कर लिया गया। जर्मनों ने मेरी मरहमपट्टी की और मुझे काम करने के लिए भेज दिया।"

"लेकिन गाँव में तुम्हारी चिट्ठी-पत्री भी तो कभी किसी के पास नहीं आई।"

"कौन लिखता मेरी तरफ से ?" स्तीपान ने सिगार का बचा हुआ सिरा फेंका और दूसरा जलाया।

"मगर, और किसी की नहीं तो, अपनी बीवी की तो कभी खोज-ख़बर लेते कि वह ज़िन्दा है और ठीक-ठाक है।"

"पर, मैं तो उसके साथ रहता नहीं था। मेरा ख़्याल है कि यह बात किसी से अनजानी नहीं रही।"

उसकी आवाज़ सूख-सी चली। सारा उत्साह बुझा-सा लगा। परन्तु पत्नी के जिक्र से स्तीपान को जैसे कोई परेशानी नहीं हुई।

"इस तरह इतनी दूर रहने पर तुम्हें अपने घर की याद नहीं आई ?" मिख़ाइल ने आगे की ओर झुकते हुए उत्सुकता से पूछा और जैसे काठी के अगले हिस्से पर गया।

"आई...पहले घर की बहुत याद आई, लेकिन फिर दूर रहने की आदत पड़ गई।" एक क्षण ठिठककर बोला, "मैं तो जर्मन में करीब-करीब बस गया था और वहाँ का नागरिक बन गया था। पर, फिर घर आने की हसरत ने ज़ोर पकड़ा तो सब छोड़-छाड़कर चल दिया।"

स्तीपान की आँखों के कोनों की झुर्रियाँ पहली बार ढीली पड़ीं और वह मुस्कुराया—"ज़रा देखो कि हम लोग यहाँ कैसे दलदल में फँसे पड़े हैं...आपस में ही लड़े-मरे जा रहे हैं।"

"हाँ, सुनता तो मैं ऐसा ही हूँ।"

"लेकिन, तुम यहाँ तक पहुँचे कैसे ?"

"फ्रांस से यानी फ्रांस के मार्सेलीज़ नाम के शहर से नाव से नोवोरोसिइस्क पहुँचा।"

"तुम्हें फिर लाम पर जाना पड़ेगा क्या ?"

"शायद भेजा जाए...गाँव की ख़बर क्या है ?"

"ख़बरें इतनी हैं कि बताना चाहूँ तो भी मैं तुम्हें नहीं बता सकता...कितना ही कुछ हो गया है।"

"मेरा घर अभी साबुत है ?"

"हवा चलती है तो हिलता है।"

"पड़ोसी कैसे हैं ? बूढ़े मेलेरगेव के लड़के ज़िन्दा हैं अभी तक ?"

"हाँ, ज़िन्दा हैं..."

"तुमने मेरी पहली बीवी के बारे में कुछ सुना ?"

"वह अभी तक यागोदनोये में ही रहती है।"

"और ग्रिगोरी...उसके साथ ही रह रहा है ?"

"नहीं, उसने क़ायदे से शादी कर ली है, और अक्सीनिया को छोड़ दिया है।"

"यह मुझे अभी तक पता ही नहीं था।"

एक मिनट तक दोनों शान्त रहे। कोशेवोइ स्तीपान को उसी तरह सिर से पैर तक परखता रहा। फिर अपनी राय को वाणी देते हुए बोला, "लगता है कि काफी आराम से रहे हो, स्तीपान अन्द्रेइच ? तुम्हारे कपड़े ऐसे हैं जैसे रईसों के होते हैं।"

"वहाँ तो हर आदमी क़ायदे के कपड़े पहनता है।" स्तीपान ने भौंहें चढ़ाईं और कोचवान के कन्धे पर हाथ मारा, "ज़रा घोड़े बढ़ाओ, मेरे भाई !"

कोचवान ने उदासी से चाबुक नचाया तो घोड़ों ने थकने पर भी, लाख मन न होने पर भी, अपनी चाल तेज़ की। गाड़ी हिचकोले खाने लगी और बातचीत भी जल्दी ही ख़त्म होने को आ गई, क्योंकि स्तीपान मीशा की तरफ़ पीठ करते हुए बोला, "गाँव जा रहे हो ?"

"नहीं, मैं ज़रा ज़िले के अतामान के यहाँ जा रहा हूँ।"

चौराहा आने पर मिख़ाइल दाईं ओर को मुड़ा और रकाबों पर सधकर खड़े होते हुए बोला, "अच्छा, फिर मुलाकात होगी, स्तीपान अन्द्रेइच !"

स्तीपान ने अपनी भारी उँगलियों से गर्द-भरा टोप छुआ और शब्द-शब्द पर ज़ोर देते हुए इस तरह उदासीन भाव से बोला, जैसे कि परदेसी हो, "दोब्रेद्येन (गुड-डे) !"

7

सामने का रास्ता फिलिनोवो को पोवारिनो से जोड़नेवाले रास्ते में जुड़ा हुआ था। लाल सेना के लोग फ़ौजें जमा कर रहे थे और जवाबी हमले की कोशिश में दाँत भींच रहे थे। कज़्ज़ाकों के पास गोला-बारूद की बड़ी कमी थी। इसलिए उनकी तैयारी की रफ़्तार धीमी थी और वे प्रदेश की सीमाओं के अन्दर-ही-अन्दर बने रहना चाहते थे। सफलता कभी इस तरफ़ नज़र आने लगती थी तो कभी उस तरफ़। अगस्त में लड़ाई के मोर्चों पर पहले के मुक़ाबले में मारकाट कम हुई थी और थोड़े दिनों की छुट्टी पर घर लौटनेवाले कज़्ज़ाक यह कहते सुने गए थे कि शायद शरद में समझौता हो जाए।

इस बीच पीछे के इलाकों में फसलों की कटाई होने लगी तो मज़दूरों की कमी खटकी। बूढ़े और औरतों से कटाई का काम सम्हलता दिखाई न दिया। उन्हें अपने काम में ऊपर से बाधा का अनुभव हुआ, क्योंकि फ़ौजी सामान और रसद मोर्चों तक पहुँचाने के लिए गाड़ियाँ और घोड़े जब-तब ही ले

लिए गए थे। लगभग हर रोज़ ही तातारस्की की पाँच या छः गाड़ियाँ व्येशेन्स्काया भेजी जातीं। वहाँ उन पर फ़ौजी सामान लादा जाता और उन्हें कज़्ज़ाकोंवाले लड़ाई के इलाक़ों को रवाना कर दिया जाता।

गाँव में ज़िन्दगी तो मिलती, पर उसमें ज़्यादा जान नज़र न आती। सभी के दिमाग़ दूर-दूर मोर्चों की ओर लगे रहते। हर आदमी कज़्ज़ाकों से सम्बन्ध रखनेवाली ख़बरों की टोह में रहता। उसके मन में एक काँटा-सा खटकता रहता कि कौन जाने क्या हो ! ऐसे में अस्ताख़ोव आया तो लोगों के बीच एक हलचल-सी पैदा हो गई।

क्या झोंपड़ी और क्या खलिहान, हर जगह लोगों की जबान पर एक ही बात की चर्चा मिलने लगी। ज़रा सोचिए, एक ऐसा कज़्ज़ाक लौटकर घर आया, जिसे एक ज़माने पहले बिना कफ़न ज़मीन में दफ़न मान लिया गया था, जिसका ख़्याल अब सिर्फ़ गाँव की बड़ी-बूढ़ियों को था, और जिसकी याद करके वे भी कहती थीं, ''ईश्वर उसकी आत्मा को शान्ति दे''—कहिए, हुआ न चमत्कार !

स्तीपान अनीकुश्का के दरवाज़े पर रुका और अपनी चीज़ें अन्दर ले आया। फिर अनीकुश्का की पत्नी उसके खाने-पीने की व्यवस्था में लगी कि वह अपने घर आया। स्वामित्व के अधिकार से उसने चाँदनी से धुले अहाते में इधर-उधर चक्कर लगाए, अधगिरे शेडों की छतों के नीचे चहलक़दमी की, घर की हालत देखी-भाली और जंगले हिला-हिलाकर देखे। इस बीच अनीकुश्का के यहाँ तले हुए अंडे मेज़ पर रखे-रखे ठंडे हो गए। लेकिन स्तीपान था कि अपनी उँगलियाँ चटखाते और अपने-आप बुदबुदाते हुए पूरा घर सहेजता रहा। घर में जहाँ-तहाँ घास उगी नज़र आई।

उसी शाम सभी कज़्ज़ाक उससे मिलने आए और उसके बन्दी जीवन के बारे में तरह-तरह की पूछताछ करने लगे। अनीकुश्का का आगेवाला कमरा औरतों से ठसाठस भर गया। मर्द इतने जमा हुए कि ठोस दीवार-सी बन गई। उन्होंने स्तीपान के किस्से सुने तो उनके मुँह आश्चर्य से फैले-के-फैले रह गए। उसने जो कुछ बताया, सकुचाते हुए बताया। बुढ़ापे के साँचे में ढलते उसके चेहरे पर एक बार भी मुस्कान नहीं दौड़ी। लगा कि ज़िन्दगी ने उसे पूरी तरह बदलकर रख दिया है।

दूसरे दिन सवेरे स्तीपान अभी सो ही रहा था कि पैन्तेली मेलेख़ोव उससे मिलने आया। बूढ़ा मुँह पर हाथ रखकर खाँसा और उसके उठ जाने की राह देखने लगा। मिट्टी के नम फर्श की गमक, तम्बाकू की दम घोंटनेवाली तेज़ बास और एक ख़ास तरह की महक कमरे से आती रही। यह ख़ास महक सड़कों पर बराबर घूमते रहनेवाले आदमी के बदन से एक अरसे तक लिपटी रहती है।

जल्दी ही पता लगा कि स्तीपान सोकर उठ गया है। उसने सिगार पीने के लिए दियासलाई जलाई।

''मैं अन्दर आ जाऊँ ?'' पैन्तेली ने पूछा, और अपनी कमीज़ की सलवटें इस तरह बराबर कीं, जैसे कि किसी बड़े अफ़सर के सामने जा रहा हो। कमीज़ नई थी और इलीनीचिना की बड़ी ज़िद पर वह इसे इस मौक़े पर पहनकर आया था।

''आ जाओ।''

स्तीपान, सिगार का धुआँ उड़ाते हुए और धुएँ से बचाव के लिए आँखें मींचते हुए कपड़े पहनने लगा। पैन्तेली ने ज़रा घबराते हुए ड्योढ़ी के पार क़दम रखा, स्तीपान के बदले हुए नाक-नक्श और पतलून के गेलिस के धातु के वकसुओं को देखकर आश्चर्य में पड़ गया और रुककर अपनी काली हथेली आगे बढ़ाते हुए बोला, ''दोब्रेऊत्रा (गुड-मार्निंग) ! तुम्हें सही-सलामत देखकर बड़ी ख़ुशी हुई...''

''दोब्रेऊत्रा !''

स्तीपान ने गेलिस अपने भरे हुए कन्धों से नीचे खींचे और ज़रा शान के साथ बूढ़े से हाथ मिलाया। अब दोनों ने एक-दूसरे को भर-आँख देखा। स्तीपान की आँखों से नफ़रत की चिनगारियाँ फूटीं। पर बूढ़े की ऐंनी-तानी आँखों की निगाहों में नज़र आई इज़्ज़त और व्यंग्य से भरा हल्का-सा कुतूहल।

''सयाने हो गए हो, अब तो सयाने लगने लगे हो बेटे !''

"हाँ, अब उम्र भी तो हो गई है।"

"हमने तो तुम्हें मर गया मानकर फातिहा तक पढ़ा...ऐसा ही कभी ग्रीशा के मामले में हुआ था..." बूढ़े ने बात कहनी शुरू की, पर परेशानी से स्वर टूट गया। सोचने लगा, वह बात याद करने का शायद यह वक्त नहीं। सो, उसने अपनी गलती ठीक करने की कोशिश की, "अल्लाह का लाख-लाख शुक्र है कि तुम ज़िन्दा हो और ठीक हो...अल्लाह का लाख-लाख शुक्र है...हमने तो फ़ातिहा ग्रीशा की मौत पर पढ़ डाला था। पर वह तो 'लजारस' की तरह सही-सलामत उठ खड़ा हुआ। अब उसके अल्लाह के दिए दो बच्चे हैं। उसकी बीवी नताल्या भी पहले से कहीं अच्छी है। बड़ी अच्छी औरत है...और हाँ, तुम्हारे क्या हालचाल हैं ?"

"अच्छा-खासा हूँ...शुक्रिया !"

"आओ...अपने पड़ोसियों के घर का तो एक चक्कर लगा आओ। हमें भी इज़्ज़त बख्शो...वहाँ बातें भी होंगी।"

स्तीपान ने पैन्तेली के यहाँ जाने से इन्कार किया, पर जब बूढ़ा बार-बार कहने और बुरा मानने लगा तो आख़िरकार उसे उसकी बात माननी पड़ी। उसने मुँह-हाथ धोया और क़ायदे से कटे बाल सँवारे। बूढ़ा बोला, "तुम्हारा बालों का आगे का लच्छा क्या हुआ...काट फेंका ?" इस पर स्तीपान मुस्कुरा उठा। इसके बाद उसने आत्मविश्वास के साथ सिर पर टोप रखा, और पैन्तेली के आगे-आगे अहाते में आया।

पैन्तेली ने इतनी आत्मीयता का व्यवहार किया कि स्तीपान को ख़्याल आया—'शायद पुरानी गलती बराबर करने की कोशिश कर रहा है, बूढ़ा !'

उधर, पति के अनकहे हुक्म पर बावर्चीखाने में दौड़-धूप में लगी इलीनीचिना ने, नताल्या और दून्या को इधर-उधर दौड़ाना शुरू किया और खुद मेज़ लगाई। औरतें बीच-बीच में स्तीपान की ओर देखतीं और उनकी निगाहें उसके कोट, कोट के कॉलर, घड़ी की चाँदी की चेन और बालों की ग़ैर-मामूली काट पर फिसल जातीं। कई बार उन्होंने निगाहें बचाकर एक-दूसरे को देखने की कोशिश की, पर चोरी इतनी चोरी नहीं रही और आश्चर्य से भरी मुस्कान उनके होंठों पर दौड़ गई। इतने में कुछ अजीब ढंग से मुस्कुराती और ऐप्रन के सिरे से अपने होंठों के किनारे पोंछती दार्या अन्दर आई। उसने अपनी आँखें सिकोड़ीं, "अरे स्तीपान, मैंने तो तुम्हें पहचाना ही नहीं। तुम तो अब जैसे कज़्ज़ाक लगते ही नहीं।"

पैन्तेली ने समय न खोना चाहा। उसने घर की बनी वोद्का की बोलत निकाली, उसका काग अलग किया और तेज़ मीठी गन्ध का मज़ा लेते हुए उसकी तारीफ़ करनी शुरू की, "ज़रा चखो इसे। खुद मैंने बनाई है। ऐसी है कि दियासलाई लगा दो इसमें तो आग की नीली लपटें उठने लगें !"

स्तीपान पहले तो हिचका, पर एक गिलास चढ़ाने के बाद वह जमकर पीने और उसी अनुपात में बक-बक करने लगा। पैन्तेली ने कहा, "क्यों, अब तुम्हें शादी कर लेनी चाहिए !"

"शादी तो कर लूँ, मगर फिर अपनी पहली बीवी का क्या करूँ ?"

"हटाओ भी, उसका अब जिक्र क्या ? तुम्हारा ख़्याल है कि वह अब तक जैसी-की-तैसी होगी ? बीवी घोड़ी की तरह होती है। जब तक मुँह में दाँत रहेंगे, तभी तक सवारी के काम आएगी। हम लोग तुम्हारे लिए कोई कम-उम्र, जवान औरत तलाश कर देंगे।"

"ज़िन्दगी आजकल बड़ी उल्टी-सीधी है। यह निकाह-शादी का वक्त नहीं है, मैं दस दिन की छुट्टी पर आया हूँ। इसके बाद मैं व्येशेन्स्काया जाऊँगा और फिर वहाँ से मेरा ख़्याल है कि लाम के लिए रवाना हो जाऊँगा।" स्तीपान ने जवाब दिया और फिर ज्यों-ज्यों नशा चढ़ता गया, बोलचाल का विदेशी लहजा बदलता गया।

इसके बाद वह जल्दी ही चला गया और अपने साथ लेता गया दार्या की मुग्ध दृष्टि और पीछे

छोड़ता गया बेकार की बातें और बेमतलब की बहस।

"कितना लिख-पढ़ लिया है इस कुत्ते के बच्चे ने ! कैसी बातें करता है ! बिल्कुल एक्साइज़ अफ़सर या कोई रईस लगता है। मैं उससे मिलने गया तो वह बकसुओंवाली रेशमी पट्टियाँ कन्धे पर खींच रहा था। सच मानो, उसकी पीठ और उसका सीना घोड़े की पीठ और सीने की तरह कसा हुआ था। अब तो बिल्कुल तमीज़दार आदमी लगता है, कम्बख्त !" पैन्तेली ने सराहना-भरे स्वरों में फतवा दिया और अभिमान से ऐंठ-सा उठा कि स्तीपान ने उसकी ख़ातिर मंजूर कर ली और पुरानी तकरार भुला दी।

फिर, लोगों ने दो और दो जोड़कर चार बनाए और निष्कर्ष निकाला कि स्तीपान लड़ाई के बाद आकर गाँव में रहेगा और अपने लिए झोंपड़ी और फार्म नए सिरे से बना लेगा। स्तीपान ने बात-बात में कहा भी तो था कि मेरे पास साधन हैं। बस, तो इसी आधार पर पैन्तेली ने अटकल लगा ली और उसका आदर-सा करने लगा।

स्तीपान ने अपने इने-गिने दिन अनीकुश्का की झोंपड़ी में बिताए और मुश्किल से ही किसी ने उसे कहीं देखा। इस बीच पड़ोसियों ने उस पर निगाह रखी, उसकी हरकत का ख़्याल रखा और अनीकुश्का की पत्नी से जिरह की कि आख़िर वह करना क्या चाहता है। परन्तु औरत ने ऐसी चुप्पी लगाई कि फिर मुँह तक न खोला। और अगर कहा तो यह कहा कि मैं क्या जानूँ ? फिर, उसने मेलेख़ोव से घोड़ागाड़ी किराये पर ली और शनिवार के दिन तड़के ही गाँव से चल पड़ी तो तरह-तरह की अफवाहें देखते-देखते गाँव-भर में फैल गईं। कोई न समझा कि वह गई कहाँ ? सिर्फ़ पैन्तेली ने दूर से सूँघा और लंगड़ी घोड़ी को कसते हुए इलीनीचिना की तरफ़ आँख मारकर बोला, "हो-न-हो, यह औरत अकसीनिया के पास गई है।" और सचमुच उसने बिल्कुल ठीक समझा था। स्तीपान ने उसे भेजा था कि यागोदनोये जाओ और अकसीनिया से कहो कि जो हुआ सो हुआ, अब उसे दरगुज़र करे।

उस दिन स्तीपान का अपने ऊपर कोई क़ाबू न रहा और उसका मानसिक सन्तुलन पूरी तरह डगमगा गया। वह गाँव-भर में जहाँ-तहाँ भटकता रहा। बीच में वह बहुत देर तक मोख़ोव के घर की सीढ़ियों पर बैठा उसे जर्मनी की अपनी ज़िन्दगी की दास्तानें सुनाता रहा। पूरी कहानी कह गया कि फ्रांस से होते हुए, वह समुद्र के रास्ते कैसे घर आया। पर खुद बातें करते समय या मोख़ोव की बातें सुनते वक्त वह रुक-रुककर बीच-बीच में उत्सुकता और चिन्ता से अपनी घड़ी देखता रहा।

अनीकुश्का की पत्नी रात होते-होते वापस आ गई और गर्मी के बावर्चीखाने में खाना पकाते-पकाते स्तीपान को बताने लगी, "अकसीनिया तो बिल्कुल चौंक उठी और सवाल पर सवाल करने लगी। मगर लौटने से उसने साफ़ इन्कार कर दिया।"

अपनी तरफ़ से बोली, "वह अब क्या लौटेगी भला ! रईस घरों की औरतों की तरह रहती है। ख़ूब चिकना गई, और चेहरा एकदम गोरा-चिट्टा हो गया है। किसी काम को हाथ लगाना नहीं पड़ता। और भला क्या चाहिए ? कपड़े तो ऐसे पहनती है कि देखो तो तुम्हारी आँखों को यक़ीन न आए ! आज छुट्टी का नहीं, काम का दिन था, मगर उसने बर्फ़ की तरह साफ़ स्कर्ट पहन रखी थी और उसके हाथ में कहीं नाम को भी कोई दाग नहीं था।" उसने डाह से लम्बी आह भरी।

स्तीपान के गाल रक्तिम हो उठे। आँख से क्रोध की चिनगारियाँ फूटीं और ठंडी पड़ गईं। उसने अपना काँपता हुआ हाथ स्थिर किया, बर्तन से एक चम्मच दही निकाला और सोचकर धीरे-धीरे सवाल करने शुरू किए।

"उसे यह ज़िन्दगी पसन्द है ?"

"पसन्द भला क्यों नहीं होगी ! इस तरह ऐश-आराम से रहना किसे बुरा लगता है !"

"लेकिन, उसने मेरे बारे में तुमसे कुछ पूछा ?"

"क्यों नहीं ? ज़रूर पूछा, और जब मैंने तुम्हारे लौट आने की बात कही तो वह चादर की तरह

सफ़ेद पड़ गई।''

शाम का खाना खाने के बाद स्तीपान बाहर निकलकर अहाते में आया। अहाते में जहाँ-तहाँ घास उगी हुई थी। दिन में अगस्त के महीने की परछाइयाँ आतीं और जल्दी ही मुरझा जातीं। नम रात की तरी के बीच मशीनों की आवाज़ें आतीं। पीले, कलंकित चाँद की रोशनी में कटाई की दौड़-धूप चलती। दिन में अनाज के अम्बार गाहे जाते और इस समय ओसाई के बाद खत्तियों को ले जाए जाते। भूसे से भरी धूल और नए, ओसाए गए गेहूँ की जलती हुई तेज़ महक गाँव को घेरे रहती। ऐसे में आज चौक के पास कहीं ओसाई की मशीन घड़घड़ाती रही और कुत्ते भूँकते रहे कि दूर के खलिहानों से गाने के स्वर उभरे। दोन से नमी का एक ताज़ा बादल उमड़ा।

स्तीपान ने जंगले की टेक लगाई और सड़क-पार के दोन के प्रवाह का, और चाँदनी की बदमिज़ाजी के शिकार, पददलित चक्करदार रास्ते को एकटक देखता रहा। नदी के निचले हिस्से में नन्हे-नन्हे घेरोंवाली लहरियाँ थिरकती रहीं। दूर चिनार के पेड़ औंघाते और आराम करते रहे। ऐसे में स्तीपान का मन जो भटका और बेहोश हुआ तो फिर हाथ न आया...।

सुबह तड़के पानी बरसा, परन्तु सूर्योदय के बाद आसमान साफ़ हो गया। दो घंटे बाद बरसात की याद दिलाने को बचा गाड़ी के पहियों में लिपटा आधा गीला कीचड़, और बस ! थोड़ा दिन चढ़ा तो स्तीपान घोड़े पर सवार होकर यागोदनोये को रवाना हो गया। वहाँ पहुँचा तो मन धुकर-पुकर करने लगा। अब उसने अपना घोड़ा फाटक पर छोड़ा और खुद चोरों की तरह नौकरों के क्वार्टरों की ओर तेज़ी से लपका। लम्बा-चौड़ा घासवाला मैदान वीरान मिला। अस्तबलों के पास चूज़े लीद में जहाँ-तहाँ चोंच मारते दिखाई दिए। कौए की तरह काला एक मुर्गा गिरे हुए जंगले के पास चहलक़दमी करता नज़र आया। सो, मुर्गियों को आवाज़ देते हुए वह यों लगा जैसे कि काली चित्तियोंवाले बादामी भौंरों पर चोंचें चला रहा हो। चिकनी, मुलायम कुतिया गाड़ीखाने की छाया में पड़ी रही। चितकबरे पिल्लों ने उसे गिरा दिया और दूध पीने में जुट गए। वे तेज़ी से रह-रहकर पैर चलाने लगे। घर की टीन की छत के छायादार हिस्से में ओस की बूँदें चमचमाती रहीं।

स्तीपान चारों ओर देखते हुए नौकरों के क्वार्टरों में दाख़िल हुआ और भारी-भरकम बावर्चिन से बोला, ''अकसीनिया से मुलाकात हो सकती है ?''

''लेकिन, तुम हो कौन ?'' लुकेरिया ने अपना पसीने से तर, दागदार चेहरा ऐप्रन के सिरे से पोंछते हुए पूछा।

''इससे तुम्हें मतलब ? मैं पूछता हूँ कि अकसीनिया कहाँ है ?''

''वह तो मालिक के पास है, रुको !''

स्तीपान घुटनों पर तोप रखकर बैठ गया। उसके चेहरे पर बेहद थकान थी। बावर्चिन अब बिना उसकी ओर ध्यान दिए अपने काम में लगी रही। कमरे में दही की खटास के साथ गरमी का ताप था। अँगीठी, दीवारों और आटे से सनी मेज़ पर मक्खियाँ भिनभिनाती रहीं। स्तीपान उत्सुकता से बाखबर होता हुआ इन्तज़ार करता रहा कि अकसीनिया की जानी-पहचानी चाल की आवाज़ उसके कानों में पड़ी। वह चौंक उठा और उठकर खड़ा हुआ तो टोप घुटनों से नीचे गिर गया।

अकसीनिया ढेर सारी तश्तरियाँ लिए कमरे में आई। स्तीपान को देखते ही उसका चेहरा मौत की तरह ज़र्द पड़ गया, और उसके होंठ के सिरे फड़कने लगे। बेचारगी से तश्तरियों को अपने सीने से सटाए वह ठिठकी और उसकी घबराहट से भरी निगाहें स्तीपान के चेहरे पर जम गईं। फिर किसी तरह वह वहाँ से हटी, तेज़ी से मेज़ की तरफ़ लपकी, तश्तरियाँ वहाँ रख दीं और बोली, ''दोब्रेऊत्रा (गुड-मार्निंग) !''

इस बीच स्तीपान इस तरह धीरे-धीरे साँसें लेता रहा जैसे कि नींद में हो। तनाव से भरी एक मुस्कान उसके होंठों के बीच रेखा-सी खींचती रही और वह, बिना मुँह से कुछ कहे आगे की तरफ़ झुका

और उसने अपना हाथ अकसीनिया की ओर बढ़ा दिया।

"मेरे कमरे में आओ..." अकसीनिया ने दावत दी और कमरे की ओर इशारा किया।

स्तीपान ने अपना हैट इस तरह उठाया जैसे कि उसमें बड़ा बोझ हो। ख़ून उसके दिमाग़ में दौड़ने लगा और उसकी आँखों के आगे पर्दा डालने लगा। फिर, वे दोनों कमरे में पहुँचकर आमने-सामने बैठे तो अकसीनिया ने अपने खुश्क होंठ चाटते हुए पूछा, "तुम कहाँ से आ गए ?"

स्तीपान ने खुशी जताने की झूठी कोशिश की और अपना हाथ यों हवा में लहराया, जैसे कि पिए हुए हो। दर्द और प्रसन्नता से भरी मुस्कान अब भी उसके होंठों पर खिली थी।

"मैं जर्मनी की जेल से आ रहा हूँ। मैं तुमसे मिलने अकसीनिया..."

स्तीपान ने भद्दे ढंग से जेब में कुछ खखोरा, एक छोटा-सा पैकेट बाहर निकाला, हड़बड़ाते हुए ऊपर का काग़ज़ फाड़ा, उसमें से एक ज़नानी घड़ी और सस्ते नीले नग की एक अँगूठी निकाली और अपनी हथेली पर रखकर दोनों चीज़ें अकसीनिया की ओर बढ़ाईं। पर औरत की निगाह उसके अपरिचित-से चेहरे पर उसी तरह जमी रही और उसके होंठों पर वैसी ही फटी-फटी-सी मुस्कान बिखरती रही।

स्तीपान बोला, "लो, यह घड़ी और अँगूठी मैं तुम्हारे लिए सँभाले रहा हूँ।...हम साथ-साथ रहे हैं..."

"मुझे क्या करना है इन चीज़ों का ? रख लो अपनी जेब में।" अकसीनिया ने धीमी आवाज़ में कहा।

"सुनो, मुझे नफ़रत की निगाह से न देखो। आओ, अब हम अपने पुराने पागलपन की बातों को भूल जाएँ।"

उसने अपना हाथ जैसे अपना बचाव करने के लिए उठाया, खुद उठी और स्टोव के पास चली आई। "लोगों ने तो तुम्हारी मौत की ख़बर उड़ा दी थी..."

"और अगर मैं मर गया होता तो क्या तुम्हें खुशी होती ?"

अकसीनिया ने कोई जवाब नहीं दिया, पर अपने पति को अत्यन्त शान्त भाव से सिर से पैर तक देखा और ज़रूरत न होने पर भी अपने स्कर्ट की चुन्नटें ठीक कीं। स्कर्ट पर बड़ी ही होशियारी से लोहा किया गया था।

फिर सिर के पीछे हाथ रखते हुए बोली, "तुमने अनीकुश्का की बीवी को मेरे पास भेजा था ? उसने कहा कि तुम चाहते हो कि मैं वापस लौट आऊँ और फिर से तुम्हारे साथ रहूँ।"

"हाँ, लौट चलो तुम, क्या ख़्याल है ?"

"नहीं," अकसीनिया की आवाज़ सख़्त हो उठी, "नहीं, मैं अब नहीं लौटूँगी।"

"आख़िर क्यों ?"

"मुझे अब उस तरह रहने की आदत नहीं रही। इसके अलावा यह भी है कि अब बहुत देर हो चुकी है।"

"लेकिन, मैं अपना फार्म नए सिरे से जमाना चाहता हूँ। जर्मनी से लौटा तो पूरे रास्ते इसी की बात सोचता रहा। अकसीनिया, आख़िर तुम करोगी क्या ? ग्रिगोरी ने तुम्हें छोड़ ही दिया है। इस बीच तुमने कोई दूसरा मर्द खोज लिया हो तो और बात है। मैंने सुना है कि कुछ तुम्हारे और तुम्हारे मालिक के बेटे को लेकर...जो कुछ सुना है क्या वह सब ठीक है ?"

अकसीनिया के गाल सुलगने लगे और शर्म से आँखें डबडबा आईं, "जो कुछ तुमने सुना है, वह ठीक है। मैं उसके साथ रह रही हूँ।"

"यह न समझो कि मैं तुम्हारी लानत-मलामत कर रहा हूँ।" स्तीपान ने अपने को साधा, "मेरा मतलब यह था कि शायद अभी तक तुमने अपनी ज़िन्दगी को लेकर कोई फ़ैसला न किया हो। ऐसी

हालत में तुम्हारे मालिक का यह लड़का हमेशा तो तुम्हारे साथ रहेगा नहीं। वह तो खिलवाड़ कर रहा है तुमसे। तुम्हारी आँखों के आसपास झुर्रियाँ भी नज़र आने लगी हैं। बस तो, उसका जी तुमसे भरा कि उसने तुम्हें दूध की मक्खी की तरह निकालकर फेंका और यहाँ से निकाल बाहर किया ! तब...तब कहाँ जाओगी तुम? गुलामी से तुम्हारी तबियत नहीं भरी अब तक ? सोच देखो, ...अपने साथ मैं रक़म लाया हूँ और लड़ाई ख़त्म होते ही हम लोग आराम से रह सकेंगे। मेरा ख़्याल था कि शायद फिर हम एकसाथ रह सकते ! और जो कुछ हुआ, सो हो गया, उसे अब मैं भूल जाना चाहता हूँ।''

''यह बात तुमने इसके पहले क्यों नहीं सोची ?'' उसने ज़रा सिहरते हुए व आँसुओं के बीच मुस्कुराते हुए कहा। इसके बाद वह स्टोव के पास से सीधे मेज़ के किनारे आ खड़ी हुई–''और क्या था तुम्हारे दिमाग में तब, जब तुमने मेरी जवानी मिट्टी में मिलाकर रख दी थी ? तुमने मुझे मजबूर कर दिया कि मैं जाऊँ और ग्रीशा के सीने से लग जाऊँ ! तुमने मेरा दिल छलनी करके छोड़ दिया ! तुम्हें ख़्याल है कि तुमने क्या-क्या किया मेरे साथ ?''

''मैं गिले-शिकवे के लिए तो यहाँ आया नहीं। तुम...तुम क्या जानो कि मैंने कितना सिर धुना है, और कितना दर्द उठाया है !'' स्तीपान ने मेज़ पर फैले अपने बाजुओं पर निगाह जमाई और इस तरह धीरे-धीरे बोलने लगा, जैसे कि शब्द मुँह के अन्दर से उखाड़-उखाड़कर ला रहा हो–''मुझे तुम्हारी याद बराबर आती रही। मेरा ख़ून पानी हो गया...क्या दिन और क्या रात, ऐसा कब हुआ कि तुम्हारा ख़्याल नहीं आया ! वहाँ एक जर्मन विधवा के साथ रहता रहा...आराम से रहा–सब-कुछ ठीक रहा, पर मैंने उसे छोड़ दिया..अपने घर को लौटने को मेरा जी तरसने लगा !...''

''और अब तुम चाहते हो चैन की ज़िन्दगी बसर करना ?'' अकसीनिया ने पूछा, तो आवेश से उसके नथुने काँपने लगे–''अब तुम चाहते हो फार्म, खेतीबारी, बाल-बच्चे और एक बीवी जो तुम्हारे कपड़े रगड़-रगड़कर साफ़ करे, तुम्हें खाना बनाकर खिलाए...है न ?'' उसकी मुस्कान में कटुता घुलने लगी–''नहीं...यह मुझसे नहीं होगा, ईसा बचाए मुझे इससे ! फिर मैं बूढ़ी हो गई हूँ...मेरे चेहरे पर झुर्रियाँ नज़र आती हैं तुम्हें...बच्चे पैदा करना तो जैसे मैं भूल ही गई हूँ। मैं किसी की रखैल हूँ और रखैल के बच्चे नहीं होने चाहिए। ऐसी औरत तुम चाहते हो...आख़िर क्यों ?''

''तुम खासी तेज़ हो गई हो !''

''अब मैं जैसी भी हूँ, हूँ !''

''तो, तुम इन्कार करती हो ?''

''हाँ, मैं इन्कार करती हूँ, मैं वापस नहीं जाऊँगी। मैं नहीं लौटूँगी !''

''ख़ैर, तो अलविदा,'' स्तीपान उठा। उसने घड़ी अनिश्चय से अपने हाथ में उलटी-पलटी और दुबारा मेज़ पर रख दी। बोला, ''सोचना...अगर इरादा बदले तो कहला देना।''

अकसीनिया ने उसे दरवाज़े तक पहुँचाया और एकटक देखती रही। स्तीपान की गाड़ी और पहियों से उड़ती धूल ने उसके कन्धों को ढँक लिया।

औरत आँसू बहाती अपने मन की खीझ से उलझती और हल्के-हल्के सिसकती रही। उसे जैसे लगा कि उसकी उम्मीदें खाक़ में मिल गईं और उसकी ज़िन्दगी एक बार फिर हाथ से निकल गई। वैसे येव्गेनी की ओर से जवाब पाने के बाद जब उसने अपने पति के लौटने की बात सुनी थी तो सोचा था कि मैं उसके पास लौट जाऊँगी, और अब तक की दुर्लभ ख़ुशी के टुकड़ों को एक-एक कर जोड़ने की कोशिश करूँगी। और इसी इरादे से उसने उसका इन्तज़ार भी किया था। पर, पति ने आने पर जिस तरह उसे नीचा दिखाना और अपमान करना चाहा था, उससे उसका स्वाभिमान आहत हो उठा था, उसने उसके दिल और दिमाग़ को पूरी तरह घेर लिया था और वह ऐंठ गई थी। इस स्वाभिमान ने ही यागोदनोये में उसे तिरस्कृत होकर एक किनारे पड़े रहने नहीं दिया था। सो, स्तीपान के सामने वह जो जी में आया सो कहती और जैसा-तैसा व्यवहार करती गई थी। वह अपने मन के शैतान पर

क़ाबू नहीं पा सकी थी। उसे पिछली ज़िन्दगी की ज़लालत का ध्यान हो आया था और याद आ गया था कि इस आदमी के हाथों उसे किस-किस तरह की और कितनी-कितनी सख़्तियाँ सहनी पड़ी थीं। यानी यह कि वह स्वयं कुछ और चाहती थी और अपने मुँह से निकलते हर शब्द पर आशंका से सिहरती जा रही थी। इस पर भी हाँफते हुए उसने बिच्छुओं की तरह डंक-सा मार दिया था और कह दिया था–"नहीं, मैं वापस नहीं जाऊँगी...मैं नहीं लौटूँगी !"

सो, दूरी में लुप्त होती गाड़ी को उसने फिर नज़रें गड़ाकर देखा। दूसरी ओर, स्तीपान ने अपना चाबुक नचाया और सड़क के किनारे के बकाइनी चिरायते के पीछे जाकर आँखों से ओझल हो गया।

अगले दिन अकसीनिया को तनख्वाह मिल गई। इसके बाद उसने अपनी चीज़-बस्त इकट्ठी की और येव्गेनी से विदा लेने गई तो फूट पड़ी, "मेरे बारे में कुछ बुरा-भला न सोचना, येव्गेनी निकोलायेविच !"

"नहीं, बिल्कुल नहीं...तुम्हारे बारे में बुरा-भला मैं क्या सोचूँगा ! हर चीज़ के लिए तुम्हारा बहुत-बहुत शुक्रिया !" उसने अपने मन की परेशानी छिपाने की कोशिश की तो उसकी हँसी बनावटी हो उठी।

अकसीनिया वहाँ से चली और शाम होने के काफी पहले तातारस्की पहुँच गई। स्तीपान दरवाज़े पर ही मिल गया। मुस्कुराते हुए बोला, "आ गई ? हमेशा के लिए आ गई हो न ? अब तो यहाँ से कभी नहीं जाओगी ?"

"नहीं।" अकसीनिया ने सहज भाव से उत्तर दिया। और अधगिरी झोंपड़ी, घास से भरा अहाता और कूड़ा-कबाड़ देखकर जैसे उसका दिल बैठने लगा।

8

व्येशेन्स्काया रेजीमेंट ने कई दिन आगे-ही-आगे बढ़ते रहने के बाद आख़िरकार पीछे हटते लाल-गार्दों को लड़ाई में उलझा ही लिया।

ग्रिगोरी मेलेख़ोव की कमान के स्क्वैड्रन ने, हरे-भरे बाग़ों के बीच बसे, एक छोटे-से गाँव पर एक दिन दोपहर के समय अधिकार कर लिया। ग्रिगोरी ने अपने कज़्ज़ाकों को एक छोटी नदी के पास बेंतों के साए में घोड़ों पर से उतरने का आदेश दिया। नदी की एक पतली धार गाँव के बीच से बहती थी। कहीं पास ही काली दलदली मिट्टी से कलकल करते सोते फूट रहे थे। पानी बर्फ़ की तरह ठंडा था। कज़्ज़ाकों ने पानी छककर पिया, अपनी टोपियों में भरा और बाद में उसे अपने पसीने से नहाए सिरों पर ठोकते हुए सन्तोष की साँस ली।...सूरज की किरणें गन्दगी से भरे गाँव पर सीधी पड़ती रहीं। दोपहर की धुन्ध की मुट्ठी में कसी धरती तपती रही। उमस-भरी धूप के ज़हर से घासें और बेंत की पत्तियाँ निढाल होकर झूलती रहीं। लेकिन, नदी के किनारे साए में ठंडक थी, पोदीने की हरियाली लौ देती रही, छोटे-छोटे नाले-नालियों में काई की मुस्कान क्वाँरेपन की झलक मारती रही और नदी के एक मोड़ के आसपास बत्तखें पानी में छपाछप करतीं और अपने डैने फड़फड़ाती रहीं। ऐसे में घोड़े लगामों पर ज़ोर देने, पानी की ओर बढ़ने की कोशिश करने, धूल उड़ाने और ताज़े पानी के लिए अपने होंठ फड़फड़ाने लगे। पास के मथे हुए कीचड़ से गन्धक की गन्ध उड़ी तो पानी से धुली बेंत की जड़ों से एक तीख़ी-मीठी बास हवा में घुलने लगी।

अभी कज़्ज़ाक पोदीने के पौधों के बीच लेटे ही थे और उन्होंने आपस में बातें करनी शुरू की ही थीं कि अगली गश्त के लिए गए लोग लौटे। फिर तो लाल-गार्दों का नाम सुनते ही लोग एक झटके में उछलकर खड़े हो गए। अब उन्होंने अपने घोड़ों की ज़ीनें कसीं और पानी पीने और अपने-अपने

फ़्लास्कों में पानी भर लेने के लिए वे एक बार फिर नदी के किनारे आए तो हरएक ने मन-ही-मन सोचा, 'हो सकता है कि बच्चों की आँखों के आँसुओं की तरह यह ताज़ा पानी दोबारा नसीब न हो !'

वे सड़क पर बढ़े और नदी पार कर दूर के सिरे पर रुके। गाँव के उस तरफ़ कोई एक वर्स्ट के फ़ासले पर, आठ घुड़सवारों की दुश्मनों की एक गश्ती टुकड़ी झाड़-झंखाड़ से भरे टीले पर चढ़कर गाँव की ओर बढ़ती दीखी।

''चलो, इन्हें तो मुट्ठी में कर ही लिया जाए, क्यों ?'' मीत्का कोरशुनोव ने ग्रिगोरी से कहा।

और, आधा ट्रुप लेकर वह गश्ती टुकड़ी को घेरने के लिए चल पड़ा, पर लाल-गार्दों ने उसी क्षण उन्हें देख लिया और फ़ौरन ही मुड़ गए।

इसके एक घंटे बाद व्येशेन्स्काया रेजीमेंट के दो दूसरे स्क्वैड्रन आए तो आते ही आगे की ओर बढ़ गए। गश्ती टुकड़ियाँ ख़बर लेकर आईं कि कोई एक हज़ार लाल-गार्द उनकी ओर बढ़े चले आ रहे हैं। वैसे तो व्येशेन्स्काया रेजीमेंट का ३३वें बुरकानोव्स्की रेजीमेंट से इधर सम्पर्क टूट गया था, लेकिन इस पर भी दुश्मन को उलझा लेने की बात निश्चित हो गई।

कज़्ज़ाक घोड़ों पर सवार होकर टीले पर आ गए और नीचे उतरे। घोड़ों को, गाँव की ओर निकलनेवाले एक चौड़े खड्ड में ले जाया गया। इस बीच कहीं दाईं ओर गश्ती टुकड़ियों ने अपना काम शुरू कर दिया और हल्की मशीनगनों की आवाज़ें उनके कानों में आने लगीं।

बाद में लाल-गार्दों की कतार जल्दी ही नज़र आई। ग्रिगोरी ने स्क्वैड्रन के लोगों को पहाड़ी की चोटी पर जमाया और कज़्ज़ाक घासफूस से मढ़े फैलाव के किनारे-किनारे लेट गए। अब ग्रिगोरी ने जंगली सेब के एक बौने पेड़ के बीच से दूरबीन लगाकर दुश्मनों की दूर की कतारों को देखने की कोशिश की। उसे दो कतारें नज़र आईं और उनके पीछे कटे हुए अनाज के भूरे गट्ठों के बीच फ़ौजियों का एक जमाव और दिखाई दिया।

फिर, पहली कतार के आगे सफ़ेद घोड़े पर सवार कमांडर खड़ा नज़र आया तो ग्रिगोरी के साथ ही बाक़ी कज़्ज़ाकों के आश्चर्य का ठिकाना न रहा। दूसरी कतार के सामने दो घुड़सवार और दिखलाई पड़े। तीसरी कतार का भी नेतृत्व करता हुआ एक कमांडर दिखाई पड़ा। उसके पीछे हवा में फड़फड़ाता एक झंडा भी दिखाई दिया। झंडा खेत की मटमैली-पीली पृष्ठभूमि में ख़ून का एक छोटा, धब्बा-सा लगा।

''लाल-गार्दों के कमीसार आगे-आगे रहते हैं। यह इनकी बहादुरी है।'' मीत्का कोरशुनोव सराहना से हँसा।

''तो यह है लाल-गार्द ! देख लो, साथियो !''

इस पर लगभग सभी कज़्ज़ाक सिर उठाकर लाल-गार्दों को देखने लगे। हथेलियाँ भौंहों के पास सध गईं, बातचीत ख़त्म हो गई और मृत्यु का अग्रदूत, एक शानदार सन्नाटा, बादल की छाया की तरह, धीरे-धीरे स्तेपी के मैदान और घाटी पर बिछ गया।

ग्रिगोरी ने मुड़कर पीछे की ओर देखा।—गाँव से लगे बेंतों के, राख के रंग के, द्वीप के पार हवा में गर्द के बादल उड़ते लगे। दूसरा स्क्वैड्रन दुश्मन को घेरने को बढ़ता दिखाई दिया। कुछ देर तक तो गतिविधि पर एक नाले ने पर्दा डाले रखा, पर कोई चार वर्स्ट तय करने के बाद स्क्वैड्रन व्यवस्थित ढंग से, एक ढाल पर चढ़ा तो ग्रिगोरी ने मन-ही-मन अनुमान लगाया कि कितनी देर बाद और कहाँ स्क्वैड्रन दुश्मन के बराबर आ जाएगा।

ग्रिगोरी ने दूरबीन केस में रखी और तेज़ी से मुड़कर आदेश दिया, ''आप लोग नीचे ही रहें।'' फिर, वह अपनी कतार में आया तो तमाम के तमाम कज़्ज़ाकों के धूप और धूलि से धूसरित और तमतमाते चेहरे उसकी ओर मुड़ गए। लोग एक-दूसरे से निगाहें मिलाते हुए ज़मीन पर लेट गए और 'दक्ष' के आदेश पर राइफलों के घोड़े भयानक ढंग से बज उठे। ग्रिगोरी को ऊपर से नज़र आए सिर्फ़

फैले हुए पैर, टोपियों के सिरे, धूल से भरी कमीज़ों से ढकी पीठें, और पसीने से तर कन्धों की हड्डियाँ। कज़्ज़ाक किसी ढकी हुई या सुविधा की जगह की खोज में इधर-उधर रेंगने लगे। कुछ ने अपनी तलवारों की नोक से ज़मीन में गड्ढे खोदने की कोशिश की।

इस बीच गाने के अस्पष्ट स्वर हवा के पंखों के सहारे पहाड़ी के छोर तक तरंगित हो उठे।—लाल-गार्दों की क़तारें अव्यवस्थित रूप से आगे बढ़ रही थीं और उनकी आवाज़ें उमस से भरे, लम्बे-चौड़े स्तेपी मैदान में डूबती-उतराती, हल्के-हल्के इधर आ रही थीं।

इस पर ग्रिगोरी का दिल ज़ोर-ज़ोर से धड़कने लगा।—कहारों से भीगे स्वर उसने पहले भी सुने थे। वह पोदूत्योलकोव के साथ ग्लुबोकाया में था तो उसने नाविकों को भक्ति से अपनी-अपनी टोपियाँ उतारकर गाते सुना था। उस समय उनकी आँखें भावावेश से चमक रही थीं।

ग्रिगोरी के मन में सहसा ही एक धुँधली-सी चिन्ता जगी। इस चिन्ता से चेहरा डर और दहशत से बहुत-कुछ मिलने लगा।

"क्या अलाप रहे हैं ये लोग ?" एक बुजुर्ग-से कज़्ज़ाक ने अपना सिर चिन्ता से मोड़ते हुए पूछा।

"प्रार्थना-सी मालूम होती है।" दाईं ओर लेटे कज़्ज़ाक ने जवाब दिया।

"क्या ये लोग शैतान की प्रार्थना कर रहे हैं ?" अन्द्रेइ काशुलिन ने खीसें निपोरते हुए कहा, और ढिठाई से ग्रिगोरी पर नज़र डालते हुए पूछा, "ग्रिगोरी, तुम तो इनके बीच रहे हो। तुम जानते हो, ये लोग क्या गा रहे हैं ? मेरा ख़्याल है कि यह गाना तो कभी तुमने खुद भी गाया होगा।"

"...धरती को अपना बनाओ..." इसी समय बीच की दूरी पार कर स्पष्ट स्वर आए और एक बार फिर स्तेपी के मैदान पर सन्नाटा उतर आया। कज़्ज़ाकों के मन पर दिल-बहलाव की लहर दौड़ गई और कतार के बीच से किसी की हँसी के ठहाके गूँजे।

"सुन रहे हो ? ये लोग ज़मीन को अपना बनाना चाहते हैं !" मीत्का कोरशुनोव ने मज़ाक़ बनाते हुए कोसा, "ग्रिगोरी पैन्तेलेयेविच, कहो तो उस आदमी को घोड़े से नीचे पटक दूँ ?"

और, उसने इजाज़त के बिना ही गोली दाग दी। गोली से घुड़सवार गड़बड़ा गया। वह घोड़े की पीठ से नीचे उतरा, अपना घोड़ा एक फ़ौजी को थमाया और पैदल ही अपनी कतार के लोगों के आगे-आगे चल दिया। उसकी नंगी तलवार चमचमाती रही।

कज़्ज़ाक गोलियाँ बरसाने लगे तो लाल-गार्द के लोग ज़मीन पर लेट गए। ग्रिगोरी ने मशीनगनें चलानेवालों को गोलियाँ चलाने का हुक्म दिया। गोलियों की दो बौछारों के बाद लाल-गार्द के लोग उठे, कोई तीस गज़ तक दौड़ते हुए आगे बढ़े, और फिर लेट गए। ग्रिगोरी ने दूरबीन से देखा तो वे औज़ारों से ज़मीन खोदकर अपने को छिपाते नज़र आए। एक निलछरी-सी धूल उनके ऊपर तन गई और क़तार के सामने बाँबियों की तरह के छोटे टीले उठ गए। इन बाँबियों से तोपें दगने लगीं। लड़ाई खिंचती मालूम हुई। एक घंटे से कम समय में भी कज़्ज़ाकों को नुकसान उठाना पड़ा। पहले ट्रुप का एक आदमी मारा गया। तीन ज़रूरी कज़्ज़ाक घोड़ोंवाले खड्ड में रेंग गए। दूसरा स्क्वैड्रन दुश्मन के बाजू में पहुँचा और हमले में कूद पड़ा। पर इस हमले का जवाब मशीनगनों से दिया गया तो कज़्ज़ाकों के बीच खलबली मच गई। वे बिखर गए और थोड़े-थोड़े लोगों की टोलियों में घोड़ों पर सवार हो लिए। पर, उन्हें फिर से एकजुट किया गया और वे चुपचाप दोबारा आगे बढ़े। मगर, मशीनगनों ने फिर आग बरसाकर उन्हें इस तरह पीछे ठेला जिस तरह हवा पत्तियों को पीछे-ही-पीछे उड़ाती चली जाती है।

लेकिन, इस पर भी हमले से लाल-गार्दों का नैतिक बल टूट गया। उनकी पहली दो पंक्तियों में घबराहट फैल गई और पंक्तियों के लोग पीछे हटने लगे।

ग्रिगोरी ने गोलियों की वर्षा रोके बिना स्क्वैड्रन को साधा। अब लेट रहने के लिए ठिठके बिना कज़्ज़ाक आगे बढ़ने लगे। पहली डगमगाहट ख़त्म हो गई, और एक तोपख़ाने को एक जगह जमते देखकर उनकी हिम्मत बँधी। पहली तोप खींचकर ठिकाने पर लाई गई और दागी गई। ग्रिगोरी ने एक

आदमी से खड्ड के कज़्ज़ाकों को अपने-अपने घोड़े लेकर आने का हुक्म भेजा और हमले की तैयारी की। जिस जंगली सेब के पेड़ के पास खड़े होकर वह लड़ाई का छिड़ना देखता रहा था, वहाँ तीसरी तोपगाड़ी लाई गई। कसी हुई बिरजिस पहने, एक लम्बे-से अफ़सर ने अपने बूटों पर चाबुक सटकारा और धीरे-धीरे बढ़ते तोपचियों को चिल्लाकर जी भर गालियाँ दीं, 'तोपगाड़ी जमाओ...अपनी खाल पर खरोंच आ जाने की फ़िक्र छोड़ो !''

तोपख़ाने से आधे वर्स्ट की दूरी पर खड़े एक प्रेक्षक और एक सीनियर अफ़सर दूरबीनों से लाल-गार्दो की पंक्तियों को पीछे हटते देखते रहे। प्रेक्षण-चौकी को तोपख़ाने से जोड़ने के लिए टेलीफोन-कर्मचारी एक तार लिए इधर-उधर दौड़ने लगे। तोपख़ाने के प्रौढ़ अवस्था के कमांडर ने सख़्त उँगलियों से अपनी दूरबीन के शीशे ठीक किए तो एक उँगली में शादी की सोने की अँगूठी चमकी। वह गोलियों की धायँ-धायँ पर हर बार सिर झुकाता, तोप के चारों ओर पैर पटकता फिरा, और हर झटके और हर हरकत के साथ, कन्धे पर लटका रसद का झोला उसकी बगल से टकराता रहा।

फिर, ज़ोर का धड़ाका हुआ और ग्रिगोरी गोले का गिरना देखने लगा। गोले के पहले टुकड़े ने बिखरे हुए गेहूँ का अम्बार घेर लिया और नीली पृष्ठभूमि में उजला, कपासी धुआँ लटक-सा गया। चार तोपों ने कटे हुए गेहूँ पर गोले बरसाए, पर ग्रिगोरी की आशा के विरुद्ध, लाल-गार्दो को ऊपर से देखने से कोई ख़ास परेशानी नहीं हुई। वे इत्मीनान के साथ, व्यवस्थित ढंग से बराबर पीछे हटते रहे और फिर एक नाले में जाकर आँखों से ओझल हो गए। ग्रिगोरी ने हमले को बेमानी समझने पर भी तोपख़ाने के कमांडर से इस मामले पर बातचीत करने का फैसला किया। वह उस अफसर की ओर लपका और धूप से रँगी मूँछ का सिरा अपने बाएँ हाथ से छेड़ते हुए मित्रतापूर्ण ढंग से मुस्कुराया। बोला—

"मैंने तो सोचा था कि मेरी टुकड़ी के लोग हमला बोल देंगे और मैं आगे रहूँगा।"

"पर, हमला बोल कैसे सकते हो ?" कैप्टेन ने कनपटी से चूता पसीना अपने हाथ के पिछले हिस्से से पोंछते हुए तेज़ी से सिर हिलाया—"देखते तो हो कि सुअर के बच्चे किस तरह जमकर पीछे हट रहे हैं ! वे हार नहीं मानेंगे, और यह सोचना मूर्खता होगी कि वे हार मान जाएँगे। उनकी यूनिटों की कमान मुकम्मल तौर पर अफ़सरों के हाथों में है। इन अफ़सरों को बाक़ायदा फ़ौजी ट्रेनिंग दी गई है। मेरा एक पुराना साथी भी उनमें है।"

"आप यह बात कैसे जानते हैं ?" ग्रिगोरी ने अविश्वास के भाव से पूछा।

"वहाँ से भागकर आए हुए लोगों ने बताई है। गोले दागना बन्द करो !" कैप्टेन ने हुक्म दिया और फिर जैसे अपने आदेश का अर्थ समझाते हुए बोला, "हमारे गोलों का कोई नतीजा नहीं निकल रहा, और गोलों की हमारे पास कमी है...तुम मेलेख़ोव हो न ? मेरा नाम पोलताव्सेव है।" उसने अपना बड़ा, पसीने से तर हाथ ग्रिगोरी के हाथ में ठूँसा और फिर जल्दी से कुछ सिगरेट अपने थैले से निकाले—"लो, पियो।"

इसी समय घुली-मिली खड़खड़ाहट-सी हुई और तोपगाड़ियाँ चलानेवाले तोपों के जुए लिए हुए कूदकर खड्ड से बाहर आए। ग्रिगोरी अपने घोड़े पर सवार हुआ और अपनी टुकड़ी को पीछे हटते लाल-गर्दो के पीछे-पीछे ले चला। दुश्मन ने दूसरा गाँव अपने अधिकार में कर लिया, पर फिर बिना किसी तरह के संघर्ष के दे दिया। व्येशेन्स्काया रेजीमेंट का तोपख़ाना और तीन टुकड़ियाँ गाँव-भर में फैल गईं। वहाँ के रहनेवालों ने डर के मारे झोंपड़ियों से बाहर सिर तक नहीं निकाला। कज़्ज़ाक खाने की तलाश में अहातों में उमड़ चले। ग्रिगोरी ज़रा दूर की एक झोंपड़ी के पास अपने घोड़े से उतरा और उसने अपना घोड़ा हाते में लाकर बरसाती में बाँध दिया। वह अन्दर गया तो उसने घर के मालिक, बुजुर्ग-से कज़्ज़ाक को बिस्तर पर कराहते और गन्दे तकिए पर चिड़िया की तरह सिर पटकते देखा। मुस्कुराकर पूछा, "तबीयत ख़राब है ?"

"हाँ, बीमार हूँ।"

वह आदमी बीमारी का बहाना-भर करता रहा। उसकी आँखों की पुतलियों के नाचने से अविश्वास टपक रहा था कि ग्रिगोरी उसकी बात ठीक समझ लेगा या नहीं।

"तुम मेरे साथ के कज़्ज़ाकों को कुछ खाने को दे सकोगे ?" ग्रिगोरी ने पूछा।

"कितने लोग हैं ?"

"पाँच।"

"ख़ैर, तो उन्हें अन्दर ले आइए। उस नीले आसमानवाले ने जो कुछ हमें दिया है, हम उनके सामने रखेंगे।"

ग्रिगोरी कज़्ज़ाकों के साथ खाने के बाद, बाहर सड़क पर निकल आया। इस बीच तोपख़ाना कुएँ के किनारे आ गया था, और लड़ाई के लिए पूरी तरह तैयार कर दिया गया था। घोड़े टोकरियों में जौ खा रहे थे। तोपचालक और तोपची या तो गोले-बारूद के बक्सों के सहारे धूप से अपना बचाव कर रहे थे, या तोपों के पास बैठे और लेटे हुए थे। एक तोपची लम्बा पड़ा, गहरे खर्राटे भर रहा था। शायद वह साए में लेटा था, पर सूरज के जगह बदलने के कारण अब उसके सिर के घुँघराले बाल धूप में तप रहे थे। बालों में जहाँ-तहाँ घास के तिनके फँसे हुए थे।

घोड़ों की पीठ पर साज़ के चौड़े तस्मे थे। उनके बदन धूप में चमक रहे थे और पसीने से पीले पड़ रहे थे।

अफ़सरों के घोड़े जंगले से बँधे खड़े थे। उनकी दुमें नीचे झूल रही थीं। धूल से भरे पसीने से तर कज़्ज़ाक चुपचाप पड़े आराम कर रहे थे। कमांडर-समेत, तोपख़ाने के अफ़सर ज़मीन पर बैठे धुआँ उड़ा रहे थे। उनकी पीठ कुएँ की दीवार के सहारे टिकी हुई थी। पास ही कज़्ज़ाकों का एक दल, छः कोने के सितारे के साँचे में ढला, झुलसे हुए फूस पर पैर फैलाए लापरवाही से पसरा हुआ था। दल के लोग रह-रहकर सुराही से दही पी रहे थे और उसमें आ पड़े जौ के दाने बार-बार थूक रहे थे।

सूरज बेरहमी से आग बरसा रहा था।

पहाड़ी पर फैली गाँव की टेढ़ी-सीधी गलियाँ बिल्कुल वीरान थीं। कज़्ज़ाक खत्तियों और शेडों की गिरने-गिरने को हो गई छानियों की बगल में और जंगलों से लगे पोदीने के पौधों के साए में सो रहे थे। ज्यों के त्यों कसे घोड़े थकान से चूर हो औंघा रहे थे। पूरा गाँव यों पड़ा था, जैसे कि बन्दी स्तेपी के मैदान का एक ऐसा रास्ता हो, जो लोगों के दिमाग़ से उतर गया हो। तोपें और थकान से निढाल व नींद में डूबे लोग बिल्कुल ग़ैर-ज़रूरी मालूम होते थे, और जैसे कि ईश्वर के सहारे पड़े हुए थे।

ग्रिगोरी ऊब रहा था कि आख़िर करे क्या ? सो, वह झोंपड़ी में लौटने को हुआ कि लाल-गार्दों के एक छोटे-से दल को बन्दी बनाए, दूसरी टुकड़ी के तीन कज़्ज़ाक, घोड़ों पर सवार, सड़क से आते दिखाई दिए। इस पर तोपखाने के लोगों में हलचल मच गई और अपने कोटों और पतलूनों से धूल झाड़ते हुए वे उठकर बैठ गए। अफ़सर उठकर खड़े हो गए।

बगल के अहाते में, एक व्यक्ति ख़ुशी से खिलकर चीखा, "ऐ...साथियो, ये लोग तो कैदियों को लिए आ रहे हैं। सच मानो दुश्मन के लोग कैद कर लिए गए हैं !"

नींद से बोझिल कज़्ज़ाक पास के अहातों से दौड़ते चले आए। फिर युद्धबन्दी आए तो लोगों ने उन्हें घेर लिया। युद्ध-बन्दी कम-उम्र थे। उनकी गिनती आठ थी। वे धूल और पसीने से लथपथ थे।

"कहाँ पकड़ा तुमने इन्हें ?" तोपख़ाने से कमांडर ने बन्दियों को सिर से पैर तक देखते हुए उत्सुकता से पूछा। उनके साथ आए लोगों में से एक ने अपनी आवाज़ में शेखी लाते हुए जवाब दिया, "हमने इन्हें गाँव के पास सूरजमुखी के पौधों के बीच पकड़ा। ये बिल्कुल ऐसे छिपे हुए थे जैसे चील के डर से बटेर छिपते हैं। घोड़ों पर से हमारी नज़र इन पर पड़ी और फिर हमने इन्हें घेर लिया। हमने एक आदमी को तो गोली से उड़ा दिया।"

लाल-गार्द एक-दूसरे से सटे खड़े रहे और थोड़ी पूछताछ के बाद गोली से उड़ा दिए जाने के कारण

मन-ही-मन डरने लगे। उनकी बेबस निगाहें कज़्ज़ाकों के चेहरों पर निरीहता से दौड़ती रहीं। उनमें से केवल एक घृणा-भरी निगाहों से कहीं ऊपर देखता रहा। वह बाक़ी लोगों से उम्र में बड़ा था। उसका चेहरा गरमी और धूप से श्यामल था। ट्यूनिक चिकटही और पतलून तार-तार था। आँखें काली थीं और कटे हुए होंठ भिंचे हुए थे। बदन दोहरा था। कन्धे चौड़े थे। काले बाल घोड़े की अयाल की तरह कड़े थे। सिर पर जर्मनी की लड़ाई के ज़माने की एक टोपी थी। उँगलियों के नाख़ूनों पर ख़ून जमकर सूख गया था। वह अपनी खुली कमीज़ के कॉलर और टेंटुए पर नाख़ून फिरा रहा था। ऊपर से पूरी तरह शान्त लग रहा था, पर एक पैर दूसरे के ज़रा पीछे था और घुटने के घाव के कारण काँप रहा था। बाक़ी लोगों के चेहरे पीले थे और उनके बीच अन्तर्रेखा खींचना कठिन था। निगाह केवल एक उसी आदमी पर जा टिकती थी, शायद उसके कन्धों की मज़बूती और चौड़ाई के कारण और उसके फुर्ती से भरे तातारी चेहरे के कारण। शायद इसीलिए बैटरी के कमांडर ने उसी को सम्बोधित करते हुए पूछा—

"कौन हो तुम ?"

उस आदमी की छोटी आँखों में रोशनी दौड़ गई। उसने तुरन्त ही अपने को साधा और खट से जवाब दिया, "मैं लाल-गार्द हूँ...रूसी हूँ।"

"कहाँ पैदा हुए थे तुम ?"

"पेन्ज़ा प्रान्त में।"

"तुम स्वयंसेवक हो...साँप कहीं के ?"

"नहीं, मैं पुरानी फ़ौज में सीनियर नॉन-कमीशंड ऑफिसर था। 1917 में लाल-गार्दों में चला आया तो तब से अब तक उन्हीं के साथ हूँ।"

कैदियों के साथ आनेवालों में से एक बोला, "इसने हम पर गोली चलाई, सुअर कहीं का !"

"गोली चलाई ?" कैप्टेन ने क्रोध से त्यौरी चढ़ाई और अपने सामने खड़े ग्रिगोरी की निगाहों से निगाहें मिलाते हुए, उस कैदी पर नज़र जमाई—"क्या...या ? तुमने कज़्ज़ाकों पर गोली चलाई, क्यों ? और, तुम्हारे दिमाग़ में यह नहीं आया कि तुम पकड़े भी जा सकते हो ? अगर हम तुमसे अभी, इसी जगह अपना हिसाब-किताब साफ़ करने लगें तो ?"

"मैं तो निकल जाना चाहता था..." आदमी के कटे हुए होंठ हिले और उन पर नफ़रत-भरी मुस्कान दौड़ गई।

"क्या नमूने हो तुम भी ! निकल जाना चाहता था...तो आख़िर निकल क्यों नहीं गए ?"

"मेरी सारी गोलियाँ ख़त्म हो चुकी थीं।"

"हूँ, यह बात है।" कैप्टेन की आँखों से उदासीनता छलकती रही, पर उस फ़ौजी पर जमी उसकी निगाहों में सन्तोष उमड़ा। "और तुम...तुम कुत्ते के बच्चो...तुम कहाँ के हो ?" उसने दूसरों को सिर से पैर तक देखते हुए बहुत ही दूसरे लहजे में पूछा।

"हुज़ूर, हमारी जबरन भरती की गई है। हम लोग सरातोव के हैं...बालाशोव के हैं।" एक लम्बे क़द और लम्बी गर्दनवाले जवान ने, पलकें झपकाते और अपना लाल सिर खुजलाते हुए कहा।

ग्रिगोरी ने दर्द और उत्सुकता से, सीधे-सादे, किसानों के चेहरोंवाले उन जवानों को देखा। अपनी वर्दी वगैरा से वे पैदल सेना के लोग लगे। केवल एक उसी काले बालोंवाले आदमी को देखकर उसके मन में दुश्मनी जगी। उसने क्रोध और घृणा से उससे पूछा—"अभी-अभी क्या बात मंजूर की है तुमने ? मेरे ख़्याल से तुम किसी लाल कम्पनी के इन्चार्ज हो, क्यों ? कमांडर हो ? कम्युनिस्ट हो ? क्या कहा तुमने कि तुम्हारी सारी गोलियाँ ख़त्म हो चुकी थीं ? अगर हम अभी-अभी, देखते-देखते तुम्हारी गर्दन उड़ा दें तो ?"

लाल-गार्द के नथुने काँपे और वह पहले से ज़्यादा हिम्मत से बोला—"मैंने कोई कोरी बहादुरी

जताने के लिए ही तो आपसे यह बात कही नहीं थी। फिर, इसमें छिपाने की भी ऐसी क्या बात है ? मैंने इन पर गोली चलाई तो मुझे यह बात सीधे-सीधे मान लेनी चाहिए ? है कि नहीं ? जहाँ तक गर्दन उड़ा देने की बात है, उड़ा दें गर्दन, अगर आप चाहें तो। मैं आपसे रहम की उम्मीद नहीं रखता।'' वह फिर मुस्कुराया—''आप सब कज़्ज़ाकों का यही तो काम है !''

इस पर सभी ओर मुस्कानें खिल उठीं। उस फ़ौजी के सधे हुए स्वर से ग्रिगोरी मुलायम पड़ा और दूसरी ओर को मुड़ गया। फिर उसने कैदियों को पानी पीने के लिए कुएँ की ओर जाते देखा। कज़्ज़ाकों की एक टुकड़ी एक कतार में नुक्कड़ पर मार्च करती दिखाई दी।

9

बाद में जब रेजीमेंट को बराबर लड़ाई करनी पड़ी और पूरा मोर्चा एक लहरदार पंक्ति में बदल गया, तो ग्रिगोरी का सामना दुश्मन से बार-बार हुआ। फिर जब वह अक्सर उसके बिल्कुल पास रहा तो उसके मन में इन बोलशेविकों और रूसी फ़ौजियों के प्रति उत्कट अभिलाषा एक बार फिर जागी। उसे लगा कि कोई कारण है कि इन लोगों से इस तरह लड़ना बहुत ज़रूरी है। ऐसी ही बचकानी भावना उसके मन में जर्मनी की लड़ाई के शुरू के दिनों में ऑस्ट्रो-हंगरी फौजों को देखकर जागी थी और फिर जीवन-भर उसके साथ बनी रही थी। सो इस समय भी उसे लगा कि पता नहीं ये सब कैसे लोग होंगे ! यों तो लाल-गार्दों से, चेरनेत्सोव टुकड़ी के ख़िलाफ़ ग्लुबोकाया में वह ज़िन्दगी-भर भी शायद ही लोहा ले पाता—पर लोहा उसने लिया। उस समय बात दूसरी थी। उसे शत्रुपक्ष की स्पष्ट जानकारी थी। दुश्मनों में से ज़्यादातर लोग दोन-प्रदेश के रहनेवाले अफ़सर थे, कज़्ज़ाक थे। पर इस बार सवाल बिल्कुल ही दूसरा था। इस बार पाला रूसी फ़ौजियों से पड़ा था। ग्रिगोरी के विचार में ये रूसी फ़ौजें बिल्कुल ही अलग क़िस्म के लोग थे। ये लोग सोवियत सरकार का समर्थन करते थे और कज़्ज़ाकों की ज़मीन-जायदाद हथियाने के लिए युद्ध कर रहे थे।

लड़ाई के सिलसिले में उसका आमना-सामना लाल-गार्दों से एक बार फिर हुआ। वह एक गश्ती दस्ते के साथ चला जा रहा था कि उसके कानों में रूसी गालियाँ पड़ीं और साथ ही क़दमों की आहट भी। एक चीनी-समेत कई लाल-गार्द चोटी की ओर दौड़ते आए, लेकिन कज़्ज़ाकों को देखकर जैसे उनकी बोलती बन्द हो गई, और वे एक क्षण तक जहाँ के तहाँ ठक खड़े रहे।

''कज़्ज़ाक !'' उनमें से एक ने ज़मीन पर गिरते हुए भयानक आवाज़ में कहा।

चीनी ने गोली चलाई। इस पर ज़मीन पर गिरे पड़े आदमी ने हक़लाते हुए तीखे ढंग से कहा—''साथियो, मैक्सिम को लाओ ! यहाँ कज़्ज़ाक हैं !''

मीत्का कोरशुनोव ने अपने रिवाल्वर की एक गोली से चीनी को गिरा दिया और अपना घोड़ा इधर-उधर नचाते हुए सबसे पहले घाटी के नुक्कड़ पर जा पहुँचा। दूसरों ने अपने घोड़े उसके पीछे दौड़ाए और एक-दूसरे से आगे निकल जाने की कोशिश की। उनके पीछे मशीनगनें दनादन दगती रहीं। गोलियाँ ढालों पर उगी झरबेरी और हॉथॉर्न की झाड़ियों के बीच सरसराती घाटी की पथरीली सतह बेधती रहीं।

दूसरे मौक़ों पर भी एक तरफ़ ग्रिगोरी को अपने साथी नज़र आए तो दूसरी तरफ़ अपने ठीक सामने लाल-गार्द। ऐसे अवसरों पर कज़्ज़ाक गोलियों ने दुश्मनों के पैरों के नीचे की ज़मीन काटी और दुश्मन ग्रिगोरी के देखते-देखते धरती पर गिरे, उन्होंने ख़ून उगला और वे इस उपजाऊ मिट्टी पर ढेर हो गए। यह देश और यह धरती उनके लिए बिल्कुल पराई थी।

ग्रिगोरी के मन में बोलशेविकों के प्रति घृणा धीरे-धीरे गहरी जड़ें पकड़ती गई। उसे लगा कि वे उसकी ज़िन्दगी में दुश्मनों की तरह धँसते चले आए हैं, और उसे उनके घर-गाँव से छुड़ा लाए हैं। फिर, उसने अनुभव किया कि दूसरे कज़्ज़ाकों की भावना भी कुछ ऐसी ही है। वे सब समझते कि बोलशेविकों

ने दोन-प्रदेश पर हमला किया है, इसीलिए यह लड़ाई छिड़ी है। फिर, उनकी नज़र गेहूँ के बिखरे हुए फूलों और घोड़ों के पैरों से रौंदे अनकटे अनाज के अम्बार पर पड़ती तो उन्हें अपने घर की याद हो आती। उन्हें वहाँ, अपनी ताक़त से अधिक परिश्रम करती, अपने घर की औरतों का ध्यान हो आता। उनके मन पत्थर हो उठते और वे ख़ून के प्यासे हो जाते। कभी-कभी ग्रिगोरी को लगता कि उसके दुश्मनों, यानी तामबोव, र्याज़ान और सरातोव के किसानों को भी यह बात इसी तरह लगनी चाहिए—उनके मन में भी अपनी धरती के लिए ऐसा ही मोह होना चाहिए। वह सोचता—'हम अपनी धरती के लिए इस तरह लड़ रहे हैं जैसे कोई किसी औरत के लिए लड़ता है।'

तो लड़ाई के सिलसिले में बहुत कम लोग बन्दी बने। अक्सर ही लोगों को जहाँ-का-तहाँ मौत के घाट उतार दिया गया। फिर मोर्चे पर लूटपाट की लहर-सी दौड़ गई। कज़्ज़ाकों ने लाल-गार्दों और सन्देह की परिधि तक में आनेवाले उनके हमदर्दों को लूटा। उन्होंने कैदियों को नंगा नचाया।

उन्होंने घोड़ों और गाड़ियों से लेकर घरेलू इस्तेमाल की ग़ैर-ज़रूरी, भारी-भरकम चीज़ों तक पर बाक़ायदा हाथ साफ़ किया यानी लूटपाट के इस काम में जितना हाथ कज़्ज़ाकों का रहा, उतना ही उनके अफ़सरों का। सामान की गाड़ियाँ लूट के माल से लदने लगीं—उनमें कपड़े, समोवार, कपड़ा सीने की मशीनें, घोड़ों के साज़ और मामूली-से-मामूली काम की चीज़ें भी शामिल थीं। इस सामान का लदान गाड़ियों से देश-गाँव की ओर नियमित रूप से प्रवाहित होने लगा। कज़्ज़ाकों के सम्बन्धी अपने-आप मोर्चे पर आते। गोला-बारूद और खाने-पीने की चीज़ें अपने साथ लाते और अपनी गाड़ियाँ लूट के माल से ठसाठस भरकर लौट जाते।

वहाँ घुड़सवार रेजीमेंटों की बहुतायत थी और वे ख़ास तौर पर बेलगाम हो गई थीं। पैदल सेना के लोगों के पास अपने काम की चीजों को बाँधने के कपड़ों के सिवाय और कुछ भी न होता, इसलिए वे चाहने पर भी लूट की चीज़ें कहाँ बाँधते। पर घुड़सवारों की बात बिल्कुल ही दूसरी होती थी। वे लूट का सामान घोड़ों की काठियों से बँधी थैलियों में भर लेते और फिर बंडल पर बंडल लादते चले जाते। यहाँ तक कि फ़ौजी घोड़े घोड़ों से ज़्यादा लद्दू खच्चर लगने लगते।

यह समझिए कि कज़्ज़ाकों ने अपने को पूरी तरह खुला छोड़ दिया। वैसे जब भी लड़ाई हुई थी, लूट-पाट उनकी ज़िन्दगी का प्रमुख अंग बन गया था। यह बात ग्रिगोरी पिछली लड़ाइयों की दास्तानों के सहारे और अपने अनुभव के आधार पर भी अच्छी तरह जानता था। जर्मनी की लड़ाई के समय उसका अपना रेजीमेंट प्रशिया के बीच से गुज़र रहा था तो एक दिन ब्रिगेड के सम्मान्य, ईमानदार कमांडर ने अपने चाबुक से पहाड़ियों की तलहटी में बसे एक छोटे-से कस्बे की तरफ़ इशारा किया था, और रेजीमेंट से कहा था—"अगर तुम लेना चाहो तो दो घंटों के लिए यह कस्बा तुम्हारा है। लेकिन, दो घंटे के बाद जो भी आदमी लूटमार करता पाया जाएगा, उसे दीवार में चुन दिया जाएगा !"

पर, ग्रिगोरी को ये तरीके कभी भी समझ में न आए। उसने मौक़ा पड़ने पर सिर्फ़ अपने लिए ख़ाना और अपने घोड़े के लिए चारा-दाना लिया और बाक़ी किसी भी चीज़ को हाथ लगाने से इन्कार कर दिया। लूटमार के माल को उसने नफ़रत की निगाह से देखा और खुद अपने ही कज़्ज़ाकों को यह सब करते देखा तो उसके मन ने सदा ही विद्रोह किया। उसने अपने स्क्वैड्रन पर कड़ी नज़र रखी। ऐसे में अगर उसके किसी आदमी ने कुछ लिया तो चोरी-छिपे ही लिया, और सो भी ऐसे ही कभी। न उसने कभी यह हुक्म दिया कि कैदियों को नंगा कर दिया जाए और न यह कि उनका नाम-निशान मिटा दिया जाए। इस तरह उसके हृदय की असाधारण कोमलता के कारण कज़्ज़ाकों और रेजीमेंटल कमान में असन्तोष फैला। आख़िरकार उसे डिविज़नल स्टॉफ के सामने अपनी सफ़ाई देने को बुलाया गया तो स्टॉफ का एक सदस्य उस पर बरस पड़ा—

"कॉरनेट, तुम अपना स्क्वैड्रन चौपट क्यों किए डाल रहे हो आख़िर ? क्या मतलब है तुम्हारी इस उदारता का ? ज़मीन तैयार कर रहे हो कि अगर हालात बदलें तो तुम्हारे लिए सुख की सेज सजी मिले ?

दोनों पक्षों के साथ खिलवाड़ कर रहे हो ? बहस की कोई गुंजाइश नहीं। तुम अपना अनुशासन तो जानते हो न ? तुम चाहते हो कि तुम्हारी जगह किसी और को दे दी जाए ? तो, दे दी जाएगी। मैं अभी हुक्म दे सकता हूँ कि तुम आज ही स्क्वैड्रन दूसरे आदमी को सौंप दो ! लेकिन, तब तुम्हें हमसे किसी तरह की कोई शिकायत नहीं होनी चाहिए, समझे न !..."

महीने के अन्त में ग्रिगोरी के रेजीमेंट और 33वें येलांन्स्काया रेजीमेंट के एक स्क्वैड्रन ने ग्रेमयाची-लॉग नाम के गाँव पर अपना अधिकार कर लिया।

गाँव के खड्ड में बेंत, ऐश और देवदारु के झुरमुट थे। पार के ढाल पर बीस-तीस मकान बिखरे हुए थे। उनकी दीवारें सफ़ेद थीं और चारों ओर खुरदरे पत्थरों की नीची बाड़ें थीं। गाँव के ऊपर पहाड़ी की चोटी पर एक हवाचक्की थी और हवा का हर झोंका यहाँ तक पहुँचने को आज़ाद था। उसके कसे हुए पाल पहाड़ी की चोटी के सफ़ेद बादल की पृष्ठभूमि में टेढ़े-मेढ़े क्रॉस-से लगते थे।

उस दिन ख़ासी तरी थी और धुन्ध छाई हुई थी। पीली बर्फ़ के फूलों की बौछार की तरह पत्तियाँ सरसराती हुई नाले में झर रही थीं। नीचे के बेंत के पेड़ ख़ूनी लाल रंग की झलक मार रहे थे और ख़लिहानों में चमचम करते भूसे की ऊँची टालें लगी हुई थीं। आनेवाले जाड़े की पूर्वसूचना देती हुई एक कोमल-सी चादर, भीनी-भीनी ताज़ी महकवाली धरती के ऊपर बिछ गई थी।...

ग्रिगोरी अब तक ट्रुप कमांडर बना दिया गया था। सो, इस गाँव में जो मकान उसके और उसके साथ के लोगों के लिए निश्चित किया गया, वह उसने ले लिया। मकान-मालिक शायद लाल-गार्दों के साथ पीछे चला गया था। उसकी पत्नी और किशोरी बेटी ने उनका बड़े आदर से स्वागत किया। ग्रिगोरी सोने के कमरे में गया और उसने चारों ओर नज़र दौड़ाई तो मालूम हुआ कि घर के लोग काफ़ी अच्छे ढंग से रहते रहे हैं। यह समझिए कि फ़र्श पर पॉलिश थी। कुर्सियाँ मुड़ी हुई लकड़ी की थीं। शीशा था। दीवारों पर बदस्तूर फोटो थे। साथ ही काले चौखटे में मढ़ा स्कूल का एक सर्टिफ़िकेट था।

ग्रिगोरी ने अपनी गीली बरसाती स्टोव पर सूखने को डाल दी और एक सिगरेट रोल करने लगा। इसी समय प्रोखोर ज़ीकोव अन्दर आया। उसने अपनी राइफल पलंग से टिकाई और तटस्थ भाव से बोला, "तातारस्की से गाड़ियाँ आ गई हैं, और तुम्हारे पिता ग्रिगोरी पैन्तेलेयेविच भी उसके साथ आए हैं।"

"ठीक है...कोई और ऐसी ही बेपर की...?"

"नहीं, बेपर की नहीं उड़ा रहा। मैं ठीक कह रहा हूँ। हमारे अपने गाँव से छः गाड़ियाँ आई हैं। जाओ, देखो।"

ग्रिगोरी अपना बरानकोट पहनकर बाहर आया तो उसने अपने पिता को घोड़ों के आगे-आगे, अहाते के फाटक में घुसते देखा। दार्‌या घर का बना एक कोट पहने, घोड़े की रासें साधे गाड़ी में बैठी दिखाई दी। ग्रिगोरी को देखते ही उसकी मुस्कानें नम हो उठीं, और आँखें ख़ुशी से चमकने लगीं।

"आप यहाँ कैसे ?" ग्रिगोरी ने पिता की ओर देखकर मुस्कुराते हुए पूछा।

"अरे बेटे, बड़ी किस्मत है कि तुम सही-सलामत हो। हम तो तुम्हारे बेबुलाए मेहमान हैं।"

ग्रिगोरी ने अपने पिता को गले लगाया और गाड़ी के बन्द खोलने लगा। घोड़ों को जोत से अलग करते समय उनके बीच जल्दी-जल्दी में कुछ बातें हुई।

"हम अपने साथ तुम्हारी लड़ाई के लिए गोला-बारूद लाए हैं।" पिता बोला। दार्‌या ने घोड़ों के लिए चारा और जई गाड़ी से निकाली।

"पापा आए तो आए, तुम भला क्यों आई ?" ग्रिगोरी ने उससे पूछा।

"मैं पापा के साथ चली आई। इनकी तबीयत इधर अच्छी नहीं रही। माँ को डर था कि ये यहाँ अकेले आएँगे और इन्हें कहीं कुछ हो गया तो...न कोई जान, न पहचान !"

पैन्तेली ने हरी घास का ढेर घोड़ों के सामने डाला और फिर अपनी काली आँखों में उत्सुकता

भरते हुए ग्रिगोरी के पास जाकर पूछने लगा, "क्यों, कैसा चल रहा है हिसाब-किताब ?"

"ठीक है...हम लड़ते जा रहे हैं।"

"मुझसे किसी ने कहा था कि कज़्ज़ाक सरहद के पार क़दम रखने को तैयार नहीं हैं। क्या यह बात सच है ?"

"बात ही बात है..!" ग्रिगोरी ने बात को टालते हुए जवाब दिया।

"क्या मतलब तुम्हारा ?" बूढ़े ने विरोध और चिन्ता से भरी आवाज़ में कहा—"इस तरह काम नहीं चल सकता। हम बूढ़े लोग बड़ी उम्मीदें रखते हैं। दोन की हिफ़ाजत तुम सब नहीं करोगे तो और कौन करेगा ? अगर लड़ना नहीं जानते हो तो...अल्लाह न करे कि ऐसा हो...तुम्हारे ही साथियों ने मुझे बतलाया है...वे अफ़वाहें फैलाते फिर रहे हैं...सुअर के बच्चे !"

फिर बाप-बेटे घर पहुँचे तो गाँव के समाचार पाने और सुनने के लिए सारे कज़्ज़ाक उनके चारों ओर आ जमा हुए। घर की मालकिन से फुसफुसाकर कुछ बातचीत करने के बाद दार्‌या ने खाने की चीज़ों का थैला खोला और शाम का खाना तैयार करने लगी।

"मैंने सुना है कि तुमसे स्क्वैड्रन कमांडर का ओहदा छीन लिया गया ?" पैन्तेली ने पूछा।

"अब मैं ट्रुप कमांडर हूँ।" ग्रिगोरी ने तटस्थ भाव से उत्तर दिया तो बूढ़ा खीझ उठा। उसके माथे पर बल पड़ गए। वह लँगड़ाता हुआ मेज़ के पास पहुँचा, उसने जल्दी-जल्दी एक प्रार्थना बुदबुदाई, अपने कोट के सिरे से एक चम्मच पोंछा और अपमानित स्वर में पूछा—"और ऐसा हुआ किसलिए ? तुम अपने अफ़सरों को ख़ुश नहीं रख सके ?"

ग्रिगोरी ने दूसरे कज़्ज़ाकों के सामने इस विषय पर बातें करना उचित न समझा। उसने नाराज़गी से कन्धे झटककर कहा—"ऊपर के अफ़सरों ने एक नया, पढ़ा-लिखा कमांडर भेज दिया है।"

"ख़ैर, कोई बात नहीं। तुम अपनी तरफ़ से ख़िदमत में किसी तरह की कोई कोर-कसर न रखना। जल्दी ही तुम्हारी क़ीमत उनकी समझ में आ जाएगी। और, उनकी और उनकी लिखाई-पढ़ाई की ख़ूब चलाई तुमने ! जितनी सच्ची तालीम पिछली जर्मनी की लड़ाई के ज़माने में तुम्हें मिली है उतनी इनके इन ऐनकबाज़ अफ़सरों को तो क्या ही मिली होगी !" बूढ़ा नफ़रत से भर उठा, पर ग्रिगोरी ने भौंहें चढ़ाकर, कनखी से कज़्ज़ाकों की ओर देखा कि कहीं वे मुस्कुरा तो नहीं रहे हैं।

वैसे वह अपना पद छिन जाने पर खीझा न था, और उसने ख़ुशी-ख़ुशी स्क्वैड्रन का चार्ज दे दिया था। अनुभव किया था कि कम-से-कम अपने गाँव के लोगों के मरने-जीने की ज़िम्मेदारी तो अब उस पर न होगी। मगर, इन सारी बातों के बावजूद उसके स्वाभिमान को ठेस लगी थी। इसलिए जब इस समय उसके पिता ने इतनी सारी बातें कहीं तो उसे गुस्सा आ गया।

उस बीच मकान-मालकिन बावर्चीखान में चली गई। पैन्तेली ने अपने विचारों की सहमति सामान के साथ आए, अपने गाँव के बोगातिरयोव के चेहरे पर पढ़ी, मन को कचोटते विषय पर फिर लौट आया और कमरे में जमा कज़्ज़ाकों को सम्बोधित करते हुए बोला—"तो, यह बात सच है कि तुम सब सरहद के पार क़दम रखना नहीं चाहते ?"

प्रोखोर ज़ीकोव ने गाय के बछड़े जैसी अपनी भोली आँखें झपकाईं और शान्त मन से मुस्कुराया। स्टोव के पास बैठे मीत्का-कोरशुनोव ने अपनी सिगरेट बुझा दी। दूसरे तीन कज़्ज़ाक भी बेंचों पर बैठे या लेटे ही रहे, पर बूढ़े की बात का जवाब किसी ने नहीं दिया। बोगातिरयोव ने कटुता से अपना हाथ नचाया और गहरी भारी आवाज़ में बोला—"ये सब लोग इन सब चीज़ों के बारे में दिमाग़ को तक़लीफ देते मालूम नहीं होते।"

"और, सरहद के आगे आख़िर हम क्यों जाएँ?" एक शान्त-से, बीमार कज़्ज़ाक ने सुस्ती से पूछा—"हम आख़िर क्यों जाएँ ? मेरी बीवी मर गई है और यतीम बच्चे मुझे सौंप गई है। ऐसे में मैं अपनी जान मौत के मैदान में बेवजह क्यों झोंक दूँ ?"

"हमने ठेका लिया है कि हम दुश्मन को कज़्ज़ाकों के मुल्क से बीन-बीनकर बाहर कर देने के बाद ही अपने-अपने घर लौटेंगे !" एक दूसरे कज़्ज़ाक ने पहले व्यक्ति की बात के समर्थन में कहा।

मीत्का कोरशुनोव आँखों-ही-आँखों में मुस्कुराता हुआ अपनी पतली-पतली मूँछें ऐंठता रहा। "मैं तो लगातार पाँच साल इसी तरह लड़ सकता हूँ। मुझे तो लड़ाई पसन्द है।"

इसी समय बाहर अहाते में कोई चीखा—"बाहर आइए, घोड़ों पर सवार होइए !"

"लो, देखते हो !" पहले बोलनेवाले कज़्ज़ाक ने निराशा से भरकर कहा—"अभी हमारे बदन की बरसात की बूँदें सूखी भी नहीं हैं, और लोग हैं कि गला फाड़ रहे हैं—बाहर आइए ! इसका मतलब है कि फिर कॉल-इन हो जाइए। और तुम हो कि सरहद की बातें कर रहे हो ? कौन-सी सरहदें, कहाँ की सरहदें ? अब तो हमें घर लौटना चाहिए। ज़रूरी है कि अमन के लिए बातें की जाएँ, और तुम कहते हो कि..."

घबड़ाहट बेकार साबित हुई। ग्रिगोरी क्रोध से भरकर अपने घोड़े को अहाते में वापस ले आया और इस बीच उबलते हुए रह-रहकर उसके पेट में एड़ियाँ गड़ाते हुए कहा—"सीधे चल, शैतान की आँत कहीं का !"

"क्या बात थी ?" दरवाज़े के पास धुआँ उड़ाते पैन्तेली ने कज़्ज़ाकों के अन्दर आने पर पूछा।

"बात क्या होती ! लोगों ने गायों के एक गिरोह को गलती से लालगार्दों की टुकड़ी समझ लिया !"

ग्रिगोरी ने अपना कोट उतारा, और मेज़ के पास आ बैठा। दूसरे कज़्ज़ाकों ने अपनी तलवारें, राइफलें और कारतूस की थैलियाँ बेंचों पर फेंक दीं। फिर, जब बाक़ी लोग सो गए तो पैन्तेली ने ग्रिगोरी को अहाते में बुलाया। दोनों सीढ़ी पर बैठ गए।

"मुझे तुमसे बातें करनी हैं।" बूढ़े ने ग्रिगोरी के घुटनों पर हाथ मारते हुए फुसफुसाकर कहा—"एक हफ़्ते पहले मैं प्योत्र से मिलने गया तो वहाँ काफ़ी ठीक-ठाक रहा। प्योत्र की खेतीबाड़ी पर अच्छी नज़र है। उसने मुझे कपड़े, घोड़ा और चीनी दी...घोड़ा बहुत ही शानदार है।"

"सुनो..." ग्रिगोरी ने सख़्ती से बात काटी और बूढ़े की बातचीत का सही मतलब समझकर मन-ही-मन गुस्से से जलने लगा, "तो यहाँ भी तुम इसीलिए तो नहीं आए ?"

"क्यों नहीं ?"

"क्या मतलब...क्यों नहीं ?"

"दूसरे लोग चीज़ें बाक़ायदा लेते हैं, ग्रिगोरी..."

"दूसरे लोग ! चीज़ें बाक़ायदा लेते हैं !' ग्रिगोरी ने तेज़ आवाज़ में दोहराया और जैसे उसे अपनी बात कहने के लिए शब्द नहीं मिले, "उनके पास खुद अपनी चीज़ें नहीं होती होंगी ? तुम सबके सब सुअर हो ! जर्मनी की लड़ाई में ऐसी हरकतों के लिए लोगों को गोली मार दी गई थी।"

"तुम इन चीज़ों से इस तरह परहेज़ न करते रहो !" पिता ने उसे टोका—"मैं तुमसे कुछ नहीं माँग रहा। मुझे कुछ नहीं चाहिए। आज मैं ज़िन्दा हूँ, लेकिन कल तो मेरे पैर फैले रह सकते हैं। तुम मेरी नहीं, अपनी बात सोचो। तुम समझते हो कि तुम बड़े रईस हो..तुम्हारे घर में खज़ाना भरा पड़ा है ? फार्म पर एक गाड़ी है और वह...फिर, यह कि जो लोग लाल-गार्दों के साथ जा मिले हैं उनकी चीज़ें लेने में तुम्हें एतराज़ भी क्या है ? उनकी चीज़ें न लेना तो गुनाह है ! हर टूटी-फूटी चीज़ भी घर में काम आ जाएगी।"

"अब यह बक़वास बन्द करो, नहीं तो जल्दी-से-जल्दी मैं तुम्हें यहाँ से भगा दूँगा। मैं इसके लिए अपने साथ के कज़्ज़ाकों की अच्छी तरह ख़बर ले चुका हूँ, और अब खुद मेरा बाप आया है यहाँ लोगों को लूटने !" ग्रिगोरी आवेश से काँपने और थरथराने लगा।

"इसीलिए तुम स्क्वैड्रन कमांडर से ट्रुप कमांडर बना दिए गए हो !" बाप ने मज़ाक़ किया।

"हाँ, और अब मैं वह ट्रुप भी छोड़ दूँगा।"

"क्यों नहीं, अक़्ल का तो सारा ठेका ले रखा है तुमने !"

फिर, दोनों एक क्षण तक चुप रहे। इसी समय ग्रिगोरी ने सिगरेट जलाई तो दियासलाई की रोशनी में अपने पिता का परेशान, अपमान से उतरा चेहरा देखा और केवल अब उसके आने का सही कारण समझा। सोचने लगा–'और, इसीलिए यह बूढ़ा शैतान दार्‌या को साथ लाया है...यानी, उसे साथ लाया है लूट के माल की पहरेदारी के लिए।'

"स्तीपान अस्ताख़ोव वापस आ गया है–तुमने सुना है ?" पैन्तेली ने शान्त मन से कहा।

"क्या ?" ग्रिगोरी की सिगरेट उँगलियों से गिर पड़ी।

"लगता है कि उसे क़ैदी बना लिया गया था लेकिन वह मारा नहीं गया था और अब छोड़ दिया गया है। वह तमाम कपड़े-लत्ते और मालमता लेकर लौटा है। दो गाड़ियाँ भरकर सामान अपने साथ लाया है।" बूढ़े ने दून की हाँकी और स्तीपान को यों सराहा जैसे कि वह उसका कोई सगा-सम्बन्धी हो–"वह अकसीनिया को जाकर यागोदनोये से ले आया और फिर फौज में चला गया। लोगों ने उसे कोई अच्छा काम दे दिया है। इस वक्त वह कज़ान्स्काया या ऐसे ही कहीं और ज़िला कमांडेंट है।"

"इस बार खलिहान का काम कैसा रहा ?" ग्रिगोरी ने बात बदलनी चाही।

"कोई 400 बुशेल[1] अनाज हुआ है।"

"तुम्हारे पोता-पोती कैसे हैं ?"

"क्या कहने हैं ! बहुत मज़े में हैं। तुम्हें उनके लिए कुछ-न-कुछ तोहफ़ा भेजना चाहिए।"

"तोहफ़ा...लड़ाई के मोर्चे से !" ग्रिगोरी ने आह भरी, लेकिन उसके दिमाग़ में अकसीनिया और स्तीपान नाचते रहे।

"तुम्हारे पास कोई फालतू राइफल तो नहीं है ?"

"तुम्हें राइफल की क्या ज़रूरत ?"

"घर के इस्तेमाल के लिए चाहिए–जंगली जानवरों और अजनबियों को भगाने के लिए। कारतूस मेरे पास बक्सा-भर हैं। लड़ाई का सामान गाड़ी से पहुँचते वक्त ये कारतूस मैंने ले लिए थे।"

"तो राइफल भी किसी गाड़ी से निकाल लो। इस तरह के तोहफ़ों का तो यहाँ अम्बार है।" ग्रिगोरी उदास मन से मुस्कुराया। "चलो अब चलकर सोया जाए...मुझे जाकर चौकियों का एक चक्कर लगाना है।"

दूसरे दिन सवेरे ग्रिगोरी के स्क्वैड्रन समेत रेजीमेंट का एक हिस्सा उस गाँव से हटा दिया गया। ग्रिगोरी वहाँ से रवाना हुआ तो उसके मन में इस बात का पक्का विश्वास था कि बूढ़ा काफ़ी शर्मिन्दा हो गया है, और अब वह ख़ाली हाथों लौट जाएगा। पर कज़्ज़ाकों को विदा करने के बाद पैन्तेली अन्नागार में यों गया, जैसे कि खुद उसका मालिक हो। वहाँ खूँटी से घोड़े के पट्टे और साज उसने उठाया और अपनी गाड़ी में ला रखा। मकान-मालकिन रोती-कलपती, चीखती-चिल्लाती, उसके कन्धे से सटती पीछे-पीछे दौड़ी आई–"अरे भाई, ऐसा गुनाह करते तुम्हें डर भी नहीं लगता ? यतीमों का दिल क्यों दुखा रहे हो ? पट्टे वापस कर दो...ख़ुदा के नाम पर वापस कर दो !"

"छोड़...छोड़...ख़ुदा को क्यों घसीटती है इसके साथ !" पैन्तेली ने उसे धक्का दे दिया–"मुझे पूरी उम्मीद है कि तुम्हारा आदमी आकर हमारा मालमता लूट ले जाएगा...मैं तुम्हारे इन कमीसारों को ख़ूब जानता हूँ। फिलहाल इस वक्त जो कुछ तुम्हारा है, वह सबकुछ मेरा है ! मुँह बन्द करो !"

दूसरे गाड़ीवान यह सबकुछ देखते रहे। उन्हें हमदर्दी तो हुई, पर वे बोले कुछ नहीं। फिर उनके देखते-देखते पैन्तेली ने सन्दूक़ों के ताले तोड़े, नए-नए पतलून और कोट छाँटे, उन्हें रोशनी में लाकर हाथ से देखा और बाँध लिया।

---

1. एक बुशेल–उनतीस सेर।

दोपहर होते-होते पैन्तेली दार्‌या के साथ अपने गाँव के लिए रवाना हुआ।

गाड़ी ऊपर तक भरी हुई थी और बंडलों के ऊपर होंठ भींचे दार्‌या बैठी थी। उसके पीछे रखा था एक बड़ा देगचा। यह देगचा पैन्तेली नहाने के कमरे से उठा लाया था। लाते समय यह उसके उठाए नहीं उठाया जा रहा था। इस पर दार्‌या ने उसे फटकारते हुए कहा था—"पापा, तुम्हारा बस चले तो तुम तो अपने बदन का मैल भी यहाँ न छोड़ो !" बस तो बूढ़ा गरम हो उठा था—"चुप कर हरामज़ादी ! यह देगचा मैं उन सबके लिए छोड़ जाऊँगा ? एक घर चलाएगा ग्रिगोरी, और एक घर चलाएगी तू, फूहड़ कहीं की ! यह मुझे अच्छा लगा है ! तू अपनी ज़बान बन्द रख !"

फिर घर की मालकिन ने फाटक बन्द किया तो पैन्तेली ने चलते-चलते उदारता से कहा—"अलविदा...बेकार नाराज़ न होना। ये सारी चीज़ें तुम्हारे यहाँ जल्दी ही फिर आ जाएँगी।"

10

दिन पर दिन बीतते गए। कड़ियों में कड़ियाँ लगती गईं—सिलसिला चलता रहा—मार्च, लड़ाई, पड़ाव, आराम, गरमी-बरखा..घोड़े के पसीने और साज़ के गरम चमड़े की मिली-जुली बदबू बराबर झटके लगते रहने से नसों में जमकर पारा बन जानेवाला ख़ून। ऐसे में ग्रिगोरी को अपना सिर तोप के छः इंची गोले से भी ज़्यादा भारी लगने लगा। उसका नींद और आराम करने को जी करने लगा। उसकी इच्छा हुई कि इस तरह सोकर उठने के बाद वह खेत में हल के फाल से बनी लीक के किनारे-किनारे चले, बैलों को सीटी दे, सारसों की मर्मभेदी पुकारें सुने, अपने गालों के ऊपर से उड़ता रुपहला मकड़ी का जाला हटाकर एक ओर कर दे और जुती हुई मिट्‌टी की भीनी-भीनी महक में शरद का रस ले।

पर, इस सबके बदले उसने देखा—पगडंडियाँ और रास्ते के आर-पार बिखरा अनाज, रास्तों के किनारे नंगे, धूल से लाशों की तरह काले कैदियों की भीड़ें, सड़कों को रौंदते और घोड़े की नालों से अनाज की ओसाई करती हुई फ़ौजी स्क्वैड्रन, और पीछे हटते लाल-गार्दों के परिवारों की खोज की ज़िम्मेदारी अपने ऊपर लेते अपनी बीवियों और माँओं को कोड़े लगाते गाँव के लोग।

और इन सारी बातों की ऊब से भरे दिन जैसे-तैसे बीतते गए। फिर इन दिनों के फूल याददाश्त की डाल पर मुरझा गए और महत्त्व की घटना की भी कहीं कोई याद न रह गई। लड़ाई की रोज़मर्रा की ज़िन्दगी जर्मनी की लड़ाई के दिनों से कहीं ज़्यादा खुश्क लगी, क्योंकि लोगों को सारी बातों की जानकारी पहले से थी। पिछली लड़ाई में हिस्सा लेनेवाले सभी लोग वर्तमान संघर्ष को नफ़रत की निगाह से देखते थे—क्या लम्बाई-चौड़ाई, क्या फ़ौजों, और क्या होनेवाले नुकसानों—सभी दृष्टियों से यह लड़ाई जर्मनी की लड़ाई के सामने बहुत छोटी मालूम होती थी। सिर्फ़ एक मौत थी जो प्रशिया के मैदानों की तरह यहाँ भी हर तरफ़ नंगा नाच कर रही थी, लोगों की हड्डियों को डर से कँपा रही थी, और उनमें आत्मरक्षा की पाशविक इच्छा जगा रही थी।

"इसी को लड़ाई कहते हो तुम ? यह तो लड़ाई की नक़ल है। जर्मनी की लड़ाई में जर्मन तोपों से आग बरसाते थे तो रेजीमेंट के रेजीमेंट ढेर हो जाते थे। और, आज, यहाँ किसी कम्पनी के दो लोग घायल हो जाते हैं, तो हम कहते हैं कि हमारा बड़ा नुक़सान हो गया !" इस तरह आगे की पंक्ति के लोग बातें करते। लेकिन लड़ाई के साथ इस तरह खिलवाड़ करने से भी उन्हें ख़ीझ होती। हर तरफ़ असन्तोष, थकान और गुस्से की लहर पर लहर आती जाती। ग्रिगोरी के स्क्वैड्रन में कज़्ज़ाकों की ज़िद बढ़ती जाती। वे कहते—"हम लाल-गार्दों को इस इलाके से खदेड़ भगाएँगे, और बस ! हम और आगे नहीं जाएँगे। उसके बाद रूसी अपना काम-काज अपने ढंग से करेंगे और हम अपना कामकाज अपने ढंग से सम्हालेंगे—हम अपना तरीका उन पर नहीं लादेंगे !"

शरद्-भर संघर्ष होता रहा। ज़ारित्सिन लड़ाई का ख़ास केन्द्र रहा और लाल और श्वेत गार्द, दोनों

ही अपनी शानदार सेनाएँ उसी ओर भेजते रहे। नतीजा यह कि उत्तरी मोर्चे पर किसी भी पक्ष की स्थिति मज़बूत नहीं हुई और दोनों ही निर्णयात्मक आक्रमण के लिए शक्तियाँ जुटाते रहे। कज़्ज़ाकों के पास घुड़सवारों की बड़ी टुकड़ियाँ थीं, इसलिए वे इस चीज़ से फ़ायदा उठाते रहे। वे दुश्मन पर पीछे से भी हमला करते रहे और उसे बाजुओं से भी घेरते रहे। लेकिन कज़्ज़ाकों को थोड़ा चढ़ने का अवसर ढुलमुल चरित्र की फ़ौजी टुकड़ियों के आने पर ही मिला। इन टुकड़ियों में लालसेना की नई भरती के लोग थे, और मोर्चे के ठीक पीछे के इलाक़ों से ख़ास तौर पर लिए गए थे।

फलतः सरातोव और तामबोव के लोगों ने बहुत बड़ी संख्या में हथियार डाल दिए। लेकिन, लाल-कमान के कामगारों की रेजीमेंट या जहाज़ी टुकड़ी को लड़ाई में झोंकते ही सूरत बदल गई और विजय कभी इधर के लोगों के हाथों में आ गई तो कभी उधर के लोगों के हाथ में। किन्तु ये विजयें कोई विशेष महत्त्व की नहीं हुईं।

ग्रिगोरी लड़ाई में भाग लेते हुए भी उसके प्रति उदासीन रहा और उसके मन में जाड़े तक लड़ाई के ख़त्म हो जाने का पक्का विश्वास जम गया। वह जानता था कि कज़्ज़ाक अब शान्ति चाहते हैं, इसलिए संघर्ष के आगे खिंचने का सवाल ही नहीं उठता था...।

अख़बार जब-तब मोर्चे पर आते तो ग्रिगोरी छपा हुआ पीला पैकिंग का कागज़ नफ़रत से उठाता और फ़ौजी विज्ञप्तियों पर निगाह दौड़ाते हुए दाँत पीसता। एक दिन उसके चारों ओर के कज़्ज़ाक हँसी के ठहाके लगाने लगे, जब उसने बनावटी सन्तोष, ख़ुशी और शेख़ी से भरी पंक्तियाँ पढ़ीं–

> ''27 सितम्बर–फ़िलीमोनोव के इलाक़े की लड़ाई में हमें कमोबेश कामयाबी बराबर मिली है ! 26 की रात को सधे हुए व्येशेन्स्काया रेजीमेंट ने दुश्मन को पदगोरनाया से मार भगाया और फिर उसने लुक्यानोव्स्क में प्रवेश किया ! इस जीत के सिलसिले में कितनी ही शानदार चीज़ें हाथ लगीं, और कितने ही लोग क़ैदी बनाए गए ! लाल-गार्दों की टुकड़ियों के बीच उथल-पुथल मच गई है, और वे पीछे हट रही हैं। कज़्ज़ाक बड़ी ही उमंग में हैं। आशा है कि दोन-प्रदेश के कज़्ज़ाकों को आगे भी एक के बाद दूसरी फतह मिलेगी !...''

''कितने लोगों को क़ैदी बनाया हमने ? बहुत ही ज़्यादा लोगों को ? हा...हा ! कुतिया के बच्चे ! हमने सिर्फ़ बत्तीस लोगों को क़ैदी बनाया और अख़बार में कहा गया है...'' मीत्का हँसते-हँसते लोटपोट हो गया और हँसी के सिलसिले में उसने मुँह खोला तो उसके दूधिया दाँत चमकने लगे।

कज़्ज़ाक कैडेटों की साइबेरिया और कुबान की सफलताओं पर विश्वास न करते। समाचारपत्रों में बिना रोकथाम और शर्म-लिहाज़ के झूठी ख़बरें छापी जातीं। ग्रिगोरी के ट्रुप के एक कज़्ज़ाक ने एक दिन एक अख़बार में चेकोस्लोवाकिया के आन्दोलन के बारे में एक लेख पढ़ा और ग्रिगोरी को सुनाकर कहा–''लाल-गार्द पहले चेकों की हिम्मत चूर-चूर करेंगे, फिर हमारी ओर रुख करेंगे और हमें रगड़कर रख देंगे। यह रूस है ! कोई मज़ाक़ नहीं है !''

''हमें बेकार डराने की कोशिश न करो ! तुम्हारी बकवास से मेरे कानों मे दर्द होने लगता है !'' प्रोख़ोर ज़िकोव ने कहा।

पर अपने लिए सिगरेट रोल करते-करते ग्रिगोरी ने मन-ही-मन शान्त भाव से सोचा–'यह आदमी ठीक कहता है !'

उस दिन शाम को, अपनी कमीज़ का कॉलर खोले ग्रिगोरी बहुत देर तक मेज़ के पास गुमसुम बैठा रहा। उसके धूप से तपे चेहरे पर इस समय तक सख़्ती नज़र आई। अपनी गहरी तगड़ी गर्दन सीधी करते हुए उसने मूँछों के सिरे ऐंठे और पिछले कुछ वर्षों की भावहीनता और कटुता से भरी निगाहों से एकटक दीवारों की ओर देखा। उसकी नसें तनी रहीं और वह गहरे विचारों में उलझा रहा। फिर सोने को लेटा तो आम-से सवाल के जवाब में जैसे अपने-आपसे बोला–'कोई ठिकाना नहीं है कि चाहूँ भी तो कहीं चला जाऊँ !'

उस रात ग्रिगोरी की पलक नहीं झपकी। वह रह-रहकर उठा, घोड़ों पर एक निगाह डाल लेने को बाहर गया और मुलायम रेशमी सन्नाटे की सरसराहट की आहट लेते हुए सीढ़ियों पर खड़ा रहा।

ग्रिगोरी का अपना प्रिय सितारा अब भी आसमान में टिमटिमा रहा था। साफ़ है कि अभी वह क्षण न आया था कि वह टूटता, पर लगाकर उड़ता और आसमान पर उसके प्राणहीन, बुझते हुए प्रकाश की रेखा खिंच जाती।

शरद् में उसके मातहत तीन घोड़े मर गए थे और उसके बरानकोट में पाँच जगह छेद हो गए थे। मौत उसे अपने काले डैने में लपेटकर जैसे उसके साथ खिलवाड़ कर रही थी।

एक दिन उसकी तलवार की ताँबे की मूँठ को एक गोली ने छेद दिया और तेगबन्द इस तरह घोड़े के पैर के पास आ गिरा, जैसे कि दाँत से काट दिया गया हो।

"कोई तुम्हारी सलामती के लिए मिन्नतें कर रहा और मन्नतें मान रहा है..." मीत्का कोरशुनोव ने कहा और ग्रिगोरी की हँसी के खोखलेपन पर अचरज में पड़ गया।...

मोर्चा रेलवे-लाइन के पार था। सो, प्रतिदिन काँटेदार तार की घिर्रियाँ मालडिब्बों में लदकर आतीं। हर रोज़ टेलीग्राफ़ के तार पूरे मोर्चे को सन्देश देते—"हमारी मित्र-सेनाएँ अब किसी भी दिन आ सकती हैं। ज़रूरी है कि नई फ़ौजों के आने के समय तक प्रदेश की सीमाओं पर पूरी तौर से चौकस रहा जाए, और लालगार्दों की ताक़त तो जैसे भी हो सके, तोड़ी जाए।..."

ऐसे में अपने-अपने घर-गाँव से हटाए गए ज़िले के लोग कुल्हाड़ियों से ज़मीन की बर्फ़ तोड़ते, खाइयाँ बनाते और उन्हें काँटेदार तारों से घेरकर अपनी रक्षा की व्यवस्था करते। पर, रात में कज़्ज़ाक खाइयाँ छोड़कर अपने को गरमाने के लिए गाँवों में चले जाते तो लालगार्दों की एडवांस-पार्टियाँ कज़्ज़ाक खाइयों तक रेंग आतीं, रक्षा की व्यवस्था अस्त-व्यस्त कर देतीं और तार के ज़ंग लगे काँटों की नोकों पर कज़्ज़ाकों के नाम सन्देश छोड़ जातीं। कज़्ज़ाक ये सन्देश इस तरह डूबकर पढ़ते जैसे कि वे उनके घरों से आए पत्र हों।...

साफ़ है कि ऐसी परिस्थितियों में लड़ाई चलाना बेमतलब था। पाला पड़ने लगा था। कभी बर्फ़ थोड़ी गल जाती थी तो कभी आसमान से बरसती चली आती थी। खाइयाँ बर्फ़ से भर गई थीं। उनके अन्दर एक घंटे लेटना भी दुश्वार हो गया था। कज़्ज़ाक पाले के शिकार हो रहे थे, ठिठुर रहे थे और उनके हाथ-पैर सुन्न पड़े जा रहे थे। पैदल सेना के लोगों और छुटपुट मुठभेड़ोंवाली कज़्ज़ाक-टुकड़ियों के सदस्यों के पैरों में जूते न रहे थे। बाक़ी लोगों के पास सिर्फ़ सैंडिलें और गरमी के दिनों में हल्के पतलून थे, क्योंकि वे तो अपनी बुद्धि से लड़ाई के मोर्चे पर न आकर जैसे अपने-अपने फार्मों के अहातों में चहलक़दमी करने के लिए आए थे। उनकी मित्र-सेनाओं में कोई आस्था न थी। ग्रिगोरी के ट्रुप के ऐसे ही एक व्यक्ति ने एक दिन कटु होकर कहा—"वे लोग गुबरैलों पर सवार होकर यहाँ आ रहे होंगे !"

फिर, कज़्ज़ाक लालगार्दों के गश्ती दस्तों के सम्पर्क में आए तो दस्ते के लोगों की तेज़ आवाज़ें उनके कानों में पड़ीं—"ए...ईसाई की पूजा करनेवालो, सुनते हो...तुम्हारे टैंक अभी तक नहीं आए क्या ? हम स्लेजों पर जल्दी ही तुम्हारे पास आएँगे...इसलिए स्लेजें खींचने को तैयार रहना।..."

नवम्बर के मध्य में लालगार्दों ने अपनी ओर से हमला बोल दिया। उन्होंने कज़्ज़ाक डिवीज़नों को रेलवे-लाइन तक पीछे खदेड़ दिया। लम्बे संघर्ष के बाद 16 दिसम्बर को लाल- घुड़सवारों ने कज़्ज़ाकों की 33वीं रेजीमेंट के छक्के छुड़ा दिए, पर व्येशेन्स्काया रेजीमेंट के अधिकारवाले क्षेत्रों में कज़्ज़ाकों ने उनके लोहे से लोहा बजा दिया। अहाते के बर्फ़ से मढ़े जंगलों के पीछे से रेजीमेंट के मशीनगन-चालकों ने गोलियों की निरन्तर वर्षा से शत्रु की पैदल टुकड़ियों का स्वागत किया। दाहिने किनारे की मशीनगन मौत बरसाने लगी। दूसरी ओर, बाईं ओर की दो टुकड़ियाँ बाजुओं की तरफ़ से दुश्मनों को घेरने लगीं।

शाम होते-होते धीरे-धीरे आगे बढ़ती लालसेना की टुकड़ियों की जगह अभी-अभी मोर्चे पर आए नौसैनिकों की सेना ने ली। उन्होंने, बिना लेटे और बिना चीखे-चिल्लाए, मशीनगन-चालकों पर चुपचाप

हमला बोल दिया।

ग्रिगोरी दनादन गोलियाँ चलाता रहा। इसी बीच उसकी राइफल की नली गर्म और लाल हो गई और उसके अपने हाथ जलने लगे। तब उसने राइफल ठंडी की और फिर उसमें कारतूस ठूँसे। इसके साथ ही उसने आँखें सिकोड़ीं और दूर के छोटे-छोटे, काले व्यक्तित्वों को निशाना बनाना शुरू कर दिया।

पर, नौसैनिकों ने कज़्ज़ाकों की रक्षा-पंक्ति बेध दी तो स्क्वैड्रन के लोग घोड़ों पर सवार होकर गाँव को रौंदते हुए भागने लगे। ग्रिगोरी ने पीछे मुड़कर नज़र डाली और घोड़े की लगामें ढीली कर दीं। पहाड़ी के बाजू से उसे नज़र आया उदासी और बर्फ़ से भरा स्तेपी का मैदान, मैदान के छोटे टीले, बर्फ से ढकी झाड़ियाँ, और खड्डों के किनारों पर लेटी शाम की परछाइयाँ। पूरे एक वर्स्ट तक मशीनगनों की आग से भुने नौसैनिकों की लाशें फैली पड़ी रहीं; और अपनी जैकेटों और जरकिनों के कारण ऐसी लगती रहीं जैसे कि किसी लम्बे-चौड़े मैदान में रूक-पंछी आ बैठे हों।...

इस तरह बिखर गए स्क्वैड्रनों का दोनों ही ओर की रेजीमेंटों से सम्पर्क न रहा और वे रात बिताने के ख़्याल से शाम को बुजुलुक की एक छोटी-सी सहायक नदी के किनारे बसे दो गाँवों में ठहरे।

स्क्वैड्रन-कमांडर द्वारा बताई गई जगह में कुमुक को ठहराने के बाद ग्रिगोरी संध्या होते-होते वापस आया तो उसकी भेंट अचानक ही रेजीमेंट-कमांडर और उसके एडजुटेंट से हो गई। कमांडर ने अपने घोड़ों की लगामें खींचते हुए पूछा—"तीसरा स्क्वैड्रन कहाँ है ?"

ग्रिगोरी ने बताया और अफ़सर आगे बढ़ गए। फिर थोड़ी दूर तक जाने के बाद, एडजुटेंट मुड़ा और बोला, "क्या स्क्वैड्रन के बहुत लोग मारे गए ?" पर उसने ग्रिगोरी का जवाब नहीं सुना और फिर वही सवाल किया। दूसरी ओर ग्रिगोरी आगे बढ़ता गया, जैसे कि उसने कुछ सुना ही न हो।...

जिस गाँव में ग्रिगोरी का स्क्वैड्रन पड़ाव डाले हुए था, वहाँ सारी रात मालगाड़ियाँ घिसटती रहीं। इसी सिलसिले में एक तोपख़ाना बहुत देर तक गली में खड़ा रहा तो तोपची और स्टॉफ के अर्दली अपने को गर्माने के लिए ग्रिगोरी की झोंपड़ी में चले आए। आधी रात के समय तीन तोपची झोंपड़ी में इस तरह घुसे कि झोंपड़ी के मालिक और कज़्ज़ाक जाग गए। उनकी तोप गाँव के पास ही नदी में फँस गई थी और उन्होंने सोचा था कि चलो, इस समय चलें, सवेरा होते ही बैल लेकर आएँगे और इसे यहाँ से निकाल लेंगे।

ग्रिगोरी की आँख खुली तो उसने बूटों से कीचड़ साफ़ करते, कपड़े उतारते और उन्हें सूखने के लिए डालते तोपचियों को घूरकर देखा। ज़रा देर बाद सिर से पैर तक कीचड़ से सना तोपख़ाने का एक अफ़सर आया। उसने वहाँ रात बिताने की अनुमति ली, फिर अपना बरानकोट उलटा और बहुत ही अन्यमनस्क भाव से खड़ा अपना चेहरा और ट्यूनिक की आस्तीन साफ़ करता रहा।

"एक तोप से हाथ धो बैठे हम !" उसने थके हुए घोड़े की शिथिल आँखों-जैसी निगाहों से ग्रिगोरी की ओर देखते हुए कहा—"हमारी तोप के दो बार आग उगलने के बाद दुश्मन को हमारी रेंज का पता चला। तोप खलिहान में थी। इससे अधिक उसका छिपाव और कहाँ हो सकता था..." और बात के हर टुकड़े के साथ रटी-रटाई गालियाँ जोड़ता गया—"और तुम व्येशेन्स्काया रेजीमेंट में हो...चाय पियोगे ?..ए औरत, समोवार तैयार है क्या ?"

अफसर बहुत ही बातूनी और झक्की निकला। वह बिना रुके चाय पीता रहा। आधे घंटे के अन्दर मालूम हो गया कि उसका जन्म प्लातोव्स्की ज़िले में हुआ है, उसने जर्मनी की लड़ाई में हिस्सा लिया है और दो शादियाँ की हैं, पर कोई भी शादी कामयाब नहीं रही है।

अपने ऊपरी, राफाचट होंठ का पसीना लाल जीभ से चाटते हुए वह बोला—"दोन की सेना के लिए अब 'आमिन' है, यानी उसके मन की-सी हो रही है। लड़ाई क़रीब-क़रीब ख़त्म हो गई है। कल मोर्चा टूट जाएगा और एक पखवारे के अन्दर-अन्दर हम नोवोचेरकास्क वापस पहुँच जाएँगे। ये लोग कज़्ज़ाकों को नंगे पैर रखकर एक झटके में रूस को ले लेना चाहते रहे हैं। ये हैं न बेवकूफ़ ? फिर,

इनके सारे कमान-अफसर बदमाश हैं।...तुम कज़्ज़ाक हो...है न ? और यह लड़ाई चलानेवाले चाहते रहे हैं कि इनकी शाहबलूत की गिरियाँ भुनें और इन्हें तुम आग से बाहर निकालो। लेकिन मोर्चे के पिछले हिस्से में इन्हें मुँह की खानी पड़ रही है।''

अपना भारी शरीर मेज़ पर फैलाते हुए, उसने अपनी नीरस आँखें झपकाईं, पर उसका चेहरा अब भी थके हुए घोड़े के चेहरे की तरह विनय से भरा लगता रहा। बोला, ''पुराने ज़माने में यानी नैपोलियन के वक्त तक लड़ाई का कुछ मज़ा था। दो फ़ौजें एक-दूसरे के आमने-सामने आ खड़ी होती थीं, एक-दूसरे पर बरस पड़ती थीं और अलग हो जाती थीं। न मोर्चे होते थे, और न खाइयों में छिपकर बैठने की बात होती थी। लेकिन, ज़रा देखिए तो कि आज हालत क्या है ! ऐसे-ऐसे काम करने पड़ते हैं कि शैतान की हिम्मत जवाब दे जाए। हो सकता है कि इतिहास गढ़नेवालों ने दूसरी लड़ाइयों को लेकर भी दून की हाँकी हो, लेकिन इस लड़ाई को लेकर तो वे ज़मीन-आसमान के कुलावे इस तरह मिलाएँगे कि पिछली सारी दास्तानें मुँह देखती रह जाएँगी। यह लड़ाई नहीं है, यह है जान उबा देनेवाला और तबीयत खिझा देनेवाला एक तूफान ! कोई मज़ा नहीं है इसमें। बस, यह है कि हर तरफ़ एक गड़बड़ी देखिए और धूल फाँकिए। तुम जानते हो कि ऊपर के लोग मुझे मिल जाएँ तो मैं उनसे क्या कहूँ ? मैं कहूँगा–'जनाब लेनिन साहब, मैं अपने साथ एक सार्जेंट मेजर आपके लिए लाया हूँ। यह आपको बन्दूक पकड़ना सिखलाएगा। और क्रॉसनोव साहब, आपको तो यह काम पहले से ही आना चाहिए...आता ही होगा...।' और फिर, दाविद और गोलियाक की तरह लड़ने दीजिए उन्हें कि जो सबसे ऊपर रहे, वह हुकूमत सम्हाले...लोगों को कोई परवाह नहीं कि उन पर हुकूमत कौन करता है।...क्या ख़्याल है, कॉरनेट ?''

ग्रिगोरी ने कोई उत्तर न दिया। वह निंदियाया-सा उस आदमी के मांसल कन्धों और बाजुओं की हरकतें, और उसकी लाल जीभ की लपलपाहट देखता रहा। इस मतिमन्द अफ़सर पर मन-ही-मन क्रोध से उबलते हुए उसने सोना चाहा। उसके पसीने से तर, मैल से भरे पैर देखकर उसका जी मिचलाने लगा।

सवेरे ग्रिगोरी की आँख खुली तो उसे कुछ ऐसी खीझ का अनुभव हुआ, जैसे कि कोई झगड़ा अभी रह गया हो और उसका फ़ैसला न हुआ हो। स्थिति के जिस मोड़ की उसने शरद में आशा की थी, वह सहसा ही इस समय इस तरह सामने नज़र आई कि ग्रिगोरी चौंक उठा। लोग लड़ाई से थक-ऊब चले थे; और इस थकान और ऊब की छोटी-छोटी लहरियाँ उसने स्क्वैड्रनों और रेजीमेंटों के लोगों की तबीयतों के किनारों से टकराती देखी थीं, मगर उसने उन्हें नज़रअन्दाज़ कर दिया था। पर, वे ही लहरियाँ धीरे-धीरे बाढ़ में बदल गईं और आज भुखमरों की तरह, टूट-टूटकर मोर्चे का किनारा काटे जा रही थीं।

ऐसे में, वसन्त के आरम्भ में एक आदमी घोड़े पर सवार होकर स्तेपी के मैदान में आया। सूरज चमकता रहा। हर तरफ बैंजनी और अछूती बर्फ़ ही बर्फ़ फैली रही। पर, लोगों की निगाहों से दूर, ज़मीन के नीचे चमत्कार होता रहा। धरती मुक्त की जाती रही। सूरज बर्फ़ पर अपनी किरणें गड़ाता और उस पर वार करता रहा। उसमें तल के नीचे के पानी की बाढ़ आ गई। रात आई तो धुन्ध ने उसे अपनी बाँहों में कस लिया। सवेरा हुआ तो एक तरह की सरसराहट और गरज के साथ बर्फ़ की चोटियाँ अपने झगड़े आप तय करने लगीं। पहाड़ी के हरे बाज़ू से पानी की धारें हरहराती हुई आईं, और सड़कों और रास्तों में भर चलीं। बर्फ़ के गीले टुकड़े घोड़े के पैरों से हर तरफ़ लुढ़कते चले गए। सर्दी घट गई। टीले नंगे हो गए। मिट्टी से कीचड़ और सड़ी हुई घास की बू आने लगी। दोपहर के समय घाटियों में पानी तेज़ी से बहने लगा, ढालू किनारे फिसलती हुई बर्फ के नीचे कसमसाने लगे, और जुती हुई मखमली, काली ज़मीन से मीठी-मीठी-सी भाप उठने लगी। शाम होते-होते स्तेपी प्रदेश की नदी की बर्फ़ तड़क के साथ टूट गई और भरी हुई नदी की तेज़ धार के साथ-साथ बह चली। धार का भराव

जवान माँ के सीने के भराव की तरह लगा। और, जाड़े की अप्रत्याशित विदाई पर आश्चर्यचकित व्यक्ति ने अपना घोड़ा बालू-भरे किनारे पर ला खड़ा किया। उसने चारों ओर नज़र दौड़ाकर एक छिछली जगह खोजनी चाही और अपने पसीने से तर थके हुए घोड़े की धूल चाबुक से झाड़ी। अनगढ़ बर्फ़, नीले रंग की झलक मारती, चारों ओर चमचमाती रही। यह शीत ऋतु का साम्राज्य था।

अगले दिन, पूरे समय, रेजीमेंट पीछे हटती रही और मालगाड़ियाँ सड़कों पर दौड़ती रहीं। क्षितिज पर, दाईं ओर से पर्दा डालनेवाले भूरे बादलों के पार से तोपों के धड़ाके होते रहे। स्क्वैड्रन, छपाछप करते, सड़कों की बर्फ़ के पिघले हुए पानी के बीच से गुज़रते रहे और घोड़े अपने खुरों से गीली बर्फ़ कुचलते रहे। अर्दली सड़क के किनारे-किनारे अपने घोड़े दौड़ाते रहे। कज़्ज़ाक स्क्वैड्रनों और छुटपुट मुठभेड़ करनेवालों की पंक्तियों के साथ गाड़ियों की क़तारों पर क़तारों की परेड जैसे देखते रहे-- इधर-उधर, सड़क के किनारे हर तरफ़ बैठे रूक-पंछी। वे रूक जैसे ऐसे घुड़सवार सैनिक थे जिन्होंने चमकते हुए नीले परों की वर्दियाँ पहन रखी थीं, और जो घोड़ों की पीठों से उतरकर ज़मीन पर जमा थे और भद्दे ढंग से एक-दूसरे से सटे खड़े थे।

ग्रिगोरी ने अनुमान किया कि वसन्त के लौटते क़दमों को अब कोई नहीं रोक सकता। बस, तो उसने भी एक इरादा किया और इस इरादे से उसका मन खुशी से भर गया। वह उसी रात को रेजीमेंट से भागने को तैयार हो गया।

"कहाँ चले, ग्रिगोरी ?" मीत्का कोरशुनोव ने, ग्रिगोरी को अपने बरानकोट के ऊपर बरसाती पहनते, पेटी में तलवार खोंसते और रिवाल्वर अटकाते देखकर मुस्कुराते हुए पूछा।

"क्या करोगे यह बात जानकर ?"

"कुछ नहीं, यों ही कि आख़िर कहाँ जा रहे हो तुम ?"

ग्रिगोरी के माथे पर बल पड़े, पर उन्हें दबाते हुए उसने आँख मारी और हँसकर जवाब दिया, "अपना काम करो, दूसरों की फ़िक्र न करो, मैं ज्ञानलोक को जा रहा हूँ...समझे ?" और, बाहर निकल आया।

घोड़ा उसे कसा हुआ खड़ा मिला। वह उस पर सवार हुआ और फिर सूरज ढलने के समय तक उसे खेतों के बर्फ़ से जमे रास्तों पर दौड़ाता रहा। अभी कल तक वह जिन लोगों के कन्धे से कन्धा मिलाकर लड़ता रहा था उसे उनका ध्यान बीच-बीच में रह-रहकर आया तो उसने मन-ही-मन सोचा--'मैं घर पर रहूँगा, वे उधर से गुज़रेंगे तो उनके क़दमों की आहट लूँगा और हो सकेगा तो फिर रेजीमेंट में शामिल हो जाऊँगा।'

अगले दिन शाम तक उसने दो सौ वर्स्ट का फ़ासला तय कर डाला। घोड़ा इस सफ़र से बुरी तरह थककर चूर-चूर हो गया।

अन्त में ग्रिगोरी ने अपने पिता के अहाते में प्रवेश किया--ऐसे कि वह खुद आगे-आगे और घोड़ा पीछे-पीछे।

11

नवम्बर के अन्त में नोवोचेरकास्क में यह पता चल गया कि एन्तेन्ते से एक फ़ौजी मिशन आया है। फिर नगर में यह अफ़वाह बार-बार सुनी गई कि ब्रिटेन की एक शक्तिशाली नौसैनिक टुकड़ी ने नोवोरोसिइस्क के बन्दरगाह में लंगर डाल रखा है, सालोनिका से भेजी गई मित्रदेशों की विशाल सेनाएँ जहाज़ से उतर रही हैं और फ्रेंच-ज़ुआव[1] की एक कोर कभी की आ गई है; ये ज़ुआव स्वयंसेवक सेना में शामिल होंगे और जल्दी ही बड़ा हमला किया जाएगा।

1. अपने साहस के लिए प्रसिद्ध पैदल सेना (फ्रांस की)।

यानी, अफ़वाहें बर्फ़ के गोलों की तरह बढ़ती गईं।

क्रॉसनोव ने आदेश दिया कि अतामान के अंगरक्षक सलामी-गारद से मिशन का अभिवादन करें। इस काम के लिए जवान अंगरक्षकों की दो टुकड़ियाँ जल्दी-जल्दी तैयार की गईं। उन्हें लांग बूटों और कारतूस वगैरा की सफ़ेद पेटियों से लैस किया गया और बिगुल-वादकों के एक दल के साथ अविलम्ब नगानरोग के लिए रवाना कर दिया गया।

फ़ौजी देखभाल की एक तरह की जासूसी के लिए, दक्षिणी रूप के ब्रिटिश और फ्रेंच फ़ौजी मिशनों ने अपने कुछ अफ़सरों को नोवोचेरकास्क भेजने का निश्चय किया। तय हुआ कि वे दोन-प्रदेश की स्थिति की जानकारी हासिल करेंगे, और बोलशेविक-विरोधी भावी संघर्ष की सम्भावनाओं का अध्ययन करेंगे। इस कार्य के लिए ब्रिटेन के कैप्टेन बांड के अलावा लेफ्टिनेंट ब्लूमफील्ड और लेफ्टिनेंट मनरो को चुना। फ्रांस का प्रतिनिधित्व कैप्टेन ओशिओ के अतिरिक्त लेफ़्टिनेंट दूप्रे और लेफ्टिनेंट फॉरे ने किया। सो, जब साधारण श्रेणी के अफ़सर क़िस्मत से सहसा ही राजदूत बन गए और मित्रदेशों के फ़ौजी मिशनों के प्रतिनिधि बनकर आए तो अतामान के महल में तूफ़ान-सा आ गया।

राजदूतों को बड़े ठाठ-बाट के साथ नोवोचेरकास्क लाया गया। लेकिन इन मामूली अफ़सरों का जिस तरह स्वागत-सत्कार और सम्मान किया गया, उससे उनके दिमाग़ ख़राब हो गए। वे अचानक ही अपने को सचमुच महान मान बैठे और प्रसिद्ध कज़्ज़ाक जनरलों और सर्वशक्तिशाली जनतन्त्र के दूसरे प्रतिष्ठित जनों को नीची निगाह से देखने लगे।

फिर कज़्ज़ाक जनरलों से बातचीत होने लगी तो परम्परागत बाहरी शिष्टाचार और मधुर विनय के बावजूद फ्रेंच लेफ्टिनेंटों की बातों में अपमान और हेकड़ी झलकती रही।

शाम को महल में एक दावत की गई तो समवेत फ़ौजी गायकों ने पूरे हॉल के वातावरण पर कज़्ज़ाक गीतों का रुपहला आवरण बुन दिया। आवरण पर धैवत स्वरों वाले सोलो गीतों की कसीदाकारी रही। पीतल के बाजोंवाला बैंडदल मित्रराष्ट्रों की राष्ट्रीय धुनें बजाता रहा। राजदूतों ने खाना धीरे-धीरे क़ायदे से, मर्यादा के साथ खाया और अवसर का ऐतिहासिक महत्त्व समझा। दूसरी ओर अतामान के मेहमानों ने उन्हें उत्सुकता की दृष्टि से देखा और बड़ा आदर किया।

क्रॉसनोव ने अपना भाषण आरम्भ किया। 'सज्जनो, इस समय आप एक ऐसे ऐतिहासिक कक्ष में बैठे हैं जिसकी दीवारों से 1812 के, एक दूसरे राष्ट्रीय संघर्ष के सेनानी आपको शान्त भाव से देख रहे हैं। प्लातोव, इलोवाइस्की और देनीसोव हमें उन पवित्र दिनों की याद दिलाते हैं, जब पेरिस की जनता ने अपने मुक्तिदाताओं की यानी दोन-प्रदेश के कज़्ज़ाकों की राहों में पलकें बिछा दी थीं, और जब सम्राट् अलेक्सान्द्र प्रथम ने फ्रांस के भग्नावशेषों को सुन्दर रूप में बदला था।

इस बीच ख़ूबसूरत फ्रांस के प्रतिनिधि काफ़ी शैम्पेन ढाल गए थे। उनकी आँखों में नशे के लाल डोरे पड़ रहे थे, और वे मस्ती से चमकने लगी थीं। इस पर भी राजदूतों ने क्रॉसनोव की बातें ध्यान से सुनीं। क्रॉसनोव ने विस्तार से बतलाया कि जंगली बोलशेविकों के अत्याचारों से रूसियों को कितना कुछ सहना पड़ा और कैसे-कैसे दुख उठाने पड़े। फिर, उसने अपनी बात ख़त्म की तो ज़रा दर्द-भरे ढंग से–

"...रूसी जनता के श्रेष्ठ-से-श्रेष्ठ प्रतिनिधि बोलशेविकों की जेलों में मर रहे हैं। उनकी निगाहें आप पर जमी हुई हैं। उन्हें आपकी सहायता की प्रतीक्षा है। इसलिए आपको उनकी सहायता करनी चाहिए, और मात्र उनकी करनी चाहिए, दोन प्रदेश की नहीं। हम यह बात गर्व से कह सकते हैं कि हम स्वतन्त्र हैं। परन्तु, हमारे सारे चिन्तन का केन्द्र-बिन्दु और हमारे सम्पूर्ण संघर्ष का उद्देश्य महान रूस है, जो अपने मित्र देशों के प्रति ईमानदार रहा है, जिसने उनके हितों की रक्षा की है, जिसने उनकी बलिवेदी पर स्वयं अपनी बलि दे दी है, और जिसे आज उनकी सहायता की अटूट प्यास है। आज से 104 वर्ष पहले, मार्च के महीने में फ्रांस के लोगों ने सम्राट् अलेक्सान्द्र प्रथम और उनके रूसी

अंगरक्षकों का स्वागत किया था। उस दिन से फ्रांस के इतिहास में एक नए युग का समारम्भ हुआ था, और दुनिया के राष्ट्रों में फ्रांस की जगह पहली हो गई थी। 10 वर्ष पहले हमारे अतामान काउंट प्लातोव लंदन गए थे। अब हमें प्रतीक्षा है कि आप मास्को पधारें और इस तरह मास्को पधारें कि हमारी राष्ट्रीय धुन के पवित्र स्वरों के साए में, हमारे साथ मार्च करते हुए क्रेमलिन प्रासाद में प्रवेश करें, ताकि शान्ति और स्वतन्त्रता की सम्पूर्ण माधुरी का हमारे साथ ही सुख ले सकें। रूस महान है। इन शब्दों में ही हमारे सारे सपने और सभी आशाएँ प्रतिध्वनित हैं।...''

क्रॉसनोव ने अपना भाषण समाप्त किया कि कैप्टेन बांड बोलने को खड़ा हुआ। सो अंग्रेज़ी भाषा के हवा में गूँजते ही हर तरफ सन्नाटा हो गया। दुभाषिया अनुवाद के काम में तन-मन से डूब गया—

''कैप्टेन बांड, अपनी और कैप्टेन ओशिओ की ओर से दोन के अतामान को सूचना देना चाहते हैं कि वे और उनके साथी अफ़सर, एन्तेन्ते के सत्ताधारियों के सरकारी दूतों के रूप में यहाँ आए हैं और दोन-प्रदेश की सारी स्थिति के बारे में जानकारी हासिल करना चाहते हैं।...कैप्टेन बांड विश्वास दिलाते हैं कि एन्तेन्ते के सत्ताधारी, बोलशेविक-विरोधी साहसपूर्ण संघर्ष में दोन और स्वयंसेवक सेना की हरसम्भव साधनों से सहायता करेंगे, और इन साधनों की सूची से फ़ौजी ट्रुपों के नाम ग़ायब नहीं होंगे।''

लेकिन दुभाषिया अपना अन्तिम वाक्य पूरा भी नहीं कर पाया कि हॉल की दीवारें तालियों की गड़गड़ाहट से गूँजने लगीं। सभी लोगों ने 'ख़ूबसूरत फ्रांस', 'शक्तिशाली ब्रिटेन' और 'बोलशेविकों पर विजय' के जाम उठाए और पिए। शैम्पेन गिलासों में दमकती और झाग छोड़ती रही। पुरानी कहोर्स शराब की भीनी-भीनी मीठी महक हर तरफ गमकती रही। मित्रदेशों के मिशनों के प्रतिनिधियों से बातचीत शुरू करने की आशा की गई और मेज़बानों को इन्तज़ार नहीं करना पड़ा। कैप्टेन बांड बोला, ''मैं महान रूस देश के नाम जाम उठाता हूँ, और इस समय आपका शानदार राष्ट्रगीत सुनना चाहता हूँ। शब्द समझ में न आएँ तो न सही, मुझे तो सिर्फ़ उसके संगीत का रस चाहिए !''

दुभाषिए ने अनुरोध का अनुवाद किया। क्रॉसनोव का चेहरा भावावेग से पीला पड़ गया। वह अपने मेहमानों की ओर मुड़ा और टूटती हुई आवाज़ में चिल्लाया, ''रूस महान हो...रूस एक हो... रूस को कोई बाँट न सके...हुर्रा...''

बैंड ने शानदार ढंग से 'प्रभु ज़ार की रक्षा करो' बजाना शुरू किया। अपना-अपना गिलास ख़ाली करते हुए हर व्यक्ति उठकर खड़ा हो गया। एक सफ़ेद बालोंवाले आर्चबिशप की आँखों से आँसू बह चले। ''कैसी शानदार धुन है !'' कैप्टेन बांड ने गद्गद होकर कहा। वह इस बीच कुछ मज़े में आ चला था। दूसरी ओर एक सरलहृदय विशिष्ट अतिथि महोदय इस तरह भावावेश की धारा में बहे कि फूट पड़े और मछली के अंडों से बुरी तरह सने नैप्किन से दाढ़ी दबाकर रोने लगे।

उस रात को अज़ोव सागर की ओर से हवा के तेज़ झोंके आए और पूरे नगर पर भयानक रूप से सर्राटे भरने लगे। पहले बर्फ़ानी अंधड़ से हवा में झूलते फूलों के बीच गिरजे के गुम्बद का रंग अजीब-अजीब-सा लगा।

उस रात को, शहर के बाहर शाख़तिन्स्क के बोलशेविक कर्मचारियों को फील्ड-कोर्टमार्शल के हुक्म से गोली मार दी गई। इसके लिए उनके हाथ पीछे बाँध दिए गए, उन्हें दो-दो के क्रम से पहाड़ की चोटी के सिरे पर ले जाया गया और बिल्कुल पास से रिवाल्वरों और राइफलों की गोलियों से उड़ा दिया गया। सिगरेट की चिनगारियों की तरह गोलियों की आवाज़ भी पाले से भीगी हवा के पंख लगाकर उड़ गई।

और अतामान के महल के फाटक पर कज़्ज़ाक सलामी गारद आदमी को जमाकर बर्फ़ बना देनेवाली जाड़े की हवा के बीच स्थिर खड़ा रहा। अपनी खिंची हुई तलवारों की मूँठों को साधे-साधे

कज़्ज़ाकों के हाथ काले पड़ गए। सर्दी के कारण उनकी आँखों से पानी बह चला और पैर सुन्न हो गए...दूसरी ओर, नशे में डूबी आवाज़ें, बैंडों की ढमाढम और फ़ौजी कोरस की सिसकियों से भरी प्रतिध्वनियाँ सारी रात महल से बाहर आती रहीं।

एक सप्ताह के बाद सबसे बुरी बात यह हुई कि मोर्चा डगमगाने लगा। सबसे पहले 28वीं रेजीमेंट मोर्चा खुला छोड़ गई। इसी रेजीमेंट में प्योत्र मेलेख़ोव काम करता था। अपने सामने की शत्रु कमान से गुप्त बातचीत करने के बाद, कज़्ज़ाकों ने हट जाने और लालसेना को बेरोकटोक ऊपरी दोन-क्षेत्र की सीमा से निकल जाने देने का निश्चय किया, और छिछले दिमाग का, याकोव फोमिन नाम का कज़्ज़ाक बागी रेजीमेंट का नेता बना। पर, वास्तव में तो उसका नाम-भर था। आन्दोलन का संचालन तो सचमुच कुछ कज़्ज़ाकों का दल करता था। ये कज़्ज़ाक बोलशेविकों के प्रभाव में थे।

लेकिन, मोर्चे को लेकर एक बैठक हुई तो उसमें जैसे तूफ़ान ही आ गया। गोली के पीठ के वार से डरते हुए, मन-ही-मन संकोच करते हुए अफ़सरों ने संघर्ष को आगे भी चलाए जाने पर ज़ोर दिया। पर, कज़्ज़ाकों ने अपनी पूरी ताक़त से, बार-बार चिल्ला-चिल्लाकर अपने पुराने शब्द दोहराए। लड़ाई को अनावश्यक बतलाया और बोलशेविकों से सुलह की बात की। इसके बाद रेजीमेंट पीछे हटने लगी। फिर, मार्च के अन्त में पहले कमांडर और अधिकांश अफ़सरों ने रेजीमेंट छोड़ दी, और काउंट मोलियर के ब्रिगेड से अपना सम्बन्ध जोड़ लिया। यह ब्रिगेड काफ़ी असफलता के बाद पीछे हट रहा था।

फिर, 28वीं रेजीमेंट के अनुकरण पर 36वीं रेजीमेंट ने भी अपना स्थान छोड़ दिया। अफ़सरों-समेत, पूरी-की-पूरी रेजीमेंट कज़ान्स्काया आ गई। रेजीमेंट का कमांडर एक नाटे क़द का आदमी था। उसकी आँखों से चालबाज़ी टपकती थी और कज़्ज़ाकों से साँठ-गाँठ कर उसने अपनी हैसियत बना रखी थी। सो, वह घुड़सवारों के घेरे में ज़िला कमांडेंट के पड़ाववाले घर तक आया, अपने घोड़े की पीठ से नीचे उतरा और अपने चाबुक से खिलवाड़-सा करते हुए अन्दर घुसा। पूछा, "यहाँ कमांडेंट कौन है ?"

"मैं उनका सहायक हूँ।" स्तीपान अस्ताख़ोव उठा और मर्यादा के साथ बोला, "दरवाज़ा बन्द कर दीजिए, साहब !"

"मैं 26वीं रेजीमेंट का कमांडर हूँ...कर्नल नाउमोव...मुझे अपनी कमान के लोगों के लिए नए कपड़े और जूते चाहिए। उनके कपड़े फटे-पुराने और पैर नंगे हैं...सुना तुमने ?"

"कमांडेंट इस समय यहाँ नहीं हैं, और उनकी इजाज़त के बिना मैं एक जोड़ा बूट भी स्टोर से नहीं निकाल सकता।"

"क्यों ?"

"जो बात थी, वह मैंने आपको बता दी..."

"तुम...तुम जानते हो कि तुम किससे बातें कर रहे हो ? मैं तुम्हें गिरफ्तार कर लूँगा, समझे।...जवानो, पकड़ लो इसे।...और स्टोर की ताली कहाँ है पालतू चूहे ?..." अफ़सर ने मेज़ पर चाबुक सटकारा और गुस्से से पीले पड़ते हुए, भेड़ की खाल की मुड़ीमुड़ाई टोपी फिर से अपने सिर पर जमा ली, "चुपचाप ताली दे दो...बेकार बहस की ज़रूरत नहीं।"

आधे घंटे के अन्दर भेड़ की खाल, फेल्ट-बूटों और चमड़े के बूटों के बंडल-के-बंडल स्टोर से बाहर बर्फ़ पर आने लगे और चीनी के बोरों पर बोरे एक हाथ से गुज़रकर दूसरे हाथ में पहुँचने लगे। चौक में लोग मन के लड्डू फोड़ने और शोरगुल करने लगे। इस बीच अपने नए कमांडर सार्जेंट मेजर फोमिन के नेतृत्व में 28वीं रेजीमेंट पीछे हटते-हटते व्येशेन्स्काया ज़िले तक पहुँच गई। उनके कोई तीस वर्स्ट पीछे लाल डिवीज़न की कुछ टुकड़ियाँ थीं और उनके गश्ती फ़ौजी दुब्रोवका में पहले से ही फ़ौजी बातों की जासूसी कर रहे थे।

इसके चार दिन पहले उत्तरी मोर्चे के कमांडर मेजर-जनरल इवानोव और उनके चीफ़-ऑफ़-स्टॉफ

जनरल ज़ामब्रीज़ीत्स्की ने जल्दी-जल्दी कारगिन्स्काया खाली किया। उनकी मोटर बर्फ में इस तरह धँस गई कि चीफ-ऑफ-स्टाफ की बीवी ने दाँतों से होंठों का खून निकाल लिया, और बच्चे चिल्लाने लगे।

व्येशेन्स्काया में कुछ दिनों तक पूरी तरह अराजकता का राज्य रहा। अफवाहें सुनी गईं कि कारगिंस्काया में बागी 28वीं रेजीमेंट पर हमला करने के लिए फ़ौजें जमा की जा रही हैं। पर, 22 दिसम्बर को इवानोव का एडजुटेंट कारगिन्स्काया से आया और मन-ही-मन हँसते हुए, कमांडर से जो चीज़ें यहाँ छूट गई थीं, उन्हें जमा करके उठा ले गया—यानी वह ले गया—जनरल की नए तुर्रेवाली गरमी की टोपी, बालों का ब्रश, अन्दर पहने जानेवाले कपड़े, और दूसरी छोटी-मोटी चीज़ें।...

8वीं लालसेना की टुकड़ियाँ उत्तरी मोर्चे की सौ वर्स्ट की लम्बी दरार से आती चली गईं। जनरल सवातेमेयेव बिना लड़े दोन तक पीछे हट गया। जनरल फितशालाउरोव की रेजीमेंटें भी जल्दी-जल्दी पीछे हटीं। एक सप्ताह तक उत्तर में असाधारण तौर से सन्नाटा रहा। मशीनगनों ने अपनी जुबानें बन्द कर लीं और तोपें शान्त हो गईं। दोन के ऊपरी प्रदेशों में कज़्ज़ाकों के अत्याचारों की दास्तानों से उत्तर की लड़ाई में व्यस्त दोन के निचले प्रदेशों में कज़्ज़ाकों की हिम्मत टूट गई, और वे दुश्मन का मुकाबला किए बिना पीछे हट गए। लालसेनाओं ने सावधानी से हर गाँव की जासूसी की और तब कहीं वे बहुत ही होशियारी से, धीरे-धीरे आगे बढ़ीं।

लेकिन, उत्तरी मोर्चे पर जो बरबादी हुई थी, उससे दुःखी दोन सरकार को धीरज बँधाने के लिए यह एक खुशी की घटना घटी। 26 दिसम्बर को मित्रदेशों का एक मिशन नोवोचेरकास्क आया। उस मिशन में काकेशस में स्थित ब्रिटिश फ़ौजी मिशन के अध्यक्ष जनरल पूल, उनके चीफ-ऑफ-स्टॉफ कर्नल कीज़ और फ्रेंच प्रतिनिधि जनरल फ्रांशेज़ द-एस्पेरे और कैप्टेन व्फूके थे।

क्रॉसनोव मित्रदेशों के अफ़सरों को मोर्चे पर ले आया, तो दिसम्बर के ठंडे महीने में एक दिन सवेरे चिर स्टेशन के प्लेटफॉर्म पर सलामी-गारद की व्यवस्था हुई। अपनी झूलती हुई मूँछों और पियक्कड़ों से चेहरेवाला जनरल ममोनतोव अपने अफ़सरों की महफ़िल में प्लेटफॉर्म पर चहलक़दमी करने लगा तो ज़िन्दगी में पहली बार उसके कपड़े ठीक-ठाक और उसकी दाढ़ी-मूँछें साफ बनी दिखाई दी। ये लोग गाड़ी का इन्तज़ार करने लगे। 'स्टेशन' के बाहर फ़ौजी बैंड के लोग रह-रहकर पैर पटकते रहे और अपनी ठिठुरी हुई उँगलियों पर मुँह की भाप छोड़ते रहे। दोन के निचले प्रदेश के अलग-अलग उम्रों और रंग-ढंग के सजे-बजे कज़्ज़ाक सलामी गारद में अटेन्शन की मुद्रा में खड़े रहे। सफ़ेद दाढ़ीवाले बूढ़ों के अलावा वहाँ बिना दाढ़ी-मूँछवाले जवान भी दीखे और बालों के छल्ले माथों पर झुलाते आगे की पंक्ति के फ़ौजी भी। बूढ़ों के बरानकोटों पर लोवचा और प्लेवना की लड़ाई में जीते सोने और चाँदी के मैडल दमकते रहे। जवानों के सीनों पर क्रॉस ही क्रॉस लटकते रहे। ये क्रॉस उन्होंने गोयक-तेप और सन्देप के हमलों और पेरेमीथल, वॉर्सा और ल्वोव की जर्मनी की लड़ाई में पाए थे। इनके पास दमकनेवाले पदकों जैसी कोई चीज़ न थी, पर ये लोग वॉयलिन के तारों की तरह कसे खड़े थे और हर मामले में अपने बुजुर्गों की नक़ल करने की कोशिश करते थे।

भाप के दूधिया बादल से ढकी, घड़घड़ाती गाड़ी स्टेशन में दाख़िल हुई। फिर जनरल पूल के सैलून के दरवाज़ों के खुलने के पहले ही बैंड-मास्टर ने अपनी छड़ी तेज़ी से हवा में लहराई और ब्रिटेन की राष्ट्रीय धुन वातावरण में गूँजने लगी। ममोनतोव, एक हाथ अपनी तलवार की मूठ पर जमाए, जनरल पूल के सैलून की ओर लपका। आतिथ्यप्रिय मेज़बान क्रॉसनोव अपने मेहमानों को कज़्ज़ाकों की कसी हुई पंक्तियों के सामने से स्टेशन की इमारत में लाया।

"आज सारे-के-सारे कज़्ज़ाक, अपने देश को लालगार्दों के जंगली गिरोहों से बचाने के लिए उठ खड़े हुए हैं। सबूत में तीनों पीढ़ियों के प्रतिनिधि आपको यहाँ नज़र आ रहे हैं। इन लोगों ने बाल्कान, जापान, आस्ट्रिया, हंगरी और प्रशिया में लोहे से लोहा बजाया है और इस समय ये अपनी पितृभूमि की रक्षा के लिए लड़ रहे हैं। उसने मँजी हुई फ्रेंच में कहा, फिर शानदार ढंग से मुस्कुराया और एक

क़तार में खड़े बूढ़ों की ओर देखकर शोभा से सिर हिलाया। बूढ़ों की आँखें निकली चली आ रही थीं, और वे जैसे अपनी साँसें रोके खड़े थे।

ममोनतोव ने ऊपर के अफ़सरों के हुक्म की तामील में ज़रा भी वक्त न लगाया था और फ़ौरन ही सलामी गारद के लिए लोगों का चुनाव कर डाला था। उसके अपने तमगे इस वक्त बड़ा रोब डाल रहे थे।

जनरल पूल ने वहाँ से रवाना होने से पहले क्रॉसनोव से कहा—"आपके ट्रुपों के फ़ौजियों के रहन-सहन, अनुशासन और बहादुरी से जगमगाते चेहरे देखकर मुझे बड़ी ही ख़ुशी हुई है। जहाँ तक मदद का सवाल है, मैं जल्दी-से-जल्दी हुक्म भेजूँगा और सालोनिका से हमारे फ़ौजियों की पहली टुकड़ी आपके यहाँ भेज दी जाएगी। पर जनरल, मेरा आपसे अनुरोध है कि आप तीन हज़ार जाड़े के कोट और बर्फ़ में पहनने के गर्म जूते फ़ौरन ही तैयार करवा दें। मुझे पूरी आशा है कि हमारी मदद से आप अपने यहाँ से बोलशेविकों का नाम-निशान तक मिटा सकेंगे।"

तो भेड़ की खाल के छोटे कोट बड़ी हड़बड़ी में तैयार हुए और उतनी ही उतावली में जाड़े के बूटों में फेल्ट लगी। लेकिन न जाने क्यों मित्रदेशों की अभियानवाली सेना नोवोचेरकास्क आई ही नहीं। पूल लन्दन चला गया और उसकी जगह आया ख़ुश्क घमंडी ब्रिग्ज़। वह आया तो लन्दन से अपने साथ ताज़ा हुक्म भी लाया। सधे हुए जनरल के खड़े लहजे में उसने ऐलान किया—"हमारे महाराजाधिराज की सरकार दोन की स्वयंसेवक सेना को चीज़ों की पूरी मदद देगी, पर फ़ौजी एक न देगी।"

फिलहाल वक्तव्य यह रहा। उस वक्तव्य पर आगे जो कुछ भी कहा-सुना जाता, बेमतलब ही तो होता !

12

फूट के उस ज़माने में विरोध और दुश्मनी की भावना ने ऐसे हाथ-पैर फैलाए कि क्या कहिए ! इस भावना ने साम्राज्यवादी युद्ध के ज़माने तक में सिर उठाया था, और कज़्ज़ाकों और उनके अफ़सरों के बीच बहुत बड़ी दीवार खड़ी हो गई थी। 1917 के अन्त में कज़्ज़ाक रेजीमेंटों ने धीरे-धीरे दोन-प्रदेश की ओर रुख़ करना शुरू किया था तो अफ़सरों के कत्लों और उनके साथ विश्वासघात की कम मिसालें सामने आई थीं। लेकिन, एक साल बाद यही दोनों चीज़ें आए-दिन की बात हो गई थीं। कज़्ज़ाक अपने अफ़सरों को, लालसेना के कमांडरों के अनुकरण पर, आगे-आगे चलने पर मजबूर करते और फिर पीछे से पीठ पर गोली मार देते। संत जॉर्ज की गुन्दोरोव्स्की रेजीमेंट जैसी कुछ यूनिटों में चरित्र अब भी ऊँचा था, पर दोन सेना में ऐसी यूनिटें इनी-गिनी ही थीं।

प्योत्र मेलेख़ोव का दिमाग़ वैसे तो ज़रा धीमी रफ़्तार से काम करता था, पर उसमें सूझबूझ थी। इसलिए उसने तो यह बात काफ़ी पहले समझ ली थी कि कज़्ज़ाकों से बहस में पड़ने का मतलब मौत को दावतनामा भेजना है। यही कारण है कि विद्रोह के आरम्भिक समय से उसने अपने यानी एक अफ़सर और आम फ़ौजियों के बीच की खाई बहुत ही होशियारी से पाटनी चाही थी। अपना वक्त ज़रा देख-समझकर वह उन्हीं की तरह लड़ाई को बेमतलब बतलाता, पर मन से झूठ बोलने पर भी पकड़ में नहीं आता। धीरे-धीरे उसने अपने को यों दिखलाना शुरू किया जैसे कि वह बोलशेविकों के रंग में रँगा हो। फिर, याकोव फ़ोमिन को कमांडर के पीछे हाथ धोकर पड़ा देखकर, उसका अनुग्रह अर्जित करने, और उसका कृपापात्र बनने की जान-बूझकर कोशिशें करने लगा। यानी बाक़ी लोगों की तरह वह भी तुरन्त ही लूटपाट में हिस्सा लेने, अफ़सरों को पानी पीकर कोसने और कैदियों को छोड़ देने लगा। वैसे सचमुच तो कैदियों को देखकर उसका मन घृणा से भर उठता और उन्हें एक ही बार में ख़त्म कर देने की इच्छा से उसके हाथ काँपने लगते। जहाँ तक अनुशासन का सवाल है, वह मित्रतापूर्ण

व्यवहार करता और लोगों की दस तरह की बातें मान लेता। संक्षेप में, वह एक अफ़सर न होकर मोम का एक गोला था।

इस तरह उसने कज़्ज़ाकों का विश्वास जीत लिया और उनके देखते-देखते अपने रंग-ढंग बदल डाले।

फिर रेजीमेंट के कमांडर ने दूसरे अफ़सरों को साधा तो वह पीछे रहा, शान्त रहा। उसने व्यवहार के मामले में रोकथाम से काम लिया और अपने को हमेशा आड़ में रखा। इसी ढंग से वह अपने रेजीमेंट के साथ व्येशेन्स्काया आया, पर वहाँ दो दिन बिताने के बाद उससे गाड़ी आगे न चली और स्टॉफ के लोगों को फोमिन को बतलाए बिना वह अपने गाँव के लिए चल दिया।

उस दिन व्येशेन्स्काया के बाज़ारवाले चौक में, पुराने गिरजे के सामने, सुबह तड़के से ही एक मीटिंग चल रही थी। रेजीमेंट को लालसेना के प्रतिनिधियों के आने का इन्तज़ार था। कज़्ज़ाक गिरोह बनाए, बरानकोट, फर के अस्तर की जैकेटें, ओवरकोटों को काटकर बनाए गए छोटे कोट या ऊन के अस्तरवाले कोट पहने चौक-भर में जहाँ-तहाँ चहलक़दमी कर रहे थे। भला इस लम्बी-चौड़ी, अस्त-व्यस्त भीड़ को देखकर कौन इसे 28वाँ रेजीमेंट मान लेता ! प्योत्र निराशा से भरकर एक दल से दूसरे दल के चक्कर काट रहा था, और कज़्ज़ाकों का अध्ययन कर रहा था। मोर्चे पर वह इनके लिबास के रोब में न आया था। सच तो यह है कि उसने पूरे रेजीमेंट को एक साथ कभी देखा ही न था। सो, इस समय अपनी मूँछों के सिरे नफ़रत से चबाते हुए, उसने भेड़ की खालों की टोपियों, टोपों और कनटोपों से मढ़े सिरों को नज़र गड़ाकर देखा। फिर, आँखें नीची कीं तो नज़र उनके फेल्ट-बूटों और लालगार्दों से लिए गए छोटे बूटों के ऊपर बँधी पट्टियों पर पड़ी। बेबसी के क्रोध से अन्दर-ही-अन्दर जलते हुए बोला—'कमीने किसान ! गए-बीते गधे !...'

फोमिन के आदेश जंगलों पर टँगे रहे। नतीजा यह कि व्येशेन्स्काया का एक भी आदमी सड़क पर कहीं नज़र न आया। सारे-के-सारे लोग जैसे कि कहीं जाकर छिप गए। बर्फ़ के रौ में बह गया दोन का दूधिया वक्ष किनारे की गलियों में बीच की दरारों में से झलकता रहा। उसके पार चमकता रहा काली स्याही से धुला जंगल। अलग-अलग गाँवों से जो औरतें अपने पतियों से मिलने के लिए आईं, वे गिरजे के भूरे पत्थरों के पास एक-दूसरे से सटी खड़ी रहीं।

इस समय प्योत्र के बदन पर फर के अस्तर और सीने पर लम्बी-चौड़ी जेबवाली जैकेट थी और सिर पर बदनसीब अफ़सरोंवाली अस्त्राखानी टोप था। इस टोप पर तो उसे अभी, कुछ समय पहले तक बड़ा अभिमान रहा था। उसने सभी लोगों को, अपनी ओर कनखियों से देखते हुए देखा। उसके मन की उत्सुकता सहज ही बढ़ गई। वह कुछ क्षणों के लिए ठिठक गया और चौक के बीचोंबीच, एक पीपे पर खड़े लाल सेना के एक मोटे-से फ़ौजी की बातें सुनने लगा। फ़ौजी ने अच्छे क़िस्म का बरानकोट और मेमने की खाल की नई टोपी पहन रखी थी। उसके हाथों में फर के दस्ताने थे।

इस आदमी ने अपने गले में लिपटा सफ़ेद खरगोश का फर ठीक किया और चारों ओर देखा।

''साथी कज़्ज़ाको...'' धीमी भर्राई हुई आवाज़ प्योत्र के कानों में पड़ी। प्योत्र ने आसपास नज़र दौड़ाई तो उसे लगा कि कज़्ज़ाकों को 'साथियो' का सम्बोधन बहुत अजीब-सा मालूम हुआ है—वे परेशान होकर एक-दूसरे की ओर देख रहे हैं और आँखें मार रहे हैं।

दूसरी ओर लालसेना का वह सदस्य कितनी ही देर तक सोवियत सरकार, लालसेना और उनके व कज़्ज़ाकों के बीच के सम्बन्धों की चर्चा करता रहा। लोग बीच-बीच में उसकी बात काटते और चिल्लाते रहे, ''साथी, 'कम्यून' से क्या मतलब है आपका ?''

''लोग हमें कम्यून में शामिल होने भी देंगे ?''

''और यह कम्युनिस्ट पार्टी क्या है ?''

वक्ता ने अपने सीने पर हाथ दबाकर रखा और बड़े धैर्य से समझाया, ''साथियो, कम्युनिस्ट पार्टी

अपनी इच्छा का मामला है। इस पार्टी में लोग अपने मन से शामिल होते हैं क्योंकि यह पार्टी मज़दूरों और किसानों को पूँजीवादियों और ज़मींदारों के अत्याचारों से छुटकारा दिलाती है।''

ऐन इस वाक्य के बाद कोई और चीखा, ''हमें कम्युनिस्टों और कमीसारों के बारे में और कुछ बतलाइए।''

और, उस आदमी की बात पूरी भी नहीं हो पाई कि एक दूसरी ज़ोर की आवाज़ आई, ''हम नहीं समझते कि आप बातें किस चीज़ के बारे में कर रहे हैं। हम यहाँ के लोग कुछ नहीं जानते। ज़रा आसान ज़बान इस्तेमाल कीजिए।''

और, लालसेना के फ़ौजी ने अपनी बात ख़त्म की ही थी कि याकोव फोमिन उठ खड़ा हुआ। उसने बहुत ही नीरस और लम्बा भाषण दिया। बड़े-बड़े शब्द इस्तेमाल कर लोगों पर रंग जमाने की कोशिश की, मगर मज़ाक यह रहा कि वह स्वयं भी उनका उच्चारण बड़ी मुश्किलों के बाद ही कर पाया। एक कम-उम्र लड़का, विद्यार्थियों की-सी टोपी लगाए और शानदार कोट पहने, रह-रहकर उसके आगे उचकता रहा। वक्ता की उल्टी-सीधी बातें सुनते-सुनते प्योत्र को, फोमिन का लड़ाई में पहली बार अपने सामने आना याद हो आया। बात 1917 की फरवरी की थी। उस समय वह पेत्रोग्राद जा रहा था और दार्‌या उससे मिलने स्टेशन आई थी।

प्योत्र की आँखों के आगे आ गया अतामान की रेजिमेंट से भागा हुआ फोमिन। आँखें नम और चमकती हुईं। बदन पर बरानकोट। बरानकोट के कन्धे की पट्‌टी पर लगभग मिट गया-सा '52' का नम्बर, और भालू की-सी जंगली चाल।

'भाई, अब और बर्दाश्त नहीं होगा !' प्योत्र को याद आए उसके ये शब्द और उसकी आँखें क्रोध से जलने लगीं, 'पीठ दिखाकर भाग खड़ा होनेवाला बुज़दिल...क्रिस्तोन्या की तरह बेवकूफ़...और, आज वही आदमी रेजीमेंट का कमांडर है, और मैं कहीं का नहीं हूँ।'

फोमिन की बात ख़त्म हुई तो सीने पर मशीनगन की पेटीवाले एक कज़्ज़ाक ने उसकी जगह ली और हाथ फैलाते हुए, भर्राई हुई आवाज़ में ज़ोर से बोला, ''सुनो भाई, मैं ख़ुद पोदत्योलकोव की टुकड़ी में रहा हूँ...अब ऐसा लगता है कि हम सब लोगों को कन्धे से कन्धा मिलाकर एकसाथ कैडेटों से लोहा लेना होगा।''

प्योत्र मुड़ा और तेज़ी से अपने क्वार्टर की ओर बढ़ा। यहाँ वह अपना घोड़ा कसने लगा कि राइफलों के दगने की आवाज़ें उसके कानों में पड़ीं।

इसका मतलब यह कि कज़्ज़ाक व्येशेन्स्काया छोड़कर जा रहे थे और पुरानी परम्परा के अनुसार राइफलें दागकर इस बात का ऐलान कर रहे थे कि हम फ़ौजी अपने-अपने घर-गाँवों को लौट रहे हैं।

13

आशंका की स्थिति से भरे छोटे दिन कटाई के दिनों से कहीं लम्बे लगते थे। गाँव अछूते, क्वाँरे स्तेपी के मैदान की तरह फैले हुए थे। दोन के किनारे के सभी ज़िले किसी महामारी की मुट्‌ठी में बन्द मुर्दा-से महसूस हो रहे थे। सभी बस्तियों के ऊपर जैसे कि काले पंखवाला एक बादल मँडरा रहा था। यह बादल बढ़ता ही गया था, और इसने यहाँ से वहाँ तक का पूरा वितान घेर लिया था। अब जैसे कि इन्तज़ार था कि ज़ोर की ऐसी हवा चले जो देवदारु के पेड़ों को लचाकर धरती से मिला दे, बिजली की कड़क से बरबादी की धमकी दोन के पार के कपूरी जंगल को दे, खड़िया की पहाड़ियों से काई से मढ़े कंकड़ रह-रहकर उछाले, और आँधी-पानी की, विनाश की भाषा में गरजकर बोले।

आज सुबह से तातारस्की और पूरे स्तेपी को धुन्ध ने अपनी बाँहों में कस रखा था। पहाड़ियों के बीच की गड़गड़ाहट ने पाले की पूर्व-सूचना दी थी। दोपहर होने तक सूरज धुन्ध की परतों से उभर

आया था, लेकिन उसका बोझ हल्का कहीं से न हुआ था। धुन्ध दोन के किनारे की पहाड़ियों में बेमतलब इधर-उधर भटक रही थी, चोटियों में भरकर खो गई थी और नम गर्द के रूप में खड़िया की पहाड़ियों के ढालों और नंगी, बर्फ़ीली चोटियों पर बैठ गई थी।

शाम हुई तो नंगे जंगल के भालों के बीच से चाँद की दहकती हुई ढाल उभरी। चाँदनी धुन्ध से नहाई रही, और साँस खींचकर पड़े गाँवों पर, लड़ाई और आग की ख़ूनी रोशनी बरसाती रही। इस बेरहम रोशनी ने दो लोगों के दिलों में डर की धुँधली-सी रेखाएँ खींच दीं। जानवर एक अनजानी उत्सुकता से बेचैन रहे। घोड़े और बैल सवेरा होने तक अहातों में इधर-उधर घूमते रहे। कुत्ते रोते रहे। मुर्गे आधी रात होने के काफी पहले से ही एक-एक कर बाँग देने लगे। सुबह का झुटपुटा हुआ तो पाले ने गीले पेड़ों की शाखों पर बर्फ़ की परतें मढ़ दीं। हवा ने उन्हें झकझोरा तो वे इस्पात की रकाबों की तरह बजने लगीं। ऐसा लगा जैसे कि अनदेखे घुड़सवारों की फ़ौज अँधेरे जंगल और भूरी धुन्ध के बीच से दोन के बाएँ किनारे से आगे बढ़ी आ रही है और घोड़ों की रकाबें और घुड़सवारों के हथियार झनझना रहे हैं।

तातारस्की के जो कज़्ज़ाक लड़ने के लिए उत्तरी मोर्चे पर गए थे, वे दोन की दिशा में पीछे हटे थे। उन्होंने अपनी-अपनी रेजीमेंट छोड़ दी थी और उनमें से लगभग सभी गाँव लौट आए थे। प्रतिदिन एक-न-एक ऐसा घुड़सवार लौटता जिसे किसी-न-किसी कारण से रास्ते में देर हो गई होती। कुछ लोग ऐसे लौटते जो आते ही अपने घोड़ों की पीठ से साज उतार लेते। अपना फ़ौजी साज-सामान भूसे की टाल या शेड में डाल देते और फिर कई-कई दिनों तक लाल-सैनिकों की राह देखते रहते। मगर बाकी लोग अपने घोड़े लेकर अहातों में आते, अपनी बीवियों के साथ एक रात बिताते, सुबह खाने-पीने की ताज़ा चीज़ें लेते और फिर घोड़े पर सवार होकर स्तेपी के रास्तों के किनारे-किनारे बढ़ जाते। वे पहाड़ी की चोटी से मुड़कर नीचे की दोन की दूधिया, बेजान धार को और अपने गाँव को आँख-भर देखते। सोचते कि उनके अपने घर-गाँव और प्यारी दोन नदी का यह शायद अन्तिम दर्शन हो।

कौन पहले से जान सकता है कि मौत से मुलाकात कब और कहाँ हो जाएगी ? कौन कह सकता है कि ज़िन्दगी का यह रास्ता कहाँ ख़त्म हो जाएगा ?...घोड़े गाँव से चलते तो उनके क़दम, अपने गाँव के मोह के कारण कठिनाई से ही उठते। कज़्ज़ाकों के दिल जमकर बर्फ़ हो जाते और अपने सगे-सम्बन्धियों से अलग होने का दर्द वे दिल से निकाले न निकाल पाते। फिर वे सड़क पर आगे बढ़ते तो घर-परिवार की याद रह-रहकर टीसती और तरह-तरह के ख़्याल इस तरह के आते कि सिर भारी हो उठता। कभी-कभी ख़ून की तरह खारे आँसू काठी पर टपक आते, फिर वहाँ से रकाबों पर चू आते और रकाबों से घोड़ों के खुरों से घायल सड़क पर आ गिरते। और, फिर वसन्त में वहाँ विदाई का पीला-लाल फूल तक न उगता।

प्योत्र आज रात व्येशेन्स्काया से आया तो अगली रात को मेलेख़ोव के यहाँ परिवार की परिषद बैठी।

"क्यों, क्या बात है ?" प्योत्र ने ड्योढ़ी लाँघते ही पैन्तेली से पूछा—"लड़ाई से जी भर गया ? अफ़सर की पट्टियों के बिना ही आ गए हो तुम ? ख़ैर, जाओ अपने भाई से हाथ मिलाओ और माँ को दिल से लगाओ। तुम्हारी बीवी तुम्हारे लिए रो-रोकर अधमरी हो गई है...शाबाश...शाबाश...प्योत्र ! ग्रिगोरी, तुम पहाड़ी चूहे की तरह वहाँ क्यों पड़े हो ? नीचे, उतरकर आओ।"

ग्रिगोरी ने अपने नंगे पैर लटका लिए और काले बालों से भरा सीना खुजलाते हुए अपने भाई को देखने लगा। भाई ने अपनी सुन्न उँगलियों से तलवार की पेटी खोली और अपने कनटोप के बन्द टटोले। दार्‌या मुँह से कुछ नहीं बोली। वह अपने पति की आँखों में आँखें डालकर मुस्कुराई। फिर, उसने भेड़ की खाल की उसकी जैकेट के बटन खोले और उसकी दाहिनी ओर से नज़र बचाई। वहाँ रिवाल्वर के केस के पास ही एक हथबम कसा दिखाई दिया।

दून्या अपने भाई का जल्दी से चुम्बन लेकर उसका घोड़ा देखने के लिए बाहर दौड़ी। इलीनीचिना ने ऐप्रन के सिरे से अपने होंठ पोंछे और अपनी 'पहली औलाद' को चूमने की तैयारी की। नताल्या स्टोव के पास इधर-उधर के काम में व्यस्त रही। उसके बच्चे स्कर्ट से चिपके रहे। हर व्यक्ति कुछ सुन पाने की भावना से प्योत्र की ओर देखता रहा, पर उसने भर्राए हुए गले से केवल लोगों के सुस्वास्थ्य की कामना की और फिर चुपचाप ओवरकोट आदि उतारने के बाद बहुत देर तक जई की सींकों की झाड़ू से अपने जूते साफ़ करता रहा। इसके बाद वह सीधा हुआ। उसके होंठों में हरकत हुई और उदास मन से उसने अपना चेहरा पलंग के सिरहाने से टेका तो सभी ने पाले से पीड़ित उसके साँवले गालों पर आँसू चमकते देखे।

"वाह रे फ़ौजी...वाह...यह क्या हुआ ?" पिता ने मन की घबराहट पर हँसी का पर्दा डाला।

"हमारा खेल तो ख़त्म हो गया, पापा !" प्योत्र का चेहरा ऐंठा, उसकी भौंहें काँपीं, और अपनी आँखें छिपाते हुए उसने तम्बाकू के दागोंवाले गन्दे रूमाल से नाक पोंछी।

ग्रिगोरी ने अपने बदन से बदन रगड़ती बिल्ली को धक्का देकर एक ओर किया और एक चीख के साथ स्टोव से नीचे उतर आया। माँ फूट पड़ी, और सिसकते हुए प्योत्र का जूँओं-भरा सिर चूमने लगी। पर, दूसरे ही क्षण अलग हो गई और बोली, "बेटे...थोड़ा-सा दही ले आऊँ तुम्हारे लिए ? जाओ, जाकर वहाँ बैठो...तुम्हारा शोरबा ठंडा हो रहा है। तुम्हें भूख लगी है...है न ?"

प्योत्र मेज़ के किनारे जाकर बैठा तो भतीजा पास आ गया। फिर, उसने उस बच्चे के घुटने थपथपाए तो खुद भी खिल उठा। उसने अपने मन की उथल-पुथल पर क़ाबू पाने की कोशिश की, और 28वीं रेजीमेंट के मोर्चे से पीछे हटने, अफ़सरों और फोमिन के भाग निकलने और व्येशेन्स्काया में सभा होने का ज़िक्र किया।

"क्या ख़्याल है तुम्हारा इन सारी चीज़ों के बारे में ?" ग्रिगोरी ने काली नसोंवाला अपना हाथ अपनी बेटी के सिर पर रखते हुए पूछा।

"ख़्याल करने को क्या है ? मैं कल घर पर रहूँगा और रात होते ही घोड़े पर सवार होकर चल दूँगा। मेरे लिए थोड़ा-सा खाना तैयार कर दो माँ !" उसने इलीनीचिना से कहा।

"इसका मतलब यह है कि तुम यहाँ से खिसक रहे हो...क्यों ?..." पैन्तेली ने उँगलियाँ तम्बाकू की थैली में डालीं और तम्बाकू चुटकी में लिए खड़ा प्योत्र के जवाब का इन्तज़ार करता रहा।

प्योत्र उठा, काले देव-चित्रों के सामने खड़े होकर सीने पर क्रॉस बनाया और कटुता से भरकर पिता की ओर घूरते हुए तीख़ी आवाज़ में बोला—"ईसा बचाएँ मुझे ! बहुत हो लिया ! तुम खिसकने की बात कह रहे हो ? और हो क्या सकता है ? मैं पीछे रहकर क्या करूँगा ? पीछे रहूँगा इसलिए कि लाल तोंदोंवाले लोग आएँ और मेरा सिर उड़ा दें ! तुम चाहो तो यहाँ बने रहने की बात सोचो, मैं तो नहीं सोच सकता। वे लोग अफ़सरों के साथ किसी तरह की कोई रियायत न करेंगे।"

"और इस घर-बार का क्या होगा ? क्या हम इसे यों ही छोड़ देंगे ?"

प्योत्र ने अपने पिता के सवाल के जवाब में सिर्फ़ कन्धे झटके। लेकिन दार्या फ़ौरन बोली—"तुम चले जाओगे और हम सब यहीं रह जाएँगे...क्या बात है ! यानी हम यहाँ रहेंगे, तुम्हारी ज़मीन-जायदाद देखेंगे और लोग नहीं बख़्शेंगे तो उसके लिए जानें देंगे...क्यों ? ऐसी-तैसी में जाए ! मैं यहाँ नहीं ठहरने की !"

और तो और, नताल्या तक बीच में बोल उठी और दार्या की गूँजती हुई आवाज़ को दबाते हुए कहने लगी, "अगर गाँव के सभी लोग चले जा रहे हैं, तो हम भी यहाँ नहीं रहेंगे। हम पैदल चले जाएँगे।"

"बेवकूफ़ो...कुतियो !" पैन्तेली अपनी आँखें नचाते हुए चीखा और अपना बेंत टटोलने लगा—"तुम अपने मुँह बन्द करो न, चुड़ैलो ! यह मर्दों की बात है और तुम अपनी टाँग अड़ाए चली जा

रही हो ! अच्छा मान लो कि हम सब-कुछ छोड़-छाड़कर यहाँ से चल दें तो पैदल चलकर कहाँ तक पहुँचेंगे ? फिर इन दोनों का हम क्या करेंगे ? इस मकान का क्या करेंगे ? यानी, इन ढोरों और इस मकान को अपनी जेबों में भर लेंगे ?''

''तुम बेकार परेशान हो रही हो लड़कियो !'' इलीनीचिना ने अपने पति की हाँ-में-हाँ मिलाई–''तुमने तो मेहनत कर-करके फार्म का तिनका-तिनका जोड़ा नहीं है, इसलिए तुम्हारे लिए आसान है कि उसे छोड़ दो और हाथ फटकारती चल दो। लेकिन हम दोनों ने तो मेहनत में दिन-रात एक किए हैं, हम यहाँ से कहीं नहीं जा सकते।'' बुढ़िया ने होंठ भींचे और लम्बी साँस ली–''तुम जाओ। मैं यहाँ से टस-से-मस नहीं हो सकती। किसी अजनबी के जंगले पर दम तोड़ने से अपनी ड्योढ़ी पर साँस छोड़ना कहीं अच्छा है !''

पैन्तेली ने लम्बी साँसें लेते और कराहते हुए लैम्प की बत्ती ठीक की। एक मिनट तक बिल्कुल सन्नाटा रहा। इसके बाद दून्या ने मोज़े बुनते-बुनते अपना सिर उठाया और बोली–''हम ढोरों को भी अपने साथ हाँककर ले जा सकते हैं। ढोरों की वजह से बने रहने की मुझे तो कोई ज़रूरत नहीं दिखती।''

इस पर बूढ़ा फिर गरम हो उठा। उसने बहुत दिनों तक अस्तबल में बँधे रहे स्टैलियन की तरह पैर पटके और स्टोव के पास पड़े बच्चे से ठोकर खाकर गिरते-गिरते बचा। फिर दून्या के सामने खड़े होकर गरजा–''हम ढोरों को अपने साथ हाँककर ले जा सकते हैं। पता है कि बूढ़ी गैया बियानेवाली है ? उसका क्या होगा ? कितनी दूर तक हाँककर कोई ले जाएगा उसे ? तेरे गुनाह तुझे खा जाएँ ! छिनाल कहीं की...हरामज़ादी...नाली का कीड़ा...मर-मरकर तो हमने जैसे-तैसे घर बनाया है, और आज सुनने को यह मिल रहा है ! भेड़ों का क्या होगा ? मेमनों का क्या इन्तज़ाम किया जाएगा ? कुतिया कहीं की, अच्छा हो कि तू अपनी ज़बान बन्द रखे !''

ग्रिगोरी ने कनखी से प्योत्र पर निगाह डाली और अपने भाई की आँखों में पहले की तरह ही शरारत, मगर आदर-भरी मुस्कान देखी। उसकी गंदुमी रंग की मूँछें भी उसी तरह ऐंठी रहीं। प्योत्र बार-बार पलकें झपकाने लगा, और रुकी हुई हँसी के कारण उसका बदन काँपने लगा। ग्रिगोरी इधर वर्षों से हँसा नहीं था, पर आज उसकी भी हँसने की इच्छा हुई तो वह ठठाकर हँसने लगा–

''ख़ैर बात छोड़ो, ईसा जो करेंगे, ठीक ही करेंगे। हम काफ़ी बातें कर चुके...'' बूढ़े ने ग्रिगोरी की ओर क्रोध से घूरकर देखा और पाले से मढ़ी खिड़की की ओर मुँह करके बैठ गया।

इस तरह आधी रात होने पर ही एक बात आम तौर पर तय पाई और वह यह, कि तीनों मर्द तातारस्की से चले जाएँ और औरतें फार्म और घरबार की देखभाल के लिए गाँव में ही बनी रहें।...

सो, सूरज निकलने के बहुत पहले ही इलीनीचिना ने स्टोव धधका दिया और सुबह होने तक रोटी बना ली और दो बोरे 'सुखारी' (सूखी रोटी के टुकड़े) तैयार कर लिए। बूढ़े ने स्टोव के पास ही बैठकर नाश्ता किया। फिर तड़का होने पर जानवरों को प्यार से थपकने और रवानगी के लिए स्लेज तैयार करवाने के लिए बाहर आया। यहाँ खत्ती में वह बहुत देर तक नाज से भरे घड़ों में हाथ डाले खड़ा रहा और अनाज के दानों को उँगलियों से दुलारता रहा। फिर, उसने टोपी उतारकर हाथ में ले ली और बाहर आकर दरवाज़ा इस तरह धीरे से बन्द किया, जैसे कि किसी लाश को छोड़कर चला आ रहा हो।

बाहर, शेड के नीचे वह स्लेज के चारों ओर चक्कर लगाता ही रहा कि सड़क पर अनीकुश्का दिखलाई पड़ा। वह अपनी गाय को पानी पिलाने के लिए ले जा रहा था।

दोनों ने एक-दूसरे का अभिवादन किया। पैन्तेली ने पूछा–''यहाँ से चले जाने की तैयारी कर रहे हो, अनीकुश्का ?''

"मैं यहाँ से जाने की तैयारी करूँगा ? अरे भाई, नंगे आदमी को पेटी की ज़रूरत नहीं पड़ती। मेरा जो कुछ है, मेरे अन्दर है। राह में दूसरे लोगों की चीज़ें ज़रूर उठा सकता हूँ।"

"कोई ख़बर ?"

"ख़बरें ही ख़बरें हैं, प्रोकोफियेविच !"

"क्या ख़बरें हैं ?" पैन्तेली उत्सुक हो उठा और उसने अपनी कुल्हाड़ी स्लेज के बाजू में खोंस दी।

"लाल फ़ौज के लोग यहाँ आने ही वाले हैं। व्येशेन्स्काया के पास तक पहुँच गए हैं। बोलशोई ग्रोमोक के एक आदमी ने उन्हें देखा है। उसने बताया है कि वे जहाँ से गुज़रते हैं, वहाँ के लोगों को मार डालते हैं। लाल फौज के इन लोगों में यहूदी भी हैं, और चीनी भी। हमने इन सबको नहीं मार डाला। इन काने शैतानों पर गाज गिरे !"

"वे लोगों को मार डालते हैं ?"

"और, उनसे उम्मीद क्या हो सकती है ?" अनीकुश्का ने गालियाँ दीं, और बातें करते-करते बढ़ा–"जानते हो, गाँवों की औरतें वोद्का तैयार करती हैं और उन्हें पिला देती हैं। बस, तो वे उन्हें नुक़सान नहीं पहुँचाते। नशे में धुत्त होकर आगे बढ़ जाते हैं, अगला गाँव हथिया लेते हैं, और फिर उमड़ते फिरते हैं।"

पैन्तेली ने शेड के चारों ओर नज़र दौड़ाई और अपने हाथ का बना एक-एक खम्भा और एक-एक चीज़ हसरत से देखी। इसके बाद रास्ते के लिए सूखी घास लेने वह खलिहान में आया तो यह बात जैसे भूल ही गया कि गाँव छोड़कर तो जाना ही पड़ेगा। उसने लोहे का एक कुंदा उठाया और मामूली घास की पत्ती-पत्ती अलग करने लगा। (अच्छी घास वसन्त की जुताई के समय के लिए वह हमेशा बचाकर रखता था।) पर, उसका ख़्याल बदल गया, और अपने ऊपर बिगड़ता वह घास की दूसरी टाल के पास आया। उसे यह लगा ही नहीं कि अभी कुछ ही घंटों में वह यह अहाता और गाँव छोड़कर, स्लेज पर सवार होकर दक्षिण की ओर चला जाएगा और फिर, शायद यहाँ लौटकर कभी नहीं आएगा। उसने थोड़ी-सी सूखी घास निकाली और ज़मीन पर बिखरा तिनका-तिनका हेंगे से आदतन फिर उठाने लगा। पर सहसा ही उसने हाथ इस तरह पीछे खींच लिया, जैसे कि हेंगा जल रहा हो, और अपनी भौंहों से पसीना पोंछते हुए ज़ोर से बोला–"अब मैं इसकी इतनी देख-रेख क्यों करूँ ? इसकी परवाह हो या न हो, यह हर हालत में लाल फ़ौजियों के पैरों के नीचे डाल दी जाएगी। वे या तो इसे बरबाद कर डालेंगे या जला डालेंगे।" उसने अपने घुटने पर ज़ोर देकर हेंगा तोड़ डाला, दाँत पीसते हुए सूखी घास उठाई और घर की ओर लपका। इस समय उसकी पीठ झुकी हुई लगी। चेहरे पर बुढ़ापा नज़र आया।

घर पहुँचने पर, अन्दर घुसे बिना ही, खुले हुए दरवाज़े से चीखा–"तैयार हो जाओ। मैं मिनट-भर में घोड़े जोत दूँगा। अच्छा हो कि चलने में देर न करो।"

उसने जोतवाला साज़ घोड़ों पर कसा, जई का एक बोरा स्लेज के पिछले हिस्से में डाला और बेटों के बाहर निकलने पर अचरज करते हुए, कारण जानने के लिए, घर के अन्दर आया।

बावर्चीखाने में एक अजीब-सा दृश्य उसे देखने को मिला। प्योत्र सफ़र के लिए तैयार, बंडल पूरे ज़ोश में खोल रहा और पतलून, ट्यूनिक और औरतों के छुट्टियों के दिन पहनने के कपड़े निकालकर ज़मीन पर फेंक रहा था।

बूढ़े का मुँह आश्चर्य से खुला का खुला रह गया और उसने अपनी टोपी तक सिर से उतार डाली। बोला–"यह सब क्या है ?"

"इनसे पूछो...इनसे !" प्योत्र ने अँगूठे से औरतों की तरफ़ इशारा किया–"इन लोगों ने चीख-चीखकर आसमान सिर पर उठा लिया है। बस, तो हम अब कहीं नहीं जाएँगे। यानी, या तो सभी लोग यहाँ से जाएँगे या कोई भी यहाँ से कहीं नहीं जाएगा। ज़मीन-जायदाद के बचाव के ख़्याल से हम यहाँ

से कैसे कहीं जा सकते हैं ? हम यहाँ न रहे और लाल फ़ौजियों ने यहाँ आकर इन औरतों की इज़्ज़त ली तब ? अगर वे हमें यहाँ मार डालेंगे तो हम कम-से-कम, इन औरतों की आँखों के आगे तो मरेंगे।''

''अपनी चीज़ें हटा लो, पापा...'' ग्रिगोरी ने मुस्कुराते हुए अपना बरानकोट और कटारी हटाई तो नताल्या ने रोते हुए उसका हाथ थाम लिया और पीछे से चूमा। दून्या पोस्त की फूल की तरह लाल हो गई और ख़ुशी से तालियाँ बजाने लगी।

बूढ़े ने टोपी सिर पर लगा ली। दूसरे ही क्षण फिर उतार ली। वह वैसे ही देव-चित्रों के पास आया, उसने झटके से क्रॉस बनाया, तीन बार झुका, फिर उठा और चारों ओर नज़र दौड़ाने लगा—''ख़ैर, अगर ऐसा है तो हम कहीं नहीं जाएँगे। माँ मेरी, हम पर मेहरबानी करना...हमें बचाना।...तो, मैं अब जाकर घोड़े खोले देता हूँ।''

इसी समय अनीकुश्का आया तो पूरे मेलेख़ोव परिवार को प्रसन्न और हँसता हुआ देखकर आश्चर्य में पड़ गया। पूछने लगा—''क्या बात है ?''

''हमारे कज़्ज़ाक मर्द कहीं नहीं जाएँगे।'' दार्‌या ने सबकी तरफ़ से जवाब दिया।

''अच्छा...तुम इसमें बेहतरी समझते हो ?''

''हाँ, हमने बेहतरी इसी में सोची !'' ग्रिगोरी मुस्कुराया और उसने पलकें झपकाईं—''हम मौत की तलाश में क्यों जाएँ ! वह चाहेगी तो ख़ुद ही हमारी तलाश कर लेगी।''

''ख़ैर...तो, अगर अफ़सर कहीं नहीं जा रहे तो हम तो बिल्कुल नहीं जाएँगे।'' अनीकुश्का ज़ोर से बोला और इस तरह बाहर भागा जैसे कि उसके पैरों में घोड़े की नालें ठुकी हों।

14

फोमिन के हुक्म व्येशेन्स्काया के जंगलों में हवा पर फड़फड़ाते रहे। लाल सेना के आने की प्रतीक्षा हर क्षण की जाती रही। इस बीच पैंतीस वर्स्ट के फासले पर, उत्तरी मोर्चे के स्टॉफ ने अपना प्रधान कार्यालय कारगिन्स्काया में जमा लिया। चार जनवरी की रात को कर्नल रोमन लज़ारेव की चेचेनोंवाली टुकड़ी, कारगिन्स्काया आई और फोमिन की बागी रेजीमेंट को सज़ा देने के लिए, टुकड़ी के लोग घोड़े दौड़ाते चल दिए।

पाँच जनवरी को चेचेन व्येशेन्स्काया पर हमला करनेवाले थे। उनके जासूसी दूत, लड़ाई के ख़्याल से, आसपास के गाँवों की जासूसी पहले ही कर चुके थे। लेकिन उनकी सारी योजना धूल में मिल गई, क्योंकि फोमिन की रेजीमेंट से भागकर आनेवाले एक फ़ौजी ने बताया कि लाल-सेना की बहुत अधिक टुकड़ियों ने रात में गरोखोवका में पड़ाव डाला था, और उनका इरादा अगले दिन व्येशेन्स्काया पहुँचने का था।

क्रॉसनोव इधर के मित्रदेशों के प्रतिनिधियों के साथ नोवोचेरकास्क में व्यस्त रहा। उसने फोमिन को अपने प्रभाव में लाने की क़ोशिश की। टेलीग्राफ के तार काफ़ी देर तक झनझनाते रहे। आख़िरकार फोमिन को व्येशेन्स्काया के तारघर में बुलाया गया और उसे छोटा-सा सन्देश दिया गया—

'व्येशेन्स्काया...फोमिन..सार्जेंट फोमिन, मैं तुम्हें आज्ञा देता हूँ कि होश में आओ और अपने मोर्चों पर अपनी रेजीमेंट फ़ौरन जमा दो। सज़ा देनेवाली टुकड़ी रवाना कर दी गई है। हुक्म न मानने की सज़ा मौत होगी !''

—क्रॉसनोव

फोमिन, पैराफीन के लैम्प के नीचे खड़ा, अपने छोटे कोट के बटन खोले, तारबाबू के हाथ का छोटा-सा छेदवाला कागज़ देखता रहा। फिर, पाले और वोद्का का भभका उस आदमी की गर्दन पर छोड़ता हुआ बोला—''यह आदमी बकता क्या है ? मैं होश में आ जाऊँ ? क्या क़िस्मत में यही बदा

है ? ख़ैर...तुम मेरी ओर से लिख दो...क्या ? इजाज़त नहीं है ? मेरे हुक्म की तामील कर, वरना तुम्हारी अंतड़ियाँ अभी निकालकर बाहर रख दूँगा !''

और तार की टक-टक फिर शुरू हो गई–

'नोवोचेरकास्क...अतामान क्रॉसनोव...नरक में जाओ और वहीं बने रहो !''

–फोमिन

इस बीच उत्तरी-मोर्चे के तार ऐसे उलझ गए कि क्रॉसनोव ने खुद कारगिन्स्काया जाने का निश्चय किया। उसका मुख्य उद्देश्य था फोमिन से बदला लेने के लिए लोगों को संगठित करना और टूटे हुए कज़्ज़ाकों की हिम्मत बढ़ाकर उनमें लड़ाई की आग जगाना। दूसरी चीज़ पहली से कहीं ज़्यादा महत्त्व की लगी। इस दृष्टि से उसने मित्रराष्ट्रों के प्रतिनिधियों को मोर्चे के मुआइने की दावत दी।

बुतुरलिनोवका में उन्होंने संत जॉर्ज रेजीमेंट का गुंदोरोव्स्की ऑर्डर देखा। इसे अभी-अभी लड़ाई से वापस बुलाया गया था। सो, क्रॉसनोव ने ट्रुपों का मुआइना किया और इसके बाद रेजीमेंट की पताकाओं की बगल में आ खड़ा हुआ। गरजा–

''जिस किसी ने भी दसवीं रेजीमेंट में मेरी कमान में काम किया हो, वह एक क़दम आगे आ जाए !''

लगभग आधी रेजीमेंट आगे आ गई। क्रॉसनोव ने अपना जनरल वाला टोप सिर से उतारा और अपने बिल्कुल पास खड़े, जवान उम्र के, मिलनसार-से सार्जेंट-मेजर के दोनों गाल चूमे। सार्जेंट-मेजर ने अपनी तराशी हुई मूँछें अपने बरानकोट की आस्तीन में पोंछी और फटी-फटी-सी आँखों से घूरता रहा। मित्रदेशों के अफ़सर अचरज से भरकर एक-दूसरे के कानों में फुसफुसाते रहे। लेकिन जल्दी ही उनकी फुसफुसाहट की जगह समर्थन की मुस्कान ने ले ली। बात यह हुई कि क्रॉसनोव उनके पास आया और समझाते हुए बोला–''ये वे बहादुर हैं जिनके साथ जर्मनों को मैंने नेज़विस्काया में और ऑस्ट्रियनों को बेलज़ेट्स और कामारोव में मुँह की दी है !''

उजले, स्थिर आसमान में सूरज के दाएँ और बाएँ, रेजीमेंट के खज़ाने की रक्षा करने वाले दो सन्तरियों की तरह दो इन्द्रधनुष बुन गए। उत्तर-पश्चिमी हवा का ठंडा झोंका जंगलों के बीच, स्तेपी के आरपार सीटी बजाता, सर्राटे भरता रहा। उसने राह में पड़नेवाले झाड़-झंखाड़ के सिर झुका दिए और उन्हें रौंद दिया।

छः जनवरी की शाम को झुटपुटा चीरकर अपनी परछाइयाँ सहेजने लगा कि ब्रिटेन के महाराजाधिराज के प्रतिनिधि एडवर्ड्स और अलकॉट और कैप्टेन बेरतेलॉत और लेफ्टिनेंट एरलिश के साथ क्रॉसनोव कारगिन्स्काया पहुँचा। मित्रदेशों के अफ़सर फरकोट पहने और खरगोश की खाल की टोपियाँ लगाए, सिगारों के धुएँ और यूडीकोलोन की गमक के बीच, हँसते हुए मोटरकार से बाहर आए। सर्दी के कारण कँपकँपाने और पैर पटकने लगे। फिर, धनी व्यापारी लेवोचकिन के यहाँ गरम हो लेने और चाय पी लेने के बाद वे क्रॉसनोव और उत्तरी मोर्चे के कमांडर मेजर-जनरल इवानोव के साथ स्थानीय स्कूल देखने गए। स्कूल में ही सभा हुई।

क्रॉसनोव ने कज़्ज़ाकों की उत्सुक भीड़ के सामने काफ़ी देर तक भाषण दिया और उन्होंने उसकी बातें बहुत ही ध्यान से सुनीं। पर, क्रॉसनोव ने बोलते-बोलते जब अधिकृत ज़िलों के 'बोलशेविक-अत्याचारों' का वर्णन करना शुरू किया तो तम्बाकू के धुएँ का नीला बादल भेदती पीछे से क्रोध से भरी एक आवाज़ आई–''यह बात सच नहीं है।'' और इसके साथ ही पूरे भाषण का असर ख़त्म हो गया।

अगले दिन सवेरे क्रॉसनोव और मित्रदेशों के अफ़सर झटपट मिलेरोवो के लिए रवाना हो गए। उसी तरह तेज़ी से उत्तरी मोर्चे का प्रधान कार्यालय खाली कर दिया। चेचेनों ने शाम तक पूरी बस्ती साफ़ कर दी और जिन कज़्ज़ाकों ने वहाँ बना रहना चाहा उनको भी वहाँ से निकाल दिया गया। चेचेनों ने शाम तक पूरी बस्ती साफ़ कर दी तो राइफल के कारतूस घनी झाड़ी की लकड़ी के धुँधुआते हुए

अम्बार की तरह आधी रात तक चटखते रहे। अगले दिन पीछे हटने के कार्यक्रम के पहले प्रार्थना होने लगी कि कारगिन्स्काया की पहाड़ी से एक मशीनगन ने अपना काम करना शुरू किया। गोलियाँ गिरजे की छत पर वसन्त के ओलों की तरह पटापट बरसने लगीं। नतीजा यह हुआ कि टुपों में खलबली मच गई और वे स्तेपी की ओर भाग खड़े हुए। लज़ारेव, उसकी अपनी टुकड़ी और कुछ कज़्ज़ाक यूनिटों ने लोगों को इस तरह पीछे भागने से रोकने की कोशिश की। कुछ सेनाओं ने हवाचक्की के पीछे मोर्चा साधा और कारगिन्स्काया के ही रहनेवाले कैप्टेन फ्योद्र पपोव की कमान में काम करने वाले 36वें कारगिन्स्काया तोपख़ाने ने लाल सेनाओं की आगे बढ़ती हुई टुकड़ियों पर गोलों की बरसात-सी की। पर जल्दी ही सारा कुछ बेकार हो गया। लालसेना के घुड़सवारों ने, अपनी रक्षा के लिए प्रयत्नशील, पैदल सेना की टुकड़ियों को घेर लिया और पास के एक गाँव के नालों के किनारे-किनारे बढ़ते हुए कारगिंस्काया के कोई बीस बूढ़े काटकर फेंक दिए। किसी बातूनी ने बिना समझे-बूझे इन बूढ़ों को उक्रइनी नागरिक बता दिया था।

15

गाँव में बने रहने के फ़ैसले से पैन्तेली के मन में फिर वस्तुओं के मूल्य और महत्ता के प्रति आस्था जागी। शाम को वह ढोरों को देखने के लिए बाहर निकला, और उसने छोटी टाल से बेहिचक सूखी घास चुन ली। अहाते के बढ़ते हुए अँधेरे में उसने गाय को सावधानी से देखा, समझा और सन्तोष की साँस लेकर मन-ही-मन सोचा–'गैया बहुत मोटी होती जा रही है...इसके जुड़वाँ बच्चे होंगे क्या ?'

फिर हर चीज़ ज्यों-की-त्यों हो गई। हर चीज़ का पहले जैसा ही महत्त्व और स्थान फिर हो उठा। शाम तक पैन्तेली को वक्त मिला तो उसने दून्या पर बरसना शुरू किया–"तूने इधर-उधर भूसा क्यों फैलाया ?...तूने लकड़ी के टब में बर्फ़ तोड़कर क्यों न डाली ? स्तीपान अस्ताखोव के सूअर ने बाड़े में जो सूराख कर दिया है, वह तूने ठीक क्यों नहीं किया ?"

इसी बीच घर की झिलमिलियाँ बन्द करने अकसीनिया बाहर निकली तो बूढ़ा बोला– "स्तीपान यहाँ से जाने की सोच रहा है क्या ?"

अकसीनिया ने रूमाल से अपना सिर ढका और बोली–"नहीं...नहीं..वह कहाँ जाएगा ? वह तो बुख़ार से परेशान पड़ा है। उसका माथा जल रहा है। बीमार है...ऐसे में कहाँ जाएगा भला ?"

"और हम भी तो नहीं जा रहे...कौन जानता है कि इस तरह न जाने में बुराई है कि भलाई !"

रात का समय हुआ। दोन नदी के पार जंगल की भूरी खाड़ी के पार, आसमान की हरी-सी गहराई से ध्रुवतारा उभरा। पूरब बैंजनी चादर ओढ़े रहा। पश्चिम में सूर्यास्त की आग धधकती रही। किनारों के फैलते हुए सींगों के बीच से चाँद ने अपना कूबड़ ऊपर उठाया। बर्फ़ के टीलों पर धुँधली-सी परछाइयाँ एक-दूसरे में खोने लगीं। चारों ओर ऐसा सन्नाटा था कि किसी ने, शायद अनीकुश्का ने दोन के पास बर्फ़ तोड़ी तो आवाज़ पैन्तेली ने सुनी।

घर में चिराग जलता रहा। नताल्या रोशनी और अँधेरे के बीच आती-जाती रही। ऐसे में पैन्तेली को घर की याद ने खींचा और उसने सभी को घर के अन्दर जमा पाया। दून्या क्रिस्तोन्या की पत्नी के यहाँ से अभी-अभी आई थी और एक प्याला खमीर उधार लाई थी। सो, वह प्याला उसने ख़त्म किया और किसी के बात काट देने के भय से जल्दी-जल्दी ताज़ी ख़बरें सुना डालीं।

ग्रिगोरी ने सोने के कमरे में अपनी राइफल और रिवाल्वर में तेल डाला और तलवार साफ़ की। फिर उसने दूरबीन कैन्वस में लपेटी और इसके बाद प्योत्र को आवाज़ दी। पूछा–"तुम्हारी चीज़ें तैयार हैं ? क्यों न इन्हें छिपाकर रख दिया जाए ?"

"लेकिन अपनी हिफ़ाजत के लिए बाद में इनकी ज़रूरत पड़ी तो ?"

"छोड़ो भी बात !" ग्रिगोरी हँसा–"अगर वे इन्हें पा जाएँगे तो हमें फाँसी पर लटका देंगे।"

दोनों भाई अहाते में आए और पता नहीं क्यों उन्होंने अपने हथियार अलग-अलग छिपाए। लेकिन ग्रिगोरी ने अपना नया, काला रिवाल्वर अपने तकिए के नीचे रख लिया।

फिर, खाना ख़त्म भी न हुआ था और वे सोने की तैयारी करने लगे कि अहाते में बँधा कुत्ता बुरी तरह भौंकने लगा और ज़ंजीर तुड़ाने की कोशिश करने लगा। बूढ़ा उठा और कारण पता लगाने के लिए बाहर गया। फिर आँखों के ऊपर तक कनटोप लगाए एक व्यक्ति के साथ लौट आया। पूरी फ़ौजी वर्दी में कसे इस आदमी ने अन्दर घुसते ही सीने पर क्रॉस बनाया। उसकी पाले से पुती मूँछों से भाप का धुआँ उठने लगा।

"तुम मुझे नहीं जानते ?" उसने पूछा।

"अरे, यह तो मकार है !" दार्या ने चिल्लाकर कहा।

अब प्योत्र और ग्रिगोरी ने अपने दूर के उस सम्बन्धी को पहचाना। वह सिनगिन गाँव का कज़्ज़ाक मकार नगाइत्सेव था। अपनी अच्छी आवाज़ और धुआँधार पिलाई के लिए उसका पूरे ज़िले में नाम था।

प्योत्र ने अपनी जगह से हिले बिना पूछा, "तुम भला यहाँ कैसे ?"

नगाइत्सेव ने बर्फ़ का एक टुकड़ा अपनी मूँछ के बीच से निकालकर दरवाज़े पर फेंक दिया। फेल्ट के जूतों से लैस अपने पैर पटके और धीरे-धीरे ओवरकोट बगैरा उतारने लगा।

"गाँव छोड़कर अकेले जाना मुझे अच्छा न लगा। मैंने सोचा कि यहाँ आकर तुम लोगों को भी साथ ले चलूँ।...यह भी सुना था कि तुम दोनों भाई घर पर ही हो। मैंने बीवी से कहा–जाऊँ, मेलेख़ोव परिवार के लोगों को बुला लाऊँ तो पार्टी में और रंग आ जाए।"

उसने अपनी राइफल कन्धे से उतारी और भट्ठी के बाँसों की बग़ल में इस तरह रखी कि औरतें हँसने लगीं। उसने अपना बाकी सामान भट्ठी के नीचे वाले हिस्से में ठूँस दिया। पर तलवार और चाबुक बड़ी होशियारी से पलंग पर रखा। हमेशा की तरह, इस समय भी उसके मुँह से घर की बनी वोद्का का भभका उठा और उसकी आँखों में नशे के लाल डोरे नज़र आए। गीली दाढ़ी के बालों के बीच उसके ख़ूबसूरत दूधिया दाँत चमके।

"क्या सभी कज़्ज़ाक सिनगिन छोड़कर जा रहे हैं ?" ग्रिगोरी ने तम्बाकू की थैली उसकी ओर बढ़ाई। मेहमान ने उसका हाथ एक ओर को हटा दिया।

"नहीं, शुक्रिया। मैं यह शौक़ नहीं करता। और, सिनगिन के कज़्ज़ाक कुछ तो खिसक गए हैं। बाक़ी अपने सिर छिपाने की जगह की तलाश में हैं। आप लोग भी जा रहे हैं कहीं ?"

"हमारे घर के कज़्ज़ाक कहीं नहीं जा रहे। उनसे कहीं जाने की बात भी न करना तुम !" इलीनीचिना ने ज़रा घबड़ाहट-भरे स्वर में कहा।

"तुम लोग यहीं रहोगे ? मुझे इस बात पर यक़ीन नहीं होता। ग्रिगोरी, क्या यह सही है ? अगर यहाँ से नहीं खिसकोगे तो मुसीबत मोल लोगे, भाइयो !"

"आख़िर किया क्या जाए ?" प्योत्र ने लम्बी साँस खींची और सहसा ही उसका चेहरा तमतमा उठा। पूछने लगा–"ग्रिगोरी, क्या ख़्याल है ? तुम्हारा इरादा बदला तो नहीं ? चलें हम लोग ?"

"अभी नहीं।" तम्बाकू के धुएँ ने ग्रिगोरी को ढक लिया। फिर वह उसके बालों के घने छल्लों में लटक रहा।

"फादर तुम्हारे घोड़े की देखरेख कर रहे हैं ?" प्योत्र ने मकार से अचानक ही पूछा।

इसके बाद सन्नाटा छा गया। सिर्फ़ दून्या के चर्ख़े की घर्र-घर्र ही शान्ति भंग करती रही। नगाइत्सेव सुबह होने तक बैठा दोनों भाइयों से आग्रह करता रहा कि अपने घोड़ों पर सवार हो जाओ, और मेरे साथ दोनेत्स नदी के पार चले चलो ! प्योत्र रात-भर में दो बार तैयार भी हुआ और उसने दो बार

अपना घोड़ा भी कसा। लेकिन हर बार दार्या की निगाहों ने उसे पकड़ लिया, धमकाया और घोड़े की पीठ पर से काठी उतरवा दी।

दिन उगा। रोशनी हुई। मेहमान विदा लेने को तैयार हुआ। पूरी तरह कपड़े पहन लेने पर वह दरवाज़े की सिटकनी पर हाथ रखकर खड़ा हुआ, अर्थ-भरे ढंग से खाँसा और आक्रोश-भरी आवाज़ में बोला—"हो सकता है कि तुमने जो रास्ता चुना है, वही बेहतर हो ! और यह भी हो सकता है कि बाद में तुम्हारा इरादा बदल जाए ! हाँ, अगर हम कभी लौटे तो हमेशा याद रखेंगे कि लालसेना के लिए दोन इलाके का दरवाज़ा किसने खोला और कौन उसकी खिदमत के लिए यहाँ रहा।"

बर्फ़ सुबह से ही गिरती रही। ऐसे में ग्रिगोरी अहाते में आया और उसने दूरी पर लोगों का एक काला गिरोह, दोन नदी पार करने के लिए बढ़ता देखा। 8-8 के क्रम से जुते घोड़े कुछ खींचते दिखाई दिए। लोगों से बातचीत, गाली-गलौज़ और घोड़ों की हिनहिनाहट उसके कानों में पड़ी। मर्दों और घोड़ों की भूरी आकृतियाँ बर्फ़ के बीच से ऐसे उभरीं जैसे कि धुन्ध के बादल के बीच से बाहर आ रही हों। घोड़ों की जोत के तरीके से ग्रिगोरी ने अनुमान लगाया कि हो-न-हो, यह तोपख़ाना है। 'कहीं लाल फ़ौजी तो नहीं आ गए ?'—सम्भावना-मात्र से ग्रिगोरी का दिल ज़ोर-ज़ोर से धड़कने लगा। पर, ज़रा सोचने पर उसे लगा कि नहीं, ऐसा नहीं है।

भीड़ के बिखरे हुए लोग बर्फ़ के फैलाव की तरह एक काले दहाने का चक्कर लगाकर गाँव की ओर बढ़े। लेकिन, वे जैसे ही नदी के पास आए तो सबसे आगे की तोप का एक पहिया किनारे की बर्फ़ में धँस गया। हवा के ज़ोर से हाँकनेवालों की चीख-पुकारें, टूटती हुई बर्फ़ की करकराहट, और घोड़ों के एकदम फिसलते हुए खुरों की आवाज़ ग्रिगोरी को सुनाई दी। वह अपने घर के पीछे के ढोरों के बाड़े में आया और चुपचाप निकल गया। लोगों के नाक-नक्शों से उसने पहचाना तो वे कज़्ज़ाक जान पड़े। कुछ देर बाद, चौड़े कन्धोंवाले घोड़े पर सवार एक उम्रदराज़-सा बम फेंकनेवाला मेलेखोव के फाटक में दाख़िल हुआ और सीढ़ियों के पास घोड़े से नीचे उतरा। उसने घोड़ा जंगले से बाँधा और घर के अन्दर आया।

"इस घर का मालिक कौन है ?" उसने घर के लोगों का अभिवादन करने के बाद पूछा।

"मैं हूँ।" पैन्तेली ने प्रश्न की उत्सुकता से प्रतीक्षा करते हुए पूछा।

"लेकिन तुम्हारे यहाँ के कज़्ज़ाक घरों में क्यों हैं ?" जवाब की चिन्ता किए बिना बम फेंकनेवाले ने अपने गलमुच्छों के बीच से बर्फ़ झाड़ी और बोला—"ईसा को प्यार करते हो तो हमें हमारी तोप बाहर निकालने में मदद दो। वह नदी किनारे धुरे तक चली गई है। रस्सियाँ हैं आपके यहाँ ? कौन-सा गाँव है यह ? हम तो बर्फ़ में राह भटक गए हैं, और लाल-फ़ौज के लोग हमारे ठीक पीछे-पीछे चले आ रहे हैं।"

"मैं नहीं जानता।" बूढ़े ने हिचकिचाते हुए कहा।

"तुम क्या नहीं जानते ? तुम सब बहुत ही भले कज़्ज़ाक हो। हमें मदद के लिए आदमी चाहिए।"

"मेरी तबीयत ठीक नहीं है।" पैन्तेली ने झूठ बोल दिया।

उस आदमी ने, एक के बाद दूसरे व्यक्ति को 'गर्दन बिना मोड़े, भेड़िए' की तरह देखा। उसकी आवाज़ में अधिक उत्साह और उमंग थी—"तुम सब कज़्ज़ाक नहीं हो क्या ? तुम सब फ़ौजी साज़-सामान बरबाद हो जाने दोगे क्या ? तोपख़ाने की कमान के लिए अकेला मैं ही बचा हूँ, बाक़ी सब अफ़सर भाग गए हैं। एक हफ़्ते से ज़्यादा हो गया कि मैं घोड़े की पीठ से नीचे नहीं उतरा हूँ। ठंडक से जमा जा रहा हूँ। एक पैर की उँगलियाँ पाले से बेकार हो गई हैं। लेकिन, इस पर भी अपने तोपख़ाने को छोड़कर जाने के लिए मैं तैयार नहीं हूँ। और, तुम...अगर तुम मेरी मदद नहीं करोगे तो मैं कज़्ज़ाकों को बुला लूँगा और फिर हम..." क्रोध से आँखों में आँसू भरते हुए वह चीखा—"हम तुम्हें कुत्ते के पिल्लों में, बोलशेविकों में बदलकर छोड़ देंगे। और, बूढ़े, अगर तू यही चाहता है तो हम तुझे घोड़े की तरह कसेंगे।

जा और जाकर कुछ लोगों को बुलाकर ला, और अगर वे नहीं आए तो याद रख कि हम इस गाँव का इस ज़मीन से नाम-निशान मिटा देंगे।"

लेकिन, बोलनेवाले के लहजे से लगा कि उसे अपनी ताक़त पर ख़ुद विश्वास नहीं है। ग्रिगोरी का मन इस बात पर दुखी हुआ। उसने झपटकर उसकी टोपी छीन ली और उस उत्तेजित फ़ौजी की ओर देखे बिना सख़्ती से कहा–"इस तरह चीख़ो मत ! हम तुम्हारी भरसक मदद कर देंगे और इसके बाद तुम आराम से अपनी राह ले सकते हो।"

जल्दी ही मदद करनेवालों की एक भीड़ जमा हो गई। तोपख़ाने के कर्मचारियों की सहायता से अनीकुश्का, तोमिलीन, क्रिस्तोन्या, मेलेख़ोव परिवार के सदस्यों और कोई एक दर्जन औरतों ने झाड़ों के बाड़ गिराए, तोप और लड़ाई के सामान के बक्से ऊपर उठाए और घोड़ों को उभारकर बाहर निकाला। ठंड से अकड़े पहिए अपने धुरों पर घूम नहीं सके और बर्फ़ पर फिसल गए। थकान से चूर-चूर घोड़ों को छोटी-से-छोटी चढ़ाई भी दुश्वार लगने लगी, तोपख़ाने के आधे कर्मचारी तो कभी के भाग खड़े हुए थे और जो बचे थे, वे इस समय पैदल ही आगे बढ़े। तोपख़ाने के उस बममार व्यक्ति ने अपनी टोपी उतारकर नमन किया, सभी मदद करनेवालों के प्रति आभार प्रकट किया और अपनी काठी पर मुड़ते हुए तोपख़ाने को अपने पीछे-पीछे आने का आदेश दिया।

ग्रिगोरी आदर और अविश्वास से भरे आश्चर्य की मिलीजुली भावना से उसकी ओर एकटक देखता रहा। प्योत्र अपनी मूँछों के सिरे चबाता पास आया और ग्रिगोरी के अनपूछे सवाल का जवाब देते हुए बोला–"काश कि वे सभी लोग इसी तरह के होते ! धीरे-धीरे बहनेवाली दोन और उसके इलाक़ों को बचाने का रास्ता सिर्फ़ यही है।"

"उस बम-मार आदमी का ज़िक्र कर रहे हो क्या ?' क्रिस्तोन्या ने पूछा–"लगता है कि तोपें ठिकाने तक ले ही जाएगा। कैसे ज़ोर का चाबुक जमाया उसने मुझ पर, दोगला कहीं का ! अन्दर से बिल्कुल नाउम्मीद हो चुका होगा। मैं तो उसकी मदद न करता पर मैं डर गया और नंगे पैर होने पर भी चला गया। लेकिन, ये तोपें इस बेवकूफ़ के किस काम की ? वह तो लकड़ी के लट्‌ठे में बँधे सुअर की तरह ख़तरनाक है। उसे फ़ायदा कुछ नहीं, पर साथ-साथ घसीटे लिए जा रहा है।"

कज़्ज़ाक मुस्कुराए और अपने-अपने घर की ओर चल दिए।

16

खाने का समय हुआ कि दोन के पार, कहीं दूर किसी मशीनगन ने दो बार गोलियाँ बरसाईं और फिर शान्त हो गईं।

ग्रिगोरी ने सोने के कमरे की खिड़की के पास बैठे पूरा दिन गुज़ार दिया था। सो, मशीनगन की आवाज़ के आधे घंटे बाद वह वहाँ से हटा, और उसका चेहरा सियाह पड़ गया। बोला–"आ गए वे लोग !"

इलीनीचिना कराही और खिड़की की ओर लपकी। आठ घुड़सवार सड़क पर घोड़े दौड़ाते नज़र आए। वे मेलेख़ोव परिवार के अहाते तक आए, और दोन को पार करने की जगह को देख-दाखकर लौट गए। उनके खाए-पिए घोड़ों ने अपनी कटी हुई दुमें हिलाईं और अपने ख़ुरों से बर्फ़ उछाली। इस तरह वह गश्ती टुकड़ी उस गाँव को देख-समझकर लौट गई।

इसके एक घंटे बाद पैरों की आवाज़, अजीब-सी बोली और कुत्तों की भूँक से तातारस्की भर गया। एक पैदल रेजीमेंट दोन पार कर गाँव में घुसी। रेजीमेंट के साथ स्लेजों पर मशीनगनें थीं। सामान लादने की गाड़ियाँ थीं और लड़ाईवाला बावर्चीखाना था।

यह क्षण अपने-आपमें बड़ा ही भीषण रहा, क्योंकि दुश्मन की टुकड़ियाँ गाँव में घुस आईं। पर

दून्या को जो हँसी आनी शुरू हुई तो ख़त्म ही नहीं हुई। फिर उसने अपने ऐप्रन से मुँह दबाया और बावर्चीखाने में भागी। डर से सहमी हुई नताल्या ने उसे बहुत ही घूरकर देखा। पूछा—"बात क्या है ?"

"ओह ! नताल्या, ये लोग कैसे सवार होते हैं घोड़ों पर ! मैंने देखा, एक आदमी काठी पर ऐंठ रहा था, और मटक रहा था। उसके बाज़ू और कोहनियाँ बग़ल से लड़ रही थीं।"

दून्या ने घोड़े की काठियों पर हिलते-डुलते लाल-सेना के लोगों की नक़ल ऐसी ख़ूबी से की कि नताल्या के लिए हँसी दबाना मुश्किल हो गया। वह भागी-भागी पलंग पर जाकर उलटी गिर पड़ी और तकिए में मुँह छिपाकर जी भरकर हँसी। खुलकर हँसने में ससुर के आ जाने और गुस्से से बरस पड़ने का ख़तरा था।

पैन्तेली सिर से पैर तक काँपता हुआ, बेंच पर बैठा मोची के काम आनेवाले सूत, सूइयों और लकड़ी की कीलों के टीन से यों ही खिलवाड़ करता, खिड़की के बाहर नज़र दौड़ाता रहा। उसकी आँखों में ऐसा भाव झलका जैसे कि वह जानवर हो और शिकारी के जाल में फँस गया हो।

लेकिन, बावर्चीखाने में औरतें ऐसे ज़ोर-ज़ोर से ठहाके लगाती रहीं कि कोई भी मुसीबत आसानी से खड़ी हो सकती थी।

दून्या का चेहरा हँसी से बैंजनी लगा। आँसुओं से भरी आँखें ओस से तर किश्तियों की तरह नज़र आईं। उसने दार्‌या के सामने घोड़ों की काठियों पर सवार लाल-फ़ौजियों की तस्वीर खींची और एक अनजानी बहक में एक लय-तान के साथ भद्दी हरकतें तक करके दिखाईं।

दार्‌या जी भरकर हँसी तो पेंसिल से रँगी उसकी भौंहें काँपने लगीं और वह हाँफने लगी—"मुझे तो डर है कि कहीं उनके पतलूनों में सूराख न हो जाएँ...अपने को घुड़सवार कहते हैं...।"

यहाँ तक कि प्योत्र बड़े उदास मन से अपने सोने के कमरे से बाहर आया, पर यहाँ आने पर उसका भी जी दूसरा हो गया। बोला—"उन्हें घोड़ों पर सवार देखकर बड़ा अजीब-सा लगता है। लेकिन उन्हें कोई फिक्र नहीं। एक घोड़े की पीठ टूट जाएगी तो दूसरा ले लेंगे। देहाती, गँवार किसान !" उसने अकथनीय घृणा से हवा में हाथ मारा। लाल-फ़ौजी सड़कों और गलियों में झुंडों में बँटे और अलग-अलग अहातों में घुसे। तीन लाल-फ़ौजी अनीकुश्का के फाटक में दाखिल हुए। एक घुड़सवार समेत दूसरे पाँच अस्ताखोव के घर के सामने आकर रुके और बाकी पाँच बाड़ के किनारे मेलेख़ोव परिवार की ओर बढ़े। वे फाटक में घुसे। उनका नेता साफ़ दाढ़ी-मूँछवाला एक मोटा-सा आदमी था। उम्र से जवान, चौरस चौड़े नथुने, बहुत ही फुर्तीला और चौकस—देखने में साफ़-साफ़ अगले मोर्चे का आदमी। उसने सीढ़ियों के पास रुककर एक क्षण तक कुत्ते को भूँकते और अपनी ज़ंजीर को झटके देते देखा, और फिर राइफल अपने कन्धे से उतारी। गोली दागी तो बर्फ़ की कपूरी धुन्ध घर की छत से नीचे उतर आई। ग्रिगोरी ने खिड़की से सभी कुछ देखा। ख़ून से तर बर्फ़ पर तड़पते और मौत की बेसब्री में अपना ज़ख्म और ज़ंजीर काटते कुत्ते को देखकर वह अपनी कमीज़ के सख़्त कॉलर खींचने लगा। फिर, उसने चारों ओर नज़र दौड़ाई तो औरतों के चेहरे सफ़ेद दिखाई दिए और माँ की आँखों में जाने कितना डर नज़र आया। बस तो सिर पर टोप रखने की चिन्ता किए बिना वह दरवाज़े की ओर बढ़ा।

"रुको !" पिता ने विचित्र-से स्वर में चिल्लाकर कहा।

ग्रिगोरी ने सामने का दरवाज़ा झटके से खोला। एक ठस-सी आवाज़ करता कारतूसों का खाली केस ड्योढ़ी पर गिरा। लाल-फ़ौजी फाटक से अन्दर आए।

"तुमने कुत्ते को गोली क्यों मारी ? तुम्हारा कुछ नुक़सान किया था उसने ? तुम्हें किसी तरह की कोई चोट पहुँचा रहा था वह ?" ग्रिगोरी ने ड्योढ़ी पर खड़े होते हुए पूछा।

लाल-फ़ौजी के चौड़े नथुने और चौड़े हो उठे। उसके पतले होंठों के सिरे ऐंठे। उसने चारों ओर देखा और अपनी राइफल तैयार कर ली—"इससे तुम्हें क्या लेना-देना ? तुम इसे रहम कहते हो, है न ? यानी तुम्हें बड़ा रहम आ रहा है। मगर मुझे रहम भी नहीं आएगा और मैं तुम्हें देखते-देखते गोली मार

दूँगा। क्या यही चाहते हो तुम ?"

"ख़ैर...ख़ैर, अलेक्सान्द्र, ख़त्म करो यह बक़वास !" एक लम्बे-से लाल बालोंवाले लाल-गार्द ने पास आकर हँसते हुए कहा, "दोब्रयेदूयेन[1], घर के मालिक ! तुमने लाल-गार्द पहले कभी नहीं देखे ? हमें रहने की जगह चाहिए। इस आदमी ने आपके कुत्ते को गोली मार दी क्या ? क्या ज़रूरत थी इसकी ? ख़ैर...साथियो अन्दर चलो !"

ग्रिगोरी सबसे आख़िर में घर आया। उसने लाल-फ़ौजियों को खुश होकर घर के प्राणियों का अभिवादन करते, अपने साज़-सामान का पुलिन्दा और कारतूसों की जापानी चमड़े की पेटियाँ उतारते और अपने बरानकोट, पैडिंगवाले कोट और टोपियाँ पलंग पर फेंकते देखा। बावर्चीखाना, फ़ौजियों के बदनों से उभरनेवाली बदबू, इन्सानी पसीने, तम्बाकू, सस्ते साबुन और बन्दूक़ की ग्रीज़ की बू और लम्बे मोर्चों की गर्द-गुबार से देखते-देखते भर गया।

अलेक्सान्द्र नाम का वह आदमी मेज़ के किनारे आकर बैठा और सिगरेट जलाकर बातचीत का क्रम जैसे आगे भी जोड़ते हुए ग्रिगोरी से बोला—"तुम श्वेत-गार्दों के साथ रहे हो न ?"

"हाँ, रहा हूँ।"

"देखा न, मैं तो उड़ान देखकर उल्लू का नाम बता दूँ और तुम्हारी छींक देखकर तुम्हारा। तो श्वेत-गार्द हो। अफ़सर भी रहे हो उस गारद में ? सोने के फुँदने-वुँदने भी इनाम में मिले हैं ?" उसने नथुनों से धुएँ के दो बादल हवा में उड़ाए, दरवाज़े पर खड़े ग्रिगोरी पर उदास गम्भीर दृष्टि डाली, और तम्बाकू के दागोंवाली उँगली के टेढ़े नाख़ून से सिगरेट बजाई—

"अफ़सर रहे हो, है न ? बात सीधे-सीधे मान लो। यह तो तुम्हारे खड़े होने के ढंग से साफ़ है। मैं तो ख़ुद भी जर्मनी की लड़ाई में रहा हूँ।"

"हाँ, मैं अफ़सर रहा हूँ," ग्रिगोरी बरबस मुस्कुराया। इसी बीच नताल्या की मिन्नत और डर से भरी नज़र उसने अपने ऊपर गड़ी देखी तो उसके माथे पर बल पड़ गए और भौंहें काँपने लगीं। वह अपनी मुस्कान पर आप हैरान हो उठा।

"रहम आ रहा है तुम्हें ! यानी, मुझे उस कुत्ते को गोली नहीं मारनी चाहिए थी, बल्कि..." उस आदमी ने सिगरेट का सिरा ग्रिगोरी के पैरों के पास फेंका और अपने साथियों की ओर देखकर आँख मारी। ग्रिगोरी जैसे आप अपनी वकालत करने लगा। वह मुस्कुराया और उसके होंठों में हरकत हुई। लेकिनं, किसी तरह सम्हाल में न आनेवाली अपने मन की कमज़ोरी पर उसे शर्म आई और उसका चेहरा लाल हो उठा। 'जैसे कि कोई क़ुसूरवार कुत्ता अपने मालिक के सामने दुम हिलाए !' उसने मन-ही-मन सोचा और इस विचार से उसके दिमाग में जैसे आग-सी जलने लगी। क्षण-भर को मुर्दा कुत्ता उसके सामने आ गया। वह कल्पना करने लगा कि मालिक के पास पहुँचते ही कुत्ते के होंठ किस तरह फड़कने लगते थे और पीठ पर उल्टी, हलकी भूरी, झबरी पूँछ किस तरह हिलने लगती थी।

पैन्तेली ने उसी तरह के ग़ैरमामूली लहजे में पूछा, "आप लोग कुछ खाना तो नहीं चाहते ? चाहते हैं तो घर की मालकिन से कह दूँ कि..."

और, जवाब का इन्तज़ार किए बिना इलीनीचिना स्टोव की तरफ़ चली गई। वहाँ बाँस की सँड़सी उसके हाथ में इस तरह काँपती कि पातगोभी के शोरबे का बरतन वह बड़ी मुश्किल से भट्ठी से उतार सकी। दार्‌या ने आँखें नीची किए मेज़ ठीक की, तो लाल-फ़ौजी सीने पर बिना क्रॉस बनाए मेज़ों के किनारे आ बैठे। बूढ़ा डर से और दिल में छिपी परेशानी से उन्हें देखता रहा। लेकिन आख़िरकार उससे रहा न गया तो उसने पूछा—"तो, आप लोग आसमान में उस रहनेवाले की, दुनिया को बनानेवाले की इबादत नहीं करते ?"

---

1. गुड डे या गुड आफ्टर-नून।

अलेक्सान्द्र के होंठों पर बहुत ही हल्की-सी मुस्कान दौड़ गई, और दूसरे लोगों के ठहाकों के बीच उसने जवाब दिया, "और इबादत की सलाह तो मैं तुम्हें भी नहीं दूँ, बूढ़े बाबा ! एक ज़माना हुआ कि हमने अपने देवताओं का पुलिन्दा बाँधा और उन्हें एक तरफ़ को डाल दिया। ईश्वर जैसी कोई चीज़ कहीं नहीं है। लेकिन बेवकूफ़ यह बात नहीं मानते, और लकड़ी के इन टुकड़ों के आगे माथा टेकते चले जाते हैं।"

"हाँ, हाँ, पढ़े-लिखे लोगों ने बेशक..." पैन्तेली ने हड़बड़ाते हुए हाँ में हाँ मिलाई।

दार्या ने इस बीच हर आदमी के आगे एक-एक चम्मच रख दिया। लेकिन, अलेक्सान्द्र ने अपने सामने का चम्मच उठाकर फेंक दिया और पूछा–"लकड़ी के अलावा भी किसी चीज़ के चम्मच हैं तुम्हारे यहाँ ? हम बीमारियों के शिकार नहीं होना चाहते। इसे तुम सब चम्मच कहते हो ? यह चम्मच है ?"

"अगर हमारे चम्मच आपको पसन्द नहीं तो आप चम्मच अपने साथ ले आते !" दार्या गरम होकर बोली।

"जवान औरत, तू अपनी ज़बान बन्द रख। दूसरे चम्मच तेरे यहाँ नहीं हैं ? अगर नहीं हैं, तो एक साफ़ तौलिया दे दे...मैं इसे पोंछकर साफ़ कर लूँगा।"

इलीनीचिना ने एक बरतन में भरकर शोरबा मेज़ पर लाकर रखा, तो वही आदमी बोला–"पहले तुम चख लो, माँ !"

"मैं भला पहले कैसे चख लूँ ? आपका ख़्याल है कि नमक कुछ ज़्यादा पड़ गया है ?" बुढ़िया ने घबराते हुए पूछा।

"चखो, जब तुमसे कहा जाता है तो चखो। हो सकता है कि तुमने अपने मेहमानों की ख़ातिर क़ायदे से करने के लिए इसमें कोई पाउडर या ऐसा ही और कुछ डाल दिया हो..."

"एक चम्मच चख लो...चलो।" पैन्तेली ने सख़्ती से आदेश दिया और अपने होंठ कस लिए। इसके बाद वह आल्दार का एक ठूँठ उठा लाया और खिड़की के नीचे रखकर उस पर बैठ गया। फिर बातचीत में उसने किसी तरह का कोई हिस्सा नहीं लिया।...पैन्तेली, जूते की मरम्मत करते समय इसी ठूँठ से स्टूल का काम लेता था।

प्योत्र अपने सोने के कमरे में ही रहा। सामने नहीं आया। नताल्या भी बच्चों के साथ वहीं जा बैठी। दून्या स्टोव के पास सिकुड़ी बैठी मोज़ा बुनती रही। पर इसी समय उसे एक लाल सैनिक ने आवाज़ दी और साथ शोरबा खाने की दावत दी तो वह उठकर बाहर चली आई। बातचीत ख़त्म हो गई। खाने के बाद मेहमानों ने सिगरेटें जलाईं।

"हम यहाँ सिगरेट पी सकते हैं ?" एक लाल सैनिक ने पूछा।

"यहाँ सभी सिगरेट पीते हैं," इलीनीचिना ने न चाहते हुए भी हामी भर दी।

ग्रिगोरी को सिगरेट दी गई तो उसने इन्कार कर दिया। वह अन्दर-ही-अन्दर काँप रहा था। कुत्ते को गोली मारनेवाले आदमी को देखकर उसका ख़ून खौल रहा था। उसका रवैया अब भी गुस्ताख़ी से भरा था और वह बात-बात में जैसे अब भी चुनौती-सी दे रहा था। साफ़ है कि आदमी जैसे मुसीबत मोल लेने को तैयार था, क्योंकि वह ग्रिगोरी को बार-बार बातचीत में खींचने की कोशिश कर रहा था।

"किस रेजीमेंट में आप रहे हैं, जनाब ?" उसने पूछा।

"अलग-अलग, कई रेजीमेंटों में रहा हूँ।"

"हमारे कितने साथियों को मौत के घाट उतारा तुमने ?"

"लड़ाई में कोई गिनती तो करता नहीं, कामरेड, आप यह न सोचें कि मैं माँ के पेट से अफ़सर पैदा हुआ था। कमीशन तो मुझे जर्मनी की लड़ाई के ज़माने में मिला। सो भी, लड़ाई की ख़िदमतों के बदले में।"

"मैं फ़ौजी अफ़सरों का साथी नहीं। तुम्हारी क़िस्म के लोगों को तो हम लोग दीवार के पास खड़ा

कर गोली मार देते हैं। एक से ज़्यादा लोगों को खुद मैंने गोली से उड़ाया है।"

"साथी, मेरा कहना यह है कि तुम यों पेश आ रहे हो, जैसे कि तुमने गाँव पर क़ब्ज़ा कर लिया हो। तुम्हारा यह रवैया अपने-आपमें ठीक नहीं है। हमने तो मोर्चा अपने-आप छोड़ दिया और तुम्हें आ जाने दिया। लेकिन, यहाँ तुम इस तरह आए हो, जैसे कि फतह के बाद तुम किसी इलाक़े में मार्च कर रहे हो। कुत्ते को गोली कोई भी मार सकता है। वैसे निहत्थे लोगों को गोली मार देना या उनकी इज़्ज़त ले लेना, कोई बड़ी अक़्ल की बात नहीं।"

"तुम मुझे न बतलाओ कि मुझे क्या करना चाहिए, और क्या नहीं। मोर्चा छोड़ दिया ! हम तुम्हें अच्छी तरह जानते हैं। अगर हम तुम्हें न हराते तो तुम मैदान छोड़कर कभी न आते। और अब हम जिस तरह चाहेंगे, तुमसे बात करेंगे।"

"मुँह बन्द करो अलेक्सान्द्र, तुम काफ़ी गाल बजा चुके !" लाल बालोंवाला आदमी बोला।

लेकिन अलेक्सान्द्र, नथुने फुलाता और लम्बी-लम्बी साँसें खींचता ग्रिगोरी के पास पहुँचा–"अच्छा हो कि तुम मेरा दिमाग ख़राब न करो अफ़सर, वरना अच्छा न होगा !"

"मैं तुम्हारा दिमाग़ ख़राब नहीं कर रहा।"

"नहीं, तुम कर रहे हो।"

इसी समय नताल्या ने डर से थरथराते हुए आगे के कमरे का दरवाज़ा थोड़ा खोला और ग्रिगोरी को आवाज़ दी। वह अपने सामने खड़े आदमी का चक्कर काटकर दरवाज़े से इस तरह झूमता-झामता बाहर आया, जैसे कि शराब के नशे में हो। प्योत्र ने संताप से भरी कराह के साथ उसका स्वागत किया और फुसफुसाते हुए बोला–"तुम यह खिलवाड़ क्या कर रहे हो ? तुमने उसको उलटकर जवाब क्यों दिया ? तुम अपने को तो मिटाओगे ही, हमें भी बराबर करके रख दोगे। बैठो यहाँ।" उसने ग्रिगोरी को ज़बरदस्ती एक बक्से पर बैठा लिया और बावर्चीखाने में गया। ग्रिगोरी ज़ोर-ज़ोर से साँसें लेता रहा। उसके गालों की तमतमाहट उड़ गई और उसकी आँखों का क्रोध से जलना कम हो गया।

"ग्रिगोरी, मेरे प्यारे, उन्हें अकेला छोड़ दो !" नताल्या ने मिन्नत की और बच्चे रोने को हुए तो उनके मुँह पर हाथ रख दिया।

"भला मैं चला क्यों नहीं गया ?" ग्रिगोरी ने बहुत ही निराशा से नताल्या की ओर देखते हुए पूछा, "अच्छा फिक्र न करो। मैं कहीं नहीं जाऊँगा। लेकिन चुप रहो। अब और बर्दाश्त नहीं कर सकता मैं।"

बाद में तीन लाल-फ़ौजी और आ गए। उनमें से ऊँची, काले फर की टोपीवाला आदमी साफ़-साफ़ कमांडर लगा। उसने पूछा–"कितने लोग ठहरे हुए हैं यहाँ ?"

"सात आदमी हैं।" लाल बालोंवाले आदमी ने उन सबकी ओर से जवाब दिया और अकॉरदीयन के स्वरों पर उँगली दौड़ाने लगा।

"हम मशीनगन की एक चौकी बनाने जा रहे हैं यहाँ...उसके लिए तुम्हें जगह बनानी होगी।"

तीन आदमी उठकर बाहर चले गए। इसके ठीक बाद फाटक चरमराया और दो गाड़ियाँ अहाते में आईं। मशीनगनों वाली एक गाड़ी घसीटकर अहाते में लाई गई। किसी ने अँधेरे में दियासलाई जलाकर रोशनी की और बुरी तरह कोसा। मशीनगन-चालकों ने ब्रेड में सिगरेट सुलगाई, कुछ सूखी घास नीचे डाली और खलिहान में आग जलाई।

"किसी को जाकर घोड़ों को देख आना चाहिए," पैन्तेली के पास से गुज़रते समय इलीनीचिना ने धीरे से कहा। लेकिन बूढ़े ने सिर्फ़ कन्धे झटके और अपनी जगह से हिलने की भी कोशिश न की। सारी रात दरवाज़े ज़ोर-ज़ोर से खोले और बन्द किए जाते रहे। छत के नीचे दूधिया भाप लटकी और दीवारों पर ओस की बूँदों की तरह टँकी रही। लाल सैनिकों ने आगे के कमरे के फर्श पर अपने-अपने बिस्तरे लगाए। ग्रिगोरी ने अपने कम्बल लाकर फैला दिए, और भेड़ की खाल का अपना कोट उनके

सिरहाने के लिए दे दिया।

"मैं खुद फ़ौज में रहा हूँ। मैं जानता हूँ कि यह ज़िन्दगी क्या होती है," वह उसे अपना दुश्मन समझनेवाले फ़ौजी की ओर देखकर मुस्कुराया। पर, अलेक्सान्द्र के नथुने फूल गए और वह ग्रिगोरी को यों देखता रहा, जैसे कहना चाहता हो कि समझौता मुमकिन नहीं।

ग्रिगोरी और नताल्या उसी कमरे में पलंग पर लेटने आए। लाल-फ़ौजियों ने अपनी राइफलें सिरहाने रखीं और कम्बलों पर एक-दूसरे से सटकर आ लेटे। नताल्या ने लैम्प बुझाने की कोशिश की तो एक फ़ौजी ने तड़ से पूछा—"तुमसे किसने कहा लैम्प बुझाने को ? हाथ न बढ़ाना आगे। उल्टे बत्ती थोड़ी और बढ़ा दो और लैम्प सारी रात जलने दो।"

नताल्या ने बच्चों को पैताने लिटा लिया और बिना कपड़े उतारे दीवार से सटकर लेटी रही। ग्रिगोरी चुपचाप बग़ल में लेटा रहा। मन-ही-मन दाँत पीसते हुए सोचने लगा, 'ग्रिगोरी, अगर तुम यहाँ से चले गए होते तो ये लोग नताल्या को इसी बिस्तरे पर लिटाते और फिर जी भर इसका मज़ा लेते—वैसे ही जैसे पोलैंड में लोगों ने फ्रान्या का रस लिया था।'

इसी समय एक लाल-गार्द कोई कहानी सुनाने लगा तो एक परिचित-सी आवाज़ ने उनकी बात काटी और हल्के-हल्के उजाले में चुनौती दी—ज़रा-ज़रा रुकते हुए।

"उफ...औरतों के बिना भी कोई ज़िन्दगी हुई ! लेकिन, घर का मालिक फ़ौजी अफ़सर है ! वह हम मोटी नाकोंवाले, मामूली लोगों को अपनी बीवी भला क्यों देने लगा !...सुन रहे हो, घर के मालिक ?"

इसी बीच एक आदमी खर्राटे भरने लगा। दूसरा औंघाते हुए हँसा। दूसरे ही क्षण लाल बालोंवाले फ़ौजी की फटकार बरसी, "अलेक्सान्द्र, मैं तुम्हें समझाने की कोशिश करते-करते हार गया हूँ। हर जगह तुम यही करते हो ! एक तमाशा खड़ा कर देते हो, छिछोरों की तरह पेश आते हो और लाल-सेना के झंडे पर काला धब्बा लगाते हो। यह बात अच्छी नहीं ! मैं अभी सीधे कमीसार या कम्पनी कमांडर के पास जाकर तुम्हारी शिकायत करता हूँ। सुन रहे हो ? फिर, वह तुमसे क़ायदे से बातें करेगा।"

इसके बाद बिल्कुल सन्नाटा हो गया। केवल लाल बालोंवाले फ़ौजी के जूता कसने की आवाज़ और उसका गुस्से से बड़बड़ाना हवा में बजता रहा। एक-दो मिनट बाद वह उठकर बाहर आया और दरवाज़ा खड़ाक से बन्द हुआ।

नताल्या अपने को अब और न साध सकी और ज़ोर-ज़ोर से फूट पड़ी। ग्रिगोरी ने एक थरथराता हुआ हाथ उसके सिर, भौंहों और आँसू से तर चेहरे पर फेरा तो दूसरे हाथ से उसने मशीन की तरह अपनी कमीज़ के बटन लगाए और खोले।

"चुप...चुप रहो बिल्कुल।" वह बहुत ही धीरे से बोला। पर, इस क्षण वह मन-ही-मन अपने-आपको पूरी तरह तैयार करने लगा कि चाहे जिस मुसीबत का सामना करना पड़े, और चाहे जितनी बेइज़्ज़ती सहनी पड़े, लेकिन अपनी और अपनों की ज़िन्दगी तो, जैसे भी हो, बचाई ही जाएगी।

सहसा ही दियासलाई जली और अलेक्सान्द्र बैठकर सिगरेट पीता दीखा। वह धीरे-धीरे बुदबुदाने और कपड़े पहनने लगा।

ग्रिगोरी उस लाल बालोंवाले व्यक्ति के प्रति कृतज्ञता से भर उठा और कान लगाकर आहट लेने लगा। फिर वह ख़ुशी से काँपने लगा, क्योंकि उसने खिड़की के नीचे किसी के पैरों की आवाज़ के साथ शब्द सुने—"और, हर वक्त वह कोई-न-कोई मुसीबत खड़ी ही करता रहता है, साथी कमीसार।"

बरसाती में क़दमों की आवाज़ हुई तो दरवाज़ा खुला तो चरमराया। किसी ने जवानी-भरी आवाज़ में हुक्म दिया—"अलेक्सान्द्र तुरनिकोव, कपड़े पहनो और फ़ौरन बाहर आओ। रात तुम मेरे साथ बिताओगे और सुबह लाल गारद के नाम बट्टा लगानेवाला उस तरह का व्यवहार करने के लिए तुम्हें सज़ा दी जाएगी।"

ग्रिगोरी की निगाह लाल बालोंवाले फ़ौजी की बग़ल में खड़े, काले चमड़े की जर्किन पहने, उस मधुर व्यक्ति की निगाह से मिली। व्यक्ति अभी कम-उम्र था और जवानी के उसी हिसाब से सख़्त भी। उसके होंठ ज़रूरत से ज़्यादा भिंचे हुए थे।

उसने हल्के-हल्के मुस्कुराते हुए ग्रिगोरी से पूछा—"तो आपको ख़ासा तकलीफ़देह मेहमान मिल गया है, साथी ? ख़ैर कल इसका मुँह बन्द कर देंगे हम ! इस वक्त आप सोइए।...दोब्रयेनोच[1]...आओ, चलो, तुरनिकोव !"

वे लोग बाहर गए तो ग्रिगोरी ने चैन की साँस ली। सुबह लाल बालोंवाले आदमी ने रात में वहाँ ठहरने और खाने-पीने के लिए रूबल अदा किए, और चलते समय पीछे ठिठककर बोला—"आप सब नाराज़ न हों। इस अलेक्सान्द्र का दिमाग ज़रा यों ही है। पिछले साल उसके अपने नगर लुगान्स्क में कुछ फ़ौजी अफ़सरों ने उसकी माँ और उसकी बहन को उसके देखते-देखते गोली से उड़ा दिया था। इसलिए ऐसा है वह ! अच्छा, शुक्रिया, अलविदा ! अरे, बच्चों का तो मुझे बिल्कुल ख़्याल ही नहीं रहा !" उसने चीनी के दो भूरे, गन्दे टुकड़े अपने सामान से निकाले और बच्चों के मुँह में दे दिए। दोनों जुड़वाँ बच्चे खुशी से खिल उठे। पैन्तेली ने अपने पोतों की ओर देखा। वह द्रवित हो उठा। बोला—"तुम्हें तोहफ़ा मिला है।...हमें तो 18 महीने से ज़्यादा हुए कि चीनी देखने को नहीं मिली। ईसा आपका भला करें, कॉमरेड। झुको...झुको, बच्चो, शुक्रिया अदा करो। अरे पोल्या, मुँह सिए इस तरह खड़ा क्यों है ?"

लाल-फ़ौजी बाहर चला गया। बूढ़ा क्रोध से नताल्या की ओर मुड़ा—"तुम्हें तौर-तरीके नहीं आते ? उसे सफ़र के लिए कम-से-कम पुए ही दिए होते ! हमें उसकी शराफत का कर्ज़ तो किसी तरह उतारना ही चाहिए था।"

"दौड़कर दे आओ," ग्रिगोरी ने पत्नी को आदेश दिया।

सो, रूमाल सिर पर डालकर नताल्या दौड़ी और उस फ़ौजी के छोटे दरवाज़े तक पहुँचते-पहुँचते उसके बराबर आ गई। पर, कुछ समझ न पाई कि क्या कहे। नतीजा यह कि परेशानी से उसका चेहरा लाल हो गया। फिर भी, उसने एक पुआ फ़ौजी के बरानकोट की लम्बी-चौड़ी जेब में डाल दिया।

17

दोपहर को लाल-गार्दों के घुड़सवारों का एक रेजिमेंट गाँव से गुज़रा तो उसने राह चलते-चलते कुछ घुड़सवारों के फ़ौजी घोड़े ले लिए। दूर, पहाड़ी के पार से तोप दगने की आवाज़ आई।

"दूर कहीं लड़ाई हो रही होगी।" पैन्तेली ने फतबा-सा दिया।

शाम होने को हुई तो प्योत्र और ग्रिगोरी कई बार अहाते में गए। वहाँ उन्होंने तोपों के धड़ाके सुने और बर्फ़ से ढकी ज़मीन से कान लगाए तो दूर, दोन के पार कहीं मशीनगनों के दागे जाने की धीमी-धीमी आवाज़ें आ रही थीं।

"लोग जमकर लोहा ले रहे हैं।" प्योत्र ने उठकर घुटनों और टोपी से बर्फ़ झाड़ते हुए कहा। फिर, यों ही बोला—"ये लाल-फ़ौजी हमारे घोड़े ले जाएँगे। तुम्हारा घोड़ा अच्छा है, ग्रिगोरी ! वे ज़रूर हथिया लेंगे।"

लेकिन, बूढ़े ने इस बात की कल्पना तो बहुत पहले ही कर ली थी। रात होने पर ग्रिगोरी ने दोनों घोड़ों को पानी पिलाने के लिए नदी के किनारे ले जाने की सोची। पर, घोड़े अस्तबल से निकाले तो देखा कि दोनों के पिछले पैर लँगड़ा रहे हैं। इस पर वह प्योत्र को बुलाने गया। बोला—"घोड़े लँगड़े हो गए हैं। तुम्हारे घोड़े का दाहिना, पिछला पैर लँगड़ा रहा है तो मेरे घोड़े का पिछला बायाँ। लेकिन

1. गुड नाइट !

कोई ज़ख्म या कोई चोट कहीं नज़र नहीं आती।"

घोड़े बैंजनी परछाइयोंवाली बर्फ़ पर बिना हिले-डुले खड़े रहे। ऊपर सितारे टिमटिमाते रहे। प्योत्र ने लालटेन जलाई, पर इसी समय पिता खलिहान से आ गया और उसने रोक दिया– "लालटेन का क्या होगा ?"

"घोड़ों के पैर क़ायदे से नहीं पड़ते।"

"यह कोई बड़े दुख की बात नहीं है...समझे ? आख़िर तुम चाहते क्या हो कि कोई किसान इन पर काठी कसे और इन्हें लेकर चलता बने ?"

"यह तो मैं नहीं चाहता, लेकिन..."

"यानी, यह ख़राबी मैंने पैदा की है। मैंने हथौड़ा लेकर इनकी कुरकुरी हड्डियों में एक-एक कील ठोंक दी है, और अब लाल फ़ौजियों के चले जाने तक ये बराबर लँगड़ाते रहेंगे।"

प्योत्र ने सिर हिलाया और अपनी मूँछों के सिरे चबाए, लेकिन बूढ़े की तरकीब से घोड़े बच गए।

उस रात गाँव में फिर फ़ौजी आते-जाते रहे। घुड़सवार सड़कों पर घोड़े दौड़ाते रहे और तोपख़ाने चौक में जमाए जाने के लिए घसीटे जाते रहे। तेरहवें घुड़सवार रेजीमेंट ने उस रात गाँव में पड़ाव डाला। क्रिस्तोन्या मेलेख़ोव परिवार में आया, ज़मीन पर बैठा और एक सिगरेट जलाई– "इनमें से कुछ शैतान तुम्हारे यहाँ तो नहीं ठहरे हैं ?"

"अभी तक तो नीली छतरीवाले ने हमें इस मुसीबत से बरी रखा है। एक बार कुछ लोग यहाँ आकर ठहरे तो पूरा-का-पूरा घर उन किसानों के बनों की बदबू से भर गया।" इलीनीचिना ने असन्तोष की भावना से भरकर कहा।

"हमारे यहाँ तो टिके हैं वे।" क्रिस्तोन्या ने फुसफुसाकर कहा और आँख से चूता एक छोटा-सा आँसू पोंछा। पर उसने अपना सिर हिलाया, आह भरी, और अपने आँसुओं पर शर्मिन्दा हो उठा।

"क्यों क्रिस्तोन्या, बात क्या है ?" प्योत्र ने हँसते हुए पूछा, क्योंकि उसने जीवन में पहली बार उसे रोते देखा था।

"वे लोग मेरा घोड़ा ले गए। पूरी जर्मनी लड़ाई मैंने उसके साथ लड़ी थी। हमने दुख-मुसीबतें साथ-साथ सहीं। घोड़ा क्या था, इन्सान था बिल्कुल। उसमें आदमी से ज़्यादा अक़्ल थी। सो, फ़ौजी बोला–'कसो इसको, मुझसे नहीं सम्हलता।' मैं बोला–'तुम नहीं कस सकते ? मैं जिन्दगी-भर तुम्हारे लिए इस पर काठी कसता रहूँगा ? घोड़ा ले जा रहे हो तो उसे ख़ुद ही कसो।'...और, उस दोगले ने उसे कस भी लिया। यह समझो कि हाथ-भर का आदमी था। मुश्किल से मेरी कमर तक आता था। तो, वह घोड़ा लेकर फाटक पर पहुँचा कि मैं बच्चे की तरह फूट-फूटकर रोया। कितनी फिक्र करता था मैं उसकी ! कैसी देखरेख रखता था उसकी !..." क्रिस्तोन्या की आवाज़ धीमी हो गई और फुसफुसाते हुए बोला–"अब तो अस्तबल की तरफ़ निगाह उठाकर देखने में डर लगता है...जैसे पूरे अहाते की जान निकल गई है।"

ग्रिगोरी ने अपने कानों पर जोर दिया तो लगा कि खिड़की के पार बर्फ़ चरमरा रही है, तलवारें खड़खड़ा रही हैं...और एक आवाज़ हो रही है–"यहीं...!"

"वे लोग यहीं आ रहे हैं। शायद उनसे किसी ने कह दिया है..." पैन्तेली ने हाथ नचाए और उसकी समझ में न आया कि करे तो करे क्या !

"मकान-मालिक, ज़रा घर के बाहर आओ।" एक आदमी चीखा। प्योत्र ने भेड़ की खाल कन्धों पर डाली और बाहर निकला।

"तुम्हारे घोड़े कहाँ हैं ? उन्हें बाहर निकालकर लाओ।" तीन घुड़सवारों के नेता ने हुक्म दिया।

"मुझे लाने में कोई आपत्ति नहीं, पर घोड़े लँगड़ाते हैं, साथी !"

"किधर से लँगड़े हैं ? तुम उन्हें बाहर निकालकर लाओ। डरो मत, उनकी क़ीमत अदा किए बिना

हम उन्हें नहीं ले जाएँगे।''

प्योत्र एक-एक कर दोनों घोड़े बाहर लाया।

''एक तीसरा घोड़ा भी तो है वहाँ। उसे बाहर क्यों नहीं लाए ?'' अस्तबल में लालटेन की रोशनी करते हुए उनमें से एक ने पूछा।

''वह घोड़ी है और उसे बच्चा होने को है–फिर, वह बूढ़ी है...सौ साल पुरानी।''

''ए, काठियाँ लाओ इनकी। ठीक...तुम ठीक कहते हो...घोड़े लँगड़े हैं। इन बे-टाँगों के जानवरों को कौन कहाँ ले जाएगा। वापस ले जाओ इन्हें !'' लालटेनवाला व्यक्ति पूरी ताक़त से गरज़ा। प्योत्र ने गरियावन खींची और होंठों की ऐंठन पर पर्दा डालने के लिए अपना मुँह लालटेन की रोशनी की तरफ़ से मोड़ लिया।

''काठियाँ कहाँ हैं ?''

''लाल-फ़ौजी आज सुबह उठा ले गए।''

''तुम झूठ बोल रहे हो, कज़्ज़ाक ! कौन ले गया काठियाँ ?''

''मुझ पर आसमान टूट गिरे अगर मैं झूठ बोल रहा हूँ तो...सचमुच कॉमरेड ले गए काठियाँ। घुड़सवारों का एक रेजीमेंट गाँव से गुज़रा...उसी रेजीमेंट के लोग ले गए काठियाँ और साथ ही दो पट्टे।''

तीनों घुड़सवार कोसते हुए चल दिए। घोड़ों के पसीने और पेशाब की बू देता प्योत्र घर के अन्दर पहुँचा। उसने क्रिस्तोन्या के कन्धे पर हाथ मारा तो उसके होंठ फड़कने लगे।

''यों किया जाता है काम...मैंने कहा हमारे घोड़े लँगड़े हैं और काठियाँ लोग पहले ही उठा ले गए हैं...और, तुम...तुम तो हो बेवकूफ़ !''

इलीनीचिना ने लैम्प बुझा दिया और अँधेरे में बिस्तर ठीक करने के लिए बढ़ी। बोली–''यहाँ अँधेरा ही अच्छा...नहीं तो फिर कोई बे-बुलाया मेहमान यहाँ आ टपकेगा।''

उस रात अनीकुश्का के यहाँ बड़ी चहलपहल और ठाठ रहे। उसके यहाँ ठहरे लाल-गार्दों ने उससे कहा–''अपने पास-पड़ोस के कज़्ज़ाकों को बुला लो...थोड़ा खाना-पीना, दिल बहलाव और मस्ती रहे।...'' सो, अनीकुश्का ने मेलेखोव-परिवार के कज़्ज़ाकों को दावत दी।

''तुम पूछोगे कि वे कम्यूनिस्ट हैं क्या ? मैं कहता हूँ कि वे कम्यूनिस्ट हों भी तो क्या हुआ ? उनका बपतिस्मा हो चुका है, और अब वे वैसे ही रूसी हैं, जैसे हम ! ईसा जानता है, मुझे तो उन्हें देखकर दुख होता है। उनके बीच एक यहूदी है। लेकिन, वह भी ख़ूब आदमी है। पोलैंड की लड़ाई में हमने कितने यहूदी मारे थे, मुझे याद है। लेकिन, इस यहूदी ने तो मुझे एक गिलास वोद्का दी.. .मुझे यहूदी अच्छे लगते हैं–आओ चलो ग्रिगोरी ! प्योत्र, मुझे नीची निगाह से न देखो।''

पहले तो ग्रिगोरी ने जाने से साफ़ इन्कार कर दिया। पर, पिता अपनी ओर से बोला, ''चले जाओ, नहीं तो वे समझेंगे कि हम अपने को उनसे ऊँचा मानते हैं। जाओ। इसके पहले उन्होंने क्या कुछ जुर्म ढाए हैं, यह सोचकर उनके बारे में कोई फ़ैसला न दो।''

प्योत्र और ग्रिगोरी अनीकुश्का के अहाते में आए। रात की गरमी ने अच्छे मौसम का विश्वास दिलाया। हवा में राख और धुँधुआते हुए कंडों का धुआँ उठता हुआ दिखाई दिया। तीनों कज़्ज़ाक कुछ देर तक अहाते में चुपचाप खड़े रहे, और फिर बाहर आए। छोटे फाटक के पास उन्हें दार्‌या मिली। रात की हल्की-हल्की-सी चाँदनी में उसकी पेन्सिल से रँगी भौंहों की कमानें काले मखमल की झलक मारती लगीं।

''वे लोग मेरी बीवी को नशे में धुत्त किए दे रहे हैं।'' अनीकुश्का बुदबुदाया–''लेकिन उनकी

मनचाही होगी नहीं...मेरे आँखें हैं।" घर की बनी वोदका के नशे में चूर वह बाड़ पर लड़खड़ाता आगे बढ़ा और एक बार तो रास्ते से डगमगाकर बर्फ़ के अम्बार से जा टकराया।

नीली, दानेदार बर्फ़ उनके क़दमों के नीचे चरमराई। आसमान की भूरी चादर से बर्फ़ की एक फुहार आई। हवा उन तीनों के हाथों की सिगरेटों की चिनगारियाँ उड़ा ले गई। वे बर्फ़ के पाउडर से नहा उठे। ऊँचे सितारों के नीचे एक बादल पर बर्फ़ यों टूटी जैसे बाज़ बत्तख पर टूटता है। उसके उजले पंख विनय से झुकी धरती पर फैल गए। गाँव, स्तेपी, इन्सान या जानवरों के रास्तों, सभी पर बर्फ़ ने अपनी चादर डाल दी।...

अनीकुश्का के मकान में साँस लेने को हवा न थी। लैम्प अपने काजल की नोकदार, काली जीभ लपलपा रहा था। तम्बाकू के धुएँ की धुन्ध में कुछ भी नज़र नहीं आ रहा था। एक लाल-फ़ौजी सामने टाँगें फैलाए, अकॉरदीओन ज़ोर-ज़ोर से बजा रहा था। दूसरे लाल-फ़ौजी, अनीकुश्का की पड़ोसिनों के साथ, बेंचों पर बैठे हुए थे। एक भारी-भरकम-सा फ़ौजी अनीकुश्का की पत्नी को दुलरा रहा था। उसने पैडिंगवाला ख़ाकी पतलून पहन रखा था। उसके बूटों में बड़ी-बड़ी ऐंड़ें लगी हुई थीं। लगता था जैसे किसी संग्रहालय से उठाकर लाई गई हैं। मेमने की खाल की टोपी खोपड़ी पर ओढ़ी हुई थी और उसके भूरे चेहरे से पसीना चू रहा था। एक गीला हाथ औरत की पीठ पर दहक रहा था। औरत नशे में धुत्त और अशक्त हो चुकी थी। अगर उसमें शक्ति होती तो वह अवश्य वहाँ से उठकर चली जाती। उसकी निगाह अपने पति की निगाह से मिल रही थी, और दूसरी औरतों की मुस्कानों का अर्थ भी वह समझ रही थी। लेकिन, उसमें ताव न थी कि अपनी पीठ पर रखा हाथ वह एक ओर को झटक दे। ऐसी हालत में वह नशे में झूमती, बैठी हुई हँस रही थी।

मेज़ पर खुले घड़े रखे थे, और सारे घर से शराब की बू आ रही थी। मेज़पोश मैला चीकट हो चुका था।

कमरे के बीचोबीच, घुड़सवारों के ट्रुप का एक कमांडर हरे-शैतान की तरह कमर लचकाकर नाच रहा था। उसने बिरजिस के साथ क्रोम के पीले बूट पहन रखे थे। ग्रिगोरी ने ड्योढ़ी में ये चीज़ें देखीं तो सोचा, 'किसी अफ़सर की उड़ा दी होंगी।' आँख उठाकर देखा तो लगा आदमी का चेहरा फूला हुआ, पसीने से तर, कान बड़े, गोल, आगे की ओर उभरे हुए-से; होंठ मोटे और लटके हुए। मन ही मन बोला, यहूदी तो है, मगर काफी जानदार है।

लोगों ने उसके और ग्रिगोरी के लिए भी वोदका ढाली। ग्रिगोरी पीते वक्त भी चौकन्ना और सावधान रहा। पर, प्योत्र जल्दी ही उलट गया और एक घंटे के अन्दर ही कज़्ज़ाक कच्ची मिट्टी के फ़र्श पर नाच करने लगा। इस सिलसिले में एड़ियों से ऐसी धूल उड़ी कि क्या कहिए ! यही नहीं, अकॉरदीओन-वादक की ओर देखकर, फटी हुई आवाज़ में वह बार-बार चीख़ा भी—"लय और तेज़ करो...और तेज़ करो लय !" ग्रिगोरी मेज़ के किनारे बैठा कद्दू के बीज चबाता रहा। उसकी बग़ल में साइबेरिया का रहनेवाला एक मशीनगनर बैठा रहा।

"हमने कोलचाक की हिम्मत पस्त कर दी !" वह ग्रिगोरी से बोला—"अब तुम्हारे क्रॉसनोव को हम क़ायदे से समझेंगे, वह अपनी करनी का फल भुगतेगा। तुम लोग खेतीबारी करो। ज़मीन को जोतो, गोड़ो, बोओ, फसलें उगाओ। ज़मीन तो औरत की तरह है। वह खुद नहीं झुकती। तुम जो चाहो सो उससे ले लो। फिर, यह है कि जो भी तुम्हारे सामने आए, उसे तलवार के घाट उतार दो। हम तुमसे कुछ नहीं चाहते। हम तो सिर्फ़ सबको बराबरी का हक़ देना चाहते हैं।"

ग्रिगोरी ने उसकी हाँ-में-हाँ मिलाई, पर वह प्रति पल लाल-सैनिकों को देखता-समझता रहा। चिन्ता का कोई कारण समझ में नहीं आया। वे सब प्योत्र का नाच देखते और दाँत निकालकर उसके कौशल की सराहना करते रहे। एक गम्भीर स्वर ने खुशी से भरकर कहा—"शैतान, क्या कमाल करता है !" लेकिन, इसी बीच ग्रिगोरी ने एक घुँघराले बालवाले फ़ौजी की निगाहें अपने ऊपर गड़ी देखीं। वह

चौकन्ना हो गया और उसने पीने से हाथ खींच लिया।

अकॉरदीओन-वादक ने पोलका की धुन छेड़ी। लाल-फ़ौजियों ने कज़्ज़ाक औरतों के साथ नाचने की दावत दी। एक ने नशे में लड़खड़ाते हुए क्रिस्तोन्या के पड़ोसी की जवान पत्नी को नाच में अपना साथी बनाना चाहा। पर, उसने इन्कार कर दिया और अपना स्कर्ट उठाती हुई ग्रिगोरी के पास दौड़ गई।

उससे बोली, "आओ, नाचो मेरे साथ।"

"मेरा नाचने को मन नहीं है।"

"आओ, ग्रिगोरी आओ...मेरे सुनहरे फूल, उठो।"

"बेवकूफ़ी की बात न करो...मैं नहीं नाचूँगा।"

पर, औरत ने ज़बरदस्ती हँसते हुए उसे घसीटना शुरू किया। ग्रिगोरी के माथे पर बल पड़े। उसने उसे रोकने की कोशिश की, पर उसे आँख मारते देखकर राज़ी हो गया। नाच के दो चक्करों के बाद औरत ने गति के ठहराव से फ़ायदा उठाया, ग्रिगोरी के कन्धे पर सिर टिकाया और बहुत ही धीरे से फुसफुसाकर कहा, "ये लोग तुम्हें मारने के मनसूबे बाँध रहे हैं। किसी ने इन्हें बतला दिया है कि तुम फ़ौजी अफ़सर हो। तुम निकल जाओ यहाँ से।" फिर, ज़ोर से बोली, "उफ़, मेरा सिर चक्कर खा रहा है !"

ग्रिगोरी सहसा ही खुशी से खिल उठा, मेज़ के इस पार आया, एक मग वोद्का पी और दार्‌या की ओर मुड़ा, "प्योत्र नशे में धुत्त हो गया ?"

"क़रीब-क़रीब।"

"घर ले जाओ इसे।"

दार्‌या ने प्योत्र को उठाया और, उसके ढकेलने. धक्के देने और पूरी ताक़त दिखलाने के बावजूद उसे बाहर ले आई। ग्रिगोरी पीछे-पीछे आया।

"अरे, कहाँ चल दिए तुम ? अभी जाओ नहीं।" अनीकुश्का ग्रिगोरी के पीछे-पीछे दौड़ा। पर, ग्रिगोरी ने उसे ऐसी नज़र से देखा कि उसने अपने हाथ फैला दिए और लड़खड़ा गया।

ड्योढ़ी पर ग्रिगोरी ने अपनी टोपी हिलाई। बुदबुदाया--"इस तरह मिल बैठने के लिए शुक्रिया !"

घुँघराले बालोंवाले लाल-गार्द ने अपनी पेटी ठीक की और ग्रिगोरी का पीछा किया। सीढ़ियों तक पहुँचते-पहुँचते वह हाँफने लगा, और तेज़ आँखें चमकती नज़र आईं। ग्रिगोरी के बरानकोट की आस्तीन थामते हुए बोला, "कहाँ जा रहे हो ?"

"घर जा रहा हूँ," ग्रिगोरी ने बिना रुके, आदमी को अपने साथ ही साथ घसीटते हुए जवाब दिया, और मन-ही-मन संकल्प किया, 'जीते-जी मैं तुम्हारे हाथ नहीं आने का !'

लाल-गार्द ग्रिगोरी की कोहनी अपने हाथ से साधे उसकी बगल में चलने लगा। दोनों छोटे फाटक पर रुके। ग्रिगोरी ने देखा कि पीछे के दरवाज़े को रगड़ लगी और उस लाल-गार्द ने रिवाल्वर की ओर हाथ बढ़ाया तो नाख़ून केस पर बज-से उठे। उसे एक क्षण तक उस आदमी की इस्पाती आँखें अपनी ओर गड़ी लगीं। वह मुड़ा और उसने रिवाल्वर के केस पर रखे हाथ की कलाई कसकर पकड़ ली। इसके बाद उसने उसके बाजू को दाहिने कन्धे के ऊपर झटका, झुका, पूरी होशियारी से उसके भारी शरीर को धक्का दिया और हाथ नीचे की ओर घसीटे। कोहनी की हड्डी के कड़कने की आवाज़ उसके कानों में पड़ी। गोरा, घुँघराले बालोंवाला आदमी गिरने को हुआ और बर्फ़ के अम्बार में गड़ गया।

ग्रिगोरी झुकता हुआ, बाड़ों के किनारे-किनारे चलता हुआ, एक किनारे की गली में पहुँचा और वहाँ से दोन की ओर बढ़ा। वह दौड़ने लगा। उसने किनारे की ओर उतरनेवाले मोड़ पर जैसे-तैसे पहुँचने की कोशिश की। मन-ही-मन सोचा, 'अगर कोई चौकी यहाँ न हुई तो...' क्षणभर को ठिठका। पीछे से अनीकुश्का का पूरा अहाता साफ़-साफ़ नज़र आया। इसी समय उसने गोली दगने की आवाज़ सुनी।

गोली सरसराती हुई बगल से गुज़र गई। फिर और गोलियाँ चलाई गईं। ग्रिगोरी ने फ़ैसला किया, 'दोन के पार, पहाड़ के नीचे चले चलो।' यानी उसने आधा फ़ासला तय किया ही था कि एक गोली सर्र से आई और बर्फ़ में दफ़न हो गई। कुछ हिस्से इधर-उधर छिटके। गोलियाँ ढोरों को हाँकनेवाले आदमी के चाबुक की तरह की आवाज़ करती रहीं। ग्रिगोरी को बच निकलने की भावना से किसी तरह की खुशी का अनुभव न हुआ। वह सारी घटना के प्रति अन्यमनस्कता की भावना से घिरा रहा। दुबारा ठिठका तो उसका दिमाग़ मशीन की तरह सोच गया, 'शायद वे किसी जानवर का शिकार कर रहे हों। वे मेरी तलाश इस तरह न करेंगे। यहाँ जंगल में आने में उन्हें डर लगेगा। और उस आदमी को तो खाने-भर को मैंने दे दिया। अब वह तो मुझे याद रखेगा। गधा कहीं का ! उसका ख़्याल था कि निहत्थे कज़्ज़ाक का कुछ बिगाड़ लेगा।'

वह जाड़े की टालों की ओर बढ़ा, पर किसी आशंका से भरकर मुड़ा और खरगोश की तरह रास्तों के लम्बे जालों के चक्कर काटता रहा। उसने एक कोने में पड़ी, सूखी सेवार की टाल में रात काटने का निश्चय किया, और वहाँ पहुँचने पर ऊपर से एक गढ़ा बनाया। एक ऊदबिलाव उसके पास से गुज़रा। ग्रिगोरी, सूखी सेवार की सड़ाँध और बदबू के बावजूद, टाल में सिर तक धँस गया और आराम करने लगा। उसका सारा बदन काँपने लगा। इस समय उसके दिमाग में न किसी तरह का कोई ख़्याल रहा और न किसी तरह की कोई योजना। बस, एक सवाल अचानक ही कौंधा—कल सुबह घोड़ा कसो और मोर्चा पार कर अपनी तरफ़ के लोगों में शामिल हो जाओ तो कैसा रहे ?' लेकिन, सवाल का जवाब अन्दर से न आया तो वह शान्त मन से लेट गया।

18

लड़ाई का मोर्चा तातारस्की के पार चला गया। लड़ाई का शोरगुल ख़त्म हो गया। फ़ौजों ने गाँव में पड़ाव डाला तो आख़िरी दिन घुड़सवारों के एक रेजीमेंट के मशीनगन चलानेवालों ने मोखोव का ग्रामोफोन एक चौड़ी स्लेज पर रखा और सड़कों पर इधर-उधर घोड़े दौड़ाए। घोड़ों के खुरों ने बर्फ़ उछाल-उछालकर ग्रामोफोन के भोंपे में डाली। इससे ग्रामोफोन की मशीन में गड़गड़ाहट होने लगी। इस पर साइबेरियाई टोपवाले एक मशीनगनर ने भोंपा बड़े इत्मीनान से साफ़ किया और उसे यों घुमाया, गोया वह कोई मशीनगन हो। गाँव के बच्चे, गौरैयों के भूरे दल की तरह, घरों से भागे आए और स्लेज से लिपटकर चीखने लगे—"डैडी, वह चीज़ सुना दो, जिसमें सीटियाँ बजती हैं ! थोड़ा और डैडी !" इनमें से दो क़िस्मतवाले बच्चे मशीनगनर के घुटनों पर जा बैठे। मशीनगनर जब ग्रामोफोन में चाभी न देता तो ख़ाली हाथों से छोटे बच्चे की बहती हुई नाक पोंछता।

बाद में संघर्ष की गूँज हल्की पड़ी तो खाने-पीने और लड़ाई के सामान से लद-लदकर गाड़ियाँ तातारस्की होती हुई दक्षिणी मोर्चे को जाने लगीं। वे लाल-सेना के लिए वस्त्र और हथियार पहुँचाने लगीं।

तीसरे दिन घर-घर यह पैगाम पहुँचाया गया कि गाँव में एक सभा हो रही है। आग्रह किया गया कि उसमें सभी लोग हिस्सा लें।

"हम क्रॉसनोव को अतामान चुनने जा रहे हैं," एक हँसोड़ कज़्ज़ाक ने पैन्तेली से कहा।

"लेकिन अतामान हम चुनेंगे या उसका नाम ऊपर से आएगा ?" पैन्तेली ने पूछा।

"देखा जाएगा।"

ग्रिगोरी और प्योत्र भी सभा में आए। जवान कज़्ज़ाकों में तो एक आदमी भी घर पर न रहा। बूढ़े नहीं आए। सिर्फ़ डींग मारनेवाला और दम्भी अवदीच ही एक ऐसा निकला जिसने कुछ कज़्ज़ाकों को जमा किया और बतलाना शुरू किया कि कैसे किसी लाल कमीसार ने उसके यहाँ रात गुज़ारी और

कैसे उसने उसे एक बड़ा ओहदा मंजूर कर लेने की दावत दी।

अवदीच बोला–"जनाब, उसने मुझसे कहा, मुझे क्या पता था कि आप पुरानी फ़ौज में सार्जेंट रहे हैं...अगर ऐसा है तो हमें बड़ी ख़ुशी होगी कि यह जगह आप सम्हाल लें।"

"कौन-सी जगह ? मेरे ख़्याल से तो सिर्फ़ एक जगह है तुम्हारे लिए, और तुम जानते हो कि वह क्या है !" मिख़ाइल कोशेवोइ ने व्यंग्य से बात काटी।

कितनी ही आवाज़ों ने बात का समर्थन किया।

"तुम तो कमीसार की घोड़ी की देखभाल करना और उसके चूतड़ रगड़-रगड़कर धोना।"

"क्या कहते हो तुम ?"

ज़ोर से ठहाके लगे।

"तुम नहीं जानते कि तुम्हारे लिए कौन-कौन से काम सोच रखे हैं उन लोगों ने ! यानी इधर कमीसार इससे लम्बी-चौड़ी बातें करता रहा, और उधर उसका अर्दली इसकी बूढ़ी बीवी से मज़े लेता रहा। फिर यह कि कमीसार की बातें सुनने में यह बूढ़ा ऐसा खोया कि इसे अपनी नाक पोंछने तक का होश न रहा।"

अवदीच ने थूक नीचे उतारा और फटी-फटी-सी आँखों से चारों ओर देखते हुए पूछा–"किसने कहा है यह ?"

"मैंने कहा है।" पीछे से साहस से भरी एक आवाज़ आई।

"क्यों भाई, तुममें से किसी ने कभी ऐसा सुअर का बच्चा देखा है ?" अवदीच ने हमदर्दी पाने के लिए चारों ओर नज़र दौड़ाई। काफ़ी लोगों ने उसके साथ हमदर्दी दिखलाई। "यह तो घिनौना साँप है–मैंने तो हमेशा यह बात कही है।"

"उसका खानदान-का-खानदान ही ऐसा है।"

"अरे छोड़ो, मैं जवान होता तो..." अवदीच के गाल पहाड़ी बेरियों की तरह दहकने लगे–"मैं जवान होता तो तुम्हें अपना एकाध हाथ दिखाता। तुम तो गन्दे उक्रइनियों की तरह ज़बान चलाते हो...तगानरोग के चिकटहे बर्तन हो तुम !"

"इसे छोड़े क्यों दे रहे हो अवदीच ! तुम्हारे सामने तो यह मुर्गी का चूज़ा भी नहीं है।"

"अवदीच इन दिनों ढील दे रहा है।"

"उसे डर लगता है कि ज़ोर पड़ेगा तो पेट पर लगा बटन टूट जाएगा।"

अवदीच शोर-शराबे और हंगामे के बीच वहाँ से शान से चला गया।

कज़्ज़ाक, चौक में, छोटे-छोटे गिरोहों में जमा हुए तो ग्रिगोरी की नज़र अपने पुराने मित्र मीशा कोशेवोइ पर पड़ी। उसने वसन्त के बाद यानी सेना के विघटन के बाद से अब तक उसे देखा न था। सो, वह उसके पास गया। उसने उससे हाथ मिलाया और उसकी नीली आँखों में आँखें डालते हुए, मुस्कुराकर पूछा–"हलो, मीशा, कहाँ हवा हो गए थे तुम ? किसके झंडे के नीचे लड़ाई लड़ते रहे हो ?"

"ओहो ! पहले तो मैंने चरवाहे की शक्ल में काम किया। फिर उन्होंने मुझे कालाश के मोर्चे पर क़ानून-क़ायदोंवाली कम्पनी में डाल दिया।" मीशा बोला–"मैं वहाँ से चल दिया और घर चला आया कि मोर्चे पर लाल-गार्दों में शामिल होंगे। लेकिन इस तरफ़ के लोगों ने मुझ पर ऐसी नज़र रखी, जैसी कोई माँ भी अपनी क्वाँरी जवान बेटी पर शायद ही रखे ! इसके बाद, अभी उस दिन इवान अलेक्सेयेविच, पूरी फ़ौजी वर्दी में मेरे पास आया और बोला, 'अपनी राइफल तैयार रखो, और मेरे साथ आओ।' मैं अभी-अभी घर आया था। मैंने पूछा, 'गाँव छोड़कर तो नहीं भाग रहे ?'

"उसने कन्धे झटके और कहा–'उन लोगों ने मुझे बुलवाया है। किसी ज़माने में मैंने उनकी मिल में काम किया था।' उसके बाद उसने अलविदा कहा और चला गया। मैंने सोचा कि वह सचमुच ही चला गया है। मगर अगले दिन लाल-सेना का एक रेजीमेंट गाँव के बीच से मार्च करता गुज़रा तो वह

रेजीमेंट में शामिल नज़र आया। अरे, वह तो वह रहा, इवान अलेक्सेयेविच !'' उसने चौक के इस पार से आवाज़ लगाई।

इवान, मिल-मज़दूर दाविद के साथ पास आया। उसने ग्रिगोरी का हाथ अपने गट्टों से भरे चिकनी उँगलियोंवाले हाथ से दबाया, और जीभ बजाई, ''तुम पीछे कैसे रह गए, ग्रिगोरी ?''

''और, तुम कैसे रह गए ?''

''मेरा तो मामला ही दूसरा है।''

''मेरे कमीशन की बात सोच रहे हो ?'' ग्रिगोरी ने पूछा–''मैंने उसे ख़तरे में डाल दिया और यहीं रह गया। अभी कल तो जान जाते-जाते बची। लाल-फ़ौजियों ने मेरा पीछा किया और मुझ पर गोलियाँ बरसानी शुरू कर दीं। मेरा दिल दुखी हुआ कि मैं गाँव छोड़कर कहीं चला क्यों नहीं गया ? लेकिन अब मुझे किसी तरह का कोई अफ़सोस नहीं है।''

''क्या...क्या हुआ ?''

''मैं अनीकुश्का के यहाँ गया था। किसी ने लोगों से कह दिया कि मैं फ़ौजी अफ़सर हूँ। उन्होंने प्योत्र को नहीं छुआ। मैंने उनमें से एक को अपनी यादगार दे दी और फिर मैं दोन के पार दौड़ गया। इसके बदले में वे घर गए और पतलून, कोट और हर चीज़ उठा ले गए। इस समय जो कुछ बदन पर है, बस वही मेरे पास है।''

''हमें जिस समय मौक़ा मिला था उसी समय जाकर लाल-गार्दों से मिल जाना चाहिए था। अगर हम यह कर लेते तो इस वक्त इस तरह बेवकूफ़ नज़र न आते।'' इवान अलेक्सेयेविच दर्द से मुस्कुराया और धुआँ उड़ाने लगा।

सभा शुरू हुई। उद्घाटन व्येशेन्स्काया से आए फोमिन के एक आदमी ने किया–

''साथी कज़्ज़ाको, सोवियत सरकार ने हमारे जिले में जड़ जमा ली है। अब हमें शासन- व्यवस्था करनी चाहिए। हमें एक कार्यकारिणी-समिति बनानी चाहिए। एक अध्यक्ष और उसके साथ ही एक उपाध्यक्ष चुनना चाहिए। यह पहला सवाल है। दूसरा काम यह है कि आपको सारे हथियार हमें सौंप देने चाहिए। इसके लिए क्षेत्रीय सोवियत का आदेश मेरे पास है। मैं साथ लाया हूँ।''

''क्या बात है !'' किसी ने पीछे से ज़हर उगला। फिर कुछ देर तक सन्नाटा रहा।

''इस तरह की उल्टी-सीधी बातों की कोई ज़रूरत नहीं है, साथियो !'' फोमिन के प्रतिनिधि ने हिम्मत से काम लिया और अपनी फर की टोपी मेज़ पर रखी–''बेशक, हथियार तो सारे ही आपको हमें सौंप देने चाहिए। घरों में आपको उनकी कोई ज़रूरत नहीं। अगर कोई सोवियतों की रक्षा के लिए अस्त्र-शस्त्र चाहेगा तो उसे दे दिए जाएँगे। राइफलें सारी-की-सारी तीन दिन के अन्दर-अन्दर आ जानी चाहिए और अब हम चुनाव करेंगे।''

वक्ता अपना वाक्य पूरा भी न कर पाया था कि एक आवाज़ गूँजी–''आपने हमें हथियार दिए थे क्या, जो अब आप उन्हें हमसे ले लेंगे ?'' सबकी निगाहें उसी तरफ़ मुड़ गईं। बोलनेवाला ज़रग़र कोरोलमोव था।

''और आप उन्हें अपने पास रखना क्यों चाहते हैं ?'' क्रिस्तोन्या ने सहज भाव से पूछा।

''मुझे नहीं चाहिए, लेकिन हमने जब लाल-फ़ौज को अपने इलाक़े में आने की छूट दी थी तो ऐसा कोई समझौता नहीं किया था कि वे लोग हमें निहत्था कर देंगे।''

''फोमिन ने ऐसा सभा में कहा था।''

''यह ठीक है, और हमने अपनी तलवारें ख़ुद मेहनत कर ठीक-ठाक तरीक़े से रखी हैं।''

''मैं अपनी राइफल जर्मनी की लड़ाई से लेकर आया था, और अब क्या वही राइफल मुझे इन लोगों को सौंप देगी पड़ेगी ? ये लोग हमें लूटना चाहते हैं। बिना हथियारों के हम क्या करेंगे ? बिना हथियारों के मैं ऐसा हो जाऊँगा जैसे कोई औरत बिना स्कर्ट के हो। यानी, मुझे नंगा समझिए !''

मीशा कोशेवोइ चीखा। लोगों से बोला–"साथियो, मुझे बोलने दो। आप लोगों को इस तरह बातें करते देखकर मुझे ताज्जुब हो रहा है। इस इलाक़े में लड़ाई की सूरत है या नहीं ! अगर है, तो बहस करने से कोई फ़ायदा नहीं। हथियार उन लोगों को सौंप दो। उक्रइनी गाँवों को अपने हाथों में कर लेने के बाद क्या हमने भी ऐसा ही नहीं किया था ?"

प्रतिनिधि ने अपनी फर की टोपी पर हाथ फेरा और ज़ोर देकर बोला–"जो भी तीन दिन के अन्दर-अन्दर अपने हथियार नहीं दे देगा उसे इन्क़लाबी अदालत को सौंप दिया जाएगा और क्रान्ति-विरोधी मानकर गोली से उड़ा दिया जाएगा।"

एक क्षण के सन्नाटे के बाद तोमिलिन खाँसा और ज़ोर से बोला–"तो, अब चुनाव कर लिया जाए।"

बस, तो कोई बारह नाम एकदम आ गए। एक कमउम्र कज़्ज़ाक चिल्लाया– "अवदीच !" लेकिन मज़ाक़ जमा नहीं। सबसे पहले इवान अलेक्सेयेविच का नाम लिया गया और उसे सर्वसम्मति से चुन लिया गया। "मामला तय हो गया...इस पर वोट लेने की ज़रूरत नहीं।" प्योत्र मेलेख़ोव बोला।

कज़्ज़ाक राज़ी हो गए और मीशा कोशेवोइ बिना मतदान के ही अध्यक्ष का सहायक नियुक्त हो गया।

सभा के बाद मेलेख़ोव बन्धु और क्रिस्तोन्या घर जा रहे थे कि सड़क पर उनकी मुलाक़ात अनीकुश्का से हुई। उसकी बग़ल में राइफल थी, और पत्नी के ऐप्रन में बँधे कारतूस। उसने इन कज़्ज़ाकों को देखा तो उसे ख़ासी उलझन हुई और वह एक कोने की गली में अदृश्य हो गया। इस पर प्योत्र ने ग्रिगोरी की तरफ़ देखा, ग्रिगोरी ने क्रिस्तोन्या की ओर, और वे तीनों ज़ोर से हँस पड़े।

19

पूरे स्तेपी में पुरवा सर्राटे भर रही थी। बर्फ़ ने सारे ताल-तलैया बराबर कर दिए थे। न सड़कें नज़र आती थीं और न पगडंडियाँ। नंगे, कपूरी मैदान में हर ओर हवा का ज़ोर था। जीवन जैसे निष्प्राण हो गया था। कभी-कभी स्तेपी का हमउम्र कोई काला कौआ बर्फ़ के ऊपर उड़ता और काँव-काँव करता नज़र आता था। हवा उसकी आवाज़ स्तेपी के इस पार से उस पार ले जाती थी। दर्दभरी आवाज़ वातावरण में बहुत देर तक गूँजती रहती थी, जैसे रात के सन्नाटे में कोई किसी वाद्ययन्त्र के तार को ठुनकी देता हो।

लेकिन, बर्फ़ के नीचे स्तेपी में अब भी सजीवता थी। रुपहली बर्फ़ की जमी हुई परतों के नीचे जहाँ ज़मीन जुती हुई थी और जहाँ शरद के बाद से लीकों ने अकसर लम्बी साँसें ली थीं, वहाँ पाले के नीचे, जीवन की प्यासी, जानदार जड़ों के हाथों से मिट्टी को जकड़े जाड़े की राई फैली हुई थी। उसका रंग रेशमी हरा था और उसकी आँखों में ओस की बूँदों के जमे हुए आँसू थे। वह काली मिट्टी के जीवनदायी काले रक्त से जीवन ग्रहण कर रही थी और प्रतीक्षा कर रही थी वसन्त की, वसन्त के नारंगी सूरज की, ताकि वह उभरे, हीरों से जड़ी बर्फ़ की शानदार परत हटाकर और मई में शक्तिवान होकर अपनी हरियाली चारों ओर फैला दे। उसे पूरी आशा थी कि वह समय से उगेगी, बढ़ेगी, बटेर उसमें चोंचें लड़ाएँगे, अप्रैल में उसके ऊपर स्काईलार्क-चिड़ियाँ गाएँगी, सूरज उस पर धूप का सोना बरसाएगा और हवा उसे झूले झुलाएगी कि पके हुए दानों के भार से झुकी हुई बालियों को मालिक अपने हँसिए से काटेगा और खलिहान में ओसाकर दानों का अम्बार लगा देगा।

पूरे-के-पूरे दोन-प्रदेश का जीवन जैसे कुचला जा रहा था। उसकी हर साँस जैसे एक राज़ हो उठी थी। दिन उदासी में लिपटकर आते थे। कुछ ऐसा भी था जो किसी अनजाने साँचे में ढल रहा था। दोन के ऊपरी क्षेत्रों, उसकी सहायक नदियों के आस-पास के इलाक़ों, चीर, खोपर और येलान्का के

किनारे के प्रदेशों और बड़ी और छोटी नदियों के कज़्ज़ाक-गाँवों से जड़ी बेसिनों में एक अफ़वाह धीरे-धीरे फैल रही थी। लोग कहते कि लड़ाई का मोर्चा तो दोनेत्स नदी के क्षेत्र में आकर जम गया है, उसका अब कोई डर नहीं। अब तो डर असाधारण कमीशनों और अदालतों का है। कहा जा रहा था कि लाल-फ़ौजी किसी भी दिन कज़्ज़ाकों के ज़िलों में आ सकते हैं। वे मिगुलिन्स्काया और कज़ान्स्काया में कभी के पहुँच चुके हैं और श्वेत-गार्दों की सेवा में रह चुके कज़्ज़ाकों पर ग़ैरक़ानूनी मुक़दमे चला रहे हैं। साफ़ है कि ऊपरी दोन के कज़्ज़ाकों का मोर्चे से पीठ दिखाकर भागना, उनकी तरफ़ से दी गई सफ़ाई नहीं मानी जा रही है। मुक़दमे की पूरी कार्रवाई ऐसी आसान होती है कि डर से रोंगटे खड़े हो जाएँ—इलज़ाम, एक-दो सवाल, फ़ैसला और फिर मशीनगन से धायँ ! बताया जा रहा था कि कज़ान्स्काया और शुमिलिन्स्काया में कितने ही कज़्ज़ाकों की लाशें झाड़ियों में पड़ी हैं और कोई उनकी ओर आँख उठाकर भी देखनेवाला नहीं है। इस पर मोर्चे की आगे की पंक्ति के लोग हँस दिए—'ये बातें झूठ हैं ! फ़ौजी अफ़सरों की मनगढ़न्त हैं ! इन कैडेटों ने ऐसी ही बेसिर-पैर की बातों से हमें हमेशा डराने की कोशिश की है।'

अफ़वाहों पर विश्वास किया भी जाता था और नहीं भी किया जाता था। तरह-तरह की कहानियाँ गाँवों में चालू थीं और इन्हीं के कारण कमज़ोर लोग भाग खड़े हुए थे। लेकिन जब मोर्चा आगे बढ़ा था तो कितने ही लोग रात को सो नहीं सके थे, और बेचैनी से करवटें बदलते रहे थे। पत्नियों का प्यार और दुलार भी उन्हें धीरज नहीं दे पाता था। कुछ कहते—'बुरा हुआ कि हम दोनेत्स के पार नहीं चले गए। लेकिन जो हो चुका सो हो चुका। आँसू एक बार चू जाने के बाद फिर पलकों पर वापस नहीं आते।'

तातारस्की में हर रोज़ शाम को कज़्ज़ाक किनारे की गलियों में जमा होते। ख़बरें सुनते-सुनाते और दर-दर चक्कर काटते हुए घर की बनी वोद्का पीते फिरते। गाँव की ज़िन्दगी में एक कटुता से भरी वीरानगी थी। इस वर्ष लग्न के समय केवल एक शादी हुई और केवल एक बार स्लेज़ों की घंटियाँ टनटनाईं। यानी, मीशा कोशेवोइ ने अपनी बहन की शादी की। और, इस शादी का भी आस-पड़ोस के लोगों ने खासा मज़ाक़ बनाया—'क्या वक्त चुना है शादी का ! शादी की क्या, ख़्याल है कि करनी पड़ गई होगी।'

सो, चुनाव के अगले दिन गाँव के घर-घर ने अपने हथियार सौंप दिए। मोख़ोव के घर की बरसातियाँ और बरामदे हथियारों से पट गए। (इस समय ये जगहें क्रान्तिकारी समिति के अधिकार में थीं।) प्योत्र मेलेख़ोव ने अपनी और ग्रिगोरी की राइफलें, दो रिवाल्वरें और एक तलवार दी। ये सारे हथियार वे जर्मनी की लड़ाई से वापस आते समय अपने साथ लाए थे। लेकिन, जो रिवाल्वर उनके फ़ौजी ओहदों के कारण उन्हें दिए गए थे, वे उन्होंने अपने पास ही रख छोड़े।

प्योत्र घर लौटा तो उसे अपने मन का एक बड़ा बोझ उतरा लगा। पर, बरसाती में उसने ग्रिगोरी को, आस्तीन उलटे, राइफलों के जंग लगे पेंच पैराफीन से साफ़ करते देखा। साथ ही दो राइफलें स्टोव के पास खड़ी पाईं।

"शैतान कहीं का ! ये राइफलें तुझे कहाँ से मिल गईं ?" प्योत्र की मूँछें अचरज से झूल गईं।

"पापा मुझसे मिलने फिलानोवो गए थे तो वहाँ से अपने साथ ले आए थे।" ग्रिगोरी की आँखें चमकने लगीं। वह हँसी के ठहाके लगाने लगा। फिर अचानक ही हँसी ख़त्म हो गई और वह भेड़िए की तरह दाँत दिखलाने लगा—"राइफलें ? ये तो कुछ भी नहीं हैं।" उसकी आवाज़ बहुत ही धीमी हो गई, और घर में किसी के न होने पर भी वह फुसफुसाकर बोला—"तुम्हें पता है, आज पापा ने मुझे बताया है कि उनके पास तो एक मशीनगन है !" ग्रिगोरी के होंठों पर फिर मुस्कान दौड़ गई।

"तुम झूठ बोल रहे हो। मशीनगन भला उन्हें कहाँ मिली ? फिर इसकी ज़रूरत भी क्या है ?"

"बताया कि कुछ कज़्ज़ाक गाड़ी से सामान कहीं ले जा रहे थे कि उन्होंने थोड़े-से दही के बदले

में उन्हें मशीनगन दे दी। लेकिन मेरा ख़्याल है कि बुड्ढा झूठ बोलता है और उसने यह कहीं से चुराई है। वह तो गुबरैले कीड़े की तरह है। जो घसीट सकेगा, साथ घसीट लाएगा। आज मेरे कानों में कहने लगा–'मेरे पास एक मशीनगन है। मैंने खलिहान में छिपा रखी है। उसके मेन स्प्रिंग से बड़ी ही शानदार कंटियाँ बन सकती थीं, पर मैंने उसे हाथ नहीं लगाया।' 'मशीनगन की तुम्हें ज़रूरत क्या आ पड़ी ?' मैंने पूछा। जवाब मिला–'मुझे स्प्रिंग पसन्द आ गया। मैंने सोचा कि किसी-न-किसी काम आ जाएगा। क़ीमती है, लोहे का बना है'।"

प्योत्र क्रोध से लाल हो उठा और जाकर पिता से बातें करने के ख़्याल से उठा तो ग्रिगोरी ने उसे रोका–"ज़रा रुको ! राइफलों की सफ़ाई और फिटिंग में मेरी मदद कर दो। आख़िर तुम क्या कहोगे पापा से ?"

प्योत्र ने राइफ़लों की नलियों की सफ़ाई शुरू की और सफ़ाई के साथ-ही-साथ चीखता रहा। पर, ज़रा देर बाद उसने गम्भीरता से विचार किया–'हो सकता है कि पापा ठीक कह रहे हों। हो सकता है कि मशीनगन काम की साबित हो। पड़ी रहने दो जहाँ की तहाँ।'

उसी दिन तोमिलिन मेलेख़ोव-परिवार में आया और अफ़वाह सुनी गई कि कज़ान्स्काया में गोलियाँ चल रही हैं। वे लोग स्टोव के पास बैठे धुआँ उड़ाते और बातें करते रहे। इस बीच प्योत्र के माथे पर बराबर बल पड़े रहे। तोमिलिन के जाने के बाद बोला–"मैं रूबेज़नी जाकर याकोव फोमिन से मिलना चाहता हूँ। सुना है कि वह घर लौट आया है। और इलाक़े की इन्क़लाबी-कमेटी बना रहा है। मैं उससे कहूँगा कि कुछ हो तो यहाँ आकर हमारी मदद करे।"

फिर, पैन्तेली स्लेज में घोड़ी जोतने लगा कि दार्‌या ने भेड़ की खाल ओढ़ी और बहुत देर तक सास-बहू में फुस-फुस होती रही। फिर, दोनों खलिहान में गईं और एक बंडल उठा लाईं।

"यह क्या है ?" बूढ़े ने पूछा।

प्योत्र तो चुप रहा, पर इलीनीचिना तड़ से फुसफुसाती हुई बोली–"मैंने कुछ मक्खन वक्त-ज़रूरत के लिए यहाँ बचाकर रखा था। लेकिन इस मक्खन के बारे में सोचने का वक्त तो है नहीं, इसलिए मैंने उसे दार्‌या को दे दिया है। वह उसे फोमिन की पत्नी को ले जाकर देगी। हो सकता है कि इसके बाद फोमिन प्योत्र की बात की ओर कान करे।" बुढ़िया रोने लगी–"लड़के जैसे-तैसे फ़ौजी अफ़सर बने हैं, अब कहीं ऐसा न हो कि फ़ौजी-पट्टियों के कारण इन्हें..."

"यह आँसू बहाना बन्द करो !" पैन्तेली ने गुस्से से चाबुक स्लेज में पटका और प्योत्र के पास पहुँचा। बोला–"उसके लिए थोड़ा-सा गेहूँ भी लेते जाओ।"

"उसे भला गेहूँ की क्या ज़रूरत ?" प्योत्र बरस पड़ा–"अच्छा हो कि तुम अनीकुश्का के यहाँ चले जाओ और वहाँ से थोड़ी वोद्‌का लेते आओ। गेहूँ का क्या होगा ?"

पैन्तेली फ़ौरन ही चला गया और कुछ ही देर बाद एक सुराही वोद्‌का अपने कोट से ढँके लौटा। फिर सुराही रखी तो बोला–"वोद्‌का अच्छी है। ज़ारों के ज़माने में ऐसी ही मिलती थी।"

"और, तुम पीते रहे हो, है न ?" इलीनीचिना ने उसे डपटा, पर पैन्तेली ने सुना नहीं। उसने अपनी आस्तीन से काँपते हुए होंठ पोंछे। अपनी आँखें सन्तोष से सिकोड़ीं और लड़खड़ाता हुआ जवानों के-से उत्साह से घर में चला गया।

वोद्‌का के अलावा, लड़ाई के पहले की शेविओत-ट्वीड का एक टुकड़ा, एक जोड़ा बूट और एक पौंड कीमती चाय प्योत्र अपने पुराने फ़ौजी साथी के लिए अपने साथ ले चला। आज उसी साथी के हाथ में बड़ी सत्ता और शक्ति आ गई थी।

जहाँ तक चीज़ों का सवाल है, ये सारी चीज़ें और कितना ही कुछ लूट का उसका अपना हिस्सा था। यह सारी माया उसे तब मिली थी जब अट्‌ठाईसवें रेजीमेंट ने लिस्की के स्टेशन पर अधिकार कर लिया था और गाड़ी के तमाम डिब्बे और गोदाम लूट लिए गए थे। प्योत्र ने तो नीचे पहने जानेवाले

ज़नाने कपड़ों की गाँठ की गाँठ उड़ा दी थी, और पिता मोर्चे पर मिलने गए थे तो उन्हीं के साथ घर भेज दी थी। फिर पैन्तेली के लौटने पर दार्या ने ये कपड़े पहने थे तो नताल्या और दून्या डाह से जलने लगी थीं। ऐसे कपड़े गाँव में कभी किसी ने आँखों से भी न देखे थे। वे बारीक-से-बारीक विदेशी सूत के बने थे। बर्फ़ से ज़्यादा उजले थे। और हर चीज़ पर कसीदाकारी थी। दार्या के नेकर की बेल दोन के झाग से भी ज़्यादा ख़ूबसूरत थी।

प्योत्र के व्येशेन्स्काया से लौटने पर वह पहली रात उसके साथ लम्बे नेकर पहनकर ही सोई। प्योत्र ने लैम्प बुझाने से पहले मुस्कुराकर पूछा—"तो तुम्हें किसी मर्द का पतलून मिल गया पहनने को ?"

दार्या ने सपनों में खोई आँखों से जवाब दिया—"यह कपड़ा ख़ूब गरम है और बड़ा आराम देता है। लेकिन, तुमने यह कैसे समझा कि यह किसी मर्द का है ? पहले तो यह चीज़ मर्दानी होती तो और लम्बी होती, दूसरे मर्दों को बेल से क्या लेना-देना ?"

"मेरा ख़्याल है कि बड़े लोग अपने पैंटों में बेल लगवाते होंगे। लेकिन ख़ैर, मुझे क्या ! तुम्हारा जी चाहे तो पहनो।" प्योत्र ने बदन खुजलाते हुए, नींद भरे स्वर में कहा।

पर दूसरे दिन वह अपनी पत्नी के साथ लेटा तो उसे नेकर की बेल से बड़ी बेचैनी हुई। वह उसकी ओर आदर से देखता रहा और उसे हाथ लगाने से डरा। उसे लगा कि वह औरत उसके लिए अजनबी हो गई है...

तीसरी रात को वह क्रोध से लाल हो गया और घुड़ककर बोला—"यह पतलून उतारो और इसे शैतान को दे दो। यह औरतों के पहनने की चीज़ नहीं। अलग लेटी हो, जैसे किसी राव-रईस की बीवी हो। इसे पहनकर तुम एक दूसरी ही औरत बन जाती हो।"

औरत का दिल न हुआ कि वह उसे उतारे।

दूसरे दिन सुबह प्योत्र दार्या से पहले सोकर उठा और भौंहें चढ़ाते और खाँसते हुए उसने नेकर खुद पहनकर देखने की बात सोची। वह बहुत देर तक दुविधा-भरे मन से उसके रेशमी बन्दों, बेल और अपने नंगे घुटनों के नीचे बालों से भरे पैरों को घूरता रहा। मुड़ा और उसने शीशे में देखा तो पीछे नेकर की शानदार चुन्नटें नज़र आईं। उसने भालू की तरह उस कपड़े को उतारते हुए थूका और गालियाँ दीं। उतारते समय उसका बड़ा-सा अँगूठा बेल में फँस गया तो वह क्रोध से बिल्कुल पागल हो गया और उसने बन्द तोड़ डाले। दार्या ने सोते-ही-सोते पूछा, "तुम कर क्या रहे हो ?" पर प्योत्र ने मुँह से कुछ नहीं कहा। वह चोट-खाए आदमी की तरह सिर्फ़ गुर्राता और रह-रहकर थूकता रहा। उसी दिन दार्या ने नेकर उठाया और आह भरते हुए सन्दूक़ में बन्द करके रख दिया। इसके पहले ही वह बहुत-सी चीज़ें भी बन्द करके रख चुकी थी, जिनका दूसरी औरतों के लिए कोई इस्तेमाल ही नहीं था। छोटे होने पर भी स्कर्टों का उसने इस्तेमाल कर लिया था। वह उन्हें इस तरह पहनती कि उसका अपना स्कर्ट छोटा हो जाता और दूसरे अन्दर के स्कर्ट की बेल एक इंच नीचे तक लटकती रहती। फिर, दिखावे के ख़्याल से वह बाहर निकलती तो स्कर्ट की डच-बेल कच्ची मिट्टी का फर्श बुहारती चलती।

वह अपने पति के साथ गई तो उसने अधिक क़ीमती और शानदार कपड़े पहने। भेड़ की खालवाले ओवरकोट के नीचे बेल चमक रही थी। ऊन का कोट भी नया और शानदार रहा। इस तरह दार्या ने पूरी कोशिश की कि गरीबी की झोंपड़ी से रियासत के महल में आ बसनेवाली फोमिन की पत्नी उसे मामूली कज़्ज़ाक औरत न माने, बल्कि एक अफ़सर की बीवी समझे।

प्योत्र ने चाबुक नचाया और अपने होंठ बजाए। घड़े-से पेटवाली बूढ़ी घोड़ी दोन के किनारेवाली सड़क पर दुलकी-चाल चलने लगी। पति-पत्नी दोपहर के खाने के समय तक रूबेज़नी पहुँच गए। आशा के अनुसार फोमिन घर पर नहीं मिला। उसने प्योत्र का स्वागत किया, उसे मेज़ के पास लाकर बिठाया और उसका पिता प्योत्र की स्लेज से वोद्का की सुराही उतारकर लाया तो वह होंठों-ही-होंठों मुस्कुराया।

"कहो दोस्त, तुम एक ज़माने से नज़र क्यों नहीं आए ?" फोमिन ने मीठी, धीमी, भारी आवाज़

में कहा, दार्या की ओर वासना-भरी दृष्टि से देखा और शान से मूँछें ऐंठीं।

"आप तो जानते हैं, याकोव येफिमोविच, कि रेजीमेंटें पीछे हट गई हैं। बहुत बुरा वक़्त आ गया है।"

"यह बात सही है। आ तो गया है ऐ औरत !" उसने अपनी पत्नी को आवाज़ दी, "थोड़ा-सा सिरकेवाला खीरा, पातगोभी या थोड़ी-सी सूखी मछली ले आओ !"

वह छोटा-सा घर ऐसा गरम था कि दम घुटता था। स्टोव के इधर दो बच्चे बैठे थे—एक लड़का और एक लड़की। लड़के की आँखें अपने पिता की तरह ही नीली थीं।

तो, शराब के एक दौर के बाद प्योत्र ने अपने मतलब की बात छेड़ी। बोला, "गाँवों में बड़ी चर्चा है कि 'चेका' आ गया है और वह कज़्ज़ाकों को अपनी लपेट में ले रहा है।"

"लाल-फ़ौजियों की एक अदालत व्येशेन्स्काया आई तो है...लेकिन इससे क्या ? इससे तुम्हें क्या परेशानी है ?"

"आप जानते हैं, याकोव येफिमोविच, मुझे लोग श्वेत-गार्दों के बीच का फ़ौजी अफ़सर समझते हैं। वैसे मैं अफ़सर किस बात का हूँ, लगता-भर हूँ।"

"ख़ैर, तो उससे क्या हुआ ?" फोमिन ने समझा कि अब पूरी स्थिति उसके क़ाबू में है। हल्के नशे से उसमें जितना आत्मविश्वास जगा, उतना ही मिथ्याभिमान। उसने अपनी मूँछों पर हाथ फेरा और अधिकार की भावना से भरकर प्योत्र पर दृष्टि जमाई।

प्योत्र उसके हाथों में खेल गया। उसने अपने स्वर में थोड़ी घनिष्ठता दिखाने की चेष्टा की। इस पर उसकी आवाज़ में विनय के साथ चापलूसी भी टपकी।

"हम दोनों ने फ़ौज में साथ-साथ काम किया है। आप मेरे ख़िलाफ़ एक लफ़्ज भी नहीं कह सकते। क्या मैं कभी किसी मामले में आपके ख़िलाफ़ रहा हूँ ? कभी भी नहीं। फिर, मैं तो हमेशा ही कज़्ज़ाकों के साथ रहा हूँ, और मैंने उनका ही साथ दिया है।"

"यह बात हम जानते हैं। तुम डरो नहीं, प्योत्र पैन्तेलेयेविच ! हम तुम लोगों को अच्छी तरह जानते हैं। तुम्हें कोई नहीं छुएगा। लेकिन, कुछ लोग हैं जिन्हें हम नहीं छोड़ेंगे ! कितने ही ऐसे काले नाग हैं जिन्होंने अपने हथियार अब तक छिपाकर रख छोड़े हैं...तुमने अपने यहाँ के सारे हथियार सौंप दिए, क्यों ?"

फोमिन ने धीमे स्वर तीखे अन्दाज़ में इस तरह बदले कि क्षण-भर को प्योत्र का दिमाग जवाब दे गया और उसके चेहरे पर ख़ून छलक आया।

"तुमने अपने यहाँ के सारे हथियार सौंप दिए हैं...है न ? तो, बात का जवाब क्यों नहीं देते ?" मेज़ पर झुकते हुए फोमिन ने ज़रा ज़ोर से कहा।

"हाँ, हाँ...बेशक, मैंने सौंप दिए हैं, याकोव येफिमोविच, हमने खुले दिल से..."

"खुले दिल से ! हम तुम्हारे खुले दिलों को ख़ूब जानते हैं। तुम जानते हो कि मैं भी यहीं रहा, पला और बढ़ा हूँ !" फोमिन ने जैसे नशे में आँख मारी—"एक हाथ से किसी रईस कज़्ज़ाक से हाथ मिलाओ और दूसरे हाथ में चाकू रखो। कुत्ते कहीं के ! कोई खुले दिल का आदमी नहीं है यहाँ। मैंने अपनी ज़िन्दगी में कितने ही लोगों को देखा है। गद्दार कहीं के ! लेकिन तुम्हें डरने की कोई ज़रूरत नहीं। वे लोग तुम्हारे बदन को हाथ न लगाएँगे। मेरी बात पत्थर की लकीर समझो !"

दार्या ने गोश्त की थोड़ी ठंडी जेली खाई। अपनी विनय का परिचय देने के लिए उसने रोटी नहीं छुई। वैसे फोमिन की पत्नी एक पर एक चीज़ उसके सामने रखती और उससे खाने का आग्रह करती रही।

प्योत्र शाम होने से ज़रा पहले घर के लिए रवाना हुआ तो वह बड़ी उमंग में था। उसमें नई आशा लहरें लेती दिखाई दी।

प्योत्र को रवाना करने के बाद पैन्तेली बूढ़े कोरशुनोव से मिलने चला। पिछली बार वह लाल-गार्दों के गाँव में आने के थोड़ा पहले वहाँ गया था। लेकिन, उस समय लुकीनीचिना मीत्का की तैयारी में लगी हुई थी, सारा घर अस्त-व्यस्त था और वह लौट आया था। उसने समझा था कि उसके वहाँ जाने से काम-काज में केवल बाधा ही पड़ेगी। लेकिन आज उसने सोचा—चलूँ, ज़रा देख आऊँ कि सब लोग ठीकठाक तो हैं...कुछ देर बैठ आऊँ और लगे हाथों गाँव पर घिरनेवाली मुसीबत के बारे में दो-चार बातें कर आऊँ।

सो, गाँव के एक सिरे से लँगड़ाते हुए दूसरे सिरे तक पहुँचने में उसे बड़ा समय लगा। अहाते में ही ग्रीश्का बाबा से भेंट हुई। वह बहुत कमज़ोर नज़र आया। उसके कई दाँत टूटे दिखाई दिए। मगर, यह देखकर पैन्तेली का मुँह अचरज से खुला-का-खुला रह गया कि तुर्की की लड़ाई के ज़माने में मिले सभी क्रॉस और मेडल भेड़ की खाल के नीचे चमचमा रहे हैं। पुराने फ़ैशन की ट्यूनिक के ऊँचे, कड़े कॉलर पर छोटी लाल पट्टियाँ चमक रही हैं। धारीदार, पुराने पतलून के पाँयचे सफ़ेद मोज़ों के अन्दर हैं, सिर पर फ़ौजी-टोपी है और उस पर कलगी लगी हुई है...बोला—"दादा, दिमाग तो ठीक है ? तुमने अपने सारे क्रॉस लगा रखे हैं और कलगीदार फ़ौजी टोपी लगा रखी है। कुछ ख़्याल भी है कि आजकल कैसा ज़माना गुज़र रहा है ?"

"क्या ?" बूढ़े ने अपने कान पर हाथ रखा।

"मैं कहता हूँ कि यह कलगी उतार लो...ये सारे क्रॉस निकाल लो। यह सब करोगे तो लोग तुम्हें गिरफ़्तार कर लेंगे। सोवियत सरकार के ज़माने में तुम इस तरह बाहर नहीं निकल सकते। यह सब नए क़ायदों के खिलाफ़ माना जाता है।"

"मैंने अपने, 'गोरे-ज़ार' की ख़िदमत वफ़ादारी और सच्चाई से की, साहबज़ादे। यह सरकार ईश्वर को नहीं मानती। मैं ऐसी सरकार को नहीं मानता। मैंने वफ़ादारी की क़सम ज़ार-अलेक्सान्द्र के सामने खाई थी, किसानों के सामने नहीं।" बूढ़े ने अपने होंठ चबाए और बेंत से सामने के घर की तरफ़ इशारा किया—"तुम मिरोन से मिलना चाहते हो ? वह घर पर है। लेकिन, मीत्का को चले जाना पड़ा है। माँ—'मेरी' उसे सही-सलामत रखें। वैसे तुम्हारे बेटे तो कहीं नहीं गए हैं, घर पर ही हैं न ? दोनों ने कज़्ज़ाकों की कैसी इज़्ज़त बढ़ाई है ? वफ़ादारी की क़समें ली हैं, मगर फ़ौज को ज़रूरत है उनकी, तो ख़ुद बीवियों के स्कर्टों में टँके हुए हैं ! नताल्या तो ठीक है न ?"

"हाँ, नताल्या ठीक है ! मगर, यह क्रॉस उतार लो। आख़िर, दादा, तुम पागल हो गए हो क्या ?"

"जाओ, जाओ, अपना रास्ता लो ! मुझसे बहुत छोटे हो, मुझे नसीहत न दो।" बूढ़ा सीधा पैन्तेली की ओर बढ़ा और निराशा से सिर हिलाते हुए पैन्तेली ने उसे रास्ता दे दिया। खुद एक ओर को हटकर, बर्फ़ में खड़ा हो गया।

वह घर पहुँचा तो लगा कि पिछले कुछ दिनों में ही मिरोन काफ़ी बूढ़ा हो गया है। पैन्तेली को देखते ही वह उसके स्वागत के लिए उठ खड़ा हुआ। बोला—"हमारे बूढ़े-बहादुर को देखा तुमने ? हम लोगों को सचमुच की सज़ा दे रहा है बूढ़ा, और ईश्वर है कि उसे अब भी नहीं उठाता ! हम लोगों पर मुसीबत ढहाने का क्या तरीका ढूँढ़ा है। मेडल लगा लिए हैं, टोपी पहन ली है और बाहर निकल गए हैं बुज़ुर्गवार ! एक बच्चे में और उनमें कुछ भी फ़र्क नहीं रह गया है...कुछ भी नहीं समझते !"

"जीने दो...जैसे मन करे, खुश हो लेने दो...अब बहुत दिन तो चलेंगे नहीं।" लुकीनीचिना कज़्ज़ाकों के साथ बैठ गई—"कहो, क्या हालचाल हैं तुम सबके ?" सुना था कि ग्रीश्का का पीछा ईसा के विरोधियों ने किया था। वे लोग हमारे यहाँ से चार घोड़े ले गए हैं। सिर्फ़ एक घोड़ी और एक बछेड़ा छोड़ गए हैं। हमारा तो सभी कुछ लूट ले गए हैं।"

मिरोन ने आँखें यों सिकोड़ीं, जैसे कोई निशाना साध रहा हो। फिर गुस्से से लाल होते हुए बदली हुई आवाज़ में बोला—"लेकिन हमारी ज़िन्दगी की बरबादी की वजह क्या है आखिर ? किसने की है

यह बरबादी ? यह सारा कुछ शैतानों की इस सरकार ने ही तो किया है न ? भला हरेक को बराबर बना देना कौन-सी अक्ल की बात है ? तुम मेरी बोटी-बोटी नोचकर रख दो, मगर मैं इस बात पर राज़ी नहीं हो सकता। मैंने ज़िन्दगी-भर बड़ा परिश्रम किया है और वे लोग मेरे बराबर आज उस आदमी को लेना चाहते हैं जिसने गरीबी से उभरने के लिए कभी बदन नहीं हिलाया। इसीलिए तो हम अब काम नहीं करते। आख़िर इस काम का मतलब भी क्या है ? फिर, हम किसके लिए काम करें ? तुम कोई चीज़ तैयार करो कि वे लोग आएँगे और उसे उठा ले जाएँगे। अब सुनो मेरी बात—यही बात मैंने मिख़रिन के अपने एक दोस्त से भी कही थी। बात यह है कि मोर्चा इस वक़्त दोनेत्स के किनारे है, लेकिन क्या हमेशा वहीं बना रहेगा ? मैं तो जिन लोगों पर यक़ीन करता हूँ, उनसे कहता हूँ कि भाई, जो कज़्ज़ाक आज दोनेत्स के पार हैं, उनके हाथ मज़बूत करो !''

''यह काम हम कैसे कर सकते हैं ?'' पैन्तेली ने सावधानी से पूछा और किसी कारण अपनी आवाज़ बहुत ही धीमी कर ली।

''क्यों, यह काम हम कर सकते हैं सरकार को ठुकराकर ? हाँ, और इतनी ज़ोर से ठुकराकर कि वे फिर ताम्बोव के इलाक़े में पहुँच जाएँ और अपनी बराबरी का साझीदार किसानों को बनाएँ। इन दुश्मनों की बरबादी और तबाही के लिए मैं अपने पास का ज़र्रा-ज़र्रा दे सकता हूँ और इसका सही वक़्त अभी है। बाद में तो बहुत देर हो जाएगी। मैंने सुना है कि दूसरे गाँवों के भी किसान खुश नहीं हैं। हमें एकसाथ क़दम उठाना चाहिए।'' वह हाँफने और फुसफुसाने लगा—''दुश्मनों के रेजीमेंट आगे चले आए हैं। बहुत ही थोड़े पीछे रह गए हैं...हर गाँव के सदर की शक्ल में एक आदमी-भर बाक़ी है...यह समझो कि यह मामला हल करने में हमें एक मिनट नहीं लगेगा..जहाँ तक व्येशेन्स्काया का सवाल है, अगर हम मिल-जुलकर एकसाथ हमला कर देंगे तो उनकी धज्जियाँ उड़ जाएँगी। हमारे अपने साथी हमारी बेइज़्ज़ती न होने देंगे। यह बात पक्की समझो।''

पैन्तेली खड़ा हुआ और अपना शब्द-शब्द तोलता हुआ मिरोन को सलाह देने लगा— ''देखना, कहीं पैर रपट न जाए, वरना मुसीबत में पड़ जाओगे। यह तो ठीक है कि इस वक़्त कज़्ज़ाक गड़बड़ा रहे हैं लेकिन कोई नहीं जानता कि आख़िर ऊँट किस करवट बैठेगा ! इन दिनों इन मामलों में सबसे खुलकर तो बात कर नहीं सकते...फिर, ये नौजवान-कज़्ज़ाक तो मेरी समझ में ज़रा भी नहीं आते। लगता है कि आँखें मूँदकर जीते हैं। इनमें से कुछ घर-गाँव छोड़कर चले गए हैं। कुछ नहीं गए हैं। ज़िन्दगी दुश्वार हो रही है। और, यह तो ज़िन्दगी भी नहीं है...एक अटूट अँधेरा है, और बस !''

''सन्देह की कोई गुंजाइश नहीं।'' मिरोन मुस्कुराया—''मैं जो कुछ कह रहा हूँ समझ-बूझकर कह रहा हूँ। लोग तो भेड़ें हैं, भेड़ें...एक भेड़ जिधर जाएगी, भेड़ों का झुंड का झुंड उधर ही चला जाएगा। इसलिए हमें तो उन लोगों को रास्ता दिखलाना चाहिए। हमें तो उनकी आँखें खोलनी चाहिए कि वे इस सरकार को क़ायदे से देखें, समझें। जहाँ बादल नहीं होते, वहाँ गरज नहीं होती। मैं तो कज़्ज़ाकों से सीधे-सीधे कहता हूँ कि तुम्हें तो बग़ावत कर देनी चाहिए...सुना है कि लाल-गार्दों ने सभी कज़्ज़ाकों को लटकाकर फाँसी दे देने का हुक्म दे दिया है। अब सवाल है कि इस हुक्म के जवाब में हम क्या करेंगे ?''

मिरोन का चेहरा तमतमा उठा—''आख़िर हम किस हालत को पहुँच रहे हैं, प्रोकोफियेविच ? मैंने सुना है कि दुश्मनों ने लोगों को गोली से उड़ाना तक शुरू कर दिया है। इसे तुम ज़िन्दगी कहते हो ! ज़रा देखो कि हर चीज़ में किस तरह आग लग रही है। पैराफीन नहीं है, दियासलाई नहीं है। मोख़ोव की दूकान में मिठाइयों के अलावा और कुछ रह ही न गया था। आख़िरकार उसे दूकान एकदम बन्द कर देनी पड़ी। फिर, बोआई की हालत क्या है ? ज़रा मुक़ाबला करो कि पहले हम क्या बोते थे और आजकल हम क्या बोते हैं। हमारे घोड़े लाल-फ़ौजी उड़ा ले गए हैं। हर चीज़ ले जाने में उनके हाथ साफ़ हैं, लेकिन इन चीज़ों के एवज़ में ऐसी ही दूसरी चीज़ें कौन देगा हमें ? मैं बच्चा था तो हमारे

यहाँ छियासी घोड़े थे। ख़्याल है तुम्हें ? घोड़े हवा से बात करते थे। हर चीज़ को दौड़कर पकड़ लेते थे। इनमें से एक घोड़ा बादामी रंग का था और उसके माथे पर सफ़ेद निशान था। मैं उस पर सवार होकर खरगोश का शिकार करने के लिए जाता था तो स्तेपी में निकल जाता था, लम्बी घास में खरगोश के पीछे उसे दौड़ा देता था, और तीन सौ गज़ के फ़ासले के अन्दर-अन्दर खरगोश को जा पकड़ता था। मुझे आज तक याद है।'' मिरोन के होंठों पर उत्तेजना से भरी मुस्कान दौड़ गई—''मैं एक दिन चक्की जा रहा था कि एक खरगोश ने मेरी राह काटी। मैंने उसका पीछा करने के लिए अपना घोड़ा मोड़ा, पर खरगोश पहाड़ से उतरा और दोन पार कर यह जा, वह जा ! यानी, 'श्रोवटाइट' के आस-पास का वक्त था, और हवा जमे हुए पानी के ऊपर पड़ी बर्फ़ उड़ा ले गई थी...बड़ी फिसलन थी। ऐसे में घोड़ा जो चारों खाने चित्त गिरा तो फिर उठकर खड़ा न हुआ। मुझे अपनी ज़िन्दगी खतरे में लगी। मैं काठी से उतरा, भागा-भागा घर गया और बोला—'पापा, आज एक खरगोश का पीछा कर रहा था कि मेरा घोड़ा मर गया।' पापा ने पूछा—'लेकिन खरगोश तुमने पकड़ लिया ?' मैंने कहा—'नहीं, पापा !' 'तो, काला घोड़ा कसो और खरगोश पकड़कर लाओ, कुतिया के बच्चे !' वह ज़माना था जब कज़्ज़ाकों की ज़िन्दगी सचमुच ज़िन्दगी थी। क्या बात थी कि खरगोश का शिकार कर लाओ, इस सिलसिले में घोड़ा मर जाए तो मर जाए। यानी, घोड़े की क़ीमत पूरा एक सैकड़ा और खरगोश का दाम एक कोपेक, लेकिन, उन सारी बातों को आज दोहराने से फ़ायदा भी क्या !''

पैन्तेली घर लौटा तो चिन्ता और उत्कंठा से उसे अपनी तबीयत और उखड़ी लगी। उसे सचमुच लगा कि विरोधी तत्त्वों ने ज़िन्दगी को अजीब ढंग से जकड़ना शुरू कर दिया है। कभी अपने फार्म और अपनी ज़िन्दगी को उसने पहाड़ी चोटी से नीचे उतरने वाले सधे हुए घोड़े की तरह सम्हाल रखा था। मगर, आज वही घोड़ा बेकाबू हो गया था, इधर-उधर दौड़ रहा था और अपने-आपको बचाने की कोशिश में बेबस-सा पैन्तेली खुद पीछे खिसकता चला जा रहा था। कभी इस ओर को लुढ़कने लगता था, तो कभी उस ओर को।

पूरा भविष्य एक अनजानी धुन्ध के पीछे छिपा हुआ था। इस मिरोन कोरशुनोव को ही लीजिए ! एक ज़माना था कि ज़िलेभर में उससे धनी आदमी कोई दूसरा न था। लेकिन पिछले तीन सालों से सारी दौलत तीन-तेरह हो गई थी। सारी ताक़त ख़त्म हो गई थी। उसके यहाँ काम करनेवाले सभी लोग चले गए थे। बोआई पहले से कहीं कम होने लगी थी और उसे अपने बैल और घोड़े कौड़ी के मोल बेचने पड़ रहे थे। पिछला सारा कुछ, दोन-नदी पर घिरी, रिसती हुई धुन्ध की तरह, सपना-सा लगता था। सिर्फ़ एक मकान बच रहा था, जिसके बारजे की पच्चीकारी, और जिसकी मुंडेरों की उखड़ी हुई लकड़ी अपने पुराने ठाट-बाट की दास्तान-सी कहती थी। मिरोन की दाढ़ी के बालों का भूरा रंग समय से पहले ही उतरने लगा था, और सफ़ेदी आने लगी थी। पहले सफ़ेदी, बालू में उगी झाड़ियों की तरह, जहाँ-तहाँ नज़र आई थी, बाद में कनपटियों के बालों पर उतर आई थी और अब सभी जगह माथे के ऊपर के हिस्से पर जम रही थी। और, इस समय मिरोन के अन्तर् में खुद दो चीज़ों के बीच कशमकश चल रही थी। एक तरफ़ उसका आग की तरह धधकता हुआ ख़ून विद्रोह करता था, उसे काम की तरफ हाँकता था, और उसे खेतों की बोआई करने, शेड बनाने, खेती-बारी के औज़ारों की मरम्मत करने और ख़ूब सारा धन कमाने को मजबूर करता था। दूसरी तरफ़ एक ख़्याल उसके दिमाग को रह-रहकर कचोटता था कि आख़िर ख़ूब-सारा धन कमाने से फ़ायदा...सारा कुछ उड़ ही तो जाएगा ?...और उदासीनता अपना मुर्दार-रंग हर चीज़ पर चढ़ा देती थी। उसके काम से सधे हाथ अब पहले की तरह हथौड़ा या आरी न साधते थे, बल्कि निकम्मे-से घुटनों पर पड़े रहते थे। बुढ़ापा उस पर वक्त से पहले ही हावी हो गया था। धरती तक उसे पीछे ढकेलने लगी थी। वसन्त में वह आदतन उसकी तरफ़ मुड़ा था, जैसे कोई आदमी अपनी पत्नी को प्यार तो न करे, मगर उसके प्रति अपना कर्तव्य निभाना चाहे। उसने ज़मीन-ज़ायदाद बढ़ाई थी तो किसी तरह की खुशी का अनुभव न किया था, और

वह हाथ से निकल गई थी तो पहले की तरह कोई टीस या दर्द महसूस न किया था। अभी लाल-फ़ौजी उसके घोड़े ले गए थे तो उसने पलक तक न झपकाई थी, मगर दो साल पहले बैलों ने पटसन रौंद दी थी, तो उसने पचांगुर से मारते-मारते बीवी की खाल उधेड़ दी थी। पड़ोसियों ने बड़बड़ाकर कहा था कि इसने इतनी चीज़ों पर हाथ पसार रखा है कि इसे जैसे कोई बीमारी हो गई है।

पैन्तेली लँगड़ाता हुआ घर पहुँचा और जाकर पलँग पर पड़ा रहा। उसके पेडू में भयानक दर्द उठा और मतली आने लगी। खाने के बाद उसने अपनी पत्नी से थोड़ा-सा नमक-पड़ा तरबूज माँगा। फिर, उसे ऐसी कँपकँपी छूटी कि कमरा पार कर स्टोव तक पहुँचना दुश्वार हो गया। सुबह होने तक सन्निपात हो गया। तेज़ बुख़ार चढ़ आया। चेहरा पीला पड़ गया। आँखों की सफ़ेदी साँवली पड़ गई और नीले रंग की झलक मारने लगी। बुढ़िया द्रोज़दिख़ा ने नसों से काला ख़ून खींचकर शोरबे की दो तश्तरियाँ भर दीं, मगर पैन्तेली को होश न आया। उसका चेहरा सफ़ेद पड़ता गया। फिर, उसने साँस लेने की कोशिश की तो मुँह खुला-का-खुला रह गया।

20

जनवरी के अन्त में इवान अलेक्सेयेविच को ज़िला क्रान्तिकारी समिति के अध्यक्ष से मिलने के लिए व्येशेन्स्काया बुलाया गया। उसको शाम को तातारस्की लौटना था, इसलिए मोख़ोव के खाली घर में, पुराने मालिक के पिछले दफ्तर की लिखने-पढ़ने की बड़ी मेज़ के पीछे बैठा मीशा कोशेवोइ उसकी राह देखता रहा। व्येशेन्स्काया का ओलशानोव नाम का मिलिशिया का सिपाही खिड़की की देहली पर बैठा सुस्ताता, चुपचाप धुआँ उड़ाता और बड़ी होशियारी से कमरे के बाहर थूकता रहा। खिड़कियों के बाहर सूर्यास्त के रंग उतार पर आने और रात के सितारों में बदलने लगे। मीशा रह-रहकर पाले से मढ़ी खिड़की पर निगाह दौड़ाता और स्तीपान अस्ताख़ोव के घर की तलाशी का हुक्म तैयार करता रहा।

इसी समय कोई बरामदे से निकलकर बरसाती में आए तो उसके फ़ेल्ट के बूट हल्के-हल्के चरमराए।

"वह आ गया !" मीशा उठकर खड़ा हो गया। पर, पैरों की आहट अनजानी-सी लगी, खाँसने का तरीका अनजान लगा, और ग्रिगोरी मेलेख़ोव कमरे में दाख़िल हुआ। उसका चेहरा पाले से भूरा-लाल दिखाई दिया, उसकी भौंहों और गलमुच्छों के बीच बर्फ़ के फूल झलके और कोट के बटन गले तक बन्द नज़र आए।

"मैंने खिड़की में रोशनी देखी तो चला आया। कैसे हो ?"

"हलो, कहो, क्या मुसीबत है ?" मीशा ने उसका अभिवादन किया।

"कोई मुसीबत नहीं है। मैं तुमसे बातें करने और यह कहने आया हूँ कि माल पहुँचाने का काम मुझे न सौंपना—हमारे घर के घोड़े लँगड़े हैं।" ग्रिगोरी बोला।

"लेकिन तुम्हारे यहाँ बैल भी तो हैं !" मीशा ने उसे कनखी से देखा।

"माल पहुँचाने का काम बैलों से नहीं लिया जा सकता। इस समय सड़कों पर बड़ी फिसलन है।"

सहसा ही लकड़ी के तख्तों पर किसी के पैरों की आहट हुई और, दूसरे ही क्षण, औरत की तरह लबादे में लिपटा इवान अलेक्सेयेविच झटके से कमरे में घुसा।

"मैं तो जमकर बर्फ़ हो गया हूँ, यारो, बिल्कुल बर्फ़ हो गया हूँ !" वह ज़ोर से बोला—"हलो, ग्रिगोरी, तुम रात में क्यों फिर रहे हो ? शैतान ने ही ये लबादे बनाए होंगे। चलनी की तरह इनके बीच से हवा छनती है।"

उसकी आँखें चमकती रहीं और वह लबादा उतारते-उतारते कहता गया—"हाँ भाई, मैं अध्यक्ष से मिल आया। मैं उसके दफ्तर में गया तो उसने उठकर मुझसे हाथ मिलाया और बोला—'बैठिए

कॉमरेड !'' सोचो ज़रा, ज़िला समिति का अध्यक्ष है। कोई ऐसा-वैसा आदमी नहीं है। अब ज़रा यह बतलाओ कि पिछले ज़माने में क्या हालत थी ? उस समय यह आदमी होता तो मेजर-जनरल होता और उसके सामने हमें-तुम्हें इस तरह खड़ा होना पड़ता, जैसे कि हम परेड कर रहे हों। अब हमारी सरकार इस तरह की है। सब लोग बराबर हैं।''

ग्रिगोरी इवान के चेहरे के ख़ुशी से खिलने और शब्दों में विजय की ध्वनि का कारण न समझा। पूछा–''क्या बात है कि तुम इतने ख़ुश हो, इवान अलेक्सेयेविच !''

''बात क्या है ?'' इवान की गढ़ेवाली ठुड्डी काँपी–''उसने समझा कि मैं भी आदमी हूँ, इसलिए भला मुझे ख़ुशी क्यों न हो ? उसने बराबर के आदमी की तरह मेरी तरफ़ हाथ बढ़ाया और मुझसे बैठने को कहा।''

''आजकल तो जनरल तक बोरे के कपड़े की कमीज़ें पहने घूमते फिरते हैं।'' ग्रिगोरी ने अपने गलमुच्छों पर हाथ फेरा–''मोर्चे से पीछे हटते वक्त मैंने एक अफ़सर को पक्की पेन्सिल के निशानोंवाली पट्टियाँ पहने देखा। और, उस-जैसे अफ़सरों ने भी कज़्ज़ाकों से हाथ मिलाए थे।''

''जनरलों ने तो हाथ इसलिए मिलाए कि उन्हें मिलाने पड़े...लेकिन, ये लोग तो अपने मन से, स्वाभाविक रूप से ऐसा करते हैं...फ़र्क देखते हो ?''

''कोई फ़र्क नहीं है।'' ग्रिगोरी ने सिर हिलाया।

''और, तुम समझते हो कि यह सरकार भी बिल्कुल वैसी ही है ? सवाल है कि आख़िर तुम लड़े क्यों ? तुम जनरलों के लिए लड़े ? और, तुम कहते हो कि कोई फ़र्क नहीं है।''

''मैं अपने लिए लड़ा, जनरलों के लिए नहीं। अगर मेरे मन की बात पूछो तो न मुझे वह पसन्द है और न यह।''

''आख़िर तुम्हें कौन पसन्द है ?''

''क्यों...कोई नहीं !''

मिलिशिया के सिपाही ओलशानोव ने कमरे के बीच में थूका और हमदर्दी से मुस्कुराया। साफ़ है कि उसे भी न यह पसन्द था न वह।

''मैं नहीं सोचता कि पहले भी तुम्हारे विचार ऐसे ही थे...'' मीशा ने ग्रिगोरी को जान-बूझकर चोट पहुँचाने के ख़्याल से कहा। लेकिन ग्रिगोरी को देखने से लगा कि गोली निशाना चूक गई।

''तुम, मैं और सभी लोग कुछ दूसरी ही बातें करते रहे हैं।'' ग्रिगोरी ने जवाब दिया।

इवान अलेक्सेयेविच बहुत उत्सुक था कि ग्रिगोरी जान छोड़े तो वह मीशा को अपनी यात्रा और ज़िलाध्यक्ष से हुई बातचीत के बारे में सभी कुछ बताए। लेकिन, बात बढ़ी तो उसे परेशानी हुई, और व्येशेन्स्काया में देखी और सुनी बातों के आधार पर वह भी बहस में कूद पड़ा। बोला–''तुम हमें उलझन में डालने के लिए यहाँ आए हो ! ग्रिगोरी, तुम खुद नहीं जानते कि तुम चाहते क्या हो ?''

'तुम ठीक कहते हो...मैं नहीं जानता''–ग्रिगोरी ने बात मानी।

''इस सरकार के ख़िलाफ़ तुम क्यों हो ?''

''और, इस सरकार के हक़ में तुम क्यों हो ?'' तुम्हारा रंग इतना गहरा लाल कब से हुआ ?''

''हम इस बात की चर्चा इस समय न करेंगे। हम तो सिर्फ़ यह बात करेंगे कि आजकल हो क्या रहा है। और, सरकार का ज़िक्र मुझसे बहुत ज़्यादा न करो, क्योंकि मैं ग्राम-अध्यक्ष हूँ, और तुमसे बहस में उलझना मेरे लिए अक्ल की बात नहीं।''

''तो, बात छोड़ो। वैसे भी मेरे जाने का वक्त हो गया। मैं तो माल लादकर पहुँचाने के सिलसिले में यहाँ आया था...जहाँ तक तुम्हारी सरकार का सवाल है, तुम जो चाहे सो कहो, मगर है यह सरकार सड़ी-गली। अच्छा, एक बात सीधे-सीधे बताओ और झगड़ा वहीं ख़त्म हो जाएगा...यह बताओ कि तुम्हारी यह सरकार हम कज़्ज़ाकों के किस काम की है !''

"कौन-से कज़्ज़ाकों के किस काम की ? कज़्ज़ाक तो सभी तरह के होते हैं !"

"सभी तरह के कज़्ज़ाकों के किस काम की ?"

"आज़ादी, बराबरी का हक़...सुनो ज़रा...कुछ ऐसा भी है जो तुम..."

ग्रिगोरी ने बात काटी—"यही बात उन्होंने 1917 में भी कही थी, लेकिन अब उन्हें कोई दूसरी और बेहतर दलील सोचनी चाहिए ! सवाल है कि क्या वे लोग ज़मीनें दे रहे हैं हमें ? आज़ादी दे रहे हैं हमें ? बराबरी का हक़ दे रहे हैं हर एक को ? ज़मीनें...ज़मीनें हमारे पास इतनी हैं कि हमारा दम घुटता है; और इससे ज़्यादा आज़ादी हम नहीं चाहते। इससे ज़्यादा आज़ाद हम होंगे तो एक-दूसरे को गली-सड़कों में चाकू मारने लगेंगे। हम अपने अतामान आप चुनते थे, पर अब लाल-गारद के लोग हमारे सिर पर सवार हैं। इस सरकार से कज़्ज़ाकों को सिर्फ़ बरबादी हासिल होगी, और कुछ नहीं। यह किसानों की सरकार है, और किसानों की सरकार हमें नहीं चाहिए। साथ ही हमें इन जनरलों की भी ज़रूरत नहीं। ये कम्युनिस्ट और ये जनरल, ये सब एक ही से हैं। वे सभी हमारी गर्दनों पर सधे हुए हैं।"

"माना कि धनी कज़्ज़ाकों को उसकी ज़रूरत नहीं, पर बाक़ी कज़्ज़ाकों के बारे में क्या कह सकते हो तुम ? तुम बेवकूफ़ हो ! गाँव में धनी कज़्ज़ाक होंगे तीन, मगर यह बताओ कि ग़रीब कज़्ज़ाक कितने होंगे ? और, इन मेहनतकशों का क्या करोगे तुम ? यहाँ...यहाँ तो हम तुम्हारी राय सुनेंगे नहीं। धनी कज़्ज़ाकों को चाहिए कि वे अपने माल-मत्ते के एक हिस्से का मोह त्यागें और उसे ग़रीबों को दे दें। वैसे अगर वे न देंगे तो हम ले लेंगे और उसके साथ उनका थोड़ा-बहुत मांस भी उधड़ता चला आएगा। हमने अपने ऊपर उनकी हुकूमत बहुत सही। ज़मीन चुराई उन्होंने...चोर कहीं के !"

"चुराई नहीं, जीती। हमारे पुरखों ने उसके लिए अपना ख़ून बहाया था, शायद इसीलिए धरती इतनी हरी-भरी है..."

"इससे कोई फ़र्क नहीं पड़ता..जिन्हें ज़रूरत है, उन्हें ज़मीन मिलनी चाहिए और इन लोगों को देनी चाहिए। मगर, तुम...तुम हो गिरगिट, मिनट-मिनट में रंग बदलते हो। तुम्हारे-जैसे लोग ही मुसीबत की जड़ होते हैं।"

"मुझे बेकार गालियाँ न दो। मैं तो अपनी पुरानी दोस्ती के ख़्याल से आया था कि मेरे दिल में जो बात खौल रही है, वह तुम्हारे सामने खोलकर रख दूँ...तुमने बराबरी का ज़िक्र किया। इसी तरह तो बोलशेविकों ने अनजान लोगों पर रोब जमाया है। वे मीठी-मीठी बातों का चारा इस्तेमाल करते हैं और लोग जाल में मछलियों की तरह फँसते चले जाते हैं। और, तुम्हारी यह 'बराबरी' है कहाँ ? लाल-फ़ौज को ही लो। ये फ़ौजें गाँव के बीच से गुज़रीं तो ट्रुप-अफ़सरों के पैर क्रोम-चमड़े के बूटों से लैस नज़र आए, आम जवानों के पैर चीथड़ों से ढँके दीखे। मैंने ऐसे कमीसार देखे हैं जिनके बदन पर सारे कपड़े चमड़े के थे—क्या पैंट, क्या कोट और क्या कोई चीज़ ! दूसरी तरफ़ ऐसे लोग देखे हैं जिन्हें एक जोड़ी जूतों के लिए चमड़ा नसीब नहीं हुआ। अभी तो सोवियत-सरकार को सिर्फ़ एक साल हुआ है, लेकिन जब जड़ें ज़रा गहरी हो जाएँगी, तब उनकी इस 'बराबरी' की आख़िर क्या शक्ल सामने आएगी ? मोर्चे पर हम कहते थे कि हम सब बराबर होंगे, अफ़सरों और मामूली फ़ौजियों के बीच कोई फ़र्क न रहेगा। दोनों को ही एक-सी तनख्वाहें मिलेंगी। लेकिन कुछ नहीं। सब-कुछ ग़लत निकला। राजा हज़ार बुरा हो तो भी कोई बात नहीं। मगर ज़रा गँवार को राजा बना दो, फिर देखो। बुरे राजा से दस गुना बदतर साबित होगा यह गँवार-राजा। माना कि पुराने अफ़सर बहुत बुरे थे, मगर ज़रा कज़्ज़ाक को अफ़सर बना दो, इससे बदतर शक्ल नहीं आएगी आपके सामने...घुटन से आप मर जाएँगे। तालीम इस कज़्ज़ाक को भी वही मिली होगी जो किसी दूसरे कज़्ज़ाक को, यानी बैलों की पूँछ ऐंठना सीखा होगा इसने। मगर हाथ-पैर मारकर, अफ़सर बन जाने पर इसे ताक़त का ऐसा नशा होगा कि बस ! अपनी गद्दी सही-सलामत रखने के लिए वह किसी को ज़िन्दा आग में झोंकने को भी तैयार रहेगा ?"

"तुम्हारी बातें क्रान्ति-विरोधी हैं।" इवान अलेक्सेयेविच ने ठंडे मन से कहा, पर ग्रिगोरी की आँखों से आँखें न मिलाईं–"तुम मुझे अपनी तरफ़ न कर पाओगे, और मैं तुम्हें तोड़ना नहीं चाहता। आज तुमसे एक ज़माने बाद मुलाक़ात हुई है, और इसमें दो रायें नहीं हो सकतीं कि इस बीच तुम बहुत ही ज़्यादा बदल गए हो। तुम तो सोवियत-सरकार के दुश्मन हो !"

"मुझे तुमसे इसकी उम्मीद न थी। यानी, अगर मैं यह सोचता-समझता हूँ कि हमें किस तरह की सरकार चाहिए तो मैं इन्क़लाब के ख़िलाफ़ हूँ...है न ? यानी, मैं, एक कैडेट और इन्क़लाब के ख़िलाफ़ ?"

इवान ने ओलशानोव की तम्बाकू की थैली ली और धीमे स्वर में बोला–"यह बात कैसे समझा दूँ मैं तुम्हें ? यह तो अपने ही दिल और दिमाग़ से सोची जाती है। फिर तुम्हें समझाने के लिए लफ़्ज़ खोजना मेरे वश की बात नहीं, क्योंकि एक तो मैं पढ़ा-लिखा नहीं, दूसरे, कितनी ही बातें ख़ुद नहीं जानता। कितने ही मामलों में तो मुझे ख़ुद अँधेरे में इधर-उधर टटोलना पड़ता है..."

"ख़त्म करो बातें...सुनते-सुनते कान पक गए !" मीशा तेज़ी से चिल्लाया।

सब लोग एकसाथ घर के बाहर आए। ग्रिगोरी चुप रहा। अलग होते समय इवान अलेक्सेयेविच बोला–"अच्छा हो कि ये सारी बातें तुम अपने तक ही रखो, वरना तुम्हें पूरी तरह जानते हुए भी, मुझे तुम्हारा मुँह बन्द करने के तरीक़े सोचने पड़ेंगे। तुम कज़्ज़ाकों को और डगमगाओ नहीं। वे यों ही डगमगा रहे हैं। साथ ही तुम हमारे आड़े भी न आओ, नहीं तो हमें तुम्हें रौंधना पड़ेगा। दोस्विदानिया !"

ग्रिगोरी अपने रास्ते पर बढ़ा। उसे रह-रहकर ख़्याल आया कि उसने अपना मामला आप बिगाड़ लिया है। यानी जो बात पहले साफ़ नहीं थी, वह अब बिल्कुल साफ़ हो गई थी। वैसे उसने तो मात्र इतना किया था कि उन बातों को इस समय शब्दों में बाँध दिया था, जो पिछले कई दिनों से उसके मन में उमड़-घुमड़ रही थीं।

फिर, चूँकि आज वह एक दोराहे के बीचोंबीच खड़ा दो अलग-अलग तत्त्वों के बीच डगमगा रहा था और दोनों को ही काट रहा था, इसलिए उसमें एक तरह की खीझ पैदा हो गई थी। इस खीझ की टीस बहुत गहरी थी, और इसकी आग पलभर को भी धीमी न पड़ती थी।

मीशा और इवान साथ-साथ गए। इवान, मीशा को ज़िलाध्यक्ष से अपनी भेंट की बातें बताने लगा तो सारी बातों का रंग और महत्त्व ही जैसे रह-रहकर मुरझा गया। उसने अपनी तबीयत में पहले की-सी उमंग और ख़ुशी भरने की बड़ी चेष्टा की, पर बात बनी नहीं। कोई चीज़ आकर सड़क के आर-पार अड़ गई और इसके कारण उसका हँसी-ख़ुशी से जीना और ताज़ा, ठंडी हवा में साँस लेना दुश्वार हो गया। ग्रिगोरी और उसकी सारी बातचीत ही रास्ता रोकने लगी। उसे बहस की बातों का ध्यान आया तो नफ़रत-भरी आवाज़ में बोला–"ग्रिगोरी-जैसे लोग ऐसे होते हैं कि वे और कुछ नहीं करते, सिर्फ़ आदमी के पैरों के बीच आकर अड़ जाते हैं। बिल्कुल बकवास ! वह किनारे तक कभी नहीं पहुँचेगा, गोबर की तरह लहरों पर सिर्फ़ उतारता चला जाएगा। अगर वह फिर आया तो उसे बताऊँगा मैं ! अगर उसने किसी तरह की कोई गड़बड़ी शुरू की तो हम लोग उसके लिए कोई शान्त, छोटी जगह खोज देंगे। ख़ैर, तुम्हारे क्या हालचाल हैं, मीशा ? कैसा चल रहा है सबकुछ ?"

मीशा ने शपथ के साथ अपने विचार सामने रखे।

वे सड़क पर आगे बढ़े कि कोशेवोइ इवान की ओर मुड़ा और उसके भरे हुए, लड़कियों के-से होंठों पर हल्की मुस्कान दौड़ गई–"यह राजनीति भी कैसी गई-बीती चीज़ है ! शैतान ले जाए इसे ! जितनी दोस्ती-दुश्मनी राजनीति की बातों पर मोल लेनी पड़ती है, उतनी किसी दूसरे विषय की बातों को लेकर नहीं लेनी पड़ती। अब ग्रिगोरी को ही लो, हम स्कूल के ज़माने से एक-दूसरे के दोस्त रहे हैं, हम साथ-साथ लड़कियों के पीछे भागते फिरे हैं, और वह बिल्कुल मेरे भाई की तरह रहा है। लेकिन आज बातें शुरू होती हैं तो मैं अपने आपे में नहीं रह पाता। कलेजा मुँह को आने लगता है। तरबूज़ की तरह फटता

महसूस होता है। आज ही की लो। मैं गुस्से के मारे सिर से पैर तक काँपने लगा था। मुझे ऐसा लग रहा था जैसे कि वह मेरा कुछ लिए ले रहा है, मुझे लूटे ले रहा है। इस तरह की बातों से मन होता है कि आदमी का गला दबाकर मार डालो। लड़ाई में कोई किसी का भाई-भतीजा नहीं होता। आदमी एक लकीर खींच लेता है, और फिर उसी पर चलता चला जाता है।" मीशा की आवाज़ असह्य वेदना से कँपकँपाने लगी–"इस समय की उसकी बातें सुनकर मुझे इतना गुस्सा आया कि बस ! इतना गुस्सा तो मुझे उस पर तब भी न आया था, जब उसने कभी मेरी कोई माशूका उड़ा दी थी। इससे सिर्फ़ यही मालूम होता है कि हम आज एक-दूसरे से कितनी दूर हैं, और आज हमारे बीच कितना बड़ा फ़ासला है !"

21

बर्फ़ गिरते ही पिघल जाती। दोपहर को बर्फ़ के अम्बार उदासी से भरी, भारी गड़गड़ाहट के साथ चोटी से फिसलते नीचे चले आते। दोन-तट से दूर के जंगल में सरसराहट-सी होती रहती। शाहबलूत के तने नंगे नज़र आते। शाख़ों से नन्हीं-नन्हीं बूँदें चूतीं और बर्फ़ को भेदकर, शरद की सड़ती हुई पत्तियों की सतह तक जा पहुँचतीं। बहुत पहले से वसन्त की गरमी से भरी नशीली मधुगन्ध चारों ओर से उमड़ती रही और बगीचे से चेरी की महक आती रही। दोन पर बिछी बर्फ़ की चादर में सूराख पड़ने लगे, जमी हुई बर्फ़ किनारों से कटकर दूर चली गयी, और झलाझल, हरा पानी सूराख़ों के सिरों तक बढ़ता हुआ आने लगा।

दोन-प्रदेश को ले जाए जानेवाले लड़ाई के सामान की स्लेजें तातारस्की में बदली जाने को हुईं, सामान के साथ के लाल-फ़ौजी जानदार साबित हुए। उनका कमांडर, इवान अलेक्सेयेविच पर निगाह रखने के लिए, क्रान्तिकारी समिति में बना रहा। उससे बोला– "मैं यहीं तुम्हारे साथ बना रहूँगा, वरना तुम उड़ जाओगे और हमें तुम्हारा अता-पता भी न मिलेगा।"

बाक़ी लोग स्लेजें जुटाने को चले। दो-दो घोड़ोंवाली सैंतालीस स्लेजों की ज़रूरत थी।

मोख़ोव का पहले का कोचवान येमेल्यान मेलेख़ोवों के घर गया और प्योत्र से मिला। बोला, "अपने घोड़े जोतो और बोकोवाया तक लड़ाई का सामान पहुँचा आओ।"

प्योत्र ने अपनी जगह से टस-से-मस हुए बिना गुर्राकर जवाब दिया–"घोड़े लँगड़े हैं...कल मैंने घोड़ी जोतकर ज़ख़्मियों को व्येशेन्स्काया पहुँचाया था।"

येमेल्यान ने आगे कुछ नहीं कहा। वह मुड़ा और अस्तबल की ओर बढ़ा। प्योत्र, बिना टोप लगाए, उसके पीछे-पीछे चीखता भागा–'ए...अरे सुनो तो...एक मिनट रुको तो...वहाँ न जाओ।'

"तो फिर बेवकूफ़ न बनाओ।" येमेल्यान ने प्योत्र की ओर घूरकर देखा और बोला, 'मैं तुम्हारे घोड़ों को एक नज़र देखना चाहता हूँ। मेरा ख़्याल है कि हथौड़ा मार-मारकर तुमने खुद उन्हें लँगड़ा बनाया है। तुम मेरी आँखों पर पर्दा नहीं डाल सकते। मैंने अपने ज़माने में इतने घोड़े देखे हैं जितने अब तक तुमने लीद के चोथ देखे होंगे। चलो, जोतो...घोड़े जोतो चाहे बैल जोतो, मेरे लिए एक ही बात है।"

ग्रिगोरी सवारी के साथ गया। रवाना होने के पहले वह दौड़ा-दौड़ा बावर्चीखाने में गया और अपने बच्चों को चूमकर जल्दी-जल्दी बोला–"तुम्हारे लिए ख़ूब अच्छी-अच्छी चीज़ें लाऊँगा, पर शरारत न करना और माँ का कहना मानना।" प्योत्र से बोला–"मेरे लिए परेशान न हो...मैं बहुत दूर नहीं जाऊँगा। अगर वे मुझे बोकोवाया से आगे जाने को कहेंगे तो मैं बैलों को छोड़-छाड़कर चल दूँगा। लेकिन हो सकता है कि मैं लौटकर गाँव न आऊँ और चाची के यहाँ सिनगिन चला जाऊँ। वहाँ आकर मुझसे मिलना, प्योत्र। मुझे तुम्हारा मुँह लटका रहना पसन्द नहीं आ रहा।" ग्रिगोरी होंठों-ही-होंठों में मुस्कुराया–"ख़ैर, अलविदा, नताल्या, मेरे लिए बहुत दुखी न होना।"

इधर मोख़ोव की दूकान से खाने-पीने की चीज़ों के गोदाम का काम लिया जा रहा था। सो, दूकान के पास ही गाड़ी में तोप के गोले भरे गए और गाड़ी चल दी।

बैल एक रफ़्तार से आगे-ही-आगे बढ़ते रहे और ग्रिगोरी, अपने कोट में लिपटा, स्लेज के पिछले हिस्से में लेटा रहा कि उसे ख़्याल आया—'यह लाल-फ़ौजी लड़ रहे हैं ताकि उनकी ज़िन्दगी बेहतर हो...लेकिन, हम तो अपनी ज़िन्दगी की बेहतरी के लिए पहले ही लड़ चुके हैं। ज़िन्दगी में कहीं भी सचाई नहीं है। जो जीत जाता है, वह हारने वाले को हड़प जाता है। मैं एक ऐसी सचाई के पीछे भागता रहा हूँ जो कहीं है ही नहीं। कहते हैं कि पुराने ज़माने में तातारों ने हमारे इलाक़ों को हथियाने और हमें गुलाम बनाने की कोशिश की थी। अब पारी रूसियों की है। उनके साथ चैन से रहना मुमकिन नहीं। वे मेरे और मेरी तरह सभी कज़्ज़ाकों के लिए परदेशी हैं। कज़्ज़ाक यह बात अब महसूस करते ही हैं। हम मोर्चे से भागकर आए और आज किसी भी दूसरे आदमी में और मुझमें कोई फ़र्क नहीं है। लेकिन देर बहुत हो चुकी है...चिड़ियाँ खेत चुग गई हैं।''

सड़क के सिरे पर स्तेपी की घास की लहरियारदार गोट थी। यह घास रह-रहकर डुबकी लगाते हुए झाड़ियों से भरे खड्ड में उतर जाती थी। दूरी पर बर्फ़ से ढके मैदान फैलते चले गए थे, जो समतल थे। सड़क जैसे अनन्त थी और मन में नींद में भीगी उदासी की भावना जगाती थी।

ग्रिगोरी, जब-तब ही बैलों पर चिल्लाया। उसने सुस्ती का अनुभव किया और ऊँघते हुए लड़ाई के सामान के केसों से सट गया। फिर एक सिगरेट जलाई, धुआँ उड़ाया और अपना चेहरा सूखी घास में छिपा लिया। उससे सूखी तिनपतिया की और जुलाई के दिनों की सलोनी धुन्ध की गमक आती रही। ग्रिगोरी को नींद आ गई। उसने सपना देखा कि अनाज के ऊँचे-ऊँचे पौधों के बीच वह अकसीनिया के साथ चला जा रहा है। अकसीनिया की गोद में एक बच्चा है, जिसे उसने सावधानी से साध रखा है। औरत अपनी चमकती हुई आँखों से ग्रिगोरी को देख रही है। वह अपने दिल की धड़कन सुन रहा है, और अनाज की एक-एक बाली की सरसराहट उसके कानों में बज रही है। वह मैदान के किनारों पर घास की गोट देखता है और आसमान के झिलमिल नीलम पर नज़र डालता है। उसका प्यार नई करवट लेता है और वह अपने पूरे तन-मन से फिर अकसीनिया पर जान देने लगता है। उसे लगता है कि उसका पूरा हृदय और हृदय की एक-एक धड़कन अकसीनिया को समर्पित हो गई है। इसके साथ ही वह यह भी समझता है कि यह सच नहीं है कि उसकी आँखों के आगे के रंग स्वप्न देश के हैं, और बेजान-सी झलक मार रहे हैं। इस पर भी वह ख़ुशी से फूला नहीं समाता और सपने को ज़िन्दगी मान लेता है। अकसीनिया इस समय भी वैसी ही है, जैसी पाँच वर्ष पहले थी। सिर्फ़ परिवर्तन इतना हुआ है कि उसमें थमाव आ गया है और उसका जोश ठंडा पड़ चुका है। ग्रिगोरी के सामने पहले से कहीं साफ़ तस्वीर आती है। अकसीनिया की गर्दन पर हवा से बिखरे घुँघराले बाल हैं और उसके सफ़ेद रूमाल के कोने चमक रहे हैं।

इस बीच एक झटका लगा, ग्रिगोरी जाग गया और आवाज़ें उसे फिर इस जीती-जागती दुनिया में घसीट लाईं। उसने आँख उठाकर देखा कि वह और उसके साथ के लोग विरोधी दिशा में जाती, सामान से लदी स्लेजों की आखिरी कतार की बगल से गुज़र रहे हैं।

''क्या सामान है तुम्हारी स्लेजों पर, दोस्तो ?'' ग्रिगोरी के आगे की स्लेज से वोदोव्स्कोव ने भर्राई हुई आवाज़ में पूछा।

स्लेज दौड़ानेवाले चीखते रहे और बैलों के खुरों के नीचे बर्फ़ चरमराती रही। काफ़ी देर तक सन्नाटा रहा। फिर एक आदमी बोला—''लाशें हैं—टाइफ़स से मरे लोगों की।''

ग्रिगोरी ने देखा तो गुज़रती हुई स्लेजों में तिरपाल से ढँकी लाशें पड़ी दिखाई दीं। उसकी अपनी स्लेज की पटरी बाहर लटकते एक हाथ के ऊपर पड़ गई। आदमी के गोश्त ने बेजान-सी ठस आवाज़ की। ग्रिगोरी ने बेमन से उधर से निगाह फेर ली।

तिनपतिया की मोहक महक से फिर नींद आने लगी। अर्द्ध-विस्मृत अतीत हौले-हौले साकार हो उठा और उसने अपना कलेजा पुरानी यादों की तलवार की तेज़ धार पर रख दिया। वह स्लेज के पिछले हिस्से में गिरा तो उसके गाल तिनपतिया के पीले तिनकों से सट गए। एक गहरा दर्द जैसे उसे छेदने लगा। लेकिन इस पर भी बड़ा प्यारा और मधुर लगा। पिछली यादें उसे तार-तार करती रहीं। दिल रह-रहकर तेज़ी से धड़कता और ख़ून थूकता रहा।

नींद का सिलसिला काफ़ी देर तक चलता रहा।

22

कुछ लोग तातारस्की-क्रान्तिकारी-समिति के आस-पास आ जमा हुए। वे थे दाविद, तिमोफ़ी मोख़ोव का पहले का कोचवान येमेल्यान और चेचक के दागों से भरे चेहरेवाला मोची फ़िल्का। रोज़मर्रा के काम के लिए इवान अलेक्सेयेविच को इस दल के सहयोग और सहायता पर निर्भर करना पड़ता था, क्योंकि उसे अपने और गाँव के बाक़ी लोगों के बीच एक दीवार-सी उठती नज़र आती थी। कज़्ज़ाक बैठकों में न आते थे और अगर आते थे तो तब जब दाविद और दूसरे लोग एक-एक घर के कई-कई चक्कर लगा आते थे। आने पर वे चुपचाप बैठे रहते थे और हर बात पर हाँ-हाँ करते और सिर हिलाते चले जाते थे। ऐसे अवसरों पर कमउम्र कज़्ज़ाकों की बहुतायत होती थी, पर साथ देनेवाले और हमदर्दी दिखानेवाले उनमें भी नहीं मिलते थे। इवान बैठक की कार्रवाई चलाता तो पत्थर से जड़ चेहरे, अविश्वास से भरी नज़रें और नीचे झुकी हुई निगाहें उसे सामने दीख पड़ती थीं। ऐसे में उसका दिल अन्दर-ही-अन्दर बैठने लगता, उसकी आवाज़ पतली पड़ जाती और उसका आत्मविश्वास घटने लगता। ऐसे ही एक दिन फ़िल्का उबल ही तो पड़ा—"हम सारे गाँव से कट गए हैं, कॉमरेड कोतल्यारोव ! लोगों के दिलों में शैतान आ बसा है। कल ज़ख्मी लाल-फ़ौजियों को व्येशेन्स्काया पहुँचाने के लिए मैं स्लेजें लेने गया तो कोई तैयार ही नहीं हुआ। इस तरह तो हमारी गाड़ी बहुत दूर तक न जा सकेगी।"

"और, लोग किस तरह शराब पीते हैं !" येमेल्यान ने अपने पाइप को अँगूठे से ठोंकते हुए ज़ोर से कहा—"हर घर में वोद्का बनाई जाती है।"

मीशा कोशेवोइ के माथे पर बल पड़े, लेकिन वह चुप रहा। पर, सब लोग शाम को घर जा रहे थे कि उसने इवान अलेक्सेयेविच से पूछा—"मुझे एक राइफल मिल सकती है ?"

"किसलिए ?"

"खाली हाथों बाहर निकलना मुझे पसन्द नहीं। तुमने कुछ देखा नहीं ? मेरा ख़्याल है कि हमें ग्रिगोरी-मेलेख़ोव, बूढ़े बोलदीखे, मातबेई काशुलिन और मिरोन कोरशुनोव को गिरफ़्तार कर लेना चाहिए। वे कज़्ज़ाकों के कान भर रहे हैं...काले साँप हैं। दोनेत्स के इलाके से अपने साथियों के लौट आने के इन्तज़ार में हैं।"

इवान अलेक्सेयेविच के चेहरे पर निराशा झलकी—"अगर हमने लोगों को इस तरह चुन-चुनकर छाँटना शुरू किया तो हमें कितने ही कान भरनेवालों को गिन-गिनकर अलग करना पड़ेगा। लोग डगमगा रहे हैं। उनमें से कुछ हमारे साथ हमदर्दी रखते हैं, पर कोरशुनोव का मुँह जोहते रहते हैं। उन्हें डर है कि उसका मीत्का दोनेत्स से आएगा और उनकी अंतड़ियाँ निकालकर रख देगा।"

फिर, इवान की गतिविधियों में नया मोड़ आया। अगले दिन व्येशेन्स्काया से एक दूत हुक्म लेकर आया कि सबसे सम्पन्न और धनी परिवारों पर कर लगा दिया जाए और, जैसे भी हो, पूरे गाँव से चालीस हज़ार रूबल उगाहे जाएँ। इस पर क्रान्तिकारी समिति ने तय किया कि किस परिवार से कितना वसूल किया जाए। इसके बाद अगले दो दिन में दो बोरे यानी कोई अठारह हज़ार रूबल जमा हो गए। इवान अलेक्सेयेविच ने ज़िला-समिति को सूचना दे दी। जवाब में मिलिशिया-पुलिस के दो लोग आए

और साथ में हुक्म लाए—"जिन्होंने यह कर अदा नहीं किया है उन्हें गिरफ़्तार कर लिया जाए और पहरेदारों के साथ व्येशेन्स्काया भेज दिया जाए।" नतीजा यह हुआ कि चार व्यक्ति तुरन्त ही गिरफ़्तार कर मोख़ोव के तहख़ाने में बन्द कर दिए गए, जहाँ वह जाड़े के दिनों में सेब रखा करता था।

सारे गाँव में खलबली मच गई, जैसे कि किसी ने शहद की मक्खियों के छत्ते में हाथ मार दिया हो। गिरती हुई क़ीमतवाली मुद्रा को जमा करनेवाले कोरशुनोव ने कर अदा करने से साफ़ इन्कार कर दिया। लेकिन वक्त बदल गया था और अब उसे अपनी रियासत के पिछले ज़माने की क़ीमत अदा करनी थी। सो, व्येशेन्स्काया का एक जवान-सा कज़्ज़ाक जाँच-पड़ताल के लिए तातारस्की आया। जवान अट्ठाईसवीं रेजीमेंट में काम करता था। उसके साथ एक दूसरा आदमी भी आया। इस आदमी के बदन पर चमड़े की जर्किन थी और उस पर उसने भेड़ की खाल ओढ़ रखी थी।

इन दोनों ने इवान को क्रान्तिकारी अदालत का हुक्मनामा दिखाया और उसके कमरे में दरवाज़ा बन्द करके उससे बहुत देर तक बातें करते रहे। जाँच के लिए आए कज़्ज़ाक के, बड़ी उम्र के, साफ़ दाढ़ी-मूँछवाले साथी ने गम्भीर होकर कहा—"ज़िले में गड़बड़ियाँ हो रही हैं। श्वेत-गार्द के जो लोग बाक़ी रह गए हैं, वे अब अपने सिर उठा रहे हैं और मेहनतकश-कज़्ज़ाकों को डगमगाने की कोशिश कर रहे हैं। हमें अपने सभी विरोधियों को यहाँ से दूर कर देना चाहिए। हमारे ये विरोधी हैं फ़ौजी अफ़सर, पादरी और जे[1]-दार्म यानी वे सभी लोग जो हमसे सक्रिय रूप से लड़े हैं। हम ऐसे लोगों की एक सूची तैयार करेंगे। मेरे साथ के यह सज्जन जाँच करेंगे। आप इन्हें इस तरह की मदद दें। कुछ लोगों को यह पहले से जानते हैं।"

इवान ने आदमी के साफ़ चेहरे पर निगाह डाली और एक-एक कर सभी परिवारों के नाम गिना दिए। उसने प्योत्र-मेलेख़ोव का भी ज़िक्र किया, पर जाँच के लिए तैनात कज़्ज़ाक ने सिर हिलाया—"नहीं, वह तो हममें से एक है। फ़ोमिन ने कहा है कि उसे छुआ न जाए। वह बोलशेविकों का साथी और दोस्त है। मैंने खुद अट्ठाईसवीं रेजीमेंट में उसके साथ काम किया है।"

कुछ घंटों बाद मोख़ोव के लम्बे-चौड़े अहाते में गिरफ़्तार कज़्ज़ाक खाने-पीने की चीज़ें, कपड़े-लत्ते और दूसरी ज़रूरी चीज़ें, अपने-अपने परिवार से पाने के इन्तज़ार में बैठे दिखाई दिए। मिलिशिया-पुलिस के लोग उनकी पहरेदारी करते मिले। मिरोन-कोरशुनोव बूढ़े बोगातिरयोव और मातवेई काशुलिन की बग़ल में बैठा था। उसने बिल्कुल नए कपड़े इस तरह पहन रखे थे, जैसे कि अपनी मौत को गले लगाने जा रहा हो। शेख़ीबाज़ अवदीच अहाते में इधर-उधर चहलक़दमी कर रहा था। वह बिना मतलब कुएँ की ओर घूरता या फिर लकड़ी की चैली उठाकर, अपने पसीने से तर बैंजनी चेहरे को आस्तीन से पोंछते हुए, बरसाती से छोटे फाटक तक टहल आता। बाक़ी लोग सिर झुकाए बैठे थे और अपने-अपने बेंतों से बर्फ खुरच रहे थे। उनकी घर की औरतें आँसू बहाती, बोरे और बंडल लिए-दिए अहाते में दौड़ी चली आ रही थीं।

लुकीनीचिना ने सिसकी भरते हुए अपने बूढ़े पति की भेड़ की खाल की जैकेट के बटन बन्द किए, और उसका कॉलर एक सफ़ेद रूमाल से बाँधा। फिर उसकी धुँधली-धुँधली-सी आँखों में आँखें डालती हुई बोली—"तुम दुखी हो रहे हो, मिरोन ! हो सकता है कि सबकुछ अन्त में ठीक ही हो जाए। हे प्रभु ईसा !" उसका आँसुओं से तर चेहरा खिंच-सा गया, पर उसने अपने होंठ सिकोड़े और बोली—"मैं तुमसे मुलाक़ात करने आऊँगी और अग्रिपिना को अपने साथ लाऊँगी। तुम्हें तो वह बहुत अच्छी लगती है न ?"

इसी समय फाटक पर मिलिशिया के पुलिसमैन की आवाज़ गूँजी—"स्लेजें आ गई हैं। उन पर अपनी-अपनी चीज़ें रखो और चलो। औरतो, पीछे हटकर खड़ी हो जाओ। बन्द करो यह रोना-चिल्लाना !"

---

1. हथियारबन्द घुड़सवार फ़ौज के लोग।

लुकीनीचिना ने अपनी ज़िन्दगी में पहली बार मिरोन का बालों से भरा हाथ चूमा और फिर झटके से अलग हो गई। बैलगाड़ियों वाली स्लेजों ने धीमी रफ़्तार से चौक पार कर दोन की ओर बढ़ना शुरू किया। दो मिलिशिया-पुलिसमैनों के साथ सात क़ैदी पीछे-पीछे चले। अवदीच जूते के फ़ीते बाँधने के लिए पीछे ठिठका और फिर तेज़ी से भागकर बाक़ी लोगों के साथ हो लिया। मातवेई काशुलिन और उसका बेटा अगल-बगल चलते रहे। मैदान्निकोव और कोरोल्योव सिगरेट पी रहे थे। मिरोन-कोरशुनोव स्लेज से सटा चलता रहा। बहुत ही शानदार चाल से सबसे पीछे-पीछे चलता रहा बूढ़ा बोगातिरयोव। हवा उसके सिर और दाढ़ी के सफ़ेद बाल उड़ाती रही। उसके कन्धे पर पड़ा स्कार्फ़ हवा में यों सरसराता रहा जैसे कि अलविदा कह रहा हो।

फरवरी महीने के बादलों से भरे दिन तातारस्की में एक और असाधारण घटना घटी। इधर ज़िले से अफ़सर और अधिकारी आते ही रहते थे, इसलिए गाँव के लोगों को उनके आने में अब कोई ख़ास बात नज़र न आती थी। यही कारण है कि जब दो घोड़ोंवाली स्लेज गाँव में आई और कोचवान की बग़ल में एक आदमी बैठा दीखा तो किसी ने कोई ध्यान न दिया। स्लेज मोख़ोव के घर के बाहर रुकी और कोचवान की बग़ल से वह आदमी नीचे उतरा। आदमी देखने में बुजुर्ग मालूम हुआ और उसकी चाल-ढाल में एक इत्मीनान नज़र आया। उसने घुड़सवार सेनावाला अपना लम्बा कोट ठीक किया, फ़र की लाल टोपी के फ्लैप कानों पर से हटाए, और मॉज़र-राइफ़ल का केस उठाए धीरे-धीरे सीढ़ियों की ओर बढ़ा।

क्रान्तिकारी-समिति के कमरे में इवान अलेक्सेयेविच और मिलिशिया-पुलिस के दो आदमी थे कि आगन्तुक, बिना दरवाज़ा खटखटाए, अन्दर घुसा और अपनी छोटी भूरी दाढ़ी पर हाथ फेरते हुए बोला—"मैं अध्यक्ष से मिलना चाहता हूँ।"

इवान ने अपनी फैली हुई आँखें बोलनेवाले की ओर मोड़ीं और उछलकर खड़ा होने को हुआ, परन्तु हो नहीं सका। उसने सिर्फ़ मछली की तरह मुँह चलाया और कुर्सी के हत्थे उँगलियों से पकड़ लिए। घुड़सवार-सेना के लोगोंवाली टोपी लगाए स्तॉकमैन उसे एकटक देखता रहा और ऐसा लगा जैसे कि वह इवान को पहचान नहीं रहा। पर एक क्षण के बाद उसकी आँखें चमकने लगीं और आँखों के सिरों से कनपटी तक रेखाएँ दौड़ गईं। वह दूसरी ओर पहुँचा, इवान को गले लगाया, उसे चूमा और अपनी नम दाढ़ी से चेहरा पोंछते हुए गद्‌गद स्वर में बोला—"मैं जानता था...मैं जानता था कि अगर इवान सही-सलामत और जीता-जागता होगा तो वह तातारस्की-समिति का अध्यक्ष होगा।"

"ओसिप दाविदोविच...अरे, तुम...कैसा सूअर हूँ मैं कि तुम्हें पहचानता नहीं। मैं तो अपनी आँखों पर ही यक़ीन नहीं कर पा रहा !" इवान की आँखों से हर्ष के आँसू बह चले।

"यह सच है !" स्तॉकमैन ने अपना हाथ इवान के हाथ से धीरे से छुड़ाते हुए जवाब दिया—"अरे भाई, तुम्हारे यहाँ कोई चीज़ ऐसी भी है जिस पर आदमी बैठ सके ?"

"यह लो...यह कुर्सी लो...लेकिन बतलाओ तो तुम टपक कहाँ से पड़े ?"

"मैं लाल-सेना के राजनीतिक-विभाग में हूँ। मुझे लगता है कि तुम अब भी समझ नहीं पा रहे कि यह मैं हूँ अरे बुद्धू, इसमें समझने की भी ऐसी क्या बात है ! लोगों ने मुझे यहाँ से ले जाकर देश-निकाला दे दिया और वहाँ मैं क्रान्तिकारियों के हाथ लग गया। एक दूसरे कॉमरेड ने और मैंने लाल-गार्दों की एक टुकड़ी पहचानी और फिर कोलचाक से लड़ने में हमने टुकड़ी की मदद की। क्या मज़े का वक्त कटा, मेरे दोस्त ! अब हमने उसे यूराल के उस पार तक खदेड़ दिया है, और मैं यहाँ तुम्हारे मोर्चे पर हाज़िर हूँ। आठवीं सेना के राजनीतिक-विभाग ने मुझे यहाँ तुम्हारे ज़िले में काम करने के लिए भेजा है, क्योंकि मैं यहाँ रह चुका हूँ और मुझे यहाँ की हालत की जानकारी है। मैं व्येशेन्स्काया पहुँचा और क्रान्तिकारी-समिति के लोगों से बातें करने के बाद मैंने सबसे पहले तातारस्की आने का फ़ैसला किया। मैंने सोचा कि मैं यहाँ आकर रहूँगा...तुम्हें चीज़ों को एक रूप देने के काम में मदद दूँगा,

और फिर कहीं और चला जाऊँगा। देखते हो, मुझे अपनी पुरानी दोस्ती भूली नहीं। लेकिन, ख़ैर, इसकी बातें हम बाद में कर सकते हैं। फिलहाल तो अपनी बात करो और यहाँ की स्थिति पर प्रकाश डालो। मुझे सबके बारे में सबकुछ बताओ। तुम्हारे साथ कौन-कौन लोग काम कर रहे हैं ? कौन-कौन लोग अभी ज़िन्दा हैं ? कॉमरेडो !'' वह मिलिशियामैनों की ओर मुड़ा—''एकाध घंटे को मुझे और अध्यक्ष महोदय को अकेला छोड़ दो। हूँ...शैतान ले लाए...मेरी स्लेज गाँव में आई तो पुराने दिन जैसे महक बनकर गमकने लगे। हाँ, तब तो वक्त के पैर जैसे जम गए थे, पर आज...ख़ैर...आज तो यह है कि धुआँधार करते आगे बढ़ते जाओ।''

कोई तीन घंटे बाद स्टॉकमैन को लेकर मीशा कोशेवोइ और इवान, ऐंचीतानी लुकेरिया के घर के लिए रवाना हुए। यह स्टॉकमैन का पुराना ठिकाना था। तीनों सड़क के भरे रास्ते के किनारे-किनारे चले तो मीशा रह-रहकर स्टॉकमैन की आस्तीन इस तरह पकड़ता रहा, जैसे कि उसके देखते-देखते वह हवा हो जाएगा या कोई भूत-प्रेत साबित होगा।

वहाँ पहुँचने पर लुकेरिया ने अपने पुराने मेहमान को एक प्लेट शोरबा दिया और किसी छिपे गोदाम से चीनी का एक ढोंका ले आई। स्टॉकमैन चेरी की पत्तियों की चाय पीने के बाद, स्टोव के ऊपर की जगह में लेट गया। अब वह मीशा और इवान की उलझी हुई दास्तानें सुनने लगा, और बीच-बीच में सवाल पूछने और अपना सिगरेट-होल्डर रह-रहकर दाँतों से काटने लगा। लेकिन, सुबह होने के ज़रा पहले उसकी आँख लग गई और सिगरेट फ्लैनेल की गन्दी कमीज़ पर गिर पड़ी। इवान इसके बाद भी कोई दस मिनट तक बातें करता रहा, पर जब स्टॉकमैन ने एक सवाल का जवाब खर्राटे से दिया, तो वह उठा और पंजे के बल धीरे से बाहर निकल आया। उसे इस बीच खाँसी आई और उसने जो खाँसी रोकी तो उसका चेहरा बैंजनी हो उठा।

''कुछ तबीयत सम्हली ?'' दोनों सीढ़ियों से नीचे उतरे तो मीशा ने धीरे से हँसते हुए पूछा।

क़ैदियों के साथ व्येशेन्स्काया जानेवाला ओलशानोव आधी रात को तातारस्की वापस आया। उसने इवान के कमरे की खिड़की बार-बार खटखटाई। आख़िर इवान की नींद टूटी।

''क्या बात है ?'' इवान ने पूछा। उसका चेहरा नींद से भारी था। ''खत वापस लाए हो, या कुछ और है ?''

ओलशानोव ने चाबुक से खिलवाड़ करते हुए कहा—''उन्होंने कज़्ज़ाकों को गोली से उड़ा दिया है।''

''तुम झूठ बोल रहे हो, सूअर कहीं के !''

''कज़्ज़ाकों के आते ही उन्होंने उनकी परीक्षा की और फिर अँधेरा होने के पहले उन्हें देवदारुओं के जंगल में ले गए। मैंने खुद देखा है।''

अपने फ़ेल्ट-बूट टटोलते हुए इवान ने जल्दी-जल्दी कपड़े पहने और दौड़ा-दौड़ा स्टॉकमैन के पास गया। वहाँ पहुँचने पर परेशानी से भरे स्वर में चीखा—''हमने कुछ क़ैदी आज व्येशेन्स्काया भेजे और उन्होंने उन्हें गोली से उड़ा दिया। मैंने सोचा था कि वे उन्हें जेल में डाल देंगे, मगर यह तो बात ही दूसरी है। इस तरह तो हम कभी कुछ कर ही नहीं पाएँगे। लोग हमसे कट जाएँगे, ओसिप-दाविदोविच ! उन्होंने कज़्ज़ाकों को जान से क्यों मारा ? अब क्या होगा ?''

इवान ने सोचा था कि उसकी तरह ही स्टॉकमैन भी पूरी घटना पर खीझ और नफ़रत से भर उठेगा। पर कमीज़ धीरे-धीरे पहनते हुए स्टॉकमैन ने जवाब दिया—''अच्छा, चीखना बन्द करो... लुकेरिया की नींद टूट जाएगी।'' उसने कपड़े पहने, सिगरेट जलाई, एक बार और गिरफ़्तारी का कारण पूछा और बोला—''तुम यह बात अपने दिमाग़ में जमा लो और याद रखो। मोर्चा यहाँ से 120 वर्स्ट

दूर है। कज़्ज़ाकों की प्रमुख संस्था हमारी दुश्मन है; और वह भी इसलिए कि तुम्हारे कुलक[1] कज़्ज़ाकों, तुम्हारे अतामानों और दूसरे नेताओं का मेहनतकश कज़्ज़ाकों पर इतना रोब है ! सवाल है कि यह रोब आख़िर क्यों है ? इसका जवाब तो तुम्हें अपने-आप देना चाहिए। बात यह है कि कज़्ज़ाक ख़ास तौर पर लड़ाईपसन्द, फ़ौजी क़ौम है, और ज़ारशाही ने इस क़ौम के दिल में अधिकारियों और पिता कमांडरों के लिए यह मोहब्बत और प्रेम जगाया है। और, यह पिता कमांडर ही थे, जिन्होंने कज़्ज़ाकों को कामगारों की हड़ताल अस्त-व्यस्त कर देने का हुक्म दिया। उन्होंने कज़्ज़ाकों के दिमाग़ तीन सौ साल तक ख़राब रखे। उन्हें नशे में चूर रखा। नतीजा यह है कि आज, मिसाल के तौर पर, रयाज़ान-प्रदेश के कुलक और दोन-प्रदेश के कज़्ज़ाक-कुलक के बीच बड़ा अन्तर है। रयाज़ान-प्रदेश का कुलक चूसा गया है। वह असहाय हो उठा है। लेकिन, दोन-प्रदेश का कुलक हथियारबन्द कुलक है। वह ख़तरनाक है, ज़हरीला साँप है। वह कोरशुनोव और दूसरे लोगों की तरह हमारे ख़िलाफ़ झूठी दास्तानें फैलाकर ही चैन से नहीं बैठेगा, बल्कि हम पर खुल्लमखुल्ला हमला करने की कोशिश भी करेगा। करेगा, ज़रूर करेगा। वह तो राइफ़ल उठाएगा और हमें गोली से उड़ा देगा। तुम्हें मार डालेगा। वह मोटे ढंग से खाते-पीते कज़्ज़ाकों के साथ ही ग़रीब कज़्ज़ाकों तक को अपने रास्ते पर चलने को कहेगा। आख़िर यहाँ स्थिति क्या थी ? उन पर हमारे ख़िलाफ़ कार्रवाइयाँ करने का जुर्म था न ? ठीक ! बातचीत कम, दीवार से सटकर खड़े हो जाइए और खेल ख़त्म ! और, रोना-गाना कुछ नहीं कि 'आदमी अच्छा था' या 'ऐसा था—वैसा था'।"

"मुझे अफ़सोस नहीं है, ग़लत मत सोचो।" इवान अलेक्सेयेविच ने हाथ हवा में लहराया—"लेकिन मुझे डर यह है कि इससे कहीं दूसरे भी हमारे ख़िलाफ़ सीना तानकर खड़े न हो जाएँ !"

अब तक तो स्तॉकमैन ने अपने ऊपर थोड़ी रोकथाम रख छोड़ी थी, पर अब वह एकदम आगबबूला हो गया। उसने कमीज़ का कॉलर पकड़कर इवान को अपनी ओर खींचा और बोला—"वे हमारे ख़िलाफ़ सीना तानकर कभी भी खड़े नहीं होंगे, अगर हम उनकी आत्मा में अपनी जाति के संस्कार भरेंगे। मेहनतकश-कज़्ज़ाक सिर्फ़ हमें अपना कॉमरेड और साथी समझ सकता है, कुलकों को नहीं। उफ, हे भगवान ! तुम...ये कुलक मेहनतकश कज़्ज़ाकों की मशक्कत पर जीते हैं और उन्हीं के बल पर मोटे होते जाते हैं कि नहीं ? तुम बूढ़े हो गए हो, तुम्हारा दिमाग़ बिगड़ गया है, तुम्हारी आग ठंडी पड़ गई है ! उफ़...मैं देखता हूँ कि मुझे तुम्हें मुट्ठी में करना पड़ेगा। तुम्हारी तरह का काम करनेवाला आदमी बुद्धिवादियों की तरह किसी भी अदना, घिनौने समाजवादी क्रान्तिकारी की तरह डगमगाता है ! आह...इवान !" उसने कॉलर छोड़ दिया, हल्के से मुस्कुराया, सिर हिलाया, सिगरेट का कश खींचा, और शान्त भाव से आगे बोला—

"अगर हम सबसे ज़्यादा इधर-उधर करनेवाले दुश्मनों की धर-पकड़ न करेंगे तो बगावत हो जाएगी। दूसरी तरफ़, अगर हम समय से उन्हें बाक़ी लोगों से पृथक् कर देंगे तो बगावत शायद नहीं हो सकेगी। वैसे सबको गोली से उड़ाना ज़रूरी नहीं है। गोली से तो हमें सिर्फ़ नेताओं को उड़ाना चाहिए। बाक़ी लोगों को रूस के मध्य भाग में भेज देना चाहिए। लेकिन, दुश्मनों के साथ शिष्टता नहीं बरती जा सकती। लेनिन के शब्दों में 'क्रान्ति दस्ताने चढ़ाकर नहीं की जा सकती।' अब बतलाओ कि इन लोगों को गोली से उड़ा देना ज़रूरी था या नहीं ? मेरा तो ख़्याल है कि था। हो सकता है कि कोई कहे कि सबको गोली भी नहीं मारी जा सकती। लेकिन, मैं कहूँगा कि ठीक, पर कोरशुनोव को तो ख़त्म कर ही देना चाहिए था। बात साफ़ है। अब यह ग्रिगोरी- मेलेख़ोव सामने है। वह थोड़े समय के लिए टल गया है। पर हमें उसे पहले ही समझ-बूझ लेना चाहिए था। वह उतना ख़तरनाक है, जितने कुल मिलाकर बाक़ी लोग नहीं हैं। और, याद रखना—वे बातें जो उसने तुमसे की थीं, वे एक ऐसे आदमी की हैं, जो आज नहीं तो कल दुश्मन साबित होगा। फिर यहाँ जो कुछ हो रहा है, वह तो कुछ भी

1. गरीब किसानों का शोषण करनेवाले धनी किसान।

नहीं है। मोर्चे पर श्रमिक वर्ग के शानदार-से-शानदार सपूत मर रहे हैं और हज़ारों की गिनती में मर रहे हैं। हमें इनके लिए दुखी होना चाहिए। हमें उनके लिए आँसू नहीं बहाने चाहिए, जो उन्हें मार रहे हैं या हमारी पीठ में छुरा मारने के मौक़े की ताक में हैं। अब या तो वे रहेंगे या हम रहेंगे। बीच का कोई रास्ता नहीं है। आज सारा नक़्शा यह है, इवान साहब !''

23

ढोरों को दाना-चारा देने के बाद प्योत्र अभी-अभी बावर्चीखाने में घुसा था कि बाहर के दरवाज़े की सिटकिनी खड़की और काला शॉल ओढ़े लुकीनीचिना ने ड्योढ़ी पार की। उसने मुँह से कुछ नहीं कहा। बस, छोटे-छोटे कदम रखती हुई नताल्या की तरफ़ बढ़ी और उसके पैरों पर गिर पड़ी।

''माँ, मेरी प्यारी-प्यारी माँ, आख़िर बात क्या है ?'' नताल्या माँ का भारी शरीर साधकर उठाने की कोशिश करते हुए अजीब-सी आवाज़ में बोली।

लुकीनीचिना ने बात का जवाब देने के बजाय अपना सिर कच्ची ज़मीन के फ़र्श पर दे मारा और टूटे हुए, भर्राए-से स्वर में बोली–''मेरी रानी, दुलारी बेटी, तूने मुझे इस तरह क्यों छोड़ दिया है ?''

दोनों औरतें इस तरह दहाड़ मार-मारकर रोईं और बच्चे भी उनके साथ इस तरह आँसू बहाने लगे कि प्योत्र ने तम्बाकू की अपनी थैली उठाई और ओसारे में चला आया। वह फ़ौरन ही पूरी बात समझ गया और सीढ़ियों पर खड़ा होकर धुआँ उड़ाने लगा। चीख-पुकारें ख़त्म हो गईं तो उसने एक कँपकँपी-सी अनुभव की और बावर्चीखाने में लौट गया। गीले रूमाल में मुँह छिपाए लुकीनीचिना विलाप करती मिली–

''हमारे मिरोन ग्रिगोरियेविच को उन लोगों ने गोली से उड़ा दिया। मेरा राजा मेरी ज़िन्दगी सूनी कर गया। हम सब यतीम हो गए हैं। अब हमारी फिक्र करनेवाला कोई नहीं रहा।'' उसका रोना तेज़ हो गया–''उसकी प्यारी-प्यारी आँखें मुँद गई हैं। हमेशा-हमेशा के लिए मुँद गई हैं।''

नताल्या को गश आ गया तो दार्या ने उसके मुँह पर पानी छिड़का और इलीनीचिना ने अपने ऐप्रन से उसके गाल पोंछे। सामने के कमरे से पैन्तेली के खाँसने और कराहने की आवाज़ आई। वह वहाँ बीमार पड़ा था।

''ईसा के लिए...'' लुकीनीचिना ने प्योत्र का हाथ लेकर पागलों की तरह अपने सीने से लगाया–''प्रभु के लिए व्येशेन्स्काया जाओ और मर गए हैं तो क्या हुआ, उन्हें ले आओ। ओह, माँ ! मेरी...मैं नहीं चाहती कि वे वहाँ पड़े रहें और उन्हें क़ायदे से दफनाया भी न जा सके।''

''क्या...आख़िर तुम सोच क्या रही हो ?'' प्योत्र उससे इस तरह दूर हट गया, जैसे कि उसे प्लेग हो–''क्या काम बता रही हो तुम ! मुझे मिरोन की खोज करनी पड़ेगी ! काम मुश्किल है और मुझे अपनी जान भी प्यारी है। मैं उसे कहाँ खोजूँगा, कैसे खोजूँगा ?''

''प्यारे प्योत्र, इन्कार न करो..ईसा के नाम पर...ईसा के लिए..इन्कार न करो।''

प्योत्र ने अपनी मूँछ का सिरा चबाया और आख़िरकार जाने को राज़ी हो गया। उसने स्लेज से व्येशेन्स्काया जाकर अपने पिता के एक परिचित कज़्ज़ाक के यहाँ ठहरने और फिर मिरोन की लाश तलाश करने का फ़ैसला किया। वह रात को रवाना हो गया। वहाँ पहुँचा तो गाँव के सारे घरों में रोशनी और हर घर के बावर्चीखाने में उस क़त्ल की बातचीत होती देखी। वह अपने पिता के रेजिमेंट के पुराने साथी के घर पर रुका और उसने उसकी मदद चाही। कज़्ज़ाक फ़ौरन ही राज़ी हो गया। बोला–''मैं वह जगह जानता हूँ जहाँ उन लोगों को गाड़ा गया है। लाशें गहराई में नहीं हैं। सिर्फ़ यह है कि मिरोन को पहचानना मुश्किल होगा...वह अकेला तो है नहीं ! कल ही उन लोगों ने एक दर्जन लोगों को गोली से उड़ाया है। ख़ैर, कोशिश की जाएगी। एक शर्त है कि काम होने पर तुम दो पिंट वोद्का की क़ीमत

अदा करोगे...बोलो, राज़ी ?"

आधी रात को फावड़े और एक स्ट्रेचर सँभाले वे कब्रगाह के बीच से गुज़रते हुए देवदारु के पेड़ों के बीच आए। यहीं लोगों को गोली मारी गई थी।

इस समय बड़ी ख़ूबसूरत बर्फ़ गिर रही थी। पाले से मढ़ी फर्न की झाड़ियाँ पैरों के नीचे चरमरा रही थीं। प्योत्र हर आवाज़ पर आहट लेते हुए इस खोज के लिए लुकीनीचिना और मृत मिरोन तक को मन-ही-मन कोस रहा था।

कज़्ज़ाक पास ही एक रेतीले टीले के पास रुका। बोला—"यहीं कहीं आसपास उन लाशों को होना चाहिए!"

इसके बाद वे दोनों कोई सौ क़दम चले होंगे कि कुत्तों का एक गिरोह जीभें लपलपाता और भौंकते हुए भागता नज़र आया। प्योत्र ने स्ट्रेचर रख दिया और भर्राई आवाज़ में फुसफुसाया—"मैं वापस जा रहा हूँ। भाड़ में जाए वह...उसकी लाश...इतनी लाशों के बीच कैसे मिलेगी ?...उसने मुझे ज़बरदस्ती यहाँ भेज दिया है, चुड़ैल कहीं की !"

"डर क्यों रहे हो ? आओ !" कज़्ज़ाक उसकी ओर देखकर हँसा।

वे आगे बढ़ते-बढ़ते एक पुरानी विलो-झाड़ी के पास आ गए। यहाँ की बर्फ़ काफ़ी रौंदी हुई दीखी। उसमें बालू मिली नज़र आई। उन्होंने खुदाई शुरू की।

प्योत्र ने मिरोन को लाल दाढ़ी से पहचाना। उसने पेटी से पकड़कर लाश बाहर निकाली और उसे स्ट्रेचर पर रखा। कज़्ज़ाक कब्र भरते-भरते खाँसा और फिर भुनभुनाते हुए स्ट्रेचर के हत्थे साधे—"हमें देवदारुओं के पेड़ों तक स्लेज ले आनी चाहिए थी। हम अच्छे-खासे बेवकूफ़ हैं...लाश वज़न में 180 पौंड (सवा दो मन) से ज़्यादा ही है, कम नहीं...और, ऊपर से बर्फ़ पर चलना कोई आसान काम नहीं है।"

प्योत्र ने लाश के पैर अलग-अलग कर दिए, ताकि स्ट्रेचर के हत्थे पकड़े जा सकें।

फिर, सुबह होने तक वे कज़्ज़ाक के मकान में बैठे शराब पीते रहे। मिरोन कोरशुनोव का शव, एक कम्बल में लिपटा, बाहर स्लेज में पड़ा इन्तज़ार करता रहा। प्योत्र ने घोड़ा स्लेज में जुता-का-जुता छोड़ दिया था। सो, वह पूरे समय जुए को झटके देता, हींसता, कान फड़फड़ाता रहा; और स्लेज में पड़ी लाश की महक मिली सूखी घास की तरफ़ आँख उठाकर भी नहीं देखा।

सुबह के आसमान में उजाले के डोरे पड़े कि प्योत्र तातारस्की पहुँचा। उसने चरागाह का रास्ता लिया था और घोड़े को बेतहाशा हाँका था। उसके पीछे मिरोन का सिर रह-रहकर स्लेज के तल्ले से टकराता रहा था और उसने रुककर दो बार उसके नीचे नम घास रखी थी।

प्योत्र लाश लेकर सीधा मिरोन के घर गया। मिरोन की प्यारी बेटी अग्रीपीना ने फाटक खोला और सहमकर स्लेज के पास के हाते में पड़ी बर्फ़ के टीलों के बीच भाग गई। प्योत्र ने आटे के बोरे की तरह लाश कन्धे पर लादी, उसे बावर्चीखाने में लाया और मेज़ पर बिछी लिनेन की चादर पर धीरे से रख दिया। अब लुकीनीचिना नंगे सिर, लड़खड़ाती हुई आई, और मिरोन के पास खड़ी होकर, बराबर रोते रहने के कारण, फटी-फटी-सी आवाज़ में फुसफुसाई—

"मेरे राजा, मेरे मालिक, मैंने तो सोचा था कि तुम अपने पैरों अपने घर को वापस आओगे...लेकिन, लोगों को तुम्हें उठाकर लाना पड़ा..." उसकी फुसफुसाहट के स्वर और सिसकियाँ अजीब थीं और मुश्किल से ही सुनाई पड़ती थीं।

प्योत्र बाबा ग्रीश्का की बाँह पकड़कर कमरे में आया। बूढ़ा सिर से पैर तक बुरी तरह काँप रहा था। इस पर भी वह चुस्ती से मेज़ के पास आया और लाश के सिरहाने खड़ा हो गया—"कहो, बेटे मिरोन !...यानी, इस तरह हमारी मुलाक़ात एक-दूसरे से दोबारा हो रही है !" उसने क्रॉस बनाया और मिरोन की बर्फ़-सी ठंडी, धूल से भरी भौंह चूमी—"मिरोन, मैं भी अब बहुत नहीं चलूँगा। जल्दी

ही...'' बूढ़े की आवाज़ कराह-भरी चीख़ में बदल गई। उसने तेज़ी से मुर्दा हाथ अपने होंठों से लगाया और फिर मेज़ पर रख दिया।

दर्द से प्योत्र का गला भर आया। वह वहाँ से चुपचाप खिसका और अहाते में, मुर्गीखाने से बँधे अपने घोड़े के पास चला आया।

24

दोन-नद अपने गहन, मौन पार्श्वभागों से लहरें तट के छिछले पानी के पास भेजता है और ये लहरें उस पानी की बाँहों में पछाड़ खा-खाकर गिर पड़ती हैं। दोन-नद मन्द, स्थिर गति से बढ़ता है तो पानी लहरदार हो उठता है। काले पेटवाली मछलियाँ दल बाँधकर रेतीले तल में जहाँ-तहाँ मुँह मारती फिरती हैं। कार्प किनारे की कीचड़ से सनी हरियाली के बीच जहाँ-तहाँ खाना ढूँढ़ती फिरती हैं। पाइक और पेर्च सफ़ेद चारे की तलाश करती हैं। शीट घोंघों के बीच चक्कर लगाती घूमती हैं। कभी एक क्षण को झलक दिखलाती हैं तो हरे पानी की एक सिल-सी इधर से उधर हो जाती हैं। वे फैली हुई चाँदनी में अपने सुनहरे पंख चमकाती हैं और फिर डुबकी लगाकर सुबह तक अपना आगे की ओर निकला हुआ सिर घोंघों के बीच जहाँ-तहाँ धँसाती रहती हैं। अपने गलमुच्छों से सीपों को दुलराती रहती हैं। अंग में किसी गँठीली, कुंदे-सी चीज़ के नीचे सुस्त होकर पड़ रहती हैं, और चैन से सुस्ताने लगती हैं...

लेकिन, जहाँ किनारे सँकरे हैं वहाँ बन्दी नदी एक गहरी खाड़ी काटती है और अपनी झागों के ताज़ों वाली लहरों को घन-गरजन के साथ आगे ही आगे ठेलती है। अन्तरीप और आगे की बाढ़ के आस-पास भँवरें बुन उठती हैं। वहाँ पानी इतनी तेज़ी से हरहराता हुआ आगे बढ़ता है कि नज़र नहीं जमती।

यानी, ज़िन्दगी की नदी का पानी शान्ति से भरे दिनों के छिछले किनारों को छोड़कर सँकरी खाड़ी में बह आया था। ऊपरी दोन के ज़िले उबल रहे थे। दो धाराएँ एक-दूसरे से आ मिली थीं। कज़्ज़ाक दूर फेंक दिए गए थे। भँवर पूरे ज़ोर-शोर से उमड़ रही थी। जवान और ज़रा गरीब कज़्ज़ाक अब भी ढीले थे और अब भी सोवियत-सरकार से शान्ति की आशा करते थे; लेकिन बूढ़े ज़ोरों का विरोध कर रहे थे और कभी से खुल्लमखुल्ला कह रहे थे कि ये लाल-गार्द के लोग कज़्ज़ाकों को बीन-बीनकर ख़त्म कर देना चाहते हैं, उनका नाम-निशान मिटा देना चाहते हैं।

ऐसे में मार्च के आरम्भ में इवान-अलेक्सेयेविच ने तातारस्की की ग्रामसभा की बैठक बुलाई तो बड़ी भीड़ जमा हुई, शायद इसलिए कि स्तॉकमैन ने सुझाव रखा था कि क्रान्तिकारी समिति एक मीटिंग करे और भागकर श्वेत-गार्दों से जा मिले, लोगों की ज़मीन-जायदाद गरीब कज़्ज़ाकों के बीच बाँट दे। पर मीटिंग के पहले स्तॉकमैन और ज़िले के एक अधिकारी के बीच ऐसी चोंचें लड़ीं कि तूफ़ान-सा खड़ा हो गया। अधिकारी ज़ब्त किए गए कपड़ों को साथ ले जाने का हुक्म लेकर वहाँ आया था। पर स्तॉकमैन ने उसे समझाया—''क्रान्तिकारी समिति इस समय वे कपड़े दे नहीं सकती, क्योंकि अभी कल ही वे लाल-फ़ौज के ज़ख़्मी लोगों के पास भेजे जाने के लिए दिए जा चुके हैं—'' पर, जवान अधिकारी स्तॉकमैन पर बरस पड़ा और अपनी आवाज़ तेज़ करते हुए बोला—''ज़ब्त किए गए कपड़ों को इस तरह देने की इजाज़त आपको किसने दी ?''

''हमने किसी से इजाज़त नहीं माँगी।''

''लेकिन, राष्ट्रीय सम्पत्ति मार लेने का आपको क्या हक था ?''

''कॉमरेड, चीखो मत, और बक़वास बन्द करो ! किसी ने कहीं कुछ नहीं मारा। हमने भेड़ की खालें देकर यह लिखा लिया है कि ज़ख़्मी जब एक ख़ास मंज़िल पर पहुँच जाएँगे तो वे चीज़ें वापस

भेज दी जाएँगी। फ़ौजी आधे नंगे थे। अगर हम उन्हें इस हालत में आगे भेजते तो अपनी ओर से उन्हें मौत के मुँह में ढकेलते। और, चारा भी क्या था मेरे पास ? फिर, खालें और कपड़े कोठरी में बेकार ही तो पड़े थे।''

स्तॉकमैन ने अपना क्रोध दबाते हुए बातचीत शान्त भाव से की, और बातें शान्ति से समाप्त होती लगीं। परन्तु वह जवान कड़ी आवाज़ में बोला–''कौन हो तुम ? क्रान्तिकारी समिति के अध्यक्ष हो क्या ? मैं तुम्हें गिरफ़्तार करता हूँ। अपने सहायक को अपना सारा कामकाज समझा दो। मैं तुम्हें फ़ौरन ही व्येशेन्स्काया भेजूँगा। मेरा ख़्याल है कि तुमने यहाँ का आधा मालमता चोरी से हड़प लिया है..इस आदमी को ज़िला-मिलिशिया के हवाले कर उनसे इसकी रसीद ले लेना...'' स्तॉकमैन को सिर से पैर तक देखते हुए उसने आगे कहा–''और हम लोग वहाँ तुमसे बातचीत करेंगे ! तुम तो मेरी उँगली के इशारे पर नाचोगे। बड़े तानाशाह बने फिरते हो !''

''कॉमरेड, तुम पागल हो ? तुम नहीं जानते कि...''

''बात मत करो। चुप रहो !''

इवान अलेक्सेयेविच ने पूरी बातचीत सुनी तो, मगर बीच में कुछ न बोल सका कि स्तॉकमैन ने धीरे से हाथ बढ़ाया और दीवार पर टँगी मॉज़र राइफ़ल झटके से उतार ली। कम-उम्र अधिकारी की आँखों में डर नाचने लगा। उसने आश्चर्यजनक शीघ्रता से पीठ से धक्का देकर दरवाज़ा खोला तो सीढ़ियों पर फिसल गया। उसकी रीढ़ की हड्डी हर सीढ़ी से लड़ती गई। फिर, वह जैसे-तैसे उठा, उछलकर स्लेज पर पहुँचा और कोचवान से घोड़ा दौड़ाने को कहा। फिर तो, चौक-भर रह-रहकर उसकी पीठ में उँगली गड़ाता रहा कि और तेज़ चलो, और तेज़ ! इस बीच मुड़-मुड़कर देखता भी रहा कि कहीं कोई पीछा तो नहीं कर रहा है।

दूसरी ओर हँसी के ठहाकों से क्रान्तिकारी समिति की खिड़कियाँ हिलने लगीं। दाविद हँसते-हँसते मेज़ पर दोहरा हो गया। लेकिन, स्तॉकमैन ने काँपती हुई उँगलियों से सिगरेट रोल की तो उसकी आँखें सिकुड़ गईं–वह बुदबुदाया–''कैसा सूअर आदमी था ! सूअर का बच्चा !''

वह मीशा और इवान के साथ ग्रामसभा की बैठक में आया। पूरा चौक भरा मिला। इवान का दिल तेज़ी से धड़कने लगा। उसने सोचा–'हवा में कुछ-न-कुछ है ! आज सारा गाँव जमा हो गया है।' लेकिन उसकी चिन्ताएँ जल्दी ही समाप्त हो गईं। वह टोपी उतारकर घेरे के बीच पहुँचा तो लोगों ने उसके लिए अपने-आप रास्ता कर दिया। उनके चेहरों से आदर छलकने लगा। कुछ की तो आँखें मुस्कुराने तक लगीं। स्तॉकमैन ने कज़्ज़ाकों के घेरे के चारों ओर निगाह दौड़ाई। उसने वातावरण का तनाव ख़त्म करना और लोगों को बातचीत में खींचना चाहा। सो, इवान की देखादेखी उसने भी अपनी फ़र की टोपी उतारी और ज़ोर से बोला–''कॉमरेड-कज़्ज़ाको, आपके बीच सोवियत-हुकूमत को जमे अब छः हफ़्ते हो रहे हैं। लेकिन हम क्रान्तिकारी-समिति के सदस्य देखते हैं कि आप अब भी हमारा यकीन नहीं करते, और हमारे खिलाफ़ हैं। आप मीटिंगों में हिस्सा नहीं लेते। आपके बीच अफ़वाहें उड़ती रहती हैं। आपके बीच बेहूदी दास्तानें चालू हैं कि सोवियत-सरकार कज़्ज़ाकों को बहुत बड़े पैमाने पर गोली से उड़ा रही है और अब तरह-तरह के जुर्म करने जा रही है। मेरा ख़्याल है कि अब समय आ गया है कि हम लोगों को आपस में खुलकर बातें कर लेनी चाहिए, और एक-दूसरे के समीप आ जाना चाहिए। आपने अपनी क्रान्तिकारी-समिति के सदस्यों का चुनाव ख़ुद किया है। इवान-कोतल्यारोव और कोशेवोइ नाम के कज़्ज़ाक आपके अपने लोग हैं और आपके और उनके बीच कोई दुराव नहीं होना चाहिए। इसी के साथ मैं यह भी दावे के साथ कह देना चाहता हूँ कि बहुत बड़ी संख्या में कज़्ज़ाकों को गोली से उड़ाए जाने की बात दुश्मनों ने फैलाई है और हम पर कीचड़ उछाला है। उनका उद्‌देश्य साफ़ है–वे कज़्ज़ाकों और सोवियत-हुकूमत के बीच दुश्मनी के बीज बोना चाहते हैं। आपको बहकाकर फिर श्वेत-गार्दों के हाथों में सौंप देना चाहते हैं।''

"आप कहते हैं कि लोगों के गोली से उड़ाए जाने की बात ग़लत है...है न ? तो, हमारे सात आदमी कहाँ गए ?" भीड़ के पीछे से किसी ने चिल्लाकर पूछा।

"कॉमरेड, मैंने यह तो कहा नहीं कि गोली बिल्कुल मारी ही नहीं गई। हमने लोगों को गोली से उड़ाया है, और सोवियत-हुकूमत के दुश्मनों को, हम पर ज़मींदारों की हुकूमत लादनेवालों को हम आगे भी गोली से उड़ाएँगे। हमने कोई इसलिए तो ज़ार का तख्ता उलटा नहीं, इसलिए तो जर्मनी की लड़ाई ख़त्म की नहीं और इसलिए तो लोगों को आज़ादी दी नहीं। आख़िर जर्मनी की लड़ाई से आपको क्या मिला ? आपको मिलीं हज़ारों कज़्ज़ाकों की लाशें, यतीम बेवाएँ और बरबादी..."

"यह सही है।"

"और, हम सभी तरह की लड़ाइयाँ ख़त्म करना चाहते हैं।" स्तॉकमैन कहता गया—"लोगों के बीच भाईचारा पैदा करना हमारा उद्देश्य है। लेकिन, ज़ारों के ज़माने में आपके हाथों का इस्तेमाल ज़मींदारों और पूँजीपतियों के लिए इलाक़े जीतने और इन्हीं ज़मींदारों और पूँजीपतियों के ख़ज़ाने भरने के लिए किया गया है। मैं लिस्तनित्स्की का नाम लेता हूँ। उसका घर यहीं कहीं आस-पास है। 1812 की लड़ाई में विशेष-सेवा के लिए उसके दादा को दस हजार एकड़ ज़मीन मिली थी। लेकिन, आपके दादाओं को क्या मिला ? उनके भाई-भतीजों और बेटों की जानें जर्मनी में गईं। उन्होंने जर्मनी की धरती अपने ख़ून से रँग दी।"

इस पर पहले तो कुछ लोग भुनभुनाए। फिर उपस्थित लोगों के बीच से सहमति के मिले-जुले स्वर उभरे। स्तॉकमैन ने अपनी भौंहों से पसीना पोंछा और चीखकर कहा—"हम उन सभी लोगों को बरबाद कर देंगे जो मज़दूरों और किसानों की सरकार के खिलाफ़ हाथ उठाएँगे। और, क्रान्तिकारी-अदालत के फ़ैसले पर आपने जिन कज़्ज़ाकों को गोली मारी गई है, वे हमारे दुश्मन थे। यह बात आप भी जानते हैं। लेकिन, आपके साथ, मेहनतकशों के साथ, और हमसे हमदर्दी रखनेवालों के साथ हम क़दम-से-क़दम मिलाकर चलेंगे—हल में जुते बैलों की तरह कन्धे-से-कन्धा मिलाकर चलेंगे। हम नया जीवन उगाने के लिए धरती को मिल-जुलकर जोतेंगे और पुरानी घास-फूस, यानी दुश्मनों के सिर कुचलने के लिए उस पर पटेला फेरेंगे। इस तरह ये दुश्मन फिर जड़ नहीं पकड़ेंगे और नई ज़िन्दगी का गला नहीं घोटेंगे।"

लोगों की थमी-बँधी फुसफुसाहट और उनके चेहरों की तमतमाहट से स्तॉकमैन ने अनुभव किया कि मेरी बातें लोगों के दिलों को छू रही हैं। और, वह ग़लत नहीं था। लोग अपने दिलों की बातें खुलकर कहने लगे।

"ओसिप दाविदोविच, हम तुम्हें अच्छी तरह जानते हैं। तुम पहले भी हमारे बीच रह चुके हो। तुम हमारे अपने आदमी की तरह हो। डरो नहीं और हमें समझाओ। तुम्हारी यह सरकार, आख़िर हमसे क्या चाहती है ? जहाँ तक हमारा सवाल है, हम इस सरकार के साथ हैं। हमारे बेटे लड़ाई छोड़कर चले आए हैं। लेकिन, हम अनजान लोग हैं और यह सारा कुछ हमारी समझ में नहीं आता। बूढ़ा ग्रियाज़नोव बहुत देर तक बोलता रहा और इधर-उधर की बातें करता रहा। उसकी आधी बातें तो समझ में ही नहीं आईं। साफ़-साफ़ कहते डरता लगा कि कहीं ज़्यादा कुछ न कह जाए। लेकिन, कटी बाँहवाला अलेक्सेई-शमील अपने पर क़ाबू न रख सका, चिल्लाया—"मैं कुछ कह सकता हूँ ?"

"कहो, क्या कहना चाहते हो ?" इवान ने बहस से उत्तेजित होते हुए उत्तर दिया।

'कॉमरेड स्तॉकमैन, पहले तो यह बतलाइए कि क्या मैं जो चाहूँ सो कह सकता हूँ ?"

"हाँ, कह सकते हो।"

"और, कहूँगा तो तुम मुझे गिरफ़्तार तो नहीं करोगे ?"

स्तॉकमैन मुस्कुराया और उसने एक मूक मुद्रा से गिरफ़्तारी की आशंका दूर कर दी।

"लेकिन नाराज़ न होना। मैं सीधा-सादा आदमी हूँ। जो मेरे दिमाग़ में आएगा, मैं कहूँगा।"

अलेक्सेई के भाई मार्तिन ने पीछे से बाँह खींची और चिन्ता प्रकट करते हुए फुसफुसाकर बोला—"बक़वास

बन्द कर, बेवकूफ़...बन्द कर, नहीं तो तेरा नाम दर्ज कर लिया जाएगा...अलेक्सेई...!"

लेकिन, अलेक्सेई ने अपनी बाँह छुड़ाई और जोश से भरा चेहरा सभा की ओर मोड़ा– "कज़्ज़ाको, मैं अपनी बात कहता हूँ, और अब इसका फ़ैसला तुम करना कि मैं सही कहता हूँ या ग़लत"–वह फ़ौजी ढंग से एड़ियों के सहारे घूमा और उसने स्तॉकमैन पर निगाह डाली–"मैं तो यह सोचता हूँ कि अगर सच कहना है तो कह दो। सीधी बात कहो कि निशाना सच्चा बैठे। अब मैं यह बतलाऊँगा कि हम कज़्ज़ाक क्या सोचते हैं और हम क्यों समझते हैं कि कम्यूनिस्ट हमारे साथ बुरी तरह पेश आते हैं। तुमने कहा कि तुम अब मेहनतकश-कज़्ज़ाकों के खिलाफ़ नहीं हो, जो तुमसे लड़ नहीं रहे, तुम उनके खिलाफ़ नहीं हो। तुम अमीरों के खिलाफ़ हो, और अपने को गरीबों का भाई समझते हो। ठीक...तो, अब तुम मुझे यह बतलाओ कि हमारे गाँव के कज़्ज़ाकों को गोली से उड़ाकर ठीक किया या ठीक नहीं किया ? मैं कोरशुनोव के बारे में मुँह नहीं खोलूँगा। वह अतामान था और ज़िन्दगी-भर वह दूसरे कज़्ज़ाकों की पीठ का बोझ बना रहा। लेकिन अवदीच ने क्या क़सूर किया था कि उसे गोली से उड़ा दिया गया ? और मातवेई- काशुलिन, बोगातिरयोव, माइदान्निकोव और कोरोल्योव ने ऐसा आख़िर क्या किया था ? वे भी हम लोगों की तरह ही अनजान थे। चीज़ें उनके दिमाग़ में भी साफ़ न थीं। उन्होंने हल साधना सीखा था, हाथों में किताब न ली थी। ऐसे में अगर उन्होंने कुछ बुरा-सा कह भी दिया तो क्या यह इतना बड़ा जुर्म था कि उन्हें दीवार के पास खड़ा कर दिया जाए और फिर ठायँ...!" उसने एक लम्बी साँस ली और एक क़दम आगे आया। उसकी आस्तीन सीने पर फड़फड़ाती और मुँह ऐंठता रहा।..."तुम लोगों ने उनको गिरफ़्तार किया और उन्हें सज़ा दे दी जो बेवकूफ़ों की तरह बातें करते थे, लेकिन व्यापारियों को उँगली से नहीं छुआ। इन लोगों ने ज़िन्दगियों का सौदा रक़म से किया है। लेकिन, हमारे पास क्या है कि हम अपनी ज़िन्दगी का सौदा करें ? हम ज़िन्दगी-भर कुआँ खोदते हैं, पर पानी निकलता है तो हमारी बगल से आगे निकल जाता है। दौलत हमारी ओर मुँह मोड़कर नहीं देखती। तुम लोगों ने कुछ लोगों को गोली मार दी। उनका वश चलता तो वे अपनी जानें बचाने के लिए अपना आख़िरी बैल तक अहाते से हाँक देते। लेकिन तुमने उनसे चन्दा-जैसा कुछ नहीं माँगा, सिर्फ़ गोली मार दी ! और, हम जानते हैं कि व्येशेन्स्काया में क्या हो रहा है ? वहाँ क्या व्यापारी और क्या पादरी, सारे-के-सारे सही-सलामत हैं ? यही हालत कारगिन्स्काया की भी है। हम सब जानते-सुनते हैं कि हमारे चारों तरफ़ क्या हो रहा है। अच्छी ख़बरें नहीं मिलतीं, लेकिन बुरी खबरें तो पर लगाकर उड़ने लगती हैं।"

"ठीक कहता है।" पीछे से एक आदमी ने चिल्लाकर कहा।

भीड़ की भुनभुनाहट में अलेक्सेइ की आवाज़ डूब गई। वह लोगों के शान्त होने की राह देखता रहा और फिर स्तॉकमैन के उठे हुए हाथ की चिन्ता किए बिना ही चीखता गया–"और, हमें लगता है, हो सकता है कि सोवियत सरकार अच्छी हो, पर जिन कम्यूनिस्टों को सारे काम सौंपे गए हैं, वे हमें सता-सताकर मार डालना चाहते हैं। वे हमसे 1905 के बदले गिन-गिनकर लेना चाहते हैं। लाल-फ़ौजियों को हमने इस तरह की बातें करते और कहते सुना है। और हम आपस में बातें करते हैं कि कम्यूनिस्ट हमें नेस्तनाबूद कर देना चाहते हैं। वे हमारा नाम-निशान मिटा देना चाहते हैं, वे कज़्ज़ाकों को दोन-प्रदेश से सदा-सदा के लिए देशनिकाला दे देना चाहते हैं। बस, मुझे इतना ही कहना है। मेरी हालत तो इस समय शराबी की-सी हो रही है। जो बात मुँह में आती है, वही फट से कह देता हूँ। और इस शानदार ज़िन्दगी के नशे में हम सभी चूर हैं। आपके खिलाफ़ यानी कम्यूनिस्टों के खिलाफ़ हमें इतनी शिकायतें हैं कि पूरा नशा तो उन्हीं का रहता है।"

अलेक्सेइ कज़्ज़ाकों की भीड़ में पीछे निकल गया और फिर बहुत देर तक सन्नाटा रहा। इसके बाद स्तॉकमैन ने बोलना शुरू किया तो पीछे से चिल्लाकर लोगों ने बार-बार बात काटी–

"यह सही कहता है। कज़्ज़ाकों के दिलों में धीरे-धीरे ज़हर घुलता जा रहा है। आप जानते हैं कि

इस वक्त गाँवों में क्या गाने गाए जाते हैं ? ऐसे तो हर आदमी अपने दिल की बात कहने को तैयार नहीं होगा, लेकिन गीत के बहाने तो सभी सब-कुछ कह सकते हैं। तो, एक गाना ऐसा है जिसमें कैडेटों के वापस आने पर कज़्ज़ाक उन्हें उलाहना देते हैं। इसका मतलब यह है कि कुछ तो ऐसा उनमें होगा ही जिसे लेकर उलाहना दिया जा सके।''

इसी समय कोई हँसा। भीड़ में हलचल हुई और लोगों के स्वर हवा में सरसराए।

स्तॉकमैन ने गुस्से में अपने हाथ की टोपी मुट्ठी में भींच डाली और जेब से कोशेवोइ द्वारा तैयार की हुई सूची निकालकर ज़ोर से पढ़ना शुरू किया–

''नहीं, यह सच नहीं है। जो क्रान्ति के साथ हैं, उन्हें किसी तरह की कोई शिकायत नहीं है। आपके गाँव के साथियों, सोवियत-हुकूमत के दुश्मनों को इसीलिए गोली से उड़ाया गया है। सुनिए !'' उसने साफ़-साफ़ और धीरे-धीरे पढ़ना शुरू किया–

सूची

सोवियत-हुकूमत के दुश्मनों की

(इन्हें गिरफ़्तार किया गया और इनके मामले
क्रान्तिकारी-अदालत के जाँच-कमीशन
को सौंप दिए गए।)

कोरशुनोव, मिरोन-ग्रिगोरियेविच–कभी अतामान रहा–दूसरों की मेहनत के बल पर, उनको चूस-चूसकर अमीर बना।

सेनिलिन, इवान-अवदीच–सोवियत-सरकार का तख्ता उलटने के लिए झूठी बातों का प्रचार किया।

मैदान्निकोव, सेम्योन गैवरिलोविच–फुँदने लगाए और सड़कों पर सोवियत-सरकार के खिलाफ़ नारे लगाता रहा।

मेलेख़ोव पैन्तेली-प्रोकोफ़ियेविच–सैनिक-परिषद् का सदस्य रहा।

मेलेख़ोव, ग्रिगोरी पैन्तलेयेविच–जूनियर कैप्टेन है, सोवियत-सरकार का विरोध करता है, ख़तरनाक है।

काशुलिन, अन्द्रेइ–पिता का नाम मातवेइ–पोदत्योलकोव के लाल-कज़्ज़ाकों की फाँसी में हिस्सा लिया।

बोदोव्स्कोव, फेदोत-निकिफोरोविच–इसने भी वही किया।

बोगातिरयोव, आर्किप मातवेयेविच–गिरजे का वार्डेन रहा–सरकार के खिलाफ़ है और लोगों को क्रान्ति के विरुद्ध भड़काता रहा है।

फोरोल्योव, जख़ार लिओनत्येविच–इसने हथियार सौंपने से इन्कार किया। इस पर यक़ीन नहीं किया जा सकता।

मेलेख़ोव परिवार के दोनों सदस्यों और बोदोव्स्कोव के नाम के आगे टिप्पणियाँ थीं, जो स्तॉकमैन ने ज़ोर से नहीं पढ़ीं–सोवियत-हुकूमत के इन दुश्मनों को अब तक गिरफ़्तार नहीं किया जा सका है, क्योंकि इनमें से दो को तो माल पहुँचाने के लिए भेजा गया है और पैन्तेली-मेलेख़ोव टाइफस से बीमार है। इसलिए पैन्तेली के अच्छे होते ही और इन लोगों के सामान पहुँचाकर वापस आते ही इन्हें गिरफ़्तार कर व्येशेन्स्काया भेज दिया जाएगा।

सभा में क्षण-भर सन्नाटा रहा। फिर लोगों ने चिल्लाना शुरू किया–

"यह सब झूठ है !"

"यानी, उन्होंने सोवियतों के खिलाफ़ मुँह खोला !"

"आप लोगों को ऐसी बातों के लिए गिरफ़्तार करते हैं ?"

"इन लोगों को लेकर किसी ने ये सारी बातें गढ़ ली हैं !"

स्तॉकमैन फिर बोला तो लोग उसकी बातें ध्यान से सुनने लगे; और बीच-बीच तो समर्थन की आवाज़ें तक आईं। लेकिन श्वेत-गार्दों से जा मिले लोगों की ज़मीन-जायदाद के बँटवारे का सवाल उसने उठाया तो सन्नाटा हो गया।

"आख़िर हुआ क्या तुम सब लोगों को ?" इवान अलेक्सेयेविच ने घबराहट से पूछा।

बेल हिला देने पर जैसे पके अंगूर बिखरने लगते हैं, वैसे ही लोग ग़ायब होने लगे। गाँव का एक सबसे गरीब आदमी एक क़दम आगे आया, हिचकिचाया और फिर पीछे लौट गया।

"इन ज़मीन-जायदादों के मालिक लौट आएँगे तो...तो क्या होगा ?"

स्तॉकमैन ने लोगों को बहुत रोकना चाहा, लेकिन आटे की तरह सफ़ेद पड़ते हुए कोशेवोइ ने इवान अलेक्सेयेविच के कानों में कहा–"मैंने कहा था कि वे लोग उस ज़मीन-जायदाद को हाथ भी नहीं लगाएँगे। इस वक्त यह सब इन्हें देने से अच्छा तो यह है कि इसमें आग लगा दी जाए..."

25

कोशेवोइ विचार में डूबा, पतलून से लैस अपने पैर पर चाबुक पटपटाता, सिर झुकाए, धीरे-धीरे मोख़ोव के घर की सीढ़ियों पर चढ़ा। बरामदे के फ़र्श पर जहाँ-तहाँ घोड़ों की ज़ीनें पड़ीं नज़र आईं। साफ़ है कि अभी-अभी कोई आया था। एक रक़ाब में लीद के रंग की थोड़ी-सी बर्फ़ अब तक चिपकी हुई थी और नीचे पानी का नन्हा ताल-सा बन रहा था। बर्फ़ पर बूट का निशान था। कोशेवोइ ने ज़ीनों और अटारी के फ़र्श से निगाह हटाकर जंगले के काम पर नज़र डाली और फिर भाप छोड़ती खिड़कियों को देखा। लेकिन उसके दिमाग़ पर किसी चीज़ का कोई असर नहीं पड़ा। मीशा का हृदय ग्रिगोरी-मेलेख़ोव के प्रति हमदर्दी के साथ-साथ नफ़रत से उफनता रहा।

तम्बाकू और घोड़ों के साज़-सामान की तेज़ बू से क्रान्तिकारी समिति का आगेवाला कमरा भरा रहा। मोख़ोव-बन्धुओं के दोनेत्स के पार भाग जाने के बाद बची दो नौकरानियों में से एक स्टोव जलाती रही। दूर के कमरे से मिलिशिया के लोगों के हँसने की आवाज़ आती रही।

'अजब मज़ाकिया लोग हैं ! कुछ हँसने को मिल गया इन्हें !' मीशा ने घोड़े पर सवार बग़ल से निकलते हुए नफ़रत से सोचा और अपने पैर पर चाबुक ठोंकते हुए समिति के कमरे में घुसा।

इवान-अलेक्सेयेविच अपनी लिखने की मेज़ के पास बैठा था। उसकी मोटी जैकेट खुली हुई थी। फर की टोपी एक ओर को झुकी हुई थी और पसीने से तर चेहरे से थकान टपक रही थी। माथे पर बल पड़े हुए थे। स्तॉकमैन उसकी बगल में खिड़की के निकले हुए हिस्सों के पास बैठा था। उसने घुड़सवार-सेनावाला लम्बा कोट अब भी पहन रखा था।

उसने मुस्कुराते हुए मीशा का स्वागत किया और अपनी बगल में बैठने की दावत दी। कोशेवोइ बैठ गया और उसने अपने पैर फैला लिए। बोला–

"मैंने बहुत ही भरोसे के आदमी से सुना है कि ग्रिगोरी-मेलेख़ोव घर लौट आया है, लेकिन मैं अभी तक ख़ुद उसके यहाँ नहीं जा सका हूँ।"

"तो, तुम क्या कहते हो कि क्या किया जाए ?" स्तॉकमैन ने एक सिगरेट रोल की और इवान अलेक्सेयेविच की ओर जवाब पाने की आशा से देखा।

"उसे हवालात में बन्द कर दिया जाए, और क्या किया जाए ?" इवान ने तेज़ी से पलकें झपकाते हुए अपने मन के अनिश्चय को मुखर किया।

"तुम क्रान्तिकारी-समिति के अध्यक्ष हो। यह बात तो तुम्हारे तय करने की है।" स्तॉकमैन मुस्कुराया और कन्धे झटके, जैसे कि खुद कोई फ़ैसला देने से बचना चाहता हो, पर उसकी मुस्कान में ऐसा व्यंग्य घुला हुआ था कि कोड़े की चोट से गहरी चोट पड़ी। इवान ने जवाब दिया तो उसकी ठोड़ी पर पसीना छलक आया। कहने लगा—"अध्यक्ष के रूप में तो मैं ग्रिगोरी और उसके भाई दोनों को ही गिरफ़्तार कर व्येशेन्स्काया भेज देने को तैयार हूँ।"

"उसके भाई को गिरफ़्तार करने से कोई फ़ायदा नहीं। फोमिन उसके साथ है और तुम जानते हो कि वह प्योत्र की कितनी तारीफ़ करता है। लेकिन ग्रिगोरी को आज ही जल्दी-से-जल्दी गिरफ्तार कर लिया जाना चाहिए। हम उसे व्येशेन्स्काया कल भेजेंगे, और उसके काग़ज़ात, एक घुड़सवार-मिलिशियामैन के साथ क्रान्तिकारी अदालत के अध्यक्ष के पास आज भेजेंगे।" स्तॉकमैन ने जवाब दिया।

"अच्छा हो कि ग्रिगोरी को शाम के वक्त गिरफ़्तार किया जाए। क्या ख़्याल है, ओसिप-दाविदोविच ?" इवान ने अपनी ओर से कहा।

स्तॉकमैन को खाँसी आ गई। इसके बाद उसने अपनी दाढ़ी पोंछी और बोला—"शाम को क्यों ?"

"उस समय गिरफ्तारी होगी तो लोगों को इस मामले में बातचीत करने का मौक़ा कम मिलेगा।"

"यह तो कोई बात नहीं हुई।" स्तॉकमैन बोला।

इवान, कोशेवोइ की ओर मुड़ा—"तो मिख़ाइल, दो आदमियों को अपने साथ ले लो और उसे फ़ौरन गिरफ़्तार कर लो। रखना उसे दूसरों से अलग, समझे ?"

कोशेवोइ उठा और मिलिशिया के लोगों के पास गया। स्तॉकमैन कमरे में इधर-उधर चहलक़दमी करने लगा। दो-एक क्षणों के बाद वह मेज़ के पास रुका और पूछने लगा—"जो हथियार इकट्ठे किए गए थे, उनकी आख़िरी खेप रवाना कर दी तुमने ?"

"नहीं, खेप आ रही है, व्येशेन्स्काया।"

स्तॉकमैन ने त्यौरी चढ़ाई और आँखें ऊपर उठाते हुए तेज़ी से पूछा—"मेलेख़ोव-परिवार ने क्या-क्या हथियार दिए ?"

इवान अलेक्सेयेविच ने याद करने की कोशिश में आँखें सिकोड़ीं और मुस्कुराते हुए बोला—"उन लोगों ने दो राइफ़लें और दो रिवाल्वर दिए हैं। तुम्हारा ख़्याल है कि उनके यहाँ कुल इतना ही था ?"

"तुम ऐसा सोचते हो ?"

"मैं क्या सोचता हूँ ? मैं नहीं सोचता कि वे तुमसे ज़्यादा बुद्धू हैं।"

"ठीक," स्तॉकमैन ने होंठ भींचे—"अगर मैं तुम्हारी जगह होता तो मैंने उनके घर की क़ायदे से तलाशी ली होती। यानी कमांडेंट को तलाशी का हुक्म दे दो, समझे ! बात यह है कि सोचना एक चीज़ है और अमल करना बिल्कुल दूसरी !"

कोशेवोइ आधे घंटे बाद लौटा। वह झपटते हुए बरामदे में आया। उसने झटके से दरवाज़े खोले, ड्योढ़ी पर साँस लेने के लिए रुका और बोला—"शैतान की मार हो..."

"आख़िर हुआ क्या ?" स्तॉकमैन की आँखें आश्चर्य से फैल गईं। वह तेज़ी से उसकी ओर बढ़ा। लेकिन, पता नहीं किस कारण स्तॉकमैन का शान्त भाव रहा या कोई और बात, कोशेवोइ एकदम गरम हो उठा और गरजा—"इस तरह आँखें मटकाना बन्द करो !" उसने गाली दी और नीचे थूका—"कहते हैं कि ग्रिगोरी घोड़े पर सवार होकर अपनी चाची के यहाँ सिनगिन चला गया है। आख़िर तुम मुझसे चाहते क्या थे ? लेकिन अब तक तुम कहाँ थे ? मक्खियाँ मार रहे थे ? उसके जाने के लिए रास्ता किसने खोला ? तुमने उसे हाथ से निकल जाने दिया। मेरे ऊपर चिल्लाने की ज़रूरत नहीं। मैं तो

अदना-सा आदमी हूँ। मेरा काम है जाना और उसे गिरफ़्तार करना। पर आख़िर तुम सोच क्या रहे हो ?" स्तॉकमैन उसकी ओर बढ़ा तो वह पीछे हटकर स्टोव के पास पहुँच गया और हँसा–"और आगे मत बढ़ना, ओसिप-दाविदोविच ! सच कहता हूँ, और आगे न बढ़ना, वरना एक हाथ जमा दूँगा।"

स्तॉकमैन उसके ठीक सामने आकर ठिठका, अपनी उँगलियाँ चटकाने लगा और मीशा की वफ़ादारी से भरी, मुस्कुराती हुई आँखों में आँखें डालकर बोला–"सिनगिन की सड़क जानते हो तुम ?"

"हाँ, जानता हूँ।"

"तो तुम वापस यहाँ क्यों आए ? और तुम्हारा दावा है कि तुमने जर्मनों से लोहा लिया है...! बदमाश कहीं का !" उसने बनावटी नफ़रत से भौंहें चढ़ाईं।

स्तेपी के मैदान के ऊपर धुएँ से बसी धुन्ध की नीली चादर पड़ी रही। दोन की ओर की पहाड़ियों के पीछे से चाँद उगा। चाँदनी हल्की रही और चाँदनी के बावजूद सितारे जगमगाते रहे।

छः घुड़सवार सिनगिन को जानेवाली सड़क पर घोड़े दौड़ाते दिखाई दिए।

स्तॉकमैन मीशा की बगल में था। उसका घोड़ा बेचैनी के कारण अपने सवार के घुटने काट खाने की कोशिश कर रहा था। सवार ख़ुद ज़रा भी परेशान न था और मीशा को कोई मज़ाक़िया घटना सुना रहा था। मीशा अपनी काठी की कमानी पर झुका बच्चों की तरह ठहाके लगा रहा था। वह हाँफ रहा था और उसकी निगाहें स्तॉकमैन के कनटोपे के नीचे के गम्भीर चेहरे पर जमी हुई थीं।

सिनगिन में तलाशी बड़ी मेहनत से की गई, लेकिन सारी कोशिश बेकार गई।

26

ग्रिगोरी स्लेज पर माल लेकर बोकोव्स्काया आया तो उसे और आगे जाने के लिए मजबूर किया गया। फलतः वह दस दिन तक नहीं आया, और उसके आने के दो दिन पहले उसका पिता गिरफ़्तार कर लिया गया। बूढ़ा पैन्तेली अभी-अभी बीमारी से उठा था और अब तक कमज़ोर और पीला था। उसके बाल ऐसे हो गए थे, जैसे कि कीड़ों ने खा लिए हों। दाढ़ी के बाल घट गए थे और जो बचे वे किनारे-किनारे सफ़ेद हो गए थे।

मिलिशिया के आदमी ने उसे तैयारी को दस मिनट दिए और फिर गिरफ़्तार कर ले गया। फिर व्येशेन्स्काया भेजे जाने के समय तक उसे मोख़ोव के तहख़ाने में रखा गया। उसके साथ नौ प्रौढ़ावस्था के लोग और गिरफ़्तार किए गए, साथ ही एक जज को भी बाँध लिया गया।

ग्रिगोरी लौटा तो अहाते में पूरी तरह घुस भी नहीं पाया कि प्योत्र ने अपने भाई को पूरी ख़बर सुना दी। सलाह दी–"तुम वापस चले जाओ, ग्रिगोरी ! वे लोग पूछताछ करते रहे हैं कि तुम आख़िर कब आओगे ! जाओ, ज़रा ताज़ा हो, बच्चों से मिलो और फिर फ़ौरन ही रिबनी-गाँव चले जाओ। वहाँ छिप सकोगे कि वक्त से वापस आ सको। अगर वे लोग मुझसे पूछेंगे तो मैं कह दूँगा कि तुम अपनी चाची के यहाँ सिनगिन गए हो। तुमने सुना कि उन लोगों ने हममें से सात कज़्ज़ाकों को दीवार के पास खड़ा कर गोली मार दी ? मैं ईसा से प्रार्थना करता हूँ कि पापा की भी कहीं यह हालत न हो ! लेकिन जहाँ तक तुम्हारा सवाल है...।"

ग्रिगोरी आधा घंटे तक बावर्चीखाने में बैठा रहा और फिर घोड़े पर ज़ीन कसकर रिबनी के लिए रवाना हो गया। वहाँ दूर के एक सम्बन्धी और विश्वसनीय कज़्ज़ाक ने उसे कंडियों के बीच शेड में छिपा दिया। वहाँ वह दो दिन तक पड़ा रहा। सिर्फ़ रात में ही वहाँ से निकलकर बाहर आया।

27

सिनगिन से लौटने के दो दिन बाद, यानी दस मार्च को कम्युनिस्ट दल की बैठक का दिन और समय जानने के लिए मीशा-कोशेवोइ व्येशेन्स्काया के लिए रवाना हुआ। उसने, इवान-अलेक्सेयेविच ने, दाविद ने, येमेल्यान ने और फिल्का ने पार्टी में शामिल होने का निश्चय किया था। कज़्ज़ाकों के हथियारों की आख़िरी खेप, स्कूल के अहाते में मिली एक मशीनगन और ज़िला-क्रान्तिकारी समिति के अध्यक्ष के नाम स्तॉकमैन का एक पत्र मीशा ने साथ ले लिया था।

...व्येशेन्स्काया के रास्ते में, चरागाहों के कितने ही खरगोश उन्हें देखकर सहम गए। लड़ाई के ज़माने में ज़िले में उनकी भरमार हो गई थी, उनकी आबादी बेरोकटोक बढ़ी थी और इस समय वे दलदली-सेवार की तरह हर कदम पर कूदते नज़र आते थे। सो, स्लेज की चरमराहट सुनते ही वे अछूती बर्फ़ के पार छलाँगें मारने लगे। उनके सफ़ेद पेट और दुम के नीचे के काले, कड़े हिस्से दूर से चमकने लगे। येमेल्यान ने स्लेज हाँकते-हाँकते रासें ढीली कर दीं और बेतहाशा चीखा–"जाओ, राइफ़ल से खरगोशों का शिकार कर लाओ !"

मीशा स्लेज से कूद पड़ा और एक घुटने के बल बैठते हुए उसने दूर एक उछलती भूरी गेंद पर अपनी राइफ़ल खाली कर दी। फिर मायूसी से देखता रहा कि गोलियाँ जा-जाकर बर्फ़ से टकराईं और गेंद ने और तेज़ी से उछलना शुरू किया। धीरे-धीरे गेंद चिरायते की झाड़ी के पीछे जाकर आँखों से ओझल हो गई।

मीशा व्येशेन्स्काया पहुँचा तो उसने ज़िला समिति में बेवजह दौड़-धूप और परेशानी का वातावरण पाया। लोग चिन्तित इधर-उधर दौड़ते नज़र आए। घुड़सवार हरकारे आते-जाते दिखाई दिए। गलियाँ और सड़कें बिल्कुल वीरान लग रही थीं। इस सबका कारण उसकी समझ में कुछ भी न आया। केवल वह ताज्जुब में पड़ गया। समिति के उपाध्यक्ष ने स्तॉकमैन का पत्र यों ही जेब में रख लिया और मीशा ने जवाब की बात की तो रुखाई से बोल.–"भाड़ में जाओ...तुम्हारे लिए फिलहाल मेरे पास वक़्त नहीं है !"

सीमा पर तैनात कम्पनी के लाल-फ़ौजी चौक में इधर-उधर आते-जाते दिखाई पड़े। फ़ौजी बावर्चीखाने की गाड़ी धुआँ देती बगल से गुज़री तो गाय के गोश्त और लॉरिल की पत्तियों की महक हवा में फैल गई।

मीशा क्रान्तिकारी अदालत में आया और कुछ परिचितों के साथ सिगरेट पीते हुए उसने पूछा–"आख़िर यह सब हंगामा क्यों है ?"

एक ने हिचकिचाते हुए जवाब दिया–"कज़ान्स्काया में कहीं कुछ गड़बड़ी हो गई है–श्वेत-गार्द के लोग घुस आए हैं, या कज़्ज़ाकों ने बगावत कर दी है, या ऐसा ही कुछ हो गया है। जो भी हो, वहाँ कल लड़ाई चली है। टेलीफोन के तार काट दिए गए हैं।"

"आपको कोई आदमी भेजकर ख़बर मँगानी चाहिए।"

"हमने आदमी भेजा है, पर अभी तक वह वापस नहीं आया है। आज एक कम्पनी येलान्स्काया भेजी गई है। यहाँ भी कोई मुसीबत खड़ी हो गई है।"

वे लोग खिड़की के पास बैठे धुआँ उड़ाते रहे। बर्फ़ का चूरा व्यापारी के मकान के शीशों के बगल से उड़-उड़कर जाता रहा। इस मकान में ही क्रान्तिकारी अदालत का दफ़्तर था।

सहसा ही गाँव के बाहर देवदारु के झुरमुट के कहीं पास बन्दूक़ों के दगने की आवाज़ हुई। मीशा का चेहरा उतर गया और सिगरेट उसके हाथ से नीचे गिर गई। हर आदमी दौड़कर अहाते में आ गया। अब गोलियों की आवाज़ और तेज़ हो गई। फिर, गोलियों की बौछार-सी हुई और वे शेडों और फाटकों से आ टकराईं। हाते में खड़ा एक लाल-फ़ौजी ज़ख्मी हो गया। फ़ौजी कम्पनी के बचे-खुचे लोग फ़ौरन

ही क्रान्तिकारी समिति के दफ़्तर के सामने क़तारों में खड़े किए गए और कमांडर उन्हें दोन को जानेवाले ढाल की ओर दौड़ाता ले चला। एक खलबली-सी मच गई। लोग चौक के इधर-उधर भागने लगे। एक बिना सवार का घोड़ा तेज़ी से दौड़ता बगल से निकला।

मीशा को घबराहट के कारण पता ही न चला कि वह चौक में कैसे और कब आ गया। उसने फ़ोमिन को अंधड़ की तरह गिरजे के पीछे से उभरते देखा। घोड़े में मशीनगन बँधी नज़र आई। उसके पहिए कोने में समाए नहीं थे, इसलिए गन उलट गई थी, और इधर-उधर लहराती हुई, ज़मीन में लथड़ती चली जा रही थी।

सो, फ़ोमिन काठी पर झुका, बर्फ़ की रुपहली लकीर पीछे छोड़ता पहाड़ी की तलहटी में जाकर आँखों से ओझल हो गया।

"पहले घोड़ों के पास चला जाए," मीशा को सबसे पहले ख़्याल आया। वह दोहरा होता किनारे की सड़कों से दौड़ चला। साँस लेने तक को एक बार नहीं रुका। उसने येमेल्यान को घोड़े कसते देखा। वह बुरी तरह सहमा हुआ जोत टटोल रहा था।

"क्या बात है, मिख़ाइल ? हो क्या रहा है ?" वह हक़लाया और उसके दाँत बजने लगे। जल्दी में उसे रासें नहीं मिलीं, और जब रासें मिलीं भी तो पट्टे खुले रह गए। उस जगह के अहाते से स्तेपी मैदान साफ़ नज़र आया। मीशा ने देवदारुओं की ओर देखा, लेकिन उस ओर से न पैदल सेना के लोग आते दिखाई दिए और न घुड़सवार-सेना के। कहीं दूर पर आग बरसती रही। सड़कें वीरान रहीं। वे हमेशा की तरह सुनसान और उदास लगीं। इस पर भी कुछ भयानक कहीं घटता रहा। क्रान्ति सचमुच शुरू हो गई।

येमेल्यान पूरे वक़्त घोड़ों में उलझा रहा। मीशा ने स्तेपी की ओर से अपनी निगाह नहीं हटाई। उसने सड़क के किनारे की दूसरी तरफ़ से एक आदमी दौड़ते हुए आते देखा। आदमी पुल से गुज़रा। यहाँ का वायरलेस पिछली दिसम्बर में जलाया जा चुका था। पूरी रफ़्तार से दौड़ता हुआ आदमी, हथियार अपने सीने से चिपटाए आगे की ओर झुका। मीशा ने कोट देखकर पहचान लिया। आदमी अदालती जाँच करनेवाला ग्रोमोव था। फिर बाड़ के पीछे से एक घुड़सवार घोड़ा दौड़ाता आया। मीशा ने उसे भी पहचान लिया। वह व्येशेन्स्काया का कम-उम्र कज़्ज़ाक चेरनीचकिन था। आदमी सिर से पैर तक श्वेत-गार्द था। वह अपना घोड़ा दौड़ाता रहा कि ग्रोमोव ने दो बार मुड़कर देखा और अपनी जेब से रिवाल्वर निकाला। पहले एक गोली की आवाज़ हुई और फिर दूसरी। ग्रोमोव ने एक बलुहे टीले पर चढ़कर रिवाल्वर चलाया, चेरनीचकिन दौड़ते घोड़े से नीचे कूद पड़ा। उसने अपने कन्धे से राइफ़ल उतारी, और घोड़े की रासें थामे हुए, बर्फ़ के एक टीले के पीछे ज़मीन पर लेट गया। ग्रोमोव पहली गोली दागने के बाद लड़खड़ा गया और उसने अपने बाएँ हाथ से चिरायते की झाड़ियों का सहारा ले लिया। फिर उसने टीले का चक्कर लगाया और बर्फ़ पर मुँह के बल गिर पड़ा। "मर गया !" मीशा के बदन में झुरझुरी-सी दौड़ गई।

उसने सोचा कि चेरनीचकिन पर निशाना अचूक बैठेगा। फिर, यह कि जर्मनी की लड़ाई से जो छोटी आस्ट्रियाई बन्दूक़ मीशा अपने साथ लाया था, उससे वह कितनी ही दूर का कोई भी निशाना साध सकता था। उस पर यह कि स्लेज पर सवार होकर वह फाटक से बाहर निकला तो भी सबकुछ साफ़ नज़र आता रहा। चेरनीचकिन दौड़ा-दौड़ा गिरे हुए शरीर के पास गया, और उसने बर्फ़ में सिमटे पड़े काले कोट पर अपनी तलवार से एक भरपूर हाथ मारा।

दोन को आम जगह से पार करना ख़तरनाक था, क्योंकि नदी के सफ़ेद प्रसार की पृष्ठभूमि के कारण घोड़े और आदमी, दूर से साफ़ नज़र आते थे। हेडक्वार्टर की कम्पनी की लाल-सेना के दो लोग गोलियों से छलनी होकर वहाँ पहले से पड़े थे। सो, येमेल्यान ने झील पार कर जंगल का रास्ता लिया, और घोड़े पागलों की तरह तातारस्की की दिशा में दौड़ा दिए। लेकिन, गाँव के नीचे के चौराहे पर

येमेल्यान ने रासें खींचीं और अपना हवा से लाल चेहरा मीशा की ओर मोड़ा।

"आख़िर करना क्या चाहिए ? कहीं इसी तरह की मुसीबत हमारे अपने गाँव पर भी न टूट पड़ी हो !"

मीशा की निगाहों से सन्ताप टपक रहा था। उसने गाँव की ओर नज़र गड़ाकर देखा तो नदी के बिल्कुल पास की सड़क के किनारे-किनारे दो घुड़सवार अपने घोड़े दौड़ाते नज़र आए। दोनों मिलिशिया के आदमी प्रतीत हुए।

"गाँव को ही चलो...और आख़िर हम जा भी कहाँ सकते हैं ?" उसने पक्के इरादे के साथ कहा।

येमेल्यान ने बड़ी हिचकिचाहट के साथ घोड़ों को चाबुक मारकर गाँव की दिशा में हाँका। नदी पार की गई। स्लेज ढाल के सिरे पर पहुँची कि गाँव के ऊपरी सिरे के दो बुज़ुर्ग-से लोगों के साथ शेखीबाज़ अवदीच का बेटा अन्तीप दौड़कर उन्हें अपनी ओर आता दिखाई दिया।

"अरे, मीशा...!" अन्तीप के हाथ में राइफ़ल देखकर येमेल्यान ने रासें खींचीं और घोड़ों को झटके से मोड़ा।

"रोको !" आदेश कानों में पड़ा। साथ ही एक गोली सरसराती हुई आई। येमेल्यान गिर गया, पर रासें अब भी उसके हाथों में रहीं। घोड़े एक बाड़ में भाग चले। मीशा स्लेज से कूद पड़ा। अन्तीप ने उसकी ओर दौड़ना शुरू किया तो फिसल गया। वह रुक गया और उसने राइफ़ल अपने कन्धे पर लटका ली। मीशा इस बीच बाड़ से टकराकर भहराया तो उसने उनमें से एक आदमी के हाथ में तीन दाँतोंवाला एक काँटा देखा।

उसने अपने कन्धे में भयानक पीड़ा अनुभव की। मुँह से बिना उफ़ किए वह हाथों से चेहरा ढँककर लेट गया तो एक आदमी हाँफते हुए उसके ऊपर लद गया और लगा काँटा गड़ाने—"उठ के बैठ... शैतान ले जाएँ तुझे...उठ के बैठ !"

मीशा को बाक़ी घटना का ध्यान यों रहा, जैसे किसी को किसी सपने का ध्यान रहता है। हुआ यह कि अन्तीप उस पर टूट पड़ा और रोते-रोते उसके सीने में नाख़ून गड़ाने लगा—"इसने मेरे पापा की जान ली है...मुझे इस तक पहुँच जाने दो, भलेमानुसो ! मुझे इससे बदला ले लेने दो !" उसे लोगों ने खींचकर अलग कर दिया। इस बीच कुछ लोग आकर आस-पास जमा हो गए थे। उनमें से किसी ने भारी गले से दलील-सी दी—"छोड़ो, इसकी जान छोड़ो, तुम ईसाई हो न ? छोड़ो...इसे मारो नहीं, अन्तीप...तुम्हारे पापा तो अब तुम्हें वापस मिल नहीं जाएँगे। बिना वजह के एक आदमी की मौत का कारण बनोगे ! जाओ, अपने-अपने घर जाओ ! भाइयो ! गोदाम के पास चीनी बाँटी जा रही है, जाओ, और अपने-अपने हिस्से की चीनी ले आओ।"

...मीशा को शाम को होश आया तो उसने अपने को उसी बाड़े के साये में लेटा पाया। काँटे के वारों के कारण उसकी बगल में जलन और दर्द होता रहा। लगा कि भेड़ की खाल और नीचे के स्वेटर के कारण काँटे के दाँते मांस में ज़्यादा दूर तक नहीं चुभे। वह लड़खड़ाता हुआ उठा और उसने आहट ली। स्थिति स्पष्ट हो गई। विद्रोहियों के भेजे दस्ते गाँव की गश्त लगाते जान पड़े। बीच-बीच में बन्दूक़ के दगने की आवाज़ हुई और कुत्ते भौंकने लगे। वह दोन के किनारे की ढोरोंवाली पगडंडी से आगे बढ़ा, चोटी के सिरे पर पहुँचा और बर्फ़ में हाथ गड़ाते हुए बाड़ों के किनारे-किनारे रेंगने लगा। इस सिलसिले में कई बार सम्हला और कई बार गिरा। वह यों ही रेंगता रहा और उसे पता ही न चला कि आखिर वह है कहाँ। उसका पूरा बदन सर्दी के कारण काँपता रहा और उसके हाथ जमकर जैसे बर्फ़ हो गए। अन्त में ठंडक से परेशान होकर वह किसी के छोटे फाटक में घुस गया। उसने कँटीली झाड़ी का दरवाज़ा खोला और अहाते के पिछले हिस्से में आया। बाईं ओर एक शेड दीखा तो वह उसकी ओर बढ़ा। लेकिन, इसी समय किसी के क़दमों की आहट के साथ खाँसी की आवाज़ उसके कानों में पड़ी। शेड में दाख़िल होनेवाले किसी आदमी के जूते चरमराए। 'लोग मुझे देखते ही मार डालेंगे।'

मीशा ने इस तरह अन्यमनस्क ढंग से सोचा, जैसे कि मामला किसी तीसरे आदमी का हो। आदमी दरवाज़े से छनती रोशनी में आ खड़ा हुआ। "कौन है ?" आवाज़ पतली और डर से कातर लगी। मीशा बीच की दीवार की बगल से गुज़रा।

"कौन है ?" आदमी ने घबराकर ज़रा और ज़ोर से पूछा। मीशा ने स्तीपान अस्ताख़ोव को पहचाना और खुले में आ गया—"स्तीपान, मैं हूँ कोशेवोइ। ईसा के नाम पर मुझे बचाओ, किसी से मेरा नाम न लेना। समझे न ? मेरी मदद करो।"

"अच्छा, तो तुम हो !" स्तीपान ने कमज़ोर आवाज़ में कहा। वह अभी-अभी टाइफ़स से उठा था। उसका मुँह फैल गया, मगर मुस्कान क्षणिक रही—"ख़ैर, तो रात यहाँ बिता लो, मगर कल यहाँ से चले जाना। लेकिन, तुम यहाँ पहुँचे कैसे ?"

मीशा ने टटोलकर उसका हाथ अपने हाथ में लिया और फिर चोकर के अम्बार में धँस गया। दूसरे दिन शाम को दोनों वक्त मिले कि वह बहुत सावधानी से अपने घर की ओर बढ़ा और घर पहुँचने पर उसने खिड़की खटखटाई। माँ ने दरवाज़ा खोला और देखते ही फूट पड़ी। उसने अपने हाथ उसकी गर्दन में डाल दिए और सिर उसके सीने पर टिका दिया—"चले जाओ, मीशा, ईसा के नाम पर चले जाओ। कज़्ज़ाक आज ही सवेरे यहाँ आए थे। उन्होंने तुम्हें ढूँढ़ने के लिए पूरा अहाता छान मारा। अवदीच ने मुझे चाबुक से मारा। बोला—'तुमने अपने बेटे को कहीं छिपा रखा है। मुझे अफ़सोस है कि मैंने उसे उसी वक्त मार क्यों नहीं डाला' ?"

मीशा की समझ में नहीं आया कि वह अपने दोस्तों की तलाश कहाँ करे ? माँ की ज़रा देर की बातों से उसे पता चला कि दोन के किनारे के सभी गाँवों में आग भड़क उठी है। स्तॉकमैन, इवान-अलेक्सेयेविच, दाविद और मिलिशिया के लोग भाग गए हैं और फ़िल्का और तिमोफ़ी को पिछले दिन चौक में तलवार के घाट उतार दिया गया है।

"अच्छा, अब तुम चले जाओ। यहाँ तुम उनके हाथ लग जाओगे।" माँ ने रोकर कहा, मगर उसकी आवाज़ कहीं से पतली नहीं पड़ी। पिछले कई वर्षों के बाद मीशा आज पहली बार बच्चों की तरह फूट-फूटकर रोया। फिर वह अपनी पुरानी घोड़ी अहाते में लाया तो उसका बछेड़ा भी पीछे-पीछे चला आया। माँ ने मीशा को घोड़ी पर चढ़ने में मदद की और उसके ऊपर क्रॉस का चिह्न बनाया। घोड़ी अपने बछेड़े की ओर देख-देखकर हिनहिनाती हुई आगे बढ़ी। उसकी हर पुकार के साथ मीशा का कलेजा मुँह को आने लगा।

लेकिन, वह गाँव से सही-सलामत बाहर निकल आया। अब उसने हेतमान की चढ़ाईवाली सड़क पर घोड़ी बढ़ाई और उत्तर की ओर बढ़ा।

रात ने अपना अँधेरा गहराकर इन दो भागनेवालों की तरफ़ दोस्ती का हाथ बढ़ाया। घोड़ी अपने बछेड़े को खोने के डर से बार-बार हींसी। मीशा ने दाँत भींचे और रास से घोड़ी के कानों को झटका दिया। इस बीच वह बार-बार रुका और उसने सुनने की कोशिश की कि आगे-पीछे से कहीं घोड़ों के खुरों की पटापट की आवाज़ तो नहीं आ रही है। पर हर तरफ़ एक जादुई सन्नाटा छाया रहा। केवल किसी तरह की कोई आवाज़ तब आई जब बछेड़े ने इस ठहराव से फ़ायदा उठाकर माँ का दूध पीना चाहा। ऐसे में उसके छोटे-छोटे पिछले पैर बर्फ़ में काफ़ी दूर तक धँस-धँस गए।

28

शेड से सड़े हुए पुआल, सूखी लीद और सूखी घास की बदबू आ रही थी। दिन में छत से कपूरी प्रकाश छनता और कभी-कभी दरवाज़े का सरपत भेदकर सूरज की किरणें आ जातीं। रात होती तो चूहे हर तरफ़ चूँ-चूँ करते और सन्नाटा बजता।

झोंपड़ी की मालकिन दिन में एक बार यानी शाम को चोरी-चोरी ग्रिगोरी के लिए खाना लाती। पानी का घड़ा कंडों के अम्बार के बीच छिपा रखा रहता। अगर पास की तम्बाकू अचानक ही ख़त्म न हो गई होती, तो ज़िन्दगी ऐसी कोई बुरी न लगती। और, ख़त्म हो गई तो बिना तम्बाकू के काम चलाना ग्रिगोरी के लिए मुश्किल हो गया। पहला दिन तो जैसे-तैसे कट गया, लेकिन इसके बाद जब मन किसी तरह न माना तो सवेरे कच्चे फ़र्श पर रेंगकर उसने थोड़ी-सी सूखी लीद जमा की, उसे हथेली पर रखकर मला और उससे सिगरेट बना ली। शाम को मालिक ने बाइबिल से फाड़कर कुछ बदरंग पन्ने, एक दियासलाई, थोड़ी-सी सूखी तिनपतिया घास और थोड़ी-सी सूखी जड़ें भेजीं। ग्रिगोरी को बेहद ख़ुशी हुई। वह तब तक धुआँ उड़ाता रहा जब तक कि उसके सिर में चक्कर आने लगे। कंडों के बीच पहली बार ऐसे सोया जैसे घोड़े बेचकर सोया हो।

दूसरे दिन अपने मित्र कज़्ज़ाक के शेड में आकर ज़ोर-ज़ोर से चिल्लाने पर उसकी नींद टूटी। कज़्ज़ाक-मित्र उसे जगाने के लिए भागा-भागा शेड में आया और ज़ोर-से चिल्लाया—"तुम सो रहे हो ? उठो...दोन की बर्फ़ टूट गई है।" इतना कहकर वह ज़ोर से हँसने लगा।

ग्रिगोरी जो उछलकर नीचे आया तो उसके पीछे कंडियाँ भरभराकर गिर पड़ीं। उसने पूछा—'क्या हुआ ?"

"दूसरी तरफ़ येलान्स्काया और व्येशेन्स्काया के कज़्ज़ाकों ने सिर उठाया है। फ़ोमिन और व्येशेन्स्काया की सरकार के बाक़ी कुल लोग तोकिन को भाग गए हैं। सुनते हैं कि कज़ान्स्काया, शूमिलिन्स्काया और मिगुलिन्स्काया में भी बगावत भड़क उठी है।"

ग्रिगोरी की भौंहों और गर्दन की नसें फूल आईं। उसकी आँखें ख़ुशी से खिल उठीं। यह प्रसन्नता उसके छिपाए नहीं छिपी। उसकी आवाज़ काँपने लगी और उसकी काली उँगलियाँ बरानकोट के बन्दों से खिलवाड़ करने लगीं। पूछा—"और यहाँ तुम्हारे गाँव में...यहाँ भी कुछ हुआ है क्या ?"

"मैंने कुछ नहीं सुना। मैं तो अभी-अभी गाँव के मुखिया से मिला। वह बोला—'हम किस भगवान की पूजा करते हैं, इसकी फिक्र मुझे नहीं है। मुझे इसी से सन्तोष है कि भगवान है।' यानी, अब तुम अपनी कालकोठरी से बाहर आ सकते हो।"

वे घर की ओर बढ़े। ग्रिगोरी ने लम्बे-लम्बे डग भरे तो कज़्ज़ाक भी उसकी अगल-बगल उतनी ही तेज़ी से चलने और उसे खबरें सुनाने लगा—"येलान्स्काया ज़िले में सबसे पहले क्रास्नोयार्स्की ने सिर उठाया। दो दिन पहले येलान्स्काया के बीस कम्युनिस्ट कुछ कज़्ज़ाकों को गिरफ़्तार करने के लिए वहाँ गए। क्रास्नोयार्स्की के लोगों ने ख़बर सुनी और आपस में बातें कीं—'यह सब आख़िर हम कब तक बर्दाश्त करते रहेंगे ? आज वे हमारे पिताओं को गिरफ़्तार कर रहे हैं, कल हमें गिरफ़्तार करेंगे। यह नहीं चलेगा। अपने-अपने घोड़े कसो, चलो और गिरफ़्तार लोगों को आज़ाद कराओ !' इस तरह कोई पन्द्रह शानदार जवान जुटाए गए। उनके पास सिर्फ़ दो राइफ़लें, कुछ तलवारें और इनी-गिनी बर्छियाँ थीं। उन्होंने मेलनिकोव के अहाते में कम्युनिस्टों को आराम करते देखा तो पहले उनके घोड़ों पर ही टूट पड़े। लेकिन अहाते के चारों ओर की पत्थर की दीवार के कारण मारकर भगा दिए गए। कम्युनिस्टों ने उनमें से एक को तो मार भी डाला। प्रभु उसकी आत्मा को शान्ति दें। लेकिन, उस वक्त से ही जैसे सोवियत- हुकूमत के ख़ात्मे का वक़्त नज़दीक आने लगा...ऐसी-तैसी में जाए !"

ग्रिगोरी ने अपने बचे-खुचे नाश्ते की चीज़ें जल्दी-जल्दी खाईं और अपने मित्र के साथ सड़क पर आया। यहाँ कोनों में छोटे-छोटे दलों में बँटे लोग इस तरह खड़े नज़र आए जैसे कि छुट्टी का दिन हो। ये दोनों ऐसे ही एक दल के पास गए। कज़्ज़ाकों ने हाथ टोपियों से लगाकर उनका अभिवादन किया। वे ग्रिगोरी के अपरिचित चेहरे की ओर एकटक देखते रहे, जैसे कि कुछ समझ न पा रहे हों।

"यह हमारे साथी। हममें से ही एक हैं। इनसे डरने की ज़रूरत नहीं। आपने तातारस्की के मेलेख़ोव-परिवार का नाम सुना है ? यह हैं पैन्तेली के बेटे ग्रिगोरी। गोली से बचने के लिए मेरे यहाँ

आए थे।" ग्रिगोरी के साथी ने अभिमान से कहा।

वे आपस में बातें करने लगे। लेकिन एक कज़्ज़ाक लाल-गार्दों के व्येशेन्स्काया से निकाल बाहर किए जाने की कहानी सुना ही रहा था कि दो घुड़सवार गली के सिरे पर नज़र आए। वे अपने घोड़े मोड़ते हुए कज़्ज़ाकों के हर दल के पास ठिठके, कुछ चिल्लाकर कहा और हाथ हिलाए। ग्रिगोरी उत्सुक हो उठा और उनके पास आने की राह देखने लगा। कज़्ज़ाक बोले—"ये हमारी तरफ़ के लोग नहीं हैं। ये तो नामावर हैं। कहीं से कुछ पैगाम लेकर आए हैं, शायद।"

वे दोनों घुड़सवार अब ग्रिगोरी वाले दल के पास आए। एक घुड़सवार बूढ़ा था। उसने भेड़ की खाल बहुत ही ढीले-ढाले ढंग से ओढ़ रखी थी। चेहरा लाल और पसीने से तर था। सफ़ेद बालों के लच्छे माथे पर झूल रहे थे। उसने जवानों की तरह झटके से घोड़ा रोका और अपना दाहिना हाथ आगे बढ़ाया। चीखकर बोला—"कज़्ज़ाको, तुम यहाँ कोनों में खड़े औरतों की तरह गप्पें क्या हाँक रहे हो ?" आँसुओं ने उसकी आवाज़ तोड़ दी। उसके गालों की खाल उत्तेजना के कारण कँपकँपाने लगी।

उसकी कुम्मैत घोड़ी कोई चार साल की थी। उसके नथुने सफ़ेद, पूँछ गझिन और पैर ढले हुए इस्पात के-से थे। इस समय वह उछल-कूद रही थी। वह हींसती, लगाम चबाती, पिछले पैरों पर खड़ी होती और झटके देती कि रास ढीली कर दो तो मैं कान खड़े कर हवा की रफ़्तार से उड़ चलूँ, कि हवा सीटियाँ बजाए और बर्फ़ से मढ़ी ज़मीन साफ़-सुथरे खुरों से नीचे बज-बज उठे। उसके शानदार बदन का अंग-अंग फड़कता। गर्दन और पैरों की हर मांसपेशी में रह-रहकर लहरें-सी उठतीं। होंठ काँपते। बड़ी आँखों में सफ़ेदी के साथ लालों की-सी लाली चमकती। घोड़ी बार-बार अपने मालिक की ओर देखती और इशारा पाना चाहती।

"शान्त दोन के सपूतो ! तुम यहाँ किसलिए खड़े हो ?" बूढ़ा फिर चीखा और उसने ग्रिगोरी से हटाकर नज़र दूसरे लोगों पर गड़ाई—"वे लोग तुम्हारे पिताओं और दादाओं को गोली से उड़ा रहे हैं। तुम्हारा मालमता उठाए लिए जा रहे हैं। यहूदी कमीसार हमारा मज़ाक़ उड़ा रहे हैं और तुम हो कि सूरजमुखी के बिए कुटकुटा रहे हो और औरतों के पीछे भाग रहे हो। तुम शायद तब तक यों ही खड़े रहोगे जब तक कि वे तुम्हारे गले में फंदा नहीं डाल देंगे। कुछ देर के लिए औरतों के घाघरों का ख़्याल छोड़ दो। येलान्स्काया ज़िले के बूढ़े-जवानों सभी ने बगावत कर दी है। उन्होंने लाल-गार्दों को व्येशेन्स्काया से खदेड़ दिया है, और तुम, मैं पूछता हूँ कि तुम्हारी नसों में ख़ून की जगह क्वास है क्या ? उठो, हथियार हाथ में लो। क्रीव्स्की गाँव के लोगों ने हमें तुम लोगों को जगा देने के लिए भेजा है। कज़्ज़ाको, वक़्त रहते घोड़ों पर सवार हो जाओ !" उसने जलती निगाहें एक बुजुर्ग-से जान-पहचानी के चेहरे पर जमाईं और नफ़रत से भरकर चीखा—"तुम वहाँ किसलिए खड़े हो, सेम्योन-क्रिस्तोफोरोविच ? कम्युनिस्टों ने फिलोनोवो में तुम्हारे बेटे को काटकर फेंक दिया है, और तुम स्टोव के पीछे मुँह छिपाते फिर रहे हो ?"

ग्रिगोरी से और अधिक सुना नहीं गया। वह अहाते की ओर जान छोड़कर भागा। यहाँ नाख़ूनों से निकलते ख़ून की परवाह न कर उसने उनकी मदद से, सूखी हुई लीद के अम्बार के बीच से काठी खोद निकाली, घोड़ा कसा, उसे शेड के बाहर निकाला, और हवा की रफ़्तार से उड़ चला।

"मैं तो चला ! ईसा तुम्हारी मदद करें।" उसने चिल्लाकर अपनी आवाज़ अपने मित्र तक पहुँचाई, काठी की कमान पर झुककर घोड़े की अयाल के बराबर आ गया और चाबुक मारकर घोड़े को भगाकर ले चला। उसके पीछे की बर्फ़ानी गर्द फिर बैठ गई, उसके पैर काठी से रगड़ खाने लगे और रक़ाबें जूतों से लड़कर झनझनाने लगीं। घोड़े के पैर मशीन की तरह काम करने लगे। उसे इतनी ज़्यादा ख़ुशी का अनुभव हुआ, और शक्ति और संकल्प ने उसमें इतना उत्साह भरा कि उसके गले से सीटी-सी बजने लगी। उसके अन्तर् की गुप्त और बन्दी भावनाएँ अन्दर-ही-अन्दर उन्मुक्त हो गईं। उसे लगा कि अब मेरा रास्ता साफ़ है...स्तेपी के मैदान के चाँदनी के रास्ते की तरह साफ़ है !

बात यह है कि कंडों के अम्बारों के बीच एक जानवर की-सी ज़िन्दगी बिताते समय और हर आहट और हर आवाज़ पर चौंक-चौंक उठते समय उसने हर परिस्थिति को तोल लिया था, हर बात के बारे में आख़िरी फ़ैसला कर लिया था। इस समय ऐसा लग रहा था जैसे कि सत्य की खोज के लिए वह कभी परेशान रहा ही नहीं था—हिचकिचाहटों, संकल्प-विकल्पों और पीड़ा से भरे अन्तर्संघर्षों के बीच से वह कभी गुज़रा ही नहीं था। बादल की छाया की तरह यह सबकुछ हवा हो गया था और इस समय अपनी तमाम खोजें उसे बेमतलब और छूँछी मालूम हो रही थीं। आख़िर सोचने-विचारने के लिए ऐसा था भी क्या? बचाव का रास्ता निकालने के लिए, विरोधाभासों की गुत्थियाँ सुलझाने के लिए उसकी आत्मा बेधे गए भेड़िए की तरह तड़पती क्यों रही थी?

पर, जीवन अब उसे बहुत ही आसान लगा—जितना बेहूदा, उतना ही बुद्धि से भरा। उसे ऐसा अनुभव हुआ कि ऐसी कोई सच्चाई नहीं, जिसके पंख के साए में सभी लोग एकसाथ सहारा पा सकें। उसने सोचा, हरेक की अपनी सच्चाई होती है। हरेक की अपनी लीक होती है। रोटी के एक टुकड़े के लिए, ज़मीन की एक टुकड़ी के लिए और ज़िन्दा रहने के हक़ के लिए लोग लड़ते रहे हैं, और जब तक चाँद-सूरज रहेंगे, जब तक उनकी नसों में ख़ून रहेगा, तब तक लड़ते रहेंगे। जो लोग मेरी ज़िन्दगी से, मेरे जीने के हक़ से मुझे महरूम करना चाहते हैं, सबसे लोहा लिया जाना चाहिए, जमकर लोहा लिया जाना चाहिए, और इस्पाती नफ़रत से भरकर लोहा लिया जाना चाहिए। मुझे अपने जज़्बातों पर लगाम नहीं लगानी चाहिए, उन्हें ढील दे देनी चाहिए। कज़्ज़ाकों के जीने का तरीका रूस के बेज़मीन किसानों और कारखानों के कामगारों की ज़िन्दगी के आड़े आ गया है। इनसे आख़िरी साँस तक लड़ना चाहिए। दौलत से धनी, कज़्ज़ाकों के ख़ून से धुली दोन की धरती को इनसे छुटकारा दिलाना चाहिए। जिस तरह कभी तातारों को इलाक़े के बाहर खदेड़ भगाया गया था, वैसे ही इस वक़्त इन्हें हाँककर सरहद से बाहर कर देना चाहिए। मास्को पर चोट करनी चाहिए। मास्को के लोगों का मुँह बन्द किया जाना चाहिए। यह रास्ता ऐसा है कि दो वसूलों का इधर से एकसाथ निकलना मुमकिन नहीं। एक-न-एक को तो धक्का देकर एक किनारे करना ही होगा। इम्तहान हो चुका है। लाल-रेजीमेंटों के लोग कज़्ज़ाक-इलाक़ों में आने दिए गए हैं और लोग देख चुके हैं कि वे कैसे और क्या हैं! अब बारी तलवार की है।...

ग्रिगोरी के दिल में नफ़रत की एक अन्धी आग धधकती रही और दोन के उस पार पहुँच जाने तक वह अपना घोड़ा बराबर दौड़ाता रहा। इस बीच एक क्षण को उसके मन में सन्देह जगा—यह मामला दूसरा है। एक तरफ़ कज़्ज़ाक और दूसरी तरफ़ रूसी नहीं हैं, बल्कि एक तरफ़ दौलतवाले लोग हैं तो दूसरी तरफ़ गरीब लोग हैं। मीशा कोशेवोइ और इवान-अलेक्सेयेविच भी कज़्ज़ाक हैं, पर वे सिर से पैर तक लाल हैं, कम्युनिस्ट हैं। परन्तु उसने इस विचार को झटककर एक ओर कर दिया।

दूर तातारस्की दिखाई दिया। ग्रिगोरी ने लगाम खींची तो झाग उगलता घोड़ा आराम की दुलकी-चाल में आ गया। अपने फाटक पर पहुँचने पर उसने फिर लगाम झटकी तो घोड़े ने टक्कर से छोटा फाटक खोला और उछलता हुआ अहाते में जा पहुँचा।

29

मीशा, थकान से चूर-चूर होने पर भी, प्रातः घोड़े पर सवार हुआ और उस्त-खोपर्सकाया ज़िले के एक गाँव में पहुँचा। वहाँ एक चौकी पर उसे एक लाल-रेजीमेंट ने रोका और लाल-गार्द के दो लोग उसे स्टॉफ-हेडक्वार्टर में ले आए। एक अफ़सर ने अविश्वास से भरकर उससे तरह-तरह के सवाल किए और आत्मविरोधी बातें कहलाने की कोशिश की। मीशा बेहूदे सवालों के जवाब देते-देते तंग आ गया—सवाल बहुत से किए गए— जैसे 'आपकी क्रान्तिकारी समिति का अध्यक्ष कौन है?' 'आपके पास कुछ भी

काग़ज़ात क्यों नहीं हैं ?'

"मुझे बहुत जकड़ने की कोशिश न कीजिए। कज़्ज़ाकों ने बड़े हाथ-पैर मारे, लेकिन कुछ बात नहीं बनी।" उसने विरोध किया, अपनी कमीज़ उठाई और काँटे से छलनी अपनी बगल दिखलाई। उसने तो अफ़सर को मुँह पर गाली देने की बात सोची, और शब्द होंठों पर आए भी कि उसी क्षण स्तॉकमैन कहीं से आ टपका–

"कहो रईसज़ादे..शैतान की आँत !" स्तॉकमैन ने उसकी पीठ पर हाथ रखा तो उसकी गूँजती हुई आवाज़ काँपने लगी–"तुम इससे जिरह क्या कर रहे हो, कॉमरेड ?" वह अफ़सर की ओर मुड़ा–"यह तो हममें से ही एक है। तुमने मुझे या कोतल्यारोव को बुलवा लिया होता तो इस पूछताछ की ज़रूरत न पड़ती। आओ, मिख़ाइल ! लेकिन, तुम बचकर निकले कैसे ? मुझे बतलाओ कि तुम कैसे बचे ? हमने तो तुम्हारा नाम ज़िन्दा लोगों की फेहरिस्त से काट दिया था। हमने तो सोचा कि तुम्हें वीरगति मिल गई।"

मीशा को सबकुछ याद आ गया कि उसे कैसे क़ैद किया गया, कैसे वह अपना बचाव नहीं कर सका और कैसे उसकी राइफ़ल स्लेज में पड़ी रही। उसका दिल बहुत दुखा और उसका चेहरा तमतमा उठा।

30

ग्रिगोरी के तातारस्की में आने के दिन से अब तक कज़्ज़ाकों की दो टुकड़ियाँ वहाँ कभी की जमा की जा चुकी थीं। ग्राम-सभा ने हथियार चलाने लायक सोलह से सत्तर साल के बीच की उम्र के सभी लोगों को फ़ौज में भरती करने का फ़ैसला कर लिया था। कितने ही लोगों ने स्थिति की विवशता समझी थी। उत्तर में वोरोनेज़ प्रान्त था। वह बोलशेविकों के अधिकार में था। खोपर-ज़िला था। वहाँ के लोगों को बोलशेविकों से हमदर्दी थी। दक्षिण में मोर्चा था। वह उलट सकता था, और विद्रोहियों का पटरा कर सकता था। कुछ जागरूक कज़्ज़ाक ऐसे थे जो हथियार उठाना नहीं चाहते थे, लेकिन वे मजबूर थे। पर, स्तीपान अस्ताख़ोव ने जाने और जाकर लड़ने के सवाल पर टके जैसा जवाब दे दिया था।

यानी, ग्रिगोरी, क्रिस्तोन्या और अनीकुश्का सवेरे उसके यहाँ गए, तो उसने ऐलान-सा किया–"मैं नहीं जाऊँगा। तुम लोग मेरा घोड़ा ले लो। मेरे साथ जो चाहो सो करो, पर मैं राइफ़ल हाथ में नहीं उठाना चाहता।"

" 'नहीं चाहता' से तुम्हारा क्या मतलब ?" ग्रिगोरी ने पूछा। उसके नथुने फड़फड़ाने लगे।

"मैं नहीं चाहता, और बस !"

"और, अगर लाल-गार्द के लोग गाँव ले लेंगे तो तुम क्या करोगे ? यहाँ से दुम झाड़कर चले जाओगे या यहीं रहोगे ?"

स्तीपान ने अपनी स्थिर, दिल भेद देनेवाली नज़र ग्रिगोरी से हटाकर अकसीनिया पर गड़ाई और ज़रा ठहरकर जवाब दिया–"देखा जाएगा...यह बात हम लोग बाद में तय करेंगे।"

"अगर बात यह है तो बाहर निकलो ! पकड़ो इसे, क्रिस्तोन्या ! हम तुम्हें देखते-देखते, अभी दीवार से सटाकर खड़ा करेंगे।" स्टोव के पास सिकुड़ी-सिकुड़ी खड़ी अकसीनिया की ओर से नज़र बचाते हुए ग्रिगोरी ने लपककर स्तीपान की आस्तीन पकड़ी–"इधर आओ !"

"ग्रिगोरी, बेवकूफ़ी न करो ! छोड़ दो।" स्तीपान पीला पड़ गया और उसने हल्के से हाथ छुड़ाने की कोशिश की। क्रिस्तोन्या ने पीछे से उसकी कमर जकड़ ली और बोला–"अगर तुम्हारा रवैया यह है तो आओ फिर !"

"भाइयो..."

"हम तुम्हारे कोई भाई-वाई नहीं हैं। इधर आओ, मैं तुम्हें बतलाता हूँ।"

"मुझे छोड़ दो। मैं स्क्वैड्रन में शामिल हो जाऊँगा। टाइफ़स के बाद मैं कमज़ोर हो गया हूँ।"

ग्रिगोरी मुस्कुराया और उसने स्तीपान की बाँह छोड़ दी। बोला–"जाओ और राइफ़ल ले आओ...यह बात तो पहले ही कह देनी चाहिए थी।"

उसने अपने कोट के बटन बन्द किए, और अलविदा का एक शब्द कहे बिना बाहर निकल आया। लेकिन, इतना सब होने पर भी क्रिस्तोन्या को स्तीपान से तम्बाकू माँगने में किसी तरह का कोई संकोच न हुआ, और वह बैठा इस तरह बातें करता रहा, जैसे कि उनके बीच कुछ हुआ ही न हो।

शाम होते-होते हथियारों से भरे दो स्लेज व्येशेन्स्काया से लाए गए। इनमें चौरासी राइफ़लें और सौ से ज़्यादा तलवारें थीं। कितने ही कज़्ज़ाकों ने छिपे हुए हथियार निकाल लिए। गाँव ने दो सौ ग्यारह कज़्ज़ाक इकट्ठा किए। इनमें से एक सौ पचास लोग घोड़ों पर सवार हो गए। बाक़ी पैदल चले।

पर, विद्रोही अब भी संगठित और व्यवस्थित न हुए थे। गाँवों के बीच, आपस में, कोई तालमेल न था। वे स्वतन्त्र रूप से कार्य करते, स्क्वैड्रन बनाते, लड़ाकू-से-लड़ाकू कज़्ज़ाकों के बीच से कमांडेंट चुनते और पद नहीं, सेवाओं पर दृष्टि रखते। उनकी अपनी ओर से हमले की कार्रवाई कोई न की जाती। आस-पास के गाँवों से केवल सम्पर्क स्थापित किया जाता और गश्त के लिए घुड़सवार टुकड़ियाँ भेजी जातीं।

यानी, ग्रिगोरी के आने के पहले प्योत्र, तातारस्की की घुड़सवार-टुकड़ी का कमांडर चुन लिया गया था और लातिशेव पैदल-सेना का। इवान-तोमिलिन के नेतृत्व में तोपची, पास के एक गाँव में गए थे और वहाँ छूट गई लाल-गार्दों की एक तोप की मरम्मत करने की कोशिश कर रहे थे। व्येशेन्स्काया से लाए गए हथियार कज़्ज़ाकों के बीच बाँट दिए गए थे। पैन्तेली को मोखोव के तहख़ाने से छुटकारा मिल गया था और उसने अपनी मशीनगन ज़मीन खोदकर बाहर निकाल ली थी। लेकिन कारतूस की पेटियाँ नहीं थीं, इसलिए स्क्वैड्रन ने उस मशीनगन को अपने साज-सामान में शामिल नहीं किया था।

अगले दिन शाम को ख़बर आई कि लाल-फ़ौजियों की एक टुकड़ी, विद्रोह दबाने के लिए कारगिन से चली है और इस ओर बराबर बढ़ती चली आ रही है। मालूम हुआ कि टुकड़ी में तीन सौ फ़ौजी, सात फ़ील्डगनें और बारह मशीनगनें हैं। ऐसे में प्योत्र ने एक मज़बूत गश्ती-टुकड़ी भेजने का इरादा किया, और साथ ही व्येशेन्स्काया को सूचना दे दी। साँझ का धुँधलका होते-होते बत्तीस लोगों की टोली ग्रिगोरी की कमान में रवाना हो गई। टोली के लोग घोड़े दौड़ाते गाँव से निकले तो तोकिन तक उसी रफ़्तार से घोड़े दौड़ाते चले गए। इस गाँव से कोई दो सौ वर्स्ट इस तरफ़ एक छिछले नाले के पास ग्रिगोरी ने अपने कज़्ज़ाकों को घोड़ों से उतरने का हुक्म दिया, और उन्हें नाले-भर में बाँट दिया। घोड़े बर्फ़ के अम्बारों से भरी एक घाटी में ले जाए गए और पेट-पेट तक बर्फ़ में धँस गए। एक स्टैलियन ने वसन्त की मस्ती के कारण बहुत शोरगुल किया और बड़ी मुसीबत खड़ी की तो मजबूरन एक आदमी उसकी देखरेख के लिए छोड़ दिया गया।

ग्रिगोरी ने अनीकुश्का, मार्लिन शमील और प्रोखोर ज़िकोव नामक तीन कज़्ज़ाकों को गाँव में भेजा। वे क़दम-चाल से रवाना हुए।

तोकिन की बगीचियाँ, ढालों की गहरी नीली पृष्ठभूमि में दक्षिण-पूर्व की ओर टेढ़ी-मेढ़ी क़तार में फैली लगीं। रात हो गई। बादल, नीचे उतरकर, स्तेपी के ऊपर लुढ़कते मालूम हुए।

सो, कज़्ज़ाक नाले में चुपचाप बैठे रहे। ग्रिगोरी को तीनों घुड़सवारों की आकृतियाँ तब तक नज़र आती रहीं, जब तक कि पहाड़ी से नीचे उतरकर वे सड़क की काली रूपरेखा के साथ एकाकार नहीं हो गईं। अब उनके घोड़े नहीं, बल्कि केवल उनके सिर झलकने लगे। फिर वे पूरी तरह अदृश्य हो गए। एकाध क्षण बाद पहाड़ी की दूसरी तरफ़ से एक मशीनगन दगी। फिर, एक दूसरी, स्पष्टतः छोटी

मशीनगन ने और ज़ोर की आवाज़ की। फिर वह शान्त हो गई, तो पहली मशीनगन ने जल्दी-जल्दी कारतूसों की एक दूसरी पेटी खाली कर दी। नाले के काफ़ी ऊपर गोलियाँ सीटियाँ-सी बजाने और ओले-से बरसाने लगीं। इसी समय तीनों कज़्ज़ाक पूरी रफ़्तार से घोड़े दौड़ाते आए।

"हम तो एक फ़ौजी चौक से टकर गए," प्रोखोर ज़िकोव काफ़ी दूर से ही चिल्लाया और उसकी आवाज़ घोड़ों के खुरों से पैदा होनेवाली गरज में डूब गई।

ग्रिगोरी ने घोड़ों को तैयार रखने का हुक्म दिया, कूदकर नाले से बाहर आया और हवा में सर्राटे भरने के बाद बर्फ़ में धँसती हुई गोलियों की चिन्ता न कर कज़्ज़ाकों से मिलने को चला, पूछा–"तुमने कुछ देखा ?"

"हमने उनके इधर-उधर आने-जाने की आहट पाई...आवाज़ से लगता है कि गिनती में क़ाफी हैं।" अनीकुश्का ने हाँफते हुए कहा और रक़ाब में अटके अपने बूट की तरफ़ हाथ बढ़ाया।

इधर ग्रिगोरी इन तीन घुड़सवारों से पूछताछ करता रहा और उधर आठ कज़्ज़ाक झटके से नाले के बाहर निकले, घोड़ों की ओर बढ़े, उन पर सवार हुए और घर-गाँव की ओर उन्हें दौड़ा चले।

"हम इन्हें कल गोली से उड़ा देंगे।" ग्रिगोरी ने, पीछे जाते घोड़ों की टापों की आवाज़ सुनकर, शान्त भाव से कहा।

उसकी कमान के बचे हुए कज़्ज़ाक एक घंटे तक बिल्कुल मुँह सिए और आहट पर कान लगाए बैठे रहे। आख़िरकार घोड़ों की टपाटप किसी के कानों में पड़ी। उसने ऐलान किया–"लोग तोकिन की तरफ़ से आ रहे हैं..."

"गश्त है ?"

"हो सकती है।"

लोग एक-दूसरे के कानों में फुसफुसाने, नाले से मुँह निकाल-निकालकर बाहर झाँकने और अँधेरे में किसी चीज़ को पहचानने की कोशिश करने लगे। पर बेकार ! लेकिन, सबसे पहले फेदोत-बोदोव्स्कोव की काल्मीक आँखों ने पास आते घुड़सवारों को देखा। उसने अपनी राइफ़ल गर्दन से उतारते हुए, विश्वास के साथ कहा–"यह आ रहे हैं वे लोग।"

वह राइफ़ल की पेटी को, सलीब के डोरे की तरह गले में डाल रखता था। राइफ़ल सीने पर झूलती रहती थी। वह चाहे पैदल होता और चाहे घोड़े पर, राइफ़ल यों ही रहती। यही नहीं, एक हाथ नली पर होता और दूसरा कुंदे पर, जैसे कि कोई औरत जुआ साध रही हो।

कोई दस घुड़सवार सड़क के किनारे-किनारे घोड़ों पर चले जा रहे थे। थोड़ा आगे-आगे एक सम्भ्रान्त-सा व्यक्ति था। उसके बदन पर शानदार गरम कपड़े थे। उसका दुमकटा घोड़ा बड़े विश्वास के साथ, जमे हुए क़दम रख रहा था। ग्रिगोरी को घोड़ों के शरीर, उनके सवारों की आकृतियाँ और उनके नेता की फ़र की चौरस टोपी साफ़ नज़र आ रही थी। घुड़सवार सिर्फ़ कोई तीस गज़ दूर थे। लग रहा था कि कज़्ज़ाकों के गले की खरखराहट और उनके दिलों की तेज़ धड़कनें वे ज़रूर ही सुन रहे होंगे।

ग्रिगोरी ने हुक्म दे दिया था कि जब तक मैं न कहूँ, गोली न चलाई जाए। वह यकीन के साथ सही घड़ी के हिसाब में था। अपनी कार्रवाई का नक़्शा उसने तैयार कर लिया था। सोच लिया था कि मैं घुड़सवारों को ललकारूँगा और वे परेशान होकर घोड़ों की रासें खींचेंगे तो गोली चला दूँगा।

सड़क की बर्फ़ धीरे-धीरे चरमराती रही। इसी समय एक घोड़े का खुर नंगे पत्थर पर फिसला तो नन्ही-सी पीली चिनगारी निकली।

"कौन जा रहा है उधर ?" ग्रिगोरी बिल्ली की तरह उछलकर नाले के किनारे आया और खड़ा हुआ। उसके कज़्ज़ाक उसके पीछे उमड़ पड़े। लेकिन, जो कुछ सामने आया, ग्रिगोरी उसके लिए तैयार न था।

"किसे चाहते हो तुम ?" आगे के घुड़सवारों की भर्राई हुई आवाज़ आई, पर आवाज़ से न अचरज टपका और न डर। उसने अपना घोड़ा ग्रिगोरी की तरफ़ मोड़ा।

"कौन हो तुम ?" ग्रिगोरी तीखी आवाज़ में चीखा। वह अपनी जगह से हिला नहीं, मगर उसने अपना रिवाल्वर आधा उठा लिया।

आदमी ने गुस्से से भरकर ज़ोर से जवाब दिया—"कौन हिम्मत करता है इस तरह चीखने की ? मैं सज़ा देनेवाली फ़ौजी टुकड़ी का कमांडर हूँ, और आठवीं लाल-फ़ौज ने मुझे बलवाइयों को दबाने को भेजा है। तुम्हारा कमांडर कौन है ? उसे यहाँ भेजो !"

"मैं हूँ कमांडर।"

"तुम हो ? हूँ !..."

ग्रिगोरी ने घुड़सवार के उठे हुए हाथ में एक काली-सी चीज़ देखी और ज़मीन पर लेट गया। चीखा—"गोली चलाओ !" इसी समय उस आदमी के हाथ के 'बाउनिंग' से एक चौरस नाकवाली गोली उसके सिर के ऊपर से सरसराती निकल गई। फिर तो दोनों ओर से ऐसी गोलियाँ चलीं कि कान के परदे फटने लगे। बोदोव्स्कोव दौड़ा और उसने लपककर लाल-कमांडर के घोड़े की रासें थाम लीं। ग्रिगोरी झुका और उसने अपनी तलवार से घुड़सवार के सिर पर ऐसा वार किया कि वह लड़खड़ाकर नीचे आ गया। सारा खेल दो मिनट में तमाम हो गया। लाल-सेना के तीन आदमी घोड़े दौड़ाकर निकल भागे, दो मार डाले गए और बाक़ी को निहत्था कर दिया गया।

ग्रिगोरी ने लाल-कमांडर ही के रिवाल्वर की नली उसके ज़ख्मी मुँह में ठूँसते हुए बहुत ही रुखाई से पूछा—

"तेरा नाम क्या है, सूअर कहीं का ?"

"लिख़ाचोव।"

"सिर्फ़ नौ लोगों को अपने बचाव के लिए साथ लाकर तू आख़िर उम्मीद क्या कर रहा था कि क्या कर लेगा ? तू सोच रहा था कि कज़्ज़ाक तेरे घुटने पकड़ लेंगे और तुझसे माफ़ी माँगेंगे ?"

"मार डालो मुझे !"

"सबकुछ अपने वक़्त से हो जाएगा।" ग्रिगोरी ने उसे भरोसा दिलाया—"तुम्हारे काग़ज़ात कहाँ हैं ?"

"मेरे बंडल में हैं। ले लो...डाकू कहीं के...सूअर कहीं के !"

ग्रिगोरी ने लिख़ाचोव की कोसाकासी की फ़िक्र न कर उसकी तलाशी ली। भेड़ की खालवाली उसकी जैकेट से एक दूसरा 'बाउनिंग' बरामद किया और उसकी मॉज़र-राइफ़ल और बंडल अपने अधिकार में किया। बगल की एक जेब में उसे एक सिगरेट-केस मिला और एक चमड़े की जिल्दवाली पॉकेट-बुक।

लिख़ाचोव रह-रहकर कराहा और उसने गालियों पर गालियाँ दीं। ग्रिगोरी के वार से उसका सिर फट गया था और दाहिने कन्धे में गोली धँस गई थी। आदमी क़द में ग्रिगोरी से लम्बा और भारी-भरकम था। खासा तगड़ा लगता था। उसकी घनी भौंहें नाक के ऊपर जुड़ी हुई थीं। चेहरा साँवला, मुँह चौरस और जबड़े चौड़े थे। दाढ़ी-मूँछ साफ थी। बदन पर ओवरकोट और सिर पर ग्रिगोरी के वार के कारण मुड़ा-मुड़ा-सा कुबान-टोप था। कोट के नीचे चुस्त-सी फ़ौजी ट्यूनिक थी। बिरजिस चौड़ी थी। लेकिन, उसके शानदार जूतों से लैस, पैर ग़ैरमामूली ढंग से छोटे थे। जूतों का ऊपरी हिस्सा पेटेंट चमड़े का था।

"अपना कोट उतारो, कमीसार !" ग्रिगोरी ने हुक्म दिया—"बदन पर मांस ख़ूब चढ़ा हुआ है...कज़्ज़ाकों की रोटी खा-खाकर मोटाए हो...मेरा ख़्याल है कि जमकर बर्फ़ नहीं बनोगे।"

क़ैदियों के हाथ रासों और घोड़ों के बन्दों से पीछे बाँध दिए गए और उन्हें घोड़ों पर बैठा दिया

गया। पार्टी ने व्येशेन्स्काया के पास ही बाज़की में रात बिताई। लिख़ाचोव स्टोव के पास पड़ा दर्द से कराहता, दाँत पीसता और रह-रहकर करवटें बदलता रहा। ग्रिगोरी ने पैराफीन के लैम्प की रोशनी में उसके कन्धे का घाव धोया और उसकी मरहम-पट्टी की। वह मेज़ के किनारे बैठकर हाथों में आए कागज़ात, क्रान्तिकारी अदालत से बचकर निकल गए लोगों द्वारा दी गई व्येशेन्स्काया के क्रान्तिकारी-विरोधियों की सूची, नोटबुक, पत्रों और नक़्शों के निशानों का अध्ययन करता रहा। उसने बीच-बीच में लिख़ाचोव की ओर देखा और निगाहों से निगाहें मिलीं तो ऐसा लगा, जैसे कि एक तलवार, दूसरी तलवार से टकरा गई हो। कज़्ज़ाक रात-भर जागते रहे। वे या तो जब-तब उठकर घोड़ों की फिक्र करने बाहर गए या बरसाती में पड़े-पड़े बातें करते और धुआँ उड़ाते रहे।

सवेरा होने के ज़रा पहले ग्रिगोरी औंघा गया, लेकिन, फिर फ़ौरन ही जाग गया और सिर उठाकर देखने लगा। उसने देखा कि लिख़ाचोव दाँत से पट्टी खोल और चीर रहा है। इस पर लिख़ाचोव ने ख़ून की तरह लाल आँखों से उस पर तेज़ निगाह डाली। उसने ऐसे दर्द से दाँत पीसे और उसकी आँखों में मरने की लालसा ऐसी झलकी कि ग्रिगोरी की सारी नींद हवा हो गई जैसे उसे किसी अनदेखे हाथ ने हटा दिया हो। पूछा–

"यह तुम क्या कर रहे हो ?"

"कम्बख़्त कहीं के ! तुम्हें इससे क्या लेना-देना ? मैं इस ज़िन्दगी का ख़ात्मा कर देना चाहता हूँ।" लिख़ाचोव ने गरजकर जवाब दिया और पुआल पर सिर झुका लिया। उसका चेहरा एकदम पीला पड़ गया। रात-भर में उसने आधी बाल्टी पानी पिया था और झूठमूठ को भी पलक नहीं झपकाई थी।

सुबह ग्रिगोरी ने उसे स्लेज में बैठाकर व्येशेन्स्काया भेज दिया। साथ में उसने बरामद हुए सारे कागजात और एक छोटी-सी रिपोर्ट भेज दी।

31

दो घुड़सवार-कज़्ज़ाकों की निगरानी में, स्लेज सड़क पर खड़खड़ाती हुई व्येशेन्स्काया पहुँची और कार्यकारिणी समिति की लाल ईंटोंवाली इमारत के सामने जाकर रुकी। उसके पिछले हिस्से में पड़ा लिख़ाचोव ख़ून से तर पट्टी एक हाथ से साधते हुए उठा। कज़्ज़ाक अपने घोड़ों से उतरे और उसे इमारत के अन्दर ले आए।

मिली-जुली विद्रोही सेनाओं के अस्थायी सेनापति, सुयारोव के कमरे में कोई पचास कज़्ज़ाक जमा थे। सुयारोव बैठा हुआ था। कज़्ज़ाक नाटे क़द का था। नाक-नक़्शे में कहीं कोई ख़ास बात न थी। सो लिख़ाचोव लड़खड़ाता हुआ उसकी मेज़ के पास पहुँचा। उसने लिख़ाचोव पर एक निगाह डाली और पूछा–"तो, तुम हो लिख़ाचोव, साहबज़ादे ?"

"हाँ...ये रहे मेरे कागज़ात।" लाल-कमांडर ने अपनी पॉकेटबुक मेज़ पर पटक दी और सुयारोव की तरफ़ ढिठाई से भरी, तेज़ नज़र से देखा–"मुझे दुख है कि मैं तुम लोगों के सिर साँपों के फनों की तरह कुचल नहीं सका। कोई बात नहीं। सोवियत-रूस तुम्हें तुम्हारी करनी का फल चखाएगा। बड़ी मेहरबानी होगी, मुझे फ़ौरन गोली से मार दो।"

"नहीं, कॉमरेड लिख़ाचोव, लोगों के गोली से उड़ाए जाने का हमने खुद विरोध किया है। हम तुम लोगों की तरह नहीं हैं। हम लोगों को गोली नहीं मारते। हम तुम्हारे ज़ख़्म की मरहम-पट्टी करेंगे। हो सकता है कि तुम अब भी हमारे काम के आदमी साबित हो।" सुयारोव ने जवाब दिया। उसकी आँखें हल्के-हल्के चमकती रहीं। फिर वह वहाँ जमा लोगों की तरफ़ मुड़ा, "आप लोग बाहर जाइए...जल्दी कीजिए !"

सिर्फ़ पाँच स्क्वैड्रनों के कमांडर कमरे में रह गए। वे मेज़ के किनारे आ बैठे। किसी ने एक स्टूल पैर से लिख़ाचोव की ओर बढ़ाया, लेकिन उसने बैठने से इन्कार कर दिया, दीवार का सहारा ले लिया और खिड़की के बाहर एकटक देखने लगा।

"ख़ैर, तो, लिख़ाचोव !" सुयारोव ने स्क्वैड्रन-कमांडरों की आँखों में आँखें डालने के बाद कहा–"बतलाओ ज़रा कि तुम्हारी टुकड़ी में कितने लोग हैं ?"

"मैं नहीं बतलाऊँगा।"

"नहीं बतलाओगे ? तो न सही, कोई बात नहीं। यह तो हम तुम्हारे काग़ज़ात से मालूम कर लेंगे। अगर उनसे भी पता न चलेगा तो तुम्हारे लाल-गार्दों से पूछताछ कर लेंगे। एक बात हम तुमसे और कहना चाहते हैं, तुम अपनी टुकड़ी को व्येशेन्स्काया आ जाने को लिख दो। हमारा तुमसे कोई झगड़ा नहीं है। हमारा सोवियत सरकार से विरोध नहीं है। हम तो कम्युनिस्टों और यहूदियों के खिलाफ़ हैं। हम तुम्हारे साथियों से हथियार लेकर उन्हें उनके घर भेज देंगे। साथ ही हम तुम्हें भी आज़ाद कर देंगे। मतलब यह कि तुम उन्हें लिख दो कि हम भी मेहनतकश हैं और उन्हें हमसे डरना नहीं चाहिए। हम सोवियतों के विरोधी नहीं हैं।"

लिख़ाचोव ने सुयारोव की सफ़ेद दाढ़ी पर सीधे-सीधे थूक दिया। सुयारोव ने आस्तीन से थूक पोंछ डाला। उसका चेहरा तमतमा उठा। एक कमांडर मुस्कुराया, लेकिन अपने नेता की इज़्ज़त बचाने को उठा कोई नहीं।

"तो तुम हमारा अपमान करना चाहते हो, कॉमरेड लिख़ाचोव ?" सुयारोव बोला, पर उसके शब्दों में ईमानदारी बिल्कुल न रही–"अतामान और फ़ौजी अफ़सर हम पर थूकते रहे हैं। अब तुम भी हम पर थूकते हो...कम्युनिस्ट होने पर भी हम पर थूकते हो। इस पर भी तुम्हारा दावा है कि तुम जनता के साथ हो ! ख़ैर, कल हम तुम्हें कज़ान्स्काया भेज देंगे।"

"इस प्रस्ताव पर आप एक बार और विचार करना नहीं चाहेंगे ?" एक स्क्वैड्रन-कमांडर ने सख़्ती से पूछा।

लिख़ाचोव ने ट्यूनिक का कन्धा ठीक किया और दरवाज़े पर खड़े पहरेदार की ओर मुँह कर खड़ा हो गया।

इस पर भी उन्होंने उसे गोली नहीं मारी, क्योंकि विद्रोही शूटिंग और लूटमार के खिलाफ़ लड़ाई चला रहे थे।

अगले दिन उसे कज़ान्स्काया भेज दिया गया। वह अपने घुड़सवार सिपाही के आगे-आगे पैदल चलता रहा। इस बीच बर्फ़ पर उसने हल्के-हल्के क़दम रखे और उसकी भौंहें तनी रहीं। लेकिन जंगल में पहुँचने पर वह बहुत ही सफ़ेद बर्फ़ के पास से गुज़रा कि खुलकर मुस्कुराया, ठिठका और उसने हाथ बढ़ाकर एक शाख तोड़ ली। शाख की नई कलियाँ वसन्त के पराग से बोझिल हो चली थीं और उनसे ज़िन्दगी की महक आ रही थी।

लिख़ाचोव ने बहार में मस्त पेड़ों को धुँधली-धुँधली-सी नज़र से देखा। होंठों-होंठों मुस्कुराया और कलियाँ मुँह में ठूँसकर चबा डालीं।

वह मर गया। कलियों की साँवली पंखुरियाँ उसके होंठों पर बनी रहीं। व्येशेन्स्काया से सात वर्स्ट पहले, बालू के टीलों के बीच गार्द के लोगों ने उसे हैवानों की तरह काटकर फेंक दिया। फिर उसका दम पूरा निकल भी नहीं पाया कि उन्होंने उसकी आँखों में तलवारों की नोकें चुभो दीं, उसके बाज़ू, कान और नाक उड़ा दी, और उसके चेहरे पर तलवार से भरपूर वार किया। उन्होंने उसके पतलून के बटन खोले, उसका ख़ूबसूरत मर्दाना बदन जहाँ-तहाँ से बदशक्ल बना दिया, ख़ून छोड़ते ठूँठ पर चोट पर चोट की, उसके सीने को पैरों से रौंदा और एक झटके में ही सिर धड़ से अलग कर दिया।

32

दोन के पार के इलाक़ों, ऊपरी क्षेत्रों और सभी ज़िलों से व्यापक विद्रोह के समाचार आ रहे थे। सात ज़िले बगावत कर चुके थे और उन्होंने घुड़सवार-स्क्वैड्रन जल्दी-जल्दी जमा कर लिए थे। दूसरे तीन ज़िले खुलकर खेलने को तैयार थे। विद्रोह उत्तर की तरफ़ बढ़ने की धमकी दे रहा था। व्येशेन्स्काया सारी कार्रवाइयों का अड्डा बन गया था। लम्बी बातचीत और बहस-मुबाहिसे के बाद सरकार के पुराने रूप को ज्यों-का-त्यों रखने की बात तय पाई थी। कज़्ज़ाकों और उनमें भी नौजवानों में सबसे अधिक साभान्य लोगों को क्षेत्रीय कार्यकारिणी समिति का सदस्य चुन लिया गया था। अलग-अलग ज़िलों और गाँवों में सोवियतें बन गई थीं, और अजीब बात तो यह है कि जिस कॉमरेड शब्द को कभी नफ़रत की निगाह से देखा जाता था, वह भी रोज़मर्रा के इस्तेमाल में रह गया था। आम नारे बुलन्द किए गए थे--'सोवियत हुकूमत हो, लेकिन कम्यूनों, शूटिंगों और लूटमार का नाम-निशान मिटे !' बागी टोपी में सफ़ेद कलगी या सफ़ेद रिबन लगाने के बजाय सफ़ेद और लाल रिबन आर-पार बाँधते थे।

सुयारोव की जगह एक अट्ठाईस वर्ष के जवान-कॉरनेट पावेल-कुदीनोव ने ले ली थी और वह मिलीजुली विद्रोही सेनाओं का कमांडर बन गया था। कुदीनोव को चारों तरह के सन्त जॉर्ज-पदक मिल चुके थे। आदमी होशियार था। बातचीत का उसे खासा ढब आता था। बुरी बात यह थी कि वह चरित्र का ढीला था और ऐसी उथल-पुथल के वक़्त बागी ज़िले की कमान सम्हालने के लिए वह नहीं बना था। लेकिन स्वभाव का सरल था और हरेक के काम आ जाता था। इसलिए कज़्ज़ाक उसकी ओर सहज-रूप से खिंच आए थे। ख़ास बात यह थी कि कुदीनोव की जड़ें कज़्ज़ाक-परम्पराओं में बड़ी गहराई तक गई थीं। बिगड़े हुए लोगों में पाई जानेवाली अफ़सरी ऐंठ और अकड़ उसके व्यक्तित्व में बिल्कुल थी ही नहीं। वह हमेशा सीधे-सादे कपड़े पहनता था। लम्बे बाल रखता था, ज़रा-सा झुककर चलता था और जल्दी-जल्दी बोलता था। पतली नाकवाले उसके चेहरे पर किसान-परिवार की छाप रहती थी। देखने में बिल्कुल साधारण लगता था—दूसरों से अलग कहीं से भी नहीं।

कज़्ज़ाकों ने इल्या-सफोनोव नाम के एक जूनियर-कप्तान को अपने स्टॉफ का चीफ़ चुना। उन्होंने उसे चुना, क्योंकि कुछ बुज़दिल होने के बावजूद उसकी क़लम बड़ी तेज़ थी और उसके अक्षर बहुत ही ख़ूबसूरत बनते थे। चुनाव की सभा में किसी ने कहा—

"सफोनोव को हैडक्वार्टर में रख दीजिए। लड़ाई के मोर्चे पर भेजे जाने के लायक़ वह नहीं। वहाँ जाएगा तो कज़्ज़ाकों को मौत के मुँह में झोंक देगा। उसे वहाँ भेजना ऐसा ही है, जैसे किसी जिप्सी को पादरी बना दिया जाए।"

नाटे क़द का गठीला-सा सफोनोव इस पर सफ़ेद गलमुच्छों में ही मुस्कुराया और स्टॉफ का जिम्मा लेने को ख़ुशी-ख़ुशी तैयार हो गया।

लेकिन स्क्वैड्रनों ने अभी तक जो कुछ किया-कराया था, कुदीनोव और सफोनोव ने उस सबको सिर्फ़ एक सरकारी शक्ल दी। संगठनकर्ता और नेताओं के रूप में उनके हाथ बँधे हुए थे। न ही वे इतने सबल थे कि ऐसे बिखरे हुए संगठन को सँभाल लेते या घटनाओं की तेज़ रफ़्तार के क़दम-से-क़दम मिलाकर चलते।

घुड़सवारों का एक लाल-रेजीमेंट बलवाइयों को दबाने के लिए भेजा गया। उसने मार्च के दौरान उस्त-खोपर्सकाया, येलान्स्काया और कुछ व्येशेन्स्काया-ज़िलों के बोलशेविक जमा किए, लड़ते हुए गाँव-पर-गाँव पार किए और स्तेपी के बीच से, दोन के किनारे-किनारे बढ़ते हुए पश्चिम की तरफ़ रुख किया। पाँचवीं मार्च को घोड़े पर सवार होकर एक कज़्ज़ाक तातारस्की आया और उसने वहाँ के लोगों से येलान्स्काया के विद्रोहियों के लिए सहायता भेजने की अपील की। बात यह है कि उनके पास राइफ़लें और लड़ाई की दूसरी चीज़ें न थीं, और बिना दुश्मन का सामना किए वे पीछे हट गए थे। उन पर

लाल-फ़ौजियों ने मशीनगनों से गोलियाँ बरसाई थीं और दो तोपख़ानों ने आग बरसाई थी। ऐसी परिस्थितियों में ज़िला-केन्द्र के आदेशों की प्रतीक्षा करना बेकार था। इसलिए, प्योत्र-मेलेख़ोव ने अपने दो स्क्वैड्रन लेकर लाल-फ़ौजियों के खिलाफ़ धावा बोलने का फ़ैसला किया।

साथ ही उसने पास-पड़ोस के गाँवों द्वारा जमा किए गए चार स्क्वैड्रनों की कमान अपने हाथ में ली और सुबह होते-होते कज़्ज़ाकों को लेकर तातारस्की से रवाना हो गया। राह में गश्ती टुकड़ियों से छिटपुट मुठभेड़ हुई। असली लड़ाई तो बाद में ठनी।

गाँव से कोई छः वर्स्ट की दूरी पर एक ऐसी ज़मीन थी जो ग्रिगोरी और नताल्या ने जोती थी। यहीं ग्रिगोरी ने नताल्या के सामने स्वीकार किया था कि वह उसे प्यार नहीं करता। तो आज के शीत से ठिठुरते दिन के क्षण में ये घुड़सवार फ़ौजी इसी जगह अपने-अपने घोड़ों से उतरे और पंक्ति बनाकर गहरे दर्रों के पास की बर्फ़ के पसारे में फैल गए। घोड़े छायादार स्थान में ले जाए गए। उन्होंने नीचे निगाह डाली तो लाल-फ़ौजी तीन पंक्तियों में एक चौड़ी घाटी से निकलते दीख पड़े। फिर दुश्मन अभी कोई दो वर्स्ट दूर ही रहे कि कज़्ज़ाकों ने इत्मीनान से लड़ाई की तैयारी शुरू कर दी।

प्योत्र अपने भाप छोड़ते घोड़े को दुलकी चाल से वहाँ ले गया, जहाँ आधा स्क्वैड्रन ग्रिगोरी के अधिकार में था। वह ख़ुश था और बड़े जोश में था।

"भाइयो, अपनी गोलियाँ बरबाद न कीजिए। मेरे हुक्म देने पर ही गोली चलाइए...ग्रिगोरी, अपने आधे स्क्वैड्रन को यहाँ से कोई पचास गज़ बाएँ ले जाओ। जल्दी करो ! और, घोड़ों के अलग-अलग गिरोह न बनाना।" उसने कुछ अन्तिम आदेश दिए और दूरबीन लगाकर देखा, चिल्लाकर बोला—"अरे, वे लोग तो मातवेयेव के टीले पर तोपख़ाना जमा रहे हैं !"

"यह तो मैंने पहले ही देख लिया था..इसके लिए दूरबीन से देखने की क्या ज़रूरत !" ग्रिगोरी ने कहा, दूरबीन अपने भाई के हाथ से ले ली और देखा। टीले पर गाड़ियाँ और उनके चारों ओर दौड़-धूप करते लोगों की छोटी-छोटी आकृतियाँ दिखाई दीं।

तातारस्की की पैदल सेना के लोग, हुक्म के बावजूद दलों में जमा हुए। वे धुआँ उड़ाते और कारतूसों और मज़ाक़-ठिठोलियों में हिस्सा बँटाते रहे। ख्रिस्तोन्या ज़रा नाटे क़द के कज़्ज़ाकों से एक हाथ ऊँचा लगा। (वह इन दिनों पैदल सेना में था, क्योंकि उसके पास घोड़ा नहीं था।) पैन्तेली प्रोकोफियेविच का लाल कनटोप दूर से चमक मारता रहा। पैदल सेना में ज़्यादातर लोग बूढ़े और कमउम्र थे। सूरजमुखी के डंठलों के अम्बार की दाईं ओर येलेन्स्काया के फ़ौजी थे। उनके चार स्क्वैड्रन थे, और उनमें छः सौ लोग थे। लेकिन, उनमें से दो-तिहाई यानी दो सौ लोग दर्रों में जा छिपे थे और अपने घोड़ों की देखरेख कर रहे थे।

"प्योत्र पैन्तेलेयेविच !" पैदल सेना से पुकार हुई—"लड़ाई शुरू हो तो तुम लोग हमें धोखा देकर चलते न बनना, पैदल फ़ौज के बहादुरो...ठीक है न ?"

"फ़िक्र मत करो...हम लोग तुम्हें छोड़ेंगे नहीं।" प्योत्र मुस्कुराया, लाल-पंक्तियों को पहाड़ी की ओर बढ़ता हुआ देखकर बेचैन हो उठा और इसी बेचैनी के कारण अपने चाबुक से खिलवाड़ करने लगा।

"प्योत्र, ज़रा यहाँ आओ !" ग्रिगोरी ने क़तार से ज़रा दूर जाते हुए कहा। प्योत्र उसके पीछे हो लिया। ग्रिगोरी के चेहरे पर स्पष्ट असन्तोष झलका और उसकी भौंहें चढ़ी नज़र आईं। बोला—"मुझे यह जगह और यह तरकीब पसन्द नहीं। हमें इन नालों से दूर जाना चाहिए। अगर दुश्मन ने एक किनारे से हमला कर दिया तो हम कहीं के रहेंगे ? क्या ख़्याल है ?"

"आख़िर तुम्हें हुआ क्या है ?" प्योत्र ने गुस्से से हाथ हिलाया—"वे किनारे से हमला कर कैसे सकते हैं ? मैंने एक स्क्वैड्रन रिज़र्व में रख छोड़ा है। यानी अगर हालत एकदम ही बिगड़ गई तो नाले हमारे बड़े काम के साबित होंगे। उनसे हमें कोई ख़तरा नहीं।"

"ख़ैर, देखना...निगाह रखना !" ग्रिगोरी ने उसे चेतावनी दी और पूरी नाकेबन्दी पर एक बार फिर नज़र डाली।

वह अपने साथियों के पास लौट गया। उनमें से अधिकांश लोग बड़े जोश में थे, और उन्होंने अपने दस्ताने उतार लिए थे। कुछ लोग अस्थिर थे। वे अपनी तलवारें ठीक कर रहे और पेटियाँ कस रहे थे।

"हमारे कमांडर ने अपने घोड़े से उतर जाने का फ़ैसला किया है," एक कज़्ज़ाक ने कहा, पंक्तियों के किनारे लम्बे-लम्बे डग भरते प्योत्र की तरफ़ देखकर सिर हिलाया और दाँत निकाल दिए।

"ए...वह वहाँ है जनरल !" एक हाथवाले अलेक्सेइ शमील ने कहा। उसके पास हथियार के नाम पर सिर्फ़ तलवार थी–"कज़्ज़ाकों को एक-एक मग वोद्का क्यों नहीं पिलवा देते ?"

"चुप बे पियक्कड़ ! लाल-फ़ौजी तेरा दूसरा बाज़ू भी उड़ा देंगे, तब कैसे पिएगा ? कूड़े में मुँह डालना पड़ेगा।"

"ख़ैर !"

"मेरे पास तो पीने को इस वक़्त भी बहुत है," अपने गलमुच्छों पर ताव देने के लिए हाथ तलवार की मूँठ से हटाते हुए स्तीपान-अस्ताख़ोव ने लम्बी साँस खींची।

इस बातचीत का चारों ओर के वातावरण से कोई सम्बन्ध न था, इसके लिए टीले के पीछे तोपख़ानों की फ़ील्डगनों के धड़ाके हुए और सारी गपशप ख़त्म हो गई। ये धड़ाके पूरे स्तेपी में गूँज गए। पहला निशाना ठीक नहीं सधा। नतीजा यह हुआ कि गोला कज़्ज़ाक-पंक्तियों से आधे वर्स्ट के फ़ासले पर गिरा। विस्फोट का काला धुआँ झाड़ियों से लिपट गया। फिर, लाल-पंक्तियों की ओर से मशीनगनें चलना शुरू हुईं तो ऐसी आवाज़ हुई जैसे कि रात का पहरेदार खड़-खड़ कर रहा हो। कज़्ज़ाक बर्फ़ पर, झाड़ियों में और सूरजमुखी के डंठलों के अम्बार में लेट रहे।

"बड़ा काला धुआँ है। लगता है कि ये लोग जर्मन गोले इस्तेमाल कर रहे हैं।" प्रोख़ोर-ज़िकोव ने ग्रिगोरी से चिल्लाकर कहा।

दूसरे स्क्वैड्रन में उथल-पुथल मच गई। हवा चीख लेकर आई–"मित्रोफान मार डाला गया !"

रूबेज़नी गाँव का, लाल दाढ़ीवाला एक स्क्वैड्रन-कमांडर, प्योत्र के पास दौड़ा आया। हाँफते हुए बोला–"अभी-अभी एक बात दिमाग़ में आई है, कॉमरेड मेलेख़ोव...एक स्क्वैड्रन दोन भेज दो। वह स्क्वैड्रन नदी के किनारे-किनारे चलकर गाँव में पहुँचे और लाल-फ़ौजियों पर पीछे से धावा बोल दे। मेरा पूरा यक़ीन है कि उन्होंने अपनी सामान वाली स्लेजें बिना किसी तरह की हिफाज़त के, ऐसे ही छोड़ दी होंगी। इससे उनमें हलचल मच जाएगी।"

प्योत्र ने इस प्रस्ताव का समर्थन किया। वह भागा-भागा ग्रिगोरी के पास गया। उसने उसे पूरी बात समझाई और सख़्ती से हुक्म दिया–"तुम अपना आधा स्क्वैड्रन वापस बुला लो और पीछे से धावा बोल दो।"

ग्रिगोरी ने अपने कज़्ज़ाक वापस बुलाए। एक नाले में उन्हें घोड़ों पर सवार कराया, फिर उन्हें लेकर ख़ुद आगे-आगे चला। सारे घोड़े तेज़ दुलकी-चाल से गाँव की ओर बढ़े।

मोर्चों पर डटे कज़्ज़ाकों ने दो राउंड गोलियाँ चलाईं और फिर शान्त हो रहे। लाल-पंक्ति नीचे लेट गई। उसकी मशीनगनें बराबर आग उगलती रहीं। अचानक ही एक गोली मार्लिन-शमील के घोड़े को लगी। उसने अर्दली के हाथ से पगहा तुड़ाया और रूबेज़नी के कज़्ज़ाकों की पंक्तियाँ चीरता पहाड़ी से नीचे, लाल-फ़ौजियों की ओर भागा। मशीनगनों की गोलियाँ उसके आर-पार चली गईं। जानवर पिछले पैरों के बल एकदम उछला और फिर भरभराकर बर्फ़ पर गिर गया।

प्योत्र ने मशीनगनरों पर गोलियाँ चलाने का हुक्म दे दिया। बस, तो सिर्फ़ अच्छे-से-अच्छे निशानेबाज़ों ने ही गोलियाँ चलाईं और बड़ा नुक़सान किया। अपने निशाने के लिए जाने-माने एक छोटे

क़द के कज़्ज़ाक ने तीन मशीनगनरों को ढेर कर दिया। मैक्सिम-मशीनगन कूलिंग-जैकेट में पानी उबलता रहा, मगर वह खुद ठंडी पड़ गई। लेकिन, रिज़र्व मशीनगनरों ने उनकी जगह फ़ौरन ही ले ली और मशीनगन फिर जन-संहार करने लगी। गोलियों की बौछार की रफ़्तार और तेज़ हो गई। कज़्ज़ाक और भी गहरी बर्फ़ में धँसकर लेट गए। अनीकुश्का ने बराबर हँसी-ठिठोली करते बर्फ़ की ऐसी खुदाई की कि बिल्कुल ज़मीन तक पहुँच गया। पर उसके पास कारतूस एक न रह गया था। (एक जंगदार क्लिप में सिर्फ़ पाँच कारतूस थे उसके पास !) सो, अपनी संध से वह रह-रहकर सिर बाहर निकालता और अपनी जीभ में अजीब-सी आवाज़ पैदा करता।

बाईं ओर स्तीपान-अस्ताखोव हँसी से रोता रहा। दाईं ओर शेखीबाज़ अन्तीप उसे पानी पी-पीकर कोसता रहा—"मुँह भी बन्द कर, काले कीड़े...क्या वक्त चुना है बेवकूफ बनने-बनाने का !"

"एहिउ !" अनीकुश्का बनावटी डर से आँखें फाड़कर उसकी ओर देखते हुए कीका।

फिर, बात साफ हुई कि बैटरियों के पास लड़ाई के सामान की कमी है, क्योंकि कोई तीस राउंडों के बाद उन्होंने आग बरसाना बन्द कर दिया। प्योत्र ने पहाड़ी की चोटी की ओर बेचैनी से देखा। उसने दो आदमी गाँव में भेजकर कहलाया था कि वहाँ के सभी सयानी उम्र के लोग हेंगे, हँसिए और कुल्हाड़ियाँ ले-लेकर बाहर निकल आएँ। उसे आशा थी कि लाल-फ़ौजी इन्हें देखेंगे तो घबरा जाएँगे कि कज़्ज़ाक गिनती में इतने हैं।

जल्दी ही, कमान के जवाब में लोगों की भीड़-की-भीड़ पहाड़ी के बाजू पर नज़र आई और ढाल पर उमड़ चली। कज़्ज़ाकों ने हँसी की बातों से उनका अभिवादन किया।

"ज़रा देखो, कैसे काले-काले पत्थर ढाल से लुढ़कते चले आ रहे हैं !"

"क्या औरत, क्या मर्द, पूरे-का-पूरा गाँव उलट पड़ा है !"

कज़्ज़ाकों ने एक-दूसरे को आवाज़ दी और खीसें बाईं। गोली चलना तो बिल्कुल ही बन्द हो गया था। केवल दो मशीनगनें अब भी चल रही थीं। कभी-कभी गोलियों की बौछार-सी हो जाती थी।

"कैसी बुरी बात है कि लाल-बैटरियों ने गोले बरसाना बन्द कर दिया है। अगर उनका एक गोला उधर जा गिरता तो ये लोग उलटे पैरों गाँव को लौट जाते। औरतों के तो स्कर्ट गीले हो जाते !" एक बाज़ूवाले अलेक्सेइ ने कहा और सचमुच दुख प्रकट किया कि लाल-फ़ौजियों ने औरतों के बीच एक भी गोला नहीं मारा।

भीड़ ने दो टेढ़ी-सीधी पंक्तियाँ बनाईं और आकर खड़ी हो गईं। प्योत्र ने उन्हें कज़्ज़ाक- पंक्तियों से पीछे रहने का आदेश दिया। लेकिन, उनको देखकर ही जैसे लाल-फ़ौजी बड़े हड़बड़ाए और पीछे हटने लगे। घाटी के तल में जा-जाकर गिरने लगे।

प्योत्र ने स्क्वैड्रन-कमांडरों से थोड़ी देर तक सलाह-मशविरा करने के बाद दायाँ सिरा बिल्कुल खाली करा दिया। वहाँ से येलान्स्काया के कज़्ज़ाकों को वापस लिया और उन्हें हुक्म दिया, "तुम सब घोड़ों पर सवार होकर उत्तर में जाओ, और ग्रिगोरी को हमला करने में मदद दो।" यानी, इस तरह लाल-फ़ौजियों के देखते-देखते स्क्वैड्रनों ने लाइनें बनाईं और दोन की ओर घोड़े दौड़ा चले।

कज़्ज़ाकों ने पीछे हटते हुए दुश्मन पर नए सिरे से आग बरसाई। इस बीच ज़रा ज़्यादा लापरवाह औरतें और लड़के युद्ध की पंक्ति को चीरते हुए फौजियों में जा मिले। इन लोगों में दार्‌या भी थी। वह प्योत्र के पास गई और बोली, "प्योत्र, मुझे इन लाल-फ़ौजियों पर एक बार गोली चला लेने दो।" फिर उसने प्योत्र की कारबाइन ली, घुटनों के बल बैठी, उसका कुन्दा विश्वास के साथ अपने कन्धे पर टिकाया और दो बार गोलियाँ चलाईं।

पहाड़ी की बाजू के रिज़र्व फौजी अपने को गरम रखने के लिए पैर पटकने और कूदने लगे, तो पंक्तियाँ यों लगीं जैसे कि हवा में लहरा रही हों। औरतों के गाल और होंठ नीले पड़ गए। स्कर्टों के चौड़े सिरों के कारण, उन्हें पाला लगता रहा। उनमें से कितनों को ही पहाड़ी पर चढ़ने में मदद देनी

पड़ी। इनमें बूढ़ा ग्रीश्का भी था। मगर, हवा के तेज़ झोंकों की बाँहों में बँधी पहाड़ी की चोटी पर बूढ़े दूर की गोलाबारी और सर्दी के कारण, बहुत ही उत्तेजित हो उठे। वे पिछली लड़ाइयों के अपने कारनामे गिनाते-गिनाते बहुत ही जोश में आ गए। साथ ही उन्होंने इस समय की अजीब लड़ाई की मुसीबत की भी बात चलाई, "यह लड़ाई है ! इसमें भाई भाई से लड़ रहा है, बेटा बाप के खिलाफ हथियार उठा रहा है और तोपें इतनी दूर से आग उगलती हैं कि देखो तो दिखलाई न पड़ें..."

33

ग्रिगोरी ने अपने आधे स्क्वैड्रन से सामानवाली स्लेजों पर चोट की, आठ लाल-फ़ौजी मार डाले, लड़ाई के सामान से भरी चार स्लेजें हथिया लीं, और दो ज़ीन-कसे घोड़े मार लिए। उसका अपना एक घोड़ा मरा और एक कज़्ज़ाक को मामूली-सी खरोंच आई।

लेकिन, इधर ग्रिगोरी, बिल्कुल सही-सलामत, अपनी सफलता की खुशियाँ मनाता, लूटा हुआ मालमता लिए-दिए आगे बढ़ा कि उधर तातारस्की के ऊपर की पहाड़ी पर लड़ाई ख़त्म हो गई। हुआ यह था कि लाल-गार्दों के घुड़सवारों की एक टुकड़ी ने कज़्ज़ाकों को बाहर-बाहर घेरने के लिए सात वर्स्ट की मंज़िल तय की थी, इस समय वह अचानक ही पहाड़ों के पास पहुँच गई थी, और घोड़ों की देख-रेख करनेवाले लोगों पर टूट पड़ी थी।

बस, तो एक हलचल-सी मच गई और कज़्ज़ाक नाले से निकलकर, घोड़ों पर सवार होकर भाग निकले। इनमें से कुछ पंक्तियों तक पहुँचे, पर ज़्यादातर लोग या तो लाल-फ़ौजियों के द्वारा काटकर फेंक दिए गए या परेशानी में भाग निकले। पैदल सेना के लोगों ने अपने ही लोगों को भून देने के डर से गोली नहीं चलाई और वे, सिरों पर पैर रखकर, उल्टे-सीधे भागकर, नाले में इस तरह भरभराकर गिरे जैसे कि किसी बोरी से मटर नीचे गिरती है। कज़्ज़ाक-घुड़सवार सेना के ज़्यादातर लोगों ने घोड़े कामयाबी से पकड़ लिए और मानो गाँव तक की दौड़ बद ली कि देखें, सबसे पहले गाँव वापस कौन पहुँचता है !

प्योत्र ने चीख-पुकार सुनते और स्थिति समझते ही आदेश दिया, "घोड़ों पर सवार हो जाओ ! लातिशेव, पैदल-फौज को नाले के उस पार ले चलो !"

पर, वह स्वयं अपने घोड़े तक न पहुँच सका। यानी, निगरानी करनेवाला लड़का उसके और फ़ेदोत-बोदोव्स्कोव के घोड़ों को लिए हुए लम्बी छलाँगें भरता उसकी ओर बढ़ा कि लाल-सेना के एक सिपाही ने पीछे से हमला कर उस पर वार कर दिया। पर, सौभाग्य से लड़के के कन्धे पर राइफल लटक रही थी। नतीजा यह हुआ कि तलवार राइफल की नली पर फिसल गई और वार करनेवाले के हाथ से छूटकर दूर जा गिरी। लेकिन, इस घटना से डरकर उस लड़के का घोड़ा पूरी रफ्तार से एक ओर को भागा तो प्योत्र और फ़ेदोत के घोड़े भी उसी के पीछे भाग दिए। प्योत्र के मुँह से कराह निकल गई। उसका चेहरा बिल्कुल ज़र्द हो गया। गालों पर पसीने की धारें बहने लगीं। वह एक क्षण तक खड़ा रहा। फिर उसने निगाह मोड़ी तो कोई एक दर्जन कज़्ज़ाकों को दौड़ते हुए अपनी ओर आते देखा।

"हमारा तो काम तमाम हो गया।" बोदोव्स्कोव चीखा। उसका चेहरा भय के कारण बिगड़ा हुआ था।

"नाले में उतरो, कज़्ज़ाको ! भाइयो, नाले में चलो !" प्योत्र ने अपने को साधा, उन्हें दौड़ाता हुआ नाले के किनारे लाया और जैसे-तैसे खड़े ढाल से नीचे उतारा। फिर वह खुद कूदा, नाले के तल में पहुँचने पर उछलकर खड़ा हुआ और कुत्ते की तरह बदन झाड़ने लगा। कोई दस कज़्ज़ाक उसके पीछे औंधे आ पड़े।

ऊपर अब भी गोलियाँ सर्राटे भरती रहीं, चीख-चिल्लाहट मचती रही और घोड़ों की टापें ज़मीन

रौंदती रहीं। नाले में कज़्ज़ाक अपनी टोपियों से बर्फ और धूल झाड़ते और चोट की जगहें रगड़ते रहे। मार्तिन-शमील अपनी राइफलों की नली की बर्फ साफ करने में जुट गया। सिर्फ पिछले अतामान का कमउम्र बेटा मानित्स्कोव ही डर से थरथराता और आँसू बहाता रहा। चीखा, "क्या करें हम ? प्योत्र, हमें बतलाओ ! हर तरफ मौत है। कहाँ जाएँगे हम ? वे लोग हमें मार डालेंगे।"

फ़ेदोत-बोदोव्स्कोव के दाँत बजते रहे कि वह मुड़ा और नाले के तल के किनारे-किनारे दौड़ता हुआ दोन की ओर बढ़ा। दूसरों ने भेड़ों की तरह उसका पीछा किया। पर, प्योत्र ने किसी-न-किसी तरह उन्हें रोका, "रुको !...कुछ सोचा जाएगा...इस तरह भागो नहीं ! दुश्मन तुम्हें गोली से उड़ा देगा।"

वह लोगों को खड़े ढाल के निकले हुए हिस्से के नीचे ले आया, और हृदय की बेचैनी के बावजूद उन्हें बाहर से शान्त रखने की चेष्टा की। शब्द गले में अटकने लगे, पर किसी तरह बोला, "तुम लोग यहाँ से निकलकर तो जा ही नहीं सकते। हो-न-हो, वे हमारे साथियों का पीछा कर रहे होंगे, उन्हें दौड़ा रहे होंगे। इसलिए, हमें यहाँ इस नाले में ही छिपा रहना चाहिए। हममें से कुछ लोग दूसरी तरफ...हमें यहीं जमा रहना चाहिए। यहाँ से हम दुश्मन के घेरे का मुकाबला कर सकते हैं।"

"हम तो कहीं के नहीं रहे ! पिताओ...भाइयो, मुझे यहाँ से निकल जाने दो...मैं नहीं चाहता...मैं मरना नहीं चाहता !" मानित्स्कोव दहाड़ मारकर रोने लगा। बोदोव्स्कोव की काल्मीक आँखें क्रोध से जलने लगीं। उसने लड़के के चेहरे पर ऐसी भरपूर मुट्ठी जमाई कि उसकी नाक से खून बह चला और वह खुद ढाल से जा टकराया। लेकिन, लड़के का रोना-गाना ख़त्म हो गया।

"हम दुश्मन का बिगाड़ेंगे क्या ?" मार्तिन-शमील ने प्योत्र की बाँह पकड़ते हुए पूछा, "हमारे पास गोलियाँ यहाँ तो हैं नहीं। और, वे हमें हथबमों से ही भूनकर रख देंगे।"

"खैर, तो और हम कर भी क्या सकते हैं ?" प्योत्र सहसा ही नीला पड़ गया और उसके होंठों पर झाग आ गए, "लेट जाओ ज़मीन पर ! मैं कमांडर हूँ या नहीं ! मैं मार डालूँगा तुम्हें !" उसने अपना रिवाल्वर साध लिया।

उसकी सीटी-सी फुसफुसाहट ने उनमें नई जान डाल दी। बोदोव्स्कोव, मार्तिन-शमील और दो दूसरे कज़्ज़ाक भागे-भागे नाले की दूसरी तरफ़ आए और निकले हुए हिस्से के नीचे लेट गए। बाकी कज़्ज़ाक प्योत्र के साथ बने रहे।

वसन्त में पहाड़ी की बर्फ गलने पर पानी जब हरहराकर बढ़ता है तो उसके साथ ही कंकड़-पत्थर लुढ़कते चले आते हैं। ये पत्थर नदी के तल को खुरच देते हैं, लाल मिट्टी की परतों की परतें गायब कर देते हैं, और दीवार में बड़ी-बड़ी सेंधें और सूराख कर देते हैं।

सो, इन्हीं सेंधों और सूराखों में ही इस समय कज़्ज़ाक जा छिपे।

शेखीबाज़ अन्तीप, अपनी राइफल तैयार कर, प्योत्र की बगल में बैठ गया और अस्पष्ट ढंग से बुदबुदाया, "स्तीपान-अस्ताखोव ने जैसे-तैसे अपने घोड़े की दुम पकड़ ली, और निकल भागा...लेकिन मैं रह गया...पैदल सेना हमें छोड़कर चली गई है...हमारा तो खेल ख़त्म हो गया है, भाइयो, भगवान् जानता है कि हमारा खात्मा हो चुका है !"

ऊपर दौड़ते हुए पैरों की आवाज़ सुन पड़ी और बर्फ और बालू नाले में झरी।

"दुश्मन आ गए !" प्योत्र ने धीरे से कहा और अन्तीप की आस्तीन पकड़ ली। लेकिन, उसने अपना हाथ छुड़ा लिया और राइफल के घोड़े पर उँगली रखकर ऊपर की तरफ निगाह उठाई।

नाले के सिरे तक कोई नहीं आया। लेकिन कज़्ज़ाकों के कानों में कुछ आम आवाज़ें पड़ीं। साथ ही किसी घुड़सवार की चीख सुन पड़ी।

'लोग यहाँ तक पहुँचने के मनसूबे बाँध रहे हैं', प्योत्र ने सोचा और पसीने-पसीने हो गया।

ऊपर से कोई चीखा, "ए...सुनते हो...बाहर निकल आओ...वैसे हम तुम्हें मार तो डालेंगे ही !"

बर्फ की दूधिया-धवल धारा-सी नाले में झरी। साफ लगा कि कोई पास आया। एक दूसरे व्यक्ति

ने विश्वास के साथ कहा, "वे लोग यहीं से कूदे हैं। ये उनके पैरों के निशान हैं, मैंने तो खुद देखा है।"

"प्योत्र मेलेखोव, बाहर निकल आओ !"

प्योत्र का मन एक क्षण को प्रसन्नता से नाच उठा, 'लाल-गार्द के लोगों में ऐसा कौन है जो मुझे जानता है ? हो-न-हो, ये हमारे अपने कज़्ज़ाक हैं। लगता है कि दुश्मनों को इन्होंने मार भगाया है।' प्योत्र ने सोचा। लेकिन, दूसरे ही क्षण वही आवाज़ फिर उसके कानों में पड़ी तो उसकी हड्डी-हड्डी काँप गई।

"मैं मिखाइल कोशेवोइ हूँ। हमारी माँग है कि तुम लोग हथियार डाल दो। नहीं डालोगे, तो भी यहाँ से बचकर तो जाओगे नहीं।"

प्योत्र ने अपनी भौंह पोंछी तो उसकी हथेली पर खूनी पसीने की धारियाँ-सी बन गईं। उसके मन में एक अजीब तरह की अन्यमनस्कता और उपेक्षा का भाव जगा और अन्तीप की आवाज़ उसे बहुत दूर से आती लगी।

"हम बाहर आ सकते हैं, मगर शर्त यह है कि तुम हमें चला जाने दो। अगर शर्त नहीं मानोगे तो हम गोली चलाएँगे।"

"हम तुम सबको चला जाने देंगे।" एक क्षण के मौन के बाद ऊपर से जवाब आया।

प्योत्र ने बड़ी चेष्टा से अपनी सुस्ती दूर की और 'चला जाने देंगे' में उसे कुछ मज़ाक-सा लगा। वह फटी हुई आवाज़ में ज़ोर से चिल्लाया—"वापस !" लेकिन, किसी ने उसकी बात नहीं सुनी और अन्तीप को छोड़कर बाकी सभी कज़्ज़ाक रेंगकर नाले के बाहर चल दिए।

वह सबके बाद बाहर आया। उसके अन्दर जीवन इस तरह डगमगा गया जैसे माँ के दिल के नीचे बच्चा। आत्मरक्षा की भावना ने संकेत दिया और उसने सीधे ढाल पर चढ़ने के पहले राइफल-मैगज़ीन से गोलियाँ निकाल लीं। उसकी आँखें मटमैली हो रही थीं। कलेजा मुँह को आ रहा था। गहरी नींद में सोते बच्चे की तरह आवाज़ फँस रही थी। उसने झटके से अपना कॉलर खोला...उसकी आँखों में पसीना भरा रहा और उसके हाथ ठंडे ढाल पर फिसल-फिसल गए। जैसे-तैसे हाँफते हुए वह उन खड़े लोगों के पास तक पहुँचा, उनके पैरों के पास राइफल डाली और अपने हाथ ऊपर उठा दिए। उसके पहले बाहर आ गए कज़्ज़ाक, एक-दूसरे से सटे खड़े नज़र आए। मिखाइल-कोशेवोइ उसकी ओर बढ़ा और उसके ठीक सामने आ खड़ा हुआ। फिर, ज़मीन पर नज़र गड़ाते हुए उसने शान्त भाव से सवाल किया, "लड़ाई से जी भर गया ?" एक क्षण तक उत्तर की प्रतीक्षा की और फिर प्योत्र के पैरों पर नज़र जमाए ही जमाए, उसी लहजे में बोला, "इन सबकी कमान तुम्हारे हाथ में थी, है न ?"

प्योत्र के होंठ फड़के। उसकी मुद्रा में भयानक थकान टपकी और बड़ी ही मुश्किल से वह हाथ भौंह तक उठा पाया। मिखाइल की लम्बी बरौनियाँ फड़फड़ाईं और उसके सूजे हुए होंठ ऐंठे। सिर से पैर तक ऐसी कँपकँपी छूटी कि खड़ा रह सकना उसे कठिन लगा। लेकिन, दूसरे ही क्षण उसने प्योत्र की आँखों में आँखें डालीं, बिल्कुल अजनबी निगाहों से जैसे उसे अन्तर् तक छेदा और हड़बड़ाते हुए बोला, "कपड़े उतारो !"

प्योत्र ने भेड़ की खाल की अपनी जैकेट जल्दी-जल्दी उतारी, उसे सावधानी से लपेटा और बर्फ पर रखा। फिर, टोपी, पेटी और खाकी कमीज़ उतारी, और जैकेट के सिरे पर बैठकर बूट खींचने लगा। उसके चेहरे का पीलापन प्रति क्षण बढ़ता गया।

इसी समय इवान-अलेक्सेयेविच घोड़े से उतरा और इधर आया। वह अपने दाँत बराबर चलाता रहा कि कहीं आँखों में आँसू न आ जाएँ।

"कमीज़ रहने दो...मत उतारो।" मिखाइल ने धीरे से कहा और फिर काँपते हुए, सहसा ही ज़ोर से चिल्लाया, "जल्दी करो, सुनते हो..."

प्योत्र ने अपने ऊनी मोज़े जल्दी-जल्दी बूटों में डाले, सीधा हुआ और नंगे पैरों से कोट को एक ओर को खिसकाया। सफेद बर्फ की पृष्ठभूमि में उसके पैरों ने केसरिया रंग की झलक मारी। प्योत्र के होंठ मुश्किल से हिले। उसने इवान-अलेक्सेयेविच को आवाज देकर कहा, "तुम मेरे चचेरे भाई हो।" इवान चुपचाप खड़ा देखता रहा और प्योत्र के नंगे पैरों के नीचे की बर्फ गलती रही। उसने गिड़गिड़ाकर कहा, "इवान, तुम मेरे चचेरे भाई हो। तुम मेरे बच्चे के मुँह-बोले बाप रहे हो...देखो, मुझे गोली न मारो।" लेकिन, प्योत्र ने देखा कि मिखाइल ने अपना रिवाल्वर पहले ही तान लिया। उसकी आँखें इस तरह फटी-फटी रह गईं जैसे कि वह बिजली के कौंधने की आशा कर रहा था। उसने अपना सिर कन्धों के बीच गड़ा लिया।

उसने गोली की आवाज़ नहीं सुनी। वह मुँह के बल इस तरह गिर पड़ा जैसे कि किसी ने उस पर ज़ोर का एक हाथ जमा दिया हो।

उसे लगा कि कोशेवोइ के फैले हुए हाथ ने लपककर उसका दिल अपनी मुट्ठी में जकड़ा और उसका सारा खून निचोड़ लिया। प्योत्र ने आखिरी कोशिश कर अपनी कमीज़ का कॉलर खोला, तो उसकी बाईं छाती के नीचे गोली का छेद नज़र आने लगा। पहले तो ज़ख्म से खून धीरे-धीरे रिसा। लेकिन, फिर रास्ता पाकर गहरी धार बनकर बह चला।

34

तातारस्की से फौजी-जाँच के लिए जो पार्टी भेजी गई थी वह साँझ का धुँधलका होने तक यह ख़बर लेकर लौटी कि लाल-फ़ौजियों का तो नामोनिशान नहीं मिला, लेकिन मेलेखोव व और दस दूसरे कज़्ज़ाक स्तेपी में काटे हुए पड़े हैं—कभी के मर चुके हैं।

ग्रिगोरी ने लाशें लाने के लिए स्लेजों का इन्तज़ाम किया। लेकिन, फिर प्योत्र की मौत के कारण औरतों के क्रन्दन और दार्‌या के हाहाकार से मजबूर होकर वह घर से बाहर निकल आया और उसने क्रिस्तोन्या के साथ रात बिताने की सोची। वहाँ वह सुबह तक स्टोव के पास बैठा रहा, सिगरेटों पर सिगरेटें पीता रहा और गारद के ऊँघते हुए लोगों से इस तरह बेमतलब बातें करता रहा, जैसे कि उसमें अपने विचारों का सामना करने की हिम्मत न हो, जैसे कि अपने भाई की मौत के दर्द से साक्षात्कार हो जाने का उसे डर हो।

दिन निकला। सुबह से ही बर्फ़ गलने लगी। दस बजते-बजते गोबर और लीद से भरी सड़क पर ताल-तलैयाँ नज़र आने लगीं। छतों से पानी चूने लगा। कहीं कोई मुर्गा बाँग देने लगा जैसे कि वसन्त आ गया हो। साथ ही कहीं कोई मुर्गी इस तरह चूँ-चूँ करने लगी जैसे कि वह उमस से भरी दोपहर का वक्त हो।

अहातों में जिस तरफ धूप आई उधर ढोर एक-दूसरे से सटकर खड़े हो गए और बाड़ों से पीठें रगड़ने लगे। हवा उनके भूरे-से रोएँ उड़ाकर भागने लगी। गलती हुई बर्फ से नमी और सड़ाँध उड़ी। क्रिस्तोन्या के फाटक के पास के सेब के पेड़ की एक नंगी डाल पर पीले सीनेवाली एक छोटी फुदकी झूलने और चीं-चीं करने लगी।

ग्रिगोरी फाटक पर खड़ा स्लेजों का इन्तज़ाम करता रहा कि उसने अपने अनजाने फुदकी की चीं-चीं का अनुवाद अपने बचपन की भाषा में कर डाला। गरमाहट से भरे उस दिन फुदकी ने जैसे कि खुशी में भरकर कहा, "अपने हल के फाल तेज़ करो...अपने हाल के फाल तेज़ करो।" ग्रिगोरी को लगा कि अगर दिन सर्दी और पाले के होते तो फुदकी ने अपनी सलाह फौरन ही बदल दी होती। वह कहती, "बूट पहन लो। बूट पहन लो।"

उसने अपनी निगाहें सड़क की तरफ से हटाकर फुदकी की ओर मोड़ीं। वह गाती रही—"अपने

हल का फाल तेज़ करो...अपने हल का फाल तेज़ करो।'' इस समय अचानक ही ग्रिगोरी को अपने बचपन की याद हो आई। उस समय दोनों ही भाई छोटे थे। वे टर्कियों को मैदान में हाँक ले गए थे और वहाँ प्योत्र ने टर्की की बोली की नकल की थी और उसे बच्चों की भाषा में ढाला था। कहा था–चिड़िया कहती है, ''मेरे सिवाय सबके पास बूट हैं...सिवाय मेरे सबके पास बूट हैं।'' फिर प्योत्र ने अपनी आँखें नचाई थीं और अपनी कोहनियाँ बगलों से लगाकर बाज़ुओं के पंख फड़फड़ाए थे। ''गुर...गुर...गुर...हम तुम्हें बाज़ार में जूते खरीद देंगे, दरिद्र कहीं के !'' इस पर ग्रिगोरी जी खोलकर हँसा था और उसने अपने भाई से फिर टर्की की तरह बोलने को कहा था।

अचानक ही गली के सिरे पर एक स्लेज नज़र आई और उसकी बगल में एक कज़्ज़ाक चलता नज़र आया। फिर दूसरी स्लेज़ दिखलाई पड़ी और फिर तीसरी। ग्रिगोरी ने आँख के कोने का एक आँसू झटके से पोंछ डाला और बचपन की एक घटना की मुस्कान भी शान्त भाव से धो डाली। वह तेज़ी से अपने फाटक की ओर बढ़ा। उसकी माँ सन्ताप से आधी पागल हो गई थी और ऐसे भीषण क्षण में वह उसे प्योत्र की लाशवाली स्लेज से दूर-ही-दूर रखना चाहता था। पहली स्लेज की बगल में नंगे सिर अलेक्सेइ शमील आ रहा था। अपने बाएँ बाज़ू के बचे हुए झूलते हिस्से से उसने अपनी टोपी अपने सीने से चिपका रखी थी। दाहिने हाथ में घोड़ों की रासें थीं। ग्रिगोरी ने स्लेज के अन्दर निगाह दौड़ाई। उसने मार्तिन-शमील को पुआल पर मुँह के बल लेटा देखा। उसका चेहरा और ट्यूनिक खून से लहूलुहान नज़र आई। दूसरी स्लेज में मानित्स्कोव था। उसका गहरे घावों से भरा चेहरा पुआल में धँसा हुआ था। सिर कन्धों के बीच गड़ा हुआ था। खोपड़ी भरपूर वार से चूर-चूर हो गई थी।

खोपड़ी की हड्डियों के किनारे-किनारे काले, बालोंवाले बर्फ के कण थे। ग्रिगोरी ने तीसरी स्लेज में नज़र दौड़ाई। लाश उसकी पहचान में न आई, पर स्लेज के बाजू से उसने एक हाथ बाहर लटकता देखा। तम्बाकू के निशानोंवाली उँगलियाँ क्रॉस बनाने के लिए एक-दूसरे से जुड़ी नज़र आईं। उसने चौड़े घोड़े की लगाम थामी और उसे अहाते में ले आया। पड़ोसी, औरतें और मर्द पीछे-पीछे दौड़े। भीड़ सीढ़ियों के पास आकर जमा हो गई।

''हमारा प्यारा प्योत्र पैन्तेलेयेविच वहाँ पड़ा है, बेचारे के दुनिया में जीने-जागने के दिन ख़त्म हो गए।'' किसी ने धीरे से कहा।

स्तीपान-अस्ताख़ोव नंगे सिर फाटक में घुसा। ग्रीश्का और दूसरे तीन बूढ़े कहीं और से आए। ग्रिगोरी ने बेमन से चारों ओर निगाह डाली। बोला, ''ज़रा हाथ लगा दो तो इसे अन्दर ले चलें।''

ड्राइवर प्योत्र को पैरों के सहारे उठाने ही वाला था कि इसी समय इलीनीचिना सीढ़ियों से उतरी और सभी ने शान्त-भाव से आदर दिखलाते हुए उसके लिए रास्ता कर दिया।

उसने स्लेज की ओर दृष्टि गड़ाकर देखा। धीरे-धीरे उसके चेहरे पर मौत का पीलापन घिर आया। पैन्तेली ने स्वयं काँपते हुए पत्नी को साधा। सबसे पहले दून्या ने अपनी आवाज़ उठाई। जवाब में दस दूसरे घरों की औरतें विलाप करने लगीं। फिर रो-रोकर चेहरा सुजाए और बाल बिखराए दार्‌या दौड़ती आई और स्लेज पर गिर पड़ी।

''प्योत्र...मेरे प्यारे...मेरे राजा...खड़े हो जाओ...उठकर खड़े हो जाओ !''

ग्रिगोरी की आँखों के आगे अँधेरा छा गया। ''जाओ...यहाँ से जाओ, दार्‌या !'' वह आपे से बाहर होकर हूस की तरह चीखा और उसने पूरी ताकत से उसे एक ओर को ढकेल दिया। दार्‌या बर्फ के एक ढेर पर जा पड़ी। ग्रिगोरी ने तेज़ी से प्योत्र को बगल से उठाया। ड्राइवर ने उसके नंगे पैर साधे। लेकिन दार्‌या अपने हाथ-पैरों के बल रेंगती हुई उनके पीछे-पीछे हो ली। उसने अपने पति के कड़े बर्फ से जमे हाथ लपककर अपने हाथों में लिए और उन्हें बार-बार चूमा। ग्रिगोरी को लगा कि क्षणभर बाद वह अपने काबू में बिल्कुल न रह जाएगा। अतएव उसने ठोकर मारकर दार्‌या को एक ओर कर दिया। दून्या ने उसके हाथ जबरन छुड़ाए और उसका सिर अपने सीने से टिका लिया। दार्‌या का सिर बुरी

तरह घूमता रहा।

बावर्चीखाने में भयानक सन्नाटा था। प्योत्र की लाश ज़मीन पर रखी थी। इस समय वह इस तरह छोटा लग रहा था जैसे कि सिकुड़ गया हो। नाक पिचक गई थी। पटसन के रंग के गलमुच्छे गहरे हो गए थे, लेकिन चेहरा और अच्छा लगने लगा था। नंगे, रोओं से भरे पैर पतलून से झाँक रहे थे। शरीर धीरे-धीरे पानी छोड़ रहा था और उसके नीचे गुलाबी से पानी का एक तालाब जमा हो गया था। पानी ज्यों-ज्यों बढ़ रहा था, खून की खारी महक त्यों-त्यों तीखी हो रही थी।

पैन्तेली शेड में ताबूत तैयार कर रहा था। दार्‌या को अब तक होश न आया था और औरतें उसी में लगी हुई थीं। जब-तब ही उस कमरे से दिल को बींधनेवाली चीख आ जाती थी। इसके बाद चाची, वैसीलीज़ा की सिसकियाँ सुनाई पड़ती थीं। मेलेखोव-परिवार के दर्द में हिस्सा बँटाने के लिए वह दौड़ी-दौड़ी आई थी। ग्रिगोरी एक बैंच पर बैठा था और उसकी निगाहें प्रति-पल पीले पड़ते अपने भाई के चेहरे और उसके गोल-नीले नाखूनों पर जमी हुई थीं। अजनबीपन की एक अजीब-सी ठिठुरन ने उसे प्योत्र से अलग कर दिया था। वह अब उसका भाई न रह गया था, बल्कि एक मेहमान था, जिसे रुखसत होना था। मेहमान मिट्टी के फर्श से गाल सटाए पड़ा था और रहस्य से भरी-सी एक हल्की-सी, शान्त मुस्कान मूँछों के नीचे जैसे खेल रही थी कि यह मेरी माँ, यह मेरी बीवी कल ही आखिरी सफर के लिए मुझे तैयार करेगी।

माँ ने रातोंरात तीन घड़े पानी गरम किया। बीवी ने साफ लिनेन तैयार किया और सबसे अच्छा पतलून और वर्दीवाली ट्यूनिक निकाली।

अब यह बाकी रहा कि ग्रिगोरी और पैन्तेली, प्योत्र के उस शरीर को नहलाएँ जो अब प्योत्र का न रह गया था और जिसे अब नंगे होने में भी किसी तरह की कोई शर्म महसूस न होती...फिर यह कि उसे इतवार के दिन पहने जानेवाले अच्छे-से-अच्छे कपड़े पहनाए जाएँ और मेज़ पर लिटा दिया जाए...फिर दार्‌या आए और अभी कल ही उसे सीने से लगानेवाले चौड़े बर्फ-से ठंडे हाथों पर वह मोमबत्ती रख दे, जिसकी रोशनी में शादी के दिन उन दोनों ने गिरजे में पादरी के पीछे-पीछे हलके-हलके कदमों से पाठमंच की परिक्रमा की थी...यानी इस तरह लोग कज़्ज़ाक प्योत्र-मेलेखोव को वहाँ तक पहुँचा आने का सरंजाम करें, जहाँ तक घर के अलावों की आवाज़ नहीं पहुँचती और जहाँ से कोई लौटकर नहीं आता।

"यहाँ अपनी माँ की आँखों के आगे मरने से तो अच्छा यह था कि तुम कहीं प्रशिया वगैरह में मरते।" ग्रिगोरी ने भर्त्सना के स्वरों में हलके से प्योत्र से कहा। फिर उसने शरीर पर नज़र डाली तो सहसा ही पीला पड़ गया। प्योत्र के एक गाल पर एक आँसू बहता दीखा। ग्रिगोरी लपककर पास पहुँचा, पर ध्यान से देखने के बाद उसके मन की शंका मिट गई।

वह आँसू उस मुर्दे की आँख से न टपका था, बल्कि प्योत्र के माथे पर आ गए बालों के बर्फ के कणों से एक बूँद चू पड़ी थी और अब गाल पर ढलकी चली आ रही थी।

35

मिली-जुली बागी फौजों के कमांडर के हुक्म पर ग्रिगोरी-मेलेखोव को कज़्ज़ाकों के दस स्क्वैड्रनोंवाले व्येशेन्स्काया रेजीमेंट का कमांडर नियुक्त कर दिया गया। फिर, व्येशेन्स्काया के स्टाफ ने उसे चीर नदी के किनारे के सभी गाँवों को बगावत के लिए उभारे जाने के खयाल से, कार्गिन ज़िले की ओर मार्च करने, लिखाचोव के रेजीमेंट को जैसे भी हो, अस्त-व्यस्त कर देने और उसे प्रदेश की सीमा के बाहर तक खदेड़ देने का आदेश दिया।

जिस दिन ग्रिगोरी ने कमान सँभाली, उसी दिन अपने-अपने घोड़ों पर सवार होकर व्येशेन्स्काया

से बाहर जाते कज़्ज़ाकों का मुआइना किया। वह अपने घोड़े पर झुका बैठा रहा और घोड़ा सड़क के किनारे के, अधगली बर्फ़ के टीले पर खड़ा रह-रहकर लगामों को झटके-पर-झटके देता रहा। सामने से कतार बनाकर स्क्वैड्रन गुज़रते रहे। ये स्क्वैड्रन दोन के किनारे के गाँवों के थे। ये गाँव थे बाज़की, व्येलोगोरकी, ओलशान्स्की, मेरकुलोव, ग्रोमकोव्स्की, सेमेनोव्स्की, रिबिन्स्की, लेब्याज़ी और येरिक।

ग्रिगोरी एक के बाद दूसरे स्क्वैड्रन को सधी हुई, गम्भीर दृष्टि से देखता, दस्ताने में मढ़े हाथ से अपनी मूँछ और बाज़ की चोंज-जैसी नाक पर हाथ फेरता रहा। उसके परिचित कज़्ज़ाक सामने से गुज़रते समय उसकी ओर देख-देखकर मुस्कुराते रहे। सिगरेटों के धुएँ के छल्ले फौजियों के सिर पर मँडराते और एक-दूसरे में मिलते रहे। घोड़ों के नथुनों से रह-रहकर भाप निकलती रही।

रेजीमेंट व्येशेन्स्काया से कोई तीन वर्स्ट बाहर रही कि एक गश्ती फौजी ने आकर सूचना दी कि लाल-गारद के लोग चुकारिन की दिशा में पीछे हट रहे हैं और लिखाचोव की टुकड़ी ने उन्हें उलझाया नहीं है। ग्रिगोरी ने तीन स्क्वैड्रन दुश्मन की टुकड़ी को बाहर से घेर लेने को भेजे और बाकी के साथ खुद इतने ज़ोर-शोर से बढ़ा कि लाल-गारद के लोग माल से भरी गाड़ी और लड़ाई के सामान से भरे बक्से छोड़-छोड़कर भागने लगे। लिखाचोव की बैटरी हड़बड़ाकर चुकारिन छोड़ने लगी तो उसे एक छोटी-सी नदी में कुछ तोपों से हाथ धोना पड़ा। ड्राइवर ट्रेस काटकर भाग निकले। कज़्ज़ाक, चुकारिन से बारह वर्स्ट दूर तक, कारगिन्स्काया की दिशा में बढ़ते गए। उन्हें कहीं भी किसी कड़े विरोध का सामना नहीं करना पड़ा और वे नोवोचेरकास्क तक पहुँचने के मनसूबे बाँधने लगे।

ग्रिगोरी को यह बैटरी पाकर बड़ी खुशी हुई। 'वे तो तोपों को जमाने तक को नहीं रुके।' उसने नफरत से भरकर सोचा। फिर कज़्ज़ाकों ने बैलों की मदद से बैटरी पानी के बाहर निकाली तो अलग-अलग स्क्वैड्रनों से तोपची देखते-देखते जमा हो गए। हर तोपगाड़ी में छह-छह जोड़ी घोड़े जोते गए और आधे स्क्वैड्रन को बैटरी की रखवाली का काम सौंप दिया गया।

कज़्ज़ाकों ने साँझ का धुँधलका होने तक कारगिन्स्काया ले लिया। लिखाचोव की टुकड़ी के एक अंश सहित तीन फील्डगनें और नौ मशीनगनें अधिकार में आ गईं। टुकड़ी के बाकी लोग बचकर उत्तर की ओर भाग निकले।

रातभर पानी बरसता रहा। सवेरा हुआ तो नाले-नालियों में पानी गरजता दिखाई दिया। सड़कों से आना-जाना दुश्वार हो गया। घोड़े पिघलती हुई बर्फ और कीचड़ में लड़खड़ाने लगे। लोग थकान से चूर होकर ढह पड़े। पीछे हटते हुए दुश्मन को खदेड़ने के लिए भेजे गए दो स्क्वैड्रनों ने सवेरे लाल-गारदों के कोई तीस फौजियों को गिरफ्तार कर लिया और वे उन्हें कारगिन्स्काया ले आए।

ग्रिगोरी ने अपना प्रधान कार्यालय स्थानीय सौदागर के एक बड़े घर में जमा रखा था। सौ कैदियों को हाँककर अहाते में लाया गया और दोनों स्क्वैड्रनों के कमांडर येरा माकोव ने ग्रिगोरी को रिपोर्ट दी—"लाल-गारद के सत्ताईस लोग ले आए गए हैं। आपका अर्दली आपका घोड़ा ले आया है। क्या अब आप जाएँगे ?"

ग्रिगोरी ने अपने बरानकोट का बकसुआ लगाया, शीशे के सामने खड़े होकर अपने माथे के बाल ठीक किए और येरा माकोव की ओर मुड़कर बोला, "आओ, चलें। चौक में मीटिंग होगी। इसके बाद हम लोग घोड़ों पर सवार होकर जाएँगे।"

"क्या मीटिंग ज़रूरी है ?" येरा माकोव ने दाँत निकाले और कन्धे झटके, "लोग मीटिंग में हिस्सा लिए बिना ही अपने-अपने घोड़ों पर सवार हो गए हैं...वह देखिए, शायद व्येशेन्स्काया के फौजी आ रहे हैं...हैं न ?"

ग्रिगोरी ने खिड़की के बाहर नज़र दौड़ाई। चार-चार की कतार में फौजी शानदार तरीके से आगे बढ़ते आ रहे थे। कज़्ज़ाक और घोड़े, दोनों देखते ही बनते थे।

"ये लोग आखिर कहाँ से आ टपके ?" ग्रिगोरी ने प्रसन्नता से भरकर कहा और अपनी तलवार

सँभालते हुए घर से बाहर की ओर दौड़ा।

येरा माकोव उससे फाटक पर आ मिला। ग्रिगोरी के सामने सैल्यूट करता, स्क्वैड्रन का एक कमांडर दिखाई दिया। ग्रिगोरी से हाथ मिलाने की उसकी हिम्मत नहीं पड़ी।

''कॉमरेड मेलेख़ोव ?''

''हाँ...कहाँ के हो तुम ?''

''हमें अपनी रेजीमेंट में शामिल कर लीजिए। हमारी टुकड़ी कल रात लिखोविदोव में बनी थी। बाकी टुकड़ियाँ ग्राचोव, आर्खीपोव्का और वैसीलेवका की हैं।''

''अपने कज़्ज़ाकों को चौक में ले जाओ। हम अभी-अभी एक मीटिंग करने जा रहे हैं।''

ग्रिगोरी के अर्दली ओखोर ज़िकोव ने घोड़े की रकाब सम्हाली। येरा माकोव ने लोहे-सा बदन काठी पर जमाया, बरानकोट सीधा किया और घोड़े को ग्रिगोरी के पास लाकर बोला, ''इन कैदियों का क्या किया जाए ?''

ग्रिगोरी ने उसके बरानकोट का सबसे ऊपर का बटन पकड़ा और उसके कान के पास मुँह लाकर कुछ धीरे से कहा। उसकी आँखों से नन्ही-नन्ही चिनगारियाँ फूटने लगीं लेकिन, गलमुच्छों के नीचे होंठ पर बिखरी मुस्कान से चालाकी झलकने लगी।

''उन्हें पहरे के साथ व्येशेन्स्काया भेज दो। समझे ? लेकिन उस टीले की दूसरी बाजू के आगे जाने न पाएँ।'' उसने अपने चाबुक से कारगिन्स्काया के ऊपर के टीले की ओर इशारा किया।

'प्योत्र का हिसाब-किताब साफ़ करने के सिलसिले में उठाया गया यह पहला कदम होगा', उसने सोचा, अपने घोड़े को दुलकी भगाया और अकारण उस पर एक भरपूर चाबुक जमाया।

36

ग्रिगोरी साढ़े तीन हज़ार तलवारबंद फौजियों को लेकर कारगिन्स्काया के बाहर आया। व्येशेन्स्काया ने जनरल आर्मी-स्टाफ़ और कार्यकारिणी समिति ने उसके लिए फौजी-हुक्म और हिदायतें भेजीं। समिति के एक सदस्य ने तो एक ऐसा पत्र उसके पास भेजा कि क्या कहिए ! पत्र क्या भेजा, फूलों का एक गुलदस्ता भेज दिया–

''परम आदरणीय, साथी मेलेख़ोव...''

''गरमागरम अफवाहें हमारे कानों तक आ रही हैं कि आप लाल-सेना के फौजी-कैदियों को बड़ी ही बेरहमी से तलवार के घाट उतार रहे हैं। लगता है कि येरा माकोव ने जो तीस लाल-फौजी कैद किए, उन्हें आपके हुक्म पर काटकर फेंक दिया गया। सुनते हैं कि उनमें एक ऐसा कमीसार था, जो हमारे बड़े काम का साबित हो सकता था, जिससे हमें दुश्मन की ताकत का पता चल सकता था। प्रिय भाई, फौजियों को कैद कर मार डालने का अपना हुक्म वापस ले लीजिए। इससे हमें बड़ा नुकसान पहुँचेगा। कज़्ज़ाक उस निर्ममता पर बहुत भुनभुना रहे हैं। उन्हें डर है कि लाल-गारद के लोग उनके अपने साथियों को बंदी बनाएँगे, तो उन्हें भी ज़िन्दा न छोड़ेंगे। फिर वे हमारे घर-गाँव जलाकर राख कर देंगे, सो अलग से। हमारा तो आग्रह है कि आप हमारे पास कमांडरों को भी ज़िन्दा ही भेज दीजिए। हम व्येशेन्स्काया में चुपचाप उन्हें इस दुनिया से विदा कर देंगे। लेकिन आप तो पुश्किन के ऐतिहासिक उपन्यास के तरास बूल्बा की तरह अपनी टुकड़ियों को साथ लेकर मार्च करते जा रहे हैं। हर चीज़ का फैसला आग और तलवार से कर रहे हैं। इससे कज़्ज़ाक बुरी तरह परेशान हो रहे हैं। कृपा कर रोकथाम से काम लीजिए और कैदियों को सीधे-सीधे मौत की सज़ा न देकर हमारे पास रवाना कर दीजिए। इससे हमें ताकत मिलेगी।

''आप सदा स्वस्थ रहें। हमारी हार्दिक शुभकामनाएँ और स्नेह स्वीकारें। हम आपकी भावी

सफलताओं के समाचारों की बड़ी ही उत्सुकता से प्रतीक्षा करेंगे।"

ग्रिगोरी ने पत्र पूरा पढ़े बिना ही उसके टुकड़े-टुकड़े किए और उसे घोड़े की टाप के नीचे फेंक दिया। फिर दक्षिण की ओर बढ़ने और अपने को घिर जाने के भय से कैडेटों में शामिल हो जाने से सम्बन्धित कुदिनोव के हुक्म के जवाब में काठी पर बैठे-ही-बैठे एक खत लिखा, "मैं बोकोव्स्काया की तरफ से दुश्मन का पीछा कर रहा हूँ। दक्खिन की ओर जाने से इन्कार करता हूँ और आपके हुक्म को बेवकूफी से भरा समझता हूँ। वहाँ सर्राटे भरती हवा और उक्रइनी- किसानों के अलावा और कुछ भी नहीं है।"

इस तरह विद्रोही हेडक्वार्टर्स से उसकी सरकारी लिखा-पढ़ी बन्द हो गई। स्क्वैड्रनों को दो रेजीमेंटों की शक्ल दी गई और उन रेजीमेंटों ने बोकोव्स्काया की तरफ बढ़ना जारी रखा।

ग्रिगोरी को तीन दिन तक बराबर कामयाबी-पर-कामयाबी मिलती रही। उसने एक झटके में ही अचानक बोकोव्स्काया को अपने अधिकार में कर लिया, और क्रासनोकुत्स्काया की तरफ अपनी फौज ब्रढ़ाई। राह में अड़नेवाली एक टुकड़ी को कैद कर लिया गया, लेकिन उसके फौजियों को मार डालने के हुक्म नहीं दिए गए। ग्रिगोरी ने उन्हें वापस व्येशेन्स्काया भेज दिया।

इस तरह मोर्चे के पिछले हिस्से के लिए पैदा होनेवाले खतरे से घबराकर, दोनेत्स-नदी के लाल-मोर्चे की कमान ने, विद्रोह को दबाने के लिए कई रेजीमेंटें और बैटरियाँ भेजीं। लाल- फौजियों की चिस्तयाकोवका के पास ग्रिगोरी की रेजीमेंटों से मुठभेड़ हुई। लड़ाई तीन घंटे तक चली। फिर घिर जाने के डर से ग्रिगोरी ने अपनी फौजें क्रासनोकुत्स्काया की दिशा में लौटा लीं। लेकिन दूसरे दिन सवेरे खोपर्स्कॉया के लाल-कज़्ज़ाकों ने उसकी रेजीमेंटों पर हमला कर दिया, और एक बार फिर दोन के कज़्ज़ाक एक-दूसरे को, बड़ी आन-बान के साथ तलवारों से काट-काटकर गिराने लगे। खुद ग्रिगोरी को अपने घोड़े से हाथ धोना पड़ा और उसका गाल कट गया। उसने अपनी रेजीमेंट वापस ले ली और बोकोव्स्काया को लौट गया।

उसी शाम को और सूचनाएँ प्राप्त करने के विचार से ग्रिगोरी ने खोपर ज़िले के एक कज़्ज़ाक कैदी से तरह-तरह के सवाल किए। कज़्ज़ाक उम्र में अधेड़ था। बाल उसके भूरे और सीना सँकरा था। उसके बरानकोट के कॉलर पर लाल रिबन का एक टुकड़ा लगा हुआ था।

सो उस आदमी ने सवालों के जवाब तो मन से दिए, पर उसके बरबस मुस्कुराने में शरारत नज़र आई।

"कल की लड़ाई में किन-किन रेजीमेंटों ने हिस्सा लिया ?"

"हमारी रेजीमेंट के अलावा, खोपर-ज़िले के लगभग सभी-के-सभी कज़्ज़ाकोंवाली तीसरी स्तेन्का-राज़िन, पाँचवीं जाआमूर्स्की, बारहवीं घुड़सवार, छठी म्त्सेंस्की-रेजीमेंटों ने।"

"कमांडर कौन था ? किकविदज़े ?"

"नहीं, हमारी टुकड़ी की कमान कॉमरेड-दोमबिच के हाथों में थी।"

"और तोपें कितनी थीं ?"

"कम-से-कम आठ।"

"तुम्हारी रेजीमेंट ने पड़ाव कहाँ डाला था ?"

"कामेन्स्काया के गाँव में।"

"उन्हें यह बतलाया गया था कि उन्हें भेजा कहाँ जा रहा है ?"...कज़्ज़ाक हिचका, पर आखिर में उसने जवाब दे दिया। ग्रिगोरी ने सहसा ही लाल-कज़्ज़ाकों के मन की स्थिति जाननी चाही।

"भरती की गई तो कज़्ज़ाकों ने क्या कहा ?"

"वे आना नहीं चाहते थे।"

"तुम लोगों को मालूम था कि हमने बगावत क्यों की है ?"

"यह हम कैसे जानते ?"

"तो फिर तुम सब मोर्चे पर क्यों नहीं आना चाहते थे ?"

"क्यों, क्या आप सब हमारी ही तरह कज़्ज़ाक नहीं हो ? क्या अभी लड़ाई काफी नहीं हुई ? लाल-फौजियों की जमात में शामिल होने के वक्त से लेकर आज तक हम सिर्फ लड़ते ही तो रहे हैं।"

"तुम हमारे साथ काम करना पसन्द करोगे ?"

"आप चाहेंगे तो करूँगा, वैसे मैं चाहता नहीं..."

"ठीक है...जाओ, हम तुम्हें तुम्हारी बीवी के पास भिजवा देंगे...बीवी के लिए दिल तड़प रहा है...है न ?"

आदमी कमरे के बाहर ले जाया गया। ग्रिगोरी उसे एकटक देखता रहा। फिर उसने अपने अर्दली प्रोख़ोर ज़िकोव को बुलाया, खिड़की के पास जाकर उसकी ओर पीठ कर खड़ा हुआ और शान्त भाव से आदेश दिया, "फौजियों से कहो कि मैं अभी जिस कज़्ज़ाक से पूछताछ करता रहा था, वे उसे चुपचाप बाग में ले जाएँ। मैं लाल-कज़्ज़ाकों को कैदी बनाकर नहीं रखूँगा।"

वह अपने एड़ी पर घिसे बूट पहने इधर-उधर टहलता रहा। फिर उसने खिड़की से बाहर झाँककर देखा, "जाओ, अपना काम चालू करो।"

प्रोख़ोर बाहर चला गया। ग्रिगोरी एक-दो मिनट तक खिड़की के पास की जिरैनियम की शाखें आलस से रह-रहकर झटकता रहा। फिर मुड़ा और तेज़ कदमों से निकलकर बाहर सीढ़ियों पर आया। यहाँ उसने ज़िकोव को खलिहान की दीवार के सहारे धूप में बैठे कज़्ज़ाकों के दल से चुपके-चुपके बातें करते देखा।

"उस कैदी को जाने दो। उसके लिए पास बना दो।" बिना कज़्ज़ाकों पर नज़र डाले उसने चिल्लाकर प्रोख़ोर से कहा।

वह कमरे में वापस आया तो एक पुराने शीशे के सामने खड़े होकर हाथ फैलाने लगा। आश्चर्य से सोचने लगा कि आखिर मैं क्यों बाहर गया, और मैंने क्यों कैदी को छोड़ देने का हुक्म दिया। वैसे उसने बड़े सन्तोष का अनुभव किया था, जब उस कैदी से कहा था, "हम तुम्हें तुम्हारी बीवी के पास वापस भेज देंगे।" उसे पता था कि जल्दी ही उसके आदेश पर प्रोख़ोर उसे बाग में ले जाएगा, और उसका काम तमाम कर देगा।

उसे थोड़ी-सी खीझ भी थी कि अनायास ही उसके मन में दया उभर आई थी—आखिर विचारहीन करुणा ही तो थी, बरबस उसके दिमाग में धँसती चली गई थी, और जिसने उसे दुश्मन को छोड़ देने की सलाह दी थी ? इस पर भी वह खुश था, हालाँकि सारा कुछ अपने-आपमें अजीब था। अभी कल ही तो उसने कज़्ज़ाकों से कहा था, "किसान हमारा दुश्मन है, पर लाल-फौज की मदद करनेवाला कज़्ज़ाक हमारा दोहरा दुश्मन है। जासूस की तरह कज़्ज़ाक को भी ज्यादा वक्त नहीं देना चाहिए कि पादरी आए, कज़्ज़ाक अपना गुनाह कबूल करे...और देखते-देखते दीवार के सहारे खड़ा किया और दूसरी दुनिया का टिकट काट दिया।"

विरोधाभास की यह अनबूझ पहेली उसके दिमाग को कुरेदती रही और अपने उद्देश्य के अनौचित्य से उसके मन में विद्रोह की भावना उठती रही कि ग्रिगोरी अपने कमरे से बाहर आया। इसी समय चिर-रेजीमेंट का एक लम्बा-सा, कुछ-कुछ परिचित चेहरेवाला गार्डमैन, दो कम्पनी- कमांडरों के साथ, उसके पास आया।

"अरे, कुमक आ गई है !" रेजीमेंटल-कमांडर ने कहा, "तीन हज़ार घुड़सवार, दो कम्पनी-पैदल...इन सबका आप क्या करेंगे, पैन्तेलेयेविच ?"

ग्रिगोरी ने अपनी रिवाल्वरवाली पेटी कसी, लिखाचोव से प्राप्त शानदार फील्ड-केस लिया और बाहर अहाते में आया।

इस समय सूरज जमकर चमक रहा था। आसमान ग्रीष्म के मध्यकाल के दिनों की तरह ही दूर और नीला लग रहा था। दक्षिण में नन्हे-मुन्ने दूधिया बादल हवा की लहरों पर तैर रहे थे।

ऐसे में युद्ध-परिषद् की बैठक के लिए ग्रिगोरी ने सभी स्क्वैड्रन-कमांडरों को एक किनारे जमा किया। कोई तीस लोग एक गिरी हुई चहारदीवारी पर बैठ गए। किसी की तम्बाकू की थैली एक हाथ से दूसरे हाथ में पहुँचने लगी।

परिषद् का कार्य आरम्भ करते हुए ग्रिगोरी ने पूछा, "हम आगे के लिए कैसे और क्या नक्शे तैयार करें ? जिन रेजीमेंटों ने हमें पीछे ठेल दिया है, उनके साथ हम कैसा बरताव करें और इसके लिए क्या रास्ता अख़्तियार करें ?"...फिर, ग्रिगोरी ने कुदिनोव के हुक्म की भी चर्चा की।

"इनमें से कितने लोग हमारे खिलाफ हैं ? आपने कैदी से इस बात का पता लगाया ?" एक स्क्वैड्रन-कमांडर ने ज़रा झिझक के साथ पूछा।

ग्रिगोरी ने रेजीमेंट गिनाए और जल्दी-जल्दी उनके सदस्यों की गिनती का अंदाज़ लगाया। कमांडर चुपचाप बैठे रहे। बिना सोचे-समझे कुछ कहने को कोई भी तैयार न हुआ। एक ने तो ग्रिगोरी से खुलकर ऐसा कहा भी–"ज़रा ठहरिए, मेलोख़ोव ! हम लोग थोड़ा सोच लें। हमें कोई गलती यहाँ नहीं करनी चाहिए।"

उसी व्यक्ति ने सबसे पहले अपनी ओर से सुझाव भी दिया। ग्रिगोरी ने सारी बात ध्यान से सुनी। अधिकांश लोग सफलता के भरोसे के बावजूद दूर जाने के खिलाफ रहे, लेकिन विशुद्ध रूप से रक्षा के लिए जमकर संघर्ष चलाते रहने की बात सभी ने कही। लेकिन, उनमें से चिर के एक कज़्ज़ाक ने व्येशेन्स्काया स्टाफ के आगे बढ़ने के आदेश का ज़ोरदार ढंग से समर्थन किया। तर्क देते हुए बोला, "यहाँ वक्त खराब करने से कोई फायदा नहीं। मेलेख़ोव हमें दोनेत्स के इलाके में ले चलें। हमारा क्या, हम मुट्ठी-भर हैं, लेकिन उनके पीछे पूरा रूस है। हम उनका मुकाबला कैसे कर सकते हैं ? वे हमें कुचलकर रख देंगे और फिर हमारा सारा खेल ख़त्म हो जाएगा। हमें यह जाल काटना चाहिए। हमारे पास लड़ाई का सामान बहुत नहीं है, मगर वह हम हथिया लेंगे। हमें जैसे भी हो, धावा बोलना चाहिए।"

"लेकिन हमारे खानदान के लोगों का क्या होगा ? हमारे घरों की औरतों, बूढ़ों और बच्चों का क्या बनेगा ?"

"वे सब घरों में बने रहें..."

"तुम्हारा दिमाग चालाकी से भरा है, मगर है वह दिमाग किसी बेवकूफ का !"

अब तक तो लोग फुसफुसाते ही रहे थे कि हमारी बसन्त की जुताई का क्या होगा और अगर हम आगे बढ़े तो हमारे फार्मों का क्या होगा ? लेकिन, चिर के कज़्ज़ाक के बोलते ही सब गला फाड़-फाड़कर चीखने लगे। बैठक गाँव की किसी सभा-सी लगने लगी। एक बड़ी उम्र के कज़्ज़ाक ने अपनी बुलन्द आवाज़ से बाकी सभी लोगों के स्वर दबा दिए, "हम अपने अहातों को छोड़कर कहीं भी जाने से रहे। सबसे पहले मैं अपना स्क्वैड्रन गाँव को ले जाऊँगा। अगर हमें लड़ना होगा तो हम अपने गाँव-घरों के आसपास लड़ेंगे, हम दूसरों को बचाने के लिए अपनी जानें देने को तैयार नहीं हैं।"

ग्रिगोरी लोगों के शांत होने की प्रतीक्षा करता रहा और फिर फैसला-सा देते हुए बोला, "हम मोर्चा यहीं बाँधेंगे। अगर क्रासनोकुत्स्काया के कज़्ज़ाक हमारा साथ देंगे तो हम उनकी भी हिफाज़त करेंगे। कहीं कोई ऐसी जगह नहीं जहाँ हम जा सकें। बैठक ख़त्म हुई। आप लोग अपने-अपने स्क्वैड्रनों को जाएँ। हम फौरन ही रवाना होंगे और अपनी-अपनी जगह ले लेंगे।"

और आधे घंटे बाद ही घुड़सवारों की कतारों से सड़क भर गई। ग्रिगोरी ने उन्हें जाते देखा तो अभिमान और प्रसन्नता से उसका हृदय भर उठा। लेकिन, आत्मा को सन्तोष देनेवाले उल्लास के साथ ही चिन्ता और व्यंग्य से भरी कटुता उसका अन्तर् कुरेदने लगी। उसने अपने-आपसे पूछा, 'जिस तरह ज़रूरी है, क्या मैं उस तरह इनकी रहनुमाई कर सकता हूँ ? क्या हज़ारों कज़्ज़ाकों को सही राह पर

लगाने की समझ और अक्ल मुझमें है ? एक स्क्वैड्रन नहीं, बल्कि इस वक्त एक पूरी डिवीज़न मेरे मातहत है। ऐसे में, मेरे किस्म का कम लिखा-पढ़ा आदमी क्या इन हज़ारों कज़्ज़ाकों पर अपना असर रख सकता है ? उनकी पाक ज़िम्मेदारी अपने ऊपर ले सकता है ?'...फिर उसने सोचा, 'सवाल यह भी है कि मैं इन्हें किसके खिलाफ उभार रहा हूँ ? जनता के खिलाफ...? लेकिन सही आखिर कौन है ?'

वह अपने घोड़े पर सवार होकर अपने दाँत भींचे हुए, स्क्वैड्रनों की अगल-बगल चलने लगा। उसकी आँखों में लहरें लेती शक्ति का मद उतार पर आने लगा। चिन्ता और कटुता बाकी रह गई, जैसे किसी असह्य बोझ से उसने अपने कन्धे झुका लिए।

37

वसन्त ने नदियों की शीत से ठिठुरी नसों में ऊष्मा घोल दी। नसें खुल गईं। दिनों में हरियाली खिल उठी। हरी पहाड़ी की धाराओं के स्वर और तेज़ हो उठे। सूरज की धूप गहरी हो गई। उसका पीला रंग पर लगाकर उड़ गया। उसकी तीलियों-सी किरणें मखमली हो गईं। उनमें ताप मुखर होने लगा। दोपहर के समय जुती हुई ज़मीन से भाप भी उठने लगी। हमवार बर्फ की चमक सह पाना आँखों के लिए कठिन हो गया। हवा नमी से होकर भारी हो उठी और महकने लगी।

धूप से कज़्ज़ाकों की पीठें गरमाने लगीं। काठियों की गर्मी प्यारी लगने लगी। हवा ने अपने गीले होंठों से कज़्ज़ाकों के भूरे गालों को नम कर दिया। कभी-कभी वह बर्फ से मढ़े ढाल की दो-चार साँसें भी अपने साथ ले आई। लेकिन, गर्मी ने जाड़े को दबाना शुरू कर दिया। वसन्त की मुट्ठी में आ जाने के कारण घोड़े नाचने और रह-रहकर उछलने लगे, बदन से रोएँ उड़ने लगे और उनके पसीने की गन्ध नाक में और गड़ने लगी। कज़्ज़ाकों ने अपने घोड़ों की घने बालोंवाली दुमें कभी की बाँध दीं, ऊँट के बाल के कनटोपे उनकी पीठों पर लटकने लगे, सिर की टोपियों के नीचे, उनकी भौंहें भीगी रहने लगीं और भेड़ की खाल की जैकेटों और रूई-भरे कोटों में गर्मी महसूस होने लगी।

ग्रिगोरी अपने रेजीमेंटों को गर्मी के एक रास्ते से ले चला। लाल-सेना की टुकड़ियाँ, हवा-चक्की के पार, दूर लड़ाई के लिए तैयार होती नज़र आईं। फिर, स्विरिदोव नाम के गाँव के पास मुठभेड़ हो गई।

ग्रिगोरी को किसी भी डिविज़नल-कमांडर की तरह लड़नेवालों की पंक्तियों का संचालन बाहर से करना चाहिए था। यह उसे अब भी सम्भव न लगा। व्येशेन्स्काया के कज़्ज़ाकों की अगुआई उसने खुद की और उन्हें खतरनाक-से-खतरनाक जगहों में ला झोंका। लड़ाई किसी संगठित कमान के बिना ही बढ़ने लगी। हर रेजीमेंट ने पहले के हर समझौते से निगाह बचाई और नई परिस्थितियों के हिसाब से कदम उठाया।

मोर्चे के आम मानी में मोर्चा कहीं न था। इसलिए जहाँ-तहाँ से उमड़-घुमड़कर लड़ना मुश्किल था। घुड़सवार सेना की अधिकता ग्रिगोरी की डिविज़न की सबसे बड़ी विशेषता थी, और यह बात अपने-आपमें एक महत्त्वपूर्ण निधि-जैसी थी।

ग्रिगोरी ने इस चीज़ से ज़्यादा-से-ज़्यादा फायदा उठाने और कज़्ज़ाक तरीकों से लड़ाई चलाने का निश्चय किया। ये तरीके हैं कोनों से हमले करना, दुश्मन की फ़ौज के पिछले हिस्से पर धावे बोलना, सामान की गाड़ियों के लिए खतरा पैदा कर देना और रात को छापे मारकर लाल-सेना के फौजियों को परेशान करना और उनकी हिम्मत तोड़ना।

लेकिन स्विरिदोव के पास उसने एक दूसरी ही योजना का सहारा लिया। उसने एक टुकड़ी के लोगों को अपने-अपने घोड़ों से उतरकर गाँव के बाहर के एक बगीचे में छिपाकर लेट रहने का आदेश

दिया और बाकी दो स्क्वैड्रनों को खुद दौड़ाता पहाड़ी पर चढ़ गया। धीरे-धीरे दुश्मन की टुकड़ियाँ लड़ाई में खिंच आईं।

यानी, उसके ठीक सामने हवाई घुड़सवारों की दो टुकड़ियाँ थीं। वे खोपर के कज़्ज़ाक न थे, क्योंकि उनके घोड़ों की दुमें कटी हुई थीं, और दोन के कज़्ज़ाक अपने घोड़ों की दुमें काटकर उनकी खूबसूरती कभी कम न करते थे। उसने दूरबीन से सबकुछ देखा था। यानी, वे या तो तेरहवीं घुड़सवार रेजीमेंट की टुकड़ियाँ थीं, या अभी-अभी आई कुछ दूसरी टुकड़ियाँ थीं।

सो, पहाड़ी की चोटी से उसने, दूरबीन के सहारे, आसपास के सारे इलाके का जायज़ा लिया। काठी से प्रदेश और लम्बा-चौड़ा लगा और रकाबों में बूटों की नोकों के जमने पर उसे अपने ऊपर विश्वास और अधिक हुआ।

उसने फिर नदी के किनारे दूर साढ़े तीन हज़ार कज़्ज़ाकों की लम्बी पंक्ति को, उस्त- मेदवेदित्सा की ओर से उमड़ते दुश्मन का सामना और येलान्स्काया के संकट में पड़े कज़्ज़ाकों की मदद करने के लिए उत्तर की ओर उमड़ते देखा।

ग्रिगोरी और लड़ाई के लिए तैयार हो रही लाल-सेनाओं के बीच एक वर्स्ट का फासला था। उसने अपने स्क्वैड्रनों को जल्दी-जल्दी पुराने तरीके से व्यवस्थित किया और बरछों से लैस फौजियों को आगे की पंक्ति में रखा। फिर, वह अपना घोड़ा दौड़ाता आगे आया, उसे मोड़कर कज़्ज़ाकों की बगल में लाया और तलवार खींचते हुए बोला, "आराम से दुलकी चाल—मार्च !"

लेकिन, आगे बढ़ते ही ग्रिगोरी के घोड़े का एक पैर बर्फ में छिपे गिलहरी के एक बड़े बिल में जा पड़ा और घोड़ा लड़खड़ा गया। ग्रिगोरी गुस्से से लाल हो गया और उसने उस पर तलवार की मूठ कसकर जमाई। यों तो व्येशेन्स्काया के एक कज़्ज़ाक से उधार लिया गया वह फौजी घोड़ा अच्छा, अच्छी नस्ल का और तबीयत से बिल्कुल आग था, लेकिन इस पर भी ग्रिगोरी उस पर विश्वास न करता था। उसे लगा कि न तो दो दिन के कम समय में घोड़ा मेरा आदी हो सकता है और न ही मैं उसका स्वभाव, आदतें और सारी चाल-ढाल समझ सकता हूँ। उसको भय था कि चिस्तयाकोवका में मरे मेरे घोड़े की तरह यह लगाम की हरकत-भर से मेरे मन की बात समझेगा या नहीं।

फल यह हुआ कि चोट पड़ते ही घोड़ा उत्तेजित हो उठा, और लगाम के इशारे भूलकर ताबड़तोड़ भाग निकला। इस पर ग्रिगोरी की नसों का खून ठंडा पड़ गया और घोड़े पर सचमुच विश्वास न कर सकने की स्थिति सामने देखकर उसका आत्मसंयम थोड़ा डगमगाया। लेकिन जल्दी ही घोड़ा लहराते हुए कदम-चाल में आ गया और उसकी लगाम का सूक्ष्म-से-सूक्ष्म इशारा समझने लगा, तो ग्रिगोरी का मन विश्वास से भर गया और शान्त हो उसने क्षणभर को दुश्मन की बढ़ती हुई कतारों की ओर से निगाह हटाई और घोड़े की गर्दन पर एक नज़र डाली। उसके लाल भूरे कान सिर से चिपके हुए थे और आगे की ओर फैली हुई गर्दन निरन्तर काँप रही थी।

ग्रिगोरी सीधा हुआ, मन-भर हवा अपने फेफड़ों में भरी और बूट रकाबों में अच्छी तरह धँसाए। फिर मुड़कर देखा...

उसने घोड़ों और घुड़सवारों के पहाड़ों को गरज के साथ टूटते हुए इस तरह मुड़कर कितनी ही बार देखा था ! और हर बार आगामी संघर्ष की आशंका से उसका हृदय जकड़ उठा था, और हर बार उसने पाशविक उत्तेजना की एक अवर्णनीय भावना का अनुभव किया था। घोड़ा दौड़ाने के क्षण से दुश्मन के पास पहुँचने तक सदा ही एक ऐसा पल सामने आया था, जिसे परिभाषा की सीमा में बाँध देना कठिन था, और जिसमें कितना ही कुछ अन्दर-ही-अन्दर एक साँचे से निकलकर दूसरे साँचे में ढला था। ऐसे भीषण पल में तर्क, धैर्य, हिसाब-किताब सभी कुछ उसका साथ छोड़ गए थे और एक पाशविक वृत्ति ने पूरे ज़ोर से उसकी इच्छा-शक्ति पर अपना अधिकार जमा लिया था। लेकिन इस पर भी, हमले के समय अगर कोई उसे देखता तो उसकी प्रत्येक गतिविधि को नपे-तुले भावनाहीन तर्क

से संचालित समझता। उसे लगता कि उसके अन्तर् में बड़ा विश्वास है, वह पूरी तरह अपने वश में है, और हर कदम नाप-तौलकर आगे बढ़ा रहा है।

सो, इस समय दोनों पक्षों की सेनाओं के बीच की दूरी तेज़ी से घटती गई। घोड़ों और घुड़सवारों की आकृतियाँ आकार में बराबर बढ़ती गईं। घोड़ों की टापों ने दोनों पंक्तियों के बीच की बर्फ के छिड़काव वाली मिली-जुली पट्टी देखते-देखते पाट डाली। कुछ दूर पर उसे एक घुड़सवार अपने स्क्वैड्रन के आगे-आगे घोड़ा दौड़ाता दिखाई दिया। गहरे रंग के उस कुम्मैत के कदम छोटे और डर से भरे लगते थे। आदमी के हाथ में तलवार थी और उसकी चाँदी की म्यान रह-रहकर रकाब से टकरा रही थी और धूप में चमक रही थी।

एक क्षण बाद ही ग्रिगोरी ने उस आदमी को पहचान लिया। वह कारगिन्स्काया का एक कम्युनिस्ट और जर्मनी की लड़ाई से सबसे पहले लौटनेवालों में से एक था। लौटा था तो चौबीस साल का था और पट्टियाँ बाँहों पर ऐसी-ऐसी बाँधकर आया था जैसी कभी किसी ने देखी न थीं। साथ ही अपने साथ लाया था बोलशेविक आस्थाएँ और मोर्चे की ज़िन्दगी से पैदा होनेवाली सुनिश्चित शक्ति। फिर वह बराबर बोलशेविक बना रहा था, लाल-सेना में काम करता रहा था और अपने ज़िले में सोवियत-सत्ता का संगठन करने के लिए विद्रोह की आग के भड़कने से पहले अपनी रेजीमेंट में वापस आया था। इस समय जो तलवार उसके हाथ में थी, वह उसने एक अफ़सर के क्वार्टर्स की तलाशी लेते समय उड़ा दी थी, और परेड के मैदान के अलावा उसका कहीं कोई और इस्तेमाल न हो सकता था।

तो अपनी तलवार चमकाता और बड़े विश्वास के साथ अपना घोड़ा दौड़ाता वह सीधे ग्रिगोरी की ओर बढ़ा।

ग्रिगोरी ने दाँत निकाले और रासें उठाईं। घोड़े ने हुक्म माना और रफ्तार बढ़ा दी।

ग्रिगोरी की अपनी एक खास चाल थी और इस चाल का इस्तेमाल वह हमले के वक्त करता था। बात यह थी कि बचपन में वह बायाँ हाथ इस्तेमाल करने का आदी हो गया था। बाएँ हाथ से चम्मच थामता। यहाँ तक कि बाएँ हाथ से ही क्रॉस बनाता। इस पर पिता उसकी बार-बार मरम्मत करता और उसकी यह आदत छुड़ाना चाहता। लड़के उसे बयंहत्था ग्रीशा कहकर चिढ़ाते। शायद उस मार-पीट और चिढ़ाने का असर ही हुआ कि दस वर्ष की उम्र होने तक उसने सिर्फ बाएँ हाथ का इस्तेमाल बंद कर दिया। पर अपने बाएँ हाथ की कुशलता उसने बना रखी और उस हाथ के साथ-साथ दाहिने हाथ से भी हर काम करने लगा। पर, हमले के समय वह हमेशा ही अपने बाएँ हाथ की सफाई दिखलाता और कामयाबी उसे हर बार मिलती। वह दुश्मन के चुनिंदा घुड़सवार के मुकाबले के लिए अपना घोड़ा बढ़ाता और दाएँ हाथ से वार करने के लिए बाईं ओर से धँसता। दुश्मन भी यही करता। परन्तु जब उसके बीच कोई बीस गज़ फासला रह जाता और दूसरा आदमी तलवार चलाने को तैयार होकर आगे की ओर झुकता तो ग्रिगोरी अपना घोड़ा नचाकर तेज़ी से दाएँ ले आता। साथ ही तलवार हवा की तेज़ी से बाएँ हाथ में साध लेता। दुश्मन परेशान हो उठता। उसे लगता कि वह तलवार चलाएगा तो उसके अपने घोड़े का ही सिर साफ हो जाएगा। उसके सिर पर मौत खेलने लगी। इस बीच ग्रिगोरी उस बेबस आदमी पर भरपूर वार कर देता।

उम्रिखिन ने ग्रिगोरी को कभी 'बाकलानोव' वार सिखलाया था। पर तब से अब तक चीज़ें काफी बदल चुकी थीं। फिर पटेबाज़ी ऐसी नहीं कि हल चलाने की तरह सीखी जा सके। मगर उसने दो लड़ाइयों में हिस्सा लिया था और इस बीच उसका हाथ अच्छी तरह मँज गया था। वह इस कला में पूरी तरह दक्ष हो गया था।

ग्रिगोरी अपनी कलाई तेगबंद में कभी न फँसाता था, इसलिए पलक मारने-भर में एक तलवार हाथ से उछालकर दूसरे हाथ में ले लेता था। वह जानता था कि अगर कोई भरपूर वार सीधा न बैठा तो तलवार हाथ से दूर जा गिर सकती है और उसकी कलाई तक उखड़ सकती है। उसे एक ऐसी

चाल पता थी जो बहुत ही कम लोगों के पल्ले पड़ सकती थी। वह अपने विरोधी के हाथ का हथियार झटके से दूर फेंकवा सकता था और तलवार के हलके स्पर्श से उसका हाथ बिलकुल बेकार कर सकता था। ग्रिगोरी ने ठंडे इस्पात से आदमी को मार डालने से सम्बन्धित कला की जानकारी हासिल की थी।

पटेबाज़ी के अभ्यास के सिलसिले में कज़्ज़ाक के सधे हुए हाथ की तलवार से कटी बाँस की तिरछी लकड़ी जिस तरह बिना काँपे, बिना नीचे-ऊपर हुए, सीधी ज़मीन पर आती है और अपने बाँस की बगल में बालू पर आ गिरती है, ठीक वैसे ही सेमीग्लाज़ोव अपने पीछे हटते घोड़े से गिरा और वार की जगह पर हाथ रखे धीरे से काठी से नीचे सरक आया। ग्रिगोरी तुरन्त ही, अपनी काठी पर तना और रकाबों पर पैर जमाकर खड़ा हो गया। एक दूसरा आदमी अपने घोड़े की लगाम खींच न पाया और अंधे की तरह उसकी ओर बढ़ता चला आया। जानवर के नथुनों के झाग की बौछार ने उसके सवार को छिपा लिया, लेकिन उसकी तलवार का टेढ़ापन ग्रिगोरी को नज़र आया। उसने अपनी पूरी ताकत से घोड़े की लगाम खींची, वार झेला, दाएँ हाथ में रासें सम्हालते हुए वार का जवाब वार से दिया और उस साफ दाढ़ी-मूँछवाले आदमी की लाल गर्दन देखते-देखते उड़ा दी।

कज़्ज़ाक और लाल-फौजियों को चीरकर रास्ता बनाते और अपना घोड़ा दौड़ाते हुए साफ निकल जानेवाला ग्रिगोरी पहला रहा। फिर वह मुड़ा तो उसकी निगाह उमड़ते हुए घुड़सवारों के दल पर पड़ी। उसकी हथेली नसों के तनाव के कारण खुजलाने लगी तो उसने तलवार म्यान में रख ली, अपनी पिस्तौल झटके से हाथ में ले ली, और अपना घोड़ा पूरी रफ्तार पर वापस छोड़ दिया। कज़्ज़ाकों ने टेढ़ी-सीधी कतार में अपने घोड़े उसके पीछे दौड़ाए। बाद में जहाँ-तहाँ ही ग्रिगोरी ने सफेद पहियोंवाली टोपियाँ और टोपे घोड़े की गर्दनों पर नीचे झुके देखे। लोमड़ी की खाल की टोपी और भेड़ की खाल की जाकेट पहने एक सार्जेंट उसकी बगल में अपना घोड़ा दौड़ाता रहा। उसका एक कान और गाल ठोड़ी तक कट गया था और सीना ऐसा था जैसे कि कंडिया-भर पकी चेरियाँ उस पर फोड़ दी गई हों। उसके दाँत खून से तर थे।

लाल-फौजी भी डगमगाए। फिर, उनका दिल बढ़ा तो उन्होंने पीछे हटते कज़्ज़ाकों का पीछा किया। ऐसे में एक कज़्ज़ाक पिछड़ गया तो उसे जैसे हवा के झोंके ने ज़मीन पर ला पटका और घोड़ों की टापों ने रौंदकर बर्फ में मिला दिया। घुड़सवार गाँव, बगीचों के काले फैलाव, पहाड़ी के किनारे के क्रॉस और चौड़ी सड़क के पास पहुँचे। कज़्ज़ाक जहाँ छिपे थे, वह जगह अब दो सौ गज़ से ज्यादा दूर न रह गई। घोड़ों की पीठों से झाग और खून की धारें बहने लगीं। ग्रिगोरी ने अपना घोड़ा पूरी रफ्तार से दौड़ाते हुए पिस्तौल चलाने की कोशिश की। लेकिन, कारतूस फँस गया। इस पर पिस्तौल को केस में ठूँसते हुए उसने साथियों को चीखकर आगाह किया, "कतारों में बँट जाओ !"

कज़्ज़ाक-स्क्वैड्रनों की एक ठोस कतार किसी बड़े पत्थर से टकरानेवाली नदी की धार की तरह दो कतारों में बँट गई। नतीजा यह हुआ कि उनका पीछा करनेवाली लाल-फौजी घुड़सवारों के आगे किसी तरह की कोई आड़ न रही। इसी समय बाड़ के पीछे कज़्ज़ाक आग बरसाने लगे...पहली बार के बाद दूसरी बार की गोलियाँ बरसीं। चीख-पुकार मच गई। एक घोड़ा अपने लाल-सैनिक को लिए-दिए सिर के बल भहरा पड़ा। दूसरे के घुटने बेकार हो गए और उसने बर्फ में अपना सिर धँसा लिया। दूसरे तीन या चार लाल-फौजी अपनी-अपनी काठियों से नीचे चले आए। यानी, लाल-सैनिक जब तक अपने घोड़ों की रासें खींचें और घोड़े मोड़ें तब तक कज़्ज़ाकों ने अपनी सारी गोलियाँ ख़त्म कर दीं और उनकी राइफलों के मुँह बन्द हो गए। फिर, ग्रिगोरी पूरी आवाज़ से 'स्क्वैड्रन...' कह भी नहीं पाया कि हज़ार घोड़ों की टापें तेज़ी से बर्फ में मुड़ीं और कज़्ज़ाक दुश्मनों का पीछा करने लगे।

लेकिन, लाल-फौजियों का पीछा उन्होंने पूरे मन से नहीं किया। उनके घोड़े थक गए थे। सो, एक वर्स्ट की दूरी तय करने के बाद वे लौट लिए। राह में उन्होंने मरे हुए लाल-फौजियों के कपड़े उतार लिए और घोड़ों की पीठों पर से काठियाँ खोल लीं। एक बाज़ूवाले अलेक्सेइ-शमील ने खुद तीन जख़्मी

लाल-फौजियों को मार डाला। उसने उन्हें बाड़ की तरफ मुँह कर खड़ा होने को कहा और फिर एक-एक कर काटकर फेंक दिया। इसके बाद अपने मुँह में सिगरेट लगाए, कज़्ज़ाक लाशों के पास आ जमा हुए। तीनों के बदनों पर एक-से निशान नज़र आए। तीनों के धड़ हँसुली से लेकर कमर तक बीच से दो हो गए लगे।

"मैंने तीन की गिनती को छह में बदल दिया।" अलेक्सेइ ने आँखें चमकाते हुए अपनी डींग मारी। दूसरे कज़्ज़ाकों ने उसकी तारीफ करते हुए उसे सिगरेटें दीं और स्पष्ट आदर की भावना से उसकी मुट्ठी पर दृष्टि जमाई। मुट्ठी छोटी, पर पेठे की तरह कड़ी लगी। फूलते हुए सीने की मांसपेशियाँ ट्यूनिक के अन्दर से झाँकती मालूम हुईं।

घोड़े बाड़ के पास खड़े होकर पसीना छोड़ने लगे। उनकी पीठों पर बरानकोट फैले रहे। कज़्ज़ाकों ने काठियों के बंद कसे और पानी पीने के लिए कुएँ पर पारी-पारी से आने लगे। कितनों को तो अपने थकान से चूर घोड़ों को लगाम पकड़कर घसीटना पड़ा।

ग्रिगोरी, घोड़े पर सवार प्रोखोर और दूसरे पाँच कज़्ज़ाकों के साथ, सबसे आगे रहा। इस बीच जैसे कि एक पट्टी उसकी आँखों से उतर गई। उसने देखा कि फिर हमले से पहले की तरह ही धरती पर सूरज की धूप बिखरी हुई है, बर्फ गल रही है, गाँव में गौरैयाँ चहचहा रही हैं और वर्ष के प्रवेश-द्वार पर खड़ा वसन्त अपनी मधुरतम सुगन्धियाँ लुटा रहा है। ज़िन्दगी ग्रिगोरी के पास लौट आई। न वह मुरझाई और न हाल के खूनखराबे के कारण उसके गालों पर झुर्रियाँ पड़ीं। वह तो साथ की खुशियों के कारण और भी अधिक आकर्षक लगी, हालाँकि इन खुशियों की उम्र कम ही थी और इनमें मृग-स्वप्न जड़े हुए थे।

धरती की बर्फ के पिघलने पर कहीं अगर कुछ भी बर्फ रह जाती है तो वह इस तरह उजली लगती है और इस तरह चमकती है कि आदमी भुलावे में पड़ जाता है।

38

विद्रोह, बाढ़ के पानी की तरह बढ़ा और फैला। दोन के किनारे के सभी गाँव और पूर्व की स्तेपी का चार सौ वर्स्ट का इलाका उसने अपनी लपेट में ले लिया। पचीस हज़ार कज़्ज़ाक घोड़ों पर सवार हो गए। दोन-प्रदेश के ऊपरी हिस्से के गाँवों ने दस हज़ार पैदल दिए।

लड़ाई अब एकदम नई परिस्थितियों में लड़ी गई। दोनेत्स के किनारे नोवोचेरकास्क का पूरा मोर्चा दोन की श्वेत-सेना ने सम्हाला और ऐसी तैयारी की कि फैसला अब इधर हो या उधर ! दूसरी तरफ, श्वेत-सेनाओं का विरोध करनेवाली आठवीं और नवीं लाल-सेनाओं के पार्श्व भाग में एक ऐसा विद्रोह उठ खड़ा हुआ जो ख़त्म होने को ही न आया। इससे दोन क्षेत्र पर अधिकार करने का कठिन कार्य और भी दुश्वार हो उठा।

अप्रैल में क्रान्तिकारी सैनिक परिषद् को श्वेत सेना से सम्बद्ध लोगों की बगावत की धमकी का सामना करना पड़ा। फैसला किया गया कि पहले इसके कि बागी पीछे से लाल-मोर्चा तोड़ दें और श्वेत-सेना के साथ मिल जाएँ, उन्हें कुचल देना है, और जैसे भी हो कुचल देना है। सो इस काम के लिए मँजी-से-मँजी सेनाएँ भेजी गईं, यानी भेजे गए बाल्टिक और काला सागर बेड़े के नौसैनिक, कसौटी पर कसी हुई, विश्वसनीय रेजीमेंटें, बख्तरबन्द गाड़ियों के फौजी और बहादुर-से-बहादुर घुड़सवार यूनिटें। साथ ही बोगुचान्स्काया-डिविज़न की पाँच रेजीमेंटें संगीनों से लैस कोई आठ हज़ार फौजियों की एक सेना!, कई बैटरियाँ और पाँच सौ मशीनगनें दोनेत्स के मोर्चे से उधर भेज दी गईं। विद्रोहियों के मोर्चे के कज़ानवाले हिस्से में रयाज़ान और ताम्बोव के लाल-फौजियों ने लड़ाई पूरी ताकत से लड़ी और बड़ी बहादुरी दिखलाई। बाद में मास्को- फौजी-कॉलेज के सदस्य उनसे आ मिले। लातविक के हलके पैदल

फौजियों ने शुमिलिन्स्काया में विद्रोहियों से लोहा लिया।

बागी कज़्ज़ाकों के पास फौजी साज-सामान की कमी हो गई। पहले तो राइफलें कम पड़ीं, और बाद में गोलियाँ बाकी न बचीं। उन्हें खून की कीमत पर, हमलों या रातों के छापों से जीत लेने का सवाल सामने आया, और फिर उन्हें जीत लिया गया। 1919 की अप्रैल में विद्रोही राइफलों से पूरी तरह लैस रहे। उनके पास आठ बैटरियाँ और डेढ़ सौ मशीनगनें थीं।

विद्रोह के आरम्भ में व्येशेन्स्काया के फौजी गोदाम में पचास लाख खाली कारतूस गिने गए। सो क्षेत्रीय सोवियत ने सभी लोहारों, ताला-लोहारों और बन्दूक बनानेवालों को ले लिया और गोलियों का एक कारखाना जमा किया। लेकिन, सीसा ही नहीं मिला, गोलियाँ ढालने के लिए कोई दूसरी चीज़ भी न मिली। इस पर क्षेत्रीय सोवियत की पुकार पर सभी गाँव अपने-अपने यहाँ का रिज़र्व सीसा और ताँबा जमा करने लगे। स्टीम मिलों के सीसे के सभी हिस्से हासिल कर लिए गए और घुड़सवारों ने संक्षिप्त अपील गाँव-गाँव पहुँचाई। अपील इस प्रकार थी–

'आपके पतियों, बेटों और भाइयों के पास राइफल हैं, मगर गोलियाँ नहीं हैं। वे पापी दुश्मन से जो पाते हैं, उसी से अपना काम चलाते हैं। इसलिए गोलियाँ ढालने के लायक जो कुछ भी आपके पास हो, दे दीजिए। नाज की ओसाई की मशीनों से सीसे की चलनियाँ ले आइए और दे दीजिए।'

एक हफ्ते के अन्दर-अन्दर ओसाई की एक मशीन में एक चलनी बाकी न रही। जिले-भर की चलनियाँ इकट्ठी हो गईं। औरतों ने उपयोगी और अनुपयोगी सभी चीज़ें ग्राम-सोवियतों में पहुँचा दीं। लड़ाई के स्थानों के आसपास के गाँवों के लड़कों ने दीवारों में लगी गोलियाँ खोद डालीं और तोप के गोलों के टुकड़ों की तलाश में ज़मीन उलटकर रख दी। लेकिन इस कार्रवाई में भी एकरूपता न रही। गाँवों की कुछ ज़्यादा गरीब औरतों ने अपने बचे-खुचे बरतन-भाँडे बचाने की कोशिश की तो उन्हें गिरफ्तार कर लिया गया और 'लाल-फौजियों के साथ हमदर्दी दिखलाने' के अपराध में व्येशेन्स्काया भेज दिया गया। तातारस्की में घनी, बड़ी उम्र के कज़्ज़ाकों ने अभी-अभी रेजीमेंट से लौटे, एक कमउम्र कज़्ज़ाक की खासी मरम्मत की, क्योंकि असावधानी में वह ज़ोर से कह गया कि गरीब क्यों करें, अमीर लोग अपनी ओसाई की मशीनें खराब करें। हो सकता है कि किसी वजह से वे बरबादी से ज़्यादा लाल-फौजियों से डरते हों...

दूसरी ओर, सीसे का अम्बार-का-अम्बार व्येशेन्स्काया की वर्कशॉप में गलाया गया, लेकिन गोलियों के तैयार होने पर गिलट की केसिंग का सवाल उठा। फिर ये गोलियाँ भी गलने लगीं और दागी गईं तो अध-पिघली हालत में ढहानों से उड़ीं। नतीजा यह कि सिर्फ तीन सौ गज़ तक मार कर सकीं। लेकिन जिन्हें लगीं वे ऐसे जख़्मी हुए कि बस !

पैंतीस हज़ार बागियों की पाँच डिविज़नें और एक छठी, विशेष, ब्रिगेड बनाई गई। ग्रिगोरी मेलेखोव ने चिर-नदी के किनारे की पहली डिविज़न की कमान सम्हाली। उसके मोर्चे के एक हिस्से को दोनेत्स के मोर्चे से वापस लाई गई लाल-टुकड़ियों के हमले का ज़ोर बर्दाश्त करना पड़ा। इस पर भी, उसे न सिर्फ दुश्मन का दबाव ख़त्म करने में कामयाबी मिली, बल्कि उसने ज़रा कम यकीन के लायक दूसरी डिवीज़न की घुड़सवारों और पैदल-फौजियों की कुमुक से मदद भी की।

विद्रोह विफल हो गया और खोपर और उस्त-मेदवेदित्सा के ज़िलों तक फैल नहीं सका, हालाँकि वहाँ के लोग जोश से उबलते रहे और वहाँ से बार-बार पैगाम आए कि कज़्ज़ाकों को उबारने के लिए बुजुलक और खोपर के ऊपर के इलाकों में फौज़ें भेज दी जाएँ। बात यह हुई कि कज़्ज़ाक कमान ने ऊपरी दोन-प्रदेश के आगे सेना भेजने का खतरा मोल न लिया। उसे इस बात का खयाल बराबर रहा कि खोपर-कज़्ज़ाकों का बहुमत सोवियत-शासन का समर्थक है, और उस सरकार के खिलाफ हथियार कभी न उठाएगा। उस पर जो कज़्ज़ाक सन्देश लेकर आए उन्होंने कोई खास भरोसा न दिलाया और यह बात मानी कि लाल-फौजियों से असन्तुष्ट कज़्ज़ाकों की गिनती बहुत थोड़ी है, अलग-अलग जिलों

के कोने-कतरों में बच रहे फौजी अफ़सर कहीं जाकर छिप गए हैं, मोर्चे के फौजी या तो घरों में हैं या लाल-फौजों के साथ हैं और बड़े-बूढ़ों में न तो उतनी ताकत है और न आज जिलों में उनकी पहले-जैसी इज़्ज़त है।

दक्षिण के उक्रइनी ज़िलों में लाल-फौजियों ने जवानों की भर्ती की थी और वे पूरे उत्साह और लगन से बागियों से लोहा ले रहे थे।

इस प्रकार विद्रोह ऊपरी दोन-प्रदेश तक सीमित रहा और कमांडर से लेकर आम फौजी तक के सामने यह बात दिनों-दिन साफ होती गई कि वे अपने घर-बार की रक्षा बहुत दिनों तक कर न पाएँगे। लाल-फौज देर-सवेर दोनेत्स के मोर्चे से लौटेगी और उन्हें कुचलकर रख देगी।

अठारह मार्च को ग्रिगोरी मेलेखोव को सर्वोच्च कमान से सलाह-मशविरा करने के लिए बुलाया गया। उसने अपनी डिवीज़न की कमान अपने सहायक र्याबचिकोव को सौंपी और तड़के ही अपने अर्दली के साथ रवाना हो गया। वह स्टाफ-हेडक्वार्टर्स में पहुँचा तो कमांडर कुदिनोव, अलेक्सेयेव ज़िले के एक सन्देशवाहक से सवाल-जवाब करता मिला। वह अपने डेस्क के पीछे की कुर्सी पर गठरी बना अपनी काकेशियाई पेटी का सिरा हाथों से ऐंठता दिखाई दिया। उसने कई रातों के जागरण के कारण सूजी हुई, नींद से जल रही आँखें ऊपर न उठाईं। पूछा, "और, खुद तुम क्या सोचते हो इस मामले में ?"

"मैं, मैं भला..." कज़्ज़ाक हिचकिचाया, "मैं भला क्या कह सकता हूँ ? मैं भी वही सोचता हूँ जो दूसरे लोग सोचते हैं। और आप तो जानते हैं कि लोगों की हालत क्या है। वे डरते हैं। सिर उठाना वे चाहते हैं, मगर डरते हैं।"

"सिर उठाना वे चाहते हैं, मगर डरते हैं !" कुदिनोव क्रोध से चीखा। उसका चेहरा पीला पड़ गया और वह अपनी कुर्सी से इस तरह उछला जैसे कि सहसा ही नीचे आग दहक उठी हो, "तुम सब मर्द नहीं हो, छोकरियाँ हो...छोकरियाँ, जी तो चाहता है, मगर दिल डरता है...माँ इजाज़त नहीं देगी ! समझे. ..खैर...तुम अपने ज़िले को वापस जाओ, और अपने यहाँ के बड़े-बुजुर्गों से कह दो कि जब तक वे खुद कदम न उठाएँगे, हम एक फौजी वहाँ न भेजेंगे ! लाल-फौजी चाहें तो एक-एक करके सबको फाँसी पर चढ़ा दें।"

कज़्ज़ाक अपने वज़नी हाथ से सिर के पिछले हिस्से में जमी, लोमड़ी की खाल की लाल टोपी टटोलने लगा। खाइयों की वसन्त के दिनों की बाढ़ के पानी की तरह उसका माथा पसीने से भर गया। पलकें तेज़ी से झँपने लगीं और उसके चेहरे पर एक कटु मुस्कान दौड़ गई, "जंगली घोड़े वहाँ काम न देंगे, यह बात मैं जानता हूँ...लेकिन सारा सवाल तो यह है कि काम किसी तरह शुरू हो...सारा दारोमदार सिर्फ शुरुआत पर है..."

ग्रिगोरी यह सारी बातचीत बहुत ही ध्यान से सुनता रहा। पर, इसी समय एकाएक दरवाज़ा खुला और भेड़ की खाल की जैकेट पहने, छोटे कद का, काले गलमुच्छों वाला एक आदमी अन्दर आया तो वह एक ओर को हो गया। उस आदमी ने झुककर कुदिनोव का अभिवादन किया और अपनी हथेली से गाल टिकाकर मेज़ के किनारे बैठ गया। ग्रिगोरी यों तो स्टाफ के सभी लोगों को जानता था, पर इस व्यक्ति को उसने नहीं पहचाना, और उसके नाक-नक्शों के उभार, पक्के पड़े चेहरे, कोमल हाथों की सफेदी पर उसकी नज़र जम गई।

कुदिनोव ने नवागन्तुक की ओर आँखों से इशारा करते हुए, ग्रिगोरी से कहा, "मेलेखोव, यह कॉमरेड गिओरगिदज़े हैं...यह..." वह ठिठका। उसने अपनी पेटी का चाँदी का काकेशियाई बकसुआ ऐंठा और सन्देशवाहक की ओर मुड़ते हुए बोला, "बस, तो...तुम जा सकते हो। हम लोगों को कुछ काम की बातें करनी हैं। तुम जाओ और जिसने भी तुम्हें भेजा हो उससे कह दो, जो मैंने तुमसे कहा है।"

कज़्ज़ाक कुर्सी से उठा तो लोमड़ी की खाल की उसकी टोपी छत से लगभग छू गई। आदमी के कन्धों ने सारी रोशनी रोक ली तो कमरा छोटा और घुटन से भरा लगने लगा।

''मदद के लिए आया था यह ?'' ग्रिगोरी ने पूछा। उसे उस काकेशियन से हाथ मिलाते समय, जो बुरा-बुरा-सा लगा, उसका ध्यान अब तक रहा।

''हूँ, मदद चाहिए ! मदद के लिए ही आया था...लेकिन, देखिए न कि...'' कज़्ज़ाक ने अपनी आग्रह-भरी आँखें, प्रसन्नता से ग्रिगोरी की ओर मोड़ीं। उसका लाल चेहरा पसीने से इस तरह भीग गया था कि उसकी दाढ़ी और झूलती हुई लाल मूँछ के बालों में सफेद गुरियाँ-सी बिखरी लग रही थीं।

''तो आपको सोवियत हुकूमत भी पसन्द नहीं ?'' ग्रिगोरी ने अपने सवाल जारी रखे, और ऐसा बना जैसे कि कुदिनोव की मुद्राओं की अधीरता उसने देखी ही नहीं, समझी ही नहीं।

''यह हुकूमत कोई ऐसी बुरी न रहेगी, मेरे भाई !'' कज़्ज़ाक ने विचारों में डूबते हुए कहा, ''लेकिन बदतर सूरतें भी सामने आ सकती हैं।''

''आपके यहाँ कुछ गोली-वोली चलाई उन लोगों ने ?''

''ईश्वर बचाए, उन लोगों ने गोली-वोली कुछ नहीं चलाई, सिर्फ अनाज लिया, घोड़े वसूले और जिन्होंने उनके खिलाफ होंठ खोले, उन्हें गिरफ्तार कर लिया। लेकिन, कुल मिलाकर, उनका भोंकना उनके काटने से बुरा रहा।''

''अगर हमने फौजें भेज दी होतीं तो क्या आप बगावत कर देते–आप सब-के-सब उनके खिलाफ तनकर खड़े हो जाते ?''

कज़्ज़ाक की छोटी-छोटी आँखें चालाकी से सिकुड़ीं और ग्रिगोरी की निगाह से बचीं। टोपी झुर्रियों से भरे, माथे पर चली आई।

''यह...यह तो मैं कैसे जान सकता हूँ...हाँ, यह है कि जो अच्छे किसान होते, वे तो बगावत कर ही देते।''

''गरीब लोगों का रवैया क्या रहता ?'' ग्रिगोरी ने आखिरकार उसकी निगाह पकड़ ली। उस समय उसमें बाल-सुलभ विस्मय लहरें लेता दिखाई दिया।

''उन आवारों से मतलब है आपका ?...वे भला इस मुसीबत में कहाँ पड़ने लगे...उनके लिए सरकार का मतलब है, हर तरह की छुट्टी और पूरी तरह छुट्टी।''

''तो, अब तुम आखिर क्या कह रहे थे, अहमक कहीं के ?'' कुदिनोव गुस्से से गरजा। उसकी कुर्सी चरमरा उठी, ''तुम यहाँ किसलिए आए थे ? कहाँ है तुम्हारी बगावत ? यह कि तुम सब-के-सब रईस हो ?...दो या तीन अमीर किसानों से बगावत नहीं हुआ करती !...निकल जाओ यहाँ से !...अभी चूतड़ों में सुइयाँ नहीं चुभी हैं। चुभ जाएँगी तो पीछे के पैरों के बल उठकर खड़े हो जाओगे...हमारी मदद की ज़रूरत नहीं पड़ेगी...दूसरों के हाथ गन्दे करवाने की आदत पड़ गई है, खुद तिनपतिया के बीच रहना चाहते हो, ऐसे सूअर हो ! जाओ, निकल जाओ यहाँ से, तुम्हें देखकर मुझे मितली आती है।''

ग्रिगोरी के माथे पर बल पड़े। वह एक ओर को चला गया। कुदिनोव के चेहरे की लाल सूजन और बढ़ गई। गिओरगिदज़े ने अपनी मूँछें ऐंठीं और उसकी नुकीली नाक के नथुने फूल उठे।

''अगर बात यह है तो मुझे अफसोस है''...कज़्ज़ाक ने टोपी उतारते हुए कहा, ''लेकिन आपको मुझे पर इस तरह चीखने-चिल्लाने की ज़रूरत नहीं, हुज़ूर ! मैं तो आपके बुजुर्गों का पैगाम-भर लेकर आया था, और अब आपने जो जवाब दिया है, वह उन लोगों तक पहुँचा दूँगा। लेकिन आप इस तरह बरसें नहीं। पहले हम पर श्वेत-गार्ड बरसे, फिर लाल-फौजी बरसे और अब आप आँखें दिखला रहे हैं। उफ, हमारी ज़िन्दगी इन दिनों कैसी दुश्वार हो उठी है !'' उसने क्रोध से टोपी अपने सिर पर पटकी, दबा-सिकुड़ा बरामदे में आया और दरवाज़ा बन्द कर दिया। लेकिन यहाँ वह गुस्से के कारण आपे में

न रहा और उसने बाहर का दरवाज़ा इस तरह भड़ाक से मारा कि छत का पलस्तर छूटकर गिर पड़ा।

"आजकल लोग भी क्या-क्या नज़र आते हैं !" आदमी के बाहर जाते ही कुदिनोव ने अपने को सम्हाला और मुस्कुराते हुए बोला, "1917 की बहार में मैं एक बार सवारी से, ज़िले के बीच के इलाके की तरफ जा रहा था। ज़माना बोआई का था। ईस्टर के आसपास के दिन थे। हमारे आज़ाद कज़्ज़ाक-जवान बोआई में लगे हुए थे। वे अपनी आज़ादी के नशे में चूर थे और सड़क-भर में जोताई कर रहे थे, जैसे कि ज़मीन उनके पास कुछ कम रही हो। मैंने यह देखा तो ऐसे एक कज़्ज़ाक को पास बुलाया। वह आया। मैंने कहा, 'क्या बात है, तुम सड़क पर जोताई क्यों कर रहे हो ?'—आदमी घबरा गया। बोला, 'अब ऐसा नहीं करूँगा और ज़मीन फिर से बराबर कर दूँगा।'...फिर, इसी तरह मैंने दो-तीन को और डपटा। लेकिन थोड़ा आगे बढ़ा तो सड़क फिर जुती देखी और जोतनेवाले को हल के साथ पाया। मैंने आवाज़ दी—'ए, यहाँ आओ !' आदमी पास आया। मैं गरजा, 'किसने तुम्हें यह हक दिया है कि तुम सड़क तक जोतकर फेंक दो ?' देखने में मज़बूत बदनवाले उस छोटे कद के कज़्ज़ाक ने मुझे घूरकर देखा और उसकी आँखें क्रोध से जलने लगीं। उसने मुँह से कुछ नहीं कहा। चुपचाप अपने बैलों के पास गया। एक लोहे का छड़ उठाकर दौड़ता हुआ वापस आया, मेरी गाड़ी का बाजू कसकर पकड़ा और पायदान पर पैर जमाते हुए चीखकर बोला, 'कौन हो तुम, और कब तक हमारा खून ऐसे ही चूसते रहोगे ? मैं अभी तुम्हारी खोपड़ी चूर-चूर करके रख दूँगा।'...और उसने छड़ तान लिया। मैं बोला, 'अरे, अरे, इवान, यह क्या ? मैं तो हँसी कर रहा था तुमसे !'...उसने जवाब दिया, 'इस वक्त मैं इवान नहीं हूँ, बल्कि इवान ओसिपोविच हूँ। और अगर तुम मुझसे कायदे से बात न करोगे तो मैं तुम्हारा मुँह कुचल डालूँगा !'...यानी, बिल्कुल यही किस्सा इस वक्त इस कज़्ज़ाक का हुआ। कैसे झींका, किस तरह रिरियाया और आख़िर में किस तरह अपनी-सी पर उतर आया। लोग एक बार फिर अपने को कुछ समझने लगे हैं।"

"समझने-वमझने कुछ नहीं लगे हैं...इनके अन्दर की बदमाशी और लुच्चापन उभर आया है। लुच्चेपन को आज कानून का दर्जा मिल गया है।" काकेशियाई-अफ़सर ने शांत-भाव से कहा और दूसरों को विरोध का अवसर न देकर यह विषय ही समाप्त कर दिया। बोला, "तो अब कान्फ्रेंस का काम शुरू कीजिए...मैं आज ही अपनी रेजीमेंट को लौट जाना चाहूँगा।"

कुदिनोव ने उँगलियों के गट्टों से दीवार बजाई और फिर ग्रिगोरी की ओर मुड़ा। बोला, "तुम आज यहीं रहना। कुछ सलाह-मशविरा होगा आपस में। कहावत जानते हो न कि एक अक्ल से दो अक्लें कहीं अच्छी होती हैं। किस्मत की ही बात समझो कि कॉमरेड-गिओरगिदज़े व्येशेन्स्काया ज़िला छोड़कर नहीं गए हैं। यह हमारी बड़ी मदद कर सकेंगे। यह लेफ्टिनेंट-कर्नल हैं और इन्होंने स्टाफ-ट्रेनिंग कॉलेज में बाकायदा ट्रेनिंग पाई है।"

"आपने क्या किया कि आप व्येशेन्स्काया में ही बने रह सके ?" अन्दर से चौकन्ना और सावधान होते हुए ग्रिगोरी ने गिओरगिदज़े से पूछा। सवाल क्यों किया यह बतलाना ज़रा मुश्किल ही रहा।

"मुझे टाइफ़स हो गया था। यानी, उत्तरी मोर्चे से फौजों ने पीछे हटना शुरू किया तो इस तरह मैं दुदोरेव्स्की में ही छूट गया।"

"किस रेजीमेंट में थे आप ?"

"मैं मोर्चे पर नहीं था, बल्कि एक खास ग्रुप के स्टाफ के साथ था।"

ग्रिगोरी ने तो आगे भी कुछ सवाल करने चाहे, मगर काकेशियन के चेहरे के भावों ने उसे और कुछ पूछने से रोक दिया और उसने अपना अगला वाक्य अधूरा ही छोड़ दिया।

एक-दो मिनट बाद चीफ़-ऑफ़-स्टाफ़ सैफोनोव और चौथी कज़्ज़ाक डिवीज़न और छठी स्पेशल-ब्रिगेड के कमांडर आए। फिर कान्फ्रेंस शुरू हुई। कुदिनोव ने उन्हें संक्षेप में मोर्चे की स्थिति से अवगत कराया। इसके बाद सबसे पहले काकेशियन खड़ा हुआ। उसने धीरे-धीरे मेज़ पर एक नक्शा बिछाया

और हलके से स्वराघात के साथ बड़े प्रवाह से बोलना शुरू किया, "मेरा ख्याल है कि शुरू-शुरू में मेलेख़ोव के डिवीज़न और स्पेशल ब्रिगेड के इलाके में हमें तीसरी और चौथी डिवीज़नों की कुछ रिज़र्व टुकड़ियाँ भेज देनी चाहिए। हमें जो कुछ जानकारी है, उससे और कैदियों से हमने जो कुछ पूछताछ की है, उससे साफ है कि लाल-फौजियों की कमान इस खास इलाके पर किसी बड़े हमले की तैयारी कर रही है। हमें पता चला है कि वह तीन बैटरियों और उनके साथ ही मशीनगन-टुकड़ियों के साथ दो घुड़सवार रेजीमेंट और पाँच स्पेशल मशीन की टुकड़ियाँ भेज रही है। उनके फौजियों की गिनती में इस तरह मोटे तौर पर साढ़े पाँच हज़ार लोग बढ़ जाएँगे। ऐसी हालत में साज-सामान के अच्छे-बुरे होने की बात छोड़ दें, तो भी गिनती में वे हमसे कहीं ताकतवर हो जाएँगे।"

दक्षिण से सूरज की पीली किरणें कमरे में उमड़ीं। तम्बाकू के धुएँ का एक बादल छत से लटक गया और जम गया। घर की उगी तम्बाकू की गन्ध में बूटों की नमी मिल गई। धुएँ के ज़हर से बौखलाकर एक मक्खी बेचैन हो उठी और कहीं छत के आसपास भनभनाने लगी। दो रातों तक चौकसी करने के कारण ग्रिगोरी ऊँघने-सा लगा, और नींद से भरी आँखों से खिड़की के बाहर देखने लगा। कमरे की ज़रूरत से ज़्यादा गर्मी ने, थकान के साथ मिलकर उसकी इच्छा-शक्ति और चेतना पर एक नशा-सा मढ़ दिया। बाहर वसन्ती हवा के झोंके नाचते रहे, पहाड़ी के सिरों की बची हुई, चमचमाती बर्फ गुलाबी रंग की झाई मारती रही; और दोन पार के चिनार हवा में इस तरह झूमते रहे कि ग्रिगोरी को उनकी गहरी फुसफुसाहट अपने कानों में पड़ती लगी।

काकेशियन की साफ और ज़ोरदार आवाज़ ने उसका ध्यान अपनी ओर खींचा तो उसने बरबस उसकी बात सुननी चाही। नतीजा यह हुआ कि पता भी न चला और नींद जैसे आई थी, वैसे ही हवा हो गई।

"दुश्मन ने पहले डिवीज़नवाले मोर्चे में अपना ज़ोर कम कर दिया है, और वह एक पक्के इरादे के साथ मिगुलिन्स्क मेशकोव लाइन में बढ़ने की कोशिश कर रहा है। यह बात हमें आगाह करती है कि हम चौकन्ने रहें। मेरा खयाल है कि..." वह 'कॉमरेड' शब्द पर हकलाया, अपनी बात कहने में अपने गोरे, ज़नाने हाथ की मुद्राओं से मदद लेने लगा और फिर तेज़ आवाज़ में बोला, "मेरे खयाल से कुदिनोव और सैफोनोव भयंकर भूल कर रहे हैं कि वे लाल-फौजियों की कार्रवाइयों की गहराई समझ नहीं रहे और मेलेख़ोव वाले इलाके की फौजी ताकत को घटा देने की बात सोच रहे हैं। यह तो लड़ाई के कायदों का क, ख, ग है कि दुश्मन के किसी इलाके से पहले अपनी फौजें हटा लीजिए और जब खतरा ख़त्म समझकर दुश्मन अपनी फौजी ताकत कम कर दे तो उस पर पूरे ज़ोर-शोर से टूट पड़िए..."

"लेकिन मेलेख़ोव को रिज़र्व-रेजीमेंटों की ज़रूरत नहीं..." कुदिनोव ने बीच में बात काटी।

"बात इसकी उलटी है। हमारे पास रिज़र्व रेजीमेंटें तो होनी ही चाहिए कि दूसरी रेजीमेंटें टूट जाएँ तो हम उन्हें उनकी जगह दे दें।"

"लगता है कि कुदिनोव मुझसे यह पूछना ही नहीं चाहते कि मैं अपनी रिज़र्व रेजीमेंटें दूँगा भी या नहीं ?" ग्रिगोरी ने गुस्से से लाल होते हुए कहा, "लेकिन जहाँ तक मेरा सवाल है, मैं उन्हें देने को तैयार नहीं हूँ—एक स्क्वैड्रन भी देने को तैयार नहीं हूँ।"

"क्यों, भाई, यह तो..." सैफोनोव ने अपने पीले गलमुच्छों पर हाथ फेरते हुए, मुस्कुराकर कहना शुरू किया, "भाई का इस बात से कोई ताल्लुक नहीं। मैं रिज़र्व रेजीमेंटें देने को तैयार नहीं हूँ, और नहीं दूँगा, और बस ! इतना ही कहना है मुझे !"

"लड़ाई के मुहरों के खयाल से..."

"मुझसे लड़ाई के कायदों और मुहरों की बात न कीजिए। मेरे इलाके और मेरे अपने साथ के फौजियों की ज़िम्मेदारी मुझ पर है।" ग्रिगोरी ने मुँहतोड़ जवाब दिया।

पर इस तरह सहसा ही जो विवाद उठ खड़ा हुआ, उसका अन्त गिओरगिदज़े ने कर दिया। उसने अपनी लाल पेंसिल से मोर्चे का खतरेवाला हिस्सा नक्शे पर दिखलाया। दूसरे ही क्षण लोग एक-दूसरे से सिर सटाकर नक्शा देखने लगे, और सभी की समझ में यह बात साफ-साफ आ गई कि लाल कमान जिस हमले की तैयारी में लगी हुई है, वह सिर्फ दक्षिणी-क्षेत्र पर हो सकता है क्योंकि वह दोन से लगा हुआ है, और संचार की दृष्टि से काफी फायदे का है...

कान्फ्रेंस एक घंटे में ख़त्म हो गई। चौथे डिवीज़न का मनमौजी बहुत ही कम पढ़ा-लिखा कमांडर कोन्द्रात-मेदवेदेव पूरी बहस के वक्त तो मुँह सिए बैठा रहा, पर जब बात खात्मे पर आई तो अपने चारों ओर अविश्वास से देखता हुआ बोला, ''मेलेखोव की मदद के लिए हम रिज़र्व रेज़ीमेंटें भेज सकते हैं। इसमें ऐसी कोई बात नहीं। पर मुझे तो एक बात की परेशानी हो रही है, और वह यह कि मान लीजिए कि दुश्मन तमाम मोर्चों पर एकसाथ ही हमला कर दे तब क्या होगा ? यानी, हमारे तो हाथों के तोते उड़ जाएँगे और हमारी समझ में कुछ न आएगा कि हम करें तो करें क्या। हमारी हालत ऐसी हो जाएगी जैसे किसी छोटे ज़जीरे (द्वीप) पर पकड़े गए साँपों की।''

''साँप तो तैर भी सकते हैं, मगर हम तैरकर कहाँ जाएँगे !'' उनमें से एक ने हँसते हुए कहा।

''इस सवाल पर हमने ग़ौर कर लिया है।'' कुदिनोव ने विचारों में डूबते हुए कहा, ''लेकिन, अगर वह सूरत पैदा होती है तो जो लोग हथियार नहीं सम्हाल सकते, हम उन्हें छोड़ देंगे। साथ ही अपने-अपने खानदानों को भी जहाँ-का-तहाँ छोड़ेंगे और जैसे भी होगा दोनेत्स की तरफ बढ़ेंगे। हमारी फौज कोई ऐसी छोटी नहीं है। हमारे फौजियों की गिनती तीस हज़ार है।''

''लेकिन कैडेट ले जाएँगे हमें ? उन्हें ऊपरी दोन के कज़्ज़ाकों से हज़ार शिकायतें पहले से हैं।''

''इस तरह के पचड़े लेकर इस वक्त न बैठिए...इस तरह की बातों से कोई फायदा नहीं।'' ग्रिगोरी ने टोपी सिर पर रखी और बाहर निकल आया। उसने दरवाज़ा बंद किया कि गिओरगिदज़े के शब्द उसके कानों में पड़े—

''व्येशेन्स्काया के कज़्ज़ाक और हमारे दूसरे फौजी अगर बोल्शेविकों से डटकर लोहा लेंगे तो दोन और रूस के मामले में उन्होंने जो भी गुनाह किया है, वह सब धुल जाएगा...''

'ऐसा यह कहता-भर है, लेकिन मन में इसके कुछ और है...आस्तीन का साँप है यह !' ग्रिगोरी ने मन-ही-मन सोचा, और, उससे पहली बार मिलते ही उसे जिस तरह की आन्तरिक चिन्ता और अकारण क्रोध का अनुभव हुआ था, वैसा ही अनुभव एक बार फिर हुआ।

दरवाज़े पर उससे कुदिनोव आ मिला। फिर दोनों साथ-साथ दो-एक मिनट तक चुपचाप चलते रहे। लीद से भरे चौक के गढ़े-गढ़ैया में हवा पानी की लहरों को रह-रहकर छेड़ रही थी। साँझ विदाई लेने लगी। गर्मी के गोल-गोल भारी-भारी बादल हंसों की तरह दक्षिण की ओर से तैरते आए। बर्फ को विदा दे चुकने के बाद धरती की नमी से महक में एक गमक-सी अनुभव हुई। बाड़ों के नीचे की घास हरियाने लगी। और ऐसे में ग्रिगोरी ने सचमुच दोन के पार के चिनारों की उत्तेजना से भरी फुसफुसाहट सुनी।

''दोन की बर्फ जल्दी ही टूटेगी।'' कुदिनोव बोला।

''हाँ...''

''भाड़ में जाए...लगता है कि हम तो सिगरेट का मज़ा लिए बिना ही मर जाएँगे...इस वक्त घर की उगी एक तम्बा तम्बाकू चालीस केरेन्स्की-रूबलों में आती है।''

''सुनिए,'' ग्रिगोरी ने झटके से पूछा, ''काकेशियनों का वह अफ़सर भला यहाँ क्या कर रहा है !''

''तुम्हारा मतलब गिओरगिदज़े से है। फौजी कार्रवाइयों के महकमे का मुखिया है वह। शैतान बड़े दिमागवाला है ! वही तो सारी स्कीमें तैयार करता है...लड़ाई की चालों और दाँव-पेंचों के मामले में वह हम सबके कान काटता है।''

"वह क्या हमेशा व्येशेन्स्काया में ही तैनात रहता है ?"

"नहीं, हमने उसे चेरनोव्स्की-रेजीमेंट की मालगाड़ी का काम सौंपा है।"

"अगर ऐसा है तो वह सारी बातें जानता कैसे रहता है ?"

"वह घोड़े पर सवार होकर, करीब-करीब हर रोज़ ही व्येशेन्स्काया जाता रहता है।"

"तुम उसे यहाँ क्यों नहीं रखते ?" ग्रिगोरी ने पूछा और मामले की तह तक पहुँचने की कोशिश की।

कुदिनोव खाँसा, मुँह पर हाथ रखा और ज़रा हिचकिचाते हुए जवाब दिया, "कज़्ज़ाकों के मोर्चे के मामले में यह कदम उठाना बाजिब नहीं रहेगा। तुम तो जानते हो कि कैसे हैं वे लोग ! वे कहेंगे, 'अफ़सर फिर गद्दियों पर बैठने लगे।' अब वे चाहेंगे कि हम भी उन्हीं की लकीर के फकीर बनें। सोने की पट्टियों और झब्बों का बोलबाला फिर से हुआ।"

"हमारी फौजों में उसकी तरह के लोग और भी हैं ?"

"दो या तीन कज़ानस्काया में हैं। पर तुम उन्हें लेकर परेशान न हो। मुझे पता है कि तुम क्या सोच रहे हो। लेकिन, साहबज़ादे, कैडेटों से मिलने के अलावा हमारे पास कोई रास्ता नहीं। है न ? या यह कि दस ज़िलों का तुम अपना कोई अलग जनतन्त्र बनाने के मंसूबे बाँध रहे हो ? नहीं, कोई चारा नहीं...हमें तो सिर झुकाकर क्रॉसनोव के पास जाना ही होगा और कहना ही होगा, 'हमें बुरा न समझें, प्योत्र निकोलायेविच क्रॉसनोव...हमसे थोड़ी भूल हुई कि हम मोर्चे छोड़कर चले आए।"

"थोड़ी भूल गई ?" ग्रिगोरी बीच में बोल उठा।

"तो क्या हमसे भूल नहीं हुई ?" कुदिनोव ने सचमुच ताज्जुब में पड़ते हुए कहा और बड़ी ही होशियारी से सामने का गड्ढा बचाने की कोशिश की।

"बात समझा..." ग्रिगोरी का चेहरा लाल हो उठा। वह बरबस मुस्कुराया, "मेरा खयाल है कि गलती तो हमने तब की, जब बगावत के लिए सिर उठाया। आपने खोपर के उस कज़्ज़ाक की बात सुनी ?"

कुदिनोव कुछ नहीं बोला और उत्सुकता से ग्रिगोरी की ओर देखता रहा।

फिर चौक के पार चौराहा आया तो वे एक-दूसरे से अलग होकर अपने-अपने रास्ते पर चल दिए। कुदिनोव अपने क्वार्टरों को लौटा। ग्रिगोरी स्टाफ कार्यालय में वापस आया और उसने अपने अर्दली को घोड़े लाने का आदेश दिया। फिर वह घोड़े पर सवार हुआ और लगामें ढीली कर धीरे-धीरे आगे बढ़ा तो भी सोचने की कोशिश करता रहा कि आखिर उस काकेशियन के लिए मेरे मन में दुश्मनी के ऐसे भाव क्यों जगे ? सहसा ही उसका दिमाग साफ हो गया, और वह आशंका से काँप उठा–'हो सकता है कि लाल-मोर्चे के पिछले हिस्से में बगावत की आग भड़काने और हमें अपने रास्ते पर ले जाने के लिए कैडेटों ने इन पढ़े-लिखे लोगों को जान-बूझकर हमारे बीच छोड़ दिया हो !' फिर याद ने तुरन्त ही उसके निष्कर्ष के पक्ष में सबूत पेश कर दिया–'उसने अपनी रेजीमेंट का नाम नहीं बतलाया। उसने अपने को स्टाफ से जुड़ा बताया, लेकिन इधर तो कोई और स्टाफ पड़ता नहीं। फिर कौन-सी ऐसी मुसीबत आई कि वह दुदोरेव्स्की-जैसे बिल्कुल अलग-अलग गाँव में पहुँच गया ? उफ, बात साफ हो गई। हमने अपने को आप मुसीबत के मुँह में झोंक दिया है। पढ़े-लिखे लोगों ने हमें जकड़ लिया है। इन आला-हुजूरों ने हमें अपने जाल में फँसा लिया है, हमारे पैरों में पगहा बाँध दिया है, और अब वे हमें अपना उल्लू सीधा करने के लिए इस्तेमाल कर रहे हैं ! किसी पर रत्तीभर भी यकीन नहीं किया जा सकता..."

और, दोन पार करते ही उसने अपने घोड़े को पूरी रफ्तार से दुलकी चाल में दौड़ा दिया। अपनी काठी चरमराते हुए उसके अर्दली ने अपना घोड़ा उसके पीछे डाल दिया। आदमी शानदार फौजी और बहादुर कज़्ज़ाक था। ग्रिगोरी आग और पानी में अपने साथ के लिए ऐसे ही लोगों को चुनता था और

जर्मनी की लड़ाई की कसौटी पर खरे उतरे ऐसे ही लोगों से घिरा रहता था।

सो, कभी का स्काउट, वह अर्दली रास्तेभर चुप रहा। बस, दुलकी दौड़ाते-दौड़ाते उसने कभी-कभी सिगरेट-भर जलाई। फिर जैसे ही वे एक गाँव में पहुँचे, उसने ग्रिगोरी से कहा, "अगर कोई खास जल्दी न हो तो कहीं पड़ाव डालकर रात काट ली जाए। घोड़े थककर चूर हो गए हैं। उन्हें थोड़ा आराम मिल जाएगा।"

इस पर वे रातभर के लिए एक गाँव में रुक गए। स्तेपी की हड्डी जमा देनेवाली ठंडक के बाद, दो कमरोंवाला एक मकान उन्हें घर की तरह आरामदेह और सुखद लगा। वहाँ गर्मी भी खासी महसूस हुई। पर कच्ची मिट्टी के फर्श से बछड़े और बकरे के खारे पेशाब की बदबू आती रही और स्टोव से पातगोभी के पत्तों पर सेंकी रोटी के जलने की गंध उड़ती रही। ग्रिगोरी ने मकान-मालकिन, बूढ़ी कज़्ज़ाक औरत के सवालों के जवाब जैसे-तैसे, बचते-बचते दिए।

बूढ़ी, तीन बेटों के साथ-साथ अपने पति को भी विद्रोह में भाग लेने के लिए विदा दे चुकी थी। उसकी आवाज गहरी और मर्दानी थी। सो, ग्रिगोरी से पहले भद्दे ढंग से वह बोली, "चाहे तुम फौजी-अफ़सर हो या बेवकूफ कज़्ज़ाकों के कमांडर हो। मगर मुझ पर तुम्हारा कोई रोब नहीं चल सकता। मैं बूढ़ी हूँ, और तुम्हारी माँ की उम्र की हूँ। मुझसे बातें करो, समझे ? बैठे जम्हाई-पर-जम्हाई ले रहे हो। मैं तो सोचती हूँ कि तुम औरत समझकर मुझसे बात नहीं करना चाहते। तुम्हारी यह लड़ाई है कि गुनाह है। मैं अपने तीन बेटों और अपने बुड्ढे को भी इस लड़ाई के नाम पर रुखसत कर चुकी हूँ...तुम मेरे बेटों पर हुक्म चलाते हो, लेकिन मैंने उन्हें पैदा किया, दूध पिलाया, पाला-पोसा और अपने दामन में ले-लेकर खेतों पर गई। इनमें से कोई भी काम आसान नहीं रहा। तो, इस तरह अपनी नाक न फुलाओ, बल्कि मुझे बतलाओ कि क्या यह लड़ाई जल्दी ही ख़त्म हो जाएगी ?"

"जल्दी ही ख़त्म हो जाएगी...पर, अब तुम्हें जाकर सो जाना चाहिए, बूढ़ी माँ !"

"जल्दी ही ख़त्म हो जाएगी...मगर, कितनी जल्दी ख़त्म हो जाएगी ?...मुझे सोने के लिए भेजने की कोशिश तुम न करो। यहाँ मालिक मैं हूँ, तुम नहीं। मुझे ज़रा बकरियों और मेमनों को देखने जाना है। हम हमेशा रात को उन्हें अहाते से अन्दर ले आते हैं...तो, ईस्टर तक लड़ाई ख़त्म हो जाएगी ?"

"पहले लाल-फौजियों को निकाल बाहर कर दें, पीछे उनसे सुलह कर लेंगे।"

"यह क्या कह रहे हो तुम ?" बुढ़िया ने सूजी हुई कलाइयों और काम और गठिया से टेढ़ी उँगलियोंवाले हाथ अपने हड्डहे घुटनों पर गिरा लिए और अपने सूखे हुए, भूरे होंठ कटुता से चबाने लगी। "ईश्वर के नाम पर ज़रा बतलाओ तो कि उन्होंने तुम्हारा क्या बिगाड़ा है ? तुम उनसे किसलिए लड़ रहे हो ? लोग एकदम बौखला गए हैं। बिल्कुल पागल हो गए हैं। बन्दूकें उठाकर लोगों को गोली से उड़ा देना और घोड़ों पर अकड़कर चलना, तुम हँसी-खेल समझते हो। मगर, तुमने कभी हम माँओं की बात सोची है ? मारे तो हमारे बेटे जा रहे हैं, है न ?...यह हो तुम और ये हैं तुम्हारी बेशकीमती लड़ाइयाँ।"

"लेकिन, हम क्या अपनी माँओं के बेटे नहीं हैं ? हम कोई कुतियों के बेटे हैं ?" ग्रिगोरी का अर्दली गुस्से से गुर्राया और औरत की बात पर बिल्कुल आपे में न रहा–"दुश्मन तो हमें गाजर-मूली की तरह काट रहा है, और तुम्हें हमारा घोड़ों पर अकड़कर चलना दीखता है...बुढ़िया, तूने तो इतनी ज़िन्दगी देख ली है। तेरे तो बाल सफेद होने को आ गए हैं, लेकिन तू बड़बड़ाती जाएगी, और किसी को सोने तक नहीं देगी।"

"सोने नहीं देगी...सोने नहीं देगी...प्लेग के शिकार हो, बेवकूफ कहीं के ! तो, फिर पहले इस तरह बरसे क्यों थे ? पहले तो कुएँ की तरह गुमसुम बैठे रहे, और फिर एकाएक उबलने लगे।" बुढ़िया ने जवाब दिया।

"इसकी जीभ हमें सोने नहीं देगी, ग्रिगोरी पैन्तेलेयेविच !" अर्दली ने निराशा से आह भरी। फिर

उसने सिगरेट जलाने के लिए चकमक पत्थर इतनी ज़ोर से रगड़ा कि उससे चिनगारियाँ फूटने और उड़ने लगीं—"तू आदमी को बर्र की तरह थका डालनेवाली है, औरत ! मैं तो सोचता हूँ कि अगर तेरे आदमी को गोली लग जाएगी तो उसे बड़ी ही खुशी होगी। कहेगा, 'अल्लाह का लाख-लाख शुक्र' ! उस बूढ़ी कंकाला से तो पीछा छूटा !"

ग्रिगोरी ने उनके बीच बरबस समझौता करा दिया। फिर, वह फर्श पर सोने को लेटा तो भेड़ की खाल की गर्मी बड़ी मधुर लगी। इसी समय दरवाज़े पर खटखट हुई और ठंडी हवा के झोंके उसके पैर से आ टकराए। फिर एक मेमना उसके कानों के पास आकर 'में-में' करने लगा। फर्श पर जवान बकरियों के पैर बजे और ग्रिगोरी की नाक में सूखी घास, भेड़ के दूध और पाले की ताज़ा महक आई, यानी ढोरों के अहाते की बू आई।

वह कोई आधी रात के समय जागा और फिर आँखें खोले लेटा रहा। स्टोव में दूधिया राख के नीचे अंगारे धीमे-धीमे चमकते रहे। मेमने वहीं आसपास एक-दूसरे से सटे बैठे रहे और उनके दाँत बजाने और जब-तब नथुने फड़काने या छींकने की आवाज़ उसके कानों में आती रही। खिड़की से दूर का पूरा चाँद झाँकता रहा। चाँदनी के पीले चौखटे में एक नन्हा-मुन्ना बकरी का बच्चा रह-रहकर पैर चलाता, उछलता-कूदता और गर्द उड़ाता रहा। पीतिमायुक्त नीली रोशनी में उस घर में रात में भी दिन का-सा उजाला लगा। स्टोव की टाँड पर शीशे का एक टुकड़ा चमका और एक कोने में देव-मूर्ति का चाँदी का चौखटा अँधेरे में भी चमकने लगा। ऐसे में ग्रिगोरी को फिर व्येशेन्स्काया, खोपर ज़िले और काकेशियन-लेफ्टिनेंट कर्नल का ध्यान हो आया। लेफ्टिनेंट का ख़याल आते ही उसकी दिमागी बनावट और उसका बोलने का तरीका सामने आया और एक चिन्ता-सी उसका मन कुरेदने लगी। इस बीच बकरी का बच्चा भेड़ की खाल के पास आया, बहुत देर तक बेवकूफी से भरी निगाहों से उसके पेट की तरफ देखता रहा और फिर हिम्मत कर उसने अपने पैर फैला दिए। ग्रिगोरी की बगल में लेटे अर्दली की हथेली पर धार-सी पड़ने लगी। अर्दली कराहा, जागा, हाथ पाजामे पर रगड़ने लगा और बुरी तरह सिर हिलाकर बोला, "भिगो दिया मुझे...ऐसी-तैसी में जाए ! भाग यहाँ से !" उसने बकरी के बच्चे के माथे पर ज़ोर का हाथ जमाया। बच्चा बें-बें करता भेड़ की खाल से उछाला, ग्रिगोरी के पास पहुँचा और अपनी खुरदरी नन्ही जीभ से उसका हाथ चाटने लगा।

39

तातारस्की से भाग खड़े होने के बाद मिलिशियामैनों के रूप में काम करते स्तॉकमैन, कोशेवोइ, इवान अलेक्सेयेविच और कुछ दूसरे कज़्ज़ाकों ने अपना सम्बन्ध चौथी लाल-ज़ाआमूर्स्की-रेजीमेंट से जोड़ लिया।

1918 के आरम्भ में, जर्मनी के मोर्चे से लौटने पर, यह रेजीमेंट लाल-सेना की एक टुकड़ी में शामिल हो गया था और गृह-युद्ध के अलग-अलग मोर्चों पर अठारह महीनों तक लड़ने के दौरान उसने अपनी बुनियादी ताकतें बराबर बना रखी थीं। रेजीमेंट के पास साज-सामग्री बहुत ही अच्छी थी। उसके घोड़े, ट्रेनिंग के खयाल से, बहुत तैयार, साफ-सुथरे और तेज़ थे। रेजीमेंट का, लड़ने की क्षमता, ऊँचे चरित्र और हौसले के लिए बड़ा नाम था।

...विद्रोह आरम्भ हुआ तो ज़ाआमूर्स्की-रेजीमेंट ने, पहली मास्को-पैदल-रेजीमेंट की मदद से, बागियों का उस्त-मेदवेदित्सा की तरफ बढ़ना रोक दिया। फिर कुमुक आ गई तो रेजीमेंट ने व्यवस्थित ढंग से क्रीवाया नदी के किनारे के उस्त-खोपर्स्काया क्षेत्र पर अधिकार कर लिया। मार्च में विद्रोहियों ने उस्त-खोपर्स्काया ज़िले के कई गाँव लेकर लाल-सेना की यूनिटों को येलान्स्काया से बाहर खदेड़ दिया। फिर सेनाओं के नए सन्तुलन के कारण मोर्चे की हालत कोई दो महीने तक एक-जैसी रही।

मास्को-रेजीमेंट की एक बटैलियन ने, उस्त-खोपर्स्काया के पश्चिमी किनारे पर फैलकर, एक तोपखाने की मदद से, दोन के किनारे का क्रूतोव्स्की गाँव ले लिया। लाल-सेना का तोपखाना एक खलिहान में छिप गया और क्रूतोव्स्की से शुरू होनेवाली, दोन नदी के दाहिने किनारे की पहाड़ी की ऊँची चोटी से पैदल-सेना के हाथ मज़बूत करता रहा। वह बाएँ किनारे की पहाड़ियों में केन्द्रित विद्रोही सेनाओं पर हर रोज़ सुबह से शाम तक तोपों से गोले बरसाता रहा। बीच-बीच में अपनी तोपों के मुँह उसने दोन-पार के येलान्स्काया गाँव की तरफ भी मोड़े। एक-दूसरे से सटे खड़े मकानों और अहातों के ऊपर, कहीं ऊँचाई और कहीं नीचाई पर, धुएँ के छोटे-छोटे बादल मँडराने लगे।

गोले जब-तब गाँव में आकर गिरे तो लोग और जानवर बौखलाकर सड़कों और गलियों में इधर-उधर भागने लगे। कभी-कभी वे कब्रगाह के पार की बालू की वीरान पहाड़ियों की ओर टूटकर उमड़े तो आधी बर्फ से जमी मिट्टी आसमान में ऊपर तक उड़ी।

फिर, उस्त-खोपर्स्काया में कम्युनिस्टों और कामगारों की एक नई कम्पनी के बनाए जाने की ख़बर पाकर, 15 मार्च को स्टॉकमैन, इवान और मीशा ने जाकर उसमें शामिल होने का इरादा किया। उन्होंने एक स्लेज किराए पर ली, और वे चल पड़े। स्लेज-चालक प्राचीन धर्म माननेवाला एक कज़्ज़ाक था। लम्बी-चौड़ी दाढ़ी के बीच उसका बच्चों के चेहरों की तरह गुलाबी और साफ-सुथरा चेहरा ऐसा उभरता लगा कि उस पर नज़र पड़ते ही स्टॉकमैन तक के होंठों पर मुस्कान दौड़ गई।

कज़्ज़ाक अभी कमउम्र था, पर इसके बावजूद उसकी दाढ़ी खासी बड़ी और घुंघराली थी। उसका गुलाबी मुँह तरबूज की फाँक की तरह ताज़ा लगता था और उसके गालों के निचले हिस्से सुनहरे-से थे। चाहे घनी दाढ़ी के कारण हो और चाहे ताल चेहरे के कारण, पर उसकी खास-तौर पर निर्मल आँखों में जैसे नीलम चमकता था।

ऐसे में मीशा पूरे रास्ते मन-ही-मन में कोई गीत गुनगुनाता रहा। इवान, अपने घुटनों पर अपनी राइफल रखे स्लेज के पिछले हिस्से में बैठा, हिलता-डुलता रहा। पर, स्टॉकमैन ने स्लेज-चालक से बातें शुरू कर दीं। बोला, "तुम बिल्कुल ठीक रहते हो, कॉमरेड ? कभी बीमार- सीमार तो नहीं पड़ते न ?"

स्वास्थ्य और शक्ति से दमकता व्यक्ति खिलकर मुस्कुराया, "नहीं। प्रभु की बड़ी कृपा है। फिर, किसी तरह की कोई बीमारी मुझे सताने भी क्यों लगी ? हमारे मज़हब के लोगों में से सिगरेट कभी किसी ने हाथ से नहीं छुई। हम खालिस वोद्का पीते हैं और ज़िन्दगीभर अच्छे गेहूँ की रोटी खाते हैं। हमें बीमारी छू कहाँ से सकती है ?"

"तुम फौज में रहे हो कभी ?"

"कुछ दिनों रहा हूँ। मुझे कैडेट ले गए थे।"

"तो, तुम उनके साथ दोनेत्स के इलाके में क्यों नहीं चले गए ?"

"आप तो अजीब-अजीब सवाल पूछते हैं, कॉमरेड !" उसने घोड़े के बालों की बुनी हुई रासें नीचे धर दीं, दस्ताना हाथ से उतारा, मुँह पोंछा और इस तरह त्योरी चढ़ाई जैसे कि नाराज़ हो गया हो–"मैं वहाँ भला क्यों चला जाता ? अगर वे मजबूर न करते तो मैं उनके साथ जाता ही नहीं। आपकी सरकार ठीक है, हालाँकि आप सब थोड़े गलत रास्ते पर चले गए हैं।"

"यह कैसे ?" स्टॉकमैन ने एक सिगरेट रोल कर जलाई, पर जवाब के लिए उसे अब भी इन्तज़ार करना पड़ा।

"यह सब किसलिए जलाए डाल रहे हैं ?" कज़्ज़ाक ने अपना चेहरा मोड़ते हुए कहा, "ज़रा देखिए कि चारों तरफ की वसन्ती हवा कैसी साफ है और आप हैं कि इस बदबूदार तम्बाकू से अपने फेफड़े चौपट कर रहे हैं। मैं बतलाता हूँ कि आपने गलती कहाँ की है। आपने कज़्ज़ाकों को चूसा है और ऐसी-ऐसी भूलें की हैं कि बस ! अगर आप ये भूलें न करते तो आपकी सरकार हमेशा चलती। फिर, यह कि आपके बीच बेवकूफ कितने ही हैं। यही वजह है कि लोगों ने आपके खिलाफ इस तरह सिर

उठाया है।''

''हमने ऐसी-ऐसी भूलें की हैं कि बस !...कौन-सी भूलें की हैं ?''

''यह तो आप भी जानते हैं और मैं भी जानता हूँ। आपने लोगों को गोलियों से उड़ाया है, आप लोगों को गोलियों से उड़ा रहे हैं। आज एक की पारी आती है तो कल दूसरे की। और, अपनी पारी का इन्तज़ार चुपचाप भला कौन कर सकता है ? गर्दन हलाल करने को पास जाइए तो गर्दन तो बैल तक हिलाता है। मिसाल के लिए वहाँ एक गाँव है बुकानोव्स्काया। मैं अपने चाबुक से जहाँ इशारा कर रहा हूँ, वह गिरजा देख रहे हैं आप ? खैर, तो वहाँ एक कमीसार था...उसका नाम मल्किन था। उसने लोगों के साथ क्या इन्साफ किया ? मैं बतलाता हूँ आपको। वह लोगों को घेरकर गाँव के बाहर चिरायतों के बीच ले गया, उनके कलेजे बदन से अलग करके रख दिए, और उनके घर के लोगों को उन्हें दफनाने भी नहीं दिया। और, उनका गुनाह सिर्फ यह था कि वे अपनी ज़िन्दगी में कभी-न-कभी जज चुने गए थे। और, आप जानते हैं कि वे कैसे जज थे ? उनमें से एक सिर्फ अपने दस्तखत बना सकता था। दूसरा आदमी सिर्फ दवात में अपनी उँगलियाँ डुबा सकता था या क्रॉस बना सकता था। मगर, उनकी सबसे बड़ी खासियत यह थी कि उन सबकी दाढ़ियाँ लम्बी थीं, मगर वे पतलून के आगे के बटन बन्द करना भूल जाते थे, क्योंकि बहुत ही बूढ़े थे। तबीयत से बिल्कुल बच्चे थे। और, यह मल्किन दूसरों की ज़िन्दगियों के मामले इस तरह तय करता था, जैसे कि कोई खुदा हो। एक दिन एक बूढ़ा अपनी घोड़ी को लगाम लगाने के लिए चौक के इस पार से उस पार जा रहा था, तो कुछ लड़कों ने पीछे से मज़ाक किया–'वह देखो, वह कमीसार बुला रहा है तुम्हें।' बूढ़े ने क्रॉस बनाया और कमीसार के मकान में घुसने से पहले अपनी टोपी उतार ली–'आपने बुलाया है मुझे ?' जवाब में हँसी का ठहाका लगाते हुए कमीसार बोला, 'नहीं, तुम्हें किसी ने नहीं बुलाया, मगर अब आ गए हो, तो जो इनाम दूसरों को मिलता है, तुम भी लेते जाओ...कॉमरेडो, इसे बाहर ले जाओ !' तो, लोगों ने उसे ले जाकर दीवार से सटाकर खड़ा कर दिया। फिर, घर पर बीवी इन्तज़ार करती रही, करती रही, मगर वह कभी वापस नहीं लौटा। वह इस दुनिया से चला गया। इसी मल्किन ने एक दूसरे गाँव के एक दूसरे आदमी को सड़क पर देखा। आवाज़ दी, पूछा– 'किस गाँव के हो ? क्या नाम है तुम्हारा ?' फिर गुर्राया–'तुम्हारी दाढ़ी है कि लोमड़ी की दुम ! बिल्कुल सन्त निकोलस लगते हो। हम तुम्हारा चूरन तैयार करेंगे।' उसने अपने आदमियों को हुक्म दिया, 'ले जाओ इसे।' और उन आदमियों ने उसे गोली से उड़ा दिया, सिर्फ इसलिए कि उसकी दाढ़ी लम्बी थी, और किसी कुघड़ी में कमीसार की नज़र उस पर पड़ गई थी...अब यह बतलाइए कि ऐसा करना लोगों के लिए शर्म की बात है या नहीं ?''

इस आदमी के बोलना शुरू करते ही मीशा ने अपना गुनगुनाना बन्द कर दिया था। सो, अब उसकी बात ख़त्म हुई तो गुस्से से भरकर बोला, ''तुमने दून की हाँकी तो, मगर कुछ जमी नहीं।''

''आप कुछ उससे बेहतर हाँककर दिखला दें। मेरी बातों को झूठ पीछे कहें, पहले इनकी सच्चाई का पता लगाएँ, यानी, बात उसके बाद में करें, पहले नहीं।''

''तुम खुद जानते हो कि ये बातें बिल्कुल सच हैं ?''

''लोग चर्चा कर रहे थे।''

''लोग ! लोग तो कहते हैं कि तुम चूज़ों को दुह सकते हो। पर, दुह सकते हो ! उनके स्तन ही नहीं होते। तुम तमाम झूठ बातें सुनते रहे हो, और तुम्हारी ज़बान औरतों की ज़बान की तरह चलती है।''

''पर, वे बूढ़े तो अमनपसन्द थे।''

''अमनपसन्द !'' मीशा ने मज़ाक बनाया, ''शायद तुम्हारे इन अमनपसन्द बूढ़ों ने ही बगावत की आग भड़काने में लोगों को मदद की। तुम्हारे यह जज अपने अहातों में मशीनगनें गाड़कर रखते थे, और तुम कहते हो कि उन्हें गोली से उड़ा दिया गया, क्योंकि उनकी दाढ़ी लम्बी थी या उन्होंने कभी

कोई बात हँसी में कह दी थी। भला किसी ने तुम्हें गोली से क्यों नहीं उड़ा दिया। तुम्हारी दाढ़ी भी बूढ़े बकरे की दाढ़ी की तरह लम्बी है।"

"मैंने तो वह कहा जो सुना। कौन जाने, हो सकता है कि लोग झूठ बोलते हों। हो सकता है कि उन्होंने नई सरकार को किसी तरह से कोई नुकसान पहुँचाया हो।" वह तटस्थ मन से बोला, उस बास्केट-स्लेज से कूदा और सड़क के किनारे-किनारे चलने लगा, तो नीली झलकवाली बर्फ पर उसके पैर फिसलने लगे। सूरज स्तेपी पर शान से सोना बरसाता रहा। चम-चम करते आसमान का नीलम दूर की, एक-दूसरे से सटी, पहाड़ियों और घाटियों को अपनी विशाल बाँहों में भरता रहा। सरसराती हुई हवा दरवाज़े पर दस्तक देते वसन्त की सुगन्ध से बसी साँसों का हलका-हलका आभास देती रही। पूर्व में, दोन के किनारे की पहाड़ियों के टेढ़े-सीधे प्रसार के उस पार, उस्त-खोपर्स्काया के ऊपर की पहाड़ी चोटी धुन्ध से घिरकर बकाइनी लगती रही। क्षितिज के किनारे के उजले, घुँघराले बादलों की लहरदार चादर धरती के एक सिरे से दूसरे सिरे तक फैली रही।

ऐसे में चालक कूदकर स्लेज पर आ बैठा और आँखों में और सख़्ती भरकर फिर बोला, "मेरे दादा अब भी ज़िन्दा हैं। लोग कहते हैं कि एक सौ आठ साल के हैं। सो, उनके दादा ने यानी मेरे परबाबा ने उन्हें बतलाया था कि एक बार ज़ार-प्योत्र ने अपने एक शाहज़ादे को हमारे ऊपरी दोन के इलाके में भेजा था। उसका नाम दिल्लनोरुकोव या दोलगोरुकोव था। तो, यह शाहज़ादे साहब सिपाहियों को लेकर वोरोनेज़ से आए और उन्होंने तमाम कज़्ज़ाक-बस्तियों को बरबाद करके छोड़ दिया, क्योंकि वहाँ के लोगों ने पैट्रिआर्क निकोव का शैतानियत से भरा मज़हब मानने और ज़ार की खिदमत करने से इन्कार किया। सिपाहियों ने कज़्ज़ाकों को पकड़ा, उनकी नाकें काट दीं, कुछ को फाँसी दे दी और बाकी को बजरों में बैठाकर दोन की लहरों पर बहा दिया।"

"आखिर तुम यह सब हमें क्यों सुना रहे हो ?" मीशा ने झटके से पूछा।

"इसलिए कह रहा हूँ कि शाहज़ादे दिल्लनोरुकोव को भी ज़ार ने ऐसा कुछ करने का हक तो नहीं दिया था। और, बुकानोव्स्काया का हमारा यह कमीसार भी कुछ ऐसा ही था। एक बार बुकानोव्स्काया के एक जलसे में चीखा—'सूअर के बच्चो, मैं तुम लोगों के दिमाग से कज़्ज़ाकपन झाड़कर रख दूँगा, तुम्हें ऐसा मज़ा चखाऊँगा कि मेरा नाम याद रखो, लेकिन क्या सोवियत-सरकार ने उसे ऐसा कोई हक दिया था ? बात सारी यह है। उसे कोई हुक्म नहीं था कि ऐसे काम करे या सभी कज़्ज़ाकों को एक ही डंडे से हाँके। कज़्ज़ाकों-कज़्ज़ाकों में भी फर्क होता है, आप तो जानते ही हैं।"

स्तॉकमैन के गालों की खाल हिली। बोला, "मैं तुम्हारी सुन चुका। अब तुम मेरी सुनो।"

चालक बोला, "हो सकता है कि ठीक-ठीक न जानने के कारण मैंने कुछ ऐसा कह दिया हो जो सच न हो। तो, उसके लिए मुझे माफ कर दीजिए।"

"सुनो...सुनो...तुमने कमीसार के बारे में अभी-अभी जो कुछ कहा वह तो बेशक ठीक नहीं लगा। लेकिन, मैं पता चलाऊँगा। अगर तुम्हारी बात सही निकलेगी और मालूम होगा कि उसने कज़्ज़ाकों के साथ सचमुच बुरा बर्ताव किया है तो हम उसे यों ही नहीं छोड़ देंगे।"

"क्या पता !"

"क्या पता की बात नहीं। इसे सच मानो। यह बतलाओ कि लाल-फौजी जब तुम्हारे गाँव में पहुँचे थे तो उन्होंने अपने ही एक साथी को गोली मार दी थी या नहीं, क्योंकि उसने किसी कज़्ज़ाक औरत का कुछ चुरा लिया था ?...मैं नहीं जानता, मैंने तो तुम्हारे गाँव में ही यह बात सुनी है।"

"बात ठीक है। वह आदमी तो उस औरत के बक्से की हर चीज़ लूट ले गया था...सही है...ऐसा हुआ था...यह सही है कि मामला बहुत दबाकर रखा गया, मगर यह भी सच है कि उसके साथियों ने उसे खलिहान के पीछे ले जाकर गोली मार दी। बाद में हम आपस में यह सोचते रहे कि इस आदमी को दफनाया कहाँ जाए ! कुछ ने कब्रगाह का नाम लिया मगर कुछ ने कहा कि जगह नापाक हो

जाएगी। आखिर में जहाँ गोली मारी गई थी, वहीं उसे दफना दिया गया।''

''यानी ऐसी एक मिसाल है तुम्हारे सामने ?'' स्तॉकमैन ने जल्दी-जल्दी सिगरेट रोल की।

''हाँ, है...इस बात से मैं कब इन्कार करता हूँ !'' आदमी ने सहमति प्रकट की।

''तब तुम यह क्यों नहीं समझते कि अगर इलज़ाम सही साबित हो जाएगा तो, हम उस कमीसार को भी वाजिब सज़ा देंगे ?''

''लेकिन कॉमरेड प्यारे, हो सकता है कि उसके ऊपर कोई न रहा हो। आदमी वह फौजी होने पर भी था तो कमीसार।''

''इसीलिए तो उसके मामले में और भी ज़्यादा सख्ती बरती जाएगी, समझे ? सोवियत- सरकार सिर्फ अपने दुश्मनों के साथ मार-काट से काम लेती है। लेकिन अगर हमारी सरकार का कोई आदमी अपने मेहनतकशों को गलत ढंग से सताता मिलता है तो बहुत ही बेरहमी से हम उसके मिज़ाज ठिकाने लगा देते हैं।''

स्तेपी में मार्च की दोपहरी के सन्नाटे का मौन सिर्फ स्लेज की आवाज़ और घोड़े की टापों से टूटता रहा कि अचानक तोप की गरज कानों में पड़ी। क्रुतोव्स्की गाँव के तोपखाने ने दोन के बाएँ किनारे पर गोले बरसाना शुरू कर दिया था।

स्लेज की बातचीत ख़त्म हो गई। तोप के अजनबी धड़ाके ने वसन्त के आरम्भ की नींद से भरी सुस्ती से ऊँघते स्तेपी का पीला जादू तोड़ दिया। घोड़ों तक के कदम और चुस्ती से पड़ने लगे। उन्होंने अपने कान खड़े कर लिए।

स्लेज हेतमान की चौड़ी सड़क पर मुड़ी और पीली रेत पर गलती बर्फ के चमचमाते चप्पों से भरे दोन-पार के लम्बे-चौड़े खेत, सरपत के नील-भूरे द्वीप और देवदारु के जंगल नज़र आने लगे। उस्त-खोपर्स्काया पहुँचने पर स्लेज-चालक ने क्रान्तिकारी समितिवाले घर के सामने घोड़ों की रासें खींचीं। इसकी बगल में ही मास्को-रेजीमेंट का प्रधान कार्यालय था। स्तॉकमैन ने अपनी जेब टटोली, चालीस रूबल का केरेन्स्की-नोट निकाला और चालक को दे दिया। आदमी मुस्कुराया तो उसके नम गलमुच्छों के नीचे पीले दाँत चमके। वह थोड़ा परेशान हुआ और हिचकिचाया– ''अरे, कॉमरेड...यह तो बहुत है...इतना क्यों दे रहे हो ?''

''अपने घोड़ों की मेहनत के नाम पर इस नोट को जेब में रखो और सरकार के मामले में अपना मन साफ कर लो। याद रखो कि हम मेहनतकशों और किसानों की सरकार के हिमायती हैं। यह तो हमारे दुश्मन यानी कुलक, अतामान और फौजी अफ़सर हैं जिन्होंने तुम सबको हमारे खिलाफ उभारा है...बगावत की खास वजह वे ही हैं। दूसरी तरफ अगर हमारे ही साथ का कोई आदमी ऐसा है जिसने हमसे हमदर्दी रखने वाले और क्रान्ति में मदद देनेवाले किसी भी मेहनतकश को ग़ैरवाजिब तौर पर सताया है, तो हम उससे हिसाब-किताब चुकता करने के रास्ते निकालेंगे।''

''कॉमरेड, आपने सुना तो होगा कि ईश्वर बहुत ऊँचा है और ज़ार बहुत दूर है। सो, आपके इस ज़ार तक भी दूरी काफी है। कहते हैं कि न तगड़े से झगड़े और न अमीर पर फैसला दे। तो, आप तो तगड़े भी हैं और अमीर भी हैं।'' उसने दाँत निकाले–''चालीस रूबल आप इस तरह फेंक रहे हैं ! पाँच रूबल काफी होते...खैर, दे ही रहे हैं तो शुक्रिया !''

''यह रकम तुम्हें इन्होंने तुम्हारी बातों के लिए दी है,'' मीशा-कोशेवोइ मुस्कुराया और उसने पतलून से लैस अपने पैर हिलाए–''हाँ, और थोड़ी कीमत उन्होंने तुम्हारी दाढ़ी की भी अदा की है। तुम्हें पता है, किसको लाए हो तुम, बुद्धू कहीं के ! तुम लाल-सेना के जनरल को लाए हो।''

''हूँ !''

''हाँ, अब 'हूँ' करो। तुम भी बाकी लोगों जैसे ही हो...ऐसी-तैसी में जाओ ! थोड़ा मिलता तो ज़िलेभर में चिल्लाते घूमते–'मैं कॉमरेडों को अपनी स्लेज में ले गया और उन्होंने सिर्फ पाँच रूबल मुझे

दिए ?' बारह महीने बाद भी तुम इस बात को लेकर मन मैला करते। और, जब तुम्हें ज़्यादा मिल गया तो और ढंग से चिल्ला-चिल्लाकर आसमान सिर पर उठा रहे हो—'कितने अमीर हैं ये लोग ! चालीस रूबल फेंक दिए। रूबल गिने तक नहीं, इतनी रकम थी पास में !' मैं तो तुम्हें कुछ भी न देता...तुम्हें तो सब्र न इस तरह होगा, न उस तरह होगा...खैर, अलविदा, लम्बी दाढ़ीवाले !"

मीशा का ज़ोरदार भाषण समाप्त हुआ तो इवान अलेक्सेयेविच मुस्कुराया। मास्को-रेजीमेंट के प्रधान-कार्यालय वाले मकान के अहाते से एक लाल-गार्ड अपना घोड़ा दौड़ाता आया और लगाम खींचते हुए चिल्लाया, "स्लेज कहाँ से आई है ?"

"क्यों, क्या बात है ?" स्तॉकमैन ने पूछा।

"हमें लड़ाई का सामान क्रुतोव्स्की पहुँचाना है..."

"लेकिन, यह स्लेज तुम्हें नहीं मिल सकती, कॉमरेड !"

"और, तुम कौन हो ?" कम-उम्र के उस रेड-गार्ड ने स्तॉकमैन की ओर अपना घोड़ा बढ़ाया।

"हम ज़ाआमूर्स्की रेजीमेंट से आए हैं...यह स्लेज अपने काम के लिए इस तरह न लो।"

"ठीक...चला जाए यह आदमी...चलो, बढ़ाओ अपनी गाड़ी, बूढ़े बाबा !"

40

स्तॉकमैन ने पूछताछ की तो मालूम हुआ कि उस्त-खोपर्स्काया में नहीं बल्कि बुकानोव्स्काया में पार्टीज़ानों की एक कम्पनी बनाई जा रही है, और स्लेज-चालक ने जिस कमीसार मल्किन का ज़िक्र किया था, वही उसके लिए सारी भर्ती कर रहा है। लाल-सैनिकों की सहायता से येलान्स्काया, बुकानोव्स्काया और दूसरे ज़िलों के कम्युनिस्टों और सोवियत-कार्यकर्त्ताओं ने एक काफी ज़ोरदार लड़ाकू यूनिट बना ली थी। इस यूनिट के पास घुड़सवार गश्ती टुकड़ी की दी हुई दो सौ संगीनें और कई दर्जन तलवारें थीं। कम्पनी फिलहाल बुकानोव्स्काया में थी और येलान्स्काया और ज़िमोवनाया नदियों के ऊपरी हिस्सों से आगे बढ़ने की कोशिश करनेवाले विद्रोहियों को मास्को-रेजीमेंट की एक टुकड़ी की सहायता से रोके हुए थी।

मास्को-रेजीमेंट का स्टॉफ़-चीफ़ पहले का एक नियमित फौजी अफ़सर था। आदमी कुछ सताया हुआ-सा लगता था। चेहरे पर उदासी रहती थी। सो, उससे और मास्को के एक कामगार, राजनीतिक कमीसार से बातें करने के बाद, स्तॉकमैन ने उस्त-खोपर्स्काया में ही रहने और रेजीमेंट की दूसरी बटैलियन में शामिल हो जाने का फैसला किया। उसने टेलीफोन के तारों और दूसरे फौजी-सामानों से भरे, साफ़-सुथरे, छोटे-से कमरे में राजनीतिक कमीसार से बातें कीं।

"देखिए, कॉमरेड !" अपेंडिसाइटिस के तेज़ दौरे से परेशान, पीले चेहरेवाला कमीसार जल्दी-जल्दी बोला, "यहाँ की हालत काफी उलझी हुई है। हमारे यहाँ के फौजी ज्यादातर मास्को और रयाज़न के हैं। थोड़े-से लोग निज़्नी-नोवगोरद के हैं। ठोस लोग हैं। आमतौर पर कामगार हैं। लेकिन, चौदहवीं रेजीमेंट का एक स्क्वैड्रन भी यहाँ आया था। पर, वह किसी काम का साबित नहीं हुआ। हमें उसे उस्त-खोपर्स्काया वापस भेज देना पड़ा। आप यहाँ रहें। आपके लिए काम यहाँ बहुत है। हमें तो आबादी के लोगों के बीच रहना और उन्हें समझदार बनाना है। आप तो जानते हैं कि कज़्ज़ाक कैसे होते हैं। अपना कान आपको तेज़ मगर हमेशा ही खुला रखना होगा।"

"आपको मुझे यह सब बतलाने की ज़रूरत नहीं।" स्तॉकमैन ने उत्तर दिया और संरक्षकों के-से उसके लहजे पर उसे हँसी आ गई। उसने उस आदमी की बीमारी का संकेत देती आँखों की पीली सफेदी पर एक निगाह डाली और पूछा, "लेकिन, ज़रा यह बतलाइए कि बुकानोव्स्काया का यह कमीसार कौन है ?"

आदमी ने अपनी छोटी, भूरी मूँछों पर हाथ फेरा और धीरे-धीरे बोला, "एक ज़माना था कि उसने

बहुत ज़्यादती की थी। आदमी अच्छा है, पर आज की राजनीति और हालत को अच्छी तरह नहीं समझता। जो चैलियों के कटकर हवा में इधर-उधर उड़ने से डरता है, वह लकड़ी नहीं काट पाता। वह ज़िले की सारी मर्दानी आबादी को इस वक्त रूस के बीच के हिस्से में भेज दे रहा है–आप जाइए और मैनेजर से मिल लीजिए। वह आपका नाम भी फेहरिस्त पर चढ़ा लेगा।" कमीसार ने रुई भरे चिकने पाजामे पर हथेली जमाते हुए दर्द से त्योरी चढ़ाई।

अगले दिन सवेरे दूसरी बटैलियन को मोर्चे पर जाने का आदेश दे दिया गया, और एक घंटे के अन्दर वह क्रुतोव्स्की गाँव की ओर बढ़ने लगी। स्तॉकमैन, कोशेवोइ और इवान अलेक्सेयेविच भी उसके साथ भेज दिए गए। दोन-पार क्रुतोव्स्की से एक घुड़सवार गश्ती टुकड़ी रवाना कर दी गई और बटैलियन की कतार उसके पीछे-पीछे लीद से भरी सड़क पर बढ़ने लगी। नदी की बर्फ में जहाँ-तहाँ स्पंजी, नीले सूराख नज़र आए। पीछे की पहाड़ी से तोपें येलान्स्काया गाँव के पार नज़र आते चिनारों के झुरमुट की दिशा में गोले बरसाती रहीं। बटैलियन को हुक्म था कि कज़्ज़ाकों द्वारा खाली छोड़ दिए गए येलान्स्काया गाँव से गुज़रे और बुकानोव्स्काया से आगे बढ़ती पहली बटैलियन के साथ ज़िला पार करे।

दूसरी बटैलियन का रास्ता बेज़बोरोदोव की दिशा में था। सो, जासूसी घुड़सवार दस्ता जल्दी ही यह ख़बर लाया कि बेज़बोरोदोव में दुश्मन की फौजें नहीं हैं, पर ऐन मौके तक दोनों ओर की राइफलें गोलियों से सवाल-जवाब कर रही हैं। फिर तोप के गोले सिरों के ऊपर नाचने लगे और पास ही हथगोलों के धड़ाकों से धरती काँपती-सी लगी। कतार के पीछे दोन की बर्फ चटखती और टूटती रही। ऐसे में स्तॉकमैन और मीशा के साथ मार्च करते इवान अलेक्सेयेविच ने पीछे मुड़कर देखा। बोला, "लगता है जैसे कि पानी बढ़ा आ रहा है।"

"ऐसे वक्त पर दोन पार करना समझ की बात नहीं होगी। देखो न, बर्फ टूट रही है।" मीशा गुस्से से गुर्राया। पैदल-सेना के कदम-से-कदम मिलाकर चलने का अभ्यास उसे हो नहीं पा रहा था।

स्तॉकमैन ने सामने से फौजियों और एक लय-तान के साथ लहराती धुएँ-सी, नीली संगीनोंवाली राइफलों की नलियों पर नज़र जमाई। फिर चारों तरफ निगाह दौड़ाई तो सभी उसे गम्भीर या अन्यमनस्क दिखाई पड़े, लेकिन इस पर भी एक-दूसरे से बहुत ही ज़्यादा मिलते फौजियों के चेहरे, पाँच कोनोंवाले सितारोंवाली भूरी टोपियों की लहरें, और पीले पड़े पुराने भूरे बरानकोट। उसने भारी कदमों की धमक, लोगों की भुनभुनाहट और खाँसने की आवाज़ सुनी। उसकी नाक में गीले बूटों, तम्बाकू और चमड़े के फीतों की बू आई। उसने अभी आँखें मूँद लीं और इन जवानों के प्रति उसके मन में सहज-स्नेह उमड़ आया। अभी कल तक तो उसने इनकी शक्लें तक न देखी थीं !...वह कुतूहल से सोचने लगा, 'ऐसा महसूस करना तो बुरा नहीं है, पर एकाएक मुझे इनसे इतनी मोहब्बत आखिर कैसे हो गई है ? वैसे तो वह आग एक ही है जो हम सबको आगे बढ़ा रही है, पर इस मोहब्बत का राज़ इससे कुछ ज़्यादा है। शायद हम सबकी मंज़िल एक है, शायद मौत और खतरे का ख़याल हम सबको एक-सा है...ये लोग मुझे कितने प्यारे लगते हैं...' उसकी आँखें मुस्कुराने लगीं–'कहीं मैं बूढ़ा तो नहीं हो रहा ?'

उसने पिता-सुलभ स्नेह से अपने ठीक सामने मार्च करते फौजी की पीठ और कॉलर और टोपी के बीच चमकती, जवानी के प्रमाण-सी लाल, मोटी गर्दन की पट्टी को एकटक देखा। फिर अपने पड़ोसी की ओर मुड़ा। पड़ोसी की दाढ़ी-मूँछ साफ थी। उसके भूरे गालों पर लाली थी और खूबसूरत मुँह से दृढ़ता टपकती थी। माथे पर दर्दभरे बल थे और आँखों के चारों ओर झुर्रियों का जाल था।

स्तॉकमैन का उससे बात करने को जी हुआ। पूछा, "फौज में बहुत वक्त से हो ?"

आदमी की हल्की भूरी आँखों ने, बिना किसी उत्साह के, उसे सिर से पैर तक देखा और दाँत भींचे-ही-भींचे बोला, "1918 से हूँ।"

इस नपे-तुले जवाब से स्तॉकमैन की हिम्मत नहीं टूटी। उसने आगे पूछा, "कहाँ के हो ?"

"घर के किसी आदमी की तलाश है, डैड ?"

"कोई मिल जाए तो बड़ी खुशी होगी।"

"मैं मास्को का हूँ।"

"कामगार हो ?"

"...हँ...हाँ !"

स्तॉकमैन ने आदमी के हाथों के निशानों पर एक निगाह डाली तो वह उसे लोहे का काम करनेवाला लगा।

"धातु का काम करते रहे हो ?"

भूरी आँखों की नज़र फिर स्तॉकमैन के चेहरे से गुज़री—"मैं खराद का काम करता रहा हूँ—क्या आप भी यही काम करते रहे हैं ?" और, सख्ती से भरी आँखें उछाह से चमकने लगीं।

"मैं ताला-लोहार रहा हूँ...पर, तुम हर वक्त अपनी आँखें सिकोड़े क्यों रहते हो ?"

"बूट पैर दाब रहे हैं। कड़े पड़ गए हैं। कल रात भीग गए थे।"

"वैसे इसकी वजह तुम्हारे मन के अन्दर का डर तो नहीं ?" स्तॉकमैन मुस्कुराया।

"किस बात का डर ?"

"इस बात का कि हम लड़ाई पर जा रहे हैं..."

"मैं कम्युनिस्ट हूँ।"

"और, क्या कम्युनिस्ट मौत से नहीं डरते ?" मीशा भी इस बातचीत में शामिल हो गया।

आदमी ने एक क्षण सोचने के बाद जवाब दिया—"साफ है कि आप अब तक इन मामलों के लिए बिल्कुल नए हैं, मेरे भाई ! मुझे डरना नहीं चाहिए। मैंने अपने-आपको हुक्म दे दिया है। समझे ? इसलिए जब तक कि आपके अपने हाथ साफ न हों, अन्दर से मेरी थाह लेने की कोशिश न कीजिए। मैं जानता हूँ कि हम क्यों लड़ रहे हैं और किससे लड़ रहे हैं। साथ ही मुझे यह भी पता है कि जीत हमारी होगी। और, यही है काम की बात।" सहसा ही उसे कुछ याद हो आया तो वह मुस्कुरा दिया, और फिर स्तॉकमैन पर निगाह डालते हुए कहा, "पिछले साल मैं एक टुकड़ी के साथ उक्रइन में था। हम हर वक्त हर तरफ से दबे जा रहे थे। हमारे कितने ही साथी खेत रहे थे और हमें अपने साथ के ज़ख्मियों तक को छोड़ देना पड़ा था। ऐसे में हम फिर घेर लिए गए। हमें हुक्म दिया गया कि रात को हममें से कोई श्वेत-गार्दों की कतारें भेदता पीछे तक पहुँचे और नदी के ऊपर का पुल उड़ा दे, ताकि बख्तरबन्द गाड़ी उसके ऊपर से न गुज़र सके। फिर क्या था, इसके लिए वॉलंटियर बुलाए गए, लेकिन वे मिले ही नहीं। हमारे बीच के इने-गिने कम्युनिस्टों ने नाम निकाले जाने का सुझाव दिया। लेकिन मैंने सारे सवालों को सोचा-समझा और अपना नाम दे दिया। इसके बाद सुरंगें, एक धीमा फ्यूज़ और दियासलाई लेकर मैं अपने साथियों से रुखसत हुआ। रात अँधेरी और धुन्ध से भरी हुई थी। दो सौ कदम चलने के बाद मैंने खड़ी-राई के खेत और एक नाला रेंगकर पार किया। मुझे याद है कि इसी वक्त एक चिड़िया मेरी नाक के ऐन नीचे तक फड़फड़ाती चली आई। मैंने कोई बीस कदम दूर संतरी की चौकी रेंगकर पार की, और जैसे-तैसे पुल के पास पहुँच गया। मशीनगनों से लैस एक फौज़ी-टुकड़ी पुल की रखवाली करती हुई मिली। सही वक्त के इन्तज़ार में मैं कोई दो घंटे तक वहाँ लेटा रहा। फिर, मैंने सुरंग गाढ़ी और कोट के पल्ले की आड़ में दियासलाई जलाने लगा। पर, तीलियाँ जलीं नहीं, क्योंकि दियासलाई मेरे सीनेवाली जेब में थी और मेरे पेट के बल रेंगते समय गीली हो गई थी। इस पर मैं सचमुच डर गया। जल्दी ही सुबह होने के ख्याल से मन दहलने लगा। मेरा हाथ काँपने लगा और पसीना बह-बहकर आँखों में आने लगा। मैंने सोचा—'सारा खेल ख़त्म समझो !' फिर मैंने अपने-आपसे कहा—'अगर पुल नहीं उड़ा पाऊँगा तो अपने-आपको गोली से उड़ा लूँगा।' मगर, मैं कोशिश करता रहा, करता रहा कि आखिरकार दियासलाई जल गई और मैंने फ्यूज़ के तार में आग छुआ दी। मैं खुद

बर्फ के अम्बार के पीछे छिप गया। इसके बाद धड़ाका हुआ तो मज़ा आ गया। दो मशीनगनें धड़ाधड़ आग उगलने लगीं और घुड़सवार घोड़े दौड़ाते मेरी बगल से निकल गए। उस रात में वे मुझे खोजने की कोशिश करते तो उन्हें होश आ जाता। दूसरी तरफ, मैं बर्फ के पर्दे के पीछे छिपता-छिपता अनाज के बीच जा पहुँचा। यहाँ पहुँचने पर मेरे हाथ-पैरों की पूरी ताकत ने जवाब दे दिया और अपनी जगह से हिल पाना भी मेरे लिए दुश्वार हो गया। मैं पड़ रहा। जब मैं पुल की तरफ बढ़ा था, तो बहुत खुश था, पर अब लौटते वक्त बात ही दूसरी थी। मैं वहाँ पड़ा तो जैसे बीमार कुत्ते की तरह निढाल हो गया...वैसे आखिर को तो मैं लौट ही आया। दूसरे दिन मैंने अपने साथियों को दियासलाई के मामले में अपनी बदकिस्मती की कहानी सुनाई, तो एक ने पूछा, 'लेकिन, तुमने अपने सिगरेट-लाइटर से फ़ायदा क्यों नहीं उठाया ? खो गया था क्या ?' अब जो मैंने हाथ डाला तो सिगरेट-लाइटर जेब में मिला, और पहली बार खटका दबाते ही जल गया।''

इसी समय चिनारों के दूर के एक द्वीप से दो कौवे, ऊँचे आसमान में हवा की लहरों पर लहराते नज़र आए। हवा उन्हें कूद-कूदकर आगे उछालती रही। धीरे-धीरे वे फौजी पंक्ति से कोई दो सौ गज़ दूर रह गए कि एक घंटे का सन्नाटा तोड़कर, क्रुतोव्स्की पहाड़ी पर जमी तोपें फिर आग उगलने लगीं और एक गोला उधर से गरजता हुआ आया। फिर उसकी चीख बिखरने की स्थिति को पहुँची कि उन दोनों में से एक कौआ अंधड़ में फूस के तिनके की तरह ऐंठने लगा और अपने को बचाने की कोशिश में पंख फैलाते हुए, नाचता हुआ, इस तरह धरती पर आ गिरा, जैसे कि कोई बड़ी काली पत्ती हो।

''उड़ते-उड़ते मरा,'' स्टॉकमैन के पीछे मार्च करते एक लाल-सैनिक ने सराहना से भरकर कहा, ''मौत उसे किस तरह नचाती रही ?''

कम्पनी-कमांडर एक ऊँची कुम्मैत घोड़ी पर उधर से पिघली हुई बर्फ बिखराता गुज़रा—''एक कतार में...''

इसके बाद मशीनगनों से लदी तीन स्लेजें तेज़ी से निकलीं तो बाहर की पंक्ति में चुपचाप मार्च करता इवान अलेक्सेयेविच बर्फ से नहा उठा। इस बीच दूसरी स्लेज से एक मशीनगनर नीचे आ गिरा तो लाल-सैनिक हँसी से ठहाका लगाने लगे। इस पर स्लेज-ड्राइवर ने जी भरकर कोसा और अपने घोड़े घुमाए कि मशीनगनर कूदकर स्लेज पर सवार हो जाए।

41

विद्रोही सेनाओं के पहले डिवीज़न ने कारगिन्स्काया को लाल-सैनिकों के विरोध की अपनी कार्यवाहियों का केन्द्र बनाया। ग्रिगोरी ने युद्ध की दृष्टि से इस जगह का महत्त्व समझा और इसे किसी भी कीमत पर अपने हाथों बनाए रखने का फैसला किया।

चिर नदी के बाएँ किनारे पर पहाड़ियों का एक सिलसिला था, और इसकी शानदार ऊँचाइयों से कज़्ज़ाक अपनी पंक्तियों की रक्षा बहुत ही अच्छे ढंग से कर सकते थे। नीचे, नदी के दूर के किनारे पर कारगिन्स्काया था। उसके पार कई-कई वर्स्ट तक स्तेपी के मैदान फैले हुए थे। बीच-बीच में जहाँ-तहाँ दर्रे और नाले थे, ग्रिगोरी ने अपनी तीन तोपोंवाली बैटरी के लिए जगह खुद चुनी थी। यह जगह शाहबलूतों से ढँके एक टीले से बहुत दूर न थी और यहाँ से सबकुछ बहुत ही साफ-साफ नज़र आता था।

कारगिन्स्काया के आसपास लड़ाई लगभग हर रोज़ होती थी। लाल-सैनिक प्रायः दो तरफ से हमले करते—एक तो दक्षिण के स्तेपी मैदानों की तरफ से, दूसरे पूर्व में चिर नदी के किनारे से। कज़्ज़ाक-पंक्तियाँ छोटे नगर के पार कोई दो सौ गज़ तक फैली रहतीं और जब-तब गोलियाँ बरसातीं। लाल-सेनाओं की गोलाबारी उन्हें सदा ही पीछे हटने को मजबूर कर देती। वे कारगिन्स्काया के बीच

से गुज़रतीं, सँकरे नालों के सीधे ढालोंवाले तल में उतरतीं और पहाड़ियों में पहुँच जातीं। लेकिन दुश्मन उन्हें इसके आगे न खदेड़ पाता। उसकी ताकत नाकाफी होती। बात यह है कि घुड़सवार सेना की कमी के कारण वह खुद आगे न बढ़ पाता। अगर घुड़सवार सेना होती तो कज़्ज़ाकों को बाहर से घेरकर उन्हें मजबूरन पीछे ठेल देती, और नगर के बाहर यों ही समय बिताती पैदल सेना आगे की फौजी कार्यवाहियों के लिए आज़ाद हो जाती। लेकिन घुड़सवार-सेना का काम तो इस समय पैदल सेना नहीं कर सकती थी, क्योंकि उस स्थिति में कज़्ज़ाक घुड़सवार इस पर टूट पड़ते और उसे तार-तार करके रख देते।

फिर यह कि विद्रोही कज़्ज़ाक ज़िले को अच्छी तरह जानते थे और मौका मिलते ही वे हर बार घुड़सवार सेना रवाना कर देते थे। यह सेना दुश्मन पर पीछे और किनारों से हमला करने के लिए दर्रों के किनारे-किनारे चुपचाप बढ़ती। उससे लाल-सेनाओं को खतरा बराबर बना रहता और उनका आगे बढ़ना हर बार नामुमकिन हो जाता।

अब ग्रिगोरी ने दुश्मन को चूर-चूर कर देने की योजना बना डाली। तय हुआ कि एक ओर तो कज़्ज़ाक झूठ-मूठ पीछे हटें और लाल-सेनाओं को कारगिन्स्काया की ओर खींचें, दूसरी ओर कज़्ज़ाक घुड़सवार सेना घाटियों के बीच से किनारे-किनारे बढ़े और उन पर पीछे से हमला बोल दे। यानी योजना के पूरे ब्यौरे तैयार किए गए और हमले से पहली शाम को एक कान्फ्रेंस में अलग-अलग टुकड़ियों के कमांडरों को पूरे-पूरे आदेश दे दिए गए। कहा गया कि बाहर-बाहर बढ़ने की कार्यवाही तड़के की जाएगी, क्योंकि उस समय दुश्मन की निगाहों से बचना आसान होगा। हर चीज़ क, ख, ग की तरह आसान लगी। ग्रिगोरी ने हर परिस्थिति को तोलकर देखा और अप्रत्याशित रूप से योजना के आड़े आनेवाली हर चीज़ की काट निकाल ली। इसके बाद उसने घर की बनी दो गिलास वोद्का चढ़ाई, कपड़े पहने-ही-पहने बिस्तर पर पड़ रहा, और गीला बरानकोट अपने सिर पर डालकर इस तरह सो गया जैसे कि मुर्दा हो।

लाल-सेना ने अगले दिन सुबह कारगिन्स्काया पर अधिकार कर लिया। सेना के लोगों को अपने पीछे-पीछे खींचने के लिए कज़्ज़ाक पैदल सेना के कुछ फौजी सड़कों से होते हुए पहाड़ियों की ओर भागे। स्लेजों पर जमी दो मशीनगनें उन पर गोलियों की बौछार करने लगीं। लाल-सैनिक धीरे-धीरे उस छोटे-से नगर-भर में फैल गए।

ग्रिगोरी ने बैटरी की बगल के टीले पर चढ़कर लाल-पैदल-सेना को कारगिन्स्काया में घुसते और चिर नदी के पास जमा होते देखा।

तय यह हुआ था कि बैटरी की पहली तोप के दगते ही पहाड़ियों की तलहटी के बगीचों में पड़ी दो कज़्ज़ाक बटालियनें हमला कर देंगी और घुड़सवार फौज पीछे से टूट पड़ेगी। सो, बैटरी के कमांडर ने कारगिन्स्काया में उछलती मशीनगनवाली स्लेज पर पहला गोला दागने का हुक्म देने की बात सोची ही थी कि पर्यवेक्षक ने आकर बतलाया कि कोई तीन वर्स्ट की दूरी पर, लाल-सेना की एक टुकड़ी, एक बैटरी के साथ, पूर्व की ओर से पुल पर बढ़ रही है।

"मॉर्टर तोप से दुश्मन पर गोले बरसाओ !" ग्रिगोरी ने दूरबीन से आँखें हटाए बिना ही सलाह दी।

तोपची ने मॉर्टर तुरन्त ही निशाने पर लाकर खड़ी की और तोप भयानक ढंग से गरजी। फिर लाल-बैटरी की दूसरी तोप पास पहुँची कि इधर के पहले गोले ने ही पुल के सिरे पर चोट की। गोले से तोपगाड़ी के घोड़े बाग तुड़ा भागे और बाद में पता लगा कि छह में से सिर्फ एक घोड़े को चोट नहीं लगी। गोले के एक टुकड़े से स्लेज-चालक का सिर धड़ से अलग होकर दूर जा गिरा। ग्रिगोरी ने दूरबीन से देखा तो उसे तोप के आगे पीला भूरा धुआँ उठता दीखा। धुएँ से घिरकर घोड़ों ने पिछाड़ी काटी और लोग गिरे और इधर-उधर भागे। तोपगाड़ी के जुए के पास एक सवार घोड़े-समेत उठा लिया

गया और पुल से छिपा दिए जाने पर बर्फ पर आ गिरा।

तोपचियों ने पहले गोले के साथ उतनी सफलता की आशा न की थी। तो, क्षणभर तक कज़्ज़ाक मॉर्टर के आसपास सन्नाटा रहा और ज़रा दूर के टीले पर खड़ा पर्यवेक्षक ही हाथ नचा-नचाकर कुछ कहता रहा।

पर, इसी समय नीचे के चेरी के बगीचों और बागों की घनी झाड़ियों से 'हुर्रा' की अस्पष्ट-सी गूँज कानों में पड़ी। राइफलों के चलाए जाने की आवाज़ हुई। आत्मरक्षा की चिन्ता को ताक पर रखकर ग्रिगोरी टीले पर चढ़ गया, तो लाल-सेना के लोग सड़कों से भागते दिखाई दिए। साथ ही बेतरतीब चीखें, कमान की तेज़ आवाज़ें और गोलियों की धायँ-धायँ उसके कानों में पड़ी। लाल-सेना की मशीनगनवाली स्लेज एक ढाल पर तेज़ी से चढ़ती नज़र आई। पर कब्रगाह के पास पहुँचते ही वह एकाएक झटके से मुड़ी और मशीनगन लाल-फौजियों के सिरों के ऊपर से बगीचों से बाहर उमड़ते कज़्ज़ाकों पर आग बरसाने लगी।

कज़्ज़ाक घुड़सवार की टोह में ग्रिगोरी ने क्षितिज पर दृष्टि दौड़ाई, पर कहीं कोई नज़र न आया। लाल-सेना बाईं ओर के कारगिन्स्काया को बगल के आरखीपोवका नाम के गाँव से जोड़नेवाले पुल की ओर भाग रही थी। दाईं ओर वे अब भी कारगिन्स्काया के बीच से दौड़ते और कज़्ज़ाकों की गोलियों से भुनते रहे। कज़्ज़ाकों ने चिर नदी के पास की दो सड़कों पर अब तक कब्ज़ा कर रखा था।

आखिरकार पहाड़ियों के आसपास कज़्ज़ाक घुड़सवार सेना का पहला स्क्वैड्रन नज़र आया। बाद में दूसरा, तीसरा और फिर चौथा। फिर वे एक कतार में बँधे और लाल-सैनिकों की भागती हुई भीड़ को बाकी से काट देने के लिए हवा की गति से झपटे। ग्रिगोरी अपने हाथ के दस्ताने मसलते हुए संघर्ष की सारी गति को अधीरता से देखता-समझता रहा। कज़्ज़ाक घुड़सवार तेज़ी से खास सड़क पर पहुँचे। लाल-सेना के फौजी एक-एक, दो-दो या छोटे-छोटे दलों में मुड़े और आरखीपोवका गाँव की दिशा में वापस दौड़े। यहाँ उनका स्वागत कज़्ज़ाक पैदल-सेना की राइफलों की गोलियों ने किया तो वे एक बार फिर लौटे और सड़क की ओर भागे। लाल-सेना के केवल कुछ लोग क्लिमोवका के बीच से जैसे-तैसे भाग सके।

टीले के भयानक सन्नाटे में कज्जाकों ने लाल-फौजियों को तलवार के घाट उतार दिया। कज़्ज़ाक-घुड़सवार कारगिन्स्काया के सामने आ गए और उन्होंने दुश्मन को हवा में नाचती पत्ती की तरह पीछे ढकेल दिया। एक पुल के पास कोई तीस लाल-सैनिकों को उनके बाकी साथियों से ऐसा काट दिया गया कि उनके दुबारा मिल पाने की आशा न रही। अब वे लोग अपने को बचाने में लग गए। उनके पास एक मशीनगन और गोलियों की कितनी ही रिज़र्व पेटियाँ थीं। सो, विद्रोही पैदल सेना के लोग बगीचों से कायदे से निकल भी न पाए कि दुश्मन की मशीनगन भयानक तेज़ी से खड़खड़ाने लगी और शेडों और पत्थर की बाड़ की तलाश में रेंगते कज़्ज़ाक गिरने लगे। ग्रिगोरी ने अपनी जगह से कज़्ज़ाकों को कारगिन्स्काया के बीच से एक मशीनगन घसीटते देखा। फिर, बाहरी सीमा के एक अहाते के पास वे हिचकिचाए और फिर उसके अन्दर दौड़ गए। कुछ क्षणों बाद उसकी मशीनगन खलिहान की छत से उभरती नज़र आई। एक कज़्ज़ाक आड़ के पीछे, छत पर टाँगें फैलाकर लेट गया। दूसरा गोलियोंवाली पेटियाँ अपनी कमर में लपेटकर एक सीढ़ी पर चढ़ने लगा।

कज़्ज़ाक बैटरी, लाल-फौजियों पर अपनी गोलियाँ केन्द्रित करते हुए, पैदल-सेना की सहायता करने लगी। पन्द्रह मिनट के अन्दर-अन्दर पुल के पास की लाल-सेना की मशीनगन का चलना सहसा ही रुक गया, एक हलका-सा 'हुर्रा' हवा में गूँजा, घुड़सवार कज़्ज़ाकों की आकृतियाँ सामने आईं और बेंतों के नंगे तनों के बीच अदृश्य हो गईं।

देखते-देखते सारा-कुछ ख़त्म हो गया।

ग्रिगोरी के आदेश पर कारगिन्स्काया और आरखीपोवका के रहनेवाले, एक सौ सैंतालीस मृत

लाल-सैनिकों को गाँव के बाहर खोदी गई एक खाई में घसीट ले गए। घोड़ों-समेत दो-दो पहियोंवाली लड़ाई के सामान की छह गाड़ियाँ, एक बिगड़ी हुई मशीनगन, और रसद से भरे चालीस माल-डिब्बे कज़्ज़ाकों के हाथ लगे। जहाँ तक कज़्ज़ाक-पक्ष का सवाल है, चार कज़्ज़ाक मारे गए और पन्द्रह ज़ख्मी हुए।

उस लड़ाई के बाद कारगिन्स्काया के आसपास एक सप्ताह तक शान्ति रही। लाल-सेना ने दूसरी विरोधी डिवीज़न का मुकाबला करने के लिए फौजें भेजीं और उसे बरबस पीछे खदेड़कर मिगुलिन्स्काया ज़िले के कई गाँव हथिया लिए। प्रतिदिन सवेरे दूर की तोपों की गरज कारगिन्स्काया तक आई। पर लड़ाई की पूरी ख़बर कायदे से नहीं मिली, और जो मिली, उससे स्थिति का सही अनुमान नहीं हो सका।

इस बीच अपने मन की उदासी काटने, चारों ओर के वातावरण से पैदा होनेवाले अपने विचारों से छुटकारा पाने और अपने महत्त्वपूर्ण कारनामों की बात चित्त से भुलाने के लिए ग्रिगोरी ने अन्धाधुन्ध मदिरापान शुरू कर दिया।

बात यह थी कि विद्रोही सेनाओं के पास आटे की सख्त कमी थी, क्योंकि आटे की चक्कियाँ फौज की ज़रूरत पूरी कर नहीं पाती थीं, और कज़्ज़ाकों को अकसर ही उबला चावल खाकर सब्र कर लेना पड़ता था। लेकिन आम अनाज की कमी न होने के कारण वोद्का की कमी तो थी नहीं। उसकी नदियाँ बहती थीं। पीकर लोगों के मोर्चे पर जाने की मिसालें भी अकसर ही सामने आई थीं। एक बार तो कज़्ज़ाक घुड़सवार सेना के एक पूरे-के-पूरे स्क्वैड्रन के लोगों ने हमला बोला तो वे आधे नशे में चूर थे। नतीजा यह कि वे एक मशीनगन के ठीक सामने तक अपने घोड़े दौड़ाते चले गए थे और आखिर को उनका पूरी तरह नाम-निशान मिट गया था। ग्रिगोरी को मनमानी मात्रा में वोद्का मिलती रहती थी, क्योंकि उसके अर्दली प्रोखोर ज़िकोव ने शराब हासिल करने के मामले में नाम कर रखा था।

तो कारगिन्स्काया की लड़ाई के बाद, ग्रिगोरी के आग्रह पर वह तीन घड़े वोद्का ले आया और गानेवालों को बुला लाया। ग्रिगोरी को मन की रोकथाम से छुटकारा पाने और अपने विचारों से दूर भागने का एक मौका मिला। वह खुशी से खिल उठा और दूसरे कज़्ज़ाकों के साथ दिन का उजाला फैलने तक पीता रहा। सुबह, रात की खुमारी से निजात पाने के लिए, एक गिलास चढ़ाया और फिर दूसरा गिलास खाली कर दिया। अगले दिन उसने फिर गवैयों को बुलाया और फिर वही हँसी-खुशी और शोर-शराबे के दौर चलने लगे। इस सबसे सच्ची खुशी की एक खामखयाली साकार हो उठी और पत्थर-जैसी सख्त हकीकतों पर पर्दा पड़ गया।

धीरे-धीरे शराब की तलब लत में बदल गई। अब ग्रिगोरी सवेरे ज्यों ही मेज़ के पास आकर बैठता, उसमें वोद्का की अबुझ प्यास जाग उठती। वह बहुत पीता, पर बहुत ज्यादा कभी न पीता। उसके पैर कभी भी न डगमगाते। यानी, जब दूसरे नशे में धुत्त होकर मेज़ों के नीचे उलट रहते, या अपने बरानकोट अपने ऊपर डालकर फर्श पर निढाल हो जाते, तो भी वह गम्भीर नज़र आता, हालाँकि उसका चेहरा पीला पड़ जाता, निगाहें एक जगह जमी रह जातीं और वह थके-से हाथों से अपना सिर दबाने लगता।

मगर, चार दिन के अटूट दौर के बाद शराब उस पर भी अपना असर दिखलाने लगी। उसकी आँखों के नीचे थैलियाँ-सी लटक आईं और काजल-सा बिखर गया। निगाहों से जहालत और सख्ती टपकने लगी। पाँचवें दिन प्रोखोर ज़िकोव ने मुस्कुराते हुए अपनी ओर से कहा, "आज शाम को चलिए, आपको एक बढ़िया माल दिला दूँ। मैं लिखोविदोव में एक औरत को जानता हूँ। ठीक ? लेकिन यह मौका हाथ से जाने न दीजिएगा। हालाँकि मैंने तो नहीं चखा। लेकिन मैं जानता हूँ कि औरत तरबूज़ की तरह मीठी है। पर, एक बात है कि शैतान तेज़ और थोड़ी जंगली है। पहली बार वह आपकी हसरत पूरी नहीं करेगी और बदन को हाथ नहीं लगाने देगी। मगर, उससे अच्छी वोद्का तैयार करनेवाला आपको दूसरा नहीं मिलेगा। चिर नदी के किनारे के गाँवों में सबसे अच्छी वोद्का उसकी होती है। उसका आदमी भागकर दोनेत्स के पार चला गया है।" उसने इस तरह से अपनी बात ख़त्म कर दी।

उस शाम को वे घोड़ों पर सवार होकर लिखोविदोव के लिए रवाना हुए। ग्रिगोरी के साथ उसके दो कमांडर, र्‌याबचिकोव और येरमाकोव, एक हाथवाला अलेक्सेइ शमील और तीसरी डिवीज़न का कमांडर मेदवेदेव थे। प्रोखोर ज़िकोव सबसे आगे रहा। गाँव में पहुँचने पर उसने अपने घोड़े को कदम-चाल में डाला, किनारे की एक गली में मुड़ा और खलिहान को रास्ता देनेवाला एक फाटक खोला। ग्रिगोरी के चाबुक छुआते ही, उसके घोड़े ने छलाँग मारी, फाटक के आसपास की अधगली दर्फ का अम्बार साफ किया, एक क्षण तक डगमगाता रहा और फिर सँभलकर हींसते हुए, दुलकी चाल से अहाते में दाखिल हो गया।

फिर कोई पाँच मिनट तक वे प्रोखोर के पीछे-पीछे पुआल और सूखी घास की टालों के बीच से गुज़रते रहे। फिर चेरी की एक बगिया आई। चाँद का सुनहरा कटोरा गहरे नीले आसमान में नज़र आता रहा। सितारे टिमटिमाते रहे। हर तरफ एक जादुई सन्नाटे का पसारा रहा। आवाज़ के नाम पर कभी दूर कोई कुत्ता भौंका। और घोड़ों की टापें बजतीं और बस ! धीरे-धीरे रात के अँधेरे के आँचल में एक पीली रोशनी चमकने लगी। फिर, फूँस के इधरवाला एक बड़ा मकान दिखाई दिया। प्रोखोर ने घोड़े पर बैठे-ही-बैठे, झुककर चरमराता हुआ छोटा फाटक खोला। सीढ़ी के पास के गढ़े के जमे हुए पानी में चाँद झाँका। ग्रिगोरी के घोड़े ने अपने खुर से जमे हुए पानी का किनारा चूर-चूर कर दिया और फिर हाँफते हुए रुक गया। ग्रिगोरी काठी से नीचे कूदा और जंगले के चारों ओर रासें लपेटकर बरसाती में घुसा।

सिटकनी टटोलने के बाद उसने दरवाज़ा खोला और अन्दर से गुज़रकर एक लम्बे-चौड़े बावर्चीखाने में आ निकला। वहाँ एक जवान कज़्ज़ाक-औरत, स्टोव की ओर पीठ किए खड़ी, मोज़ा बुनती दिखाई दी। औरत बदन की भारी, पर तीतर की तरह साफ-सुथरी थी। चेहरा साँवला था। काली भौंहें जैसे साँचे में ढली थीं। स्टोव की टाँड पर भूरे बालोंवाली एक लड़की सो रही थी। वह कोई नौ साल की रही होगी। उसका एक हाथ बाहर की ओर निकला हुआ था।

ग्रिगोरी ने अपना बरानकोट वगैरह नहीं उतारा और वैसे ही मेज़ के किनारे बैठ गया। बोला, "तुम्हारे यहाँ थोड़ी वोद्‌का है ?"

"कुछ दुआ-सलाम भी ज़रूरी है, ऐसा तुम नहीं मानते ?" औरत ने ग्रिगोरी की ओर नज़र उठाए बिना जवाब दिया और अपनी बुनाई करती रही।

"तुम कहती हो तो सही...दोब्रयेवेचर (गुड-ईवनिंग)...अब यह बताओ कि तुम्हारे यहाँ वोद्‌का मिलेगी ?"

औरत ने अपनी भौंहें ऊँची कीं और अपनी गोल, धुँधलाई आँखों से उसकी ओर देखकर मुस्कुराई—"मेरे यहाँ थोड़ी-सी वोद्‌का तो है, लेकिन तुम्हारे साथ तो इतने सारे लोग हैं और शायद सारी रात पीने को आए हैं...है न ?"

"हाँ, पूरा डिवीज़न-का-डिवीज़न है।"

र्‌याबचिकोव ड्योढ़ी से कूदता-उछलता, उट्ठक-बैठक करता, तलवार नचाता और मेमने की खाल की अपनी टोपी टॉप-बूटों पर बजाता अन्दर आया। दूसरे कज़्ज़ाक दरवाज़े पर जमा हो गए। एक लकड़ी के दो चम्मचों से नाच की तेज़ धुन बजाने लगा। लोगों ने अपने बरानकोट एक चारपाई पर जमा कर दिए और अपने हथियार बेंचों पर रख दिए। प्रोखोर मेज़ लगाने में औरत का हाथ बँटाने के लिए लपका। एक हाथवाला अलेक्सेइ सिरके की पातगोभी लेने के लिए तहखाने की ओर बढ़ा, सीढ़ियों पर गिर पड़ा और टूटी हुई तश्तरी के टुकड़े और अपने बरानकोट में बहुत सारी गीली पातगोभी लिए हुए लौटा।

फिर तो, आधी रात होने तक उन्होंने दो बाल्टी वोद्‌का पी डाली और जाने कितनी पातगोभी खा डाली। इसके बाद लोगों ने एक भेड़ हलालने की बात सोची। प्रोखोर ने भेड़ों के बाड़े में जाकर भेड़ टटोली और येरमाकोव ने एक हाथ में ही उसका सिर धड़ से अलग कर दिया। औरत ने आग जलाई

और भेड़ का गोश्त पकाने को रख दिया। एक बार फिर लकड़ी के दो चम्मच बजे, नाच की धुन बजी और र्याबचिकोव पैर पटक-पटक और हाथ से कूल्हे पीट-पीटकर नाचने लगा। साथ ही मद्धिम स्वर में उसने एक गाना भी छेड़ा।

"हाथ साफ करने को जी करता है।" येरमाकोव गरजा और खिड़की के चौखटे की सख्ती अपनी तलवार से परखता रहा। वह अपने गैर-मामूली बहादुरी और कज़्ज़ाक हौसले के लिए ग्रिगोरी को बहुत प्रिय था। सो, ग्रिगोरी ने अपना ताँबे का मग मेज़ पर पटका–चीख़ा–"खारलाम्पी, बेवकूफ न बनो !"

येरमाकोव ने आज्ञा मानकर अपनी तलवार म्यान में डाल ली और प्यास से व्याकुल होने के कारण वोद्का का गिलास झटके से उठाया।

"ऐसा लुत्फ़ और ऐसा जमघट हो तो मैं मौत से भी न डरूँ।" ग्रिगोरी की बगल में बैठते हुए एक हाथवाले अलेक्सेइ ने कहा, "ग्रिगोरी पैन्तेलेयेविच, तुम हमारे इस फौजी खानदान की शान हो ! अगर तुम न होते तो अब तक हम सब दूसरी दुनिया में होते !...एक गिलास और हो जाए एक साथ...क्यों ? भरो गिलास, प्रोखोर !"

काठियाँ उतार ली गई थीं, अतएव घोड़े नंगी-पीठ यों ही सीढ़ियों के पास खड़े थे। वे बँधे न थे और कज़्ज़ाक बारी-बारी से उन्हें जाकर देख आते थे।

और, इस तरह दौर-पर-दौर चलते रहे। सिर्फ सुबह होने के समय ग्रिगोरी को नशा होने लगा। उसे दूसरों की आवाज़ें दूर से आती मालूम हुईं। उसने अपनी खून की तरह लाल आँखों से जैसे-तैसे ऊपर देखा, और बहुत ही यत्न से अपने होश-हवास ठिकाने रखे।

"सुनहरे झब्बे हम पर फिर हुकूमत कर रहे हैं। उन्होंने सरकार अपने हाथों में ले ली है।" येरमाकोव ने ग्रिगोरी को बाँहों में भरते हुए गरजकर कहा।

"कौन-से झब्बे ?" ग्रिगोरी ने उसके हाथ अलग करते हुए पूछा।

"व्येशेन्स्काया के झब्बे ! तुम क्या यह कहना चाहते हो कि तुमने यह बात सुनी ही नहीं ? एक काकेशियाई-शाहज़ादे का दबदबा है वहाँ ! कर्नल है। मैं उसे मार डालूँगा !...मेलेखोव, मैं अपनी ज़िन्दगी तुम्हारे कदमों पर रखता हूँ। देखो, हमें छोड़कर चले न जाना...कज़्ज़ाक भुनभुना रहे हैं। हमें व्येशेन्स्काया ले चलो। हम सबको मार डालेंगे और सारी जगह में आग लगा देंगे ! इल्या-कुदिनोव को, उस कर्नल को और उसके साथ ही सबको काटकर रख देंगे ! उनकी हुकूमत बहुत हो चुकी ! आओ, हम लाल-फौजियों से भी लड़ें और कैडेटों से भी समझें ! यह है जो मैं सचमुच चाहता हूँ !

"हम कर्नल को मार डालेंगे। वह जान-बूझकर वहाँ बना रह गया है, खारलाम्पी ! आओ, सोवियत सरकार के आगे हथियार डाल दें। हम सही रास्ते पर नहीं हैं।" ग्रिगोरी ने अचानक ही एकाध क्षणों को अपने होश सँभाले और चालाकी से मुस्कुराया, "मैं तो सिर्फ मज़ाक कर रहा हूँ, गिलास ख़त्म करो, येरमाकोव !"

"मज़ाक किस चीज़ का कर रहे हो, मेलेखोव ? इस तरह बात हँसी में न उड़ाओ। यह मामला दूसरी किस्म का है।" मेदवेदेव ने सख्ती से कहा, "हम सरकार को झकझोरकर रख देना चाहते हैं। हम उन सबको बोरिया-बिस्तरा बाँधकर रवाना करेंगे और तुम्हें उनकी जगह बैठाएँगे। मैं कज़्ज़ाकों से बात कर चुका हूँ, और वे राज़ी हैं...हम कुदिनोव और उसके गिरोह के लोगों से कहेंगे–'निकल जाओ यहाँ से ! तुम हमारे लायक नहीं !' अगर वे सीधे-सीधे अपना मुँह काला कर जाएँगे तो ठीक, वरना हम एक रेजीमेंट व्येशेन्स्काया भेजेंगे और उन्हें वहाँ से खदेड़कर ही दम लेंगे...नाम-निशान मिटाकर साँस लेंगे !"

"ख़त्म करो अब इस तरह की बात !" ग्रिगोरी बड़े ज़ोर से गरजा।

मेदवेदेव ने अपने कन्धे झटके, मेज़ छोड़ दी और पीना बन्द कर दिया। र्याबचिकोव बेंच पर उलटा-सीधा पड़ा रहा। उसका सिर नीचे की ओर झूलता रहा और हाथ ज़मीन खरोंचता रहा कि उसने

दर्द-भरे स्वर में गाना शुरू किया—

आओ, सीने पर सिर रक्खो, मेरी रानी...
आओ, सीने पर सिर रक्खो, मेरी प्यारी...
तुम थकान से चूर-चूर हो,
और तुम्हारा है सिर भारी...
चाहो तो इस तरफ टिकाओ,
चाहो तो उस तरफ टिकाओ—
मेरे उजले सीने पर सिर रक्खो, आओ !

और, उसके दर्द-भरे, मद्धिम-स्वर में अलेक्सेइ शमील ने अपना मोटा स्वर जोड़ा—

मैंने सीने पर सिर रक्खा
और दर्द से खूब कराहा—
आहें भरता रहा बराबर,
मैंने कब इतना दुःख चाहा !—
आखिरकार कहा मैंने यह—प्यार, अलविदा...
मेरे प्यारे प्यार, अलविदा...
मौत तुम्हें ले जाए कि
मेरे यार, अलविदा !

फिर बाहर की परछाइयाँ लम्बी होने लगीं तो वह औरत ग्रिगोरी को उठाकर सामने के कमरे में ले चली।

"काफी पिला चुके इसे...अब तो बस करो, शैतान के बच्चो ! तुम्हें नज़र नहीं आता कि आदमी किस तरह बेकाबू हो रहा है ?" उसने एक हाथ से ग्रिगोरी को साधते और दूसरे हाथ से येरमाकोव को एक ओर ढकेलते हुए कहा। येरमाकोव वोद्का-भरा मग लेकर उनके पीछे हो लिया।

"इसके साथ कहीं सो न जाना...इस वक्त कुछ भी हाथ नहीं आएगा।" येरमाकोव ने नशे से झूलते हुए मग से वोद्का छलकाते हुए आँख मारकर कहा।

"इससे तुम्हें कुछ लेना-देना नहीं—तुम मेरे बाप तो हो नहीं।" औरत ने उलटकर जवाब दिया।

"एक छोटा चम्मच अपने साथ लेती जाओ !" येरमाकोव ने नशे में डूबी हँसी के ठहाके लगाते हुए कहा।

औरत ने ग्रिगोरी को कमरे में लाकर पलंग पर लिटा दिया और पास बैठकर उदासी और दर्दभरी निगाहों से उसका भयानक रूप से पीला चेहरा देखती रही। ग्रिगोरी की पलकें एक बार नहीं झँपीं। आँखें जैसे किसी को घूरती रहीं। औरत ने उसका सिर सहलाना और उसके बालों पर हाथ फेरना शुरू किया। होते-होते ग्रिगोरी को नींद आ गई। इसके बाद औरत ने स्टोव पर अपनी बेटी की बगल में अपना बिस्तर लगाया। पर, शमील ने उसे सोने ही नहीं दिया। बाजुओं पर हाथ टिकाए वह चौंके हुए घोड़े की तरह रह-रहकर नाक बजाता रहा। फिर, सहसा ही उठकर बैठ गया और किसी गाने का एक टुकड़ा छेड़ दिया। थोड़ी देर बाद फिर उसका सिर हाथों पर टिक गया, फिर वह कुछ देर तक सोया, फिर कुछ देर तक एकटक इधर-उधर देखता रहा, और फिर उसके कंठ से स्वर फूट पड़े।

42

दूसरे दिन सवेरे ग्रिगोरी की आँख खुली तो उसे येरमाकोव और मेदवेदेव के शब्द याद आए। वह नशे में ऐसा धुत्त तो हुआ न था कि उसे ज़रा भी होश ही न रहा हो। अतएव बहुत ही आसानी से उसे

सरकार का तख्ता उलटने की उनकी बात का ध्यान आ गया। अब उसे लगा कि लिखोविदोव में शराबनोशी का वह कार्यक्रम सोच-समझकर, अपनी योजना के लिए उसका समर्थन प्राप्त करने के खयाल से बनाया गया था यानी वामपन्थियों की ओर झुके हुए कज़्ज़ाक पूरे दोन-प्रदेश से कट जाने और कम्युनिस्टों के बिना ही अपनी छोटी सोवियत-सरकार बनाने का सपना चुप-चुप देख रहे थे और कुदिनोव के खिलाफ जाल बिछा रहे थे। कुदिनोव ने दोनेत्स तक पीछे हट जाने और श्वेत-गार्दों में शामिल हो जाने की बात साफ-साफ कह दी थी। कज़्ज़ाकों ने कभी समझा ही नहीं कि अगर लाल फौजें दोनेत्स पर रोकी न जाएँ और वे उमड़कर किसी भी क्षण उन्हें वहाँ से खदेड़ बाहर करें तो बागियों के बीच के झगड़ों के नतीजे कैसे भयानक हों...

'बच्चों का खिलवाड़ है।' ग्रिगोरी ने धीरे से नीचे पैर रखते हुए सोचा। फिर कपड़े पहन लेने के बाद उसने येरमाकोव और मेदवेदेव को कमरे में बुलाया और उनके आ जाने पर दरवाज़ा अन्दर से बन्द कर दिया। बोला, "सुनो, भाइयो, कल की बात इसी समय अपने दिमाग से निकाल दो। साथ ही अन्दर-ही-अन्दर भुनभुन भी न हो, वरना तुम लोगों के हक में अच्छा न होगा। यह सवाल न इस बात का है कि कमान किसके हाथों में है और न कुदिनोव या किसी दूसरे का है। सारा सवाल तो यह है कि हम लोग एक घेरे में हैं और हमारी हालत ऐसी है जैसी चक्कों में धुरों की होती है। अगर आज नहीं तो कल हमें तो रगड़ ही जाना है। ऐसे में हमें अपनी रेजीमेंटें व्येशेन्स्काया की तरफ न भेजकर मिगुलिन या क्रासनोकुत्स्काया की तरफ भेजनी चाहिए।" ग्रिगोरी ने यह बात ज़ोर देकर कही और मनमौजी मेदवेदेव के अनमने चेहरे पर से अपनी निगाहें नहीं हटाईं—"मामला यह है, कोन्द्रात ! अच्छा हो कि तुम मुसीबत खड़ी करना बन्द कर दो। ज़रा सोचो, तुम्हें लगेगा कि अगर हमने इन कमांडरों से छुटकारा पाना और गदरों के बीज बोना शुरू किया तो हमारा काम तो हो लिया। फिर या तो हम श्वेत-गार्दों के हाथों में पड़ जाएँगे या हमें लाल-गार्दों का लोहा मानना पड़ेगा, बीच का कोई रास्ता हमारे सामने होगा नहीं। इन दोनों में से कोई-न-कोई हमें कुचलकर फेंक देगा।"

"हमारी इस बात का गाना अब जहान-भर में गाते न फिरना।" येरमाकोव ने मुड़ते हुए कहा।

"यह बात यहीं-की-यहीं रह जाएगी, पर शर्त एक है कि तुम कज़्ज़ाकों को भड़काना बन्द कर दो। मैं पूछता हूँ कि कुदिनोव और उसके सलाहकारों के बारे में क्या सोचते हो तुम ? जब तक एक डिवीज़न की कमान मेरे हाथों में है, तब तक पूरी ताकत उनके हाथों में नहीं कही जा सकती। मैं जानता हूँ कि वे अजीब लोग हैं, और तुम यकीन मानो कि वे हमें कैडेटों की लपेट में लेना चाहेंगे। लेकिन, हम करें तो करें क्या ? हमारे सामने रास्ता क्या है ? हमारे तो घुटनों की नसें काट दी गई हैं।"

"यह सही है," मेदवेदेव ने न चाहते हुए भी हाँ-में-हाँ मिलाई और कमरे में दाखिल होने के बाद से अब तक के समय में पहली बार आँखें उठाकर ग्रिगोरी को देखा।

ग्रिगोरी दो दिन तक और कारगिन्स्काया के आसपास के गाँवों में शराब ढालता और शराबनोशी की महफिलों में खोखली ज़िन्दगी बिताता रहा। उसकी काठी का कपड़ा तक वोद्का की बू से भर गया। कुँआरेपन के फूल की शोभा से वंचित औरतें और लड़कियाँ, इस बीच उसके सीने से लगतीं और उसके प्यार के इने-गिने क्षणों में हिस्सा बँटाती रहीं। लेकिन, वासना के बुखार के हर ताज़ा उतार के बाद ग्रिगोरी हर दिन सुबह गम्भीर और अन्यमनस्क हो उठता। सोचता—'मैंने अपने ज़माने में ज़िन्दगी पूरी तरह देखी। हर चीज़ का तजरबा किया। औरतों और लड़कियों से मोहब्बत की, स्तेपी पर अश्वारोहण किया, अपने बच्चों का सुख देखा, लोगों को तलवार के घाट उतारा, खुद मौत का सामना किया और नीले आसमान का लुत्फ लिया। अब क्या कुछ ऐसा बाकी बचा है, जो ज़िन्दगी मेरे सामने पेश करेगी ? कुछ भी तो नहीं। और ऐसे में आज अगर मेरी आँखें हमेशा-हमेशा के लिए मुँद जाएँ तो मुझे ज़रा भी तकलीफ न होगी। अब मैं खतरे के खयाल के बिना उसी तरह लड़ाई में हिस्सा ले सकता हूँ, जिस तरह कोई अमीर जुए पर दाँव लगाता है। मेरा नुकसान अब कोई खास न होगा।'

इसी समय धूप से धुले दिन की तरह उसका सारा बचपन उसकी आँखों के आगे आ गया—सामने आ गए मैना पंछियों के घोंसले, गर्म धूल से सने उसके पैर, किनारे के जंगलों की परछाइयों को अपनी गहराई में छिपाए शानदार, धीरे-धीरे बहनेवाली दोन, उसके अपने बाल-मित्रों के चेहरे, और तरुणाई के साँचे में ढली माँ की आकृति। ग्रिगोरी ने हाथ से अपना चेहरा ढँक लिया। पुराने दोस्त, पुराने चेहरे, भूली हुई आवाज़ें, बातचीत की झलकियाँ, हँसी की हिलोरें।

फिर, उसे स्तेपी के सुहाने प्यारे मैदानों का खयाल आया तो वे अचानक ही उसके सामने यहाँ-से-वहाँ तक फैल गए कि उसके लिए आँख उठाना मुहाल हो गया। फिर भी, उसने देखा मैदान के इस पार से उस पार जानेवाला गरमी के दिनों का रास्ता...रास्ते पर एक बैलगाड़ी...बैलगाड़ी पर सवार उसका पिता...जुती हुई ज़मीन...कटे हुए अनाज की सुनहरी बालें...और सड़क पर जहाँ-जहाँ बैठे कौवों के काले-से धब्बे !

पर, अतीत की स्मृतियों में भटकते-भटकते मस्तिष्क अकसीनिया के सामने आया तो ठोकर खा गया। 'मेरी रानी...मेरे दिल की रानी...इसे तो मैं कभी भूल ही नहीं सकता !' ग्रिगोरी ने सोचा, और नफरत से भरकर बगल में पड़ी औरत से दूर हट गया। फिर आहें भरता और बेचैनी से सुबह की राह देखता रहा। इसके बाद सूरज की किरणें पूर्व के आसमान पर रसभरी और सोने के रंगों की अपनी तूलिका पूरी तरह चला भी न पाईं कि वह उछलकर उठा, और मुँह-हाथ धोकर अपने घोड़े की ओर बढ़ गया।

43

विद्रोह स्तेपी के मैदान को निगल जानेवाली आग की तरह फैला। लेकिन, बागी ज़िलों के चारों ओर मोर्चों का इस्पाती घेरा घिरा रहा। लोगों पर नियति की छाप मुहर की तरह पड़ती रही। कज़्ज़ाक मौत से खिलवाड़ करते रहे, और उनमें से कितनों ने ही सिक्का उछालकर कहा 'शेर' पर निकली 'बकरी'—कहा 'जुस्त' पर निकला 'ताक'। जवान छककर ज़िन्दगी का मज़ा और मोहब्बत का रस लेते रहे। प्रौढ़ावस्था के लोग खड़े न हो सकने की हालत तक शराब ढालते रहे। वे गोलियों को नकद रकम से बड़ा मानते, दोनों की बाज़ियाँ लगाकर ताश खेलते और छुट्टी मिलते ही घोड़ों पर सवार होकर अपने-अपने घरों को भागते। यहाँ चाहे थोड़ी देर के लिए ही सही, वे अपनी राइफलें रख देते, फावड़ा-कुल्हाड़ी से काम करते, अपने प्रियजनों के बीच आराम करते, बाड़े की मरम्मत करते और वसन्त की मशक्कत के लिए हेंगा या घोड़े की जगह ठीकठाक करते। इनमें से कितने ही शान्तिपूर्ण जीवन का सुख लेकर अपनी रेजिमेंटों को लौटते तो नशे में चूर लौटते। वे फिर गम्भीर होते तो हमले में धुआँधार टूट पड़ते और मशीनगनों के ऐन दहानों तक धँसते चले जाते। अगर यह न करते तो भावावेश की आग सम्हाल न पाते। घोड़ों पर सवार होकर रातों को छापे मारते, लोगों को कैद करते, और बुनियादी हैवानियत के सहारे उनके साथ मनमानी बेरहमी का बरताव करते। यानी, गोलियाँ बचाना चाहते तो तलवारों से उनका काम तमाम कर देते।

1919 का वसन्त अमित प्रकाश और असाधारण सुषमा लेकर आया। अप्रैल के दिन सुहाने और शीशे की तरह चमकने लगे, आसमान के नीलम की गहराई में जंगली कलहंस और ताँबे की वाणियोंवाले सारस उड़ने लगे। वे हवा की लहरों पर उठते-झूलते जाते, और तेज़ी से उड़कर बादलों को पकड़ लेते और उत्तर की ओर मुड़ जाते। तालाबों के पास के स्तेपी के पीले-हरे फैलाव के पास चोंचें मारती बत्तखें बिखरे हुए मोतियों-सी लगतीं। नदी के किनारे की नम चरागाहों में चिड़ियाँ बराबर चहचहातीं। पानी से लबालब तालों पर कलहंस कीकते और उड़ने को पर तोलते रहते। ओसियर बेंत, वासना से भरे ड्रेक कीड़ों की ज़्यादतियों पर, बराबर फुफकारते रहते। सरपत कलियों और फूलों से हरे लगते। चिनारों

में महकदार कलियाँ अपनी पंखुरियाँ खोलतीं। गालों पर धूप की लाली वाला हरा मैदान शब्दों में न बँध पानेबाले जादू में डूबा रहता। वहाँ नंगी काली मिट्टी की भीनी-भीनी गन्ध की ओर सदाबहार घास की हरियाली की बाड़-सी आती रहती।

विद्रोहियों के संघर्ष की एक अच्छी बात यह रही कि कज़्ज़ाक अपने-अपने गाँवों के पास ही रहे। अगर वे सीमा की चौकी पर ड्यूटी देते-देते या छिपते-छिपते थक गए, या पहाड़ियों पर चढ़ते और घाटियों में उतरते-उतरते थकान का अनुभव करने लगे तो उन्होंने स्क्वैड्रन-कमांडरों से इजाज़त ले ली, घोड़ों पर सवार होकर घर पहुँच गए और अपने बूढ़े पिताओं या नाबालिक बेटों को अपनी जगह भेज दिया। स्क्वैड्रनों में लड़ने वालों की कमी कभी न हुई, पर लोग तो बदलते ही रहे और लड़ाई की ताकत भी घटती या बढ़ती रही, लेकिन कुछ कज़्ज़ाक ज़्यादा चालाक साबित हुए। वे सूरज के नीचे उतरते ही घोड़ों पर सवार होकर स्क्वैड्रनों के रात के क्वार्टरों से भाग खड़े होते, बीस या तीस वर्स्ट का फासला तय करते और रात घिरते-घिरते तक घर पहुँच जाते। यहाँ वे अपनी बीवियों या औरतों के साथ रात बिताते और दूसरे मुर्गे के बाँग देने तक यानी स्वर्गंगा के आकाश में रहने तक अपने-अपने स्क्वैड्रनों में लौट आते। कितने ही खुशमिज़ाज कज़्ज़ाक तो इस बात से ही खुशी से फूले न समाते कि लड़ाई हुई तो उनके अहातों के पास ही दरवाज़े पर हुई। वे अकसर ही घर जाते तो अपनी पत्नियों से हँसते हुए कहते, "मरने की भला ऐसी क्या ज़रूरत है !"

ऐसे में कमान को इस बात का खासा डर लगा कि वसन्त आने पर खेतों का काम शुरू होते ही लोग भरभराकर भाग खड़े होंगे। इसलिए कुदिनोव ने हर डिवीज़न का खास तौर पर दौरा किया और खुली सख्ती से ऐलान किया–"मुझे कोई परवाह नहीं, हमारे खेतों पर हवाएँ सर्राटे भरें तो भरें और ज़मीन में एक बीज न बोया जाए तो न बोया जाए ! लेकिन, ख़्याल रहे कि मैं एक कज़्ज़ाक को भी छुट्टी पर जाने नहीं दूँगा। और, जो आदमी बिना छुट्टी के घर जाएगा, उसे काटकर फेंक दिया जाएगा या गोली से उड़ा दिया जाएगा।"

44

ग्रिगोरी ने क्लिमोवका के नीचे होनेवाली एक लड़ाई में सक्रिय रूप से हिस्सा लिया। अप्रैल के महीने में एक दिन गाँव के सिरे के अहातों के आसपास गोलाबारी शुरू हुई और कुछ मिनटों बाद ही लाल फौजी गाँव में घुस आए। बाएँ सिरे पर, बाल्टिक बेड़े के किसी जहाज़ के नौसैनिक जानबूझकर आगे बढ़े। उन्होंने कज़्ज़ाक स्क्वैड्रनों को गाँव के बाहर कर दिया और उन्हें एक घाटी के किनारे-किनारे पीछे खदेड़ दिया।

फिर, लाल सैनिकों का ज़ोर बढ़ने लगा तो पहाड़ी से सबकुछ देखते-समझते ग्रिगोरी ने अपना दस्ताना हिलाकर प्रोखोर ज़िकोव को अपना घोड़ा लाने का इशारा किया। घोड़ा आने पर वह उछलकर काठी पर सवार हुआ और दुलकी चाल से घोड़ा दौड़ाता घाटी के एक खास हिस्से में पहुँचा, जहाँ उसने घुड़सवार सेना का एक स्क्वैड्रन रिज़र्व में रख छोड़ा था। बगीचे और बाड़े पार करता वह जगह पर पहुँचा तो उसने कज़्ज़ाकों को आराम से वक्त गुज़ारते पाया। वह थोड़ी दूर से ही चिल्लाया, "घोड़ों पर सवार !" और देखते-देखते दो के दो सौ कज़्ज़ाक घोड़ों पर सवार हो गए। स्क्वैड्रन-कमांडर ग्रिगोरी से मिलने को आगे बढ़ा। पूछने लगा, "क्या हमें हमला करना है ?"

"हाँ...करना है। करना तो बहुत पहले चाहिए था।" ग्रिगोरी की आँखें चमक उठीं।

वह लगाम खींचकर नीचे उतरा और फिर जीन बन्द करने में उसे कई मिनट लग गए। उसका उत्तेजित, पसीने से तर घोड़ा कभी अकड़ गया तो कभी घूम गया, जैसे कि बन्द बँधवाने से इन्कार कर रहा हो। पर जल्दी ही सबकुछ दुरुस्त हो गया तो रकाबों में पैर डाले। उसके बाद गोलाबारी की

बढ़ती हुई गरज पर आश्चर्यचकित होकर स्क्वैड्रन-कमांडर की ओर देखे बिना बोला, "स्क्वैड्रन के आगे मैं खुद रहूँगा।" फिर बाकी लोगों की ओर घूमते हुए बोला, "गाँव के दूसरे सिरे तक ट्रुप-फारमेशन में चलो, मार्च !"

गाँव के पार पहुँचने पर उसने स्क्वैड्रन को हमले के लिए तैयार होने का हुक्म दिया और देखा कि तलवार म्यान में से आसानी से बाहर आ जाती है या नहीं। इसके बाद वह कोई पचास कदम आगे होकर, अपने घोड़े को सरपट दौड़ाता स्क्वैड्रन को क्लिमोवका की ओर ले चला। क्लिमोवका के ऊपर के टीले पर पहुँचने पर उसने घोड़े की रास क्षणभर को खींची और सारी स्थिति का अध्ययन किया। उसके नीचे पैदल और घुड़सवार लाल फौजी दौड़ते और घोड़े दौड़ाते हुए पीछे भागते दिखाई दिए। ग्रिगोरी स्क्वैड्रन की ओर आधा मुड़ा।

"तलवारें खींचो और दुश्मन पर हमला बोल दो। मेरे पीछे-पीछे आओ, जवानो !" उसने अपनी तलवार झटके से म्यान के बाहर खींची और सबसे पहले चिल्लाया, "हुर्रा !" उसके बदन में एक हल्की-सी झुरझुरी दौड़ गई और चिर-परिचित ढंग से उसका मन हलका हो उठा। उसने अपना घोड़ा गाँव की ओर सरपट दौड़ा दिया। उसके बाएँ हाथ में पूरी ताकत से खींची गई लगाम काँपती रही और दाएँ हाथ में सधी तलवार सनसनाती रही...

वसन्त की हवा के कन्धों पर सवार एक लम्बे-चौड़े दूधिया बादल ने अचानक ही एक-दो क्षणों को सूरज को ढँक लिया और एक कपूरी छाया बहुत ही धीरे-धीरे उस टोली पर से गुज़री। ग्रिगोरी ने क्षणभर को अपनी निगाह क्लिमोवका की झोंपड़ियों की ओर से हटा ली और नम भूरी-सी धरती पर फिसलती छाया और उसके आगे-आगे दौड़ते उल्लास-भरे प्रकाश पर जमा दी। उसके अचेतन मन में एक अवर्णनीय अभिलाषा जगी कि वह अपना घोड़ा दौड़ाकर धरती पर तेज़ी से दौड़ती उस रोशनी को पकड़ ले। बस तो उसने घोड़े को एक हाथ जमाया और उसे पूरी रफ्तार से सरपट छोड़ दिया। कुछ ही क्षणों की धुआँधार दौड़ के बाद घोड़े की आगे की ओर हुई गर्दन पर धूप की एक बौछार हुई और उसके लाल बदन पर सहसा ही चमचमाता हुआ सोना दमकने लगा। इसी समय सामने की सड़क से गोलियाँ बरसने लगीं। हवा धाँय-धाँय की आवाज़ लाकर कानों में उँडेलने लगी। इसके बाद एक क्षण और बीता और फिर गोलियों की सनसनाहट, अपने घोड़े की टापों की आवाज़, और हवा की झकझोर के बीच अपने पीछे घोड़े दौड़ाते स्क्वैड्रन की गरज उसने सुनी ही नहीं, जैसे कि इतने सारे घोड़ों की टपाटप उसके कानों के लिए मर गई हो, जैसे कि कहीं दूरी में जाकर खो और डूब गई हो। राइफलों की खटाखट उसे ऐसी लगी जैसे कि किसी अलाव में कहीं चिरायते की लकड़ी चटख रही हो। गोलियाँ बगल से सरसराती रहीं। ऐसे में परेशानी और घबराहट से उसने मुड़कर देखा और क्रोध और विस्मय से उसका चेहरा बिगड़ गया। उसे लगा कि स्क्वैड्रन के फौजी अपने घोड़े मोड़कर पीछे भागे जा रहे हैं और उसे अकेला छोड़े दे रहे हैं। उससे थोड़ा पीछे स्क्वैड्रन का कमांडर रकाबों पर सधा खड़ा, अपनी तलवार भद्दे ढंग से भाँजता, रोता और भर्राई हुई टूटी आवाज़ में चिल्लाता रहा। सिर्फ दो कज़्ज़ाक ग्रिगोरी के पीछे आते रहे। दूसरी ओर प्रोखोर ज़िकोव ने अपना घोड़ा मोड़ा और वह उसे सरपट दौड़ाता हुआ स्क्वैड्रन कमांडर के पास जा पहुँचा। दूसरे लोग तितर-बितर हो गए। अपनी तलवार म्यानों में डालते, चाबुक सटकारते और अपने घोड़े दौड़ाते हुए पीछे भागते दिखाई दिए।

ग्रिगोरी ने एक क्षण को घोड़े की रास खींची और सोचने लगा कि आखिर यह हुआ क्या ? और एक आदमी के भी गिरने या मारे जाने के पहले स्क्वैड्रन के लोग इस तरह भाग खड़े क्यों हुए ? और उसी क्षण उसने संकल्प किया–'मैं पीछे नहीं लौटूँगा...मैं लड़ाई को पीठ दिखाकर नहीं जाऊँगा...मैं आगे-ही-आगे बढ़ता जाऊँगा।'

उसी समय सामने कोई दो सौ कदम के फासले पर, एक बाड़ के पीछे गाड़ी पर रखी मशीनगन

के आसपास उसने सात लाल नौसैनिकों को कुछ व्यस्त होते देखा। वे मशीनगन का मुँह कज़्ज़ाकों की ओर मोड़ना चाहते थे, पर काम मुश्किल नज़र आ रहा था, क्योंकि गली सँकरी थी। उस बीच राइफलों की आग हलकी पड़ गई और ग्रिगोरी के सिर के ऊपर सर्राटे भरती गोलियों की गिनती घट गई। उसने एक गिरी हुई बाड़ को पार कर गली में पीछे से दाखिल होने के लिए अपना घोड़ा मोड़ा। फिर बाड़ की ओर से उसने अपनी निगाह हटा ली और सहसा ही, जैसे कि दूरबीन से सात नौसैनिकों को पास ही घोड़ों के साज खोलने के लिए झपटते देखा। काली कीचड़ से सनी जैकेटों और बिना नोकवाली चुस्त टोपियों में उनके चेहरे अजीब ढंग से गोल-मटोल फूले हुए दिखाई दिए। उनमें से दो नैसैनिक गाड़ी के बम काटने लगे, तीसरा मशीनगन पर जा बैठा और बाकी झुककर या खड़े होकर अपनी राइफलों से ग्रिगोरी पर गोलियाँ बरसाने लगे। वह अपना घोड़ा दौड़ाता उनकी ओर बढ़ा तो उसने उनकी उँगलियों को मशीन की तरह राइफलों के खटके दबाते देखा। गोलियों की धाँय-धाँय तो बिल्कुल सामने से सुनी। गोलियाँ इतनी हड़बड़ी में दागी जाती रहीं और राइफलों के कुंदे इतनी जल्दी-जल्दी कन्धों पर आ-आकर टिकते रहे कि पसीने से तरबतर ग्रिगोरी सहसा ही खुशी से खिल उठा। उसे पूरा विश्वास हो गया कि दुश्मन उस पर गोली नहीं चला पाएगा।

बाड़ ग्रिगोरी के घोड़े की टापों के नीचे चरमराई और फिर पीछे छूट गई। उसने अपनी तलवार उठाई और सबसे आगे के नौसैनिक पर अपनी नज़र जमाई। पर बिजली की तरह एक आशंका उसके मन में कौंध गई–'अब उन्हें बिल्कुल पास से गोली चलाने का मौका मिलेगा। वे घोड़े के ऐन सीने पर गोली मारेंगे। वह सबसे आगे का फौजी मुझे उठाकर फेंक देगा और मेरा काम तमाम हो जाएगा।' इसी समय दो गोलियाँ उस पर चलाई गईं और एक चीख हवा में गूँजी–"हम इसे ज़िन्दा गिरफ्तार करेंगे।" और ग्रिगोरी ने सामने देखा, एक दाँत पीसता साहस से चमकता चेहरा, खाली माथा, नौसैनिक की टोपी के रिबन और टोपी पर सोने के डोरों से कढ़ा जहाज़ का नाम...नाम गर्द से गन्दा लगा... ग्रिगोरी ने रकाबों पर ज़ोर दिया, घोड़ा फेरा। उसने अनुभव किया कि उसकी तलवार ने नौसैनिक का कोमल शरीर छेद दिया। एक दूसरे भारी बदन वाले नौसैनिक ने ग्रिगोरी के बाएँ कन्धे पर गोली चलाई और गोली मांस में धँस गई। पर इसी समय प्रोखोर ने अपनी तलवार से वार कर उसका सिर बीच से दो कर दिया। ग्रिगोरी ने राइफल के खटके की आवाज़ पर घोड़ा मोड़ा तो मशीनगन की गाड़ी के पीछे से राइफल की एक नली की काली आँख को अपने ऊपर जमा पाया। पर, वह अपने घोड़े पर इस तरह तेज़ी से दाएँ-बाएँ, इधर-उधर हिला-डुला और लहराया कि काठी अपनी जगह से खिसक गई, और हींसता, डर से काँपता घोड़ा बिदकने लगा। गोली सिर के पास से सर्राती गुज़र गई। इसके बाद वह घोड़े से कूदकर गाड़ी के बीच के बाँस के पास पहुँचा और राइफल में दुबारा गोली भरने का मौका दिए बिना, उसने उस आदमी को काटकर फेंक दिया।

(जो क्षण ग्रिगोरी को बाद में एक युग लगा, उस) एक दूसरे क्षण के अन्दर-अन्दर उसने चार नौसैनिकों को तलवार के घाट उतार दिया। और प्रोखोर की चीख-पुकार की चिन्ता किए बिना, वह तो गली के नुक्कड़ के चारों ओर दौड़ते पाँचवें नौसैनिक का भी काम तमाम कर देता; पर हुआ यह कि स्क्वैड्रन-कमांडर अपना घोड़ा दौड़ाता उसके ठीक सामने आ गया और उसने उसके घोड़े की लगाम लपककर थाम ली।

"आप धँस कहाँ रहे हैं ? वे लोग आपको मार डालेंगे। उन्होंने एक दूसरी मशीनगन शेड के पास जमा रखी है।"

प्रोखोर के साथ दो और कज़्ज़ाक अपने-अपने घोड़े से उतरकर ग्रिगोरी की ओर दौड़े और उन्होंने उसे ज़बर्दस्ती घोड़े से नीचे खींच लिया। इस पर अपने को छुड़ाने की उसने बड़ी कोशिश की–"मुझे जाने दो–सूअर के बच्चो ! मैं मार डालूँगा...मैं उनमें से एक-एक को मार डालूँगा।"

"ग्रिगोरी–पैन्तेलेयेविच...कॉमरेड मेलेखोव...होश में आइए।" प्रोखोर ने मिन्नत की।

"मुझे जाने दो, भाइयो !" ग्रिगोरी ने एक दूसरे बुझते हुए लहजे में कहा। इस पर उन्होंने उसे छोड़ दिया। स्क्वैड्रन-कमांडर ने प्रोखोर के कानों में कहा, "इन्हें घोड़े पर सवार कर वापस ले जाओ...मेरा खयाल है कि इनकी तबीयत ठीक नहीं है।"

ग्रिगोरी अपने घोड़े की ओर बढ़ने ही वाला था कि उसने अपनी टोपी ज़मीन पर पटक दी और खड़ा लड़खड़ाता रहा। सहसा ही उसका चेहरा भयानक रूप से बिगड़ गया, मुँह से कराह निकल गई और वह दाँत पीसते हुए अपने बरानकोट के बन्द खोलने लगा। स्क्वैड्रन-कमांडर ने पीछे हटकर उसकी ओर कदम बढ़ाया कि वह जहाँ खड़ा था वहीं गिर पड़ा। उसका नंगा सीना बर्फ के गले लग गया। रोते और इस रोने के कारण काँपते हुए वह बाड़ के बीच जमा बर्फ पर कुत्ते की तरह मुँह मारने लगा। फिर उसका दिमाग साफ हुआ और उसने उठने की कोशिश की। लेकिन लाभ कुछ न हुआ और अपने आसपास खड़े कज़्ज़ाकों की ओर अपना आँसू से तर चेहरा कर वह जंगलियों की तरह टूटी हुई आवाज़ में चीखा—"किसे मारा है मैंने ?"

जीवन में पहली बार उसे दौरा आया, उसके हाथ-पैर इस तरह ऐंठे, वह चीखा-चिल्लाया और उसके मुँह से झाग निकले।

"भाइयो, मुझे माफ़ी नहीं मिलेगी। मुझे मार डालो। ईश्वर के नाम पर मेरे टुकड़े-टुकड़े कर डालो। मुझे दूसरी दुनिया में भेज दो।"

कमांडर और एक ट्रूप अफ़सर उसकी ओर दौड़े। उन्होंने उसे चारों ओर से कस लिया। जल्दी-जल्दी उसकी तलवार की पेटी खोली, लड़ाई के सामान का थैला अलग किया, मुँह पर हाथ रखा और उसके पैर सीधे किए। पर, वह उसके बोझ के बावजूद कितनी ही देर तक अपने ऐंठते हुए पैर पटकता, उनसे बर्फ उछालता और घोड़ों के खुरों के निशानों से पटी, सोना उगलनेवाली, काली मिट्टी पर रह-रहकर अपना सिर पटकता रहा। इसी मिट्टी में उसका जन्म हुआ था। इसी मिट्टी में वह पला, बढ़ा और रहा था। इसी मिट्टी में उसने अपने हिस्से में पड़ी ज़िन्दगी का पूरा रस लिया था। लेकिन यह ज़िन्दगी है कि दुखों की इसके पास क्या कमी और सुखों का इसके पास कहाँ नाम ! इस मिट्टी में सिर्फ घास उगती है। यह घास धूप और बरखा को उदासीन भाव से स्वीकारती है, उससे प्राण और शक्ति लेकर पलती और बढ़ती है, और फिर तूफान की बरबादी की फुफकार के आगे विनम्रता से गर्दन झुका देती है। इसके बाद, उसकी सूखती हुई फुनगियाँ शरद के सूरज की अगवानी में लगी रहती हैं कि वह हवा को अपने बीज सौंपकर उसी तरह विरक्त मन से दम तोड़ देती है।

45

दूसरे दिन ग्रिगोरी ने डिवीज़न की कमान एक रेजीमेंटल कमांडर को सौंप दी और खुद प्रोफेसर के साथ व्येशेन्स्काया के लिए रवाना हो गया। राह में एक गहरे खड्ड के ताल में उन्होंने जंगली कलहंसों का एक बहुत बड़ा जमाव देखा। प्रोखोर ने अपने चाबुक से उनकी ओर इशारा किया और बोला, "एक कलहंस का शिकार कर लो। मज़ा रहेगा, ग्रिगोरी पैन्तेलेयेविच ! घर पर दलिया के साथ अच्छा रहेगा।"

"ज़रा और पास पहुँच चलो...तब राइफल से निशाना साधूँगा।" ग्रिगोरी ने जवाब दिया।

वे दोनों खड्ड में उतरे। यहाँ प्रोखोर घोड़ों के साथ पहाड़ी के सिरे पर रुक गया। दूसरी ओर ग्रिगोरी ने अपना बरानकोट उतारा, राइफल का सेफ्टी-कैच ठीक किया और पिछले साल के कूड़ा-करकट से भरे नाले में रेंग गया। फिर बिना सिर उठाए बहुत देर तक रेंगता रहा, रेंगता रहा, जैसे कि दुश्मन की किसी चौकी की जासूसी कर रहा हो। ऐसा ही तो उसने स्तोखोद नदी पर तैनात जर्मन संतरी को पकड़ने के सिलसिले में किया था। सो इस समय उसकी कमीज़ का उतरा हुआ खाकी रंग ज़मीन के हरे-भूरे रंग से मिलकर एक हो गया और नाले ने उसे पानी के किनारे एक पैर से खड़े कलहंस की

तेज़ निगाह से बचा लिया। इस तरह वह कायदे के निशाने की जगह तक पहुँचा और उसने अपने को थोड़ा उचकाया। कलहंस ने अपनी उजली, सर्पीली गर्दन मोड़ी और चारों ओर चौकन्नी नज़र डाली। दूसरे कलहंस पानी में तैरते और डूबते-उतराते रहे। उनकी कीकों और पानी की बौछार की आवाज़ ग्रिगोरी के कानों में पड़ी। 'मैं निगाह जमाकर निशाना साध सकता हूँ।' उसने सोचा और फिर राइफल कन्धे पर टिकाकर निशाना साधा तो उसका दिल धड़कने लगा।

इसके बाद उसने गोली चलाई, और फिर उसके कान के पर्दे कलहंसों के पंखों की फड़फड़ाहट और कातर कीकों से इस तरह फटने लगे कि उछलकर खड़ा हो गया। जिस कलहंस को उसने निशाना बनाया था, वह उड़ गया और धीरज खोकर ज़्यादा-से-ज़्यादा ऊँचाई पर पहुँचने की कोशिश करने लगा। दूसरे कलहंस भी दल बाँधकर ताल के ऊपर उड़ गए। ग्रिगोरी ने चिड़ियों के बादलों पर दो गोलियाँ और चलाईं, एक चिड़िया को गिरते हुए देखता रहा, फिर मुड़ा और निराश मन से प्रोखोर के पास लौट गया।

"देखो, देखो !" प्रोखोर ने उछलकर घोड़े पर सवार होते, रकाबों पर सीधे खड़े होते और नीले आसमान में मुरझाते कलहंस की ओर चाबुक से इशारा करते हुए चीखकर कहा।

ग्रिगोरी मुड़ा। उसे कामयाब शिकारी की तरह रोमांच हो आया और वह खुशी से काँपने लगा। दल के पीछे रह गया एक कलहंस तेज़ी से नीचे उतरने और बीच-बीच में धीरे-धीरे अपने पंख फड़फड़ाने लगा। ग्रिगोरी पंजे के बल उचका और आँखों पर हथेली की आड़ कर उस कलहंस को देखने लगा। बीच में उसके कपूरी पंख धूप में चमक-चमककर आँखों में चकाचौंध पैदा करने लगे। सहसा ही चिड़िया एक पत्थर की तरह ज़मीन पर आ गिरी।

प्रोखोर ने खुशी से खिलकर मुस्कुराते हुए अपना घोड़ा ग्रिगोरी की ओर बढ़ाया और उसके घोड़े की रासें उसकी ओर बढ़ा दीं। फिर दोनों साथ-साथ ढाल के किनारे चल पड़े। उन्हें कलहंस आगे की ओर गर्दन फैलाए पड़ा मिला, जैसे कि बेरहम धरती को बाँहों में भरने की कोशिश कर रहा हो। ग्रिगोरी अपनी काठी से झुका और उसने अपना शिकार उठा लिया।

"गोली कहाँ लगी इसके ?" प्रोखोर ने पूछा।

पता चला कि गोली ने चिड़िया की चोंच छेद दी और उसकी आँख के गढ़े के चारों ओर की हड्डी चूर-चूर कर दी है। उसका दम उड़ान के दौरान निकला। यानी, मौत ने उसे बाकी दल से अलग किया और धरती पर लिटा दिया। प्रोखोर ने उसे काठी की कमानी से बाँध लिया और उनके घोड़े आगे बढ़ दिए।

उन्होंने बाज़की गाँव में अपने घोड़े छोड़कर दोन नाव से पार की।

व्येशेन्स्काया में ग्रिगोरी एक पुराने परिचित कज़्ज़ाक के घर ठहरा। उसने उससे कलहंस फौरन ही पकवाने को कहा और प्रोखोर को वोद्का लेने के लिए भेजा। पर स्टॉफ़ में जाकर रिपोर्ट करने की कोई कोशिश नहीं की। वे तीसरे पहर के बाद तक बैठे शराब पीते रहे। इस बीच बातचीत के दौरान बूढ़ा कज़्ज़ाक शिकायत-सी करने लगा।

"अफ़सरों ने यहाँ बड़ी ज़मीन सिर पर उठा रखी है, ग्रिगोरी पैन्तेलेयेविच !"

"कौन-से अफसरों ने ?" ग्रिगोरी ने पूछा।

"अरे, हमारे अपने ही अफसरों ने, कुदिनोव और उसके साथियों ने !"

"करते क्या हैं वे लोग ?"

"वे गैर-कज़्ज़ाकों की हड्डी-पसली ढीली किए दे रहे हैं। लाल फौजियों से जाकर मिल जानेवाले के घरों के लोगों को गिरफ्तार कर रहे हैं। औरतों, बच्चों और बूढ़ों को पकड़ रहे हैं। मेरी एक रिश्तेदार औरत को उसके बेटे के नाम पर बाँध ले गए हैं। लेकिन, आखिर इससे बात क्या बनती है ? मान लो तुम कैडेटों में शामिल हो जाते और लाल फौजी तुम्हारी वजह से तुम्हारे बूढ़े बाप पैन्तेली को

गिरफ्तार कर ले जाते, तो यह तो कोई इन्साफ़ की बात नहीं होती, है कि नहीं ?''

''बिल्कुल नहीं होती।''

''लेकिन, इस वक्त तो हमारी अपनी ही सरकार यह बरताव कर रही है। लाल फौजी यहाँ आए तो उन्होंने किसी को किसी तरह का कोई नुकसान नहीं पहुँचाया...लेकिन ये लोग तो जैसे पागल हो गए हैं। कहीं कोई रोकथाम ही नहीं है।''

ग्रिगोरी ज़रा लड़खड़ाता हुआ उठा और उसने हाथ बढ़ाकर पलंग के किनारे टँगा अपना बरानकोट उतारा। उसे नाम-भर का ही नशा था। चिल्लाकर बोला, ''प्रोखोर, मेरी तलवार और पिस्तौल...''

''तुम जा कहाँ रहे हो, ग्रिगोरी पैन्तेलेयेविच ?''

''तुम्हें इससे कोई मतलब नहीं...तुम वह करो जो तुमसे कहा जाता है।''

ग्रिगोरी ने अपनी तलवार और रिवाल्वर सम्हाली, बरानकोट की पेटी कसी और सीधा चौक में स्थित जेलखाने की ओर बढ़ा। वहाँ पहरेदार ने उसका रास्ता रोका और 'पास' माँगा।

''एक तरफ हो जाओ...मैं तुमसे कहता हूँ।''

''मैं बिना 'पास' के किसी को अन्दर जाने नहीं दे सकता।''

लेकिन, ग्रिगोरी ने अपनी तलवार म्यान से आधी ही खींची कि संतरी दरवाज़े से भाग खड़ा हुआ। ग्रिगोरी ने हाथ तलवार की मूठ पर रखे-ही-रखे उसका पीछा किया।

''मुझे जेल का हाकिम चाहिए।'' वह चीखा। उसका चेहरा पीला पड़ रहा और नोकदार नाक के ऊपर की भौंहें तनी रहीं। इस समय एक छोटे कद का कज़्ज़ाक लँगड़ाता हुआ उसकी ओर भाग आया। एक क्षण बाद नींद में डूबा गुस्से से लाल जेल का हाकिम सामने आया।

''तुम जानते हो कि बिना 'पास' के...'' वह गरजा, ग्रिगोरी को पहचानते और उसके चेहरे पर नज़र गड़ाते ही उसकी ज़बान लड़खड़ा गई—''आप हैं, आपका, यानी, आप हैं कॉमरेड मेलेखोव ? क्या चाहिए आपको ?''

''तहखानों की कुंजियाँ चाहिए !''

''तहखानों की कंजियाँ ?''

''हाँ, हाँ, तहखानों की कुंजियाँ...क्या यह बात मुझे हज़ार बार दोहरानी होगी ? मुझे चाभियाँ दो, कुत्ते के बच्चे !'' ग्रिगोरी जेल के हाकिम की ओर बढ़ा। हाकिम पीछे हटा, पर दृढ़ स्वर में बोला, ''मैं आपको चाभियाँ नहीं दे सकता। आपको हक नहीं है।''

''ठीक है !'' ग्रिगोरी ने दाँत पीसे और अपनी तलवार खींची, तो बरामदे की नीची छत के नीचे सीटी-सी बज उठी। इस पर क्लर्क और वार्डर डरी हुई गौरेयों की तरह देखते-देखते हवा हो गए और जेल का हाकिम दीवार से सट गया। उसका चेहरा दीवार के चूने से ज़्यादा सफेद गया। वह दाँत भींचे-ही-भींचे जैसे फुफकारा—''चाभियाँ यह रहीं...मगर मैं इसकी शिकायत करूँगा।''

''मैं तुम्हें शिकायत करने का खासा मौका भी दूँगा। तुम पीछे से कार्रवाई करने के बहुत आदी हो। बड़े बहादुर हो। औरतों और बूढ़ों को गिरफ्तार करते फिरते हो। मैं तुम लोगों को झकझोरकर रख दूँगा। सूअर कहीं के, घोड़े पर सवार हो और मोर्चे पर जाओ वरना जहाँ खड़े हो, मैं तुम्हें यहीं काटकर फेंक दूँगा।'' ग्रिगोरी ने तलवार म्यान में डाल ली और उस पर भरपूर मुट्टी जमाकर उसे घुटनों से बाहर के दरवाज़े की ओर ठेल दिया। गरजा—''मोर्चे पर जाओ ! जाओ ! मोर्चे पर जाओ, मौत ले जाए तुम्हें। पीछे रहनेवाले जुएँ हो तुम !''

उसने उस आदमी को बाहर धकेला और जेल के अन्दर के अहाते से आहट पाकर उस ओर दौड़ा। बावर्चीख़ाने के दरवाज़े पर तीन वार्डर खड़े दिखाई दिए। उनमें से एक के हाथ में ज़ंग-लगी एक जापानी राइफल थी और वह हड़बड़ी में चिल्ला रहा था—''जेल पर हमला हो गया है...हमें हमला करनेवाले को यहाँ से मार भगाना चाहिए। पुराने कानून इस मामले में क्या करते हैं ?''

ग्रिगोरी ने अपना रिवाल्वर निकाला और वार्डर सिर के बल बावर्चीखाने में भागे।

"बाहर निकलो तुम सब...और अपने-अपने घरों को जाओ !" ग्रिगोरी कुल मिलाकर कोई सौ लोगों से ठसाठस भरे तहखानों के दरवाज़े खोलते और कुंजियों का गुच्छा हिलाते हुए बोला। उसने सभी कैदियों को रिहा कर दिया, जो डरे उन्हें घसीटकर सड़क पर पहुँचाया और खाली तहखानों में ताला लगा दिया।

इस बीच जेल के फाटक पर भीड़ जमा होने लगी। रिहा कैदी चौक में इकट्ठे हो गए और फिर जल्दी-जल्दी अपने-अपने घरों के लिए रवाना हुए। गारद के कज़्ज़ाक स्टाफ-हेडक्वार्टर्स से भाग आए। कुदिनोव उनके साथ नज़र आया।

खाली जेलखाने से सबसे आखिर में ग्रिगोरी बाहर आया। वह भीड़ के बीच से गुज़रा तो उसने उत्सुक चहचहाती औरतों की भीड़ की ओर देखकर गालियाँ दीं और झुककर धीरे-धीरे कुदिनोव की ओर बढ़ा। चौक के उस पार से इस पार दौड़ते गारद के लोगों ने उसे पहचाना और उसका अभिवादन किया। उसने चिल्लाकर उनसे कहा, "जवानो, अपने क्वार्टरों को लौट जाओ। इस तरह दौड़-भाग क्यों कर रहे हो ? क्विक मार्च !"

"हमने तो सुना कि जेल में ग़दर हो गया है, कॉमरेड मेलेखोव !"

"झूठी अफ़वाह है।" उसने उत्तर दिया।

कज़्ज़ाक मुड़े और हँसते और आपस में बातें करते हुए लौट पड़े। कुदिनोव अपने बाल ठीक करता और उन पर हाथ फेरता ग्रिगोरी के पास आया।

"हलो, मेलेखोव, क्या मामला है ?" कुदिनोव ने पूछा।

"तुम तन्दुरुस्त रहो, कुदिनोव ! मैंने अभी-अभी तुम्हारे जेलखाने का ताला तोड़ डाला है।"

"किसलिए ? यह क्या तमाशा है ?"

"मैंने सारे कैदियों को छोड़ दिया है...तुम इस तरह घूर क्या रहे हो ? आखिर औरतों और बूढ़ों को तुम सब किस जुर्म के नाम पर इस तरह गिरफ्तार करते रहे हो ? आखिर तुम्हारा यह क्या तमाशा है ?"

"अपनी ही लकीर के फकीर बनने की कोशिश न करो। तुम मनमानी कर रहे हो।"

"मैं मनमानी कर अभी तुम्हें कब्र में पहुँचाकर दम लूँगा, समझे ! कारगिन्स्काया जाकर अपनी रेजीमेंट ले आऊँगा और तब तुम मेरी सही मनमानी देखोगे।" ग्रिगोरी ने सहसा ही लपककर कुदिनोव की चमड़े की काकेशियाई पेटी थाम ली, और गुस्से से लड़खड़ाते हुए सधे स्वर में बोला, "अगर कहो तो अभी मैं तुम्हारा सीना चाक कर दूँ और कहो तो यहीं खड़े-खड़े अभी तुम्हारा कलेजा चीरकर रख दूँ।"

उसने दाँत पीसे और शान्त भाव से मुस्कुराते कुदिनोव की पेटी की पकड़ ढीली कर दी। बोला, "खिसिया किस बात पर रहे हो ?"

कुदिनोव ने पेटी ठीक करते हुए ग्रिगोरी का हाथ थामा—"आओ, मेरे कमरे में चलो ! आखिर तुम इस तरह उबल किस बात पर रहे हो ? ज़रा देखो तो इस वक्त तुम लग कैसे रहे हो ! जैसे खुद शैतान ज़मीन पर उतर आया हो ! हम तो तुम्हारे यहाँ आने का इन्तज़ार देखते रहे हैं। जहाँ तक जेलखाने का सवाल है, वह कोई ऐसी बात नहीं है। तुमने कैदियों को छोड़ ही तो दिया न !... ठीक...ऐसा कोई नुकसान नहीं कर दिया। मैं जवानों से कह दूँगा कि जिन औरतों के आदमी लाल फौजों में हों, उन्हें जहाँ तक बने गिरफ्तार न करे। लेकिन, तुम हमारे रोबदाब और ताकत पर इस तरह कीचड़ क्यों उछाल रहे हो ?...उफ, ग्रिगोरी, तुम बहुत ही तेज़ और ज़िद्दी आदमी हो। तुम हमारे पास आ सकते थे, हमसे कह सकते थे कि इन कैदियों को छोड़ दिया जाना चाहिए। हम फेहरिस्त देखते और कुछ लोगों को रिहा कर देते...लेकिन तुमने एक तरह से सभी को छोड़ दिया...यह तो खैरियत

समझो कि हम बड़े मुजरिमों को अलग रखते हैं...अगर कहीं तुम उन्हें छोड़ देते तो तुम्हारा क्या, सिरफिरे हो तुम !'' उसने ग्रिगोरी के कन्धे पर हाथ मारा और हँसा–''क्या अजब है कि इस घड़ी जो तुमसे अक्ल की बात करेगा उसे मार डालोगे या इससे भी बदतर करोगे कि कज़्ज़ाजों को भड़काना शुरू कर दोगे...।'' ग्रिगोरी ने कुदिनोव की पकड़ से अपना हाथ छुड़ाया और स्टाफ-हेडक्वार्टर्स के दरवाज़े पर ही ठिठक रहा–

''हमारी पीठ फिरते ही तुम सब यहाँ बड़े बहादुर बनने लगे हो, तुमने लोगों को जेल में ठूँस दिया है। ज़रा वहाँ मोर्चे पर चलकर अपनी अक्ल और हाथ दिखलाओ, तो जानें !''

''अपने ज़माने में हमने भी तुमसे कुछ कम जौहर नहीं दिखलाया है और अब भी मैं हिचकता नहीं...आओ, तुम यहाँ मेरी जगह ले लो और मैं तुम्हारा डिवीज़न सँभाले लेता हूँ।''

''नहीं, शुक्रिया !''

''देखा न...''

''लेकिन, इन बेकार की बातों में हम महज़ अपना वक्त खराब कर रहे हैं। मैं घर जाकर आराम करना चाहूँगा। तबीयत ज़रा ढीली है। और यह भी है कि मेरा कन्धा गोली से जख़्मी हो चुका है।''

''तुम्हारी तबीयत ढीली है क्या ?''

''जी घबराता है।'' ग्रिगोरी व्यंग्य से मुस्कुराया–''मुझे घबराहट होती है, मन ठीक नहीं है।''

''वैसे मज़ाक की बात अलग है। लेकिन, आखिर बात क्या है ? हमारे यहाँ एक डॉक्टर कैद है। शायद कभी प्रोफेसर भी रहा है। शुमिलिन्स्काया के जहाज़ियों के साथ था। ख़ासा बड़ा आदमी मालूम होता है। काले चश्मे लगाता है। वह तुम्हें देख सकता है।''

''ऐसी-तैसी में जाए वह !''

''खैर, तो घर जाओ और थोड़ा आराम कर लो।...पर, डिवीज़न तुमने किसे सौंपा है ?''

''र्याबचिकोव को।''

''लेकिन, ज़रा ठहरो न...ऐसी भी क्या जल्दी है ? कुछ मोर्चे के हालचाल सुनाओ। हमने कल सुना कि तुमने क्लिमोवका में अनगिनती जहाज़ी मार डाले। यह ख़बर ठीक है ?''

''अलविदा !'' ग्रिगोरी चल दिया, लेकिन कुछ कदम जाने पर मुड़ा और चिल्लाकर बोला, ''अगर मैंने सुना कि तुमने फिर लोगों को गिरफ्तार करना शुरू किया है तो...''

''नहीं...फिक्र न करो ! जाओ चैन से आराम करो !''

दिन सूरज के पीछे-पीछे पश्चिम की ओर बढ़ता रहा। दोन की तरफ से हड्डी कँपा देनेवाली हवा के ठंडे झोंके आए। मुर्गाबियों का एक दल सर्राटे भरता ग्रिगोरी के सिर के ऊपर से गुज़रा। उनके पंखों से सीटियाँ-सी सुनाई पड़ीं। फिर, घोड़ों के अस्तबल की ओर से ग्रिगोरी अहाते में घुसा कि दोन के ऊपरी हिस्से से आती तोप की आवाज़ उसके कानों में पड़ी।

प्रोखोर ने घोड़ों पर जल्दी-जल्दी ज़ीनें कसीं और उन्हें बाहर लाकर पूछा, ''अब कहाँ चलोगे, तातारस्की ?''

ग्रिगोरी ने रासें अपने हाथों में ले लीं और मुँह से कुछ बोले बिना सिर हिलाया।

46

तातारस्की कज़्ज़ाकों के बिना बड़ा उदास-उदास और खाली-खाली-सा था। तातारस्की के लोगों का एक पैदल स्क्वैड्रन बनाकर दोन के पार भेज दिया गया था और उसे फिलहाल पाँचवीं डिवीज़न की एक रेजीमेंट में जोड़ दिया गया था।

लाल फौजों को कुमुक मिल चुकी थी। उन्होंने उत्तर-पूर्व से ज़ोर-शोर से हमला करके कई गाँव

जीत लिए थे और वे येलान्स्काया की ओर बढ़े थे। पर, इसके बाद से दाँत-से-दाँत बजा देनेवाली जो लड़ाई हुई थी, उसमें जीत विद्रोहियों की हुई थी। इसका कारण यह था कि लाल सेना के मास्को-रेजीमेंट को सामने पाकर पीछे हटती येलान्स्काया और बुकासेवस्काया की रेजीमेंटों को भी ताकतवर कुमक मिल चुकी थी। पहली डिवीज़न की चौथी विद्रोही रेजीमेंट को, तातारस्की के एक स्क्वैड्रन, तीन तोपोंवाली एक बैटरी और घुड़सवार फौजियों के दो रिज़र्व स्क्वैड्रनों के साथ दोन के बाएँ किनारे-किनारे येलान्स्काया भेज दिया गया था। साथ ही येलान्स्काया के लगभग सामने, दोन के दाएँ किनारे के गाँव में ज़ोरदार कुमक जमा कर दी गई थी। क्रीन्स्काया की पहाड़ी पर एक बैटरी जमा दी गई थी और अपने निशाने के लिए प्रसिद्ध उसी गाँव के एक कज़्ज़ाक ने अपने पहले गोले से ही लाल सेनाओं की मशीनगनों के ताँते को अस्त-व्यस्त कर दिया था। इसके अलावा फटनेवाली गोलियों से भरे दो-तीन बमों से लाल-सैनिक बेंत की झाड़ियों में जा छिपे थे। इस तरह जीत का सेहरा विद्रोहियों के सिर पर रखकर लड़ाई ख़त्म हुई थी।

फिर यों हुआ कि विद्रोहियों ने येलान्का नदी के पार पीछे हटती लाल टुकड़ियों को जी-भर दबाया और घुड़सवार सेनाओं के ग्यारह स्क्वैड्रन उनके पीछे भेजे। इन स्क्वैड्रनों ने ज़ातोलोव्स्की गाँव के पास की पहाड़ी पर लाल सेना के पूरे-के-पूरे एक स्क्वैड्रन को पकड़ा और काटकर फेंक दिया।

इस लड़ाई के बाद तातारस्की के पैदल लड़ाकू दोन के बाएँ किनारे रेतीली पहाड़ियों में भटकते रहे। शायद ही उनमें से कोई कभी छुट्टी पर घर न आया। केवल एक बार ऐसा हुआ कि ईस्टर पर जैसे कोई गुप्त समझौता कर, तातारस्की पैदल कम्पनी के पूरे आधे लोग गाँव को लौट आए। उन्होंने बस एक दिन वहाँ बिताया। इस तरह कपड़े बदले, सूअर के नमकीन मांस की चर्बी, डबलरोटी के सूखे टुकड़े और खाने-पीने की दूसरी चीज़ें लीं, लकुटियों के बजाय राइफलें हाथ में लेकर तीर्थयात्रियों के बड़े दल की तरह दोन पार की और येलान्स्काया ज़िले की ओर बढ़े। उनकी बीवियाँ, माँएँ और बहनें उन्हें पहाड़ी की चोटी से देखती रहीं। ये स्त्रियाँ सन्ताप से बिलखती, रूमालों और शॉलों के सिरों से अपनी आँखें पोंछती और कमीज़ के सिरों में नाकें छिनकती रहीं। दूसरी तरफ़ दोन के दूर के किनारे पर, बालू के टीलों के ऊपर कज़्ज़ाक मार्च करते रहे—क्रिस्तोन्या, अनीकुश्का, पैन्तेली प्रोकोफियेविच, स्तीपान अस्ताख़ोव और दूसरे लोग। राइफलों में सधी संगीनों पर खाने की चीज़ों से भरे उनके थैले लटकते रहे। हवा, उनके उदासी से भरे गानों के स्वरों को जंगली अजवाइन की महक की तरह, दूर पहुँचाती रही। वे आपस में जाने कितने-कितने विषयों पर बातें करते रहे। अधिकांश यों चलते रहे जैसे कि उनमें दम न हो। पर वे साफ-सुथरे थे और उनके पेट भरे हुए थे। त्योहार के पहले उनकी पत्नियों और माताओं ने पानी गर्म किया था, मैल की पपड़ियोंवाले उनके बदन रगड़-रगड़कर साफ किए थे, और ख़ून से फूली हुई जुएँ उनके बालों से निकाली थीं। सवाल उठा कि क्यों न घर पर ही रहा जाए और ज़िन्दगी के मज़े लिए जाएँ ? लेकिन नहीं, उन्हें तो मौत का सामना करना था और वे चल खड़े हुए थे। उनमें सोलह-सत्रह साल के लड़के भी थे। उन्हें अभी-अभी विद्रोहियों की सेनाओं के लिए भर्ती किया गया था। वे अपने बूट और सैंडिल उतारकर गर्म बालू पर नंगे पैरों चलते खुशी का काम जाने बिना ही खुश दीखते, खुशी से खिलकर बातें करते और अपने अल्हड़ स्वरों में गीत छेड़ देते। उन्हें लड़ाई किसी नए खेल-सी लगती। लड़ाई के शुरू-शुरू में वे कड़ी धरती पर से अपने सिर उठा लेते और ऊपर सरसराती गोलियों की सीटियाँ सुनते। मोर्चे के कज़्ज़ाक उन्हें खाइयाँ खोदना, गोली चलाना, मार्च के समय सामान ले चलना, बालों से जुएँ निकालना, और भारी बूटों के कारण तकलीफ महसूस न करने के लिए पैरों में कपड़े बाँधना तक सिखलाते तो नफरत से भर उठते और 'हरा मुस्ता'[1] के नाम से बुलाते। लेकिन इस बीच कोई हरा मुस्ता अपने चारों ओर की दुनिया की चिड़िया की-सी निगाहों से अचरज से देखता। वह अपना सिर उठाता, उत्सुकता के आवेग में खाई के बाहर नज़र गड़ाता और

1. कीचड़ या पानी के किनारे उगनेवाला घास की तरह का एक पौधा।

लाल फौज़ियों को देखने की इस तरह ताबड़तोड़ कोशिश करता कि किसी लाल सैनिक की गोली उसे अपना निशाना बना लेती। अब अगर मौत हिस्से में पड़ जाती तो भरे हुए बाजुओं, भद्दे-से कानों और पतली गर्द में फूटता हुआ कंठ लिए वह सोलह साल का फौजी अपने हाथ-पैर फैला देता और एक महान् बालक की तरह चिर-निद्रा में डूब जाता। उसके बाद उसे उसके गाँव ले जाया जाता और जहाँ उसके पुरखे सड़ रहे होते, उसी कब्र में उसे भी दफनाने की तैयारी की जाती। उसकी माँ अपने हाथ मलते हुए उससे मिलने आती, उसकी लाश पर गिरकर गला फाड़-फाड़कर रोती और सिर के सफेद बाल नोचती। फिर लड़के को दफना दिया जाता और कब्र के ऊपर का टीला सूखने लगता तो बुढ़िया कमर झुकाकर अपना लाइलाज दर्द लेकर गिरजे में जाती और अपने 'मर गए और दुनिया से उठ गए' बेटे की याद में आँसू के फूल चढ़ाती।

पर अगर कहीं ऐसा होता कि गोली तो लगती, मगर जान बच जाती तो लड़का लड़ाई की भयानकता का अनुभव करने लगता। उसके होंठ काँपते और ऐंठते। 'फौजी' बचकानी आवाज़ में चीखता—"उफ...माँ...मेरी माँ !" और उसकी आँखों से नन्हे-नन्हे आँसू बहने लगते। इसी बीच बिना लीकों के खेतों में होकर एम्बुलेंस की गाड़ी आ जाती, कम्पनी का मेडिकल अफ़सर उसके घाव धोता और हँसते हुए उसे इस तरह धीरज बँधाता जैसे कि छोटा-सा बच्चा हो—"देखो वान्या, अब मरने का नाम कभी न लेना !" लेकिन फौजी वान्या आठ-आठ आँसू रोता, घर जाने की बात करता और माँ की रट लगाता। आखिरकार अगर वह ठीक हो जाता तो सचमुच ही लड़ाई के राज़ को पूरी तरह समझने लगता। फिर एक-दो हफ्ते की लड़ाइयाँ और संगीनों की मुठभेड़ें उसे पक्का कर देतीं। वह किसी लाल फौजी कैदी के सामने टाँग फैलाए खड़ा नज़र आता, किसी खूँखार सार्जेंट-मेजर की तरह थूकता और दाँत भींचकर फुफकारता—"हाँ तो किसान, पकड़ा गया तू ! दोगला कहीं का ! यानी, हुजूर ज़मीन चाहते थे ? बराबरी चाहते थे ? मेरा ख़याल है कि कम्युनाक हो तुम। बतलाओ, हमें अपने राज़ बतलाओ...साँप हो तुम !" इतना ही नहीं, अपनी हिम्मत और बहादुरी का सिक्का जमाने के लिए कज़्ज़ाक राइफल उठाता और उस आदमी को गोली मार देता, जो सोवियत सरकार, कम्युनिज़्म और धरती से लड़ाई के खात्मे के लिए लड़ता हुआ दोन की धरती पर जीता और दोन की धरती पर दम तोड़ देता।

दूसरी तरफ महान् सोवियत रूस के मास्को या व्यात्का प्रदेश के किसी एकाकी गाँव में किसी माँ को ख़बर मिलती—"तुम्हारा बेटा मेहनतकशों को ज़मींदारों और पूँजीपतियों के जुए से छुटकारा दिलाने के लिए श्वेतगार्दों से लोहा लेते-लेते शहीद हो गया।" उसके गालों पर आँसुओं की धार बह चलती और वह उस समाचार को बार-बार पढ़ती। माँ के कलेजे में आग-सी सुलगने लगती, उसका दिल दर्द से फटने लगता और अपनी आखिरी साँस तक अपने उस बेटे के लिए कलपती रहती। सोचती, मैंने उसे इतने महीने अपनी कोख में रखा, अपने खून से बड़ा किया और कितनी-कितनी तकलीफ़ें उठाईं, और वही दोन के किसी अनजाने कोने में दुश्मन के वार का शिकार हो गया !

तातारस्की की आधी पैदल कम्पनी बालू के ढेरों और लाल बेंतों के ऊपर से मार्च करती गई। इस सिलसिले में कम उम्र के लोग सोच-विचार में डूबे बिना खुश-खुश आगे बढ़ते जाते, पर बड़ी उम्र के लोग आहें भरते और उनकी आँखों की कोरों में अनदेखे आँसू छिपे रहते। बात यह है कि यह समय जुताई, निराई और बोआई का था और उनकी धरती दिन-रात उनकी प्रतीक्षा करती थी; लेकिन उन्हें जाना था, चाहे या अनचाहे लड़ाई में हिस्सा लेना था और बरबस अपने ऊपर लादे गए निकम्मेपन, डर, चीज़ों की कमी और कुत्सा और तड़पन के वातावरण में अजीब-अजीब गाँवों में तिल-तिल कर घुलना था। यही कारण है कि दाढ़ीवाले कज़्ज़ाकों की आँखें रह-रहकर भर आती थीं और मार्च करते-करते वे उदास हो उठते थे। उनमें से हर एक को अपने छूटे हुए फार्म, अपने ढोर और अपने कामकाज की चीज़ें याद आ जाती थीं। उसे लगता कि हर चीज़ को एक हाथ की दरकार है और मालिक

की निगाह सामने नहीं है तो हर चीज़ की आँखों में आँसू हैं। आखिर एक अकेली औरत कितना और क्या कर लेगी ? ज़मीन सूख जाएगी, बीज में कल्ला नहीं फूटेगा और अगले साल अकाल पड़ने का डर पैदा हो जाएगा। कोई यों ही तो नहीं कहा गया कि खेत पर झेंपू लड़की से कहीं ज्यादा काम का तो मेहनती बूढ़ा साबित होता है।

इस तरह बुज़ुर्ग बालू पर चुपचाप चलते गए। उनमें थोड़ी गर्मी तब आई जब साथ के किसी छोकरे ने किसी खरगोश को गोली मार दी। उन्होंने अच्छी-खासी गोली की इस तरह की बरबादी के लिए उसे सज़ा देने का फैसला किया, क्योंकि विद्रोही फौजों के कमांडर ने हुक्म निकालकर इस तरह के कामों की बिल्कुल मनाही कर रखी थी। वे लड़के पर बरस पड़े। पैन्तेली ने सुझाव पेश किए–"इसे चालीस बेंत लगाए जाएँ।"

"बहुत ज़्यादा होंगे। उसके बाद में वह मोर्चे तक पहुँच न पाएगा।"

"तो सोलह ही सही," क्रिस्तोन्या गरजा।

फैसला सोलह बेंतों का हुआ। उसके बाद लड़का रेत पर लिटाया गया और उसकी पतलून उतारी गई। क्रिस्तोन्या ने किसी गाने की कोई पंक्ति गुनगुनाते हुए बेंत तोड़े और अनीकुश्का ने सज़ा देने का काम शुरू किया। दूसरे लोग चारों तरफ बैठे धुआँ उड़ाते रहे। इसके बाद फिर मार्च शुरू हुआ। सबके पीछे बेंत खानेवाला अपने आँसू पोंछता और पतलून की पेटी कसता घिसट चला।

फिर वे ज्यों ही रेतीले वीराने के सिरे पर पहुँचे और खेतीबारी के लायक ज़मीन सामने आई, उनके बीच युद्ध के अन्त और शान्ति की चर्चा छिड़ गई।

"वह रही, हमारी प्यारी दुलारी ज़मीन। अपने मालिक के इन्तज़ार में। और मालिक है कि उसके पास उसके लिए वक्त ही नहीं है। वह, शैतान ही जानता है कि क्यों, पहाड़ियों पर पहाड़ियाँ और घाटियों पर घाटियाँ छानता फिर रहा है।" सूखी हुई मिट्टी की एक टुकड़ी की ओर इशारा करते हुए एक बूढ़े ने आँख भरकर कहा।

यानी वे जुती हुई ज़मीन के पास से निकले तो उनमें से हर एक ने झुककर मिट्टी का सूखा, धूप में तपा हुआ एक ढेला उठाया और हथेली पर रखकर मला। अन्तर् कराह उठा– "ज़मीन तैयार है..."

"यही वक्त है जुताई का।..."

"तीन दिन और निकल जाने दो, फिर यहाँ बोआई नहीं हो सकेगी।"

"दोन के हमारे इलाके में बहार इस बार कुछ पहले आ गई है।..."

"कुछ पहले कैसे ! जाकर देख आओ, नाले-नालियों में अब भी बर्फ पड़ी है।"

दोपहर का समय हुआ और वे आराम करने को रुके। अब प्रोकोफियेविच ने उस सज़ावार लड़के को थोड़ा दही खाने को दिया। दही राइफल की नली में लटकी लिलेन की थैली में वह साथ लाया था और रास्ते-भर थैली से पानी चूता रहा था। इस पर अनीकुश्का ने उसे छेड़ा था–बूढ़े बैल की तरह अपने पीछे अपना निशान छोड़ते जा रहे हो, प्रोकोफियेविच ! सो वही दही लड़के को देते हुए पैन्तेली बोला, "तुम्हें अपने बड़ों से नाराज़ नहीं होना चाहिए। बेवकूफ कहीं के ! तुम्हें बेंत लगाए गए हैं, पर इसमें तकलीफ की ऐसी कोई बात नहीं है। तुम्हें मालूम है, जिसे बेंत लगा दिए जाते हैं वह एक-दो बेंत न खानेवाले के बराबर गिना जाता है।"

"ठीक है, चाचा पैन्तेली...मगर मेरे बजाय यह बेंत तुम्हें लगते न, तो तुम दूसरे ही लहजे में बात करते।"

"मैंने इससे कहीं ज़्यादा कुछ देखा-सुना और सहा है, मेरे बच्चे ! मेरे बाप ने एक बार गाड़ी के बम से मुझे मारा..."

"गाड़ी के बम से !"

"कहा न, गाड़ी के बम से ! तुम मेरा दिया दही खा रहे हो, है न ? तो फिर बहस किसलिए कर रहे हो ? तुम्हारे चम्मच का हत्था कहाँ है ? तोड़ दिया, है न ? कुत्ते के बच्चे ! तुम्हें खाने-भर को आज सुबह नहीं मिला।"

तो खाने के बाद उन लोगों ने वसन्त के दिनों की तेज़ हवा का मज़ा लेते हुए आराम किया। वे धूप की तरफ पीठ कर थोड़ी देर को सोए और फिर भूरे-से स्तेपी मैदान के अनजुते खेतों के ठूँठों के ऊपर से होते हुए चल पड़े।

उन्होंने ट्यूनिक, बरानकोट और चरवाही के कोट पहन रखे थे या भेड़ों की खालें ओढ़ रखी थीं। कुछ के पैरों में बूट थे। कुछ के पैरों में सैंडिल। बाकी के पैर नंगे थे। उनके खाने के थैले संगीनों पर झूल रहे थे।

इस तरह विद्रोहियों के इस स्क्वैड्रन के लोग देखने-सुनने और चाल-ढाल से बहुत ही गैर-फौजी लगते, यहाँ तक कि वे मार्च करते तो नीले आसमान को अपने स्वरों से गुँजाती लवा चिड़िया उनके पैरों की धमक से धरती पर आ गिरती।

ग्रिगोरी को गाँव में एक भी कज़्ज़ाक न मिला। दूसरे दिन सवेरे उसने अपने जवान हो रहे बेटे मिशातका से घोड़े को नदी पर ले जाकर पानी पिला लाने को कहा और खुद नताल्या के साथ ग्रीश्का बाबा और अपनी सास से मिल आने को चल पड़ा।

लुकीनीचिना ने उन दोनों का आँसुओं से स्वागत किया। "ग्रिशा बेटे, हम तो मिरोन के बिना मिटकर रह जाएँगे। भगवान् उसकी आत्मा को शान्ति दें। हमारे खेतों पर खेती अब कौन करेगा ? खलिहान बीजों से भरा पड़ा है, मगर बोआई करानेवाला कोई नहीं है। हम यतीम होकर रह गए हैं। कोई हमारी बात नहीं पूछता। हम हर एक के लिए अजनबी हो गए हैं। देखो न, हमारा फार्म किस तरह चौपट हो रहा है। हम तो अब कहीं कुछ करा ही नहीं पाते।"

और सचमुच ही फार्म तेज़ी से चौपट हो रहा था। अहाते गन्दे और सड़ाँध से भरे थे, उनकी बाड़ों को ढोरों ने कुचल डाला था, शेड की मिट्टी की दीवार वसन्त के पानी ने बहा दी थी, खलिहान में कहीं कोई बाड़ न रह गई थी, और ज़ंग-लगी टूटी मशीनें जहाँ-तहाँ बिखरी पड़ी थीं। हर तरफ़ मायूसी और बरबादी का बोलबाला था।

बिना मालिक के चीज़ें देखते-देखते तीन-तेरह हो गई हैं—ग्रिगोरी ने फार्म के अहाते का चक्कर लगाते हुए तटस्थ भाव से सोचा। वापस आया तो उसने नताल्या को माँ के कानों में फुसफुसाकर कुछ कहते देखा। लेकिन उसे देखते ही वह चुप हो गई और उसके होंठों पर खुशामद से भरी मुस्कान दौड़ा गई। बोली, "माँ अभी कह रही थी कि कल तुम खेतों पर चले जाओ और न हो तो एक एकड़ की ही बोआई पूरी कर दो।"

"लेकिन माँ बोआई क्यों चाहती है ?" उसने पूछा, "तुम्हारी गुआर के बीज में गेहूँ भरे पड़े हैं।"

लुकीनीचिना ने अपने हाथ बजाए—"लेकिन, ग्रीशा, ज़मीन का क्या होगा ? हमारा मिरोन ज़िन्दा था तो कितनी ही ज़मीन की बोआई कर डालता था।"

"खैर, तो अब उस ज़मीन का क्या, वह पड़ी रहेगी। और हो क्या सकता है ? मगर हम सब सही-सलामत रहे, तो इस पतझर में उसकी बोआई होगी।"

"लेकिन, ज़मीन को आखिर हम कैसे बरबाद होने दे सकते हैं ?"

"लड़ाई के मोर्चे ज़रा पीछे हट जाएँ तो बोआई हो जाएगी।" ग्रिगोरी ने अपनी सास को समझाने की कोशिश की। लेकिन लुकीनीचिना अपनी ज़िद पर अड़ी रही और आखिरकार अपने काँपते हुए होंठ सिकोड़ती हुई बोली, "ठीक है, अगर तुम्हारे पास वक्त नहीं है तो...मालूम होता है कि तुम हमारी मदद

करना नहीं चाहते।''

''अच्छा, तो कल सारा कुछ देख लिया जाएगा, और फिर आपकी दो एकड़ की बोआई मैं पूरी कर दूँगा। मेरा खयाल है कि इतना काफी होगा। ग्रीश्का बाबा तो सही-सलामत हैं ?''

''शुक्रिया, शुक्रिया !'' लुकीनीचिना एकदम खिल उठी–''मैं एग्रिपिना से कह दूँगी और बीज तुम्हारे पास पहुँच जाएँगे। और, हाँ बाबा ! अभी भगवान् ने उन्हें नहीं पूछा। वे अभी ज़िन्दा हैं, पर उनका दिमाग ज़रा यों ही हो गया है। दिन-रात घर में बैठे बाइबिल वगैरह पढ़ते रहते हैं। कभी-कभी बातें करने पर आते हैं तो बेरोकटोक बोलते चले जाते हैं। बेमतलब,...ज़बान गिरजे की होती है। तुम चाहो तो जाओ और उनसे मिल आओ। सामनेवाले कमरे में हैं।''

''मैं अभी-अभी उनसे मिली थी।'' नताल्या आँसुओं के बीच मुस्कुराती हुई बोली, ''मुझसे कहने लगे–रानी बिटिया, तू तो कभी यहाँ आती ही नहीं...मैं अपनी पोती के लिए ईश्वर से प्रार्थना करूँगा कि वह तुझे हमेशा खुश रखे ! जहाँ तक मेरा सवाल है, मेरे दिमाग में तो हर वक्त ज़मीन की गहराइयाँ नाचती रहती हैं, नताल्या ! धरती मुझे आवाज़ दे रही है। काफी उम्र हुई, अब तो...!''

ग्रिगोरी बूढ़े से मिलने गया। उसकी साँसों से बुढ़ापे और ज़िन्दगी के आखिरी दिनों का संकेत मिला। ग्रीश्का ने अब भी, कॉलर की लाल पट्टियोंवाली, अपनी ट्यूनिक पहन रखी थी। पतलून ठीक-ठाक थी। ऊनी मोज़े रफू किए हुए थे। नताल्या की शादी के बाद से बूढ़े की देख-रेख का भार उसकी छोटी पोती एग्रिपिना पर आ गया था और वह नताल्या की तरह उसकी पूरी चिन्ता करती थी। इस समय उसके घुटनों पर बाइबिल रखी हुई थी। सो, उसने चश्मे के नीचे से ग्रिगोरी पर निगाह डाली, मुँह खोला और मुस्कुराया तो दाँत झलकने लगे। बोला, ''अब भी ठीक-ठाक हो फौजी। ईश्वर ने गोलियों के बीच भी तुम्हारा बाल-बाँका नहीं होने दिया, उसका लाख-लाख शुक्र !...बैठो !''

''बाबा, अच्छे तो हैं ?''

''क्या ?''

''मैंने कहा कि आप अच्छे तो हैं ?''

''तुम भी अजीब लड़के हो, सचमुच अजीब लड़के हो ! मैं इस उम्र में अच्छा कैसे हो सकता हूँ ? अब तो सौ का हो रहा हूँ। हाँ, सौ साल पूरे हो रहे हैं। अभी कल तो लगता था कि मैं जवान हूँ और जवानों और रईसों का एक जमघट मेरे साथ है। और, आज सवेरे आँख खुली तो ऐसा लगा जैसे कि मैं एकदम मौत के दरवाज़े पर पहुँच गया हूँ। ज़िन्दगी बिजली के कौंधे की तरह आँखों से ओझल हो गई है। मेरा ताबूत इतने सालों से शेड में रखा है, लेकिन ईश्वर है कि जैसे उसे मेरा खयाल ही नहीं है। कभी-कभी मैं प्रार्थना करता हूँ–''भगवान्, अपने इस ग्रीश्का पर मेहरबानी करो। मैं ज़मीन के लिए बोझ बन रहा हूँ, और ज़मीन मेरे लिए बोझ बन रही है।''

''अभी बहुत दिन जिएँगे बाबा ! अभी तो आपके सारे दाँत साबित हैं।''

''यह तुम क्या कह रहे हो ?''

''ठीक ही तो कह रहा हूँ...अभी तो आपके इतने दाँत हैं !''

''दाँत ! बेवकूफ हो तुम, बच्चे !'' ग्रीश्का नाराज़ हो उठा–''जब रूह बदन से निकलने पर आएगी तो दाँत उसे रोक नहीं लेंगे !...तो, तुम्हारी लड़ाई अभी चल रही है ?''

''हाँ, चल रही है।''

''यही तो मैंने कहा। लेकिन, तुम सब आखिर लड़ क्यों रहे हो ? शायद तुम लोग खुद नहीं जानते। यहाँ जो कुछ होता है, उसी परमात्मा के इशारे पर होता है। हमारा मिरोन आख़िर क्यों मरा ? वह मरा, क्योंकि वह परमात्मा के खिलाफ गया और उसने लोगों को सरकार के खिलाफ उभारा। बात यह है कि हर सरकार ईश्वर की भेजी हुई होती है। ईसा की खिलाफत करनेवालों की सरकार होती है, तो भी ईश्वर की बनाई हुई होती है। मैंने तो मिरोन से कहा था–''मिरोन, लोगों को लालच में न फँसाओ !

उन्हें सरकार के खिलाफ न उकसाओ।'...लेकिन, उसने जवाब दिया, 'नहीं, पापा, यह नहीं चलेगा। हमें तो सीना तानकर खड़ा होना चाहिए। हमें इस सरकार का तख्ता उलटना चाहिए। यह हमें बरबाद किए डाल रही है। कभी हम आदमियों की तरह जीते थे, मगर आज तो हम फकीर बनकर रह गए हैं।' इस तरह उसने लालच के सामने अपने हथियार डाल दिए। और, कहते हैं कि जो तलवार उठाता है, वह तलवार के ही घाट उतरता है। और यह सच भी है !...सुना है कि तुम जनरल बन गए हो और एक डिवीज़न की कमान तुम्हारे हाथ में है। क्या यह सही है ?''

''जी हाँ।''

''लेकिन, तुम्हारी पट्टियाँ और तग़मे कहाँ हैं ?''

''अब हम लोग उनका इस्तेमाल नहीं करते।''

''उनका इस्तेमाल नहीं करते ! तो फिर, कैसे जनरल हो तुम ? पुराने ज़माने में बड़ी बात मानी जाती थी यदि कोई जनरल हो तो जनरल की तरह लगे। उस वक्त जनरल लोग खूब खाते-पीते थे, उनकी बड़ी तोंदें होती थीं और वे बड़े नज़र आते थे। लेकिन तुम...तुम ज़रा अपने को देखो—तुम्हारा बरानकोट गर्द से सना हुआ है, पट्टियाँ और तग़मे तुम्हारे पास नहीं हैं, सफेद डोरी तुम्हारे सीने पर नहीं है, और तुम्हारे सिर में जुएँ भरी हुई हैं। तुम्हारी ये जुएँ तुम्हें खा जाएँगी।''

ग्रिगोरी ने ज़ोर का ठहाका लगाया। लेकिन, ग्रीश्का उसी तरह कटुता से कहता गया—''हँसो मत, बदमाश कहीं के ! तुम लोगों को मौत के मुँह में झोंक रहे हो। तुमने उन्हें सरकार के खिलाफ उभारा है। बहुत बड़ा गुनाह किया है। इस पर भी, वे लोग तुम्हें बरबाद कर देंगे और तुम्हारे साथ हमें कहीं का न रखेंगे। ईश्वर तुम्हें समझाएगा कि उसका चाहना और न चाहना कितनी बड़ी चीज़ है। क्या बाइबिल में मुसीबतों से भरे हमारे इस ज़माने का ज़िक्र नहीं है ? सुनो और मैं तुम्हें सुनाता हूँ कि पैगम्बर जेरेमिआह ने क्या कहा।''

बूढ़े ने अपनी पीली उँगलियों से बाइबिल के ज़र्द पन्ने उलटे और हर शब्द के उच्चारण पर बल देते हुए धीरे-धीरे पढ़ने लगा, ''तुम राष्ट्रों के बीच घोषणा कर दो, खुल्लमखुल्ला लोगों से कह दो, छपवा दो, इस बात को छिपाओ नहीं। कह दो...कह दो बेबीलोन ले लिया गया—बेल परेशान है, मेरोदाश के टुकड़े-टुकड़े हो गए हैं—उसकी देव मूर्तियाँ कुछ सोच नहीं पा रही हैं। उसकी आकृतियाँ अस्त-व्यस्त हो गई हैं, क्योंकि उत्तर का एक राष्ट्र उसके खिलाफ उठ रहा है। यह राष्ट्र उसकी सारी धरती को वीरान कर देगा और कोई वहाँ रह न पाएगा। वहाँ के सारे लोग वहाँ से हट जाएँगे। वे सब लोग वहाँ से चले जाएँगे...और जानवर भी।

''समझते हो, ग्रीशा ? लोग उत्तर से आएँगे और तुम बेबीलोनियनों की खाल खींचकर रख देंगे। और, यह भी सुनो...'' परमपिता ने कहा, ''उन दिनों और उस काल में इज़राइल की सन्तानें आएँगी और जूड़ा के साथ सारे बच्चे आँसू बहाते हुए चले जाएँगे। वे जाएँगे और अपने परमात्मा, अपने परमपिता की शरण ग्रहण करेंगे। मेरे साथ के लोग भटकी हुई भेड़ों की हालत में हैं। उनके चरवाहों ने उन्हें भटका दिया है। उन्होंने उन्हें पहाड़ों पर इधर-उधर भेज दिया है। वे खुद पहाड़ों से पहाड़ियों पर चले गए हैं। वे अपना विश्राम-स्थल भूल गए हैं।''

''लेकिन, इस सबसे आप नतीजा क्या निकालना चाहते हैं ? और हम इससे क्या मतलब निकालें ?'' ग्रिगोरी ने बाइबिल की भाषा को आधार समझते हुए पूछा।

''इसी तरह, तुम बदमाश, लोगों को मुसीबत में डालनेवाली पहाड़ियों पर भाग जाओगे। साथ ही, यह भी है कि तुम कज़्ज़ाकों के गड़रिए नहीं हो बल्कि खुद बेअक्ल भेड़ों से गए-बीते हो। तुम खुद नहीं समझते कि तुम कर क्या रहे हो। सुनो, लिखा है—जो कुछ उन्हें मिला, उसने उन्हीं को निगल डाला। यह बात है। यह बतलाओ कि जुएँ तुम्हें निगले नहीं डाल रही हैं क्या ?''

''इन जुओं से बचने का कोई रास्ता नहीं।'' ग्रिगोरी ने कहा।

"तो बात जमती खूब है। आगे कहा गया है...और उनके विरोधियों ने कहा, 'हम बुरा नहीं मानते, क्योंकि उन्होंने परमात्मा, न्याय-व्यवस्था और यहाँ तक कि अपने पिताओं की आशा का, परमपिता तक का विरोध कर पाप कमाया है'।

"बेबीलोन से चले जाओ, शैलडियनों का प्रदेश छोड़कर आगे निकल जाओ और बकरियों के झुंड के सामने बकरों की तरह हो जाओ–

"क्योंकि सुनो, मैं उत्तर के महानू राष्ट्रों को बेबीलोन के विरुद्ध उभारूँगा और उकसाऊँगा और वे पंक्तियाँ बनाकर उसके सामने जमेंगे...वहीं से वे बेबीलोन को जीतना शुरू करेंगे...उनके तीर सधे हुए तीरन्दाज़ों के-से होंगे...एक भी तीर चूकेगा नहीं...वापस नहीं आएगा–

"और, शैलडिया तहस-नहस हो जाएगा–उसे तहस-नहस करनेवाले सन्तोष की साँस लेंगे–परमपिता ने कहा–क्योंकि तुम प्रसन्न हुए, क्योंकि तुम खुशी से फूले नहीं समाए, मेरे उत्तराधिकारी को विनाश में बदलनेवालो...।"

"ग्रीश्का बाबा, आप तो मुझे यह सब आसान ज़बान में समझा दें, मेरी समझ में यह सब बिल्कुल नहीं आता।" ग्रिगोरी बीच में बोला। लेकिन बूढ़े ने होंठ चबाए, खोई-खोई-सी नज़र से उसकी ओर घूरकर देखा और जवाब दिया।

"मैं अभी-अभी अपनी बात ख़त्म करता हूँ। सुनो–'क्योंकि तुम हरी घास में छूटे बछड़े की तरह मोटे हो गए हो और अब साँड़ों की तरह डकारते हो ! तुम्हारी माँ इससे दुःखी और परेशान होगी। तुम्हें जिसने जन्म दिया है, उसकी आँखें शर्म से ऊपर उठेंगी। देखो न, राष्ट्रों के पीछे के प्रदेश तक उजाड़ हो गए हैं, सूखे हैं, रेगिस्तान में बदल गए हैं। परमपिता के क्रोध के कारण इन प्रदेशों में कोई नहीं बसेगा, इनमें उल्लू बोलेंगे। ये पूरी तरह वीरान होंगे। फिर जो भी बेबीलोन से होकर निकलेगा, अचरज में पड़ जाएगा और उसके सभी तरह के दुर्दिनों पर साँप की तरह फुफकारेगा।"

बूढ़े ने उत्तर कुछ नहीं दिया, पर बाइबिल बन्द कर दी और कोच पर लेट गया।

"लेकिन, इस सबका मतलब आखिर क्या है ?" ग्रिगोरी ने थोड़ा खीझते हुए पूछा।

"और हर आदमी कुछ यों ही होता है।" ग्रिगोरी ने कमरे से बाहर जाते हुए सोचा–'जब जवान होता है तो जीभर ऐश करता है, वोद्‌का ढालता है, और दूसरे लोगों की तरह ही अच्छे-बुरे काम करता है। पर, जब बुढ़ापा आता है तो जिस हद तक जवानी बेकाबू रही है, उसी हद तक परमात्मा की आड़ लेकर अपने को बचाना चाहता है। ग्रीश्का को ही ले लो। दाँत अब भी भेड़ियों के-से हैं। कहते हैं कि अपनी जवानी के दिनों में जब फौजी नौकरी से घर वापस आता था तो गाँव की सारी औरतें उससे तंग आकर रोने लगती थीं। क्या दुबली-पतली, और क्या मोटी, सभी को अपने कदमों पर झुकाकर दम लेता था, लेकिन मैं...अगर बूढ़ा होने तक जिया तो मैं ऐसा बिल्कुल न रहूँगा, मैं बाइबिल का कीड़ा नहीं हूँ।'

फिर, वह नताल्या के साथ घर लौटा तो उसे बूढ़े की बातचीत और बाइबिल की रहस्यपूर्ण दुर्बोध भविष्यवाणियों का ध्यान आने लगा। नताल्या भी रास्ते-भर चुपचाप रही। इस बार पति के घर आने पर उसने उसके प्रति वह ममता और आग न दिखलाई थी। साफ है कि कारगिन्स्काया ज़िले की औरतों के साथ उसकी ऐयाशी के किस्से उसके कानों में पड़ चुके थे। पिछली शाम को उसने उसका बिस्तर सोने के कमरे में लगा दिया था और खुद भेड़ की खाल ओढ़कर बड़े बक्से पर जा लेटी थी। उसने न उसे डाँटा-फटकारा था और न उसके बारे में कुछ पूछताछ ही की थी। दूसरी तरफ ग्रिगोरी ने भी उस रात कुछ न कहा था। सोचा था कि फिलहाल उस बेरुखी की वजह उससे न पूछना ही अच्छा है।

सो वे वीरान सड़क पर चुपचाप चलते रहे। एक-दूसरे के प्रति इतना परायापन उन्होंने पहले कभी अनुभव न किया था। दक्षिण की ओर से गर्म, प्यारी-प्यारी हवा बह रही थी और पश्चिम में सफेद

बादल जमा हो रहे थे। दूर वे हलके-हलके लुढ़क-से रहे थे। गाँव काली गीली मिट्टी की सुवास और चटखती हुई कलियों से महक रहा था। दोन के नीले फैलाव पर सफेद बालोंवाली लहरें बह रही थीं। यहाँ हवा में सड़ती हुई पत्तियों और भीगी हुई लकड़ी की तीखी बू थी। पहाड़ी के ढाल की मखमली काली पट्टी यानी जुती हुई ज़मीन के सिरे से भाप उठ रही थी, धुन्ध उठ रही थी और दोन के किनारे की पहाड़ियों की तरफ बढ़ रही थी। एक स्काईलार्क चिड़िया सड़क पर गा रही थी और गिलहरियाँ सीटियाँ बजाती फिर रही थीं। धरती उर्वरता की अमित सामर्थ्य से जीवनदायी तत्त्वों की प्रचुरता अपनी साँसों में पिरो रही थी। सूरज आकाश की ऊँचाई पर घमंड से दमक रहा था।

तो, गाँव के मध्य में पहुँचने पर बाढ़ के पानी से उमड़ते हुए नाले के छोटे पुल के पास नताल्या रुक गई, और इस तरह झुकी, जैसे कि जूते के फीते बाँध रही हो। पर सचमुच उसने अपना चेहरा ग्रिगोरी की निगाह से बचाना चाहा। पूछा, "क्यों, तुमने इस तरह मुँह क्यों सी रखा है ? करने को जैसे कोई बात ही नहीं।"

"ऐसा क्या है, करने पर आओ तो तमाम बातें कर सकते हो। बतला सकते हो कि कारगिन्स्काया में तुमने किस तरह शराब पी और तुम किस तरह रंडियों के पीछे दौड़ते फिरे।"

"तो, तुम्हें पहले से ही पता है ?" उसने तम्बाकू की थैली निकाली और एक सिगरेट रोल करने लगा। तिनपतिया और घर की तम्बाकू के चूरे से बड़ी अच्छी-सी महक फैलने लगी। ग्रिगोरी ने एक-दो कश लिए और पूछा, "तो, तुमने सुन लिया ? किसने बताया तुम्हें ?"

"मैं जब बात कर रही हूँ तो साफ है कि मैंने सुना ही है। वैसे मैं क्या, सारा गाँव जानता है और तमाम लोगों से तमाम बातें सुनी जा सकती हैं।"

"खैर, अगर तुम जानती हो तो फिर तुम्हें बतलाना क्या है ?"

वह लम्बे-लम्बे कदम भरने लगा। वसन्त के दिनों के नीरव सन्नाटे में नताल्या के तेज़ कदमों के साथ उसके पैरों की आवाज़ भी हवा में गूँजने लगी। फिर सिसकियों से नताल्या का गला रुँध गया और उसने पति का हाथ जकड़ते हुए पूछा, "यानी, तुम अपनी पुरानी हरकतें फिर शुरू कर रहे हो ?"

"छोड़ो भी नताल्या !"

"तुम्हारा जी कभी नहीं भरता, पाजी कुत्ते हो तुम ! मुझे दुबारा सताना क्यों शुरू कर दिया है तुमने ?"

"तुम दूसरों की बातों पर ज़रा कम ही कान दिया करो।"

"लेकिन दूसरों का क्या सवाल, तुमने तो खुद ही अभी सारी बात मानी है ?"

"लगता है कि तुम्हें बात काफी बढ़ा-चढ़ाकर बताई गई है। थोड़ा गुनाह तो मेरा है। खुद ज़िन्दगी का है। आदमी हर वक्त मौत के मुँह पर खड़ा रहता है, तो कभी-कभी आँख बचाकर, मेड़ तोड़कर भाग खड़ा होता है।"

"अब बच्चों के मामले में क्या करोगे ? उनकी आँखों से आँखें मिलाने में तुम्हें शर्म न आएगी ?"

"फुः...शर्म !" ग्रिगोरी ने दाँत निकालकर मुस्कुराते हुए कहा, "खयाल ही नहीं है कि शर्म आती है तो आती कैसे है ! फिर, शर्म ही क्या आएगी, जब सारी ज़िन्दगी ही चौपट होकर रह गई हो ? लोग लोगों को मारते हैं, मगर यह नहीं जानते कि यह सारा तूफान है क्या ! लेकिन यह बात मैं तुम्हें कैसे समझा सकता हूँ, तुम कभी नहीं समझोगी। औरत की सारी बेरहमी से भरकर तुम आग-बबूला हो रही हो। मगर, तुम्हें क्या पता कि मेरे दिल पर क्या बीत रही है। कौन-सी चीज़ है जो मेरा दिल बराबर कुरेद रही है, मुझे चूसे डाल रही है। इसी से परेशान होकर मैं वोद्का की तरफ मुड़ा। अभी उस दिन मुझे दौरा आ गया। लम्हा-भर को दिल की धड़कन बिलकुल थम गई और मेरा सारा बदन बर्फ हो गया।" उसका चेहरा तमतमा गया और वह बड़ी कठिनाई से आगे बोल सका, "ज़िन्दगी बहुत भारी पड़ती है, और आदमी इसे भूलने के लिए कुछ भी कर सकता है। वोद्का और औरत दोनों में से किसी

का भी सहारा ले सकता है।...रुको, मुझे अपनी बात ख़त्म करने दो। कुछ है जो हर लम्हा मेरा कलेजा छलनी कर रहा है। ज़िन्दगी ने एक झूठा मोड़ ले लिया है। हो सकता है कि इसमें भी मेरी गलती हो ! हमें शायद लाल सेनाओं से मिल जाना चाहिए, और कैडेटों पर हमला करना चाहिए...लेकिन सवाल यह है कि यह हो कैसे ? कौन हमारा सम्बन्ध सोवियतों से मिलाए ? हमने एक-दूसरे के साथ जो कुछ किया है, उसकी खाई अब हम कैसे पाटें ? आधे कज़्ज़ाक दोनेत्स के पार हैं और जो बाकी बचे हैं वे बौखलाए जा रहे हैं, अपने नीचे की ज़मीन खोदे डाल रहे हैं। मेरे दिमाग में कुछ भी साफ नहीं है, नताल्या ! तुम्हारे बाबा ग्रीश्का तक ने मुझे बाइबिल पढ़कर सुनाई। कहा कि हमने ठीक नहीं किया, हमें बगावत करनी नहीं चाहिए थी। उन्होंने तुम्हारे पापा तक को बुरा-भला कहा।''

''बाबा का दिमाग खराब हो गया है। उसके बाद अब बारी तुम्हारी है।''

''तुम इतना ही सोच सकती हो। इसके आगे तुम्हारा दिमाग काम ही नहीं कर सकता।''

''देखो, तुम मुझे बातों में उलझाने की कोशिश न करो। तुमने मेरा दिल दुखाया है, और तुमने यह बात साफ-साफ मानी है। अब सारा गुनाह तुम लड़ाई के सिर मढ़ने की कोशिश कर रहे हो। सब मर्द एक ही जैसे होते हैं। तुम्हारी वजह से अभी तक मैंने क्या कुछ कम दुख-दर्द उठाए हैं, शैतान कहीं के ? दुःख सिर्फ इस बात का है कि उस वक्त मैंने अपने को खतम नहीं कर लिया।...''

''फिर तो बात करने की ही ज़रूरत नहीं। अगर तुम्हें तकलीफ है तो रो डालो। आँसुओं से औरत का दिल हमेशा हलका हो जाता है। लेकिन, जहाँ तक मेरा सवाल है, मैं तुम्हें किसी तरह की कोई तसल्ली नहीं दे सकता। मैंने तब तक इन्सान के खून से इस तरह खिलवाड़ की है कि मुझमें किसी के लिए कोई हमदर्दी बाकी नहीं बची है। मुझे बच्चों की कोई फिक्र नहीं और अपनी भी कोई परवाह नहीं। लड़ाई ने मेरे अन्दर का सारा रस सुखा दिया है। मैं कड़ा पत्थर हो गया हूँ। तुम मेरी रूह में आँखें डालकर देखो। तुम्हें वह खाली कुएँ-सी काली नज़र आएगी।''

और, वे घर पहुँच भी न पाए कि वर्षा की आड़ी-तिरछी फुहारें पड़ने लगीं। फुहारों ने सड़क की धूल बिठा दी और छतों पर उँगलियाँ बजाईं। मौसम में ताज़गी व तरी आ गई। ग्रिगोरी ने अपने बरानकोट के बन्द खोले और बिलखती हुई नताल्या को उसमें छिपाकर उसके गले में हाथ डाल लिया। इस तरह एक ही कोट में लिपटे एक-दूसरे से सटे वे अहाते में दाखिल हुए।

शाम को उसने अहाते में हल और बोने के लिए बीज तैयार किया। लोहार के पन्द्रह साल के बेटे सेम्योन ने जैसे-तैसे मेलेखोव के पुराने हल में फाँट जोड़ दिया। सेम्योन ने अपने पिता का धन्धा सीख लिया था और वह तातारस्की में एक अकेला लोहार था।

इस तरह बोआई की पूरी तैयारी हो गई। बैल तो थे ही। जाड़े-भर उनका हिसाब पूरी तरह ठीक रहा। पैन्तेली ने जो सूखी घास बचाई थी, वह उसके लिए काफी निकली थी।

दूसरे दिन ग्रिगोरी ने स्तेपी में जाने की तैयारी की। इलीनीचिना और दून्या मुँह-अँधेरे उठीं और उन्होंने आग जलाकर हलवाहे के लिए खाना तैयार करने का काम सरंजाम किया। ग्रिगोरी ने पाँच दिन के काम की योजना बनाई। सोचा, चार एकड़ ज़मीन की जुताई कर अपने और अपनी सास के लिए खरबूजे और सूरजमुखी के बीज बो देगा। इसके बाद पापा को पैदल सेना से बुला लूँगा और वे बाकी बोआई पूरी कर देंगे।

बकाइनी धुएँ के छल्ले चिमनी से निकलकर आसमान की ओर उड़ने लगे। दून्या अहाते में दौड़-दौड़कर आग के लिए चिरायते की लकड़ी जुटाने लगी। ग्रिगोरी ने उसकी लचकदार कमर और भरी हुई छातियों पर निगाह डाली और उदास और परेशान मन से सोचने लगा–'लड़की कितनी बड़ी हो गई है ! वक्त को गुज़रते कुछ देर नहीं लगती। अभी कल ही तो यह दून्या छोटी-सी बच्ची थी, चोटी पीठ पर झुलाती भागती फिरती थी और आज शादी के लायक है, और मैं हूँ कि मेरे सिर के बाल सफेद हुए जा रहे हैं। ग्रीश्का बाबा ने ठीक ही कहा था कि ज़िन्दगी बिजली के काँधे की तरह

सामने से गुज़र रही है। और आदमी है कि उसे जीने को कितना कम मिलता है। और उस छोटी-सी ज़िन्दगी को भी हम जानबूझकर छोटा कर देते हैं। खैर, मौत आती हो तो आए, जल्दी-से-जल्दी आ जाए।''

दार्या ग्रिगोरी के पास आई। प्योत्र के विछोह का दर्द बहुत ही जल्दी हल्का पड़ गया था। थोड़े समय तक वह बड़ी संतप्त रही थी। उसका चेहरा पीला पड़ गया था और उससे उम्र झलकने लगी थी। पर, बहार की हवाओं के सनकते और सूरज के धरती को गरमाते ही गलती हुई बर्फ के साथ ही उसका गम भी गल गया था। फिर चेहरा कोमल लगने लगा था, उस पर हलकी-हलकी-सी लाली दौड़ गई थी, आँखें चमकने लगी थीं और चाल में वही मस्ती लौट आई थी। पुरानी आदतें लौट आई थीं। भौंहें रँगी नज़र आने लगी थीं और गाल क्रीम-से चमकने लगे थे। हँसी-मज़ाक करने और फूहड़ बातों से नताल्या को चिढ़ाने का शौक भी करवट लेकर उठ बैठा था। होंठों पर हलकी-हलकी- सी मुस्कान फिर खिली रहने लगी थी। ज़िन्दगी ने अपनी जीत का डंका पीटकर उसकी तबीयत फिर अपने हाथों में ले ली थी।

सो, वह ग्रिगोरी के पास आकर मुस्कुराने लगी। उसके हसीन चेहरे से खीरे की क्रीम की गमक उमड़ी। बोली, ''मैं तुम्हारी कुछ मदद करूँ, ग्रिगोरी ?''

''किस किस्म की मदद ?''

''उफ...ग्रीशा, तुम मेरे मामले में किस तरह पत्थर हो गए हो ! यह तो खयाल करो कि मैं बेवा हूँ। तुम मुझे देखकर कभी मुस्कुराते तक नहीं।''

''तुम जाकर नताल्या के काम में हाथ बँटा लो। मीशात्का भी वहीं है। दौड़ते-दौड़ते धूल में भर उठा है।''

''यानी, मेरा काम यह है कि तुम बच्चे पैदा करो और मैं उन्हें नहलाती फिरूँ ? नहीं, शुक्रिया ! तुम्हारी नताल्या तो खरगोश की मादा की तरह बच्चे देती है। अभी क्या, अभी तो दस और जनेगी। और मैं उन्हें नहलाते-नहलाते मर जाऊँगी।''

''खैर बहुत हुआ, बस करो, जाओ यहाँ से !''

''ग्रिगोरी पैन्तेलेयेविच, अब कज़्ज़ाकों के नाम पर गाँव-भर में एक तुम्हीं रह गए हो। मुझे इस तरह भगाओ नहीं। कम-से-कम दूर से ही अपने प्यारे-प्यारे गलमुच्छों को एक नज़र देख लेने दो।''

ग्रिगोरी हँसा और उसने पसीने से तर माथे से बाल पीछे झटके—''मैं नहीं समझ पाता कि प्योत्र ने तुम्हारे साथ ज़िन्दगी किस तरह काटी...तुम्हारे बदन की आग कभी नहीं बुझेगी, और तुम इसके पीछे बराबर ही दौड़ती रहोगी, ऐसा मुझे लगता है।''

''तुम्हें डरने की ज़रूरत नहीं।'' उसने उत्तर दिया, हसरत-भरी, अधमुँदी आँखों से उस पर एक नज़र डाली और बनावटी घबराहट के साथ मुड़कर घर की ओर देखा—''मान लो, नताल्या इस वक्त आ जाए तो क्या हो ? तुम्हारे मामले में दूसरों से बहुत ही जलती है। आज तुम्हें झाँककर एक निगाह देखा तो उसके चेहरे का रंग बदल गया। कल गाँव की जवान औरतें मुझसे कह रही थीं, 'यह कहाँ का कानून है ? गाँव में एक भी कज़्ज़ाक बाकी नहीं है। एक ग्रिगोरी वापस आया है तो बीवी की परछाईं नहीं छोड़ता। आखिर हम सब क्या करें, कैसे रहें ? वह जख्मी हो और चाहे आधा रह गया हो, हमें उस आधे का ही मज़ा लेने में खासी खुशी हासिल होगी। उससे कह देना कि रात में कहीं गाँव में नज़र न आए, वरना हम उसे छोड़ेंगे नहीं। फिर, मज़ा चखेगा बाहर निकलने का !' लेकिन, मैंने कहा, 'नहीं, लड़कियो नहीं, हमारा ग्रिगोरी सिर्फ दूसरे गाँवों में घूमता फिरता है, घर पर होता है तो नताल्या के पेटीकोट से चिपका रहता है, उसे छोड़ता नहीं। ग्रिगोरी देखते-देखते बहुत ही अच्छा लड़का हो गया है।'

''तुम तो कुतिया हो...कुतिया !'' ग्रिगोरी ने मज़ा लेते और हँसते हुए कहा, ''तुम्हारी जीभ झाड़ू

की मूठ की तरह चलती है।''

''मैं जो हूँ सो हूँ, मगर तुम्हारी पाक-साफ, शादीशुदा, कानूनी बीवी नताल्या ने कल रात तुम्हें अपने बिस्तरे में घुसने नहीं दिया। और, बिल्कुल ठीक किया। इससे तुम्हें कायदे से पेश आने का सबक मिलेगा, शैतान कहीं के !''

''तुम दूसरों के मामलों में पड़ने की कोशिश न करो, दार्‌या !''

''मैं बिल्कुल नहीं पड़ती। मैं तो महज़ तुम्हें यह समझाने की कोशिश कर रही थी कि तुम्हारी नताल्या बेवकूफ है। आदमी घर आता है, तो वह उससे झगड़ा मोल लेती है और जाकर बड़े बक्से पर अकेले पड़ रहती है। पर, मुझे मौका मिले तो मैं तो किसी कज़्ज़ाक को हाथ से कभी न जाने दूँ। मैं तो तुम्हारे जैसे बहादुर आदमी की हिम्मत तक तोड़ दूँ।'' दार्‌या दाँत निकालकर ज़ोर से हँसी और घर की ओर बढ़ी। फिर उसने परेशान, मुस्कुराते हुए ग्रिगोरी की ओर मुड़कर देखा तो उसके कान के बुंदे दूर से ही दमके।

'भाई प्योत्र बड़े किस्मतवाले थे कि अपने वक्त से दुनिया से चले गए !' ग्रिगोरी ने मन-ही-मन सोचा–'यह दार्‌या औरत नहीं बल्कि चुड़ैल है, चुड़ैल। वह देर-सवेर, आज नहीं तो कल प्योत्र को जप ही डालती।'

47

बाखमुतकिन में आखिरी चिराग भी गुल किए जा चुके थे। गढ़ेगढ़ैया के ऊपर जमे हुए पानी की एक परत और उसके ऊपर कते हुए पाले की एक चादर थी। गाँव के बाहर ठूँठों से भरे किसी खेत में देर से उड़नेवाले सारसों ने बसेरा ले लिया था और उत्तर-पूर्वी हवा के झोंकों के साथ उनके मन्द स्वर कभी-कभी कानों में आ जाते थे। ये स्वर इन पंछियों की थकान का पता देते थे, और अप्रैल की रात के सन्नाटे पर मुहर लगाते थे। बगीचों में रात के साये का पहरा था। ऐसे में किसी अहाते में कोई गाय डकारती थी और फिर शान्त हो जाती थी। चाहा पंछी अन्धकार भेदते और हसरत-भरे स्वरों में बोलते हुए उधर से निकल जाते थे। बाढ़ के पानी से लबालब दोन के आज़ाद फैलाव की ओर तेज़ी से उड़ती हुई बत्तखों के अनगिनत पंखों की फड़फड़ाहट हवा में गूँज-गूँज उठती थी।

गाँव के बाहर आवाज़ें सुनाई पड़ रही थीं और सिगरेटें अँधेरे में चमक रही थीं। घोड़े हींस रहे थे और उनकी टापों के नीचे कीचड़ जमकर बर्फ हो गया था और चरमरा रहा था। छठे, स्पेशल-ब्रिगेड ने गाँव में ही पड़ाव डाल रखा था और उसके दो स्क्वैड्रन खास सड़क पर गश्त करते चले जा रहे थे। स्क्वैड्रन के लोग आपस में बातें कर रहे और गाने गा रहे थे।

आखिरकार वे नुक्कड़वाले मकान के अहाते में दाखिल हुए। यहाँ उन्होंने अपने घोड़े एक उलटी स्लेज में बाँधे और चारा उनके सामने डाला।

इसी समय किसी ने मोटे स्वर में एक ही-सा गाना छेड़ा तो दूसरे ही क्षण कई लोगों ने स्वर मिलाए। देखते-देखते कोरस छिड़ गया और उमंग और खुशी हवा में घुल गई।

सारसों के मर्मर के साथ पंखों की फड़फड़ाहट और कज़्ज़ाकों की आवाज़ें, हवाचक्की के पार चौकसी के लिए तैनात दूसरे कज़्ज़ाकों के कानों में पड़ीं।

रात को ठंडी बर्फ-सी ज़मीन पर पड़ा रहना कुछ सुख की बात न थी। गारद के वे लोग न सिगरेट पी सकते थे और न आपस में बातचीत ही कर सकते थे। अपने को भड़काने के लिए आपस में कुश्ती लड़ना भी उनके लिए सम्भव न था। वे पिछले साल के सूरजमुखी के पौधों के ठूँठों के बीच लेटे हुए थे। उनकी निगाहें स्तेपी के जम्हाई लेते अन्धकार पर जमी हुई थीं, और उनके ज़मीन से सटे हुए कान हर मुमकिन आहट पर जमे हुए थे। दस कदम के फासले पर कुछ भी नज़र न आता था। वह रात

सरसराहटों और मन में सन्देह पैदा करनेवाली आहटों के मामले में इतनी घनी थी कि कोई लाल सैनिक उन कज़्ज़ाकों की तरफ बढ़ता तो भी साधारण रूप से कुछ भी गुमान नहीं हो सकता था।

ऐसे में दूरी पर नज़र गड़ाए रहने के कारण एक जवान कज़्ज़ाक की आँख में आँसू आ गया तो उसने उसे अपने दस्ताने से पोंछ डाला। फिर, कहीं पास ही किसी टहनी के टूटने का खटका और किसी के हाँफने का सन्देह हुआ। उसने बगल में औंघाते पड़ोसी को कोहनी से हिलाया। अब चिरायते की झाड़ियों की सरसराहटें और लम्बी-लम्बी साँसें और साफ हो उठीं। साथ ही आशा के विपरीत वे उस जवान के ठीक ऊपर से आती लगीं। वह कोहनी के बल उठा और उसने झाड़-झाड़ियों में निगाह दौड़ाई तो उसे एक झाऊ-चूहा अपनी नाक मिट्टी में गड़ाए, एक चूहे के पीछे-पीछे तेज़ी से भागता दिखाई दिया। झाऊ-चूहे को अचानक ही किसी दुश्मन के पास होने का खयाल हुआ और उसने सिर उठाया तो एक आदमी को अपनी ओर घूरते देखा। दूसरी ओर कज़्ज़ाक ने चैन की साँस ली—शैतान कहीं का ! कैसा डरा दिया इसने मुझे ! झाऊ-चूहा सिर अन्दर धँसाकर काँटेदार गेंद बन गया और फिर धीरे-धीरे अपने असली रूप में आकर सूरजमुखी के ठूँठों से टकराता, सूखी लताओं से सटता आगे बढ़ चला। इसके बाद सन्नाटे ने फिर जाला बुन दिया और रात परीदेश की एक कहानी-सी लगने लगी।

गाँव में दूसरे मुर्गे ने बाँग दी। बादल छँट गए और पहले सितारे धुन्ध की चादर के बीच से झाँकने लगे। फिर, हवा धुन्ध को उड़ा ले गई और आसमान अनगिनत सोने की आँखों से अपनी धरती को एकटक देखने लगा।

इसी समय सामने से घोड़े की टापों की आवाज़ और लोहे की झनझनाहट जवान कज़्ज़ाक के कानों में पड़ी। एक क्षण बाद ही घोड़े की काठी की चरमराहट भी साफ-साफ सुनाई दी। दूसरे कज़्ज़ाकों ने भी कुछ सुना और उनकी उँगलियाँ राइफलों के घोड़ों पर पहुँच गईं। घुड़सवार की आकृति उभरकर सामने आई। वह अपने घोड़े को कदम-चाल में डाले गाँव की ओर बढ़ता दिखाई दिया।

"रुको, कौन है ?"

कज़्ज़ाक उछलकर खड़े हो गए और गोली चलाने को तैयार हो गए। घुड़सवार रुक गया और उसने अपने दोनों हाथ उठा दिए। चिल्लाकर बोला, "गोली मत मारो, कॉमरेडो !"

"कोडवर्ड क्या है ?" चौकी के इन्चार्ज ने चीखकर पूछा।

"कॉमरेडो !"

"कोडवर्ड क्या है ? ट्रुप..."

"ठहरो, मैं अकेला हूँ और हथियार डालता हूँ।"

"ज़रा ठहरो, साथियो, गोली मत चलाओ। हम इसे ज़िन्दा गिरफ्तार करेंगे।"

ट्रुप-कमांडर दौड़कर घुड़सवार के पास पहुँचा। घुड़सवार काठी से पैर लटकाकर नीचे उतरा।

"कौन हो तुम ? लाल फौजी हो ?—हाँ भाइयो, इसके टोप पर सितारा है। तुम अपना काम तमाम समझो।"

घुड़सवार शान्त मन से बोला, "मुझे अपने कमांडर के पास ले चलो। मुझे एक बड़ा पैगाम उन तक पहुँचाना है। मैं सेरदोव्स्की रेजीमेंट का कमांडर वोरोनोव्स्की हूँ और तुम्हारे कमांडर से बातचीत करने के लिए आया हूँ।"

"कमांडर ? गोलियों से उड़ा दो इसे, भाइयो !"

"कॉमरेडो, मुझे गोलियों से उड़ा देना और बेशक उड़ा देना, लेकिन पहले मुझे अपने कमांडर से मिला दो। मैं उन्हें यहाँ आने की वजह बतला दूँगा। फिर कहता हूँ कि बात बहुत ही ज़रूरी है। वैसे अगर तुम्हें मेरे भागने का खतरा हो तो तुम मेरे हथियार ले लो।" वह तलवार की पेटी खोलने लगा।

ट्रुप-कमांडर ने उसकी तलवार और रिवाल्वर ले लिया और उसके घोड़े पर बैठते हुए आदेश दिया, "तलाशी लो।"

तलाशी के बाद ट्रप-कमांडर, एक दूसरे कज़्ज़ाक के साथ कैदी को गाँव की ओर ले चला। कैदी पैदल, कज़्ज़ाक की बगल-बगल चला। ट्रप-कमांडर, घोड़े पर सवार, पूरी तरह सन्तुष्ट उसके पीछे हो लिया।

कैदी जब-तब ही सिगरेट जलाने को ठिठका। सिगरेट की बढ़िया तम्बाकू की महक से कज़्ज़ाक का मन ललचाया। बोला, "एक सिगरेट मुझे भी दो।"

इस पर अफ़सर ने अपना पूरा सिगरेट-केस उसकी ओर बढ़ा दिया। कज़्ज़ाक ने एक सिगरेट निकाली और सिगरेट-केस अपनी जेब में डाल लिया। लाल सेना के उस कमांडर ने कुछ नहीं कहा, लेकिन गाँव पास ही नज़र आने पर पूछा, "तुम लोग कहाँ लिए जा रहे हो मुझे ?"

"तुम्हें जल्दी ही मालूम हो जाएगा।"

"लेकिन, बतला तो दो !"

"स्क्वैड्रन-कमांडर के पास।"

"मुझे तुम स्क्वैड्रन-कमांडर नहीं, अपने ब्रिगेड-कमांडर बोगातिरयोव के पास ले चलो।"

"यहाँ इस नाम का कोई ऐसा आदमी नहीं।"

"नहीं है ? मुझे पता है, अपने स्टाफ के साथ कल ही बाखमुतकिन आया है।"

"हम इस बारे में कुछ नहीं जानते।"

"खैर, बेकार की बातें न करो, कॉमरेडो ! मैं जानता हूँ और तुम नहीं जानते ? यह कोई फौजी राज़ नहीं है। फिर वह फौजी राज़ भी क्या हो सकता है, जब तुम्हारे दुश्मनों को उसकी जानकारी है।"

"आगे बढ़ो।"

"मैं आगे बढ़ता हूँ, लेकिन तुम मुझे बोगातिरयोव के पास ले चलोगे न ?"

"चुप रहो, हमें कैदियों से बात करने की इजाज़त नहीं।"

"लेकिन, मेरी सिगरेटें लेने की इजाज़त है ?"

"चलो आगे बढ़ो और अपनी ज़बान बन्द रखो, वरना इस तरह तिनकोगे तो मैं तुम्हारा बरानकोट भी ले लूँगा।"

ये लोग वहाँ पहुँचे तो स्क्वैड्रन-कमांडर सोया हुआ था। वह अपनी आँखें मलते और जम्हाई लेते हुए उठकर बैठा तो पहले तो ट्रप-कमांडर की बात ही उसकी समझ में न आई। आखिरकार बोला, "तुम कौन हो; क्या बतला रहे हो ? सेरदोव्स्की रेजीमेंट के कमांडर हो ? झूठ तो नहीं बोलते ? तुम्हारे कागज़ात कहाँ हैं ?"

और, कुछ क्षणों बाद ही वह लाल सेना के कमांडर को ब्रिगेड-कमांडर बोगातिरयोव के पास ले गया। बोगातिरयोव कैदी का नाम सुनते ही अपनी जगह से उछल गया। उसने जल्दी-जल्दी पतलून के बटन बन्द किए, लैम्प जलाया और अफसरों से बैठ जाने को कहा। फिर पूछा, "क्या हुआ ? आखिर आप पकड़े कैसे गए ?"

"मैं अपने मन से यहाँ आया हूँ, और आपसे ज़रा अकेले में बातें करना चाहता हूँ। बाकी लोगों को बाहर भेज दीजिए।"

बोगातिरयोव ने हाथ हिलाया और कम्पनी-कमांडर के साथ, आश्चर्य से मुँह फैलाता घर का मालिक भी बाहर निकल आया। अब, अपना साँवला, मुड़ा हुआ, तरबूज़-जैसा गोल सिर रगड़ते हुए बोगातिरयोव गन्दे कपड़ों में ही मेज़ के पास आ बैठा। उसके गोल, फूले हुए चेहरे से बँधी हुई उत्सुकता टपकी। कमांडर वोरोनोव्स्की साफ-सुथरा, भारी बदन का अफ़सर था। उसने शानदार बरानकोट पहन रखा था और कन्धे पर बाकायदा फौजी पट्टियाँ लगा रखी थीं। उसकी मूँछें काली थीं।

सो, वह होंठों-ही-होंठों मुस्कुराया—"क्या सचमुच ही मुझे एक अधिकारी से बातें करने का सम्मान प्राप्त हो रहा है ? अगर ऐसा है तो एक-दो बात शुरू में बतला दूँ। इसके बाद अपने यहाँ आने के

उद्देश्य की चर्चा करूँगा। मेरा जन्म एक सम्भ्रान्त परिवार में हुआ है और मैं ज़ार की फौज में स्टाफ-कैप्टन रहा हूँ। जर्मनी की लड़ाई के ज़माने में मैं मोर्चों पर रहा। 1918 के सोवियत सरकार के फरमान के बल पर मैं सोवियत सेना में चला आया और इस समय लाल सेरदोव्स्की रेजीमेंट का कमांडर हूँ। इधर एक अर्से से एक मौके की तलाश में था कि बात बने और बोलशेविकों से लड़नेवालों यानी आप सबमें शामिल हो जाऊँ।''

''लेकिन, इसके लिए आपने बड़ा इन्तजार किया, कैप्टन ?''

''मैं जानता हूँ कि मैंने बड़ा वक्त लगाया। बात यह है कि मैं अकेले आना चाहता तो बहुत पहले ही आ जाता, पर मैं तो यह चाहता था कि रूस के मामले में मैंने जो गुनाह किया है, वह न सिर्फ खुद आकर बल्कि लाल फौजियों की पूरी एक यूनिट लाकर धोऊँ। फिलहाल, इस यूनिट के लोगों पर भरोसा किया जा सकता है। ये सब-के-सब ऐसे लोग हैं जिनके साथ कम्युनिस्टों ने धोखा किया है और उन्हें ज़बर्दस्ती इस लड़ाई में घसीटा है कि भाई, भाई का खून बहाएँ।''

वोरोनोव्स्की ने बोगातिरयोव पर एक निगाह डाली और उसकी मुस्कान में सन्देह की झलक दिखाई दी तो उसके चेहरे पर लड़कियों के चेहरों की तरह लाली दौड़ गई, और वह जल्दी-जल्दी अपनी बात कहने लगा, ''बहुत स्वाभाविक है कि आप मुझ पर या मेरे शब्दों पर विश्वास न करें। मैं भी आपकी जगह होता तो यही करता। लेकिन मैं अपनी बात के सिलसिले में ऐसे सबूत रखूँगा, जो आसानी से काटे न जा सकेंगे।'' उसने अपना बरानकोट पीछे फेंका, अपनी जेब से कलम बनानेवाला एक चाकू निकाला, बरानकोट के किनारे की सीवन काटी और पीले रंग के कागजों के साथ एक फोटो निकाला। बोगातिरयोव ने हर काग़ज़ बहुत ही होशियारी से देखा। एक दस्तावेज़ पर फौजी अस्पताल के सर्जन के दस्तखत थे। उसे मुहरबन्द भी उसी ने करवाया था। उसमें लिखा था कि इन दस्तावेज़ों के वाहक का नाम लेफ्टिनेंट-वोरोनोव्स्की है और वह 117वीं लुबोमीर्स्की रेजीमेंट का सदस्य है। बाकी दस्तावेज़ों और उस फोटो से भी वोरोनोव्स्की के वक्तव्य की ही पुष्टि हुई।

''खैर, तो आगे ?'' बोगातिरयोव ने पूछा।

जवाब मिला—''मैं आपको यह बतलाने आया हूँ कि मैं अपने सहायक भूतपूर्व लेफ्टिनेंट वोलकोव के साथ, अपनी कमान के अधीन, लाल फौजियों के बीच काम करता हूँ, और इस समय पूरी-की-पूरी सेरदोव्स्की-रेजीमेंट किसी भी क्षण आपकी तरफ आने को तैयार है। कम्युनिस्ट बेशक नहीं आएँगे। बाकी जो आएँगे, उनमें ज़्यादातर लोग सरातोव और समारा प्रान्तों के किसान होंगे। वे सब बोलशेविकों से लड़ने को तैयार हैं। ज़रूरत सिर्फ इस बात की है कि हमारे बीच रेजीमेंट के आत्म-समर्पण के बारे में एक समझौता हो जाए। इस वक्त रेजीमेंट उस्त-खोपर्स्काया में है। रेजीमेंट में कुल कोई बारह सौ संगीनबन्द फौजी हैं। इनमें से अड़तीस कम्युनिस्टों के बीच हैं। इनके अलावा कोई तीस फौजियों ने स्थानीय कम्युनिस्टों का एक प्लैटून बना लिया है। रेजीमेंट के साथ की बैटरी तो हम छीन लेंगे, लेकिन शायद उसके कर्मचारियों को ख़त्म कर देना होगा, क्योंकि उनमें से ज़्यादातर लोग कम्युनिस्ट हैं। अपने ज़िलों में खाने की चीज़ों के हथियाए जाने के कारण मेरे साथ के लाल फौजी गुस्से से उबल रहे हैं, और हमने इस स्थिति को कज़्ज़ाकों की तरफ ले आने के लिए इस्तेमाल किया है। लेकिन वे सब मन-ही-मन डर रहे हैं कि हथियार डालते ही उनके साथ हिंसा बरती जाएगी। इसलिए, हालाँकि बात तफसील की है, तो भी, इस मामले में आपके साथ एक समझौता हो जाना ज़रूरी है।''

''हिंसा से क्या मतलब ?''

''यानी यही कि या तो उन्हें मार डाला जाए या लूट लिया जाए।''

''नहीं, यह नहीं होने देंगे।''

''एक शर्त और। फौजियों का आग्रह है कि सेरदोव्स्की-रेजीमेंट को ज्यों-का-त्यों रखा जाए और बोलशेविकों से लड़ाई हो तो उसे एक अलग पूरे यूनिट के रूप में आपके अपने फौजियों के

कन्धे-से-कन्धे मिलाकर लड़ने दिया जा'

"इस मामले में मैं अभी कुछ नहीं कह सकता।"

"समझा, शायद इस बात का जवाब देने से पहले आप अपने ऊपर के अफसरों को सारा-कुछ बतलाना चाहेंगे, है न ?"

"हाँ, व्येशेन्स्काया के स्टाफ को यह ख़बर देना ज़रूरी है।"

"लेकिन, माफ कीजिए, मेरे पास समय बहुत थोड़ा है। अगर मुझे लौटने में देर हो गई तो रेजीमेंट के कमीसार को मेरी गैरहाज़िरी की जानकारी हो जाएगी। मेरा खयाल है कि आत्म-समर्पण की शर्तों के बारे में हमारे बीच कोई-न-कोई समझौता हो जाएगा। कृपया अपनी कमान का फैसला हमें जल्दी-से-जल्दी बताएँ, वरना अगर कहीं रेजीमेंट को दोनेत्स के मोर्चे पर भेज दिया गया या कुमुक आ गई, तो..."

"मैं आदमी फौरन ही व्येशेन्स्काया भेजता हूँ।"

"एक बात और—अपने कज़्ज़ाकों से कहिए कि मेरे हथियार मुझे लौटा दें। उन्होंने न सिर्फ मेरे हथियार मुझसे लिए..." वह ज़रा ठिठका और संकोच से मुस्कुराया—"बल्कि मेरा सिगरेट-केस तक मुझसे ले लिया। बात छोटी है, लेकिन वह सिगरेट-केस मेरे लिए बड़ी चीज़ है, क्योंकि मेरे बुजुर्गों से मुझे विरासत में मिला है।"

"आपकी हर चीज़ आपको वापस कर दी जाएगी। लेकिन, सवाल यह है कि व्येशेन्स्काया से जो जवाब आएगा, वह आप तक कैसे पहुँचेगा।"

"दो दिन बाद उस्त-खोपर्स्काया से एक औरत बाखमुतकिन आएगी। पहचान के लिए सांकेतिक शब्द यूनियन मान लीजिए। आप उसे सब-कुछ यों ही बतला देंगे। मुँहज़बानी साफ है कि लिखकर कुछ नहीं देंगे।"

आधे घंटे के अन्दर-अन्दर एक कज़्ज़ाक घोड़े पर व्येशेन्स्काया दौड़ा दिया गया।

अगले दिन कुदिनोव का निजी अर्दली बाखमुतकिन आया, ब्रिगेड-कमांडर के क्वार्टरों तक गया, घोड़े को बाँधने के लिए रुके बिना अन्दर दाखिल हुआ और उसने बोगातिरयोव को एक पैकेट दिया। पैकेट पर लिखा था—फौरी और व्यक्तिगत। बोगातिरयोव ने जल्दी-जल्दी लिफाफा खोला और पढ़ना शुरू किया। पत्र कुदिनोव का था। घसीट में लिखा गया था—

"इस ख़बर से बड़ा हौसला बढ़ता है। मैं तुम्हें सेरदोव्स्की रेजीमेंट से बातचीत करने का पूरा अधिकार देता हूँ। जैसा भी हो, रेजीमेंट से आत्म-समर्पण करवा लो। मेरा अपना सुझाव है कि हम उनकी सभी शर्तें मान लें, पूरे रेजीमेंट को बुला लें और उनसे उनके हथियार तक न लें। शर्त सिर्फ यह लगा दें कि वे रेजीमेंट के कमीसार के साथ-ही-साथ कम्युनिस्टों को भी खुद ही गिरफ्तार कर हमें सौंप देंगे। इन कम्युनिस्टों में व्येशेन्स्काया, येलान्स्काया और उस्त-खोपर्स्काया के कम्युनिस्ट खास तौर पर होंगे। इनके अलावा बैटरी, मालगाड़ी और रेजीमेंट का फौजी सामान भी हमारे हाथ लगना चाहिए। फिर जब रेजीमेंट आत्म-समर्पण को तैयार हो जाए, तो बड़ी-से-बड़ी फौज लाकर उन्हें घेर लें, और फौरन ही उनके सभी हथियार छीन लें। अगर वे हथियार न दें तो उनमें से एक-एक को चुन-चुनकर तलवार के घाट उतार दें। काम पक्के इरादे के साथ होशियारी से करें। निहत्थे होने पर उन्हें व्येशेन्स्काया, दोन के दाहिने किनारे की तरफ से भेजें, ताकि वे मोर्चे से दूर रहें और उन्हें खुले हुए स्तेपी मैदान से होकर गुज़रना पड़े। उस हालत में अपना फैसला बदलने पर भी वे वहाँ से निकलकर भाग नहीं सकेंगे। हम उन्हें दो-दो, तीन-तीन के हिसाब से अलग-अलग स्क्वैड्रनों में बाँट दें और देखें कि वे लाल फौजियों से किस तरह लड़ते हैं। बाद में अगर दोनेत्स के अपने लोगों को एक करने में हमें कामयाबी मिल जाएगी, तो वे

खुद जैसा चाहें वैसा करें। अगर वे एक-एक को फाँसी दे देंगे तो मुझे किसी तरह कोई एतराज नहीं होगा, तुम्हारी कामयाबी मेरी खुशी है। इस बारे में मुझे प्रतिदिन सूचना भेजते रहना।

–कुदिनोव''

पुनश्च

''अगर सेरदोव्स्की रेजीमेंट हमारे स्थानीय कम्युनिस्ट हमें सौंप दें तो ज़ोरदार सिपाहियों की निगरानी में उन्हें दोन के किनारे के गाँवों की तरफ से व्येशेन्स्काया भेजना। लेकिन, रेजीमेंट को पहले रवाना कर देना। कम्युनिस्टों के साथ ज़्यादा-से-ज़्यादा भरोसेवाले, तेज़ किस्म के और ज़रा सयानी उम्र के कज़्ज़ाक रखना। उनसे कह देना कि वे इन कम्युनिस्टों के उधर से गुज़रने की सूचना गाँवों के लोगों को पहले से दे दें। उनके बदनों को छूकर हम अपने हाथ गन्दे क्यों करें ? बिल्कुल बेकार है। अरे अगर साथ के कज़्ज़ाक अपना काम ढंग से करेंगे तो औरतें इन कम्युनिस्टों की धूल खूँटे-खूँटियों से झाड़ेंगी। हमारे लिए सबसे अक्लमंदी का रास्ता यही है। अगर हम इन्हें गोली मारेंगे तो बाकी लाल फौजियों के बीच ख़बर फैल जाएगी कि हम अपने कैदियों को इस तरह ख़त्म कर रहे हैं। इससे ज़्यादा आसान है कि हम लोगों को इन पर चढ़ा दें, वे खून के प्यासे ताज़ी कुत्तों की तरह इन पर टूट पड़ें और अपने मन का पूरा गुस्सा निकाल लें। यानी, यह कि बेंतों से खाल उधेड़ ली जाए, मगर न कोई किसी तरह का सवाल पूछे और न कोई जवाब दें।

48

12 अप्रैल को येलान्स्काया ज़िले में विद्रोहियों ने पहली मास्को रेजीमेंट के फौजियों के दाँत-से-दाँत बजा दिए।

लाल फौजों ने ठौर-ठिकाना न समझा और वे लड़ती हुई अन्तोनोव्स्की गाँव की ओर बढ़ने लगीं। वहाँ कड़ी चिकनी मिट्टी के द्वीपों पर कज़्ज़ाकों के मकान दूर-दूर बने थे, लेकिन चिरायते के पौधों से भरी सड़कें और गलियाँ ऐसे दलदली इलाके से होकर गुज़रती थीं कि उधर से निकलना दुश्वार था। फिर यह कि सारा गाँव आल्डर वृक्षों के कुंजों से ढँका हुआ था। गाँव के चारों ओर येलान्का नाम की छोटी, छिछली नदी बहती थी। नदी का तल कीचड़ से भरा और बड़ा ही खतरनाक था।

सो, पहले मास्को रेजीमेंट की पैदल सेना ने आराम और आसानी से गाँव पार करने की सोची। लेकिन, गाँव के पहले मकानों से गुज़रते ही और आल्डर कुंजों के पास पहुँचते ही लगा कि काम आसान नहीं है। यानी, यह समझिए कि सार्जेंट मेजर का घोड़ा अभी-अभी गहरे दलदल में फँस गया था और वह जैसे-तैसे उसे वहाँ से निकालकर लाया था। लेकिन दूसरी बटैलियन के ज़िद्दी कमांडर ने उसकी एक न सुनी, अपने फौजियों को आगे बढ़ने का हुक्म दिया और दलदली ज़मीन में ज़लज़ला पैदा करता हुआ सबसे पहले खुद आगे बढ़ा। लाल फौजियों ने अपनी मशीनगनों के साथ हिचकिचाते हुए उसका अनुकरण किया। वे घुटनों-घुटनों गहरे कीचड़ में कोई सौ कदम तक गए कि दाहिनी ओर से उन्हें एक चीख सुनाई दी–''वह देखिए–कज़्ज़ाक हमें घेर रहे हैं।''

सचमुच ही दो विद्रोही स्क्वैड्रनों ने बटेलियन को घेर लिया था। सो, अब उन्होंने पीछे से हमला बोल दिया। आल्डर के झुरमुट में पहली और दूसरी बटेलियन को अपने तीसरे बटेलियन के साथियों से वंचित होना पड़ा और वे पीछे हट गईं।

इस लड़ाई में विरोधियों की एक घर की बनी गोली इवान अलेक्सेयेविच के पैर में लगी और वह जख्मी हो गया।

मीशा कोशेवोइ उसे लड़ाई के मैदान से बाहर ले गया और लड़ाई के सामान से भरी एक लॉरी के ड्राइवर को उसने संगीन दिखाकर दोनों को गाड़ी पर बैठा लेने को राज़ी कर लिया।

रेजीमेंट को येलान्स्काया गाँव तक खदेड़ दिया गया। इस हार का इस इलाके में लाल सेनाओं के आगे बढ़ने के पूरे नक्शे पर बहुत ही विनाशकारी प्रभाव पड़ा। फौजें आम तौर पर पीछे हटने लगीं। खोपर के दहाने पर जमी बर्फ के टूटने से अपने को बाकी साथियों से कटा हुआ पाकर पहली मास्को रेजीमेंट ने दाहिने किनारे से दोन नदी पार की और उस्त-खोपर्स्कांया में रुककर कुमक का इन्तज़ार करने लगी। थोड़ी देर बाद सेरदोव्स्की रेजीमेंट उससे आ मिली। उस रेजीमेंट के फौजी पहली मास्को रेजीमेंट के फौजियों से बहुत अलग थे। मास्को रेजीमेंट के खास लड़ाकू लोग मास्को, तुला और नीज़्नी-गारद के कामगार थे। उन्होंने अक्सर ही अपनी जानों का मोह छोड़कर दुश्मन से लोहा लिया था। बहुत बार लड़ाई आमने-सामने भी हुई थी, पर वे बराबर ही जख्मी होते रहे थे और उनके बीच से लोग लगातार मरते रहे थे। अन्तोनोव्स्की गाँव की अपनी हार के बाद लड़ाई के सामान की एक भी गाड़ी खोए बिना वे निकल गए थे। लेकिन, योगोदिव्स्की गाँव की पहली लड़ाई में ही सेरदोव्स्की रेजीमेंट की एक कम्पनी विद्रोहियों की घुड़सवार सेना की चपेट में आ गई थी। कज़्ज़ाकों को घोड़े दौड़ाकर अपनी ओर आता हुआ देखकर कम्पनी के लोग अपनी-अपनी खाइयों से भाग खड़े ुए थे और उनमें से एक-एक मार डाला जा सकता था। पर, बचत सिर्फ यह हुई थी कि कम्युनिस्टों ने अपनी मशीनगनों से गोलियों की बौछार से हमले का जवाब हमले से देना शुरू कर दिया था।

सेरदोव्स्की रेजीमेंट के फौजियों की भर्ती सरातोव प्रान्त के सेरदोव्स्की में हड़बड़ी में की गई थी, उनमें से अधिकांश लोग मुख्यतया बड़ी उम्र के किसान थे। वे प्रायः अनपढ़ थे और उनमें से कितने ही धनी कुल के परिवारों के थे। जिन लोगों के हाथों में कमान थी उनमें से ज़्यादातर लोग कभी शाही फौज में अफ़सर रहे थे। लाल सेना का कमीसार बिना रीढ़ की हड्डी का ढुलमुल आदमी था। उसका सैनिकों पर कोई प्रभाव न था और हर चीज़ की ओर से आँखें मूँदे रहनेवाली कम्युनिस्ट पार्टी के दल की निगाहों के आगे वोरोनोव्स्की और दूसरे बागी उनके बीच ज़ोरदार आन्दोलन चला रहे थे। वे उनसे कहते—"विद्रोह का दबाना सम्भव नहीं लगता। आप सबको कज़्ज़ाकों के हाथों आत्मसमर्पण कर देना चाहिए।"

स्तॉकमैन, इवान और मीशा, सेरदोव्स्की रेजीमेंट में भेज दिए गए थे और सेरदोव्स्की के अन्य तीन सैनिकों के साथ एक ही मकान में ठहरे हुए थे। स्तॉकमैन को अपने नए साथियों की बुझी हुई तबीयतें देखकर चिन्ता हो उठी थी और वह इस नतीजे पर पहुँच गया था कि रेजीमेंट किसी गम्भीर खतरे में पड़ सकती है।

ऐसे में एक दिन शाम को सेरदोव्स्की रेजीमेंट के दो फौजी वहाँ आए, और स्तॉकमैन या इवान से अभिवादन का एक शब्द कहे बिना बोले, "तो जनाब यह अंजाम हुआ इस लड़ाई का ! घरों पर वे लोग हमारे खानदानों का अनाज छीन रहे हैं, और यहाँ हम पता नहीं क्यों लड़ाई में अपनी जानें दे रहे हैं।"

"तुम्हें पता है कि तुम सब क्यों लड़ रहे हो ?"

"नहीं, हमें पता नहीं। कज़्ज़ाक भी हमारी तरह ही किसान हैं। हम जानते हैं कि उन्होंने बगावत क्यों की...हाँ, हम उनकी बगावत की वजह जानते हैं।"

स्तॉकमैन की सदा की रोकथाम इस समय काम न दे सकी। "और, तुम जानते हो कि तुम किस ज़बान में बातें कर रहे हो, सुअर के बच्चो !" वह चीखा, "यह श्वेत गारदों की ज़बान है !"

"तुम्हारे 'सूअर के बच्चों' की ज़बान तो यह रही है। ज़बान सँभालो, नहीं तो हम तुम्हें अभी इसका मज़ा चखा देंगे। इस आदमी की बातें सुन रहे हो, साथियो ?"

"आपे में रहो, ज़रा अपने आपे में रहो, लम्बी दाढ़ीवाले ! हमने तुम्हारे जैसे कितने ही लोग पहले भी देखे हैं।" नाटे कद का आटे के बोरे की तरह मज़बूत एक दूसरा आदमी बीच में बोला, "चूँकि तुम कम्युनिस्ट हो, इसलिए तुम्हारा खयाल है कि तुम जब चाहोगे तब हमारा मुँह बन्द कर दोगे ? तुम

यहाँ से बाहर जाओ, वरना हम तुम्हारी हड्डी-पसली एक कर देंगे !" वह अपने मज़बूत हाथ पीछे बाँधे स्तॉकमैन की तरफ बढ़ा और उसकी क्रोध से जलती आँखें धमकी-सी देने लगीं।

"यह क्या है ? तुम सब-के-सब क्या श्वेत-गार्दों की तरह सोचने लगे हो ?" स्तॉकमैन उस आदमी को धक्का देते हुए हाँफने लगा।

फौजी लड़खड़ाता हुआ फिर पास आया और उसने स्तॉकमैन का हाथ जकड़ना चाहा, लेकिन जो आदमी पहले बोला था, उसने उसे रोक दिया, "बेकार तंग न करो उसे !"

"तुम लोग क्रान्ति-विरोधियों की तरह बातें कर रहे हो। तुम बागी हो, और हम सोवियत सरकार के विरोधियों के रूप में तुम्हें अदालत में पेश करेंगे।"

"तुम पूरी-की-पूरी रेजीमेंट को तो अदालत में पेश कर नहीं दोगे।" सेरदोव्स्की के एक फौजी ने जवाब दिया, "कम्यूनिस्टों को चीनी और सिगरेटें मिलती हैं, और हमें कुछ भी नहीं मिलता।"

"यह बात झूठ है !" बिस्तरे से थोड़ा उठते हुए इवान अलेक्सेयेविच चीखा, "हमें बिल्कुल वही मिलता है जो तुम्हें।"

इसके बाद स्तॉकमैन ने एक शब्द नहीं कहा। उसने अपना बरानकोट पहना और बाहर निकल गया। किसी ने नहीं रोका। उलटे, ऊपर से उसका मज़ाक बनाया। उसने जाकर रेजीमेंट के कमीसार की खोज की। कमीसार रेजीमेंट के स्टॉफ हेडक्वार्टर्स में मिला तो वह उसे एक दूसरे कमरे में ले गया और झगड़े की पूरी तफसील बयान कर बोला कि उन्हें गिरफ्तार कर लिया जाए। कमीसार ने अपनी दाढ़ी खुजलाते हुए पूरी बात सुनी और सींग के रिमवाला अपना चश्मा ठीक करते हुए यों बोला, जैसे कि कोई फैसला न कर पा रहा हो–"कल कम्युनिस्ट दल की बैठक बुलाए लेते हैं। उसी समय सारी स्थिति पर विचार कर लिया जाएगा। लेकिन आज की हालत में उन्हें गिरफ्तार करना मुमकिन नहीं है।"

"क्यों नहीं है ?" स्तॉकमैन ने झटके से पूछा।

"देखो, साथी स्तॉकमैन, मैंने खुद महसूस किया है कि रेजीमेंट में कहीं कोई गड़बड़ी है। शायद कुछ क्रान्ति-विरोधी तत्त्व काम कर रहे हैं। सिर्फ यही है कि मेरी पकड़ में आ नहीं रहे। लेकिन यह ज़रूर है कि रेजीमेंट के अधिकांश लोग ऐसे लोगों के प्रभाव में हैं। किसान तो हमेशा अपने ढंग से काम करेंगे। हम-तुम क्या कर सकते हैं ? मैंने डिवीज़नल स्टॉफ को सारी बातों की सूचना दे दी है और कहा है कि रेजीमेंट को वापस बुलाकर उसे नए सिरे से संगठित किया जाए।"

"लेकिन, श्वेत-गार्दों के इन एजेंटों को इस वक्त गिरफ्तार क्यों नहीं किया जा सकता और उन्हें डिवीज़नल क्रान्तिकारी अदालत के सामने पेश क्यों नहीं किया जा सकता ? जिस तरह की बातचीत ये लोग करते हैं, वह तो सिर्फ विश्वासघात है, और कुछ नहीं।"

"यह बात मैं जानता हूँ। लेकिन इस वक्त इन्हें गिरफ्तार करने से हद के बाहर जा सकते हैं–गदर तक हो सकता है।"

"मगर, अधिकांश लोगों का रवैया समझने के बाद भी तुमने आज से बहुत पहले राजनीतिक विभाग को इसकी सूचना क्यों नहीं दी ?"

"ऐसा नहीं है। मैंने सूचना दी है। लेकिन उधर से जवाब हमेशा देर में आता है। यानी, रेजीमेंट के वापस बुलाए जाते ही हम अनुशासन तोड़नेवालों को सख्त सजा देंगे। फिर, जिस तरह की बातें तुमने बतलाई हैं, वैसी बातें करनेवालों को तो खास तौर पर समझ लिया जाएगा।" त्योरी चढ़ाते हुए बोला, "और वोरोनोव्स्की और चीफ ऑफ स्टॉफ वोलकोव पर भी मेरा सन्देह है। ग्रुप की कल की बैठक के बाद मैं घोड़े पर सवार होकर उस्त-मेदवेदित्स्काया जाऊँगा और राजनीतिक विभाग से सारी स्थिति पर बातचीत करूँगा। हमें खतरे को सीमित करने के लिए फौरन ही कदम उठाने चाहिए। वैसे देखो, मेरी-तुम्हारी यह बातचीत यहाँ से आगे न जाने पाए।"

"लेकिन ग्रुप की मीटिंग तुम फौरन ही क्यों नहीं बुला लेते ? समय हमारा इन्तज़ार तो करेगा

नहीं, कॉमरेड !''

''मैं जानता हूँ, पर उस वक्त बैठक नहीं हो सकती। अधिकांश कम्युनिस्ट बाहर की चौकियों पर हैं। मैंने खुद इस बात पर ज़ोर दिया, क्योंकि ऐसी परिस्थिति में पार्टी के बाहर के तत्त्वों पर विश्वास करना खतरे से खाली नहीं है। इसके अलावा यह भी है कि जिस बैटरी में मुख्य रूप से कम्युनिस्ट हैं, वह तो सिर्फ आज रात को आएगी। रेजीमेंट के इस संकट के सिलसिले में ही मैंने उसे यहाँ बुलाया है।''

स्तॉकमैन स्टॉफ से अपने पड़ाव पर आया, और उसने कमीसार से हुई अपनी बातचीत का सारांश इवान और मीशा को बताया।

''तुम अब कायदे से चल सकते हो ?'' उसने इवान अलेक्सेयेविच से पूछा।

''अभी हिचकता हूँ मैं। पट्टी खोलने में डर लगता है मुझे। लेकिन अगर ज़रूरी होगा तो खोल दूँगा।''

फिर, जब बाकी लोग सोने चले गए तो स्तॉकमैन ने रेजीमेंट की सारी स्थिति का ब्यौरा विस्तार में लिखा, आधी रात होने पर मीशा को जगाया, और उसकी ट्यूनिक की जेब में खत ठूँसते हुए बोला, ''कहीं से एक घोड़ा हासिल करो, फौरन उस्त-मेदवेदित्स्काया चले जाओ और हर कीमत पर यानी अपनी जान की बाज़ी लगाकर भी इस पत्र को चौदहवीं डिवीज़न के राजनीतिक विभाग में पहुँचा दो। कितना समय लगेगा वहाँ तक पहुँचने में ? घोड़ा तो मिल जाएगा ?''

मीशा ने सूखे हुए, कड़े बूट पहने और जवाब दिया, ''मैं किसी घुड़सवार गस्ती-फौजी का घोड़ा उड़ा लूँगा और ज़्यादा-से-ज़्यादा दो घंटे में उस्त-मेदवेदित्स्काया पहुँच जाऊँगा। घोड़े अच्छे नहीं हैं, वरना मैं तो और जल्दी पहुँच जाता। मैं तो घोड़ों के गिरोह को चराने के लिए ले जाता रहा हूँ। मैं उन्हें दौड़ाना खूब जानता हूँ।'' उसने पत्र ट्यूनिक की जेब से निकाला और बरानकोट की जेब में डाल लिया।

''चिट्ठी बरानकोट की जेब में क्यों डाल ली ?'' स्तॉकमैन ने अचरज से पूछा।

''अगर मैं कहीं पकड़ा गया तो यह खट से मेरे हाथ में आ जाएगा।''

''यह तो ठीक है, लेकिन...'' स्तॉकमैन ने कुछ कहना चाहा। पर मीशा बोला, ''अगर मैं पकड़ा गया तो चिट्ठी फौरन लेकर चबा डालूँगा।''

''शाबाश !'' स्तॉकमैन हलके से मुस्कुराया। फिर जैसे कि किसी अपशकुन पर काबू पाते हुए, उसने अपने हाथ उसकी गर्दन में डाले, उसे सीने से लगाया, ठंडे थरथराते हुए होंठों से उसे चूमा और बोला, ''अच्छा, जाओ।''

मीशा बाहर गया। उसने निगाह बचाकर किसी गश्ती फौज़ी का सबसे अच्छा घोड़ा उड़ाया और अपनी उँगली घुड़सवारों की नई कारबाइन राइफल के घोड़े पर जमाकर बढ़ चला। वह बड़ी सावधानी से गाँव के बीच और चौकी की बगल से गुज़रा। सिर्फ सड़क की ऊँचाई पर पहुँचने पर ही उसने राइफल कन्धे पर लटकाई और सरातोव के उस छोटे कद के घोड़े को पूरी रफ्तार से दौड़ा दिया।

49

सुबह से धीमा-धीमा पानी पड़ने लगा, हवा सर्राटे भरने लगी और पूर्व की ओर से तूफानी बादल उमड़ने लगे। सुबह होते ही स्तॉकमैन के साथ रहनेवाले सेरदोव्स्की रेजीमेंट के फौजी उठे और निकलकर बाहर आए। आधे घंटे बाद, स्तॉकमैन और उसके साथियों की तरह ही सेरदोव्स्की रेजीमेंट से सम्बद्ध तोलकाचेव नाम के येलान्स्काया के एक कम्युनिस्ट ने मकान के दरवाज़े भड़ाक से खोले और हाँफता हुए चीखा–''स्तॉकमैन, कोशेवोइ, तुम लोग यहाँ हो ? बाहर आओ।''

''क्या बात है ? यहाँ आओ।'' स्तॉकमैन ने बरानकोट उठाते और जल्दी-जल्दी पहनते हुए कहा।

"रेजीमेंट में मुसीबत खड़ी हो गई है।" तोलकाचेव ने स्तॉकमैन के पीछे जाते हुए बुदबुदाकर कहा, "बैटरी अभी ऊपर गई तो पैदल फौज ने उससे हथियार छीनने की कोशिश की। फौज के लोगों ने गोली चलानी शुरू कर दी, लेकिन तोपचियों ने उन्हें खदेड़ दिया, गनलॉक निकाल लिए और नाव से नदी पार कर दूसरी तरफ चले गए।"

"और अब...अब क्या होगा ?" कराह के साथ बूट पहनते हुए इवान अलेक्सेयेविच ने उससे पूछा।

"इस वक्त गिरजे में सभा चल रही है। पूरा रेजीमेंट..."

"फौरन कपड़े पहनो !" स्तॉकमैन ने इवान अलेक्सेयेविच को आदेश दिया और तोलकाचेव की बाँह जकड़ते हुए पूछा, "कमीसार कहाँ है ? बाकी कम्युनिस्ट कहाँ हैं ?"

"मैं नहीं जानता। कुछ लोग उन लोगों के साथ भाग गए हैं, लेकिन मैं आपके पास चला आया हूँ। ख़बर यह है कि उन लोगों ने तारघर ले लिया है, और किसी को अन्दर जाने की इजाज़त नहीं है। हमें वहाँ से निकल आना चाहिए। लेकिन सवाल यह है कि निकलें तो निकलें कैसे ?" घुटनों के बीच हाथ दबाकर आदमी निढाल होकर बिस्तर पर पड़ा रहा।

उसी समय बरसाती की सीढ़ियों पर आहट हुई और सेरदोव्स्की के छह फौजी दौड़ते हुए मकान के अन्दर दाखिल हुए। उनके चेहरे लाल थे और उनसे बदनीयती टपक रही थी।

वे चीखे–"सभी कम्युनिस्ट बैठक में चलें ! जल्दी, फौरन।"

स्तॉकमैन ने इवान की नज़र से नज़र मिलाई और अपने होंठ भींचे। बोला, "चलो, हम लोग आते हैं।"

"अपने हथियार यहीं छोड़ दो, मोर्चे पर तो जा नहीं रहे हो।" उनमें से एक आदमी बोला। लेकिन स्तॉकमैन ने जैसे उसकी बात सुनी ही नहीं और अपनी राइफल कन्धे पर लटकाकर सबसे पहले बाहर निकल आया।

चौक में ग्यारह सौ लोग जोश में भरे हुए थे। स्थानीय लोग वहाँ बिल्कुल नहीं थे, क्योंकि यह अफवाह बार-बार उड़ी थी कि रेजीमेंट के लोग विद्रोहियों से मिल जाएँगे और सड़कों पर कम्युनिस्ट के लोहे से लोहा बजेगा।

सो, स्तॉकमैन भीड़ में धँसता गया। उसकी निगाहें रेजीमेंटल कमान के लोगों की तलाश करती रहीं। उसी समय कमीसार उसकी बगल से निकला। दो सैनिक उसके हथियार सँभाले उसके साथ दिखाई दिए। अचानक ही किसी ने उसे पीछे से भीड़ के बीच ढकेला। कमीसार का चेहरा उतर गया और एक-दो क्षण बाद लोगों के बीच रखी एक मेज पर चढ़ता नज़र आया। स्तॉकमैन ने चारों ओर निगाह दौड़ाई। पीछे राइफल के सहारे टिका इवान अलेक्सेयेविच और इन लोगों को बुलाने के लिए जानेवाले फौजी दिखलाई पड़े। "लाल सेना के कॉमरेडो !" आवाज़ों की रोक के बीच उसके स्वर हलके से गूँजे–"आज जब दुश्मन दरवाजे पर दस्तक दे रहा है, तब सभाएँ करना,...कॉमरेडो..."

कमीसार को आगे बोलने नहीं दिया गया। दूसरे क्षण मेज़ के चारों ओर लाल फौजियों की भूरी टोपियाँ और नीली संगीनें इस तरह चमक उठीं, जैसे कि हवा में लहरी हों। साथ ही लोग उसकी ओर हाथ हिला-हिलाकर मुट्ठियाँ दिखलाने लगे और एक-से-एक तीखी बातें पिस्तौल की गोलियों की तरह हवा में गूँजने लगीं–

"तो, हम ऐसे कॉमरेड हैं।"

"अपनी चमड़े की जैकेट तो उतार डालो।"

"तुम कौन हो हमें लड़ाई में झोंकनेवाले ?"

"मार डालो इसे, संगीन भोंक दो। बहुत देखी हमने इसकी कमीसारी !"

स्तॉकमैन ने देखा कि एक लम्बा-चौड़ा, सयानी उम्र का लाल सैनिक मेज़ पर कूदकर चढ़ा और उसने लपककर उसकी छोटी दाढ़ी हिला दी। मेज़ डगमगाई और वे दोनों चारों ओर जमा लोगों के फैले

हुए हाथों में जा पड़े। मेज़ की जगह भूरे कोटों का अम्बार लग गया और कमीसार की मायूस चीख लोगों की ठोस गगनभेदी गरज में डूब गई।

स्तॉकमैन भीड़ चीरते और बहुत ही बेरहमी से लोगों को इधर-उधर ढकेलते हुए तेज़ी से आगे बढ़ा। किसी ने उसे नहीं रोका, पर राइफल के कुंदे और मुट्ठियाँ उस पर बरसने लगीं। उसकी पीठ से राइफल उतार ली गई और सिर से कज़्ज़ाक टोपी उड़ा दी गई।

''आखिर तू वहाँ कहाँ बढ़ता चला जा रहा है, शैतान कहीं के !'' स्तॉकमैन को लपकते देखकर एक लाल फौजी चीखा।

उलटी हुई मेज़ के पास उसका रास्ता एक ट्रूप अफ़सर ने रोक लिया। इस बीच मेमने की खाल की उसकी टोपी पीठ पर आ गई थी। चेहरा ईंट की तरह लाल और पसीने से तर हो गया था। पलकें झपक-झपककर अन्दर के आक्रोश का आभास दे रही थीं। ''आखिर कहाँ मरने को चले जा रहे हो ?'' आदमी गरजा।

''मैं कुछ कहना चाहता हूँ। एक आम फौजी को भी दो बातें कह लेने दो।'' स्तॉकमैन मेज़ को सीधा करते हुए भर्राए हुए गले से बोला। इस पर उसके आसपास के कुछ लोगों ने मेज़ पर चढ़ने में उसकी सहायता तक की। लेकिन चौक का शोरगुल ज़रा भी कम नहीं हुआ, तो स्तॉकमैन पूरी आवाज़ से गला फाड़कर चीखा, ''शान्त !''

एक क्षण बाद शोर-शराबा थोड़ा कम हुआ, तो खाँसी को दबाते हुए वह काफी ज़ोर से बोला, ''लाल सेना के साथियो, लानत है तुम पर ! ऐसे गम्भीर क्षण में तुम सब जनता की सरकार के साथ गद्दारी कर रहे हो। तुम सब तब डगमगा रहे हो जब ज़रूरत है दुश्मन पर भरपूर, सीना-तोड़ वार करने की ! जब सोवियत देश दुश्मनों के लोहे के शिकंजे में जकड़ा अपने अस्तित्व के लिए जान की बाज़ी लगा रहा है, तब तुम ये मीटिंगें कर रहे हो, तुम सब पूरी तरह से गद्दारी पर उतर आए हो। और सो भी क्यों ? इसलिए कि तुम्हारे कमांडरों ने तुम्हारे साथ विश्वासघात कर तुम्हें कज़्ज़ाक जनरलों की तरफ झुका लिया है ! तुम्हारे पहले के अफसरों ने सोवियत सरकार का विश्वास तोड़ा है और तुम्हारी गैर-जानकारी से फायदा उठाकर अब वे तुम्हारी रेजीमेंट को कज़्ज़ाकों को सौंपने के मनसूबे बाँध रहे हैं। इसलिए ज़रा होश में आओ ! वे तुम्हारे हाथों से मेहनतकशों और किसानों की सरकार का गला घोटवाना चाहते हैं।''

दूसरी कम्पनी के कमांडर और पहले के ज़ारशाही अफ़सर ने अपनी राइफल कन्धे पर साधी, पर स्तॉकमैन ने उसकी हरकत देख ली और चिल्लाकर बोला, ''इसकी हिम्मत न करना ! इसके लिए बहुत वक्त मिलेगा। मैं माँग करता हूँ कि तुम एक फौजी कम्युनिस्ट की बात कान देकर सुनो ! हम कम्युनिस्टों ने अपनी पूरी ज़िन्दगी लगा दी है।'' स्तॉकमैन का स्वर पंचम पर पहुँच गया और उसका चेहरा ज़र्द पड़ गया—''मेहनतकशों और सताए हुए किसानों की सेवा के बिरवे को सींचने में हमने बूँद-बूँद कर अपना सारा खून खपा दिया है। हम मौत की आँखों-में-आँखें डालने के आदी हैं। मारना चाहते हो तो मार दो मुझे गोली।''

अलग-अलग लोग एकसाथ चीखने लगे, ''हम काफी सुन चुके। इस आदमी से कहो कि बकवास बन्द करे।''

''चाहो तो मार दो मुझे गोली, लेकिन मैं फिर कहता हूँ कि अपने होश में आओ। यह मीटिंग करने का समय नहीं है। इस वक्त तो तुम सबको बढ़कर श्वेतगार्दों से लोहा लेना चाहिए।''

उसने अपनी सिकुड़ी हुई आँखों से फौजियों की आधी शान्त भीड़ पर नज़र डाली। उसे थोड़ी दूर पर रेजीमेंट का कमांडर वोरोनोव्स्की बरबस मुस्कुराता और बगल में खड़े लाल सैनिक के कानों में कुछ फुसफुसाता दिखाई दिया।

''तुम्हारी रेजीमेंट का कमांडर...'' स्तॉकमैन ने हाथ फैलाकर वोरोनोव्स्की की ओर इशारा करते

हुए कहा। लेकिन अफ़सर ने अपने मुँह पर हाथ रख लिया और बगल के फौजी से धीरे से कुछ कहा। फिर स्तॉकमैन अपना वाक्य पूरा भी न कर पाया कि अप्रैल के बरसात से नहाए दिन में एक गोली हवा में सर्राई। स्तॉकमैन अपना कलेजा थामकर गिर पड़ा और लोहे के रंग के बालों से भरा सिर लोगों की आँखों से ओझल हो गया। लेकिन वह कूदकर खड़ा हो गया, हालाँकि लड़खड़ाता रहा।

"ओसिप दाविदोविच !" स्तॉकमैन को उठते हुए देखकर इवान के मुँह से कराह निकल गई। वह लोगों को चीरते हुए उसकी ओर बढ़ने लगा, लेकिन उसके आसपास के लोगों ने कुहनी पकड़कर उसे रोकना चाहा और बड़बड़ाने लगे–"मुँह बन्द कर और अपनी राइफल हमें सौंप, सूअर कहीं का..."

उन्होंने उसे निहत्था किया, उसकी जेबों की तलाशी ली और उसे बाहर चौक में ले गए। बाकी कम्युनिस्टों को भी एक-एक कर बीना और निहत्था किया गया। पास की सड़क पर एक सौदागर के मकान के पास चार-पाँच बार गोलियाँ चलाई गईं और इस तरह एक कम्युनिस्ट मशीनगनर मार डाला गया। उसने अपनी लेविस मशीनगन उन लोगों को सौंपने से इनकार कर दिया था।

इस बीच स्तॉकमैन मेज़ पर खड़ा लड़खड़ाता रहा। उसके चेहरे पर मौत की सफेदी दौड़ गई और उसके होंठ गुलाबी खून से तर हो उठे। अपनी अन्तिम शक्ति और मनोबल का प्रयोग कर वह जैसे-तैसे चीखा–"लोगों ने तुम्हारे साथ चाल खेली है। गद्‌दार हैं वे। वे खुद अपने गुनाहों के लिए माफी माँगने और अफसरी के नए ओहदों पर पहुँचने की कोशिश में हैं। लेकिन उससे कुछ नहीं...कम्युनिस्ट मरेगा नहीं, ज़िन्दा रहेगा। अपने होश में आओ, कॉमरेडो !"

वोरोनोव्स्की की बगल में खड़े फौजी ने फिर राइफल अपने कन्धे पर जमाई और दूसरी गोली लगते ही स्तॉकमैन मेज़ से भड़भड़ाकर नीचे जा गिरा। फौजियों ने उसे रौंदकर रख दिया। चेचक के दागों से भरे चेहरे और पतले, भद्‌दे मुँहवाला एक सैनिक लपककर मेज़ पर चढ़ गया और गरजा–"साथियो, हमने बड़े-बड़े वायदे सुने हैं, पर वे धमकियाँ और कोरी बातें रही हैं और इस वक्त यह शानदार लेक्चर झाड़नेवाला आदमी कुत्तों की मौत मर रहा है। कम्युनिस्टों और जीतोड़ मेहनत करनेवाले किसानों के लिए सिर्फ मौत है। मैं कहना चाहता हूँ कि हमारी आँखें खुली हुई हैं और हम जानते हैं कि हमारा दुश्मन कौन है ! गाँवों में तुमसे लोगों ने आखिर क्या कहा था ! कहा था कि आम लोगों के बीच भाईचारा होगा, उनके बीच बराबरी होगी। यही तो कहा था हमसे कम्युनिस्टों ने ! लेकिन सचमुच हमने पाया क्या ? लूटपाट...भाइयो...लूटपाट ! मेरे पापा ने मुझे चिट्‌ठी लिखी है कि ये लोग दिन-दहाड़े चोरी कर रहे हैं और लूट रहे हैं। इन लोगों ने हमारे घर का सारा अनाज हथिया लिया और मेरे पापा की मिल छीन ली है। दूसरी तरफ इनके फरमान में क्या है ? फरमान में कहा गया है कि हर चीज़ मेहनतकश किसानों की है। तो क्या मेरे पापा मिल पर जीतोड़ मेहनत नहीं करते थे ? अब मैं यह पूछता हूँ कि कम्युनिस्टों की यह लूटपाट आखिर क्या है ? इन्हें कुचल दो। इनके टुकड़े-टुकड़े कर डालो !"

परन्तु वक्ता अपनी बात ख़त्म भी न कर पाया कि कज़्ज़ाक घुड़सवारों के दो स्क्वैड्रन पश्चिम की ओर से गाँव में दाखिल हुए। साथ ही दोन के किनारे की पहाड़ियों के दक्षिणी ढाल से कज़्ज़ाक पैदल सेना मार्च करती आई और ब्रिगेड का विशेष कमांडर बोगातिरयोव अपने स्टॉफ के लोगों और आधे स्क्वैड्रन रक्षकों के साथ घोड़े पर सवार बीच चौक में आया।

इस पर सेरदोव्स्की रेजीमेंट के लोग जल्दी-जल्दी दोहरी कतार में खड़े होने लगे, बोगातिरयोव का दल दूर सिर्फ झलका ही कि कमांडर वोरोनोव्स्की की आवाज़ हवा में गूँजी–"रेजीमेंट...अ...टेंशन !"

वोरोनोव्स्की की आवाज़ में इतना ज़ोर लाल फौजियों ने पहले कभी अनुभव न किया था।

50

ग्रिगोरी मेलेखोव ने गाँव में पाँच दिन बिताए और इस बीच अपनी और अपनी सास की कई एकड़

ज़मीन की बोआई पूरी कर दी। फिर अपने घर-परिवार के लिए हुड़क कर और सिर में जुएँ भरकर पिता रेजीमेंट से लौटा कि वह खुद अपने डिवीज़न को लौटने के लिए चल पड़ा। कुदिनोव ने, सेरदोव्स्की-रेजीमेंट से चल रही सारी बातों की सूचना उसे गुप्त रूप से दे दी थी और उससे जल्दी-से-जल्दी लौटने को कहलाया था।

पर ग्रिगोरी ने जिस दिन तातारस्की से कारगिंस्काया जाने का निश्चय किया, उस दिन दोपहर को वह अपने घोड़े को पानी पिलाने के लिए दोन नदी के किनारे गया, और बगीचों के सिरों तक बढ़ी नदी के पास पहुँचा कि उसकी नज़र अकसीनिया पर पड़ी। वह अपनी बालटियाँ जानबूझकर धीरे-धीरे भरती दिखाई पड़ी। जैसे कि उसके पास आने की प्रतीक्षा में हो। लेकिन उसने अपने कदम तेज़ कर दिए और उसके पास पहुँचा तो अपने रुपहले पंख फड़फड़ाती, उदास स्मृतियों ने उसे घेर लिया।

अकसीनिया पैरों की आहट पाते ही मुड़ी और उसके चेहरे पर बनावटी आश्चर्य के भाव खिल उठे। लेकिन, मुस्कान की खुशी और दिल के पुराने दर्द ने उसका साथ न दिया। वह मुस्कुराई और इस तरह मुस्कुराई कि अन्तर् में छिपी पीड़ा बरस-बरस उठी। उस जैसी अभिमानिनी के लिए यह बहुत ही असाधारण था और ग्रिगोरी का दिल हमदर्दी और प्यार से तड़फ उठा। पुरानी यादों के सहारे एक कलप ने जैसे उसे डस लिया और वह अपना घोड़ा रोककर बोला, ''दोब्रयेद्येन (गुड डे) अकसीनिया रानी !''

''दोब्रयेद्येन !''

अकसीनिया की आवाज़ में अचरज, ममता और कटुता का मिश्रित भाव था।

''यानी, एक-दूसरे को देखे एक ज़माना हुआ।''

''हाँ, एक युग बीत गया।''

''मुझे तो तुम्हारी आवाज़ तक की पहचान नहीं रही।''

''तुम भूलते बहुत जल्दी हो।''

''इसे बहुत जल्दी कहोगी ?''

ग्रिगोरी ने पास आकर उससे मुँह रगड़ते घोड़े को पीछे धकेला। अकसीनिया ने सिर झुका लिया और बहँगी में बालटी लटकाने की कोशिश की, पर वह कब्जे में फँसी ही नहीं। फिर एक क्षण तक चुपचाप खड़े रहे। अचानक ही एक जंगली बत्तख सिर के ऊपर इस तरह सर्राटे भरने लगी, जैसे कि किसी कमान से छोड़ी गई हो। नदी की लहरें अनबुझ प्यास से भरकर खड़िया-मिली मिट्टी को जीभ से चाटती और किनारे पर सिर पटकती रहीं। दूर बाढ़ के पानी से लबालब जंगल में कपूरी वृक्षों से सुगन्धित लहरें लहराती रहीं। हवा नदी के झाग और सौंधी-सौंधी महक से भरी हुई थी। दोन का पानी रह-रहकर पूरे ज़ोर से उमड़ता रहा, जैसे कि दूर-से-दूर किनारे को अपनी लपेट में ले लेना चाहता हो।

ग्रिगोरी ने अकसीनिया की ओर से निगाह हटाकर नदी पर एक नज़र डाली। देवदारु के पेड़ अपनी नंगी शाखें हिलाते हुए अपने पीले-भूरे तने पानी में डुबोए खड़े रहे, बेंत के पौधे अपनी क्वारी कलियाँ सजाते रहे और हरे बोंड़ों के बादल नदी पर झुक-झुक आते रहे। ग्रिगोरी की आवाज़ में परेशानी और कटुता घुल उठी। पूछा, ''क्यों, कोई बात दिमाग में नहीं आ रही क्या ? इस तरह चुप क्यों हो ?''

पर अकसीनिया ने इस बीच अपने ऊपर काबू पा लिया था। सो, चेहरे पर शिकन लाए बिना उसने जवाब दिया—''लगता है, करनेवाली बातें हम सभी कर चुके...''

''सचमुच ?''

''और होना भी ऐसा ही चाहिए। पेड़ साल में एक बार ही तो फूलता है।''

''और तुम्हारा खयाल है कि हमारा पेड़ पहले ही फूल चुका है ?''

''तुम्हारा ऐसा खयाल नहीं है ?''

''ठीक है, लेकिन बात कुछ अजीब ही लगती है।'' ग्रिगोरी ने घोड़े को पानी तक जाने की छूट

दी, और अकसीनिया पर नज़र डालते हुए मुस्कुराया—"मैं तो आज तक तुम्हें अपने दिल से अलग नहीं कर सका, अकसीनिया ! यानी मेरे बच्चे बड़े हो रहे हैं। खुद मेरे सिर के बाल आधे सफेद हो गए हैं। सचमुच कितने-कितने सालों की खाई पड़ गई है हमारे बीच ! लेकिन मुझे अब भी तुम्हारा खयाल आता है, मैं तुम्हें अब भी अपने सपनों में देखता हूँ और तुम्हें अब भी प्यार करता हूँ। कभी-कभी तुम्हारे खयाल के साथ ही लिस्तनित्स्की के यहाँ की अपनी ज़िन्दगी की भी याद आने लगती है। सोचो तो कि उस वक्त हम एक-दूसरे को कितना प्यार करते थे। कभी-कभी जब गुज़री हुई ज़िन्दगी पर नज़र डालता हूँ तो यह खाली, उलटी हुई जेब-सी लगती है..."

"मुझे भी ऐसा ही लगता है, लेकिन, अब मुझे जाना चाहिए। हम खड़े बात कर रहे हैं, और..." उसने दृढ़ता से बालटी उठाई, अपने धूप से सँवराए हाथ बहँगी पर रखे और ढाल पर चढ़ने के लिए कदम आगे बढ़ाए। पर सहसा ही उसने अपना चेहरा ग्रिगोरी की तरफ मोड़ा और उसके गाल पर हलकी-हलकी जवानी की लाली दौड़ गई—"यहीं, ठीक इसी जगह हमारा प्यार शुरू हुआ था, ग्रिगोरी, तुम्हें याद है ? उसी दिन गाँव के कज़्ज़ाक फौजी ट्रेनिंग के कैम्प में गए थे।" उसने मुस्कुराते हुए कहा और उसकी आवाज़ में खुशी बजने लगी।

"मुझे सबकुछ याद है।"

ग्रिगोरी घोड़े को लेकर अहाते में लौट आया और उसने उसे नाँद के पास खड़ा कर दिया। पैन्तेली उसे विदा देने के लिए घर में था। सो, उसने बाहर निकलकर पूछा—

"तो तुम जल्दी ही जाओगे न ? तुम्हारे घोड़े के सामने घास डाल दूँ ?"

"कहाँ जाऊँगा ?" ग्रिगोरी ने अपने पिता पर यों ही नज़र डाली।

"क्यों, कारगिन्स्काया नहीं जाओगे ?"

"नहीं, मैं आज नहीं जा रहा।"

"क्या हुआ ?"

"मैंने इरादा बदल दिया है।" ग्रिगोरी ने अपने सूखे होंठ चाटे और अपनी आँखें आसमान की ओर उठाई—"बादल घिरे आ रहे हैं। लगता है, पानी बरसेगा। कोई यह हुक्म तो मिला नहीं है कि मैं भीगता चला जाऊँ।"

"यह तो ठीक है।" बूढ़े ने हाँ-में-हाँ मिलाई, पर उसने ग्रिगोरी की बात का यकीन नहीं किया, क्योंकि अभी कुछ देर पहले वह जब मकान के पीछेवाले अहाते में गया था, तो उसने उसे अकसीनिया से बातें करते देखा था। सो चिन्ता में सोचने लगा—'फिर पुराने रंग-ढंग नज़र आते हैं !...नताल्या को दुबारा तो तंग नहीं करेगा। भाड़ में जाए...ताज़ी कुत्ता है !' उसने पीछे जाते बेटे की पीठ पर निगाह डाली और उसे अपनी जवानी याद आई। मन-ही-मन सोचने लगा—'बिल्कुल मेरी नकल है, शैतान कहीं का ! सिर्फ यह है कि इस मामले में अपने बाप को भी मात दे चुका है। लेकिन अगर इसने अकसीनिया का दिमाग फिर खराब किया और खानदान में नए सिरे से मुसीबत पैदा की तो मैं इसके बदन की सारी गर्द झाड़कर रख दूँगा। लेकिन यह मैं करूँगा किस तरह ?'

अगर पहले की बात होती और वह ग्रिगोरी को अकसीनिया से बातें करते देख लेता, तो जो हाथ में आता उसी को खींचकर उसकी पीठ पर दे मारता। लेकिन इस समय उसने कुछ नहीं किया और यह भी नहीं जताया कि मैं यह अच्छी तरह जानता हूँ कि तुम्हारा इरादा क्यों बदला ! बात यह है कि ग्रिगोरी अब पुराना, जंगली-सा कज़्ज़ाक ग्रीशा न था। हालाँकि वह तग़मे नहीं पहनता था, पर आज वह डिवीज़नल-कमांडर था, जनरल था और उसके मातहत हज़ारों कज़्ज़ाक थे। तो माना कि ग्रिगोरी उसका बेटा था, पर अनुशासन के विचार से वह उसके खिलाफ सिर उठाने की बात न सोच सकता था। उसके अपने हाथ बँधे हुए थे। फौज में वह खुद ज़्यादा-से-ज़्यादा सार्जेन्ट ही तो रहा था। अभी उस दिन ज़मीन की जुताई करते समय बेटा बाप पर एकदम चीख पड़ा था—"वहाँ खड़े मुँह क्या फैला

रहे हो ? वह हल उठा लो न !" इस पर बाप के मुँह से बोल न फूटा था, और वह चुप रहा था। हाल में उन दोनों ने जैसे अपनी-अपनी भूमिकाएँ बदल ली थीं। ग्रिगोरी अपने बूढ़े बाप पर चिल्लाता तो पैन्तेली उसके हुक्म की भर्राई हुई आवाज़ के सामने हथियार डाल देता और मचकता हुआ उसे खुश करने का यत्न करता।

सो, पैन्तेली बुदबुदाया, 'पानी का डर है !' फिर मन-ही-मन सोचने लगा, 'यह डर तब है जब बरसात का कहीं नामोनिशान नहीं है, जब पुरवा बह रही है और आसमान में सिर्फ एक छोटा-सा बादल है। मैं नताल्या को सारा कुछ बतला दूँ क्या ?' इस भावना से उसे थोड़ी तसल्ली हुई और वह घर की ओर चला। पर फिर उसे सद्‌बुद्धि उपजी और वह यह सोचकर अपने काम पर लौट आया कि बेकार को झगड़ा खड़ा हो जाएगा।

अकसीनिया घर पहुँची तो उसने बालटियाँ खाली कीं और फिर फ़ौरन ही शीशे के सामने खड़ी होकर अपना चेहरा चिन्ता से देखने लगी। चेहरे से उम्र टपकने लगी थी, पर खूबसूरती में कोई कमी न हुई थी। उसके हुस्न में अब भी वही कसाव और जादू था। वैसे ज़िन्दगी की खिज़ा के उड़नेवाले रंग उसके गालों पर उतरने लगे थे। उसकी पलकें पीली पड़ने लगी थीं, बालों में जहाँ-तहाँ चाँदी के तार नज़र आने लगे थे, और आँखें उदासी और थकान से धुँधलाने लगी थीं।

इसीलिए अकसीनिया अपना रूप देखते-देखते मुड़ी, बिस्तरे पर पड़ी रही और उसकी आँखों के बादल टूटकर बरस पड़े। ऐसे मधुर आँसू उसने पिछले कितने ही दिनों से न जाने थे। उसके दिल का बोझ जैसे उतर गया।

जाड़ा आता है तो दोन के ऊपर के खड़े ढालों पर काटती हुई हवाएँ दौड़ती फिरती हैं। वे नंगी चोटियों से बर्फ उड़ा-उड़ाकर जहाँ-तहाँ अम्बार लगा देती हैं और फिर उन्हें फूँक-फूँककर पत्थर की तरह कठोर बना देती हैं। चोटी के ऊपर सधा बर्फ का लम्बा-चौड़ा टीला धूप में चीनी की तरह चमकता है, साँझ के धुँधलके में नीलम-सा दमकता है, तड़के गुलाबी रंग की झाईं मारता है और सुबह के समय पीले रंग में बैंजनी रंग घोलने लगता है। फिर, अपने एकान्त-मौन से सभी को डराते हुए वह ज्यों-का-त्यों बना रहता है कि बर्फ नीचे से गलने लगती है या अपना ही बोझ नहीं सह पाती, और हवा का एक झोंका उसके पैर उखाड़ देता है। इसके बाद टीला एक गरज के साथ नीचे की ओर भरभराकर गिरना शुरू करता है और नाटी काँटेदार झाड़ियों और संकोच से ढाल से लिपटी बर्ड-चेरी को कुचलता और तोड़ता-मोड़ता चला जाता है। उसकी चाल से बर्फ की गर्द उड़ती है और आसमान की ओर बढ़ती है।

अकसीनिया का प्यार भी, इतने वर्षों से टीले की इसी बर्फ की तरह जमा होता रहा था और इस समय उसे भी सिर्फ एक हलके झटके की ज़रूरत थी। सो, ग्रिगोरी का उससे मिलना और उसका 'दोब्रयेदूयेन, अकसीनिया-रानी' कहना ही काफी हो गया था। वैसे भी ग्रिगोरी का क्या ? क्या अकसीनिया को उससे प्यार न था ? क्या इतने वर्षों से उसे उसका ध्यान बराबर नहीं रहा था ? क्या उसकी यादों में वह हर वक्त डूबी नहीं रही थी, और क्या हर रोज़ और हर लम्हा वह लौट-लौटकर उसके पास चली नहीं जाती थी ? बिल्कुल वैसे ही जैसे कोई अन्धा घोड़ा रहट के सदाबहार घेरे का चक्कर काटता रहता है, काटता रहता है।

वह शाम तक पलंग पर पड़ी रही, फिर उठी, मुँह-हाथ धोया, बाल ठीक किए और होनेवाले दूल्हे के सामने पेश की जानेवाली लड़की की तरह जल्दी-जल्दी कपड़े पहनने लगी। उसने साफ कमीज पहनी, फ्रांसीसी लाल शराब क्लैरेट के रंग की स्कर्ट पहनी, सिर पर रूमाल डाला, शीशे में अपने को एक नज़र देखा और बाहर निकल आई।

तातारस्की के ऊपर पेड़की के रंग के भूरे साए मँडरा-से रहे थे। बाढ़ के पानी से भरी चरागाहों के ऊपर जंगली बत्तखें चीखती रहीं। दोन के किनारे के देवदारुओं के पार पीला, धुँधला चाँद उगा और चाँदनी का लहराता हुआ रिबन पानी के इस पार तक बँध गया। ढोर दिन का उजाला रहते ही लौट आए। उनमें गायें अहातों में जहाँ-तहाँ डकारने लगीं। हरी घास से उनका पेट पूरी तरह न भरा था।

मगर, अकसीनिया अपनी गाय को दुहने को रुकी नहीं। उसने सफेद नाकवाला बछड़ा बाड़े से खोल दिया, और बस ! बछड़ा उछलता-कूदता अपनी माँ के पास पहुँचा और अपनी माँ के पतले थन से मुँह लगाकर दूध पीने लगा। इस बीच वह अपनी दुम फटकारता रहा। उसके पिछले पैर अपनी जगह सख़्ती से जमे और फैले रहे।

दार्‌या मेलेखोव ने अभी-अभी दूध दुहने का काम ख़त्म किया और वह दूध-भरी बालटी लिए घर की ओर बढ़ी कि बाड़ की तरफ से किसी के पुकारने की आवाज़ उसके कानों में पड़ी।

"दार्‌या ?"

"कौन है ?"

"मैं हूँ अकसीनिया ! ज़रा यहाँ आओ !"

"क्या काम है ?"

"मुझे तुम्हारी सख्त ज़रूरत है, ईसा के नाम पर आ जाओ !"

"दूध छान लूँ ज़रा, फिर अभी आती हूँ।"

कुछ क्षणों बाद दार्‌या बाहर आई तो उसने अकसीनिया को अस्ताखोव के फाटक के पास इन्तज़ार में खड़ा पाया। दार्‌या के बदन से गायों के बाड़े और ताज़े दूध की महक आ रही थी। उसे अकसीनिया को खास अवसर पर पहनने योग्य कपड़ों में सजा-बजा देखकर बड़ा ताज्जुब हुआ। बोली–

"तुमने काम-धाम आज बड़ी जल्दी ख़त्म कर लिया, पड़ोसिन !"

"कोई खास काम नहीं है। स्तीपान इन दिनों बाहर है। एक गाय है...खाना कभी-कभी पका लेती हूँ...कभी कुछ मुँह में डाल दिया, और बस !"

"क्या काम है तुम्हें मुझसे ?"

"ज़रा अन्दर चलो, मुझे तुमसे कुछ पूछना है।" अकसीनिया की आवाज़ काँपने लगी। दार्‌या ने उसका मतलब आधा समझा, और उसके पीछे-पीछे बावर्चीखाने की तरफ कदम बढ़ाए। अकसीनिया ने, बिना लैम्प जलाए, अपना बक्सा खोला, इधर-उधर खखोरकर कुछ निकाला, दार्‌या का हाथ अपने खुश्क, दहकते हाथों में लिया, और जल्दी-जल्दी उसकी उँगली में एक अँगूठी पहना दी।

"क्या है यह ? अँगूठी है ? मुझे दे रही हो यह ?" दार्‌या ने आश्चर्य से पूछा।

जवाब मिला–"हाँ, यह तुम्हारे लिए है। मेरी यादगार..."

"सोने की है ?" दार्‌या ने खिड़की के पास जाते और हलकी चाँदनी में अँगूठी को देखते हुए पूछा।

"हाँ, सोने की है। तुम इसे पहने रहो।"

"खैर, शुक्रिया,...इसके बदले तुम मुझसे क्या चाहती हो ?"

"तुम अपने ग्रिगोरी को ज़रा देर के लिए मेरे पास भेज दो।"

"फिर, पुराना खिलवाड़ शुरू हुआ ?" दार्‌या जानबूझकर मुस्कुराई।

"नहीं, नहीं...तुम यह क्या कह रही हो ?" अकसीनिया चौंकी और उसकी आँखों में आँसू आ गए। "मुझे स्तीपान के बारे में उससे कुछ बातें करनी है। शायद वह उसे छुट्टी दिलवा दे।"

"लेकिन, तुम हमारे यहाँ क्यों नहीं चली आईं ? काम था तो उससे वहीं बातें कर लेतीं।" दार्‌या के विरोध में कपट की पुट थी।

"नहीं, नहीं, नताल्या जाने क्या सोचती ! भद्दा लगता है।"

"तो, ठीक है। मैं उससे कह दूँगी और भरसक भेजने की कोशिश करूँगी।"

ग्रिगोरी खाना ख़त्म कर रहा था। उसने अपना चम्मच रख दिया था, और हाथ से मूँछें पोंछ रहा था कि मेज़ के नीचे से किसी का पैर उसके पैर से लगा। उसने नज़र उठाई तो देखा कि दार्या बहुत सफाई से आँख मारकर उसे बुला रही है।

'अगर इसने मुझे प्योत्र की जगह देनी चाही और इस मामले में कुछ कहा तो इसे धुनकर रख दूँगा। खलिहान में ले जाऊँगा, स्कर्ट सिर के चारों ओर बाँध दूँगा और ऐसे बेंत लगाऊँगा कि इन्सान से कुतिया बनकर रह जाए !' ग्रिगोरी ने अन्दर-ही-अन्दर उबलते हुए सोचा। पर, मेज़ के पास से उठने के बाद, एक सिगरेट जलाकर वह सीधे बरसाती में चला आया। उसके ठीक पीछे-पीछे दार्या बाहर आई और उसके बराबर आकर फुसफुसाती हुई बोली, "उफ...सूअर हो तुम !...जाओ, वह बुला रही है तुम्हें।"

"कौन ?"

"वही...अकसीनिया !"

और एक घंटे बाद नताल्या और बच्चे सो गए तो बरानकोट के बटन कायदे से बन्द किए, ग्रिगोरी अकसीनिया के साथ अस्ताखोव के अहाते से बाहर आया। फिर वे दोनों क्षण-भर तक किनारे की अँधेरी गली में खड़े रहे। इसके बाद सन्नाटे, अँधेरे और नई घास की महक ने जैसे उन्हें इशारा कर अपनी तरफ बुलाया, और वे उसी तरह चुपचाप स्तेपी के मैदान की ओर निकल गए। ग्रिगोरी ने अकसीनिया को बरानकोट में छिपाकर अपने सीने से कसा, तो उसे वह सिर से पैर तक काँपती लगी। ब्लाउज़ के नीचे उसका दिल तेज़ी से धड़कता रहा। कभी-कभी धड़कन धीमी भी हुई।

51

अगले दिन, रवाना होने से पहले ग्रिगोरी की नताल्या से कुछ कहासुनी हो गई। बात यह हुई कि उसने उसे अकेले में बुलाया और धीरे से पूछा, "कल रात कहाँ गए थे तुम, और इतनी देर से क्यों लौटे थे ?"

"बहुत देर हो गई थी ?"

"यानी, नहीं हुई थी ? मेरी आँख खुली तो पहला मुर्गा बाँग दे रहा था और तब तक तुम्हारा कहीं पता न था..."

"कुदिनोव यहाँ आ गया था। फौजी मसलों पर उससे बातचीत करनी थी। उन सवालों का तुम्हारी-जैसी औरत के दिमाग से कोई ताल्लुक नहीं।"

"लेकिन वह यहाँ क्यों नहीं आ गया ? रात को यहीं ठहर जाता।"

"हड़बड़ी में था। उसे व्येशेन्स्काया जाना था।"

"ठहरा कहाँ था ?"

"अबोन्शचिकोव के यहाँ। वह उसका दूर का रिश्तेदार है, या...ऐसा ही कुछ है।"

नताल्या ने आगे और कुछ नहीं पूछा। वैसे ग्रिगोरी की बात पर उसे पूरी तरह यकीन नहीं हुआ। पर उसकी आँखों से सचाई नहीं टपकी, और उसका पति उसके विश्वास अथवा अविश्वास करने के बारे में कुछ भी निश्चय न कर पाया।

ग्रिगोरी जल्दी-जल्दी नाश्ता करने लगा, और पैन्तेली बाहर जाकर उसका घोड़ा कसने लगा। इलीनीचिना क्रॉस बनाने और उसे चूमने के बाद धीरे से बोली, "उस आसमानवाले की याद दिल से

कभी न भुलाना...उसे कभी न भुलाना, बेटे ! हमने सुना कि तुमने कुछ जहाज़ियों को काटकर फेंक दिया, हे भगवान् ! ग्रिगोरी, ज़रा सोचो तो कि तुम क्या कर रहे हो ! देखो कि कैसे प्यारे-प्यारे बच्चे हैं तुम्हारे ! और जिन्हें तुमने मारा, शायद उनके भी बच्चे होंगे। तुम छोटे थे तो कैसे भले थे, लेकिन अब तो जब देखो तभी तुम्हारी त्योरी चढ़ी रहती है...तुम्हारा दिल भेड़िए का दिल हो गया है। अपनी माँ की बात को कान दो, ग्रिगोरी ! तुम्हारी ज़िन्दगी किसी आसमानी जादू से नहीं बँधी हो। हो सकता है कि किसी बेरहम की तलवार तुम्हारी गर्दन नापने को भी लपलपा रही हो।''

ग्रिगोरी ने रकाब में पैर रखा और घोड़े की रास अपने हाथ में सँभाली तो उसे खयाल आया, 'ज़िन्दगी ने एक नया मोड़ ले लिया है, लेकिन मेरा दिल खाली और वीरान है। अब इस खालीपन को तो अकसीनिया भी नहीं भर सकती...''

फिर फाटक पर जमा अपने घर के लोगों पर उसने मुड़कर निगाह न डाली और घोड़े को कदम-चाल से ले चला। वह अस्ताखोव-परिवार के घर की ओर से गुज़रा और उसने कनखी से देखा तो सामने के कमरे की आखिरी खिड़की पर अकसीनिया खड़ी दिखाई दी। अकसीनिया मुस्कुराई, और उसने कसीदाकारी वाला रूमाल हिलाया। फिर अकस्मात ही उसने उसे मरोड़कर अपने होंठों और पिछले रात के जागरण से निंदासी आँखों से लगाया।

ग्रिगोरी ने घुड़सवार-फौजियोंवाली तेज़ दुलकी से घोड़ों को पहाड़ी पर चढ़ाया। ऊपर, अपनी ओर आते रास्ते पर, उसने दो घुड़सवारों और एक गाड़ी को धीरे-धीरे बढ़ते देखा। घुड़सवारों को पहचाना। एक था अन्तीप और दूसरा गाँव के सिरे का एक दूसरा मोटा, जवान कज़्ज़ाक। ग्रिगोरी बैलगाड़ी देखकर कठबैठी बैठाते हुए बोला, "कज़्ज़ाकों की लाशें घर ला रहे हो ?" फिर और पास पहुँचा तो पूछा, "कौन लोग हैं ?"

"अलेक्सेइ-शमील, इवान तोमिलिन और घोड़े का नालसाज़ याकोव।"

"मर गए ?"

"हाँ।"

"कब ?"

"कल, सूरज डूबने के वक्त..."

"बैटरी सही-सलामत है ?"

"हाँ...लाल फौजियों को ये लोग ऊँघते मिल गए; और अलेक्सेइ तो बेमौत मारा गया।"

ग्रिगोरी ने अपनी टोपी उतारी और घोड़े से नीचे आ गया। गाड़ीवान ने बैल रोक लिए। मृत कज़्ज़ाक गाड़ी में अगल-बगल लेटे थे। अलेक्सेइ-शमील बीच में था।

ग्रिगोरी पास पहुँचा तो लाशों की सड़ाँध उसकी नाक में आई।

अलेक्सेइ की पुरानी, नीची कमीज़ खुली हुई थी, छूँछी आस्तीन सिर के नीचे मुड़ी पड़ी थी और उसके हाथ का ठूँठ, गन्दे कपड़ों में लिपटा, उसके सीने से सटा हुआ था। उसका जंगलियों की तरह हमेशा-हमेशा के लिए मुँह खुला था। पर, शान्ति और उदासी से भरी और विचारों में डूबी उसकी आँखें नीले आसमान और स्तेपी के ऊपर लहराते बादलों पर जमी हुई थीं।

तोमिलिन का चेहरा पहचानना मुश्किल था। सच पूछिए तो चेहरा जैसे कुछ न था। बिना शक्ल का एक लौंदा था। तलवार के तिरछे वार से बीच से दो हो गया था। घोड़े के नालसाज़ नाल याकोव का चेहरा केसरिया-पीला था। सिर धड़ से बिल्कुल अलग हो गया था। धड़ की हड्डी कमीज़ के खुले हुए कॉलर से बाहर झाँक रही थी और भौंह के आर-पार गोली का काला ज़ख्म था। साफ है कि किसी लाल सैनिक ने मरते हुए कज़्ज़ाक की यन्त्रणा पर तरस खाकर बिल्कुल पास से गोली मारी थी, क्योंकि पूरा चेहरा झुलसा हुआ था, और जहाँ-तहाँ बारूद के काले निशान थे।

"खैर, भाइयो, आओ, अपने मरे हुए दोस्तों की याद करें, और उनकी रूहों के चैन के लिए

एक-एक सिगरेट पी डालें।'' ग्रिगोरी ने तजवीज़ की, एक ओर जाकर उसने अपने घोड़े की तंग ढीली की, लगाम मुँह से नीचे गिराई, रासें आगे के पैरों में बाँधीं और घोड़े को रेशमी हरियाली पर चरने को छोड़ दिया। अन्तीप और उस दूसरे कज़्ज़ाक ने भी नीचे उतरकर अपने घोड़े छोड़ दिए। इसके बाद वे लेट गए और धुआँ उड़ाने लगे। ग्रिगोरी ने घास की ओर बढ़ने के लिए जुए को झटके देते बैलों की ओर देखा और पूछा, ''लेकिन, आखिर शमील मारा कैसे गया ?''

''कसूर उसका अपना था।''

''कैसे ?''

''कैसे क्या...सुनो...कल दोपहर को हम चौदह लोग गश्त के लिए निकले। शमील हमारे साथ था। वह खुशी-खुशी घोड़े पर सवार होकर आगे बढ़ रहा था। इसके मानी यह कि अनिष्ट का उसे सपने में भी गुमान न था। उसने अपने हाथ का ठूँठ हिलाया, रासें काठी की कमानी पर टिका दीं और पूछने लगा, 'हमारा ग्रिगोरी पैन्तेलेयेविच कब लौट रहा है ? मैं एक बार और उसके साथ पीना और गाना गाना चाहता हूँ।' और सचमुच फिर वह सारे रास्ते गाता रहा। आखिरकार सार्जेंट बोला, 'भाइयो, लाल फौजियों का तो कोई निशान कहीं नज़र नहीं आता। रूसी किसान सोकर जल्दी कभी नहीं उठते। मेरा खयाल है कि वे अब भी उक्रइनी चूज़े ठूँस रहे होंगे। आओ, थोड़ा आराम कर लें...घोड़े पसीने से तर हो गए हैं।' तो, हम घोड़ों से उतरे और पहाड़ी पर एक संतरी तैनात कर नाले की घास पर जा लेटे। मैंने शमील को घोड़े की तंग ढीली करते देखा और उससे बोला, 'अलेक्सेइ, यह न करो। कहीं हमें जल्दी में भागना पड़ा तो क्या होगा ? तुम हड़बड़ी में एक हाथ से तंग फिर कैसे कसोगे ?' उसने तड़ से जवाब दिया, 'मैं तुमसे जल्दी कस लूँगा...मुझे पढ़ाने की कोशिश न करो...अभी बच्चे हो तुम !' और उसने घोड़े की तंग ढीली कर दी और लगाम मुँह से गिरा दी। फिर हम वहाँ लेटकर धुआँ उड़ाते, बातें करते और ऊँघते रहे। पर हमारा संतरी झाड़ी की आड़ में जा लेटा और वह भी ऊँघने लगा। सहसा ही मैंने थोड़ी दूर पर किसी घोड़े के हींसने की आवाज़ सुनी। मेरा अपनी जगह से हिलने को जी न हुआ। इस पर भी मैं उठा और पहाड़ी की चोटी पर पहुँचा। मैंने लाल फौजियों को घोड़ों पर सवार सीधे अपनी ओर बढ़ते देखा। इस पर मैं भागा-भागा नाले में पहुँचा और चिल्लाया, 'लाल फौजी आ रहे हैं...फौरन अपने-अपने घोड़ों पर सवार हो जाओ !' फिर तो लाल फौजियों ने मुझे भी देखा और मैंने उनके कमांडर को कुछ हुक्म देते सुना। इस पर हमारे सार्जेंट ने तलवार खींच ली, और चाहा कि हम हमला कर दें। लेकिन, हम करते क्या ! हमारी गिनती थी महज़ चौदह और वे थे पूरे आधे स्क्वैड्रन के लोग। तो, हम घोड़ों पर सवार होकर उड़ दिए। उन्होंने अपनी मशीनगन चलाई, मगर हम थे यों कि उनका निशाना बेकार गया। इसलिए वे राइफलें चलाने लगे। लेकिन हमारे घोड़े उनके घोड़ों से कहीं अच्छे थे। नतीजा यह कि हम काफी दूर निकल गए और फिर अपने घोड़ों से उतरकर गोलियों का जवाब गोलियों से देने लगे। और, इस वक्त जो मैंने गौर किया तो शमील कहीं न दीखा। हुआ यह था कि मेरे चिल्लाने पर जब सब लोग घोड़ों की ओर लपके थे तो वह भी अपने घोड़े की तरफ बढ़ा था और अपना साबुत हाथ काठी की कमानी पर रखकर एक पैर रकाब पर जमाने लगा था। लेकिन उसने सवार होने की कोशिश की तो काठी फिसलकर घोड़े के पेट के नीचे आ रही। फिर घोड़ा जाने कैसे उसके बिना ही भाग निकला और काठी झुलाता हमारे पीछे-पीछे चला आया। यानी, इस तरह शमील लाल फौजियों के बीच अकेला रह गया और अपनी मौत को आप दावत दे बैठा। अगर वह घोड़े की तंग ढीली न करता तो इस वक्त जीता-जागता होता। उन्होंने उसे इस तरह हलाल किया कि उसके खून को देखते तो तुम समझते कि कोई बैल काटा गया है वहाँ। जहाँ तक हमारा सवाल है, जब हमने लाल फौजियों को खदेड़ दिया तो हम फिर नाले की ओर से गुज़रे और हमने शमील को उठा लिया।''

''तो, आगे बढ़ा जाए अब।'' गाड़ीवान औरत ने धूप से बचाने के लिए चेहरे पर पड़े रूमाल को

हटाते हुए कहा।

"इस तरह हड़बड़ाती क्यों है, औरत ? अभी चलते हैं।"

"मैं भला हड़बड़ाऊँगी क्यों नहीं ! लाशें इस तरह सड़ रही हैं कि आदमी का दिमाग खराब हो जाए।"

"और भला वे सड़ेंगी कैसे नहीं !" अन्तीप ने विचारों में डूबते हुए कहा, "अपनी जिन्दगी में इन्होंने छककर मांस उड़ाया और जी-भर औरतों का मज़ा लिया। इनके जैसे लोग मरने के बाद हमेशा बू देते हैं। लोग कहते हैं कि सिर्फ फकीरों की कब्रों से खुशबू आती है। लेकिन अगर तुम मुझसे पूछो तो मैं तो इस बात को सफेद झूठ कहूँगा। कुदरत कुदरत है। फकीर-से-फकीर आदमी मरने के बाद सड़ता और बू देता है। वह भी अंतड़ियों की मदद से ही खाना पचाता है और हर आम आदमी की तरह उसे भी तीस गज़ लम्बी अंतड़ियाँ मिलती हैं।"

लेकिन, जाने क्यों, दूसरा कज़्ज़ाक गरम हो उठा, "क्या बक-बक लगा रखी है तुमने ? फकीर और यह और वह। चलो, चलो अब।"

ग्रिगोरी ने कज़्ज़ाकों से रुखसत ली और अपने गाँव के मृत साथियों से अन्तिम विदा लेने के लिए गाड़ी की ओर बढ़ा। केवल अब उसने देखा कि तीनों नंगे पैर हैं और बूट पैरों के पास रखे हुए हैं। उसने पूछा, "बूट किसने उतारे इनके ?"

"हमारे कज़्ज़ाकों ने उतारे, ग्रिगोरी पैन्तेलेयेविच ! इनके बूट अच्छे थे, इसीलिए हमारे स्क्वैड्रन के लोगों ने सोचा कि ये उतार लिए जाएँ और उन्हें दे दिए जाएँ, जिनके बूट पुराने हैं। यह तो है कि मरनेवालों के भी घर के लोग हैं, लेकिन पुराने बूट भी उनके बाल-बच्चों के लिए काफी होंगे।" अनीकुश्का बोला, "मुर्दों को न पैदल चलना पड़ता है और न घोड़ों की सवारी करनी पड़ती है। तल्ले अच्छे हैं। अलेक्सेइ के बूट मुझे दे दो, वरना लाल फोजियों से जूते मिलने- मिलने तक सर्दी लग जाएगी और मैं टें हो जाऊँगा। सो, नए बूट उतार लिए गए और उनकी जगह तीन जोड़ी पुराने बूट रख दिए गए।"

ग्रिगोरी ने अपने घोड़े को दुलकी दौड़ाना शुरू किया और उसके कानों में दोनों कज़्ज़ाकों की बहस की आवाज़ पड़ी कि कज़्ज़ाकों के बीच कोई फकीर हुआ भी है या नहीं। ग्रिगोरी ने कारगिन्स्काया तक अपने घोड़े की एक-सी रफ्तार रखी। बीच में हवा हौले-हौले चलकर जानवर की अयाल के बाल उलझाती रही।

लम्बी, भूरी, ज़मीनी गिलहरियाँ सड़कों के आर-पार दौड़ लगाती रहीं। उनकी तीखी, आग से भरी सीटियों का तार स्तेपी की गहन शान्ति के तार से अजीब ढंग से मिलता रहा। सड़क के किनारे के टीलों पर मुर्गाबियाँ उड़ती रहीं। एक मुर्गाबी धूप में बर्फ की तरह दमकती, तेज़ी से अपने डैने फड़फड़ाती ऊँचाई की लहरियों पर यों लहरती रही, जैसे कि नीलम के सागर में तैर रही हो। तेज़ उड़ान के साथ उसकी मखमली गर्दन आगे की ओर बढ़ी हुई थी। मुर्गाबी कोई दो सौ कदम उड़ी और अपने पंख और तेज़ी से फड़फड़ाती हुई नीचे गिरने लगी। धरती के पास आने पर डैने अन्तिम बार चमके और फिर चिड़िया हरियाली के समुन्दर में डूब गई।

बौखलाई-सी मुर्गाबियों की चुनौती से भरी चीखें चारों ओर गूँजने लगीं। ग्रिगोरी ने सड़क से कुछ कदम दूर, कोई तीन फुट का एक घेरा देखा। नर-मुर्गाबियों ने एक मादा के लिए ज़मीन रौंदकर रख दी थी। घेरे में घास की एक पत्ती कहीं न थी। चिरायते के पीले ठंडल जहाँ-तहाँ पड़े थे और उनमें छाती और दुम के पर लिपटे हुए थे।

सो उस जगह के पास ही एक भूरी मुर्गाबी अपने घोंसले से रवाना हुई और, उड़ने की हिम्मत न कर, छोटे-छोटे पैरों के सहारे तेज़ी से दौड़ी तो उसकी पीठ किसी बुढ़िया की तरह कुबड़ी लगी। बाद में वह घास में गायब हो गई।

वसन्त से प्रेरणा लेकर एक अनदेखी ज़िन्दगी स्तेपी में अपनी पाँखें खोल रही थी। यह जीवन अपने-आपमें सबसे अधिक शक्तिशाली था। घास जहाँ-तहाँ भरभराकर उग रही थी। घास के आँचल में छिपी जगहों में चिड़ियाँ और जानवर जोड़े खा रहे थे। जुती हुई ज़मीनों में जहाँ-तहाँ अनगिनत कल्ले फूट रहे थे। केवल पिछले साल का घास-फूस, स्तेपी की संतरी-सी कब्रों के टीलों के ढालों के किनारे-किनारे मायूसी से दबकर, धरती से सटकर मौत की निगाह बचा जाने की फिराक में था। लेकिन ताज़ी हवा के तेज़ झोंके उसे सूखी हुई जड़ से उखाड़कर दूर-दूर तक खदेड़ रहे थे और जीते-जागते स्तेपी में उड़ा रहे थे।

ग्रिगोरी तीसरे पहर के बाद कारगिन्स्काया पहुँचा। अगले दिन सुबह उसने डिवीज़न की कमान सँभाल ली और व्येशेन्स्काया की ताज़ी रिपोर्ट पढ़ने के बाद और चीफ़ ऑफ़ स्टॉफ़ से सलाह-मशविरा करने के बाद हमला करने का फैसला कर लिया। इसका कारण यह था कि रेजीमेंटों में लड़ाई के सामान की बड़ी कमी थी, और हमला कर इसे लाल सेनाओं से हासिल करना ज़रूरी था।

शाम होते-होते एक पैदल और तीन घुड़सवार रेजीमेंट कारगिन्स्काया बुला ली गईं। कारतूसों की पेटियों की कमी के कारण रेजीमेंट की बाईस मशीनगनों में से केवल छह को इस्तेमाल करने की बात सोची गई। अगले दिन सवेरे कज़्ज़ाक सेनाओं ने हमला बोल दिया। ग्रिगोरी ने खुद तीसरी घुड़सवार रेजीमेंट की कमान सँभाली, घुड़सवार गश्ती फौजी आगे भेजे और रेजीमेंट को तेज़ी से दक्षिण की ओर ले चला। रिपोर्टों के अनुसार वहाँ लाल सेनाओं के दो रेजीमेंट कज़्ज़ाकों पर हमला करने को पूरी तरह तैयार थे।

कारगिन्स्काया से कोई दो वर्स्ट के फासले पर उसे कुदिनोव का एक सन्देशवाहक मिला। पत्र इस प्रकार था—

“दूसरे सेरदोव्स्की रेजीमेंट ने आत्मसमर्पण कर दिया है। सभी फौजियों ने हथियार सौंप दिए हैं। सिर्फ बीस लोग ऐसे निकले, जिन्होंने चरका देने की कोशिश की। उन्हें तलवार के घाट उतार दिया गया है। चार तोपें, दो सौ से ज़्यादा तोप के गोले और नौ मशीनगनें हाथ लगी हैं। बुरी बात सिर्फ यह है कि कम्युनिस्ट तोपचियों ने तोपों के लॉक उड़ा दिए हैं। खैर, यहाँ बड़ी खुशियाँ और बड़े जश्न मनाए जा रहे हैं। अब हम लाल-फौजियों को अलग-अलग कम्पनियों में बाँटकर उन्हें उन्हीं के साथियों से भिड़ा देंगे। हाँ, एक बात तो मैं बिल्कुल भूल ही गया। तुम्हारे गाँव के इवान कोतल्यारोव और मिखाइल कोशेवोइ नाम के दो कम्युनिस्टों के साथ येलान्स्काया के भी कितने ही कम्युनिस्ट पकड़े गए हैं। उन्हें सड़क के रास्ते व्येशेन्स्काया रवाना किया जा रहा है। तुम्हारे क्या हालचाल हैं ? ज़रूरत हो तो कहला देना, तुम्हें पाँच सौ कारतूस भेज दिए जाएँगे।

—कुदिनोव”

“अर्दली !” ग्रिगोरी चीखा।

प्रोखोर ज़िकोव तुरन्त ही अपना घोड़ा दौड़ाता आया, पर ग्रिगोरी के चेहरे का भाव पढ़कर एकदम घबरा गया और उसने सैल्यूट तक मार दी।

“र्‍याबचिकोव ! र्‍याबचिकोव कहाँ है ?” ग्रिगोरी ने चिल्लाकर उससे पूछा।

“कतार के आखिर में।”

“घोड़े पर जाओ और उसे फौरन लेकर आओ।”

ज़िकोव ने घोड़ा दौड़ा दिया और ज़रा देर में र्‍याबचिकोव ग्रिगोरी से मिलने के लिए चल पड़ा। उसका चेहरा थोड़ा सँवरा गया था और उसकी भौंहें और मूँछें वसन्त की धूप में लोमड़ी-सी भूरी हो गई थीं। वह मुस्कुरा रहा था और एक बड़ी सिगरेट से धुआँ उड़ा रहा था। उसका कुम्मैत वसन्त के

बावजूद चिकना था और बड़ी शान से उड़ा जा रहा था।

"व्येशेन्स्काया से कोई खत आया है ?" सन्देशवाहक को ग्रिगोरी की बगल में खड़ा देखकर उसने पूछा।

"हाँ।" ग्रिगोरी ने तुरन्त उत्तर दिया, "रेजीमेंट और डिवीज़न की कमान तुम सँभाल लो। मैं तो चला।"

"ठीक, लेकिन ऐसी जल्दी क्या है ? ख़त में क्या लिखा है ? किसने लिखा है ख़त ? कुदिनोव ने लिखा है ?"

"सेरदोव्स्की-रेजीमेंट ने उस्त-खोपर्स्काया में हथियार डाल दिए हैं।"

"क्या बात है ? यानी, हम अब भी ज़िन्दा हैं ! तुम्हें फौरन जाना है ?"

"हाँ, फौरन जाना है।"

"अच्छा, तो जाओ। ईश्वर का हाथ तुम्हारे सिर पर रहे। लौटोगे तो हमें काफी आगे पाओगे।"

ग्रिगोरी ने अपने घोड़े पर भरपूर चाबुक जमाया और उसे पहाड़ी से नीचे दौड़ाते हुए सोचा, 'मुझे मीशा और इवान से उनके ज़िन्दा रहते मिलना है। मुझे पता लगाना है कि प्योत्र को किसने मारा है। साथ ही इवान और मीशा को मौत से बचाना है। उनको तो बचाना ही है। माना कि हमारे बीच खून से सनी तलवार है, लेकिन हम पुराने दोस्त भी तो हैं...'

52

विद्रोही स्क्वैड्रनों के उस्त-खोपर्स्काया में घुसते ही और सेरदोव्स्की-रेजीमेंट को घेरते ही ब्रिगेड कमांडर बोगातिरयोव, वोरोनोव्स्की और वोलकोव के साथ बातचीत करने के लिए चला गया। बातचीत चौक के पास एक व्यापारी के घर में हुई और बहुत संक्षिप्त रही। इस सिलसिले में बोगातिरयोव वहाँ पहुँचा तो उसने चाबुक रखे बिना वोरोनोव्स्की को बधाई दी और बोला, "हर काम शानदार ढंग से हुआ है। इसका सेहरा तुम्हारे सिर बँधेगा। लेकिन तोपें तुम क्यों नहीं बचा सके ?"

"मौके की बात कहिए। महज़ एक मौके की बात कि तोपें नहीं बच सकीं, कमांडर !" वोरोनोव्स्की ने जवाब दिया, "तोपचियों में भी एक-एक आदमी कम्युनिस्ट था। हमने उन्हें निहत्था करने की कोशिश की तो उनमें से एक-एक ने हमारा जमकर मुकाबला किया। उन्होंने हमारे दो आदमी मार डाले और फिर लॉक लेकर रफूचक्कर हो गए।"

"बहुत ही बुरा हुआ।" बोगातिरयोव ने कहा, अपनी टोपी मेज़ पर फेंकी, अपना तमतमाया हुआ, पसीने से तर चेहरा गन्दे रूमाल से पोंछा और गम्भीरता से मुस्कुराते हुए बोला, "खैर, जो हुआ सो हुआ। अब जाओ और अपने फौजियों से कहो कि अपने हथियार हमें सौंप दें।"

कज़्ज़ाक अफ़सर की कमान से वोरोनोव्स्की के कान झनझनाने लगे। उसने लड़खड़ाती ज़बान से पूछा, "सारे हथियार ?"

"मैं अपनी हर बात दोहराऊँगा नहीं। मैंने कहा कि वे अपने 'सारे हथियार' सौंप दें और मेरा मतलब है कि वे अपने 'सारे हथियार' सौंप दें।"

"लेकिन हमारे बीच तय तो यह हुआ था कि रेजीमेंट के फौजियों से हथियार न लिए जाएँगे। वैसे यह तो मैं समझता हूँ कि मशीनगनें, हथगोले और ऐसी ही दूसरी चीज़ें हमें बिना किसी शर्त के आपको सौंप देनी चाहिए। लेकिन जहाँ तक लाल फौजियों की अपनी चीज़ों का सवाल है..."

"अब यहाँ लाल फौजी कोई नहीं है।" बोगातिरयोव गरजा और उसने अपने पैर पर चाबुक सटकारा, "वे अब लाल फौजी नहीं हैं, बल्कि ऐसे फौजी हैं जिन्हें दोन के इलाकों की हिफाजत के लिए लड़ना होगा। अगर वे इसके लिए राज़ी न होंगे तो हम उन्हें राज़ी करने के रास्ते निकालेंगे। हम

आँख-मिचौनी खेलने नहीं जा रहे। तुम सबने हमारे देश में अपनी गन्दगी फैला रखी है, और अब अपनी ओर से शर्तें भी लगाना चाहते हो। हमारे बीच शर्तें कुछ नहीं हो सकतीं। समझे ?"

सेरदोव्स्की-रेजीमेंट के चीफ़ ऑफ़ स्टॉफ़ वोलकोव को बोगातिरयोव की बातें बहुत बुरी लगीं। उसने काली साटन की अपनी कमीज़ के बटनों पर उँगलियाँ फेरीं, बालों के आगे के छल्लों को ऐंठा और तीखे स्वर में पूछा, "तो आप हमें कैदी मानते हैं ? है न ?"

"मैंने ऐसा नहीं कहा और तुम अपनी कठबैठियों से मुझे परेशान न करो, समझे ?" बोगातिरयोव ने उसकी बात काटी और अपनी बात के लहजे से यह समझा दिया कि तुम दोनों का सबकुछ मेरे मेहरबान रहने या न रहने पर पूरी तरह निर्भर करता है।

कमरे में क्षणभर को सन्नाटा रहा। चौक की तरफ से मिले-जुले शोरगुल की आवाज़ आई। वोरोनोव्स्की अपनी उँगलियाँ चटखाता इधर-उधर चहलकदमी करता रहा और फिर अपनी ट्यूनिक के बटन बन्द कर बोगातिरयोव की तरफ मुड़ा—

"आप जिस तरह बातें कर रहे हैं, वह आप-जैसे रूसी अफ़सर के ज़रा भी योग्य नहीं है और हमारे लिए बड़ा अपमानजनक है। यह बात हम आपके मुँह पर साफ-साफ कह देना चाहते हैं। जहाँ तक आपकी चुनौती का सवाल है, अब हम सोचेंगे कि कैसे और क्या करें। कैप्टेन वोलकोव, मेरा हुक्म है, तुम चौक में जाओ और अपने अफसरों से कह दो कि वे अपने हथियार किसी भी सूरत में कज़्ज़ाकों को न सौंपें। रेज़ीमेंट को हथियारों से लैस होकर तैयार रहने की कमान दो ! मैं इन...इन बोगातिरयोव महोदय से एक क्षण में बात ख़त्म करता हूँ और चौक में आता हूँ।"

बोगातिरयोव का चेहरा गुस्से से ऐंठ गया और उसने कुछ कहने को अपना मुँह खोला। लेकिन उसे लगा कि मैं तो पहले ही ज़रूरत से ज़्यादा कह चुका। अतएव उसने अपनी ज़बान रोक ली, अपना स्वर फौरन बदल लिया और सिर पर टोपी बजाते और अपने चाबुक से अब भी खिलवाड़ करते हुए अप्रत्याशित रूप से मधुर, शिष्ट ढंग से कहा, "मेहरबान, आपने मेरी बात ठीक-ठीक नहीं समझी। वैसे मेरी पढ़ाई-लिखाई कोई खास हुई नहीं और कैडेट अकादमी में भी मैं कभी नहीं गया। शायद मैं अपना मतलब आपको कायदे से समझा नहीं पाया। लेकिन हम सब एक ही तरफ के लोग हैं और हमें एक-दूसरे की बात से ठेस नहीं पहुँचनी चाहिए। मैंने तो सिर्फ यह कहा कि लाल-फौजियों से हथियार ले लिए जाने चाहिए, और उन लाल-फौजियों से तो खासतौर पर फौरन ही हथियार ले लिए जाने चाहिए, जिन पर न हम भरोसा कर सकते हैं, न आप यकीन कर सकते हैं। बस इतनी-सी बात है।"

"अगर ऐसा था तो आपको अपनी बात और साफ ढंग से कहनी चाहिए थी। आप मानेंगे कि आपकी आवाज़ में छिपी चुनौती और आपके पूरे व्यवहार..." वोरोनोव्स्की ने अपने कन्धे झटके और अधिक शान्त स्वर में बोला, लेकिन उसमें असन्तोष अब भी झलकता रहा, "हमारी तो खुद यह राय थी कि हमारे बीच जो लोग मन से डगमग और एतबार के लायक नहीं हैं उन्हें निहत्था कर आपको सौंप दिया जाए कि आप उनके साथ जैसा चाहें वैसा बरताव करें..."

"हाँ, यही बात तो मैंने कही।"

"लेकिन उन्हें निहत्था करने का काम खुद हम करना चाहते थे। परन्तु जहाँ तक हमारे लड़ाकू दल का सवाल है, हम उसे आगे भी एक स्वतन्त्र यूनिट बनाकर रखेंगे। उसकी कमान खुद मेरे और आपके परिचित लेफ्टिनेंट वोलकोव के हाथों में होगी और हम लाल सेना में रहने की अपनी शर्म सम्मानजनक ढंग से धोएँगे। आपको हमें इसका पूरा मौका देना चाहिए।"

"आपके रेजीमेंट में कितनी संगीनें होंगी ?"

"कोई दो सौ।"

"अच्छा...ठीक है।" बोगातिरयोव ने सकुचाते हुए हामी भरी। वह उठा, दरवाज़े खोलकर मकान-मालकिन को आवाज़ दी और सिर पर शाल लपेटे एक सयानी उम्र की औरत के झाँकने पर उसे

थोड़ा-सा दूध लाने का हुक्म दिया।

"माफ कीजिए, दूध है नहीं।"

"मैं शर्त लगाकर कह सकता हूँ कि लाल फौजियों के लिए दूध तुम्हारे यहाँ था, लेकिन हमारे लिए नहीं है। है न ?" बोगातिरयोव ने व्यंग्य किया।

इसके बाद गहरी चुप्पी छा गई। वोलकोव ने मौन तोड़ा। पूछा, "मैं जाऊँ ?"

वोरोनोव्स्की ने जवाब दिया, "हाँ, तुम जाओ और जिन लोगों का नाम फेहरिस्त में हमने लिखा था उनसे हथियार ले लिए जाने का हुक्म दे दो।"

अफ़सर के रूप में अपने सम्मान के चोट खा जाने पर ही स्टॉफ़-कैप्टन वोरोनोव्स्की के मुँह से निकल गया था कि अब सोचेंगे कि हम कैसे और क्या करें। वैसे वह यह बात अच्छी तरह जानता था कि खेल ख़त्म हो गया है, और अब बच निकलने का कोई रास्ता नहीं है। उसे ख़बर मिल चुकी थी कि सेरदोव्स्की-रेजीमेंट को निहत्था करने के लिए हेडक्वार्टर्स ने जो फौजें भेजी हैं वे उस्त-मेदवेदित्सा से रवाना हो गई हैं और अब कुछ घंटों में ही पहुँचनेवाली हैं। लेकिन दूसरी ओर बोगातिरयोव को समय मिल गया था, और उसने समझ लिया था कि वोरोनोव्स्की बहुत ही विश्वसनीय आदमी है, उससे नुकसान बिल्कुल नहीं पहुँच सकता और पीछे हटने का उसके सामने अब कोई रास्ता नहीं है। इसलिए रेजीमेंट के इत्मीनानी लोगों के स्वतन्त्र यूनिट के निर्माण की बात पर वह राजी हो गया। इस तरह बातचीत ख़त्म हुई।

इस बीच कज़्ज़ाकों ने बातचीत के नतीजे का इन्तज़ार किए बिना ही, रेजीमेंट के लोगों से बड़े ही ज़ोर-शोर से हथियार छीनने शुरू कर दिए थे। इस सिलसिले में लोभी कज़्ज़ाकों की आँखों ने हर चीज़ पर पैनी नज़र डाली और हाथों ने हर चीज़ खखोरी। उन्होंने रेजीमेंट की मालगाड़ियों की तलाशियाँ लीं और न सिर्फ लड़ाई का सामान हथियाया, बल्कि शानदार बूट, पट्टियाँ, कम्बल, पतलून और खाने की चीज़ें भी छीन लीं। कज़्ज़ाक न्याय के इस नए अनुभव के बाद सेरदोव्स्की-रेजीमेंट के कोई बीस लोगों ने विरोध करने की कोशिश की। एक कज़्ज़ाक उनमें से एक की तलाशी लेने लगा तो उसने अपनी राइफल का कुन्दा उसके सीने से अड़ा दिया और चीखा, "चोर कहीं के ! यह क्या उठा रहे हो तुम ? दे दो मुझे वापस, नहीं तो संगीन तुम्हारे सीने के आर-पार कर दूँगा !"

उसका समर्थन उसके साथियों ने किया और वे सब नफरत से चिल्लाने लगे—

"साथियो, हथियार सँभालो !"

"इन लोगों ने हमारे साथ चाल खेली है।"

"अपनी राइफलें मत देना।"

फिर आमने-सामने लड़ाई शुरू हो गई। बाद में इन विरोधी लाल सैनिकों को ले जाकर दीवार से सटा दिया गया और विद्रोही घुड़सवारों ने कोई दो मिनट में उन्हें गाजर-मूली की तरह काटकर फेंक दिया।

वोलकोव चौक में पहुँचा तो हथियार छीने जाने का काम और ज़ोर पकड़ गया। सेरदोव्स्की- रेजीमेंट के फौजी कतार में खड़े किए गए और वहाँ उनकी चीज़ों का—राइफलों, हथबमों, कारतूस की पेटियों, लड़ाई के मैदान में काम करनेवाले टेलीफोन के साज-सामान तथा कारतूसों के बक्सों और मशीनगनों की पेटियों का अम्बार लग गया।

बोगातिरयोव अपना घोड़ा दुलकी दौड़ाता चौक में पहुँचा। यहाँ घोड़ा पीछे हटने लगा तो उसे सेरदोव्स्की सैनिकों के सामने लाते और चाबुक हवा में सटकारते हुए चिल्लाकर बोला, "मेरी बात सुनो ! आज से तुम लोग पापी कम्युनिस्टों और उनके फौजियों से लड़ोगे। तुममें से जो लोग हमारा साथ देंगे, वे माफ कर दिए जाएँगे और जो लोग साथ देने से बच निकलने की कोशिश करेंगे, उन्हें इसी तरह इनाम दिया जाएगा।" उसने अपने चाबुक से दीवार के नीचे पड़े शरीरों की तरफ इशारा किया। यहाँ

लोगों ने अपने ऊपर के सारे कपड़े उतार रखे थे और वे उजले ढेर की तरह गुड़ीमुड़ी पड़े हुए थे

लाल सैनिकों की पंक्तियों के बीच लोग धीरे-धीरे भुनभुनाने लगे, लेकिन न किसी ने विरोध मे मुँह खोला और न कोई कतार से बाहर आया। घुड़सवार और पैदल कज़्ज़ाक सैनिक ठोस घेरा बनाक पूरा चौक घेरे रहे और सेरदोव्स्की-रेजीमेंट की मशीनगनें रेजीमेंट की ओर ही अपने मुँह खोले सधी रहीं कज़्ज़ाक मशीनगनर उनकी बगल में डटे रहे।

एक घंटे के अन्दर-अन्दर वोरोनोव्स्की और वोलकोव ने बाकी रेजीमेंट से विश्वसनीय सैनिक चुन लिए। इन सैनिकों के नए रेजीमेंट को 'पहला खास बागी बटैलियन' कहा गया और इसे उसी दिन मोर्च की आगे की पंक्ति में भेज दिया गया। अफवाह सुनी गई कि प्रसिद्ध मीशाब्लिनोव के नेतृत्व में बत्तीसवं रेजीमेंट अपने सामने की हर चीज तूफान की तरह उड़ाती मैदान पर मैदान मारती बढ़ती चली आ रही है, और उसने सामना करने के लिए भेजे गए उस्त-खोपर्स्काया ज़िले के एक गाँव के स्क्वैड्रन क नाम-निशान मिटाकर रख दिया है। तो, इस ब्लिनोव के सामने डालकर ही बोगातिरयोव ने नई रेजीमें के सैनिकों को हिम्मत और बहादुरी की कसौटी पर कसने का इरादा किया।

सेरदोव्स्की रेजीमेंट के बाकी कोई आठ सौ फौजियों को दोन के लिए रवाना कर दिया गया औ सेरदोव्स्की मशीनगनों से लैस तीन-तीन कज़्ज़ाक स्क्वैड्रन रक्षकों के रूप में साथ कर दिए गए बोगातिरयोव ने उस्त-खोपर्स्काया से रवाना होने के पहले गिरजे की पूजा में हिस्सा लिया और पादर की प्रार्थना समाप्त भी न हुई कि वहाँ से बाहर निकल आया। प्रार्थना की गई—"हे परमपिता, ईस को प्यार करनेवाले इन कज़्ज़ाक योद्धाओं को विजय का गौरव प्रदान करो !"

बोगातिरयोव ने घोड़े पर सवार होने के पहले विद्रोही स्क्वैड्रनों के कमांडरों में से एक को बुलाय और आदेश देते हुए बोला, "इन कम्युनिस्टों पर ऐसी निगाह रखना जैसी बारूद के ढेर पर रखी जात है। कल सवेरे इन्हें इत्मीनानी गारद के साथ सड़क के रास्ते से व्येशेन्स्काया ले जाना। और आज ह लोगों को गाँवों में भेजकर उनके उधर से गुजरने की ख़बर पहुँचवा देना। गाँवों के लोग इन पर अपन फ़ैसला आप दे लेंगे।"

53

मई के महीने में, एक दिन, कोई दोपहर के समय व्येशेन्स्काया ज़िले के सिनगिन गाँव के ऊपर एक हवाई जहाज़ नज़र आया। जहाज़ के एंजिन की भड़भड़ाहट से हैरान होकर बच्चे, औरतें और बूं अपनी-अपनी झोंपड़ियों से निकल आए और, गर्दनें उचका और आँखों पर हथेलियों की आड़ देक उसे एकटक देखने लगे। फिर गाँव के बाहर की चरागाह में किसी समतल जगह की खोज करते हु जहाज़ ज्यों-ज्यों नीचे उतरा, उसके एंजिन की गरज त्यों-त्यों बढ़ी।

"इस पर सवार लोग अभी-अभी बम गिराते ही हैं देखना !" कोई अक्ल का धनी बूढ़ा डरक चीखा। गली के नुक्कड़ पर जमा भीड़ पानी की बूँदों की तरह बिखर गई। औरतें अपने-अपन चीखते-चिल्लाते बच्चों को घसीटने लगीं। बूढ़े बकरियों की तरह बाड़े फाँद-फाँदकर बगीचों में भाग लगे। सिर्फ एक बुढ़िया कोने में रह गई। भाग तो वह भी गई होती, पर भय के कारण बेचारी के पै जवाब दे गए और वह टीले से लड़खड़ाकर गिर पड़ी। फिर वह जहाँ गिरी वहीं अपने हड्डे पैर पटकत पड़ी रही। रह-रहकर धीमी आवाज़ में चिल्लाई, "अरे...बचाओ, कोई बचाओ रे...मैं मर गई...हाय, मैं मर गई !"

लेकिन, बुढ़िया की मदद के लिए कोई नहीं आया। हवाई जहाज भयानक गर्जन के साथ खेत के ठीक ऊपर से गुजरा, तो उसके पंखों की छाया ने क्षणभर को उसकी आँख के सामने का दिन क प्रकाश पा लिया। वृद्धा डर से अधमरी हो गई और आसपास नीचे-ऊपर न उसे कुछ सुनाई पड़ा औ

न अनुभव हुआ। बच्चों की तरह उसका पेशाब निकल गया। स्वभावतया वह बहुत घबड़ा गई थी। नतीजा यह कि न तो उसने जहाज़ को चरागाह में उतरते देखा और न उसकी कॉकपिट से, काले चमड़े की ज़रकिनें पहने दो व्यक्तियों को कूदकर बाहर आते देखा। वे लोग यहीं से गाँव की ओर मुड़े और चौकन्ने होकर चारों ओर गए।

परन्तु, बगिया में छिपा उस बुढ़िया का पति बहादुर निकला। जाल में फँसी गौरैया के दिल की तरह ही अपने दिल के बैठते रहने के बावजूद वह हिम्मत से सभी कुछ देखता रहा और उनमें से एक को यानी अपनी रेजीमेंट के साथी फौजी अफ़सर के बेटे प्योत्र बोगातिरयोव को पहचाना। प्योत्र, विद्रोही विशेष ब्रिगेड के कमांडर ग्रिगोरी बोगातिरयोव का चचेरा-भाई था और श्वेत गार्दों के साथ पीछे हटकर दोनेत्स के इलाके में आ गया था। जी हाँ, वही था।

सो, बूढ़ा खरगोश की तरह बैठा, सामने हाथ झुकाता, कुछ देर तक उत्सुकता से एकटक घूरता रहा। आखिरकार जब उसे पूरी तरह विश्वास हो गया तो उसने मन-ही-मन कहा, 'हैं, यह तो प्योत्र बोगातिरयोव ही है। वही नीली आँखें हैं। नई बात सिर्फ यह है कि ठोड़ी एक ठूँठ-सी नज़र आने लगी है। अभी पार साल ही तो गाँव में आया था।' बस, तो पैरों के सध सकने या न सध सकने का अनुमान लगाते हुए बूढ़े ने खड़े होने की कोशिश की। पर पैर उसे साध ले गए। हाँ, थोड़ा थरथराते ज़रूर रहे। धीरे-धीरे वह बगिया से निकलकर बाहर आया।

उसकी पत्नी अब भी धूल में पड़ी रही, पर वह उसके पास नहीं गया बल्कि अपनी टोपी उतारते हुए प्योत्र और उसके साथी की ओर बढ़ा। प्योत्र-बोगातिरयोव ने उसे पहचाना और मुस्कुराते हुए हाथ हिलाकर उसका स्वागत किया। बूढ़े ने पूछा, "सुनो, तुम प्योत्र-बोगातिरयोव ही हो न ?"

"हाँ, मेरा नाम प्योत्र-बोगातिरयोव ही है बाबा !"

"यानी, मेरी खुशकिस्मती देखो कि जीते-जी मैंने चीलगाड़ी भी देख ली।"

"इस जिले में लाल फौजी हैं क्या, बाबा ?"

"नहीं बेटे, जो थे वे चिर नदी पार कर उक्रइनी ज़िलों में चले गए हैं।"

"और, क्या सिनगिन के हमारे कज़्ज़ाकों ने भी सिर उठाया ?"

"सिर तो उठाया था, लेकिन उनमें से ज़्यादातर लोग दबा दिए गए।"

"लेकिन, यह हुआ क्या ?"

"मेरा मतलब यह है कि सब-के-सब मारे गए।"

"उफ...और मेरे पापा...मेरे घर के लोग तो ठीक हैं ?"

"सभी जिन्दा और सही-सलामत हैं। लेकिन दोनेत्स के इलाके से आ रहे हो क्या ? तुम वहाँ मेरे बेटे तिखोन से तो नहीं मिले ?"

"हाँ, मैं उससे मिला था और उसने तुम सबको आदर और प्यार भेजा है। तो बाबा, ज़रा जहाज़ पर नज़र रखना। कहीं लड़के इसे छेड़ने-छाड़ने न लगें। मैं घर जा रहा हूँ।" प्योत्र अपने साथी की तरफ मुड़ा—"आओ, चलें।"

प्योत्र अपने साथी के साथ गाँव की ओर बढ़ा तो बगीचों, शेडों, तहखानों और हर मुमकिन जानी-अनजानी जगह से डरे हुए गाँव के लोग निकल-निकलकर बाहर आने और उस हवाई जहाज़ के चारों ओर जमा होने लगे। जहाज़ से पेट्रोल और तेल की बू अब भी आती रही। उसके पंखों में जगह-जगह गोलियों और बमों के टुकड़ों के छेद नज़र आए।

अब प्योत्र बोगातिरयोव को सबसे पहले पहचाननेवाला बूढ़ा, पत्नी को बेटे की सलामती की ख़बर देने के लिए उस खास गली की ओर लपका, जहाँ बुढ़िया गिरी थी। उसने सोचा कि बुढ़िया बेटे का नाम सुनते ही गद्‌गद हो जाएगी। पर वह वहाँ कहीं नज़र न आई। पहले ही उठ गई और कपड़े बदलने के लिए झोंपड़ी में भाग गई थी। इसलिए बूढ़ा झोंपड़ी में पहुँचा और चिल्लाकर बोला, "प्योत्र

बोगातिरयोव गाँव आया है और तिखोन का पैगाम लाया है।''...पर, बुढ़िया को कपड़े बदलते देखकर और इसका कारण न समझकर वह एकदम उबल पड़ा, ''तू इस वक़्त सज क्या रही है, बुढ़िया ? तुझे देखने कौन आ रहा है, चुड़ैल की ठठरी !''

गाँव के बड़े-बूढ़े देखते-देखते प्योत्र बोगातिरयोव के पिता की झोंपड़ी में आ जमा हुए। उनमें से हर एक ने ड्योढ़ी पर टोपी उतारी, देव-मूर्तियों के सामने क्रॉस बनाया और अपनी-अपनी लकुटियों का सहारा लेकर, गम्भीरता से बेंच पर बैठ गए। प्योत्र ने गिलास में भरे ठंडे दूध की चुसकियाँ लेते हुए लोगों को बतलाया, ''मैं नोवोचेरकास्क की दोन-सरकार के हुक्म पर यहाँ आया हूँ, और मेरा काम है बागी कज़्ज़ाकों से अपना सम्बन्ध जोड़ना और लाल-फौजियों के खिलाफ लड़ाई के लिए, हवाई जहाज़ों से, उनके पास हथियार और फौजी अफ़सर पहुँचाना।'' फिर उसने सूचना दी, ''दोनेत्स-सेना जल्दी ही पूरे मोर्चे पर हमला बोलेगी और बागी फौज में शामिल हो जाएगी।'' इसके बाद उसने बुजुर्गों को खींचा, ''अजब है कि जवान कज़्ज़ाकों पर आपका इतना भी असर बाकी नहीं बचा। आखिर यह भी क्या हुआ कि वे लड़ाई के मोर्चे से पीठ दिखाकर चले आए और उन्होंने लाल फौजियों को दोन के इलाके में कदम रख लेने दिया ! लेकिन खैर...चूँकि आपने आखिरकार अपनी भूल समझ ली और सोवियत सरकार को ज़िले से बाहर खदेड़ दिया, इसलिए दोन की सरकार आपका हर कसूर माफ कर देगी।''

जवाब में एक बूढ़ा अनिश्चयात्मक स्वर में बोला, ''पर, प्योत्र बोगातिरयोव, हमारे यहाँ सोवियत सरकार तो इस वक्त भी है। फर्क सिर्फ इतना ही है कि कम्युनिस्ट नहीं हैं। हमारा झंडा तीन रंगोंवाला नहीं है, बल्कि लाल और सफेद रंग का है।''

दूसरा बोला, ''और सूअर के बच्चे हमारे जवान आपस में मिलते हैं तो अब भी एक-दूसरे को 'कॉमरेड' कहकर बुलाते हैं।''

बोगातिरयोव होंठों-होंठों मुस्कुराया और अपनी आँखें सिकोड़ते हुए हँसकर बोला, ''आपकी सोवियत सरकार बहार के दिनों की बर्फ है। अपने-आप गल जाएगी। ज़रा सूरज को आसमान में चमकने तो दीजिए ! लेकिन जहाँ तक मोर्चों से भागने के लिए फौजियों को भड़कानेवाले लोगों का सवाल है, उनमें से एक-एक को गिन-गिनकर कोड़े लगाए जाएँगे—ज़रा हम दोनेत्स से लौट आएँ।''

''ठीक है, उन शैतानों को कोड़े मारते-मारते खून निकाल लेना चाहिए और कोड़े भी आप लोगों के सामने लगाए जाने चाहिए।'' बूढ़ा खुशी से खिल उठा।

सन्देशवाहक से हवाई जहाज़ के आने का समाचार पाकर बागी फौजों का कमांडर कुदिनोव फूला न समाया और चीफ़-ऑफ़-स्टॉफ़ इल्यासफोनोव के साथ, सिनगिन के लिए रवाना हो गया। उसकी तीन घोड़ोंवाली तारान्तास गाँव में बोगातिरयोव के दरवाज़े पर पहुँची तो उनका उछाह सँभाले न सँभला। वे बूटों और बरसातियों की धूल झाड़ने तक के लिए न ठहरे और दौड़ते हुए झोंपड़ी के अन्दर जा पहुँचे।

54

सेरदोव्स्की-रेजीमेंट के छल के शिकार पच्चीस कम्युनिस्ट, ज़ोरदार पहरेदारों की निगरानी में उस्त-खोपर्स्काया से रवाना हुए। अब तो भाग निकलने का खयाल भी किसी को न आ सकता था। इवान अलेक्सेयेविच ने दल के बीच में चलते हुए कज़्ज़ाक पहरेदारों के पत्थर-से चेहरों को नज़र गड़ाकर देखा और मन-ही-मन सोचा, 'अब तो खेल ख़त्म ही समझो ! अदालत में पेश होने का मौका मिला तो मिला, वरना अब चारा कोई नहीं है।'

साथ के कज़्ज़ाकों में ज़्यादातर सयानी उम्र के दाढ़ीवाले लोग थे। उनका कमांडर अतामान रेजीमेंट का पूर्व-सार्जेंट, पुराना ईसाई था। सो, कैदी उस्त-खोपर्स्काया से रवाना हुए कि उसने हुक्म दिया, "न कोई बात करे, न सिगरेट वगैरा पिए और न किसी तरह का कोई सवाल-जवाब करे।"

अपनी पिस्तौल उनकी ओर तानते हुए वह चीखा, "भगवान् को याद कर लो, ईसा के दुश्मन की गुलामी करनेवालो ! तुम अभी-अभी मौत को गले लगोगे, इसलिए आखिरी वक्त गुनाह करने की ज़रूरत नहीं। तुम अपने सिरजनहार को भूल गए हो ! तुमने अपने को शैतान के हाथों बेच दिया है। खुल्लमखुल्ला दुश्मनों का साथ दिया है।"

कैदियों में सेरदोव्स्की-रेजीमेंट के केवल दो कम्युनिस्ट थे। इवान के अलावा बाकी सभी लम्बे कद के गठे हुए जवान येलान्स्काया ज़िले के थे। वे सोवियत सेनाओं के यहाँ पहुँचने पर कम्युनिस्ट पार्टी में शामिल हुए थे, उन्होंने मिलिशिया के सिपाहियों और अलग-अलग गाँवों की क्रान्तिकारी समितियों के अध्यक्षों के रूप में कार्य किया था, और वे क्रान्ति छिड़ने पर, लाल सेना में सम्मिलित होने के लिए उस्त-खोपर्स्काया भाग आए थे। अमन के ज़माने में वे सभी बढ़ई, पीपा-निर्माता संगतराश, बेकर, जूते बनानेवाले और दर्जी रहे थे। उनमें से किसी की भी उम्र पैंतीस से अधिक न लगती थी। सबसे छोटा कोई बीस साल का था। हट्टा-कट्टा, जैसे साँचों में ढले हुए, नाक-नक्शे मशक्कत से गठीले, बड़े-बड़े हाथ। ये हाथ कुबड़े, बूढ़े पहरेदार कज़्ज़ाकों के हाथों से बिल्कुल अलग थे।

"ये लोग हमें अदालत में पेश करेंगे ! क्या खयाल है तुम्हारा ?" इवान की बगल में चलते येलान्स्काया के एक कम्युनिस्ट ने धीरे से पूछा।

"ऐसा लगता नहीं।"

"तो हम मार डाले जाएँगे ?"

"मेरा खयाल है कि हाँ।"

"लेकिन ये लोग तो अपने कैदियों को गोली नहीं मारते। कज़्ज़ाकों ने ही यह बात बतलाई थी। तुम्हें याद है ?"

इवान अलेक्सेयेविच इस बीच चुप रहा। लेकिन उसके अन्तर् में आशा की एक चिनगारी चमकती रही। उसने सोचा, 'यह बात ठीक है। वे हमें गोली मारने की हिम्मत न कर सकेंगे। उनका नारा है–'कम्यून और लूटपाट ख़त्म हो। गोली-बन्दूक का नाम मिटे।' लोगों को क़ैद रखने से आगे अब तक वे बढ़े नहीं हैं। लोग यही कहते हैं। यानी कोड़े लगाए और जेल में डाल दिया, और बस। खैर तो यह ऐसे डरने की बात नहीं। हम जाड़े तक जेल में बन्द रहेंगे। इसके बाद दोन के बर्फ बनते ही हमारे साथी आएँगे और श्वेतगार्दों को भगाकर हमें यहाँ से छुटकारा दिला देंगे।'

आशा चिनगारी की तरह दहकी और चिनगारी की तरह ही बुझ गई–"नहीं, ये लोग हमें मार डालेंगे। ये लोग जंगली हैं, बिल्कुल शैतान हैं ! तो ज़िन्दगी, अलविदा ! उफ–हमने सही रास्ता नहीं चुना। हमें इन पर रहम न दिखाकर इनसे लड़ना चाहिए था। हमें इन्हें बख़्शना नहीं चाहिए था, बल्कि इन्हें नेस्तनाबूद कर देना चाहिए था।" उसने मुट्ठियाँ भींचीं और असमर्थ क्रोध से कन्धे से कन्धा झटका। पर, दूसरे ही क्षण पीछे से सिर पर ऐसा घूँसा पड़ा कि वह लड़खड़ा गया, और गिरते-गिरते बचा।

"ये मुट्ठियाँ किसलिए भींच रहे हो, सुअर कहीं के ?" पहरेदारों का मुखिया सार्जेंट चीखा और उस पर अपना घोड़ा चढ़ाने लगा। फिर उसने ऐसा चाबुक जमाया कि उसके चेहरे पर कनपटी से ठुड्डी तक बद्धी पड़ गई।

"किसकी खाल उधेड़े ले रहे हो इस तरह ? वह आदमी जख्मी है ! उसे क्यों मार रहे हो ?" येलान्स्काया के एक फौजी ने अपनी मुस्कान में मिन्नत भरकर काँपती हुई आवाज़ में पूछा। इसके बाद वह भीड़ से निकला और इवान के आगे आकर पहाड़ की तरह जम गया।

"तुम्हारी खाल खींचने में भी किसी तरह की कोई कमी न की जाएगी ! ज़रा इसकी मरम्मत करो, कज़्ज़ाको ! इन कम्युनिस्टों को ज़रा अपने हाथ तो दिखलाओ !" सार्जेंट गरजा।

फिर, उस आदमी के बदन पर बैंत इतने झटके और ज़ोर से पड़ा कि पतली कमीज़ की धज्जी-धज्जी उड़ गई और ज़ख्म के काले खून से धज्जी-धज्जी भी तरबतर हो गई। सार्जेंट ने गुस्से से भरकर उन पर अपना घोड़ा बार-बार चढ़ाया और बेरहमी से चाबुक बरसाए।

इवान पर फिर चाबुक पड़ा, तो उसकी आँखों से आग की नीली की नीली लपटें निकलने लगीं, पैरों के नीचे की ज़मीन डगमगाने लगी और नदी के सामने के किनारे का हरा जंगल हिलता-डुलता नज़र आने लगा। वह लपका। उसने रकाब कसकर पकड़ी और सार्जेंट को घोड़े से नीचे घसीट लेने की कोशिश की। लेकिन तलवार की मूँठ उसके सिर पर ऐसे जोर से पड़ी कि वह मुँह के बल ज़मीन पर गिर पड़ा, उसके मुँह में खुश्क धूल भर गई, आवाज़ फँसने लगी और नाक और कानों से गरम खून की धार बह निकली।

इस तरह साथ के संरक्षकों ने उन्हें जमकर पत्थर दिल से मारा और रेवड़ की भेड़ों की तरह हाँका। इवान ने ज़मीन पर पड़े-पड़े जैसे कि सपने में कदमों की खोखली धसक और बौखलाते हुए-से घोड़ों की हिनहिनाहट सुनी। घोड़े का गरम झाग सहसा ही उसके नंगे सिर पर पड़ा और, फिर पास ही कहीं ठीक ऊपर से भयानक सिसकियाँ और चीखें उसके कानों में पड़ीं।

"सूअर के बच्चे...परमात्मा तुम पर आसमान ढाहे। मजलूम लोगों पर हाथ छोड़ रहे हो। तुम..."

इसी समय किसी घोड़े की टाप इवान की जख्मी टाँगों पर पड़ी, जूतों की कीलें उसकी पिंडलियों में धँस-धँस गईं और उस पर धमाधम घूँसे और तमाचे पड़ने लगे। एक क्षण बाद ही पसीने और खून से तर किसी दूसरे का भारी शरीर उसकी बगल में रौंदा हुआ दीखा। इवान ने आवाज़ सुनी। उस आदमी के गले से खून इस तरह बहता रहा जैसे कि कोई द्रव किसी बोतल से उँडेला जा रहा हो।

और, जब कज़्ज़ाक कैदियों की धुनाई का काम ख़त्म कर चुके तो उन्हें हाँककर नदी के किनारे लाए और ज़बर्दस्ती जख्म धुलाने लगे। इवान घुटने-घुटने पानी में अपने बदन के छिले हुए हिस्से और घाव धोने लगा। साथ ही उसने अंजलि भरकर पानी भी पिया। उसका मन डरा कि शायद यों प्यास से सूखते कंठ को सींचने का मौका ही न मिले।

कैदी पहले गाँव के पास पहुँचे कि एक कज़्ज़ाक अपने घोड़े को दुलकी दौड़ाता उनकी बगल से गुज़रता गाँव की ओर बढ़ा। फिर ये लोग गाँव का पहला अहाता भी पार न कर पाए कि कुदालों, हेंगों और बड़े-बड़े खूँटों से लैस भीड़-के-भीड़ लोग इनकी ओर आते दिखाई दिए। इवान और उसके साथियों ने इन कज़्ज़ाक मर्दों और औरतों को देखा तो उन्हें लगा कि बस, यहीं और इन्हीं लोगों के हाथों अपनी मौत होगी।

एक कम्युनिस्ट भरे हुए स्वर में बोला, "आओ, एक-दूसरे से विदा ले लें, कॉमरेडो।"

उस पहली मार के बाद उन लोगों पर जो कुछ बीती, वह दिवास्वप्न में घटनेवाली घटनाओं-सी लगी। बीस वर्स्ट तक उन्हें एक के बाद दूसरा गाँव पार करना पड़ा और हर जगह तरह-तरह से सतानेवाले लोगों के जत्थों ने अपने ढंग से उनका स्वागत किया। बूढ़ों, औरतों और जवान लड़कों ने उन्हें जी-भर पीटा, उनके खून से तर, सूजे हुए चेहरों पर थूका, कड़ी मिट्टी के ढोंके और पत्थर उन्हें खींच-खींचकर मारे और उनकी आँखों में मिट्टी और राख झोंकी। औरतों ने तो और भी जोश दिखाया और उन्हें किस-किस ढंग से नहीं सताया ! फलतः मंज़िल के पास आते-आते वे पच्चीस-के-पच्चीस कैदी इस तरह बदशक्ल हो गए, और उनके बदनों पर धूल-मिले नीले खून की पपड़ियाँ इस तरह जम गईं कि उन्हें पहचानना मुश्किल हो गया। वे जैसे इन्सान ही न रह गए।

सबसे पहले उनमें से हर एक ने मारपीट से बचने के लिए, रक्षकों से दूर रहने और एक-दूसरे

को ठेलते हुए बीच में पहुँचने की कोशिश की। नतीजा यह हुआ कि वे एक-दूसरे से सट गए और शरीरों के ठोस ढेर में बदल गए। लेकिन कज़्ज़ाकों ने उन्हें बार-बार अलग किया और छिटक-छिटककर चलने को मजबूर किया। आखिरकार उन्हें बचाव की कोई आशा न रही, वे अव्यवस्थित ढंग से आगे बढ़ने लगे और उनके दिलों को केवल एक हसरत कचोटने लगी कि जैसे भी हो, आगे बढ़ो और गिरो नहीं। उसका कारण साफ था। वे एक बार गिर जाते तो फिर उठना असम्भव हो जाता। सो पहले तो कुदालों के काँटों या खूँटों की नोकों के सामने आने पर उन्होंने अपने चेहरों पर हाथ रखा लिया और आँखों पर हथेलियों की आड़ करने की कोशिश की। पर आखिर में उन्हें किसी चीज की कोई परवाह न रही। शुरू-शुरू में उन्होंने गिड़गिड़ाकर दया की भीख माँगी। वे असह्य पीड़ा से जानवरों की तरह बिलबिलाए, कराहे, चीखे-चिल्लाए और गाली-गलौज तक की। लेकिन दोपहर होते-होते उनके मुँह जैसे बिल्कुल सी उठे। केवल येलान्स्काया का एक फौजी ही ऐसा निकला जो सिर पर हाथ पड़ने पर हर बार दर्द से कराह उठा। वह रेजीमेंट में सबसे कम-उम्र, सबसे हँसमुख और सबके गले का हार था। बेचारा अपना बदन ऐंठता, बाँस की चोट से चूर-चूर हो गई अपनी एक टाँग घसीटता, एक पैर के सहारे जैसे-तैसे कूद-कूदकर आगे बढ़ता गया।

दोन के शीतल जल में स्नान करने के बाद इवान अलेक्सेयेविच में नई जान आ गई थी। सो कज़्ज़ाक औरतों और मर्दों को उसने अपनी ओर दौड़कर आते देखा तो जल्दी-जल्दी अपने निकट-साथियों से विदा ली और धीरे से बोला, ''भाइयो, कभी हमने साबित किया था कि हम लड़ना जानते हैं, और इस समय हम प्रमाणित करें कि हम शान से मरना भी जानते हैं। एक बात हमें अपनी आखिरी साँस तक याद रखनी चाहिए और वह हमारा बहुत बड़ा बल है। वह यह है कि वे कुदालों से हमारे सिर तोड़ सकते हैं, पर अपनी कुदालों से वे सोवियत सत्ता की हत्या नहीं कर सकते। कम्युनिस्टो...भाइयो...मरना है, बहादुरी से मरो, ताकि दुश्मन हम पर हँस न सके !''

बोरोव्स्की गाँव में एक कैदी को बुज़ुर्गों ने इतनी निर्ममता से हीक भर-भरकर पीटा कि उसके लिए सहना कठिन हो गया। वह दुख से कातर, बचकानी आवाज़ में चिल्लाया, अपनी कमीज़ का कॉलर चीर डाला और एक धागे के सहारे गले में लटकता काला-सा क्रॉस कज़्ज़ाकों को दिखलाकर बोला—

''कॉमरेडो, मैं पार्टी में अभी हाल में ही शामिल हुआ हूँ। रहम करो, मुझ पर रहम करो ! मैं ईश्वर में आस्था रखता हूँ। मेरे दो बच्चे हैं...मुझ पर रहम करो। तुम्हारे भी बाल-बच्चे होंगे।''

''हम तेरे कोई कॉमरेड-वॉमरेड नहीं, ज़बान बन्द कर। अब तुझे अपने बच्चों की याद आई है। बदमाश, सूअर कहीं का !'' एक चपटी नाकवाला कज़्ज़ाक उसकी ओर बढ़कर हाँफते हुए बोला, ''यानी, अब तुझे होश आया है, है न ? अब क्रॉस बाहर निकालकर दिखलाने की सूझी है ! लेकिन जब तूने हमारे साथी कज़्ज़ाकों को गोलियों से उड़ाया था और उन्हें दीवार से सटाकर खड़ा किया था, तब परमात्मा की याद नहीं आई थी।'' और जवाब का इन्तज़ार किए बिना उसने अपने हाथ का डंडा उसके सिर पर दे मारा।

लेकिन इवान अलेक्सेयेविच की आँखों ने जो कुछ देखा और उसके कानों ने जो कुछ सुना, उसमें से एक चीज़ भी उसका ध्यान अपनी ओर न खींच सकी—क्षणभर को भी न खींच सकी। उसका हृदय जैसे पत्थर हो उठा। उसने करवट ली तो सिर्फ एक बार ली।

दोपहर को गोलियों और चोटों के बीच वे एक गाँव में पहुँचे और जैसे-तैसे आगे बढ़ने लगे। सहसा ही इवान की निगाह कोई सात साल के एक बच्चे पर पड़ी। बच्चा अपने माँ की स्कर्ट से चिपटा जा रहा था। उसकी आँखों से आँसू बहे चले आ रहे थे और वह चिल्ला रहा था, ''माँ... न मारो...माँ...नहीं...मारो नहीं...मेरा दिल दुखता है। मुझे डर लगता है। यह आदमी खून से लथपथ हो रहा है।''

औरत का हाथ ढीला पड़ गया, उसके मुँह से अचानक ही चीख निकल गई, उसने हेंगा ज़मीन

पर फेंक दिया और अपने बच्चे का हाथ पकड़कर उसे घसीटती, किनारे की एक गली में भाग गई। बच्चे के आँसुओं और करुणा को देखकर इवान की पलकें गीली हो गईं और उसके होंठ आँसुओं से खारे हो उठे। उसे सहसा ही अपने बच्चे और पत्नी की याद आ गई और मुँह से एक सिसकी-सी निकल गई। वह बेचैन हो उठा। उसका मन बार-बार हुआ कि मेरी मौत हो तो मेरी बीवी और मेरे बच्चे की आँखों के सामने न हो। और जितनी जल्दी हो जाए, उतना ही अच्छा।

कैदी थकान और दर्द से लड़खड़ाते अपने को घसीटते जैसे-तैसे आगे बढ़ते गए। गाँव के पार के मैदान के कुएँ में उन्होंने मुखिया सार्जेंट से मिन्नतें कीं कि हमें पानी पी लेने दो। पर जवाब में सार्जेंट चीखा, "नहीं, पानी पीने की कोई ज़रूरत नहीं। यों ही देर हो गई है। आगे बढ़ो !"

पर रक्षकों में से एक उनकी वकालत करते हुए बोला, "इतनी सख्ती न बरतो, अकीम साजोनोविच ! ये लोग भी हमारी तरह इन्सान हैं।"

"इन्सान ? कम्युनिस्ट इन्सान नहीं होते और तुम मुझे पढ़ाने की कोशिश न करो। इनकी ज़िम्मेदारी मुझ पर है, तुम पर नहीं ! तुम सबका मुखिया मैं हूँ, तुम नहीं !"

"तुम्हारे-जैसे मुखिए कदम-कदम पर मिलते हैं। जाओ, जवानो, पी आओ पानी।" बूढ़ा कज़्ज़ाक बोला। यही नहीं, वह अपने घोड़े से उतरा और उसने एक घड़ा पानी कुएँ से खींचा। कैदियों ने तुरन्त ही उसे घेर लिया, उनकी चोट-चुटीली बुझी हुई आँखें एक बार फिर चमक उठीं और पच्चीस जोड़े हाथ घड़ा लपक लेने को आगे बढ़ गए। बूढ़ा हिचकिचाया। उसकी समझ में न आया कि सबसे पहले पानी किसे दे। पर एक क्षण के विचार के बाद ही उसने पानी एक बैठे हुए कूँडे में उँडेल दिया और एक किनारे हटकर ज़ोर से बोला, "यह लो, पर तुम सब जानवर हो क्या ? पारी-पारी से पियो।"

पानी कूँडे के हरे कीचड़ से सने तल में लहराने लगा। कैदी तेज़ी से उस ओर लपके। दूसरी ओर उस बूढ़े सिपाही की भौंहें संवेदन से गीली हो उठीं। उसने ग्यारह घड़े पानी खींचा और कूँडा भर दिया।

इवान घुटनों के बल आगे बढ़ा और जी-भर पानी पीने के बाद उसने अपना सिर ऊपर उठाया तो गैरमामूली, आँखों को अन्धा कर देनेवाली स्पष्टता से उसने सामने देखी, दोन के किनारे की सड़क पर खड़िया की गर्द की पाले-सी कपूरी चादर, दूर की पहाड़ियों का नीलम और उनके ऊपर तेज़ी से बहती दूधिया अयालवाली दोन के ऊपर आसमान के, पहुँच के बाहर के, नीले गुम्बद के नीचे एक नन्हा-सा बादल।

बादल हवा के पंखों पर सवार था और चमचमाते हुए सफेद पाल की तरह उत्तर की ओर उड़ता चला जा रहा था। उसकी ओपली परछाईं नदी के दूर के मोड़ में छन रही थी।

55

कुदिनोव के व्येशेन्स्काया लौटने के बाद विद्रोही सेनाओं की सर्वोच्च कमान की एक गुप्त कॉन्फ्रेंस हुई और उसमें दोन सरकार और अतामान बोगायेव्स्की से सहायता माँगने का फैसला किया गया। कुदिनोव को आदेश दिया कि वह एक पत्र लिखे कि लाल सेनाओं से बातचीत चलाने और 1918 के अन्त में मोर्चा छोड़कर चले आने का विद्रोही सेनाओं को बड़ा पश्चात्ताप और दुख है। सो कुदिनोव ने अपने पत्र में वचन दिया कि लाल फौजियों के खिलाफ धुआँधार लड़ाई तब तक चलाई जाएगी जब तक कि जीत न हो जाएगी। अन्त में उसने अनुरोध किया कि स्टॉफ़ अफ़सर और कारतूस हवाई जहाज से मोर्चे के इस ओर भेज दिए जाएँ।

प्योत्र बोगातिरयोव विद्रोहियों के साथ बना रहा और विमान-चालक कुदिनोव का पत्र लेकर नोवोचेरकास्क लौट गया, इसके बाद दोन सरकार और विद्रोही सेनाओं के बीच घनिष्ठ सम्पर्क स्थापित हो गया। अब करीब-करीब प्रतिदिन ही फ्रांस के बने हवाई जहाज़ फौजी अफसरों, कारतूसों और हलकी

तोपों के लिए थोड़े-से गोले ले-लेकर दोनेत्स के उस पार से इस पार आने लगे। विमान-चालक दोन-सेना के साथ पीछे हट गए। ऊपरी दोन कज़्ज़ाकों के पारिवारिकों के नाम पत्र भी ले गए और वापसी में उनके जवाब भी ले जाने लगे।

दोन श्वेत सेना के कमांडर जनरल सिदोरिन ने, दोनेत्सी के मोर्चे की स्थिति और मोर्चेबन्दी से सम्बन्धित अपने विचारों के आधार पर फौजी कार्रवाइयों की योजनाएँ, आदेश, रिपोर्ट और विद्रोही मोर्चे पर भेजे जानेवाली लाल-सेना के बारे में खबरें कुदिनोव को भेजीं। कुदिनोव ने इने-गिने लोगों को ही अपने पत्र-व्यवहार के बारे में बताया। बाकी के लिए सारी बात राज़ बनी रही।

56

कैदी तातारस्की में तीसरे पहर कोई पाँच बजे पहुँचे। वसन्त का कुछ क्षणों की साँसोंवाला साँझ का धुँधलका दरवाज़े पर दस्तक देता लगा। सूरज डूबने को हुआ और उसकी आग से तपती हुई थाली, पश्चिम के भूरे-नीले बादलों के कन्धे पर टिक गई।

ऐसे में तातारस्की-कज़्ज़ाक पैदल सेना के लोग गाँव के बड़े खलिहान की छाया में बैठे या खड़े हुए थे। येलान्स्काया स्क्वैड्रनों के लाल सेनाओं का धक्का सँभाल न पाने के कारण ये लोग दोन के दाहिने किनारे पर भेजे जा रहे थे, परन्तु उधर जाते-जाते गाँव की ओर मुड़ आए थे कि ज़रा अपने घर के लोगों से मिल लें और खाने की चीज़ें नए सिरे से ले लें। वैसे इन लोगों को फौरन ही मार्च करना था, लेकिन इसी समय उन्हें ख़बर मिल गई कि कम्युनिस्ट कैदी व्येशेन्स्काया ले जाए जा रहे हैं, उनमें मीशा कोशेवोइ और इवान अलेक्सेयेविच भी हैं और वे जल्दी ही तातारस्की पहुँचनेवाले हैं।

इस ख़बर का परिणाम यह भी हुआ कि लोग ठहर गए और जिन कज़्ज़ाकों के सगे-सम्बन्धी, तातारस्की के बाहर की लड़ाई में, प्योत्र मेलेखोव के साथ मारे गए थे, वे रुककर मीशा कोशेवोइ और इवान अलेक्सेयेविच को देखने की खास ज़िद पकड़ गए।

वे बच्चों, औरतों, बूढ़ों से घिरे, खलिहान की दीवार से अपनी राइफलें टिकाए, धुआँ उड़ाते और सूरजमुखी के बीज चबाते रहे। सारा गाँव बाहर निकलकर सड़क पर आ गया और कैदियों के आने की ख़बर देने के लिए मकानों की छतों पर लड़के तैनात कर दिए गए।

आखिर एक लड़का ज़ोर से चिल्लाया, "आ रहे हैं वे लोग !"

इस पर जो फौजी बैठे थे वे उठकर खड़े हो गए। सभी लोगों के बीच तूफान-सा आ गया, ज़ोर-ज़ोर की चीख-चिल्लाहट हवा में गूँजने लगी और कैदियों को देखने के लिए भागकर आगे जानेवाले लड़कों के पैरों की आवाज़ अलग से कानों में पड़ने लगी। अलेक्सेइ-शमील की विधवा के मुँह से दुखभरी चीख निकल गई। उसका गम अभी तक ताज़ा था।

अचानक ही एक बूढ़ा कज़्ज़ाक बोला, "आ रहे हैं...हमारे दुश्मन आ रहे हैं।"

"शैतानों को बीन-बीनकर मार डालो ! इन्होंने हमारे अपने लोगों को मारा है। मीशा कोशेवोइ और उसके दोस्त से हम आज हिसाब-किताब करेंगे !" एक दूसरा कज़्ज़ाक चिल्लाया।

दार्या मेलेखोव अनीकुश्का की पत्नी के साथ आ खड़ी हुई और सबसे पहले उसने पास आते कैदियों में इवान अलेक्सेयेविच को पहचाना।

"तुम्हारे गाँव के एक आदमी को हम लाए हैं तुम्हारे लिए। आओ और ज़रा तारीफ करो इस सूअर के बच्चे की ! ईसाइयों की तरह इसे चूमो।" लोगों ने शोरगुल और औरतों की चीखों और विलापों से तेज़ स्वर में सार्जेंट ने गरजकर अपनी बात कही, और हाथ फैलाकर इवान की ओर इशारा किया।

"लेकिन दूसरा आदमी कहाँ है ? वह मीशा कोशेवोइ कहाँ है ?" अन्तीप ने पूछा और अपनी राइफल कन्धे से उतारकर भीड़ चीरते हुए आगे बढ़ा।

"तुम्हारा एक ही आदमी है हमारे साथ, दूसरा कोई नहीं। लेकिन अगर उस आदमी को ही चीरा जाएगा तो भी तुममें से हरएक को एक-एक टुकड़ा मिल जाएगा।" सार्जेंट ने लाल रूमाल से चेहरा पोंछते और थके हुए ढंग से घोड़े से नीचे उतरते हुए कहा।

औरतों का चीखना, चिल्लाना और गरजना अपने चरम बिन्दु पर पहुँच गया। दार्या लोगों को धक्के देती रक्षकों की ओर बढ़ी तो उसकी निगाह कुछ ही कदमों के फासले पर खड़े इवान अलेक्सेयेविच पर पड़ी। उसके चेहरे पर जहाँ-तहाँ चोटों के नीले-काले निशान थे और उनसे खून रिस रहा था। माथे की खाल जहाँ-तहाँ से झूलकर हवा में फड़फड़ा रही थी। खून से चिकटे बालोंवाला, बुरी तरह सूजा हुआ सिर उलटी हुई बालटी-सा लग रहा था। वहाँ के खुले घाव को धूप और मक्खियों से बचाने के लिए इवान ने उसके ऊपर ऊनी दस्ताने रख लिए थे। पर वे अब जख्मों से चिपक गए और वहीं जम गए-से लगते थे।

इवान अलेक्सेयेविच ने जाल में फँसे जन्तु की तरह देखते हुए चारों ओर नज़र दौड़ाई। उसका मन बड़ा आशंकित रहा कि ऐसा न हो कि भीड़ में कहीं मेरी पत्नी और मेरा बच्चा भी हो। उसने सोचा, 'अगर वे लोग होंगे तो किसी से उन्हें यहाँ से ले जाने को कह दूँगा, क्योंकि उनके सामने मैं मरना नहीं चाहता और हालत यह है कि तातारस्की से आगे जा सकना मुमकिन नहीं है। मौत यहीं गले लगने को बेचैन लगती है।'

सो, उसने अपने कन्धे झुकाकर, धीरे-धीरे मेहनत से सिर मोड़ा और अपने गाँव के सभी जाने-पहचाने चेहरों को एक-एक करके देखा। उसके एक चेहरे पर भी सहानुभूति और संवेदना के भाव नहीं दिखाई दिए। कज़्ज़ाक मर्दों और औरतों, दोनों की ही आँखों से उसके लिए बदी टपकती रही।

उसकी, उतरे हुए रंगवाली, खून से चिकटी खाकी कमीज़ हर हरकत पर सरसराई। लाल सेनावाले उसके दोहरे पतलून और गठीले पैरों पर भी खून नज़र आया।

दार्या उसके ऐन सामने जा खड़ी हुई। वह नफ़रत से, दर्द से और किसी-न-किसी अनहोनी घटना के वहीं, उसी जगह घटने की आशंका के डर से हाँफने लगी और इवान अलेक्सेयेविच के चेहरे को एकटक घूरने लगी। परन्तु इवान अलेक्सेयेविच ने भी उसे पहचाना या नहीं, इसका कोई निश्चय वह नहीं कर सकी।

इवान की एक आँख तो चोट के कारण बन्द थी परन्तु उसी तरह चिन्ता और उत्तेजना से भरकर वह अपनी दूसरी आँख से अलग-अलग व्यक्तियों को एक-एक कर देखता रहा। इसी सिलसिले में उसकी निगाह दार्या पर जा पड़ी और वह इस तरह आगे की ओर गिरने को हो गया, जैसे कि धुआँधार नशे में हो। इस बीच खून की भयानक कमी के कारण उसका दिमाग चक्कर खाने लगा और वह बेहोश होने की हालत में आ गया। संक्रमण की जिस स्थिति में हर चीज़ बनावटी और झूठी लगने लगती है और प्रकाश अन्धकार में बदलने लगता है, वह इस समय उसे भी अपने पंजों में लेने लगी, लेकिन अपनी अधिक-से-अधिक इच्छा-शक्ति के सहारे उसने अपने पैरों को उखड़ने नहीं दिया। उसने देखा, दार्या को पहचाना और डगमगाते हुए एक कदम आगे रखा। उसके बदशक्ल होंठों ने मुस्कान सजाने की विफल चेष्टा की। दूसरी मुस्कान के इस प्रेत ने दार्या को गड़बड़ा दिया और उसका दिल इस तरह ज़ोर-ज़ोर से धड़कने लगा, जैसे कि प्राण कंठ में समा गए हों।

दार्या बुरी तरह हाँफने लगी और उसका चेहरा ज़र्द से ज़र्दतर होता गया। होते-होते वह इवान के चेहरे के ठीक सामने जा पहुँची।

"कहो, कैसे हो, इवान भाई ?" उसने पूछा। उसके अन्दर के जोश, बजती हुई आवाज़ और बात के खास लहजे के कारण भीड़ में सन्नाटा छा गया। इस वातावरण में इवान का, कुछ न होने पर भी, जमा हुआ स्वर साफ सुन पड़ा, "और तुम कैसी हो बहन दार्या ?"

"भाई, बतलाओ ज़रा कि तुमने कैसे मारा," दार्या की आवाज़ फँस गई और कलेजा किसी ने

मसल दिया। क्षणभर को वह ज़ोर से न बोल सकी। पर उसकी फुसफुसाहट भीड़ के सिरे के लोगों ने भी सुनी–"अपने ही चचेरे-भाई, मेरे प्योत्र को ?"

"नहीं बहन, मैंने उसे नहीं मारा।"

"तुमने नहीं मारा ?" उसकी आवाज़ एकदम तेज़ हो गई–"यानी उसका कत्ल तुमने और तुम्हारे मिखाइल कोशेवोइ ने नहीं किया ?"

"नहीं, बहन...हमने...यानी मैंने उसे नहीं मारा।"

"अगर, तुम नहीं थे, तो फिर कौन था जिसने उसे इस दुनिया से रुखसत कर दिया ?" दार्‌या का स्वर और ऊँचा हो उठा–"कौन था वह ? कौन था, बतलाओ मुझे !"

"ज़आमुर्स्की रेजीमेंट ने मारा उसे..."

"नहीं, मारनेवाले तुम थे। तुमने मारा उसे...कज़्ज़ाकों का कहना है कि उन्होंने तुम्हें पहाड़ी पर देखा। तुम सफेद घोड़े पर सवार थे। इस बात से इन्कार कर सकते हो तुम, कुत्ते के बच्चे कहीं के ?"

"मैं उस लड़ाई में था..." इवान का बायाँ हाथ धीरे से उठा, सिर पर पहुँचा और घाव से चिपके दस्तानों को इधर-उधर करने लगा। उसकी आवाज़ सन्देह-मिश्रित थी–"उस लड़ाई में मैं ज़रूर था, पर तुम्हारे आदमी को मैंने नहीं मारा। उसे तो मिखाइल कोशेवोइ ने मारा था। उसने उसे गोली से उड़ा दिया। प्योत्र के खून का गुनहगार मैं नहीं हूँ।"

"उसे न सही, पर हमारे गाँव के दूसरे किन लोगों को तुमने तलवार के घाट उतारा ? हम सबके आम दुश्मन, और किन-किन लोगों के बच्चों को तुमने इस दुनिया में अकेला छोड़ दिया ?" जूते की नाल, याकोव की पत्नी की चीखें भीड़ के बीच से उभरकर लोगों के अन्तर् भेदने लगीं। उसके साथ ही बाकी औरतें भी जो आपे से बाहर होकर सिसकने लगीं तो वातावरण का तनाव कहीं ज़्यादा बढ़ गया।

बाद में दार्‌या ने बतलाया कि मुझे याद नहीं कि इस वक्त घुड़सवार फौजियों की कारबाइन-राइफल कैसे और कहाँ से मेरे हाथों में आ गई। तो, राइफल किसी ने थमा दी होगी उसके हाथों में। लेकिन, जब औरतों का आर्त्तनाद बढ़ा तो उसने एक अजीब-सी चीज़ अपने हाथ में पाई और उस पर निगाह डाले बिना ही राइफल को उसने राइफल समझ लिया। सो कुंदे की तरफ से मार करने के खयाल से उसने पहले उसे नली की ओर से पकड़ा। लेकिन, नली की खास बनावट के कारण उसकी हथेली में तकलीफ होने लगी तो उसने राइफल उलट ली, उसे अपने कन्धे पर जमाया और इवान के बाएँ सीने पर निशाना तक साधा।

उसने देखा, उसके पीछे के कज़्ज़ाक भागकर एक तरफ को हो गए। इससे खलिहान की दीवार साफ नज़र आने लगी, साथ ही डरे हुए लोगों की चीख-पुकार सुन पड़ी–"तुम्हारा दिमाग खराब हो रहा है ! तुम हमें गोली मार दोगी। ठहरो...गोली न चलाओ !"

लेकिन उसे अन्दर से उभारा लोगों की नजरों की हैवानियत से भरी किसी एक उम्मीद ने, अपने पति की मौत का बदला लेने की भावना ने, और सहसा ही अपने को दूसरी औरतों से अलग पाने और देखने की आत्मश्लाघा ने। उसने मन-ही-मन सोचा, सभी कज़्ज़ाक मेरी तरफ अचरज तो अचरज, डर तक से भरकर देख रहे हैं और मेरे अगले कदम का इन्तज़ार कर रहे हैं। इसलिए मुझे कोई-न-कोई ऐसा काम इस वक्त ज़रूर करना चाहिए कि वे ताज्जुब और हैरत में पड़ जाएँ। बस, तो ऐसी और ऐसी ही दूसरी भावनाओं के कारण वह धुआँधार रफ्तार से किसी विशेष काम को पूरा करने को आगे बढ़ी। यह निर्णय उसके अन्तरतम में बहुत पहले ही हो चुका था। लेकिन, इस समय उसकी समझ में न आया और राइफल के घोड़े पर सावधानी से रखी उँगली के बावजूद वह हिचकिचा गई। मगर, फिर सहसा ही, अपनी आशा के विपरीत उसने पूरी ताकत से घोड़ा दबा दिया।

राइफल के धक्के ने उसके पैर उखाड़ दिए और वह गिर पड़ी। गोली दगने की आवाज़ से उसके कान के पर्दे फटने लगे। लेकिन, अपनी सिकुड़ी हुई आँखों से उसने देखा कि इवान का चेहरा एकाएक

भयानक रूप से बदला, उसने हाथ आगे की ओर फेंके और फिर इस तरह बाँधे जैसे कि किसी बड़ी ऊँचाई से पानी में गोता लगाने जा रहा हो। फिर मुँह के बल गिर पड़ा, सिर झटकों पर झटके खाता रहा, सारा बदन थरथराता रहा और फैले हुए हाथों की उँगलियाँ ज़मीन को अपने पंजों में भरने लगीं।

दारया ने अब भी पूरी तरह यह न समझा कि उसने क्या किया ! उसने राइफल ज़मीन पर फेंकी, मुँह के बल गिरे आदमी को पीठ दी और अपने सरल और सहज स्वभाव के लिए बिल्कुल अनजाने अन्दाज़ से अपना रूमाल ठीक किया और बाहर निकले बाल अन्दर खोंसे।

"अब भी साँस ले रहा है।" एक कज़्ज़ाक ने कहा और दारया को निकलने का रास्ता देने के लिए बड़े आदर से एक ओर को हो गया।

दारया ने बिल्कुल चिन्ता नहीं की कि क्या कहा और किसने कहा। उसने मुड़कर पीछे देखा और लम्बी आह सुनी। यह लम्बी आह उसे किसी और के कंठ से नहीं, बल्कि अपने ही दिल से निकलती लगी। पर दूसरे क्षण कराह मौत की आवाज़ में बदल गई। केवल तब दारया ने समझा कि वह आह इवान अलेक्सेयेविच की थी और उसने उसे गोली मार दी है।

वह हलके मन लेकिन तेज़ रफ्तार से खलिहान के पास से निकलकर चौक की तरफ बढ़ी। इस समय इनी-गिनी निगाहें ही उस पर गड़ी थीं, क्योंकि लोगों का ध्यान इस बीच अन्तीप की ओर खिंच गया था।

वह पता नहीं क्यों एक संगीन पीठ के पीछे छिपाए, पंजों के बल, तेज़ी से इवान अलेक्सेयेविच की तरफ यों दौड़ा, जैसे कि परेड के मैदान में हो। वहाँ पहुँचने पर, नपे-तुले ढंग से ज़मीन पर बैठते हुए उसने संगीन की नोक इवान के सीने पर रखी और शान्त मन से बोला, "अच्छा अब तुम चलो, कोत्यालोव !" और संगीन कलेजे के आर-पार हो गई।

इवान की मौत दर्दभरी और धीरे-धीरे हुई। ज़िन्दगी उसके स्वस्थ, गठे हुए बदन को छोड़ने को राज़ी मुश्किल से हुई। यानी, संगीन के तीसरे वार के बाद भी उसकी साँस चलती रही और उसके खून से भरे दाँतों के बीच में 'आह...आह' सुनाई पड़ती रही।

"ए...जाओ शैतान के मुँह में !" रक्षकों का एक मुखिया बोला, अन्तीप को एक ओर को ढकेला, अपना रिवाल्वर खींचा और सधे हुए हाथ से इवान पर निशाना साधा।

उसकी यह गोली बाकी कज़्ज़ाकों के लिए संकेत बनी और वे कैदियों पर टूट पड़े। जाल में फँसे लोगों में खलबली मच गई और वे तितर-बितर होने लगे। फिर राइफलों की खुश्क और तीखी धायँ-धायँ में लोगों की चीख-पुकार मिल गई।

ग्रिगोरी मेलेखोव कोई आधे घंटे बाद अपना घोड़ा दौड़ाता तातारस्की आया। उसने अपने घोड़े की भगाते-भगाते जान निकाल ली थी, और वह दो गाँवों के बीच गिर गया था। फिर अपनी काठी लादकर वह सबसे पास के गाँव में गया था और उधार माँगने पर उसे एक बहुत ही गया-बीता घोड़ा मिला था। सो, वह तातारस्की बहुत देर से पहुँचा था। तातारस्की-कम्पनी पहाड़ी के पार जाकर आँखों से ओझल हो गई थी और गाँव में सन्नाटा हो गया था। कम्पनी उस्त-खोपर्स्काया की सरहद की ओर बढ़ गई थी। वहाँ विद्रोही सेनाएँ लाल घुड़सवार सेनाओं से लोहा ले रही थीं। रात ने तातारस्की और उसके आसपास की पहाड़ियों पर अपनी सुरमई चादर डाल दी थी।

ग्रिगोरी अपने अहाते में आया, घोड़े से उतरा और घर में घुसा। बावर्चीखाने में अँधेरा नज़र आया। भारी-भारी परछाइयों के बीच मच्छर भनभन करते मिले। कोने की देवमूर्तियाँ हलके-हलके चमकती रहीं। अपने घर के वातावरण की घुटन का अनुमान लगाते हुए उसने आवाज़ दी–"कोई घर में है ? माँ ! दून्या !"

"ग्रिगोरी, तुम हो ?" सामने के कमरे से दून्या की आवाज़ आई। ग्रिगोरी को नंगे पैरों की आहट मिली और शमीज पर पेटी कसती बहन की गोरी आकृति सामने आई। उसने पूछा, "आज इतनी जल्दी घर में सोता कैसे पड़ गया ? माँ कहाँ है ?"

"गाँव में..." दून्या आगे बोल न सकी। उत्तेजना से भरी उसकी तेज़ साँसों की आवाज़ ग्रिगोरी ने सुनी।

"मामला क्या है ? कैदी कितनी देर पहले आए थे यहाँ ?"

"सारे-के-सारे कैदी मार डाले गए..."

"क्या ?"

"कज़्ज़ाबों ने मार डाला उन्हें। उफ़् ग्रीशा, हमारी यह दार्‌या तो चुड़ैल है पूरी !" दून्या की आवाज़ में नफ़रत के आँसू घुटने लगे–"उसने इवान अलेक्सेयेविच को मार डाला...खुद...।"

"क्या बक रही है तू ?" ग्रिगोरी अपनी बहन का कॉलर पकड़ते हुए, डर से चीख उठा। दून्या की पलकों में आँसू झलकने लगे और उसकी पुतलियों में जमे भय को देखकर ग्रिगोरी को लगा कि उसने जो सुना है, ठीक ही सुना है।

"और, मिखाइल कोशेवोइ ? स्तॉकमैन ?"

"वे कैदियों के बीच नहीं थे।" दून्या ने टूटे हुए स्वरों से, संक्षेप में भाई को लाल कैदियों की हत्या और दार्‌या की पूरी दास्तान सुनाई। बोली–

"माँ को रात में दार्‌या के साथ घर में रहने में डर लगा, इसलिए वे पड़ोसियों के यहाँ सोने चली गई हैं और जानते हो, दार्‌या घर आई तो नशे में चूर, जंगली जानवर की तरह नशे में चूर। इस वक्त पड़ी सो रही है।"

"कहाँ ?"

"खलिहान में।"

ग्रिगोरी मुड़ा, बाहर निकला, अहाता पार कर खलिहान में पहुँचा और भड़ाक से दरवाज़ा खोला। दार्‌या गहरी नींद में डूबी फर्श पर पड़ी थी। स्कर्ट बेहयाई से उलटा हुआ था। दुबले-पतले हाथ फैले हुए थे। दाहिने गाल पर थूक चमक रहा था। मुँह से घर की बनी वोद्‌का की बू आ रही थी। औरत खर्राटों के बीच लम्बी-लम्बी साँसें ले रही थी। सिर भद्‌दे ढंग से धँसा हुआ और बायाँ गाल ज़मीन से सटा हुआ था।

ग्रिगोरी को अपनी तलवार इस्तेमाल करने की जैसी हसरत इस समय हुई, वैसी पहले कभी न हुई थी। वह दार्‌या के बदन पर झुका कितने ही क्षणों तक खड़ा रहा। इसी बीच वह दाँत पीसता और अपने पैरों के पास पड़े शरीर को नफरत से भरकर एकटक घूरता रहा। इसके बाद उसने एक कदम आगे बढ़ाया, अपने नाल-जड़े बूट की एड़ी उसके चेहरे और काली, कमान-सी भौंहों पर रख दी और फटती-सी आवाज़ में धीरे से कहा, "ज़हरीली नागिन है तू !"

दार्‌या नशे के बीच कराही और उसने बुदबुदाकर कुछ कहा। ग्रिगोरी ने अपना सिर थाम लिया, और दौड़ता हुआ अहाते से बाहर निकल आया।

फिर, वह उसी रात मोर्चे के लिए रवाना हो गया। अपनी माँ से मिलने तक को नहीं रुका।

57

आठवीं और नवीं लाल सेनाएँ न सेना को दबा पाईं और न वसन्त की बाढ़ के पहले दोनेत्स पार कर सकीं। इसलिए कुछ क्षेत्रों में अपनी ओर से हमले करने की कोशिशें वे अब भी करती रहीं। इनमें से ज़्यादातर कोशिशें बेकार गईं और पहल दोन-सेना की कमान के हाथों में आ गई।

फिर, मई के मध्य तक दक्षिणी मोर्चे पर कोई परिवर्तन न हुए। परन्तु, फिर जल्दी ही होने लगे। इस समय तक दोन-सेना के भूतपूर्व कमांडर जनरल देनीसोव और उसके चीफ़-ऑफ़- स्टॉफ़-जनरल-पोल्याकोव की योजना के अनुसार, दोन-सेना के अफसरों और रेजीमेंटों की एक ज़ोरदार सेना को कायेन्स्काया के इलाके में जमाने का काम पूरा हो चुका था। इस हमलावर फौज में कोई सोलह हज़ार संगीनें और तलवारें, पच्चीस तोपें और एक सौ पचास मशीनगनें थीं।

जनरल पोल्याकोव की योजना यह थी कि यह सेना, दूसरी यूनिटों को साथ लेकर माकेयोवका की ओर हमला करे, बारहवीं-लाल-सेना-डिवीज़न को खदेड़ बाहर करे, ऊपरी दोन के इलाके में घुसे, वहाँ विद्रोही सेना में शामिल हो, और पीछे बोलशेविकों से प्रभावित कज़्ज़ाकों का वाजिब इलाज करने के लिए खोपर ज़िले में दाखिल हो।

उधर दोनेत्स के मोर्चे को भेदने के लिए ज़्यादा-से-ज़्यादा तैयारियाँ की जा रही थीं। हमलावर फौज की कमान जनरल सेक्रेतेव को सौंपी गई थी, और दोन सेना की सफलता के आधार दिखाई देने लगे। क्रॉसनोव और सन्तान देनीसोव की जगह जनरल सिदोरिन ने ली थी और वह पुनर्निर्वाचित अतामान जनरल अफरीकाम-बोगा-येन्स्की से मिलकर पश्चिमी देशों के साथ सहयोग की नीति चला रहा था। साथ ही ब्रिटिश और फ्रेंच-फौजी-मिशनों की सहायता से इन दोनों ने, मास्को पर मार्च करने और रूसी राज्यभर से बोलशेविकवाद का नाम-निशान मिटाने के नक्शे बनाने शुरू कर दिए थे।

हथियारों से भरी सवारियाँ काला सागर के बन्दरगाहों में चली आ रही थीं। समुद्री जहाज़ ब्रिटिश और फ्रेंच हवाई जहाज़ों, टैंकों, तोपखानों, मशीनगनों और राइफलों के साथ खच्चरों के दल-के-दल खाने और कपड़े के ढेर भी लादे ला रहे थे। इन खच्चरों और इन चीज़ों की जर्मनी से सन्धि के बाद कोई कीमत न रह गई थी। ब्रिटेन के शेरोंवाले बटनोंवाली खाकी ट्यूनिकों से नोवोसिइस्क के मालखाने भरे जा रहे थे। अमरीकी आटे, चीनी, चॉकलेटों और शराबों से गोदाम पटे पड़े थे। पूँजीवादी यूरोप, बोलशेविकों की बढ़ती हुई ताकत से घबड़ाकर, गोलों और कारतूसों की दक्षिण-रूस में बरसात-सी किए दे रहा था। यह वही गोले और कारतूस थे, जिन्हें मित्र-देशों की सेनाओं को जर्मनी के खिलाफ इस्तेमाल करने का मौका न मिला था। दुनिया के सारे प्रतिक्रियावादी, खून से तर, सोवियत रूस का गला घोंटने की जैसे कसम-सी खाए बैठे थे। ब्रिटेन और फ्रांस के जो सैनिक निर्देशक, कज़्ज़ाक और स्वयंसेवकों की सेनाओं के लोगों को टैंक और ब्रिटिश तोपों का चलाना सिखलाने के लिए दोन और कुबान के इलाकों में आए थे, वे विजयी के रूप में मास्को में प्रवेश करने के सपने जाने कब से देख रहे थे।

इसी समय दोनेत्स के इलाके में कुछ ऐसी घटनाएँ घटीं, जिन्होंने लाल सेना के 1919 के हमले की सफलता के निश्चय में अपना बड़ा योग दिया।

इसमें कोई सन्देह नहीं कि लाल सेना अपनी ओर से हमला करने के प्रयास में जो असफल हो रही थी, उसके मूल में ऊपरी दोन के कज़्ज़ाकों का विद्रोह था। इस विद्रोह ने लाल सेना के पार्श्व-भाग पर कैंसर की तरह अपने दाँत लगा रखे थे। इसके कारण सेनाओं का इधर-उधर भेजा जाना ज़रूरी था। नतीजा यह कि रसद और खाने-पीने की चीज़ों का मोर्चे तक लाया जाना मुश्किल हो रहा था। बगावत को दबाने के लिए महज़ आठवीं और नवीं लाल सेनाओं से बारह हज़ार संगीनबन्द फौजी बुला लिए गए थे।

क्रान्तिकारी सैनिक-परिषद् को विद्रोह की व्यापकता के बारे में पूरी सूचनाएँ न मिल पाती थीं, इसलिए उसे दबाने के लिए कारगर कदम उतनी तेज़ी से उठा न पाती थी। पहले, जैसे केन्द्रीय कमेटी-स्कूल ने सिर्फ दो सौ लोग भेजे थे, वैसे ही अलग-अलग, छोटी टुकड़ियाँ या दूसरी अर्द्ध-संगठित यूनिटें विद्रोह को दबाने भेजी गई थीं। ये प्रयत्न ऐसे थे जैसे कोई दो-चार गिलास पानी से आग बुझाना चाहे। लाल सेना की इन अलग-अलग यूनिटों ने, कोई एक सौ वर्स्ट के घेरे में फैले विद्रोहियों से भरे क्षेत्र को घेर लिया और वहाँ मनमाने ढंग से काम किया था। इनके सामने कोई स्पष्ट योजना न थी।

यही वजह थी कि विद्रोहियों से लोहा लेनेवाले लाल फौजियों की संख्या पच्चीस हज़ार संगीनबन्द फौजियों तक बढ़ा दिए जाने पर भी कोई ठोस नतीजा न निकला था।

चौदह पैदल सेनाएँ और दर्जनों रक्षक-टुकड़ियाँ, विद्रोह को एक विशेष क्षेत्र में सीमित कर देने के लिए, एक-एक कर झोंक दी गई थीं। तामबोव, वोरोनेज़ और र्‌याज़ान से कम्युनिस्ट टुकड़ियाँ चली आ रही थीं। विद्रोह के अपना मुँह फैला लेने और विद्रोहियों के, हथियाई गई मशीनगनों और तोपखानों से, सशक्त हो जाने पर ही, तोपखाने और मशीनगनों के विभागोंवाली अभियान-सेना की कमी पूरी करने के लिए आठवीं और नवीं लाल-सेनाओं ने एक-एक डिवीज़न भेजा था। इससे विद्रोहियों की बड़ी क्षति हुई थी, पर इस पर भी वे कुचले न जा सके थे।

ऊपरी दोन की लड़ाई की चिनगारियाँ खोपर ज़िले तक फैल गई थीं। थोड़े-से फौजी अफसरों के नेतृत्व में कुछ योंही से कज़्ज़ाक दलों ने सिर उठाने की कोशिश की थी। उर्‌युविन्स्काय के इलाके में अलीमोव नाम के किसी कर्नल को काफी बड़ी संख्या में, कज़्ज़ाक और फौजी अफ़सर मिल गए थे। बगावत पहली मई की रात को छिड़नेवाली थी। लेकिन, षड्यन्त्र का पता समय से पहले ही चल गया था और अलीमोव के कितने ही साथियों को पकड़कर क्रान्तिकारी अदालत के फैसले पर गोली से उड़ा दिया गया था। इस तरह अपने नेता से वंचित होकर विद्रोह दब गया था और खोपर ज़िले के क्रान्ति-विरोधी तत्त्व ऊपरी दोन के विद्रोहियों से मिलकर उनके हाथ मज़बूत करते-करते रह गए थे।

फिर, मई के आरम्भ में एक कम्युनिस्ट फौजी टुकड़ी चेर्तकोवो-स्टेशन पर गाड़ी से उतरी थी। चेर्तकोवो दक्षिण-पूर्वी रेलवे का आखिरी स्टेशन था और यह रेलवे-लाइन बागियों के मोर्चे के पश्चिमी भाग में पड़ती थी। उस समय इस क्षेत्र में अलग-अलग ज़िलों के कज़्ज़ाक, कज़ान्स्काया ज़िले की सीमा पर, बहुत बड़ी मात्रा में घुड़सवार-सेना जमा कर रहे थे और लाल फौजियों से लोहा ले रहे थे। इन सेनाओं ने अपनी ओर से हमला कर दिया था।

ऐसे में स्टेशन पर स्थित लाल सेना के बीच एकाएक एक अफवाह उड़ी कि कज़्ज़ाकों ने चेर्तकोवो घेर लिया है और वे हमला करने को तैयार हैं। वैसे स्टेशन मोर्चे से चालीस वर्स्ट से कम दूर न था और लाल सेना की ऐसी टुकड़ियाँ आगे थीं, जो किसी ऐसी सम्भावना की सूचना समय से पहले दे सकती थीं। तो भी, स्टेशन पर खलबली मच गई। लाल सैनिक अस्थिर हो उठे। गिरजे के पीछे किसी ने ज़ोर से आवाज़ दी–"हथियार सँभालो !" और लोग बौखलाकर सड़कों पर इधर-उधर दौड़ने लगे।

बाद में पता लगा कि लोग यों ही घबरा गए थे। किसी ने पास आते लाल फौजियों के स्क्वैड्रन को कज़्ज़ाकों का स्क्वैड्रन समझ लिया था। कम्युनिस्ट टुकड़ी के साथ दो फुटकर रेजीमेंटें कज़ान्स्काया की तरफ मार्च कर रही थीं।

अगले दिन क्रान्स्ताद-रेजीमेंट के एक-एक आदमी का नाम-निशान कज़्ज़ाकों ने मिटा दिया। रेजीमेंट हाल ही में आई थी।

कज़्ज़ाकों ने पहले दिन की लड़ाई के बाद रात को धावा बोला।

क्रान्स्ताद-रेजीमेंट ने विद्रोहियों द्वारा छोड़े गए गाँव में पड़ाव डालने का खतरा मोल न लिया था और रेजीमेंट के लोग स्तेपी के मैदान में रात बिता रहे थे।

सो, आधी रात के समय कज़्ज़ाक-घुड़सवार सेना के कई स्क्वैड्रनों ने रेजीमेंट को घेर लिया और धुआँधार गोलियाँ बरसाईं। उन्होंने लकड़ी के बड़े-बड़े चिमटों से बड़ा फ़ायदा उठाया और इन्हें मशीनगनों की जगह इस्तेमाल किया। इनसे जो आवाज़ हुई उसे मशीनगनों की आवाज़ से अलग करना मुश्किल हो गया। यह चीज किसी ने दुश्मनों को डराने के लिए ईजाद की थी।

रेजीमेंट के फौजियों ने अभेद्य अन्धकार में कज़्ज़ाकों की उन मशीनगनों, अपनी चौकियों की ओर से होनेवाली, आसमान को हिला देनेवाली धाँय-धाँय और अपनी ओर बढ़ती आती घुड़सवार-सेना की धमक सुनी तो वे तेज़ी से दोन की ओर बढ़े और उन्होंने रास्ते की काई चीरते हुए नदी तक की मंज़िल

जैसे-तैसे तय कर ही डाली, लेकिन उनके वहाँ पहुँचते-पहुँचते कज़्ज़ाक-घुड़सवारों ने उन्हें जा पकड़ा, उन पर हमला बोल दिया। फलतः केवल इने-गिने वे बचे, जिन्होंने बरसात के पानी की बाढ़ से उमड़ती नदी तैरकर पार कर ली। बाकी वहीं ख़त्म हो गए।

मई के महीने में लाल सेनाओं की और ज़्यादा कुमक दोनेत्स से विद्रोहियों के मोर्चे की ओर भेजी गई। इसी सिलसिले में 33वीं कुवान-डिवीज़न लड़ाई में आकर शामिल हुई, और तब पहली बार ग्रिगोरी मेलेख़ोव ने हमले के धक्के का सही मतलब समझा। इस डिवीज़न ने ग्रिगोरी के पहले डिवीज़न को अनथक रूप से तोड़ा। ग्रिगोरी को गाँव-पर-गाँव छोड़ना और उत्तर की तरफ से दोन की दिशा में पीछे हटना पड़ा। कारगिन्स्काया के पास चिर नदी के किनारे उसने एक दिन ज़रा हौसला दिखलाया और पैर जमाए। लेकिन, समर्थ और बहादुर फौजों के सामने उसे न सिर्फ बरबस पीछे हटना पड़ा, बल्कि कुमुक की माँग भी करनी पड़ी।

तीसरी डिवीज़न के कमांडर, कोन्द्रात-मेदवेदेव ने घुड़सवार फौजियों के आठ स्क्वैड्रन भेज दिए। इन फौजियों के पास अद्‌भुत साज़-सामान की कोई कमी न थी। लाल-कैदियों से हथियाई गई वर्दियाँ और बूट बहुत अच्छी हालत में थे। गर्मी के बावजूद सबके बदनों पर चमड़े की जरकिनें और तमाम लोगों के पास पिस्तौलें और दूरबीनें थीं। उन्होंने फिलहाल 33वीं कुवान-डिवीज़न का आगे बढ़ना रोक दिया, और कुदिनोव के अनवरत आग्रह के जवाब में ग्रिगोरी खास सलाह-मशविरे के लिए व्येशेन्स्काया रवाना हो गया।

58

ग्रिगोरी तड़के ही व्येशेन्स्काया पहुँचा।

दोन की बाढ़ का पानी उतर चला था। हवा देवदारुओं की मधुर गन्ध से बसी हुई थी। नदी के किनारे शाहबलूत की कासनी पत्तियाँ, आँखों में सपने भरे हुए, हवा में सरसरा रही थीं। नंगे टीलों से भाप-सी उठ रही थी, और हरी घास की पतली-नुकीली पत्तियाँ जहाँ-तहाँ नज़र आ रही थीं। गड्ढों में बँधा हुआ पानी अब तक खड़ा था और बगुलों की कीकें गूँज रही थीं। सूरज आसमान में चमक रहा था। मगर, इसके बावजूद काई के भरे पानी के ऊपर मच्छरों के दल-के-दल भनभना रहे थे।

हेडक्वार्टर में एक पुराना टाइपराइटर खटखटा रहा था, और कमरे लोगों और तम्बाकू के धुएँ की घुमस से भरे हुए थे।

ग्रिगोरी ने कुदिनोव को किसी अजीब-से काम में व्यस्त और विचारों में डूबा हुआ पाया। उसका चेहरा बहुत ही गम्भीर लगा। ग्रिगोरी के कमरे में चुपचाप आने के कारण उसने आँखें ऊपर नहीं उठाईं और पन्ने की तरह हरी, एक बड़ी मक्खी के पैर रह-रहकर खींचता और तोड़ता रहा। वह उसका एक पैर तोड़ता, फिर उस पर अपनी चौड़ी हथेली रख लेता और कान लगाकर, कैदी कीड़े की भन-भन सुनता। यह भन-भन कभी तेज़ हो जाती तो कभी धीमी हो जाती।

सहसा ही उसकी नज़र ग्रिगोरी पर पड़ी तो उसने खीझ और गुस्से से भरकर मक्खी को मेज़ के नीचे झटक दिया। अपनी हथेली पतलून से पोंछ ली और अपनी कुर्सी की चमकती पीठ के सहारे यों टिक गया, जैसे कि बहुत थक गया हो। बोला, "बैठो, ग्रिगोरी-पैन्तेलेयेविच !"

"कैसे हैं आप ?"

"कैसे क्या ! हमारी हालत तो तुम समझ सकते हो ! मगर, तुम्हारे हालचाल कैसे हैं ? तो, कम्युनिस्ट तुम्हें पीछे खदेड़ रहे हैं ?"

"पूरे मोर्चे पर।"

"चिर-नदी में तो तुमने उन्हें आगे बढ़ने से रोका था ?"

''बहुत देर तक नहीं रोक सका। लेकिन मेदवेदेव के फौजियों ने थोड़ी इज़्ज़त बचा ली।''

''तो, स्थिति यह है, मेलेखोव !'' कुदिनोव अपनी काकेशियाई, भूरी पेटी के चमड़े पर हाथ फेरते और उसके चाँदी के काले बकसुए पर निगाह जमाते हुए आह भरकर बोला, ''जहाँ तक मेरा दिमाग चलता है, मुझे तो लगता है कि अभी हालत और पतली होगी। दोनेत्स में कुछ तमाशा हो रहा है। वहाँ या तो हमारे दोस्त लाल फौजों को चीरकर आगे बढ़ रहे हैं, या लाल फौजियों ने हमें सारी बीमारी की जड़ समझ लिया है और वे हमें जुल्म के ढक्कन के नीचे बन्द कर रहे हैं।''

''और, कैडेटों की तरफ की क्या ख़बर है ? आखिरी हवाई जहाज़ से कोई ख़बर भेजी ?''

''कोई खास बात नहीं है। वे तुम्हें या मुझे तो अपनी स्कीमें बताते नहीं। सिदोरिन चालाक आदमी है। कैडेट लाल फौजियों का मोर्चा तोड़कर हमारी मदद के लिए आना चाहते हैं। उन्होंने हमें मदद देने का वायदा किया है। मगर, मदद के वायदे का यह मतलब तो नहीं कि वह हमेशा मिल भी जाएगी। मोर्चा तोड़ना कोई बच्चों का खेल तो है नहीं। कभी मैंने भी इसी तरह की कोशिश की थी ! फिर हमें क्या पता कि दोनेत्स के इलाके में कम्युनिस्टों की ताकत क्या और कितनी है ? हो सकता है कि कोलचक के मोर्चे से वे कुछ कोरें यहाँ ले आए हों। हमें किसी चीज़ की कोई जानकारी नहीं है, और अपनी नाकों की नोकों से आगे हमारी निगाहें जाती नहीं।''

''खैर, तो आप मुझसे क्या बातें करना चाहते थे ? किस तरह की कॉन्फ्रेंस के लिए आपने मुझे यहाँ बुलाया है ?'' ग्रिगोरी ने जम्हाई लेते हुए पूछा। बगावत के अंजाम के बारे में उसे खास फिकर नहीं हुई। बात यह है कि बेलन को जैसे-तैसे घसीटते हुए खलिहान का चक्कर लगानेवाले घोड़े की तरह उसका दिमाग भी एक ही और पुरानी समस्या के चारों ओर घूमता रहा था। आखिरकार, उसने अपने कन्धे झटके थे–''अब एक बात तय यह है कि सोवियत लोगों से किसी तरह का कोई समझौता नहीं हो सकता। उन्होंने हमारा खून बहाने में कोई कसर नहीं रखी, और हमने उनका खून बहाने में किसी तरह की कोई रियायत नहीं बरती। लेकिन हमने उन्हें अपने देश के इलाके में आने दिया। और, हालाँकि इस वक्त कैडेट-सरकार हमसे मीठी-मीठी बातें कर रही है, पर बाद में यही हमारी खाल खींचकर रख देगी। खैर भाड़ में जाए फैसला, इस पार हो या उस पार हो, होगा तो कायदे से ही होगा।''

अब भी ग्रिगोरी की नज़र-से-नज़र न मिलाते हुए कुदिनोव ने एक नक्शा खोला और बोला, ''तुम्हारे यहाँ न रहने पर हमने एक कॉन्फ्रेंस बुलाई थी। उसमें हमने तय किया कि...''

''किसके साथ हुई आपकी यह कॉन्फ्रेंस ? राजकुमार के साथ ?'' ग्रिगोरी ने बीच में बात काटी और उसे याद आ गया कि जाड़े में इसी कमरे में युद्ध-परिषद् की बैठक हुई थी और उस समय काकेशियाई-लेफ्टिनेंट कर्नल भी उपस्थित थे।

कुदिनोव के माथे पर बल पड़े और उसका चेहरा काला पड़ गया। बोला, ''राजकुमार अब ज़िन्दा नहीं है।''

''यह क्या हुआ, कैसे हुआ ?'' ग्रिगोरी ने उत्सुकता से पूछा–

''क्यों, मैंने तुम्हें बतलाया नहीं क्या कि कॉमरेड गिओरगिदजे मार डाला गया ?''

''आप उसे 'कॉमरेड' कैसे कहते हैं ? वह कॉमरेड सिर्फ तभी तक रहता था, जब तक उसके बदन पर भेड़ की खाल की जैकेट रहती थी। परमात्मा अब ऐसा न करे, लेकिन अगर कहीं हम कैडेटों में शामिल हो जाते और वह आज ज़िन्दा होता, तो उसी दिन अपनी मूँछें चिकनाता, अपना हाथ आपकी तरफ बिलकुल न बढ़ाता और अँगूठा दिखला देता...ऐसे !'' ग्रिगोरी ने अपना साँवला अँगूठा दिखलाया और हँसा तो उसके दाँत चमक उठे।

कुदिनोव की त्योरी अब भी चढ़ी रही। उसकी नज़र और आवाज़ से असन्तोष, खीझ और दबा हुआ गुस्सा टपकने लगा। चीखकर बोला, ''इसमें हँसने की तो ऐसी कोई बात नहीं। किसी दूसरे आदमी की मौत पर इस तरह बिल्कुल मत हँसो।''

ग्रिगोरी को जैसे बिच्छू ने डंक मार दिया, पर वह फिर भी हँसते हुए बोला, ''उस गोरे चेहरे और गोरे हाथवाले कर्नल के लिए मेरे मन में किसी तरह की कोई हमदर्दी नहीं।''

''खैर, तो वह लड़ाई में मार डाला गया।''

''लड़ाई में ? आखिर कैसे ?''

''कैसे का जवाब मुश्किल है...अजीब कहानी है और सचाई की तह तक पहुँचना आसान नहीं है। बात यों हुई कि मेरे हुक्म पर उसे ट्रांसपोर्ट में लगा दिया गया। पर, लगता है कि कज़्ज़ाकों से उसकी बनी नहीं। फिर, दुदोरेवका के पास लड़ाई चलने लगी और जिस सवारी पर वह सवार था वह गोलाबारी की जगह से कोई दो वर्स्ट दूर थी कि एक गोली सरसराती हुई आई और ऐन चेहरे पर लगी। कज़्ज़ाकों ने सारा किस्सा बतलाया। वह अपनी जगह से हिल-डुल भी नहीं सका...कज़्ज़ाकों ने मार डाला होगा उसे। सूअर के बच्चे हैं !''

''और, मारा तो ठीक ही किया।''

''बन्द करो अपनी बकवास ! तुम मुसीबत ही पैदा करते रहोगे क्या ?''

''नाराज़ न होइए। मैं तो महज़ मज़ाक कर रहा था।''

''अगली बार अपनी यह बेअकली से भरे मज़ाक तुम अपने तक ही रखना। तुम तो उस बैल की तरह हो, जो अपना चारा आप गन्दा कर लेता है। तो, तुम्हारे हिसाब से सारे फौजी अफसरों को मार डाला जाना चाहिए ? यह तगमे फिर धूल चाटें...है न...यही चाहते हो तुम ? ग्रिगोरी, तुम्हें अब भी समझ आएगी या नहीं ?''

''खैर, वह किस्सा तो पूरा कीजिए।''

''आगे पूरा करने को कुछ नहीं है।'' मुझे लगा कि इन्हीं कज़्ज़ाकों ने मारा है उसे ! इसलिए, मैं निकलकर बाहर आया और मैंने उनसे खुलकर दो-दो बातें कीं। मैंने कहा, ''तो, तुम अपनी पुरानी शरारतों पर फिर उतर आए हो ? अपने अफसरों को गोली से उड़ाने की ऐसी जल्दी क्या पड़ी है तुम्हें ? यह तेज़ी तो तुम पिछले पतझर में ही दिखलानी शुरू कर देते। लेकिन, तुम करते क्या, तुम्हारे लाल फौजियों ने नकेल लगाई तो तुम्हें आखिरकार अफसरों की ज़रूरत पड़ी और तुम हमारे पास भीख माँगने आए कि हमें रास्ता दिखलानेवाले चाहिए।...और अब फिर वही कहानी दोहराई जा रही है। मैंने उन्हें जी भरकर झाड़ा। वे तो कत्ल से बराबर मुकरते रहे, पर मैंने उनकी निगाहों से उनके मन का झूठ भाँप लिया। लेकिन, उनका कोई करता क्या ? हममें से कोई उनके चेहरे पर पेशाब कर देता उस वक्त तो वे उसे कसमें खा-खाकर ज़न्नत से बरसाती ओस बतलाते।'' कुदिनोव ने हाथ की पेटी मसली और उसका चेहरा क्रोध से तमतमा उठा, ''इन कज़्ज़ाकों ने एक होशियार आदमी की जान ले ली। मुझे तो आज ऐसा लगता है, जैसे कि मेरा दाहिना हाथ कट गया है। अब हमारी स्कीमें कौन तैयार करेगा ? हम यहाँ बड़ी-बड़ी बातें करते हैं, लेकिन लड़ाई की चालों का सवाल आता है तो बगलें झाँकने लगते हैं। मैं तो शुक्रिया अदा करता हूँ कि प्योत्र बोगातिरयोव आ गया, वरना ऐसा एक भी आदमी न था यहाँ जिससे मैं ज़रूरत पड़ने पर दो बात तो कर लेता। खैर...छोड़ो...काम की बातों पर आओ। बात यह है कि अगर अपनी तरफ हम दोनेत्स के इलाके में दुश्मन का मोर्चा नहीं भेदेंगे तो हम साध न पाएँगे। इसलिए, जैसाकि मैं कह चुका हूँ, मैंने फौज के तीस-के-तीस हज़ार लोगों को लड़ाई में झोंक देने का फैसला किया है, ताकि किसी तरह उन लोगों का मोर्चा टूटे। ऐसे में अगर तुम पिट जाओ तो दोन की तरफ पीछे हट जाना। हम उस्त-खोपर्स्कॉया से कज़ान्स्काया तक का दाहिना किनारा साफ करेंगे। दोन के किनारे-किनारे खाइयाँ खोदेंगे और अपनी बचत का सरन्जाम करेंगे।''

वह अपनी बात पूरी भी न कर पाया कि किसी ने दरवाज़ा खटखटाया। उसने चिल्लाकर कहा, ''अन्दर आ जाओ, कौन है ?''

छठी स्पेशल-ब्रिगेड का कमांडर ग्रिगोरी बोगातिरयोव अन्दर आया। उसके लाल चेहरे पर पसीना

झलक रहा था। और पीली भौंहों में क्रोध बना हुआ था। सो, अपनी टोपी उतारे बिना ही वह मेज़ के पास आ बैठा।

"कैसे आए ?" कुदिनोव ने होंठों पर आती मुस्कान को बटोरते और बोगातिरयोव की ओर घूरते हुए पूछा।

बोगातिरयोव बोला, "हमें कारतूस चाहिए।"

"थोड़े कारतूस तो हम तुम लोगों को दे चुके। और कितने चाहिए ? तुम्हारा खयाल है कि यहाँ, मेरे पास कारतूसों का कोई कारखाना है ?"

"और आपने हमें दिए ही कितने कारतूस ? एक आदमी के लिए एक कारतूस। दुश्मन हम पर मशीनगनों से गोलियाँ बरसा रहे हैं। ऐसे में हम सिर्फ यही कर सकते हैं कि दोहरे हो जाएँ और कहीं छिप जाएँ। इसे लड़ाई कहेंगे आप ?"

"ज़रा ठहरो, बोगातिरयोव ! हम ज़रूरी बातें कर रहे थे।" कुदिनोव ने कहा, और बोगातिरयोव जाने को उठा तो फिर बोला, "लेकिन, जाओ नहीं, तुमसे ऐसा क्या राज़ है ?" फिर वह ग्रिगोरी की ओर मुड़ा, "खैर तो, मेलेखोव, अगर हम इस तरफ भी स्थिति को न सँभाल पाएँगे तो निकल जाने की कोशिश करेंगे। जो फौज में नहीं हैं, हम उन सबको छोड़ देंगे, सारा साज-सामान छोड़ देंगे, पैदल फौजियों को गाड़ियों में भरेंगे। तीन बैटरियाँ अपने साथ लेंगे और दोनेत्स को मार्च कर देंगे। और इस सिलसिले में हम तुम्हें रखना चाहते हैं। तुम्हें कोई एतराज़ तो नहीं ?"

"मेरे लिए इससे कोई फर्क नहीं पड़ता। लेकिन हमारे घरवालों का क्या होगा ? हमारी लड़कियाँ, बीवियाँ और हमारे बूढ़े-बुजुर्ग जहाँ-के-तहाँ रह जाएँगे।"

"हो क्या सकता है ? हम सब उनके साथ भुगतें, इससे बेहतर तो यही है कि वे अकेले भुगतें।"

कुदिनोव कुछ क्षणों तक चुप रहा और फिर उसने अपनी मेज़ से एक अख़बार उठाया–

"इसमें एक ख़बर और भी है तुम्हारे लिए, फौजों की कमान सँभालने और अगुआई करने के लिए कमांडर-इन-चीफ खुद आ गए हैं। कहते हैं कि वे इस वक्त मिलेरोवो या कान्तेमिरोवका में हैं। उनके यहाँ तक पहुँच आने का इन्तज़ार करना चाहिए।"

"ठीक कह रहे हैं आप ?" ग्रिगोरी ने पूछा।

"हाँ, हाँ, यह लो, खुद पढ़ लो। इस ख़बर के लिए यह अख़बार मुझे कज़ान्स्काया से भेजा गया है। हमारी एक गश्ती टुकड़ी ने लाल फौज के दो पैगाम लानेवालों को पकड़ लिया और उन्हें काटकर फेंक दिया। टुकड़ी के लोगों ने बतलाया कि उन दो में से एक आदमी कमीसार जैसा लगता था और उसकी जेब में इस महीने की बारह तारीख का यह अख़बार था। इसका नाम है 'रास्ते पर' और इसमें हम लोगों का बड़ा ही शानदार ढंग से बयान किया गया है।" कुदिनोव ने फटा हुआ पन्ना ग्रिगोरी को थमा दिया। ग्रिगोरी ने पक्की पैंसिल से रेखांकित शीर्ष-पंक्ति पर एक निगाह डाली और पढ़ना शुरू किया–

सेना के पीछे की कतारों में बगावत

दोन के कज़्ज़ाकों के एक हिस्से की बगावत को अब कई हफ्ते हो रहे हैं। इन विद्रोहियों ने देनिकिन के एजेंटों, यानी क्रान्ति-विरोधी फौजी अफसरों से प्रेरणा ली है। इस विद्रोह को कज़्ज़ाक कुलकों का समर्थन प्राप्त है, और इन कुलकों ने बीच के कितने ही कज़्ज़ाकों को अपने साथ घसीट लिया है। वैसे यह बिल्कुल सम्भव है कि कुछ कज़्ज़ाकों के साथ सोवियत सरकार के प्रतिनिधियों ने अन्याय किया हो। मगर, अजब तो यह है कि देनिकिन के एजेंटों ने ऐसी मिसालों का बहुत ही होशियारी से इस्तेमाल

कर इनसे विद्रोह की आग भड़काई है। विद्रोहियों के क्षेत्र के पिछलग्गू श्वेत-गार्द बीच के कज़्ज़ाकों की नज़र में उठने के लिए सोवियत सरकार के साथ होने का बहाना करते हैं। इस तरह क्रान्ति-विरोधियों के षड्यन्त्रों, कुलक-हितों और कज़्ज़ाकों का ज़हालत ने मिल-जुलकर दक्षिणी मोर्चे के पिछले हिस्से की हमारी फौजों के बीच बगावत के बीज बोए हैं। यह बगावत जितनी अक्ल से खाली है, उतनी ही खूँखार है। और किसी सेना के पिछले हिस्से में विद्रोह हो जाना वैसा ही है, जैसा किसी मज़दूर के कन्धे पर जख़्म हो जाना। दूसरी ओर, कायदे से लड़ने, सोवियत देश की रक्षा करने और देनिकिन के ज़मींदार-गिरोहों को कुचलने के लिए ज़रूरी है कि हमारे मोर्चे के पिछले हिस्से के लोग विश्वसनीय, शान्तिप्रिय, मित्रता की भावना से भरे मज़दूर और किसान हों। इसलिए सबसे महत्त्व का काम है विद्रोह और विद्रोहियों को माँजना।

कैन्द्रीय सोवियत सरकार ने आदेश दे दिए हैं कि यह काम कम-से-कम समय में पूरा हो जाना चाहिए। शानदार कुमुक आ गई है, और शेष आ रही है। ये सेनाएँ भीषण क्रान्ति-विरोधी विरोध से डटकर लोहा लेंगी। इस फौरी काम के लिए अच्छे-से-अच्छे पार्टी-कार्यकर्त्ता भेजे जा रहे हैं।

बगावत तो ख़त्म होनी ही चाहिए। हमारी लाल सेना के लोगों को यह बात साफ-साफ समझनी चाहिए कि व्येशेन्स्काया, येलान्स्काया और बुकानोव्स्काया ज़िलों के फौजी-अफसरों ने श्वेत-गार्दों के जनरल देनिकिन और कोलचक के साथ अपराध में बराबर का हिस्सा लिया है। अब यह है कि यह विद्रोह जितने दिनों तक चलने दिया जाएगा, दोनों पक्षों का उतना ही नुकसान होगा। यह खूनखराबा सिर्फ ज़बर्दस्त हमले की मदद से ही रोका जा सकता है। पर, हमला ज़्यादा-से-ज़्यादा तेज़ी से इस तरह किया जाना चाहिए कि दुश्मन अस्त-व्यस्त हो जाए।

विद्रोह समाप्त होना ही चाहिए। हमें कन्धे के इस फोड़े को चीरना चाहिए और इसे धधकते लोहे से दागना चाहिए। इसके बाद ही दक्षिणी मोर्चे के हमारे साथियों के हाथ खाली होंगे और वे दुश्मन पर भरपूर चोट कर सकेंगे।

ग्रिगोरी ने लेख पढ़ा और गम्भीर मन से हँसा। उसका मन कटुता और आशंका से भर उठा। सोचने लगा, 'मुझे इस मानी में देनिकिन का साथी बता दिया गया। इतनी आसानी से, कलम के महज़ एक झटके से !'

"खैर...लेकिन, है शानदार...है न ? वे हमें गरम लोहे से दागना चाहते हैं। अब देखा जाएगा कि कौन, किसको दागता है ? क्यों, देखा जाएगा न मेलेखोव ?" कुदिनोव उत्तर का इन्तज़ार करते-करते बोगातिरयोव की ओर मुड़ गया–"तुम्हें कारतूस चाहिए। यही कहा न तुमने ? मिल जाएँगे तुम्हें कारतूस–पूरी ब्रिगेड के लिए, तीस कारतूस फी घुड़सवार के हिसाब से काफी होंगे ? गोदाम में चले जाओ और ले लो। क्वार्टर-मास्टर तुम्हें पर्ची बनाकर दे देगा। लेकिन, बोगातिरयोव, अपनी तलवारों का इस्तेमाल ज़रा ज़्यादा करो। और होशियारी और अक्ल का इस्तेमाल भी ऐसी कोई बुरी चीज़ नहीं है।"

"आप तो पत्थर से खून की माँग करने जैसी बात कर रहे हैं !" बोगातिरयोव ने प्रसन्नता से दाँत निकाले और अलविदा कहकर कमरे से बाहर चला गया।

पूरी आशा थी कि ग्रिगोरी की सेना दोन की तरफ पीछे हटेगी। तो उसके पूरे इन्तज़ाम की बातें कर वह भी उठ खड़ा हुआ। लेकिन, बाहर जाने के पहले उसने कुदिनोव से पूछा, "अगर मैं पूरी डिवीज़न को बाज़की ले आऊँ तो क्या नदी पार कर व्येशेन्स्काया जाने के लिए कोई चीज़ मिल जाएगी ?"

"क्या बात कही है ! घुड़सवार अपने घोड़ों को तैराकर नदी पार कर सकते हैं। किसी ने कभी सुना है कि घुड़सवार घोड़ों-समेत किसी चीज़ के सहारे नदी पार करें ?"

"लेकिन मेरी डिवीज़न में दोन की तरफ के बहुत लोग नहीं हैं। और चिर के कज़्ज़ाक अच्छा तैरना नहीं जानते। अपनी सारी ज़िन्दगी तो उन्होंने स्तेपी के मैदान में बिताई है, तैरना कहाँ से जानेंगे ?"

"वे घोड़ों पर सवार होकर नदी पार करेंगे। जर्मनी की लड़ाई में और यों भी पहले वे ऐसा कर चुके हैं।"

"मैं तो पैदल-सेना की बात कर रहा हूँ।"

"उसके लिए नावें तैयार रहेंगी। इन्तज़ाम हो जाएगा, फिक्र न करो।"

"बाकी लोग भी तो आएँगे।"

"यह बात मैं जानता हूँ।"

"आप हरएक के पार जाने के लिए पूरा इन्तज़ाम रखें, नहीं तो आने पर मैं आपका कलेजा चीरकर रख दूँगा। लोगों का नदी के उस पार जाना कोई मज़ाक की बात न होगी।"

"खैर...खैर...हो जाएगा। सबकुछ हो जाएगा।"

"और तोपों का क्या होगा ?"

"मॉर्टर-तोपों को तो उड़ा देना, मगर फील्ड-तोपों को अपने साथ ले आना। हम इतने बड़े बजरे तैयार रखेंगे कि बैटरियाँ उधर-से-उधर आ सकें।"

ग्रिगोरी हेडक्वार्टर्स से लौट पड़ा, लेकिन अभी-अभी पढ़े अख़बार के लेख की बातें उसके दिमाग में चक्कर काटती रहीं—"वे हमें इस मामले में देनिकिन का साथी बतलाते हैं। लेकिन, यह नहीं है तो और हम हैं क्या ? यही तो हैं हम। सचाई से निगाह बचाना ठीक नहीं।" उसे घोड़े के नालसाज़ याकोव की कभी की एक बात का खयाल आया। कुछ यों हुआ कि कारगिन्स्काया में एक दिन शाम को ग्रिगोरी घर लौटने लगा तो तोपचियों के चौक में स्थित क्वार्टर्स में चला गया। वहाँ फाटक पर अपने जूते ब्रुश करते समय उसने याकोव को किसी से बहस करते सुना—"हम अपने पैरों पर खड़े हो गए हैं, यही कहा न तुमने ? किसी ताकत की मातहत रहकर काम न करेंगे, यही न ? क्या कहने हैं ! तुम्हारे कन्धों के ऊपर सिर की जगह सड़ा हुआ तरबूज है। अगर जानना चाहते हो तो सुनो। इस वक्त हमारी हालत बेघर कुत्ते की हालत से ज़रा भी बेहतर नहीं है। अगर कुत्ता कोई गलत काम कर बैठे और भाग जाए तो वह भागकर जाएगा भी कहाँ ? भेड़ियों के साथ भागकर जाने में उसका दिल काँपता है, और घर लौटने में उसे मालिक की मार का डर लगता है। आज बिल्कुल यही हालत हमारी है। मेरी बात लिख लो कहीं—जल्दी ही वह दिन आएगा जब दुमें अपनी टाँगों के बीच दबाए हम वापस कैडेटों के पास आएँगे और उनसे गिड़गिड़ाकर माफी माँगेंगे। लिख लो मेरी बात। हम ऐसा ही करेंगे।"

लड़ाई में नाविकों को मारने के बाद से ग्रिगोरी के मन में अजीब उदासीनता घर कर गई थी। वह मायूसी से सिर लटकाए इधर-उधर आता-जाता था। उसके होंठों पर मुस्कान तो कभी आती ही न थी। कुछ समय तक इवान अलेक्सेयेविच ने उसे हिलाए रखा था और उसका दिल दर्द से कचोटता रहा था। मगर फिर यह दर्द भी ख़त्म हो गया था। सिर्फ एक चीज़ उसकी ज़िन्दगी में बाकी रह गई थी और वह था अकसीनिया के लिए उसका नशा। बाकी रहा हो, चाहे न रहा हो, पर लगता उसे ऐसा ही था। यह नशा ताज़ा होकर, नई ताकत लेकर उसके मन में लौट आया था। मात्र वही उसे अपनी ओर खींचती थी, और बिल्कुल वैसे ही खींचती थी जैसे पतझर की रात के बर्फ बनते अँधेरे के बीच से स्तेपी के मैदान के किसी पड़ाव के अलाव की टिमटिमाती आग किसी मुसाफिर को अपनी तरफ खींचती है।

सो, इस समय हेडक्वार्टर से लौटते समय उसे अकसीनिया का खयाल हो आया— 'हम यहाँ से निकल जाने की बातें सोच रहे हैं, मगर उस हालत में उसका क्या होगा ?' और बिना किसी तरह की हिचक के उसने मन-ही-मन फैसला कर लिया—'नताल्या माँ और बच्चों के साथ गाँव में ही रहेगी, मगर

अकसीनिया को मैं अपने साथ ले जाऊँगा। उसके लिए कहीं से एक घोड़े का इन्तज़ाम कर लूँगा, और वह उस पर सवार होकर मेरे स्टॉफ के साथ चली जाएगी।'

फिर, वह दोन पार कर बाज़की आया और अपने क्वार्टरों में पहुँचते ही उसने अपनी नोटबुक से एक पन्ना फाड़कर पत्र लिखा—"अकसीनिया, हो सकता है कि हमें पीछे हटकर दोन की बाईं तरफ जाना पड़े। अगर ऐसा हो तो तुम सबकुछ छोड़ देना, घोड़े पर सवार होकर व्येशेन्स्काया जाना, और वहाँ मेरा इन्तज़ार करना। फिर, मैं तुम्हें अपने साथ ले चलूँगा।"

उसने पत्र मोड़ा, उस पर चेरी के गोंद की मुहर लगाई, उसे प्रोखोर ज़िकोव को दिया और अपने मन की बेचैनी को छिपाने की कोशिश में लाल पड़ते हुए बोला, "तुम घोड़े पर तातारस्की चले जाओ और यह चिट्ठी अकसीनिया अस्ताखोव को दे आओ। देखना कि उसे तुम यह दो तो मेरे घर का कोई आदमी तुम्हें न देखे। अच्छा हो कि रात में ले जाओ। जवाब के लिए रुकने की ज़रूरत नहीं है। इसके लिए तुम्हें दो दिन की छुट्टी मिल जाएगी। अच्छा जाओ।"

अब प्रोखोर अपना घोड़ा लाने के लिए मुड़ा, पर ग्रिगोरी ने आवाज़ देकर उसे फिर बुला लिया। बोला, "साथ ही मेरे घर भी चले जाना और मेरी माँ या नताल्या से कह देना कि अच्छा हो कि कपड़े-लत्ते या दूसरी कीमती चीज़ें वे लोग दोन के इस पार भेज दें। अनाज चाहें तो ज़मीन के नीचे गाड़ दें, मगर ढोरों को इस पार भेज देना ही बेहतर होगा।"

59

22 मई को विद्रोही फौजें पूरे मोर्चे से हटने लगीं। वे लड़ते-लड़ते एक-एक बित्ता ज़मीन के लिए जूझते हुए पीछे हटीं। उनके देखते-देखते गाँवों के लोग सिरों पर पैर रखकर दोन की तरफ भागने लगे। बूढ़ों और औरतों ने अपने सभी सूखे हुए ढोर जोते और गाड़ियों पर बक्से-सन्दूक, बर्तन-भाँडे, यन्त्र-औजार, अनाज-फसल और अपने सभी बच्चियाँ-बच्चे लाद लिए। मालिक बाकी ढोरों को छोड़कर अपनी-अपनी गायों और भेड़ों को सड़क के किनारे-किनारे हाँक चले। शरणार्थियों से भरी लम्बी-चौड़ी गाड़ियों पर गाड़ियाँ फौज के सामने के दोन-तटवर्ती गाँवों की ओर रवाना होने लगीं। हेडक्वार्टर ने पैदल सेना को एक दिन पहले ही पीछे हटने का आदेश दिया। 21 मई को तातारस्की के पैदल कज़्ज़ाकों और व्येशेन्स्काया की गैर-कज़्ज़ाक मिलिशिया ने उस्त-खोपर्स्काया ज़िले की अपनी-अपनी जगहें छोड़ दीं और उन्हें ज़बर्दस्ती तीस वर्स्ट से ज़्यादा दूर तक मार्च कर व्येशेन्स्काया ज़िले के पड़ोस के रिबनी गाँव तक आना पड़ा।

22 मई के सवेरे आसमान पर धुंध की एक पतली-सी जाली तनी रही। कहीं एक बादल नज़र न आया। केवल दक्षिण में सूर्योदय के ठीक पहले एक छोटा-सा, कौंधता-सा, गुलाबी बादल दिखाई दिया। उसकी पूर्वी भुजा खून से तरबतर लगी। फिर, नदी के बाएँ किनारे के रेतीले टीलों के पीछे से सूरज उगा तो बादल पर लगाकर कहीं उड़ गया। सहसा ही नदी के छिछले पसारों के ऊपर तेज़ पंखोंवाली समुद्री चिड़ियाँ नज़र आईं और फिर चमकती रुपहली मछलियाँ अपनी निर्मम चोंचों में दबाकर ऊपर उड़ गईं।

दोपहर तक ऐसी गर्मी हो गई, जैसी मई के महीने में प्रायः नहीं होती। हवा से इस तरह भाप उठती रही जैसी बरखा के ठीक पहले उठती है। सुबह-तड़के से ही शरणार्थियों से भरी गाड़ियाँ दोन के दाहिने किनारे से व्येशेन्स्काया की ओर बढ़ती रहीं। फलतः गाड़ियों के पहियों की चरमराहट, घोड़ों की हिनहिनाहट, बैलों की डकारें और लोगों की आवाज़ें नदी के इस पार से तैरकर उस पार जाती रहीं।

22 मई तक व्येशेन्स्काया की गैर-कज़्ज़ाक टुकड़ी रिबनी में ही बनी रही। सवेरे कोई दस बजे उसे हेतमान की बड़ी सड़क ग्रोमोक गाँव जाने, वहाँ फौजी टुकड़ी जमाने और व्येशेन्स्काया पहुँचने की

कोशिश करनेवाले सैनिक आयु के सभी कज़्ज़ाकों को गिरफ्तार कर लेने का हुक्म दिया गया।

व्येशेन्स्काया जानेवाले शरणार्थियों से भरी गाड़ियों की लहर ग्रोमोक तक फैल गई। धूल से नहाई, धूप से सँवराई औरतें ढोर हाँकती रहीं। घुड़सवार सड़कों के किनारे-किनारे चले। पहियों की चर्र-मर्र, घोड़ों की हींसों, गायों की डकारों, बच्चों की चीख-पुकारों और टाइफस के रोगियों की आहों-कराहों से गाँवों और चेरी की बगियों के अटूट सन्नाटे की लय टूटने लगी। ये सारी घुली-मिली आवाज़ें ऐसी थीं कि कुत्तों के गले भूँकते-भूँकते बैठ गए। उन्होंने हर राहगुज़र की ओर लपकना बन्द कर दिया और वे आम दिनों की तरह गाड़ियों के पीछे-पीछे काफी दूर तक नहीं दौड़ सके।

प्रोखोर ज़िकोव ने दो दिन घर पर बिताए, ग्रिगोरी का पत्र अकसीनिया को दिया, इलीनीचिना तक बेटे का ज़बानी पैगाम पहुँचाया और 22 मई को व्येशेन्स्काया के लिए रवाना हो गया। उसने बाज़की में अपनी कम्पनी के मिलने की उम्मीद लगाई। लेकिन, चिर नदी के पार कहीं दूर से तोपों की धुआँधार गरज सुनाई दी, तो लड़ाई की आग में झुलसती जगह की ओर जाने को प्रोखोर का मन न हुआ। उसने बाज़की जाकर ग्रिगोरी और पहली डिवीज़न की राह देखने का इरादा किया।

वह हेतमान की बड़ी सड़क पर अपना घोड़ा बड़े इत्मीनान से धीरे-धीरे चलाता रहा। यहाँ तक कि शरणार्थियों की गाड़ियाँ उसके बराबर आ गईं। उसने बढ़कर उस्त-खोपर्स्काया के अभी-अभी संगठित एक रेजीमेंट के स्टॉफ को पकड़ लिया और उसमें शामिल हो गया, स्टॉफ के लोग हलकी कमानीदार द्रोश्की बग्घियों और दो छोटी गाड़ियों में सफर कर रहे थे। छह ज़ीन-कसे घोड़े पीछे-पीछे दौड़ रहे थे। एक गाड़ी में दस्तावेज़ और टेलीफोन का साज़-सामान था और दूसरी में एक बड़ी उम्र का जख्मी कज़्ज़ाक...नाक बैठी हुई, चेहरा बिल्कुल बिगड़ा हुआ, सिर पर फौजी अफसरोंवाली कराकुल की भूरी टोपी पहने दिखाई दिया। साफ है कि वह टाइफस की बीमारी से अभी-अभी उठा था, ठोड़ी तक बरानकोट से ढँके लेटा था और इस पर भी किसी से किसी गर्म चीज़ से अपने पैर ढँकने को कह रहा था। तो हड्डी-भर रह गए अपने हाथ से उसने माथे का पसीना पोंछा और गुस्से से लाल होकर गालियाँ देता हुआ बोला, ''ओ सूअर के बच्चे, मेरे पैरों के नीचे हवा भर रही है ! पोलीकार्प, ज़रा कम्बल ओढ़ा दे ! जब मैं तन्दुरुस्त और किसी लायक था, तब मेरी ज़रूरत थी, लेकिन आज... ।'' उसने चारों तरफ नज़र दौड़ाई तो उसकी आँखों से साफ लगा कि इस आदमी ने खतरनाक और लम्बी बीमारी झेली है।

तो, पोलीकार्प नाम का एक कज़्ज़ाक अपने घोड़े से उतरा और बीमारवाली गाड़ी की ओर लपका। वहाँ पहुँचकर बोला, ''अरे, तुम्हारा बदन तो इतना जल रहा है कि तुम्हें सर्दी लग जाएगी, सैमोइलो इवानोविच।''

''कह तो रहा हूँ कि मेरा बदन ढँक दो।''

पोलीकार्प ने आदेश का पालन किया और पीछे चला गया।

''यह कौन है ?'' प्रोखोर ने बीमार की तरफ आँखों से इशारा करते हुए पूछा।

''उस्त-मेदवेदिन्स्काया का एक फौजी अफ़सर है। हमारे स्टॉफ के साथ रहा है।'' कज़्ज़ाक ने जवाब दिया।

स्टॉफ के साथ उस्त-खोपर्स्काया के शरणार्थियों का एक बड़ा दल पीछे हट रहा था। प्रोखोर ने तरह-तरह की, घरेलू बेशकीमती चीज़ों से भरी गाड़ी के ऊपर बैठे एक कज़्ज़ाक को आवाज़ दी—''ए...आखिर किस मौत के मुँह में जा रहे हो तुम लोग ?''

''हम लोग व्येशेन्स्काया जा रहे हैं।'' जवाब मिला।

''तुम्हें बुलाया गया है ?''

''हमें किसी ने नहीं बुलाया। लेकिन आखिर मरना कौन चाहता है ? जब किसी की आँखों में डर झाँकने लगता है तो घोड़ा बहुत तेज़ हाँका जाता है।''

"मैंने तो यह पूछा कि तुम लोग जा कहाँ रहे हो ?" प्रोखोर ने ज़ोर देकर कहा, "तुम लोग येलान्स्काया में भी दोन पार कर सकते थे। उस हालत में इतना वक्त भी नहीं लगता।"

"वहाँ हम क्यों पार करते ? लोग कहते हैं कि वहाँ बहुत-से लोग जमा हैं और नावें नहीं मिलतीं।"

"और अब व्येशेन्स्काया में नदी कैसे पार करोगे ? यानी, लोग फौजों को छोड़ देंगे और तुम्हें और तुम्हारी गाड़ियों को इस पार से उस पार पहुँचा देंगे ? भेड़ों के रेवड़ की तरह जाने कहाँ और क्यों भटकते फिर रहे हो ? यह सारा कुछ क्या लाद रखा है ?" प्रोखोर ने खीज-भरे ढंग से गाड़ी पर लदे बंडलों की तरफ चाबुक से इशारा किया।

"इनमें हमारे कपड़े-लत्ते हैं, घोड़ों के पट्टे हैं, आटा है और फार्म पर काम आनेवाली तमाम चीज़ें हैं। इन्हें हम वहाँ कहाँ छोड़ आते ? फिर खाली हाथ आते तो हमारी अगली झोंपड़ियाँ छूँछी नज़र आतीं। साहबज़ादे, पसीने और आँसुओं की कमाई से जुटाई गई चीज़ें इस तरह छोड़ी नहीं जातीं। अरे हमारा बस चलता तो हम तो अपनी झोंपड़ियाँ भी अपने साथ ले आते, ताकि वह लाल-फौजियों के हाथ न लगतीं...हैज़ा निगल जाए इन्हें !"

"लेकिन वह इतना बड़ा कूँड़ा तुभ अपने साथ क्यों और कहाँ ढोए लिए जा रहे हो ? और वे कुर्सियाँ...? लाल फौजियों को इनकी कोई ज़रूरत नहीं पड़ेगी।"

"हम इन्हें भी छोड़ नहीं सकते थे। वे इन्हें तोड़ डालते या जला डालते। नहीं, हमारे माल से वे धनी नहीं हो सकेंगे। मैंने तो अपनी झोंपड़ी का तिनका-तिनका साफ कर दिया।" बूढ़े ने थकान से चूर, धीरे-धीरे बढ़ते घोड़े के सिर पर चाबुक नचाया, मुड़ते हुए पीछे की बैलगाड़ी की ओर संकेत किया और बोला, "वहाँ कपड़ों में बँधी-लिपटी वह लड़की बैल हाँक रही है, नज़र आती है तुम्हें ? वह मेरी बेटी है। उस गाड़ी में उसकी सूअरिया और उसके ढेर सारे बच्चे हैं। बच्चे रात में गाड़ी में ही हुए हैं। उनकी कीकें आ रही हैं तुम्हारे कानों में ? नहीं, लाल फौजी हमारे बलबूते पर मोटा नहीं हो सकते...प्लेग खा जाए उन्हें !"

"बजरे पर मुझसे ज़रा दूर-ही-दूर रहना, बूढ़े दादा !" प्रोखोर ने कहा, "नहीं तो तुम्हारे यह सूअर और तुम्हारा यह सारा साज-सामान नीचे नदी में नज़र आएगा।"

"लेकिन, आखिर क्यों ?" बूढ़े ने आश्चर्य से पूछा।

"इसलिए कि लोग मर रहे हैं और अपनी हर चीज़ से महरूम हो रहे हैं और तुम हो कि मकड़ी के जाले की तरह हर चीज़ अपने साथ घसीटे फिर रहे हो !" प्रायः शान्त रहनेवाला प्रोखोर चीखा—"तुम्हारी तरह के मक्खीचूस मुझे पसन्द नहीं।"

"जाओ...जाओ, अपना काम करो !" बूढ़ा मुड़ते हुए भुनभुनाया—"क्या-क्या नेता मिले हैं हमें कि किसी दूसरे का सामान लेंगे और नदी में फेंक देंगे ! मैं तो इस आदमी से शरीफ आदमी की तरह बातें करता हूँ, और वह...वैसे ऐसा भी क्या है...मेरा अपना भी तो एक बेटा ऐसा है जो अपने स्क्वैड्रन के साथ लाल फौजियों की बाढ़ को रोकने की कोशिश कर रहा है...जाओ...इधर से...मेहरबानी करो, जाओ। दूसरे के माल पर नज़र मत गड़ाओ। अगर दूसरों से इस तरह डाह न करते तो तुम अपना ज़्यादा भला करते।"

प्रोखोर ने अपने घोड़े को थपथपाया, और वह हलकी चाल से उड़ चला। उसके ठीक पीछे सूअर के एक बच्चे ने इस तरह चीखना शुरू किया कि उसके कान के पर्दे फटने लगे। गाड़ी में लेटे फौजी अफ़सर की त्यौरी चढ़ गई। वह रोया भर नहीं, और उसकी सारी दुर्गति हो गई—"यह सूअर यहाँ कहाँ से आ गया, पोलीकार्प ?"

"एक सूअर गाड़ी से नीचे गिर गया है और उसके पैर के ऊपर से गाड़ी का पहिया उतर गया है।" पोलीकार्प ने पूरी बात बतलाई।

"इसके मालिक से कहो कि इसका गला काटकर फेंक दे। उसे बतला दो कि बीमार लोग भी

यहाँ हैं। ऐसे ही कौन बड़ा चैन है कि यह सूअर भी हमारे कानों के पर्दे फाड़े ! जाओ, जल्दी करो !''

प्रोखोर इस बीच गाड़ी के बराबर आ गया। उसने देखा कि फौजी अफ़सर की भौंहें तनी हुई हैं, वह सूअर की चीखें सुन रहा है और अपनी भूरी टोपी से अपने कान ढँकने की व्यर्थ कोशिश कर रहा है।

पोलीकार्प फिर अपना घोड़ा वापस लाया–''सैमोइलो इवानोविच, वह आदमी उस सूअर को मारना नहीं चाहता। कहता है कि वह ठीक हो जाएगा, नहीं ठीक होगा तो देखकर शाम तक मार देगा उसे।''

अफ़सर का चेहरा पीला पड़ गया। उसने जैसे-तैसे ही अपने को उठाने की कोशिश की, उठकर बैठ गया और गाड़ी की बाजू से अपने पैर नीचे झुलाने लगा–''मेरी पिस्तौल कहाँ है ? रोको घोड़ा। कहाँ है उस सूअर का मालिक ? अभी मज़ा चखाता हूँ उसे। किस गाड़ी पर है वह ?'' वह चिल्लाया तो कंजूस कज़्ज़ाक को अपने सूअर की गर्दन हलाल कर देनी पड़ी।

प्रोखोर ने हँसते हुए अपना घोड़ा दौड़ाया। वह और आगे बढ़ा तो उसे उस्त- खोपर्स्कोया की गाड़ियों की एक दूसरी कतार मिली। इन कज़्ज़ाकों की गिनती दो सौ से कम न थी, और उनके साथ के घुड़सवार, पशु और भेड़ें कोई एक वर्स्ट तक फैली हुई थीं।

प्रोखोर ने सोचा–''घाट पर मज़ा आएगा। आतिशबाज़ी की फुलझड़ियाँ छूटेंगी !'

कतार के आगे से एक औरत खूबसूरत-सी गहरे रंग की कुम्मैत घोड़ी दौड़ाती उसकी तरफ आई। पास आने पर उसने लगाम खींची।

घोड़ी की काठी पर बहुत ही शानदार काम किया हुआ था। तंग की पेटी और सीट का शानदार चमड़ा चमचमा रहा था। कहीं नाम को भी खरोंच न थी। लगाम और ज़ीन वगैरा के जो हिस्से प्रायः धातु के होते हैं, वे चाँदी के थे। औरत काठी पर बहुत आराम और होशियारी से जमी हुई थी। उसके मज़बूत, साँवले हाथों ने रासें बहुत कायदे से साध रखी थीं। पर देखने से साफ झलकता था कि तन्दुरुस्त, फौज़ी घोड़ी अपने सवार को काफ़ी नीची निगाह से देखती है। घोड़ी अपनी आँखें नचाती, गर्दन टेढ़ी करती और अपने पीले दाँतों की कतार दिखलाते हुए स्कर्ट के अन्दर मुँह डालकर औरत का कसा हुआ घुटना काटने की कोशिश करती।

औरत ने आँखों तक सफेद, नीला रूमाल लपेट रखा था। सो मुँह से उसे हटाते हुए उसने प्रोखोर से पूछा, ''आपको ज़ख्मी लोगों की कोई गाड़ी तो रास्ते में नहीं मिली ?''

''गाड़ियों की क्या, जाने कितनी गाड़ियाँ रास्ते में मिलीं ! आपका मतलब क्या है ?''

''मुझे अपने आदमी का पता नहीं चलता।'' औरत ने धीमी आवाज़ में जवाब दिया– ''उसका पैर ज़ख्मी हो गया और वह जंगी अस्पताल के साथ उस्त-खोपर्स्कोया से लाया जा रहा है। लगता है कि उसका ज़ख्म पक गया है। उसने मुझसे अपना घोड़ा लाने को कहा था। यह रहा वह घोड़ा।'' औरत ने अपने चाबुक से घोड़े की पसीने से तर गर्दन थपथपाई। ''मैंने यह घोड़ा कसा और मैं इस पर सवार होकर उस्त-खोपर्स्कोया तक गई, पर अस्पताल रास्ते में कहीं नज़र नहीं आया। फिर मैं घोड़ा दौड़ाती रही, दौड़ाती रही ! पर वह मुझे अभी तक नहीं मिला।''

कज़्ज़ाक औरत के खूबसूरत, भरे हुए चेहरे पर मन-ही-मन रीझ उठा। उसकी मीठी आवाज़ बड़ा रस लेकर सुनता रहा और फिर भाव-विभोर होकर बोला, ''तुम अपने आदमी के लिए दर-दर क्यों भटकती फिर रही हो ? जाने दो उसे मोर्चे के फौजी अस्पताल के साथ। तुम्हारी जैसी हसीन औरत के साथ तो कोई भी शादी कर सकता है। और फिर ऐसा घोड़ा दहेज़ में उसे ऊपर से मिलेगा। और कहो तो यह सारा ख़तरा मैं ही उठा लूँ !''

औरत लाज से मुस्कुराई और स्कर्ट का सिरा अपने घुटनों के ऊपर खींचने को झुकी– ''मज़ाक छोड़िए। यह बतलाइए कि कोई जंगी-अस्पताल आपको कहीं मिला या नहीं ?''

''उस गिरोह में बीमार और ज़ख्मी हैं।'' प्रोखोर ने आह भरते हुए जवाब दिया और कुछ दूर की

गाड़ियों की कतार की तरफ इशारा किया।

औरत ने चाबुक हवा में नचाया, तेज़ी से अपना घोड़ा मोड़ा और हवा की तरह तेज़ी से उड़ चली।

गाड़ियाँ धीरे-धीरे आगे बढ़ती रहीं। उनके बैल अपनी दुमें हिला-हिलाकर भनभनाती हुई गोमक्खियाँ उड़ाते रहे। गर्मी और हवा में उमस ऐसी थी कि सड़क के किनारे के सूरजमुखी के बौने पौधों की नई पत्तियों के चेहरे मुरझाने लगे।

प्रोखोर गाड़ियों के सिलसिले के किनारे-किनारे फिर चलने लगा और गाड़ियों के साथ इतनी बड़ी गिनती में जवानों को देखकर वह अचरज में पड़ गया। ये वे लोग थे जो अपने स्क्वैड्रनों से अलग हो गए थे, या उन्हें छोड़कर भाग गए थे, अपने घर-परिवार वालों से आ मिले थे और अब उनके साथ नदी के उस पार जा रहे थे। उनमें से कुछ ने अपने फौजी घोड़े गाड़ियों के पीछे बाँध दिए थे और लेटे-लेटे या तो अपनी पत्नियों से बातें कर रहे थे या अपने बच्चों को दुलार रहे थे। बाकी लोग तलवारों और राइफलों से लैस अपने-अपने घोड़ों पर सवार चले जा रहे थे। ऐसे में प्रोखोर को लगा कि ये लोग अपनी-अपनी यूनिटें छोड़ आए हैं और अब मौत के मुँह में धँसे जा रहे हैं।

हवा में जानवरों के पसीने, धूप में तपती लकड़ी, घरेलू बर्तनों और गाड़ियों के ग्रीज़ की बू थी। बैल उदास मन से, धीरे-धीरे चले जा रहे थे। उनकी बाहर निकली हुई जीभों से निकलते हुए झाग का तार मुँह से ज़मीन तक बँधा हुआ था। बैलगाड़ियों की रफ्तार से घोड़ागाड़ियाँ भी चली जा रही थीं और एक-दूसरे से आगे निकलने की कोशिश बिल्कुल नहीं कर रही थीं। पूरी टोली की रफ्तार दो या तीन वर्स्ट फी घंटे से ज्यादा न थी। लेकिन इसी समय सहसा ही दूर दक्षिण में कहीं तोप का धड़ाका हुआ और फौरन ही घुड़सवारों के उस कारवाँ में खलबली मच गई। एक या दो घोड़ागाड़ियों ने कतार तोड़ दी, लोगों ने घोड़ों को दुलकी दौड़ा दिया, चाबुक हवा में सीटियाँ बजाने लगे और हवा में चीख-पुकार व्याप्त हो गई। सरपत की झाड़ियाँ बैलों के पीछे सरसराने लगीं और पहिए और ज़ोर से आवाज़ करने लगे। घबराहट में हरएक के क़दम तेज़ हो गए। सड़क पर गर्द के भारी बादल उठे, हवा की लहरों पर मँडराते पीछे की ओर उड़े, और घास की पत्तियों और अनाज के पौधों के डंठलों पर उतर गए।

इस बीच प्रोखोर का अपना छोटा घोड़ा अपने नथुने नीचे की ओर धँसाता, तिनपतिया और सरसों को चीरता, गर्दन को बार-बार झटके देता घास की ओर बढ़ने की कोशिश करता रहा। लेकिन तोप का धड़ाका होते ही प्रोखोर ने जो एड़ लगाई तो उसने फौरन समझ लिया कि यह घास खाने का समय नहीं है। बस, तो इसके बाद वह दुलकी मार चला।

फिर तोपें गरजने लगीं। इसके बाद राइफलों की धाँय-धाँय उनमें मिल गई और उमस से भरी हवा उसकी गूँज से थरथराने लगी।

"हे प्रभु ईसा !" किसी गाड़ी पर सवार एक जवान औरत ने क्रॉस बनाया और दूध से भरी, सूजी हुई, पीली छाती अपने बच्चे के होंठों से बरबस छुड़ाई।

"यह गोलाबारी क्या हमारे अपने फौजी कर रहे हैं, सिपाही ?" अपने बैलों की बगल-बगल चलते एक बूढ़े ने प्रोखोर से चिल्लाकर पूछा।

"यह गोलाबारी तो लाल फौजी कर रहे हैं, बाबा ! हमारी तोपों के पास तो गोले ही नहीं हैं।"

"स्वर्ग की महारानी, बचाओ इन्हें !" बूढ़े ने रासें नीचे रख दीं, अपनी कटी-फटी कज़्ज़ाक-टोपी सिर से उतारी और पूर्व की ओर चेहरा करते हुए क्रॉस बनाया।

दक्षिण में देर की फसलवाली मकई की डंठलों के पीछे से एक टेढ़ा-सीधा काला बादल उठा, क्षितिज के आधे विस्तार तक फैला और आसमान पर धुंध की एक चादर-सी डालने लगा।

"देखो, कैसी आग नज़र आ रही है वहाँ ?" कोई चीखा।

"क्या हो सकता है यह ?" "कहाँ लगी हुई है यह आग ?" गाड़ियों के पहियों की खड़खड़ाहट

को अलग-अलग आवाज़ों ने भेदा।

"आग चिर-नदी के किनारे-किनारे लगी मालूम होती है।"

"लाल फौजी चिर के किनारे के गाँव फूँक रहे हैं।"

"हे प्रभु...!"

"ज़रा देखो तो कि धुएँ का कैसा काला बादल उठ रहा है। वहाँ के एक से ज्यादा गाँव जल रहे हैं।"

"इवान, आगे के लोगों से रफ्तार ज़रा तेज़ करने को कहो।"

काला धुआँ आसमान में भरता ही चला गया। तोपों के धड़ाके, एक जमी हुई रफ्तार से, बढ़ते गए। आधे घंटे के अन्दर कोई बीस वर्स्ट के फासले पर धू-धू करते गाँवों की तीखी सड़ाँध हेतमान-मार्ग की बड़ी सड़क पर फैल गई। लोग घबरा उठे।

60

ग्रोमोक को जानेवाली सड़क एक जगह भूरे पत्थरों की बाड़वाले एक घेरे की बगल से गुज़रती थी और फिर एक छिछले नाले में उतरकर तेज़ी से दोन की तरफ मुड़ जाती थी। नाले के पार लट्ठों का एक पुल था। सूखे मौसम में नाले का तल बालू और रंगीन कंकड़ों के कारण पीलापन लिए चमक रहा था। लेकिन गर्मी की बरखा के बाद पानी की मटमैली धार भयानक गति से पहाड़ी से नीचे उतरती चली आती थी, नाले में उमड़ती हुई और पत्थरों पर लुढ़कती हुई, बड़ी गरज-तरज के साथ, दोन की ओर बढ़ जाती थी। ऐसे दिनों में पुल पानी में डूबा रहता था। पर बहुत समय तक यह हालत न चलती थी। पहाड़ी का पानी अपने ज़ोर पर होता था तो दीवारों को तोड़ता और बाड़ों को खम्भों सहित उखाड़ता चला जाता था। लेकिन फिर जल्दी ही उतर जाता था और नाले के कंकड़ नए सिरे से चमकने लगते थे। नाले से, ढालों से बहकर आई, खड़िया और गीली मिट्टी की भभक उठने लगती थी।

नाले के बाजुओं पर सरपतों और देवदारुओं के घने झुरमुट थे। गर्म-से-गर्म दिनों में भी उनके साए में तरी रहती थी। व्येशेन्स्काया गैर-कज़्ज़ाक रेजीमेंट के कोई ग्यारह लोग पुल के पास पड़ाव डाले इस तरी का मज़ा ले रहे थे। उन्हें व्येशेन्स्काया जानेवाले फौजी-उम्र के सभी कज़्ज़ाकों को गिरफ्तार कर लेने का हुक्म था। सो शरणार्थियों की पहली गाड़ी के नज़र आने तक वे पुल के नीचे पड़े ताश खेलते रहे और धूम्रपान करते रहे। उनमें से कुछ लोग कमीज़ें और पैन्टें उतारकर जुएँ बीनते रहे। ये तो फौजियों के कपड़ों में पड़ ही जाते हैं। इन फौजियों में से दो ने अपने अफसरों से इजाज़त ले ली और दोन में नहाने को चल दिए।

लेकिन वे बहुत ही थोड़े समय तक आराम कर सके, क्योंकि पुल पर जल्दी ही शरणार्थियों की अपार भीड़ आ गई और उस औंघाती-सी छोटी-सी जगह में लोग-ही-लोग नज़र आने लगे। फिर वहाँ गर्मी भी हो गई, जैसे कि गाड़ियों के साथ ही स्तेपी की घुमस दोन के किनारे की पहाड़ियों से उस इलाके में उतर आई हो।

लम्बा, दुबला, नॉनकमीशंड अफ़सर चौकी के कमांडर की हैसियत से अपने रिवाल्वर के केस पर हाथ रखे पुल पर खड़ा रहा। उसने बीसियों गाड़ियाँ बिना किसी तरह की अड़चन के गुज़र जाने दीं। लेकिन इसके बाद उसकी निगाह कतार के बीच में अपनी गाड़ी हाँकते कोई पच्चीस साल के कज़्ज़ाक पर पड़ी तो उसने सख्ती से उसे रुकने का हुक्म दिया।

कज़्ज़ाक ने त्यौरी चढ़ाई और रासें खींच लीं।

"किस रेजीमेंट के हो तुम ?" कमांडर ने गाड़ी के पास जाते हुए कहा।

"आपको इससे क्या मतलब ?"

"मैंने तुमसे पूछा कि तुम किस रेजीमेंट के हो...तुमने सुना नहीं !"

"मैं रूबेजनी स्क्वैड्रन का हूँ, मगर आप कौन हैं ?"

"नीचे उतरो !"

"आप कौन हैं, मैं जानना चाहता हूँ।"

"मैं कहता हूँ, नीचे उतरो।" कमांडर का चेहरा गुस्से से तमतमा उठा। उसने अपने रिवाल्वर का केस खोला, रिवाल्वर झटके से निकाला और बाएँ हाथ में साधा। जवान कज़्ज़ाक ने रासें अपनी पत्नी को थमा दीं और गाड़ी से नीचे कूद पड़ा।

"तुम अपनी रेजीमेंट के साथ क्यों नहीं हो ? कहाँ जा रहे हो इस तरह ?" कमांडर ने फिर पूछा।

"मैं बीमार रहा हूँ और अपने घर के लोगों के साथ बाज़की जा रहा हूँ।"

"बीमारी की छुट्टी का कोई सर्टिफिकेट है तुम्हारे पास ?"

"सर्टिफिकेट मैं कहाँ से ले आता ! स्क्वैड्रन में कोई डॉक्टर ही नहीं था।"

"तो तुम्हारे यहाँ कोई डॉक्टर ही नहीं था ? कारपेंको !" उसने अपने एक मातहत को आवाज़ दी, "इस आदमी को स्कूल ले जाओ।"

"शैतान की शक्ल, आखिर तुम हो कौन ?"

"तुम्हें मालूम हो जाएगा कि हम कौन हैं।"

"मुझे अपने स्क्वैड्रन में वापस जाना है। तुम्हें रोकने का कोई हक नहीं है।"

"वहाँ तो हम तुम्हें खुद ही भेज देंगे। तुम्हारे पास कोई हथियार है ?"

"एक राइफल है।"

"जल्दी से निकालो उसे, वरना तुम्हारा कलेजा देखते-देखते छिद जाएगा। तुम्हारी तरह का जवान कज़्ज़ाक अपनी बीवी के पेटीकोट में मुँह छिपाता फिरता है ? यानी, हमें तुम्हारी हिफाजत करनी पड़ेगी ?" फिर, कमांडर मुड़ा तो जाते-जाते नफरत से बोला, "नाली का कीड़ा !"

कज़्ज़ाक ने कम्बल के नीचे से अपनी राइफल निकाली। इसके बाद दूसरों के सामने चूमने में हिचकने के कारण वह अपनी पत्नी का हाथ पकड़कर एक तरफ को ले गया। बुदबुदाकर कुछ बोला और फिर एक फौजी के पीछे-पीछे स्कूल की तरफ चल पड़ा।

सँकरी सड़क की ढेर-की-ढेर सवारियाँ गरजती हुई पुल के ऊपर से फिर गुज़रने लगीं।

चौकी के फौजियों ने एक घंटे के अन्दर कोई पचास भाग निकलनेवाले कज़्ज़ाक गिरफ्तार किए। इनमें से कुछ ने इस कार्रवाई का विरोध किया। इनमें भी लम्बी मूँछों और भयानक चेहरेवाले एक बड़ी उम्र के कज़्ज़ाक ने तो और भी जमकर खिलाफत की। कमांडर ने उसे गाड़ी से उतरने का आदेश दिया तो उसने घोड़े पर चाबुक जमाया कि वे पूरी रफ्तार से भाग लें। लेकिन दो मिलिशियामैनों ने घोड़े की लगामें पकड़ लीं और काफी दूर जाने पर पुल पर गाड़ी रोक ली। कज़्ज़ाक ने बिना सोचे-समझे तिरपाल के नीचे से बिना ठिठके अपनी अमरीकी विन्चेस्टर राइफल उठाई और कन्धे पर लटका ली। वह चीखा, "हटो रास्ते से, नहीं तो तुम्हें मार डालूँगा। मौत ले जाए तुम्हें !"

"नीचे उतरो, नीचे उतरो !" मिलिशियामैन ने उससे कहा, "हमें हुक्म है कि जो भी हमारी बात न माने हम उसे गोली से उड़ा दें। हम तुम्हें देखते-देखते दीवार से सटाकर खड़ा कर देंगे।"

"किसान कहीं के, अभी कल तक तो तुम लाल-फौजी थे और आज कज़्ज़ाकों पर हुक्म चला रहे हो, गलीज़ कहीं के ! तुम एक तरफ हट जाओ, नहीं तो अभी गोली तुम्हारे सीने के आरपार हो जाएगी।..."

मिलिशिया का एक आदमी कूदकर गाड़ी के अगले पहिए पर चढ़ गया, और थोड़ी कशमकश के बाद उसने कज़्ज़ाक के हाथ से राइफल छीन ली। कज़्ज़ाक बिल्ली की तरह बचा। तिरपाल से अपनी तलवार खींचकर बाहर निकाल ली और झुककर इस तरह दूसरी ओर जा पहुँचा कि मिलिशियामैन का

सिर धड़ से अलग होने से बाल-बाल बचा।

"तिमोफी, छोड़ो भी...तिमोफी...उफ़्...यह न करो। इन्हें चुनौती न दो। ये लोग मार डालेंगे तुम्हें !" गुस्से के कारण आपे से बाहर कज़्ज़ाक की पतले चेहरेवाली पत्नी ने रोते हुए कहा।

लेकिन, कज़्ज़ाक गाड़ी में तनकर खड़ा हो गया, इस्पात की चमचमाती हुई तलवार भाँजने लगा और अपनी आँखें नचाते और भर्राई हुई आवाज़ में मोटी-मोटी गालियाँ देते हुए मिलिशिया के लोगों को दूर ही रखे रहा। "पीछे हटो, नहीं तो काटकर रख दूँगा अभी !" वह गरजा और उसकी आँखों में खून उतर आया।

लोग उसे हज़ार कोशिशों के बाद ही निहत्था कर सके। इसके बाद उन्होंने उसे गिरा लिया और उसके हाथ-पैर जकड़ दिए। फिर वैगन की तलाशी ली तो उन्हें इसके विरोध के कारण का पता चला। बात यह थी कि तिरपाल के नीचे घर की बनी वोद्का से भरा घड़ा रखा था।

उस बीच पूरी सड़क गाड़ियों और जानवरों से भर गई। गाड़ियाँ एक-दूसरे से इतनी सट गईं कि बैलों और घोड़ों को खोलना पड़ा और गाड़ियाँ हाथ से खींचकर पुल के नीचे लानी पड़ीं। घोड़े और बैल जब जुते हुए थे तो उन्हें गोमक्खियों ने परेशान कर मारा। वे बमों को झटके पर झटके देते रहे और उन्होंने मालिकों के हुक्म सुने ही नहीं। पुल के आसपास का सारा वातावरण गाली-गलौज, चाबुकों की सटकारों और औरतों के आर्त-क्रन्दन से गूँजता रहा, पीछे की जिन गाड़ियों को जगह मिली वे मुड़कर बड़ी सड़क पर पहुँच गईं और बाज़कीवाले दोन के किनारे की ओर बढ़ चलीं।

गिरफ्तार लोगों को कड़े पहरे के साथ बाज़की के लिए रवाना कर दिया गया। लेकिन इनके हथियारबन्द होने के कारण पहरेदार इन्हें सँभाल नहीं पाए, और पुल पार करते ही दोनों पक्षों के बीच झगड़ा शुरू हो गया। ज़रा देर बाद पहरेदार चौकी पर लौट आए, और कैद किए गए फौजी तरतीब से व्येशेन्स्काया की ओर बढ़ लिए।

खुद प्रोखोर को ग्रोमोक में रोक लिया गया और ग्रिगोरी के द्वारा दिया हुआ पास दिखलाने पर ही वह वहाँ से बेरोकटोक आगे जा सका।

शाम होने के काफी पहले व्येशेन्स्काया के सामने स्थित बाज़की पहुँच गया। सभी सड़कें, आसपास की गलियों और दोन के किनारे का कोई दो वर्स्ट फासला शरणार्थियों की हज़ारों गाड़ियाँ से भरा दिखाई दिया। यहाँ से वहाँ तक फैले पचास हज़ार से ज़्यादा लोग उस पर जाने को व्याकुल नज़र आए। बैटरियाँ, रेजीमेंटल स्टॉफ और फौजी साज-सामान बजरों से इस पार से उस पार पहुँचाया जाने लगा। पैदल सेना डाँड़ोंवाली आम नावों से नदी पार करती रही। ऐसी दर्जनों नावें जहाँ-तहाँ पानी की सतह पर अंकित बिन्दुओं-सी लगती रहीं। घास के आसपास जनसमुदाय उमड़ता रहा। इस बीच चिर-नदी की तरफ से तोपों के मुँह बराबर आग उगलते रहे और धुएँ की कड़वी गन्ध बराबर बढ़ती गई।

घुड़सवार के पीछे हटती पहली टुकड़ियाँ आधी रात के समय आना शुरू हुईं। तय हुआ कि वे तड़के नदी पार करेंगी। पर पहली डिवीज़न के घुड़सवार की कोई खोज-ख़बर न मिली और प्रोखोर ने वहीं रुककर उनकी राह देखने की बात सोची। उसने अपना घोड़ा एक शरणार्थी की गाड़ी में बाँध दिया और चल पड़ा कि देखें यहाँ उस भीड़ में कौन-कौन लोग जाने-पहचाने हैं।

कुछ दूर पर उसने अकसीनिया को एक छोटी-सी गठरी सीने से सटाए और एक ऊनी जैकेट कन्धे पर डाले नदी की ओर जाते देखा। किनारे पर उसके असाधारण सौन्दर्य ने पैदल फौजियों का ध्यान अपनी ओर खींचा। उनकी आँखों में वासना उतर आई और वे उसे आवाज़ें देने लगे। फिर उन्होंने रंग में आकर हँसना शुरू किया तो उसके गर्द से भरे पसीने से तर चेहरे पर छींटे कसने से उजले दाँत चमकने लगे। एक लम्बे कद और सुनहरे बालोंवाले कज़्ज़ाक ने पीछे से अकसीनिया की कमर में हाथ डालना चाहा और अपने होंठ उसकी साँवली गर्दन पर जमाए। लेकिन औरत ने कुछ ऐसा-वैसा कहा, दाँत पीसे और उस कज़्ज़ाक को भद्दे ढंग से धक्का दे दिया। फ़ौजी ज़ोर-ज़ोर से कुछ कहने लगे।

कज़्ज़ाक ने अपनी टोपी सिर से उतारी और भारी गले से मिन्नत करता हुआ बोला, "बस, एक चुम्बन दे दो। बस एक...!"

अकसीनिया के भरे हुए होंठों पर नफरत-भरी मुस्कान फैल गई। उसने अपने कदम तेज़ किए। प्रोखोर ने उसे आवाज़ नहीं दी और गाँव के दूसरे साथियों की तलाश करने लगा। वह भीड़ के बीच से धीरे-धीरे आगे बढ़ा तो नशे में चूर लोगों की आवाज़ें और हँसी के ठहाके उसके कानों में पड़े। फिर जल्दी ही उसे तीन बूढ़े एक गाड़ी के नीचे घोड़ेवाले कपड़े पर बैठे मिले। उनमें से एक की टाँगों के बीच घर की बनी वोद्का से भरा एक घड़ा दिखाई दिया। मस्त बूढ़े, तोप के गोलों के केस से बने मग से, बारी-बारी से वोद्का पीते। सूखी तेज़ गन्ध और मछली की खारी महक ने भूखे प्रोखोर के पैर बाँध दिए।

"फ़ौजी, आ जाओ और दो घूँट पी लो हमारे साथ।" उनमें से एक ने उसे दावत दी। मानापमान की किसी तरह की भावना के बिना वह जा बैठा। उसने क्रॉस बनाया और मेहमाननवाज़ बूढ़े के हाथ से मुस्कुराकर वोद्का भरा मग ले लिया।

"पियो जब तक दम में दम है। और लो, एक टुकड़ा यह भी मुँह में डाल लो। बूढ़ों को देखकर इस तरह नाक चढ़ाना ठीक नहीं, जवान !" दूसरा बूढ़ा बोला, "बूढ़ों के बाल धूप में सफेद नहीं होते। उन्हें अक्ल होती है। अभी तो तुम लड़कों को हम लोगों से जीना और वोद्का पीना सीखना है।" तीसरे बूढ़े की आवाज़ बजी। उसकी नाक और ऊपरी होंठ दबा हुआ-सा लगा।

प्रोखोर ने जाने कितनी आशंकाओं से भरकर बिना नाक के बूढ़े पर निगाह डाली और पीता रहा। दूसरे मग के बाद और तीसरे मग के पहले उससे रहा न गया। उसने पूछा, "तुम्हारी नाक कहाँ गायब हो गई, बूढ़े दादा ? किसी महफिल या जश्न की कीमत नाक से अदा करनी पड़ी क्या ?"

"नहीं बेटे, यह बात नहीं है। मुझे सर्दी लग गई और फिर मैं बचपन से ही बराबर जुकाम का शिकार रहा। और, इसमें चली गई नाक।"

"लेकिन, मैंने तो तुम्हारे बारे में गलत राय बना ली। मैंने सोचा कि किसी बुरी बीमारी ने शायद तुम्हारी नाक ले ली है। मैं नहीं चाहता कि मुझे कोई ऐसी-वैसी बीमारी हो !" प्रोखोर ने कहा।

इस पर बूढ़े ने दुबारा सफाई दी तो प्रोखोर ने अपने होंठ मग पर जमाए और वोद्का की आखिरी बूँद तक पी गया।

"मेरा सभी कुछ चला गया है, तो, भला अब मैं पिऊँ किसलिए नहीं ?" प्रौढ़ अवस्थावाला वोद्का का मालिक बोला, "मैं अपने साथ दो सौ पूड अनाज लाया हूँ, लेकिन एक हज़ार पूड पीछे छोड़ आया हूँ। अपने पाँच जोड़ी बैल जैसे-तैसे यहाँ तक साथ ले आया हूँ, लेकिन अब तो उनसे भी महरूम होना पड़ेगा, क्योंकि उन्हें उस पार ले जाना मुमकिन नहीं है। अब तक जो कुछ भी सीने से लगाए रहा हूँ, अब वह सभी कुछ हाथ से निकल जाएगा। इसलिए, गाओ...दोस्तो, गाओ... !" उसका चेहरा पीला पड़ गया और आँखें भर आईं।

"बेकार क्यों हाफा पीट रहे हो, त्रोफीम इवानिच ! अगर ज़िन्दगी रहेगी तो दौलत फिर हो जाएगी।" दूसरे बूढ़े ने अपनी ओर से कहा।

"हाफा क्यों न पीटूँ ?" बूढ़ा कज़्ज़ाक और ज़ोर से बोला और रोने लगा, "मेरा सारा अनाज चला जाएगा। मेरे बैल मर जाएँगे। लाल-फ़ौजी मेरे घर में आग लगा देंगे। पिछली खिज़ाँ में मेरा बेटा पहले ही मारा जा चुका है। ऐसे में भला मैं चीखू-चिल्लाऊँ कैसे नहीं ? आखिर किसके लिए मैंने तिल-तिल कर इतना सब जुटाया ? एक ज़माने में गर्मी आती थी तो दस कमीज़ें पीठ के पसीने से तर होने के लिए रहती थीं और आज बदन ढँकने को एक कपड़ा नहीं है, पैरों में जूते नहीं हैं ! चलो, पीओ !"

यानी, उधर बूढ़े बातों में उलझे रहे और इधर जनाब प्रोखोर साहब ने एक क्रीम साफ कर दी

और सात मग वोद्का पी ली। धीरे-धीरे उसे इतना नशा हो गया कि खड़े होने की कोशिश की तो पैर भी ज़मीन पर न टिक सके।

''फ़ौजी, तुम हमारी ज़िन्दगी बचानेवाले हो। चाहो तो तुम्हारे घोड़े के लिए थोड़ा अनाज दे दूँ। कितना चाहिए ?'' वोद्का के मालिक ने पूछा।

''एक बोरा दे दो।'' प्रोखोर अपने चारों ओर की हर चीज़ से बेखबर बुदबुदाया।

बूढ़े ने अव्वल दर्जे की जई से बोरा भर दिया और हाथ लगाकर बोरा उसकी पीठ पर चढ़ा दिया—''लेकिन, बोरा वापस ले आना। भूलना नहीं। ईसा के नाम पर भूलना नहीं !'' बूढ़े ने उसे सीने से लगाते और पागलों की तरह आँसू बहाते हुए कहा।

''मैं बोरा वापस नहीं लाऊँगा। कहे देता हूँ कि नहीं लाऊँगा...और कहता हूँ तो फिर लाऊँगा ही नहीं।'' प्रोखोर ने दुराग्रह और बेअक्ली से कहा।

और, वह लड़खड़ाता हुआ गाड़ी से दूर चला गया। पीठ पर बोरा झूलता और उसे आगे बढ़ाता रहा। प्रोखोर को ऐसा लगा जैसे वह तुषार से फिसलती धरती पर चल रहा हो, क्योंकि उसके पैर बर्फ पर कदम रखते बिना नाल घोड़े के पैरों की तरह रह-रहकर रपटते रहे। कुछ कदमों तक लड़खड़ाने के बाद वह ठिठका और याद करने की कोशिश करने लगा कि मेरे सिर पर टोपी थी या नहीं। इसी समय गाड़ी से बँधे एक घोड़े को जई की महक आई तो वह बोरे की ओर खिंचने लगा और उसने कोने में दाँत गड़ा ही तो दिए। छेद से अनाज के दाने हलकी सरसराहट के साथ झरने लगे। अब प्रोखोर को अपना बोरा कहीं हलका लगा और वह आगे बढ़ चला।

अब तो वह बोरा जैसे-तैसे अपने घोड़े के लिए ले ही जाता, लेकिन हुआ यह कि पास से गुज़रा तो एक बैल ताबड़तोड़ लातें चलाता उसकी ओर झपटा। बैल गोमक्खियों और मच्छरों से तंग आ गया था, गर्मी सहते और लगातार खड़े रहते-रहते आपे से बाहर हो गया था, किसी को पास फटकने नहीं दे रहा था, और दिनभर में जाने कितनों पर अपना गुस्सा उतार चुका था। तो, अब बारी प्रोखोर की थी। बेचारा लुढ़कता हुआ एक पहिए के धुरे से जा टकराया और तुरन्त ही नींद में डूब गया।

उसकी आँख कोई आधी रात के समय खुली। उस समय आसपास में सीसे के रंग के बादल पश्चिम की ओर उड़ते दिखाई दिए। इस बीच नया चाँद झाँक उठा, फिर आसमान बादलों से ढँक गया, हवा और ज़्यादा ठंडी हो गई। इसी बीच प्रोखोर वाली गाड़ी के बिल्कुल पास से घुड़सवार गुज़रने लगे और धरती घोड़ों की नालों की चोटों से कराह उठी। हवा में बरखा की महक पाकर जानवर डकराने लगे। तलवारों की म्यानें रकाबों से लड़कर झनझनाईं और क्षणभर सिगरेटों की आग ने चमक दी। घोड़े के पसीने और चमड़े के साज-सामान की कड़वी बू प्रोखोर के नथुनों तक आई। यह बू सभी फ़ौजी कज़्ज़ाकों की तरह उसके भी व्यक्तित्व का एक अंग बन चुकी थी। यह गन्ध प्रशिया और बुकोविना से, उनके साथ सड़कों पर उड़ती, दोन के स्तेपी के मैदानों तक आई थी और प्रोखोर को अपने घर की महक की तरह ही प्रिय थी। वह उसे उतने ही समीप से जानता था।

यानी, उसने अपना भारी सिर उठाया तो उसके मोटे नथुने सिकुड़ उठे। पूछने लगा, ''किस रेजीमेंट के हो, जवानो ?''

''घुड़सवार-फौज के हैं हम लोग ?'' एक व्यक्ति ने अँधेरे में निरर्थक ढंग से जवाब दिया।

''ठीक है...लेकिन मैंने पूछा कि तुम किस रेजीमेंट के हो ?''

''पेतलूरा के !'' वही आवाज़ फिर गूँजी।

''सूअर हो तुम !'' प्रोखोर ने कोसा, एकाध क्षण तक इन्तज़ार करता रहा और फिर वही सवाल दोहराता हुआ बोला, ''किस रेजीमेंट के हो तुम, साथियो ?''

''बोकोव्स्की रेजीमेंट के।''

प्रोखोर ने खड़े होने की कोशिश की, लेकिन उसका सिर घूमने लगा और जी मिचलाने लगा तो

वह लेट गया और फिर सो गया। सुबह होने के ज़रा पहले हवा नदी की ओर से ठिठुरन अपने साथ लाई।

"मर गया क्या ?" उसने सोते-सोते किसी की आवाज़ सुनी।

"बदन गर्म है...नशे में है।" दूसरे आदमी ने प्रोखोर के कान के पास से कहा।

"खींचकर एक तरफ कर दो इसे ! आदमी की लाश की तरह रास्ते में पड़ा है। अपने नेज़े की नोक का ज़रा ज़ायका दे दो इसे !"

दूसरे आदमी ने अपने नेज़े के डंडेवाले हिस्से से, आधे होश में पड़े प्रोखोर की पसलियों को ठोकर दी, और फिर दो हाथों ने उसके पैर पकड़कर उसे घसीटा और एक तरफ कर दिया।

"इन गाड़ियों से जानवरों को खोल दो। क्या वक्त चुना है सोने का !" एक अधिकारी गरजा–"लाल-फ़ौजी यहाँ हमारे दरवाज़े पर दस्तक दे रहे हैं और ये लोग इस तरह टाँगें फैलाए खर्राटे ले रहे हैं, जैसे कि अपने-अपने घरों पर हैं। गाड़ियों को ठेलकर रास्ते से हटा दो। अभी हमारी बैटरी आनेवाली है। उसे इधर से निकालना है। चलो...जल्दी करो...सारी सड़क घेर रखी है। ये लोग भी क्या हैं !"

गाड़ियों के अन्दर और गाड़ियों के नीचे सोते शरणार्थियों के बीच हरकत होने लगी। प्रोखोर उछलकर खड़ा हो गया। उसे अपने पास न अपनी राइफल दिखी और न अपनी तलवार। दाहिने पैर का बूट गायब मिला। लगा कि पिलाई के बाद गायब हुआ है। वह अचरज से भरकर अपनी चीज़ें एक गाड़ी के नीचे खोजने को बढ़ा ही था कि उसी ओर बढ़ती हुई एक बैटरी के ड्राइवरों और तोपचियों ने बड़ी ही बेरहमी से, बक्सों-समेत गाड़ी उलट दी और अपनी तोपों के लिए रास्ता साफ कर दिया।

गाड़ियोंवाले अपने-अपने घोड़ों की ओर दौड़े। फील्डगनों के बड़े-बड़े पहिए चरमराने लगे। लड़ाई के हथियारोंवाली गाड़ी का हब, एक साधारण गाड़ी के बम में फँस गया और बम को साथ घसीटता चला गया।

"तुम लोग लड़ाई के मैदान से पीठ दिखाकर भाग रहे हो ! क्या शानदार फ़ौजी हो ! ऐसी-तैसी में जाओ तुम सब !" प्रोखोर का पिछली शाम का मेज़बान उसकी इतनी-इतनी खातिर करनेवाला बूढ़ा अपनी गाड़ी से चीखा।

बैटरी टीम नदी पार करने की हड़बड़ी में, चुपचाप उधर से गुज़री। तड़का शुरू होते ही प्रोखोर ने अपनी राइफल और घोड़ों की तलाश शुरू की। किनारे पर उसने अपने पैर का दूसरा जूता भी उतारा और नदी में फेंक दिया। फिर, दर्द से फटता सिर बार-बार पानी से धोया।

सूर्योदय होते ही घुड़सवार नदी पार करने लगे। कज़्ज़ाक अपने घोड़ों को हाँककर एक खास मोड़ पर लाए। नदी यहाँ समकोण बनाती और पूर्व की ओर मुड़ती थी। स्क्वैड्रन कमांडर की नाक चपटी, और हलकी भूरी दाढ़ी आँखों तक उगी हुई थी। चेहरा इतना भयानक था कि वह देखने में जंगली सूअर-सा लगता था। उसका बायाँ हाथ खून से तर गलपट्टी में सधा हुआ था और दायाँ चाबुक पर चाबुक सटकारता जा रहा था, जैसे कि थकने का नाम न जानता हो।

"घोड़ों को पानी मत पीने दो...चालू रखो ! गधे कहीं के...पानी से भड़कते हैं या क्या हैं ! आगे बढ़ाओ उन्हें। चीनी के तो बने नहीं कि गल जाएँगे।" कज़्ज़ाक घोड़ों को पानी में उतारने लगे तो उसने चिल्लाकर कहा। उसके दाँत गलमुच्छों के नीचे यों चमके जैसे कि ज़हर से बुझे हों। घोड़े एक-दूसरे से सटकर खड़े हो गए और लगामों को झटके देते हुए ठंडे पानी में धँसने से इनकार करने लगे। कज़्ज़ाक घुड़क-घुड़ककर उन्हें आगे बढ़ाने लगे। उजले चन्दावाले एक काले घोड़े ने तैरना शुरू किया। साफ है कि आज वह कोई पहली बार नहीं तैर रहा था। सो, पानी की लहरें साज की दुमची तक लहराने लगीं। घने बालोंवाली दुम एक ओर उतराने लगी। पर, सिर और गर्दन पानी के बाहर रहे। दूसरे घोड़ों ने हींसते और पानी छपछपाते हुए उस घोड़े का अनुकरण किया। कज़्ज़ाक, छह बजरों पर सवार होकर पीछे-पीछे

चले। किसी वक्त ज़रूरत के लिए रस्सा हाथ में लेकर एक-एक कज़्ज़ाक एक-एक बजरे के अगले हिस्से पर खड़ा हो गया।

''इनके सामने न पड़ो। इन्हें धार के आर-पार हाँको, ताकि ये धार में बह न जाएँ !'' स्क्वैड्रन कमांडर चीखा, और हाथ का चाबुक हवा में सटकारने लगा। फिर, चाबुक खड़िया मिट्टी से तर बूट पर आ टिका।

तेज़ धार घोड़ों को बहाव की तरफ खींचने लगी। काला घोड़ा देखते-देखते दूसरों से आगे निकल गया और सबसे पहले बाईं ओर के रेतीले किनारे पर जा निकला। ठीक इसी समय सूरज देवदारु की घनी शाखों के ऊपर चढ़ा, और गुलाबी किरण घोड़े के ऊपर पड़ी। नमी के कारण चमकते उसके बालों से आग् की-सी लपट फूटी।

''बछेड़ी को देखो। मदद करो उसकी। उसके मुँह में लगाम लगी है ! डाँड चलाओ... चलाओ न...।'' बैटरी कमांडर ने भर्राए गले से चीखकर कहा।

सारे घोड़े दूर के किनारे पर सही-सलामत पहुँच गए। वहाँ कज़्ज़ाक पहले से इन्तज़ार में थे ही। सो, इनके पहुँचते ही उन्होंने अपनी-अपनी सवारी छाँटी और लगामें लगा दीं। दूसरी ओर, लोग नाव पर काठियाँ लादकर उस पार से इस पार भेजने लगे।

''कल आग कहाँ लग गई थी ?'' प्रोखोर ने एक कज़्ज़ाक से पूछा। वह काठी नाव पर रखने के लिए ले जा रहा था।

''आग चिर के किनारे लगी थी।''

''तोप के गोले से लगी थी ?''

''तोप का गोला जाए भाड़ में। आग तो लाल-फौजियों ने जानबूझकर लगाई थी।''

''वे लोग क्या हर चीज़ जला देते हैं ?'' प्रोखोर ने अचरज से भरकर पूछा।

''नहीं, ऐसा नहीं है। वे रईसों के लोहे की छतों या शानदार शेडोंवाले मकानों को जला देते हैं।''

प्रोखोर अपनी डिवीज़न के बारे में पूछताछ करने के बाद, शरणार्थियों वाली अपनी गाड़ियों के पास लौट आया। जगह-जगह चिरायते की लकड़ी, टूटी-फूटी बाड़ों और सूखी लीद के अलावों से तेज़ धुआँ उठता हुआ नज़र आया। औरतें नाश्ता तैयार करती दिखाई दीं। रात को दोन के दाएँ किनारे के ज़िलों से कई हज़ार शरणार्थी और आ गए। अलावों के पास लोग धीरे-धीरे बातें करते रहे। बातचीत की गूँज प्रोखोर के कानों में भी आई।

''हम लोग कब तक नदी पार कर सकेंगे ?''

''अगर ऊपरवाला यही चाहेगा कि हम नदी पार न करें तो अनाज को तो मैं दोन में डाल दूँगा। लाल फौजियों के हाथों न पड़ने दूँगा।''

''तुमने देखा कि घाट के आसपास कितने लोग जमा हैं ?''

''लेकिन, हम अपने बक्से किनारे पर यों ही कैसे छोड़ सकते हैं ?''

''आखिर हमें मेहनत और मुसीबत की कितनी कीमत अदा करनी पड़ी...हे प्रभु ईसा !''

''अच्छा होता, अगर हमने गाँव के पास ही नदी पार कर ली होती !''

''हाँ, सचमुच अच्छा होता। पता नहीं कौन-सा शैतान हमें यहाँ, इस व्येशेन्स्काया में ले आया !''

''लोग कहते हैं कि कालिनोव उगोल को जलाकर राख कर दिया गया।''

''तुम्हारा खयाल था कि तुम नावों पर सवार होकर इस पार से उस पार पहुँच जाओगे।''

''सचमुच तुम्हारा क्या खयाल है कि वे हमें माफ कर देंगे ?''

''उन्हें तो हुक्म है कि छह साल से बड़े हर कज़्ज़ाक को काटकर फेंक दें...''

''अगर उन्होंने हमें यहाँ पकड़ लिया तो क्या होगा हमारा ?''

''होगा क्या, कच्चे गोश्त की कहीं कोई कमी न रहेगी।''

शानदार ढंग से सजी-बजी एक गाड़ी के पास देखने-सुनने में किसी गाँव का अतामान, एक बूढ़ा बड़े ज़ोरों से बढ़ता दिखाई दिया—"मैंने उससे कहा—लोगों को नदी किनारे अपनी जानें देनी होंगी। हम आखिर कब तक दूसरी ओर पहुँच पाएँगे ? लाल फ़ौजी तो हमारी बोटी-बोटी काट देंगे"...और, महामहिम ने कहा, 'डरो मत दादा ! हम तब तक अपने मोर्चों पर ज्यों-के-त्यों डटे रहेंगे, जब तक कि एक-एक आदमी इस पार से उस पार न पहुँच जाएगा। हम अपने लोगों की बीवियों, बच्चों और पिताओं को तकलीफ नहीं होने देंगे'।"

चारों ओर जमा औरतों और बूढ़ों की भीड़ पूरे ध्यान से बूढ़े की बातें सुनती रही, मगर बूढ़ा साँस लेने को रुका कि लोग चारों ओर से चिल्लाने लगे—

"अगर ऐसा है तो बैटरी उस पार कैसे पहुँच गई ?"

"हम उनके घोड़ों की टापों से पिसते-पिसते बचे।"

"और, घुड़सवार फौज आ गई है।"

"लोग कहते हैं कि ग्रिगोरी-मेलेखोव ने मोर्चे को खुला छोड़ दिया है कि दुश्मन जब चाहे हमला करे।"

"कौन हिफाजत करेगा हमारी ? फ़ौजी आगे-आगे चले गए हैं और लोगों को पीछे छोड़ गए हैं..."

"इस वक्त तो हर आदमी अपने खुद के बचाव की बात ही सोच रहा है..."

"हर आदमी हमारे साथ गद्दारी कर रहा है..."

"हमें अपने बड़े-बूढ़ों को रोटी-नमक[1] लेकर लाल फौजियों के पास भेजना चाहिए। हो सकता है कि उन्हें रहम आ जाए और हमें सज़ा न दें..."

इसी समय अस्पताल की ईंटोंवाली बड़ी इमारत के पास की गली में एक घुड़सवार मुड़ा। उसकी राइफल काठी की कमान में लटकी हुई थी और भाला बगल में झूल रहा था।

"अरे, यह तो मेरा मिकिश्का है !" एक प्रौढ़ावस्था की औरत खुशी से चिल्लाई। वह घोड़ों और गाड़ियों को इधर-उधर ढकेलती, बमों पर उछलती-कूदती घुड़सवार से मिलने को लपकी। घुड़सवार को रकाबें पकड़कर रोक लिया गया। उसने एक मुहरबन्द भूरा पैकेट ऊपर उठाया और चीखकर बोला, "चीफ़-ऑफ़-स्टॉफ़ के लिए एक खत लाया हूँ। मुझे निकल जाने दो।"

"मिकिश्का, मेरे राजा बेटे !" प्रौढ़ावस्था की महिला गद्गद स्वर से चिल्लाई और सफेद बाल उसके चेहरे पर झूलने लगे। होंठों पर मुस्कान दौड़ गई। बह घोड़े की बगल से बिल्कुल सट गई और काँपती हुई आवाज़ में पूछा, "गाँव के बीच से आए हो तुम ?"

"हाँ...वहाँ तो लाल फ़ौजी छाए हुए हैं हर तरफ..."

"हमारा घर..."

"हमारा घर अब भी सही-सलामत है, लेकिन फेदोन का मकान जलाकर राख कर दिया गया है। हमारे शेड में भी आग लग गई थी, लेकिन वह लाल-फौजियों ने खुद ही बुझा दी। फेनिश्का यह कहता हुआ भाग गया कि लाल-फौजियों के अफ़सर का हुक्म है कि गरीब कज़्ज़ाकों का एक भी घर न जलाया जाए ! सिर्फ वे घर जलाए जाएँ जो बुर्जुआ लोगों के हों।"

"प्रभु, तेरी शान निराली है ! प्रभु ईसा, उन्हें हर तरह से बचाना !" औरत ने क्रॉस बनाया।

एक कठोर प्रकृति बूढ़े ने नफरत से बीच में बात काटी—"औरत, क्या बक रही है तू ? उन्होंने तेरे पड़ोसी का मकान जलाकर राख कर दिया है और तू चिल्ला रही है—प्रभु, तेरी शान निराली है !"

"पड़ोसी को ले जाए शैतान !" औरत ने तड़ से जवाब दिया—"वह तो नया मकान खड़ा कर लेगा। मगर कहीं हमारा मकान जला दिया गया होता तो हम क्या करते ? फेदोत ने घड़ा-भर सोना

---

1. आदर और श्रद्धा दिखलाने की एक रूसी परम्परा।

ज़मीन के नीचे गाड़ रखा है, लेकिन मेरी तो पूरी ज़िन्दगी दूसरों की गुलामी करते बीती है।''

''मुझे जाने दो, माँ !'' घुड़सवार ने काठी से झुकते हुए कहा, ''मुझे यह लिफाफा फौरन ही पहुँचाना है।''

औरत मुड़ी, घुड़सवार का हाथ चूमते हुए कुछ देर तक घोड़े की बगल-बगल चलती रही और फिर अपनी गाड़ी की तरफ दौड़ गई। दूसरी तरफ घुड़सवार ज़वानी से भरी, पतली आवाज़ में चीखा, ''रास्ता दो...मैं कमांडर-इन-चीफ के नाम खत लाया हूँ,...रास्ता दो !''

घोड़ा उछला, एक ओर बढ़ा, और भीड़ हिचकिचाते हुए पीछे हट गई। घुड़सवार धीरे-धीरे आगे बढ़ने लगा, लेकिन फिर जल्दी ही गाड़ियों, बैलों और घोड़ों के पीछे जाकर आँखों से ओझल हो गया। फिर, वह नदी के किनारे की तरफ बढ़ा तो घुड़सवार का भाला ही भीड़ के ऊपर उछलता नज़र आया।

61

अगले दिन पूरी-की-पूरी विद्रोही-सेना और सारे-के-सारे शरणार्थी उस पार पहुँचा दिए गए। सबसे आखिर में नदी पार की ग्रिगोरी-मेलेगोव के पहले डिवीज़न के व्येशेन्स्काया-रेजीमेंट ने। शाम तक ग्रिगोरी ने बारह चुनिन्दा स्क्वैड्रनों के साथ कुबान के लाल-कज़्ज़ाकों का धक्का सँभाला और कुदिनोव के एक सन्देश के अनुसार सभी फौजों और शरणार्थियों के सही-सलामत पार पहुँच जाने के बाद कोई पाँच बजे अपनी फौज को पीछे हटाने का आदेश दिया।

विद्रोही-सेनाओं की योजनाओं के अनुसार दोन के दाएँ किनारे के गाँवों के स्क्वैड्रनों को नदी पार कर किनारे का मोर्चा सँभालना था और हर स्क्वैड्रन को अपने खास गाँव के सामने जमना था। सो, दोपहर होते-होते हेड-क्वार्टर्स में ख़बर आ गई कि अधिकांश स्क्वैड्रनों ने अपनी-अपनी पोज़ीशनें ले ली हैं।

जहाँ गाँव के बीच फासला ज़्यादा नज़र आया, वहाँ स्टॉफ़ ने स्तेपी ज़िलों के कज़्ज़ाकों के स्क्वैड्रन भेज दिए। जो स्क्वैड्रन बचे, उन्हें पंक्ति के पीछे रिज़र्व रख लिया गया। इस तरह विद्रोहियों ने मोर्चा दोन के बाएँ किनारे पर कज़ान्स्काया ज़िले के दूरतम गाँवों से खोपर के दहाने तक बाँध लिया। यानी, सौ वर्स्ट से ज़्यादा दूर तक फौजें जमा दी गईं।

कज़्ज़ाकों ने नदी पार करते ही जल्दी-जल्दी खन्दकों की लड़ाई की तैयारी की। उन्होंने खाइयाँ खोदीं, देवदारु, बेंत और शाहबलूत के पेड़ काटे, गढ़े बनाए, मशीनगनें रखने की जगहें बनाईं, शरणार्थियों से खाली बोरे लिए, उन्हें रेत से भरा और खाइयों की पंक्ति के सामने बचाव के लिए बाड़ें बनाईं।

शाम होते-होते खाइयों की खुदाई का काम हर जगह पूरा हो गया। व्येशेन्स्काया के पीछे पहली और तीसरी बैटरियाँ देवदारुओं के झुरमुटों के बीच छिपा दी गईं। परन्तु, आठ तोपों के लिए गोले कुल पाँच निकले। कारतूस भी करीब-करीब ख़त्म ही नज़र आए। कुदिनोव ने सन्देश-वाहकों के हाथ आदेश भेजे—राइफलें बिल्कुल न चलाई जाएँ। हर स्क्वैड्रन अपने एक-एक या दो-दो सधे हुए निशानेबाज़ चुन ले और काफी मात्रा में गोलियाँ दे दे, ताकि वह लाल मशीनगन-चालकों को अपना निशाना बना सकें और दाहिने किनारे के गाँवों की गली-सड़कों में नज़र आनेवालों का कलेजा छलनी कर सकें। बाकी कज़्ज़ाक तभी गोली चलाएँ, जब लाल फ़ौजी नदी पार करने की कोशिश करें।

दिन-ढले ग्रिगोरी घोड़े पर सवार होकर अपने डिवीज़नों की पोज़ीशन का मुआइना करने गया और रात बिताने के लिए व्येशेन्स्काया लौट आया।

उस रात व्येशेन्स्काया और आसपास की चरागाहों में किसी तरह की आग या रोशनी करने की मनाही कर दी गई। नदी के किनारे बकाइनी-धुन्ध में डूबे रहे। अगले दिन तड़के लाल गश्ती-टुकड़ियाँ

दूर के ढालों पर नज़र आईं और फिर जल्दी ही उस्त-खोपर्स्कार्या से कज़ान्स्काया तक के दाहिने किनारे की पहाड़ियों पर सामने आकर फिर आँखों से ओझल होने लगीं। आखिरकार एकदम गायब हो गईं, और फिर दोपहर तक उन इलाकों में भयानक सन्नाटा रहा। लेकिन दक्षिण में धू-धू करके जलते गाँवों से बैंजनी-काला धुआँ अब भी उठता रहा। हवा ने जो बाल बिखरा दिए थे वे फिर जमा होने लगे और छाया के सहारे पीली बिजली धरती पर उतरने लगी। गरज ने लटकते हुए बादलों को जैसे कि अलग कर दिया और फिर मूसलाधार पानी बरसने लगा। हवा के इशारे पर पानी की नाचती हुई लहरें दोन के किनारे की पहाड़ियों, गर्मी से मुरझाते सूरजमुखी के पौधों और सूखे कुम्हलाए हुए अनाज पर गिरने लगीं। पानी की फुहार से नई, गर्द से भरी पत्तियों में फिर जान आ गई, वसन्ती शाखें रसमय होकर चमकने लगीं, सूरजमुखी के गोल फूलों ने अपने स्याह पड़ते सिर ऊपर उठा लिए और बागों से पकते हुए खरबूज़ों की महक उठने लगी।

तीसरे पहर लाल गश्ती टुकड़ियाँ सन्तरियोंवाले टीलों पर फिर नज़र आईं। ये टीले दोन के दाहिने किनारे से अज़ोव-सागर तक फैले हुए थे।

टीलों से चौरस, रेतीला फैलाव कई-कई मीलों तक नज़र आता था। बीच-बीच में दर्रों की हरियाली थी।

लाल गश्ती टुकड़ियों के घुड़सवार बड़ी सावधानी से गाँवों में उतरे। उनके पीछे पैदल सेना के लोग ढलानों से उतरते चले आए। सन्तरियोंवाले टीलों के पीछे लाल सेना की बैटरियाँ जमा दी गईं। यहीं एक ज़माने में पोलव्त्सी के सिपाही और खानाबदोश लोग दुश्मनों के आने की आशंका से डरकर दूरी में नज़र गड़ाए खड़े रहते थे।

धीरे-धीरे एक बैटरी ने व्येशेन्स्काया पर आग उगलनी शुरू की। चौक में तोप का पहला धड़ाका हुआ और हवा धुएँ के छोटे-छोटे अनगिनत छल्लों और गोले के दूधिया सफेद टुकड़ों से भर गई। इसके बाद तीन और बैटरियों ने व्येशेन्स्काया और नदी के किनारे की कज़्ज़ाक खाइयों पर गोलाबारी शुरू की। साथ ही मशीनगनें भी भयानक ढंग से गड़गड़ाने लगीं।

दो हॉचकिस तोपें थोड़ी-थोड़ी देर पर दागी जाने लगीं, और फिर सामने के किनारे पर पैदल-सेना को निशाने के दायरे में पाकर एक मैक्सिम तोप भी स्थिर गति से गोले उगलने लगी। गाड़ियाँ टीलों तक लुढ़कती चली आईं। काँटों से भरी ढलानों पर खाइयाँ खोदी गईं। बड़ी सड़क पर हलकी गाड़ियाँ खड़खड़ाने लगीं। इनसे धूल के बादल उठ-उठकर आसमान की ओर बढ़ने लगे।

अब तोपें पूरे-के-पूरे मोर्चे पर गरजने लगीं। लाल फौजें पहाड़ियों के ऊपर से सामने के मोर्चे पर शाम को देर तक धुआँधार गोलाबारी करती रहीं। सम्पूर्ण मोर्चे पर विद्रोहियों की खाइयोंवाले मैदानों में सन्नाटा रहा।

कज़्ज़ाक-घुड़सवारों के घोड़े नदी के अनजाने सुरक्षित स्थानों में छिपे रहे। ये जगहें दुर्गम थीं, और सरपत, मुस्ता के पौधों और झाड़-झाड़ियों से इस तरह भरी हुई थीं कि घोड़ों को वहाँ गर्मी से परेशानी कम ही होती थी। फिर आम पेड़ों और लम्बे औसिर बेंतों के कारण लाल फौजियों की निगाह इन पर बिल्कुल न पड़ सकती थी।

लम्बी-चौड़ी, हरी-भरी चरागाहों में कहीं कोई नज़र नहीं आता था। हाँ, दोन के दूर के किनारे पर, हड़बड़ी में कदम बढ़ाती शरणार्थियों की नारी-आकृतियाँ अवश्य ही भूले-चूके कभी-न-कभी दिखलाई पड़ जाती थीं। लाल फौज के मशीनगनर इन पर गोलियाँ चलाते तो ये ज़मीन पर पड़े रहते और फिर साँझ के धुँधलके के समय तक यहीं घनी घासों के बीच पड़े रहते। उसके बाद वे उठते, मुड़कर देखे बिना, सिर पर पैर रखकर उत्तर की ओर भाग खड़े होते और जंगलों और घने-आल्डर और भोज-वृक्षों के झुरमुटों के फैलाव की ओर रुख करते। यह फैलाव अपने मेहमानों के स्वागत में सहज रूप में अपनी पलकें बिछा देता।

तोपें, व्येशेन्स्काया पर अगले दो दिनों तक बराबर गोले बरसाती रहीं। वहाँ के रहनेवाले दिनभर तहखानों में छिपे रहते। सिर्फ रात को ही, गोलों से छलनी गली-सड़कों पर जहाँ-तहाँ कुछ लोग नज़र आते।

इस सबसे विद्रोही-जनरल-स्टॉफ़ इस नतीजे पर पहुँचा कि यह ताबड़तोड़ बमबारी नदी पार करने की प्रस्तावना-मात्र है। इसके बाद दुश्मन व्येशेन्स्काया को लेने के विचार से सामने ही आकर उतरेगा, मोर्चे की लम्बी पंक्ति को बीच से काट देगा और फिर किनारों से हमला कर हमारी सेनाओं को पूरी तरह कुचलकर रख देगा।

सो, कुदिनोव के आदेश पर बीस से ज़्यादा मशीनगनों को लड़ाई की अतिरिक्त सामग्री देकर व्येशेन्स्काया में जमा दिया गया। बैटरी के कमांडरों को हुक्म दे दिया गया कि वे बचे-बचाए तोप के गोलों का इस्तेमाल तभी करें, जब लाल फौजें नदी पार करती नज़र आएँ। फिर नावें और तमाम बजरे नदी के व्येशेन्स्काया के पिछलेवाले हिस्से में लाए गए और उनकी रक्षा के लिए एक शक्तिशाली सेना तैनात कर दी गई।

ग्रिगोरी मेलेखोव की समझ में ही न आया कि स्टॉफ़ की कमान आखिर इस तरह भयभीत और आशंकित क्यों है ? और, लड़ाई की सामान्य परिषद् की बैठक में उसने अपने मन की बात पूरी शक्ति से उनके सामने रख दी। सवाल किया–"आपका खयाल है कि दुश्मन व्येशेन्स्काया आकर नदी पार करेगा ? मगर, ज़रा देखिए कि यह किनारा टैम्बरीन ढोल की तरह तो छूँछा है। यहाँ आखिर है क्या ? ऊपर से रेतीला और चिकना है। खुद दोन के किनारे किसी तरह के पेड़-पौधे या झाड़-झाड़ी का नाम-निशान तक नहीं है। भला कौन बेवकूफ होगा, जो यहाँ नदी पार करेगा, एक-एक को भूनकर रख देंगे। यह समझना बेअक्ली की बात होगी कि लाल फौज़ों के कमांडर हमारे कमांडरों से ज़्यादा बेअक्ल हैं। सच पूछिए, तो उनमें से कुछ हमसे कहीं होशियार हैं। नहीं, वे व्येशेन्स्काया लेने की कोशिश न करेंगे। ज़्यादा मुमकिन यह है कि वे नदी पार करें। जहाँ नदी का पानी छिछला हो, जहाँ घाट हों या जहाँ जगत और झाड़-झंखाड़ हों, हमें ऐसी ज़गहों पर खास गारद बैठा देनी चाहिए और रातों में और भी ज़्यादा नज़र रखनी चाहिए। कज़्ज़ाकों को आगाह कर देना चाहिए कि वे दुश्मन को अपनी टोह तक न दें। साथ ही, रिज़र्व फौज़ें ले आएँ कि कोई मुसीबत आए तो हम लड़ तो सकें।"

"तुम्हारा कहना है कि वे व्येशेन्स्काया लेने की कोशिश न करेंगे ? ठीक, तो फिर वे उस पर बम क्यों बरसा रहे हैं ?" एक दूसरे व्यक्ति ने पूछा।

"अच्छा हो कि यह सवाल आप उन्हीं से करें।" ग्रिगोरी ने जवाब दिया–"क्या वे सिर्फ व्येशेन्स्काया पर ही बमबारी कर रहे हैं ? कज़ान्स्काया और येरिन्स्काया के बारे में आपका क्या खयाल है ? उनके पास तोप के गोले गिनती में हमसे कहीं ज़्यादा हैं। हमारे पास तो सिर्फ पाँच गोले हैं, और उनके भी केस शाहबलूत के हैं।"

कुदिनोव ने हँसी का ठहाका लगाया। बोला, "ग्रिगोरी ने निशाने पर तीर मारा है।"

"लेकिन, इस तरह की बातें करने का इस वक्त कोई मतलब नहीं है।" तीसरी बैटरी के कमांडर ने गुस्से से भरकर कहा, "हमें बातें संजीदगी से करनी चाहिए।"

"कीजिए...आपको रोकता कौन है ?" कुदिनोव के माथे पर बल पड़े और वह अपनी पेटी से खिलवाड़ करने लगा–"आपसे बार-बार कहा गया कि गोले बरबाद न कीजिए, और उनको ऐन नाजुक वक्त के लिए रखिए। लेकिन, नहीं, आपने एक नहीं सुनी, और जो कुछ सामने आया, उसी को निशाना बना दिया। यानी, लाल फौजियों की गाड़ियों तक के मामले में आपने तोपें इस्तेमाल कीं। ऐसे में सही बातों पर इस वक्त आपको बुरा मानने की ज़रूरत नहीं। आपकी हालत सचमुच हास्यास्पद है। मेलेखोव ठीक कहता है।"

ग्रिगोरी के तर्कों ने कुदिनोव को बहुत प्रभावित किया और उसने बड़े ज़ोरदार ढंग से इस प्रस्ताव

का समर्थन किया कि नदी जहाँ-जहाँ से पार की जा सके, वहाँ-वहाँ कड़ा पहरा रखा जाए और रिज़र्व फौजें पास ही रखी जाएँ।

ग्रिगोरी के इस कथन की पुष्टि अगले दिन ही हो गई कि लाल फौजें व्येशेन्स्काया के पास नदी पार न करेंगी, बल्कि इसके लिए कोई और वाजिब जगह चुनेंगी। सुबह ग्रोमोक के सामने जमे स्क्वैड्रन के कमांडर ने रिपोर्ट दी कि लाल फ़ौजी ग्रोमोक के सामने से नदी पार करने की कोशिश कर रहे हैं। सारी रात दुश्मन की तरफ काम होता रहा है, और पहरेदारों को इस पार उनकी भनक मिली है। वे अनगिनत गाड़ियों पर तख्ते लादकर ले आए हैं, और आरों, हथौड़ों और कुल्हाड़ियों की आवाज़ कज़्ज़ाकों ने खुद सुनी है। लाल फ़ौजी कुछ बनाते-से लग रहे हैं...।

इस पर पहले तो यह माना गया कि वे पीपों का पुल बना रहे हैं। तो, दो कज़्ज़ाक नंगे, झाड़ियों से अपना सिर ढँके हुए, चुपचाप कोई आधे वर्स्ट तक नदी में तैर गए। वे किनारे के एकदम पास से गुज़रे तो मशीनगन की एक आड़ के पास उन्होंने लाल फौजियों को आपस में बातें करते सुना। लेकिन पानी में कहीं पुल जैसा कोई नज़र न आया। यानी पीपे के पुलवाली बात हवाई जँची।

पर, बाहर की चौकीवाले कज़्ज़ाकों ने लाल फौजियों वाले किनारे पर कड़ी निगाह रखनी शुरू कर दी। पर्यवेक्षकों ने क्षणभर को भी दूरबीनों से निगाह न हटाई। पर, सुबह तड़के तक उन्हें कहीं कोई नज़र न आया। थोड़ी देर बाद रेजीमेंट के सबसे अच्छे निशानेबाज ने छँटते हुए अँधेरे में एक लाल फ़ौजी को दो कसे हुए घोड़ों को किनारे की ओर ले जाते देखा।

"एक लाल फ़ौजी किनारे की तरफ जा रहा है।" कज़्ज़ाक ने अपने साथी से कहा और दूरबीन एक तरफ रख दी।

घोड़े नदी में हिले और पानी पीने लगे।

कज़्ज़ाक ने राइफल साधी और होशियारी से लम्बा निशाना साधा।

गोली लगते ही एक घोड़ा एक तरफ गिर गया और दूसरा पूरी रफ्तार से ढाल के ऊपर भाग चला। लाल फ़ौजी मृत घोड़े के बदन से काठी को खोलने को झुका। कज़्ज़ाक ने फिर गोली चलाई और हलके से हँसा। दूसरी तरफ, लाल फ़ौजी तेज़ी से तनकर खड़ा हुआ और किनारे से पीछे भागने की कोशिश की, फिर सहसा ही मुँह के बल गिरा और हमेशा के लिए ढेर हो गया।

फिर लाल फौजियों की तैयारी की ख़बर पाते ही ग्रिगोरी ने अपना घोड़ा कसा और उस पर सवार होकर उस खास जगह की ओर बढ़ा। अधिकांश रास्ता उसने जंगल का चक्कर लगाकर तय किया। लेकिन अन्तिम दो वर्स्ट अपना घोड़ा खुले मैदान में सरपट दौड़ाया और लाल फौजियों की गोलियों का खतरा जानबूझकर मोल लिया। उसने अपने घोड़े को थोड़ा आराम दिया फिर उस पर बेंतों का चाबुक सटकारा। चोट घोड़े के पुट्ठे पर पड़ी। जानवर ने अपने कान पीछे किए और चिड़िया की तरह बेंतों की झुरमुट की ओर उड़ चला। लेकिन ग्रिगोरी ने चरागाह के बीच सौ गज़ की भी दूरी तय न की कि नदी के दूर के किनारे से मशीनगन की आवाज़ आने लगी। गोलियाँ सीटी बजाती ज़मीनी गिलहरियों की तरह उसके सिर के ऊपर से सर्राटे भरती हुई गुज़र गईं। 'बहुत ऊँचाई से गुज़रती हैं !' रासों को झटका देते और अपना गाल घोड़े की अयाल से सटाते हुए उसने सोचा। लेकिन चालक ने जैसे कि ग्रिगोरी के मन के भाव समझ लिए। अब के उसने नीचे से निशाना साधा और गोलियाँ घोड़े की अगली टापों के नीचे उछल-उछलकर गिरने लगीं। इससे धूल के बादल-से उठे। धरती वसन्ती बाढ़ के पानी से अब तक गीली थी।

ग्रिगोरी रकाबों पर दबाव देकर खड़ा हुआ और घोड़े की आगे की ओर फैली हुई गर्दन के सहारे लेट-सा गया। बेंतों के हरे झुरमुट उसकी ओर लपके। आधी मंज़िल पार की कि सामने की पहाड़ी से एक फील्ड तोप गरजी और ऐसा धड़ाका हुआ कि ग्रिगोरी अपनी जगह से हिल गया। गोले के टुकड़े अभी हवा में उड़ ही रहे थे और हवा की गड़बड़ी से सरपत की पत्तियाँ फिर से सीधी भी न हो पाईं

थीं कि तोप ने दुबारा आग उगलनी शुरू कर दी। धड़ाका अपने पंचम पर पहुँचकर निमिष-भर को रुका। इस निमिष-भर में ही ग्रिगोरी की आँखों के आगे काला बादल उमड़ा, पृथ्वी काँपी और घोड़ा अगले पैर के बल कहीं हवा में भहरा पड़ा।

विस्फोट के ज़ोर के कारण ग्रिगोरी घोड़े से बहुत दूर जा गिरा, और इतने ज़ोर से कि उसका पतलून घुटनों से फट गया। फिर उसने घास पर रेंगने की कोशिश की तो उसके हाथ जल गए और गाल झुलस गया।

गिरने से उसकी आँखें चौंधिया गईं। उस पर भी उसने खड़े होने की कोशिश की ! ऊपर से मिट्टी और घास के काले-काले ढेले-से बरसने लगे। ग्रिगोरी का घोड़ा, गोला गिरने की जगह से कोई बीस कदम के फासले पर पड़ा था। उसकी गर्दन में तो किसी तरह की कोई हरकत नहीं हो रही थी, पर उसके पैर, पसीने से तर पुट्ठे और दुम बराबर काँप रही थी।

मशीनगन शान्त हो गई। फिर कोई पाँच मिनट तक सरपत के बीच फुदकती और चहचहाती रामचिरैयों के स्वरों के सिवाय कोई और आवाज़ कानों में न पड़ी। ग्रिगोरी, अपनी ऊँघ को दबाता अपने घोड़ों की तरफ बढ़ा। उसके पैर काँप रहे थे और इस तरह अजीब ढंग से भारी लगे, जैसे कि वह किसी कष्टदायक आसन से काफी देर तक बैठा रहा हो। उसने घोड़े की काठी खोली और गोलाबारी होने के डर से सरपत के पास के झुरमुट के बीच वह पहुँच भी न पाया कि मशीनगन फिर गड़गड़ाने लगी। लेकिन, गोलियों की सरसराहट उसके कानों तक न आई, यानी इस बार किसी और ही दिशा में गोलियाँ बरसाई जाती रहीं। खैर तो ग्रिगोरी एक घंटे बाद जैसे-तैसे स्क्वैड्रन कमांडर की खोह तक पहुँच ही तो गया। बोला, "दुश्मन की राइफलों ने गोलियाँ बरसाना बन्द कर दिया है। लेकिन खयाल है कि वे अपना काम रात में फिर शुरू करेंगी। हमें कारतूस चाहिए। हमारे एक-एक आदमी के पास ज़्यादा-से-ज़्यादा दो-दो क्लिपें हैं, और बस !"

"कारतूस आज शाम को पहुँच जाएँगे। लेकिन, दूसरे किनारे से निगाह एक लमहे को भी न हटनी चाहिए।"

"आपने कल रात ही किसी को क्यों नहीं भेजा ?" ग्रिगोरी ने पूछा।

हमने दो आदमी भेजे थे, पर वे डर के मारे गाँव तक नहीं पहुँच सके। वे किनारे के पास तक तो तैर गए, पर और आगे नहीं बढ़े। और अब वहाँ तक जाने के लिए किसका नाम बताओगे तुम ? काम खतरनाक है। अगर आदमी गलती से दुश्मन की किसी बाहरी चौकी से जा टकराया तो तुम अपना सारा काम तमाम समझो ! कज़्ज़ाक अपने गाँवों के पास होते हैं तो बहुत हिम्मत से काम नहीं ले पाते। जर्मनी की लड़ाई में क्रॉस जीतने के लिए उन्होंने हर चीज़ की बाज़ी लगा दी थी, लेकिन आज सन्तरी के काम के लिए भी उन्हें भेजना चाहो तो मिन्नतें करनी पड़ेंगी। फिर ये औरतें हमारे लिए और भी परेशानी पैदा कर रही हैं। वे आ गई हैं, उन्होंने अपने-अपने आदमियों की तलाश कर ली है, और रातें वे खाइयों में उनके साथ बिताती हैं। उस पर मज़ा यह कि उन्हें यहाँ से खदेड़कर भगाया भी तो नहीं जा सकता। मैंने कल उन्हें भगाना शुरू किया तो कज़्ज़ाक मुझे ही धमकाने लगे। बोले, "ज़रा मुँह बन्द रखने की कोशिश करो, वरना हम तुम्हें किनारे लगा देंगे !"

कमांडर की खोह से ग्रिगोरी सीधा खाइयों की ओर चला। दोन के किनारे से कोई पचास गज़ दूर उसे टेढ़ा-सीधा रास्ता पार करना पड़ा। नए शाहबलूतों और देवदारुओं के घने पेड़ों ने दमदमे के पीले टीले को दुश्मन की नज़रों से पूरी तरह बचा रखा था। संचार-खाइयों ने आगे के मोर्चे को कज़्ज़ाकों के आराम की जगहों से जोड़ रखा था। खाइयों के बाहर मछलियों की सूखी खालों, भेड़ के गोश्त की हड्डियों, सूरजमुखी के बियों के छिलकों, खरबूजे के छिलकों और दूसरी जूठनों के अम्बार लगे हुए थे। पेड़ की शाखों पर अभी-अभी धोए गए मोज़े, लिनेन के ड्रॉर, पैरों की पट्टियाँ और जनानी कमीज़ें और स्कर्ट टँगे हुए थे।

ऐसे में एक जवान औरत ने अपनी नींद-भरी आँखों से पहली खाइयों में से एक से झाँककर देखा और फिर ज़मीनी गिलहरी की तरह गायब हो गई। दूसरी खाई से धीरे-धीरे गाने की आवाज आई। कई स्वर किसी के पंचम स्वर का साथ देने लगे। तीसरी खाई के प्रवेश के पास एक सयानी उम्र की औरत साफ-सुथरे कपड़े पहने बैठी दिखाई दी। उसकी गोद में सोते हुए कज़्ज़ाक का भूरे बालों से भरा सिर दीख पड़ा। इस तरह आदमी चैन से आराम करता रहा, और औरत या तो अपने बुड्ढे के सिर से ढूँढ़-ढूँढ़कर काली जुएँ निकालती और लकड़ी के कंघे पर रख-रखकर मारती रही या उसके चेहरे पर बैठनेवाली मक्खियाँ उड़ाती रही। यानी इस तरह विद्रोही पक्ष की इस कम्पनी के आसपास का वातावरण इतना शान्त था कि अगर कोई दोन के दूर के किनारे से आती मशीनगन की गड़गड़ाहट या तोप के गोलों के मिले-जुले धड़ाके न सुनता और केवल इन खाइयों के लोगों को देखता तो उसे ऐसा लगता जैसे कि सूखी घास काटनेवालों का दल यहाँ आया है, और इस समय आराम कर रहा है।

लड़ाई के अपने पाँच वर्षों के जीवन में ग्रिगोरी ने ऐसा असाधारण मोर्चा पहले कभी न देखा था। उसके होंठों पर हठात् मुस्कान दौड़ गई। वह इन खाइयों की बगल से गुज़रा तो उसे औरतें अलग-अलग ढंग से अपने पतियों की सेवा करती मिलीं। वे उनके कपड़ों की मरम्मत करती, लिनेन धोती, खाना पकाती और बर्तन साफ करती नज़र आईं।

फिर, ग्रिगोरी स्क्वैड्रन कमांडर की खाई में वापस आया तो बोला, "यहाँ तो आप सबको बड़ा आराम है। बड़ी ऐश है...है न ?"

स्क्वैड्रन कमांडर खिसियाकर हँसा और बोला, "लोगों को शिकायत करने का मौका नहीं मिलना चाहिए।"

ग्रिगोरी के माथे पर बल पड़े—"हाँ, लेकिन ऐश ज़रा कुछ ज़्यादा है। इन औरतों को फौरन ही यहाँ से निकाल बाहर कीजिए। यह जगह आपके घर का अहाता है, गाँव का बाज़ार है या क्या है ? ऐसे में होगा यह कि लाल फौजें नदी पार कर इस तरह आ धमकेंगी कि आपको आहट तक न मिल पाएगी। आप अपनी औरतों पर सवार हाँपते ही रह जाएँगे। कुछ नहीं, साँझ का धुँधलका होने के पहले-पहले इन्हें यहाँ से हाँकिए। मैं कल फिर यहाँ आऊँगा और अगर उस समय यह शमीज़ें और स्कर्टें यहाँ लहराती नज़र आ गईं तो आपका सिर तोड़कर रख दूँगा।"

"आप ठीक कहते हैं।" आदमी ने सहमति प्रकट करते हुए कहा, "मैं खुद औरतों के यहाँ रहने के खिलाफ हूँ, लेकिन इन कज़्ज़ाकों का आखिर क्या करें ? कानून-कायदा तो जैसे कोई रह ही नहीं गया है। औरतें अपने मर्दों से मिलना चाहती थीं। हमें लड़ते-लड़ते तीन महीने हो गए हैं..." उसका चेहरा एकाएक लाल हो उठा और एक ज़नाने लाल ऐप्रन को छिपाने के लिए वह तोशक पर बैठ गया। इसके बाद वह ग्रिगोरी की ओर से मुड़ा और उसने एक कोने से झाँकती अपनी पत्नी की भूरी आँखों में आँखें डालकर उसे घुड़का। औरत एक बोरे के पर्दे के पीछे खड़ी थी। पर्दा खाई के एक कोने में पड़ा हुआ था।

62

अकसीनिया व्येशेन्स्काया आई और अपनी चाची के यहाँ ठहरी। चाची बस्ती के बाहरी इलाके में रहती थी, और उसका मकान नए गिरजे से बहुत दूर न था। सो अकसीनिया आधे दिन जहाँ-तहाँ ग्रिगोरी की तलाश करती रही, लेकिन पता चला कि अभी तो वह व्येशेन्स्काया पहुँचा ही नहीं। पर, दोपहर के बाद सड़क और गलियों में इस तरह गोलियाँ बरसती रहीं और गोले आ-आकर फटते रहे कि उसकी घर से बाहर निकलने की हिम्मत ही न पड़ी।

'मुझसे तो कहा कि तुम व्येशेन्स्काया पहुँचो, हम लोग साथ-साथ रहेंगे...और खुद न जाने कहाँ चला गया !' अकसीनिया ने गुस्से में आकर सोचा और सोने के कमरे में बड़े बक्से पर लेटी अपने होंठ चबाती रही। होंठों में अब भी दम था हालाँकि पहले जैसा रंग न रह गया था। बूढ़ी चाची खिड़की पर बैठी मोज़ा बुन रही थी, और हर फन्दे के बाद रह-रहकर क्रॉस बनाने लगती थी।

इसी समय खिड़की का शीशा झनझनाकर ज़मीन पर गिरा और टुकड़े-टुकड़े हो गया। बुढ़िया भुनभुना उठी—"उफ़...प्रभु ईसा...हालत बहुत ही बुरी है...बहुत ही बुरी ! और मेरी तो समझ में नहीं आता कि यह लड़ाई आखिर क्यों हो रही है ? इन लोगों को एक-दूसरे से क्या दुश्मनी है ?"

"चाची, खिड़की से हट जाओ। कहीं तुम्हें चोट-वोट न आ जाए।" अकसीनिया ने आग्रह किया। जवाब में बुढ़िया ने चश्मे के नीचे से उस पर सवाल-भरी निगाह डाली और गुस्से से उबलती हुई बोली, "अकसीनिया, तू बेवकूफ है...बेवकूफ ! मैं क्या उन लोगों की कोई दुश्मन हूँ ? मुझ पर वे लोग गोली आखिर क्यों चलाएँगे ?"

"चाची, यों ही गोली लग सकती है और तुम्हारी जान जा सकती है। वे यह थोड़े ही देखते हैं कि उनकी गोली कहाँ लग रही है और किसको लग रही है।"

"मुझे मार डालेंगे वे लोग ! वे यह नहीं देखेंगे कि किसे उड़ा रहे हैं गोली से ? वे कज़्ज़ाकों को गोली मारते हैं। कज़्ज़ाक उनके दुश्मन हैं। मैं बूढ़ी बेवा हूँ। मुझे भला वे किसलिए गोली मारेंगे ? मैं सोचती हूँ कि वे भी यह तो सोचते ही होंगे कि अपनी राइफलों और तोपों का निशाना किसे बना रहे हैं !"

दोपहर के समय ग्रिगोरी अपने घोड़े की गर्दन से सटा सड़क से गुज़रा। अकसीनिया ने उसे देखा और वह भागी-भागी बाहर लताओं से ढँकी बरसाती में आई। चिल्लाई—"ग्रीशा...ग्रीशा !" लेकिन, ग्रिगोरी नुक्कड़ में जाकर अदृश्य हो गया और उसके घोड़े की टापों से उठी धूल धीरे-धीरे बैठ गई। पीछे दौड़ना बेकार था। अकसीनिया सीढ़ियों पर खड़ी क्रोध के आँसू बहाती रही। चाची ने पूछा, "इधर से स्तीपान घोड़ा दौड़ाता गया है क्या ? तुम इस तरह बौखलाकर भागी क्यों ?"

"गाँव का एक आदमी था।" अकसीनिया ने आँसुओं के बीच जवाब दिया।

"लेकिन, तुम इस तरह रो क्यों रही हो ?" चाची ने उत्सुक होते हुए पूछा।

"तुम यह क्यों जानना चाहती हो ? तुम्हारा इससे कोई मतलब नहीं।"

"हूँ...यानी, मेरा उससे कोई मतलब नहीं ! इसके मानी यह हैं कि घोड़े पर उछलता तुम्हारा कोई यार गया है इधर से। यों ही तो तुम इस तरह आँसू बहाओगी नहीं। मेरे सिर के बाल धूप में सफेद नहीं हुए हैं !"

और फिर शाम होने के ज़रा पहले प्रोखोर मकान में दाखिल हुआ। अकसीनिया ने उसकी आवाज़ सुनी तो खुशी से खिल उठी और सोने के कमरे से चिल्लाती हुई दौड़ी आई—"प्रोखोर !"

प्रोखोर बोला, "लड़की, तूने तो मुझे तंग कर मारा। तेरी तलाश करते-करते मेरे पैर दर्द करने लगे हैं। और ग्रिगोरी है कि बिल्कुल दीवाना-सा हो रहा है। हर तरफ गोलियाँ बरस रही हैं, हर ज़िन्दा शै कहीं-न-कहीं अपना सिर छिपाए पड़ी है, और ऐसे में वह कहता है कि जाओ, अकसीनिया को ढूँढ़कर लाओ, वरना तुम्हारी कब्र बन जाएगी।"

अकसीनिया ने प्रोखोर की आस्तीन पकड़ी और उसे बरसाती में खींच लाई। पूछा, "शैतान कहीं का, वह खुद कहाँ है ?"

"हूँ...वह कहाँ नहीं है ? मोर्चे की पाँत से पैदल आया है। दुश्मनों ने उसका घोड़ा मार डाला है। आया तो बददिमाग, कुतिया की तरह चीखता चला आया। पूछने लगा, 'अकसीनिया मिली ?' मैंने कहा, 'कहाँ मिलेगी ? मैं उसे पैदा तो कर नहीं दूँगा।' उस पर बोला, 'औरत कोई सुई नहीं है कि खो जाएगी !' फिर कैसा गरजा वह मुझ पर ! आदमी की शक्ल में बिल्कुल भेड़िया हो रहा है। लेकिन,

तुम चलो न !"

फिर तो क्षणभर में अकसीनिया ने अपनी छोटी-सी गठरी बाँधी और जल्दी-जल्दी अपनी चाची से रुखसत लेने लगी। बुढ़िया ने पूछा, "स्तीपान ने बुलवाया है तुम्हें ?"

"हाँ, चाची।"

"खैर, तो उससे मेरा प्यार कहना। खुद यहाँ क्यों नहीं चला आया ? आता तो थोड़ा-सा दूध पी लेता और दो-चार पकौड़ियाँ मुँह में डाल लेता...बची रखी हैं।"

अकसीनिया ने अपनी चाची के अन्तिम शब्द नहीं सुने। वह भागती हुई बाहर आई और सड़क पर इतनी तेज़ी से दौड़ी कि हाँफने लगी। आखिर प्रोखोर को उससे धीरे-धीरे चलने को कहना पड़ा। बोला, "मेरी बात सुनो। मैं जवान था तो खुद भी लड़कियों के पीछे दौड़ा करता था। लेकिन उस वक्त भी तुम्हारी तरह हड़बड़ी में मैं कभी नहीं रहता था। ज़रा सब्र नहीं कर सकतीं तुम ? कहीं आग लग रही है या क्या हो रहा है ? मेरी अपनी साँस फूल रही है। तुम मामूली लोगों की तरह कभी कुछ कर ही नहीं सकतीं क्या ?"

और मन-ही-मन बोला, 'फिर मिल गए यह देखो ! अब तो इन्हें शैतान भी एक-दूसरे से अलग नहीं कर सकता ! ये लोग तो मज़ा करेंगे। लेकिन मेरा क्या होगा ? मैं जो धधकती आग के बीच इस कुतिया को जगह-जगह ढूँढ़ता फिरा। ईश्वर न करे कि नताल्या को कभी इसकी सुनगुन भी मिल जाए, वरना मेरी बोटी-बोटी काटकर रख देगी। मैं जानता हूँ कि उसकी रगों में कौन-सा खून बहता है। कोरशुनोव खानदान के लोगों के साथ मज़ाक करना मुमकिन नहीं। काश कि प्यास इतनी तेज़ न लगती और मैं पानी पीने के लिए रुककर अपनी राइफल से हाथ न धो बैठता ! मैं उसके पीछे मारा-मारा फिरा, मगर मेरा तो काम हो गया ! अब अपनी फिक्र ये दोनों आप करें।"

ग्रिगोरी जिस मकान में था, उसकी खिड़कियाँ बिलकुल बन्द थीं, और बावर्चीखाने में एक मोमबत्ती धुआँ देती हुई जल रही थी। ग्रिगोरी मेज़ के किनारे बैठा था, उसने अभी-अभी राइफल की सफाई ख़त्म की थी, और अब वह अपनी पिस्तौल की नली रगड़ रहा था।

ठीक इसी समय दरवाज़े पर खटखट हुई और अकसीनिया ड्योढ़ी पर खड़ी नज़र आई। उसकी भूरी छोटी-छोटी भौंहों से पसीना चू रहा था और उसकी आँखें क्रोध से फैली हुई थीं। चेहरे से ऐसा उन्माद टपक रहा था कि उस पर निगाह डालते ही ग्रिगोरी का दिल खुशी से उछलने लगा।

"तुमने मुझे पैगाम भेजकर यहाँ बुलवाया और खुद गायब हो गए।" औरत ने हाँफते हुए कहा। अपने प्यार के शुरू के दिनों की तरह ही इस समय भी उसके लिए दुनिया में ग्रिगोरी के अलावा और किसी चीज़ का अस्तित्व न रहा था। वह सामने नहीं था, तो उसके लिए सारी दुनिया मर गई थी, और वह सामने नज़र आ गया था तो दुनिया नए सिरे से अपने अनूठे साँचे में ढल गई थी।

सो, प्रोखोर के सामने होने के बावजूद वह ग्रिगोरी की ओर लपकी, जंगली हॉप-लता की तरह उसके गले में लिपट गई और उसके रूखे गाल, नाक और होंठ बार-बार चूमने लगी। इस बीच रोते और सिसकते हुए उसने बुदबुदाकर कुछ कहा भी।

"मैंने अपनी ज़िन्दगी चौपट कर दी...उफ, मैंने कितना सहा, मेरे प्राण...मेरे राजा...मेरे प्यारे...मेरे ग्रीशा।"

"ठीक है...तो सुनो तो...अरे रुको तो...अकसीनिया, ज़रा साँस तो लो !" ग्रिगोरी ने चेहरा मोड़कर प्रोखोर की नज़र बचाते हुए घबड़ाहट से कहा। फिर उसने अकसीनिया को बेंच पर बैठाकर, उसका शॉल उतारा, और उसके बिखरे हुए बाल ठीक किए। बोला—

"तुम !"

"मैं तो वैसी ही हूँ, हमेशा की तरह। लेकिन तुम..."

"नहीं, सच मानो, तुम...तुम तो पागल हो बिल्कुल।"

अकसीनिया ने उसके कन्धे पर हाथ रखे, रोने के साथ-ही-साथ मुस्कुराई और जल्दी-जल्दी बोली, "लेकिन, तुमने ऐसा किया कैसे ? तुमने मुझे बुलवाया। मैं हर चीज़ छोड़-छाड़कर भागी-भागी पैदल आई और तुम खुद यहाँ नहीं थे। तुम घोड़ा दौड़ाते रास्ते से गुज़रे तो मैंने तुम्हें ज़ोर-ज़ोर से आवाज़ें लगाईं। मगर, तुम नुक्कड़ से मुड़ गए। दुश्मन तुम्हें मार भी तो सकता था। अगर ऐसा हो जाता तो मैं तुम्हें आखिरी बार देखने को भी तरस जाती।"

इसके साथ ही उसने कुछ और भी कहा, इतना कोमल कि शब्दों में बँध न सके...बहुत ही नारी-सुलभ और बुद्धिहीनता से भरा। साथ ही वह उसके झुके हुए कन्धे सहलाती और अपनी प्यार-भरी आँखें उसकी आँखों में डाले रही। उसकी निगाहें जाल में फँसे जानवर की निगाहों-सी लगीं और उनसे इस तरह परेशानी के साथ मायूसी टपकी कि ग्रिगोरी का दिल कचोटने लगा। उसकी ओर देखने में उसकी हिम्मत जवाब देने लगी। वह अपनी पलकें नीची कर बरबस मुस्कुराया और फिर चुप हो गया। दूसरी ओर, औरत के गालों की गुलाबी बराबर बढ़ती गई और उसकी पुतलियों के आगे जैसे किसी नीली धुन्ध का पर्दा बनता गया।

प्रोखोर बिना कुछ कहे बाहर चला आया। बरसाती में उसने थूका और थूक को पैर से रगड़ दिया।

"पागल है बिल्कुल !" सीढ़ियों से नीचे उतरते हुए उसने एक निश्चय के साथ मन-ही-मन कहा और जानबूझकर दरवाज़ा खड़ाक से मारा।

63

दो दिन तक वे दोनों आसपास की हर चीज़ से बेखबर इस तरह जीते रहे कि न उन्होंने दिन को दिन समझा और न रात को रात। इस बीच बुद्धि पर पर्दा डालने वाली, थोड़ी-थोड़ी देर की नींद के बाद ग्रिगोरी जगा तो धुँधलके में अकसीनिया की आँखें इस तरह अपने ऊपर गड़ी देखीं, जैसे कि वह उसके नाक-नक्श घोटकर पी जाना चाहती हो। आम तौर पर वह कोहनी के बल गाल को हथेली से साधे लेटी रही और ग्रिगोरी को लगभग एकटक देखती रही।

"इस तरह क्या घूर रही हो ?" ग्रिगोरी ने पूछा।

"मैं तुम्हें जी-भर देख लेना चाहती हूँ। मेरा दिल कहता है कि दुश्मन तुम्हें मार डालेंगे।"

"अगर तुम्हारा दिल ऐसा कहता है तो देख लो जी भर।" ग्रिगोरी मुस्कुराया।

अपने आने के बाद तीसरे दिन वह पहली बार बाहर निकला। कुदिनोव ने सन्देश पर सन्देश भेजे और उक्र कान्फ्रेंस के लिए स्टॉफ़ हेड-क्वार्टर्स में बुलाया था, लेकिन उसने कहला दिया था कि कान्फ्रेंस मेरे बिना भी हो सकती है। प्रोखोर ने इस बीच अपने लिए नया घोड़ा हासिल कर लिया और रातोंरात खाइयों पर जाकर काठी ले आया था। सो ग्रिगोरी को बाहर जाने के लिए तैयार होता देखकर अकसीनिया ने चौंककर पूछा, "तुम जा कहाँ रहे हो ?"

"मैं तातारस्की जाकर यह देखना चाहता हूँ कि हमारे लोग गाँव की किस तरह हिफाजत कर रहे हैं, घरवाले कहाँ हैं।" उसने जवाब दिया।

वह काँपने लगी और उसने अपने भूरे कन्धों पर शॉल डाल लिया—"अपने बच्चों की याद आ रही है ?"

"हाँ।"

"ग्रिगोरी, देखो तुम न जाओ...सुनते हो ?" उसने मिन्नत की और उसकी आँखें चमकने लगीं, "क्या तुम्हारे घर के लोग तुम्हें मुझसे ज़्यादा प्यारे हैं ? क्यों ? तुम इधर भी झुकते हो और उधर भी। तुम मुझे भी क्यों नहीं साथ ले लेते ? मैं नताल्या के साथ जैसे-तैसे निभा लूँगी। खैर...जाना ही चाहते हो तो जाओ, लेकिन फिर लौटकर मेरे पास न आना। मैं इस तरह का बरताव नहीं चाहती...बिल्कुल

नहीं चाहती।"

ग्रिगोरी चुपचाप निकलकर अहाते में आया और अपने घोड़े पर सवार हो गया।

तातारस्की की पैदल फौज खाइयाँ खोदने के मामले में ज़रा ढीली रही।

"बेकार की बकवास है इतनी।" क्रिस्तोन्या गरजा, "आखिर कहाँ समझा जाता है हमें...जर्मनी के मोर्चे पर ? लड़को, सिर्फ घुटनों-घुटनों नीची खाइयाँ खोदो...इससे गहरी खाइयाँ ऐसी कड़ी ज़मीन में खोदने की हमसे उम्मीद ही किस तरह की जाती है। कुदाल तो कुदाल, यह ज़मीन तो रम्भे से भी नहीं टूटेगी।"

फिर उसकी सलाह पर बाएँ किनारे के ढाल पर सिर्फ लेटने-भर के लिए खाइयाँ खोदी गईं और जंगल में गढ़ों की खोदाई की गई।

"इस वक्त हमारी हालत ज़मीनी गिलहरियों की-सी हो रही है।" कभी निराश न होनेवाले अनीकुश्का ने एलान-सा किया, "अब हम खरहोंवाले बाड़ों में रहेंगे और घास खाएँगे। पैनकेक और क्रीम, गोश्त और पकौड़ियाँ बहुत खाईं...अब तिनपतियाँ खानी पड़ेंगी, क्या खयाल है ?..."

पर लाल-फौजियों ने तातारस्की के लोगों को बहुत तकलीफ न दी। गाँव के सामने बैटरियाँ नहीं थीं। केवल बीच-बीच में ही दाहिने किनारे से एक मशीनगन, खाई से झाँकते एक पर्यवेक्षक के सिर पर रह-रहकर गोलियाँ बरसाती और फिर काफी देर के लिए सन्नाटा हो जाता।

लाल-सेना की खाइयाँ पहाड़ी पर थीं। और उस सेना के लोग भी जब-तब ही गोलियाँ चलाते थे। पर, वे गाँव-गाँव में जब भी गए रात में गए और उस समय भी बहुत देर तक वहाँ न ठहरे।

ग्रिगोरी शाम होते-होते अपने गाँव की चरागाह के पास पहुँच गया। यहाँ की हर चीज़ उसकी जानी-पहचानी थी। सो, हर पेड़ ने उसकी सोई हुई यादें जगाईं। सड़क 'क्वाँरी घाटी' से होकर गुज़री, यहाँ सन्त पीटर दिवस पर, चरागाहों के बँटवारे के बाद, कज़्ज़ाक हर साल वोद्का पीते थे। वह अलेक्सेइ जंगल से निकला...बहुत साल पहले, इसी जंगल में, तातारस्की गाँव के अलेक्सेइ नाम के कज़्ज़ाक की गाय पर भेड़ियों ने हमला कर दिया था। अब अलेक्सेइ को मरे एक ज़माना हो चुका था। कब्र के पत्थर पर खुदे शब्दों की तरह उसकी याद भी लोगों के दिमाग से मिट गई थी और उसके पड़ोसी और नाते-रिश्तेदार उसका उपनाम तक भूल गए थे। लेकिन उसके नाम का लहलहाता हुआ जंगल अब तक यहाँ से वहाँ तक फैला हुआ था और उसके शाहबलूत और एल्म के पेड़ इस समय भी आकाश चूमते थे। यहाँ से तातारस्की के कज़्ज़ाक, घर की चीज़ों के लिए पेड़ काटकर लकड़ी ले जाते। लेकिन हर वसन्त में ठूँठों के आसपास नए कल्ले फूटने लगते। फिर एक-दो साल पेड़ चुपचाप बढ़ते रहते। इसके बाद गर्मी आती तो अलेक्सेइ के जंगल के पेड़ अपनी शाखाओं के हाथ बढ़ाने लगते। पतझड़ आता तो शाहबलूत के पेड़ों की पत्तियों पर सोना मढ़ देता।

गर्मी में काली बेरी की घनी झाड़ियाँ गीली ज़मीन पर दोहरी हो उठतीं और पुराने एल्मों के सिरों पर रंग-बिरंगी मैगेपाइ चिड़ियाँ और कठफोड़वे अपने घोंसले बना लेते। पतझड़ के ज़माने में हवा शाहबलूत के फलों और झरी हुई पत्तियों की बास से भरी रहती तो जंगली मुर्गे कहीं और जाते हुए, राह में इस छोटे-से जंगल में आते। जाड़े में बर्फ के फैलाव पर सिर्फ लोमड़ी के पैरों के गोल निशान नज़र आते। ग्रिगोरी लोमड़ियाँ फँसाने के लिए अक्सर ही जाड़े में यहाँ आता।

सो, ग्रिगोरी इस समय पुराने रास्ते से निकला। रास्ते के दोनों ओर पेड़ थे और रास्ते में पेड़ों की छाया की तरी थी। फिर वह 'काली-चोटी' की तरफ बढ़ा तो शराब के नशे की तरह यादें उसके दिमाग

को जकड़ने लगीं। जहाँ अपने बचपन में उसने अकसर जंगली बत्तखों का शिकार किया था वहीं आज देवदारु के मौन पेड़ खड़े थे। 'गोल-तालाब' पर तो वह सुबह से शाम तक बैठा बंसी से मछलियाँ फँसाता रहता था। ज़रा दूर पर गुलाब का एक अकेला पुराना झाड़ था। झाड़ मेलेखोव परिवार के अहाते से नज़र आता था और ग्रिगोरी हर पतझड़ में अपने मकान की सीढ़ियों पर खड़ा होकर उसे देखकर खुश होता था। दूर से ऐसा लगता था जैसे कि वहाँ आग की लपटें उठ रही हों।

ग्रिगोरी ने शान्त उदास मन से चारों ओर नज़र दौड़ाकर अपने बचपन से जुड़ी एक-एक चीज़ हसरत से देखी। उसका घोड़ा, अपनी दुम से गोमक्खियाँ और मच्छर उड़ाता धीरे-धीरे कदम-चाल से चला। घास की पत्तियाँ हवा के सामने झुक गईं और चरागाह में धब्बेदार परछाइयाँ हिलने लगीं।

वह तातारस्की की पैदल कम्पनीवाली खाइयों की ओर बढ़ा और उसने क्रिस्तोन्या से अपने पिता को बुलावा भेजा। बूढ़ा पैन्तेली लँगड़ाता हुआ भागा आया।

"मेरा अभिवादन लो चीफ़ !" बूढ़े ने पास आते हुए ज़ोर से कहा।

"हलो, पापा !"

"घरवालों से मिलने आए हो ?"

"हाँ, अब तक तो निकलना मुमकिन नहीं हुआ। खैर, तो घर के लोग कैसे हैं ? माँ और नताल्या कहाँ हैं ?"

पैन्तेली ने हाथ हिलाया और उसका चेहरा सिकुड़ गया। साँवले गाल पर एक आँसू ढलक आया। ग्रिगोरी ने तुरन्त ही उत्सुकता से पूछा, "क्यों, बात क्या है ? क्या हुआ ?"

"नताल्या पिछले दो दिनों से बिस्तर पर पड़ी है। लगता है, टाइफस है। और बुढ़िया उसे अकेला छोड़ती नहीं...लेकिन, घबराने की ऐसी कोई बात नहीं है। वे लोग ठीक ही हैं।"

"और बच्चे कैसे हैं ? पोल्या कैसा है...मीशा कैसा है ?"

"बच्चे भी वहीं हैं...लेकिन, दून्या इस पार चली आई है। अकेली लड़की, तुम जानते हो, उसे गाँव में रहने में डर लगा। बस, अनीकुश्का की बीवी के साथ इधर आ गई। मैं इस बीच दो बार घर हो आया हूँ। यानी, रात में चुपचाप नाव ली और उन्हें देख आया। नताल्या की तबीयत काफी खराब है, जब मैंने उसे देखा था तो बुखार इतना था कि होंठों पर खून की पपड़ी जम गई थी।"

बूढ़ा नाराज़ हो उठा और उसकी काँपती हुई आवाज़ में खीझ और फटकार मिश्रित थी—"और तुम आखिर कर क्या रहे थे ? तुम उन्हें वहाँ से हटाकर इस पार पहुँचाने के लिए खुद नहीं आ सकते थे ?"

"मेरे मातहत पूरी-की-पूरी एक डिवीज़न है। मुझे उसके पार जाने का पूरा इन्तज़ाम करना और देखना पड़ा।" ग्रिगोरी ने ज़रा गरमाते हुए जवाब दिया।

"हमने व्येशेन्स्काया के तुम्हारे रंग-ढंग की कहानियाँ सुन रखी हैं। लगता है कि अब तुम्हें अपनी बीवी और अपने बच्चों की ज़रूरत नहीं। उफ़्, ग्रिगोरी, अगर तुम अपने खानदान के लोगों का खयाल नहीं करना चाहते तो न करो, मगर उस प्रभु का तो खयाल करो। मैंने इधर से नदी पार नहीं की। वरना तुम सोचते हो कि मैं उन्हें वहीं छोड़ आता ? मेरा ट्रुप येलान्स्काया में था, और जब तक हम यहाँ पहुँचे, लाल-फ़ौजी तातारस्की में घुस आए।"

"व्येशेन्स्काया में मैंने क्या किया और क्या नहीं, इससे तुम्हें कुछ लेना-देना नहीं। और, तुम..." ग्रिगोरी की आवाज़ फट गई और साफ नहीं रही।

"मेरा कोई खास मतलब नहीं था।" बूढ़ा सकपका उठा और उसने थोड़े फासले पर जमा होते कज़्ज़ाकों की ओर गुस्से से भरकर देखा। बेटे से बोला, "लेकिन, ज़रा धीरे से बोलो। हमारी बातें उन लोगों के कानों में पड़ सकती हैं।" और, बूढ़े ने खुद अपना स्वर काफी नीचा कर लिया, "तुम अब बच्चे नहीं रहे। सारी बातें तुम बेहतर समझ सकते हो। मगर, अपने बच्चों की फिक्र न करो। प्रभु चाहेगा

तो नताल्या जल्दी ही अच्छी हो जाएगी। जहाँ तक लाल-फौजियों का सवाल है, वे कोई खास तकलीफ नहीं दे रहे थे। उन्होंने हमारे बछड़े को मार डाला। लेकिन, यह कोई ऐसी बड़ी बात नहीं है। वैसे उन लोगों ने रहम से काम लिया है और वे हम लोगों को नुकसान नहीं पहुँचाएँगे। कहने को वे अनाज काफी उठा ले गए हैं...मगर, लड़ाई में नुकसान होता ही है।''

''शायद अब हम उन लोगों को इस पार ला सकते हैं...क्यों ?''

''मैं ऐसा नहीं सोचता। नताल्या इतनी बीमार है, उसे हम कहाँ ले जा सकते हैं ? ऐसी हालत में उसे कहीं भी ले जाना बड़ा ही खतरनाक होगा। वे लोग यहाँ ही ठीक हैं। तुम्हारी माँ पूरी देख-रेख कर रही है और अब पहले की तरह मुझे उधर की उतनी फिक्र नहीं है।...लेकिन हाल में गाँव में कई जगह आग लगा दी गई है।''

''आग में किस-किसके घर जल गए ?''

''सारा चौक तो जल ही गया है। बड़े तिजारती लोगों के मकान भी जलकर राख हो गए हैं। कोरशुनोव के घर का तो नामोनिशान भी बाकी नहीं बचा है। लुकीनीचिना तो लाल-फौजियों के आने के पहले ही वहाँ से निकल गई। लेकिन बूढ़ा ग्रीश्का फार्म की देख-रेख के लिए वहीं रह गया। तुम्हारी माँ से बोला, 'मैं अपना अहाता छोड़कर कहीं नहीं जाऊँगा, और ईसा के दुश्मन मेरे पास फटकेंगे भी नहीं। वे क्रॉस से डरते हैं।' तुम तो जानते हो कि इस मामले में उसकी सनक किस हद तक बढ़ी हुई है। लेकिन, लाल-फौजियों को क्रॉस से किसी तरह का कोई डर नहीं लगा, और घर और फार्म की सभी इमारत जला दी गई। पता नहीं कि खुद ग्रीश्का का क्या हुआ ! वैसे तो उसका मरने का वक्त भी था। बीस साल पहले उसने अपने लिए ताबूत तैयार करवाया था, लेकिन मौत ने उसे नहीं पूछा तो आज तक नहीं पूछा...और, तुम जानते हो, इस तरह गाँव को जलाकर राख कर रहा है तुम्हारा ही एक दोस्त !''

''कौन-सा मेरा दोस्त ?''

''मीशा कोशेवोइ...मौत ले जाए उसे।''

''नहीं, वह ऐसा नहीं करेगा।''

''ऊपरवाला जानता है कि किया तो यह सब उसी ने है ! वह तुम्हें पूछने हमारे यहाँ आया था। तुम्हारी माँ से कहने लगा, 'लाल-फ़ौजी नदी पार कर दूसरी तरफ पहुँचेंगे तो सबसे पहले तुम्हारे ग्रिगोरी के गले में फंदा डाला जाएगा। सबसे ऊँचे शाहबलूत पर लटकाया जाएगा उसे। मैं उसके बदन से अपनी तलवार गन्दी नहीं करूँगा।' उसने मुझे भी पूछा। बोला, 'वह दूसरा शैतान कहाँ चला गया ? उसे तो यहाँ स्टोव के ऊपर की टाँड़ पर पड़ा होना चाहिए था। मुझे पैन्तेली मिल जाएगा तो मैं उसे मारूँगा नहीं, उस पर इतने कोड़े जमाऊँगा कि उसका दम अपने-आप निकल जाएगा।' ऐसा निकला है वह सूअर का बच्चा ! वह गाँवभर में तिजारतियों और पादरियों के घर जलाता फिरता है। कहता है—इवान अलेक्सेयेव्चि और स्टॉकमैन की जानों के बदले मैं पूरा-का-पूरा व्येशेन्स्काया जलाकर राख कर दूँगा...यह कहता है वह !''

ग्रिगोरी कोई आधे घंटे तक अपने पिता से बातें करता रहा और फिर अपने घोड़ों की तरफ बढ़ गया। बूढ़े ने इस बीच अकसीनिया का नाम तक नहीं दिया, इस पर भी ग्रिगोरी मन-ही-मन उदास हो उठा। सोचने लगा, 'अगर पापा जानते हैं तो और लोगों ने भी इस बारे में सुना ही होगा। आखिर इन सबको यह राज़ बतलाया किसने ? प्रोखोर के सिवाय और किसने हमें एकसाथ देखा है ? कहीं ऐसा तो नहीं है कि स्तीपान को भी इसकी जानकारी हो ?' उसे अपने ऊपर खीझ आई और शर्म भी और वह दाँत पीसने लगा।

उसने कज़्ज़ाकों से थोड़ी-सी बातें कीं। अनीकुश्का मज़ाक और स्क्वैड्रन के लिए कुछ बाल्टी वोद्का की माँग करता रहा। बोला, ''वोद्का ज़रूर आए, कारतूस आए चाहे न आए।'' और उसने गर्दन पर

उँगली का नाख़ून चटकाया।

ग्रिगोरी ने क्रिस्तोन्या और गाँव के अपने दूसरे साथियों को अपने पास से सिगरेटें दीं। फिर वह घोड़े पर चढ़ने को हुआ ही कि उसने स्तीपान अस्ताखोव को अपनी ओर आते देखा। स्तीपान आराम से धीरे-धीरे आया और उन दोनों के बीच अभिवादन का आदान-प्रदान भी हुआ, लेकिन उसने ग्रिगोरी से हाथ नहीं मिलाया।

ग्रिगोरी ने विद्रोह छिड़ने के बाद आज पहली बार उसे देखा तो वह चिन्ता और उत्सुकता से उसकी ओर देखता रहा। मन-ही-मन विस्मय से सोचता रहा—'क्या उसे इस बात की जानकारी है ?' परन्तु, स्तीपान के खूबसूरत चेहरे पर किसी तरह की कोई परेशानी न दीखी। उल्टे वह प्रसन्न नज़र आया।

ग्रिगोरी ने चैन की साँस ली।

64

ग्रिगोरी अगले दो दिनों तक मोर्चे के अपने पहले डिवीज़न के जमाव वाले हिस्सों का दौरा करता रहा। लौटने पर उसे पता चला कि स्टॉफ़-कमान ने अपना प्रधान कार्यालय हटाकर व्येशेन्स्काया से थोड़ी दूर चोरनी गाँव में जमा लिया है। सो, थोड़ी देर तक आराम करने और अपने घोड़े को पानी पिलाने के बाद वह सीधे उस गाँव की तरफ रवाना हुआ।

कुदिनोव ने प्रसन्नता से उसका अभिवादन किया और चुनौती-भरी मुस्कान से उसकी ओर घूरकर देखा—"हाँ, तो, ग्रिगोरी पैन्तेलेयेविच, ज़रा बतलाओ कि इधर तुमने क्या-कुछ देखा, तुम किस-किससे मिले ?"

"मैं कज़्ज़ाकों से मिला और मैंने नदी के पार लाल-फौजियों को देखा।" ग्रिगोरी ने जवाब दिया।

"तब तो तुमने न कुछ ज़्यादा देखा और न कुछ ज़्यादा सुना। तुम्हें मालूम है, तीन हवाई जहाज़ वहाँ कारतूस और चिट्ठियाँ लेकर आ चुके हैं।"

"और, आपके दोस्त जनरल सिदोरिन ने क्या लिखा है ?" ग्रिगोरी ने पूछा।

"तुम्हारा मतलब मेरे पुराने दोस्त सिदोरिन से है ?" कुदिनोव उसी लहजे में बात करता रहा—"उसने लिखा है कि हम अपनी जगह मज़बूती से डटे रहें और लाल-फौजियों को नदी पार न करने दें। साथ ही उसने यह भी लिखा है कि दोन की फौज अब आखिरी हमला करने ही वाली है।"

"सुनने में बात खासी अच्छी लगती है।" ग्रिगोरी ने मज़ाक बनाया।

उसी समय कुदिनोव अचानक ही गम्भीर हो उठा—"दोन-फौज मोर्चा तोड़ने जा रही है। यह बात तुम अपने पास तक रखना। मैं सिर्फ तुम्हें बता रहा हूँ। एक हफ्ते के अन्दर-अन्दर लाल-सेना का मोर्चा टूट जाएगा। हमें जमे रहना चाहिए।"

"हम जमे हुए हैं।"

"ग्रोमोक में लाल-फौज नदी पार करने की तैयारी कर रही है।"

"अब भी वे लोग अपने हथौड़े बजा रहे हैं ?" ग्रिगोरी ने आश्चर्य से पूछा।

"हाँ...लेकिन आखिर तुम रहे कहाँ ? व्येशेन्स्काया में महज़ पलंग तोड़ते रहे हो ? परसों मैंने तुम्हें हर जगह तलाश करवाया। एक आदमी ने लौटकर बताया कि तुम क्वार्टर में नहीं हो। हाँ, एक हसीन-सी औरत ज़रूर बाहर आई और भरी हुई आँखों से कहने लगी कि तुम घोड़े पर सवार होकर कहीं चले गए हो। इस पर मुझे तो ऐसा लगा कि तुम किसी लड़की के साथ ज़िन्दगी के मज़े ले रहे हो और कहीं छिपे हुए हो।"

ग्रिगोरी की त्यौरी चढ़ गई, और उसने कुदिनोव के मज़ाक को मज़ाक कम ही समझा। सख्त पड़ते हुए बोला, "अच्छा हो कि आप झूठी बातों पर कान ज़रा कम दिया करें और पैगाम लेकर उन्हें भेजा

करें जिनकी जीभ ज़रा कम लम्बी हुआ करे। वैसे अगर ऐसे लोगों की ज़बानें लम्बी होंगी ही, तो मैं उन्हें तलवार से काटकर कायदे में ले आऊँगा।''

कुदिनोव ने हँसी का एक ठहाका लगाया और ग्रिगोरी की पीठ पर हाथ मारा। पूछने लगा, ''तुम मज़ाक नहीं समझ पाते क्या ? लेकिन, खैर, छोड़ो, तुमसे कुछ काम की, बड़ी बात करनी है। हम चाहते हैं कि घुड़सवारों के दो स्क्वैड्रन कज़ान्स्काया की तरफ से जाएँ और लाल-फौजियों पर हमला कर दें। हो सके तो वे ग्रोमोक से इस तरह नदी पार करें कि दुश्मन के हाथ-पैर फूल जाएँ। क्या खयाल है तुम्हारा ?''

ग्रिगोरी एक क्षण तक चुप रहा और फिर बोला, ''खयाल बुरा नहीं है।''

''और, तुम उनकी कमान सँभाल लोगे ?'' कुदिनोव ने पूछा।

''मैं क्यों सँभालूँगा कमान ?''

''हम चाहते हैं कि कमान किसी लड़नेवाले के हाथों में हो। बात यह है कि सारा काम कोई आसान तो है नहीं। यानी, नदी ही ऐसे उल्टे-सीधे ढंग से पार की जा सकती है कि एक आदमी सही-सलामत न लौटे।''

कुदिनोव के शब्दों से ग्रिगोरी की बाँछें खिल उठीं और उसने बेहिचक कमान सँभालने का फ़ैसला किया। ''खैर, तो मैं सँभाल लूँगा कमान।''

''अब सुनो कि किस तरह इस चीज़ का नक्शा हम लोग अपने दिमाग में बनाते रहे हैं।'' कुदिनोव अपनी जगह से उठा और फर्श के चरमराते हुए तख्तों पर चहलकदमी करते हुए, और उत्साह से बोला, ''यह ज़रूरी नहीं कि हमारी फौज दुश्मन के मोर्चे के पिछले हिस्से तक जाए ही। ज़रूरी सिर्फ़ यह है कि हमारे फ़ौजी दोन के किनारे-किनारे जाएँ, दो-तीन गाँवों में दुश्मनों को झकझोर दें, कुछ कारतूस और तोप के गोले हथिया लें, कुछ लोगों को कैद कर लें और फिर उसी रास्ते से लौट आएँ। सारा-कुछ रातोंरात इस तरह करना होगा कि सुबह होते-होते घाट तक लौटा जा सके। ठीक है न ? तो, तुम भी एक बार सोच देखो और कल सुबह अपनी मर्ज़ी के कज़्ज़ाक चुनकर मुहिम पर रवाना हो जाओ। हम सभी इस मामले में एक राय हैं कि यह काम तुम्हारे सिवाय और कोई नहीं कर सकता। और अगर इसमें तुम्हें कामयाबी मिल जाएगी तो दोन-फौज तुम्हें कभी भूल न पाएगी। फिर, यह कि हमारे दोस्त ज्यों ही हमसे आ मिलेंगे, मैं खुद सिदोरिन को सारा-कुछ लिखकर भेज दूँगा। उस ब्यौरे में तुम्हारे सारे कारनामों का ज़िक्र होगा और तुम्हारा ओहदा फौरन ही बढ़ा दिया जाएगा।'' उसने अपनी बात बीच में ही ख़त्म कर दी, क्योंकि ग्रिगोरी का शान्त चेहरा एकदम स्याह पड़ गया और क्रोध से ऐंठ गया।

''आप मुझे समझते क्या हैं आखिर ?'' ग्रिगोरी ने तेज़ी से अपने हाथ पीठ पर बाँधे और अपनी जगह से उठ खड़ा हुआ—''आपका ख्याल है कि मैं कमान ओहदे के लिए सँभालूँगा। आपका खयाल है कि आप मुझे खरीद सकते हैं ? आप मुझे तरक्की का लालच दे रहे हैं ? मैं...''

''ज़रा सुनो तो।''

''मैं आपके इस ओहदे पर थूकता हूँ।''

''सुनो तो, तुमने मेरी बातें ठीक से समझी नहीं।''

''मैंने आपकी बात ठीक ही समझी है।'' ग्रिगोरी की आवाज़ फँस गई और वह फिर बैठ गया—''आप किसी और की तलाश कर लीजिए। मैं कज़्ज़ाकों की अपनी कमान नदी के पार नहीं ले जाऊँगा।''

''तुम बेकार ही नाराज़ हो रहे हो...''

''मैं कमान नहीं सँभालूँगा। आगे और कुछ नहीं कहना चाहता।''

''खैर, तो, मैं इस मामले में न तो तुमसे ज़ोर-ज़बर्दस्ती करूँगा और न आरज़ू-मिन्नत। चाहो तो कमान सम्हालो, और न चाहो तो न सँभालो। हमारी हालत इस वक्त काफ़ी पतली है। यही वजह है

कि हमने फैसला किया है कि हम अपना पूरा ज़ोर लगाएँगे और नदी पार करने की दुश्मन की तैयारी आगे न बढ़ने देंगे। तुम्हारी तरक्की और ओहदे की बात तो मैं मज़ाक में कह रहा था। तुम मज़ाक बर्दाश्त नहीं कर सकते। औरत की बात मैंने हँसी में कही, तो भी तुम उबल पड़े। मैं जानता हूँ कि तुम आधे बोलशेविक हो, और अफसरों को पसन्द नहीं करते। यानी, हद है कि तुम हर बात संजीदगी से ही लेते चले गए। मैं तो तुम्हें चिढ़ा रहा था कि तुम ज़रा बिगड़ो।'' कुदिनोव इतने स्वाभाविक ढंग से हँसा कि ग्रिगोरी क्षणभर को गड़बड़ा गया कि शायद यह आदमी सचमुच ही मज़ाक करता रहा है।

''इससे कोई फर्क नहीं पड़ता। मैं कमान सँभालने से बिल्कुल इन्कार करता हूँ।'' उसने आग्रहपूर्वक कहा, ''मैंने अपना इरादा बदल दिया है।''

कुदिनोव, तटस्थ-भाव से, अपनी पेटी से खिलबाड़ करता रहा और काफी देर तक चुप रहने के बाद बोला, ''यानी, तुमने अपना इरादा बदल दिया है या तुम डर रहे हो, इससे कोई खास फर्क नहीं पड़ता। फर्क यही पड़ता है कि हमने जो कुछ सोचा-समझा था, जो नक्शे बनाए थे, तुम उन सबको चौपट कर रहे हो। खैर, हम किसी और की तलाश कर लेंगे। जिगरवाले कज़्ज़ाक कोई तुम्हीं एक तो नहीं हो। लेकिन, ज़रा खुद समझो कि हमारी हालत कैसी नाजुक है। लाल-फौज...यह लो, खुद पढ़ लो, वरना शायद तुम्हें यकीन न आए।'' उसने खून के छींटोंबाला एक पीला काग़ज़ अपने पोर्टमैंटू से निकाला और ग्रिगोरी की ओर बढ़ाया–''यह उन्हें किसी अन्तर्राष्ट्रीय कम्पनी के कमीसार से मिला है। कमीसार लातविया का था। दोगले ने आखिरी कारतूस तक मोर्चा सँभाला और फिर संगीन तानकर कज़्ज़ाकों की पूरी-की-पूरी टुकड़ी पर टूट पड़ा। कोन्द्रात ने खुद गिराया उसे। उनके बीच भी हिम्मतवाले, बहादुर लोग हैं...ऐसे लोग हैं जो अपने ईमान में भरोसा रखते हैं। तो, उसी लातवियन के पास बरामद हुआ यह गश्ती हुक्मनामा।''

फ़ौरी फ़ौजी फरमान

8 नं. 100

बोगुचार 25 मई, 1919

(इसे सभी कम्पनियों, स्क्वैड्रनों, बैटरियों और कमानों को पढ़कर सुनाया जाए।)

दोन के शर्मनाक विद्रोह का अन्त समीप आ रहा है। आखिरी घड़ी आ गई है। सभी ज़रूरी तैयारियाँ पूरी हो चुकी हैं। बागियों को तोड़ने के लिए काफी फ़ौजें जमा की जा चुकी हैं। केनों से हिसाब-किताब करने का क्षण सामने है। ये लोग दो महीने से अधिक समय से दक्षिण-मोर्चे की हमारी ज़ोरदार फ़ौजों की पीठ में बराबर छुरा भोंकते रहे हैं। साथ ही जाली लाल-झंडे के नीचे खड़े होकर देनिकिन और कोलचाक जैसे ज़मींदारों के हाथ मज़बूत करते रहे हैं। इन कज़्ज़ाक गिरोहों को रूस के किसान और मज़दूर नफरत और खीझ से भरकर देखते रहे हैं।

सिपाहियो, कमांडरो और कमीसारो, सबकुछ तैयार है। अब तो इशारा मिलते ही तुम धावा बोल दो।

ये धोखेबाज़ और गद्दार लोग सबकी निगाहों में गिरे हुए हैं। इनके घोंसलों का नामोनिशान मिट ही जाना चाहिए। इन केनों का विनाश होना ही चाहिए। जिन ज़िलों के लोगों ने हमारे खिलाफ सीना ताना है, उन पर रहम दिखलाने की कोई ज़रूरत नहीं। रहम सिर्फ उन पर दिखलाया जाए जो अपने-आप हथियार डाल दें और हमसे आ मिलें। लेकिन, देनिकिन और कोलचाक के साथियों की हरकतों का जवाब हम महज़ गोलियों की बौछारों, इस्पात की काटों और आग की लपटों से दें। साथी-सिपाहियो,

सोवियत- रूस तुम पर भरोसा रखता है। दो-चार दिनों में ही तुम्हें दोन के आँचल से गद्दारी का काला धब्बा धो डालना चाहिए। कूच की घड़ी आ गई है।

आगे बढ़ो, और इस तरह आगे बढ़ो, जैसे कि तुम सब इतने अलग-अलग लोग न होकर एक व्यक्ति हो।

65

19 मई को, नवीं लाल-सेना के अभियान ब्रिगेड के स्टॉफ-चीफ़ ने मीशा कोशेवोइ को, एक फ़ौरी हुक्मनामा 32वीं रेजीमेंट के हेडक्वार्टर्स में पहुँचा आने का हुक्म दिया। दफ्तर गोरवातोव्स्की गाँव में समझा जा रहा था।

सो, कोशेवोइ उसी दिन शाम को उस गाँव में पहुँच गया, मगर दफ्तर वहाँ न निकला। हाँ, गाँव में एक दूसरी यूनिट की मालगाड़ियों की रेलपेल के कारण घुटन ज़रूर महसूस हुई। पता चला कि मालगाड़ियाँ दोनेत्स से आ रही हैं और उस्त-मेदवेदित्सा को जा रही हैं। उनकी हिफाज़त के लिए पैदल सेना की दो बटैलियनें साथ नज़र आईं।

मीशा कोई दो घंटे तक गाँव में इधर-उधर भटकता और 32वीं रेजीमेंट के हेडक्वार्टर का ठीक पता मालूम करता रहा। आखिरकार लाल-सेना के एक घुड़सवार सिपाही ने बतलाया कि वह दफ्तर बोकोन्स्काया ज़िले के येवलांतयेव्स्की गाँव में है।

तो, अपने घोड़े को खिलाने-पिलाने के बाद, उसने येवलांतयेव्स्की की तरफ मोड़ा। कुछ देर बाद वहाँ पहुँचा, लेकिन हेडक्वार्टर्स का दफ्तर वहाँ भी न मिला।

अब वह गोरवातोव्स्की-गाँव को लौटा कि आधी रात के बाद स्तेपी के मैदान में, वह अचानक ही लाल-सेना के एक गश्ती-दस्ते से टकरा गया।

और, अभी दूर ही था कि किसी की तेज़ आवाज़ उसके कानों में पड़ी–"कौन है वहाँ ?"

"दोस्त।"

"खैर, तो आओ, ज़रा देख लें कि किस तरह के दोस्त हो तुम..." उक्रइन ने भर्राई हुई आवाज़ में जवाब दिया और गहरा नीला कोट पहने, और सफेद कुबान-टोप लगाए हुए उक्रइनी फ़ौजी-अफ़सर सामने आया। "किस यूनिट के हो ?"

"नवीं सेना के अभियान ब्रिगेड का हूँ।"

"कोई दस्तावेज़ है ?"

मीशा ने अपने कागज़ात दिखलाए। पेट्रोल कमांडर ने चाँदनी में उन्हें देखते हुए पूछा, "तुम्हारा ब्रिगेड कमांडर कौन है ?"

"कॉमरेड लोजोव्स्की।"

"और, तुम्हारी ब्रिगेड इस वक्त कहाँ है ?"

"दोन के उस पार है। तुम किस रेजीमेंट के हो, कॉमरेड ? बत्तीसवीं रेजीमेंट के तो नहीं ?"

"नहीं, हम तेतीसवीं डिवीज़न के हैं। लेकिन, तुम कहाँ के हो ?"

"येवलांतयेव्स्की का हूँ।"

"और, जा कहाँ रहे हो ?"

"गोरवातोव्स्की जा रहा हूँ।"

"अच्छा...लेकिन, गोरवातोव्स्की में तो इस वक्त कज़्ज़ाक हैं।"

"बिल्कुल नहीं हैं।" मीशा ने ज़ोर देकर कहा।

"मेरा यकीन करो...वहाँ हैं, और बागी कज़्ज़ाक हैं। हम लोग अभी-अभी वहीं से आए हैं।"

"तो, बोबरोव्स्की कैसे पहुँच सकता हूँ मैं ?" मीशा ने विस्मय से पूछा।

"यह तो तुम जानो।"

कमांडर ने अपने घोड़े को एड़ लगाई और उड़ चला। लेकिन, फिर एकाएक पीछे की ओर मुड़ा और चिल्लाकर बोला, "अच्छा हो कि तुम हम लोगों के साथ हो लो, वरना कहीं ऐसा न हो कि सिरों के शिकारियों के हाथ लग जाओ।"

मीशा खुशी-खुशी गश्ती-टुकड़ी के साथ हो लिया। उस रात वे लोग घोड़ों पर सवार होकर क्रुज़ीलिन नामक गाँव पहुँचे। वहाँ 294वीं तगानरोग रेजीमेंट ठहरी हुई मिली। यहाँ मीशा ने रेजीमेंटल कमांडर को पत्र दिया। सही जगह खत न पहुँचा सकने की वजह समझाई, और घुड़सवार गश्ती टुकड़ी के साथ रेजीमेंट में रहने की इजाज़त माँगी।

33वीं कुबान डिवीज़न अभी-अभी बनी थी और अस्त्राखान के पास से वोटोनेज़ के इलाके में भेज दी गई थी। तगानरोग, देरबेत और बैसिलकोवस्की रेजीमेंटों की खास ब्रिगेड को कज़्ज़ाकों की बगावत को कुचलने के लिए झोंक दिया गया था। यही डिवीज़न ग्रिगोरी मेलेखोव की पहली डिवीज़न पर टूटी और उसने उसे दोन नदी के पार खदेड़ दिया।

ब्रिगेड दोन की दाहिनी ओर से मजबूरन मार्च करती खोपर्स्कोया-ज़िले की ओर बढ़ी। उसकी दाहिनी बाजू के फ़ौजी चिर-नदी के किनारे के गाँवों पर कब्जा करते गए। फिर, ब्रिगेड को उस इलाके में दो हफ्ते बिताने पड़े। इसके बाद ही कहीं वह वापस आ सकी।

कारगिन्स्काया और चिर के किनारे गाँवों को लेने के लिए जो लोहे से लोहा बजा, उसमें मीशा को हिस्सा लेना पड़ा। 27 तारीख को सवेरे उसके कम्पनी-कमांडर ने अपने फौजियों को सड़क के किनारे एक कतार में खड़ा किया और अभी-अभी मिला हुक्म पढ़कर सुनाया। मीशा कोशेवोइ को उसके शब्द बहुत दिनों तक याद रहे–"ये धोखेबाज़ और गद्दार लोग सबकी निगाहों में गिरे हुए हैं। इन घोंसलों का नामोनिशान मिट ही जाना चाहिए, इन केनों का विनाश होना ही चाहिए।...लेकिन, देनिकिन और कोलचाक के साथियों का जवाब हम गोलियों की बौछारों, इस्पात की काटों और आग की लपटों से दें।"

जिस दिन मीशा ने स्टॉकमैन के कत्ल की बात और इवान अलेक्सेयेविच के साथ ही येलान्स्काया के दूसरे कम्युनिस्टों के मारे जाने की अफवाह सुनी थी, उसी दिन से उसका खून कज़्ज़ाकों के प्रति घृणा से उबलने लगा था। अब कोई बागी कज़्ज़ाक उसके हाथ लग जाता तो दिल के अन्दर से आती रहम की आवाज़ उसे बड़ी हलकी लगती, और वह उसकी सुनी-अनसुनी कर देता। किसी कज़्ज़ाक के साथ भूले से भी हमदर्दी न दिखलाता और बर्फ की-सी ठंडी निगाहों से कैदी से पूछता, "सोवियत सरकार से लड़ने से जी भर गया ?" इसके बाद जवाब का इन्तज़ार किए बिना, और उसके डरे हुए चेहरे पर निगाह डाले बिना उसे निर्ममता से काटकर फेंक देता। इस तरह वह न सिर्फ कैदियों को तलवार के घाट उतार देता, बल्कि बागियों से खाली गाँवों के मकानों के छज्जों के नीचे धुँधुआती मशाल के लाल-मुर्गे भी जमा देता। फिर, डर से बौखलाई गायें और बैल बाड़े तोड़कर डकारते हुए सड़कों पर इधर-उधर दौड़ते और मीशा उन्हें गोली से उड़ा देता।

यानी, उसने कज़्ज़ाक समृद्धि, कज़्ज़ाक विश्वासघात और कज़्ज़ाक-ज़िन्दगी के सड़े-गले तौर-तरीकों के खिलाफ पूरी बेरहम और पूरे ज़ोर से लड़ाई छेड़ी। यह कज़्ज़ाक ज़िन्दगी जाने कितनी सदियों से उनके मज़बूत मकानों की छतों के नीचे अबाध और अटूट-रूप से चलती रही थी। स्टॉकमैन और इवान की मौतों ने उसकी नफरत की आग में ईंधन का काम किया था। फिर, "ये धोखेबाज़ और गद्दार लोग सबकी निगाहों में गिरे हुए हैं। इनके घोंसलों का नामोनिशान मिट ही जाना चाहिए। इन केनों का विनाश हो ही जाना चाहिए।"...आदि शब्दों ने उसकी अन्धी भावनाओं को और भड़काया था।

सो, जिस दिन फरमान पढ़कर सुनाया गया, उसी दिन उसने अपने तीन दूसरे साथियों के साथ

मात्र कारगिन्स्काया में एक सौ पचास घर जलाकर राख कर दिए। उसे एक व्यापारी के गोदाम में थोड़ा-सा मिट्टी का तेल मिल गया। फिर तो दियासलाई मुट्ठी में दबाए हुए उसने पूरे चौक का चक्कर काट डाला। उसके बाद वहाँ रह गया तेज़ धुआँ और वे लपटें, जिन्होंने पादरियों और व्यापारियों के शानदार मकानों और अमीर कज़्ज़ाकों के घरों को अपनी लपेट में ले लिया। साथ ही उन लोगों के रहने-बसने के ठिकाने भी आग के शिकार हो गए, जिनके षड्यन्त्रों ने भोले-भाले कज़्ज़ाक को बगावत के लिए उभारा था।

इसके बाद सबसे पहले घुड़सवार गश्ती टुकड़ियाँ वीरान और उजाड़ गाँवों में घुसीं और पैदल सेना के आने के पहले-पहले कोशेवोइ ने अमीर-से-अमीर कज़्ज़ाकों के घर गोलियों से पाट दिए।

उसने इवान और चेलान्स्काया के कम्युनिस्टों की मौत का बदला अपने गाँव के लोगों से लेने का इरादा किया और इसीलिए हर कीमत पर तातारस्की पहुँचने की बात सोची। मन-ही-मन सोचा—'मैं आधा गाँव भूनकर रख दूँगा', यही नहीं, उसने तो अपने दिमाग में पूरी-की-पूरी फेहरिस्त तैयार कर ली कि तातारस्की पहुँच गया तो किस-किसके घर जलाऊँगा। सोचा, 'अगर मेरी रेजीमेंट इधर से न निकलेगी तो मैं बिना इजाज़त लिए ही रात को खिसक लूँगा।'

तातारस्की जाने की उसकी इच्छा के पीछे बदले की भावना के अलावा दूसरी बातें भी थीं। पिछले दो सालों में वह जब भी गाँव गया, दून्या मेलेखोव से मिला और दोनों के दिलों में एक अनकहा प्यार बराबर पनपता गया। दून्या की भूरी उँगलियों ने उसके लिए तम्बाकू की शानदार थैली तैयार की। उसी ने उसे जाड़े के लिए बकरी की बालदार खाल के नाजुक दस्ताने चोरी-चोरी दिए। उसका कसीदाकारी का छोटा रूमाल वह हर वक्त अपनी ट्यूनिक की सीनेवाली जेब में सहेजकर रखता रहा। रूमाल की परतें तीन महीने बाद भी लड़की के बदन की, सूखी घास की-सी, महक से बसी रहीं। रूमाल उसे इतना प्यारा था कि क्या चाहिए। जब भी उसने उसे हाथ में लिया उसे कुएँ के पास का पाले से मढ़ा देवदारु का पेड़, आसमान से झरते बर्फ के प्यारे-प्यारे फूल, दून्या के काँपते हुए होंठ, और उसकी भौंहों पर झलाझल चमकते बर्फ के दानों की याद आ गई।

उसने घर जाने की तैयारी बड़ी मेहनत से की। कारगिन्स्काया के एक व्यापारी के घर की दीवार से उसने एक रंग-बिरंगा कम्बल उतारा और उसे अपने घोड़े की काठी के नीचे दबा दिया। फिर, एक कज़्ज़ाक के बड़े बक्से से एक जोड़ा लगभग नई 'शारोवरी' हासिल की। पैरों की तीन पट्टियों के बदले में छह ज़नाने शॉल उड़ा दिए और तातारस्की की सरहद पर पहुँचकर पहनने के लिए रेजीमेंट के एक जोड़ा ऊनी दस्ताने अपने सामान में खोंस लिए।

एक ज़माने से परम्परा रही थी कि फौजी जब भी घर लौटे, शानदार से शानदार कपड़ों में लौटे। और मीशा, लाल-सेना में होने के बावजूद अब तक कज़्ज़ाक परम्परा से मुक्त न हो पाया था। इसीलिए, उसने घर लौटने की तैयारी पूरे ज़ोर-शोर से की थी।

उसका घोड़ा गहरे भूरे, लाल रंग का था और यह उसने एक हमले के दौरान एक कज़्ज़ाक को तलवार के घाट उतारकर प्राप्त किया था। घोड़ा शानदार था और रफ्तार उसकी ऐसी थी कि किसी को भी उस पर सहज ही गर्व हो सकता था। लेकिन, उसकी काठी बहुत अच्छी न थी। चमड़ा जहाँ-तहाँ से कट गया था और उस पर खरोंचें पड़ी हुई थीं। धातुवाले हिस्सों में ज़ंग लग गई थी। लगाम और रासें भी उसी हालत में थीं और उसे यह करना था कि वे देखने में उस तरह भद्दी और खराब न लगें। सौभाग्य से एक गाँव में एक व्यापारी के घर के बाहर उसे लोहे से जड़ा पलंग मिल गया था। पलंग के पायों पर धातु की घुंडियाँ थीं और ये घुंडियाँ ऐसी चमकदार थीं कि इनमें सूरज की परछाईं पड़ती थी। उसे इन घुंडियों को खोलने में और उन्हें रेशमी डोरी से बाँधने में एक क्षण लगा। उसने इनमें से दो घुंडियाँ लगाम के छल्लों में बाँध दीं, और दो लगाम की पट्टी के सहारे घोड़े के माथे पर लटका दीं। आखिरी दो घुंडियाँ दोपहर के सूरज की तरह दमकती रहीं और इस तरह चमचमाती रहीं

कि घोड़ा चौंधिया-चौंधिया गया और चलते-चलते लड़खड़ा गया। उस तरह घोड़े को देखने में कठिनाई पड़ी और उसकी आँखों से आँसू बहने लगे। फिर भी, मीशा ने वे घुंडियाँ हटाई नहीं।

रेज़ीमेंट दोन के किनारे-किनारे व्येशेन्स्काया की ओर बढ़ी। इसलिए मीशा को अपने घर-परिवार के लोगों से मिल आने के लिए एक दिन की छुट्टी आसानी से मिल गई। और, कमांडर ने उसे न सिर्फ इजाज़त दी बल्कि कुछ और भी कहा। उसने मीशा से पूछा, "तुम शादीशुदा हो ?"

"नहीं।"

"कोई औरत-वौरत रख छोड़ी है ?"

"क्या ?"

"अरे, मेरा मतलब, कोई आशूका-माशूका है ?"

"हाँ, है और बहुत ही भली लड़की है।"

"और, घड़ी और चेन है तुम्हारे पास ?"

"नहीं, कॉमरेड !"

"यह तो ठीक नहीं।" कमांडर बोला। वह जर्मनी की लड़ाई में हिस्सा ले चुका था और जानता था कि बिना शानदार चीज़ों के अपने घर लौटना कितने शर्म की बात होती है। इसलिए उसने अपनी घड़ी और चेन उतारी, और मीशा को देते हुए बोला, "तुम बहादुर फ़ौजी हो। लो, यह घड़ी और चेन। इन्हें देखकर लड़कियों की आँखें चमक उठेंगी। कभी मैं खुद जवान था। उस ज़माने में मैंने जाने कितनी लड़कियों को चौपट किया और जाने कितनी औरतों को जवानी के मज़े दिए। यही वजह है कि मैं सारा मामला समझता हूँ। और हाँ, अगर कोई तुमसे पूछे तो कह देना कि चेन नए अमरीकी सोने की है। इस पर अगर वह मुहर-वुहर देखना चाहे तो एक भरपूर हाथ उसकी आँख पर जमाना। बकझक करने वाले लोगों के साथ सिर्फ ऐसा ही बर्ताव करना चाहिए। बेकार ज़बान चलाने से कोई फायदा नहीं। व्यर्थ की बातों से बरबादी होती है। मेरे साथ ऐसा हुआ है कि मैं किसी आम जगह खड़ा रहा हूँ, आसपास के क्लर्क और दुकानों में काम करने वाले उमड़े चले आए हैं और उन्होंने मुझ पर छींटे कसे हैं—'अहा...ज़रा घड़े-जैसी तोंद पर लटकती घड़ी की चेन तो देखो, ऐसा बन रहा है, जैसे कि निखालिस सोने की है...अच्छा सोने की है तो निशान दिखाओ।' लेकिन मैंने उन्हें ऐसा मुँहतोड़ जवाब दिया कि दुबारा उन्होंने फिर कभी मुँह नहीं खोला। मैंने कहा—"निशान देखना चाहते हो ? आओ, दिखलाऊँ तुम्हें निशान' ?" मीशा के हँसमुख कमांडर ने अपनी मुट्ठी बाँधी और पूरी ताकत से दिखलाई।

मीशा ने घड़ी लगा ली। फिर, कैम्प की आग की रोशनी में दाढ़ी बनाई, अपना घोड़ा कसा और रवाना हो गया। तड़का होते-होते तातारस्की पहुँच गया।

गाँव में कोई फेरबदल नज़र नहीं आया। ईंटों के गिरजे के घंटाघर ने काला-सुनहरा क्रॉस अब तक आसमान में बनाए रखा। चौक में पादरियों और व्यापारियों के घर अब भी एक-दूसरे से सटे खड़े थे और देवदारु कोशेवोइ परिवार के मकान के खँडहर की कहानी अपनी ज़बानी अब भी उतनी ही आसानी से बयान कर रहा था। गाँव में कुछ नया, गैरमामूली और आँखों में खटकनेवाला था तो वह था एक गहरा सन्नाटा। इस सन्नाटे का मकड़ी का जाला सारी सड़कों और गलियों पर तना हुआ था। घर की खिड़कियाँ पूरी तरह बन्द थीं। कहीं-कहीं दरवाज़ों में ताले जड़े हुए थे। बाकी दरवाज़े खुले पड़े थे। ऐसा लग रहा था, जैसे कि कोई महामारी भारी पाँवों से गाँव के बीच से गुज़री हो, अहातों, सड़कों और गलियों की आबादी निगल गई हो, और रहने-बसने की जगहों को वीरानगी और मायूसी से भर गई हो। न गाँव में कहीं इन्सान की आवाज़ सुन पड़ती थी, न गाय की डकार और न मुर्गे की बाँग, सिर्फ गौरैयाँ, शेडों के छज्जों के नीचे और चिरायते की झाड़ी में जहाँ-तहाँ चहकती फिरती थीं।

मीशा, घोड़े पर सवार सीधे अपने घर गया तो परिवार का कोई भी आदमी उसके स्वागत को बाहर नहीं आया। बरसाती को जानेवाला दरवाज़ा चौपट खुला हुआ दिखाई दिया। पुराना पायदान,

गाढ़े खून से सनी एक पट्टी और मक्खियों से घिरे कभी से सड़ते चूज़ों के पर और सिर ड्यौढ़ी पर नज़र आए। साफ़ है कि कुछ दिन पहले लाल-फौजियों ने यहाँ खाना खाया था। टूटे हुए बर्तन, चूज़ों की हड्डियाँ, सिगरेटों के जले हुए टुकड़े और अख़बार के फटे कागज़ जहाँ-तहाँ बिखरे पड़े थे।

मीशा सामने के कमरे में आया। वहाँ हर चीज़ ज्यों-की-त्यों नज़र आई। सिर्फ तहखाने का आधा दरवाज़ा थोड़ा उठा हुआ नज़र आया। यहाँ कभी पतझर के मौसम में तरबूज़ जमा किए जाते थे।

मीशा की माँ, बच्चों से बचाने के लिए, सूखे सेब आदतन तहखानों में रखती थी। इस बात की याद आते ही वह दरवाज़े के पास गया। सोचने लगा, 'माँ ने मेरी राह ज़रूर ही देखी होगी। उसने मेरे लिए कुछ-न-कुछ छिपाकर रखा ही होगा।' सो, उसने अपनी तलवार खींची और उसकी नोक से तहखाने का दरवाज़ा थोड़ा उचकाया। नमी और सड़ाँध का भभका बाहर आया। वह घुटनों के बल अन्दर गया और अँधेरे में इधर-उधर नज़र दौड़ाई, तो आधी बोतल वोद्का, तले हुए अंडों-समेत फ्राइंग-पैन, चूहों से बचा डबलरोटी का एक टुकड़ा और लकड़ी के मग से ढँका एक बर्तन फैले हुए मेज़पोश पर रखा दिखाई दिया। उसने अपने-आपसे कहा, 'यानी, मेरी बूढ़ी माँ मेरा इन्तज़ार करती रही है। बड़ी तैयारियाँ करती रही है मेरी खातिर के लिए।'

फिर, वह तहखाने में झुका तो उसका हृदय प्यार और खुशी से भर उठा। उसने किरमिच का एक थौला बल्ली से लटकते देखा और नीचे उतारा। उसमें उसका नीचे पहनने का पुराना लिनेन मिला। कपड़ा साफ था, फटे-कटे हिस्से सिले हुए थे और उस पर कायदे से लोहा कर दिया गया था।

चूहों ने सारा खाना चौपट कर दिया था और सिर्फ दूध और वोद्का ही अछूती बची थी।

मीशा ने वोद्का पी, ठंडा, ज़ायकेदार दूध पिया, लिनेन लिया और बाहर आया। सोचने लगा, 'वह शायद डर के मारे यहाँ ठहरी नहीं; और, नहीं ठहरी तो अच्छा ही किया, नहीं तो कज़्ज़ाक शायद उसे मार ही डालते। लेकिन, मेरी वजह से दुश्मनों ने उसे सताया तो होगा ही।'

घर से बाहर आने पर उसने अपना घोड़ा खोला, लेकिन मेलेखोव के यहाँ सीधे न जाने का फैसला किया, क्योंकि मकान नदी के ठीक ऊपर था और कोई सधा हुआ निशानेबाज़ पार से भी आसानी से उसका काम तमाम कर सकता था। इसलिए उसने पहले कोरशुनोव परिवार में जाने, साँझ होने तक वहाँ से लौट आने और अँधेरे में व्यापारियों और पादरियों के घर जला देने का इरादा किया।

तो, अहातों के पीछे से अपना घोड़ा निकालकर वह कोरशुनोव परिवार के लम्बे-चौड़े अहाते के पास पहुँचा और फाटक में घुसा। यहाँ घोड़ा बाँधकर वह घर में घुसने को हुआ कि ग्रीश्का सीढ़ियों पर नज़र आया। उसका सिर हिल रहा था और आँखें इस तरह सिकुड़ी हुई थीं जैसे उनसे दिखलाई न देता हो। लाल पट्टियोंवाले, चिकटहे कॉलर की 'प्राचीन' ट्यूनिक के बटन कायदे से बन्द थे। हाँ, पतलून ज़रा गिरा जा रहा था और बूढ़े ने उसे अपने हाथों से साध रखा था।

"कैसे हो बाबा ?" मीशा ने अपना चाबुक हवा में लहराते हुए ज़ोर से पूछा। मगर बूढ़े ने कोई जवाब नहीं दिया। उसने उस पर नज़र ज़रूर डाली। आँखों से नफरत के साथ गुस्सा झलका।

"कैसे हो ?" मीशा ने अपनी आवाज़ और ऊँची की।

"ईश्वर को धन्यवाद है...अच्छा हूँ।" ग्रीश्का ने हिचकिचाते हुए जवाब दिया और मीशा को उसी तरह घूरता रहा। मीशा अपने चाबुक से खिलवाड़ करता, टाँगें फैलाए शान्त-भाव से सीढ़ियों के पास खड़ा रहा। फिर लड़कियों के-से भरे हुए उसके होंठ सिकुड़ें और माथे पर बल पड़े। पूछा, "तुम यहाँ से निकलकर दोन से पार क्यों नहीं चले गए ?"

"कौन हो तुम ?" बूढ़े ने सवाल किया।

"मीशा कोशेवोइ।"

"अकीम के बेटे हो ? उसी अकीम के बेटे हो न जो हमारे यहाँ काम करता था ?"

"हाँ।"

"तो, तुम वह मीशा हो ? मीशा, उन लोगों ने तुम्हारा बपतिस्मा किया कि नहीं ? क्या शानदार आदमी साबित हुए हो ! बिल्कुल अपने बाप की ही तरह ही निकले तुम भी। वह सूखे तिलों से भी थोड़ा-बहुत तेल निकालने की कोशिश में रहता था और ऐसा ही कुछ तुम भी कर रहे हो...है न ?"

मीशा ने अपने दस्ताने उतारे और उसके माथे पर त्योरियाँ पड़ गईं। "तुम्हारा इससे कोई मतलब नहीं कि मैं कौन हूँ और क्या करता हूँ। मेरी बात का जवाब दो। मैंने तो तुमसे यह पूछा कि दूसरों की तरह तुम भी उस पार क्यों नहीं चले गए ?"

"मैंने नहीं जाना चाहा, और मैं नहीं गया। लेकिन तुम अपने हालचाल तो बतलाओ। तुमने ईसा के दुश्मनों की नौकरी मंजूर कर ली है क्या ? तुम्हारी टोपी पर लाल सितारा है। यानी कुतिया के बच्चे, तू हम कज़्ज़ाकों के खिलाफ और अपने गाँव के ही साथियों के खिलाफ मोर्चा बाँधे हुए है ?" बूढ़ा धीरे-धीरे सीढ़ियों से नीचे उतरा।

साफ है कि परिवार के लोग पार चले गए थे और बूढ़े को खाने-पीने की तकलीफ थी। इस तरह अकेला रह जाने पर वह काफी झटक गया था। खैर, तो इस समय वह मीशा के पास आया और उसने आश्चर्य और क्रोध से उसे घूरकर देखा।

"हाँ, मैं उनके खिलाफ लड़ रहा हूँ और जल्दी ही हम उन्हें लाद देंगे।" मीशा ने जवाब दिया।

"तुम्हें पता है कि हमारे धर्म-ग्रन्थ में क्या लिखा है ?—लिखा है, 'जिस पैमाने से तुम दूसरों को नापोगे उसी पैमाने से खुद भी नापे जाओगे।' "

"मुझे तुम्हारे धर्म-ग्रन्थ की बातें सुनने की ज़रूरत नहीं, समझे। मैं इसके लिए यहाँ नहीं आया और तुम फौरन इस घर से बाहर निकल जाओ...निकलो बाहर !" मीशा ने सख्ती से कहा।

"किसलिए ?"

"किसलिए की फिक्र छोड़ो...और बाहर निकल जाओ...मैंने कहा न तुमसे।"

"मैं अपना घर छोड़कर कहीं नहीं जाऊँगा। मैं जानता हूँ कि तुम्हारा इरादा क्या है ?...तुम ईसा के दुश्मनों के नौकर हो और उनका निशान तुम्हारी टोपी पर है। धर्म-ग्रन्थों में जैसा पहले लिखा जा चुका है, वैसा ही सबकुछ आज आँखों के आगे आ रहा है। लिखा है—बेटा बाप के खिलाफ सीना तानकर खड़ा होगा। भाई भाई के खिलाफ तलवार उठाएगा।"

"मुझे इधर-उधर बहकाने की कोशिश न करो। यहाँ भाइयों-वाइयों का कोई सवाल नहीं। सवाल सीधे-सीधे हिसाब का है। मेरे बाप ने अपनी ज़िन्दगी के आखिरी दिन तक तुम्हारी नौकरी बजाई, और लड़ाई के पहले तक मैंने खुद अपनी हड्डियाँ गलाकर तुम्हारी खिदमत की। बस, तो आज तक उनका हिसाब-किताब होगा। तुम बाहर चले जाओ। मैं घर में आग लगाने जा रहा हूँ। तुम ज़िन्दगी-भर शानदार हवेली में रहे। अब ज़रा तुम भी वैसे ही रहो जैसे हम सब रहते रहे हैं। फूस की झोंपड़ियों में भी तो रहकर देखो। बात समझ में आई, बुड्ढे ?"

"हाँ, समझा। बात यहाँ तक भी आ गई। पैगम्बर इसाइआह के ग्रन्थ में आता है—कटे हुए लोगों की लाशें बाहर फेंक दी जाएँगी। उनसे सड़ाँध आएगी। और उनके खून से पहाड़ पिघलाए जाएँगे।"

"तुम्हारी बकबक में खोने को वक्त मेरे पास नहीं !" मीशा ने क्रोध से कहा, "तुम यहाँ से निकलते हो कि नहीं ?"

"नहीं, दुश्मन कहीं के।"

"तुम्हारे जैसे कट्टरपन्थियों की वजह से ही तो आज यह मुसीबत का पहाड़ सिर पर टूट रहा है। तुम्हारे ही जैसे लोग तो लोगों को मुसीबत में फँसा रहे और उन्हें क्रान्ति के खिलाफ उभार रहे हैं।" मीशा ने राइफल जल्दी-जल्दी कन्धे से उतारते हुए कहा।

और गोली लगते ही ग्रीश्का मुँह के बल गिर पड़ा। लेकिन उस हालत में पड़े-पड़े भी वह अस्पष्ट ढंग से बुदबुदाया—"मेरी नहीं, तेरी इच्छा पूरी होगी। प्रभु अपने सेवक को अपनी शरण में लो..." और

उसके सफेद गलमुच्छों के बीच खून निकल आया।

"वह तुम्हें लेगा अपनी शरण में ! तुम्हें तो बहुत पहले ही इस दुनिया से कूच कर जाना चाहिए था, शैतान कहीं के !" मीशा ने बूढ़े के चारों ओर चक्कर लगाते हुए खीझ से कहा और फिर दौड़कर सीढ़ियों पर चढ़ गया।

हवा के साथ बरसाती में जमा सूखी पत्तियों और टहनियों के बीच से आग की गुलाबी लपट फूटी। बरसाती को स्टोर से अलग करनेवाले तख्तों ने जल्दी ही आग पकड़ ली। धुआँ छतों तक उमड़ने और कमरों में भरने लगा। इसके बाद कोशेवोइ बाहर आया। फिर जब तक उसने शेड और खलिहान में आग लगाई, तब तक घर के अन्दर की लपटें, खिड़कियों के देवदारु के तख्तों को चाटती छत तक अपनी उँगलियाँ फैलाती, बाहर तक आ गईं।

मीशा गोधूलि की बेला तक पास के एक झुरमुट में जंगली हॉपलताओं और काँटेदार झाड़ियों के साये में सोता रहा। शाम होने को हुई तो घोड़े को प्यास लगी और उसने हिनहिनाकर मालिक को जगा दिया। मीशा उठा। उसने उसे बगीचे के कुएँ पर पानी पिलाया, कसा और सवार होकर सड़क पर आया। कोरशुनोव परिवार के अहाते की अधजली चीज़ों से कड़वा धुआँ अब भी उठता दिखाई दिया। वहाँ हवेली के नाम पर नज़र आए महज़ नींव के ऊँचे पत्थर, अर्द्ध-ध्वस्त स्टोव और कालिख से मढ़ी, आसमान की ओर हाथ उचकाती उसकी चिमनी।

मीशा सीधे मेलेखोव परिवार के अहाते की ओर बढ़ा। वहाँ उसका घोड़ा फाटक में दाखिल हुआ ही कि इलीनीचिना ऐप्रन में लकड़ी के टुकड़े जमा करती दिखाई दी।

"हलो...चाची !" मीशा ने स्नेह से कहा। लेकिन उसे देखते ही इलीनीचिना इस तरह डर गई कि उसके मुँह से एक् बोल न फूटा। उलटे, हड़बड़ाहट में हाथ ऐप्रन से हटे तो सारे टुकड़े ज़मीन पर गिर गए। मीशा ने पूछा, "कैसी हो, चाची ?"

"आसमानवाले का शुक्र है, उसका शुक्र है !" इलीनीचिना ने कुछ समझते और कुछ न समझते हुए जवाब दिया।

"ज़िन्दा हो, ठीक-ठाक हो ?"

"ज़िन्दा तो हूँ, लेकिन यह न पूछो ठीक-ठाक हूँ कि नहीं।"

"घर के कज़्ज़ाक कहाँ हैं ?" मीशा ने घोड़े से उतरते और इलीनीचिना की ओर बढ़ते हुए कहा।

"सब दोन के पार हैं।"

"कैडेटों के आने की राह देख रहे हैं ?"

"मैं ठहरी औरतज़ात। इन सब चीज़ों के बारे में मुझे कुछ भी पता नहीं।"

"और, येवदोकिया पैन्तेलेयेवना घर पर है ?"

"वह भी पार चली गई है।"

"ये सारे-के-सारे लोग इस तरह पार क्यों चले गए ?" मीशा की आवाज़ काँपी और फिर गुस्से से कड़ी पड़ गई। "चाची, तुमसे बतला रहा हूँ मैं कि तुम्हारा बेटा ग्रिगोरी, सोवियत सरकार का सबसे कट्टर दुश्मन साबित हुआ है। और हम लोग उस पार पहुँचे नहीं कि सबसे पहले उसकी गर्दन नापी जाएगी। लेकिन, पैन्तेली प्रोकोफ़ियेविच को यहाँ से भागकर जाने की कोई ज़रूरत न थी। बूढ़े हैं... टाँगें ठीक काम नहीं करतीं। अच्छा होता कि घर पर ही रहते।"

"अपनी मौत की अगवानी करने के लिए !" इलीनीचिना ने सख्ती से पूछा और फिर टुकड़े ऐप्रन में जमा करने लगी।

"मौत अभी उनसे बहुत दूर है। हो सकता है कि कोई थोड़ा-बहुत डाँट-फटकार देता, और बस ! उन्हें मारता कोई नहीं। लेकिन मैं इन बातों के लिए यहाँ नहीं आया।" उसने सीने पर लटकती अपनी घड़ी की चेन ठीक की—"मैं तो येवदोकिया पैन्तेलेयेवना से मिलने आया हूँ। और मुझे सचमुच दुःख

है कि वह भी दोन नदी के पार चली गई है। खैर, तुम उसकी माँ हो, इस नाते तुमसे कुछ कहना चाहूँगा। बात यह है कि मैं उसके लिए बहुत तड़पता रहा हूँ। लेकिन इन दिनों हम लोगों को लड़कियों को लेकर परेशान होने का वक्त ज़रा कम ही मिलता है। फिलहाल तो हम इन्कलाब की खिलाफत करनेवालों से जमकर लोहा ले रहे हैं और उन्हें बहुत ही बेरहमी से कुचल रहे हैं। लेकिन जंग ख़त्म हो जाएगी, हर जगह सोवियत सरकार बन जाएगी, मैं तुम्हारे पास पैगाम भेजूँगा और तुम्हारी येवदोकिया से शादी करना चाहूँगा।''

''तब की तब देखी जाएगी। आज ऐसी बातों का वक्त नहीं।''

''क्यों नहीं ?'' मीशा के माथे पर बल पड़े और ज़िद से उसकी त्योरी चढ़ी–''इस वक्त शादी-ब्याह नहीं हो सकता, लेकिन, इस बारे में बातचीत तो हो ही सकती है। मेरे पास वक्त के चुनाव की फुर्सत नहीं। आज मैं यहाँ हूँ और कल ही दोन के पार भेज दिया जा सकता हूँ। इसलिए मैं तुम्हें आगाह कर रहा हूँ। येवदोकिया की शादी तुम किसी और से न करना, वरना मुझसे बुरा और कोई न होगा। हाँ, अगर मेरी रेजीमेंट से तुम्हें मेरी मौत की ख़बर मिल जाए, तब बात दूसरी है। उस वक्त तुम जिससे चाहो उससे उसकी शादी कर देना। लेकिन फिलहाल तुम ऐसा नहीं कर सकतीं, क्योंकि हम एक-दूसरे को मोहब्बत करते हैं। मैं उसके लिए तोहफा नहीं लाया, क्योंकि कहीं खरीदना मुमकिन नहीं है। लेकिन अगर बुर्जुआई तिजारतियों के घर की कोई चीज़ चाहो तो बताओ, मैं अभी देखते-देखते जाकर ले आऊँ।''

''ईश्वर न करे कि तुम जाकर वहाँ से कुछ लाओ। मैंने किसी दूसरे की चीज़ में कभी हाथ नहीं लगाया।''

''खैर, तो जैसी तुम्हारी मर्जी, वैसे अगर दून्या से मुझसे पहले तुम्हारी मुलाकात हो जाए तो उससे मेरा बहुत-बहुत प्यार कहना। अच्छा...अलविदा...चाची ! मैंने जो कहा है उसे भूलना नहीं।''

इलीनीचिना बात का जवाब दिए बिना घर के अन्दर चली आई और मीशा अपने घोड़े पर सवार होकर चौक की ओर बढ़ लिया। वहाँ पहुँचने पर उसे लाल-फौजियों से भरी हुई जगह नज़र आई। वे रात बिताने के लिए पहाड़ियों से गाँव में उतर आए थे। उनकी जोशीली आवाज़ें सड़क और गलियों में गूँज रही थीं। उनमें से तीन, एक हलकी मशीनगन नदी की एक चौकी की ओर लिए जा रहे थे। सो मीशा को देखते ही उन्होंने उसे टोका और उसके कागज़ात की जाँच की। फिर सेम्योन चुगुन के घर के पास उसे चार लाल-फ़ौजी और मिले।

उनमें से दो एक ठेले पर जई लिए जा रहे थे और बाकी दो सेम्योन की पत्नी की मदद कर रहे थे। वह तपेदिक की मरीज़ थी और इस समय सिलाई की ट्रेडल मशीन और बोरा भर आटा लिए जा रही थी।

औरत ने मीशा को पहचाना और उसका अभिवादन किया।

''वहाँ क्या कर रहे हो तुम लोग ?'' मीशा ने लाल फौजियों से पूछा।

''हम लोग इस मेहनतकश औरत की थोड़ी मदद कर रहे हैं। किसी बुर्जुआई रईस की यह मशीन और यह थोड़ा-सा आटा हम इसे दिए दे रहे हैं।'' एक लाल फ़ौजी ने बड़ी उमंग से, चिल्लाकर कहा।

मीशा ने मोखोव समेत दूसरे व्यापारियों, पादरियों और तीन कज़्ज़ाक रईसों के सात मकानों में आग लगा दी। ये सभी लोग भागकर दोनेत्स के पार चले गए थे।

यानी, मीशा इतना करने के बाद ही गाँव से बाहर निकला और घोड़ा दौड़ाता हुआ पहाड़ी पर पहुँचा। यहाँ उसने मुड़कर देखा। नीचे तातारस्की में लाल लपटें उठ रही थीं और काले आसमान में

चिनगारियों की लम्बी-लम्बी दुमें लहरा रही थीं। आग की परछाइयाँ दोन की तेज़ लहरों में छनती रहीं। लपटें हवा के झोंकों की लपेट में आकर पश्चिम की ओर धँसती और झुकती रहीं। दूसरी ओर इमारतें उनके मुख का ग्रास बराबर बनती रहीं।

स्तेपी के पूर्वी इलाके से पवन के हलके झोंके आए। उन्होंने लपटों को हवा दी। बाद में वे धधकते हुए साँवले अंगारे दूर-दूर उड़ा ले गए।

भाग : सात

1

लाल फ़ौजें दक्षिणी मोर्चे से बहुत बड़ी संख्या में खींच ली गईं तो ऊपरी दोन के कज़्ज़ाकों के विद्रोह से दोन-सेना की कमान को अपनी सेनाओं को फिर से वर्गों में बाँटने का अवसर मिल गया। कमान ने नोवोचेरकास्क तक अपने काम का विस्तार किया और इसमें किसी तरह की कोई बाधा कहीं नहीं पड़ी। साथ ही कमान ने कामेन्स्काया और उस्त-बेलोकालितवेंस्काया के ज़िलों में अपनी सबसे विश्वसनीय और अनुभवी रेजीमेंटें जमा कीं। इन रेजीमेंटों में उन्होंने दोन के निचले इलाकों के कज़्ज़ाकों और कालमीकों को मुख्य रूप से रखा। इस हमलावर फ़ौज का काम रहा सही मौक़े पर जनरल फ़ितशालौरोव की यूनिटों से अपना तार जोड़ना, आठवीं लाल सेना की बारहवीं डिविज़न को तार-तार करना, उसकी तेरहवीं और यूराल डिविज़नों को बाहर से घेरना और उत्तर का मोर्चा भेदकर विद्रोही कज़्ज़ाकों से मिल जाना।

हमलावर फ़ौज को एक जगह जमाने की योजना, कुछ समय पहले, जनरल देनिसोव और उसके चीफ़-ऑफ़-स्टाफ़ जनरल पोल्याकोव ने बनाई थी। उस समय दोन सेना की कमान उनके हाथों में थी। मई के ख़त्म होते-होते पूरी योजना पर अमल हो गया था। कोई सोलह हज़ार संगीनें और तलवारें, छत्तीस फ़ील्ड तोपें और एक सौ चालीस मशीनगनें कामेंस्काया पहुँचा दी गई थीं। 1918 की गर्मी में भर्ती की उम्र के कज़्ज़ाकों की जो 'तरुण-सेना' बनी थी, उसे बहादुर रेजीमेंटों और आख़िरी घुड़सवार यूनिटों के साथ जमाव के ठिकानों की तरफ़ रवाना कर दिया गया था।

इस बीच विद्रोही सेनाएँ सभी तरफ़ से घिर गईं। पर वे सज़ा देनेवाली लाल फ़ौजों के हमले को नाकाम करती रहीं। दक्षिण में, दोन के बाएँ किनारे पर, दो विद्रोही डिविज़नें अपनी खाइयों में डटी रहीं और उन्होंने दुश्मन को पार पहुँचने नहीं दिया, हालाँकि लाल सेना की बैटरियाँ पूरे मोर्चे पर फैली बहुत ही बेरहमी से उन पर बराबर गोले बरसाती रहीं। तीन दूसरी डिविज़नों ने पश्चिम, उत्तर और पूर्व में विद्रोहियों के सीमा-क्षेत्रों में रक्षा की। इस सिलसिले में उन्हें बड़ा नुकसान उठाना पड़ा। उत्तर-पूर्वी क्षेत्र में तो नुक़सान खास तौर पर ज़्यादा हुआ। लेकिन इन डिविज़नों ने पीछे हटने की कोशिश नाम को भी न की और खोपर-क्षेत्र की सीमाओं पर यह बड़ी ही मज़बूती से अपने क़दम जमाए रहीं।

तातारस्की के कज़्ज़ाक, जो अपने गाँव के सामने के नदी-किनारे मोर्चा बाँधे रहे, उससे लाल फ़ौजों के बीच थोड़ी घबराहट फैली। दूसरी तरफ़ कज़्ज़ाकों को मजबूर होकर जो निकम्मापन छोड़ना पड़ा उससे वे ऊब गए। एक रात उन्होंने चुपचाप बजरों पर सवार होकर नदी पार की और दाहिने किनारे पर पहुँचकर, लाल फ़ौजियों की एक चौकी अचानक हथिया ली, चार लोगों को मार डाला और एक मशीनगन छीन ली। दूसरे दिन लाल फ़ौजी व्येशेंस्काया के निचले इलाकों से एक बैटरी ले आए, और कज़्ज़ाक खाइयों पर पूरे ज़ोर-शोर से आग छिड़कने लगे। तोपों के गोले पेड़ों के बीच फटे तो कम्पनी ने हड़बड़ाकर अपनी खाइयाँ छोड़ दीं और कम्पनी के लोग नदी के पीछे हटकर जंगल

की तरफ़ भागे। एक दिन बाद बैटरी वापस बुला ली गई और तातारस्की के कज़्ज़ाक अपनी-अपनी जगह आ डटे। कम्पनी की तोपों के गोलों से थोड़ी बर्बादी हुई। हाल की कुमुक के दो जवान गोलों के टुकड़ों से मारे गए, और कम्पनी के कमांडर का अर्दली ज़ख्मी हो गया। वह अभी-अभी थोड़े समय पहले व्येशेंस्काया से आया था।

उसके बाद अपेक्षाकृत शान्ति-सी हो गई, और खाइयों की ज़िन्दगी बदस्तूर चलने लगी। अब कज़्ज़ाकों की औरतें अक्सर ही रात को खाइयों में आने और रोटी और घर की बनी वोद्का अपने साथ लाने लगीं। वैसे खाने-पीने की यहाँ कोई तकलीफ न थी। कज़्ज़ाकों ने दो छुट्टे बछड़ों को मार डाला था। इस पर भी वे हर दिन तालाब पर जाकर मछलियाँ फँसा लाते थे। क्रिस्तोनिया मछली-महकमे का मुखिया माना जाता था। किसी शरणार्थी का सत्तर फुट लम्बा जाल उसके हाथ लग गया था और मछली के शिकार के समय वह इसे ताल के गहरे-से-गहरे हिस्से में डाल देता था। साथ ही बड़ी डीगें मारता था कि नदी-किनारे की सारी चरागाहों में एक भी ताल ऐसा नहीं है जिसे वह पानी में हिलकर पार न कर सके।

मगर एक हफ़्ते की लगातार मछलीमारी से क्रिस्तोनिया की कमीज़ और 'शारोवारी' कीचड़ से इस तरह चीकट होकर बदबू करने लगी कि अनीकुश्का ने खाई में उसके साथ लेटने से साफ़-साफ़ इनकार कर दिया। बोला—"तुम्हारे बदन से मीठे पानी की मरी हुई, बड़ी मछली की तरह बदबू आती है। अगर मैं तुम्हारे साथ एक दिन और रहा तो किसी मछली को हाथ न लगा पाऊँगा।"

और, फिर, मच्छरों के बावजूद अनीकुश्का खुले में सोने लगा। तो, अब खाई की बग़ल में लेटने से पहले वह ज़मीन से मछलियों की खाल और अन्तड़ियों से झरी रेत साफ़ करता और परेशानी से नाक-भौं सिकोड़ता। लेकिन, सवेरे क्रिस्तोनिया मछली के शिकार से लौटता, शान्त भाव से, मर्यादा के साथ खाई के दरवाज़े के पास बैठता और फिर, शिकार की कार्प मछलियों को साफ़ कर उनकी अन्तड़ियाँ निकालने लगता। बड़ी मक्खियाँ उसके सिर के ऊपर मँडरातीं और पीली चींटियों के दल-के-दल धावा-सा बोलते। अनीकुश्का हाँफते हुए दौड़ता और दूर से ही चीखता—"तुम्हें कोई दूसरी जगह नहीं मिलती ? काश कि तुम्हारी मछलियों की ये हड्डियाँ तुम्हारे गले में जा फँसें ! दूर चले जाओ, ईसा के नाम पर यहाँ से दूर चले जाओ। यहाँ मैं सोता हूँ और तुम हो कि यहीं चारों तरफ़ मछलियों की अन्तड़ियाँ फैला रहे हो ! चींटियों की एक पूरी फ़ौज-की-फ़ौज़ अपने साथ ले आए हो, और ऐसा कर दिया है कि जगह अस्त्राखान की तरह बू करने लगी है।"

क्रिस्तोनिया घर का बना अपना चाकू पतलून के पाँयचों में पोंछता, अनीकुश्का के सफ़ाचट नफ़रत से भरे चेहरे पर विचार-भरी दृष्टि डालता और फिर शान्त भाव से कहता—"अनीकुश्का, तुम मछलियों की महक सह नहीं पाते। इसका मतलब यह है कि तुम्हारे पेट में कीड़े हैं। तुम खाली पेट थोड़ा-सा लहसुन क्यों नहीं खा लिया करते ?"

इस पर अनीकुश्का थूकते और गालियाँ बकते हुए चला जाता।

इस तरह उनकी चोंचें चलती रहतीं। यों पूरी कम्पनी ख़ासे मेल-मिलाप से रहती। खाने की चीज़ें बराबर भरी रहतीं और स्तीपान अस्ताख़ोव के अलावा बाक़ी सभी कज़्ज़ाक खुश नज़र आते।

जहाँ तक स्तीपान का सवाल है, उसने शायद कज़्ज़ाकों से सुन लिया या शायद उसके दिल ने ही उससे कह दिया कि अकसीनिया, व्येशेंस्काया जाकर ग्रिगोरी से मिलती रहती है। जो भी हो, वह अचानक ही कटु हो उठा, अकारण ही ट्रूप कमांडर पर बरस गया, और उसने पहरेदारी की ड्यूटी करने से साफ़ इनकार कर दिया।

अब वह सारा दिन काले ब्रैंड वाले स्लेज कम्बल पर पड़ा आहें भरता और घर की उगी तम्बाकू अन्धाधुन्ध फूँकता रहता। फिर सहसा ही उसने सुना कि कम्पनी कमांडर अनीकुश्का को कारतूसों के लिए व्येशेंस्काया भेज रहा है। इस पर दो दिन में पहली बार वह अपनी खाई से बाहर निकला

तो जगने के कारण सूजी आँखों से पानी बहने लगा। उसने लहराते पेड़ों की चमचमाती पत्तियाँ और हवा के इशारे पर आगे-आगे दौड़ते, सफ़ेद अयालवाले बादलों को अविश्वास से देखा और जंगल की मर्मर ध्वनि सुनी तो उसकी आँखें चौंधियाने-सी लगीं। वह खाइयों के किनारे-किनारे अनीकुश्का की खोज में बढ़ा।

अनीकुश्का मिला तो दूसरे कज़्ज़ाकों के सामने उसने उससे बातें करना पसन्द न किया। वह उसे एक किनारे ले गया और बोला–"व्येशेंस्काया में अकसीनिया को तलाशना और उससे मेरी तरफ़ से कहना कि वह फ़ौरन ही आकर मुझसे मिले। उससे कहना कि मेरे बालों में जुएँ पड़ गई हैं और मेरी कमीज़ें और पतलून गन्दे हो गए हैं। साथ ही उससे यह भी कहना..." स्तीपान घबराहट से मूँछों-ही-मूँछों मुस्कुराते हुए एक क्षण को चुप रहा और फिर अपनी बात ख़त्म करते हुए बोला–"कह देना कि उससे मिलने के लिए मैं बहुत ही बेचैन हूँ...मेरा दिल बहुत तड़प रहा है।"

अनीकुश्का ने आधी रात को व्येशेंस्काया पहुँचकर अकसीनिया का ठिकाना खोज निकाला। वह ग्रिगोरी से हुई कहासुनी के बाद अपनी चाची के यहाँ रहने लगी थी। अनीकुश्का ने स्तीपान के पैग़ाम का शब्द-शब्द कह सुनाया और फिर बात में वज़न लाने के लिए, अपनी तरफ़ से बोला–"स्तीपान ने कहा है अगर तुम न गईं तो वह ख़ुद यहाँ आएगा।"

अकसीनिया ने पूरी बात सुनी और लौटने की तैयारियाँ करने लगी। चाची ने आटा भिगोया और आटे के उठने पर केकें तैयार कर दीं। दो घंटे बाद अकसीनिया, अनीकुश्का के साथ तातारस्की कम्पनी के पड़ाव की ओर रवाना हो गई।...

स्तीपान ने अपने मन की उत्तेजना मन में ही रखते हुए अपनी पत्नी का अभिवादन किया। उसने अब पढ़ने की कोशिश की तो उसे अकसीनिया का चेहरा कहीं हल्का लगा। अब उसने बड़ी ही सावधानी से स्वास्थ्य-सम्बन्धी पूछताछ की और ग्रिगोरी से मिलने या न मिलने की बात ग़लती से भी न उठाई। बातचीत के दौरान सिर्फ़ एक बार, आँखें नीची किए और मुँह दूसरी ओर को मोड़ते हुए, उसने पूछा–"लेकिन, तुम उधर से व्येशेंस्काया क्यों नहीं गईं ? तुमने तातारस्की के सामने से नदी पार क्यों नहीं की ?"

अकसीनिया ने खुश्की से जवाब दिया–"अजनबियों के साथ नदी पार करने का मुझे मौक़ा नहीं लगा और मेलेख़ोवों के यहाँ जाकर कुछ पूछना मैंने ठीक नहीं समझा।" और, बात मुँह से निकलते ही औरत ने समझा कि मेरी बात का मतलब यह है कि मेलेख़ोव मेरे लिए अजनबी नहीं हैं, बल्कि अपने ही हैं। पर उसने चिन्ता नहीं की कि स्तीपान भी इन शब्दों का यही अर्थ लगाएगा या नहीं। शायद स्तीपान ने ठीक ही समझा, क्योंकि क्षण-भर को उसकी भौंहें काँप गईं और उसके चेहरे पर एक रंग आया और एक रंग गया।

स्तीपान ने प्रश्न-भरी आँखें उठाईं। अकसीनिया ने सवाल समझा और अन्दर की परेशानी और खीझ के कारण उसका चेहरा एकाएक लाल हो गया।

स्तीपान, पत्नी की परेशानी बचाने के लिए, यों बना जैसे कि उसने कुछ देखा ही न हो और बात बदल दी। फ़ार्म की चर्चा की। पूछा–"घर को छोड़कर आते वक़्त कौन-कौन-सी चीज़ें छिपाकर रखीं ? और क़ायदे से छिपा भी दीं या नहीं ?"

अकसीनिया ने अपने पति की उदारता अन्दर-ही-अन्दर सराही और उसके सवालों के जवाब दिए। पर उसके मन में एक काँटा-सा बराबर चुभता रहा। सो उसने अपने अन्तर् की उथल-पुथल पर पर्दा डालना और अपने पति को इस बात का विश्वास दिलाना चाहा कि जो कुछ हुआ, वह यों ही है, उसकी ऐसी कोई अहमियत नहीं है। इसके लिए उसने जो कुछ कहा वह जान-बूझकर व्यवस्थित ढंग से, धीरे-धीरे, तोल-तोलकर कहा।

इस तरह दोनों खाई में बैठे बातें करते रहे। पर कज़्ज़ाक उनकी बातचीत में रह-रहकर बाधा

डालते रहे। पहले एक आदमी अन्दर आया और फिर दूसरा। क्रिस्तोनिया आया तो फ़ौरन ही सोने की तैयारी करने लगा। स्तीपान ने अकेले में बातें करने का मौक़ा न पाया तो न चाहते हुए भी बातचीत थोड़े में ही ख़त्म कर दी।

अकसीनिया के मन से बोझ उतरा। वह खुश-खुश उठी, पुलिन्दा खोला, केकों से पति की गोद भर दी और उसके फ़ौजी बंडल से गन्दे कपड़े निकाले और पास के दलदली ताल पर धोने को चल दी।

तड़के के सन्नाटे में, रुपहली भूरी धुन्ध की एक चादर-सी जंगल के ऊपर तनी रही। घास की पत्तियाँ, ओस की बूँदों के बोझ से ज़मीन पर झुक-झुक गईं। दलदल में मेंढक अपनी बेसुरी टर्र-टर्र छेड़े रहे। खाई के पास मेपिल की घनी झाड़ी के पीछे कहीं कोई रेल-चिड़िया कर्कश-ध्वनि करती।

अकसीनिया झाड़ी की बग़ल से गुज़री। झाड़ी के सिरे से तने तक, नीचे की घास-फूस के अन्दर, मकड़ी के जाले एक-दूसरे में उलझे रहे। उनके तार ओस की झलाझल बूँदों से सजे रहे और ये बूँदें पानीदार मोतियों की तरह चमचमाती रहीं। रेल-चिड़िया कुछ क्षणों को चुप रही और अकसीनिया के पैरों के नीचे दबी घास की पत्तियों के सीधा होने के पहले-पहले, फिर ज़ोर से बोलने लगी। दूसरी ओर दलदल के पार उड़ती टिटहरी जवाब में अपने स्वरों में उदासी घोलने लगी।

अकसीनिया ने हिलने-डुलने की आसानी के लिए अपना ब्लाउज़ और चोली उतारकर एक ओर को फेंक दी, ताल के भाप उगलते, गर्म पानी में, घुटनों-घुटनों तक हिली और कपड़े धोने लगी। उसके सिर के ऊपर छोटे-मोटे कीड़ों के दलों से घिरे मच्छर भनभनाने लगे। उन्हें हटाने के लिए उसने भरा हुआ साँवला हाथ चेहरे पर फेरा।

इस समय उसे ग्रिगोरी और ग्रिगोरी से हुई कहासुनी का ख़्याल रह-रहकर आने लगा।

वह तो कभी से मेरी तलाश कर रहा होगा। मैं आज ही रात को व्येशेंस्काया लौट जाऊँगी। उसने दृढ़ता से निश्चय किया और उसके होंठों पर मुस्कान दौड़ गई कि मैं फिर ग्रिगोरी से मिलूँगी और हमारे बीच समझौता हो जाएगा।

सारा कुछ विचित्र रहा। इधर अकसीनिया ने जब भी ग्रिगोरी की कल्पना की, एक ऐसा नक़्शा खींचा, जो उसका होकर भी सचमुच उसका न रहा। आज का ग्रिगोरी, शक्ति और शौर्य का अवतार कज़्ज़ाक उसकी आँखों के सामने कभी आया ही नहीं। इस आदमी ने तो जाने कितना-कुछ देखा-सुना और सहा था। इसकी आँखों में थकन थी, काली मूँछों की नोकों पर ज़ंग-सी थी, कनपटियों पर उम्र के पहले ही सफ़ेदी दौड़ गई थी और माथे पर गहरी लकीरें थीं। यह सारा कुछ इतने-इतने वर्षों की लड़ाई के कठिन जीवन के अमिट निशानों का लेखा था।

अकसीनिया के मानसपटल पर तो सदा ही उभरा पुराना, शुरू का ग्रीशा मेलेख़ोव—जवानी से भरा, अपने प्यार-दुलारों में भी अल्हड़ और भद्दा—पतली, गोल गर्दन—होंठों पर बेफिक्री से थिरकती सदाबहार मुस्कान ! यही नहीं, इन विशेषताओं के कारण ही उसे उस पर ज़्यादा-से-ज़्यादा प्यार आया और उसने उसके प्रति माता-सुलभ स्नेह और कोमलता का भी अनुभव किया।

और, इसीलिए इस समय भी ग्रिगोरी की एक-एक विशेषता स्पष्टतम रूप में जो अकसीनिया के सामने आई और उसे बेहद बेशक़ीमती लगी तो वह बुरी तरह हाँफने लगी। उसके चेहरे पर मुस्कान खिल उठी। वह तनी। उसे अपने गले में कुछ अटकता-सा लगा। प्यार के आँसू पलकों से ढुलक चले। उसने अपने पति की आधी धुली कमीज़ नीचे पटककर पैरों से रौंदी और फुसफुसाती हुई बोली—"बुरा हो तेरा, तू तो हमेशा-हमेशा के लिए मेरे दिल में समा गया है, ग्रीश्का।"

आँसुओं से दिल हलका हुआ, पर बाद में उसके चारों ओर की सवेरे की पीली-नीली दुनिया सहसा ही रंगों में बुझने लगी। उसने अपने हाथ के पिछले हिस्से से गाल पोंछे। अपनी गीली भौंहों से बाल पीछे झटके और बहुत देर तक, विचार शून्य-सी एक जलमुर्ग़ी को देखती रही। जलमुर्ग़ी पानी

पर फिसली और फिर हवा में उमड़ती धुन्ध की गुलाबी कसीदेकारी के बीच खो गई।

अकसीनिया ने कपड़े धोए, उन्हें झाड़ियों पर फैलाया और खाई को लौट दी।

क्रिस्तोनिया सोकर उठ गया, खाई के प्रवेश के पास बैठा अपने गाँठ-गँठीले अँगूठे ऐंठ रहा था और स्तीपान को छेड़-छेड़कर उससे ज़बर्दस्ती बातें करने की कोशिश कर रहा था। स्तीपान कम्बल पर लेटा चुपचाप धुआँ उड़ा रहा था और क्रिस्तोनिया के सवालों के जवाब देने से बच रहा था। आख़िरकार क्रिस्तोनिया बोला–

"तो, तुम्हारा ख़्याल है कि लाल फ़ौजी नदी पार कर इस तरफ़ नहीं आएँगे ? जवाब क्यों नहीं देते ? ख़ैर, नहीं देना चाहते जवाब, तो न दो। लेकिन, मेरा अपना तो ख़याल यह है कि वे कटाव की तरफ़ से नदी पार करेंगे...वहाँ से नदी पार की जा सकती है, और कहीं से पार करना उनके बस की बात नहीं है...शायद तुम सोच रहे हो कि वे अपने घुड़सवार नदी के पानी में हिला देंगे...क्यों ? बोलते क्यों नहीं, स्तीपान ? ऐसा लगता है कि आख़िरी मोर्चा यहीं बँधेगा। और तुम हो कि लकड़ी के कुन्दे की तरह पसरे पड़े हो।"

स्तीपान आधा उठकर बैठ गया और गुस्से से भरकर बोला–"तुम मेरी जान के पीछे क्यों पड़े हो ? तुम सब, अजीब मज़ाकिया लोग यहाँ जमा हो। यानी मेरी बीवी मुझसे मिलने आई हो, और तुम हो कि मुझे साँस नहीं लेने देते। यानी तुम दुनिया की बकवास करते चले जाते हो और मुझे अपनी बीवी से दो बातें नहीं करने देते।"

"अच्छा है तुमने मुँह खोलकर अपने दिल की बात तो कही।" क्रिस्तोनिया बिगड़कर उठा, नंगे पैरों पर सैंडिल चढ़ाए और दरवाज़े के सिरे से अपना सिर टकराता बाहर चला गया।

"यहाँ तो इन लोगों के मारे हमें बातें करने का मौक़ा मिलने से रहा। आओ, जंगल में चलें।" स्तीपान अकसीनिया से बोला और उसके जवाब का इन्तज़ार किए बिना दरवाज़े की ओर बढ़ चला। अकसीनिया आजिज़ी से पीछे-पीछे चल दी।

दोनों दोपहर को खाई में वापस आए। आल्डार की झाड़ी की ठंडी छाँव में लेटे, दूसरे ट्रूप के कज़्ज़ाकों ने अकसीनिया और स्तीपान को देखा तो ताश के पत्ते एक तरफ़ को रख दिए और एक-दूसरे को देख-देखकर आँखें मारने, हँसने और ज़ोर-ज़ोर से आहें भरने लगे।

अकसीनिया अपना गींजा हुआ, लेसवाला, सफ़ेद रूमाल कसती और नफ़रत से होंठ बिचकाती इन फ़ौजियों के पास से गुज़र गई। किसी ने उससे कुछ नहीं कहा। लेकिन स्तीपान उसके पीछे-पीछे इनके पास पहुँच भी न पाया कि अनीकुश्का उठा, टोली से बाहर आया, बनावटी ढंग से आदर दिखलाते हुए स्तीपान के सामने झुका और ज़ोर से बोला, "ऐश के लिए मुबारकबाद, अब तो रोज़ा टूट गया न ?"

स्तीपान सहज भाव से मुस्कुराया। उसे खुशी हुई कि कज़्ज़ाकों ने उसे उसकी बीवी के साथ जंगल से लौटते देख लिया। मन-ही-मन सोचा, अच्छा हुआ। अब यह अफ़वाह तो कम होगी कि मेरी अकसीनिया से बनती नहीं।

उसने तो जवानी दिखलाने के लिए अपने कन्धे तक झटके और सन्तोष की साँस लेते हुए पीठ पीछे कर दी। कमीज़ का पिछला हिस्सा अब तक पसीने से तर दीखा।

इस तरह स्तीपान के व्यवहार से कज़्ज़ाकों को बढ़ावा मिला और वे हँसने और तरह-तरह की आवाज़कशी करने लगे।

"लेकिन, औरत गर्म है, प्यारो ! स्तीपान की कमीज़ आसानी से उतरेगी नहीं, पसीने से ऐसी तर है कि कन्धों से चिपक गई है।

"औरत ने सारी खाई-पी निकाल ली है–हर जगह से पसीने-पसीने हो रहा है...मुँह से झाग छूट गया है।"

एक जवान की खुशी से भरी निगाहें खाई तक अकसीनिया का पीछा करती रहीं। बाद में वह बड़ी हसरत से बोला—''दुनिया-भर में ढूँढ़ आओ, कहीं ऐसी हसीन औरत मिलेगी नहीं...नीली छतरीवाला मुझे अकसीनिया ! माफ़ करे !''

इस पर अनीकुश्का ने तर्क सामने रखा—''ऐसा क्यों कहते हो ? तुमने खोजने की कोशिश की है कभी ?''

अकसीनिया ने ये सारी उल्टी-सीधी बातें सुनीं तो उसके चेहरे का रंग थोड़ा उड़ गया। खाई में धँसी तो अपने पति और अपने बीच की हाल की घनिष्ठता और उसके साथियों की लुच्चेपन से भरी बातों के ख़याल से उसकी भौंहें तन गईं और उसका अन्तर् घृणा से भर उठा। स्तीपान ने दूसरे ही क्षण पूरी बात भाँपी और मनौती करते हुए बोला—''ये आदमी नहीं, स्टैलियन घोड़े हैं। इनकी बातों पर नाराज़ न हो और बात यह है कि ये खुद औरतों के लिए तरस रहे हैं।''

''मेरा ऐसा कोई नहीं, जिससे मैं नाराज़ हो सकूँ।'' उसने अपने थैले में हाथ डालते हुए, बुझे दिल से कहा और पति के लिए लाई गई सारी चीज़ें जल्दी-जल्दी निकालकर सामने रख दीं। फिर, और सधे हुए स्वर में बोली—''मुझे नाराज़ तो सिर्फ़ अपने आपसे होना चाहिए, लेकिन इसके लिए कलेजा मेरे पास नहीं है...।''

फिर, कुछ ऐसा हुआ कि उन दोनों के सामने बातचीत करने के लिए जैसे कुछ बचा ही नहीं। कोई दस मिनट बाद अकसीनिया उठ खड़ी हुई।

'मैं इससे कह दूँगी कि मैं व्येशेंस्काया लौट जाऊँगी।' उसने सोचा, लेकिन इसी समय उसे ख़्याल आया कि सूखे कपड़े तो वह उठाकर लाई ही नहीं।

फिर वह खाई के दरवाज़े के पास बैठी अपने पति की, पसीने से सड़ी कमीज़ें और पतलून ठीक करती रही। इस बीच रह-रहकर उसने आँखें उठाईं और क्षितिज की ओर जाते सूरज पर निगाहें डालीं।

इसके बावजूद उस दिन वह वहाँ से कहीं नहीं गई। उसका हियाव ही न हुआ। लेकिन, अगले दिन सवेरे सूरज उग भी नहीं पाया कि उसने तैयारी शुरू दी। स्तीपान ने उसे बहुत रोका, ज़्यादा नहीं तो एक दिन और रुकने की मिन्नत की। लेकिन, अकसीनिया ने इतनी दृढ़ता से नहीं की कि आगे उसने कुछ नहीं कहा। सिर्फ़ चलते वक़्त बोला, ''तुम्हारा इरादा क्या व्येशेंस्काया में रहने का है ?''

''हाँ, फिलहाल तो है।''

''तुम यहाँ मेरे पास नहीं रह सकतीं ?''

''यहाँ...कज़्ज़ाकों के साथ रहना, मेरे लिए अक्ल की बात नहीं है।''

''शायद तुम ठीक कहती हो।'' स्तीपान ने पत्नी की बात का समर्थन किया, लेकिन उसने पत्नी को विदाई बहुत ही भावहीन ढंग से दी।

हवा दक्षिण-पूर्वी थी। दूर से आई थी और रात में थक-सी गई थी। पर, सवेरा होने का समय होते-होते वह फिर ट्रांस-कैस्पियन रेगिस्तान की उमस और गर्मी दोन के इलाक़े में ला-लाकर उँडेलने लगी और बाएँ किनारे की पानी से भरी चरागाहों के टुकड़ों पर टूट-टूट पड़ने लगी। उसने ओस सोख ली, धुन्ध उड़ा दी और दोन-क्षेत्र की पहाड़ियों की खड़ियावाली चोटियों को गुलाबी कुहरे से मढ़ दिया।

जंगल में अब भी ओस थी। इसलिए अकसीनिया ने सैंडल उतार लिए, अपनी स्कर्ट का सिरा बाएँ हाथ से पकड़ लिया और जंगल की एक सूनी सड़क के किनारे-किनारे धीरे-धीरे चल दी। उसके पैर गीली धरती पर पड़े तो तरी उसे बहुत ही अच्छी लगी। दूसरी ओर, खुश्क हवा उसकी मोटी, नंगी पिंडलियों और गर्दन को रह-रहकर चूमती रही।

अकसीनिया, खुले मैदान में इग्लैंटाइन फूलों से भरी झाड़ी के पास बैठ गई और आराम करने लगी। कहीं पास ही आधे सूखे ताल के सरपतों के बीच बत्तख़ें सरसराने लगीं और एक नर बत्तख़

ने भर्राए गले से अपनी मादा को आवाज़ दी। दोन के पार मशीनगनें धीरे-धीरे मगर बराबर खड़खड़ाती रहीं। बीच-बीच में तोपें भी गरजती रहीं और गोलों के धड़ाकों की गूँज इस पार सुनाई पड़ती रही।

इसके बाद गोलाबारी का तार बीच-बीच में टूट गया और धरती की सारी छिपी हुई आवाज़ें अकसीनिया के कानों में एकसाथ बजने लगीं। (अखरोट के क़िस्म के) ऐस्प पेड़ की सफ़ेद किनारियोंवाली हरी पत्तियाँ, और शाहबलूत के फफूँदी-लगे नक़्क़ाशीदार पत्ते हवा में ज़ोर-ज़ोर से खड़खड़ाते रहे। ऐस्प के नए पेड़ों के झुरमुट से स्थिर गति से सरसराहट होती रही। दूर, बहुत दूर कोई उल्लू किसी की ज़िन्दगी के बचे-खुचे सालों की गिनती बहुत हल्के-हल्के करता रहा। ताल के ऊपर से उड़ती एक टिटहरी 'पीविट-पीविट' करती रही। अकसीनिया से दो क़दम के फ़ासले पर कोई भूरी चिड़िया अपनी गर्दन ज़रा-ज़रा पीछे की ओर झटकते और खुशी से पलकें झपकाते हुए, सड़क के छोटे गढ़े में पानी पीती रही। शहद की मख़मली, गर्द से नहाई बड़ी मक्खियाँ भनभनाती रहीं। साँवली, जंगली तितलियाँ चरागाही फूलों की पंखुड़ियों से रह-रहकर टकराती और मधुमय पराग चुरा-चुराकर उड़ती रहीं। देवदारुओं की शाखों से रस टपकता रहा और हाथर्न-झाड़ी के नीचे से पत्तियों की सड़ाँयँध आती रही।

अकसीनिया स्थिर बैठी जंगल की तरह-तरह की महकों से अपनी साँसें सींचती रही। जंगल का स्वाभाविक, सहज-जीवन, अनगिनत सुरीले कंठों से मुखर होता रहा। वसन्त से पानी की बाढ़ से सीझी चरागाह की मिट्टी से तरह-तरह की घासों की पत्तियाँ उगती रहीं। सो फूलों और जड़ी-बूटियों के इस मायाजाल को देखकर अकसीनिया का मुँह अचरज से खुला-का-खुला रह गया।

उसने मुस्कुराते और बिना आवाज़ के होंठ चलाते हुए, अनामे, पीले, नीले, छोटे-छोटे फूलों के डंठलों को सावधानी से छुआ और फिर उन्हें सूँघने के लिए अपनी कमर लचकाई। सहसा ही घाटी के लिली-फूलों की उन्माद से भरी महक उसके नथुनों में आ भरी। उसने हाथ से टटोलते हुए पौधा खोज लिया। पौधा उसकी बगल में, दाईं ओर एक अभेद्य छायादार झाड़ी के नीचे उगा नज़र आया। कभी की हरी, चौड़ी पत्तियाँ झुके हुए, बर्फ़ से सफ़ेद फूलों के मधु-पात्रों से लदे नीचे के डंठलों को इस समय भी सूरज से बचाती दीखीं। पर, ऊपर, ओस और पीली जंग के पर्दे में वे खुद अन्तिम साँस लेती रहीं और मौत फूलों को रह-रहकर अपनी ठंडी उँगलियों से छूती रहीं। एक जगह नीचे के दो फूलों के चेहरे झुर्रियों से भरे और सँवराए समझ पड़े। सिर्फ़ ऊपर का एक फूल ओस के झलाझल आँसुओं से नहाया, सहसा ही धूप में कौंधा। उसके कपूरी रंग ने ध्यान अपनी ओर खींच लिया।

अकसीनिया भरी आँखों से इस समय इन फूलों को देखती और इनकी उदासी से भरी महक का सुख लेती रही कि पता नहीं क्यों उसकी जवानी और पूरी ज़िन्दगी आँखों के आगे साकार हो उठी। इतनी लम्बी ज़िन्दगी सुख के क्षणों की गिनती की दृष्टि से बहुत ही छोटी लगी। मन ने कहा—'अब तू शायद बूढ़ी हो रही है...भला कोई जवान औरत भी कभी ठिठककर आँसू सहेजती है, क्योंकि उसे कोई भूली कथनी याद-सी आकर रह जाती है !'

उसने आँसुओं से नहाया चेहरा हाथों से छिपा लिया और गीले गाल पर रूमाल रख लिया। फिर रोते-रोते सो गई।

हवा और तेज़ हो गई और देवदार और बेंतों के सिरों को पश्चिम की ओर झुकाने लगी। ऐस्प-वृक्ष का पीला तना उड़ती हुई पत्तियों के कपूरी अंधड़ में लिपटा, हवा में लहराने लगा। अकसीनिया जिसके नीचे सोती रही, उस फूलों से भरी इग्लैंटाइन की झाड़ी पर हवा उतरी। हरी, जादुई चिड़ियों के चौंके हुए दल की तरह पत्तियाँ उत्सुकता से सरसराने और गुलाबी परों-सी पंखुड़ियों को हवा के झोंकों को सौंपने लगीं। अकसीनिया पर इग्लैंटाइन की ये मुरझाई हुई पंखुड़ियाँ बरसती रहीं और वह इस तरह सोती रही कि न तो जंगल के मुखर स्वर उसके कानों में पड़े, न दोन पार गोलाबारी के फिर से शुरू होने का अहसास हुआ और न नंगे सिर पर सीधी पड़ती सूरज की किरणों की गर्मी ही अनुभव हुई।

वह जगी तो तब जगी जब किसी आदमी की आवाज़ और घोड़े की हिनहिनाहट उसके कानों में पड़ी। फिर तो हड़बड़ाकर उठकर बैठ गई।

उसने देखा, बग़ल में खड़ा एक जवान कज़्ज़ाक–मूँछें सफ़ेद, दाँत मोती की तरह उजले...कसे हुए, सफ़ेद नाकवाले घोड़े की लगाम हाथ में। कज़्ज़ाक खुलकर मुस्कुराता, कन्धे झटकता, पैर पटकता और भर्राए गले, मगर प्यारे ढंग से एक गीत गाता रहा–

धरती पर ढही रही,
कनखी से देखा–
कभी उधर और कभी इधर को–
कोई नहीं ऐसा जो हाथ मुझे दे दे...
किस्मत में बदा एक ऐसा भी दिन था–
लेकिन, फिर मैंने जो देखा पलटकर–
पास खड़ा पाया कज़्ज़ाक एक सुन्दर !

"मुझे मदद की ज़रूरत नहीं, मैं यों भी उठ सकती हूँ।" अकसीनिया मुस्कुराई और भीगी हुई स्कर्ट ठीक करती हुई फुर्ती से उछलकर खड़ी हो गई।

"कहो मेरी रानी, बात क्या है ? पैरों ने आगे बढ़ने से इनकार कर दिया या यों ही आलस आ गया ?"–ख़ुशी से खिले कज़्ज़ाक ने उसका अभिवादन किया।

"यों ही नींद आ गई।" अकसीनिया ने शर्म से लाल होते हुए जवाब दिया।

"व्येशेंस्काया जा रही हो ?"

"हाँ ?"

"मैं तुम्हें अपने साथ ले चलूँ वहाँ ?"

"लेकिन, किस पर ?"

"तुम घोड़े पर सवार हो जाओ। मैं पैदल ही चला चलूँगा। यह भी मुझ पर मेहरबानी होगी तुम्हारी..." जवान कज़्ज़ाक ने आँख मारी।

"नहीं, तुम जाओ...ईश्वर तुम्हारी मदद करे...मैं यों ही पैरों-पैरों अपनी मंज़िल तय कर लूँगी।"

लेकिन, कज़्ज़ाक इश्क और ज़िद के मामले में खिलाड़ी साबित हुआ। अकसीनिया अपने सिर के रूमाल को ठीक करने में उलझी तो उसने इस क्षण से फायदा उठाया। उसे छोटे पर मज़बूत हाथ से कसकर सीने से लगा लिया और चूमने की कोशिश की।

"बेवकूफ़ी न करो !" अकसीनिया चीख़ी और उसकी नाक की नोक पर कुहनी मारी।

"मेरी रानी, बेकार परेशान न हो। देखो, आस-पास की दुनिया कितनी प्यारी, कितनी हसीन है...हर एक अपने जोड़े की तलाश में है...ऐसे में हम लोग ही अपने हिस्से के गुनाह से क्यों परहेज़ करें और क्यों बचें..." और कज़्ज़ाक अपनी ख़ुशी से चमकती आँखें सिकोड़ने और अकसीनिया की गर्दन को अपनी मूँछों से सहलाते हुए धीरे से बोला।

अकसीनिया का गुस्सा जैसे उतार पर आ गया। पर, उसने अपने हाथ छुड़ाए और कज़्ज़ाक के भूरे पसीने से तर चेहरे को पीछे ठेलते हुए अपने को आज़ाद करने की कोशिश की। मगर सख़्त पकड़ से जुम्बिश नहीं खाई।

"गधे हो तुम ! तुम्हें पता है, मुझे बहुत ही गन्दी बीमारी है...छोड़ दो मुझे।" अकसीनिया ने हाँफते हुए मिन्नत की और सोचा कि इस मामूली-सी चालाकी से इस पाप से मेरी जान बच जाएगी।

"उफ़...लेकिन सवाल यह है कि बीमारी कितनी पुरानी है !" कज़्ज़ाक ने दाँत भींचे-ही-भींचे कहा और सहसा ही उसे गोद में उठा लिया।

अकसीनिया को अचानक ही लगा कि मज़ाक ख़त्म हो गया और अब तो मामला गम्भीर शक्ल

ले चला। सो, उसने कज़्ज़ाक की भूरी धूप में सँवराई नाक पर भरपूर घूँसा जमाया और अपने को जकड़नेवाले हाथों को झटककर दूर कर दिया। बोली—"मैं ग्रिगोरी मेलेखोव की बीवी हूँ। तुम्हारी इतनी हिम्मत कि तुम बदनीयती से मेरे पास फटक भी जाओ ! कुतिया के बच्चे कहीं के !...मैं उससे सारा कुछ बतला दूँगी, और वह तुम्हारी हड्डी-पसली..."

पर, उसे लगा कि उसकी बातों का कज़्ज़ाक पर असर कुछ न होगा। इसलिए उसने लपककर एक मोटी-सी सूखी लकड़ी उठा ली। लेकिन कज़्जाक का सारा जोश देखते-देखते ठंडा पड़ गया। उसने नाक से बहकर गलमुच्छों पर आते ख़ून को अपनी खाकी कमीज़ की आस्तीन से पोंछा और दर्द से तड़पते हुए बोला—"बेवकूफ़ कहीं की ! बिल्कुल ही बेअक्ल औरत हो तुम ! तुमने यह बात पहले ही क्यों नहीं कही ? उफ़,...देखो तो कैसा ख़ून बह रहा है ! दुश्मनों ने जैसे कुछ रियायत बरत दी है कि अब खुद कज़्ज़ाक औरतें हमारा ख़ून बहाने पर उतर आई हैं।..."

कज़्ज़ाक का चेहरा एकाएक ज़र्द पड़ गया और सारी मोहब्बत ख़त्म हो गई। वह सड़क-किनारे के एक गढ़े से पानी ले-लेकर ख़ून साफ़ करने लगा कि अकसीनिया तेज़ी से मुड़ी और हवा की तरह मैदान पार करने लगी। कोई पाँच मिनट के अन्दर-अन्दर कज़्ज़ाक बराबर से आ गया। फिर, औरत को कनखी से देखता, चुप-चुप मुस्कुराता, अपनी राइफ़ल के सीने पर पड़े फ़ीते को कायदे से ठीक करता और अपने घोड़े को दुलकी-चाल से दौड़ाता आगे निकल गया।

2

उस रात लाल फ़ौज ने लकड़ी के तख़्तों और कुंडों के बेड़ों पर दोन नदी पार की, और वे एक छोटी झोंपड़ी के पास आ निकले।...

झोंपड़ी के कज़्ज़ाकों पर अनायास ही बिजली-सी टूट पड़ी, क्योंकि उनमें से अधिकांश रँगरेलियाँ मना रहे थे। तीसरे पहरे से ही उनकी बीवियाँ आतीं और अपने साथ घड़े-घड़े और बाल्टी-बाल्टी-भर घर की बनी वोद्का लाती रही थीं। आधी रात होते-होते वे अपने आपे में न रह गए थे, मानो नशे में धुत औरतों की चीख़-पुकारों और मर्दों में हँसी के ठहाकों और सीटियों की आवाज़ें खाइयों से आ रही थीं। पहरे की ड्यूटी पर तैनात बीस कज़्ज़ाकों ने भी इस शराबखोरी में हिस्सा लिया था। सिर्फ़ दो तोपची और एक बाल्टी वोद्का मशीनगन के पास छोड़ दी थी।

...लाल फ़ौज के बेड़े, सन्नाटे से भरे, दोन के दाहिने किनारे से चले। लाल फ़ौजी सामने के किनारे पर उतरे और एक-एक, दो-दो के क्रम से खाइयों की ओर बढ़े। खाइयाँ नदी से कोई दो सौ क़दमों के फ़ासले पर थीं।

बेड़े बनानेवाले फ़ौजी इंजीनियर लाल फ़ौजियों की दूसरी टोली को लाने के लिए अपने बेड़ों पर तेज़ी से वापस लौट गए।

बाएँ किनारे पर गाने के झुटपुट स्वरों के अलावा पाँच मिनट तक कोई आवाज़ कहीं सुनाई न पड़ी। इसके बाद हथबम फटने लगे, मशीनगन खड़खड़ाने लगी, राइफलों से गोलियाँ बरसने लगीं और रात के सन्नाटे में दूर-दूर तक हुर्रा-हुर्रा का शोर गूँजने लगा।

टुकड़ी बौखला उठी और उसके पूरे-के-पूरे लोग बर्बादी से सिर्फ़ इसलिए बचे कि घटाटोप अन्धकार में लोगों का पीछा नहीं किया जा सका।

कज़्ज़ाकों का कोई बहुत नुकसान न हुआ, उनके बीच खलबली मच गई और वे अपनी-अपनी औरतों को लिए-दिए, चरागाहें पार कर उल्टे-सीधे व्येशेंस्काया की ओर भागे। पर, इस बीच बेड़े लाल फ़ौजियों की नई टुकड़ियाँ ले आए और 111वीं रेजीमेंट की पहली बटेलियन की आधी कम्पनी दो हल्की मशीनगनों से लैस होकर, बाज़की के किनारे से बाग़ी स्क्वैड्रन को भूनने लगी।

इस तरह जो दरार बनी उसे पाटने के लिए ताज़ा कुमुक लाई गई। लेकिन, इन फ़ौजों की रफ़्तार धीमी रही क्योंकि किसी भी लाल फ़ौजी को जगह का पता न रहा। यूनिटों के पास गाइड नहीं रहे और अँधेरे में अन्धों की तरह आगे बढ़ते हुए उनके सदस्य नालों और बाढ़ के पानी की तेज़ धारों में रह-रहकर भहराते और फँसते रहे। बाढ़ के पानी को काटा न जा सका।

हमले का निर्देशन करनेवाले ब्रिगेड कमांडर ने लोगों को खदेड़ने का ख़्याल तड़के तक के लिए उठा रखा। इस बीच रिज़र्व फ़ौजें ला-लाकर व्येशेंस्काया के रास्तों पर जमाई गईं और तोपों की तैयारी का हुक्म दे दिया गया।

पर, व्येशेंस्काया में दरार को पाटने के लिए क़दम तेज़ी से उठाए जाते रहे। ज्यों ही सन्देशवाहक लाल फ़ौजियों के नदी पार करने की ख़बर लेकर अपना घोड़ा दौड़ाता आया, त्यों ही स्टाफ़-हेडक्वार्टर्स में कार्याधिकारी ने कुदिनोव और मेलेख़ोव को बुला भेजा। कारगिंस्काया रेजीमेंट की टुकड़ियाँ चोर्नी, गोरोखोवका और दुबरोबका से बुलाई गईं। ग्रिगोरी मेलेख़ोव ने पूरी कार्रवाई की आम कमान सँभाल ली। उसने तीन सौ तलवारबन्द कज़्ज़ाक येरेंस्की गाँव के सामने झोंक दिए, ताकि बायाँ बाज़ू मज़बूत हो सके, और अगर दुश्मन पूर्व की ओर से व्येशेंस्काया लेने की कोशिश करे तो तातारस्की और लेब्याज़ी के कज़्ज़ाक दुश्मन का धक्का झेलकर अपने पैर जमाए रह सकें। ग्रिगोरी ने व्येशेंस्काया के विदेशी स्वयंसेवकों को पश्चिम की तरफ़ रवाना किया, बाज़की स्क्वैड्रन की मदद के लिए चिर-प्रदेश की पैदल टुकड़ी भेजी, आठ मशीनगनें ख़तरे के इलाके में जमवाईं और कोई दो बजे सवेरे घुड़सवार फ़ौजियों की दो टुकड़ियाँ लेकर, खुद जंगल के सिरे पर जा जमा और लाल फ़ौजियों पर हमला बोलने के लिए सुबह का इन्तज़ार करने लगा।

दूसरी ओर व्येशेंस्काया के स्वयंसेवकों की टुकड़ी ने जंगल मँझाते हुए, दोन के बाज़कीवाले किनारे तक की मंज़िल तय कर डाली। पर सप्त-ऋषि आसमान में चमकता ही रहा कि उसकी टक्कर बाज़की के पीछे हटते लोगों से हो गई। टुकड़ी के लोगों ने इन लोगों को ग़लती से दुश्मन समझा, इसलिए कुछ देर तक इन पर आग बरसाई और फिर भाग खड़े हुए। व्येशेंस्काया को चरागाह से अलगानेवाली बड़ी झील के पास पहुँचने पर इन्होंने हड़बड़ी में जूते-कपड़े किनारे पटके और तैर-तैरकर उस पार पहुँचे। ग़लती जल्दी ही पकड़ गई। लेकिन लाल फ़ौजियों के व्येशेंस्काया पहुँचने की खबर हवा की रफ़्तार से, बहुत पहले ही हर तरफ़ फैली मिली। नतीजा यह हुआ कि तहख़ानों में छिपे शरणार्थी गाँव छोड़-छोड़कर उत्तर की तरफ़ भागे और हर जगह यह अफ़वाह फैलाते गए कि लाल फ़ौजियों ने दोन पार कर ली है, मोर्चा तोड़ डाला है और व्येशेंस्काया पर चढ़े चले जा रहे हैं।

...ग्रिगोरी को स्वयंसेवकों के भागने की ख़बर मिल गई और आसमान में दिन का उजाला छिटकना शुरू ही हुआ कि वह घोड़ा दौड़ाता दोन तक जा पहुँचा। इस बीच स्वयंसेवकों ने अपनी ग़लती समझी और ज़ोर-ज़ोर से बातें करते हुए खाइयों की ओर लौटे। ग्रिगोरी उनके एक दल के पास पहुँचा और व्यंग्य करते हुए बोला—"झील तैरकर पार करने में बहुत लोग डूब गए क्या ?"

सिर से पैर तक पानी से तर-बतर राइफ़लमैन ने चलते-चलते अपनी कमीज़ उतारी और स्वरों के उतार-चढ़ाव के साथ जवाब दिया—"हम सब तो पाइक-मछलियों की तरह तैरे। डूबते आख़िर क्यों ?"

"वैसे ग़लतियाँ हर आदमी करता है।" सिर्फ़ पैंट पहने एक दूसरा आदमी सूत्रों की भाषा में बोला—"अब हमारे ग्रुप-कमांडर को ही लो। सचमुच डूबते-डूबते बचा। बात यह हुई कि उसने पट्टियाँ खोलने में ख़र्च होनेवाले वक़्त को बचाने के ख़्याल से जूते नहीं उतारे और पानी में हिल गया। तैरने लगा तो पट्टियाँ बीच में ही खुल गईं और पैरों में उलझने लगीं। फिर तो किस तरह गला फाड़कर चिल्लाया वह। कोई एक वर्स्ट दूर होता तो भी उसकी आवाज़ सुन लेता।"

ग्रिगोरी ने स्वयंसेवकों की टुकड़ी के कमांडर को खोजा और उसे हुक्म देते हुए बोला—"इन

लोगों को जंगल के सिरे पर ले जाओ और इन्हें इस तरह रखो कि ज़रूरत पड़ने पर ये बाहर से लाल फ़ौजियों की कतारों को घेर सकें।'' इसके बाद उसने अपना घोड़ा मोड़ा और अपने स्क्वैड्रन की ओर बढ़ा।

सड़क पर उसे स्टाफ़ का एक अर्दली मिला। आदमी ने घोड़े की रासें खींचीं और सन्तोष की साँस लेते हुए बोला—''मैं हलाकान हो गया आपको खोजते-खोजते।'' और घोड़े के पुट्ठों और बाजुओं से देखने से लगा कि जानवर को ताबड़तोड़ दौड़ाया गया है।

''क्यों ? बात क्या है ?''

''स्टाफ़ ने आपके पास खबर भेजी है कि तातारस्की कम्पनी के लोगों ने अपनी-अपनी खाइयाँ छोड़ दी हैं और वे, घिर जाने के डर से, बलुहे मैदान की तरफ़ पीछे भाग रहे हैं। खुद कुदिनोव ने कहा है कि आप फ़ौरन ही वहाँ पहुँचें।''

ग्रिगोरी ने, ताज़े-से-ताज़े घोड़ों पर सवार, कज़्ज़ाकों के ट्रुप के साथ जंगल पार कर सड़क का रास्ता लिया और कोई बीस मिनट की घुड़दौड़ के बाद, वह गोली-इलमेन की झील के इलाके में पहुँच गया। बाईं ओर तातारस्की के घबराए हुए लोग चरागाह के आर-पार दौड़ते दीखे। इनमें से मोर्चे के अनुभववाले लोग या सयानी उम्र के दूसरे कज़्ज़ाक, झील के पास-ही-पास रहने और नदी-किनारे के झाड़-झाड़ियों की आड़ लेते इत्मीनान से चलते रहे। लेकिन बाक़ी में से ज़्यादातर लोगों के मन में सिर्फ़ एक इच्छा पलती रही कि जैसे भी हो, जल्दी-से-जल्दी जंगल तक पहुँच चला जाए। बस, तो, ऐसे सारे लोग आगे-आगे भटकते रहे, और उन्होंने मशीनगनों की बीच-बीच में बरसती गोलियों की एक भी चिन्ता नहीं की।

''पीछा करो इनका ! ज़रा जमाओ तो इन पर चाबुक।'' ग्रिगोरी ने गुस्से से पलकें झपकते हुए चिल्लाकर कहा और सबसे पहले खुद अपने गाँव के लोगों का पीछा किया। घोड़ा हवा की रफ़्तार से दौड़ाया।...

क्रिस्तोनिया झूमते और भचकते हुए, नाच के-से अन्दाज़ से, जाता नज़र आया। अभी पिछली शाम को मछली मारते समय सरपत से उसकी एड़ी बहुत ही बुरी तरह कट गई थी, इसलिए वह आम दिनों की तरह भाग नहीं पा रहा था। सो, ग्रिगोरी, अपना चाबुक सिर से ऊपर ताने हुए, उसके बराबर आ गया, और घोड़े के क़दमों की टपाटप कानों में पड़ी तो क्रिस्तोनिया ने मुड़कर देखा और अपनी रफ़्तार बढ़ा दी।

''दौड़े कहाँ जा रहे हो ? रुको...रुको...मैं कहता हूँ, रुको !'' ग्रिगोरी चीखा, मगर कोशिश बेकार ही गई। क्रिस्तोनिया ने रुकने की बात तक न सोची और बड़ा ही अजीब लगा कि ऊँट की तरह उचक-उचककर और तेज़ी से चलना शुरू कर दिया।

इस पर ग्रिगोरी को इतना गुस्सा आया कि वह अपने आपे में न रहा। उसने बहुत ही बुरी गाली दी, घोड़े को और तेज़ी से आगे बढ़ाया, बराबर आने पर सन्तोष की साँस ली और क्रिस्तोनिया की पसीने से नहाई पीठ पर भरपूर चाबुक जमाया। क्रिस्तोनिया ज़मीन पर बैठ गया और धीरे-धीरे सावधानी से पीठ सहलाने लगा।

ग्रिगोरी के साथ के कज़्ज़ाक अपने घोड़े दौड़ाते आगे निकल गए और भागते हुए लोगों को रोकने लगे। मगर, चाबुक उन्होंने नहीं चलाया।

''चाबुक जमाओ...चाबुक जमाओ इन लोगों पर।'' ग्रिगोरी ने दस्तकारी के कामवाला अपना चाबुक हिलाते हुए, फटी-सी आवाज़ में चिल्लाकर कहा। इसी समय उसका घोड़ा बिदका, पीछे हुआ और आगे बढ़ने से इनकार करने लगा। ग्रिगोरी ने जैसे-तैसे उसे काबू में किया और सामने भागते लोगों तक पहुँचा। बग़ल से गुज़रा तो उसकी निगाह एक झाड़ी के पास टिककर चुपचाप मुस्कुराते स्तीपान अस्ताख़ोव पर पड़ी। साथ ही अनीकुश्का हँसी से दोहरा होता नज़र आया। उसने अपने हाथ

की तुरही बनाई और तीखी, औरतों की-सी आवाज़ में चीखा–"भाइयो...हर आदमी अपनी जान के लिए ज़िम्मेदार होगा। लाल फ़ौजी आ रहे हैं। बस, तो उन्हें पकड़कर छोड़ो।"

अब ग्रिगोरी ने रुईभरी जर्किन से लैस एक दूसरे गाँववाले के पीछे घोड़ा दौड़ाया। यह गाँववाला थकान का नाम लिए बिना, फुर्ती से दौड़ता दिखलाई पड़ा। आदमी के गोल कन्धे बहुत ही जाने-जाने-से लगे, पर ग्रिगोरी को उसे पहचानने का मौक़ा नहीं मिला, और वह कुछ दूर पीछे से ही चिल्लाया– "ठहरो...ओ कुतिया के बच्चे, ठहर जाओ, वरना मैं तुम्हारे टुकड़े-टुकड़े पर डालूँगा।"

सहसा ही जर्किन से लैस गाँववाले ने अपनी चाल धीमी की और फिर रुक गया। वह एक ख़ास ढंग से मुड़ा और उसकी आँखों से ज़्यादा-से-ज़्यादा नफ़रत बरसी। ग्रिगोरी इस मुद्रा से अपने बचपन से ही परिचित था, इसलिए कज़्ज़ाक के नाक-नक्शों पर पूरी तरह निगाह पड़ने के पहले ही उसने अनुमान लगा लिया कि हो-न-हो, यह तो मेरे पापा हैं।

पैन्तेली के गालों की खाल काँपी–"तो, तुम्हारा अपना बाप कुतिया का बच्चा है, क्यों ? यानी, तुम अपने बाप के ही टुकड़े-टुकड़े कर डालने की धमकी दे रहे हो ?"

उसे अपने ऊपर कोई नियन्त्रण न रहा और उसकी आँखें इस तरह क्रोध से जलने लगीं कि ग्रिगोरी का सारा गुस्सा देखते-देखते काफ़ूर हो गया। उसने झटके से घोड़े की रासें खींचीं और ज़ोर से बोला–"मैं तुम्हारी पीठ तो पहचानता नहीं। इस तरह आसमान सिर पर क्यों उठा रहे हो, पापा ?"

"पहचानता नहीं...क्या मतलब तुम्हारा ? यानी, तुमने अपने बाप को नहीं पहचाना ?"

बुज़ुर्गी कुछ ऐसे ग़लत और बेहूदे ढंग से छू गई कि ग्रिगोरी हँसता हुआ अपने पिता की सीध में आया और उसे समझाते हुए बोला–"पापा, पागल न बनो ! तुमने एक ऐसा कोट पहन रखा था जो मैंने तुम्हारे बदन पर पहले कभी देखा ही नहीं। फिर तुम भागे जा रहे थे रेस के घोड़े की तरह। हमेशा की तरह भचक भी तो नहीं रहे थे। ऐसे में भला मैं तुम्हें कैसे पहचानता ?"

घर और बाहर के पहले के दिनों की तरह पैन्तेली एक बार फिर शान्त हो गया। पर, हाँफता वह बुरी तरह अब भी रहा। फिर भी, अपने ऊपर और ज़्यादा काबू पाते हुए बेटे की हाँ-में-हाँ मिलाते हुए बोला–"तुम ठीक कहते हो। कोट नया है। मैंने अपनी भेड़ की खाल के बदले में ले लिया है...भेड़ की खाल भारी होती है और इसलिए रास्ते में तकलीफ़देह लगती है...और जहाँ तक मेरे भचकने का सवाल है, भचकने के लिए वक़्त नहीं है। शाहज़ादे, यहाँ भचकने का तो सवाल ही नहीं उठता। यानी, मौत हमारी आँखों में आँखें डाल रही है, और तुम लंगड़े पैर को लेकर गाल बजा रहे हो..."

"ख़ैर, मौत अभी कोसों दूर है। पीछे लौटो पापा ! और तुमने अपने कारतूस अभी तक नहीं फेंके हैं न ?"

"लेकिन, हम लौटकर कहाँ जाएँ ?" बूढ़े ने घृणा से भरकर विरोध किया।

इस पर ग्रिगोरी ने अपनी आवाज़ ऊँची की और एक-एक शब्द पर बल देते हुए आदेश दिया–"मैं तुम्हें पीछे लौटने का हुक्म देता हूँ। पता है कि लड़ाई के मैदान में कमांडर का हुक्म न मानने की सज़ा क्या होती है ?"

शब्दों का प्रभाव पड़ा। पैन्तेली ने कन्धे पर लटकी राइफ़ल ठीक की, लाख न चाहते हुए भी पीछे लौट पड़ा और एक ओर धीरे चलते बूढ़े के बराबर पहुँचते ही बोला–"इस ज़माने में हमारी औलादें ऐसी होती हैं। अपने बाप की इज़्ज़त करने के बजाय या लड़ाई की मुसीबत से छुटकारा दिलाने के बजाय, औलाद उल्टे उसे लड़ाई के ऐन मुँह में ढकेलने की कोशिश कर रही है...हाँ भाई हाँ !...एक मेरा बेटा प्योत्र था...आसमानवाला उस पर हमेशा रहम करे...इससे कहीं बेहतर था...मिज़ाज का ठंडा था। मगर यह बेवकूफ़ तो बिलकुल ही अलग है...माना कि डिवीज़नल-कमांडर है, और दूसरी तमाम बातें हैं, और ठीक ही है।...यह तो झाऊ चूहे की तरह तुनुकमिज़ाज है। मुझे ज़रा भी ताज्जुब न होगा, अगर मेरे इस बुढ़ापे में यह मुझे मोची के इस्तेमाल की कीलों से कोंच-कोंचकर भट्ठी में

झोंक देगा।"

उचित बात तातारस्की के कज़्ज़ाकों की समझ में आसानी से आ गई है। ग्रिगोरी ने पूरी कम्पनी जमा की, उसे किसी ढकी हुई जगह ले गया...और फिर घोड़े पर बैठे-ही-बैठे सख़्त लहज़े में बोला–

"लाल फ़ौजियों ने नदी पार कर ली है और वे व्येशेंस्काया पहुँचने की कोशिश कर रहे हैं। दोन के किनारे लड़ाई शुरू हो गई है। यह सारा कुछ कोई मज़ाक नहीं है, और मैं तुमको बेकार में भागने की सलाह नहीं दूँगा। अगर तुम सब दूसरी बार भागने की कोशिश करोगे तो मैं येरेंस्की के घुड़सवार फ़ौजियों को हुक्म दूँगा और वे तुम्हें काटकर फेंक देंगे।" उसने अपने गाँव के लोगों की भीड़ पर एक नज़र दौड़ाई और उनके तरह-तरह के लिबासों पर दृष्टि गड़ाते हुए स्पष्ट घृणा से कहा–"तुम्हारी कम्पनी में कुछ कूड़ा-करकट लोग जमा हो गए हैं, और यह सारी घबराहट वे ही फैला रहे हैं। क्या शानदार बहादुर हो तुम लोग ! लड़ाई का मैदान छोड़कर भागे जा रहे हो, तुम्हारी पतलूनें ख़राब हुई जा रही हैं। इस पर भी तुम अपने को कज़्ज़ाक कहते हो। और बड़े-बुजुर्गों, तुम्हारी यह हिम्मत ! तुमने खुद ही कहा है कि तुम लड़ोगे, इसलिए अब टाँगों के बीच खोपड़ियाँ अड़ाने के कोई माने नहीं होते। तो बस, ट्रुप ऑर्डर में डबल-मार्च करते हुए उन झाड़ियों तक पहुँचो, फिर उनके बीच से दोन का रास्ता पकड़ो, बाद को दोन के किनारे-किनारे सेम्योनोवस्की-कम्पनी की तरफ़ बढ़ो और कम्पनी से मिलने पर लाल फ़ौजियों पर धावा बोल दो !...क्विक मार्च ! और देखो, चौकस रहना।"

तातारस्की के गाँव के लोगों ने चुपचाप पूरी बात सुनी और फिर वे उसी तरह झाड़ियों की तरफ़ बढ़ चले। ग्रिगोरी और उसके साथ के कज़्ज़ाक घोड़े दौड़ाकर हवा से बातें करते निकल गए। बूढ़ों ने, मायूसी से, लम्बी-लम्बी साँस लेते हुए उनकी तरफ़ मुड़कर देखा। पैन्तेली की बग़ल में चलते बूढ़े ओबनिज़ोव ने तारीफ़ करते हुए कहा–"ठीक है...मगर उस आसमानवाले का लाख-लाख शुक्र कि उसने तुम्हें ऐसा बहादुर, नामी जवान बेटा दिया है। असली सूरमा है ! कैसा चाबुक जमाया उसने क्रिस्तोनिया की पीठ पर ! हर आदमी के पैर जहाँ थे, वहीं जमकर रह गए।"

ओबनिज़ोव की बातों ने पैन्तेली की पितृ-सुलभ भावनाओं को गुदगुदाया और बूढ़ा गद्गद स्वर में बोला–"यह कहने की बात नहीं। किसी का ऐसा दूसरा बेटा खोजने के लिए आदमी को बड़ी दुनिया मँझानी पड़ेगी...सीना मैडलों से भरा हुआ है, इतने मैडल जीतना कोई मज़ाक नहीं है...क्यों ? इसके मुक़ाबले प्योत्र को लो। वह भी मेरा ही बेटा था और पहला बेटा था, मगर ऐसा नहीं था। मिज़ाज में गर्मी नहीं थी, और कहीं-न-कहीं उसमें कुछ-न-कुछ कमी ज़रूर थी। कमीज़ के नीचे दिल औरत का था। लेकिन, यह दूसरा बेटा, मेरा ग्रिगोरी, बिल्कुल मेरी तरह है...जान और जोश तो उसमें मुझसे भी ज़्यादा है।"

ग्रिगोरी दुश्मन की नज़र बचाते हुए अपने आधे ट्रुप के साथ-साथ कालमीक-घाट तक आ पहुँचा और जंगल में पहुँचने पर उसने और उसके साथ के लोगों ने अपने को पूरी तरह सुरक्षित समझा। लेकिन, दूर की पर्यवेक्षक-चौकी से लाल फ़ौजियों ने इन्हें देख लिया और एक टीम ने अपनी तोपों के दहाने खोल दिए। पहला गोला सरपत के पौधों के सिरों के ऊपर से सरसराता निकला और किसी दलदली खड्ड में जा गिरा, फूटा नहीं। लेकिन दूसरा गोला सड़क के पास ही, बूढ़े, काले देवदार की नंगी जड़ों के बीच फूटा तो आग-सी छिटकी और धड़ाके से कज़्ज़ाक के कान के पर्दे फटने लगे। वे मिट्टी और सड़ी हुई लकड़ी के टुकड़ों की बौछारों से नहा उठे।

इसी समय घोड़े की दुमची के पास किसी गीली चीज़ के पड़ाक से गिरने की आवाज़ हुई, तो ग्रिगोरी अपने-आप आगे की ओर झुक गया और उसने अपनी आँखों पर हाथ की आड़ कर ली।

धड़ाके से ज़मीन हिल गई। कज़्ज़ाकों के घोड़े बिदके और कूल्हों के बल बैठ गए, मगर फिर, जैसे कि किसी कमान पर, आगे की तरफ़ ताबड़तोड़ भागे। परन्तु ग्रिगोरी का घोड़ा भयानक रूप से पीछे हटा, ढह पड़ा और धीरे-धीरे लुढ़कने-सा लगा। ग्रिगोरी ने जल्दी से कूदकर घोड़े की लगाम पकड़

ली। अब दो गोले और हवा में सरसराते गुज़रे और फिर जंगल के सिरे पर सन्नाटा हो गया। बारूद का धुआँ घास की पत्तियों पर जम गया। आसपास से ताज़ी उल्टी मिट्‌टी, लकड़ी की चैलियों और अधसड़ी लकड़ी का संकेत मिलने लगा। दूर झुरमुट में मैगपाई चिड़ियाँ उत्सुकता से चहचहाती रहीं।

ग्रिगोरी का घोड़ा हींसा। उसके थरथराते हुए पिछले पैर धँसने लगे। दर्द से दाँत निकल आए, गर्दन ऐंठ गई और मख़मली भूरे नथुनों से गुलाबी-से झाग के बुलबुले फूटने लगे। घोड़े का पूरे-का-पूरा बदन बुरी तरह काँपने लगा और नीचे की खाल रह-रहकर सिहरने लगी।

"काम तमाम हो गया...क्यों ?" एक घुड़सवार कज़्ज़ाक ने ज़ोर से पूछा। ग्रिगोरी ने कोई जवाब नहीं दिया। वह घोड़े की बुझती हुई आँखों में आँखें डाले रहा। उसने तो जख्म तक नहीं देखा। ज़रा दूर-भर हट गया। इस पर घोड़े ने झटके से आगे बढ़ने की कोशिश में अपने को समेटा, और फिर सहसा ही घुटनों के बल गिर पड़ा। इसके साथ ही उसकी गर्दन इस तरह झूल गई, जैसे कि वह मालिक से किसी कुसूर के लिए माफ़ी माँग रहा हो। इसके बाद खोखले ढंग से कराहते हुए वह बाज़ू के बल लुढ़क गया और उसने सिर उठाने की कोशिश की। पर, साफ़ है कि उसकी ताकत टूट चुकी थी। फिर, कँपकँपी धीरे-धीरे ख़त्म हो गई, आँखें चमकीं कि चमककर रह गईं और गर्दन पसीने से नहा पड़ी। केवल टखनों के पास नब्ज़ हल्के-हल्के बजती लगी और काठी का बन्द धीरे-धीरे काँपता नज़र आया।

ग्रिगोरी ने जानवर की बाईं बाज़ू की तरफ़ निगाह दौड़ाई तो एक गहरा ज़ख्म नज़र आया और ज़ख्म से काले ख़ून की धार उमड़ती दीखी। उस बीच दूसरा कज़्ज़ाक घोड़े से नीचे उतरा। ग्रिगोरी की आँखों से आँसू बहने लगे। उसने उन्हें पोंछा नहीं और अटक-अटककर बोला—"गोली मारकर एक बार में ही इसे खत्म कर दो।" उसने अपनी मॉज़र-राइफ़ल कज़्ज़ाक की ओर बढ़ाई, और उसके घोड़े पर सवार होकर अपने स्क्वैड्रन के ठिकाने की तरफ़ रवाना हो गया। वहाँ बाक़ायदा लड़ाई चालू मिली।...

लाल सेना के ट्रूपों ने तड़के नए सिरे से हमला कर दिया था। धुन्ध के पसारे के बीच उनकी कतारें उठीं और चुपचाप व्येशेंस्काया की दिशा में बढ़ी थीं। दाईं ओर, बाढ़ के पानी से लबालब एक खड्ड ने क्षण-भर को उनका रास्ता रोका, पर दूसरे क्षण वे पानी में हिल गए और गोलियों वग़ैरा के अपने थैले और राइफ़लें हाथों में ऊपर उठाए-ही-उठाए इस पार से उस पार पहुँच गए।...

थोड़ी देर बाद, दोन के किनारे की पहाड़ियों पर से चार बैटरियाँ गरजने लगीं। फिर तोपों के गोलों ने पूरे जंगल को अपनी लपेट में लिया और विद्रोहियों की ओर से भी आग बरसने लगी। अब लाल फौजी अपनी राइफ़लें ज़मीन पर घसीटते हुए, मार्च करने के बजाय दौड़ने लगे। उनसे कोई आधे वर्स्ट के फ़ासले पर तोपों के गोलों के धड़ाके होते और उनके टुकड़े हवा में उड़ते रहे। गोले पेड़ों को तार-तार करते रहे और पेड़ चरमराकर ज़मीन पर गिरते रहे। धुएँ के सफ़ेद बादल आसमान में उमड़ते रहे। साथ ही दो मशीनगनें भी ज़रा-ज़रा देर पर खड़खड़ाती रहीं।

लाल फ़ौजियों की पहली पंक्ति के लोग गिरने लगे। वे कन्धों पर मुड़े हुए बरानकोट लटकाए रहे कि गोलियों ने उन्हें पकड़ा और पीठों या सीनों के बल दे मारा। लेकिन बाक़ी लोगों ने ज़मीन पर लेटने की कोई कोशिश नहीं की और उनके और जंगल के बीच का फ़ासला बराबर कम होता गया।

दूसरी लाल पंक्ति के सामने एक लम्बा-सा कमांडर, लम्बे डग भरते हुए, आसानी से लपकता नज़र आया। उसका बदन थोड़ा आगे की ओर झुका दीखा और बरानकोट के सिरे खुँसे नज़र आए। पंक्ति बढ़ते-बढ़ते क्षण-भर को ठिठकी। पर, दौड़ते-दौड़ते कमांडर मुड़ा, उसने चिल्लाकर कुछ कहा, लोग फिर दौड़ पड़े। उनके भर्राए हुए गलों से फिर हुर्रा का घोष उमड़ा और उसमें क्रोध ने अपनी तेज़ी घोली।

इसके बाद कज़्ज़ाकों की सारी-की-सारी कुल मशीनगनें एकसाथ ज़बानें खोलने लगीं। दूसरी ओर जंगल के सिरे से राइफ़लें अन्धाधुन्ध गोलियाँ बरसाने लगीं। ग्रिगोरी जंगल के बाहर की सड़क पर अपने स्क्वैड्रनों के साथ खड़ा रहा कि कहीं पीछे से बाज़की कम्पनी की मशीनगनें खड़खड़ाने लगीं। इस पर लाल पंक्तियाँ डगमगाईं, उनके फ़ौजी ज़मीनों पर लेटे और आग का जवाब आग से दिया जाने लगा। इस तरह कोई डेढ़ घंटे तक संघर्ष चलता रहा। लेकिन विद्रोहियों ने ऐसी आग छिड़की कि लाल सेना की दूसरी पंक्ति उसका सामना न कर सकी। उसके सैनिक उठे, जान छोड़कर पीछे भागे और तीसरी पंक्ति से जा मिले। जल्दी ही चरागाह में हर जगह, घबराकर पीछे भागते लाल फ़ौजी-ही-फ़ौजी नज़र आने लगे। इसके बाद ग्रिगोरी ने अपने स्क्वैड्रनों को जंगल से बाहर निकाला, उन्हें एक व्यवस्था दी और दुश्मनों के पीछे छोड़ दिया। चिर-प्रदेश में स्क्वैड्रन ने लाल सेनाओं के ट्रूपों को उनके बेड़ों से काट दिया। यह स्क्वैड्रन आगे बढ़ा तो जंगल के बाहर नदी के दाहिने किनारे पर आमने-सामने लड़ाई होने लगी। लाल सेना के केवल कुछ ही सैनिक जैसे-तैसे बेड़ों तक लौट सके। वे बेड़ों पर सवार हुए तो तिल रखने को भी जगह न बची। फिर बेड़ों ने किनारा छोड़ दिया। दूसरों को, पीछे हटते-हटते, नदी के बिल्कुल सिरे तक लोहा बजाना पड़ा।

ग्रिगोरी ने अपने स्क्वैड्रनों के लोगों को घोड़ों से उतरने का हुक्म दिया, घोड़ों की निगरानी करनेवाले कज़्ज़ाकों को जंगल से बाहर न निकलने की हिदायत दी और बाक़ी को लेकर नदी-किनारे की ओर चला। सो, एक पेड़ से दूसरे पेड़ तक दौड़ते हुए वह और उसके फ़ौजी नदी के पास-ही-पास पहुँचते गए। कोई एक सौ पचास लाल सैनिक हथबमों और मशीनगनों की गोलियों से विद्रोही, पैदल सेना की हिम्मत तोड़ने में व्यस्त मिले। इस बीच बेड़े फिर बाएँ किनारे के लिए रवाना हुए। लेकिन बाज़की के कज़्ज़ाकों ने लगभग सभी डाँड चलानेवालों को भूनकर रख दिया। दाहिने किनारे के लाल सैनिकों को अपना भाग्य-विधान निश्चित लगा। उनका साहस जवाब दे गया। उन्होंने अपनी राइफ़लें एक ओर को फेंक दीं और तैरकर नदी पार करने की कोशिश की। पर, उनमें से कितने ही कमज़ोर पड़ गए। नदी की तेज़ धारा नहीं काट सके और बीच में ही डूब गए। सिर्फ़ दो सैनिक सही-सलामत उस पार पहुँच सके।

इनमें से नौसैनिकवाली धारीदार जर्सी पहने लाल फ़ौजी सधा हुआ तैराक़ लगा। उसने किनारे से दूर पहुँचने पर डुबकी लगाई और फिर मँझधार में पहुँचने पर ही ऊपर आया।

ग्रिगोरी सरपत की छितरी हुई जड़ों के पीछे से नौसैनिक के हाथों का पानी काटना देखता रहा। नौसैनिक स्थिर गति से किनारे के पास पहुँचता गया। इसी तरह एक दूसरे लाल-सैनिक ने भी सही-सलामत नदी पार कर ली। पर, दूसरी तरफ़ पहुँचने पर वह सीने-सीने तक पानी में खड़ा हुआ, उसने अपने सारे बचे हुए कारतूसों को आग में बदला, फिर कज़्ज़ाकों की ओर मुट्ठी दिखलाते हुए चिल्लाकर कुछ कहा और तिरछे तैरने लगा। गोलियाँ उसके चारों ओर बरस-बरसकर पानी में बुझने लगीं, पर उसे एक नहीं लगी। वह जानवरों के पानी पीने की जगह बाहर निकला, बदन का पानी झटकने के बाद धीरे-धीरे किनारे की तरफ़ बढ़ा और फिर गाँव के अहातों की तरफ़ क़दम बढ़ाने लगा।

जो लाल फ़ौजी दूसरे किनारे पर बाक़ी रह गए, वे एक बलुहे टीले के पीछे लौट गए। उनकी मशीनगनें तब तक गोलियाँ बरसाती रहीं जब तक कि जैकेट में पानी उबलने नहीं लगा।

"मेरे पीछे आओ !" मशीनगन के शान्त होते ही ग्रिगोरी ने धीरे से हुक्म दिया और अपनी तलवार म्यान से खींचकर टीले की तरफ़ बढ़ा।

कज़्ज़ाक उसके पीछे-पीछे हाँफते और पैर पटकते हुए आगे बढ़ते गए।

फिर, इनके और लाल सैनिकों के बीच ज़्यादा-से-ज़्यादा सौ क़दम का फ़ासला रह गया कि गोलियों की तीन बौछारों के बाद एक लम्बे क़द, साँवले चेहरे और सफ़ेद गलमुच्छोंवाला कमांडर टीले के पीछे

से उठा और सीधा हुआ।

कमांडर जख्मी हो गया था और उसे एक औरत सहारा दे रही थी।

सो, अपनी टूटी टाँग घसीटते हुए वह टीले से नीचे उतरा, और अपनी संगीन लगी राइफ़ल को जमकर हाथ में जकड़ते हुए उसने भर्राई आवाज़ में हुक्म दिया—"कॉमरेडो...आगे बढ़ो और इन श्वेतगार्दों को मसलकर रख दो।"

बस तो, मुट्ठी-भर जाँबाज़ फ़ौजी 'इंतरनेशनाल'[1] गाते हुए हमले का जवाब हमले से देने के लिए आगे बढ़े, आगे क्या बढ़े, मौत के मुँह में धँस गए।

पता चला कि इस तरह जो 116 अन्तिम लाल सैनिक दोन के किनारे काल के गाल में समाए, वे सभी अन्तर्राष्ट्रीय कम्पनी के कम्यूनिस्ट सदस्य थे।

3

ग्रिगोरी उस दिन काफ़ी रात गए स्टाफ़ से अपने यहाँ वापस आया। प्रोख़ोर-ज़िकोव उसे बेंत के छोटे फाटक के पास राह देखता मिला।

"अकसीनिया का कुछ अता-पता मिला ?" ग्रिगोरी ने अपने स्वर में बरबस उदासीनता भरते हुए पूछा।

"नहीं...कोई खबर नहीं है...वह तो जैसे हवा हो गई।" प्रोखोर ने जमुहाई लेते हुए जवाब दिया, पर मन-ही-मन चिन्तित होकर सोचने लगा, नीली छतरीवाला न करे कि इस वक़्त यह मुझे ज़बर्दस्ती ठेलकर भेजे और कहे कि जाओ, जहाँ से भी हो, अकसीनिया को खोजकर लाओ। दुनिया के शैतान इस वक़्त मेरे सिर पर सवार हैं।

"कुछ पानी-वानी लाओ। पसीने से तर-बतर हो रहा हूँ। चलो...लाओ जल्दी !" ग्रिगोरी ने बिगड़ते हुए कहा।

प्रोख़ोर अन्दर से मग लाया। फिर बहुत देर तक ग्रिगोरी अंजुरी-पर-अंजुरी बाँधता रहा और वह पानी उँडेलता रहा। ग्रिगोरी को इस तरह मुँह-हाथ धोने में बड़ा मज़ा आया। फिर उसने पसीने से गँधाती अपनी ट्यूनिक उतारी और बोला—"थोड़ा पानी पीठ पर डालो।"

ठंडा पानी पसीने से नहाई पीठ पर पड़ा तो वह कनकना उठा। उसने अपने छिले हुए कन्धे और बालों से भरा सीना रगड़-रगड़कर धोया। उसने घोड़े की पीठ पर बिछाए जानेवाले कपड़े से बदन पोंछा और ख़ुशी से भरी आवाज़ में प्रोखोर को हुक्म देते हुए बोला—

"लोग मेरे लिए घोड़ा लेकर आएँगे सवेरे। घोड़ा ले लेना, उसकी ख़ूब मलाई करना और उसे दाना दे देना। लेकिन मुझे मत जगाना। मैं जी-भर सोना चाहता हूँ। हाँ, अगर स्टाफ़ से कोई आए, तब अलबत्ता मुझे जगा देना। समझे ?"

वह शेड के नीचे जाकर एक गाड़ी में लेटा तो लेटते ही गहरी नींद आ गई। तड़के उसे सर्दी लगी तो उसने पैर सिकोड़ लिए और ओस से गीला बरानकोट अपने चारों ओर लपेट लिया। लेकिन धूप निकलते ही वह फिर औंघा गया और फिर तोपों की भयानक गरज सुनने के बाद ही उठकर बैठा। गाँव के ऊपर के नीले आसमान में हल्के रुपहले रंग का एक हवाई जहाज चक्कर लगाता दीखा। नदी के दूर के किनारे से तोपें और मशीनगनें उस पर आग बरसाती नज़र आईं।

"क्यों, जैसे कि हवाई जहाज़ को मार ही तो गिराएँगे।" प्रोखोर ने, खम्बे से बँधे ऊँचे स्टैलियन घोड़े को मलते हुए कहा—"देखो, पैन्तेलेयेविच, ज़रा देखो तो कि कैसा घोड़ा उन लोगों ने भेजा है तुम्हारे लिए।"

---

1. 1871 में फ्रांस में रचित एक विशेष अन्तर्राष्ट्रीय कम्यूनिस्ट गीत।

ग्रिगोरी ने स्टैलियन के ऊपर निगाह दौड़ाई और सन्तोष से भरकर पूछा—"कै साल का है यह ? देखने से सो कोई पाँच साल का लगता है ?"

"हाँ, पाँच साल का ही है।"

"शानदार जानवर है...पैर बहुत ही ख़ूबसूरत हैं और चार के चारों का निचला हिस्सा सफ़ेद है। बढ़िया घोड़ा है। ख़ैर, तो काठी कसो इस पर, ज़रा मैं जाकर देख आऊँ कि कौन आया है।"

"देखने में तो अच्छा ही लगता है...सवारी में पता नहीं कैसा साबित होगा ! वैसे जानवर जानदार मालूम होता है।" प्रोखोर ने काठी के बन्द कसते हुए धीरे से कहा।

इसके बाद ही तोप के गोले का एक सफ़ेद टुकड़ा जहाज़ के बिल्कुल पास ही फटा और धुएँ का बादल घिर गया।

वायुयान-चालक ने उतरने लायक़ जगह देखकर जहाज़ तेज़ी से नीचे उतारा। ग्रिगोरी ने अपना घोड़ा बेंत के छोटे फाटक से निकाला और गाँव के अस्तबलों से गुज़रता जहाज़ के उतरने की जगह की तरफ़ बढ़ा।

कभी गाँव के स्टैलियनों के अस्तबलों का काम देनेवाली गाँव के बाहर बनी, पत्थरों की एक लम्बी इमारत इस समय आठ सौ से ज़्यादा लाल फौजियों से ठसाठस भरी रही। पहरेदारों के इन फ़ौजियों को शौचादि के लिए कहीं बाहर नहीं जाने दिया और वहाँ एक भी स्टूल इस काम के लिए नहीं रखा। सो, फ़ौज़ियों के पाखाने की तेज़ बदबू ने इमारत को चारों ओर से एक दीवार की तरह घेर रखा। दरवाज़े से गँधाते पेशाब की धारें बहती रहीं और उन पर पन्नों की तरह हरी मक्खियों के दल-के-दल उमड़ते रहे।

नज़रबन्दों की इस जेल से रात-दिन घुटी हुई कराहें उठती रहीं और सैकड़ों लाल फ़ौजी कमज़ोरी, टाइफ़स और पेचिस से दम तोड़ते रहे। कभी-कभी तो कई-कई दिनों तक लाशें उठाई तक नहीं गईं।

ग्रिगोरी इन अस्तबलों का चक्कर लगाकर घोड़े से उतरने को हुआ कि दोन के किसी दूर के किनारे से फिर तोप की गरज सुनाई पड़ी। पास आते गोले की आवाज़ बराबर तेज़ होती गई कि बीच में ही वह फूट गया और उस धड़ाके ने पिछले शोर का तार तोड़ दिया।

हवाई जहाज़ से चालक और सैनिक-अधिकारी बाहर निकलने लगे। इस बीच कज़्ज़ाकों ने पूरा जहाज़ घेर लिया। लेकिन, ऐन इसी वक़्त पहाड़ी की बैटरी की सारी तोपों ने एकसाथ अपने दहाने खोल दिए और गोले आकर अस्तबलों के ठीक चारों तरफ़ गिरने लगे।

विमान-चालक फिर कॉकपिट में घुस गया, लेकिन इंजन ने स्टार्ट होने से इनकार कर दिया।

"ज़ोर से धक्का दो ज़रा !" फ़ौजी अधिकारी ने चिल्लाकर कहा और सबसे पहले उसने हवाई जहाज़ के एक डैने को ढकेलना शुरू किया। जहाज़ डगमगाता हुआ देवदारुओं के झुरमुट की ओर बढ़ा। बैटरी भी उसके आगे बढ़ने के साथ-ही-साथ आग बरसाती रही। एक गोला लाल फ़ौजियों से ठसाठस भरी इमारत के ठीक ऊपर आकर गिरा और धुएँ के बादलों और चूने की उमड़ती धूल के बीच एक हिस्सा ढह गया। पूरा मकान भयभीत क़ैदियों की चीख-पुकारों से काँप उठा। तीन कैदियों ने संध से बाहर निकलने की कोशिश की, लेकिन कज़्ज़ाकों ने बिल्कुल पास पहुँचकर उन्हें विस्मय में डाल दिया। उनकी समझ में न आया कि वे करें तो करें क्या !

ग्रिगोरी ने एक तरफ़ को अपना घोड़ा दौड़ाया !

"तुम्हें ले डालेंगे वे लोग ! अपना घोड़ा देवदारुओं की तरफ़ ले जाओ !" एक कज़्ज़ाक ने बग़ल से दौड़कर गुज़रते हुए चिल्लाकर कहा। भय से उसका चेहरा भरा रहा और आँखें नाचती रहीं।

'सचमुच हो सकता है कि वे मुझे ले डालें। इस मामले में कौन, क्या कह सकता है !' ग्रिगोरी ने सोचा और घोड़े को धीरे-धीरे हाँकते हुए वह अपने क्वार्टरों को लौट दिया।

उस दिन कुदिनोव ने स्टाफ़-हेडक्वार्टरों में एक बिल्कुल गुप्त मीटिंग की और ग्रिगोरी को नहीं

बुलाया। हवाई जहाज़ से आए सैनिक अधिकारी ने संक्षेप में कहा, "कामेंस्काया के चारों तरफ़ जमा हमलावर फ़ौज किसी भी दम लाल मोर्चा भेद सकती है। साथ ही यह भी है कि जनरल सेक्रेतोव की कमान में दोन सेना की एक घुड़सवार डिवीज़न जल्दी ही मार्च कर विद्रोहियों से जा मिलेगी।" अधिकारी ने सलाह दी–"नदी पार करने के लिए कोई-न-कोई इन्तज़ाम जल्दी-से-जल्दी किया जाना चाहिए, ताकि सेक्रेतोव की डिवीज़न से मिलने के बाद बागियों की घुड़सवार रेजीमेंटें दोन के दाहिने किनारे से पार इकट्ठी की जा सकें। हमें रिज़र्व ट्रुपों को नदी के ज़्यादा-से-ज़्यादा पास पहुँचा देना चाहिए।"...फिर, ट्रुपों को भी नदी के पार भेजने की योजनाओं और उनकी कार्यवाहियों की सारी रूपरेखा बन गई तो अन्त में अधिकारी ने पूछा–"लेकिन आपने व्येशेंस्काया में क़ैदी क्यों जमा कर रखे हैं ?"

"क्योंकि उन्हें और कहीं रखने की जगह नहीं है। गाँवों के बाहर इस काम के लायक कोई इमारत नहीं है।" स्टाफ़ के एक कार्यकर्त्ता ने जवाब दिया।

अधिकारी ने अपना सफ़ाचट पसीने से तर सिर रूमाल से रगड़ा, अपनी ट्यूनिक के कालर के बटन खोले और एक आह भरकर बोला–"क़ैदियों को कज़्ज़ान्स्काया भेज दीजिए।"

कुदिनोव ने आश्चर्य से अपनी भौंहें ऊपर उठाईं। पूछा–"और फिर ?"

"और, वहाँ से उन्हें फिर व्येशेंस्काया वापस ले आइए।" अधिकारी ने अपनी भावहीन नीली आँखें सिकोड़ीं। फिर सख़्ती से होंठ भींचते हुए बोला–"भाईजान, मेरी तो यही समझ में नहीं आता कि आप इस तरह उनकी इतनी खातिर क्यों कर रहे हैं ? मेरे ख़्याल में यह वक़्त इस खातिर का तो बिल्कुल ही नहीं। इंसान के बदन और समाज में सभी तरह की बीमारियाँ फैलानेवाले इन बिलबिलाते कीड़ों को तो ख़त्म ही कर देना चाहिए। आया की तरह इनकी परवरिश करने का मतलब कुछ नहीं होता। मैं अगर आपकी जगह होता तो मैंने इनका नाम-निशान मिटा दिया होता।"

बस तो अगले दिन दो सौ लाल फ़ौजियों की पहली टोली को बलुहे पसारे में मार्च करने का हुक्म दे दिया गया। पर, हड्डी-हड्डी रह गए, मौत की तरह पीले चेहरेवाले इन फ़ौजियों के पैर उठाए न उठे। वे 'परछाइयों की तरह' जैसे-तैसे आगे बढ़े। इसके बाद घुड़सवार फ़ौजियों की एक टोली ने इन्हें घेर लिया और फिर गाँव से कोई सात वर्स्ट के फासले पर इन लाल सैनिकों को बीन-बीनकर काटकर फेंक दिया गया और शाम होते ही उनकी दूसरी पार्टी रवाना कर दी गई। इन एक सौ पचास लाल सैनिकों में से सिर्फ़ सत्रह कज़्ज़ान्स्काया पहुँचे। बीच में, देखने-सुनने में जिप्सी-जैसे एक जवान लाल सैनिक का दिमाग़ खराब हो गया। वह पुदीने का एक गुच्छा सीने से लगाए पूरे रास्ते नाचता, गाता और रोता रहा। वह बार-बार मुँह के बल रेत पर गिरता तो हवा उसकी सूती कमीज़ फटे हिस्सों से खिलवाड़ करती और पहरेदार कज़्ज़ाकों की निगाह उसकी हड्डी, पीठ की खिंची हुई खाल और पैर के फटते तलवों पर पड़ती। वे उसे उठाते और फ़्लास्क से उसके ऊपर पानी छिड़कते। वह अपनी काली उन्माद से चमकती आँखें खोल देता, शान्त भाव से हँसता और फिर लड़खड़ाता आगे बढ़ने लगता।

एक जगह उस पर औरतों को इतनी दया आई कि सड़क के पास की एक झोंपड़ी के सामने उन्होंने क़ैदियों को घेर लिया, और एक शानदार, मोटी-बूढ़ी औरत ने रक्षकदल के मुखिया से सख़्ती से कहा–"सुनते हो, तुम उस साँवले आदमी को छोड़ दो ! वह इस दुनिया में नहीं है। आसमानवाले के पास पहुँच चुका है। अगर तुम ऐसे आदमी को मारोगे तो बड़ा गुनाह कमाओगे।"

मुखिया लाल गलमुच्छोंवाला एक तेज़ क़िस्म का घुड़सवार अफ़सर था। उसने हँसते हुए व्यंग्य किया–"बुढ़िया, हमें इसका कोई डर नहीं। एक गुनाह और सही। ऐसे-ऐसे गुनाह तो हम पहले भी इतने कमा चुके हैं कि अब फ़क़ीरों में गिने जाने से तो रहे।"

"लेकिन, ख़ैर तुम इसे छोड़ दो ! मेरी बात मत टालो।" बुढ़िया ने आग्रह से कहा–"यह न

भूलो कि मौत तुममें से हर एक के सिर पर मँडरा रही है।''

दूसरी औरतों ने पूरी ताक़त से बूढ़ी औरत का समर्थन किया और मुखिया उसकी बात मानने पर राजी हो गया। बोला—''अच्छा, कोई बात नहीं, ले जाओ इसे। अब यह किसी तरह कोई नुक़सान नहीं पहुँचा सकता। लेकिन, हम इतने अच्छे दिल के लोग हैं तो इस एवज़ में तुम हममें से हर एक को एक-एक कुल्हिया दूध क्यों न पिला दो।''

बुढ़िया उस लाल पागल फ़ौजी को अपनी झोंपड़ी में ले गई। वहाँ उसने उसे खिलाया-पिलाया और सोने के कमरे में उसके लिए बिस्तर लगा दिया। वह सारे दिन सोता रहा। सोकर उठा तो खिड़की से पीठ सटाकर खड़ा हो गया और धीरे-धीरे गाने लगा। उसी समय बुढ़िया कमरे में आई तो गाल पर हाथ रखकर बहुत देर तक उसके चेहरे के ढाँचे को ध्यान से देखती रही और फिर भारी आवाज़ में बोली—''सुना है कि तुम्हारे घर के लोग यहीं, कहीं पास ही में रहते हैं।''

पागल कुछ क्षणों तक चुप रहा और इसके बाद फिर गाने लगा। लेकिन इस बार उसकी आवाज़ और धीमी हो गई।

बुढ़िया ने सख़्त पड़ते हुए कहा—''तुम अपना यह खिलवाड़ बन्द करो...समझे न लड़के ! और, अब यह न सोचो कि तुम मुझे बेवकूफ़ बना सकते हो। मैंने एक लम्बी ज़िन्दगी देखी है...तुम मुझे चरका नहीं दे सकते...मैं ऐसी कोई बेअक्ल नहीं। मुझे पता है कि तुम्हारा दिमाग़ बिल्कुल ठीक है...मैंने नींद में तुम्हारी बातें सुनी हैं...सभी बातें समझदारी की थीं।''

पर, लाल सैनिक गाता ही रहा। हाँ, शान्त अधिक होता गया। बुढ़िया कहती गई—''मुझसे डरो मत। मैं तुम्हारा कोई नुक़सान नहीं करूँगी। मैं अपने दो बेटे जर्मनी की लड़ाई में और एक बेटा अभी चेरकास्क की इस लड़ाई में खो चुकी हूँ। मैंने उन्हें अपनी कोख में रखा, दूध पिलाया, खाना खिलाया और अपनी जवानी के दिनों में रातों-रात सोई नहीं।...इसलिए जो जवान फ़ौज में काम करते और लड़ाई में हिस्सा लेते हैं, उन्हें देखकर मेरा दिल हमेशा ही टीस उठता है।'' बुढ़िया कुछ क्षणों तक चुप रही।

लाल फ़ौजी भी चुप हो गया। साँवले गालों पर हल्की-हल्की लाली दौड़ गई और गले की एक नस रह-रहकर फड़कने लगी। एक क्षण तक शान्त रहने के बाद उसने अपनी पलकें आधी खोलीं, तो उसकी निगाहों से समझ टपकी। काली आँखें इतने धैर्य और आशा से चमकीं कि बुढ़िया के होंठों पर सहज ही मुस्कान दौड़ गई। पूछा—''तुम शुमिलिंस्काया की सड़क जानते हो ?''

''नहीं, माँ !'' लाल सैनिक ने होंठ कठिनाई से ही खोलते हुए जवाब दिया।

''तो तुम वहाँ पहुँचोगे कैसे ?''

''मैं नहीं जानता...''

''यही तो बात है। लेकिन, अब तुम्हारे लिए मैं करूँ क्या ?'' वृद्धा बहुत देर तक सैनिक के उत्तर की प्रतीक्षा करती रही और फिर प्रश्न किया—''लेकिन तुम चल तो सकते हो न ?''

''किसी तरह चल ही लूँगा।''

''यह ज़माना 'किसी तरह चल लेने' का नहीं। तुम्हें रात में मंज़िल तय करनी होगी, और ज़्यादा-से-ज़्यादा तेज़ी से चलना होगा। तुम एक दिन यहाँ और ठहरो। इसके बाद मैं तुम्हें खाना दे दूँगी और रास्ता दिखलाने के लिए अपना पोता तुम्हारे साथ कर दूँगी...और...फिर ख़ुदा हाफ़िज ! यह बात मैं पक्की तरह जानती हूँ कि तुम्हारे साथी लाल फ़ौजी शुमिलिंस्काया के ठीक बाहर हैं और तुम उनके पास जा सकते हो...सिर्फ़ बड़ी सड़क से नहीं जा सकते। तुम्हें स्तेपी-मैदान पार करना होगा, घाटियों के किनारे-किनारे चलना होगा, जंगलों के बीच से गुज़रना पड़ेगा और सड़कों से दूर-ही-दूर रहना होगा, वरना कज़्ज़ाक तुम पर टूट पड़ेंगे...और फिर सारा खेल ख़त्म हो जाएगा...सूरत यह है, मेरे राजा बेटे !''

अगले दिन, साँझ का धुँधलका घिरते ही बुढ़िया ने अपने बारह साल के पोते और उस लाल सैनिक को क्रास से सुरक्षित किया, जवान को कसा हुआ कज़्ज़ाक कोट पहनाया और गम्भीर स्वर में बोली—"अच्छा, अब जाओ...प्रभु तुम्हें बचाएँ !...लेकिन देखो, दुश्मनों के हाथों मत पड़ जाना...किसी तरह नहीं...मेरे बेटे, किसी तरह !...मेरे सामने न झुको...तुम उस प्रभु के आगे झुको ! मैं ही अकेली नहीं, हम सभी दिलवाली माँएँ...तुम्हारे जैसे लाड़लों के लिए दुखी हैं...बहुत ही ज़्यादा दुखी हैं। जाओ...अब जाओ...प्रभु तुम्हें सही-सलामत पहुँचा दे।" और उसने झोंपड़ी का पीला, चिकना मिट्टी से पुता टेढ़ा-मेढ़ा दरवाज़ा झटके से बन्द कर लिया।

4

इलीनीचिना हर रोज़ उजाले की पहली किरण के साथ उठती, दूध दूहती और घर के दूसरे काम करने लगती। वह घर के अन्दर का स्टोव न जलाकर बाहर के बावर्चीख़ाने में आग दहकाती, खाना पकाती और फिर घर में बच्चों के पास लौट आती।

नताल्या का स्वास्थ्य, टाइफ़स के बाद, बहुत धीरे-धीरे सुधरा। वह त्रिदेव पर्व के दूसरे दिन पहली बार बिस्तर से उठी तो पैरों की कँपकँपी के बावजूद कमरा-कमरा देख आई और बच्चों के सिरों से जुएँ निकालती रही। उसने स्टूल पर बैठकर कुछ कपड़े तक धोने की कोशिश की।

उसका चेहरा लट जाने पर भी बराबर चमकता रहा, पिचके गालों पर भी गुलाबी छिटकी रही और बीमारी के कारण बड़ी लगनेवाली आँखें, प्रसव के बाद की चंचलता और उछाह से चमकती रहीं।

"पोलयुश्का...मेरी, मुन्नी-रानी, मैं बीमार हो गई तो मीशात्का ने तुम्हें तंग तो नहीं किया ?" नताल्या ने, एक-एक शब्द विशेष प्रयत्न से निकालते हुए कमज़ोर आवाज़ में पूछा और अपनी बेटी के काले बालों पर हाथ फेरने लगी।

"नहीं, माँ..सिर्फ़ एक बार मीशात्का ने मुझे मारा...लेकिन हम लोग साथ-साथ ख़ूब खेले !" लड़की ने धीमे से कहा और चेहरा माँ के घुटनों से टिका दिया।

"और, दादी ने तुम्हारी फ़िक्र ठीक से की ?" नताल्या मुस्कुराते हुए पूछती गई।

"दादी ने ख़ूब प्यार किया।"

"और, अजनबी, लाल फ़ौजियों ने तो तुम्हारे बदन को हाथ नहीं लगाया ?"

"उन्होंने हमारे नन्हे-मुन्ने बछड़े को मार डाला...बुरा हो उनका !" मीशात्का ने पतली गहरी आवाज़ में जवाब दिया। वह अपने पिता से इतना अधिक मिलता-जुलता था कि कोई देखता तो अचरज में पड़ जाता।

"तुम्हें कोसा-कोसी नहीं करनी चाहिए, मीशात्का ! तुम तो बड़े सयानों की तरह बातें बनाने लगे। अब से याद रखना और अपने से बड़ों के लिए बुरी बात मुँह से कभी न निकालना।" नताल्या ने अपनी मुस्कुराहट दबाते हुए भर्त्सना के स्वर में कहा।

"दादी ने ऐसा ही तो कहा था, उन लोगों के बारे में...न हो तो पोल्या से ही पूछ देखो।" नन्हे मेलोख़ोव ने उदास मन से अपना बचाव किया।

"यह बात ठीक है, माँ...और, उन लोगों ने हमारी मुर्गियों के सभी बच्चे मार डाले...एक-एक बच्चा मार डाला।"

पोल्या उमंग में आई। उसकी छोटी-छोटी काली आँखें चमकने लगीं और वह पूरी दास्तान सुना गई कि कैसे लाल फ़ौजी अहाते में दाखिल हुए, कैसे उन्होंने सभी चूज़े और बत्तख़ें समेटीं, कैसे दादी ने मुर्गियों के अंडों के लिए पाला-मारी, चोटीवाले, मुर्गे को उनसे छोड़ देने को कहा और कैसे उसी मुर्ग़े को हाथ में झुलाते हुए एक खुशमिजाज़ लाल फ़ौजी बोला—"बुड्ढी, इसी मुर्ग़े ने सोवियत हुकूमत

के ख़िलाफ़ कुकड़ूँकूँ की है, इसलिए हमने इसे मौत की सज़ा दे दी है। अब तुम चाहे जो कुछ कहो, हम तो इसका शोरवा तैयार करेंगे। बदले में, कहो तो, हम अपने फ़ैल्ट-बूट भले ही तुम्हारे लिए छोड़ जाएँ।''

अपने हाथ फैलाते हुए नन्हीं पोल्या बोली–''और, इतने...इतने बड़े-बड़े अपने बूट वे लोग छोड़ गए...बहुत ही बड़े हैं, माँ...और उनमें छेद-ही-छेद हैं।''

नताल्या ने आँसुओं के बीच बच्चों को दुलारा और ख़ुशी से खिली आँखों की निगाहें बेटी पर जमाए-ही-जमाए धीरे-धीरे बोली–''आह...बेटी मेरे ग्रिगोरी की है...मेरे ग्रिगोरी की असली बेटी है.. .तू बिल्कुल अपने पापा की तरह है...रोआँ-रोआँ उससे मिल रहा है।''

''लेकिन, मैं हूँ पापा की तरह, माँ !'' मीशात्का ने ईर्ष्या से भरकर पूछा और कातर मन से अपनी माँ से चिपक गया।

''हाँ, तुम भी अपने पापा की तरह हो। सिर्फ़ यह याद रखना कि जब बड़े होना तब अपने पापा की तरह बुरे न निकलना।''

''लेकिन, पापा बुरे हैं, माँ ? क्यों हैं बुरे पापा ?'' पोल्या ने पूछा।

नताल्या के चेहरे पर उदासी का बादल घिर आया। उसने कोई जवाब नहीं दिया और जैसे-तैसे बेंच से उठ खड़ी हुई।

इलीनीचिना कमरे में थी। वह असन्तोष से भरकर एक तरफ़ को चली गई। नताल्या, बच्चों की बातों को अनसुनी करती हुई, खिड़की के पास जा खड़ी हुई और लम्बी-लम्बी आहें भरती और 'परेशानी के कारण' अपनी बदरंग चोली के बन्दों में उँगलियाँ उलझाती, अस्ताख़ोव के घर की बन्द झिलमिलियों को एकटक घूरती रही।

अगले दिन सवेरे उसकी आँख खुली तो बच्चों की नींद ख़राब न करने के ख़्याल से चुपचाप उठी, हाथ-मुँह धोया और एक साफ़ स्कर्ट, चोली और सफ़ेद रूमाल बक्से से निकाला। वह देखने में उत्तेजित लगी, पर अपनी उदासी के बीच भी उसने यों ही कपड़े बदल लिए। इलीनीचिना समझ गई कि बहू अपने बाबा ग्रीश्का की समाधि पर जाने की तैयारी में है।

''कहाँ जा रही हो ?'' बुढ़िया ने अपने अनुमान की पुष्टि के लिए जान-बूझकर पूछा।

''मैं बाबा की क़ब्र पर जा रही हूँ।'' फूट पड़ने के डर से आँखें ऊपर न उठाते हुए नताल्या ने जवाब दिया। उसे बाबा की मौत की ख़बर के साथ यह भी मालूम हो गया कि मीशा-कोशोवोइ ने बाबा के घर और फ़ार्म में भी आग लगा दी है।

''बहुत कमज़ोर हो अभी....वहाँ तक पहुँच भी न पाओगी।'' सास ने कहा।

''मैं बीच-बीच में, ज़रा-ज़रा आराम करके, वहाँ तक पहुँच जाऊँगी। तुम बच्चों को खाना दे देना, माँ ! हो सकता है कि मुझे वहाँ थोड़ी देर लग जाए।''

''लेकिन, देर क्यों लग जाएगी ? वहाँ देर तक क्या करोगी तुम ? क़ब्र पर जाने का अच्छा वक़्त चुना है तुमने भी ! तुम्हारी जगह मैं होती तो इस वक़्त जाती नहीं, नताल्या बेटी !''

''नहीं, मैं तो जाऊँगी।'' नताल्या के चेहरे पर बादल छा गया और उसने दरवाज़े के हत्थे पर हाथ रखा।

''ज़रा ठहरो तो...तुम वहाँ इस तरह भूखी-प्यासी क्यों जा रही हो ? थोड़ा-बहुत कुछ मुँह में डाल लो न। थोड़ा-सा दही ले आई हूँ।''

''नहीं, माँ...प्रभु ईसा रहम करें...मुझे कुछ नहीं चाहिए...लौटने पर ही कुछ खाऊँ-पीऊँगी।''

तो, बहू को जाने पर उतारू देखकर सास सलाह देती हुई बोली–''अच्छा हो कि तुम दोन के ऊपर के रास्ते से, बाग़ों के बीच से होकर जाओ। उधर काफ़ी सन्नाटा रहता है। कोई इतना ज़्यादा देखेगा नहीं तुम्हें।''

इस समय दोन पर धुन्ध की एक चादर-सी तनी हुई थी। सूरज अभी नहीं उगा था, पर पूर्व में देवदारुओं के पीछे छिपे आसमान के किनारे पर उषा की नीली परछाइयाँ धधक रही थीं और बादलों के नीचे से बदन को ठिठुरा देनेवाली समीर बह रही थी।...

ऐसे में नताल्या अपने बाबा के यहाँ पहुँची, सरपत का गिरा हुआ फाटक पार कर अपनी ही बगिया में आई और सीने को अपने हाथ से दबाती हुई मिट्टी के एक ताज़े छोटे ढूह के पास ठिठकी।...

बगिया में घास और बिच्छुओं के पौधे जहाँ-तहाँ उगे हुए थे। हर ओर से ओस से नहाए पुदीने, गीली धरती और धुन्ध की गमक आ रही थी। आग में जल गए, कोयला-कोयला रह गए, पुराने सेब के पेड़ पर, अपने पंख फैलाए एक मैना बैठी हुई थी। क़ब्र का ढूह धीरे-धीरे नीचे की ओर धँसा जा रहा था। खुश्क, सूखी घास के गुच्छों के बीच जहाँ-तहाँ छोटी हरी घास की पत्तियाँ अपना सिर उठा रही थीं।...

नताल्या को पुरानी याद आई तो वह बुरी तरह भर गई, धीरे से घुटनों के सहारे बैठी और फिर चेहरे के बल बेरहम धरती पर भहरा पड़ी। धरती से मौत और बर्बादी की सदाबहार बू आई।

एक घंटे बाद, सन्ताप से छलनी दिल लिए, नताल्या चुपके-चुपके बगिया के बाहर निकली और उसने मुड़कर अन्तिम बार पूरी जगह पर निगाह डाली। यहीं तो उसकी जवानी में फूल आए थे। उपेक्षित हाते में शेडों की अधजली धन्नियाँ, स्टोवों के काले खँडहर और घर की नींवें जहाँ-तहाँ नज़र आ रही थीं। सारा दृश्य अपने दर्द की कहानी आप कह रहा था।

...नताल्या बाहर निकली और कोने की एक गली में मुड़ गई।

X X X

...नताल्या की हालत दिनों-दिन सुधरती गई। होते-होते उसके पैरों में ताक़त आई, कन्धे गोलाए और पूरा बदन स्वास्थ्य से भरा। जल्दी ही वह घर के काम-काज में अपनी सास का हाथ बँटाने लगी। अब बावर्चीख़ाने में कुछ पकाते समय उनके बीच काफ़ी देर तक बातें होने लगीं। एक दिन नताल्या गुस्से में भरकर बोली, "यह तूफ़ान ख़त्म कब होगा ? मैं तो इससे तंग आ गई।"

"देखो, अब जल्दी ही हमारे यहाँ के लोग दोन पार कर अपने-अपने घर-गाँव जाएँगे।" इलीनीचिना ने विश्वास से उत्तर दिया।

"लेकिन, यह बात तुम कैसे कह सकती हो, माँ !"

"मेरा दिल ऐसा कहता है।"

"अभी तक तो हमारे घर के कज़्ज़ाक सही-सलामत हैं। ईश्वर न करे कि उनमें से किसी को किसी तरह की कोई आँच आए।...ग्रीशा तो बहुत ही लापरवाह है..." नताल्या ने आह भरकर कहा।

"मैं नहीं सोचती कि हमारे घर के किसी भी आदमी का बाल बाँका होगा। ईश्वर बेरहम नहीं है। ग्रीश्का के पापा ने तो घर आने का वायदा किया था, लेकिन आया नहीं–कोई बात ख़ास हो गई होगी। अगर आ जाता तो तुम उसके साथ जाकर अपने ग्रीशा से मिल आतीं। हमारे गाँव के लोग सामने ही तो मोर्चा बाँधे हुए हैं। जिन दिनों तुम बेहोश थीं, मैं एक दिन तड़के नदी से पानी लेने गई तो उस पार से अनीकुश्का की आवाज़ मेरे कानों में पड़ी। "सलाम, बूढ़ी अम्मा ! पैन्तेली ने सलाम भेजा है तुम्हें।"

"लेकिन, ग्रीशा कहाँ है ?" नताल्या ने सावधानी बरतते हुए पूछा।

"वह तो पीछे है। पूरी फ़ौज की कमान उसके हाथों में है।" इलीनीचिना ने सहज-भाव से धीरज बँधाते हुए कहा।

"लेकिन वह कमान सँभालता कहाँ से है ?"

"शायद व्येशेंस्काया से। और कहीं से यह काम मुमकिन नहीं है।"

नताल्या चुप हो गई। इलीनीचिना ने उसके चेहरे पर नज़र डाली और उत्सुकता से पूछा—"लेकिन आख़िर बात क्या है ? तुम रो क्यों रही हो ?"

नताल्या ने जवाब नहीं दिया। ऐप्रन के सिरे से अपना चेहरा ढँककर सिसकने लगी।

सास बोली—"रोओ मत, नताल्या बेटी, आँसुओं से अब कोई बात नहीं बनेगी। ईश्वर चाहेगा तो बाप-बेटे सही-सलामत घर आएँगे। तुम अपनी फ़िक्र रखो। तुम बेकार अहाते के बाहर न जाना, नहीं तो ईसा के दुश्मनों की नज़र तुम पर गड़ जाएगी।"

बावर्चीख़ाने में अँधेरा हो गया। सहसा ही खिड़की के बाहर कोई आदमी दीख पड़ा। इलीनीचिना ने उधर देखा और उसके मुँह से कराह निकल गई। "वही लोग हैं।...लाल फ़ौजी हैं। नताल्या बेटी, जल्दी से बिस्तर पर लेट जाओ और बीमार बन जाओ...तुम नहीं जानतीं कि कौन-सा गुनाह...लो इस बोरे से अपने को ढँक लो।"

नताल्या डर से थरथराने लगी और बिस्तर पर लेट भी न पाई थी कि दरवाज़ा खड़का और एक लम्बा-सा लाल फ़ौजी झुककर बावर्चीख़ाने में घुसा। बच्चे इलीनीचिना की स्कर्ट से लिपट गए और वह स्टोव के पास खड़े-ही-खड़े बेंच पर ढह पड़ी। इससे जलते हुए दूध ही हंडिया लुढ़क गई।

लाल फ़ौजी ने बावर्चीख़ाने के चारों तरफ़ तेज़ी से निगाह दौड़ाई और ज़ोर से बोला—"डरती क्यों हो ? मैं तुम्हें खा तो नहीं जाऊँगा। दोब्रयेद्येन (गुड-डे)।"

नताल्या बीमार की तरह कराहने लगी और उसने बोरा अपने ऊपर खींच लिया। पर मीशात्का आगन्तुक को देखकर झुका और खुश होते हुए बोला—"दादी...इसी आदमी ने हमारा मुर्गा मारा था...तुम्हें ख़्याल है ?"

फ़ौजी ने अपनी ख़ाकी टोपी उतारी, जीभ चटकारी और मुस्कुराया—"बदमाश मुझे पहचानता है ! यानी उस मुर्गे तक की याद है इसे ? खैर, यह बतलाओ कि तुम हम लोगों के लिए थोड़ी-सी डबल रोटी तैयार कर दोगी ? आटा हमारे पास है।"

"हाँ...हाँ...तैयार हो जाएगी..." इलीनीचिना ने लाल फ़ौजी की निगाह बचाई और हकलाते हुए कहा। साथ ही बेंच पर फैला दूध पोंछने लगी।

फ़ौजी ने दरवाज़े के पास बैठते हुए जेब से तम्बाकू की थैली निकाली और सिगरेट रोल करते हुए बातचीत करने की कोशिश की—"रात तक रोटी तैयार हो जाएगी ?"

"हाँ, अगर जल्दी में हो तो तैयार हो जाएगी।"

"दादी, लड़ाई के जमाने में तो हड़बड़ी रहती ही है। लेकिन तुम उस मुर्गे के लिए परेशान न हो।"

"मैं परेशान नहीं हूँ।" इलीनीचिना ने घबराकर जवाब दिया—"लड़का बेवकूफ़ है और जिन बातों को भूल जाना ही बेहतर है, उन्हें याद रखता है।"

"ठीक है...मगर तुम थोड़े कंजूस हो, बेटे ?" बातूनी मेहमान प्यार से मुस्कुराया और मीशात्का की तरफ़ मुड़ा—"तुम मेरी तरफ़ भेड़िए की तरह घूर क्यों रहे हो ? आओ, इधर आओ, हम लोग तुम्हारे मुर्गे के बारे में जी भर बातें करेंगे।"

"जाओ, मेहमान के पास जाओ, गधे कहीं के।" इलीनीचिना ने पोते को अपने घुटनों से दूर ढकेलते हुए फुसफुसाकर कहा।

लेकिन मीशात्का ने अपनी दादी की स्कर्ट छोड़ दी और वहाँ से खिसकने के लिए दरवाज़े की ओर बढ़ा। लाल फ़ौजी ने अपना लम्बा हाथ बढ़ाकर उसे अपनी ओर खींचा और पूछा—"मुझसे नाराज़ हो तुम ?"

"नहीं।" मीशात्का ने धीरे से जवाब दिया।

"खैर, तो यह भी अच्छा ही है, ख़ुशी एक मुर्ग़े पर निर्भर नहीं करती...तुम्हारे पापा कहाँ हैं ?...दोन के पार हैं ?"

"हाँ।"

"यानी, हम लोगों से लड़ रहे हैं ?"

लाल सैनिक के स्नेह-भरे शब्दों से मीशात्का का दिल बढ़ा और वह तुरन्त ही बोला—"सभी कज़्ज़ाकों की कमान मेरे पापा के हाथों में है।"

"बेपर की मारे जा रहा है रे।"

"तो दादी से पूछ देखो।"

पर अपने पोते के बातूनीपन से तंग आकर बुढ़िया ने हाथ पीट लिये और उसके मुँह से एक कराह-सी निकल गई।

"सभी कज़्ज़ाकों की कमान उसके हाथों में है ?" परेशान लाल फ़ौजी ने पूछा।

"हो सकता है कि सभी कज़्ज़ाकों की न भी हो।" अपनी दादी की परेशानी से भरी निगाह देखकर लड़के ने घबराते हुए कहा।

लाल फ़ौजी एक क्षण तक चुप रहा और फिर नताल्या पर नज़र डालते हुए बोला—"यानी, उसकी जवान बीवी है यह...बीमार है ?"

"इसे टाइफ़स हो गया है।" इलीनीचिना ने हिचकते हुए कहा।

इसी समय दो लाल सैनिक एक बोरा आटा लेकर आए और उन्होंने बोरा बावर्चीख़ाने की ड्योढ़ी पर रख दिया। उनमें से एक बोला—"स्टोव जलाओ अब...हम शाम के पहले-पहले ही रोटियों के लिए आएँगे। मगर देखो, क़ायदे की रोटियाँ तैयार करना, वरना अच्छा न होगा।"

"जितनी अच्छी-से-अच्छी तैयार कर सकूँगी, कर दूँगी।" इलीनीचिना ने कहा। उसे इस बात से अकूत ख़ुशी हुई कि नवागन्तुकों ने ख़तरनाक बातचीत का तार बीच में ही तोड़ दिया और मीशात्का इस बीच कमरे से बाहर भाग गया।

नताल्या की ओर देखकर गर्दन हिलाते हुए एक लाल फ़ौजी ने पूछा—"टाइफ़स है ?"

"हाँ।"

फिर दोनों ने आपस में धीरे-धीरे कुछ बातें कीं और वे बावर्चीख़ाने से बाहर निकले। मगर, आख़िरी लाल फ़ौजी नुक्कड़ पर मुड़ भी न पाया कि दोन के पार से राइफ़लें गोलियाँ बरसाने लगीं।

लाल सैनिक दोहरे हुए, दौड़कर घेरे की आधी बर्बाद पत्थर की दीवार के नीचे जा लेटे और अपनी राइफ़लों के खटके खड़काते हुए आग का जवाब आग से देने लगे।

इलीनीचिना के हाथों के तोते उड़ गए और वह मीशात्का की खोज में अहाते ही तरफ़ दौड़ी। दीवार के पीछे से लाल सैनिकों ने चिल्लाकर कहा, "ऐ दादी, सुनती हो, घर के अन्दर चली जाओ, नहीं तो मर जाओगी।"

"वह लड़का...मीशात्का अहाते में है। मेरा दुलारा...।" बुढ़िया ने उसी तरह जवाब दिया और उसकी आवाज़ में आँसू टूटने लगे।

बुढ़िया दौड़ी-दौड़ी अहाते के बीचों-बीच पहुँची कि दोन-पार की राइफ़लों की गोलियाँ एकदम रुक गईं। साफ़ है कि कज़्ज़ाकों ने उसे देखा और पहचान लिया। दूसरी ओर मीशात्का उसके पास दौड़ आया। फिर वह उसे घसीटती हुई बावर्चीख़ाने में घुसी कि राइफ़लों के दहाने फिर आग उगलते लगे, और यह सिलसिला तब तक चालू रहा जब तक कि लाल सैनिक मेलेख़ोव-परिवार के अहाते से बाहर नहीं निकल गए।

इलीनीचिना ने नताल्या से बहुत ही धीरे-धीरे बातें करते हुए आटा गूँधकर उठने को रख दिया। मगर हुआ कुछ ऐसा कि रोटियों की तैयारी की नौबत ही न आई।

मशीनगनोंवाली चौकियों के जो लाल फ़ौजी गाँव में थे वे दोपहर होते-होते हड़बड़ाते हुए अहातों के बाहर निकले और अपनी मशीनगनें घसीटते हुए पहाड़ी के ढाल की ओर बढ़े। पहाड़ी की खाइयोंवाली कम्पनी के पैर उखड़ गए और उसने हेतमान की बड़ी सड़क की तरफ़ तेज़ी से मार्च कर दिया।

दोन के किनारे के इलाक़ों में देखते-देखते पूरा सन्नाटा हो गया। तोपें और मशीनगनें शान्त हो गईं। हर गाँव से सामान, गाड़ियाँ और बैटरियाँ उमड़ीं और हेतमान की बड़ी सड़क तक उनकी बेशुमार कतारें बँध गईं। वे सड़कों के किनारों और गर्मी के घास-मढ़े रास्तों पर छा गईं। पैदल सेना और घुड़सवार फ़ौजी पंक्तियों में मार्च करते दीखे।

इलीनीचिना खिड़की से झाँककर देखने लगी। फिर जब आख़िरी लाल फ़ौजी भी गिरते-पड़ते, जैसे-तैसे पहाड़ की खड़ियावाले उभार पर चढ़ गया तो बुढ़िया ने पर्दे से अपना हाथ पोंछा और भाव-विह्वल होकर क्रॉस बनाया–"नताल्या बेटी, उस आसमानवाले ने ऐसा किया कि सारी मुसीबत टल गई। लाल फ़ौजी पीछे भाग रहे हैं।"

"अरे, माँ, वे तो गाँव से सिर्फ़ अपनी खाइयों में जा रहे हैं...शाम होते-होते फिर लौट आएँगे।"

"अगर ऐसा है तो भाग क्यों रहे हैं ? अरे, वे भाग रहे हैं, क्योंकि हमारे जवानों ने खदेड़ दिया है उन्हें। शैतान कहीं के, पीछे लौट रहे हैं। ईसा के दुश्मन भागे जा रहे हैं... ।" इलीनीचिना ख़ुशी से खिल उठी। लेकिन इसके बावजूद भी रोटी का आटा ठीक करने लगी।

नताल्या निकलकर बरसाती में आई, ड्योढ़ी पर खड़ी हुई और आँखों पर हथेली रखकर, धूप से झुलसे उभारोंवाली खड़िया की पहाड़ी पर दूर तक नज़र दौड़ाने लगी। दोपहर का सूरज धरती को तपाता रहा। चरागाह-भर में जंगली मूसे सीटियाँ बजाते रहे और उनकी शान्त, दुख से भरी आवाज़, स्काईलार्कों के सुख से नहाए, सँभाल में न आनेवाले, गानों में खोती रही। तोपों के आग बरसाने के बाद धरती पर उतरनेवाला सन्नाटा नताल्या के हृदय को इतना प्रिय लगा कि वह बिना हिले-डुले खड़ी रही और लवा-पंछियों के सरल-सहज गाने, कुएँ की लकड़ी की गरारी की चरमराहट और चिरायते की महक से बसी हवा की सरसराहट कान लगाकर सुनती रही।

तीखी और महकदार रही पूर्वी स्तेपी के मैदान से आनेवाली पंखोंवाली हवा। उसने धूप से तपी धरती की गर्म साँसें और घास की धूप में झूलती पत्तियों की उन्माद से भरी उसाँसें अपनी साँसों में पिरोईं। लेकिन, इस सबके बावजूद वर्षा दरवाज़े पर दस्तक देती लगी। नदी की ओर से एक ताजा नमी उमड़ती लगी। अबाबीलें अपनी दोहरी नोकोंवाली दुमों से धरती को लगभग छू-छूकर उड़ने लगीं, और गहरे-नीले आसमान में दूर कहीं एक बाज़ आनेवाले तूफान से डरकर तेज़ी से उड़ता दीखा।

नताल्या अहाते के बीच से गुज़री। पत्थर की दीवार के पास की कुचली हुई घास पर कारतूस के केसों का सुनहरा अम्बार लगा रहा। घर की खिड़कियाँ और चूने से पुती दीवारें मशीनगनों की गोलियों के सुराखों के मुँह फैलाकर जम्हाइयाँ लेती रहीं। नताल्या को देखकर एक चूज़ा कीकता हुआ खत्ती की छत पर उड़ गया। एक अकेला वही तो बाक़ी बचा था।

लेकिन सन्नाटा बहुत देर तक न रहा। हवा गाँव के घरों की खुली खिड़कियों को खड़खड़ाने और वीरान घरों के दरवाज़ों को भड़भड़ाने लगी, ओलों से भरे एक दूधिया बादल ने सूरज को ढंक लिया और हवा के कन्धों पर सवार होकर पश्चिम की ओर बढ़ने लगा।

नताल्या अपने बालों को हवा के झोंकों से बचाते हुए गर्मी के बावर्चीख़ाने तक गई और फिर मुड़कर पहाड़ी की तरफ़ देखने लगी। बकाइनी धुएँ में लिपटे क्षितिज में फ़ौजी, घोड़ों या दो पहियोंवाली फ़ौजी गाड़ियों पर सवार उन्हें दौड़ाते नज़र आए।

'तो यह बात ठीक है कि लाल फ़ौजी पीछे भाग रहे हैं।' उसने मन-ही-मन कहा और सन्तोष की साँस ली।

फिर वह घर में घुस भी न पाई कि पहाड़ी के पार कहीं दूर तोपें गरजने लगीं और, जैसे कि उनके जवाब में, व्येशेंस्काया के दो गिरजों के घंटों की घनघन नदी की लहरों पर आरपार लहराने लगी।

दूरवर्ती किनारे पर भीड़-के-भीड़ लोग बजरे साधते या घसीटते हुए जंगलों से बाहर निकले और नदी की ओर बढ़े। उन्होंने बजरे पानी में उतारे और फिर अगले हिस्सों पर खड़े होकर पूरी ताक़त से डाँड़ चलाने लगे। इस तरह कोई तीन दर्जन बजरे एक-दूसरे का पीछा करते हुए गाँव की तरफ़ बढ़े।

"नताल्या, रानी...मेरी दुलारी...हमारे कज़्ज़ाक अपने गाँव-घर वापस आ रहे हैं।" इलीनीचिना ने बावर्चीख़ाने से दौड़कर बाहर आते हुए चिल्लाकर कहा और उसकी आँखों से आँसू बहने लगे।

नताल्या ने लपककर मीशात्का को हाथों में उठाया। उसकी आँखें खुशी से चमकने लगीं लेकिन वह हाँफने लगी। और इसके साथ ही उसकी आवाज़ टूटने लगी–"मुन्ने, देख तो तेरी आँखें तेज़ हैं...देख तो, हो सकता है कि तेरे पापा इन कज़्ज़ाकों में हों। दिखलाई पड़ते हैं ? पहले बजरे में वही हैं क्या ? उफ़, लेकिन तू तो कहीं और देख रहा है..."

सास-बहू भागी-भागी किनारे गईं। पैन्तेली एक बजरे से उतरा तो हड्डी-हड्डी लगा। बूढ़े ने सबसे पहले बैलों, फ़ार्म की चीज़ों और अनाज की सलामती के बारे में पूछताछ की, और उसकी पलकों में एक आँसू उलझ गया। फिर, उसने बच्चों को सीने से लगाया। लेकिन जल्दी-जल्दी भचकते हुए वह अपने अहाते में पहुँचा तो उसका चेहरा पीला पड़ गया। वह घुटनों के बल बैठा, हाथ फैला-फैलाकर क्रॉस बनाने लगा और पूर्व की ओर मुँह कर नमन करने लगा। फिर धूप से तपती धरती से उसने बहुत देर तक सफेद बालों से भरा सिर ऊपर नहीं उठाया।

5

10 जून को, जनरल सेक्रेतोव की कमान में तीन हजार फ़ौजियों, छः घोड़ागाड़ियोंवाली तोपों और अट्ठारह मशीनगनों के, दोन सेना के घुड़सवार-दलों ने पूरे ज़ोर-शोर से हमला बोला और उस्तबेलोकालित्वेंस्काया के जिला-केन्द्र के पास का मोर्चा तोड़ दिया। इसके बाद सेना रेलवे लाइन के किनारे-किनारे कज़ान्स्काया के जिला-केन्द्र की ओर बढ़ी।

तीसरे दिन सवेरे-तड़के नवीं दोन-रेजीमेंट के अफ़सरों की जासूसी गश्ती ने दोन के पास की बाग़ी फ़ौजी चौकी से सम्पर्क स्थापित करने का प्रयत्न किया। इस सिलसिले में ये लोग पास पहुँचे तो इन घुड़सवार फ़ौजियों को देखते ही चौकी के कज़्ज़ाक जान छोड़कर नालों की तरफ़ भागे। लेकिन गश्ती टुकड़ी के कज़्ज़ाक कैप्टन ने विद्रोहियों को लिबास से पहचाना, अपनी तलवार से बँधा रूमाल हिलाया और बजती हुई आवाज़ में चिल्लाकर कहा–"हम तुम्हारे ही साथी हैं...भागो मत कज़्ज़ाको !"

फिर अपने बचाव की चिन्ता किए बिना, यह टुकड़ी नालों के किनारों पर पहुँची, तो विद्रोही चौकी का बूढ़ा सफ़ेद बालोंवाला सार्जेंट कमांडर, ओस से भीगे बरानकोट के बटन लगाता, सबसे पहले सामने आया। आठ-के-आठों अफ़सर घोड़ों से उतरे। इनका कैप्टन, फ़ौजी कलगीवाली अपनी टोपी उतारता हुआ सार्जेंट की ओर बढ़ा, मुस्कुराया और बोला–"सलाम कज़्ज़ाको, आओ, अपने पुराने कज़्ज़ाक रिवाज के मुताबिक हम एक-दूसरे को चूमें।" उसने सार्जेंट के दोनों गाल चूमे, रूमाल से होंठ और मूँछें पोंछी और अपने साथियों की निगाहें अपने ऊपर गड़ी देखकर, अर्थभरी मुस्कान के साथ प्रश्न किया–"तो, तुम्हें होश आ गया ? तुम्हारे अपने साथी आख़िरकार बोलशेविकों से बेहतर साबित हुए कि नहीं ?"

"आप ठीक कहते हैं, सरकार ! हमने अपना गुनाह धो दिया है। हम पिछले तीन महीने से लड़ते

और आपसे मिलने को बेताब रहे हैं ?"

"अच्छा ही हुआ कि तुमने अक़्ल से काम ले लिया, हालाँकि देर से लिया। ख़ैर, ये सारी गुज़री बातें हैं। हम बीते कल को बीता कल माने लेते हैं।...हाँ, तो किस ज़िले के हो तुम ?"

"कज़ांस्काया का हूँ सरकार !"

"तुम्हारी टुकड़ी नदी के उस पार है ?"

"जी हाँ।"

"दोन से लाल फ़ौजी किस तरफ़ गए ?"

"शायद दोनेत्स की बस्ती की तरफ़।"

"तुम्हारी घुड़सवार टुकड़ी ने अभी नदी पार नहीं की ?"

"बिल्कुल नहीं।"

"क्यों नहीं ?"

"मुझे पता नहीं, सरकार ! सबसे पहले हम लोगों को इस पार भेजा गया है।"

"लाल फ़ौजों की कुछ भी तोपें हैं यहाँ ?"

"दो बैटरियाँ हैं।"

"वे पीछे किस वक़्त हटीं ?"

"रात के वक़्त।"

"उनका पीछा करना चाहिए था...उफ़...तुमने मौक़ा खो दिया !" कैप्टन ने भर्त्सना के स्वर में कहा, और अपने घोड़े के पास जाकर, थैले से पत्र लिखने का पैड और नक़्शा निकाला।

सार्जेंट अटेंशन की स्थिति में खड़ा रहा और उसके दो क़दम पीछे खड़े कज़्ज़ाक, प्रसन्नता और हल्की-हल्की-सी उत्सुकता की मिली-जुली भावनाओं के साथ अफ़सरों, घोड़ों की काठियों और शानदार नस्ल के उन घोड़ों को ग़ौर से देखते रहे। साफ़-सुथरी फ़िटिंग और कन्धे के झब्बोंवाली अंग्रेज़ी ट्यूनिकों और चौड़ी बिरजिसों से लैस अफ़सर कभी इस पैर पर बल देकर खड़े होते तो कभी उस पैर पर ज़ोर देकर। बीच-बीच में वे अपने घोड़ों के चारों ओर चंचल दृष्टि से देखते और कभी कनखी से कज़्ज़ाकों पर निगाह डालते।

उनमें से एक के भी कन्धों पर वैसा झब्बा न था, जैसा 1918 के पतझर में हर अधिकारी के कन्धों पर नज़र आता था। उनके बूट, घोड़ों की काठियाँ, कारतूस-पेटियाँ, दूरबीनें और काठियों के सहारे लटकी राइफ़लें वग़ैरा तमाम चीज़ें नई थीं। उनमें से सिर्फ़ एक देखने-सुनने में सबसे बड़ी उम्र के अफ़सर के बदन पर शानदार नीले कपड़े का सरकैशियन-कोट, सिर पर बोख़ारान- कराकुल की गोल, कुबान टोपी और पैरों में बिना एड़ी के पर्वतारोहियोंवाले जूते थे।

सबसे पहले वही अफ़सर हल्के-हल्के क़दमों से कज़्ज़ाकों की तरफ़ बढ़ा। उसने अपने केस से बेलजियम के सम्राट अलबेर्त की तस्वीरवाला सिगरेटों का पैकेट निकाला और अपनी तरफ़ से बोला--"सिगरेट पियो, भाइयो !"

कज़्ज़ाकों ने बहुत ललचाकर हाथ बढ़ाए। दूसरे अफ़सरों ने भी सिगरेटें लीं।

"कहो, बोलशेविकों के निज़ाम में ज़िन्दगी कैसी लगी ?" बड़े सिर और चौड़े कन्धोंवाले एक घुड़सवार अफ़सर ने पूछा।

"सब कुछ मीठा-ही-मीठा नहीं कह सकते।" किसानों का पुराना कोट पहने एक कज़्ज़ाक ने कहा। वह सिगरेट के लम्बे-लम्बे कश लेता और अफ़सर की मज़बूत पिंडलियों से कसे लम्बे गैटरों पर नज़र जमाए रहा।

कज़्ज़ाक के टूटे हुए सैंडिलों का हिस्सा-हिस्सा जवाब दे रहा था। सफ़ेद, क़ायदे से रफ़ू किए हुए मोज़े पतलून के पायचों में खोंसे हुए थे और तार-तार थे। यही कारण है कि अफ़सर के अंग्रेजी

बूटों ने उस पर जादू-सा कर दिया था और वह उन पर से नज़र हटा नहीं पा रहा था। बूटों के तल्ले मोटे और मज़बूत थे और पीले बकसुए चमाचम चमक रहे थे।

इसीलिए कज़्ज़ाक का अपने ऊपर वश न रहा और उसने सीधे-सादे ढंग से तारीफ करते हुए कहा, "लेकिन आपके बूट बहुत अच्छे हैं।"

पर फ़ौजी अफ़सर मित्रता और घनिष्ठता से बचा और मज़ाक और चुनौती से भरी आवाज़ में बोला–"तुम तो अपनी चीज़ें मास्को से गँठे सैंडिलों से बदलने जा रहे थे। तो अब तुम्हें दूसरों से डाह क्यों करनी चाहिए ?"

"हमने ग़लती की...हम ग़लत रास्ते पर बह गए..." कज़्ज़ाक ने कहा और समर्थन की आशा से दूसरे कज़्ज़ाकों की ओर घूमकर देखा।

कज़्ज़ाक ने अपना भाषण चालू रखा–"तुमने यह साबित किया कि तुम्हें दिमाग़ बैलों का मिला है। बैल बिल्कुल यही करता है। पहले मुड़ जाता है और पीछे ठिठककर सोचता है–'ग़लती की !'–लेकिन पतझड़ में जब मोर्चा दुश्मनों के लिए ख़ाली छोड़ दिया था, तब आख़िर तुमने सोचा क्या था ? तुम कमीसार बनने के सपने देख रहे थे ! तुम्हारा जवाब नहीं। क्या शानदार बचानेवाले हो तुम अपने मुल्क के !"

"छोड़ो भी...बहुत हुआ !" देखने-सुनने में जवान, एक कम्पनी कमांडर ने बौखलाते अफ़सर के कानों में धीरे से कहा। अफ़सर ने सिगरेट का सिरा ज़मीन पर फेंककर उसे पैर से कुचला और घोड़ों की तरफ़ बढ़ा।

कैप्टन ने उसे एक पत्र दिया और फुसफुसाकर कुछ कहा। भारी-भरकम अफ़सर उछलकर अपने घोड़े पर सवार हुआ और पश्चिम की तरफ़ चला।

कज़्ज़ाक अजब ढंग से गुमगुम बने रहे। कैप्टन उनके पास आया और ख़ुशी से खनकती आवाज़ में पूछने लगा–"वारवारिंस्की गाँव यहाँ से कितनी दूर है ?"

"यहाँ से पैंतीस वर्स्ट दूर है।" कई कज़्ज़ाक एकसाथ बोल उठे।

"ठीक...तो, अब, कज़्ज़ाको, तुम लोग जाओ और अपने कमांडर को खबर दे दो कि घुड़सवार फ़ौजें, एक लमहा भी खोए बिना, नदी पार कर इसी तरफ़ आ रही हैं। हमारा एक अफ़सर तुम्हारे साथ जाएगा और घुड़सवारों को रास्ता दिखलाएगा। पैदल फ़ौज कज़ांस्काया की तरफ़ मार्च कर सकती है। समझे...बस, तो हमारी अपनी ज़बान में...राइट एबाउट टर्न...क्विक मार्च !"

कज़्ज़ाकों की भीड़ पहाड़ी से नीचे उतरी और कोई दो सौ क़दम तक लोग इस तरह मुँह सिए रहे, जैसे कि इसके लिए कौल हार चुके हों। लेकिन, इसके बाद, जिस किसान के कोटवाले कज़्ज़ाक को ग़ुस्सावर अफ़सर ने लेक्चर पिलाया था, उसने अपना सिर हिलाया और आह भरते हुए, दर्द से बोला–"यानी, हम फिर एक हो गए, भाइयो..." दूसरे कज़्ज़ाक ने तड़ाक से जवाब दिया–"हॉर्स-रैडिश जड़, मामूली मूली से कोई ज़्यादा मीठी तो होती नहीं।"

6

लाल सेनाओं के पीछे हटने की खबर व्येशेंस्काया पहुँची नहीं कि मेलेख़ोव के साथ दो घुड़सवार रेजीमेंटों ने अपने घोड़े दोन के पार तैरा दिए, ज़ोरदार गश्ती टुकड़ियाँ भेजीं और खुद दक्षिण का रास्ता लिया।

दोन के किनारे के पार लड़ाई चलती रही और तोपों की गरज भी सुनाई पड़ती रही जैसे कि ज़मीन के नीचे से आ रही हो।

"कैडेट अपने गोले बेकार कभी नहीं करते। वे बाँध गिरा रहे हैं।" एक कमांडर ने, ग्रिगोरी की तरफ़ अपना घोड़ा बढ़ाकर तारीफ़-सी करते हुए कहा।

ग्रिगोरी शान्त रहा और सावधानी से चारों ओर नज़र दौड़ाते हुए, पंक्ति के आगे-आगे बढ़ता गया। दोन से बाज़की गाँव तक का तीन वर्स्ट का फ़ासला, विद्रोहियों द्वारा छोड़ दी गई, हज़ारों गाड़ियों से पटा हुआ था। जंगल में जहाँ-तहाँ टूटे बक्से, कुर्सियाँ, कपड़े, काठियाँ, बर्तन, सिलाई की मशीनें, अनाज के बोरे और तमाम दूसरी चीज़ें बिखरी पड़ी थीं। दोन की ओर पीछे भागते समय लोग ये तमाम घरेलू चीज़ें अपने यहाँ तक लाद लाए थे।...सड़क पर कई जगह सुनहरे गेहूँ का घुटनों-घुटनों गहरा अम्बार था। जहाँ-तहाँ बैलों और घोड़ों की फूली हुई लाशें सड़ रही थीं और बुरी तरह सड़ायँध फैला रही थीं।...

"इस तरह फिक्र की है लोगों ने अपनी चीज़ों की !" ग्रिगोरी ने दर्द से कहा। उसे सारे दृश्य से धक्का-सा लगा। उसने सिर से टोपी उतारी, साँस रोकी और सावधानी से अनाज के गँधाते टीले का चक्कर लगाया। टीले पर एक बूढ़े की लाश नज़र आई। बूढ़े के सिर पर कज़्ज़ाक टोपी थी। उसका कोट ख़ून से तर था और फैला हुआ था।

"बहुत देर तक अपने माल की रखवाली करता रहा बूढ़ा ! उन शैतानों ने ही इसे यहाँ इस हालत में छोड़ दिया होगा !" एक कज़्ज़ाक ने हमदर्दी से कहा।

"अपने गेहूँ को छोड़कर जाना नहीं चाहता होगा..."

"अरे बाबा, आगे बढ़ो न ! बुड्ढा जाने किस तरह बू करता है।..ऐ, आगे बढ़ाओ घोड़े !" पीछे की क़तार से क्रोध-भरी आवाज़ें आईं।

स्क्वैड्रन के फ़ौजी अपने घोड़े दुलकी दौड़ा चले। बातचीत ख़त्म हो गई। जंगल में गूँजती रहीं सिर्फ़ घोड़ों की टापों की आवाज़ें और कज़्ज़ाक फ़ौजी सामान की धीमी खनखनाहटें।...

लिस्तनित्स्की की जागीर के पास ही लड़ाई चलती रही। लाल सैनिकों की पंक्तियाँ, एक-दूसरे से सटी, एक सूखी घाटी के किनारे-किनारे यागोदनोये की एक बाजू की तरफ़ भागी चली जाती रहीं। तोपों के गोले लाल सैनिक के सिरों पर आ-आकर फूटते रहे, मशीनगनें उनकी पीठों पर गोलियाँ बरसाती रहीं, और रेजीमेंट के लोग उन्हें बीच में ही रोक लेने के लिए पहाड़ी पर उमड़ते रहे।...

ग्रिगोरी अपनी रेजीमेंटों के साथ तब पहुँचा जब लड़ाई ख़त्म हो गई।

लाल सेना की चौदहवीं डिवीज़न की तार-तार फ़ौजों और मालगाड़ियों की दो कम्पनियाँ काल्मीक-रेजीमेंट द्वारा पूरी तरह नेस्तनाबूद मिलीं।

घाटी की ऊपर की चोटी पर ग्रिगोरी ने कमान येरमाकोव को सौंपते हुए कहा—"यहाँ इन लोगों ने हमारे बिना ही अपना काम चला लिया। तुम जाओ और उन लोगों से अपना तार जोड़ो। मैं थोड़ी देर के लिए उस जागीर में जाना चाहता हूँ।"

"किसलिए ?" येरमाकोव ने अचरज से पूछा।

"वजह एक बार में ही बतला देना मुश्किल है। बात यह है कि जब मैं छोटा था तो मैं वहाँ काम करता रहा था और इस वक़्त वहाँ की पुरानी जगहें मुझे अपनी तरफ़ खींच रही हैं...।"

ग्रिगोरी, प्रोख़ोर को आवाज़ देकर यागोदनोये की तरफ़ मुड़ा। फिर, उन दोनों ने आधे वर्स्ट की दूरी तय की कि ग्रिगोरी मुड़ा। उसे स्क्वैड्रनों के आगे एक सफ़ेद चद्दर-सी हवा में फड़फड़ाती नज़र आई। यह चादर कोई कज़्ज़ाक कुछ सोच-समझकर अपने साथ ले आया था।...

'लगता है कि वे लोग हथियार डाल रहे हैं।' ग्रिगोरी ने उत्सुकता से भरकर सोचा। प्रतीत हुआ कि फ़ौजियों की क़तार धीरे-धीरे जैसे कि बेमन से, घाटी में उतरी और सेक्रेतोव के घुड़सवार-सैनिकों की ओर बढ़ी। ये फ़ौजी उन लाल सैनिकों से मिलने के लिए चरागाह के पार ठीक सीध में घोड़ों को दुलकी दौड़ाते दीखे।

...ग्रिगोरी गिरे हुए फाटक के बीच से अपना घोड़ा अहाते में लाया तो उदासी और लापरवाही से भरी हवा ने उसका स्वागत किया। अहाते में कलहंसों के पैरों की बाढ़-सी मिली। यागोदनोए पहचान

में न आया। हर कोना अकूत लापरवाही और बर्बादी की कहानी कहने लगा। कभी की शानदार हवेली इस समय काली और अपनी नींव में ही धँसती-सी लगी।...लम्बी बदरंग छत पर जहाँ-तहाँ जंग के पीले धब्बे थे। नाली के टूटे पाइप, ओरियों के सहारे लटक रहे थे। झिलमिलियाँ टेढ़ी-मेढ़ी थीं, झूल रही थीं और क़ब्ज़ों से आधी अलग थीं। हवा चूर-चूर खिड़कियों के बीच से सर्राटे भर रही थी, और गन्दे कमरों से उमड़ती खट्टी-खट्टी बास कह रही थी कि हमें वीरान हुए एक ज़माना हुआ।

बरसाती-सहित, घर का पूर्वी कोना, तीन इंची तोप के एक गोले से ढह गया था। मेपल पेड़ का सिरा गोले से कटकर, बरामदे की टूटी हुई वेनेशियन खिड़की में धँस गया था। ख़ुद पेड़ गिर गया था और उसका तना नींव से उखड़कर गिरी ईंटों के अम्बार में दबा पड़ा था। सूखी शाखों के किनारे-किनारे जंगली हॉप-लता रेंग और दोहर रही थी। मज़ाक की बात है कि लता, खिड़कियों के बचे-खुचे साबित शीशों के ऊपर छितरकर बारजे तक पहुँच गई थी।

वक़्त और मौसम ने अपना काम अपने ढंग से किया था। अहाते की इमारतें चौपट हो गई थीं। लगता था कि इंसान के हाथों ने सालों-साल उन्हें छुआ नहीं है। अस्तबल की पत्थर की दीवार गिर गई थी और बहार की बरसात उसे बहा ले गई थी। गाड़ीख़ाने की छत तूफान उड़ा ले गया था। सफ़ेद पड़ गई धरनों और धन्नियों पर मुट्ठी-भर फूस यहाँ बच रहा तो मुट्ठी-भर फूस वहाँ। वह फूस की सड़ गया था।

तीन (रूसी शिकारी कुत्ते) बेरोज़ोइस नौकरों के क्वार्टरों की सीढ़ियों पर पड़े हुए थे और पूरी तरह जंगली हो गए थे। सो, इंसानों को देखते ही वे उछलकर खड़े हो गए और भयानक ढंग से भूँकते हुए बरसाती में गायब हो गए। ग्रिगोरी नौकरों के क्वार्टरों की चौपट खुली पड़ी खिड़की के पास अपना घोड़ा लाया, काठी पर ज़ोर देते हुए झुका और ज़ोर से चिल्लाकर बोला—"कोई ज़िन्दा भी बचा है यहाँ ?"

बहुत देर तक सन्नाटा रहा। आख़िरकार एक औरत थमी-बँधी आवाज़ में बोली—"रुको...ईसा के नाम पर रुको। अभी आई !"

लुकेर्या नंगे पैरों गिरती-पड़ती आई और धूप बचाने के लिए आँखों पर हथेलियाँ रखकर ग्रिगोरी को एकटक देखने लगी।

ग्रिगोरी ने घोड़े से उतरते हुए पूछा "लुकेर्या चाची, तुमने मुझे पहचाना ?"

इस पर लुकेर्या के चेचक के दाग़ों से भरे चेहरे पर एक कँपकँपी-सी दौड़ गई और उदासी से भरी तटस्थता की जगह भावों की भयानक बाढ़ ने ले ली। वह फूट पड़ी और काफ़ी देर तक उसके मुँह से बोल न फूटा। ग्रिगोरी ने घोड़ा बाँधा और उसके चुप होने का इन्तज़ार करने लगा।

"कैसे-कैसे दिन देखे हैं मैंने ! ईश्वर न करे कि इतनी मुसीबत अब दुबारा कभी सहनी पड़े मुझे।" किरमिच के गन्दे ऐप्रन से अपने गाल रगड़ते हुए लुकेर्या दर्द-भरी आवाज़ में बोली—"मैं तो समझी कि वे लोग फिर आ गए !...उफ़...ग्रीशा...क्या-क्या नहीं हुआ है यहाँ ! तुम्हें बताऊँ तो तुम्हें यक़ीन न आए !...एक अकेली मैं ही बची हूँ।..."

"क्यों, बाबा शाश्का कहाँ हैं ? मालिकों के साथ क्या वे भी भाग गए ?"

"अगर भाग जाते तो आज जीते-जागते न होते..."

"तो, क्या मर गए वे ?"

"नहीं, लोगों ने उन्हें मार डाला। पिछले तीन दिनों से तहख़ाने में पड़े हैं...उन्हें दफ़नाया जाना चाहिए था, मगर मैं बीमार पड़ गई...मुझसे तो तुम्हारी आवाज़ पर भी मुश्किल से ही उठा गया... और अब ग्रीश्का की लाश के पास जाने में मेरा दिल काँपता है..."

"लेकिन, मार क्यों डाला लोगों ने ?" ग्रिगोरी ने ज़मीन पर नज़र गड़ाए-ही-गड़ाए पूछा।

"सारी मुसीबत एक घोड़ी को लेकर खड़ी हुई...घर के मालिक तो सिर पर पाँव रखकर भागे।

सिर्फ़ नकद रक़म साथ ले गए। बाक़ी सारा कुछ मेरे पास छोड़ गए।'' लुकेर्या आवाज़ धीमी कर फुसफुसाने लगी–''मैंने सभी कुछ सँभालकर रखा। छोटी-से-छोटी चीज़ सहेजकर रखी। अब तक ज़मीन के नीचे गढ़ी हुई है।...और घोड़ों में वे सिर्फ़ तीन ओरलोव-स्टैलियन ले गए। बाक़ी बाबा-शाश्का के पास छोड़ गए। फिर जब झगड़ा शुरू हुआ तो घोड़े कज़्ज़ाक भी ले गए और लाल-फ़ौजी भी। तुम्हें उस 'अन्धड़' नाम के काले स्टैलियन का ख़्याल होगा...उसे लाल फ़ौजी हार के दिनों में ले गए। ले तो गए, मगर उस पर काठी कसने में उन्हें बड़ी परेशानी का सामना करना पड़ा। तुम तो जानते हो कि सवारी के लिए उसे निकाला तो गया नहीं था। सो, वह उनके क़ाबू में कभी नहीं आया। एक हफ़्ते बाद कारगिंस्काया के कुछ कज़्ज़ाक आए तो उन्होंने एक दूसरा क़िस्सा सुनाया। हुआ यह कि पहाड़ी पर इन कज़्ज़ाकों की मुठभेड़ एकाएक लाल फ़ौजियों से हो गई, और वे उन पर गोलियाँ बरसाने लगे। पर, इनके पास एक बेवकूफ़ घोड़ी थी। वह घोड़ी ऐन इसी वक़्त जो हिनहिनाई तो 'अन्धड़' स्टैलियन जंगल की आग की तरह उसकी तरफ़ ताबड़तोड़ उस तरह भागा कि सवार के सँभाले न सँभला। उसने सारी हालत समझी और पूरी रफ़्तार से दौड़ते घोड़े की पीठ से कूदने की कोशिश की। पर इस कोशिश में पैर रक़ाब में फँस गया और 'अन्धड़' ने उस फ़ौजी को ले जाकर ऐन कज़्ज़ाकों के हाथों सौंप दिया।''

''शाबाश !'' प्रोखोर ने जोश में आते हुए कहा।

''अब कारगिंस्काया का एक घुड़सवार अफ़सर उस पर सवारी करता है।'' लुकेर्या ने अपनी दास्तान जारी रखी–''उस अफ़सर ने वायदा किया है कि मालिक के लौटते ही वह आकर 'अन्धड़' को अस्तबल में बाँध जाएगा।...इस तरह सभी घोड़े चले गए। बच रही दुलकी-चाल वाली घोड़ी–'तीर' और बस ! जहाँ तक 'तीर' की बात है, वह थी गाभिन, इसलिए किसी ने उसे छुआ नहीं। सो, उसके बछेड़ा अभी कुछ दिन पहले हुआ। और, तुम यक़ीन नहीं करोगे कि बछेड़ा हुआ तो साश्का ने उसकी जी-जान से फ़िक्र की। वह उसे गोद में लिये फिरा। उसने उसे दूध पिलाया और पैर की मज़बूती के लिए किसी जड़ी का काढ़ा तक दिया। मगर, फिर हमारे सिर पर मुसीबत का पहाड़ टूट पड़ा। अभी तीन दिन पहले साश्का बगिया में घास काट रहा था कि तीसरे पहर के बाद तीन घुड़सवार आए और चीख़ते हुए बोले–''इधर आ बे...तू यह...तू वह !'' इस पर साश्का ने हँसिया नीचे रखा और उनके पास जाकर उनसे दुआसलाम की। लेकिन, उन लोगों ने आँख उठाकर उसे नहीं देखा। सिर्फ़ दूध पिया और पूछा–''घोड़े हैं तुम्हारे यहाँ ?'' साश्का बोला–''सिर्फ़ एक जानवर है। वह भी घोड़ी है। अभी-अभी बच्चा हुआ है।'' आपके फ़ौजी काम की नहीं है। इस पर उनमें से सबसे खूँखार आदमी चिल्ला उठा–''इस बात से तेरा कोई मतलब नहीं। फ़ौरन घोड़ी ला सामने...बूढ़ा...शैतान कहीं का ! मेरी घोड़ी की पीठ छिल गई है। मुझे उसको बदलना है !''...ऐसी-वैसी बात होती तो साश्का मान जाता और घोड़ी के मामले में अड़ता नहीं, मगर तुम तो जानते हो कि बूढ़ा अपने-आपमें कैसा अजीब आदमी था...कभी-कभी तो मालिक तक उसकी ज़बान पर लगाम लगाने में हार जाते थे... तुम्हें ख़्याल होगा !''

''तो घोड़ी साश्का ने दी नहीं ?'' प्रोख़ोर ने बीच में ही पूछ लिया।

''क्यों, वह न देता तो और करता क्या ? मगर देने के पहले बोला, 'तुम्हारे पहले भी जाने कितने घुड़सवार हमारे यहाँ घोड़े लेने को आए, लेकिन सभी ने इस एक घोड़ी पर रहम किया। और, अगर सबने रहम किया तो एक अकेले तुम्हीं क्यों नहीं करोगे ?'...यह सुनते ही वे लोग आपे से बाहर होकर चीख़ने लगे–'थूक चाटनेवाला...हरामख़ोर...तू वह घोड़ी अपने मालिक के लिए रख छोड़ना चाहता है !' और उन्होंने उसे घसीटकर एक तरफ़ कर दिया...फिर उनमें से एक घोड़ी बाहर लाकर उस पर काठी कसने लगा तो बछेड़ा माँ के थन से आ लगा। साश्का बोला–'रहम करो, इस घोड़ी को मत ले जाओ। अगर इसकी माँ चली जाएगी तो यह बछेड़ा बेचारा कहाँ जाएगा ?'...'मैं बतलाता हूँ कि बेचारा बछेड़ा

कहाँ जाएगा ?'..एक दूसरे घुड़सवार ने कहा, बछेड़े को माँ से दूर खदेड़ा, कन्धे से राइफ़ल उतारी और गोली मार दी। मेरे आँसू बह चले...मैं दौड़कर उन लोगों के पास गई। मैंने उन्हें बहुत मनाया और साश्का को मुसीबत से उबारने की कोशिश की। लेकिन उसकी तो बछेड़े पर निगाह पड़ते ही दाढ़ी हिलने लगी। बिल्कुल सफ़ेद पड़ गया और बोला–'अगर ऐसा है तो, कुतिया के बच्चे, तू मुझे भी गोली मार दे।'' साश्का दौड़कर उनसे जा लिपटा और उसने उनका घोड़ी कसना हराम कर दिया। जवाब में घुड़सवारों को गुस्सा आया तो उन्होंने उसे, ठौर-की-ठौर गोली से उड़ा दिया।...और अब मेरी समझ में नहीं आता कि करूँ तो उसका करूँ क्या ? उसके लिए एक ताबूत चाहिए, और ताबूत मुहैया करना औरत का काम तो है नहीं।''

''दो फावड़े और थोड़ी-सी किरमिच ला दो।'' ग्रिगोरी बोला।

प्रोख़ोर ने पूछा–''तुम उसे दफ़न करना चाहते हो क्या ?''

''हाँ।''

''बहुत अच्छी बात है कि यह ज़िम्मेदारी तुम ख़ुद ले रहे हो, ग्रिगोरी-पैन्तेलेयेविच ! मैं फ़ौरन ही जाकर थोड़े से कज़्ज़ाकों को बुला लाऊँ। वे ताबूत बना देंगे और उसके लिए क़ायदे की क़ब्र खोद देंगे।''

साफ़ है कि प्रोख़ोर ने किसी अनजाने बूढ़े के दफ़नाए जाने की परेशानी मोल लेना ठीक न समझा। लेकिन ग्रिगोरी ने उसकी बातें टाल दीं और अपनी ज़िद पर अड़ा रहा। बोला–''हम क़ब्र खोदकर उसे ख़ुद दफ़नाएँगे। बूढ़ा साश्का अच्छा और नेक आदमी था। तुम बगिया में जाओ और झील के किनारे मेरा इन्तज़ार करो। मैं ज़रा जाकर एक निगाह साश्का को देख लूँ।''

और, ज़मीन पर छितरी जड़ोंवाले जिस देवदारु के नीचे साश्का ने कभी अकसीनिया और ग्रिगोरी की नन्हीं-मुन्नी बच्ची को दफ़न किया था, वहीं आज स्वयं उसकी चिर-निद्रा का सरंजाम होने लगा।

कज़्ज़ाकों ने उसके शरीर को ख़मीर उठाने के सिलसिले में काम आनेवाली साफ़ चद्दर में लपेटकर क़ब्र में लिटाया और गढ़े की मिट्टी से पाटा। इस तरह उस नन्हीं कली की समाधि की बग़ल में क़ब्र का एक दूसरा ढूह उठ गया। कज़्ज़ाकों ने बूटों से पिटाई कर दी तो ऊपर की ताज़ी, नरम मिट्टी अपने ढंग से चमकने लगी।

ग्रिगोरी को जाने कितनी बीती बातें एकसाथ याद आ गईं। वह नन्हीं समाधि के पास ही घास पर लेट गया और ऊपर के नीले आसमान के पसारे को देर तक एकटक देखता रहा। हवाएँ अनन्त-आकाश में ऊँचाई पर चहलक़दमी करती रहीं और शीतल घन धूप की चमचमाती किरणों पर उतराने लगे। मगर हँसोड़-शराबी सईस को हजम कर जानेवाली धरती पर ज़िन्दगी उसी ज़ोर-शोर से चालू रही। बगिया के सिरे तक लहलहाती हरियाली की बाढ़ और क़दीमी खलिहानों की बाड़ों के चारों ओर लिपटे पटुए के उलझावों में अभिव्यक्त स्तेपी की नब्ज़ ग्रिगोरी के कानों में बजने लगी। सूर्यास्त के रंगों की छूट के बीच अबाबीलें कूकतीं, जंगली मूसे सीटियाँ बजाते, बड़ी मधुमक्खियाँ भनभनातीं, हवा की बाँहों में कसी घास सरसराती और स्काईलार्क गाती रहीं। इनके साथ ही दूर घाटी की गहराई से कोई राइफ़ल बराबर क्रोध से उमड़ती रही, जैसे कि इस बात पर मुहर मार रही हो कि कुदरत शानदार है मगर इंसान उससे कहीं ज़्यादा शानदार है।

7

जनरल सेक्रेतोव, कज़्ज़ाकों की एक व्यक्तिगत टुकड़ी के साथ व्येशेंस्काया आया तो लोगों ने रोटी और नमक लेकर उसकी राह में पलकें बिछाईं और गिरजों के घंटों ने उसका स्वागत किया। दोनों गिरजों के घंटे सारे दिन यों टन-टन करते रहे, जैसे कि ईस्टर हो। निचली दोन के कज़्ज़ाक, मज़बूत,

लेकिन थकान से चूर घोड़ों पर सवार सड़कों से गुज़रे। चुनौती देते-से नीले झब्बे उनके कन्धों पर चमके। बाद में जनरल व्यापारी के जिस मकान में ठहरा, उसके पास ही चौक में अर्दलियों की भीड़ लगी रही। वे सूरजमुखी के बीज कुटकुटाते, उधर से निकलती, इतवार की अच्छी-से-अच्छी पोशाकों से सजी-बजी गाँव की लड़कियों से छेड़-छेड़कर बातें करते रहे।

दोपहर के समय तीन घुड़सवार कालमीक पन्द्रह बन्दी लाल सैनिकों को लेकर हेडक्वार्टर्स आए। उनके पीछे बाजों से भरी एक, दो घोड़ोंवाली गाड़ी आई। लाल फ़ौजियों की वर्दी अजीब और ग़ैरमामूली लगी। उनके भूरे पतलून चौड़ी मोहरी के थे और उनकी ट्यूनिकों की आस्तीनों पर लाल पट्टियाँ थीं।

सो, तीन में से एक कालमीक, फाटक के पास निकम्मे खड़े अर्दलियों के पास आया, घोड़े से उतरा और अपना, चिकनी मिट्टी का पाइप जेब में डालते हुए बोला—"हम लाल फ़ौजियों के बैंडवालों को पकड़कर लाए हैं। समझे ?"

"तो, हम क्या करें ?" एक मोटे चेहरेवाले अर्दली ने, सूरजमुखी के बीजों के छिलके कालमीक के गर्द से भरे बूटों पर थूकते हुए पूछा।

"करो यह कि इन्हें अन्दर ले जाओ। तुम्हारा मोटे चेहरेवाला मुँह खुलता है तो उससे बेवकूफ़ी बरसती है।"

"चल चल...बहुत हुआ...भेड़ की दुम कहीं का !" अर्दली ने नाराज़ होकर कहा। लेकिन, इसके बावजूद क़ैदियों के आने की सूचना देने के लिए अन्दर चला आया।

कसी कमरवाली भूरी 'बेशमेत' पहने एक, मोटा फफ्फस-सा कैप्टन फाटक के बाहर निकला, पैर फैलाकर खड़ा हुआ और बहुत ही नाटकीय ढंग से सैनिकों पर निगाह डालने लगा। बोला—"तो, तुमने कमीसारों को ख़ूब ख़ुश किया...क्यों तामबोव-बजनियों ?...ये भूरी वर्दियाँ तुम्हें कहाँ मिलीं ?...जर्मनों से उड़ा दीं।"

"बिल्कुल नहीं।" ग्रुप के आगे के लाल फ़ौजी ने, जल्दी-जल्दी पलकें झपकाते हुए जवाब दिया। "हमारे बैंड को यह वर्दी तो केरेंस्की के ज़माने में दी गई थी...हम इसे बराबर पहन रहे हैं तब से..."

"और, तुम बराबर पहनते ही रहोगे...मैं देखूँगा कि तुम इसे ही पहनते रहो।" कैप्टन ने चौरस छतवाली कुबान टोपी सिर के पिछले हिस्से की तरफ़ ठेली, तो उसकी सफ़ाचट खोपड़ी का गुलाबी-सा धब्बा चमका। अब वह कालमीक फ़ौजियों पर गरम हुआ—"तुम इन्हें यहाँ क्यों लेकर चले आए ? सूअर कहीं के ! तुमने रास्ते में ही इनका सफ़ाया क्यों नहीं कर दिया ?"

कालमीक ने अलबेले ढंग से अपना बदन कसा, एड़ियाँ जोड़ीं और टोपी की चोटी तक सख़्ती से हाथ ले जाकर जवाब दिया—"स्क्वैड्रन-कमांडर के हुक्म से हम इन्हें लाए हैं यहाँ।"

"हुक्म से हम इन्हें लाए हैं यहाँ !" छैला-से अफ़सर ने होंठ सिकोड़ते हुए मज़ाक बनाया और अपने चूतड़ हिलाता, पैर पटकता, क़ैदियों के मुआइने के लिए चल पड़ा। फिर बहुत देर तक वह उन्हें उस तरह देखता-समझता रहा, जैसे घोड़े का सौदागर किसी घोड़े को देखे-समझे।

अर्दली आपस में धीरे-धीरे ज़बानें चलाते रहे। कालमीकों के चेहरे बदस्तूर भावहीन बने रहे।

कैप्टन ने आदेश दिया—"फाटक खोलो और इन क़ैदियों को हाते में हाँक ले जाओ !"

"तुममें बैंडमास्टर कौन है ?" कैप्टन से सिगरेट जलाते हुए कहा।

"बैंडमास्टर हमारे बीच नहीं है।" कई आवाज़ों ने एकसाथ जवाब दिया।

"कहाँ है वह ? क्या भाग गया ?"

"नहीं, मार डाला गया।

"क्या अच्छा छुटकारा पाया ! तुम्हारा काम उसके बिना भी चल जाएगा। तो, फिर चलो अपने

बाजे तैयार करो।''

लाल फ़ौजी गाड़ियों तक गए और फिर गिरजों के घंटों की लगातार टन-टन में पीतल के बाजों की खनक घुल गई।

''तैयार हो गए ? बजाओ--'प्रभु कि बचाओ ज़ार को'।''

बैंड बजानेवालों ने मौन भाव से एक-दूसरे को देखा। किसी ने कुछ नहीं बजाया। एक क्षण तक तो भयानक सन्नाटा रहा, मगर इसके बाद नंगे पैर मगर चुस्त पट्टियोंवाले एक आदमी ने धरती पर दृष्टि जमाते हुए कहा--''हम लोग यह पुराना ज़ार गीत नहीं जानते...''

''तुममें से कोई नहीं जानता ? क्या कहने हैं...ऐ, आधे प्लैटून अर्दलियो...सुनते हो ?...अपनी राइफ़लें सँभालो ज़रा।''

कैप्टन अपने बूट के अँगूठेवाले हिस्से से ताल देने लगा। अर्दली, अपनी राइफ़लें खटखटाते हुए बरामदे में आ जमा हुए। बाड़ के पास के घने अकाशिया झाड़ों में गौरैया चहचहाती रहीं। लोहे की तपती छतों और लोगों के तीखे पसीने के कारण अहाते में ख़ासी उमस रही।

ऐसे में कैप्टन शेड में गया कि नंगे पैरोंवाले संगीतज्ञ ने अपने साथियों की ओर मायूसी से देखा और शान्त भाव से कहा--''सरकार, हम सभी नई धुनें जानते हैं, पुरानी धुनें हमने कभी नहीं बजाईं...हम तो ज़्यादातर मार्च की क्रान्तिकारी धुनें बजाते हैं।''

कैप्टन ने विचारों में खोए-खोए ही, अपना हाथ तलवार की मूँठ पर रखा और कोई जवाब नहीं दिया।

आधी-की-आधी प्लैटून बरसाती के बाहर क़तार में खड़ी हो गई और हुक्म का इन्तज़ार करने लगी। अब बैंड का कंजी आँखोंवाला, एक सयानी उम्र का सदस्य दल के आगे की ओर बढ़ा और अपना गला साफ़ करते हुए पूछने लगा--''मुझे इजाज़त है, मैं बजा सकता हूँ ?'' और इजाज़त का इन्तज़ार किए बिना धूप से काली बाँसुरी उसने अपने थरथराते हुए होंठों पर रख ली।

फिर बाँसुरी के स्वर व्यापारी के लम्बे-चौड़े अहाते में धीरे-धीरे गूँजे तो कैप्टन की भौंहें क्रोध से तन गईं और वह अपना हाथ चमकाते हुए बोला--''बन्द करो...ख़त्म करो यह फ़कीरों की गिड़गिड़ाहट से भरी अपनी धुन...इसी को तुम धुन कहते हो ?''

स्टाफ़-अफ़सर और ऐडजुटेंट मुस्कुराते हुए खिड़कियों से झाँकने लगे।

''इन लोगों से कोई अच्छा मातमी मार्च बजाने को कहो।'' एक लेफ़्टिनेंट ने खिड़की के दासे पर झुकते हुए तरुणाई से बजती आवाज़ में कहा।

गिरजे के घंटों की टन-टन एक क्षण को रुकी और कैप्टन ने अपनी आँखें सिकोड़ते हुए, ख़तरनाक ढंग से कहा--''मेरा ख़्याल है कि 'इन्तरनेशनाल' तो तुम सब बजा ही लेते होगे ? तो, वही बजाओ...डरो नहीं। बजाओ, मेरे हुक्म की तामील होनी चाहिए।''

और...पूरे अहाते में सन्नाटा छा गया। तो, फिर इस सन्नाटे और दोपहर की गर्मी के वातावरण को भेदता हुआ 'इन्तरनेशनाल' का पूरे स्वर-ताल में बँधा सिंहनाद सहसा ही चारों तरफ़ की हवा को झकझोरने लगा।

कैप्टन अपने पैर फैलाए, बाड़ पर बेल की तरह झुका खड़ा 'इन्तरनेशनाल' सुनता रहा। उसकी मज़बूत गर्दन की नसों और अधमुँदी आँखों की निलहरी सफेदियों में ख़ून छलक आया।

उसकी नसों पर जो ज़ोर पड़ा, वह सँभाल के बाहर हो गया। बौखलाते हुए गरजा--''बन्द करो !''

बैंड ने किसी प्राणी की तरह दम तोड़ दिया। सिर्फ़ एक फ्रेंच भोंपू को रुकने में एक क्षण की देर लगी।

बैंड बजानेवालों ने अपने ख़ुश्क होंठ चाटे और आस्तीन और गन्दी हथेलियों से उन्हें पोंछा। उनके उतरे हुए चेहरों से थकान टपकी। एक, गर्दन से नहाए, गाल पर आँसू का निशान झलका।

इस बीच जनरल सेक्रेतोव एक साथी अफ़सर के यहाँ दावत खाता रहा। इस अफ़सर ने उसके साथ ही कभी रूसी-जापानी लड़ाई में हिस्सा लिया था। इस समय जनरल अपने नशे में धुत, एडजुटेंट के सहारे, लड़खड़ाता हुआ चौक में आया। नशे और गर्मी की शिद्दत के कारण, हाई स्कूल की ईंटोंवाली इमारत के ठीक सामनेवाले कोने में पहुँचने पर उसके पैर काँपे और वह मुँह के बल गर्म रेत पर भहरा पड़ा। एडजुटेंट ने उठाने की भरसक कोशिश की, मगर काम न चला। फिर थोड़ी दूर पर जमा लोगों ने एडजुटेंट की सहायता की। उनमें से दो सयानी उम्र के कज़्ज़ाकों ने जनरल सेक्रेतोव को बड़ी इज़्ज़त से हाथ पकड़कर उठाया और फिर उसे इस हालत में सभी ने देखा। लेकिन बीच-बीच में उसने कै की और यों हाथ चलाए जैसे लड़ाई के मैदान में हो। आख़िरकार किसी तरह उसे अपने ठिकाने पर जाने को मजबूर किया गया।

दूर-दूर खड़े कज़्ज़ाकों ने उसे घूर-घूरकर देखा और एक-दूसरे के कानों में फुसफुसाने लगे।

"अहा...कितने मज़े में हैं...ये हैं हमारे सरकार ! जनरल हैं, मगर पैर तक ठिकाने से नहीं पड़ते !"

"ज़ाहिल हैं...अपने ओहदे की ज़र्रा बराबर फ़िक्र नहीं है...देखा।"

"अरे म्याँ, किसने कहा था कि मेज़ पर जितनी रखी हो, वह कुल की कुल ढाल डालो।"

"भाईजान, शराब पीना और बर्दाश्त कर लेना हर एक का काम नहीं। कितने ही लोग हैं जो बेशर्मी से ढालते हैं और फिर तौबा करते हैं कि दुबारा शराब हाथ से छुएँगे नहीं। वैसे बात यह है कि आस-पास खाने को कुछ न हो तो कोई भी सूअर रोज़ा रखने की कसम खा सकता है।"

"हाँ...यह तो है...मगर, लोगों को चिल्लाकर कह दो कि इस तरह भीड़ न लगाएँ। बदमाश, इस तरह घूरते हैं जैसे कभी किसी को नशे में धुत देखा ही न हो।"

...फिर गिरजाघरों में घंटे बजाए गए और व्येशेंस्काया में शाम होने तक शराब की नदियाँ बहीं। लेकिन, शाम ढले बाग़ियाँ की कमान ने, अफ़सरों के मेम के लिए निश्चित मकान में, नवागन्तुकों को दावत की।...

सेक्रेतोव, हट्टा-कट्टा, लम्बे क़द का आदमी था। रहनेवाला क्रासनोकुत्स्क ज़िले के एक गाँव का था, और उसे घुड़सवारी का बेहद शौक था। ख़ुद शानदार घुड़सवार और घुड़सवार-फौज का बहुत ही जिगरेवाला जनरल था। लेकिन वक्ता वह कोई ख़ास न था। फलतः दावत में उसने जो भाषण दिया, वह शराबियों की-सी बे सिर-पैर की बातों से भरा रहा। इस सिलसिले में उसने ऊपरी दोन के कज़्ज़ाकों की बड़ी लानत-मलामत की और उन्हें बड़ी-बड़ी धमकियाँ दीं।

ग्रिगोरी ने भी दावत में हिस्सा लिया तो, जनरल की बातें सुनकर वह गरम होता और गुस्से से उबलता रहा। जनरल अब तक पूरी तरह सन्तुलित न हो सका था। वह मेज़ पर हाथ रखे खड़ा रहा, उसके गिलास से घर की निकली, महकदार वोद्का रह-रहकर छलकती रही और वह अपने शब्द-शब्द पर बल देता रहा।

"...नहीं, सच तो यह है कि आपकी मदद के लिए हमें आपका शुक्रगुज़ार नहीं होना चाहिए, बल्कि आपको हमारा शुक्रगुज़ार होना चाहिए। आपको और सिर्फ़ आपको हमारा शुक्रिया अदा करना चाहिए...यह बात साफ़-साफ़ कही जानी चाहिए। अगर हम न होते तो लाल फ़ौजी आपका नाम-निशान मिटाकर रख देते। यह हकीक़त आप अच्छी तरह जानते हैं। लेकिन, जहाँ तक हमारा सवाल है, हम तो आपके बिना भी यह ग़लीज़ दूर कर ही देते। हम उन्हें कुचल रहे हैं, और हम उन्हें तब तक कुचलते रहेंगे जब तक कि पूरे रूस से उनका सफ़ाया न हो जाएगा।...बहार में आप लड़ाई के मैदान से पीठ दिखाकर चले आए। आपने बोलशेविकों को कज़्ज़ाकों के इलाके में घुस आने दिया। आप उनके साथ बनाकर आराम से रहना चाहते थे, पर यह मुमकिन न हुआ। इसलिए अपनी जान-माल के बचाव के नाम पर आपने सिर उठाए। दो-टूक बात कहनी हो तो कहा जाएगा कि आपको फ़िक्र हुई अपनी और अपने जानवरों की खाल की। मैं ये बीती बातें आपके गुनाह गिनाने के लिए नहीं

कर रहा। मैं ऐसी बातें कर आपको नाराज़ भी नहीं करना चाहता। लेकिन, सच्चाई को सच्चाई करके पेश करने से नुक़सान कभी नहीं होता। हमने आपकी सारी गद्दारी के लिए आपको माफ़ कर दिया है। हम भाइयों की तरह, ज़रूरत पड़ने पर आपके दाहिने आए हैं और आपकी इमदाद करने के लिए आए हैं। लेकिन, अपनी बेहयाई से भरी सारी करतूतों को आपको आगे के शानदार कारनामों से धोना चाहिए। यह बात आप सब समझते हैं न ? आपको दोन की खिदमत जी-जान से करनी चाहिए। समझे आप ?"

"तो, आइए, बेइयाई से भरी करतूतों को शानदार कारनामों से धोने के लिए पिएँ।" ग्रिगोरी के सामने बैठे एक बुजुर्ग-से कज़्ज़ाक ने मुस्कुराते हुए, जैसे अपने-आपसे ही, काफ़ी धीरे से कहा और दूसरों की राह देखे बिना सबसे पहले अपना गिलास ख़ाली कर दिया।

इस कज़्ज़ाक के मर्दाने चेहरे पर कहीं-कहीं चेचक के दाग़ थे और अपनी गहरी भूरी आँखों से खासा हँसोड़ मालूम होता था। सो, सेक्रेतोव के भाषण के बीच उसके होंठ कई बार मुस्कान से फड़के, लेकिन फिर उसकी आँखें गहरा गईं और स्याह-काली लगने लगीं। ग्रिगोरी ने इस अफ़सर की हरक़तें देखीं तो वह उसे जनरल का काफ़ी मुँहलगा मालूम हुआ और उससे मनमाने ढंग से पेश आया पर, दूसरे अफ़सरों के मामले में उसने खासी रोकथाम से काम लिया।

एक अकेले उसकी खाकी ट्यूनिक पर खाकी झब्बे दीखे और उसकी आस्तीनों पर कोरनीलोव निशान नज़र आए। ग्रिगोरी ने सोचा—'बड़े उसूलोंवाला आदमी है। शायद वालेंटियर है।'

उस कज़्ज़ाक अफ़सर ने शराब घोड़े की तरह पी, पर कुछ न खाने के बावजूद शराब उसे चढ़ी नहीं। सिर्फ़ अपनी चौड़ी अंग्रेज़ी पेटी बीच-बीच में खोलकर हाथों में लेता रहा।

"मेरे सामने कौन है वह...चेचक के दाग़ोंवाले चेहरे का आदमी ?" ग्रिगोरी ने बग़ल में बैठे बोगातिरयोव के कानों में कहा।

"शैतान जाने कौन है वह !" बोगातिरयोव ने यों ही कहा। अब उसे नशा चढ़ चला था।

कुदिनोव ने मेहमानों के लिए वोद्का नहीं छोड़ी तो कच्ची स्प्रिट मेज़ पर आ गई। सेक्रेतोव ने अपनी बात जैसे-तैसे, बड़ी मुश्किल से ख़त्म की और अपना खाकी कोट खोलते हुए आरामकुर्सी पर धभ से गिर पड़ा। देखने-सुनने में बहुत ही साफ़-साफ़ मंगोलियन-से लगनेवाले एक जवान स्क्वैड्रन-कमांडर ने उसकी ओर अपना मुँह बढ़ाया और उसके कानों में कुछ कहा।

"शैतान ले जाए !" सेक्रेतोव ने नीचे पड़ते हुए जवाब दिया। कुदिनोव ने उस पर अहसान जताते हुए स्प्रिट उँड़ेली तो उसने गिलास दूर लोका दिया।

"और, ऐंची-तानी आँखोंवाला वह कौन है ?" ग्रिगोरी ने बोगातिरयोव से पूछा।

उसके साथी ने मुँह पर हथेली रखते हुए जवाब दिया—"वह सेक्रेतोव का मुँहबोला बेटा है। जापानी लड़ाई के दौरान वह उसे बेटा बनाकर मंचूरिया से लाया। फिर उसने उसे कैडेटों के फ़ौजी स्कूल में भेजा। बाद में लड़के ने सारा नमक अदा कर दिया। बड़ा ही कलेजेवाला आदमी है। कल उसने माकेयेवका के पास के खज़ाने पर कब्ज़ा कर लिया। बीस लाख रूबल हाथ लगे। देखो, इस वक़्त भी नोटों के बंडल जेब से झाँक रहे हैं। बड़ा खज़ाना मार दिया।...लेकिन, गिलास खाली करो न, अपने आसपास क्या देख रहे हो ?"

कुदिनोव ने जवाबी तक़रीर की, पर शायद ही किसी ने उसकी बातें सुनीं। शराबखोरी के जश्न का शोरशराबा बराबर बढ़ता गया। सेक्रेतोव ने अपनी जैकेट उतार फेंकी और कमीज़ पहने बैठा रहा। उसकी सफ़ाचट खोपड़ी पर पसीने की बूँदें झलकने लगीं। लिनेन की बेदाग़ कमीज़ से बाहर झलकती रही उसकी बैजनी हरी और जेतून के रंग की, धूप में सँवराई गर्दन। कुदिनोव ने उसके कान में कुछ कहा—लेकिन सेक्रेतोव ने उसकी ओर देखे बिना दुराग्रह से दोहराया—"नहीं...माफ़ कीजिए।...लेकिन, आपको माफ़ कर ही देना चाहिए। हम आपका यक़ीन करते हैं, लेकिन जहाँ तक...आपकी गद्दारी

जल्दी भूली नहीं जाएगी। पतझड़ में लाल फ़ौजियों के चारों ओर नाचनेवाले लोगों को यह बात अपने दिलों पर नक्श कर लेनी चाहिए।''

'ख़ैर...हम तो जैसे थे वैसे ही रहेंगे...हम आपकी खिदमत वहीं तक करेंगे जहाँ तक...' ग्रिगोरी ने मन-ही-मन क्रुद्ध होते हुए सोचा और उठकर खड़ा हो गया।

वह बिना टोपी लगाए, निकलकर बरसाती में आया और चैन की साँस लेते हुए रात की ताज़ी हवा में साँस ली।

दोन के निचले क्षेत्र में मेढक टर्र-टर्र करते रहे और पनडाँस, बरसात के पहले के दिनों की तरह, भनभनाते रहे। बालू पर एक जगह चाहा-चिड़ियाँ एक-दूसरे को आवाज़ें देती रहीं। दूर कहीं, पानी के सरकंडों के बीच एक बछेड़ा अपनी माँ से बिछुड़कर ज़ोर-ज़ोर से हिनहिनाता रहा।

'ज़रूरत की बात है कि हमें एक-दूसरे से मिलना पड़ा है, नहीं तो तुम्हारी परछाईं तक का ख़्याल न आता...सूअर का बच्चा, सोंठ की टिकिया की तरह फूलता है और हम पर लानतें बरसाता है...एक हफ़्ते में तो यह हमारी गर्दनों पर पैर रखना शुरू कर देगा...जो हो चुका सो हो चुका...ऐसा ही तो मैंने सोचा भी था...ऐसा ही तो होना भी था...लेकिन अब कज़्ज़ाक नाक-भौंह सिकोड़ेंगे...इन्हें सैल्यूट झाड़ने और बड़े सरकारों के सामने अटेंशन मारने की आदत रही नहीं।' ग्रिगोरी ने सीढ़ियों के नीचे उतरते हुए सोचा और अँधेरे में बेंत के छोटे फाटक की ओर बढ़ा।

शराब ने अपना असर उस पर भी दिखलाया। उसका सिर घूमने लगा और शरीर की हरक़तों में ख़ास भारीपन महसूस हुआ। फाटक से निकलते समय उसके पैर लड़खड़ा गए, उसने टोपी अपने सिर पर जमाई और वह घिसट-घिसटकर चलने लगा।

अकसीनिया की चाची के घर के पास पहुँचने पर वह क्षण-भर को ठिठका और फिर एक संकल्प से दरवाज़े की ओर बढ़ा। बरसाती को जानेवाला अन्दर का दरवाज़ा खुला मिला। वह बिना खटखटाए, सोने के कमरे में दाखिल हुआ तो उसने अपने को और स्तीपान अस्ताखोव को आमने-सामने पाया। अकसीनिया की चाची स्टोव पर कुछ पकाने में व्यस्त रही। मेज़ पर बिछे साफ़-सुथरे मेज़पोश पर रखी दीखी एक बोतल में बचीबचाई घर की बनी थोड़ी-सी वोद्का और एक तश्तरी में गुलाबी, सूखी मछली के कुछ टुकड़े।

स्तीपान ने अभी अपना गिलास खाली किया था और वह सिगरेट पीने जा रहा था। पर ग्रिगोरी को देखते ही उसने अपनी प्लेट एक ओर को खिसका दी और दीवार से टिककर बैठ गया।

ग्रिगोरी ने, नशे में होने पर भी देखा कि स्तीपान का चेहरा भयानक ढंग से पीला पड़ा और उसकी आँखों से क्रोध की लपटें फूटने लगीं। इस अप्रत्याशित भेंट पर आश्चर्य से अवाक् रह जाने पर भी ग्रिगोरी ने शक्ति जुटाई और भर्राए गले से बोला—''खाना तुम्हें सेहत दे।''

''उस आसमानवाले का शुक्र है।'' चाची ने चौंकते हुए कहा और ग्रिगोरी से अपनी भतीजी के सम्बन्धों का ख़्याल कर मन-ही-मन सोच गई कि इत्तिफ़ाक से इस वक़्त ख़ाविन्द और आशिक की जो मुलाक़ात हो गई है उसका नतीजा कोई अच्छा न निकलेगा।

स्तीपान मुँह से कुछ नहीं बोला। उसने बायाँ हाथ अपने गलमुच्छों पर फेरा और अपनी जलती हुई आँखें ग्रिगोरी पर जमाए रहा। पर ग्रिगोरी ड्योढ़ी पर पैर फैलाए खड़ा हल्के-हल्के मुस्कुराता रहा। ''हाँ, मैं यों ही चला आया...माफ़ करना।''

स्तीपान चुप ही रहा और यह सन्नाटा चलता रहा कि चाची ने हिम्मत बटोरी और ग्रिगोरी को अन्दर आने की दावत दी। बोली—''आओ, बैठो।''

अब ग्रिगोरी को छिपाने को कुछ न रहा और अकसीनिया के यहाँ उसके आने के बाद स्तीपान को जानने को कुछ न बचा। उसने सीधे अन्दर की तरफ़ क़दम बढ़ाए—''लेकिन तुम्हारी बीवी कहाँ है ?''

"यानी, तुम मुझसे मिलने आए हो ?" स्तीपान ने शान्त भाव से, स्पष्ट शब्दों में पूछा और अपनी फड़फड़ाती हुई बरौनियाँ आँखों पर गिरा लीं।

"हाँ !" ग्रिगोरी ने आह भरी।

वह इस वक़्त हर परिस्थिति के लिए तैयार लगा। ज़रा गम्भीर हुआ और अपने बचाव के लिए कमर कस ली। इस बीच स्तीपान की आँखों की आग बुझ गई। उसने अपनी आँखें आधी खोलीं और बोला—"मैंने उसे थोड़ी वोद्का लेने को भेजा है। अभी आई जाती है, बैठो।"

और, फिर तो उसने खड़े होकर उसका स्वागत तक किया और एक कुर्सी उसकी ओर बढ़ा दी। इसके बाद अकसीनिया की चाची की तरफ़ देखे बिना बोला—"चाची, ज़रा एक साफ़ गिलास ला दो।"...और ग्रिगोरी से कहने लगा—"थोड़ी शराब तो चलेगी न ?"

"एक गिलास पी लूँगा।"

"ख़ैर, तो, बैठो तो।"

ग्रिगोरी मेज़ के पास आ बैठा। स्तीपान ने बोतल की वोद्का दो गिलासों में बराबर-बराबर ढाली और अपनी अजीब, धुँधलाई आँखें ऊपर कर ग्रिगोरी पर नज़र डाली।

"हर एक के लिए।"

"और उनकी सेहत के लिए।"

उन्होंने गिलास आपस में लड़ाए, वोद्का गले के नीचे उतारी और चुप हो रहे। अकसीनिया की चूहे-सी फुर्तीली चाची ने मेहमान को एक तश्तरी और दाँतेदार मूँठवाला एक काँटा दिया और बोली—"थोड़ी-सी मछली ले लो...बहुत नमकीन नहीं है।"

"शुक्रिया।"

"शुरू करो...थोड़ी-सी मछली ले लो...तुम्हें अच्छी लेगी।" औरत ने अब ख़ुशी से खिलते हुए आग्रह किया। उसकी प्रसन्नता का ठिकाना न रहा, क्योंकि वक़्त आराम से कटता गया। न हाथापाई हुई, न तश्तरी-प्याले चकनाचूर हुए और न शोर-शराबा हुआ। उनकी आपस की बातचीत ख़त्म हो गई। ख़ाविन्द, अपनी बीवी के आशिक की बग़ल में शान्त मन से बैठा रहा। फिर उसी तरह, मुँह सिये-ही-सिये, बिना एक-दूसरे की तरफ़ देखे वे खाते रहे। घर की चलतापुर्ज़ा मालकिन ने बक्से से हाथ पोंछने का साफ़ तौलिया निकाला और दोनों की ही जाँघों पर इस तरह डाला जैसे कि उन्हें एक सूत्र में पिरो रही हो।

"तुम अपने स्क्वैड्रन के साथ न होकर इस वक़्त यहाँ कैसे नज़र आ रहे हो ?" ग्रिगोरी ने मछली को ग़ौर से देखते-समझते हुए पूछा।

"मैं भी घर के लोगों से मिलने-जुलने के लिए गाँव आया हूँ।" स्तीपान ने एक क्षण बिसूरने के बाद कहा और उसके लहजे से यह पता न चला कि बात गम्भीर है अथवा व्यंग्य से कही गई है।

"मेरा ख़्याल है कि पूरे-का-पूरा स्क्वैड्रन ही घर लौट आया है...क्यों ?"

"हाँ, लोग गाँव में मज़े कर रहे हैं। तो, हम लोग अपना-अपना गिलास ख़त्म करें...क्यों ?"

"कर दें।"

"तुम्हारी सेहत के लिए।"

"तुम्हारी कामयाबी के लिए।"

इसी समय बरसाती में दरवाज़ा खड़का। इस बीच ग्रिगोरी पूरी तरह गम्भीर हो गया और अब उसने स्तीपान की ओर देखा तो उसे उसके चेहरे पर पीलापन एक बार फिर दौड़ता नज़र आया।

अकसीनिया, कसीदे के काम का रूमाल सिर में बाँधे, अन्दर आई। उसने ग्रिगोरी को नहीं पहचाना और मेज़ के पास पहुँचकर उसे कनखी से देखा। स्थिति समझ में आई तो उसकी काली, फटी-फटी

आँखों से डर झाँकने लगा। वह हाँफने लगी और बहुत कोशिश के बाद बोली–"सलाम... ग्रिगोरी-पैन्तेलेयेविच।"

स्तीपान के मेज़ पर रखे बड़े-बड़े, गाँठ-गठीले हाथ काँपने लगे। ग्रिगोरी मुँह से बिना कुछ कहे, अकसीनिया की ओर देखकर झुका।

अकसीनिया ने घर की बनी वोद्का की दो बोतलें मेज़ पर रखीं, ग्रिगोरी पर चिन्ता के साथ-साथ प्रसन्नता से भरी नज़र फिर डाली, मुड़कर कमरे के अँधेरे कोने में आई और कँपकँपाते हुए हाथों से बाल ठीक करने लगी। स्तीपान का गला फँसने-सा लगा। उसने कमीज का कॉलर खोला, गिलास ऊपर तक लबालब भरे और पत्नी से बोला–"तुम भी अपना गिलास ले आओ और हम लोगों के साथ आ बैठो।"

"मेरा वोद्का पीने को मन नहीं।"

"आओ और बैठो यहाँ।"

"लेकिन मैं वोद्का नहीं पीती, स्तीपान !"

"कितनी बार कहना पड़ेगा तुमसे ?" स्तीपान की आवाज़ काँपी।

"आओ, यहाँ आ बैठो अकसीनिया !" ग्रिगोरी हिम्मत बँधाते हुए मुस्कुराया। अकसीनिया ने उसे मिन्नत-भरी आँखों से देखा और बर्तनों की अलमारी की तरफ़ लपकी। एक तश्तरी अलमारी के नीचे गिर पड़ी और चूर-चूर हो गई।

"उफ़्...कितना नुक़सान हुआ !" चाची ने मायूसी से हाथ मले। अकसीनिया ने चुपचाप टूटे हुए टुकड़े बीन लिए। स्तीपान ने तीसरा गिलास भी ऊपर तक भरा और एक बार फिर उसका मन खीझ और नफ़रत से भर उठा। बोला–"चलो...उठाओ गिलास !" और, फिर चुप हो रहा।

अकसीनिया मेज़ के किनारे आकर बैठी तो मन की ऐंठने का संकेत देती-सी लम्बी-लम्बी साँसें साफ़-साफ़ सुन पड़ीं। स्तीपान बोला–"बीबी, अब पीएँगे एक लम्बे अर्से की बिछुड़न के लिए...क्यों, यह जाम तुम नहीं पीना चाहतीं ? पियोगी नहीं ?"

"लेकिन, तुम तो जानते हो कि..."

"अब मैं सभी-कुछ जानता हूँ...ख़ैर तो किसी बिछुड़न के लिए न सही...अब हम पीएँगे अपने प्यारे मेहमान ग्रिगोरी पेन्तेलेयेविच की सेहत का जाम।"

"हाँ ग्रिगोरी की सेहत का जाम मैं पिऊँगी।" अकसीनिया ने बजती हुई आवाज़ में कहा और पूरा गिलास एक घूँट में ही ख़ाली कर दिया।

"उफ़्...बेअक़्ल...बदज़ात कहीं की !" चाची दौड़कर बावर्चीख़ाने में जाती हुई बुदबुदाई। वहाँ वह एक कोने में दुबक गई और हाथों से सीना कसकर इन्तज़ार करने लगी कि अब सारी मेज़ चरमराकर टूटी और अब गोलियाँ चलीं कि कानों के पर्दे फटे।...लेकिन सोने के कमरे में क़ब्र का-सा सन्नाटा बना रहा। सिर्फ़ रोशनी से परेशान मक्खियाँ छत के नीचे भनभनाती रहीं। दूसरी ओर, खिड़की से बाहर मुर्ग़े एक-दूसरे को आवाज़ दे-देकर आधी रात का स्वागत करते रहे।...

8

दोन के इलाक़े की जून की रातें अँधेरी होती हैं। दम घोटनेवाले सन्नाटे के बीच सिलेटी काले आसमान में सुनहरी बिजली कौंधती है, सितारे टूटते हैं और नदी की तेज़ धार में झिलमिलाते हैं। खुश्क, गर्म हवा के झोंके स्तेपी की ओर से फूलते हुए पुदीने की भीनी-भीनी महक घर-घर में लाते हैं। नदी के किनारे निचले इलाक़े की भीगी घास, पानी के साथ बहकर आई रेत-मिट्टी और एक तरह के कच्चेपन से महमह करती रही।

ऐसे में प्रोख़ोर आधी रात के समय जागा। उसने अपने क्वार्टर के मालिक से पूछा—"हमारा सूरमा घर आ गया ?"

"अभी तक तो आया नहीं...जनरलों के साथ ऐश काट रहा होगा।"

"मेरा तो ख़्याल है कि शराब की नदियों में डूब-उतरा रहे होंगे ये लोग।" प्रोखोर ने जमुहाई लेते हुए कहा। ईर्ष्या से लम्बी आह भरी और कपड़े पहनने लगा।

"तुम कहाँ चले ?"

"मैं घोड़ों को पानी पिलाने और दाना देने जा रहा हूँ...पैन्तेलेयेविच ने कहा कि सूरज उगते ही घोड़ों पर सवार होकर तातारस्की के लिए रवाना हो जाना है...दिन हम वहीं बिताएँगे और फिर अपनी यूनिटों से जा मिलेंगे।"

"सूरज उगने में तो अभी बड़ी देर है...तब तक थोड़ा-सा और सो क्यों नहीं लेते ?"

प्रोखोर ने असन्तोष से भरी आवाज़ में कहा—"तुम्हें देखकर तो कोई आँखों का अन्धा भी कह देगा कि बूढ़े बाबा अपनी जवानी के दिनों में तुम फ़ौज में कभी नहीं रहे। हमारी नौकरी ऐसी है कि हम अगर घोड़ों को कायदे से न खिलाएँ-पिलाएँ और उनकी पूरी देख-रेख न करें तो हम ही ज़िन्दा बाक़ी न बचें। घोड़े का पेट न भरा होगा तो उसे दौड़ाओगे क्या ख़ाक, तुम्हारा घोड़ा जितना अच्छा और ठीकठाक होगा, अपने दुश्मन से तुम उसी हिसाब से तेज़ी से भागकर जान बचा सकोगे। मैं दुश्मनों को पकड़ने का दम नहीं भरता, लेकिन अगर कहीं घिराव में पड़ जाऊँगा तो सबसे पहले अपना घोड़ा मैं भगाऊँगा। यह है मेरी बात। गोलियों का सामना करते-करते जाने कितने साल हो गए हैं। मेरी तो जान ऊब गई। ज़रा रोशनी करना बाबा—ऐसे अँधेरे में तो कपड़े मिलने से रहे।...शुक्रिया...और हमारा ग्रिगोरी पैन्तेलेयेविच...हाँ वह अपने सारे क्रॉसों और वर्दी-ओहदे के नाम पर सिर के बल दोज़ख में फट पड़ा है। लेकिन मैं ऐसा बेवकूफ़ नहीं हूँ...मुझे इन चीज़ों का कोई लालच नहीं।...लो आ रहा है वह...मेरा ख़्याल है कि होश में नहीं है।"

इतने में दरवाज़ा धीरे से खटका। प्रोखोर ने ज़ोर से कहा—"आ जाओ !"

पर, अन्दर आया एक कज़्ज़ाक नॉन-कमीशंड अफ़सर। उसकी खाक़ी ट्यूनिक की बाँहों पर पट्टियाँ थीं, टोपी चोंचदार थी और उसमें तुर्रा लगा हुआ था।

उसने ड्योढ़ी पर खड़े होकर सैल्यूट दी, अटेंशन हुआ और बोला—"मैं जनरल सेक्रेतोव के स्टाफ़ से आया हूँ। क्या मैं मेलेखोव साहब बहादुर से मिल सकता हूँ ?"

"मेलेखोव यहाँ नहीं है।" प्रोखोर ने जवाब दिया और अर्दली की ट्रेनिंग, तौर-तरीक़े और बोलने के ढंग से ताज्जुब में पड़ गया। फिर बोला—"लेकिन अपनी हड्डियाँ इस तरह न तोड़ो। अपनी जवानी के दिनों मैं भी उतना ही बेवकूफ़ था, जितने इस वक़्त तुम हो।...मैं मेलेखोव का अर्दली हूँ...क्या काम है तुम्हें उनसे ?"

"मुझे जनरल सेक्रेतोव ने मेलेखोव साहब के पास भेजा है, और दरख़्वास्त की है कि अफ़सरों के मेसवाली इमारत में जल्दी-से-जल्दी पहुँच जाएँ।"

"मेलेखोव तो आज तीसरे पहर वहाँ गया था।"

"हाँ, गए थे, पर बाद में वापस आ गए।"

प्रोखोर ने सीटी बजाई और बिस्तरे पर बैठे कज़्ज़ाक की तरफ़ देखकर आँख मारी।

"समझे दादा ! वहाँ से खिसक दिया। इसके मानी यह हैं कि अपनी माशूका के पास पहुँच गया।"

"तुम जाओ, म्याँ-फ़ौजी ! मैं अभी उसकी तलाश कर उसे सीधे वहाँ भेजता हूँ।"

प्रोखोर ने बूढ़े से घोड़ों को पानी और चारा देने को कहा और ख़ुद अकसीनिया की चाची के घर की तरफ़ रवाना हुआ।

व्येशेंस्काया अभेद्य अन्धकार के बीच सोता रहा। दोन के किनारे दूर, कहीं जंगल में नाइटिंगल,

एक-दूसरे से होड़ बद-बदकर, सीटियाँ बजाती रहीं। ऐसे में प्रोखोर ने आराम-आराम से जाने-पहचाने, छोटे घर तक की मंज़िल तय की। वहाँ गलियों में होकर दरवाज़े के हत्थे को हाथ लगाया ही कि स्तीपान की गहरी आवाज़ उसके कानों में पड़ी। प्रोखोर ने सोचा—अब मेरी जान फँसी। स्तीपान मुझसे यहाँ आने की वजह पूछेगा तो मेरे पास जवाब देने को कुछ न होगा। ख़ैर...बात बना ली जाएगी। कह दूँगा कि शराब ख़रीदने आया हूँ, पड़ोसियों ने तुम्हारे यहाँ भेज दिया है।

सो, वह हिम्मत कर सोने के कमरे में घुसा, पर वहाँ आश्चर्य से अवाक् हो गया और उसका मुँह खुला का खुला रह गया। चुपचाप खड़ा देखता रहा कि एक ही मेज़ के किनारे ग्रिगोरी और स्तीपान इस तरह बैठे गिलासों से बदलिया हरी, घर की बनी वोद्का की चुस्कियों पर चुस्कियाँ ले रहे हैं, जैसे कि उनके बीच कभी कुछ न हुआ हो।

स्तीपान ने बरबस मुस्कुराते हुए प्रोखोर की ओर देखा और कहा—"वहाँ मुँह फैलाए क्या खड़े हो ? दुआ-सलाम तक का ख़्याल नहीं रहा ? कोई भूत यहाँ देख लिया क्या ?"

"कुछ ऐसा ही है।" प्रोखोर ने एक पैर के बदले बल दूसरे पैर पर दिया। परन्तु, आश्चर्यचकित वह अब भी रहा। स्तीपान बोला—"खैर, डरो मत...अन्दर आ जाओ...हमारे यहाँ आ बैठो।"

"मेरे पास बैठने का वक़्त नहीं है।...मैं आपके पास आया हूँ, ग्रिगोरी पैन्तेलेयेविच, आपको फ़ौरन ही जनरल सेक्रेतोव ने याद किया है।"

...प्रोखोर के आने के पहले ही ग्रिगोरी ने कई बार जाने की सोची थी, अपना गिलास एक ओर को खिसका दिया था और उठ खड़ा हुआ था। लेकिन फिर फ़ौरन ही बैठ गया था। उसे लगा था कि उसके उस तरह चले जाने को स्तीपान उसकी बुज़दिली समझेगा। साथ ही उसके स्वाभिमान ने यह भी गवारा न किया था कि वह अकसीनिया को छोड़ दे ताकि स्तीपान को मौक़ा मिल जाए। नतीजा यह कि वह पीता गया था, पर वोद्का का उस पर असर कुछ न हुआ था। उसने सारी परिस्थिति गम्भीरता से समझी थी और परिणाम की राह देखता रहा था। फिर, अकसीनिया ने उसकी सेहत का जाम पिया था तो उसे क्षण-भर को लगा था कि स्तीपान ने अकसीनिया को अब हाथ जमाया कि तब हाथ जमाया। लेकिन उसका अनुमान ग़लत निकला था। स्तीपान ने अपना हाथ उठाया, धूप से सँवराया माथा पोंछा और ज़रा देर शान्त रहने के बाद प्रशंसा से भरकर कहा था—"बीबी, औरत तुम शानदार हो ! तुम्हारी हिम्मत के लिए मैं तुम पर जान छिड़कता हूँ।"

ठीक इसी समय प्रोखोर घर में दाखिल हुआ था और ग्रिगोरी ने क्षण-भर बिसूरने के बाद वहीं रहने का इरादा किया था। सोचा था कि मौक़ा दूँगा...स्तीपान जो कहना चाहे, आज मुँह खोलकर कह ले।...

इसीलिए वह प्रोखोर की तरफ़ मुड़ा और बोला—"जाओ और कह दो कि मैं तुम्हें मिला ही नहीं। समझे ?"

"सो तो मैं समझ गया...मगर बेहतर यही कि आप वहाँ चले जाएँ ग्रिगोरी पैन्तेलेयेविच।"

"यह फ़ैसला करना तुम्हारा काम नहीं...चलो जाओ यहाँ से।"

प्रोखोर दरवाज़े की तरफ़ बढ़ा, लेकिन इसी समय अकसीनिया ने अप्रत्याशित रूप से दख़ल दिया और ग्रिगोरी की ओर देखे बिना, खुश्क ढंग से बोली—"लेकिन, इसके मानी क्या हैं ? अच्छा यही होगा कि तुम इसके साथ चले जाओ, ग्रिगोरी पैन्तेलेयेविच ! शुक्रिया कि तुमने यहाँ आकर हमारी मेहमानी क़बूल की और अपना थोड़ा वक़्त यहाँ बिताया...मगर, काफ़ी वक़्त हो गया है...दूसरा मुर्ग़ा बाँग दे चुका है...जल्दी ही सवेरा होगा...मुझे और स्तीपान को सूरज उगते ही घर भी तो जाना है...इसके अलावा, तुम काफ़ी पी चुके। अब और नहीं पीना।"

इसके बाद स्तीपान ने भी रोकने की कोशिश नहीं की और ग्रिगोरी उठ गया। दोनों एक-दूसरे से अलग होने को हुए तो स्तीपान ने ग्रिगोरी का हाथ अपने हाथ में यों लिया, जैसे कि आख़िरकार

कुछ कहना ही चाहता हो। लेकिन उसने कुछ नहीं कहा, और दरवाज़े की ओर बढ़ते ग्रिगोरी को चुपचाप देखता रहा। बाद में उसने बोतल की बची-खुची शराब की ओर इत्मीनान से हाथ बढ़ाया।

ग्रिगोरी को सड़क पर आते ही भयानक थकान का अनुभव हुआ। वह जैसे-तैसे पहले चौराहे तक पहुँचा और फिर अपने ठीक पीछे-पीछे आते प्रोखोर से बोला—"जाओ और घोड़े कसकर यहीं ले आओ। मैं पैदल वहाँ तक पहुँच नहीं पाऊँगा।"

"मैं वहाँ जाकर पहुँच की इत्तिला दे दूँ ?"

"नहीं।"

"ख़ैर...तो, मैं अभी-अभी आया।"

हमेशा का सुस्त और क़ाहिल प्रोखोर इस समय बिल्कुल दुलकी चाल से क्वार्टर की ओर लपका।

ग्रिगोरी ने बाड़ के पास बैठकर सिगरेट जलाई, और स्तीपान से मुलाक़ात की पूरी बात का ध्यान कर मन-ही-मन सोचा—'यानी, अब स्तीपान को सभी कुछ मालूम हो गया है। ख़ैर...क्या फ़र्क पड़ता है इससे...सिर्फ़ यह है कि वह उसे कहीं मारे-पीटे नहीं।'...इसके बाद तन की थकान और मन की बेकली से त्रस्त होकर वह वहीं लेट गया और औंधा गया।

जल्दी ही प्रोखोर घोड़े लेकर आ गया तो दोनों ने नदी पार की और उधर पहुँचते ही घोड़े पूरी रफ़्तार से छोड़ दिए। सुबह होते-होते तातारस्की पहुँच गए। यहाँ ग्रिगोरी अपने अहाते के पास घोड़े से उतरा और रासें प्रोखोर की तरफ़ फेंककर, उत्तेजित मन से, हड़बड़ाता हुआ घर के अन्दर घुसा।

इसी समय नताल्या, आधे कपड़े पहने, किसी काम से बाहर आई और पति को देखते ही उसकी नींद से भरी आँखें खुशी से इस तरह चमकीं कि ग्रिगोरी का दिल धड़कने लगा। क्षण-भर को उसकी पलकें गीली हो उठीं। नताल्या ने उसे चुपचाप सीने से लगाया और पूरी ताक़त से कसा। उसके कन्धों के काँपने से ग्रिगोरी को उसके रोने का पता चला।

वह घर के अन्दर दाख़िल हुआ और बुजुर्गों और सोने के कमरे में सोते बच्चों को चूमकर बावर्चीख़ाने के बीचोंबीच आ खड़ा हुआ। हाँपते हुए बोला—"कैसी गुज़री ? मुसीबत के दिन किस तरह कटे ? सब ठीकठाक तो है ?"

"आसमानवाले की मेहरबानी है, बेटे ! हमें जो कुछ देखना पड़ा है वह हमारी हड्डी-हड्डी कँपा देने को तो काफ़ी है। पर यह कहना ग़लत होगा कि हमें कोई गैर-मामूली मुसीबत सहनी पड़ी है।" इलीनीचिना ने जल्दी-जल्दी कहा और रोती हुई नताल्या को कनखी से देखकर चीख़ी—"तुझे तो खुश होना चाहिए...और, तू है कि आँसू बहा रही है, बेवकूफ़ कहीं की। यह वक़्त यहाँ इस तरह निकम्मे बनकर खड़ा रहने का नहीं। जा थोड़ी लकड़ी ले आ और आग जला ले।"

अब सास-बहू नाश्ता बनाने लगीं कि पैन्तेली प्रोकोफियेविच एक साफ़ तौलिया ले आया और बेटे से बोला—"तुम हाथ-मुँह धो लो। मैं पानी डाले देता हूँ। तुम्हारे मुँह से वोद्का की गन्ध आ रही है। मेरा ख़्याल है, कल तुमने जमकर जश्न मनाया है। क्यों ?"

"हाँ, हमने जी भरकर जश्न मनाया है। इस वक़्त सिर्फ़ यह कहना मुश्किल है कि हमारा यह जश्न खुशी का रहा या मातम का।"

"इसके मानी क्या ?" बूढ़े के आश्चर्य का ठिकाना न रहा।

"बात यह है कि सेक्रेतोव हम सबसे बहुत नाराज है।"

"ख़ैर...तो, यह ऐसी परेशानी की बात नहीं...वैसे तुम लोगों के साथ पीनेवालों में वह तो नहीं था न ?"

"वह भी था..."

"सचमुच ! कितनी इज़्ज़त उसने तुम्हें दी है, ग्रीशा ! यानी सच्चे जनरल की तरह वह भी उसी मेज़ के किनारे बैठा। ज़रा सोचने की बात है।" अपने बेटे पर स्नेह-भरी दृष्टि डालते हुए पैन्तेली

ने ज़बान चटकारी।

ग्रिगोरी मुस्कुराया और उसने अपने पिता के गँवारपन से भरी ख़ुशी में ज़रा भी हिस्सा नहीं बँटाया।

फिर, उसने पिता से जानवर, माल और अनाज के नुक़सान की बात तफ़सील में पूछी तो आज वह उसे पहले की तरह फॉर्म की बातचीत में दिलचस्पी लेता नहीं लगा। इससे बड़ी कहीं कोई चीज़ बूढ़े के दिमाग़ में नाचती और उसका मन मथती महसूस हुई।

पैन्तेली ने भी अपने मन की आशंका को तुरन्त ही वाणी दे दी। बोला–"ग्रिगोरी, अब क्या होगा ? अब हमें लड़ाई में और तो खटना नहीं पड़ेगा ?"

"किसे खटना नहीं पड़ेगा ?"

"हम बूढ़ों को...मिसाल के लिए मुझे।"

"अभी कुछ कहा नहीं जा सकता।"

"यानी हमें लाम पर जाना पड़ेगा ?"

"नहीं, तुम चाहो तो न जाओ।"

"सचमुच !" पैन्तेली ने गद्‌गद होते हुए पूछा और उत्तेजना में बावर्चीख़ाने-भर में भचकता फिरा।

"बैठ जा, लंगड़े बुड्ढे ! घर-भर को अपने बूटों की गर्द से नहलाता मत फिर। तू तो ख़ुशी से इस तरह फूला नहीं समा रहा है कि पागल कुत्ते की तरह इधर-उधर दौड़ता फिर रहा है।" इलीनीचिना चीख़ी।

लेकिन बूढ़े ने उसकी बात की तरफ़ ध्यान ही नहीं दिया। उसने मुस्कुराते और हाथ मलते हुए मेज़ से स्टोव तक कई चक्कर काटे। लेकिन, फिर उसका मन सन्देह की उँगलियाँ उठाने लगा–"लेकिन, मेरा नाम काट सकते हो? "

"क्यों नहीं काट सकता ?"

"मुझे लिखकर दे दोगे ?"

"ज़रूर दे दूँगा।"

आदमी कुछ निश्चय न कर पाया और हकलाने लगा। आख़िरकार पूछा–"कैसा दस्तावेज़ होगा वह ?...उस पर मुहर नहीं होगी। या यह कि मुहर तुम्हारे पास यहाँ है ?"

"मुहर के बिना भी काम चल जाएगा।" ग्रिगोरी मुस्कुराया।

"अगर ऐसा हो ही सकता है तो बेकार की बातों से क्या फायदा ?" बूढ़ा फिर खिल उठा–"नीली छतरीवाला तुम्हें हमेशा तन्दुरुस्त रखे !...तुम वापस कब जा रहे हो ?"

"कल जाऊँगा।"

"तुमने अपने फ़ौजी क्या आगे भेज दिए ?"

"हाँ...लेकिन, तुम अपने बारे में परेशान न हो, पापा ! जो भी हो, तुम्हारी तरह के सभी बूढ़ों को घर जाने की इजाज़त जल्दी ही दे दी जाएगी। ज़रूरत पड़ने पर तुम सभी ने अपना फ़र्ज़ अदा किया है...।"

"काश कि ऐसा ही हो !" पैन्तेली ने क्रॉस बनाया। साफ़ है कि ग्रिगोरी की बात पर उसे पूरी तरह विश्वास हो गया था और अन्तर् नए सिरे से आश्वस्त हो उठा था।

इस बीच बच्चे सोकर उठ गए तो ग्रिगोरी ने उन्हें गोद में उठाया, घुटनों पर बिठाया, बारी-बारी से चूमा और मुस्कुराते हुए उनकी आनन्द-भरी बातों का रस लेने लगा।

इन बच्चों के बाल उसे किस तरह मह-मह करते लगे–धूप से, घास से, तकियों की गरमाहट से, और अपने अन्तरतम की किसी प्रियतम वस्तु से ! और ये बच्चे, उसके अपने ही अंश, उसे स्तेपी की नन्हीं-मुन्नी चिड़ियों-से प्रतीत हुए। दोनों बच्चों को हृदय से लगाते समय उसे अपने हाथ कैसे गन्दे समझ पड़े, और इस चैन और अमन से भरे वातावरण में यह अपने-आपको किस तरह परदेशी

लगा। वह तो एक घुड़सवार था, जो अपने घोड़े को अपने से अलग कर एक दिन को यहाँ खिसक आया था। वह तो सिर से पैर तक घोड़े के पसीने और चमड़े के साज-सामान की तीखी बदबू से नहाया हुआ था।...

ग्रिगोरी की आँखें आँसुओं की धुन्ध से धुँधला उठीं और गलमुच्छों के अन्दर-ही-अन्दर उसके होंठ काँपने लगे। तीन बार तो उसने अपने पिता के सवालों के जवाब नहीं दिए और मेज़ के पास तभी आया जब पत्नी ने उसकी ट्यूनिक की आस्तीन पर अपना हाथ रखा...

और, सचमुच इस समय ग्रिगोरी अब तक वाला ग्रिगोरी न रहा, किसी विशेष भावना की बाढ़ में वह पहले कभी न बहा था और रोया तो वह बचपन में भी नहीं था। लेकिन, आज उसी आदमी की आँखों में आँसू थे, आज उसी का दिल ज़ोर-ज़ोर से धड़क रहा था और आज उसी को यों लग रहा था, जैसे कि गले में छोटी-छोटी घंटियाँ बज रही हों, लेकिन उनसे आवाज़ न हो रही हो।...कहने को कहा जा सकता है कि इस सबका कारण था। कारण यह था कि उसने पिछली रात अन्धाधुन्ध ढाली थी, और सोया वह बिल्कुल नहीं था।...

इसी समय दार्‌या चरागाह में ढोर हाँककर लौटी। ग्रिगोरी को देखते ही वह उसकी तरफ़ बढ़ी। मज़ाक में उसके गलमुच्छों पर हाथ फेरा और होंठ उसके होंठों पर रखे तो आँखें मूँद लीं। ग्रिगोरी को उसकी बरौनियाँ जैसे हवा में फड़फड़ाती दीखीं। साथ ही, औरत के खिले हुए गालों की बदबूदार क्रीम की बू ने उसे क्षण-भर को परेशान कर दिया।

यानी, दार्‌या जैसी-की-तैसी मिली। कहीं किसी तरह का कोई परिवर्तन नहीं। ऐसा लगा कि दुनिया का बड़े-से-बड़ा दर्द तोड़ना तो अलग, इसे झुका भी नहीं सकता। उसकी ज़िन्दगी सरपत की एक पत्ती की-सी समझ पड़ी—उतनी ही लचीली, उतनी ही ख़ूबसूरत, उसी तरह पास से कहीं कड़ाई या सख्ती का नाम नहीं।

"अब तक बहार बनी हुई हो ?" ग्रिगोरी ने पूछा।

"बिल्कुल सड़क के किनारे उगे, नींद बुलानेवाले हेनबेन-पौधे की तरह।" दार्‌या अपनी चमकती हुई आँखों को आधा बन्द कर मुस्कुराई तो जैसे बिजली-सी कौंध गई। दूसरे ही क्षण वह शीशे के सामने जा खड़ी हुई और रूमाल से झाँकते बाल अन्दर करते हुए, बाक़ी ठीकठाक करने लगी।...

दार्‌या...यह हमेशा ऐसी ही रही थी। इस क़िस्म की औरत के साथ कुछ और मुमकिन भी तो नहीं था। प्यार की मौत ने उसे एड़-सी दी थी और उस सदमे से उभरने के बाद उसमें ज़िन्दगी की प्यास और भी तीखी हो उठी थी। वह अपने रख-रखाव की तरफ़ ध्यान और भी ज़्यादा देने लगी थी।...

दून्या...खत्ती में सो रही थी। अब उसे जगाया गया। इसके बाद क्रॉस बनाकर परिवार के सभी लोग एक साथ मेज़ के किनारे आ बैठे। दून्या रहम दिखलाती हुई बोली—"अरे तुम तो बूढ़े लगने लगे हो, भैया ! तुम्हारे बाल भेड़िए के बालों की तरह सफ़ेद हो गए हैं।"

ग्रिगोरी ने उस पर गम्भीर दृष्टि डाली और फिर बोला—"अब बूढ़ा तो होना ही चाहिए। पर अब तो तुम्हें सयानी होना है और अपने लिए खाविन्द तलाश करना है।...लेकिन, तुमसे एक बात कह दूँ...मीशा कोशेवाइ को आज से तुम्हारे ख़्वाब में भी नहीं आना चाहिए...अगर अब मैंने उसके लिए तुम्हारी तड़प की बात भी कानों-कान सुन ली तो तुम्हारा एक पैर दबाकर पीस दूँगा और दूसरा पकड़कर, मेढक की तरह, बीच से दो करके रख दूँगा। समझीं ?"

दून्या का चेहरा गाजर की तरह लाल हो उठा और आँसुओं के बीच से ग्रिगोरी को एकटक घूरने लगी। ग्रिगोरी ने क्रोध से जलती निगाह उसकी तरफ़ से नहीं हटाई। गलमुच्छों के नीचे के भिंचे हुए दाँतों और सिकुड़ी हुई आँखों से मेलेखोव ख़ानदान का असली रूप उभरकर सामने आया। वही जंगलीपन जैसे पूरी तरह साकार हो उठा।

लेकिन, दून्या की रगों में भी तो आख़िर वही ख़ून बहता था। सो अपनी परेशानी और शर्म के पहले लहरे के गुज़र जाने के बाद वह शान्त स्वरों पर दृढ़ संकल्प की वाणी में बोली– "भाई, क्या तुम इतना नहीं जानते कि दिल पर किसी की हुकूमत नहीं चलती ?"

"जो दिल आदमी का कहा न माने, उसे काटकर फेंक देना चाहिए।" ग्रिगोरी भाव-हीन ढंग से बोला।

'लेकिन, तुम्हें इस तरह से बात नहीं करनी चाहिए, बेटे !' इलीनीचिना ने सोचा। लेकिन, उसी बीच पैन्तेली प्रोकोफियेविच बातचीत में टूट पड़ा और मेज़ पर मुट्ठी पटकते हुए बोला– "अपनी ज़बान क़ाबू में रख, कुतिया की बच्ची कहीं की, वरना इस तरह झोंटा पकड़कर घसीटूँगा कि सिर पर एक बाल भी बाक़ी न बचेगा। रंडी कहीं की, मैं अभी जाकर रासें लिए आता हूँ..."

"लेकिन, पापा, हमारे यहाँ तो रासें बाक़ी ही नहीं बची हैं। लोग सारी-की-सारी उठा ले गए हैं।" दार्‌या बीच में बोली और उसने दून्या पर सीधी-सादी नज़र डाली।

पैन्तेली की निगाह ने उस पर आग बरसाई, और उसी तरह तेज़ आवाज़ में वह अपने दिल की भड़ाँस निकालता रहा। "मैं अभी घोड़े का तंग ले आता हूँ और तुम सबके भूत झाड़े देता हूँ...!"

"लाल फ़ौजी तो तंग भी उठा ले गए।" दार्‌या ने इस बार और तेज़ आवाज़ में दख़ल दिया, पर अपने ससुर की तरफ़ भोली निगाहों से देखती रही।

लेकिन, इतना पैन्तेली के लिए बहुत हो उठा। वह मौन रोष से नीले पड़ते हुए एक क्षण तक अपनी बहू को घूरता रहा। उसका मुँह पानी से बाहर तड़फ रही माइक मछली की तरह फैला रहा। आख़िरकार भर्राती हुई आवाज़ में बोला–"मुँह बन्द कर...भाड़ में जा...हज़ार शैतान ले जाएँ तुझे...ऐसे लोग हैं कि मुझे एक लफ़्ज़ नहीं कहने देंगे।...कोई भला क्या कहेगा इसे ?...लेकिन, दून्या, तुम यह बात पूरी तरह समझ लो। यह हो नहीं सकता। मैं तुमसे तुम्हारे बाप की हैसियत से कहे देता हूँ।...और, ग्रिगोरी ने बिल्कुल ठीक कहा है। अगर तुम ऐसे हरामज़ादे की बात भी सोचोगी तो तुम्हारी गर्दन मरोड़ देना, ऐसा कुछ बुरा न रहेगा।...क्या आशिक खोजा है इसने ! खुद फाँसी के फन्दे में फँसी चिड़िया ने इसका दिल जीत लिया है। ऐसे ही आदमी को इंसान कहते हैं ! क्या तुम्हारा ख़्याल है कि ऐसे जूडाज़ को मैं अपना दामाद बनाऊँगा ? अगर वह कभी मेरे हाथ लग गया, तो मैं खुद उसे मौत के घाट उतार दूँगा।...अब तुम एक जवाब उलटकर दो, फिर देखो कि मैं सरपत लाकर किस तरह तुम्हारी खाल खींचकर रख देता हूँ।..."

"क्या कह रहे हो ? तुम दिन में रोशनी लेकर पूरा अहाता मँझा आओ, तब भी तुम्हें सरपत की एक पत्री नहीं मिलेगी।" इलीनीचिना ने आह भरकर कहा–"सारा अहाता झाड़ आओ, आग जलाने को एक चैली नहीं मिल सकती। यह हालत हो गई है हमारी !"

पैन्तेली को सीधी-सादी बात में बुराई दीखी। उसने बुढ़िया को घूरकर देखा, फिर पागल की तरह उछला और दौड़ता हुआ बाहर चला गया।

ग्रिगोरी ने अपना चम्मच नीचे रख दिया, चेहरा तौलिए से ढँका, और मुँह बन्द कर हँसी से लोट-पोट होने लगा। इस बीच उसका गुस्सा उतर गया, और वह पुराने दिनों की तरह हँसा। फिर दून्या के अलावा सभी हँसी के ठहाके लगाने लगे और खाने की मेज़ के चारों ओर का तनाव कम हो गया। लेकिन बरसाती की सीढ़ियों पर पैन्तेली के पैरों की आहट हुई कि सभी चुप हो गए। बूढ़ा आल्डार का एक बड़ा पेड़ घसीटता, तूफ़ान की तरह, बेतहाशा कमरे में दाख़िल हुआ।

"अब बोलो...यह एक शाख़ तुम सबके लिए काफ़ी होगी, सड़ी हुई लम्बी ज़बानवालो, लम्बी दुमोंवाली सियारिनो...सरपत की एक पत्री कहीं नहीं है न ? तो फिर यह क्या है ? और तुझे इसका मज़ा चखने का मौक़ा मिलेगा, बुढ़िया चुड़ैल...तुझे मज़ा चखने को मिलेगा।"

पर शाख़ इतनी बड़ी निकली कि बावर्चीख़ाने में आसानी से आ नहीं सकी। एक बर्तन लाँघते हुए पैन्तेली ने एक धमाके के साथ उसे गलियारे में पटक दिया और हाँफते हुए मेज़ के किनारे आ बैठा।

पैन्तेली साफ़-साफ़ बहुत बौखलाया हुआ था। सो, शूँ-शूँ करते हुए, बिना बोले खाता रहा। बाकी लोग भी चुप ही रहे। दार्या ने, हँस पड़ने के डर से, अपनी आँख मेज़ पर से नहीं उठाई। इलीनीचिना ने आह भरी और बहुत ही धीरे से बोली–''ओ नीले आसमानवाले, हमारे गुनाह बहुत भारी और दर्दनाक हैं।'' सिर्फ दून्या का ही हँसने को जी न चाहा और बूढ़े के बाहर रहने पर अजीब ढंग से, कोशिश कर हँसनेवाली नताल्या अब गम्भीर हो गई और विचारों में खो गई।

''ज़रा नमक देना...रोटी उठाओ !'' पैन्तेली ने अपनी निगाह परिवारवालों पर डालते हुए, धमकी-भरे लहज़े में कहा।

और फिर परिवार का यह झगड़ा बड़े ग़ैर-मामूली ढंग से ख़त्म हुआ, यानी आम सन्नाटे के इस वातावरण में मीशात्का ने कुछ ऐसा किया कि बाबा नए सिरे से भड़क उठा।...बच्चे ने बहुत बार बाबा और दादी के बीच झगड़ा होते देखा था। हर बार दादी ने बाबा को जाने कितनी-कितनी बातें सुनाई थीं। परन्तु आज वही बाबा हर एक को मार डालने की धमती देता फिर रहा था। इस पर बच्चा तो बच्चा, उसका सन्तुलन गड़बड़ा गया, और वह अपने नथुने फड़काते हुए, गूँजती हुई आवाज़ में बोला–''बूढ़ा, भूत कहीं का ! कैसी-कैसी बातें करता है ! मुझे और मेरी दादी को डराता है। तेरे सिर पर एक लकड़ी ऐसी पड़नी चाहिए कि बस।''

''यह बात तूने मुझसे कही...यानी, अपने बाबा से कही ?''

''हाँ, तुमसे कही।'' मीशात्का ने बहादुरी से ऐलान किया।

''लेकिन, अपने बूढ़े बाबा के लिए ऐसे लफ़्ज इस्तेमाल करने की तेरी हिम्मत कैसे पड़ी ?''

''तो, तुम इस तरह शोर क्यों करते हो ? चिल्लाते क्यों हो ?''

''हाथ-भर का है, मगर शैतान की आँत है !'' पैन्तेली ने दाढ़ी पर हाथ फेरते हुए कमरे में चारों तरफ़ नज़र दौड़ाई ''और, इतनी सारी बातें इसने तुमसे सीखी हैं, बुढ़िया...तू सिखलाती है उसे सभी कुछ।''

''कौन सिखलाता है उसे ? अपने बाबा और अपने बाप की तरह ही वह खुद भी क्या कुछ क़ाबू में आनेवाला है।'' इलीनीचिना ने गुस्से से भरकर अपनी वक़ालत की।

नताल्या ने उठकर मीशात्का के चूतड़ों पर कई हाथ मारे और फिर हिदायत देती हुई बोली–''ख़बरदार जो बाबा से अब कभी इस तरह बात की ! सुनता है कि नहीं ?''

मीशात्का रोने लगा और उसने आकर ग्रिगोरी की गोद में अपना चेहरा छिपा लिया। इस पर बच्चों पर जान छिड़कनेवाले पैन्तेली की आँखों से आँसू बहने और गिर-गिरकर दाढ़ी पर आने लगे। पर, उसे उन्हें पोंछने का जैसे ख़्याल ही न आया। वह तो खुशी से खिलकर बोला–''ग्रीशा बेटे, ऊपरवाला समझेगा मुझे !...बुढ़िया ने ठीक ही कहा। बच्चा सच्चे मानी में हमारा है। उसकी रगों में ख़ालिस मेलेखोव ख़ून बहता है। ऐसे ही मौक़ों पर ख़ून की पहचान होती है, अब उसे कोई चुपा नहीं सकता।...मेरा नन्हा-मुन्ना, मेरा राजा...ले, मार ले। अपने बूढ़े बाबा को जिस चीज़ से चाहे मार ले। उसे दाढ़ी पकड़कर घसीट ले।'' बूढ़े ने मीशात्का को ग्रिगोरी की गोद से घसीटा और सिर ऊँचा उठा लिया।

सब लोग नाश्ता ख़त्म कर मेज़ के पास से उठे। औरतें बर्तन साफ़ करने लगीं। पर पैन्तेली एक सिगरेट जलाकर ग्रिगोरी से बोला–''तुम थोड़े-से वक़्त के लिए घर आए हो। मुझे तुमसे इस तरह की बात कहनी नहीं चाहिए। पर सवाल यह है कि तुमसे न कहूँ तो फिर कहूँ किससे ? अजनबियों से तो कहूँगा नहीं। फिर उनकी हालत हमसे कुछ बेहतर नहीं है। यानी कहना सिर्फ़ यह है कि सभी-कुछ

ढहा और गिरा पड़ा है। अगर तुम थोड़ा हाथ लगा दो तो बाड़ ठीक कर दूँ और खलिहान के चारों तरफ़ छड़ लगा दूँ।"

ग्रिगोरी तुरन्त ही राज़ी हो गया और फिर दोनों खाने के समय तक अहाते में बाड़ दुरुस्त करते रहे।

बीच में बूढ़ा बोला–"कटाई का वक़्त आ गया है, लेकिन समझ नहीं पाता कि थोड़ी-बहुत घास खरीदी जाए या न खरीदी जाए ? तुम क्या सोचते हो फ़ार्म के बारे में ? परेशानी उठानी भी चाहिए या नहीं ? हो सकता है कि एक महीना भी न बीत पाए और लाल फ़ौजी हम पर फिर मेहरबान हो जाएँ और सारा कुछ उन शैतानों के हाथों फिर पहुँच जाए।"

"मैं नहीं कह सकता, पापा !" ग्रिगोरी ने सीधे-सीधे कहा–"मैं नहीं कह सकता कि ऊँट किस करवट बैठेगा और हार किसकी होगी और जीत किसकी। आजकल के-से ज़माने में सबकुछ बेकार ही होता है। मिसाल के लिए मेरे ससुर को ही ले लो। वे ज़िन्दगी-भर खपते, रक़म भुनाते और अपना और दूसरों का ख़ून-पसीना एक करते रहे, लेकिन बचा क्या आख़िरकार ? बचे अहाते के अधजले ठूँठ और बस।"

"यही तो मैं भी सोचता रहा हूँ, बेटे !" बूढ़े ने आह दबाते हुए बेटे की हाँ-में-हाँ मिलाई और फिर फ़ॉर्म की बात न उठाई। पर, ग्रिगोरी को खलिहान में फाटक जमाने की कोशिश में ग़ैर-मामूली ढंग से खटते देखकर उसने सिर्फ़ दोपहर के बाद मुँह खोला और खीझ और कटुता से भरे स्वर में बोला–"काम-भर का कर लो फाटक को। इतनी मशक़्क़त बेकार में क्यों कर रहे हो ? फाटक कोई ज़िन्दगी-भर तो ज्यों-का-त्यों खड़ा रहना नहीं है।"

ऐसा लगा जैसे कि केवल अब बूढ़े ने समझा कि पुराने ढंग से जीवन को व्यवस्थित करने की कोशिश कितनी बेमानी है।

ग्रिगोरी सूरज डूबने के ज़रा पहले काम ख़त्म कर घर लौटा। नताल्या सोने के कमरे में अकेली मिली और लिबास से जैसे किसी उत्सव या समारोह में हिस्सा लेने को तैयार दीखी। गहरी, नीली, ऊनी स्कर्ट और सीने पर कसीदेकारीवाली, हल्की नीली पॉपलीन की जैकेट ख़ूब फ़िट नज़र आई।

नताल्या का चेहरा मोह से गुलाबी और साबुन से धुलने के कारण कुछ-कुछ चमकदार रहा और वह बक्से में कुछ खखोरती रही। पर ग्रिगोरी को देखते ही उसने बक्से का ढक्कन गिरा दिया और मुस्कुराती हुई सीधी हो गई। ग्रिगोरी बक्से पर ही बैठ गया और बोला–"आओ, ज़रा मेरे पास बैठ लो। बाद में एक साथ बैठकर बातें करने का वक़्त शायद ही मिले। फिर, कल तो मैं चला ही जाऊँगा।"

नताल्या आजिज़ी से बग़ल में आ बैठी और थोड़ी घबराहट से भरी कनखी से पति को देखने लगी। पर, ग्रिगोरी ने उसका हाथ अपने हाथ में ले लिया और दुलार से बोला–"तुम तो ऐसी चिकनी-चिकनी लग रही हो, जैसे कि कभी बीमार रही ही नहीं।"

"बीमारी ख़त्म हो गई...उसकी कमज़ोरी भी दूर हो गई...हम औरतें बिल्लियों की तरह बदन की पोढ़ी और तकलीफ़ सहार जानेवाली होती हैं।" नताल्या डरते हुए मन से मुस्कुराते और सिर झुकाते बोली।

ग्रिगोरी ने बाल की लटों के बीच से उसके कान का निचला हिस्सा और गर्दन की पिलछरी-खाल देखी और पूछा–"तुम्हारे बाल गिर रहे हैं क्या ?"

"हाँ, गिर रहे हैं, जल्दी ही सिर एकदम गंजा हो जाएगा ?"

"लाओ, मैं तुम्हारा सिर मूँड दूँ ?" ग्रिगोरी ने सहसा ही कहा।

"क्या ?" नताल्या चौंककर चीख़ उठी, "लेकिन उस हालत में कैसी लगूँगी मैं ?"

"एकदम सिर मुँडवा लेना सबसे अच्छा रहेगा...नहीं मुँडवाओगी तो फिर बाल नहीं उगेंगे।"

"माँ ने कैंची से बाल काटने का वायदा किया है।" नताल्या ने घबराहट के बीच भी मुस्कुराते

हुए कहा और बर्फ़-सा उजला रूमाल फुर्ती से अपने सिर पर डाल लिया।

नताल्या, उसकी पत्नी, मीशात्का और पोल्युशका की माँ उसकी बग़ल में बैठी थी...उसके लिए ही तो उसने अपने को इस तरह सजाया था, साबुन से मुँह धोया था...जल्दी-जल्दी सिर पर रूमाल डाल लिया था ताकि पति को यह न दिखलाई पड़े कि बीमारी ने बाल किस तरह चौपट कर दिए हैं। उसने सिर एक तरफ़ को थोड़ा-सा इस तरह झुका रखा था कि जितनी ही दयनीय और भद्दी लग रही थी, उतनी ही ख़ूबसूरत मालूम हो रही थी...चेहरा आन्तरिक सौन्दर्य की पावनता से जगमग कर रहा था; वैसे भी वह हमेशा ऊँचे कालरवाली जैकेट पहनती थी कि गर्दन को बदसूरत बनानेवाले दाग पर हमेशा पर्दा पड़ा रहे...यह सब वह करती थी मात्र उसके लिए...ग्रिगोरी के अन्तर् में स्नेह और ममता की बाढ़-सी उमड़ रही। उसने कुछ प्यारी-प्यारी-सी बात उससे कहनी चाही, पर शब्द भी नहीं जुटे। बस, तो मुँह से बिना कुछ कहे, उसने उसे अपनी ओर घसीटा और उसकी चौड़ी भौंहें और उदासी-भरी आँखें चूम लीं।

आज के पहले ग्रिगोरी ने इतना दुलार उसे कभी नहीं दिया था। अकसीनिया ज़िन्दगी-भर उसके रास्ते में खड़ी रही थी।

सो, नताल्या ग्रिगोरी के भाव-प्रदर्शन से हिल उठी और उत्तेजना से जलने लगी। उसने उसका हाथ उठाकर अपने होंठों पर रख लिया।

दोनों क्षण-भर मौन बैठे रहे। पश्चिम के सूरज की किरणें कमरे में उतरती रहीं और बच्चे सीढ़ियों पर खेलते रहे। पति-पत्नी के कानों में आवाज़ पड़ी। दार्या ने मिट्टी की कुल्हियाँ आवे से निकालीं और असन्तोष से भरकर सास से बोली—"तुम इतना भी नहीं कर सकती थीं कि हर दिन गायों को ही दूह लिया करो ? बूढ़ी गाय का दूध घटता मालूम होता है ?"

इसी समय ढोर चरागाह से लौटे। गायें डकारीं। चरवाहों ने अपने रोओं से मढ़े चाबुक झटकारे। गाँव का साँड बीच-बीच में फटी आवाज़ में डकारा। उसका रेशमी सीना और चिकनी साँचे में ढली-सी पीठ डाँसों से लहूलुहान लगी। उसने गुस्से से अपनी गर्दन रह-रहकर झटकी, आगे बढ़कर अपने सींगों से अस्ताखोव की सरपत की बाड़ तार-तार कर दी, ढहा दी और खुरों से रौंदकर रख दी। नताल्या ने खिड़की के बाहर नज़र दौड़ाते हुए कहा—"जानते हो, यह साँड भी दोन के पार चला गया था। माँ कहती थीं कि गाँव में आग लगते ही वह अपने ठिकाने से बाहर निकला, तैरकर सीधे दूसरे किनारे पहुँचा और बराबर नरकट की झाड़ियों के पीछे छिपा रहा।"

ग्रिगोरी कुछ न बोला। विचारों में डूबा रहा। मन-ही-मन सोचता रहा—'नताल्या की आँखों में इतनी उदासी भला क्यों और कहाँ से आई ! कोई एक राज़ ऐसा है जिसे यह मेरी निगाहों से बचाना चाहती है, पर जो रह-रहकर इसकी आँखों में डूबता और उतराता है। उसकी ख़ुशी तक में एक दर्द-सा घुला रहा है, और यह बात किसी भी तरह मेरी समझ में नहीं आई है। शायद इसे भनक मिल गई है कि मैं व्येशेंस्काया में अकसीनिया से मिलता रहा हूँ।'...आख़िरकार वह पूछ ही तो बैठा—"तुम्हारा मन इतना बुझा-बुझा-सा क्यों रहता है ? किस ग़म का पत्थर तुम्हारे सीने पर रखा रहता है, नताल्या ? बतला दो मुझे...क्यों ?"

और उसने सोचा कि वह आँसू बहाएगी, उसकी लानत-मलामत करेगी। लेकिन, यह सबकुछ नहीं हुआ। नताल्या भय से भरे स्वर से बोली—"नहीं, नहीं, ऐसा कुछ नहीं है...तुम्हें महज़ लगता है ऐसा...मैं ठीक हूँ...वैसे यह सच है कि मेरी तबीयत अभी पूरी तरह ठीक नहीं हुई है। मुझे चक्कर आता है और यों या कुछ उठाने के लिए झुकती हूँ तो मेरी आँखों के आगे अँधेरा छा जाता है।"

ग्रिगोरी ने उत्सुकता से उसे भर-आँख देखा और फिर पूछा—"मेरी ग़ैरहाज़िरी में तुम यहाँ ठीकठाक तो रहीं ? किसी ने तुम्हें छेड़ाछाड़ा तो नहीं ?"

"नहीं...यह तुम क्या कह रहे हो? मैं तो बराबर बीमार ही रही हूँ।" नताल्या ने ग्रिगोरी की

आँखों में आँखें डालीं, हल्के से मुस्कुरा दी और ज़रा देर चुप रहने के बाद पूछा—"तुम कल सवेरे जाओगे ?"

"तड़के ही चला जाऊँगा।"

"लेकिन, क्या एक दिन और नहीं ठहर सकते ?" एक अनिश्चित-सी आशा उसकी आवाज़ में बजी।

ग्रिगोरी ने जवाब में सिर हिला दिया तो पत्नी आह भरकर बोली—"अब क्या होगा...तुम्हें झब्बे लगाने पड़ेंगे ?"

"हाँ सो तो लगाने ही पड़ेंगे।"

"ख़ैर, तो ट्यूनिक दे दो मुझे...मैं उजाला रहते टाँक दूँ।"

ग्रिगोरी ने ट्यूनिक खींच ली। वह अब भी पसीने से तर थी। पीठ और कन्धों पर जहाँ-जहाँ फ़ौजी पट्टों की रगड़ पड़ी थी, वहाँ-वहाँ पसीने के चमकदार धब्बे थे।

नताल्या ने बक्से से एक जोड़ा, बदरंग खाक़ी झब्बे निकाले और पूछा—"यही लगेंगे न ?"

"हाँ...यानी तुमने यह रख छोड़े थे ?"

"हमने बक्सा ज़मीन में गाड़ दिया था," सुई की आँख में तागा डालते हुए नताल्या बोली। उसने गर्द से भरी ट्यूनिक चोरों की तरह ऊपर उठाई, नाक से लगाई और ग्रिगोरी के खारी पसीने की बास ली। यह महक उसे बहुत ही प्यारी लगी थी।

"तुमने इसे इस तरह सूँघा क्यों ?" ग्रिगोरी ने अचरज से पूछा।

"इससे तुम्हारी महक आती है।" नताल्या ने कहा और उसकी आँखें लौ देने लगीं। उसने गालों पर सहसा ही खिलते गुलाबों को छिपाने के लिए गर्दन झुका ली और सधे हुए हाथों से सिलाई शुरू कर दी।...

ग्रिगोरी ने ट्यूनिक पहनी और कन्धे झटके। उसके चेहरे पर एक बादल-सा छा गया। नताल्या की निगाहें सराहना से भरकर उस पर जम गईं। बोली—"इन झब्बों को लगाने पर तो तुम और भी अच्छे लगते हो।"

लेकिन, ग्रिगोरी ने अपने बाएँ कन्धे की तरफ़ कनखी से देखा और आह भरी—"मुझे ज़रा भी बुरा न लगे, अगर यह मुझे देखने को कभी न मिलें। एक बात तुम बिल्कुल नहीं समझतीं।"

दोनों, एक-दूसरे का हाथ अपने हाथ में लिए, अपने-अपने विचारों में डूबे, सोने के कमरे में सन्दूक पर चुपचाप बैठे रहे। फिर, जब साँझ का धुँधलका घिरना शुरू हुआ और इमारतों की बकाइनी परछाइयाँ ठंडाती धरती पर फैलने लगीं तो वे उठे और सोने के लिए बावर्चीख़ाने में आए।

और, फिर रात बीत गई। सूरज के उगने तक गर्मी की बिजली आसमान में कौंधती रही। दिन के उजाले तक चेरी की बगिया की बुलबुलें रात के अँधेरे को अपनी चंचलता और कलरव से भरती रहीं। ग्रिगोरी जग गया लेकिन आँखें मूँदे उनके मधुर गीत सुनता रहा। इसके बाद, नताल्या की नींद खराब न करने के मामले में पूरी होशियारी बरतते हुए वह धीरे से उठा और कपड़े पहनकर बाहर अहाते में निकल आया।

पैन्तेली प्रोकोफ़ियेविच ने इस बीच ग्रिगोरी के घोड़े को दाना दिया और सैनिक-सुलभ कल्पना से काम लेते हुए बोला—"तुम कहो तो मैं इस पर सवार होकर चला जाऊँ और तुम्हारे रवाना होने से पहले-पहले इसे नहला लाऊँ....क्यों ?"

"इसके बिना भी काम चल जाएगा।" ग्रिगोरी ने सुबह की ताज़गी में खिलते हुए कहा।

"नींद तो मज़े में आई ?" पिता ने पूछा।

"हाँ, नींद मज़े की आई, लेकिन बुलबुलों ने जगा दिया। किस तरह इन्होंने सारी रात तूफ़ान बरपा किया ? हद है।"

पैन्तेली ने घोड़े के मुँह से थैला उतारा और मुस्कुराया–"इन्हें और काम ही क्या है, बेटे ? इन आसमानी चिड़ियों को देखकर तो कभी-कभी डाह होती है...लड़ाई या बर्बादी से तो बिलकुल अनजान रहती हैं।"

प्रोखोर घोड़े पर सवार फाटक पर आया। उसका चेहरा ख़ुशी से खिला और बातों की बरसात करने को सदा की तरह उत्सुक दीखा। उसने घोड़ा एक खम्भे से बाँधा और ग्रिगोरी की ओर बढ़ा। उसकी मोमजामे की कमीज़ पर कायदे का लोहा नज़र आया। कन्धे पर लगे झब्बे नए-जैसे लगे। प्रोखोर पास आते हुए चिल्लाकर बोला–"तो तुमने झब्बे भी लगा लिये, ग्रिगोरी पैन्तेलेयेविच !" कम्बख़्त जैसे कि हमारा इन्तज़ार करते रहे हैं...हम इन्हें इस्तेमाल कर सकते हैं लेकिन इनका कुछ बना-बिगाड़ नहीं सकते। यह तो ज़िन्दगी-भर चलते चले जाएँगे। मैंने अपनी बीवी से कहा–'बेवक़ूफ़ कहीं की, इस तरह मत सी कि ये कभी कहीं गिरें ही नहीं। तू तो इन्हें सिर्फ इस तरह टाँक कि ये कहीं हवा में उड़ न जाएँ, और बस।'...तुम तो हम लोगों की हालत अच्छी तरह जानते-समझते हो। अगर कहीं क़ैदी बनने की नौबत आई तो दुश्मन देखते ही समझ जाएँगे कि यह फ़ौजी अफ़सर भले ही न हो, मगर सीनियर नॉन-कमीशंड तो है ही। कहेगा–'क्या कहने हैं...अपनी तरक़्क़ी करवाना तो आपको ख़ूब ही आता था...तो, अब ज़रा फाँसी का फन्दा भी अपनी गर्दन में डालना सीख लीजिए।...ज़रा देखो कि मेरे झब्बे कैसे झूल रहे हैं। देखकर हँसी आती है'।"

प्रोखोर के झब्बे इतने ढीले टँके हुए थे कि क्या कहिए। नतीजा यह कि अपनी जगह पर तो जैसे थे ही नहीं।

पैन्तेली ने हँसी का ठहाका लगाया। वक़्त की झकझोर से अनजान उसके दाँत दाढ़ी के बालों के बीच दमके।

"तुम भी अपने को फ़ौजी कहते हो। यानी, अगर ख़तरे का कोई भी निशान तुम्हें नज़र आएगा तो तुम झब्बे नोचकर फेंक दोगे, है न ?"

"और, तुम क्या सोचते हो ?" प्रोखोर हँसा। ग्रिगोरी मुस्कुराते हुए अपने पापा से बोला–"देखा कैसा अर्दली मुहैया किया है मैंने अपने लिए ? अगर मैं मुसीबत में फँस जाऊँ तो भी इसके साथ मेरा बालबाँका नहीं होगा।"

"यह तो सब बहुत ठीक है, ग्रिगोरी पैन्तेलेयेविच ! लेकिन, तुम जानते हो कि सूरत क्या है–आज तुम मरोगे तो कल मौत मुझे बुलाएगी।" प्रोखोर ने अपनी ओर से सफाई देते हुए कहा, देखते-देखते अपने झब्बे नोच डाले और लापरवाही से अपनी जेब में ठूँसते हुए बोला–"मोर्चे के पास पहुँचने पर फिर टाँक लूँगा इन्हें।"

ग्रिगोरी ने जल्दी-जल्दी नाश्ता किया और इसके बाद अपने परिवार से बिदा ली।

"माँ मेरी का हाथ हमेशा तुम्हारे सिर पर रहे।" इलीनीचिना ने अपने बेटे को चूमते समय बहुत भाव भरे ढंग से कहा–"अब एक तुम्हीं तो बाक़ी रहे हो..."

"अच्छा, देखो...आँसू-वाँसू मत बहाओ...कौन जाने क्या अच्छा-बुरा हो...सफ़र लम्बा है।" ग्रिगोरी ने काँपती हुई आवाज़ में कहा और अपने घोड़े की ओर बढ़ा।

नताल्या, इलीनीचिना का काला तिकोना रूमाल सिर पर डालकर बाहर निकली और फाटक के पार तक गई। बच्चे उसकी स्कर्ट से लिपटे रहे। उनमें भी पोल्युशका इस तरह सिसकने लगी कि धीरज बँधाना कठिन हो गया। होते-होते आँसुओं से उसका गला रुँधने लगा और वह माँ से मिन्नत करती हुई बोली–"पापा को मत जाने दो...पापा को जाने मत दो, माँ...वे लड़ाई में मार डाले जाएँगे...पापा, तुम लड़ाई में मत जाओ।"

मीशात्का के भी होंठ फड़के, पर वह रोया नहीं। उसने बड़ी हिम्मत से मन पर काबू रखा और नाराज़ होकर नन्हीं-मुन्नी बहन से बोला–"ढरके मत बहा...पगली कहीं की। लड़ाई में हर आदमी

नहीं मर जाता।"

बाबा के शब्द उसके अन्तर् में गहराई से अंकित रहे। बाबा ने कभी कहा था कि कज़्ज़ाक कभी नहीं रोते और कज़्ज़ाकों की आँखों में आँसू आने से बड़ी शर्म की बात और कोई दूसरी नहीं।

इस पर भी जब ग्रिगोरी घोड़े पर सवार हुआ और उसने मीशात्का को ऊपर उठाकर चूमा तो बच्चे को पापा की गीली पलक देखकर बड़ा ही अचरज हुआ। इसके बाद उसके धैर्य का बाँध ढह गया और आँसू आँखों से बरसात की बूँदों की तरह टपाटप चूने लगे। उसने पिता के सीने और सीने के चमड़े की पट्टियों में मुँह छिपा लिया और अधीरता से बोला—"बाबा जाएँ और लड़ें...हमें उनकी ज़रूरत नहीं—पर, मैं नहीं चाहता कि तुम, पापा...।"

ग्रिगोरी ने बेटे को सावधानी से ज़मीन पर उतारा, अपने हाथ के पिछले हिस्से से उसकी आँखों के आँसू पोंछे और घोड़े को हल्के से सनकारा।

अब तक जाने कितनी बार ग्रिगोरी घोड़े पर सवार होकर घर से बिदा हुआ था और उसका घोड़ा हवा से बातें करता दूर चला गया था। अब तक जाने कितनी बार उसने बने-बनाए रास्ते और बिना रास्तोंवाला स्तेपी मँझाया था। इस तरह जाने कितनी बार वह उस मोर्चे पर पहुँचा था, जहाँ मनहूस मौत कज़्ज़ाकों पर अपनी मुहर मारती थी और जहाँ कज़्ज़ाक गीत के अनुसार हर दिन, हर घंटे दहशत और दर्द का बाज़ार गर्म रहता था। लेकिन, उस दिन सुबह की सुहानी बेला में भी वह जिस भारी मन से गाँव से बिदा हुआ, वह उसके लिए एकदम नया अनुभव रहा।

उसके मन पर जाने कितनी धुँधली-धुँधली-सी अटकलों का बोझ रहा। उनके कारण वह जाने कितना चिन्तित रहा और जाने कितनी-कितनी बातें पहले से ही सोचता रहा। इस तरह काठी पर रासें टिकाए उसने पहाड़ी की चोटी तक की मंज़िल तय की। परन्तु फिर जहाँ गर्द से नहाई सड़क हवा-चक्की की तरफ़ कटी, उसने गर्दन मोड़ी। केवल नताल्या फाटक के पास खड़ी दीखी। समीर के ताज़ा झोंके काला मातमी रूमाल उसके हाथ से छीन-छीनकर भागते रहे।

हवा बादलों पर कोड़ों पर कोड़े जमाती रही। बादलों के मुँह झाग-झाग होते रहे। और वे आकाश के जमे हुए, नीलम के तालाब में आगे-ही-आगे बढ़ते गए। क्षितिज के चंचल चक्के पर धुन्ध थरथराने लगी। घोड़े क़दम-चाल से बढ़ते गए। प्रोखोर काठी पर हिलते-डुलते औंघा गया। ग्रिगोरी ने दाँत भींचते हुए, बार-बार पीछे मुड़कर देखा तो सरपत के हरे झुरमुट, झटके से मोड़ लेती दोन का हवा में फड़फड़ाता रेशमी रिबन, और हवाचक्की के धीरे-धीरे घूमते पाल उसे थोड़ी देर तक नज़र आते रहे। फिर रास्ता तेज़ी से दाईं ओर को मुड़ गया। इसके साथ ही झाड़-झाड़ियों से भरा किनारा, दोन और हवाचक्की आदि सभी कुछ अनाज के रौंदे हुए खेतों के पीछे अदृश्य हो गया।...ग्रिगोरी सीटी बजाने लगा। उसने घोड़े की पसीने की झलाझल बूँदों से भरी भूरी गर्दन पर नज़र जमा ली और फिर एक बार भी पीछे मुड़कर नहीं देखा।...

उसे ख़्याल आया—'मौत ले जाए इस लड़ाई को ! पहले लड़ाई चिर के किनारे-किनारे चली, फिर दोन से तटों पर बढ़ी, और अब यह बिजली कौंधेगी खोपर के ऊपर, मेदवेदित्सा के ऊपर और बुजुलुक के ऊपर। क्या फ़र्क पड़ता है ! दुश्मन कहीं भी मुझे अपनी गोली का शिकार बना सकता है और मैं कहीं भी ढेर हो सकता हूँ।'

9

लड़ाई उस्त-मेदवेदित्स्काया के ज़िला केन्द्र के आस-पास चलती रही। ग्रिगोरी गर्मीवाली सड़क छोड़कर हेतमान की चौड़ी सड़क पर मुड़ा कि तोपों की गरज की हल्की-हल्की आवाज़ सबसे पहले उसके कानों में पड़ी।

इस चौड़ी-बड़ी सड़क पर जहाँ-तहाँ ऐसे निशान नज़र आए, जिनसे लगा कि कम्यूनिस्ट हड़बड़ाकर पीछे भागे हैं। दो पहियोंवाली गाड़ियों और चार पहियोंवाली, एक-एक सीट की ब्रित्स्काएँ बीच-बीच में पड़ी मिलीं। एक ख़ास झोंपड़ी के पार खड्ड में एक तोप खड़ी दीखी। दूसरी तोप के गोले ने उसका धुरा तोड़ दिया और नली मोड़ दी थी। अगले भाग से जुड़े बम तिरछे होकर टुकड़े-टुकड़े हो गए थे। खड्ड से आधे वर्स्ट की दूरी पर खार से भरे दलदल की बौनी धूप से झुलसी घास पर फ़ौजियों की लाशें पड़ी थीं। इनके बदनों पर खाक़ी कमीज़ और पतलून, पिंडलियों पर कसी हुई पट्टियों और पैरों में भारी नाल जड़े जूते थे। ये सारे लाल सैनिक थे, कज़्ज़ाक-घुड़सवारों की पकड़ में आ गए थे और उन्होंने इन्हें काटकर फेंक दिया था।

इन लाशों की बग़ल से गुज़रते ही यह चीज़ ग्रिगोरी की समझ में फ़ौरन ही आ गई। फ़ौजियों की चिकटी कमीज़ों पर ख़ून की धारें सूख गई थीं। फिर यह कि पड़े वे यों थे जैसे कि हँसिए से कटी घास का ढेर लगा हो। हाँ, कज़्ज़ाकों ने लाल फ़ौजियों के कपड़े न उतारे थे। शायद उन्हें दुश्मन का पीछा करने की जल्दी थी और यह काम ज़्यादा ज़रूरी था।

मगर, एक कज़्जाक भी हॉथर्न की एक झाड़ी के पास पड़ा हुआ था। उसके पैर फैले हुए थे और उसके पतलून की लाल पट्टियाँ दूर से नज़र आ रही थीं। थोड़ी दूर पर लाख के हल्के रंग का एक घोड़ा पड़ा था। उसकी काठी पुरानी और टूटी-फूटी थी और उसके उभरे हुए हिस्से गेरू से रँगे हुए थे।

ग्रिगोरी और प्रोखोर के घोड़े थकान महसूस करने लगे। चारे-दाने का समय हो चुका था फिर भी ग्रिगोरी ने इस जगह रुकना ठीक न समझा। क्योंकि कुछ ही दिन पहले वहाँ लड़ाई हो चुकी थी। एक वर्स्ट का फ़ासला तय करने के बाद उसने घोड़ा एक नाले में उतारा और रास खींची। पास ही एक ताल नज़र आया। उसके बाँध की बुनियादें तक बह गई समझ पड़ीं। प्रोखोर ढहते और चटख़ते कगार की तरफ़ बढ़ा। लेकिन फिर अचानक ही लौट पड़ा।

"क्या बात है ?" ग्रिगोरी ने पूछा।

"ज़रा घोड़ा और पास लाओ और देखो।"

ग्रिगोरी ने अपना घोड़ा बाँध की तरफ़ बढ़ाया तो एक मुर्दा औरत कीचड़ में पड़ी देखी। औरत का चेहरा उसकी गहरे रंग की स्कर्ट के निचले सिरे से ढका लगा। धूप से सँवराई पिंडलियों और गढ़ों से भरे घुटनोंवाले उसके पैर बड़ी ही बेहयाई और बेहूदगी से फैले दीखे। बायाँ हाथ पीठ के नीचे दबा और ऐंठा रहा।

ग्रिगोरी तुरन्त ही घोड़े से उतरा, अपनी टोपी उतारी और स्कर्ट से औरत का बदन ढक दिया। जवानी से भरपूर, साँवला चेहरा मृत्यु के बाद भी प्यारा लगा। दर्द से तनी भौंहों के नीचे अधमुँदी आँखों की पुतलियाँ हल्के-हल्के चमकती रहीं। कोमल चेहरे पर भिंचे हुए दाँत सीपियों-से दमकते रहे। गाल पर झूलती बाल की एक खुशनुमा लट घास पर दबी रही। मौत गालों पर, उड़नेवाली, केसरिया पीली झाइयाँ धुनने में व्यस्त दीखी और उतावली चींटियाँ वहाँ रेंगती मिलीं। "कुत्ते के पिल्लों ने कैसा हुस्न खाक़ में मिलाकर रख दिया !" प्रोखोर धीमे से बोला, एक क्षण शान्त रहा और फिर ज़ोर से थूकते हुए कहने लगा—"आगे बढ़ो ईसा के लिए ! मुझसे यह नज़ारा अब और देखा नहीं जाता। मेरा दिल गड़बड़ाता है।"

"हम दफना दें इस औरत को...क्या ख़्याल है ?" ग्रिगोरी ने पूछा।

प्रोखोर ने तड़ से कहा—"अभी रास्ते में जितने मुर्दे मिलेंगे उन सबको दफ़नाना हमारा काम होगा ?...कुछ बूढ़े खूसटों को यागोदनोये में दफनाया, और अब इस औरत को यहाँ दफनाना पड़ेगा !...अगर हमने तमाम लाशें दफनाने का ठेका ले लिया तो हाथ में घट्टों के लिए जगह न रह जाएगी...वैसे, अगर यह इरादा हम कर ही लें तो सवाल यह है कि क़ब्र किस चीज़ से खोदें ? तलवार

से तो क़ब्र खोदी नहीं जाती, मेरे भाई ! और, धूप से तपी हुई ज़मीन है कि दो फुट की गहराई तक पत्थर की तरह कड़ी है।''

यानी उसे वहाँ से भागने की ऐसी जल्दी रही कि उसने अपने बूट तक रक़ाबों में मुश्किल से ही अटकाए।

वे दोनों एक बार फिर पहाड़ी पर बैठे और फिर किसी विचार में डूबे-ही-डूबे प्रोखोर ने ग्रिगोरी से पूछा–''पैन्तेलेयेविच, क्या ख़्याल है, क्या अभी तक इनसान का खून इतना नहीं बहा कि काफी कहा जाता ?''

''काफ़ी बहा।''

''तो, तुम सोचते हो कि यह लड़ाई अब जल्दी ही ख़त्म हो जाएगी ?''

''लड़ाई तो ख़त्म तभी होगी जब दुश्मन हमें चूर-चूर कर डालेगा।''

''क्या हँसी-खुशी से भरी ज़िन्दगी नसीब हुई है हमें ! शैतान पर मौत टूटे ! ऐसे में तो जी करता है कि जितनी ही जल्दी दुश्मन हमें चूर-चूर करें, उतना ही अच्छा। जर्मनी की लड़ाई में फ़ौजी गोली से अपनी एक उँगली उड़ा लेता था और उसे घर लौटने की इज़ाज़त मिल जाती थी। मगर, आज अपना हाथ काटकर रख दो, तब भी कोई फर्क नहीं पड़ेगा। लड़ाई तो लड़नी हो पड़ेगी और भेजनेवाले मोर्चे पर भेजकर ही दम लेंगे...कोई निकम्मा हो, लँगड़ा हो, लूला हो, अन्धा हो, कोई फ़र्क नहीं पड़ता... सिर्फ़ यह है कि उसके दो पैर हिलने-डुलने चाहिए...यही तरीक़ा है लड़ाई ख़त्म करने का...इस तरह ख़त्म होगी लड़ाई ! नेस्तनाबूद हो जाएँ वे सब-के-सब।'' प्रोखोर ने मायूसी से कहा, सड़क से घोड़ा मोड़ा, नीचे उतरा, कुछ बुदबुदाया और घोड़े का तंग ढीला करने लगा।...

आधी रात होते-होते वे उस्त-मेदवेदित्स्काया के पास की झोंपड़ी पर पहुँचे तो गाँव की सरहद पर तैनात, तीसरी रेजीमेंट की एक टुकड़ी ने उन्हें रोका। एक दूसरे ही क्षण कज़्ज़ाकों ने अपने डिविज़नल-कमांडर को पहचाना और कहा–''हुजूर, डिविज़नल-स्टाफ़ ने इसी गाँव में पड़ाव डाल रखा है और कैप्टन कोपीलोव बड़ी ही बेताबी से आपका इन्तज़ार कर रहे हैं।'' इसके साथ ही चौकी के बातूनी कमांडर ने पहुँचाने के ख़्याल से एक कज़्ज़ाक, ग्रिगोरी के साथ किया, और आख़िरी बात कहता-सा बोला–''कम्यूनिस्टों ने अपने क़दम बड़ी मज़बूती से जमा रखे हैं, ग्रिगोरी पैन्तेलेयेविच। मेरा ख़्याल है कि उस्त-मेदवेदित्स्काया लेने में वक़्त लग जाएगा हमें...लेकिन, इस पर भी कौन कह सकता है कि...? सुना है कि मोरोज़ोंस्काया से ब्रिटिश फ़ौजें आ रही हैं। आपने कुछ सुना है इस बारे में ?''

''नहीं।'' ग्रिगोरी ने अपने घोड़े को आगे बढ़ने का इशारा देते हुए कहा।

ग्रिगोरी स्टाफ़ के पड़ाववाली इमारत के पास पहुँचा तो उसे सभी झिलमिलियाँ पूरी तरह बन्द मिलीं। उसने घर खाली समझा। पर वह बरामदे में घुसा कि लोगों के काफ़ी ज़ोर-ज़ोर से बातें करने की आवाज़ उसके कानों में पड़ी। दूसरी ओर, सोने के कमरे की छत के बड़े लैम्प की रोशनी सामने पड़ी तो अभी-अभी बाहर के अँधेरे से आने के कारण उसकी आँखें चौंधिया गईं। साथ ही तम्बाकू की तेज़ और तीखी बास उसके नथुनों में गड़ने लगी।...

''आख़िरकार लौट आए तुम !'' कोपीलोव ने मेज़ के ऊपर उमड़ते नीले बादल को चीरकर बाहर आते और ख़ुशी से खिलते हुए कहा–''वैसे तुमने बड़ा इन्तज़ार करवाया भाई !''

ग्रिगोरी ने सबका अभिवादन किया, टोपी और बरानकोट उतारा, मेज़ के पास पहुँचा और माथा सिकोड़ते हुए बोला–''सिगरेट के धुएँ से घर भरकर रख दिया है तुम लोगों ने। साँस लेना मुश्किल है। कोई एक खिड़की नहीं खोल सकते !''

कोपीलोव की बग़ल में बैठे खारलाम्पी येरमाकोव ने मुस्कुराकर जवाब दिया–''हमारी नाक तो आदी हो गई है...हमें तो अब महसूस तक नहीं होता।'' इस पर ग्रिगोरी ने कोहनी से खिड़की और झिलमिली खोल दी। दूसरे ही क्षण रात की ताज़ा हवा का झोंका कमरे में बरबस घुस आया। लैम्प

की लौ भड़की और ठंडी पड़ गई।

"वाह...यह धुआँ बाहर निकालने का अच्छा तरीक़ा है। तुमने इस तरह खिड़की क्यों खोल दी आख़िर ?" कोपीलोव ने असन्तोष से कहा—"दियासलाई है किसी के पास ?...जरा ख़्याल से...नक़्शे के दाएँ स्याही-भरी दवात है।"

लोगों ने लैम्प जलाया और खिड़की की संध भरी। कोपीलोव जल्दी-जल्दी सारी स्थिति बयान करने लगा—"कॉमरेड मेलेखोव, इस वक़्त मोर्चे की हालत यह समझो कि लाल फ़ौजियों ने उस्त-मेदवेदित्स्काया अपने हाथों में कर लिया है और उसे तीन तरफ़ से कोई चार हज़ार संगीनबन्द फ़ौजियों से घेर रखा है। तोपों और मशीनगनों की उनके पास कमी नहीं है। खाइयाँ कई जगह वे खोद चुके हैं। दोन के किनारे के ऊँचाई के इलाक़े उनके कब्ज़े में हैं। जहाँ तक उनकी अपनी बात है, वे सब पहुँच के बाहर तो नहीं हैं, लेकिन उन तक पहुँचना आसान ज़रूर ही नहीं है। जहाँ तक हमारी बात है, जनरल-फ़ितशालौरोव की कमान के डिवीज़न, और दो दूसरे अफ़सरों की एकाएक हमला करनेवाली तूफ़ानी टुकड़ियों के अलावा बोगातिरयोव का छठा ब्रिगेड और हमारी पहली डिवीज़न भी आ गई है। लेकिन डिवीज़न पूरी नहीं है। पैदल रेजीमेंट गायब है। अब तक उस्तखोपर्स्काया के पास कहीं बतलाया जाता है। पर, घुड़सवार-टुकड़ियाँ सभी आ गई हैं, हालाँकि स्क्वैड्रनों में लोग पूरे नहीं हैं।

"मिसाल के लिए मेरी रेजीमेंट के तीसरे स्क्वैड्रन में इस वक़्त सिर्फ़ अड़तीस कज़्ज़ाक हैं।" चौथी रेजीमेंट के कमांडर दुदारेव ने कहा।

"पहले कितने थे ?" येरमाकोव ने पूछा।

"इक्यानवे।"

"आपने स्क्वैड्रन टूटने क्यों दिया ? आप अपने को कमांडर कहते हैं ?" ग्रिगोरी ने त्योरी चढ़ाते और उँगलियों से मेज़ पटपटाते हुए पूछा।

"यह तो ठीक है...लेकिन उन्हें रोककर कौन रखता ? वे तो अलग-अलग गाँवों में बिखरे और फिर घोड़ों पर सवार होकर अपने गाँव-घर के लोगों से मिलने-मिलाने चल दिए। मगर, वे लोग वापस आ जाएँगे। तीन तो आज ही लौट आए।"

कोपीलोव ने नक़्शा ग्रिगोरी की तरफ़ बढ़ाया। अपनी तर्जनी से सेनाओं की स्थिति दिखलाई और बोला—"हमने अभी तक कोई हमला नहीं किया है। दूसरी रेजीमेंट कल इस इलाक़े के खिलाफ़ पैदल बढ़ी, मगर उसे कोई कामयाबी नहीं मिली।"

"हमारे बहुत लोग मारे गए ?"

रेजीमेंट के कमांडर की रिपोर्ट तो यह है कि कल हमारे छब्बीस फ़ौजी या तो मारे गए या जख़्मी हो गए। वैसे अब मैं अपनी फ़ौजों का दुश्मन की फ़ौजों से मुक़ाबला करूँ तो कहना पड़ेगा कि गिनती में हमारे फ़ौजी ज़्यादा हैं। लेकिन एक तो पैदल सेना की मदद के लिए हमारे पास मशीनगनें काफ़ी नहीं हैं, दूसरे तोप के गोलों की सप्लाई की हालत अच्छी नहीं है। हथियारों और लड़ाई के बाक़ी सामान के अफ़सर ने मिलते ही चार सौ गोले और डेढ़ लाख कारतूस हमारे पास भेजने का वायदा किया है। लेकिन, बात तो यह है कि जब उसे खुद मिलेगा तब वह हमें देगा। यानी तब की तब से है। लेकिन, हमें तो अभी कल ही हमला करना है, और इसीलिए जनरल फ़ितशालौरोव ने अपनी तरफ़ से हुक्म दे दिया है। उनकी तजबीज़ है कि तूफ़ानी टुकड़ियों की मदद के लिए एक रेजीमेंट अलग कर देना चाहिए। इन टुकड़ियों ने कल हमला बोला और इनके कितने ही फ़ौजी खेत रहे। लेकिन, यह तो कहना ही पड़ेगा कि लोगों ने दुश्मन के लोहे से लोहा बजाकर रख दिया। ख़ैर, तो फ़ितशालौरोव का कहना है कि हमें मोर्चे का बायाँ बाजू मज़बूत बनाना चाहिए और हमला यहीं से करना चाहिए, समझे ! बात यह है कि यहाँ का इलाक़ा ऐसा है कि इस तरफ़ से दो सौ से तीन

सौ क़दमों तक दुश्मन की क़तारों में धँसा जा सकता है। उसका ऐडजुटेंट अभी-अभी ही यहाँ से गया है। पैग़ाम लाया था कि जनरल ने कल सवा छः बजे हम लोगों को बुलाया है। बातचीत होगी कि लड़ाई की कार्रवाइयों के बीच तालमेल कैसे बिठाया जाए। वह और उसके अफ़सर इस वक़्त बोलशोइ-शेनिन नाम के गाँव में हैं। फ़िलहाल, इस वक़्त तो सबसे ज़रूरी काम है, सेव्याकोवो से उसकी कुमुक आने के पहले दुश्मन को फ़ौरन ही पीछे ढकेलना और ठेलना। दोन के दूर के इलाक़े में हमारी फ़ौजें कोई ख़ास बहादुरी दिखा नहीं रहीं।...चौथी डिवीज़न ने खोपर पार कर ली है, लेकिन कम्यूनिस्टों ने सारी जगह लाल फ़ौज के मज़बूत फ़ौजियों से पाट दी है और स्टेशन को जानेवाले सभी रास्ते रोक रखे हैं। लेकिन, इसके साथ ही इसके बीच उन्होंने दोन पर पीपों का एक पुल बना लिया है और वे लड़ाई का सामान और रिज़र्व फ़ौजें उस्त-मेदवेदित्स्काया से जल्दी-से-जल्दी हटा रहे हैं।''

''कज़्ज़ाकों का कहना है कि हमारे दोस्त मुल्कों की फ़ौजें आ रही हैं और रास्ते में हैं...क्या यह बात ठीक है ?''

''अफ़वाह है कि कई अंग्रेज़ी तोपख़ाने और टैंक चेरनीशेवत्स्की से इस जगह के लिए रवाना हो गए हैं। पर पूछा जाता है कि ये टैंक दोन के उस पार से, इस पार कैसे लाए जाएँगे। मेरा ख़्याल है कि इस तरह की बातें सिर्फ़ टैंकों के बारे में की जा रही हैं, और एक अर्से से हर तरफ़ चल रही हैं।''

कमरे में देर तक सन्नाटा रहा।

कोपीलोव ने अपनी अफ़सरी, भूरी ट्यूनिक के बटन खोले, अपने भरे हुए, दाढ़ी की खूटियों से भरपूर गाल हाथों पर टिकाए और विचारों में डूबे हुए, बुझी हुई सिगरेट चबाने लगा। उसकी काली, गोल आँखें थकान के कारण अधमुँदी हो गईं। रातोंरात न सोने का असर ख़ुशनुमा नाक-नक़्शे और चेहरे पर साफ़ नज़र आया।

एक ज़माने में यह व्यक्ति गिरजे से सम्बद्ध स्कूल में पढ़ाता था। उन दिनों, वह इतवारों को ज़िले के व्यापारियों का मेहमान होता और उनके और उनकी पत्नियों के साथ दाँव लगाकर ताश खेलता। बजाने पर आता तो गिटार बहुत अच्छा बजाता और ख़ुशमिजाज़ सोहबत में चार चाँद लगानेवाला जवान माना जाता।...

फिर, उसने एक जवान अध्यापिका से शादी कर ली। उसकी ज़िन्दगी एक बँधे-बँधाए साँचे में ढलती रही, और वह उसी प्रकार ढलती चली जाती, यानी पेंशन के वक़्त तक वह पढ़ाने का काम एक ढंग-से करता चला जाता, परन्तु, विश्व-युद्ध छिड़ा तो उसका नाम फ़ौज में लिख लिया गया। फिर, कैडेटों के फ़ौजी कॉलेज में उसने ट्रेनिंग पाई और इसके बाद एक कज़्ज़ाक रेजीमेंट के साथ उसे मोर्चे पर भेज दिया गया। वैसे लड़ाई ने उसके चरित्र या नाक-नक़्शे में किसी तरह का कोई उलट-फेर न किया। उसके पूरे व्यक्तित्व, मधुर चेहरे, तलवार लगाने के ढंग और मातहतों से बात करने के लहज़े में हमेशा कुछ ऐसा रहा जिससे छोटे क़द के बावजूद वह लोगों को बड़ा ही प्यारा और बुनियादी तौर पर बातहज़ीब लगा।

वैसे उसकी आवाज़ में फ़ौजियों की कमानवाली आवाज़ का ज़ोर न था...वर्दी वह यों पहनता था, जैसे कि बोरा हो...और, मोर्चे पर तीन साल बिताने के बाद भी उसमें फ़ौजी रोबदाब कहीं से न आया था। देखने से लगता था कि सुयोग की बात है कि यह आदमी फ़ौज में आ गया है, और सच्चे फ़ौजी के मुक़ाबले फ़ौजी लिबास से लैस कोई हट्टा-कट्टा शहरी ही ज़्यादा है।...इस पर भी कज़्ज़ाक उसका बड़ा आदर करते थे और कांफ्रेंसों में वह जो कुछ कहता था, उसे बड़े ध्यान से सुनते थे।

विद्रोही कज़्ज़ाकों की कमान उसके गम्भीर मस्तिष्क, सहज-स्वभाव और सच्ची बहादुरी की बड़ी क़द्र करती थी। बहादुरी वह लड़ाई में एक से अधिक बार दिखला चुका था।

ग्रिगोरी का पूर्व चीफ़ ऑफ स्टॉफ़, एनसिग्न-क्रूजीलिन नाम का एक बे-पढ़ा-लिखा, ज़ाहिल फ़ौजी

था और चिर की लड़ाई में मारा गया था। उसके बाद स्टाफ़ कोपीलोव ने सँभाला और अपने कर्त्तव्यों का बड़ी ही समझ-बूझ के साथ पालन किया था। उसे अपने काम में बड़ी सफलता मिली थी। इस समय वह हमले की कार्रवाइयों के नक़्शे उसी ध्यान से बनाता था, जिस मनोयोग से कभी विद्यार्थियों की कॉपियाँ सही करता था।...

इस पर भी ग्रिगोरी का मुँह खुलते ही और ज़रूरत महूसस करते ही उसने फ़ौजी दफ़्तर को उसकी अपनी किस्मत पर छोड़ा, घोड़े पर सवार होकर रेजीमेंट की कमान सँभाली और अपने नेतृत्व में उसे लड़ाई के मैदान में ले गया।

ग्रिगोरी ने अपने नए चीफ़-ऑफ़-स्टॉफ़ के मामले में पहले तो अपने पहले के बने-बनाए विचारों का सहारा लिया। लेकिन, दो महीने के अन्दर-अन्दर वह उसे और अच्छी तरह जान गया। नतीजा यह कि एक दिन लड़ाई के बाद उससे दोटूक बात करते हुए बोला–"मैं तो तुम्हारे बारे में ख़ासी बुरी राय रखता था, कोपीलोव ! लेकिन, अब समझता हूँ कि मैं ग़लती पर था। इसलिए चाहता हूँ कि अगर हो सके तो अब तक का मेरा व्यवहार भूल जाओ।"

कोपीलोव मुस्कुराया। उसने कोई जवाब नहीं दिया, पर ग्रिगोरी के इस तरफ़ अपनी ग़लती मान लेने पर थोड़ा फूल ज़रूर उठा।...

उसमें यश की प्यास न थी। राजनीति के मामले में उसकी धारणाएँ निश्चित न थीं। लड़ाई को वह 'लाज़िमी बुराई' मानता था और इसे जल्द-से-जल्द ख़त्म कर देना चाहता था। इसीलिए वह उस्तमेदवेदित्स्काया को हथियाने की योजनाओं पर अधिक विचार न कर रहा था। अपने परिवार के लोगों को इधर-उधर से घर बुला रहा था और खुद भी सोच रहा था कि मौक़ा लगे तो महीना-डेढ़-महीना जाकर गाँव में बिताया जाए।

ग्रिगोरी कोपीलोव को बहुत देर तक एकटक घूरता रहा और फिर उठकर खड़ा हो गया। "अच्छा भाइयो और अतामानो, अब अपने-अपने क्वार्टर पर चलकर सोया जाए। उस्त-मेदवेदित्स्काया के लेने-न-लेने पर बैठकर दिमाग़ खपाना बिल्कुल बेकार है। यह काम जनरलों का है और वे करेंगे। हम कल फितशालौरोव के पास जाएँगे कि वह हम अक्ल के मारों को थोड़ी अक्ल दे। लेकिन जहाँ तक दूसरी रेजीमेंट का सवाल है, मेरा तो ख़्याल है कि अब भी हक़ हासिल है। हमें रेजीमेंटल कमांडर दुदारेव को नीचा ओहदा देकर, उससे तमगे, पट्टियाँ वग़ैरह सभी-कुछ छीन लेना चाहिए।..."

"और खीर का राशन ?" येरमाकोव ने बीच में बात काटी।

"नहीं, मैं मज़ाक नहीं कर रहा।" ग्रिगोरी कहता गया। "हमें उसे आज ही रेजीमेंटल कमांडर से स्क्वैड्रन कमांडर बना देना चाहिए, और ख़ारलाम्पी को उसकी जगह दे देनी चाहिए। येरमाकोव, तुम फ़ौरन ही जाकर रेजीमेंट की कमान सँभाल लो। और अगली कार्रवाई के लिए इन्तज़ार करो। कल सुबह तक तुम्हें हमारी हिदायतें मिल जाएँगी। और, कमान सँभालने का हुक्म तुम कोपीलोव से लिखवाकर, इसी वक़्त, साथ ही लेते जाओ। जहाँ तक मेरा दिमाग़ काम करता है, दुदारेव तो रेजीमेंट शायद ही कभी सँभाल पाए। दिमाग़ नाम की चीज़ तो उसे जैसे मिली ही नहीं; और, मुझे डर यह है कि कहीं वह ऐसा न करे कि रास्ता खुल जाए और कज़्ज़ाक पर नए सिरे से हमला कर दें। तुम तो जानते हो, पैदल लड़ाई किसे कहते हैं...लोगों की जानें यों ही चली जाना कोई बड़ी बात नहीं है अगर कमांडर को यह पता न हो कि वह कर क्या रहा है।"

"यह बात ठीक है। मेरा भी ख़्याल है कि दुदारेव से यह ओहदा छीनकर उसे नीची जगह दे दी जानी चाहिए।" कोपीलोव ने ग्रिगोरी का समर्थन किया।

"लेकिन, येरमाकोव, तुम क्या इस फ़ैसले के ख़िलाफ़ हो ?" ग्रिगोरी ने येरमाकोव के चेहरे पर असन्तोष की झलक देखकर पूछा।

"नहीं...ऐसी कोई बात नहीं...मैंने तो ऐसा कुछ कहा नहीं...क्या भौंहें ऊपर उठाने तक की इजाज़त

नहीं है यहाँ ?"

"यह तो और भी अच्छा है कि येरमाकोव इस तजवीज़ के खिलाफ़ नहीं है। फ़िलहाल, र्‍याबचिकोव इसकी घुड़सवार रेजीमेंट सँभालेगा।...कोपीलोव, हुक्म लिख दो और फिर आराम कर लो। सुबह छः बजे उठकर चलेंगे और इस जनरल को ज़रा देखेंगे-समझेंगे।...इस वक़्त मैं चार अर्दली अपने साथ लिए जा रहा हूँ।"

कोपीलोव ने अचरज से आँखें ऊपर कीं—"इतने अर्दलियों की तुम्हें भला क्या ज़रूरत ?"

"नुमाइश करनी है। आख़िरकार हम कोई छोटे-मोटे लोग तो नहीं हैं...हम एक डिवीज़न की कमान सँभालते हैं।" ग्रिगोरी ने हँसकर कन्धे सीधे किए, बरानकोट लटकाया और दरवाज़े की ओर बढ़ा।...

ग्रिगोरी ने न बूट उतारा और न बरानकोट। वह वैसे ही एक शेड के नीचे लेट रहा और घोड़े की पीठ पर बिछाया जानेवाला कपड़ा ओढ़ लिया। अर्दली अहाते में बहुत देर तक शोरगुल करते रहे। कहीं पास घोड़े हींसते और मुँह चलाते रहे। धरती दिन की गर्मी से अब भी गर्म रही और उससे ताज़े गोबर और मिट्टी की सोंधी-सोंधी बास उठती रही। ग्रिगोरी ने औंघानींदी के बीच अर्दलियों की आवाज़ और हँसी के ठहाके सुने और एक कमउम्र अर्दली के लहज़े से ही सबकुछ समझ लिया। अर्दली ने अपना घोड़ा कसा और आह भरकर बोला—"उफ़्...भाइयो...जान परेशान हो गई...अभी देख लो...यह आधी रात का वक़्त है, और मुझे एक लिफाफा लेकर कहीं जाना है। हमारे लिए नींद और आराम दोनों ही हराम हैं...और तू घोड़ा है कि शैतान की आँत...खड़ा रह वैसे ही...उठा, ज़रा पैर उठा, फिर देख कि मैं आकर तेरी कैसी मरम्मत करता हूँ।"

और, एक दूसरा आदमी, गहरी, भर्राई आवाज़ में बुदबुदाया—"और हम तुमसे परेशान हैं...तुम्हारी इस लड़ाई से हलाकान हैं। तुमने हमारे सभी अच्छे घोड़े अधमरे करके रख दिए...।" फिर, उसके स्वर में मिन्नत घुल उठी—"थोड़ी-सी तम्बाकू दे दो सिगरेट के लिए...क्या कहने हैं...क्या शानदार दोस्त हो तुम ! भूल गए, बेलयावीन में मैंने तुम्हें लाल फ़ौजियों के बूट दिए थे...भूल गए न ? सूअर हो तुम ! तुम्हारी जगह कोई दूसरा आदमी होता तो मुझे ज़िन्दगी-भर याद रखता और एक तुम हो कि एक सिगरेट के लिए तम्बाकू नहीं निकलती तुमसे।"

लगाम का दहाना घोड़े के मुँह में बजा और दाँतों से लड़ा। घोड़े ने लम्बी गहरी साँसें खींचीं और दुलकी चाल से उड़ चला। उसकी नालों की आवाज़ें पत्थर-सी कड़ी, खुश्क ज़मीन पर गूँजीं।

'हम तुमसे परेशान हैं...तुम्हारी इस लड़ाई से हलाकान हैं।' ग्रिगोरी ने मन-ही-मन दोहराया, मुस्कुरा उठा और फिर तुरन्त ही गहरी नींद में डूब गया। उसने एक सपना देखा...यह सपना वह पहले भी जाने कितनी बार देख चुका था—ठूँठों से भरे भूरे खेत...खेतों में लाल फ़ौजियों की चलती-फिरती क़तारें...पहली क़तार...जहाँ तक नज़र जा सके...उसके पीछे छः या सात दूसरी कतारें...मन को घोट देनेवाले सन्नाटे में पास-ही-पास आते हुए लोग...आकार में बराबर बढ़ती हुई छोटी आकृतियाँ...

और, फिर ये आकृतियाँ, अपनी राइफ़ल घसीटती, कपड़े के हेलमेट पहने, अपने मुँह फैलाए, तेज़ी से और करीब आती दीखीं। ग्रिगोरी ने कम गहरी खाई में लेटे-ही-लेटे अपनी राइफ़ल का घोड़ा बार-बार दबाया और गोलियाँ बरसाईं। लाल फ़ौजी लड़खड़ाए और मुँह के बल भहरा-भहराकर गिरे। उसने कारतूसों का नया क्लिप राइफ़ल को सौंपा और क्षण-भर को इधर-उधर नज़र डाली तो कज़्ज़ाक आस-पास की खाई से उछल-उछलकर बाहर आते दीखे। इन कज़्ज़ाकों के चेहरे डर से पीले लगे। ये लोग मुड़े और भाग चले। ग्रिगोरी का दिल ज़ोर-ज़ोर से धड़कने लगा। चीखा—"गोली चलाओ।... सूअर के बच्चो...जा कहाँ रहे हो ? रुको, इस तरह भागो नहीं।" वैसे तो वह गला फाड़कर चिल्लाया, पर उसकी आवाज़ इतनी धीमी रही कि कुछ सुनाई ही नहीं पड़ा। ग्रिगोरी बुरी तरह सहम गया, उछला और खड़े होते-होते उसने अपनी ओर चुपचाप दौड़ते आते साँवले चेहरेवाले लाल सैनिक पर आख़िरी

गोली चलाई। पर निशाना चूक गया।

...लाल सैनिक कम-उम्र न था। उसके चेहरे पर गम्भीरता के साथ-साथ निर्भयता थी। वह हल्के-हल्के इस तरह दौड़ रहा था कि पैर ज़मीन से न लग रहे थे। भौंहें सिकुड़ी हुई थीं, टोपी सिरे के पिछले भाग पर टिकी हुई थी और बरानकोट के सिरे खुँसे हुए थे।

ग्रिगोरी ने दुश्मन को नज़र गड़ाकर देखा तो उसकी निगाह उसकी चमचमाती हुई आँखों, घुँघराले, छोटे बालोंवाली दाढ़ी, पीले गालों, चौड़े बूटों, ज़रा नीचे झुकी हुई राइफ़ल की नली के छोटे दहाने, और एक लय-तान के साथ उठती-गिरती काली संगीन की नोक पर पड़ी। वह शब्दों में न बँध पानेवाले डर से सिर से पैर तक भर उठा। उसने अपनी राइफ़ल का खटका दबाया पर वह तो जैसे जम गया। उसमें हरकत ही न हुई। इस पर उसने घबराकर खटका अपनी जाँघ पर दे मारा। पर नतीजा कुछ न निकला। दूसरी ओर, लाल सैनिक सिर्फ़ पाँच क़दम के फ़ासले पर रह गया, तो ग्रिगोरी मुड़ा और भाग निकला। सामने पूरे-के-पूरे खेत में जहाँ-तहाँ लाल फ़ौजी दीख पड़े। पीछा करनेवाले की लम्बी साँसें और उसके बूटों की खोखली धमक पीछे से कानों में आई। उसने बड़ी कोशिश से अपने जवाब देते पैरों में ताक़त और तेज़ी भरी। आख़िरकार वह एक अधउजड़ी क़ब्रगाह में पहुँचा और कूदकर गिरी हुई बाड़ पार कर धँसी हुई क़ब्रों, ऐंठे हुए क्रॉसों और छोटी-छोटी मूर्तियों के बीच दौड़ने लगा। उसे लगा कि थोड़ी हिम्मत और, और वह ख़तरे से बाहर। लेकिन, इस बीच पैरों की धमक बिल्कुल पास आ गई और तेज़ हो गई। लाल फ़ौजी की गरम साँसें ग्रिगोरी की गर्दन जलाने लगीं। बरानकोट के सिरे कहीं फँसते, अटकते और उसे अपनी ओर खींचने लगे। उसके मुँह से एक अस्फुट-सी चीख़ निकल गई।

और, ग्रिगोरी की आँखें खुल गईं। उसने अपने को पीठ के बल लेटा पाया। कसे बूटों में पैर सुन्न मालूम हुए। बदन यों दर्द करने लगा जैसे कि किसी ने उसे उठा-उठाकर पटका हो। "उफ़, ऐसी-तैसी में जाए !" उसने भर्राए हुए गले से कहा, अपनी ही आवाज़ पर सन्तोष का अनुभव किया और अभी-अभी देखे सपने को चाहकर भी सपना न समझ पाया। फिर, उसने करवट ली, सिर तक बरानकोट खींचा और मन-ही-मन सोचने लगा–'मुझे चाहिए था कि मैं उसे पास आने देता, उसका वार बचाता, राइफ़ल के कुन्दे से उस पर जवाबी हमला करता, और फिर भाग निकलता...।'

वह एक क्षण तक सपने के बारे में सोचता रहा और ख़ुश होता रहा कि यह सब उसने सपने में ही तो देखा, सचमुच तो कोई ख़तरा सामने है नहीं। पर सोचने लगा–'कैसा अजब है कि सपने में हर चीज़ असलियत से दस गुना ज़्यादा खूँखार नज़र आती है। ऐसा डर तो मैंने ज़िन्दगी में कभी जाना ही नहीं–ख़तरनाक-से-ख़तरनाक हालतों में भी नहीं !'...

इसके साथ ही वह औंघा गया, और उसने अपने सुन्न पैर आराम से फैला लिए।

10

कोपीलोव ने सुबह उसे जगाया–"उठो...वक़्त हो गया..चलना चाहिए...हुक्म के हिसाब से तो छः बजे हमें वहाँ पहुँच जाना चाहिए था।"

...चीफ़-ऑफ़-स्टॉफ़ ने अभी-अभी दाढ़ी बनाई, बूट साफ़ किए और क्रीज़ किया हुआ साफ़ पतलून पहना। साफ़ है कि वह हड़बड़ी में था, क्योंकि दो जगह निशान थे और गाल दाढ़ी बनाते समय जल्दी में कट गए थे। वैसे आम तौर से उसके व्यक्तित्व से रोबदाब टपक रहा था। इस चीज़ की पहले उसमें कमी रही थी।...

ग्रिगोरी ने उसे सिर से पैर तक देखा और सोचा–'क्या कहने हैं ! कैसा बना-ठना है ! हर तरह चुस्त लगना चाहता है। जनरल से मिलने जा रहा है न...'

पर कोपीलोव ने जैसे ग्रिगोरी के मन के भाव भाँप लिए। बोला–"वहाँ ढीली-ढाली शक्ल बनाकर जाना ठीक नहीं। मेरी बात मानो तो तुम भी ज़रा ठीक-ठाक हो लो।"

ग्रिगोरी सीधा होते हुए बोला–"मैं जैसा हूँ वैसा ही जाऊँगा। क्या कहा तुमने कि हमें छः बजे जाना चाहिए था ? इसका मतलब यह है कि हम दोनों के नाम परवाना आ ही रहा होगा–है न ?"

कोपीलोव ने हँसकर कन्धे झटके–"भाई, नया ज़माना, नए तरीक़े ! जनरल हमसे ओहदे में बड़ा है। उसका हुक्म मानना हमारा फर्ज़ है। फितशालौरोव जनरल हैं। वे तो हमारे पास आएँगे नहीं।"

"तुम ठीक कहते हो...हमने जो किया है, अब वही तो भरेंगे न?" ग्रिगोरी बोला और मुँह-हाथ धोने के लिए कुएँ पर चला गया।

घर की मालकिन अन्दर दौड़ी आई। उसने कमर लचकाते हुए जल्दी-जल्दी एक साफ़, कसीदेवाला तौलिया निकालकर ग्रिगोरी की ओर बढ़ाया। ग्रिगोरी ने तौलिए से ज़ोर-ज़ोर से रगड़ा तो चेहरा ठंडे पानी के कारण ईंट-सा लाल हो उठा। वह कोपीलोव से बोला–"तुम्हारी बात अपनी जगह बिल्कुल ठीक है। पर, इन जनरलों को एक बात हमेशा-हमेशा अपने दिमाग़ में रखनी चाहिए कि क्रान्ति के बाद लोग बदले हैं। कह सकते हो कि उन्हें नई ज़िन्दगी मिली है। लेकिन ये अफ़सर आज भी उसी गज़ से नापते हैं। पर, यह चलेगा नहीं। मुझे तो डर है कि इनका पुराना गज़ बीच से चटख़कर कहीं दो न हो जाए !...इन अफ़सरों के जोड़ थोड़े कड़े पड़ गए हैं...इनमें थोड़ा तेल पड़ना चाहिए, वरना ये कड़कड़ाकर टूट जाएँगे।"...

"तुम कहना क्या चाहते हो ?" कोपीलोव ने अपनी आस्तीन से फूँककर गर्द उड़ाते हुए पूछा।

"मैं कहना सिर्फ़ यह चाहता हूँ कि उनके काम करने के तरीक़े वही घिसे-पिटे हैं। मिसाल के लिए कहूँ, मैं जर्मनी की लड़ाई के पूरे ज़माने में फ़ौजी अफ़सर रहा हूँ और मैंने अपना ओहदा ख़ून-पसीना एक कर कमाया है। लेकिन मैं जब अफ़सरों के बीच होता हूँ तो मुझे ऐसा लगता है जैसे कि ठिठुरती सर्दी में सिर्फ़ पतलून पहने झोंपड़ी से बाहर निकल गया हूँ। उनके बरताव की खुश्की से मैं हिल-हिल उठता हूँ।" ग्रिगोरी की आँखें क्रोध से धधकने लगीं। पर ग्रिगोरी, इसका अनुभव किए बिना, और ज़ोर से बोलने लगा।

कोपीलोव ने खीझकर इधर-उधर देखा और धीरे से बोला–"इतने ज़ोर से न बोलो। अर्दली सुनेंगे।"

"और, मैं तुमसे पूछता हूँ कि आख़िर ऐसा क्यों है ?" ग्रिगोरी ने ज़रा धीमी आवाज़ में कहा–"इसकी वजह तो वे ही हैं कि मैं श्वेतगार्दों की काली चिड़िया बना हुआ हूँ। उनके हाथ हाथ हैं, पर मेरे हाथ कड़े पड़कर घोड़े से खुरों में बदल गए हैं...वे कमरे में दाख़िल होते हैं तो क़ायदे से, मगर मैं कमरे में घुसता हूँ तो हर चीज़ से टकराता फिरता हूँ। उनके बदन एक-से-एक साबुनों और ज़नाने क्रीम-पाउडरों से मह-मह करते हैं, पर मेरे बदन से घोड़े के पेशाब और पसीने की बू आती है। वे सब लिखे-पढ़े और आलिम हैं, पर मुझे चर्च स्कूल तक की सूरत देखने का मौक़ा नहीं मिला। उनके लिए तो मैं सिर से पैर तक बाहरी और अजनबी हूँ। यही वजह है कि सही हालत यह है। फिर जानते हो, मैं उनसे अलग होता हूँ तो मुझे ऐसा लगता है जैसे कि मेरे चेहरे पर मकड़ी का जाला तना हुआ है और बदन का हिस्सा-हिस्सा कीचड़ से सना हुआ है। नतीजा यह कि मैं इस गन्दगी को दूर करने के लिए बिल्कुल बेचैन हो उठता हूँ। उसने तौलिया कुएँ के ऊपर लकड़ी के ढाँचे पर टाँगा और टूटी कंघी से बाल काढ़ने लगा। धूप की झुलसन से अछूता उसका माथा साँवले चेहरे के मुक़ाबले कहीं गोरा लगा। वह शान्त और सधे स्वर में बोला–"लोग यह बात समझना ही नहीं चाहते कि पुरानी ज़िन्दगी आज तार-तार हो गई...घूरे पर पड़ी सड़ रही है। वे समझते हैं कि हम किसी और मिट्टी के बने हुए हैं, और बेपढ़ा-लिखा, मामूली आदमी, आदमी न होकर जानवर होता है। उनका ख़्याल है कि मैं या मेरे जैसे दूसरे लोग फ़ौजी मामले उनकी तरह समझ ही नहीं

सकते। लेकिन सवाल यह है कि फ़ौजों के कमांडर कौन लोग हैं ? बुदयोनी कहाँ का फ़ौजी अफ़सर है ? लड़ाई के पहले सार्जेंट था, और उसने ऐसा किया कि स्टॉफ़ के जनरलों के हाथों के तोते उड़ गए। गुसेलश्चिकोव से ज़्यादा नाम बहादुरी के लिए कज़्ज़ाक जनरलों में और किसी का नहीं। लेकिन पिछले जाड़ों में पतलून समेटते हुए उस्त-ख़ोपर्स्कायि से जान छुड़ाकर भागना पड़ा उसे। और, जानते हो, उसे खदेड़ा किसने ? मास्को के ताले बनानेवाले ने, लाल फ़ौज के एक रेजीमेंट के एक मामूली-से कमांडर ने। बाद में क़ैदी जाने कब तक उसी की बातें करते रहे। कुछ समझे ! और, अब ज़रा हम बेपढ़े-लिखे अफ़सरों की बात करें। क्या वक़्त आने पर कज़्ज़ाकों की रहनुमाई हमने गए-बीते ढंग से की ? और क्या जनरलों ने हमारी कोई बड़ी मदद की ?''

''ख़ासी मदद की जनरलों ने।'' कोपीलोव ने बात पर ज़ोर देते हुए कहा–''ख़ैर, हो सकता है कि उन्होंने ग्रिगोरी की मदद की हो...लेकिन मुझे तो उनसे किसी तरह की कोई इमदाद मिली नहीं, और बिना दूसरों की सलाह सुने मैंने लाल फ़ौजियों के छक्के छुड़ा दिए।''

''माना, लेकिन इससे क्या ?...अच्छा, तुम यह बताओ कि तुम फ़ौजी मामलों में साइंस को जगह देने में यक़ीन रखते हो या नहीं ?''

''रखता हूँ...लेकिन, लड़ाई के मामले में यही ख़ास बात नहीं है, मेरे भाई !''

''तो ख़ास बात क्या है, पैन्तेलेयेविच ?''

''ख़ास बात है वह मक़सद जिसके लिए लोग लड़ते हैं।''

''हाँ...यह एक दूसरी बात है...'' कोपीलोव ने ज़रा हल्के-हल्के मुस्कुराते हुए कहा–''यह तो है. ..लड़ाई में मक़सद तो खास चीज़ होती ही है। मगर जो जीतता है, मक़सद को समझने का दावा सिर्फ़ वही कर सकता है और डुग्गी पीट-पीटकर कह सकता है कि उस चीज़ में मेरा यक़ीन है। यह एक सच्चाई है और इस सच्चाई की उम्र उतनी ही है, जितनी इस दुनिया की। इसलिए तुम यह साबित करने की कोशिश तो करो नहीं कि यह बात तुम्हारे अपने दिमाग़ की खोज है। वैसे मैं हर पुरानी चीज़ का हिमायती हूँ, शानदार पुराने ज़माने का हिमायती हूँ। अगर ऐसा न हो तो न मैं अपनी जगह से हिलकर दूँ, और न लड़ाई वग़ैरा में अपना हाथ उठाकर दूँ। फिर, यह कि जो लोग हमारे साथ हैं, वे भी ऐसे हैं जो पुराने हक़ों की हिफ़ाज़त के लिए लड़ रहे हैं और ख़िलाफ़ सिर उठानेवालों को हथियारों की मदद से कुचल रहे हैं। लोगों को इस तरह कुचलनेवालों में तुम भी हो और मैं भी शामिल हूँ। ग्रिगोरी, मैं एक अर्से से तुम्हें समझने की कोशिश करता रहा हूँ मगर समझ नहीं पाता।''

''अच्छा, बाद में समझना...फ़िलहाल तो चलो।'' ग्रिगोरी ने कहा और शेड की तरफ़ बढ़ा।

घर की मालकिन, इस बीच, ग्रिगोरी की हर हरक़त देखती रही थी। इसलिए ग्रिगोरी को खुश करने की कोशिश करती हुई बोली–''थोड़ा-सा दूध ले आऊँ ?''

''शुक्रिया, माँ, मगर दूध पीने का वक़्त अब मेरे पास नहीं। बाद में देखा जाएगा।''

शेड के पास बैठा प्रोखोर-ज़िकोव प्याले का दही चम्मच से निकाल-निकालकर खाता नज़र आया। सो ग्रिगोरी को घोड़ा खोलते देखा तो उसकी आँखें खुली-की-खुली रह गईं। उसने आस्तीन से अपने होंठ पोंछे और पूछा–''दूर जा रहे हो ? मैं साथ चलूँ ?''

ग्रिगोरी मन-ही-मन क्रोध से उबल पड़ा–'अबे, आख़िर यह खिलवाड़ क्या कर रहा है तू ? तू अपना काम नहीं जानता ? तुझे नहीं पता कि मेरा घोड़ा कसा क्यों खड़ा है ? कौन लाएगा घोड़ा खोलकर यहाँ ? पेटू कहीं का, जब देखो तब मुँह चलाता रहता है, और, बस ! किनारे कर अपना यह दही और चम्मच ! सारे क़ानून-क़ायदे बेचकर खा गया !'

''लेकिन, तुम इस तरह गरम क्यों हो रहे हो ?'' प्रोखोर ने काठी पर ज़रा आराम से जमते हुए, चोट खाए स्वरों में कहा–''उबलते ही चले जा रहे हो, लेकिन इससे फ़ायदा कुछ नहीं है। कहाँ के ऐसे लाटसाहब हो तुम ! यानी, लम्बे सफ़र के पहले ज़रा मुँह जुठार लिया तो गुनाह हो गया ? इस

तरह आसमान सिर पर क्यों उठा रहे हो ?''

''क्योंकि तू मुझसे क़ायदे से बात नहीं कर रहा, सूअर का बच्चा कहीं का ! तेरी मुझसे इस तरह बात करने की हिम्मत कैसे पड़ती है ? हम अभी-अभी जनरल से मिलने जा रहे हैं, अपनी इन आँखों की ख़ैर मना...निकाल ली जाएँगी। बड़े अफ़सरों के मुँह लगने का आदी हो गया है। होश है, मैं कौन हूँ और तू कौन है ? सवार हो और अपना घोड़ा पाँच क़दम पीछे रख !'' ग्रिगोरी ने फाटक से बाहर निकलते हुए हुक्म दिया। प्रोखोर और दूसरे तीन अर्दली पीछे हो लिए। ग्रिगोरी ने घोड़ा कोपीलोव के बराबर लाते हुए बात फिर उठाई और हँसते हुए पूछा—''अच्छा, यह बतलाओ कि तुम समझते क्या नहीं ? मैं तुम्हारी कुछ मदद कर दूँ ?''

ग्रिगोरी की बात के लहज़े का मज़ाक और सवाल का ढंग कोपीलोव की समझ की पकड़ में नहीं आया। उसने मामूली ढंग से जवाब दिया—''मेरी समझ में यह नहीं आता कि इस पूरी बाज़ी में तुम्हारा अपना मुहरा कहाँ है। एक तरफ़ तो तुम पुराने निज़ाम के लिए लड़ते हो, दूसरी तरफ़ दोटूक बात कहने के लिए माफ़ करना—बोलशेविकों के साँचे में ढले-ढले से नज़र आते हो !''

''मैं बोलशेविक किधर से हूँ ?'' ग्रिगोरी के चेहरे पर बादल घिर आए और वह काठी पर जमे-ही-जमे हिल उठा।

''मैं यह नहीं कहता कि तुम बोलशेविक हो...लेकिन, बोलशेविक से मिलते-जुलते तो हो ही।''

''यह कैसे ?''

''यह ऐसे कि एक मिसाल लो...तुम अभी अफ़सरों और उनके रुख की बात चला रहे थे। यह बतलाओ कि तुम उनसे चाहते क्या हो ? उन अफ़सरों को भी छोड़ो, तुम मोटे तौर पर चाहते क्या हो ?'' कोपीलोव ने मधुर ढंग से हँसते और अपने चाबुक से खिलवाड़ करते हुए पूछा। पीछे-पीछे आते और काफी ज़ोर-शोर से बहस करते अर्दलियों को मुड़कर देखा और आवाज़ ऊँची उठाई—''तुम्हें बुरा लगता है, क्योंकि वे तुम्हें अपने बराबर नहीं समझते...तुम्हें बुरी निगाह से देखते हैं। लेकिन ज़रा सोचोगे तो तुम्हें लगेगा कि वे अपनी जगह बिल्कुल दुरुस्त हैं। यह सही है कि तुम एक बड़े अफ़सर हो। मगर, यह तो एक मौक़े की ही बात है कि तुम आज इस ओहदे पर हो। माफ़ करना, अफ़सरों की वर्दी पहनने पर भी हर तरफ़ से गँवार कज़्ज़ाक लगते हो। कोई तौर-तरीक़ा तुम्हें नहीं आता। बातचीत का ढंग तुम नहीं जानते। तुममें कुछ भी तो ऐसा नहीं है जो पढ़े-लिखे आदमी में अपने-आप होता है। मान लो कि सभी क़ायदे के लोगों की तरह तुम नाक रूमाल से नहीं पोंछते, बल्कि छिंगुलिया और अँगूठे से पोंछते हो। खाते समय हाथ जूतों पर या बालों में पोंछ लेते हो। मुँह-हाथ धोने के बाद घोड़े पर बिछाए जानेवाले कपड़े के इस्तेमाल में तुम्हारा जी नहीं बिदकता। तुम अपने नाख़ून या तो दाँत से कुतर लेते हो, या तलवार के सिरे से काट लेते हो ! अब एक इससे भी बदतर मिसाल दूँ—पिछले साल कारगिंस्काया में मैंने देखा कि तुम एक पढ़ी-लिखी औरत से बात करते रहे और साथ-साथ उसी के सामने खड़े-खड़े पतलून के आगे के बटन बन्द करते रहे।''

''यानी, तुम्हारी अक्ल से अच्छा यह होता कि मैं पतलून के आगे के बटन खुले-के-खुले रहने देता ?'' ग्रिगोरी ने उदास मन से मुस्कुराते हुए पूछा।

दोनों के घोड़े बराबर-बराबर आगे बढ़ते रहे कि उसने कोपीलोव और उसके मधुर चेहरे को कनखी से देखा और खीझ से भर उठा।

''बात यह नहीं है।'' कोपीलोव अपनी बात पर बल देते हुए बोला—''तुम सिर्फ़ पतलून पहने पैरों में जूते बिना डाले किसी औरत से बात ही कैसे कर सके ? तुमने तो जैकेट तक बदन पर नहीं डाली। वैसे ये बातें छोटी और मामूली हैं, लेकिन इनसे यह तो पता चलता ही है कि तुम आदमी कैसे और किस तरह के हो...कैसे समझाऊँ तुम्हें मैं यह बात ?''

''क्यों, आसान-से-आसान ढंग से समझा दो।''

"तो, यह समझो कि ये सारे काम गँवार-से-गँवार आदमी करता है। और, फिर, तुम बातें कैसे करते हो ? हद है ! 'क्वार्टर' को 'कुआटर', 'निकासी' को 'निकाशी' और 'साफ़ है कि' को 'शाफ़ है कि' कहते हो। यही नहीं, सभी बेपढ़े-लिखे लोगों की तरह तुम्हें भी बाहरी ज़बानों के बजनेवाले लफ़्ज़ों का ऐसा नशा है कि बस ! तुम उन्हें वक़्त-बेवक़्त रटते फिरते हो और ऐंठ-ऐंठकर बोलते हो ! स्टाफ़ कांफ्रेंसों में जब 'सन्धिभंग', 'प्रबन्ध' और 'केन्द्रीयकरण' जैसे बड़े-बड़े लफ़्ज़ इस्तेमाल किए जाते हैं तो तुम तारीफ़ से भरकर बोलनेवाले की तरफ़ एकटक देखते रह जाते हो। मैं तो कहूँगा कि तुम्हें शायद उससे डाह तक होने लगती है।"

"अब तुम बकवास कर रहे हो।" ग्रिगोरी ने ज़ोर से कहा और उसके चेहरे से ख़ुशी टपकने लगी। उसने घोड़े के कानों के बीच का हिस्सा थपथपाया, और अयाल के बालों में उँगलियाँ गड़ाकर उसकी गरम, रेशमी खाल सहलाई। बोला—"चालू रखो...अपने कमांडर को रगड़ने में किसी तरह की कोई कोताही न करो।"

"तुम भी ख़ूब हो ! तुम्हें रगड़ने की भला मुझे क्या ज़रूरत ?" यह तो तुम्हें ख़ुद ही समझना चाहिए कि इन सभी मामलों में तुम्हारी कोर ख़ासी दबती है; और फिर तुम्हें अफ़सोस होता है कि अफ़सर तुम्हारे साथ बराबरी का बरताव नहीं करते। जहाँ तक तौर-तरीक़ों और लिखाई-पढ़ाई की बात है, तुम काठ के उल्लू हो।"

अन्तिम शब्द अनजाने ही कोपीलोव के मुँह से निकल गए। वह फ़ौरन ही सिटपिटा गया, ग्रिगोरी के आपे से बाहर हो जाने की कल्पना से डरा, उसके क्रोध की भयंकरता से परिचित होने के कारण उसे तेज़ी से सिर से पैर तक देख गया और फिर एकदम आश्वस्त हो उठा। ग्रिगोरी काठी पर पीछे की ओर तनते हुए चुपचाप हँसता रहा और गलमुच्छों के नीचे उसके दाँत चमकते रहे। इस पर कोपीलोव को इतना आश्चर्य हुआ और ग्रिगोरी की हँसी ऐसी संक्रामक साबित हुई कि वह ख़ुद भी ठठाकर हँस पड़ा। कहने लगा—"यह तो तुम हो ! दूसरा कोई समझदार आदमी होता तो ऐसी लानत-मलामत पर रो देता, लेकिन तुम हो कि घोड़ों की तरह हिनहिनाकर सारी बात हवा में उड़ाए दे रहे हो...तुम्हारा राज़ मेरी समझ में तो आता नहीं।"

"तो, तुम मुझे काठ का उल्लू समझते हो ? ऐसा है तो तुम्हारी ऐसी-तैसी !" कोपीलोव के गम्भीर होते ही ग्रिगोरी बोला—"मुझे तुम्हारे तौर-तरीके और रस्म-रिवाज नहीं सीखने। बैल हाँकते वक़्त वे मेरे काम आने से रहे। अगर आसमानवाले ने मुझे काफ़ी उम्र तक जीता रखा तो वास्ता मेरा बैलों से ही पड़ेगा न। उस वक़्त क्या मैं हज़ार बार सलाम दागूँगा, उनकी इज़्ज़त में झुकूँगा और कहूँगा, 'सुनिए न मेरी बात मान लीजिए, गंजे साहब !...माफ़ कीजिए, चितकबरे जी !...इजाज़त दीजिए कि मैं आपका जुआ ज़रा सीधा कर दूँ।...भाई, जनाब-बैल-साहब, बड़े ही अदब से अर्ज़ करना चाहता हूँ कि आप मेहरबानी करें और लीकें न तोड़ें।'...बैलों के साथ तो रुखाई से ही पेश आना पड़ता है—'हे...हट...हट उधर से...अबे ओ...आगे बढ़।' तुम्हारे 'खेन्द्रीयकरन' के बारे में बैल यहीं तक समझते हैं।"

" 'खेन्द्रीयकरन' नहीं बल्कि 'केन्द्रीयकरण' " कोपीलोव ग्रिगोरी को सही करते हुए बोला।

"अच्छा, 'केन्द्रीकरन' सही। लेकिन, मैं तुम्हारी एक बात नहीं मानता।"

"वह कौन-सी बात है ?"

"वह यह कि मैं काठ का उल्लू हूँ। मैं तुम्हारी निगाह में काठ का उल्लू हो सकता हूँ। पर, तुम ज़रा ठहरो, मुझे वक़्त दो और लाल फ़ौजियों से मिल जाने दो। फिर देखना। मैं उनकी निगाह में सीसे से ज़्यादा वज़नी ठहरूँगा और फिर तुम तौर-तरीक़ोंवाले, पढ़े-लिखे मुफ़्तख़ोरों की खैरियत इसी बात में होगी कि तुम ग़लती से भी मेरे हाथ न पड़ जाओ, वरना मैं तुम्हारे कलेजे और अन्तड़ियाँ-पन्तड़ियाँ निकालकर ज़मीन पर रख दूँगा।" ग्रिगोरी ने आधी हँसी और आधी गम्भीरता

से कहा। इसके बाद उसने अपने घोड़े पर हाथ रखा कि वह दुलकी उड़ चला और हवा से बातें करने लगा।

इस बीच दोन के किनारे, सन्नाटे के बारीक तानों-बानों के बीच सवेरा इस तरह आया कि हल्की-से-हल्की आवाज़ ने उसे चौंका दिया और गूँजों को हाथ झकझोरकर जगा-जगा दिया। मैदान में केवल बुलबुलों और बटेरों के स्वरों का राज्य रहा, पर आस-पास के गाँवों से उभरती आवाज़ें बड़ी-बड़ी फ़ौजों के इधर-उधर आने-जाने का पता देती रहीं। रास्तों की लीकों पर तोपगाड़ियों और लड़ाई के सामानोंवाली गाड़ियों के पहिए खड़खड़ाते रहे। कुओं के पास घोड़े हिनहिनाते रहे। पैदल कज़्ज़ाक फ़ौजियों के पैरों की धमक धीमी रही। मोर्चे पर खाने की चीज़ों के साथ, दूसरी ज़रूरी चीज़ें पहुँचानेवाली ग़ैर-फ़ौजी सवारियाँ आवाज़ करते हुए आगे बढ़ती रहीं। फ़ौजी बावर्चीख़ानों से जुनरी के दलिए, लॉरिल के पत्तियों से भरे डिब्बाबन्द गोश्त और अभी-अभी तैयार की गई रोटी की प्यारी-प्यारी-सी बास उमड़ती रही।

खुद उस्त-मेदवेदित्स्काया के नीचे दोनों तरफ़ की राइफ़लें गोलियाँ उगल-उगलकर सवाल-जवाब करती रहीं। तोपों की गरज जब-तब ही खोखले ढंग से गूँजती रही। पता चला कि लड़ाई अभी-अभी शुरू हुई है।

जनरल फ़ितशालौरोव नाश्ता करता रहा कि सयानी उम्र के, परेशान से ऐडजुटेंट ने सूचना दी—"पहली बाग़ी-डिवीज़न के कमांडर मेलेख़ोव और स्टाफ़ डिवीज़न चीफ कोपीलोव..."

"उन्हें मेरे कमरे में बिठा दो।" फ़ितशालौरोव ने अंडों के छिलकों से भरी अपनी तश्तरी, अपने बड़े-बड़े, गाँठ-गँठीले हाथों से एक तरफ़ खिसकाते हुए कहा, इत्मीनान से गिलास का ताज़ा दूध पिया, नैपकिन की सफ़ाई से तह की और मेज़ से उठ खड़ा हुआ।

ग़ैर-मामूली क़द और सयानी उम्र का भारी-भरकम शरीर का वह व्यक्ति, टेढ़े-मेढ़े कर गहनेवाले दरवाज़े और धुँधली छोटी खिड़कियों के छोटे कज़्ज़ाक कमरे में बहुत ही ज़्यादा लम्बा-चौड़ा लगा। खोखले ढंग से खाँसते और अपने बुरी तरह चुस्त वर्दी के ऊँचे कॉलर ठीक करते हुए जनरल दूसरे कमरे में गया, कोपीलोव और ग्रिगोरी उसे देखकर खड़े हुए तो उनके सामने अभिवादन में झुका और अपना हाथ आगे न बढ़ाते हुए उसने उन्हें मेज़ के किनारे आकर बैठने का इशारा किया।

ग्रिगोरी, अपनी तलवार सीधी करते हुए, बड़ी ही सावधानी से स्टूल के कोने पर बैठ गया, और कनखी से कोपीलोव पर नज़र डालने लगा।

फ़ितशालौरोव वियना की कुर्सी पर बैठा तो वह चरमराई और उसके लम्बे पाए लचते-से लगे। उसने अपने हाथ घुटनों पर रखे और मोटी, धीमी आवाज़ में बोला—"मैंने आप लोगों को चन्द मसलों को हल करने के लिए यहाँ बुलाया है...बाग़ियों की पार्टीज़ान-मुठभेड़ ख़त्म हो गई है...यानी अब आपकी फ़ौजों की हैसियत एक आज़ाद यूनिट की नहीं रहेगी...वैसे सच पूछिए तो वह कभी रही भी नहीं...यह बात एक दिमाग़ी अफ़साना-भर रही है, और बस ! ख़ैर, तो अब आपकी फ़ौजें दोन की फ़ौज में मिला दी जाएँगी और हम पहले सोच-समझकर, नक़्शा बनाकर दुश्मन पर हमला करेंगे... अब वक़्त आ गया है कि आप, पहले से सोच-समझकर, नक़्शा बनाकर दुश्मन पर हमला करने का राज़ समझें और बिना शर्त के अपने को ऊपरी कमान की मातहत मान लें। अब ज़रा मुझे बतलाइए कि यह हुआ क्या कि कल हमलों के वक़्त आपकी पैदल रेजीमेंट ने 'तूफ़ानी बटैलियन' का साथ नहीं दिया ? मेरे हुक्म के बावजूद, रेजीमेंट ने हमला करने से आख़िर इनकार कैसे किया ? भला आपकी इस रेजीमेंट का कमांडर कौन है ?" "मैं हूँ।" ग्रिगोरी ने धीमे से कहा।

"तो फिर, मेहरबानी कर आप ही मेरे सवाल का जवाब दीजिए।"

"मैं तो कल तक लौटा ही नहीं था।"

"और, इसके पहले आप गए कहाँ थे ?"

"मैं अपने गाँव गया था।"

"यानी, लड़ाई के दौरान कोई डिवीज़नल कमांडर जब चाहे तब मैदान छोड़कर घर चल दे, क्यों ? डिविज़न न हुई, हुल्लड़बाज़ों की ज़मात हो गई ? कितना गिर गया है आदमी ! कैसी अजीब हालत है !" जनरल की आवाज़ और ज़ोर से गूँजी। बाहर एडजुटेंट फुसफुसाते और एक-दूसरे को देखकर मुस्कुराते हुए पंजों के बल इधर-उधर टहलते रहे।

कोपीलोव का चेहरा ज़र्द पड़ गया। लेकिन ग्रिगोरी ने जनरल का चेहरा और फूली हुई मुट्ठियाँ देखीं तो वह अन्दर-ही-अन्दर गुस्से से इस तरह उबलने लगा कि सँभालना मुश्किल हो गया।

फ़ितशालौरोव एकाएक फुर्ती से उछला और कुर्सी का पुट्ठा हाथों से जकड़कर चीख़ा–"तुम फ़ौजी लोगों की कमानें नहीं सँभालते, हुल्लड़बाज़ लाल-गार्दों की कमान सँभालते हो। तुम्हारी फ़ौज में कज़्ज़ाक नहीं इंसानियत का कोढ़ जमा है। जनाब मेलेख़ोव साहब, आपको फ़ौजी डिवीज़न का कमांडर न होकर किसी का ख़ानसामा होना चाहिए...ख़ानसामा ! आपको जूते साफ़ करने चाहिए...समझे आप ? बतलाइए कि मेरे हुक्म की तामील आख़िर क्यों नहीं हुई ? इसीलिए नहीं हुई न कि आप मीटिंग नहीं कर सके, आपस में बातचीत नहीं कर सके ? ज़रा होश में आइए। यहाँ के हम सब लोग 'कॉमरेड' नहीं हैं, और बोलशेविक हथकंडे हम चलने नहीं देंगे। किसी सूरत से चलने नहीं देंगे।"

"आप मुझ पर इस तरह चीखिए नहीं।" ग्रिगोरी ने भरी हुई आवाज़ में कहा और स्टूल को पैर से एक तरफ़ को ढेलते हुए उठ खड़ा हुआ।

"क्या कहा आपने ?" फ़ितशालौरोव ने उत्तेजना से हाँफते और मेज़ पर झुकते हुए फटी-सी आवाज़ में चिल्लाकर कहा।

"मैंने आपसे कहा कि चीखिए नहीं मुझ पर !" ग्रिगोरी ने ज़रा और ज़ोर से दोहराया– "आपने हमें बुलाया था तय करने के लिए..." वह क्षण-भर को चुप हो गया, अपनी निगाहें नीची कीं और जनरल पर निगाह जमाए-ही-जमाए बहुत ही धीमे स्वरों में बोला–"अगर आपने मेरी तरफ़ उँगली भी उठाई तो मैं ठौर-की-ठौर आपके टुकड़े-टुकड़े करके रख दूँगा।"

इस पर कमरे में ऐसा सन्नाटा छा गया कि जनरल की लम्बी-लम्बी साँसें साफ़-साफ़ सुन पड़ने लगीं। मौन काफी खिंचा कि दरवाज़ा थोड़ा चरमराया और एक सहमे हुए एडजुटेंट ने संध से झाँककर देखा। फिर दरवाज़ा जमाकर बन्द कर दिया। ग्रिगोरी अपनी तलवार की मूठ पर हाथ रखे खड़ा रहा। कोपीलोव के घुटने काँपने लगे और उसकी निगाहें दीवार पर नाचने लगीं। सहसा ही फ़ितशालौरोव कुर्सी पर धम से ढह पड़ा, और बूढ़ों की तरह खाँसते हुए बुदबुदाया–"क्या तमाशा है !" इसके बाद ग्रिगोरी की ओर देखे बिना बिल्कुल शान्त भाव से कहने लगा–"बैठिए, बैठ जाइए ! हम दोनों ही बेदम हो गए हैं। फिर अब तो बात आई-गई भी हो गई। अब मेहरबानी करिए और मेरी बात सुनिए।...आप अपनी घुड़सवार फ़ौजें फ़ौरन ही भेज दीजिए...लेकिन, बैठिए तो...बैठिए।"

ग्रिगोरी बैठ गया और सहसा ही पसीने से तर हुआ चेहरा अपनी आस्तीन से पोंछने लगा।

"आगे सुनिए...सभी घुड़सवार फ़ौजें फ़ौरन ही दक्षिण-पूर्व के इलाक़े की तरफ़ रवाना कर दीजिए। और बिना ज़रा भी वक़्त खोए हमला बोल दीजिए। इसके लिए अपने दाएँ बाज़ू पर चुमाकोव की कमान से जा मिलिए।"

"मैं अपनी डिवीज़न को लेकर वहाँ नहीं जाऊँगा।" ग्रिगोरी ने थकी-सी आवाज़ में कहा, रूमाल निकालने के लिए पतलून की जेब में हाथ डाला, नताल्या का बेल की गोटवाला रूमाल निकालकर भौंहें पोंछीं और अपनी बात दोहराते हुए बोला–"मैं अपनी डिवीज़न वहाँ नहीं ले जाऊँगा।"

"आख़िर क्यों ?"

"क्योंकि फ़ौजों की नई टुकड़ियाँ बनाने में बहुत वक़्त लग जाएगा।"

''इस सवाल से आपको कुछ भी लेना-देना नहीं। कार्रवाई के पूरे नतीजे की ज़िम्मेदारी मुझ पर होगी।''

''इस सवाल से मुझे लेना-देना है...और पूरे नतीजे की ज़िम्मेदारी सिर्फ़ एक आप पर ही नहीं होगी।''

''यानी, आप मेरे हुक्म की तामील करने से इनकार करते हैं ?'' फ़ितशालौरोव ने बहुत ही कोशिश से अपने को काबू में रखते हुए भर्राए हुए गले से पूछा।

''जी हाँ।''

''अगर ऐसा है तो आप डिवीज़न की कमान फ़ौरन ही छोड़ दीजिए। अब मेरी समझ में आया कि कल मेरे हुक्म पर अमल क्यों नहीं हुआ ?''

''अब आप चाहे जो समझें, पर मैं डिवीज़न की कमान छोडूँगा नहीं...''

''इसके मानी क्या हुए ?''

''इसके मानी वही हुए जो मैंने कहा।'' ग्रिगोरी होंठों-ही-होंठों मुस्कुराया।

''मैं आपको कमान से अलग करता हूँ।'' फ़ितशालौरोव और ज़ोर से बोला। लेकिन ग्रिगोरी दूसरे क्षण झटके से उठ खड़ा हुआ।

''मैं आपका कोई मातहत नहीं हूँ, जनाब !''

''मेरी नहीं तो आप किसकी मातहत हैं ?''

''मैं बाग़ी फ़ौजों के कमांडर कुदिनोव के मातहत हूँ। और, आपसे यह सब सुनकर मुझे ख़ासी हैरत हुई है, क्योंकि इस वक़्त तो आपमें और मुझमें कोई फर्क़ है नहीं। हम लोगों को बराबर हक़ हासिल हैं। एक डिवीज़न की कमान आपके हाथों में है तो एक डिवीज़न की कमान मेरे हाथ में है। इसलिए, फ़िलहाल बेहतर यही है कि आप मुझे आँखें न दिखलाएँ।...जब मैं स्क्वैड्रन-कमांडर बना दिया जाऊँगा, तब दिखलाइएगा तो आपकी आँखें देख लूँगा...लेकिन तब भी''...ग्रिगोरी ने अपनी छिंगुलिया उठाई और क्रोध से जलती हुई आँखों के बावजूद मुस्कुराकर बोला—''तब भी आपका चिल्लाना और आँखें दिखलाना मुझसे बर्दाश्त न होगा।''

फ़ितशालौरोव उठा और अपना बड़ा कॉलर ठीक करते हुए ज़रा झुककर बोला—''बात ख़त्म ! आपका जो जी चाहे सो कीजिए। मैं आपके बरताव की रिपोर्ट अभी आर्मी स्टाफ़ से करने जा रहा हूँ, और आपको पूरा यक़ीन दिला सकता हूँ कि इसका नतीजा जल्दी ही आपको देखने को मिलेगा। हमारा मोर्चे का कोर्ट-मार्शल बड़ी ही चुस्ती से काम कर रहा है इन दिनों।''

ग्रिगोरी ने सारा कुछ सुना, कोपीलोव की आँखों से टपकती निराशा की ओर ज़रा भी ध्यान नहीं दिया, टोपी सिर पर औंघाई और तेज़ी से दरवाज़े की ओर बढ़ा। परन्तु ड्योढ़ी पर ठिठका और बोला—''आप जिससे चाहें, उससे रिपोर्ट करें...इस तरह आप मुझे डरा नहीं पाएँगे...मैं जल्दी से घबरा जानेवाला आदमी नहीं हूँ...और फिलहाल तो आप अपने हाथ मुझसे ज़रा फ़ासले पर ही रखिए।'' वह एक क्षण कुछ बिसूरता खड़ा रहा और फिर बोला—''क्योंकि मुझे डर है कि मेरी डिवीज़न के कज़्ज़ाक कहीं आपके पीछे न पड़ जाएँ...।''

उसने ठोकर से दरवाज़ा खोला और अपनी तलवार लहराता, लम्बे-लम्बे डग भरता बरसाती में आया।

उत्तेजित कोपीलोव सीढ़ियों पर उससे आ मिला और मायूसी से हाथ मलते हुए धीमे से बोला, ''तुम्हारा दिमाग़ खराब हो गया है, पैन्तेलेयेविच !''

''घोड़े लाओ।'' ग्रिगोरी बजती हुई आवाज़ में चीख़ा और हाथ का चाबुक जैसे मसल-मसल डालने लगा।

प्रोखोर हवा की रफ़्तार से सीढ़ियों की तरफ़ बढ़ा। ग्रिगोरी घोड़े पर सवार होकर फाटक से निकला

तो मुड़कर देखने लगा। तीन खानसामे जनरल फ़ितशालौरोव को ऊँचे घोड़े की शानदार काठी पर बिठलाने में व्यस्त दीखे।

ग्रिगोरी और कोपीलोव कोई आधे वर्स्ट तक मुँह सिए रहे। कोपीलोव चुप रहा, क्योंकि ग्रिगोरी उसे बातचीत करने की मनःस्थिति में नहीं लगा। साथ-साथ इस समय उससे उलझना भी ख़तरे से खाली नहीं समझ पड़ा। आख़िरकार ग्रिगोरी चुप न रह सका और झटके से बोला—"तुम्हें इस तरह साँप क्यों सूँघ गया है ? आख़िर तुम मेरे साथ आए ही क्यों ? बाद में गवाही देने के लिए ? वहाँ तो तुम जान-बूझकर चुप्पी साधे रहे, है न ?"

"ख़ैर, वहाँ की बात न चलाओ...वहाँ तो तुम बिल्कुल ही आपे से बाहर हो गए थे।"

"और, तुम्हारा वह जनरल आपे से बाहर नहीं हुआ ?"

"मैं कह सकता हूँ कि ग़लती उसकी भी थी। उसके बात करने का ढंग बहुत ही भद्दा था।"

"मैं तो कहूँगा कि उसने बात तो की ही नहीं। वह तो शुरू से ही इस तरह चिल्लाता रहा, जैसे कि किसी ने उसके चूतड़ में सुई चुभो दी हो।"

"इस पर भी तुमने कमाल ही कर दिया। अपने से बड़े अफ़सर की हुक्म-उदूली...सो भी लड़ाई की हालत में, मेरे दोस्त..."

"यह कोई बात नहीं। बुरा बस इतना ही हुआ कि उसने मुझ पर हमला नहीं किया। अगर कहीं वह हमला कर देता तो मैं तलवार उसके भेजे के आरपार कर देता।"

"ख़ैर, जो भी सूरत सामने है, उसमें तुम अपनी ख़ैरियत मनाओ।" कोपीलोव ने असन्तोष से भरकर कहा और अपना घोड़ा धीमा कर क़दम चाल में डाल लिया—"लगता यही है कि क़ानून-क़ायदे के मामले में अब हमें और कस दिया जाएगा। इसलिए अच्छा हो कि तुम खिसक दो।"

दोनों घोड़े, दुमों से डांस उड़ाते और हींसते हुए अगल-बगल चलते रहे। ग्रिगोरी ने मज़ाक-भरी निगाह कोपीलोव पर डाली और पूछा—"तुम ऐसे सज-बजकर किसलिए आए थे ? सोचा था कि जनरल तुम्हें चाय पीने की दावत देगा ? गुमान था कि वह अपने गोरे हाथ से तुम्हारा हाथ पकड़कर तुम्हें चाय की मेज़ तक ले जाएगा...दाढ़ी बनाई, ट्यूनिक साफ़ की, अपने बूट चमचमाए...मेरे देखते-देखते अपने रूमाल पर थूक-थूककर घुटने के धब्बे साफ़ किए।"

"अच्छा, ख़त्म करो बकवास।" कोपीलोव लाल हो उठा।

"और, तुम्हारी सारी मेहनत बेकार गई।" ग्रिगोरी ने खिल्ली उड़ाई—"यानी, चाय की दावत तो दूर, उसने तो तुमसे हाथ तक नहीं मिलाया।"

"यह तो कम हुआ...तुम्हारे साथ आया था—होना तो कुछ और ही चाहिए था।" कोपीलोव ने जल्दी-जल्दी कहा, और फिर आश्चर्य और प्रसन्नता से चीख़ा—"वह देखो—उधर हमारे साथी नहीं हैं...दोस्त मुल्कों के लोग हैं।"

छः खच्चर एक अंग्रेजी तोप सँकरी गली से उनकी ओर खींचकर लाते दीखे। तोप की बग़ल में एक अंग्रेज अफ़सर दुमकटे, बादामी भूरे रंग के घोड़े पर सवार नज़र आया। सबसे आगेवाले खच्चर पर सवार आदमी के बदन पर भी अंग्रेज़ी पोशाक समझ पड़ी। लेकिन उसकी टोपी की पट्टी में रूसी अफ़सरोंवाली कलगी और कन्धे पर लेफ़्टिनेंट के झब्बे लगे रहे।

ग्रिगोरी से कुछ क़दम दूर से ही उस अफ़सर ने अपने कॉर्क के हेलमेट पर दो उँगलियाँ रखीं, सिर हिलाया और उससे रास्ता देने का अनुरोध किया। मगर जगह इतनी कम निकली कि कसे हुए घोड़ों को उधर से गुज़रने के लिए पत्थर की दीवारों से बिल्कुल सट-सट जाना पड़ा।

ग्रिगोरी के गालों की खाल काँपी, उसने अपने दाँत पीसे और अपना घोड़ा सीधे अफ़सर की ओर बढ़ाया। अफ़सर ने अपनी आँखें अचरज से ऊपर कीं और घोड़ा एक किनारे कर लिया। लोग कठिनाई से उधर से निकले। उसमें भी अंग्रेज को अपना दायाँ पैर, कसे हुए चमड़े के बन्दों में रख

लेना पड़ा।

तोपचियों के गिरोह का एक व्यक्ति साफ़-साफ़ रूसी लगा। उसने गुस्से से भरकर ग्रिगोरी को सिर से पैर तक देखा। बोला–"मेरा ख़्याल है कि तुम एक किनारे भी हो सकते थे। क्या ज़रूरी है कि तुम हर जगह अपनी ज़हालत की नुमाइश लगाते फिरो ?"

"तू अपना घोड़ा आगे कर और मुँह बन्द कर...कुतिया के बच्चे...वरना मैं तुझे एक तरफ़ कर दूँगा।" ग्रिगोरी ज़ोर से बोला।

अफ़सर अपनी सीट पर उचका, मुड़ा और चीख़ा–"ज़रा इस बदमाश को पकड़ तो लो।"

मगर ग्रिगोरी अपना चाबुक हवा में नचाते हुए अपना घोड़ा आराम से गली के बीच हाँकता रहा। सफ़ाचट मूँछोंवाले, थकान से चूर, गर्द और धूल से भरपूर, सभी-के-सभी जवान अफ़सरों ने उस पर दुश्मनी-भरी निगाह डाली, मगर उसे रोकने की कोशिश एक ने भी नहीं की।

फिर, छः तोपोंवाला तोपख़ाना मोड़ पर जाकर आँखों से ओझल हो गया। कोपीलोव होंठ काटते हुए, अपना घोड़ा ग्रिगोरी के घोड़े की बग़ल में लाया।

"तुम गधापन कर रहे हो, ग्रिगोरी पैन्तेलेयेविच ! छोटे-छोटे बच्चों का-सा बरताव कर रहे हो।"

"क्यों, मुझे हर तरह की सीख देने का ठेका किसी ने आपको दे दिया क्या ?" ग्रिगोरी ने तड़ से उलटकर जवाब दिया।

कोपीलोव कन्धे झटकते हुए बोला–"फ़ितशालौरोव पर तुम्हारे बरसने की बात मेरी समझ में आती है। लेकिन उस अंग्रेज ने भला तुम्हारा क्या बिगाड़ा था ? तुम्हें उसका लोहे का टोप पसन्द नहीं आया क्या ?"

"हाँ, यहाँ उस्त-मेदवेदित्स्काया के पास सचमुच उतना अच्छा नहीं लगा...उसे वह कहीं और पहन सकता था...मगर, याद रखो कि जब दो कुत्ते एक-दूसरे की तरफ़ झपट रहे हों, तो तीसरे कुत्ते को बीच में नहीं पड़ना चाहिए, समझे ?"

"हूँ...समझा...यानी तुम यह नहीं चाहते कि बाहर के मुल्कों के लोग बीच में पड़ें ? लेकिन मुझे लगता है कि गर्दन फँसी हो तो मदद कोई भी दे, अच्छी लगती है।"

"ख़ैर, तुम ख़ुश हो लो....मगर मैं उन्हें अपनी धरती पर क़दम नहीं रखने दूँगा।"

"तुमने चीनियों को लाल फ़ौजियों के साथ लड़ते देखा है ?"

"मान लो देखा हो, तो ?"

"तो, क्या यह मामला भी बहुत-कुछ वैसा ही नहीं है ? तुम जानते हो कि वे भी बाहरी हैं, और वे भी मदद कर रहे हैं ?"

"उसका इस बात से कोई ताल्लुक़ नहीं। चीनी तो लाल फ़ौजियों की मदद को ख़ुद आए।"

"और, तुम्हारा ख़्याल है कि इन तमाम बाक़ी लोगों को यहाँ ज़बर्दस्ती घसीटकर लाया गया है ?"

ग्रिगोरी की समझ में न आया कि वह जवाब दे तो क्या दे ? वह दिमाग़ मथता, बहुत देर तक चुपचाप रहा। इसके बाद खीझ-भरी आवाज़ में बोला–"तुम पढ़े-लिखे हमेशा एक ही तरह के होते हो। बर्फ़ में कलामुंडी खाते खरगोश की तरह ऐंठते और कलामुंडी खाते हो। मुझे तुम्हारी बात तो ग़लत लगती है; मगर यह समझ में नहीं आता कि तुम्हारी इसे काटूँ तो काटूँ कैसे ? ख़ैर, हटाओ...मुझे बेकार को उलझाओ नहीं...मेरा दिमाग़ यों भी कुछ कम परेशान नहीं है।"

कोपीलोव मन-ही-मन कुढ़कर चुप हो रहा और फिर रास्ते-भर उन दोनों में आपस में कोई बातचीत नहीं हुई। सिर्फ़ प्रोखोर अपना घोड़ा उन दोनों के बराबर लाया और उत्सुकता से भरकर पूछने लगा–'ग्रिगोरी पैन्तेलेयेविच, सुनो, इन कैडेटों ने अपनी तोपों में कौन से जानवर जोत रखे थे? उनके कान गधों के-से थे, मगर बाक़ी सारा बदन घोड़ों का-सा था। मुझे तो फूटी आँखों नहीं सुहाए। क्या कहते हैं इन्हें ? बुरा न मानो...बतला दो...शर्त बद रखी है मैंने।"

फिर कोई पाँच मिनट तक प्रोखोर अपना घोड़ा पीछे-पीछे हाँकता रहा। पर उसे उत्तर कुछ न मिला, तो पीछे हो गया और बाक़ी अर्दलियों के बराबर आने पर फुसफुसाते हुए बोला—"उनके मुँह से तो बोल नहीं फूटता, साथियो ! शायद खुद ही सोच रहे हैं कि ये बेहूदे जानवर दुनिया में आए कहाँ से ?"

11

कज़्ज़ाक कम्पनियाँ चौथी बार अपनी उथली खाइयों से उभरीं। पर लाल फ़ौजियों की मशीनगनें इस तरह ताबड़तोड़ गोलियाँ बरसाती रहीं कि फिर लेट गईं। दूसरी ओर बाएँ किनारे के जंगल में छिपी लाल फ़ौजों की तोपें तड़के से ही कज़्ज़ाक पोज़ीशनों और दर्रों में जमा रिज़र्वों पर बराबर आग उगलती रहीं।

दोन के किनारे की आसमानी ऊँचाइयों पर तोप के गोलों के टुकड़ों के दूधिया बादल पिघलते रहे और कज़्ज़ाक खाइयों की टूटी क़तार से गोलियाँ सर्राटे भर-भरकर भूरी धूल के पर लगाती रहीं।

दोपहर होते-होते लड़ाई और भयानक हो गई और पछुआ हवा के झोंके तोपों की गरज दूर-दूर ले जाने लगे।

ग्रिगोरी विद्रोही सेना के तोपख़ाने की एक चौकी पर चढ़ गया और दूरबीन से लड़ाई का रुख समझने लगा। उसने फ़ौजी अफ़सरोंवाली कम्पनियों को जान-माल के भारी नुक़सान के बावजूद, बार-बार हमले बोलते देखा। गोलियों या तोप के गोलों की मार घनी होते ही ये अफ़सर नीचे लेट गए और इन्होंने अपने मूड़ गड़ा लिए। पर मौक़ा मिलते ही उठे और तेज़ी से दौड़कर आगे जा जमे। परन्तु ज़रा और बाईं ओर, विद्रोही पैदल सेना बिलकुल निष्क्रिय और निकम्मी लगी। इस पर ग्रिगोरी ने येरमाकोव के नाम एक पत्र लिखा और एक आदमी से उसके पास भेज दिया।

आधे घंटे बाद येरमाकोव गुस्से से उबलता घोड़ा दौड़ाता आया, तोपों के पास नीचे उतरा, हाँफते हुए उस ख़ास चौकी की ओर बढ़ा, और दूर से ही हाथ चमकाते हुए बोला—"कज़्ज़ाक हिलकर नहीं देते। वे अपनी जगह से टस-से-मस नहीं होंगे। हम तेईस कज़्ज़ाक तो इस तरह गँवा चुके, जैसे कि वे कभी इस दुनिया में आए ही न हों। तुमने देखा लाल फ़ौजियों ने उन्हें मशीनगनों की गोलियों से किस तरह भूनकर रख दिया ?"

"अफ़सर आगे बढ़ रहे हैं, और तुम कहते हो कि तुम्हारे फ़ौजी अपनी जगह से हिलने को तैयार नहीं हैं...?"

"साथ ही यह भी याद रखने की बात है कि दुश्मन के हर प्लेटून के पास एक-एक हल्की मशीनगन है और कारतूस तो इतने हैं कि गिनती कौन करे ! लेकिन हमारे पास क्या है ?"

"ये सब बहाने ज़रा भी नहीं चलेंगे, अपने कज़्ज़ाकों को साथ लेकर फ़ौरन धावा बोलो, वरना तुम्हारा सिर धड़ से अलग कर दिया जाएगा, समझे।"

येरमाकोव ने बुरी-से-बुरी गाली दी, और भागता हुआ टीले से नीचे उतरा। ग्रिगोरी ने दूसरी पैदल रेजीमेंट का नेतृत्व स्वयं करने का फ़ैसला किया और येरमाकोव के पीछे-पीछे खुद भी दौड़ चला।

पर हाथर्न की शाखों में सावधानी से ढँकी किनारे की तोप के पास उसे बैटरी-कमांडर ने रोका—"ज़रा आकर अंग्रेज़ों के हाथ का करिश्मा देखो, ग्रिगोरी पैन्तेलेयेविच ! वे लोग अभी-अभी पुल उड़ाने जा ही रहे हैं। आओ, इस टीले के ऊपर चले चलें।"

फिर दोनों ने दूरबीन से पीपे का पुल देखा। पुल लाल सेना के इंजीनियरों ने दोन के इस पार से उस पार तक खींच दिया था। इस समय पुल पर गाड़ियों का ताँता बँधा दीखा।

कोई दस मिनट बाद पत्थर के पुल के पार के एक खड्ड से अंग्रेजी तोपों ने गोले बरसाने शुरू

कर दिए और चौथे गोले के साथ पुल बीच से फट गया। गाड़ियों की क़तार थम गई। लाल फ़ौजी टूटी-फूटी गाड़ियों और मुर्दा घोड़ों को नदी में झाँकने के काम में लग गए।

इंजीनियरों से भरे चार बजरे दाएँ किनारे से रवाना हुए। पर, पुल के टूटे हुए तख़्तों की मरम्मत पूरी होते ही अंग्रेज़ी तोपें फिर गोले बरसाने लगीं। एक गोले से पुल तक पहुँचने का बायाँ रास्ता उड़ गया। दूसरे से पानी की हरी दीवार पुल के ऐन ऊपर तक खिंच गई और गाड़ियाँ एक बार फिर जगह-की-जगह जमी रह गईं।

"सूअर के बच्चों के हाथ निशाने के मामले में ग़ज़ब के सधे हुए हैं।" ग्रिगोरी के बैटरी कमांडर ने सराहना से भरकर कहा—"अब रात होने तक दुश्मन को पार जाने का मौक़ा न मिलेगा। पुल तो एक लमहा भी साबित बचा रहने से रहा।"

ग्रिगोरी ने दूरबीन लगाए ही पूछा—"लेकिन तुम्हारी तोपों ने साँस क्यों खींच रखी है ? तुम्हें तो अपनी पैदल फ़ौज के हाथ मज़बूत करने चाहिए। लाल फ़ौजी मशीनगनों के ठिकाने यहाँ से बिल्कुल साफ़ नज़र आ रहे हैं।"

"हम अगर इस वक़्त अपनी पैदल फ़ौज के हाथ मज़बूत कर सकते तो हमें बड़ी ख़ुशी होती, मगर हमारे पास तो एक गोला भी बाक़ी नहीं है। आख़िरी गोला कोई आधे घंटे पहले दाग दिया गया, और इसके बाद हम पूरी तरह छूँछे हो गए।"

"अगर ऐसा है तो यहाँ जमे क्यों हो ? अपनी तोपें कसो और हवा साफ़ करो।"

"मैंने कैडेटों से गोले मँगवाए हैं।"

"वे तुम्हें तोप का गोला नहीं देंगे।" ग्रिगोरी ने जैसे फ़ैसला दिया।

"एक बार वे इनकार कर चुके हैं। पर मैंने दुबारा माँग पेश की है। हो सकता है कि इस बार उन्हें रहम आ जाए और इन मशीनगनों को तार-तार करने के लिए वे हमें दर्जन-दो दर्जन गोले दे ही दें। कोई मज़ाक तो है नहीं। हमारे तेईस साथियों की जानें जा चुकी हैं। अभी पता नहीं कितनी जानें और जाएँगी। वे तो सचमुच बखिया-सी उधेड़ रहे हैं।"

ग्रिगोरी ने मुड़कर कज़्ज़ाक खाइयों की ओर देखा तो पास के ढाल पर सूखी मिट्टी रह-रहकर उछली-सी लगी। मशीनगनों की गोलियाँ जहाँ भी गिरीं, गर्द उमड़ चली, जैसे कि कोई अनदेखा हाथ खाइयों के ऊपर एक भूरी रेखा-सी खींच रहा हो। खाइयाँ इस सिरे से उस सिरे तक धुआँ उगलने लगीं, और धूल के बादल उनके ऊपर लटकने-से लगे।

ग्रिगोरी ने अंग्रेजी तोपों की मार और अधिक नहीं देखी। वह क्षण-भर मशीनगनों और तोपों की अटूट गरज सुनता रहा, फिर ढाल से नीचे उतरा और उसने येरमाकोव को जा पकड़ा। बोला—"जब तक मैं हुक्म न दूँ, तुम हमला न बोलना। तोपों के बिना दुश्मन को मार भगाना मुमकिन नहीं है।"

"मैंने भी तो यही कहा था न ?" येरमाकोव ने अपने बिदकते घोड़े की पीठ पर जमते हुए, भर्त्सना-भरे स्वर में कहा, और आग की बौछारों के बीच बेधड़क उड़ चला। ग्रिगोरी ने सबकुछ देखा और चिन्ता से सोचने लगा—'इस शैतान की आँत ने सीधी सड़क भला क्यों पकड़ी ? वे लोग मशीनगन की गोलियों से उसे भून डालेंगे। इसे तो यह चाहिए था कि यह खड्ड में उतरता, पानी के किनारे-किनारे आगे बढ़ता और पहाड़ी का चक्कर काटकर अपने साथियों से जा मिलता।'

उधर येरमाकोव हवा की रफ़्तार ने घोड़ा दौड़ाता खड्ड की ओर बढ़ा, उसमें पैठा और फिर दूसरी तरफ़ दूर-दूर तक नज़र नहीं आया।

'तो, बात सही ढंग से उसकी समझ में आ गई। अब तो वह मंज़िल तक पहुँच ही जाएगा।' ग्रिगोरी ने चैन की साँस ली और टीले के नीचे लेटकर आराम से सिगरेट रोल करने लगा।

उसके मन में एक अजीब तरह की अन्यमनस्कता लहरें लेने लगी—'नहीं, मशीनगनें इस तरह मौत बरसा रही हैं। ऐसे में कज़्ज़ाकों को लेकर मैं नहीं जाऊँगा। करें, करना हो तो फ़ौजी अफ़सरों

की तूफ़ानी-कम्पनियाँ हमला करें। उन्हीं को उस्त-मेदवेदित्स्काया हथिया लेने दो।'

इस समय ज़िन्दगी में पहली बार, लड़ाई में भाग लेने से सीधे-सीधे बचने की बात उसने सोची। इस फ़ैसले में न तो हाथ बुज़दिली का रहा, न मौत के डर का और न ज़िन्दगियों की बेकार बर्बादी का। अभी हाल ही की तो बात है कि न उसने अपने जीवन के साथ किसी तरह की रू-रियायत बरती थी और न अपनी कमान के कज़्ज़ाकों के जीवन के साथ। लेकिन इस समय सहसा ही जैसा कि कोई तार कहीं टूट गया। चारों ओर घटती हर घटना की निरर्थकता पहली बार उभरकर स्पष्ट रूप से सामने आ गई। शायद इसके पीछे कोपीलोव से हुई बातचीत रही...शायद फ़ितशालौरोव से हुई कहा-सुनी...शायद दोनों ही बातों ने एक साथ उसे एकाएक अपने पंजों में जकड़ लिया और उसका मन इस तरह बिगाड़ दिया। जो भी हो, लड़ाई की आग से दूर-ही-दूर रहने का उसने पक्का इरादा कर लिया। कुछ मोटे-मोटे ढंग से उसे यह भी लगा कि कज़्ज़ाकों और बोलशेविकों के बीच समझौता करना मेरे बस की बात नहीं है। वैसे समझौता तो मेरा ही उनसे नहीं हो सकता। मगर यह है कि इन लोगों को, इन फ़ितशालौरोवों को अब मैं बचा नहीं सकता। ये सारे लोग आत्मा से एक हैं और दुश्मन हैं। वे मुझसे बुरी तरह नफ़रत करते हैं और मैं भी उन्हें इतना ही बुरा समझता हूँ।...और, पुराने विरोधाभास एक बार फिर अपने वीभत्स रूप में उसके सामने आ गए।

'लड़ें...लोग लड़ें...मैं दूर खड़ा रहूँगा और तमाशा देखूँगा। फिर डिवीज़न से छुटकारा मिलते ही माँग करूँगा कि मुझे पीछे की क़तारों में भेज दि्या जाए...बहुत-कुछ देखा-सुना-सहा। बहुत हुआ...भर पाया।' उसने सोचा, फिर कोपीलोव और अपने बीच की बहस याद आई तो लाल सैनिकों की ओर से अनजाने ही सफ़ाई देने लगा–'चीनी लाल फ़ौजियों के पास खाली हाथ आए। इस वक़्त वे उनके कन्धे-से-कन्धे मिलाकर लड़ते हैं, और फ़ौजियों की कुछ नहीं-सी तनख़्वाह के बदले में अपनी जान हथेलियों पर लिये फिरते हैं, और फिर तनख़्वाह भी क्या है ? भला कोई क्या खरीदेगा उतनी रक़म में ? ताश का एकाध दाव लग सकता हो तो शायद लग सकता हो।...इस तरह यह सवाल रक़म का नहीं किसी और चीज़ का है। लेकिन दूसरी तरफ़ हमारे दोस्त मुल्क़ फ़ौजी अफ़सर, टैंक और तोपें भेजे चले जा रहे हैं। खच्चर तक भेज दिए हैं। बाद में कोठी-भर रूबल माँग लेंगे इसी सबके। फ़र्क यहाँ आता है।...ठीक है आज शाम को इस मसले पर हम सब फिर बहस करेंगे। स्टाफ़ के दफ़्तर में पहुँचते ही मैं उसे बुलाऊँगा, एक किनारे ले जाऊँगा और कहूँगा–'लेकिन कोपीलोव, फ़र्क़ बहुत बड़ा है...और तुम मुझे इस तरह बेवकूफ़ बनाने की कोशिश मत किया करो।'

मगर, नए सिरे से बहसा-बहसी जैसे क़िस्मत में ही न निकली। उसी दिन तीसरे पहर कोपीलोव घोड़े पर सवार होकर चौथी रिज़र्व रेजिमेंट के पड़ाव की तरफ़ रवाना हुआ। मगर, रास्ते में एक गोली कहीं से आ लगी और वह वहीं ढेर हो गया। ग्रिगोरी को इस मौत की सूचना दो घंटे के अन्दर-अन्दर मिल गई। अगले दिन सवेरे, जनरल फ़ितशालौरोव ने कमान सँभाली तो पाँचवीं डिवीज़न ने उस्त-मेदवेदित्स्काया देखते-देखते ले लिया।...

12

ग्रिगोरी की रवानगी के कोई तीन दिन बाद मीत्का-कोरशुनोव तातारस्की आया और सैनिक दंड विभाग से सम्बन्धित दो साथी फ़ौजियों को अपने साथ लाया–एक सयानी उम्र का काल्मीक तो दूसरा चालाक क़िस्म का, मामूली-सा नाटे क़द का शराबी कज़्ज़ाक। नाम सीलान्त्ती पेत्रोविच। मीत्का काल्मीक से नफ़रत-भरे ढंग से बात करता, पर कज़्ज़ाक के मामले में आदर बरतता।

जहाँ तक मीत्का का अपना सवाल है, उसने सैनिक-दंड-विभाग में रहकर दोन-सेना की कुछ यों ही-सी सेवा न की थी। जाड़े में वह सार्जेंट-मेजर बना दिया गया था, बाद में ध्वजधारी बन गया था

और इस समय पूरे अफ़सरी ठाट-बाट से गाँव आया था। दोन के पार सेना के पीछे हटने के बाद वह आराम से रहा मालूम होता था। उसकी, हल्के ख़ाकी रंग की ट्यूनिक कन्धों पर ख़ासी तंग हो गई थी। कसे हुए, ऊँचे कॉलर के ऊपर चिकनी, गुलाबी खाल दूर से दमकती थी। नीला पट्टियोंवाला पतलून ऐसा चुस्त था कि चूतड़ों से दो हो गया मालूम होता था। ऊपरी तामझाम उसमें इतना था कि बदनसीबी से भरी क्रान्ति आड़े न आती। वह अतामान के लाइफ़गार्डों में होता, महल में रहता और महामहिमामय सम्राट् के पावन व्यक्तित्व की रक्षा करता। लेकिन, इतना सब न हो सकने पर भी उसे अपनी ज़िन्दगी से कोई शिकायत न थी। वह अफ़सरी तक तो पहुँच ही गया था—और उसके लिए न वह ग्रिगोरी मेलेखोव की तरह अपनी जान हथेली पर लिये फिरता था और न लड़ाई के मैदान में बहादुरी दिखलाने के लिए उसने अपने को लापरवाही से ख़तरों के मुँह में झोंका था। बात यह है कि सैनिक-दंड-विभाग की नौकरी के लिए ज़रूरत कुछ दूसरी चीज़ों की थी, और इन गुणों की उसमें भरमार थी। बोलशेविकों के साथ या प्रभाव का जिस पर सन्देह हो जाता, उसका हिसाब-किताब वह खुद करता और इस दृष्टि से दूसरे कज़्ज़ाकों पर विश्वास न करता। लड़ाई से पीठ दिखलाकर भागनेवालों के मामले में वह अफ़सर ज़रा भी न बनता और चाबुक या बेंत से उनकी खाल ख़ुद उधेड़ देता। क़ैदियों से पूछताछ करने या कुछ उगलवाने के मामले में तो उसका मुकाबला पूरी टुकड़ी में कोई न कर पाता, यहाँ तक कि कमांडर ख़ुद कन्धे झटकता और कहता—"भाइयो, कहने को जो चाहे सो कहो, मगर कोरशुनोव का जवाब नहीं है...आदमी हातिम है।"

मीत्का में एक विशेषता और थी। जब किसी क़ैदी को गोली से उड़ाना उचित न माना जाता, मगर रिहा कर देना भी वाजिब न समझा जाता, तो उसे बर्च के बेंत की सज़ा दी जाती और यह काम मीत्का को सौंप दिया जाता। वह ऐसी सफ़ाई दिखलाता कि पचासवीं चोट पर आदमी ख़ून थूक देता और सौवें बेंत के बाद कज़्ज़ाक दिल की धड़कन सुने बिना उसे पूरी तरह निश्चिन्त होकर बोरे में लपेट देते और चलता कर देते। मीत्का के हाथों में आकर एक आदमी भी बचकर निकल नहीं पाता। वह ख़ुद हँसी का ठहाका लगाते हुए कहता, "जितने लाल फ़ौजियों की तकदीरों के फ़ैसले मैंने किए हैं, अगर उन सबके पतलून और ट्यूनिकें उतार ली जातीं तो पूरे-के-पूरे तातारस्की गाँव के लोगों के बदन ढक जाते।"

मीत्का के स्वभाव में बचपन से जो निर्ममता थी उसे सैनिक-दंड-विभाग में बिना किसी रोक-टोक के पूरी तरह खुल-खेलने का उचित अवसर मिला और वह दिन-दूनी-रात-चौगुनी बढ़ी। नौकरी उसकी ऐसी रही कि उसकी मुलाक़ात अफ़सर-वर्ग के गए-बीते लोगों, यानी शराबियों, बदचलन लुटेरों, डकैत और सभी तरह के गिरे हुए लोगों से होती। वे लाल सैनिकों के प्रति अटूट घृणा के नशे में उसे जो कुछ सिखलाते वह सभी कुछ कृषक-सुलभ सरलता से सीखता और पचाता था। दूसरों के ख़ून और दुख-तकलीफ़ों से टूटा कमज़ोर दिल का फ़ौजी अफ़सर जहाँ न जा सकता वहाँ मीत्का चला जाता, और अपनी पीली, चमचमाती आँख सिकोड़ते हुए मुश्किल-से-मुश्किल काम पूरा कर लाता।

ऐसा था मीत्का और ऐसे मीत्का को कज़्ज़ाक यूनिट छोड़ने के बाद लेफ़्टिनेंट कर्नल प्रयानिशनीकोव की टुकड़ी के सैनिक-दंड-विभाग में आसानी और ऐश-आराम से भरी ज़िन्दगी बिताने का मौक़ा मिला।...

तो, यही अभिमान से चूर मीत्का गाँव आया तो बग़ल से गुज़रती औरतों के अभिवादन-नमन का उत्तर देना तक उसे अपनी इज़्ज़त से गिरा हुआ लगा। वह अपना घोड़ा, शान से, क़दम चाल से बढ़ाता अपने घर पहुँचा। यहाँ अधजले धुएँ से काले फाटक के पास वह घोड़े की पीठ से नीचे उतरा, रास काल्मीक को थमाई, तिरछे क़दमों अहाते में दाख़िल हुआ और सीलान्ती के साथ घर का चक्कर काटने लगा। उसने, आग के दौरान पिघले, खिड़की के फ़ीरोज़ी शीशे को चाबुक से छुआ और भावना से भर्राई आवाज़ में बोला—"लोगों ने राख करके रख दिया। गाँव का सबसे भरा-पूरा

घर था। आग लगाई हमारे गाँव के ही मीशा कोशेवोइ ने। उसने बाबा को भी मार डाला। ख़ैर, सीलान्ती-पेत्रोविच, अपने गाँव-घर लौटने पर अजीब-अजीब महसूस हुआ है मुझे।'' सीलान्ती ने तड़ से पूछा—''कोशेवोइ खानदान का कोई आदमी ज़िन्दा है क्या ?''

''कोई-न-कोई तो ज़िन्दा होना चाहिए...लेकिन, ख़ैर बाद में देखा जाएगा...आओ, नताल्या की ससुराल चला जाए।''

सो, वे मेलेख़ोव-परिवार की ओर बढ़े तो सड़क पर बोगातिरयोब की पुत्र-वधू से यों ही भेंट हो गई। मीत्का ने पूछा—''मेरी माँ दोन के पार से अभी लौटीं या नहीं ?''

''मेरा ख़्याल है कि अभी तो लौटीं नहीं, मीत्री मिरोनइच !''

''मेलेख़ोव घर पर हैं ?''

''कौन, बूढ़े पैन्तेली ?''

''हाँ।''

''वे घर पर ही हैं...ग्रिगोरी के अलावा सभी लोग घर पर हैं।...प्योत्र पिछले जाड़े में मार डाला गया। तुमने सुना ?''

मीत्का ने सिर हिलाया और घोड़े को दुलकी चाल में डाल लिया, फिर वह वीरान गली से गुज़रा तो उसकी सन्तोष से भरी, बिल्ली की तरह पीली आँखों से अभी ज़रा देर पहले की उत्तेजना का किसी तरह का कोई संकेत न मिला। अन्त में मेलेखोव का अहाता नियराया तो उसने, जैसे अपने किसी साथी को विशेष रूप से सम्बोधित न करते हुए भी, धीमी आवाज़ में कहा—''यह है मेरा गाँव और इस तरह यह गाँव मेरी अगवानी कर रहा है। यानी हालत यह है कि मैं किसी नाते-रिश्तेदार के यहाँ जाऊँ तब पेट भरूँ ?...ख़ैर, कोई बात नहीं, फिर दिन फिरेंगे।''

दूसरी ओर अपने यहाँ शेड के नीचे, कटाई की एक मशीन की मरम्मत करते पैन्तेली प्रोकोफ़ियेविच ने घुड़सवारों को देखा और उनमें भी कोरशुनोव को पहचाना तो लपकता हुआ आया और मेहमानों के स्वागत में बेंत का फाटक खोलते हुए बोला—''आओ...आओ...आ जाओ, भाई...हमारे यहाँ मेहमान आते हैं तो बड़ी खुशी होती है हमें...लौटने पर गाँव तुम्हारी राह में अपनी पलकें बिछा रहा है।''

''हलो, पापा...सबकुछ ठीक-ठाक तो है...सभी लोग सही-सलामत तो हैं न ?''

''आसमानवाले का लाख-लाख शुक्र...अभी तक तो सभी कुछ ठीक-ठाक है। लेकिन, यह तो अफ़सरों की वर्दी है न तुम्हारे बदन पर ?''

''हाँ, सो तो है...मगर तुमने यह क्यों मान रखा है कि सफ़ेद झब्बे पहनने का हक सिर्फ़ तुम्हारे बेटों को है ?'' मीत्का ने आत्मसन्तोष से भरकर कहा और अपना लम्बा हाथ बूढ़े की ओर बढ़ाया।

''मेरे बेटे इन झब्बों के लिए कभी ऐसे बेकल नहीं रहे !'' पैन्तेली प्रोकोफ़ियेविच ने मुस्कुराते हुए कहा और घोड़ों को बाँधने की जगह दिखलाने के लिए आगे बढ़ा।

मेहमान-नवाज़ इलीनीचिना ने मेहमानों को खाना खिलाया और फिर बातचीत शुरू हुई। मीत्का ने अपने परिवार का हालचाल पूछा और चुप्पी साध गया। उसके चेहरे से न गुस्सा टपका और न अफ़सोस। सिर्फ़ मामूली ढंग से यह पूछा कि मीशा कोशेवोइ के यहाँ कोई बाक़ी भी है या नहीं ? मालूम हुआ कि मीशा की माँ और बच्चे घर में हैं। इस पर उसने, दूसरे की निगाह बचाकर, सीलान्ती को आँख मारी।

फिर मेहमान जाने को खड़े हुए तो पैन्तेली से उन्हें दरवाज़े तक पहुँचाया और पूछा—''अभी रहोगे ?''

''हाँ, शायद दो-तीन दिन रहूँगा।''

''अपनी माँ से मिलोगे ?''

''देखो...''

"और इस वक़्त कहीं दूर जा रहे हो ?"

"हूँ...ज़रा यों ही गाँव में एकाध लोगों से मिलने जा रहा हूँ...जल्दी ही लौट आऊँगा।"

और, फिर मीत्का और उसके साथी पैन्तेली के यहाँ लौटे भी नहीं कि गाँव-भर में अफ़वाह फैल गई—कोरशुनोव काल्मीकों के साथ गाँव आया है और उसने कोशेवोइ ख़ानदान के एक-एक आदमी को तलवार के घाट उतार दिया है।

पर यह बात पैन्तेली के कानों तक न पहुँची। वह लोहार के यहाँ गया, वहाँ से लौटा और कटाई की मशीन की मरम्मत में फिर जुटा कि इलीनीचिना ने अन्दर से आवाज़ दी—"प्रोकोफ़ियेविच...यहाँ आओ...जल्दी यहाँ आओ !"

बुढ़िया की आवाज़ से साफ़ घबराहट छलकी। पैन्तेली हैरान होकर घर की ओर लपका।

नताल्या स्टोव के पास खड़ी दीखी और उसका पीला चेहरा आँसुओं में तर नज़र आया। इलीनीचिना ने आँखों से अनीकुश्का की पत्नी की तरफ़ इशारा किया और दबी हुई आवाज़ में पूछा—"तुमने ख़बर सुनी ?"

'ग्रिगोरी को हो गया कुछ ? आसमानवाले, रहम कर...उसका बाल बाँका न हो !' पैन्तेली के दिमाग़ में एक विशेष विचार कौंध-सा गया। उसका चेहरा उतर गया और हर व्यक्ति के चुप बने रहने पर वह डर गया और एकदम उबल पड़ा—"मौत ले जाए तुम लोगों को...फ़ौरन बतलाओ न कि हुआ आख़िर क्या है ! ख़बर ग्रिगोरी के बारे में है ?" फिर, जैसे कि अपनी चीख़ से निस्सहाय होकर बेंच पर ढह पड़ा और अपने काँपते हुए पैर सहलाने लगा।

दून्या ने फ़ौरन ही समझा कि पापा को डर है कि हो-न-हो ग्रिगोरी के बारे में कोई बुरी ख़बर आई है। वह हड़बड़ाती हुई बोली—"नहीं, पापा, बात ग्रिगोरी की नहीं है। मीत्का ने कोशेवोइ के घर के सभी लोगों को मार डाला है।"

"यानी मार डाला।" पैन्तेली के मन के ऊपर से बोझ-सा हट गया। पर दून्या की बात अब भी उसने पूरी तरह समझी नहीं। पूछा—"कोशेवोइ के घर के लोगों को मार डाला ? मीत्का ने मार डाला ?"

अनीकुश्का की पत्नी ही सारी ख़बर लेकर ग्रिगोरी के यहाँ भागी-भागी आई थी। सो, हकलाती हुई बोली—"ब...ब...ब बाबा, मैं अपने बछड़े की खोज में कोशेवोइ के घर की बग़ल से निकली, तो मैंने देखा कि मीत्का के साथ दो घुड़सवार अहाते में घुसे और फिर घर में दाख़िल हुए। मैंने सोचा कि बछड़ा दूर नहीं जाएगा...बछड़ों को चराने की पारी मेरी थी..."

"तुम्हारे बछड़े की दास्तान से भला मुझे क्या लेना-देना ?" पैन्तेली ने नाराज़ होते हुए कहा।

"तो वे लोग घर में घुस गए।" औरत सिसकती हुई कहती गई, "और मैं खड़ी रही कि देखूँ, अब क्या होता है। मेरे मन ने कहा—इनके इरादे कुछ गड़बड़ मालूम होते हैं...फिर, तो अन्दर की चीख़ें और मारपीट की आवाज़ मेरे कानों पड़ी। मैं तो डर से जहाँ-की-तहाँ कील-सी उठी। फिर, मैंने भागना चाहा और बाढ़ में आगे क़दम बढ़ाया ही कि पीछे पैरों की धमक हुई। मैंने मुड़कर देखा तो मीत्का बुढ़िया के गले में रस्सी डालकर उसे ज़मीन पर इस तरह घसीटता नज़र आया जैसे कि वह इंसान न हो और महज़ कुतिया हो। फिर, मीत्का उसे घसीटकर शेड में लाया और उस बेचारी ने मुँह तक नहीं खोला। हो सकता है कि इस बीच बेहोश हो गई हो। दूसरी तरफ़, काल्मीक एक धन्नी पर चढ़ गया, मीत्का ने रस्सी का सिरा उसकी ओर फेंका और चिल्लाकर कहा—'खींचो और गाँठ डालकर फन्दा बना लो।'...उफ़, मेरा दिल कैसा दुखा ! मगर उन लोगों ने, मेरे देखते-देखते बेचारी बुढ़िया का काम तमाम कर दिया, उछलकर घोड़ों पर सवार हुए और शायद सरकारी दफ़्तर की तरफ़ भाग गए। मेरी डर के मारे घर में घुसने की तो हिम्मत न हुई, लेकिन मैंने ख़ून दरवाज़े के नीचे से बह-बहकर सीढ़ियों पर आते देखा। नीली छतरीवाला न करे कि यह सब ज़िन्दगी में दुबारा देखना

पड़े मुझे।''

''क्या शानदार मेहमान हमारे यहाँ आए थे...!'' इलीनीचिना ने चुनौती-भरी दृष्टि से अपने पति की ओर देखते हुए कहा।

पैन्तेली का रोम-रोम क्रोध से उबल उठा। फिर अनीकुश्का की पत्नी ने अपनी कहानी ख़त्म की तो होंठ सिए-ही-सिए वह बाहर निकलकर बरसाती में आया।

थोड़ी देर बाद मीत्का और उसके साथी फाटक पर झलके तो पैन्तेली भचकते हुए उनकी ओर बढ़ा और दूर से ही चीख़ा—''ख़बरदार, घोड़े अन्दर मत लाना !''

''आख़िर बात क्या है ?'' मीत्का ने अचरज से पूछा।

''लौट जाओ, उल्टे पैरों लौट जाओ।'' पैन्तेली, मीत्का के ऐन सामने पहुँचा और उसकी आँखों में आँखें डालते हुए दृढ़ता से बोला—''बुरा न मानना, मगर मैं नहीं चाहता कि तुम यहाँ ठहरो...बेहतर यही है कि अपना रास्ता लो।''

''हूँ...।'' मीत्का ने बात समझी और पीला पड़ गया—''यानी तुम मुझे अपने घर से बाहर निकाल रहे हो ?''

''मैं नहीं चाहता कि तुम मेरा घर नापाक करो।'' बूढ़े की वाणी में संकल्प तना—''और, आज के बाद फिर कभी मेरी ड्योढ़ी के अन्दर पैर रखने की हिम्मत न करना। हम मेलेख़ोव ख़ानदान के लोग ख़ून करनेवाले क़ातिलों से रिश्ते नहीं जोड़ा करते, समझे।''

''समझा ! मगर, तुम तो बड़े रहमदिल हो, पापा !''

''और, मुझे लगता है कि तुम यह भी नहीं जानते कि रहम कहते किसे हैं, क्योंकि तुमने औरतों और बच्चों के गले में फन्दा डालना शुरू कर दिया है...उफ़...मीत्का, कैसा गलीज़ धन्धा शुरू किया है तुमने !...अगर तुम्हारे पापा मरे न होते और तुम्हें आज देखते तो सदमे से उनका कलेजा फट जाता।''

''अबे बूढ़े-बुद्धू, तू चाहता है कि मैं उन्हें प्यार से गले लगाता ? उन्होंने मेरे पापा को मार डाला, मेरे बाबा को तलवार के घाट उतार दिया और मुझे चाहिए था कि मैं बदले में उन्हें मोहब्बत से चूमता...है न ? तुम जाओ...तुम खुद जानते हो कि कहाँ।'' मीत्का ने क्रोध से आपे से बाहर होकर घोड़े की रास खींची और बेंत के फाटक से बाहर निकल गया।

''इस तरह गालियाँ मत बको, मीत्का...तुम उम्र में मेरे बेटे के बराबर हो। और, मेरे-तुम्हारे बीच तो कोई तक़रार है नहीं...ठंडे दिल से जाओ यहाँ से।''

पर, मीत्का का चेहरा और उतर गया और वह चाबुक से धमकाते हुए ज़ोर से चीख़ा—''मुझे गुनाह करने पर मजबूर न करो। मैं तो नताल्या का मुँह देखता हूँ, वरना उन्हें दिखलाता...बड़े आए रहम का बाज़ार लगाने...मैं ख़ूब जानता हूँ तुम्हें। मैं तुम्हारी रग-रग पहचानता हूँ। मुझे पता है कि किस तरह के आदमी हो तुम ! तुम यहाँ से भागकर दोनेत्स के पार नहीं गए थे...नहीं न ? तुम लाल फ़ौजियों से जा मिले थे...ठीक है न ? यह है तुम्हारी हकीक़त। कुतिया के बच्चे, तुम सबको तो कोशेवोइ के ख़ानदान के लोगों की तरह काटकर फेंक देना चाहिए। चलो, साथियो !...ख़ैर, लंगड़े, कुत्ते के बच्चे, तुझे चाहिए कि तू चौकन्ना रहे और कभी मेरे हाथों में न पड़े ! पर अगर कभी तू मेरे हाथ आ गया तो फिर तेरी ख़ैर नहीं। और तेरी मेहमाननवाज़ी और ख़ातिरदारी मैं हमेशा याद रखूँगा। मैंने अभी थोड़े वक़्त पहले ही खुद अपनों के ख़िलाफ़ हाथ उठाया था।''

पैन्तेली ने काँपते हुए हाथों से फाटक बन्द कर अन्दर से चटखनी लगा दी, भचकता हुआ अन्दर आया और नताल्या की ओर देखे बिना बोला—''मैंने तुम्हारे भाई को घर से बाहर निकाल दिया।''

नताल्या मुँह से कुछ नहीं बोली। पर, मन-ही-मन उसने पापा की कार्रवाई का समर्थन किया। मगर इलीनीचिना ने फ़ौरन ही क्रॉस बनाया और ख़ुशी से भरी आवाज़ में बोली—''उस ऊपरवाले की शान हमेशा बनी रहे ! वह अब कभी इस दरवाज़े पर नहीं आएगा। नताल्या बेटी, मेरी इन बातों

के लिए माफ़ करना मुझे, लेकिन तुम्हारा मीत्का एक नम्बर का बदमाश निकला है। क्या काम तलाशा है उसने ! ज़रा देखो तो, दूसरे कज़्ज़ाकों की तरह असली फ़ौज में काम नहीं करता, फ़ौजियों को राज़ा देनेवालों के साथ घूमता फिरता है। और बूढ़ी औरतों के गले में फन्दा डालना और बच्चों को तलवार से काटकर फेंक देना, यह क्या कज़्ज़ाकों का काम है ? ये औरतें और ये बच्चे, ये ज़िम्मेदार हैं ग्रीशा की हरकतों के लिए ? अगर इस तरह देखो तो ग्रीशा ने जो कुछ किया, उसके लिए लाल फ़ौजियों को तुम्हें, मुझे, मीशात्का और पोल्युशका को, यानी हम सभी को टुकड़े-टुकड़े करके फेंक देना चाहिए था। लेकिन उन लोगों ने ऐसा नहीं किया। उनके दिल में रहम था। नहीं, मैं ऐसी हरकत करनेवालों का साथ देने को तैयार नहीं हूँ।"

"मैंने भी तो अपने भाई की हिमायत में कुछ नहीं कहा, माँ !" नताल्या ने कहा और रूमाल के कोने से आँसू पोंछे।

...मीत्का उसी दिन गाँव से चला गया। बाद में पता चला कि वह कहीं कारगिंस्काया के पास सैनिक-दंड-विभाग के सदस्यों से मिला और उनके साथ दोनेत्स प्रदेश की बस्तियों को व्यवस्थित करने के लिए रवाना हो गया। इन इलाक़ों के लोगों पर ऊपरी दोन के बाग़ियों के दमन में हाथ बँटाने का इल्ज़ाम था।...

परन्तु, जाने के बाद मीत्का पूरे सप्ताह गाँव-भर की बातचीत का विषय बना रहा। अधिकतर लोगों ने कोशेवाइ परिवार के लोगों की हत्या के लिए उसकी निन्दा की। लाशें चन्दे की रक़म से दफ़ना दी गई। कोशेवोइ का छोटा मकान बेचने की कोशिश की गई, मगर उसे लेने को कोई राज़ी न हुआ। हाँ, गाँव के अतामान के हुक्म पर झिलमिलियों के आर-पार तख़्ते जड़ दिए गए। इसके बाद एक ज़माने तक बच्चे उस घर के आस-पास खेलने तक में डरते रहे और स्त्री-पुरुष उधर से निकलते समय क्रॉस बनाते और मृत आत्माओं की शान्ति के लिए प्रार्थना करते रहे।

फिर, स्तेपी की घास की कटाई का समय आया और हाल की सारी घटनाएँ भुला दी गईं।

गाँव एक बार फिर मशक़्क़त से महकने लगा। एक बार फिर लड़ाई के मोर्चे की झूठी-सच्ची ख़बरें पर लगा-लगाकर वहाँ आने लगीं। जिन किसानों ने अपने काम के जानवर अब तक बचा रखे थे, वे आम काम के लिए गाड़ियों के साथ-साथ उन्हें भी देने में काँखते, और माँगनेवालों को पानी पी-पीकर कोसते। लगभग हर दिन बैल और घोड़े खेतों से हटाने पड़ते और ज़िला-केन्द्र भेजने पड़ते। बूढ़े कटाई की मशीनों से घोड़े खोलते समय लम्बी खिंचती लड़ाई को जी-भर गालियाँ देते। लेकिन, इससे क्या, तोप के गोले, कारतूस, काँटेदार तारों की गरारियाँ, और खाने का सामान तो गाड़ी से मोर्चे पर पहुँचाना ज़रूरी ही होता, और सो वे पहुँचाते। लेकिन, जैसे कि इस सब विद्रोह में ऐसे शानदार दिन उगे कि लोगों के मन में केवल एक इच्छा रह गई कि वे तैयार, रसीली घास काटें और हेंगे से उठा-उठाकर गट्ठर-पर-गट्ठर बाँधें।

तो, पैन्तेली ने भी घास की कटाई की तैयारी की और दार्या पर गुस्से से एकदम उबल पड़ा। बात यह है कि वह कारतूसों को पहुँचाने के लिए बैल जोत ले गई थी। और उसे जल्दी ही लौटना था। पर पूरा हफ़्ता गुज़र गया था और उसकी कोई ख़बर न मिली थी। दूसरी तरफ़ सधे हुए पुराने बैलों के बिना स्तेपी में कुछ भी होना मुमकिन न था।

सच पूछिए तो पैन्तेली को दार्या को भेजना नहीं चाहिए था...उसे बैल सौंपते समय उसका माथा ठनका भी था, क्योंकि वह तो अच्छी तरह समझता था कि राग-रंग में औरत आपे में नहीं रहती, फूली-फूली फिरती है और जानवरों की तो परवाह ज़रा नहीं करती। लेकिन सवाल यह है कि वह उसे न भेजता तो और भेजता किसे ! दून्या भेजी नहीं जाती, क्योंकि अजनबी कज़्ज़ाकों के साथ लम्बा सफ़र करना कोई मज़ाक तो होता नहीं। नताल्या के बच्चे छोटे-छोटे थे, और बूढ़ा खुद कारतूस ढोकर ले नहीं जाता। दूसरी तरफ़ दार्या ने ख़ुशी-ख़ुशी काम पूरा कर देने की हामी भर ली थी।

वह फ़ॉर्म के काम से इसके पहले भी गाड़ी लेकर मिल और जाने कहाँ-कहाँ आ-जा चुकी थी और प्रायः बहुत गद्गद हुई थी, क्योंकि बाहर किसी तरह का कोई बन्धन तो रहता नहीं था। यानी, इस तरह हर सफ़र में उसका जितना जी बहलता, उतना ही मज़ा आता। होता यह कि सास की रोकथाम से छुटकारा मिलता, दूसरी औरतों से गपशप करने की छूट मिलती, और कोई टूटा हुआ कज़्ज़ाक कहीं आ टकराता तो लगे हाथों थोड़ी मोहब्बत भी हो जाती। घर पर तो प्योत्र की मृत्यु के बावजूद, इलीनीचिना कहीं से साँस न लेती, जैसे कि आदमी के जीते-जी हज़ार घर झाँकनेवाली वह औरत पति की मौत के बाद उसके प्रति वफ़ादार हो गई हो, और यह वफ़ादार रहना उसके लिए लाज़िमी हो उठा हो।

इस बार पैन्तेली जानता था कि दार्या से बैलों की क़ायदे की देखभाल होने से रही। पर, चारा कोई दूसरा न था, अतएव उसने उसे भेज दिया। लेकिन फिर पूरे सप्ताह-भर वह बहुत ही अधिक चिन्तित और बेचैन रहा। घर के बूढ़े बैलों का तो काम तमाम समझो ! उसने कई बार सोचा, रातों को चौंक-चौंककर जाग-जाग उठा और लम्बी आहें भरता रहा।

दार्या ग्यारहवें दिन वापस आई। पैन्तेली उसी समय खेत से घर आया था। वह अनीकुश्का की पत्नी के साथ घास काटता रहा था, और उसे दून्या के साथ छोड़कर पानी और खाना वग़ैरह के लिए घर आया था। यहाँ परिवार के सभी लोग खाना खा रहे थे कि खिड़की के पास से गाड़ी खड़खड़ाती हुई गुज़री। नताल्या भागी-भागी खिड़की के पास गई और उसने आँखों तक चेहरा ढँके दार्या को थकान से चूर, थके बैलों को हाँककर लाते देखा।

"दार्या है ?" बूढ़े ने फँसती हुई आवाज़ में पूछा। बूढ़े ने जो कौर मुँह में डाला था वह जल्दबाज़ी के कारण गले में फँस गया था।

"हाँ," नताल्या ने उत्तर दिया।

"मुझे तो उम्मीद नहीं थी कि बैल अब बहुरकर आएँगे भी ! ख़ैर, नीली छतरीवाला बड़ा मेहरबान है। कमीनी, रंडी कहीं की ! आख़िरकार इसे घर लौटने की याद आ गई !" बूढ़ा क्रॉस बनाते और सन्तोष की साँस लेते हुए बोला।

दार्या ने बैल खोले, बावर्चीख़ाने में आई, घोड़ेवाला कम्बल तह कर ड्योढ़ी पर रखा और सबका अभिवादन किया।

बूढ़े ने आँखें नीची किए-ही-किए उसे क्रोध से देखा, अभिवादन की अनदेखी की और बोला—"बड़ी जल्दी घर लौट आई ? हफ़्ता-भर और मज़े कर आती ?"

"ऐसा ही था तो खुद क्यों नहीं चले गए ?" दार्या ने अपना गर्द-भरा रूमाल सिर से खोलते हुए तड़ से जवाब दिया।

"इतना वक़्त कहाँ लगा दिया तुमने ?" इलीनीचिना वातावरण का तनाव कम करने के विचार से बीच में बोल पड़ी।

"लोगों ने आने ही नहीं दिया...मैं करती क्या ?"

पैन्तेली ने अविश्वास से सिर हिलाया और पूछा—"क्रिस्तोन्या की बीवी को किसी ने नहीं रोका, सिर्फ़ तुम्हीं को रोक लिया ?"

"हाँ, उसको नहीं रोका !" दार्या की आँखें क्रोध से जलने लगीं—"अगर मेरी बात का यक़ीन न हो तो जाकर ख़ुद पूछ आओ।"

"मैं भला पूछने क्यों चला जाऊँ ! लेकिन, आगे से तुम्हारा इस तरह कहीं जाना बन्द ! अब तो सिर्फ़ मौत के नाम पर ही तुम जा सकती हो कहीं, वैसे नहीं।"

"तुम बेकार की धमकी दे रहे हो मुझे। बिल्कुल बेकार की धमकी दे रहे हो। ख़ैर, वैसे भी मैं कहीं नहीं जाऊँगी—भेजोगे तब भी कहीं नहीं जाऊँगी।"

"बैल तो ठीकठाक हैं।" बूढ़े ने ज़रा मुलायम पड़ते हुए पूछा।

"ठीकठाक हैं...तुम्हारे बैलों को कुछ नहीं हुआ।" दारूया ने बेमन से जवाब दिया और उसका चेहरा रात के अँधियारे में अधिक साँवला हो उठा।

'शायद रास्ते के अपने यारों से बिछुड़ना पड़ा है इसे, इसीलिए इतनी नाराज़ है।" नताल्या ने सोचा। दारूया और उसकी कामुकता के गन्दे कारनामों से उसे उस पर जितना ही रहम आता था, उतनी ही घिन छूटती थी।...

फिर, नाश्ते के बाद पैन्तेली खेत लौटने को हुआ कि उसी समय गाँव का अतामान आ धमका। बोला–"तुम्हारा सफ़र तुम्हें मुबारक ! ज़रा रुको, पैन्तेली प्रोकोफ़ियेविच...अभी कहीं नहीं जाओ !"

"फिर तो गाड़ी नहीं चाहिए ?" बूढ़े ने बहुत ही विनयपूर्ण स्वर में कहा, गोकि मन-ही-मन गुस्से से उबलता रहा।

"नहीं, इस बार कुछ और काम है। बात यह है कि पूरी दोन-फ़ौज के कमांडर जनरल सिदोरिन यहाँ आ रहे हैं। आई बात समझ में ? मुझे अभी-अभी ज़िला-अतामान का फरमान मिला है कि गाँव में एक जलसा होगा। उसमें गाँव का हर मर्द और औरत हाज़िर होगी।"

पैन्तेली चीख़ उठा–"कुछ अक़्ल भी है उन लोगों को ! गाँव का हर आदमी इस वक़्त काम में फँसा हुआ है। ऐसे में यहाँ जलसा कौन करेगा ? तुम्हारा यह जनरल सिरोदिन मुझे सूखी घास देगा जाड़े के लिए ?"

अतामान ने शान्त भाव से उत्तर दिया–"तुम्हारे सामने वे उतनी ही सूखी घास डालेंगे, जितनी मेरे सामने, लेकिन इससे कुछ नहीं। मुझे जो हुक्म दिया गया है, वही मैं कर रहा हूँ। अपने ढोर मशीनों से खोलो ! हमें जनरल की शानदार अगवानी करनी चाहिए ! और हाँ, सुना है कि दोस्त-मुल्कों के जनरल भी उनके साथ यहाँ आ रहे हैं ?"

पैन्तेली सोच में डूबा क्षण-भर गाड़ी के पास खड़ा रहा। अतामान अपनी बात का भरपूर असर देखकर खुशी से खिल उठा। पूछने लगा–"तुम्हारी घोड़ी उधार मिल सकती है ?"

"घोड़ी की क्या ज़रूरत आ पड़ी ?"

"ऊपरवाला उन्हें जंगली चूहा दे सवारी को...हुक्म आया है कि उनके लिए दो त्रोइका गाड़ियाँ दुरनोई की घाटी भेजी जानी चाहिए। लेकिन समझ में नहीं आता कि तारान्तास-गाड़ियाँ और घोड़े कहाँ से जुटाऊँ ? तड़का होने के पहले से ही भाग-दौड़ कर रहा हूँ। कमीजें पसीने से भीग चुकी हैं पाँच बार और घोड़े अब तक मिले हैं सिर्फ़ चार। हर आदमी घर के बाहर है, काम में लगा हुआ है...कोई कहे-सुने किससे ?"

इस पर पैन्तेली ने अतामान की खुशी के लिए न सिर्फ़ घोड़ी दे दी, बल्कि अपनी छोटी, कमानीदार तारान्तास तक देने की बात अपनी तरफ़ से कह दी। आख़िरकार कोई ऐरा-गैरा तो आ नहीं रहा था, कमांडर-इन-चीफ़ आ रहा था और विदेशी जनरल उसके साथ आ रहे थे। पैन्तेली के मन में जनरलों के लिए सदा ही असीम आदर रहा था।

तो अतामान की दौड़-धूप के परिणामस्वरूप दो त्रोइका-गाड़ियाँ मिल गईं और सम्मानित अतिथियों के लिए दुरनोई घाटी भेज दी गईं। फिर लोग चौक में जमा होने शुरू हुए। कितने ही लोगों ने तो जलसे में हाज़िर होने की हड़बड़ी में घास की कटाई जहाँ-की-तहाँ छोड़ दी।

पैन्तेली ने भी काम की चिन्ता छोड़ साफ़ कमीज़ और धारीदार पाजामा पहना और ग्रिगोरी से भेंट में मिली टोपी लगाई। फिर दारूया से दून्या के लिए पानी और खाना भिजवाने की बात अपनी पत्नी से कही और भचकते हुए बाज़ारवाले चौक की तरफ़ बढ़ा।

थोड़ी देर बाद गाँव के रास्ते पर गर्द का भारी बादल मँडराता दीखा। फिर बादल के बीच दूर

धातु चमचमाती दीखी और मोटर का भोंपू सुनाई पड़ा। मेहमान दो नई चमकती हुई गहरी नीली मोटरों में आते नज़र आए। सड़क पर उछलती ख़ाली त्रोइका-गाड़ियाँ, घर लौटते घास काटनेवालों की बग़ल से गुज़रीं। उनकी घंटियाँ हौले-हौले बजती रहीं। ये घंटियाँ, अतामान ने, इस मौक़े के लिए गाड़ियों में ख़ास तौर पर लगवाई थीं।...

तो सवारियों के नियराने के साथ चौक में हलचल हुई। लोग आपस में बातें करने और बच्चे ख़ुशी से चहकने लगे। अतामान भीड़ में इधर-उधर दौड़-दौड़कर, मेहमानों का रोटी और नमक से स्वागत करने के लिए गाँव के बड़े-बूढ़ों को जमा करने लगा। और पैन्तेली पर निगाह पड़ते ही, वह ख़ुशी से खिलकर उससे आग्रह करता हुआ बोला–"ईसा के लिए, इस काम में मेरी मदद करो। तुम तजुर्बेकार आदमी हो और सभी दाँव-पेंच जानते हो...ऐसे लोगों से बातें करना और उन्हें ख़ुश रखना, तुम्हें ख़ूब आता है। फिर तुम क्षेत्रीय प्रशासन के सदस्य हो। उस पर तुम्हारा बेटा ग्रिगोरी है।...मेहरबानी करके रोटी और नमक सँभाल लो। मैं जल्दी से घबरा जानेवाला आदमी हूँ। मुझसे यह काम होने से रहा। मेरे तो घुटने जवाब दे रहे हैं।"

"मेरे भाई, जब मैं सैनिक परिषद् में था तो मैंने ख़ुद नायब अतामान से चीनी-मिली चाय पी थी..." पैन्तेली ने कहना शुरू किया, लेकिन शब्द होंठों पर जमकर रह गए।

इसी बीच सबसे आगेवाली मोटर कोई एक दर्जन क़दम के फ़ासले पर आकर रुकी। एक लम्बी चोंचवाली टोपी और ग़ैर-रूसी पट्टियोंवाली ट्यूनिक पहने, एक सफ़ाचट दाढ़ी-मूँछ का शोफ़र कूदकर बाहर आया। उसने मोटर का दरवाज़ा खोला, ख़ाकी वर्दी पहने दो फ़ौजी अफ़सर गम्भीर भाव से नीचे उतरे और भीड़ की तरफ़ बढ़े। उन्होंने सीधे पैन्तेली की तरफ़ क़दम बढ़ाए और वह चुस्ती से अटेंशन की मुद्रा में हो गया। उसने मन-ही-मन सादा लिबासवाले इन लोगों को जनरल, और शानदार कपड़ों में सजे-बजे पीछे आनेवालों को इनके दल के साथ समझा। लेकिन फिर सवाल उठा कि जनरल तो शानदार झब्बे लगाते हैं। वे झब्बे कहाँ हैं ? कन्धे की गाँठोंवाली डोरियाँ और तमग़े कहाँ हैं ? फिर ये जनरल भी कैसे जब देखने में आम क्लर्कों से अलग कहीं से लगते ही नहीं ?

बूढ़े ने पास आते इन मेहमानों कों एकटक देखा और उसकी आँखें अधिक-से-अधिक आश्चर्य से फटती गईं। सहसा ही उसका सारा भ्रम हट गया। उसने अपनी जगह अपमानित भी अनुभव किया, क्योंकि उसे अपनी सारी तैयारी बेकार लगी और ये जनरल कहलाने के हक़दार नहीं लगे। सोचने लगा–'ऐसी-तैसी में जाए। अगर मैं जानता कि ऐसे जनरल आएँगे यहाँ, तो ऐसे सँभाल-सँभालकर कपड़े कभी नहीं पहनता, इनके इन्तज़ार में इतना बेताब कभी नहीं होता और किसी नाक-बहनी बुढ़िया के हाथों की कच्ची-पक्की सेंकी रोटी थाल में रखकर इस तरह बेवकूफ़ की तरह खड़ा बिल्कुल नहीं होता। पैन्तेली प्रोकोफ़ियेविच ने दूसरों के सामने अपना मज़ाक अब तक कभी नहीं बनवाया, सो आज बन गया।

और, सचमुच ही एक क्षण पहले उसके पीछे बच्चों ने क़हकहा लगाया और उनमें से एक शैतान बच्चे ने पूरी आवाज़ में चिल्लाकर कहा–"लड़को, ज़रा देखो कि बूढ़े पैन्तेली ने आज कितनी तकलीफ़ उठाई है। ऐसा लगता है जैसे कि सफ़ाई की कोशिश में पूरे-का-पूरा ब्रश निगल गया है।"

पैन्तेली ने सोचा कि इस तरह अपनी हँसी उड़वाने और अपने लँगड़े पैर के साथ ज़ब्र करने की कोई वाजिब वजह होती तो कोई बात न थी। मगर...पैन्तेली का पूरा अन्तर् नफ़रत से उबलने लगा–'यह सारा गुनाह इसी बुज़दिल अतामान का है। यही आकर मेरा दिमाग़ चाट गया, मुझसे घोड़ी और तारान्तास ले गया और तारान्तास में लगाने के लिए घंटियों की तलाश में जीभ लटकाए गाँव-भर की दौड़ लगाता फिरा।'

सच तो यह है कि जो आदमी ज़िन्दगी में देखने लायक कुछ नहीं देखता, वह मिट्टी को भी सोना समझता है और ख़ुशी से उमड़ा-उमड़ा घूमता है। मिसाल के लिए शाही परेड को लो। उसमें

आदमी तमग़ों से सीना मढ़े, सुनहरी ज़ंजीर पहने मार्च करता है। उसे देखो तो आँखें ख़ुशी से खिल उठती हैं। जनरल जनरल नहीं, किसी देवता की मूरत-सा मालूम होता है। लेकिन, ज़रा काले कौओं-जैसे इन रँगरूटों को तो देखो। एक के सिर पर तो वर्दी के साथ की चोंचदार टोपी तक नहीं है। उल्टे जाल से ढँका एक बाउलर जैसा टोप है। फिर, दाढ़ी-मूँछ ऐसी सफ़ाचट है कि चिराग़ लेकर ढूँढ़ो तब भी एक खूँटी न मिले।''...पैन्तेली के चेहरे पर क्रोध के बादल घिर आए और वह नफ़रत से थूकते-थूकते रह गया। इसी समय किसी ने उसे पीछे से धक्का दिया और गरम होकर फुसफुसाते हुए बोला—''बढ़ो, रोटी लेकर आगे बढ़ो।''

पैन्तेली ने आगे क़दम बढ़ाया। जनरल सिदोरिन ने चारों ओर निगाह दौड़ाई और गूँजती हुई आवाज़ में बोला—''इज़्द्रास्तविच, बड़े बुज़ुर्गो !''

''आप हमेशा सेहतमन्द रहें, हुजूर !'' गाँव के लोगों ने टूटे-फूटे स्वरों में एक साथ कहा।

जनरल ने नमक-रोटी बड़ी शोभा से पैन्तेली के हाथों से ली, धन्यवाद दिया और थाल अपने एडजुटेंट की तरफ़ बढ़ा दिया।

अपनी आँखों तक गर्मी का हेलमेट खींचे, लम्बे क़द, छरहरे बदनवाले अंग्रेज़ कर्नल ने भावहीन उत्सुकता से कज़्ज़ाकों पर नज़र डाली। बोलशेविकों से युक्त दोन-इलाक़े के मुआइने के दौरे पर सिदोरिन के साथ यहाँ आने का आदेश उसे काकेशस में स्थित ब्रिटिश सैनिक मिशन के प्रधान जनरल ब्रिग्ज़ ने दिया था। इस समय यह कर्नल एक दुभाषिए की सहायता से एक ओर कज़्ज़ाकों के मन पढ़ने की कोशिश कर रहा था, तो दूसरी ओर मोर्चे की सही स्थिति का परिचय प्राप्त कर रहा था।...

तो कहने को तो कर्नल सफ़र की दुश्वारियों, स्तेपी-मैदान के एक-से नज़्ज़ारों, उल्टी-सीधी बातों और एक बड़ी सत्ता के प्रतिनिधि के नाते अपने साथ जुड़ी हुई ज़िम्मेदारियों के कारण लगभग टूटा-टूटा-सा रहा, तो भी अपने सम्राट् और अपने देश के हित को उसने सबसे ऊपर रखा। उसने स्थानीय वक़्ता का भाषण पूरे मनोयोग से सुना और लगभग सभी कुछ समझ लिया। बात यह है कि वैसे तो उसने यह बात औरों से छिपाई थी, पर सच्चाई यह थी कि रूसी भाषा वह अच्छी तरह जानता था।...

सो, सच्चे अंग्रेज़ की स्वभावगत विनय के साथ उसने स्तेपी के इन युद्ध-प्रिय सपूतों के तरह-तरह के चेहरों पर नज़र दौड़ाई और कज़्ज़ाक लोगों को गहराई से देखनेवाले हर व्यक्ति की तरह वह भी इनके जातिगण गुणों के घालमेल से बहुत ही प्रभावित हुआ। स्लाव-मूलक, सुनहरे बालोंवाले एक कज़्ज़ाक की बग़ल में एक पक्का मंगोल खड़ा दीखा और उसकी बग़ल में कौए की तरह काला एक कज़्ज़ाक नज़र आया। यह कज़्ज़ाक भूरे बालोंवाले एक पादरी से बातें करता रहा और पादरी को देखकर ऐसा लगा जैसे कि वह सीधा बाइबिल से निकला चला आ रहा है। कोई कहता तो कर्नल बड़ी-से-बड़ी बाज़ी लेकर यह साबित कर देता कि अपनी छड़ी पर झुके पुराने डिज़ाइन का क़मर तक का कोर्ट पहने, सफ़ेद दाढ़ीवाले कज़्ज़ाक की रगों से काकेशिया का पहाड़ी खून लहरें लेता है।

कर्नल इतिहास थोड़ा-बहुत जानता था। सो, कज़्ज़ाकों पर नज़र दौड़ाते समय उसने मन-ही-मन सोचा—इन बर्बर लोगों का तो क्या, इनके नाती-पोते तक किसी नए प्लातोव की कमान में भारत की तरफ़ रुख़ न करेंगे। बोलशेविकों को हरा देने के बाद रूस को गृह-युद्ध का सामना करना पड़ेगा और यों इसका सारा ख़ून इस तरह पानी हो जाएगा कि एक ज़माने तक दुनिया के बड़े मुल्क़ों में इसकी गिनती तक न की जाएगी, और ब्रिटेन के पूर्वी उपनिवेश कई-कई दशकों तक सुरक्षित बने रहेंगे।...

कर्नल को पूरा विश्वास था कि बोलशेविक हार जाएँगे। कर्नल स्वयं तर्क-प्रिय, गम्भीर व्यक्ति था और लड़ाई के पहले कितने ही वर्षों तक रूस में रह चुका था। इसलिए, इस लगभग बर्बर-से देश में कम्यूनिज़्म के विचारों की जीत की बात तक स्वभावतया न सोच पाता था।...

उसकी निगाह ज़ोर-ज़ोर से बोलती औरतों की तरफ़ घूमी, तो बिना गर्दन मोड़े उसने उनके सर्दी-गर्मी-वर्षा से सँवराए चौड़े चेहरे देखे। एक नफ़रत से भरी अनदेखी मुस्कान उसके भिंचे होंठों पर दौड़ गई।

दूसरी तरफ़, नमक और रोटी देने के बाद पैन्तेली भीड़ में मिल गया और थोड़ी दूर पर खड़ी त्रोइका-गाड़ियों की ओर बढ़ा। वह व्येशेंस्काया के एक वक्ता की बातें सुनने को रुका नहीं। वक्ता व्येशेंस्काया ज़िले के कज़्ज़ाकों की तरफ़ से मेहमानों की राह में पलकें बिछाता रहा।

त्रोइका-गाड़ियों के घोड़े झाग से नहाए नज़र आए। उनके पेट गढ़ों में धँसे समझ पड़े। बूढ़ा अपनी घोड़ी के पास पहुँचा और अपनी आस्तीन से उसके नथुने रगड़ने लगा। उसके मुँह से एक आह-सी निकल गई। उसे सारे-कुछ से इतनी मायूसी हुई कि वह बुरी तरह कोसने लगा और घोड़ी को खोलने के लिए फ़ौरन ही उसे घर ले चला।

इस बीच जनरल सिदोरिन ने तातारस्की के रहनेवालों के बीच भाषण देना शुरू किया और लाल सेना के पीछे क़े मोर्चे में कज़्ज़ाक कारनामों की सराहना करते हुए बोला—"हम सबका मिला-जुला दुश्मन एक है, आपने उसके लोहे से लोहा बजाकर रख दिया है। देश बोलशेविकों के खूँखार जुए से धीरे-धीरे छुटकारा पा रहा है। वह आपकी सेवाएँ कभी भूल नहीं सकता। हमें पता है कि आपके इस गाँव की औरतों ने इन हथियारबन्द मुठभेड़ों में ख़ास हिस्सा बँटाया है। हम इनका बड़ा आभार मानते हैं और इसके लिए इन्हें विशेष सम्मान देना चाहते हैं। जिन कज़्ज़ाक वीरांगनाओं के नाम पढ़कर सुनाए जाएँ वे एक क़दम आगे आ जाएँ।"

इस पर एक अधिकारी ने एक सूची पढ़कर सुनाई। पहला नाम दार्या मेलेख़ोव का था। बाक़ी नाम विद्रोह के शुरू में खेत-रहे कज़्ज़ाकों की विधवाओं के थे। इन सभी स्त्रियों ने दार्या की भाँति ही, तातारस्की में कम्यूनिस्ट क़ैदियों के रक्तपात में हिस्सा लिया था। कम्यूनिस्ट सेरदोव्स्की रेजीमेंट के हथियार डाल देने के बाद हाँककर तातारस्की लाए गए थे।

दार्या पैन्तेली के आदेशानुसार खेत न गई थी, बल्कि मेले-ठेले के ठाठ में चौक में आ गई थी। सो, अपना नाम सुनते ही दूसरी औरतों को एक ओर को ठेलती, सिर पर बँधा सफ़ेद रूमाल ठीक करती घबराहट के कारण हल्के-हल्के मुस्कुराती, आँखें आधी मूँदे हिम्मत से आगे आई। औरत लम्बे सफ़र और शामों के 'मज़े' के बावजूद देखने-सुनने में ख़ासी लगी। धूप के अछूते पीले गालों पर प्यास से तड़पती आँखों की चमक फिसलती दीखी। रँगी हुई भौंहों के बनावटी छल्लों और होंठों की मुस्कुराहट की तहों के पीछे से एक चुनौती और एक गुनाह-सा झाँकता लगा।

दार्या का रास्ता एक फ़ौजी अफ़सर रोके खड़ा रहा। पर दार्या ने उसे धीरे से एक तरफ़ ढकेला। बोली—"एक फ़ौजी की बेवा को रास्ता दो न !" और, फिर सीधे सिदोरिन के पास जा पहुँची। सिदोरिन ने अपने एडजुटेंट के हाथों से सन्त-जॉर्ज-रिबनवाला तमग़ा लिया और काँपती हुई उँगली से दार्या की जैकेट के बाएँ सीने पर पिन कर दिया। इस बीच मुस्कुराते हुए वह उसकी आँखों में आँखें डाले रहा। पूछा—"तो तुम कॉरनेट-मेलेख़ोव की बेवा हो...वह तो मार्च में मारा गया था ?"

"जी हाँ।"

"अभी-अभी तुम्हें नक़द इनाम भी मिलेगा—पाँच सौ रूबलों का...यह अफ़सर देगा तुम्हें।...फ़ौजी अतामान अफरीकन पैत्रोविच बोगायेव्स्की और दोन की सरकार तुम्हारी बहादुरी के लिए तुम्हें बहुत धन्यवाद देती है।...साथ ही तुम्हारे पति की मौत से तुम पर जो मुसीबत टूटी है, उसके लिए तुम्हारे साथ दिली हमदर्दी रखती है।"

दार्या ने सिदोरिन की पूरी बात न समझी। पर उसने सिर हिलाकर उसके प्रति कृतज्ञता ज्ञापित की, एडजुटेंट के हाथ से रूबल लिए और चुपचाप मुस्कुराकर जनरल की आँखों में आँखें डालने लगी।

जनरल अब भी जवान था। क़द में दार्या के लगभग बराबर था...औरत ने उसके हल्के चेहरे पर बे-रोकटोक भरपूर निगाह डाली। 'इन्होंने मेरे प्योत्र की क़ीमत एक जोड़ी बैल की क़ीमत से ज़्यादा नहीं आँकी है...लेकिन...यह जनरल देखने-सुनने में बुरा नहीं है...चल जाएगा !' अपनी गँवारू धुन में दार्या ने सोचा। सिदोरिन उसके वहाँ से जाने की बाट जोहने लगा। पर वह अब भी वहीं बनी रही। इस पर एडजुटेंट और उसके पीछे खड़े अफ़सरों ने निगाह उठाई और एक-दूसरे का ध्यान इस रंगीली बेवा की तरफ़ खींचा। उनकी आँखें ख़ुशी से चमकने लगीं। और तो और, ब्रिटिश जनरल तक में जान आ गई। उसने अपनी पेटी सीधी की, एक पैर के बजाय दूसरे पैर पर बल दिया और उसके गम्भीर चेहरे पर भी मुस्कान-सी दौड़ गई।

"मैं जा सकती हूँ ?" दार्या ने पूछा।

"हाँ, क्यों नहीं, जाओ...।" सिदोरिन हड़बड़ाते हुए बोला।

दार्या ने ब्लाउज़ के खुले कॉलर में भद्दे ढंग से हाथ डाला, रूबल अन्दर दबाए और वापस लौट दी। भाषणों और टीमटामों से परेशान फ़ौजी अफ़सरों ने उसके हल्के क़दमोंवाली चाल बड़े ग़ौर से देखी।

फिर मार्तिन शमील की पत्नी धीरे-धीरे सिदोरिन के सामने पहुँची। पर, उसके पुराने ब्लाउज़ में तमग़ा पिन किया गया तो एकदम फूट पड़ी। सब कुछ ऐसा स्वाभाविक और नारी-सुलभ रहा कि अफ़सरों के चेहरों की हँसी ग़ायब हो गई और वे संवेदना से गम्भीर हो उठे।

सिदोरिन के चेहरे पर भी उदासी के बादल छा गए। पूछा—"तो तुम्हारा पति भी मारा गया ?"

औरत ने चेहरा दोनों हाथों से ढँक लिया और मुँह से कुछ नहीं कहा। केवल सिर हिला दिया। एक कज़्ज़ाक भारी आवाज़ में बोला—"इसके बच्चे इतने हैं कि भरने लगो तो गाड़ी के एक पूरे डिब्बे में न समाएँ।"

सिदोरिन अंग्रेज़ की तरफ़ घूमा—"हम उन स्त्रियों को सम्मानित कर रहे हैं, जिन्होंने बोलशेविकों से लड़ने में विशेष वीरता का परिचय दिया है। उनमें से कितनी ही स्त्रियों के पति आन्दोलन के आरम्भ में ही मर गए और इन्होंने उनकी मौत का बदला इस तरह लिया कि स्थानीय कम्यूनिस्टों की टुकड़ी-की-टुकड़ी का नाम-निशान मिटा दिया। जिस औरत को सबसे पहले तमग़ा दिया गया, उसने अपने हाथों से एक कम्यूनिस्ट कमीसार को मारा है। कमीसार अपनी बेरहमी और जुर्म के लिए मशहूर रहा है।"

दुभाषिए ने जल्दी-जल्दी पूरी बात अंग्रेज़ी में कही। कर्नल ने सब कुछ सिर झुकाए-ही-झुकाए सुना और बोला—"मैं उन औरतों की हिम्मत की दाद देता हूँ। लेकिन, जनरल, कृपया यह बतलाइए कि क्या इन औरतों ने भी उन्हीं परिस्थितियों में लड़ाई लड़ी है, जिन परिस्थितियों में मर्दों ने ?"

"जी हाँ।" सिदोरिन ने कहा और तीसरी बेवा को आवाज़ दी।

थोड़ी देर बाद मेहमान ज़िला-केन्द्र के लिए रवाना हुए और भीड़ हटने लगी। लोग घास काटने की हड़बड़ाहट में अपने-अपने खेतों की तरफ़ लपके। यानी यह कि जब तक ज़ोर-ज़ोर से भूँकते कुत्तों से घिरी मोटरें आँखों से ओझल हुईं, तब तक चौक में सिर्फ़ तीन बूढ़े बाक़ी बचे। वे गिरजे की बाड़ के पास खड़े होकर आपस में बातें करने लगे।

एक व्यक्ति अपना हाथ नचाते हुए बोला—"क्या ज़माना लगा है ? पुराने वक़्त में लड़ाई होती थी तो सन्त-जॉर्ज-क्रॉस या सन्त-जॉर्ज-तमग़े सचमुच बड़े कामों के लिए, बड़ी-से-बड़ी बहादुरी दिखलाने के लिए दिए जाते थे। और, सो भी मर्दों को मिलते थे। मर्द भी कैसे कि एक-के-एक हिम्मतवर और जान की बाज़ी लगानेवाले ! और, ऐसे मर्द भी कोई सौ-दो सौ नहीं निकलते थे। न ही मौत या शोहरत की चर्चा इस तरह की जाती थी। लेकिन, आजकल तो लोग तमग़े औरतों को देने लगे हैं। वैसे अगर औरतें कुछ बहादुरी करके भी दिखलातीं तो यह ऐसा कुछ बुरा भी न होता। लेकिन कज़्ज़ाक क़ैदियों

को गाँव में हाँक लाए, और गाँव की औरतों ने उन मजबूर, निहत्थे लोगों को खूँटे-खूँटियाँ फेंक-फेंककर मार डाला। इसमें बहादुरी क्या है ? मेरी तो समझ में ही नहीं आता। नीली छतरीवाला मुझे माफ़ करे !"

एक दूसरे कमज़ोर निगाहवाले, दुबले-पतले बूढ़े ने पैर एक तरफ़ को खिसकाया, धीरे से कपड़े का तह किया हुआ ख़लीता जेब से निकाला और बोला—"नोवोचेरकास्क के लोग मुझे ख़ासे दूरन्देश मालूम होते हैं। मेरा ख़्याल है कि उन्होंने सोचा होगा कि लोगों के मन में और जोश भरने के लिए और लड़ने के मामले में उनमें और दिलचस्पी पैदा करने के लिए औरतों में कुछ-और खिंचाव और दम पैदा किया जाना चाहिए। तो, यह रहा तमग़ा और ये रहे ऊपर से पाँच सौ रूबल ! भला कौन-सी वह औरत है जो कह देगी कि नहीं, यह सब मुझे नहीं चाहिए। तमग़ा मिल गया और मिल गए रूबल। अब अगर कज़्ज़ाकों में ऐसे हों जो मोर्चे पर न जाना चाहें या कुछ ऐसे हों जो हाथ-पैर समेटकर लड़ाई की आग से दूर-ही-दूर रहना चाहें, तो क्या ऐसा मुमकिन है ? बीवियाँ कान उखाड़कर रख देंगी। रात में जो चिड़िया बोलती है, उसकी आवाज़ सबसे ज़्यादा गूँजती है। फिर यह भी है कि हर औरत अपनी जगह सोचने लगेगी कि कुछ करूँ, शायद तमग़ा मुझे मिल जाए।"

"फ्योद्र, तुम बिल्कुल बेसिर-सिर पैर की बातें कर रहे हो।" तीसरे व्यक्ति ने आपत्ति की—"औरतें उस इज़्ज़त की हक़दार थीं। उन्हें यह इज़्ज़त मिली। बेचारी बेवाएँ हैं। रूबलों से फ़ॉर्म के कामकाज में मदद मिलेगी। तमग़े उसकी बहादुरी के लिए दिए गए हैं और वे उनकी बहादुरी की कहानी कहेंगे। सबसे पहले दारया मेलेख़ोव ने कोतल्यारोव को दूसरी दुनिया में भेजा और ठीक भेजा। ऊपरवाला सबका इंसाफ़ करता है, मगर तुम औरतों के सिर तोहमत नहीं मढ़ सकते। अपना हाड़-मांस अपना ही हाड़-मांस होता है..."

इस तरह बूढ़े बहस करते रहे और तब तक करते रहे जब तक कि शाम की प्रार्थना का समय नहीं हो गया। फिर, तो गिरजे का घंटा पहली बार बजा कि तीनों उठे, टोपियाँ उतारीं, क्रॉस बनाया और बाक़ायदा गिरजे के अहाते में दाख़िल हुए।

13

मेलेख़ोव परिवार की ज़िन्दगी का नक़्शा जिस तरह बदला, वह काफ़ी आश्चर्यजनक रहा।

...अभी कुछ समय पहले तक घर में पैन्तेली प्रोकोफ़ियेविच की तूती बोलती थी और परिवार का हर प्राणी बिना मुँह से उफ़ निकाले उसके हुक्म के आगे सिर झुकाता था। काम सब मिल-जुलकर करते थे, दुःख-सुख में एक-दूसरे के साझीदार होते थे और कोई गहरी भावना सबको स्नेह के एक मज़बूत, अटूट सूत्र में पिरोती थी। परन्तु, पिछली बहार के बाद से सबकुछ बदल गया था। सबसे पहले सीमा दून्या ने तोड़ी थी। अब वह पिता की आज्ञा का उल्लंघन खुल्लमखुल्ला तो न करती, पर जो भी उसे करना पड़ता, काफी हीलाहवाली के साथ यूँ करती जैसे कि काम अपना न होकर किसी और का हो और वह मजदूरी-भर के लिए उसे कर रही हो। बाहर से वह दूसरों से काफ़ी कटी-कटी रहती और बहुत ही कम बोलती। उसकी हँसी के, मस्ती से भरे ठहाके कभी भूले-भटके ही सुन पड़ते।...

ग्रिगोरी के मोर्चे के लिए रवाना होने के बाद नताल्या के भी घर के बड़े-बूढ़ों से वे सम्बन्ध न रह गए। अब वह सारा समय अपने बच्चों के साथ बिताती, केवल उनसे खुलकर बातें करती, उन्हीं में उलझी रहती, और हर समय किसी बात को लेकर मन-ही-मन चुपचाप घुटती लगती, पर, घर के दूसरे प्राणी को अपने मन के सन्ताप का संकेत भी न मिलने देती। अपने अन्तर् का बोझ अपने तक सीमित रखती। किसी से किसी तरह की कोई शिकायत न करती।...

जहाँ तक दार्या का सम्बन्ध है, वह तो अपने नए सफ़र के बाद बिल्कुल ही बदल गई और अपने ससुर का पग-पग पर विरोध करने लगी। इलीनीचिना की तरफ़ उसने हर तरह ध्यान देना बन्द कर दिया, अकारण हर एक से तनी-तनी रहने लगी, बीमारी के बहाने घास-कटाई में हिस्सा लेने से बचने लगी, और इस तरह व्यवहार करने लगी, जैसे कि मेलेख़ोव परिवार में उसके दिन इने-गिने ही हों।

इस तरह पैन्तेली के देखते-देखते परिवार का पूरा ढाँचा टूटने लगा। होते-होते पति-पत्नी जैसे निपट एकाकी रह गए। परिवार के बन्धन, आशा के विपरीत, कट गए। सम्बन्धों की आग समाप्त हो गई। आम बातचीत में खीझ और विरोध नज़र आने लगा। सब लोगों का पहले की तरह, एक परिवार और एक इकाई के रूप में खाने की मेज़ के किनारे जमा होना ख़त्म हो गया। अब ऐसा लगने लगा जैसे कि मात्र संयोग से सब लोग एक साथ बैठ जाते हों।

इस सबके मूल में रही लड़ाई। पैन्तेली ने यह बात बहुत ही साफ़-साफ़ समझी। दून्या अपने माँ-बाप से नाराज़ रहने लगी। उसने लगने लगा कि अपने क्वाँरे तन-मन की पूरी शक्ति से उसने जिस एक व्यक्ति को यानी मीशा कोशेवोइ को प्यार किया, उससे विवाह कर सकने की आशा इन लोगों ने तार-तार करके रख दी। नताल्या ने अपने सरल-सादे स्वभाव के अनुरूप ही अपने मन की कुढ़न को अपने मन तक सीमित रखा और अकसीनिया से ग्रिगोरी के नए सिरे से उलझाव के कारण मन-ही-मन बहुत ही दुखी और सन्तप्त रहने लगी। मुँह उसने कभी खोला नहीं। पैन्तेली ने सभी-कुछ लक्ष्य किया, पर हज़ार कोशिशों के बाद भी घर में पुरानी व्यवस्था नहीं ला सका। और वह करता भी तो करता क्या ? किसी सीझे हुए बोलशेविक से अपनी बेटी को शादी करने की अनुमति कैसे दे देता ? फिर अनुमति अगर दे भी देता तो उसका महत्त्व क्या होता ? मीशा जान हथेली पर रखे कभी यहाँ तो कभी वहाँ मारे-मारे फिरनेवाला आदमी था।

कुछ ऐसा ही ग्रिगोरी के साथ भी था। अगर उसके बदन पर फ़ौजी अफ़सर की वर्दी न होती तो पैन्तेली उसे क़ायदे से समझता। वह तो उसका बुख़ार इस तरह उतार देता कि वह अकसीनिया की ड्योढ़ी सूँघना तक पसन्द न करता। पर लड़ाई ने सभी-कुछ चौपट कर दिया था और बूढ़ा मनमाने ढंग से अपना परिवार चलाने के अधिकार से वंचित होकर रह गया था। लड़ाई ने उसे कहीं का नहीं रखा था, काम करने की पुरानी खुशी छीन ली थी, बड़ा बेटा हड़प लिया था और परिवार में अव्यवस्था और कटुता के बीज बो दिए थे। लड़ाई उसकी ज़िन्दगी के ऊपर से यों गुज़री थी, जैसे तूफ़ान पके हुए गेहूँ के खेत के ऊपर से गुज़रे। फ़र्क सिर्फ़ इतना था कि गेहूँ की बालें तूफ़ान गुज़रने के बाद फिर सिर उठाकर तन जाती हैं, और धूप में नहाकर चमकने लगती हैं। पर बूढ़े के सामने कमर सीधी कर उठ खड़े होने की अब कोई सम्भावना न थी। उसके दिमाग़ और दिल ने सभी-कुछ स्वीकार कर लिया था कि हो, अब जो कुछ होना हो सो हो !...

सो, दार्या जनरल सिदोरिन के हाथ से तमग़ा और नक़द इनाम पाकर फूली न समाई। चौक से घर आई तो खुशी से उछलती। उसकी आँखें प्रसन्नता से चमकती रहीं। उसने अपना तमग़ा नताल्या को दिखलाया। नताल्या ने आश्चर्य से पूछा—"यह तमग़ा तुम्हें किस कारनामे के लिए मिला ?"

"यह मिला है इवान-अलेक्सेयेविच को मारने के लिए। कुतिया का बच्चा कहीं का...नीली छतरीवाला उसकी रूह को चैन दे ! और ये रूबल मिले हैं प्योत्र के न रहने पर दिन काटने के लिए।" और उसने दोन के नोटों का बंडल बड़े ही चाव से खोला।

पर, दार्या खेत पर इसके बाद भी नहीं गई, पैन्तेली ने उसे खाना लेकर बाहर भेजना चाहा, पर उसने साफ़ इनकार कर दिया।

"मुझे घर में ही रहने दो, पापा...सफ़र से आई हूँ...सारा बदन चूर-चूर है।"

बूढ़े के चेहरे पर उदासी के बादल घिर आए। इस पर दो-टूक जवाब देने की तुर्शी काम करने

के लिए दार्‌या आधे मज़ाकिया ढंग से बोली–"यह तो सचमुच गुनाह होगा कि आज के दिन भी तुम मुझे यहाँ से कहीं जाने पर मजबूर करो...आज तो मुझे छुट्टी मिलनी ही चाहिए।"

"अच्छा, तो खाना मैं खुद दे आऊँगा।" बूढ़े ने बहू से सहमत होते हुए कहा–"लेकिन, रूबलों का हिसाब-किताब क्या होगा ?"

"कैसे रूबल...कैसा हिसाब-किताब ?" दार्‌या ने अचरज से आँखें ऊपर उठाईं।

"मेरा मतलब है कि रूबलों का क्या करने का इरादा है तुम्हारा ?"

"यह मेरा निजी मामला है...मैं इसका जो चाहूँगी, सो करूँगी।"

"लेकिन...तुम करना क्या चाहती हो ? रुपए तो तुम्हें प्योत्र के नाम पर मिले हैं न ?"

"रूबल मुझे दिए गए हैं, और इनके बारे में सोचना तुम्हारा काम नहीं है।"

"लेकिन, तुम तो इसी घर में रहती हो न ! इसी घर की तो बहू हो न ?"

"और, घर की इस बहू से तुम क्या उम्मीद रखते हो, पापा ? उम्मीद रखते हो कि यह सारी रक़म तुम हथिया लोगे ?"

"नहीं, पूरी रक़म मैं नहीं चाहता...लेकिन इसका एक हिस्सा तो हमें यानी मुझे और तुम्हारी इस सास को मिलना ही चाहिए...आख़िर प्योत्र हमारा बेटा था या नहीं ? क्या ख़्याल है तुम्हारा ?"

बूढ़े ने तो अपना दावा यों ही सामने रख दिया था। लेकिन दार्‌या इस पर बौखला उठी। नफ़रत से भरी, सधी हुई आवाज़ में बोली–"मैं तुम्हें कुछ नहीं दूँगी...एक कोपेक नहीं दूँगी। तुम्हारा इसमें किसी तरह का कोई हिस्सा नहीं है...हिस्सा होता तो वे रक़म तुम्हारे हाथ पर रखते। और, अपने इस हिस्से को लेकर तुम इस तरह आसमान सिर पर क्यों उठा रहे हो ? तुम्हें हाथ फैलाने की कोई ज़रूरत नहीं। एक भी रूबल नहीं मिलेगा।"

इस पर पैन्तेली ने आख़िरी ज़ोर लगाया–"तुम हमारे साथ रहती हो, हमारे साथ खाती हो, तो हर चीज़ में हमारा भी तो साझा होना चाहिए। यह भी क्या कि रहें तो सब घर में साथ, मगर हर आदमी डेढ़ दाने की अपनी खिचड़ी पकाए अलग ? यह मैं नहीं चलने दूँगा।"

पर, दार्‌या ने रक़म हथियाने की बूढ़े की आख़िरी कोशिश भी नाकाम कर दी। अपनी रक़म अपने सीने से लगाकर रखी। बेहयाई से मुस्कुराती हुई बोली–"मेरी शादी तो तुमसे हुई नहीं है, पापा ! आज मैं तुम्हारे साथ हूँ, मगर कल किसी से शादी कर यहाँ से जा सकती हूँ। फिर, यहाँ खाने की कीमत अदा करने जैसी भी कोई बात नहीं उठती है। मैं दस साल तुम्हारे इस ख़ानदान के लिए खटी हूँ। मैंने कभी कमर सीधी नहीं की है।"

"तू खटी है खुद अपने लिए, कमीनी, छिनाल कहीं की !" बूढ़ा नफ़रत से चीख़ा और उसने चिल्लाकर कुछ और भी कहा। पर, दार्‌या उसकी बात सुनने को ठहरी नहीं। अपनी स्कर्ट का सिरा लहराती और झमकती बूढ़े के ठीक आगे से गुज़री और सोने के कमरे की ओर चल दी। मज़ाक-भरे ढंग से मुस्कुराती हुई फुसफुसाई–"हाथ आज़माने के लिए ग़लत औरत चुनी बूढ़े ने !"

और बातचीत यहीं ठप्प हो गई। सचमुच ही दार्‌या बूढ़े के रोब में आ जानेवाली औरत न थी। उसके तेहे का उसे कोई डर न था।

पैन्तेली खेत पर जाने को तैयार हुआ, पर जाने के पहले उसने इलीनीचिना से बातें कीं। बोला–"दार्‌या पर नज़र रखना तुम !"

"क्यों, उस पर नज़र रखने की ऐसी क्या ज़रूरत आ पड़ी ?" इलीनीचिना ने आश्चर्य से पूछा।

"ज़रूरत आ पड़ी है...देखना, कहीं ऐसा न हो कि वह बोरिया-बँधना बाँधकर घर से चल दे, और कुछ हमारा माल-मता भी अपने साथ लेकर रफूचक्कर हो ! मुझे लगता है कि वह अपने हाथ-पैर कुछ यों ही नहीं फैला रही...साफ़ है कि उसने कोई जवान खोज लिया है और एकाध दिन में ही शादी हो जाएगी उसकी।"

"तुम शायद ठीक कहते हो।" बुढ़िया ने बूढ़े की हाँ-में-हाँ मिलाई और लम्बी आह भरी—"हर वक़्त गाँव के बाहर बनी रहती है। ख़ोखोल की तरह...किसी चीज़ से खुशी नहीं होती उसे...सबकुछ बुरा-ही-बुरा नज़र आता है उसे...इन दिनों हम सभी से फिरंट रहती है...अब तुम चाहे जो करो...उसका पैर बाहर निकल गया है, वह अब तो ड्योढ़ी के अन्दर आता नहीं...

"और, कोई वजह भी नहीं है कि उसका पैर ड्योढ़ी के अन्दर करने की कोशिश की जाए। बेवक़ूफ़ कहीं की, अगर वह जाना चाहे तो तुम उसे रोकना भी नहीं। चला जाने देना घर से...हार गए हम उसे सँभालते-सँभालते !" पैन्तेली उचककर गाड़ी पर चढ़ा और बैल हाँकते हुए बोला—"वह काम से तो इस तरह दूर-दूर भागती है, जैसे कुत्ता मक्खियों से। मगर आराम तमाम चाहती है और अय्याशी में वक़्त गुजारना पसन्द करती है।...आसमानवाला उसकी रूह को चैन दे...प्योत्र हमारा रहा नहीं, और प्योत्र नहीं रहा तो दार्या जैसी औरतों को हमें घर में रखने की अब ज़रूरत नहीं है। औरत वह थोड़े ही है, वह तो छुतही बीमारी है...छुतही बीमारी !"

पर, पति-पत्नी का ख़्याल ग़लत था। दार्या के तो दिमाग़ में भी दूसरी शादी की बात नहीं थी। वह ज़िन्दगी तो उसकी कल्पना से भी बाहर थी। उसके दिमाग़ पर तो बोझ कुछ दूसरा ही था...

दार्या दिन-भर प्रसन्नता से खिली और सबसे हिल-मिलकर बातें करने में लगी रही। रूबलों को लेकर होनेवाले झगड़े तक का उस पर जैसे कोई असर नहीं पड़ा। जाने कितनी देर तक तो वह शीशे के सामने तरह-तरह से मुड़ती, ऐंठती और हर तरफ़ से तमग़े को देखती रही। पाँच बार उसने कपड़े बदले कि देखे, किस जैकेट पर सन्त जॉर्जवाला रिबन सबसे ज़्यादा फबता है। फिर हँसती हुई कहने लगी—"अब मुझे कुछ और क्रॉस जीतने चाहिए !" इसके बाद उसने इलीनीचिना को सोने के कमरे में बुलाया, बीस-बीस रूबल के दो नोट उसके हाथ पर रखे, अपने दहकते हुए हाथों से झटके से बुढ़िया के गाँठों से भरे हाथ उसके सीने पर रखे और फुसफुसाती हुई बोली—"यह है प्योत्र की रूह की चैन के लिए...यह है इसलिए कि गिरजे में प्रार्थना करवा दो...और वहाँ लोगों को बाँटने के लिए थोड़ी-सी खीर तैयार कर लो !"...और औरत फूट पड़ी। फिर, पलकें आँसुओं से तर रहीं और एक क्षण बाद ही मीशात्का के ऊपर अपना रेशमी शॉल ओढ़ाकर उससे खिलवाड़ करने लगी। साथ ही इस तरह की हँसी के ठहाके लगाने लगी, जैसे कि कभी रोई ही न हो, जैसे कि खारी आँसुओं का स्वाद जीवन में कभी जाना ही न हो।

और दून्या खेत से लौटी तो दार्या खुशी से और खिल उठी। उसने उसे तमग़े के जलसे की सारी कहानी सुनाई और गम्भीर आवाज़ से जनरल के बोलने की नक़ल की। फिर, नताल्या की ओर देखकर, आँख मारते हुए, शरारत से बोली—"तेरी दार्या, सन्त जॉर्ज का क्रॉस पानेवाली एक फ़ौजी अफ़सर की बेवा जल्दी ही अफ़सर बन जाएगी, और फिर बूढ़े कज़्ज़ाकों की कमांडर बना दी जाएगी।"

नताल्या बैठी, बच्चों के कपड़ों की मरम्मत करती, दार्या की बातें सुनती और होंठों-ही-होंठों में मुस्कुराती रही। पर दून्या भौंचक्की रह गई और अपने हाथ बाँधकर मिन्नत-भरे लहजे में बोली—"दार्या...दार्या, सुनो...ईसा के लिए अपनी ये कहानियाँ बन्द करो, क्योंकि मेरी समझ में यह नहीं आता कि तुम कब मनगढ़न्त कहानियाँ सुनाती हो और कब सच्ची कहानियाँ कहती हो ! बतलाना हो तो ज़रा ठीक-ठीक बतलाओ सबकुछ।"

"तुम्हें मेरी बातों का यक़ीन नहीं ? अगर नहीं तो तुम बुद्धू हो ! मैं तो तुम्हें सीधी-सादी बात सुना रही हूँ। सभी फ़ौजी अफ़सर मोर्चे पर हैं। अब बूढ़ों को फ़ौजियों की तरह मार्च करना और पेश आना सिखलाए तो सिखलाए कौन ? ज़रा ठहर जा, इनकी कमान मेरे हाथों में आ जाने दे। फिर देख कि मैं इन बुड्ढे-शैतानों को किस तरह सीधा करती हूँ ! इस तरह उनको कमान दूँगी...इस तरह !"

दार्या ने सास के न देखने के लिए बावर्चीख़ाने का दरवाज़ा बन्द किया। फिर, अपनी स्कर्ट का सिरा फुर्ती से अपनी टाँगों के बीच दबाया और पीछे का हिस्सा एक हाथ से साधा तो चमचमाती

हुई पिंडलियाँ लौ देने लगीं। इसके बाद सोने के कमरे के चारों ओर मार्च करते हुए दून्या के सामने रुकी और भरी हुई आवाज़ में कमान देती हुई बोली—"बुड्ढो...अ ट...टेंशन ! अपने चेहरे ऊपर करो...लेफ्ट...क्विक मार्च !"

दून्या से और अधिक न सँभला और वह हाथों में चेहरा छिपाकर ज़ोर-ज़ोर से हँसने लगी। नताल्या चिढ़कर बीच में बोली—"उफ़...बहुत हुआ...इससे कुछ भला नहीं होने जाने का !"

"इससे कुछ भला नहीं होने जाने का ? और तुमने पूरी ज़िन्दगी में कभी कुछ भला जाना भी है ? तुम्हें कुछ भला लगा भी है ? अगर मैं तुम्हें हँसाऊँ नहीं, तो तुम इसी घर में सड़कर रह जाओ।..."

पर दार्‌या की हँसी-खुशी का ज्वार जिस तेज़ी से आया, उसी तेज़ी से उतर गया। आधे घंटे बाद वह अपने छोटे कमरे में आई, तमग़ा सीने से नोचकर बक्से पर फेंक दिया और फिर हाथों पर गाल साधे बहुत देर तक खिड़की के पास बैठी रही। रात हुई तो वह चुपके से कहीं खिसक गई और फिर मुर्ग़े की बाँग के बाद ही लौटी।

...घास की तैयारी खासी ढीली रही। काम करनेवाले कम ही रहे। एक दिन में चार एकड़ से ज़्यादा ज़मीन की घास न कटी। कटी हुई घास बरसाती पानी से तर रही और इससे काम और बढ़ गया। ऐसी घास को धूप में उछाल-उछालकर सुखाना पड़ा। फिर, पचांगुर से उसे जगह-जगह इकट्ठा किया गया कि दुबारा मूसलाधार पानी बरसा, और रात से सुबह तक चलता रहा। इसके बाद आसमान खुला। मौसम सुहाना हो गया। पुरवा बहने लगी। कटाई की मशीनें फिर अपने गीत गाने लगीं। घास के सँवराए ढेरों से फफूँदी की सहती-सहती-सी बास आने लगी। स्तेपी का मैदान धुन्ध की लपेट में आ गया और टीलों की धुँधली-धुँधली रूपरेखाएँ, घाटियों के निलछरे कटाव और दूर के तालों के नरकुल के हरे सिरे इस नीली धुन्ध के बीच से हल्के-हल्के झलकने लगे।

चौथे दिन दार्‌या ने खेत से ही ज़िला केन्द्र जाने का मंसूबा बाँधा और दोपहर के आराम के बाद सब लोग खेमे में सुस्ताने को बैठे तो उसने अपना इरादा सामने रखा।

पैन्तेली ने उसका मज़ाक-सा उड़ाते हुए, दर्द भरी आवाज़ में पूछा—"ऐसी जल्दी क्या है ? तुम अपना जाना इतवार तक टाल नहीं सकतीं क्या ?"

"नहीं...मुझे कुछ काम है, और काम टल नहीं सकता।"

"एक दिन को नहीं टल सकता ?"

"नहीं।"

"अगर तुम्हें इतनी परेशानी है और इतना भी सब्र नहीं है, तो जाओ। मगर, ऐसा ज़रूरी काम क्या आ पड़ा ? क्या हमें नहीं बतला सकतीं ?"

"अगर तुम्हें सबकुछ बतला दूँगी तो तुम कल के मरते आज ही मर जाओगे।"...

...दूसरे दिन ज़िला-केन्द्र से लौटने पर दार्‌या सीधे घर आई। सिर्फ़ इलीनीचिना और बच्चे नज़र आए। मीशात्का देखते ही ताई की तरफ़ दौड़ा, पर उसने उसे उदासीन भाव से एक ओर कर दिया और सास से पूछा—"माँ, नताल्या कहाँ है ?"

"नताल्या सब्ज़ीवाले खेत में आलू खोद रही है। क्या बात है ? बूढ़े ने बुलाया है उसे ? वह कहीं नहीं जाएगी...बूढ़ा बिगड़ता हो तो बिगड़े...कह दो कि ऐसा मैंने कहा है।"

"किसी ने नहीं बुलाया उसे। मुझे उससे कुछ बात कहनी थी।"

"पैदल आई हो ?"

"हाँ।"

"लोग कब तक खाली हो जाएँगे ?"

"शायद कल तक।"

"लेकिन, रुको तो...तुम उड़ी कहाँ जा रही हो ? यह तो बतलाए जाओ कि बरसात से घास का बहुत नुक़सान तो नहीं हुआ ?" बुढ़िया ने सीढ़ियों से नीचे उतरती दार्या से सवाल-पर-सवाल पूछ डाले।

"नहीं, ऐसा कोई ख़ास नुक़सान नहीं हुआ।...ख़ैर, तो मैं जा रही हूँ...मेरे पास वक़्त नहीं है।"

"बाग़ से लौटते हुए इधर से निकल जाना और बूढ़े के लिए एक कमीज़ लेती जाना। सुना कि नहीं...?"

दार्या ने न सुनने का बहाना किया और तेज़ी से ढोरोंवाले बाड़े की ओर बढ़ी। नदी के किनारे घाट पर पल-भर को ठिठकी, और उसने अधमुँदी आँखों से दोन के हरे फैलाव पर नज़र दौड़ाई। लहरों के ऊपर की ताज़ा, नम हवा से औरत के बदन में झुरझुरी दौड़ गई और उसने धीरे-धीरे बाग़ की तरफ़ क़दम बढ़ाए।

हवा के हल्के झोंके दोन की लहरियों को रह-रहकर छेड़ते रहे। समुद्री चिल्लियाँ जहाँ-तहाँ मँडराती रहीं। लहरें ढलवाँ किनारे पर काफ़ी दूर तक रेंगती रहीं। झलाझल बकाइनी धुन्ध में लिपटी बरसात से धुला जंगल बहार के शुरू-शुरू के दिनों की तरह नया, ताज़ा और हरा लगता रहा।

ऐसे में दार्या ने जूते उतारे, दुखते पैर धोए और फिर काफ़ी देर तक किनारे, जलते पत्थर पर बैठी रही। उस समय उसने धूप से बचने के लिए आँखों पर हथेली की ओट की, समुद्री चिल्लियों के कलप से भरे स्वर सुने और पानी की नपी-तुली कलकल सुनी। सारा कुछ ऐसा सूना और वीरान लगा कि उसकी आँखें भर आईं। उस पर बे-बुलाए घर आई। मुसीबत ने दिल पर और भारी पत्थर रख दिया और अन्तर् में दर्द घोल दिया।...

नताल्या ने अपनी पीठ जैसे-तैसे सीधी की, अपनी कुदाल टट्टी की बाड़ से टिकाई और दार्या से मिलने को लपकी।

"मेरे पास आई हो दार्या ?"

"हाँ, तुम्हारे पास आई हूँ, मुसीबत में पड़ गई हूँ।"

दोनों अगल-बग़ल बैठ गईं। नताल्या ने सिर का रूमाल खोला, बाल ठीक किए और दार्या की ओर उत्सुक दृष्टि से देखा। पर पिछले कुछ दिनों में ही चेहरा इतना बदला समझ पड़ा कि वह अचरज में पड़ गई। गाल बैठ गए और सफ़ेद पड़ने लगे। माथे पर गहरी झुर्रियाँ दीखीं। आँखों से परेशानी और चिन्ता झाँकती मिली।

नताल्या ने हमदर्दी दिखलाते हुए पूछा—"बात क्या है, तुम्हारा चेहरा बिल्कुल काला पड़ गया है ?"

"मेरी जगह तुम होतीं तो तुम्हारा भी चेहरा इसी तरह काला पड़ जाता।" दार्या बरबस हँसी और फिर गम्भीर हो गई—"क्या अभी काम बहुत बाकी है ?"

"काम तो शाम तक ख़त्म हो जाएगा...मगर तुम्हें हुआ क्या है ?"

दार्या का गला फँसने लगा। उसने थूक निगला और जल्दी-जल्दी बोली—"बतला रही हूँ अभी, बात यह है कि मैं बीमार हूँ और एक गन्दी बीमारी लग गई है मुझे...और यह तोता मैंने पाला है अपने पिछले सफ़र के दौरान...किसी ग़लीज़ फ़ौजी अफ़सर की देन है।"

"यानी, अपने मज़े की क़ीमत अदा कर दी तुमने।" नताल्या ने डर और दुख से हाथ पीट लिए।

"हाँ, मैंने अपने मज़े की क़ीमत अदा की...और इस सिलसिले में न मुझे कहीं कुछ कहना है, न किसी से कोई शिकवा-शिकायत है...कमज़ोरी तो मेरी है...उस सूअर के बच्चे ने मुझे बड़ा बरग़लाया, बहुत फुसलाया—दाँत उसके उजले थे, पर आदमी अन्दर से सड़ा हुआ था...और अब हाल यह है कि मैं कहीं की नहीं रही हूँ।"

"मेरी दार्या, लेकिन, अब...अब क्या करोगी तुम ?" नताल्या ने फटी-फटी-सी आँखों से दार्या

को देखा। दारया नीची निगाहें किए अपने पैरों की तरफ़ देखती रही। फिर वह और सँभली और सधे हुए स्वर में बोली–"आसार तो मुझे रास्ते में ही नज़र आने लगे...पहले तो मैंने सोचा कि होगा यों ही...तुम तो ख़ुद जानती हो कि औरतों को हज़ार तरह की तकलीफ़ें होती रहती हैं...अभी पिछली बहार के दिनों में मैंने चावल का एक बोरा उठा लिया तो तीन हफ़्ते ख़ून जाता रहा...लेकिन ख़ैर बाद में मुझे लगा कि इस बार ऐसा कुछ नहीं है...फिर तो और ही नक़्शे नज़र आने लगे...और, कल मैं ज़िले के डॉक्टर से मिलने गई तो शर्म से ज़मीन में गड़ गई...लेकिन, अब तो सारा खेल ख़त्म समझो...औरत बहुत बनती थी, उसे अपनी करनी का भरपूर फल मिल गया।"

"बड़ी शर्म की बात है...तुम इसका इलाज कराओ, जैसे भी हो। लोग कहते हैं कि इस बीमारी का इलाज हो जाता है।"

"नहीं, मेरी बीमारी का इलाज नहीं हो सकता।" दारया मुस्कुराई और बातचीत के बीच पहली बार नज़रें उठाईं–"मुझे गर्मी हो गई है, और उसका इलाज नहीं होता...कभी-कभी तो नाक गलकर गिर जाती है...बुढ़िया अनद्रोनीख़ा के मामले में यही हुआ था...तुमने कभी देखा है उसे ?"

"अब यह बतलाओ कि तुम करोगी क्या ?" नताल्या ने रुआँसे स्वर में पूछा और उसकी आँखें भर आईं।

दारया बहुत देर चुपचाप बैठी रही। उसने मकई के डंठल के चारों ओर लिपटा अश्कपेचाँ-बेल का एक फूल तोड़ा और अपनी आँखों से लगाया। गुलाबी किनारेवाले, उस छोटे-से फूल से धूप से नहाई धरती की महक आई। दारया उसे इतने ग़ौर से इस तरह ऊबकर देखती रही, जैसे कि उसने उसे पहले कभी देखा ही न हो। फिर, उसने उसे नथुने फुलाकर सूँघा और हवा से ख़ुश्क ज़मीन पर सावधानी से रख दिया। बोली–"तुम पूछ रही हो कि अब मैं क्या करूँगी ? यही बात ज़िले से लौटते वक़्त मैं भी बराबर सोचती रही और तरह-तरह के नक़्शे बनाती रही। लेकिन, और कुछ नहीं हो सकता...मैं अपनी जान दे दूँगी...बात बुरी है, लेकिन कोई दूसरा चारा नहीं है। मान लो कि मैं इलाज करवा लूँ, तो उससे फ़र्क क्या पड़ेगा ? गाँव के हर आदमी को मालूम तो हो ही जाएगा। हर आदमी मेरी तरफ़ उँगली उठाएगा, मेरे ख़िलाफ़ बातें करेगा और मेरी हँसी उड़ाएगा। इस हालत में मेरी बात भला कौन पूछेगा ? मेरा सारा हुस्न बर्बाद हो जाएगा, मैं मुरझा जाऊँगी और जीते-जी मर जाऊँगी...और यह मैं नहीं चाहती।" और यह सारी बात उसने यों कही जैसे कि अपने-आपसे जिरह कर रही हो। उसने नताल्या के विरोध और मना करने की तरफ़ ध्यान ही नहीं दिया। बराबर कहती गई–"व्येशेंस्काया जाने के पहले मैंने सोचा था कि अगर कोई बुरी बीमारी होगी तो उसका इलाज करवा लूँगी। यही वजह है कि मैंने रूबल पापा को नहीं दिए। और सोचा कि डॉक्टरों को देने के काम आएँगे...लेकिन, अब मैंने अपना इरादा बदल दिया है...मैं हर चीज़ से ऊब गई हूँ... मैं अपना इलाज कराना नहीं चाहती।"

दारया ने बहुत ही गन्दी मर्दानी गाली दी, थूका और हाथ के पिछले हिस्से से लम्बी बरौनियों में उलझा आँसू पोंछ डाला।

"सोचो तो कि तुम कह क्या रही हो ! तुम्हें उस ऊपरवाले से डरना चाहिए... ।" नताल्या ने शान्त भाव से कहा।

"वह ऊपरवाला...उससे अब मुझे किसी फ़ायदे की उम्मीद नहीं...वह तो ज़िन्दगी- भर मेरे आड़े ही आता रहा है... ।" दारया मुस्कुराई और उस शरारत-भरी मुस्कुराहट में नताल्या को पुरानी दारया की एक झलक मिली–"इंसान यह न करे और इंसान वह न करे। हर आदमी को गुनाह का डर दिलाता है, और आसमानी फ़ैसले के दिन की बड़ी-बड़ी बातें करता है...लेकिन, मैं अपने-आपको जो फ़ैसला सुनाने जा रही हूँ, इससे खूँखार और कुछ भी नहीं हो सकता...हर चीज़ से मेरा जी ऊब गया है, नताल्या !...हर आदमी घिनौना और ख़तरनाक हो उठा है...ऐसे में अपनी ज़िन्दगी से छुटकारा पा

लेना ही मेरे लिए ज़्यादा आसान होगा...मेरे आगे-पीछे कोई नहीं है...कोई नहीं है जिससे मेरा दिल तड़पे...यह सभी कुछ कितना सच है !''

नताल्या ने दार्या को हज़ार तरह से समझाया और अपने फ़ैसले पर फिर से विचार करने और आत्महत्या का विचार दिमाग़ से निकाल देने के लिए बार-बार कहा। लेकिन, दार्या ने पहले तो जैसे सुना ही नहीं। मगर, बाद में अपने को सँभाला और गुस्से से बात काटती हुई बोली—''ख़त्म भी करो बेकार की बातें, नताल्या ! मैं यहाँ इसलिए तो नहीं आई कि तुम मुझसे इस तरह की बातें और मिन्नतें करो। मैं तो तुम्हें अपनी बीमारी की ख़बर देने और तुमसे यह कहने आई हूँ कि आज से तुम अपने बच्चों को मेरे पास न आने देना। डॉक्टर कहते हैं कि यह बीमारी छूत की होती है और मैं नहीं चाहती कि यह किसी भी तरह बच्चों को लग जाए। समझी बात बुद्धू कहीं की ? और तुम माँ को भी बतला देना...उनसे खुद इसका ज़िक्र करने की हिम्मत मुझमें नहीं है।...लेकिन, तुम बेकार परेशान हो, मैं कोई आज ही अपने गले में फन्दा डालकर लटकने नहीं जा रही...अभी उसके लिए बहुत वक़्त है...मैं अभी जिऊँ-जागूँगी, ज़िन्दगी के मज़े लूँगी और उसे क़ायदे से अलविदा कहूँगी...तुम जानती हो कि हम लोग कैसे जीते हैं ? यानी, जब तक दिल खींचातानी में नहीं पड़ता, तब तक हम अन्धों की तरह जीते चले जाते हैं...मिसाल के लिए, ज़रा देखो कि खुद मैंने कैसी ज़िन्दगी बिताई है...एक तरह से आँखें बिल्कुल बन्द कर जीती रही हूँ...लेकिन अभी व्येशेंस्काया से दोन के किनारे-किनारे लौट रही थी कि मुझे लगा कि अब तो सबकुछ छोड़ना ही पड़ेगा बस, यह महसूस करते ही जैसे मेरी आँखें खुल गईं—देखा तो नदी धूप में चाँदी की लगी...उसकी कल-कल करती लहरें इस तरह नाचती नज़र आईं कि मेरी आँखों में चकाचौंध पैदा हो गई...मैं मुड़ी और मैंने चारों तरफ़ नज़र दौड़ाई...उफ़ कैसा दिल खींचा हर चीज़ ने ! कितनी प्यारी हर चीज़ लगी !...मगर, यही इसके पहले कभी नहीं हुआ...'' दार्या के होंठों पर शर्म से भरी मुस्कान दौड़ गई और वह चुप हो रही। उसने अपनी मुट्ठियाँ भींचीं, गले में फँसती सिसकी दबाई और ऊँचे स्वर में, और ज़ोर देते हुए बोली—''रास्ते में मुझे कई बार रुलाई आई पर मैं आँसू पी गई...मगर गाँव के पास आई तो मैंने बच्चों को नदी में नहाते देखा और उन्हें देखते ही मेरा दिल कचोटने लगा। फिर तो मैं रोई, बेवकूफ़ की तरह फूट-फूटकर रोई और अपने मन पर क़ाबू पाने के लिए दो घंटे तक रेत पर पड़ी रही। यह न सोचना मेरे लिए आसान नहीं है कि...''

दार्या उठ खड़ी हुई और अपनी स्कर्ट झाड़कर सिर पर रूमाल सधे हुए ढंग से ठीक करने लगी।

''मौत का ख़्याल आता है तो सिर्फ़ यह सोचकर ख़ुशी होती है कि दूसरी दुनिया में प्योत्र से मुलाक़ात फिर होगी...उससे कहूँगी—जिगर, प्योत्र-पैन्तेलेयेविच, अपनी बदचलन बीवी को फिर अपनी बाँहों में कस लो।''

और, और फिर हमेशा की तरह, सनकियों की भाँति बोली—''लेकिन उस दुनिया में वह मुझ पर हाथ नहीं उठा पाएगा...मुझे मार नहीं सकेगा। झगड़ालू लोगों को वहाँ जगह नहीं दी जाती...ठीक है न?...अच्छा अलविदा, नताल्या रानी ! लेकिन, देखो माँ से मेरी बीमारी का ज़िक्र करना न भूलना।''

नताल्या गर्द से भरी हथेलियों से अपनी आँखें ढके बैठी रही। उसकी उँगलियों के बीच आँसू ऐसे झिलमिलाते रहे, जैसे देवदार की चैलियों के बीच राल चमकती है। पर, दार्या बाँस की खपच्चियों के फाटक तक पहुँचने के बाद मुड़ी और फिर बोली—''आज से मैं अलग तश्तरी में खाऊँगी। माँ से कह देना, और हाँ, एक बात और—उनसे कह देना कि वे पापा से इसका ज़िक्र न करें, नहीं तो बूढ़ा बौखलाकर मुझे घर से निकाल बाहर करेगा। अगर कहीं ऐसा हो गया तो डूबते को तिनके का भी सहारा न रहेगा।...ख़ैर, इस वक़्त मैं सीधे मैदान जा रही हूँ...घास काटने के लिए... दोस्विदानिया।''

14

कज़्ज़ाक अगले दिन घास काटकर मैदान से घर लौटे। पैन्तेली ने खाने के बाद घास गाड़ी से लादकर लाने का निश्चय किया। दून्या बैलों को पानी पिलाने के लिए नदी ले गई और इलीनीचिना और नताल्या ने जल्दी-जल्दी खाने की मेज़ लगाई।

दार्‌या सबके बाद आई और मेज़ के किनारे जा बैठी। इलीनीचिना ने छोटी प्लेट में पातगोभी का शोरबा, एक चम्मच और एक टुकड़ा रोटी उसके सामने रख दी। बाक़ी के लिए शोरबा हमेशा की तरह, एक बड़े कटोरे में भर लिया।

पैन्तेली ने अपनी पत्नी को आश्चर्य से घूरकर देखा, दार्‌या की प्लेट की तरफ़ आँखों से इशारा किया और पूछा—"यह सब क्या है ? तुमने दार्‌या को शोरबा अलग से क्यों परोसा है ? क्या वह हमारी जात में शामिल नहीं रही ?"

"बेकार की बातों से तुम्हें क्या ? तुम अपना खाना खाओ।"

बूढ़े ने दार्‌या की तरफ़ मज़ाक-भरी निगाहों से देखा और मुस्कुराया—"ठीक, अब समझा... तमग़ा मिल गया, इसलिए दार्‌या रानी को अब सबके साथ खाना पसन्द नहीं।...क्या बात है दार्‌या ? एक ही कटोरे में सबका साथ देने में नाक पर मक्खी भिनकती है ?"

"नहीं, ऐसी कोई बात नहीं...नाक पर मक्खी क्यों भिनकेगी ?" दार्‌या ने रूखे ढंग से जवाब दिया।

"तो फिर अलग क्यों खा रही हो ?"

"मेरे गले में दर्द है।"

"इससे क्या फ़र्क पड़ता है ?"

"मैं डॉक्टर को गला दिखलाने व्येशेंस्काया गई थी। उसने कहा है कि तुम्हें सबसे अलग खाना चाहिए।"

"मेरी भी गला एक बार खराब हुआ था, पर मैंने सबसे अलग बैठकर खाना नहीं खाया, और ऊपरवाले का लाख-लाख शुक्र कि किसी को कुछ नहीं हुआ। तो, अब तुम्हें कौन-सी ऐसी नई सर्दी हुई है ?"

दार्‌या पीली पड़ गई। उसने अपने होंठ हाथ से पोंछे और चम्मच नीचे रख दिया। दूसरी तरफ़ पति की बेअक्ली पर इलीनीचिना आपे से बाहर हो गई और बूढ़े पर बरस पड़ी—"क्यों हाथ धोकर पीछे पड़े हो उसके ? तुम तो हमें खाने की मेज पर भी चैन की साँस नहीं लेने देते। चीमड़ की तरह लिपट जाते हो कि अब जाओ तो जाओ कहाँ ?"

"लेकिन, यह सब बकवास क्या है आख़िर ?" पैन्तेली चिढ़कर चीख़ा—"वैसे मुझे कोई परवाह नहीं...तुम्हारा जो जी आए सो करो।"

और, बूढ़े ने गुस्से में चम्मच-भर गरमागरम शोरबा मुँह में डाल लिया। नतीजा यह कि सारा मुँह जल गया और शोरबा बाहर निकलकर दाढ़ी-भर में फैल गया। पैन्तेली पागलों की तरह गरज उठा—"तुम्हें खाना परोसने तक की तमीज़ नहीं...ऐसी-तैसी में जाओ तुम सब। कोई आग से सीधे उतारकर शोरबा किसी को परोसता है !"

"अगर तुम खाते वक़्त ज़बान ज़रा कम चलाते तो यह नौबत न आती।" इलीनीचिना ने पति को धीरज बँधाते हुए कहा।

पैन्तेली का चेहरा नीला पड़ गया और वह पातगोभी और आलू के टुकड़े दाढ़ी के बालों के बीच से बीनने लगा। इस पर दून्या ठठाकर हँस पड़ी। लेकिन, बाकी लोग ऐसे गम्भीर रहे कि लड़की ने भी हँसी रोकने की कोशिश की और निगाहें उधर से हटा लीं।

खाने के बाद बूढ़ा अपनी दोनों बहुओं के साथ घास की ढोआई के लिए चला। मैदान में पैन्तेली ने पचांगुर भर-भरकर घास गाड़ी में डाली और नताल्या ने महक लेते हुए घास पैरों से दबाई। फिर वह और दार्या साथ-साथ खेत में लौटीं। पैन्तेली तेज़ चाल से घर लौटते बैलों के साथ काफ़ी आगे निकल गया।

...सूरज ढूह के पीछे मुँह छिपाने लगा। घास की खाली स्तेपी की, चिरायते की-सी, तीखी गन्ध से शाम का पूरा वातावरण भर उठा। पर धीरे-धीरे गन्ध का यह तीखापन मधुर होता गया और उसमें दिन के समय की चुभन बाक़ी न रही। गर्मी घटने लगी। बैल बिना हाँके आगे बढ़ते गए। उनके पैरों से जो धूल उड़ी वह सड़क के किनारे की भटकटैया के पौधों पर बैठ गई। इन पौधों के सिरों पर रखे सुर्ख फूलों के ताज पूरे जोर-शोर से दमकते रहे। आस-पास शहद की मक्खियाँ मँडराती रहीं। टिटिहरियाँ, एक-दूसरे को आवाज़ देतीं, उड़-उड़कर दूर के ताल को जाती रहीं।

दार्या हिलती-डुलती गाड़ी में कुहनियों के सहारे पेट के बल लेट गई और बीच-बीच में रह-रहकर नताल्या पर नज़र डालने लगी। नताल्या विचारों में खोए-ही-खोए डूबते हुए सूरज को एकटक देखने लगी। ताँबे के रंग की किरणें उसके शान्त निर्मल चेहरे पर उतरती रहीं। सहसा ही दार्या ने सोचा—'नताल्या सुखी है...उसका आदमी है...बच्चे हैं...और क्या चाहिए उसे ?...घर का हर आदमी उसे मुहब्बत करता है लेकिन मैं...मेरी दुनिया उजड़ चुकी है...मैं आज भर जाऊँ तो मेरे नाम कोई एक आँसू भी न बहाए।' और इन विचारों के साथ ही उसके मन में नताल्या के प्रति ईर्ष्या के भाव उग आए और किसी-न-किसी तरह उसका दिल दुखाने और उसे तकलीफ़ देने की बात अचानक ही उसके दिमाग़ में नाचने लगी। उसे लगा—'आख़िर मायूसी और बदनसीबी मुझ पर ही चोट-पर-चोट क्यों करे ? आख़िर एक अकेले मैं ही यह सब क्यों सहूँ ? मैं एक ही अपनी ज़िन्दगी की बर्बादी की बात क्यों सोचूँ ? एक मैं ही इस तरह क्यों घुटूँ और घुलूँ ?''

बस, तो उसने नताल्या पर एक तेज़ निगाह डाली और यों बोली, जैसे कि हृदय की पूरी ईमानदारी से बात कह रही हो—''आज तुम्हारे सामने अपना एक गुनाह क़बूल करना चाहती हूँ, नताल्या !''

नताल्या ने तत्क्षण कोई उत्तर नहीं दिया। डूबता सूरज एक ज़माने पहले की याद में रंग भर रहा था। उस समय ग्रिगोरी से उसकी शादी की बात पक्की-भर हुई थी, और वह उससे मिलने उसके यहाँ आया था। लौटते समय वह उसे फाटक तक पहुँचाने उसके साथ गई थी। उस दिन डूबते सूरज ने अन्तिम लपटें छोड़ी थीं। सूरज डूबने के बाद पश्चिम का आसमान रसभरी-सा लाल हो उठा था और कौए नरकुल में काँव-काँव करते रहे थे। ग्रिगोरी अपने घोड़े पर सवार होकर आधा मुड़ा था और फिर चला गया था। वह सुख-दुख से भरे आँसुओं के बीच उसे एकटक देखती और अछूती, नुकीली छातियों पर हाथ रखे दिल की तेज़ धड़कनें सुनती रही थी।...

इसीलिए दार्या ने सहसा ही मौन तोड़ा तो उसे अच्छा नहीं लगा, और उसने बेमन से पूछा—''क्या बात है, कौन-सा गुनाह क़बूल करना चाहती हो तुम ?''

''मुझसे सचमुच एक गुनाह हो गया है...तुम्हें याद है, जब ग्रिगोरी छुट्टी पर मोर्चे से घर आया था, उसी दिन शाम को मैं गाय दूहकर घर लौटी तो अकसीनिया की आवाज़ मेरे कानों में पड़ी।...फिर उसने मुझे दुबारा आवाज़ दी...और मैं बाहर गई तो उसने यह अँगूठी मुझे दी...दी क्या ज़बर्दस्ती मेरी उँगली में डाल दी।'' दार्या ने अपनी उँगली में पड़ी अँगूठी नचाई— ''और, हज़ार बार मिन्नतें कर कहा कि ग्रिगोरी को ज़रा मेरे पास भेज दे...वैसे मुझे क्या था...मैंने ग्रिगोरी से कह दिया...सारी रात उस दिन वह...तुम्हें ख़्याल है, तुमसे उसने कुदिनोव के आने और उससे बातें करते रहने की बात कही थी ? वह सारा-कुछ झूठ था...सबकुछ बहाना था, बकवास थी...वह अकसीनिया के साथ रहा था।''

नताल्या का चेहरा ज़र्द पड़ गया और वह तिनपतिया घास का सूखा तिनका तोड़ती चुपचाप

बैठी रही।

"नताल्या, मुझसे नाराज़ न हो...मुझे इसका बड़ा दर्द है...इसीलिए तो मैंने यह बात तुमसे कही।" दार्‌या ने मीठे शब्दों में कहा और नताल्यिा की आँखों में आँखें डालने की कोशिश की।

नताल्या के आँसू गले में फँसकर रह गए। नए सिरे से सिर पर रहनेवाला मुसीबत का यह पहाड़ इतना अप्रत्याशित रहा और इतना कष्टकर लगा कि उसमें दार्‌या को जवाब देने की शक्ति बाक़ी न रही। वह सिर्फ़ दूसरी तरफ़ मुड़ गई कि उसका रंजीदा चेहरा सामने न रहे।

परन्तु गाड़ी गाँव में दाखिल हुई तो दार्‌या ने अपने-आपसे लड़ते हुए मन-ही-मन सोचा–'जाने किस शैतान के बहकाए में आकर मैंने इस तरह चोंच चला दी इस पर ! अब पूरे एक महीने तक यह आँसू बहाती रहेगी। अच्छा होता कि यह बात मैं इसे बतलाती ही नहीं। यह तो ऐसी गाय है जिसकी आँखों की पट्टी कभी खोलनी ही नहीं चाहिए।'

तो, अपनी चोट का असर कम करने के ख़्याल से बोली–"लेकिन, नताल्या, तुम इस तरह परेशान न हो...इसमें आँसू बहाने और आहें भरने को ऐसा क्या है ? मेरे दिल पर कहीं पत्थर का बड़ा बोझ है। पर, मुझे देखो कि कभी मन मैला नहीं करती। और शैतान ही जाने कि सचमुच सच्चाई क्या है...हो सकता है कि वह अकसीनिया के साथ न रहा हो और कुदिनोव से ही मिलने गया हो। मैंने कोई उसका पीछा तो किया नहीं। फिर, यह है कि चोर तो सिर्फ़ वही होता है जो रँगे हाथों पकड़ा जाता है।"

"मैं तो समझ गई थी कि यह कहाँ गया है।" नताल्या ने शान्त भाव से कहा और रूमाल के सिरे से आँखें पोंछीं।

"लेकिन, अगर तुम समझ गई थीं, तो तुमने उससे पूछा क्यों नहीं ? उफ़...कैसी निकम्मी हो तुम ! तुम्हारी जगह मैं होती तो मेरे हाथ से निकलकर तो क्या कहीं चला जाता वह ! मैं तो उसे ऐसा नीचा दिखाती कि तबीयत हल्की हो जाती।"

"मैं दहशत खा गई और मैंने सच्चाई का सामना करना नहीं चाहा।...तुम्हारा ख़्याल है कि इतना सब सहना आसान है कुछ ?" नताल्या बोली। भावना से उसकी आवाज़ फँसने लगी–"हो सकता है कि तुमने प्योत्र के साथ यही सब किया हो...और, उसने सबकुछ सह लिया हो...पर, जब मुझे ख़्याल आता है कि मैंने कितने रंज देखे, कितने सदमे उठाए, तो आज भी सहना मुश्किल हो उठता है।"

"ख़ैर, हटाओ...अब भूल जाओ यह सब।" दार्‌या ने भोले-भाले ढंग से सलाह दी।

"ऐसी बातें कभी भूली नहीं जातीं।" नताल्या ने अजीब-सी भर्राई आवाज़ में जवाब दिया।

"मैं तो भूल जाती। बेकार का तिल का ताड़...सिर-दर्द।"

"तो, तुम अपनी बीमारी ही भूलकर दिखलाओ।"

दार्‌या खुलकर हँसी–"मैं तो भूल जाऊँ, पर वह कम्बख़्त भूलने भी तो दे।...अच्छा सुनो नताल्या, मैं अकसीनिया से सच्चाई मालूम करूँगी...वह मुझे सबकुछ बतला देगी...बात यह है कि दुनिया में एक भी ऐसी औरत नहीं है जो पी जाए और दूसरों को यह बतलाए कि उसे कौन प्यार करता है, कैसे प्यार करता है। मैं तो अपनी ही बात जानती हूँ...मेरी मिसाल तुम्हारे सामने है।"

"मैं तुम्हारी कोई मेहरबानी नहीं चाहती। तुम तो मुझ पर पहले ही मेहरबानी कर चुकी हो।" नताल्या ने रुखाई से कहा–"मैं अन्धी नहीं हूँ...सबकुछ देखती हूँ, और जानती हूँ कि यह सब तुमने मुझसे क्यों कहा। तुमने गुनाह मानने के लिए अपना गुनाह मेरे सामने नहीं रखा बल्कि मुझे और दुखाने के लिए यह सब किया है..."

"तुम ठीक कहती हो।" दार्‌या ने आह भरते हुए अपराध स्वीकार किया–"लेकिन, तुम खुद ही फ़ैसला करो...क्या दर्द सहने के लिए, मुसीबतें झेलने के लिए दुनिया में एक मैं ही बनी हूँ ?"

औरत खिसककर गाड़ी से नीचे आई और थकान से चूर बैलों को सँभाल-सँभालकर, सहारा देकर,

ढाल से नीचे उतारने लगी। घरवाली गली के मोड़ पर वह फिर नताल्या के पास गई और बोली– "नताल्या रानी, मैं एक बात पूछूँ तुमसे...यह बतलाओ कि तुम ग्रिगोरी को बहुत प्यार करती हो ?"

"मैं पूरे मन से उस पर कुर्बान हूँ।" नताल्या ने जवाब दिया।

"यानी, तुम बहुत ही ज़्यादा प्यार करती हो उसे !" दार्या आह खींचती हुई बोली– "लेकिन, मुझे कभी किसी को दिल से प्यार करने का मौक़ा नहीं मिला...मैंने तो कुत्ते की तरह प्यार किया है...अभी यहाँ मुँह मारा तो अभी वहाँ और अभी वहाँ...काश कि यह ज़िन्दगी दुबारा मिलती ! अगर मिलती तो मैं शायद और ढंग से जीकर दिखलाती..."

गर्मी का धुँधलका कितनी देर का ! बस, तो फिर जल्दी ही रात हो गई। दोनों ने अँधेरे में अहाते में घास की टालें लगाईं और नाम को भी मुँह नहीं खोला।

बाद में पैन्तेली दार्या पर चीख़ा तो दार्या ने उलटकर कुछ नहीं कहा।

15

दोन-सेना की मिली-जुली टुकड़ियाँ और ऊपरी दोन की विद्रोही सेनाएँ उस्त-मेदवेदित्स्काया से पीछे हटते दुश्मन का पूरी ताक़त से पीछा करते हुए, उत्तर की ओर बढ़ीं। शाशकिन में नवीं लाल सेना की बिखरी हुई रेजीमेंटों ने कज़्ज़ाकों को आगे बढ़ने से रोकने की कोशिश की। पर, उनके पैर उखाड़ दिए गए और फिर, बिना जमकर लोहा लिए, वे लगभग ज़ारीत्सिन स्टेशन तक पीछे हटते चले गए।

ग्रिगोरी और उसकी डिवीज़न ने लड़ाई में हिस्सा लिया और सुतूलोव के पैदल ब्रिगेड की बड़ी मदद की। उस पर बाजुओं से हमला कर दिया गया था।

ग्रिगोरी ने येरमाकोव की घुड़सवार रेजीमेंट को धावा करने का हुक्म दिया और उस रेजीमेंट के फ़ौजियों ने कोई दो सौ लाल फ़ौजी क़ैदी बनाए और चार मशीनगनें और लड़ाई के सामान से भरी ग्यारह गाड़ियाँ हथिया लीं।

तीसरे पहर के बाद पहली रेजीमेंट के कज़्ज़ाकों के दल के साथ ग्रिगोरी शाशकिन आया। डिवीज़नल-स्टाफ़ के मकान के बग़लवाले घर में क़ैदियों की घनी भीड़ दीखी और आधे स्क्वैड्रन कज़्ज़ाक उनकी पहरेदारी करते नज़र आए। क़ैदियों के बदन पर सफ़ेद सूती कमीज़ें और पैंट थे। उनके बूट और बाक़ी कपड़े उनसे छीने जा चुके थे। सफ़ेदी के उस आम पसारे में कहीं कोई इक्का-दुक्का ट्यूनिक ही वातावरण में हरियाली घोलती थी।

"अरे, ये लोग तो कलहंसों की तरह सफ़ेद लग रहे हैं।" प्रोख़ोव-ज़िकोव ने क़ैदियों की तरफ़ इशारा करते हुए कहा। ग्रिगोरी ने घोड़े की रासें खींचीं और उसे एक ओर को मोड़ा। फिर, भीड़ में येरमाकोव नज़र आया तो उसे आवाज़ देते हुए बोला–"अपना घोड़ा पास लाओ न...दूसरों की पीठों के पीछे मुँह छिपाते क्यों फिर रहे हो ?"

येरमाकोव खाँसते हुए पास आया। उसकी हल्की, काली मूँछों के नीचे और पिसे-से होंठों के ऊपर ख़ून की पपड़ी पड़ी रही। दाहिना गाल सूजा और ताज़ी चोटों के कारण नीला लगता रहा।...

हुआ यह था कि हमले के दौरान उसका घोड़ा पूरी रफ़्तार से दौड़ते-दौड़ते लड़खड़ा गया और गिर गया था। वह ख़ुद काठी से फिसलकर कोई पाँच क़दम तक ढेले की तरह चला गया और फिर कटे हुए खेत की ऊँची-नीची ज़मीन पर एकदम जा गिरा था। इसके बाद वह और उसका घोड़ा दोनों ही उछलकर खड़े हो गए थे और येरमाकोव एक बार फिर काठी पर जमकर बैठ गया था। उसकी टोपी गायब थी, और उसके चेहरे पर ख़ून की धारें बह रही थीं। मगर, वह हाथ में नंगी तलवार साधे, ढाल पर उमड़ते कज़्ज़ाक घुड़सवारों को जा पकड़ने के लिए उड़ा चला जा रहा था।...

"और, भला मैं मुँह क्यों छिपाऊँगा ?" उसने ग्रिगोरी के घोड़े के बराबर अपना घोड़ा लाते हुए

आश्चर्य से पूछा। उसकी आँखें अब भी लड़ाई की आग से रोशन और लड़ाई के ख़ून से लाल लगीं। पर, उसने घबराहट के कारण ग्रिगोरी की निगाह बचाई।

"बिल्ली गोश्त खाती है तो जानती है कि किसका गोश्त खा रही है ! मेरे पीछे-पीछे घोड़ा दौड़ाए क्यों चले आ रहे हो ? ग्रिगोरी ने गुस्से से पूछा।

"किस-किसके गोश्त की बात कर रहे हो ? पहेलियाँ मत बुझाओ। मेरी समझ में कुछ नहीं आएगा। आज मैं सिर के बल अपने घोड़े के नीचे आ गिरा..."

"यह तुम्हारा काम है।" ग्रिगोरी ने चाबुक से क़ैदियों की तरफ़ इशारा किया।

येरमाकोव यों बना जैसे कि इसके पहले उसने उन क़ैदियों को देखा ही न हो। सो बड़े ही ताज्जुब से बोला—"अरे, इन सूअर के बच्चों, इन बदमाशों ने नंगा कर रखा है। लेकिन, इतना सब इन्होंने किया कब ? अभी एक मिनट पहले ही तो मैं इन्हें हुक्म देकर गया हूँ कि इन क़ैदियों को हाथ न लगाया जाए। और अब देखो ज़रा इन्हें ! इनके सारे कपड़े-लत्ते छीन लिए हैं इन्होंने।"

"मेरी आँखों पर पर्दा डालने की कोशिश न करो। तुम यह ड्रामा क्यों कर रहे हो ? इनके कपड़े-लत्ते छीन लेने का हुक्म तुमने दिया कि नहीं ?"

"क्या कह रहे हो...अपने होश में हो तुम, ग्रिगोरी पैन्तेलेयेविच ?"

"तुम्हें मेरे हुक्म का ख़्याल है ?"

"तुम्हारा मतलब, उस मामले में ?"

"हाँ, उस मामले में।"

"याद है...भला याद क्यों नहीं होगा ? मुझे ज़बानी याद है। स्कूल से पढ़ी शायरी की तरह ज़बानी याद है।"

ग्रिगोरी स्वाभाविक ढंग से मुस्कुराया और अपनी काठी पर झुकते हुए उसने येरमाकोव की तलवार की पेटी थाम ली। इस बहादुर, जीवट के कमांडर से उसे बड़ा स्नेह था।

"खारलाम्पी, बेकार बनो नहीं ! तुमने यह सब क्योंकर होने दिया ? कोपीलोव की जगह काम करनेवाला नया कर्नल इसकी रिपोर्ट कर देगा और इसके लिए जवाब और जिरह का तूफ़ान उमड़ेगा तो तुम्हें ज़रा भी अच्छा न लगेगा।"

"मेरे देखते यह हो नहीं सकता था, पैन्तेलेयेविच !" येरमाकोव ने गम्भीर भाव और सरल मन से उत्तर दिया—"हमारे फ़ौजियों के पास कपड़ों की कमी थी, मगर इन्हें उस्त-मेदवेदित्स्काया में नए कपड़े दिए गए थे, और इन सबने वही पहन रखे थे। इनका क्या, इनके वे कपड़े तो उतर ही जाते। आगे न उतरते तो पीछे की क़तारों में पड़ने पर उतर जाते। अब हम क्या अपने फ़ौजियों को इसलिए गिरफ़्तार करेंगे कि उन्होंने इन चूहों के कपड़े छीन लिए हैं ? नहीं, ऐसा नहीं होगा। कहीं अच्छा है कि हमारे फ़ौजी इन कपड़ों को इस्तेमाल करें। मैं जवाब दे लूँगा इसके लिए। मगर वे लोग मुझे बहुत ज़्यादा बदल नहीं पाएँगे। और जहाँ तक तुम्हारा सवाल है, तुम मुझ पर बेकार में न बरसो। मैं इसके बारे में कुछ नहीं जानता और मुझे कानों-कान इसकी ख़बर नहीं मिली।"

ये दोनों क़ैदियों के बराबर पहुँचे कि सारी बातचीत ख़त्म हो गई। किनारे के लोगों ने डर और उत्सुकता से घूरते हुए इन घुड़सवारों के लिए राह कर दी। एक लाल फ़ौजी ने कमांडर के रूप में ग्रिगोरी को पहचाना और पास आकर उसके घोड़े की रक़ाब पर हाथ रखते हुए बोला—"साथी-कमांडर, अपने कज़्ज़ाकों से कम-से-कम हमारे बरानकोट तो दिलवा ही दें। हम पर इतनी कृपा तो करें ही। रात को ठंडक पड़ती है और हम किस तरह नंगे हैं, यह आप खुद ही देख सकते हैं।"

"मैं कुछ नहीं समझता...तुम तो भरी गर्मी के दिनों में भी ठंड से ठिठुरने की बात करोगे।" येरमाकोव ने सख़्ती से जवाब दिया और उस लाल फ़ौजी को अपने घोड़े से धकियाते हुए ग्रिगोरी से बोला—"तुम फ़िक्र न करो...मैं हुक्म देकर इन सबको कुछ फटे-पुराने कपड़े तो दिलवा ही दूँगा।

और अब हटकर खड़े हो ज़रा, हटकर खड़े हो सूरमाओ ! तुम कज़्ज़ाकों से लड़ने की बजाय पहले अपने पतलूनों की जुएँ बीनो।''

...स्टाफ-कमरे में बन्दी कम्पनी के कमांडर से पूछताछ की जा रही थी। नए चीफ़-ऑफ़- स्टाफ़ कर्नल अन्द्रेयानोव एक पुरानी किरमिच से ढकी मेज़ के पीछे बैठे हुए थे। अन्द्रेयानोव सयानी उम्र के आदमी थे। नाक छोटी और चपटी थी। बाल कनपटी पर सफ़ेद थे और कान बड़े और ग़ैर-मामूली क़िस्म के थे। लाल सेना का कमांडर मेज़ के सामने दो क़दम के फ़ासले पर खड़ा था। एक स्टाफ़-अफ़सर कैप्टन सूलिन क़ैदी के बयान ले रहा था। सूलिन अन्द्रेयानोव के साथ डिवीज़न में भेजा गया था।

लाल सेना का कमांडर क़द का लम्बा था। मूँछें लाल थीं। सिर के बाल राख की तरह सफ़ेद और बहुत ही छोटे कटे हुए थे। वह गेरू से रँगे फ़र्श पर कभी इस पैर के बल खड़ा होता तो कभी उस पैर के बल और बीच-बीच में कर्नल को सरसरी नज़र से देख लेता।...कज़्ज़ाकों ने उसके बदन पर सिर्फ़ एक पीली, कोरी, सूती बनियाइन छोड़ी थी, और उसके पतलून के बदले में उसे फटी-पुरानी, प्यादों से भरी, बदरंग धारियोंवाली शारोवारी दे दी थी।

ग्रिगोरी मेज़ की ओर बढ़ा तो उसने क़ैदी को चूतड़ों पर फटे पतलून को ऊपर खींचकर अपने बदन को ढकने की कोशिश करते देखा।

''ओरेल-प्रान्तीय-सैनिक-कमीसारियट...यही कहा न तुमने ?'' कर्नल ने चश्मे के ऊपर से आदमी पर निगाह डालते हुए पूछा। फिर, उसने आँखें दुबारा झुका लीं और आधी मूँदकर उसके हाथ के एक दस्तावेज़ का परीक्षण करने लगा।

''हाँ।''

''पिछले साल के पतझर में ?''

''पतझर के अन्त में।''

''तुम झूठ बोल रहे हो ?''

''मैं सच बोल रहा हूँ।''

''मैं फिर कहता हूँ कि तुम झूठ बोल रहे हो।''

आदमी ने अपने कन्धे झटके और मुँह से कुछ नहीं कहा। कर्नल ने ग्रिगोरी की ओर देखा, और क़ैदी की तरफ़ इशारा कर गर्दन हिलाते हुए बोला—''इधर आओ और तारीफ़ करो। शाही फ़ौज का पुराना अफ़सर है, लेकिन इस वक़्त, जैसा कि देख रहे हो, बोलशेविक रंग में है। रँगे हाथों पकड़ा गया है तो हमें समझाना चाहता है कि यों ही मौक़े की बात है कि लाल फ़ौजियों के साथ आ गया था। फ़ौज से अलग किया हुआ अफ़सर है। दसवें दर्जे में पढ़नेवाली लड़की की तरह भोला-भाला बन रहा और सफ़ेद झूठ बोल रहा है; और समझता है कि हम इसकी बात पर यक़ीन कर लेंगे। लेकिन इसमें यह मानने की हिम्मत नहीं है कि यह ग़द्दार है और इसने अपने मुल्क़ के साथ ग़द्दारी की है।...डरता है...बदमाश कहीं का !''

आदमी ने कठिनाई से बोलते हुए कहा—''कर्नल, मैं समझता हूँ कि मुझमें तो नहीं है, पर तुममें काफ़ी हिम्मत है, और तुम किसी भी क़ैदी की ख़ासी किरकिरी कर सकते हो।''

''मैं कमीनों और बदमाशों से बात नहीं करता।''

''लेकिन मुझे तो करनी है।''

''होशियार...मुझे मजबूर न करो, वरना मुझे तुम्हारी और ज़्यादा बेइज़्ज़ती करनी पड़ेगी।''

''तुम जिस ओहदे पर हो, उसे देखते हुए यह काम ज़रा भी मुश्किल नहीं...और, इससे भी बड़ी बात यह है कि इतना सब करके भी तुम किसी तरह का कोई ख़तरा मोल नहीं लेते।''

ग्रिगोरी बिना मुँह खोले मेज़ के किनारे बैठ गया और हमदर्दी से मुस्कुराते हुए क़ैदी की तरफ़

देखने लगा। क़ैदी का चेहरा नफ़रत से सफ़ेद पड़ गया था। पर उसने निर्भीक भाव से जवाब दिया था।

'कर्नल के दिमाग़ ठिकाने लगा दिए इसने !' ग्रिगोरी ने सन्तोष से सोचा और अन्द्रेयानोव के भरे हुए, नीले, उत्तेजना से फड़कते गालों को देखकर उसका मन डाह-मिली ख़ुशी से भर उठा।

ग्रिगोरी, पहली मुलाकात के बाद ही, नए चीफ़-ऑफ़-स्टाफ़ को नापसन्द करने लगा था। अन्द्रेयानोव ऐसे अफ़सरों में था जिन्होंने लड़ाई के ज़माने में मोर्चे की कभी शक्ल न देखी थी और जो बड़े अफ़सरों और अपने परिवारों से सम्बद्ध बड़े लोगों की ख़ुशामद के सहारे बराबर पीछे बने रहे थे। वह भी अपनी पूरी ताक़त से अपने सर्वथा सुरक्षित पद से चिपका रहा था। गृह-युद्ध के समय भी उसने मोर्चे के पार्श्व-भाग में, नोवोचेरकास्क में अपने लिए काम खोज लिया था और अतामान क्रॉसनोव के हाथों से सत्ता छिन जाने के बाद ही मजबूरन मोर्चे पर गया था।

एक बार ग्रिगोरी लगातार दो रात अन्द्रेयानोव के साथ एक ही जगह रहा था। उससे ख़ुद अन्द्रेयानोव ने कहा था–"मैं परमपिता में पूरी तरह विश्वास रखता हूँ। उसके ध्यान की बात सोचते ही मेरी आँखें भर आती हैं। मेरी बीवी अपने-आपमें एक अलबेली मिसाल है। उसका नाम सोफ़िया अलेक्सान्द्रोवना है और ख़ुद डिप्टी-अतामान वॉनग्रेबी कभी उसके पीछे पागल था।"

इसके बाद अन्द्रेयानोव ने अपने मृत पिता की जागीर, कर्नल के पद तक पहुँचने के अपने अथक संघर्ष, और 1916 में जिन-जिन बड़े लोगों के साथ शिकार किए थे, उनके बारे में कितनी ही दिलचस्प बातें बतलाई थीं।

उसने ग्रिगोरी से आगे कहा था–"मैं ह्विस्ट को सबसे अच्छा खेल, ज़ीर की पत्तियों से बसाई कन्यक को सबसे अच्छी शराब और फ़ौजी कमीसारियट की नौकरी को सबसे फ़ायदेमन्द नौकरी मानता हूँ।"

कर्नल अन्द्रेयानोव 'आसपास कहीं भी' गोली दगने पर चौंक उठता और मैदे की तकलीफ़ का बहाना कर घुड़सवारी भी वाजिब-वाजिब ही करता। स्टाफ़-हेडक्वार्टर्स में गारद बढ़ाने की उसे बराबर फ़िक्र रहती थी, और कज़्ज़ाकों के लिए उसके मन में जो नफ़रत थी, उस पर मुश्किल से ही पर्दा डाल पाता। उसके ख़्याल से 1917 में सभी ने ग़द्दारी की थी, और तभी से वह सभी नीचे ओहदेवाले अफ़सरों को एक तरह से घृणा करने लगा था। कहता–"केवल ख़ानदानी लोग ही रूस को बचा सकते हैं।"...इस तरह वह अपने को भी ख़ानदानी सिद्ध करता और अपने ख़ानदान को दोन प्रदेश का सबसे पुराना और सबसे प्रतिष्ठित परिवार बतलाता।

यानी, ज़रूरत से कहीं ज़्यादा बोलना उसकी सबसे बड़ी कमज़ोरी थी। बुज़ुर्गियत से बोझिल, सँभाल में न आनेवाली यह वाचालता एक ख़ास क़िस्म के बातूनी और बेसमझ लोगों को ढलती उम्र में बड़ा दुःख देती है। बात यह है कि ज़िन्दगी-भर हर चीज़ पर आसानी से, बनावटी फ़ैसले देते रहने के कारण इनकी आदतें, यहाँ तक आते-आते काफ़ी बिगड़ जाती हैं।

ग्रिगोरी अपनी ज़िन्दगी में इस तरह के कितने ही लोगों से मिला था, और वे उसे फूटी आँखों न सुहाते थे। सो, उसने अन्द्रेयानोव को बरकाने की पूरी कोशिश की और दिन में इसमें उसे सफलता भी मिली। पर रात होते ही अन्द्रेयानोव ने उसे खोजा और हड़बड़ाते हुए पूछा–"पर रात में हम लोग एक ही जगह, एक साथ रहेंगे न ?" और, फिर जवाब का इन्तज़ार किए बिना आगे बोला–"दोस्त, तुम कहते हो कि पैदल हमले के मामले में कज़्ज़ाकों पर भरोसा नहीं करना चाहिए। पर जब मैं महामहिम के आस-पास रहनेवाला एक अफ़सर था तो...अरे, बाहर कोई है...ज़रा ट्रंक और बिस्तर ले आओ !..." फिर ग्रिगोरी लेट गया और आँखें मूँदकर, दाँत भींचकर पूरी कहानी सुनता रहा। इसके बाद उसने अनादर से अथक-वक्ता की ओर पीठ कर ली। सिर पर बरानकोट डाल लिया, और मन-ही-मन क्रोध से सोचा–'तबादिले का हुक्म पाते ही में किसी भारी चीज़ से इसका सिर तोड़कर

रहूँगा। उसी हालत में एकाध हफ़्ते के लिए इसकी ज़बान रुके तो रुके !...' परन्तु, दूसरे ही क्षण अन्द्रेयानोव ने पूछा—"सो गए, स्क्वैड्रन-कमांडर ?"

"हाँ।" ग्रिगोरी ने निंदासी आवाज़ में जवाब दिया।

"लेकिन, माफ़ करना...अभी तो मेरी बात ख़त्म हुई नहीं।"...और फिर दास्तान चालू हो गई। ग्रिगोरी ने झपकी लेते हुए सोचा—'लोगों ने यह तोता यहाँ समझ-बूझकर भेजा है। फ़ितशालौरोव ने कुछ किया होगा। भला ऐसे सड़े हुए आदमी के साथ काम कौन कर सकता है।' और फिर वह सो गया ! मगर, कर्नल की भारी, गहरी आवाज़ बराबर बजती रही—टीन की छत पर पटापट गिरती बरसात की बूँदों की तरह।...

इसीलिए, इसमें कोई आश्चर्य नहीं कि ग्रिगोरी ने उसे बन्दी लाल कमांडर को बातूनी कर्नल का मुँह इस तरह, इतनी सफ़ाई से बन्द करते देखा तो उसे इतनी ख़ुशी हुई।

अन्द्रेयानोव पूरे एक मिनट तक चुप रहा और आँखें मूँदे बैठा रहा। उसकी लम्बी-लम्बी आँखों में लाल डोरे पड़ गए, और उसका मेज़ पर टिका, सफ़ेद, भारी सोने की अँगूठीवाला हाथ कँपकँपाने लगा। उत्तेजना से फटी-फटी-सी आवाज़ से बोला—"सुन बे, दोगले कुत्ते, इस तरह के सवाल-जवाब के लिए तो मैंने यहाँ बुलवाया नहीं। यह बात तुझे भूलनी नहीं चाहिए। दूसरे, तू यह नहीं समझता कि चाहे जो हो, इस तरह तेरी जान तो छूटेगी नहीं।"

"अच्छी तरह समझता हूँ।"

"गनीमत है। फिर यह कि मुझे इस बात की ज़रा परवाह नहीं कि तुम लाल फ़ौज में अपनी तबीयत से आए या कैसे आए ! इससे कोई फ़र्क़ नहीं पड़ता। फ़र्क़ इससे ज़रूर पड़ता है कि तुमने इज़्ज़त के बारे में एक ग़लत राय बना रखी है, और तुम इस राय की वजह से सही बातें बतलाने से मुकर रहे हो।"

"साफ़ है कि इज़्ज़त क्या है और क्या नहीं है, इसके बारे में तुम्हारी अपनी राय है और मेरी अपनी..."

"यह सिर्फ़ इसलिए है कि तुममें इज़्ज़त जैसी कोई चीज़ बाक़ी नहीं बची है...समझे !"

"और तुम मेरे साथ जिस तरह बर्ताव कर रहे हो, उसे देखकर मुझे शक है कि तुममें कभी भी इज़्ज़त जैसी कोई चीज़ रही भी है..."

"लगता है कि तुम्हें मरने की कुछ जल्दी है।"

"मौत अगर आनी ही हो तो उसे टालने से फ़ायदा ? मुझे डराने की कोशिश न करो...तुम डरा नहीं सकते।"

अन्द्रेयानोव ने काँपते हुए हाथों से सिगरेट-केस खोला, एक सिगरेट जलाई, जल्दी-जल्दी दो कश लिए और फिर क़ैदी की तरफ़ मुड़ा—"तो तुम सवालों के जवाब देने से इनकार करते हो ?"

"मैं अपने बारे में जो कुछ कह सकता था, कह चुका।"

"ऐसी-तैसी में जाओ ! मुझे तुम्हारी घिनौनी ज़िन्दगी से कुछ लेना-देना नहीं। मगर, मेहरबानी कर यह बतलाओ कि सेब्रयाकोव-स्टेशन से तुम्हें क्या और कितनी कुमक मिली ?"

"मैंने पहले ही कहा कि मैं नहीं जानता।"

"तुम जानते हो।"

"बहुत अच्छा, अगर तुम्हारी ख़ुशी इसी में है तो यही सही...चलो, जानता हूँ, मगर बतलाऊँगा नहीं।"

"नहीं बतलाओगे तो मैं हुक्म देकर अभी बेंत से तुम्हारी खाल खिंचवा लूँगा।"

"मुझे नहीं लगता कि ऐसा हो सकेगा।" क़ैदी ने बाएँ हाथ से मूँछें टेईं और बड़े विश्वास के साथ मुस्कुराया।

"कामीशिंस्की-रेजीमेंट ने इस लड़ाई में हिस्सा लिया था ?"

"नहीं।"

"लेकिन तुम्हारी फ़ौज का बायाँ बाज़ू घुड़सवारों से घिरा हुआ था...किस रेजीमेंट के लोग थे वे ?"

"छोड़ो भी यह बात। मैं फिर कहता हूँ कि मैं ऐसे सवालों के जवाब बिल्कुल नहीं दूँगा।"

"तो, कुत्ते के बच्चे, चुनाव कर ले...या तो तू फ़ौरन ही सवालों के जवाब देगा, या दस मिनट के अन्दर-अन्दर तुझे दीवार से सटाकर खड़ा कर दिया जाएगा, और फिर...! बतला क्या चाहता है ?"

क़ैदी ने, अप्रत्याशित, जवानी से भरी, बजती हुई, तेज़ आवाज़ में जवाब दिया—"मेरी जान ऊब गई तुझसे...बेवकूफ़ कहीं का...कमीना...मगर तू कहीं मेरे हाथ पड़ जाता, तो मैं तुझसे इस तरह जिरह नहीं करता..."

अन्द्रेयानोव पीला पड़ गया और उसने झटके से रिवाल्वर के केस की तरफ़ हाथ बढ़ाया। ग्रिगोरी इत्मीनान से उठा और उसे उसने हाथ से रोका।

"चलो, ख़त्म करो...बहुत हुआ ! तुमने ख़ासी गपशप कर ली। काफ़ी है। तुम दोनों ही खर-दिमाग़ हो...तुम आपस में किसी ख़ास समझौते पर नहीं पहुँच सके...लेकिन, ख़ैर, कोई बात नहीं...और, अब बात करने को और कुछ है भी नहीं।...जहाँ तक लाल फ़ौजी का सवाल है, वह बिल्कुल ठीक करता है कि तुम्हारे सवालों के जवाब देकर अपने साथियों के साथ ग़द्दारी नहीं करता। ईश्वर क़सम... शानदार आदमी है ! मुझे उससे ऐसे उम्मीद बिल्कुल नहीं थी।"

"लेकिन, इजाज़त दो कि मैं इसे...।" अन्द्रेयानोव गरजा और उसने रिवाल्वर का केस खोलने की बेकार कोशिश की।

"नहीं, मैं इजाज़त नहीं देता।" ग्रिगोरी ने ख़ुशी से खिलते हुए कहा, सीधे मेज़ तक गया और क़ैदी के पूरे शरीर को ढककर खड़ा हो गया। "क़ैदी को गोली मारने का कोई मतलब नहीं होता। इस हैसियत के आदमी की जान लेने की बात सोचते हो, तुम्हें शर्म नहीं आती ! आदमी निहत्था है, क़ैदी है, बदन पर कपड़े तक नहीं हैं, और तुम उसके ख़िलाफ़ हाथ उठा रहे हो।"

"किनारे हटो ! इस बदमाश ने मेरी बेइज़्ज़ती की है !" अन्द्रेयानोव ने ग्रिगोरी को तेज़ी से धक्का दिया और रिवाल्वर झटके से बाहर निकाला।

क़ैदी ने अपना चेहरा फ़ौरन ही खिड़की की तरफ़ कर लिया। यों कन्धे झटकने लगा, जैसे कि सर्दी लग रही हो। ग्रिगोरी मुस्कुराया। उसने देखा कि कर्नल ने रिवाल्वर हाथ में लिया, साधा, फिर नली नीची की और वहाँ से हट गया।

"मैं अपने हाथ गन्दे नहीं करना चाहता..." उसने फटे बाँस-जैसी आवाज़ में कहा, दम लिया और अपने ख़ुश्क होंठ चाटने लगा।

ग्रिगोरी ने हँसी को रोकने की कोई चेष्टा नहीं की तो दूधिया दाँत चमचमाने लगे। बोला—"तुम खटका दबा देते तो भी क्या होता ! ज़रा देखो, तुम्हारे रिवाल्वर में गोली नहीं है। आज सुबह सोकर उठने पर मैंने इसे मेज़ से उठाकर देखा था। इसमें गोली एक भी नहीं थी। उस पर लगा कि सफ़ाई शायद दो महीने से नहीं हुई है...तुम अपनी निजी चीज़ों की कोई ख़ास फ़िक्र करते नहीं लगते।"

अन्द्रेयानोव ने निगाहें नीची कर लीं, रिवाल्वर उँगली पर नचाने लगा और मुस्कुराकर बोला—"ऐसी-तैसी...मगर, बात तुम ठीक कहते हो।"

कैप्टन सूलिन अब तक सारी बातें सुनता और रहस्यात्मक ढंग से मुस्कुराता रहा था। पर, अब उसने क़ैदी के बयान के काग़ज़ की तह की और बड़े मधुर ढंग से बोला—"सेम्योन- पोलीकारपोविच, मैंने तुमसे हज़ार बार कहा कि तुम अपने हाथियारों को बहुत ही लापरवाही से रखते हो। आज इस बात की एक और मिसाल सामने आई और साबित हुआ कि मैं ठीक कहता हूँ।"

अन्द्रेयानोव ने भौंहें सिकोड़ीं और चिल्लाकर आवाज़ दी–"ऐ...कोई है...?"

और, दो अर्दलियों के साथ गारदों का मुखिया सामने के दरवाज़े से अन्दर दाख़िल हुआ। अन्द्रेयानोव ने क़ैदी की तरफ़ सिर हिलाकर इशारा किया–"ले जाओ इसे यहाँ से !"

लाल अफ़सर ग्रिगोरी की तरफ़ मुड़ा, मुँह से बिना कुछ बोले झुका और दरवाज़े की तरफ़ बढ़ा। ग्रिगोरी ने उसके होंठों की हल्की-हल्की मुस्कान में आभार की भावना पढ़ी।

फिर, जब आदमी के पैरों की आहट तक दूर चली गई तो अन्द्रेयानोव ने ऐसा चेहरा बनाया जैसे कि बहुत थक गया हो। उसने चश्मा उतारा, साँभर के चमड़े से शीशे साफ़ किए और टूटी हुई आवाज़ में बोला–"तुमने इस ग़लीज़ की बहुत ही शानदार वक़ालत की, गोकि यह तुम ही समझो कि तुमने किया क्या ? पर, उसके सामने तुमने मेरे रिवाल्वर का ज़िक्र क्यों किया ? मेरी बड़ी ही किरकिरी की।"

"यह ऐसी कोई बड़ी बात नहीं।" ग्रिगोरी ने समझौते के स्वर में जवाब दिया।

"हो सकता है कि कोई बड़ी बात न हो, लेकिन फिर भी रिवाल्वर का ज़िक्र उस शक्ल में तुम्हें करना नहीं चाहिए था। वैसे यह सच है कि मेरा बस चलता तो मैं उसे गोली से उड़ा देता। घिनौना आदमी है। मैं तो तुम्हारे आने के आधे घंटे पहले से उससे दिमाग़ लड़ा रहा था, और वह जिस ढंग से सफ़ेद झूठ बोलकर बचकर निकलना चाहता था, उससे हैरत होती थी। पर, फिर, जब मैंने उसे पकड़ लिया तो उसने मुँह खोलने से ही साफ़-साफ़ इनकार कर दिया। बोला–'मैं फ़ौजी अफ़सर हूँ, और मेरी अपनी इज़्ज़त है। मैं दुश्मन को फ़ौजी राज़ नहीं दे सकता।'...मगर, कुत्ते के बच्चे ने जब अपने-आपको बोलशेविकों के हाथ बेचा तब इज़्ज़त की बात नहीं सोची...मैं तो कहता हूँ कि हम उसे और कमान के दो दूसरे लोगों को चुपचाप ठिकाने लगवा दें। जहाँ तक चीज़ों के सुराग पाने का सवाल है, हमें उन लोगों से कुछ भी मालूम होने से रहा। वे धराऊ बदमाश हैं और उन्हें रास्ते पर लाया ही नहीं जा सकता...इसलिए उन्हें ज़िन्दा रखना कोई मतलब रखता ही नहीं। क्या ख़्याल है ?"

"तुमने यह कैसे जाना कि वह कम्पनी-कमांडर है ?" ग्रिगोरी ने सवाल का जवाब न देकर दूसरा सवाल कर दिया।

"एक लाल फ़ौजी ने ही उसके साथ दग़ा की और सब-कुछ बतला दिया।"

"मेरा तो सुझाव है कि हम कमांडरों को हाथ न लगाएँ और उस आदमी को गोली से मरवा दें..." ग्रिगोरी ने अन्द्रेयानोव की ओर यों देखा, जैसे कि चुनौती दी हो।

कर्नल ने अपने कन्धे झटके और यों मुस्कुराया जैसे कि किसी ने कोई बुरा मज़ाक कर दिया हो। "नहीं...लेकिन ठीक-ठीक बतलाओ कि क्या सोचते हो ?"

"मैं वही सोचता हूँ जो मैंने अभी-अभी कहा।"

"माफ़ करो, मगर यह बतलाओ कि हम उस आदमी को किसलिए गोली से उड़वा दें ?"

"किसलिए ? रूसी फ़ौज में क़ायदे-क़ानूनों और निज़ाम की जगह बनाए रखने के लिए। कर्नल, अभी कल हम सोने चले तो तुमने बड़ी-बड़ी बातें कीं कि कल बोलशेविकों को चूर-चूर करने के बाद हम फ़ौज में कैसा निज़ाम क़ायम करेंगे और जवानों को लाल फ़ौजियों की छूत से कैसे बचाएँगे ! मैंने तुम्हारी हर बात को ठीक बताया। तुम्हें ख़्याल है ?" ग्रिगोरी ने मूँछों पर हाथ फेरा, कर्नल के चेहरे के बदलते हुए भाव देखे और जैसे फ़ैसला देते हुए कहता गया–"लेकिन, तुम्हीं इस वक़्त क्या कह रहे हो, क्या सुझाव दे रहे हो ? इस तरह तो फ़ौज के तमाम लोग चौपट हो जाएँगे। फ़ौजी समझेंगे कि अपने अफ़सरों के साथ गद्दारी करना कोई बुरी बात ही नहीं है। क्या अच्छा सबक देना चाहते हो तुम उन्हें ! दूसरे, अगर कल हम इन लाल कमांडरों की जगह क़ैदी बना लिए जाएँ तो क्या हो ? तब कैसा लगे हमें ? माफ़ी चाहता हूँ, मगर मैं तुम्हारा सुझाव मानने को तैयार नहीं हूँ।"

"जैसा तुम्हारा मन !" अन्द्रेयानोव ने ग्रिगोरी की ओर ग़ौर से देखते हुए, बेमन से कहा।

उसने यह तो सुन रखा था कि विद्रोही सेना के कमांडर के नैतिकता के अपने माप हैं, और वह अजीब-ग़रीब सौदे करता है, लेकिन इस पर भी इस तरह की उससे उसे कोई आशा न थी। फिर भी उसने अपनी तरफ़ से सिर्फ़ इतना कहा कि लाल फ़ौज के कमांडरों, और उनमें भी ख़ास तौर पर पहले के अफ़सरों को हमने जब भी पकड़ा है, उनके साथ हमेशा यही और एक-सा ही बर्ताव किया है। इसीलिए तुम्हारी बात मुझे ख़ासी नई-नई-सी लग रही है...फिर यह कि यह मामला तो काफ़ी साफ़ है...इस मामले में तुम्हारा रवैया मेरी समझ में बहुत आ नहीं रहा।

ग्रिगोरी का चेहरा नीला पड़ गया। बोला—"मौक़ा पड़ने पर लड़ाई में हमने उन्हें तलवार के घाट उतारा है, लेकिन वैसे बिना किसी ख़ास वजह के हमने कभी किसी को गोली से नहीं उड़ाया।"

"तो, ठीक है, हम उन्हें मोर्चे के पीछे भेज देंगे।" अन्द्रेयानोव ने कमांडर की हाँ-में-हाँ मिलाते हुए कहा—"लेकिन, अब एक दूसरा सवाल सामने है—सरातोव प्रदेश के कुछ किसान क़ैदियों ने हमारी फ़ौज में शामिल होकर लड़ने की बात कही है। जहाँ तक हमारी तीसरी पैदल रेजीमेंट का सवाल है, उसमें तीन सौ से कम-ही-कम संगीनवाले फ़ौजी हैं। क्या कुछ स्वयंसेवक क़ैदियों को उस रेजीमेंट में भेजा जा सकता है ? फ़ौज के स्टाफ़ के हुक्म तो इस मामले में हमें मिल चुके हैं, और बिल्कुल साफ़ हैं।"

"मैं एक भी किसान को अपनी कमान में नहीं लूँगा। फ़ौजियों की कमी कज़्ज़ाकों से पूरी की जानी चाहिए।" ग्रिगोरी ने दोटूक जवाब दे दिया।

पर, अन्द्रेयानोव ने उससे बहस करने की कोशिश की। बोला—"सुनो, मैं तुमसे झगड़ नहीं रहा, और यह समझता हूँ कि तुम डिवीज़न में सिर्फ़ कज़्ज़ाक रखना चाहते हो। लेकिन, ज़रूरत की बात है, और उस वक़्त हम क़ैदियों की तरफ़ से भी मुँह मोड़ नहीं सकते। स्वयंसेवक सेना ने भी क़ैदियों को शामिल कर कुछ रेजीमेंटों की ताकत बढ़ाई है।"

"उस फ़ौज के लोग जैसा चाहें, वैसा करें, लेकिन मैं किसानों को लेने से इनकार करता हूँ। और, बस।" ग्रिगोरी ने झटके से कहा और, ज़रा देर बाद वह क़ैदियों के पीछे की क़तारों में भेजे जाने के बारे में आदेश देने के लिए चला। खाते समय अन्द्रेयानोव उत्तेजित स्वर में बोला—"साफ़ है कि हम एक साथ तरीक़े से काम नहीं कर सकते..."

"यही बात तो मैं भी सोच रहा था।" ग्रिगोरी ने अन्यमनस्क भाव से कहा। फिर, सूलिन के मुस्कुराने की तरफ़ ध्यान न देकर उसकी प्लेट से भेड़ के डबल गोश्त का एक टुकड़ा झटक लिया और भूख से टूटे भेड़िए की तरह इस तरह दाँत गड़ा-गड़ाकर खाने लगा कि सूलिन के माथे पर दर्द के बल पड़ गए और उसने एक क्षण को आँखें तक मूँद लीं।

X X X

दो दिन बाद—पीछे भागती लाल सेनाओं का पीछा करने की ज़िम्मेदारी जनरल सालनिकोव की टुकड़ी ने अपने हाथों में ले ली और ग्रिगोरी का हेडक्वार्टर्स से बुलावा आ गया कि फ़ौरन ही हाज़िर हो। वहाँ चीफ़-ऑफ़-स्टाफ़, देखने में भद्र, उम्र के सयाने, एक जनरल ने उसे दोन सेना के कमांडर का विद्रोही सेना के विघटन और पुनर्गठन से सम्बन्धित आदेशपत्र दिखलाया और बिना भूमिका बाँधे सीधे-सीधे बोला—"लाल फ़ौजियों के ख़िलाफ़ जो पार्टीज़न-लड़ाई हुई, उसमें तुम्हारी कमान की डिवीज़न को बड़ी कामयाबी मिली। लेकिन, हम अब रेजीमेंट तो रेजीमेंट, एक डिवीज़न तक तुम्हारी कमान में नहीं दे सकते। तुम्हें फ़ौजी तालीम नहीं मिली, इसलिए आज के लम्बे-चौड़े मोर्चे और लड़ाई के नए-से-नए तरीक़ों को देखते हुए तुम शायद किसी बड़ी फ़ौजी यूनिट की कमान सँभाल नहीं सकते। क्या ख़्याल है ?"

"ठीक है," ग्रिगोरी ने जवाब दिया—"मैं तो खुद भी डिवीज़न की कमान से इस्तीफ़ा देना चाहता था।"

"यह बड़ी ही अच्छी बात है कि तुम्हें अपने बारे में कोई गलतफ़हमी नहीं है और तुम अपनी ताक़त या अक़्ल को बढ़ा-चढ़ाकर नहीं आँकते। इन दिनों यह बात अफ़सरों में ज़रा कम-ही-कम पाई जाती है। तो, मोर्चे के कमांडर के हुक्म से तुम्हें उन्नीसवीं रेजीमेंट की चौथी स्क्वैड्रन का कमांडर बनाया जाता है। रेजीमेंट इस वक़्त यहाँ से कोई पन्द्रह वर्स्ट के फ़ासले पर, व्याजनिकोव नाम के गाँव के पास है। आज नहीं तो कल तो ज़रूर ही रेजीमेंट में जाकर रिपोर्ट कर दो। और हाँ, तुम अपनी तरफ़ से कुछ कहना चाहते हो ?"

"मैं चाहता हूँ कि मुझे कमीसारियट में भेज दिया जाए।"

"यह मुमकिन नहीं है...तुम्हारी ज़रूरत मोर्चे पर पड़ेगी।"

"दो लड़ाइयों में मैं घायल हो चुका हूँ और चौदह बार बमों से जख्मी हो चुका हूँ।"

"यह तो एक बिल्कुल ही दूसरी और बेमतलब बात है। तुम अभी जवान हो, हाथ-पैर दुरुस्त हैं। तुम अब भी लड़ सकते हो। जहाँ तक ज़ख्मों का सवाल है, कितने अफ़सर हैं जिन्हें ज़ख्म नहीं लगे ?...अब तुम जा सकते हो...खुश रहो।"

X X X

उस्त-मेदवेदित्स्काया के हथियाए जाने के बाद विद्रोही सेना का विघटन हुआ तो ऊपरी दोन के कज़्ज़ाकों के मन का असन्तोष दूर करने के लिए विद्रोह के सिलसिले में ख़ास बहादुरी दिखलानेवाले कुछ आम कज़्ज़ाक फ़ौजियों की नॉनकमीशन अफ़सर और सार्जेंटों को अलमबरदार बना दिया गया। साथ ही विद्रोह में भाग लेनेवालों को इनाम दिए गए और उनके ओहदे बढ़ा दिए गए। यानी इस दृष्टि से ग्रिगोरी को छोड़ा नहीं गया। उसे कैप्टन बना दिया गया। एक ख़ास फ़रमान में लाल सेनाओं से हुए युद्ध में उसके असाधारण पराक्रम-प्रदर्शन की चर्चा की गई और कमान की ओर से उसके प्रति आभार प्रकट किया गया।"

विद्रोही रेजीमेंटों के विघटन का काम कुछ दिनों के अन्दर-ही-अन्दर पूरा हो गया। डिवीज़नों और रेजीमेंटों के अशिक्षित कमांडरों की जगह जनरल और कर्नल आ गए, अनुभवी अफ़सरों को स्क्वैड्रन-कमांडर बना दिया गया, तोपख़ाने और स्टाफ़ की कमानें पूरी तरह बदल दी गईं और साधारण कज़्ज़ाक सैनिकों को दोन प्रदेश की अलग-अलग रेजीमेंटों में भेज दिया गया। ये रेजीमेंटें दोनेत्स नदी की लड़ाई में बहुत हल्की पड़ गई थीं। इनके फ़ौजी बहुत बड़ी संख्या में मारे गए थे।...

ग्रिगोरी ने दोपहर के बाद अपनी डिवीज़न के कज़्ज़ाकों को जमा किया। उन्हें विद्रोही सेना के संघटन का समाचार दिया और उनसे विदा लेते हुए बोला—"भाई कज़्ज़ाको, अपने मन में मेरे लिए किसी तरह का कोई कीमा न रखना। जागने से मजबूर होकर आज तक हम लोग साथ रहे। लेकिन, आज से तुम्हारे दुख-दर्द अलग होंगे और मेरे अलग। सबसे बड़ी बात यह है कि तुम अपनी खोपड़ियों का पूरी तरह बचाव करना और लाल फ़ौजियों को उन्हें छेदने न देगा। हमारी खोपड़ियों के अन्दर भेजों की कमी हो सकती है, मगर बेवजह उनसे गोली रोकना अक़्ल की बात नहीं होगी। अभी हमें भेजों की ज़रूरत पड़ेगी सोचने के लिए और यह सोचने के लिए कि अब हमारा अगला क़दम क्या हो।...

कज़्ज़ाक टूटे हुए मन से चुपचाप सबकुछ सुनते रहे और ग्रिगोरी के चुप होते ही सब-के-सब एक साथ, बौखलाहट से भर्राई आवाज़ में बोलने लगे—"यानी, पुराना ज़माना फिर वापस आ रहा है...।"

"अब कहाँ जाएँगे हम ?"

"आम लोगों के मामले में मनमानी-घरजानी कर रहे हैं, सूअर के बच्चे।"

"हम नहीं चाहते कि हमारे ट्रुप तोड़े जाएँ ! आखिर कौन-सा नया निज़ाम क़ायम कर रहे हैं ये लोग ?"

"ख़ैर, भाइयो, हम एक इसलिए हुए हैं कि आप अपनी गर्दनों पर पैर रखें।"

"ये बड़े-बड़े लोग हमें फिर चूसेंगे।"

"देखना, ये लोग हमारी हड्डी-हड्डी सीधी करके रख देंगे।"

ग्रिगोरी ने लोगों के शान्त होने का इन्तज़ार किया और फिर बोला–"इस तरह गला फाड़ने से कोई फ़ायदा नहीं। वे मौज के ज़माने अब गुज़र गए जब हम हुक्मों पर बहसें और कमांडरों के ख़िलाफ बातें करते थे। फ़िलहाल, अपने-अपने क्वार्टरों में जाओ और अपनी ज़बानें अपने क़ाबू में रखो, वरना देखते-देखते कोर्ट-मार्शलों और सज़ा देनेवाली कम्पनियों के सामने पहुँचा दिए जाओगे।"

कज़्ज़ाक ट्रुपों के क्रम से, उसके पास आए, उससे हाथ मिलाए और बोले–"अलविदा, पैन्तेलेयेविच ! हमसे कुछ भूल-चूक बन पड़ी हो तो मन में न रखना, माफ़ कर देना।"

"अजनबियों के मातहत नौकरी बजाना हमारे लिए आसान न होगा।"

"तुम्हें हम लोगों को अपने हाथों से जाने नहीं देना चाहिए था। तुम्हें डिवीज़न की क़मान से इस्तीफा देना चाहिए था।"

"मेलेख़ोव, हमें तुम्हारी बड़ी याद आएगी। नए कमांडर तुमसे ज़्यादा लिखे-पढ़े हो सकते हैं, मगर उससे हमारा बोझ हल्का नहीं होगा, बोझ और बढ़ेगा...रोना तो यही है।"

लेकिन, स्क्वैड्रन के विदूषक, एक कज़्ज़ाक ने कहा–"इनकी बातों पर यक़ीन न करो, ग्रिगोरी पैन्तेलेयेविच ! अगर ईमान साथ न दे तो काम अपनों के साथ करो और चाहे अजनबियों के साथ, फ़र्क कोई नहीं पड़ता।"

उस रात ग्रिगोरी येरमाकोव और दूसरे कज़्ज़ाकों के साथ बैठा घर की बनी वोद्का पीता रहा और अगले दिन सवेरे घोड़े पर सवार होकर, प्रोखोर-ज़िकोव को साथ लेकर उन्नीसवीं रेजीमेंट के लिए रवाना हो गया।

पर जब तक वह स्क्वैड्रन सँभाले-सँभाले और स्क्वैड्रन के फ़ौजियों का क़ायदे से परिचय प्राप्त करे, तब तक उसे रेजीमेंट के कमांडर का बुलावा मिल गया।

प्रातः का समय होने के कारण ग्रिगोरी घोड़ों का मुआइना करने लगा और कमांडर के पास आधा घंटा देर से पहुँचा। वह मन-ही-मन डरा कि अब अफ़सरों के लिए हौआ वह अफ़सर जी भरकर बरसेगा मुझ पर। लेकिन, उसने उसका बड़े मित्रतापूर्ण ढंग से स्वागत किया और पूछा–"क्यों, क्या राय है तुम्हारी अपनी स्क्वैड्रन के बारे में ? शानदार लोग हैं न !" और, उत्तर की प्रतीक्षा किए बिना, ग्रिगोरी को घूरते हुए कहता गया–"वैसे, दोस्त, मुझे तुम्हें एक बहुत ही दर्द की खबर देनी है...तुम्हारे घर के लोगों पर कोई मुसीबत टूटी है। कल रात व्येशेंस्काया से तार आया है। मैं तुम्हें एक महीने की छुट्टी देता हूँ...तुम फ़ौरन ही जाओ और सब-कुछ ठीक-ठाक करो।"

"मेहरबानी कर तार दे दीजिए मुझे।" ग्रिगोरी बुदबुदाया और उसका चेहरा एकदम ज़र्द पड़ गया।

उसने मुड़ा हुआ काग़ज़ लिया, खोला, पढ़ा और मसल डाला। काग़ज़ इस बीच पसीने से भीग गया था।

उसने अपने को बहुत ही कठिनाई से सँभाला और फिर जैसे-तैसे बोला–"ख़ैर...मुझे इसकी उम्मीद न थी। अच्छा तो, मैं चला...अलबिदा !"

"देखो भाई, अपना पास लेना न भूलना।"

"नहीं...शुक्रिया...नहीं भूलूँगा।"

वह हमेशा ही तरह मज़बूती से तलवार साधे विश्वास से भरे जमे हुए क़दमों से बरसाती में आया।

पर, सीढ़ियों से उतरने लगा तो अपने ही पैरों की आहट उसके लिए अनसुनी हो गई, और ऐसा अनुभव होने लगा, जैसे कि दिल में किसी ने संगीन चुभो दी हो।

फिर, आख़िरी सीढ़ी पर वह लड़खड़ा गया, तो उसने बाएँ हाथ से बारजा थाम लिया, और दाएँ हाथ से ट्यूनिक के कॉलर के बटन खोल लिए। एक क्षण तक उसकी साँसें तेज़ और भारी रहीं, इस पर बीच ही जैसे उसे दर्द का नशा हो गया। इसके बाद जब उसने जंगला छोड़ा और छोटे फाटक के पास बँधे अपने घोड़े की ओर बढ़ना शुरू किया, तो उसके पैर मन-मन के हो गए और डगमगाने लगे।...

16

दारूया से बातें करने के बाद नताल्या को कई दिन तक ऐसी यातना हुई, जैसी किसी ऐसे आदमी को होती है जो बुरा सपना तो देखता है, पर आँखें नहीं खोल पाता और सोता ही चला जाता है। उसने प्रोख़ोर-ज़िकोव की पत्नी के यहाँ जाने के लिए एक बहाना खोजा और वहाँ जाकर जानना चाहा कि कज़्ज़ाकों के पीछे हटते समय ग्रिगोरी व्येशेंस्काया में किस तरह रहा और वहाँ रहा तो अकसीनिया से मिला या नहीं ? इस तरह औरत ने अपने पति की करतूतों की सच्चाई जाननी चाही, क्योंकि दारूया की बातों पर उसे विश्वास हुआ भी था और नहीं भी हुआ था।

सो, शाम होने के काफ़ी देर बाद, वह दुनिया से बेख़बर, एक टहनी नचाती ज़िकोव के अहाते की तरफ़ बढ़ी। प्रोख़ोर की पत्नी दिन का काम ख़त्म कर फाटक के पास बैठी मिली।

"कहाँ, फ़ौजी की बीवी ?" नताल्या ज़ोर से बोली–"तुमने हमारा बछड़ा तो नहीं देखा ?"

"ऊपरवाला तुम पर रहम करे, नताल्या...नहीं, मैंने तुम्हारा बछड़ा कहीं नहीं देखा।"

"ऐसा घुमक्कड़ है, भाड़ में जाए ! घर पर तो ठहरता ही नहीं। समझ में नहीं आता कि कहाँ तलाश करूँ उसको।"

"आराम कर लो...आ जाएगा।...थोड़े-से सूरजमुखी के बीज लाऊँ तुम्हारे लिए ?"

नताल्या जाकर उसके पास बैठ गई और फिर औरतों की पंचायत शुरू हो गई।

"तुम्हारे फ़ौजी की कोई ख़बर आई ?" नताल्या ने पूछा।

"बिल्कुल नहीं...जाने कहाँ नापैद हो गया ईसा का दुश्मन ! पर, तुम्हारे ग्रिगोरी ने कोई पैग़ाम भेजा ?"

"नहीं...वैसे ग्रीशा ने ख़त लिखने का वायदा किया था, मगर अभी तक चिट्ठी नहीं आई। लोग कहते हैं कि हमारी फ़ौजें उस्त-मेदवेदित्स्काया के आगे चली गई हैं। इसके अलावा और कुछ पता नहीं चला।" नताल्या ने बातचीत का रुख बदला, हाल में लोगों के पीछे हटकर दोन पार करने की चर्चा छेड़ी और बहुत ही सावधानी से पूछा–"व्येशेंस्काया में हमारे फ़ौजी किस तरह रहे ? गाँव का कोई आदमी गया था वहाँ ?" मगर, प्रोख़ोर की औघड़ पत्नी ने नताल्या के आने का कारण समझ लिया, और जवाब बहुत ही रुखाई से दिए और नपे-तुले दिए।

उसके पति ने उसे ग्रिगोरी के बारे में सभी कुछ बतलाया था और उसकी जीभ में खुजली भी हो रही थी, पर पति की मनाही का ख़्याल कर मुँह से कुछ भी निकालने में उसका मन डरा। बोली–"देखो, मेरी बात सुन लो...अगर तुमने मेरे बताए में से एक लफ़्ज़ भी कहीं मुँह से निकाला तो तुम्हारा सिर पटरे पर रखकर कुचल डालूँगी, और ज़बान चिमटे से पकड़कर खींच लूँगी। अगर ग्रिगोरी को उसकी सुन-गुन भी मिल गई तो वह मुझे खड़े-खड़े मार डालेगा। मैं तुमसे ऊब गई हो सकती हूँ, पर ज़िन्दगी से अभी नहीं ऊबी हूँ। समझ में आई बात ? इसलिए मुँह बन्द ही रखना..."

"तुम्हारे प्रोख़ोर ने व्येशेंस्काया में अकसीनिया को तो नहीं देखा ?" नताल्या ने अधीर होते हुए

सीधे-सीधे पूछा।

"वह उसे कहाँ और क्यों देखता ? तुम्हारा ख़्याल है कि उसके पास इतनी फुर्सत थी ? ऊपरवाला गवाह है, मैं सचमुच नहीं जानती और, तुम्हें मुझसे कुछ पूछना भी नहीं चाहिए, मिरोनोवना ! फिर मेरे बुद्धू आदमी की बात का तुम कोई भी मतलब नहीं लगा सकतीं। वह तो सिर्फ़ यह कह सकता है कि यह करो और वह करो, और बस।"

सो, नताल्या वहाँ से चली तो पहले से कहीं ज़्यादा परेशान और चिन्तित हो उठी। लेकिन, अन्धकार में रहना उसे नहीं रुचा, इसलिए उसने खुद अकसीनिया के पास जाने का इरादा किया।

अगल-बग़ल रहने के कारण इधर दोनों अक्सर ही मिलती थीं। ऐसे अवसरों पर या तो वे चुपचाप एक-दूसरे को देखकर झुक लेतीं, या दो-चार इधर-उधर की बात कर लेतीं। वे दिन कभी के हवा हो गए थे जब वे एक-दूसरी से दुआ-सलाम तक न करतीं और देखतीं तो निगाहों से एक-दूसरे पर सिर्फ़ नफ़रत बरसातीं।

उनके पारस्परिक विरोध की तेज़ी कभी की मर चुकी थी। इसीलिए नताल्या, अकसीनिया के पास गई तो उसने आशा की कि अकसीनिया उसे दरवाज़े से ही खदेड़ नहीं देगी बल्कि ग्रिगोरी के बारे में बातें चाव से करेगी। और, यही हुआ भी। नताल्या की उम्मीद बर आई।

अकसीनिया ने नताल्या को देखा तो उसे ख़ासा ताज्जुब हुआ और इस आश्चर्य पर उसने किसी तरह का कोई पर्दा नहीं डाला। नताल्या को सोने के कमरे में लिवा गई, पर्दे खींच दिए, चिराग़ जला दिया और पूछा—"कोई अच्छी ख़बर लेकर आई हो क्या ?"

"मैं अच्छी ख़बर कौन-सी लेकर तुम्हारे पास आ सकती हूँ...?"

"तो सुनाओ...बुरी ही ख़बर सही। ग्रिगोरी-पैन्तेलेयेविच को कुछ हुआ तो नहीं ?"

पर, अकसीनिया के इस प्रश्न से सहज रूप में, गहरी चिन्ता झाँकने लगी और नताल्या ने सबकुछ देखा और समझा। एक शब्द में यह कि अकसीनिया ने अपने-आपको, अपनी ज़िन्दगी के उद्देश्य को और अपने मन की शंकाओं को अनजाने ही मूर्त्त रूप दे दिया। इसके बाद ग्रिगोरी से उसके सम्बन्धों को लेकर पूछताछ करने की ज़रूरत रही नहीं। परन्तु नताल्या वहाँ से टली नहीं और ज़रा देर तक मन-ही-मन सकुचाने के बाद बोली—"नहीं, मेरा ग्रिगोरी सही-सलामत है...खैरियत से है...घबराने की ज़रूरत नहीं।"

"मैं घबराती नहीं। ऐसा तुमने क्यों सोचा ? उसके ठीक-ठाक रहने या न रहने की फ़िक्र तो तुम्हें होनी चाहिए। मेरी अपनी ही परेशानियाँ कौन कम हैं !" अकसीनिया ने सहज रूप से बात कही, पर दूसरे ही क्षण उसे अपने चेहरे की नसों में ख़ून उमड़ता लगा और वह तेज़ी से मेज़ की तरफ़ बढ़ गई। यहाँ मेहमान की तरफ़ पीठ किए वह बहुत देर तक खड़ी रही और क़ायदे से जलते चिराग़ की बत्तीं में न जाने क्या ठीक करती रही।

"तुम्हारे स्तीपान के पास से कोई ख़बर आई ?"

"अभी हाल में ही तो उसने ख़ैरियत कहला भेजी थी और प्यार कहलाया था।"

"ठीक तो है।"

"लगता तो ऐसा ही है।" अकसीनिया ने कन्धे झटके।

वह फिर अपने साथ छल न कर सकी और न अपनी भावना छिपा सकी। दूसरी ओर अपने पति के भविष्य की ओर से इतनी उदासीन लगी कि नताल्या को अपने-आप हँसी आ गई। बोली—"मैं देखती हूँ कि तुम्हें स्तीपान की कोई ख़ास फ़िक्र है नहीं।...लेकिन, ख़ैर यह तुम्हारा अपना मामला है। इससे मुझे कुछ भी लेना-देना नहीं। मैं तो एक दूसरे ही काम से आई हूँ। बात यह है कि गाँव में बड़ी चर्चा है कि ग्रिगोरी तुमसे मेल-जोल फिर बढ़ा रहा है और वह जब यहाँ आता है तो तुम उससे बराबर मिलती हो। ठीक है यह ?"

"तुम तो बहुत ही सही आदमी से पूछने आई हो यह बात।"

अकसीनिया ने मज़ाक बनाते हुए कहा—"मान लो, मैं तुमसे पूछूँ कि सही है यह बात ?"

"असलियत से डरती हो ?"

"नहीं, बिल्कुल नहीं डरती।"

"तो फिर साफ़-साफ़ बतला दो मुझे ताकि मैं यह घुलना-घुटना ख़त्म करूँ। हर बात पर बौखलाती क्यों फिरूँ ?"

अकसीनिया ने अपनी आँख सिकोड़ी तो उसके माथे पर बल पड़े। रुखाई से बोली—"जो भी हो तुम मुझसे हमदर्दी की तो उम्मीद करो नहीं। मेरा-तुम्हारा कुछ यों है कि तुम दुखी होगी तो मैं सुखी होऊँगी और मैं दुखी होऊँगी तो तुम्हें सुख मिलेगा।...वजह यह है कि हम दो हैं मगर मोहब्बत एक ही से करती हैं...है न ? ख़ैर, मैं तुम्हें असलियत बतलाए देती हूँ ताकि तुम कभी यह न कहो कि तुम्हें वक़्त रहते हुए कुछ बतलाया नहीं गया। तो, यह सब सच है। लोग जो कुछ कहते हैं, सच ही कहते हैं। मैंने ग्रिगोरी को फिर जीत लिया है और इस बार मैं पूरी कोशिश करूँगी कि वह मेरे हाथों से निकले नहीं। अब यह बतलाओ कि ऐसे में तुम क्या करोगी ? मेरे घर की खिड़कियाँ तोड़ोगी या छुरा लेकर मुझे क़त्ल करोगी ?"

नताल्या ने हाथ की टहनी को मोड़कर उसमें गाँठ लगाई, उसे स्टोव की तरफ़ लोकाया और कृत्रिम दृढ़ता के साथ बोली—"अब मैं तुम्हारा कोई नुक़सान नहीं करूँगी। सिर्फ़ ग्रिगोरी के आने की राह देखूँगी और उसके आने पर उससे दोटूक बातें करूँगी। इसके बाद देखा जाएगा कि तुम क्या करोगी और मैं क्या करूँगी। मेरे दो बच्चे हैं। मैं उन दोनों के हकों के साथ-साथ अपने हक़ के लिए भी अड़ना जानती हूँ।"

अकसीनिया मुस्कुराई और बोली—"यानी, फ़िलहाल मैं बेधड़क रह सकती हूँ ?"

नताल्या ने उसके मज़ाक की अनदेखी की और पास जाकर उसकी आस्तीन पकड़ती हुई बोली—"अकसीनिया, तुम ज़िन्दगी-भर मेरे आड़े आती रही हो, लेकिन अब मैं तुमसे पहले की तरह मिन्नतें न करूँगी। कभी की थी। याद है तुम्हें ? उस वक़्त मैं कम-उम्र थी...कम-अक़्ल थी...मैंने सोचा—मैं अकसीनिया को मनाऊँगी। वह मुझ पर रहम करेगी, उसका दिल पसीजेगा। वह ग्रिगोरी का दामन छोड़ देगी। मगर नहीं, इस बार यह सब नहीं होगा। वैसे एक बात मैं जानती हूँ कि तुम्हें उससे प्यार नहीं है। तुम सिर्फ़ आदत से मजबूर होकर उसके पीछे दौड़ती फिरती हो। तुमने कभी मेरी तरह प्यार किया है उसे ? जो भी हो, ऐसा लगता तो नहीं। तुमने लिस्तनित्स्की से खिलवाड़ किया और किससे तुमने खेल नहीं किया, छिनाल कहीं की। औरत किसी को मोहब्बत करती है न, तो ऐसा कभी नहीं करती।"

अकसीनिया का चेहरा पीला पड़ गया और नताल्या को धक्का देते हुए वह बड़े बक्से पर से उठ खड़ी हुई।

"इस मामले में ग्रिगोरी ने मुझे कभी कुछ नहीं कहा, मगर तुम इतना भला-बुरा कह रही हो ! कौन होती तो तुम इस तरह बात करनेवाली ? ख़ैर, ठीक है...तुम बहुत अच्छी हो। और मैं बहुत बुरी हूँ...तो, तो क्या हुआ फिर ?"

"बात ख़त्म करो...बेकार नाराज़ न हो...अब मैं जा रही हूँ...असलियत साफ़ कर देने के लिए शुक्रिया।"

"मेरा शुक्रिया अदा करने की ज़रूरत नहीं। असलियत तो तुम्हें वैसे भी मालूम हो जाती। रुको ज़रा...मैं तुम्हारे साथ बाहर चलती हूँ...झिलमिलियाँ बन्द करनी हैं।"

बरसाती में अकसीनिया रुकी और बोली—"मुझे इस बात की खुशी है कि हम आपस में लड़े बिना, चैन से एक-दूसरे से अलग हो रहे हैं। लेकिन पड़ोसिन, सुन लो, जहाँ तक आगे की बात है,

अगर तुममें ताक़त हो तो तुम ग्रिगोरी को मुझसे छीन लेना, पर अगर ताक़त न हो तो बुरा न मानना। मैं आसानी से उसी तरह उसे तुम्हें सौंप नहीं सकती, जैसे कि तुम मुझे सौंप नहीं सकतीं। मैं अब उतनी जवान नहीं रही, और तुम मुझे छिनाल-विनाल चाहे जो कुछ कहो। मैं कम-से-कम दार्या तो नहीं ही हूँ। इन मामलों में मैंने खिलवाड़ ज़िन्दगी में कभी नहीं किया। तुम्हारे बच्चे हैं, लेकिन मेरे लिए..." अकसीनिया की आवाज़ काफ़ी भारी और गहरी हो उठी। दुनिया में एक उसी की फ़िक्र करती हूँ मैं ! वह मेरी मुहब्बत की पहली और आख़िरी यादगार है। लेकिन, हटाओ, उसका ज़िक्र अब न करें। अगर वह जीता-जागता, सही-सलामत वापस आएगा तो अपने-आप चुनाव और फ़ैसला कर लेगा..."

...उस रात नताल्या को नींद नहीं आई। अगले दिन सवेरे वह इलीनीचिना के साथ तरबूज़ों की बिनाई के लिए गई और काम में अपना दर्द काफ़ी हद तक भूल गई। बलुही, धूप में सूखी मिट्टी पर जमे हुए हाथों से कुदाल चलाते समय उसे ग्रिगोरी और अकसीनिया की चिन्ता ने इतना नहीं सताया। बीच-बीच में उसने साँस लेने, चेहरे से पसीना पोंछने या एक घूँट पानी पीने को कमर सीधी की।

नीले आसमान के आर-पार हवा से तार-तार बादल लहराते और पिघलाते रहे। सूरज की किरणें झुलसती हुई धरती पर सिर पटकती रहीं। पूर्व की ओर से पानी-भरे बादल पास आते दीखे। हवा की लहरियों पर उतराते बादलों ने जब-जब सूरज को ढका, नताल्या ने बिना आँखें ऊपर किए भी जैसे सबकुछ देख लिया। उसकी पीठ हर बार क्षण-भर को ठंडा उठी। उसने एक मटमैली छाया गर्म, भूरी धरती और तरबूज़ की बेल के तानों-बानों के ऊपर तेज़ी से फिसलती देखी। छाया ने ढाल पर छितरे तरबूज़ों, गर्मी से खुश्क घास की पत्तियों, हॉथर्न की झाड़ियों और चिड़ियों की बीटों से नहाई गोखरू की उदास पत्तियों पर अक्सर ही अपनी चादर तान दी। लवा-पंछियों के कलप से भरे स्वर और तेज़ हो उठे। बुलबुलों के मधुर गीत और साफ़ सुन पड़ने लगे। घास की गर्म पत्तियों से छेड़छाड़ करती हवा में उतनी उमस न रही। एक बार फिर सूरज ने पश्चिम की ओर बढ़ते हुए बादल का, आँखों को चौंधानेवाला, सफ़ेद सिरा भेद दिया और जाल से उभरकर सुनहरी रोशनी की चमचमाती, सुनहरी किरणें धरती पर बरसाने लगा। पीछे भागता बादल कहीं दूर, दोन के किनारे की पहाड़ियों की नीली चोटियों के आस-पास दुबारा धरती पर झुकने लगा। लेकिन, तरबूज़ों के खेतों में दोपहर की मखमली धूप का ज्वार फिर आया, तरल धुन्ध काफ़ी, क्षितिज पर नाची और उसके कारण घास से उभरती बू और तीखी हो उठी।

दोपहर के समय नताल्या चोटी के सोते से एक घड़ा, बर्फ़-सा ठंडा पानी ले लाई। उसने और उसकी सास ने जी-भर प्यास बुझाई। इलीनीचिना ने रूमाल बिछाकर उस पर बड़ी ही सफ़ाई से रोटी काटी, थैले से चम्मच और प्याला निकाला और अपनी जैकेट के नीचे से दही की सँकरे मुँह की सुराही निकाली।...

सुराही धूप से बचाने के लिए वहाँ रख दी गई थी।...

पर, नताल्या ने ढंग से खाया नहीं तो सास ने पूछा—"मैं इधर देख रही हूँ कि तुम पता नहीं क्यों, कुछ बदल रही हो।...तुम्हारे और ग्रीशा के बीच कुछ झगड़ा-वगड़ा तो नहीं हो गया ?"

नताल्या के खुश्क होंठों में अजीब ढंग से हरकत हुई—"ग्रीशा, अकसीनिया से फिर मिलने-जुलने लगा है, माँ..."

"क्या...कैसे पता तुझे ?"

"मैं कल गई थी उसके यहाँ..."

"और, उस रंडी ने बात मान ली ?"

"हाँ।"

इलीनीचिना विचारों में डूबकर चुप हो गई। उसका झुर्रियों से भरा चेहरा गम्भीर हो उठा और होंठों के सिरे झूल-से गए। फिर बोली—"हो सकता है कि यों ही बक रही हो...मौत ले जाए उसे।"

"नहीं, माँ, बात सच है...भला वह क्यों...?"

"तुमने ग्रीशा पर नज़र नहीं रखी...।" बुढ़िया ने फ़िलहाल समस्या का समाधान निकाला—"ऐसा आदमी हो तो उस पर से तो निगाह धोखे में भी हटानी नहीं चाहिए।"

"लेकिन, उस पर नज़र कोई रखे तो रखे कैसे ? मैंने उसके ईमान पर भरोसा किया...मैं क्या उसे अपने ऐप्रन के बन्दों में बाँध लेती ?" नताल्या कटुता से मुस्कुराई और बहुत ही धीरे से बोली—"वह कोई मीशात्का तो है नहीं कि उस पर बच्चों की तरह रोकथाम रखी जाए। सिर के बाल काफ़ी सफ़ेद हो गए हैं, मगर बीती बातें उसे भूलती नहीं हैं..."

इलीनीचिना ने चम्मच धोए और पोंछे, प्याले साफ़ किए, सारे बर्तन थैले में भरे और तब झटके से पूछा—"यानी, तुम्हारी मुसीबत सिर्फ़ इतनी है ?"

"तुम भी अजीब हो, माँ !...इतनी-सी मुसीबत आदमी की ज़िन्दगी को बर्बाद कर देने के लिए काफ़ी है।"

"और, तुम करना क्या चाहती हो...अब सोच क्या रही हो ?"

"मैं भला कर भी क्या सकती हूँ ? बस बच्चों को लेकर मायके चली जाऊँगी। अब ग्रीशा के साथ रह नहीं सकती। वह ले आए अकसीनिया को और रख ले उसे घर में...काफ़ी भुगत चुकी मैं।"

"मैं जवान थी तो मैंने भी एक बार ऐसा ही सोचा था।" इलीनीचिना ने आह भरते हुए कहा—"मेरा आदमी भी तबीयत से ऐसा ही कुत्ता था...इस बात से बेकार को इनकार करना क्या ? मैं तुम्हें बतला नहीं सकती कि कितना सहा मैंने ! सिर्फ़ यह है कि अपना आदमी आसानी से छोड़ा नहीं जाता...फिर यह कि उससे फ़ायदा ? तुम और सोच देखो। इसी नतीजे पर पहुँचोगी। फिर, बच्चों को बाप से अलग कैसे कर सकती हो ? नहीं, तुम बकवास कर रही हो...तुम्हें तो यह बात अपने दिमाग़ में भी नहीं लानी चाहिए...मैं यह सब किसी तरह होने नहीं दूँगी।"

"ख़ैर, माँ, मैं उसके साथ अब रहूँगी नहीं...तुम बेकार कोशिश न करो।"...

"बेकार कोशिश मत करो...क्या मतलब तुम्हारा ?" इलीनीचिना बिगड़ गई—"यानी, तुम मेरी बेटी नहीं हो ? तुम्हारा ख़्याल है कि मुझे तुम लोगों के लिए तकलीफ़ नहीं है ? और तुम मुझसे, अपनी माँ से, एक बुढ़िया से ऐसी बात कर रही हो ? मैंने तुमसे कह दिया कि ये सारी बातें दिमाग़ से निकाल दो, और बस ! फु...मैं घर छोड़कर मायके चली जाऊँगी...लेकिन, कहाँ चली जाओगी ? तुम्हारे मायके में कौन है जो चाहता है तुम्हें ? बाप तुम्हारा रहा नहीं...घर तुम्हारा जलकर राख हो चुका...तुम्हारी माँ किसी और के घर में जा पड़ी है...इस पर भी तुम उसके पास जाने की सोच रही हो और मेरे पोते-पोती को अपने साथ खींच ले जाने की सोच रही हो ? नहीं...बेटी, यह नहीं होगा। ग्रीशा को आने दो, तब उससे समझा-बूझा जाएगा। लेकिन, इस वक़्त तुम इस मामले में मुँह न खोलो...मैं मुँह खोलने नहीं दूँगी...और, अब आगे मैं एक लफ़्ज़ सुनना नहीं चाहती।"

इस पर नताल्या के अन्तर् में संचित सारी वेदना बाँध तोड़कर सिसकियों में ढल चली। उसने एक कराह के साथ सिर का रूमाल चीर डाला, मुँह के बल खुश्क, बेरहम ज़मीन पर ढह पड़ी और सीना धरती से सटाकर सिसकती रही, सिसकती रही...।

इलीनीचिना होशियार और बहादुर बुढ़िया थी। वह अपनी जगह से टस-से-मस न हुई। ज़रा देर बाद उसने सुराही में बचे-बचाए दही पर जैकेट लपेटी, उसे छाँव में रखा, प्याले में पानी डाला और नताल्या की बग़ल में आ बैठी। वह जानती थी कि दर्द के ऐसे क्षणों में शब्द काम नहीं आते और रो लेने से दिल हल्का हो जाता है। इसलिए उसने अपने होंठ सी लिए। नताल्या को जी भर रो लेने दिया और तब उसके सिर पर स्नेह से हाथ फेरती हुई सख़्ती से बोली—"चलो...हो चुका ! सारे आँसू

एक साथ न बहा दो। थोड़े-से कभी और के लिए भी रख लो...लो, एक घूँट पानी पी लो !"

नताल्या शान्त हो गई। अब भी उसके कन्धे फड़कते और पूरा शरीर कँपकँपाता रहा। पर सहसा ही वह उछलकर खड़ी हुई, उसने इलीनीचिना को धकियाकर एक ओर किया, चेहरा पूर्व की तरफ़ मोड़ा, आँसू से तर हाथ जोड़े और ईश्वर से प्रार्थना करते हुए, सिसकियों के बीच जल्दी-जल्दी चीख़ी–"हे नीली छतरीवाले, उस आदमी ने मेरी रूह को सड़ाकर रख दिया है। अब मुझमें ताक़त नहीं है इस तरह जीने की। हे ऊपरवाले, उसे सज़ा दो...उसको इसके लिए जी-भर सज़ा दो ! उसकी जान ले लो ताकि न वह और जिये, न मुझे और सताए।"

एक काला बादल पूर्व से रेंगता हुआ आगे-ही-आगे बढ़ा। कौंधा लपका और बिजली कड़की। बादलों के पहाड़ को भेदते हुए, दहकती बिजली ऐंठी और आसमान पर रेंगने लगी। हवा ने मर्मर करती घास की पत्तियों को पश्चिम की तरफ़ मोड़ा। रास्ते पर तीखी गर्द उड़ाई और बीजों से बोझिल सूरजमुखी के फूलों की टोपियाँ धरती पर झुका दीं। उसने नताल्या के बिखरे हुए बाल उड़ाए, उसके चेहरे के आँसू सोखे, और उसकी कामवाली भूरी स्कर्ट का सिरा उसके पैरों में लपेट दिया।

अन्धविश्वासी इलीनीचिना जाने कितनी आशंकाओं से भर उठी और कई क्षणों तक खड़ी अपनी बहू को एकटक देखती रही। कड़कते हुए काले बादल के साए में खड़ी नताल्या बहुत ही अजीब और भयानक लगी।

फिर बादल भर-भरकर घिरते चले आए। पर, आँधी-पानी के पहले ज़रा देर तक सन्नाटा रहा। गौरैया का शिकार करनेवाला छोटी जात का एक बाज़ तिरछे-ही-तिरछे गिरने और मायूसी से चीख़ने लगा। एक मूस अपने बिल के पास सीटी बजाने लगा। ऐसे में हवा के तेज़ झोंके ने इलीनीचिना के चेहरे पर रेत-भरी धूल उछाली और सरसराती स्तेपी में निकल गई। बुढ़िया बड़ी कठिनाई से खड़ी रह सकी। उसका चेहरा ज़र्द पड़ गया और वह आनेवाले तूफ़ान के हाहाकार के बीच पूरी आवाज़ से चिल्लाई–"तुम कह क्या रही हो ? नीली छतरीवाले की मदद माँग रही हो ! किसकी मौत मना रही हो तुम ?"

"नीली छतरीवाले, सज़ा दे...तू उसे भरपूर सज़ा दे !" नताल्या, शान से जमा होते बादलों पर निगाह जमाए चीख़ी। हवा ने बादलों के पहाड़-के-पहाड़ खड़े कर दिए और बादल बिजली की रोशनी से इस तरह चमचमाने लगे कि आँखें चौंधिया उठीं।

बिजली खुश्क कड़क के साथ स्तेपी में गिरी। इलीनीचिना डर के मारे आपे में न रही। उसने क्रॉस बनाया, डगमगाते क़दमों से नताल्या की ओर बढ़ी और उसके कन्धे का सहारा ले लिया।

'झुको...नीली छतरीवाले के क़दमों में झुको ! सुनती हो, नताल्या ?"

नताल्या ने अनदेखती आँखों से अपनी सास की तरफ़ देखा और मजबूर होकर घुटनों के बल बैठ गई। इलीनीचिना ने सख़्ती से आदेश दिया–"उस नीले आसमानवाले से माफ़ी माँग। भीख माँगो कि वह तेरी अरदास मंजूर न करे। तूने सोचा भी है कि किसके लिए मौत माँग रही है तू ? अपने बच्चों के बाप की मौत मना रही है तू ? उफ़्...यह तो ऐसा गुनाह किया है कि...क्रॉस बना...सिर झुका और कह–'हे नीले आसमानवाले, मेरी बदनीयती के लिए मुझे माफ़ कर ! मैं गुनाहगार हूँ'।"

नताल्या ने क्रॉस बनाया, सफ़ेद पड़ गए होंठों से कुछ बुदबुदाकर कहा और दाँत पीसते हुए भद्दे ढंग से एक ओर को लुढ़क गई।

X X X

स्तेपी बरसात की फुहारों से धुलकर ऐसा हरिया उठा, जैसे कि किसी ने जादू कर दिया हो। किसी ने दूर के ताल से ऐन दोन तक इन्द्रधनुष तान दिया। पश्चिम में बिजली अब भी कड़कती रही। पहाड़ी का गँदला पानी नालियों में बहने और हरहराने लगा। पानी की झाग उगलती धाराएँ ढाल और

ख़रबूज़-तरबूज़ों के खेत पार कर नदी की ओर उमड़ चलीं। वे बरसात से झरी पत्तियाँ, जड़-सहित ज़मीन से उखड़ आई घास और राई की बालें अपने साथ बहा ले चलीं। बालू-मिली बरसाती मिट्टी ख़रबूज़ों और तरबूज़ों की बेलों की नसों के चारों ओर रेंगने लगी। रास्तों पर पानी ख़ुशी से कलकल करने और गहरी-से-गहरी लीकें खरोंचने लगा। दूर घाटी के सिरे पर जमा सूखी घास की टाल में बिजली से आग लग गई तो लपटें दूर से लौ देने लगीं। धुएँ की बकाइनी रेखा ऊँची उठी और क्षितिज पर तने इन्द्रधनुष की चोटी को छूने-छूने को हो गई।

इलीनीचिना और नताल्या गन्दी फिसलन से भरी सड़क पर सावधानी से पैर रखती, अपनी स्कर्टों के सिरे ऊपर उठाती गाँव की ओर बढ़ीं। रास्ते में इलीनीचिना बोली—"नीले आसमानवाला गवाह है कि तुम सब जवान लोग बहुत ही आसानी से हिल उठते हो। कोई मामूली-से-मामूली बात हुई कि तुम्हारा दिमाग़ बेकाबू और तुम आपे से बाहर। अपनी जवानी के दिनों में जैसे मुझे जीना पड़ा, अगर वैसे तुम्हें दिन काटने पड़ते तो तुम क्या करतीं ? इतनी ज़िन्दगी बीतने को आई, पर ग्रीशा ने कभी तुम्हें उँगली से छुआ नहीं। इस पर भी तुम खुश नहीं हो, और दुनिया-भर की बातें करती फिरती हो ! तुमने उसे छोड़ देना चाहा, तुम्हें दौरा पड़ गया और मुझे पता नहीं कि तुमने क्या नहीं किया...तुम तो ऊपरवाले तक को इस झगड़े में खींच लाईं...तो तुम मुझे सिर्फ़ यह बतलाओ कि अच्छा है यह सब ? लेकिन, जब मैं जवान थी तो मेरा यही आदमी मारते-मारते मेरी जान निकालकर रख देता था, और सो भी बेमतलब, बिना किसी बात के। मैं मार खाने के लायक़ ऐसा कुछ भी तो नहीं करती थी। वह ख़ुद बेजा हरक़तें करता और उल्टे अपना सारा ग़ुस्सा मुझ पर उतारता। तड़का होने पर, सवेरे घर लौटता। मैं चीख़ती-चिल्लाती, लानत-मलामत करती और वह अपनी मुट्ठियों को बरसाने की पूरी आज़ादी दे देता...एक-एक महीने तक मेरा पूरा बदन लोहे की तरह नीला पड़ा रहता...और इस सबके बावजूद मैं जीती रही, मैंने बच्चे पैदा किए और अपने आदमी को छोड़ने या घर से भाग निकलने की बात तक मैंने कभी नहीं सोची। मैं इस वक़्त ग्रीशा की कोई तरफ़दारी नहीं कर रही। लेकिन, इतना है कि इस तरह के आदमी के साथ कम-से-कम तुम रह तो सकती ही हो। अरे, अगर वह नागिन बीच में न होती तो ग्रीशा तो तुम्हें इतना मानता और ऐसा प्यार करता कि बस ! उस औरत ने तो उस पर जादू कर रखा है...जादू !"

नताल्या बिसूरते हुए कुछ देर तक चुपचाप चलती रही, और फिर बोली—"मैं अब इस सारे में मुँह नहीं खोलना चाहती, माँ ! ग्रिगोरी आ जाए तब देखा जाएगा। हो सकता है कि उस वक़्त मैं अपने-आप घर छोड़कर चली जाऊँ या वह ख़ुद मुझे घर से निकाल बाहर करे। लेकिन, फ़िलहाल मैं कहीं नहीं जाती...जहाँ हूँ वहीं बनी रहूँगी।"

"यही बात तुम्हें बहुत पहले कहनी चाहिए थी।" इलीनीचिना ख़ुशी से खिल उठी— "ऊपरवाला चाहेगा तो सबकुछ ठीक हो जाएगा। वह तुम्हें घर से नहीं निकालेगा और ख़ुद तुम्हें यह बात सोचनी नहीं चाहिए। वह तुम्हें और बच्चों, दोनों को ही बहुत प्यार करता है। तुम्हारा ख़्याल है कि वह इस तरह की बात भी दिमाग़ में ला सकता है ? नहीं, कभी नहीं। अकसीनिया के लिए वह तुम्हें नहीं छोड़ेगा...वह ऐसा कभी नहीं करेगा। और, बेटी, झगड़े तो अच्छे-से-अच्छे घरों में भी होते हैं...अब तो यह है कि वह पहले सही-सलामत घर आ जाए..."

"माँ, मैं नहीं चाहती कि वह मर जाए...वह बात तो गुस्से में मेरे मुँह से निकल गई थी। अब उसके तमाचे बार-बार मेरे चेहरे पर मत मारो...असलियत यह है कि मैं उसे अपने दिल से नहीं निकाल सकती, मगर यह भी है कि ज़िन्दगी काटे नहीं कटती।"

"बेटी मेरी, तुम समझती हो कि यह बात मैं जानती नहीं ? मैं सबकुछ जानती हूँ। चाहती सिर्फ़ यह हूँ कि तुम कोई क़दम जल्दबाजी या उतावली में न उठा लो। वैसे, तुम ठीक कहती हो, इस वक़्त इस बात का ज़िक्र छोड़ ही दें तो अच्छा। एक बात और, आसमानवाले के लिए, बूढ़े से कुछ भी

न कहना। इन बातों का उससे क्या लेना-देना !''

''लेकिन एक बात मैं कह दूँ, माँ...फिलहाल यह बात तो साफ़ नहीं है कि आगे मैं ग्रिगोरी के साथ रहूँगी या नहीं रहूँगी, मगर एक बात ज़रूर है कि उससे बच्चे मैं और नहीं चाहती। जो दो बच्चे सामने हैं, यही बहुत हैं। नहीं जानती कि इन्हीं दो को लेकर कहाँ जाना पड़ेगा और कहाँ नहीं जाना पड़ेगा...मगर, मेरे पैर भारी हैं, माँ...''

''कब से ?''

''तीसरा महीना है।''

''तो, अब छुटकारा कैसे मिलेगा ? अब तो बच्चा होगा ही...तुम चाहो या न चाहो।''

''लेकिन मैं तो बच्चा नहीं होने दूँगी।'' नताल्या ने दृढ़ शब्दों में कहा—''मैं आज ही कापीतोनोवना के पास जाऊँगी। वह मेरी मदद करेगी...उसने कितनी ही औरतों की मदद की है।''

''क्या कहा...पेट गिरवाओगी तुम ? बेशर्म कहीं की—तेरे मुँह से यह बात निकली कैसे ?'' इलीनीचिना नफ़रत से भरकर सड़क के बीचोबीच खड़ी हो गई और हाथ पीटने लगी। वह तो आगे कुछ और कहती, मगर इसी समय पीछे किसी गाड़ी के पहिए खड़खड़ाए, घोड़े की टापों से कीचड़ उड़ने की आवाज़ आई और कोई चिल्ला-चिल्लाकर घोड़े को हाँकता सुन पड़ा।

इलीनीचिना और नताल्या सड़क से हटकर एक किनारे हो गईं और उन्होंने अपनी स्कर्टें नीची कर लीं। ज़रा देर बाद गाड़ी पास आई तो मालूम हुआ कि बूढ़ा बेशलेवनोव खेत से लौट रहा है। वह पास आया तो उसने अपनी तेज़, छोटे कद की घोड़ी की रासें खींचीं। बोला—''गाड़ी पर आ जाओ तुम दोनों, मैं तुम्हें घर पहुँचा दूँगा। कीचड़ में पैर ख़राब करने से कोई फ़ायदा नहीं।''

''शुक्रिया अगेविच, वैसे भी कीचड़ में फिसलते-फिसलते जान ऊब गई।'' इलीनीचिना ने खुशी से खिलकर कहा और सबसे पहले खुद उस लम्बी-चौड़ी गाड़ी पर सवार हो गई।

इलीनीचिना ने खाने के बाद नताल्या से बातें करने का इरादा किया कि पेट गिरवाने की ऐसी कोई ज़रूरत नहीं। सो, तश्तरियाँ धोते समय नताल्या को समझाने को एक-से-एक तर्क सोचे और पैन्तेली तक की सहायता लेने के मंसूबे बाँधे। सोचा, उससे कहूँगी कि बहू काफ़ी दुखी और परेशान है, माना, पर उससे कहो कि वह यह बेहूदा क़दम न उठाए। लेकिन, सास घर के कामों में उलझी ही रही कि बहू तैयार हुई और चल दी।

थोड़ी साँस मिलने पर इलीनीचिना ने दून्या से पूछा—''नताल्या कहाँ है ?''

''वह तो बंडल साथ लेकर गई है कहीं।''

''कहाँ गई है ? क्या कहा है उसने ? कैसा बंडल ले गई है साथ ?''

''भला यह सब मैं कहाँ से जानूँ, माँ ? उसने साफ़ स्कर्ट पहनी, कुछ चीज़ें रूमाल में बाँधीं और मुँह से बिना कुछ कहे चली गई।''

''बदनसीब लड़की।'' इलीनीचिना ने कहा, फूट-फूटकर रोने लगी और बेंच पर ढह पड़ी। दून्या के आश्चर्य का ठिकाना न रहा।

''क्या बात है माँ ? तुम आख़िर रो क्यों रही हो ?''

''तुम अपना काम करो...तुम्हें इससे कोई मतलब नहीं...लेकिन, नताल्या ने कहा क्या ? और, तुमने उसे कहीं जाने को तैयार होते देखा तो मुझसे कुछ क्यों नहीं बतलाया ?''

दून्या परेशानी से बोली—''उफ़, तुम्हारा भी जवाब नहीं है। अजीब हो तुम। मैं कहाँ से जानती कि मुझे तुम्हें बतलाना चाहिए कि वह कहीं जाने को तैयार हो रही है ? वैसे अपनी माँ से मिलने को गई होगी। मगर, इतनी-सी बात पर तुम रो आख़िर क्यों रही हो, यह मैं बिल्कुल नहीं समझी...।''

इलीनीचिना बहुत ही बेचैनी से नताल्या के लौटने की राह देखने लगी और पति की डाँट-फटकार के डर से उसने इस मामले में उसके सामने मुँह न खोलने का फ़ैसला किया।

सूर्यास्त के समय ढोर स्तेपी से लौटे। गर्मी का धुँधलका बहुत देर तो रहता नहीं, सो थोड़ी देर बाद ख़त्म हो गया। गाँव में जहाँ-तहाँ चिराग़ चमकने लगे। पर नताल्या नहीं आई। फिर मेलेख़ोव-परिवार के सभी सदस्य खाने को बैठे तो इलीनीचिना ने प्याज़-पड़ी नमकीन लपसी परोसी। इस बीच वह चिन्ता से बिल्कुल पीली पड़ी रही। बूढ़े ने अपना चम्मच उठाया, बासी रोटी के टुकड़े लपसी में डाले और सभी की ओर उत्सुक दृष्टि से देखते हुए प्रश्न किया–"नताल्या कहाँ है। उसे खाने के लिए क्यों नहीं बुलाया जाता ?"

"नताल्या कहीं गई है ?" इलीनीचिना ने बुझी हुई आवाज़ में कहा।

"कहाँ गई है ?"

"माँ से मिलने गई हागी, और फिर वहीं रह गई होगी।"

"उसे इतनी देर बाहर नहीं रहना चाहिए और यह बात ख़ुद ही समझनी चाहिए, वह कोई बच्ची तो है नहीं।" पैन्तेली ने असन्तोष से कहा। खाना उसने सदा की तरह टूटकर खाया। बीच में अपना चम्मच उलटकर रख दिया, बगल में बैठे मीशात्का को कनखी से देखा और बोला–"बेटा, इधर मुड़ो ज़रा...लाओ, तुम्हारे होंठ पोंछ दूँ। तुम्हारी माँ को घूमने से फुर्सत नहीं है, और तुम्हारी फ़िक्र किसी दूसरे को है नहीं..." और, उसने अपने पोते के नन्हे-नन्हे कोमल, गुलाबी होंठ अपनी बड़ी काली खुरदरी हथेली से पोंछ दिए।

खाना चुपचाप खाने के बाद सभी लोग मेज़ से उठे तो पैन्तेली ने हुक्म-सा दिया–"बत्ती बुझा दो। घर में तेल बहुत नहीं है। जो है, उसे बर्बाद करने के कोई मानी नहीं होते।"

"दरवाज़ा अन्दर से बन्द कर लूँ ?" इलीनीचिना ने पूछा।

"हाँ, कर लो।"

"लेकिन, अगर नताल्या आ गई तो...?"

"तो वह खटखटा लेगी, कौन जानता है, हो सकता है कि सुबह तक घूमती ही रहे। अच्छा तरीक़ा सीखा है !...बूढ़ी, तूने उसे बहुत ख़ुदमुख़्तार बना दिया है। रात में लोगों से मिलने की बात दिमाग़ में उठी है अब...मैं कल सवेरे ख़ुद कह दूँगा उससे कि उसने दार्‌या के रास्ते पर क़दम रखना शुरू किया है...।"

इलीनीचिना कपड़े पहने-ही-पहने लेट गई और आधे घंटे तक आहें भरती और करवटें बदलती रही। फिर उठने और उठकर कापीतोनोवना के यहाँ जाने को हुई कि उसे पैरों की आहट मिली। बुढ़िया उस उम्र पर भी ग़ैर-मामूली फुर्ती से उठी, तेज़ी से गलियारे में आई और दरवाज़ा खोला।

नताल्या जंगले का सहारा लेती, बहुत ही धीरे-धीरे सीढ़ियों पर चढ़ती दीखी। चाँदनी में उसका चेहरा एकदम पीला, गाल बिल्कुल बैठे हुए, आँखें धँसी हुई और भौंहें दर्द से बुनी लगीं। वह हर क़दम पर चोट खाए जानवर की तरह काँपी और जहाँ भी पैर रखा, वहीं ख़ून का गहरा निशान छोड़ दिया।

इलीनीचिना ने, बिना कुछ कहे, नताल्या की कमर में हाथ डाला और उसे बरसाती में ले आई। नताल्या ने दरवाज़े से पीठ टिकाई और भर्राए हुए गले से पूछा–"सब लोग सो गए ? माँ, पीछे जगह-जगह ख़ून गिरा है, ज़रा साफ़ कर दो..."

"यह तुमने अपना हाल क्या किया है ?" इलीनीचिना ने अपनी सिसकियाँ दबाते हुए, फुसफुसाते हुए कहा।

नताल्या ने मुस्कुराने की कोशिश की, पर सहसा ही पीड़ा से उसका चेहरा बिगड़ गया।

"माँ, रोओ नहीं, वरना घर के लोग जाग जाएँगे...हाँ मुझे उस मुसीबत से छुटकारा मिल गया...और मन का बोझ उतर गया...सिर्फ़ यह है कि ख़ूंन बहुत जा रहा है...ऐसा लगता है जैसे किसी ने चाकू से काट दिया हो...ज़रा हाथ का सहारा देना, माँ...सिर चक्कर खा रहा है।"

इलीनीचिना ने अन्दर से दरवाज़ा बन्द किया और फिर जैसे कि किसी अजनबी घर में हो, बहुत

देर तक अँधेरे में टटोलने के बाद भी अन्दर के दरवाज़े का हत्था नहीं ढूँढ़ सकी। आख़िरकार पंजे के बल नताल्या को बड़े सोने के कमरे में ले आई। फिर दून्या को जगाकर बाहर भेजा, दार्या को आवाज़ दी और लैम्प जलाया।

बावर्चीख़ानेवाले खुले दरवाज़े से पैन्तेली के खर्राटों की तेज़ आवाज़ आती रही। नन्हीं-मुन्नी पोल्युशका बड़े ही प्यारे ढंग से होंठ चटकारती और नींद में जाने क्या-क्या बुदबुदाती रही। बच्चे की नींद तो बड़ी ही गहरी, और हर तरह के विघ्न से मुक्त होती है न।...

इस बीच इलीनीचिना तकिया झाड़ने और बिस्तर ठीक करने लगी तो नताल्या पास की बेंच पर बैठ गई और कमज़ोरी के कारण अपना सिर मेज़ के सिरे से टिका दिया। दून्या ने कमरे में आना चाहा, मगर इलीनीचिना ने उसे रोक दिया। सख़्ती से बोली–"बेशर्म कहीं की...जा यहाँ से...तुझे यहाँ आने और हर जाने-अनजाने मामले में अपनी टाँग अड़ाने की ज़रूरत नहीं।"

दार्या ने भौंहें चढ़ाते हुए एक भीगा हुआ कपड़ा लिया और बरसाती में आई। नताल्या ने बड़े ही कष्ट से सिर ऊपर उठाया और बोली–"साफ़ चादर नीचे से हटा लो...ख़राब हो जाएगी...उसकी जगह पलंग पर बोरे का एक टुकड़ा डाल दो।"

"बेकार बातें बन्द करो।" इलीनीचिना ने आदेश के स्वर में कहा–"कपड़े उतारो और लेट रहो।...तबीयत बहुत गिर रही है ? थोड़ा पानी ले आऊँ ?"

"बेतहाशा कमज़ोरी महसूस हो रही है...ज़रा एक दूसरी कमीज़ और पानी ले आओ..."

नताल्या जैसे-तैसे उठी और डगमगाते क़दमों से पलंग की तरफ़ बढ़ी। सिर्फ़ इस समय इलीनीचिना ने देखा कि उसकी स्कर्ट ख़ून से तर है और उसके पैरों के चारों ओर लिपटी हुई है।

सास ने भय और आशंका से भरी दृष्टि से बहू को देखा। बहू ने अपनी स्कर्ट का सिरा यों झटकारा जैसे कि पानी में भीगती रही हो, और फिर स्कर्ट उतारने लगी।

"लेकिन, तुम तो ख़ून में नहा रही हो।" इलीनीचिना से सिसकी भरते हुए कहा।

नताल्या ने कपड़े उतारकर आँखें बन्द कर लीं, और तेज़ी से, ज़ोर-ज़ोर से साँसें लेने लगी। बुढ़िया ने उस पर एक भरपूर नज़र डाली, मन-ही-मन कुछ फ़ैसला किया, बावर्चीख़ाने में दाख़िल हुई, बड़ी ही कशमकश के बाद किसी तरह पैन्तेली को जगाया और बोली–"नताल्या की तबीयत ख़राब है...हालत ख़राब है...मरने-मरने को हो रही है...तुम गाड़ी जोतो और व्येशेंस्काया जाकर फ़ौरन डॉक्टर को लिवा लाओ।"

"क्या ख़ुशख़बरी सुनाई है आकर ? क्या हुआ उसे ? क्या तबीयत ख़राब है ? उससे कहो कि रातों को जहाँ-तहाँ मँडराना बन्द करे।"

बुढ़िया ने संक्षेप में पूरी दास्तान सुनाई। पैन्तेली आवेश में झटके से खड़ा हो गया और पतलून के बटन बन्द करते हुए सोने के कमरे की तरफ़ बढ़ा–"उफ़्...तू कमीनी...छिनाल कहीं की...कुतिया की बच्ची...यह क्या किया है तूने ? ज़रूरत से मजबूर हो गई बेचारी ! ख़ैर, मैं दिमाग़ ठीक करता हूँ अभी..."

"ऐसी-तैसी में जाओ...तुम बिल्कुल पागल हो गए क्या ? वहाँ मत जाओ...वहाँ तुम्हारी कोई ज़रूरत नहीं...और चिल्लाओ मत। बच्चे जाग जाएँगे...तुम तो अहाते में जाकर गाड़ी जोतो फ़ौरन !" इलीनीचिना ने बूढ़े को रोकने की कोशिश की। पर बूढ़े ने एक नहीं सुनी, सोने के कमरे के पास पहुँचा, ठोकर से दरवाज़ा भड़ाक से मारा और ड्योढ़ी पर ठिठककर गरजा–"ख़ूब काम किया है तूने ! शैतान की बच्ची कहीं की !"

"यहाँ न आओ, पापा, तुम ईसा के लिए यहाँ न आओ !" नताल्या पूरी ताक़त से चीख़ी। उसने पास रखी समीज़ से सीना ढँक लिया।

पैन्तेली ने जीभर गालियाँ देने के बाद अपना कोट, टोप और साज़ तलाशना शुरू किया। मगर,

इस काम में उसे इतनी देर लगी कि दून्या आपे से बाहर हो गई, बावर्चीख़ाने में भागी आई और रोते हुए अपने पिता पर बरसने लगी–"तुम गाड़ी लेकर फ़ौरन जाते क्यों नहीं ? यहाँ क्या खखोरा-खखारी कर रहे हो ? नताल्या का दम निकल रहा है और तुम्हें एक घंटा तैयारी में लग रहा है ! और, तुम अपने को बाप कहते हो ! अगर नहीं जाना चाहते तो साफ़-साफ़ कह क्यों नहीं देते। मैं ख़ुद गाड़ी लेकर व्येशेंस्काया चली जाऊँगी।"

"तुम बेवकूफ़ हो। इधर-उधर दौड़ती क्या फिर रही हो ? तुमसे हुक्म लेने कौन जा रहा है...यह लो...उन्हीं में से एक यह भी निकली...अपने बाप को ही आँखें दिखला रही है, बदतमीज़ कहीं की।" पैन्तेली ने कोट लपेटा और मन-ही-मन कोसाकासी करता अहाते में आया।...

उसके जाने के बाद घर के वातावरण का तनाव थोड़ा कम हुआ। दार्या ने, कुर्सियाँ और बेंचें, बेरहमी से इधर-उधर हटाते हुए फ़र्श धोया। इलीनीचिना ने दून्या को सोने के कमरे में आने की इजाज़त दे दी। लड़की आई और नताल्या के सिरहाने बैठकर तकिया ठीक करने और उसे पानी पिलाने लगी। इलीनीचिना बीच-बीच में उठकर बग़ल के कमरे में सोते बच्चों को झाँक आई, फिर नताल्या को एकटक देखती रही। नताल्या हथेली पर गाल टिकाए चुपचाप लेटी रही। उसका सिर बुरी तरह काँपता रहा। पसीने से तर, एक-दूसरे से उलझे हुए बाल तकिए-भर में फैले रहे। हर आधे घंटे पर इलीनीचिना ने उसे धीरे से उठाया, गीली चादर हटाई और साफ़ मलमल बिछा दी। पर नताल्या की ताक़त बराबर घटती गई। आधी रात से ज़रा बाद उसने अपनी आँखें खोलीं और पूछा–"सवेरा जल्दी ही होगा न ?"

"अभी तो कोई निशान नज़र नहीं आता।" बुढ़िया ने उसे धीरज बँधाया, पर मन-ही-मन सोचा–'इसका मतलब यह है कि अब यह बचेगी नहीं। डर ही रही है कि कहीं ऐसा न हो कि बच्चों को देख भी न पाए और दम निकल जाए।'

और, जैसे कि सास के अनुमान की पुष्टि करने के लिए ही नताल्या ने धीरे से कहा–"माँ, मीशात्का और पोल्युशका को जगा दो।"

"बेटी, बच्चों को परेशान करना क्यों चाहती हो ? आधी रात में उनकी नींद ख़राब करना क्यों चाहती हो ? वे तुम्हें इस हालत में देखेंगे तो डर जाएँगे...रोने लगेंगे। बेकार को क्यों जगाना चाहती हो उन्हें ?"

"मैं बच्चों को देखना चाहती हूँ...मेरी हालत बिगड़ रही है।"

"नीले आसमानवाला रहम करे...तुम कह क्या रही हो ? ग्रिगोरी के पापा डॉक्टर को लेकर आते ही हैं...और डॉक्टर के आते ही तुम ठीक हो जाओगी...तब तक थोड़ा सोने की कोशिश करो, क्यों ?"

"कहाँ से सोने की कोशिश करूँ ?" नताल्या ने क्रोध-भरी आवाज़ में जवाब दिया। इसके बाद कुछ देर तक वह कुछ नहीं बोली और उसकी साँस और ढंग से चलने लगी। अब इलीनीचिना चुपचाप सीढ़ियों पर निकल आई और सुबक-सुबककर रोने लगी। फिर, उषा के प्रकाश की पहली किरणें आसमान में छिटकने तक वह वहीं उसी हालत में बनी रही। इसके बाद लौटी तो उसका चेहरा लाल और रोने के कारण सूजा रहा। और, अब दरवाज़ा चरमराया तो नताल्या ने आँखें खोल दीं।

"सवेरा अब जल्दी ही होगा न ?"

"उजियाला छिटकने लगा है।"

"मेरे पैर भेड़ की खाल से ढँक दो।"

दून्या ने भेड़ की खाल उसके पैरों पर डाल दी और कम्बल अगल-बगल दबा दिया। नताल्या ने उसकी ओर देखकर उसे धन्यवाद दिया, इलीनीचिना को और पास बुलाया और बोली–"माँ, आओ, मेरे पास बैठो ज़रा और दून्या, तुम दार्या को लेकर थोड़ी देर के लिए बाहर चली जाओ...मैं माँ से अकेले में कुछ बातें करना चाहती हूँ। चली गईं दोनों ?" नताल्या ने आँखें मूँदे-ही-मूँदे पूछा।

"हाँ, चली गईं।"

"पापा नहीं लौटे अभी तक ?"

"आते ही होंगे...क्यों, क्या तबीयत कुछ ज़्यादा ख़राब मालूम होती है ?"

"नहीं...कोई बात नहीं...माँ, मैं तुमसे कहना यह चाहती थी कि मैं जल्दी ही मर जाऊँगी। मेरा दिल कहता है। बदन से इतना ख़ून निकल गया है कि हद है। दार्‌या से कहो कि स्टोव जलाए तो ख़ूब सारा पानी गरम कर दे...और, पानी गर्म हो जाए तो तुम खुद मुझे नहला देना, मैं नहीं चाहती कि किसी और..."

"नताल्या, क्रॉस बनाओ, बेटी ! तुम मरने-जीने की बात क्यों कर रही हो भला ? ऊपरवाला बड़ा रहमदिल है। तुम अच्छी हो जाओगी।"

नताल्या ने कमज़ोर हाथों से सास को चुप रहने का संकेत दिया और बोली—"मेरी बात न काटो...बोलने में बहुत तकलीफ़ होती है...फ़िलहाल...मेरा सिर बुरी तरह चक्कर खा रहा है। मैंने तुमसे पानी के बारे में कह दिया न। कापीतोनोवना ने तो मेरे पहुँचने के बाद ही सबकुछ कर दिया। लेकिन बाद में तो बेचारी के हाथ ही उड़ गए...इतना ख़ून निकला, इतना ख़ून निकला कि बस !...काश कि आज की सुबह जैसे-तैसे निकल जाती ! ख़ूब सारा पानी गर्म करवाना, मैं चाहती हूँ कि मेरा दम निकले तो मैं बिल्कुल साफ़ रहूँ...माँ, फिर मुझे किनारों पर कसीदेकारीवाली वह हरी स्कर्ट पहना देना...ग्रीशा को मेरे बदन पर वह बहुत अच्छी लगती है...और पॉपलीन की जैकेट भी निकाल लेना...बक्से में ऊपर ही रखी है, शाल के बिल्कुल नीचे, कोने में...हाँ, मेरे मर जाने पर चाहना तो बच्चों को मेरे मायके लोगों के पास भेज देना...और सुनो, मेरी माँ को बुलवा लो...कहलवा दो कि फ़ौरन ही आ जाए...आख़िरी वक़्त उससे रुखसत तो हो लूँ...नीचे से चादर निकाल लो...बुरी तरह तर हो गई है..."

इलीनीचिना ने पीठ को हाथ का सहारा देकर नताल्या को उठाया, ख़ून से गीली चादर निकाली और किसी तरह दूसरी चादर बिछाई। नताल्या ने बड़ी कठिनाई से, बहुत ही धीरे से कहा—"मुझे करवट के बल कर दो।" और, फिर बेहोश हो गई।...

रुपहली-भूरी सुबह खिड़की से झाँकी। दून्या ने एक बाल्टी धोई और गायें दुहने के लिए अहाते में आई। इलीनीचिना ने खिड़की पूरी खोल दी तो ख़ून और पैराफ़िन की बास गर्मी की सुबह के समीर के झोंकों की गहरी तरी से ताज़ा हो उठी। हवा, खिड़की के बाहर की, चेरी के पत्तियों के ओस के आँसू कहीं दूर उड़ा ले गई। चिड़ियों के पहले गीत, गायों की डकार और चरवाहे के चाबुक की सटकार खिड़की से कमरे में आई।

नताल्या ने आँखें खोलीं, अपने पीले, रक्तहीन होंठ जीभ के सिरे से चाटे और पीने को पानी माँगा। अब अपने बच्चों या माँ को नहीं पूछा। उसके आस-पास की हर चीज़ उसकी निगाहों से सरकने लगी और हमेशा-हमेशा के लिए सरकने लगी।

इलीनीचिना ने खिड़की बन्द की और चारपाई के पास पहुँची।

इस एक रात में ही नताल्या कितनी बदल गई थी ! अभी कल ही तो ऐसी थी जैसे सेब का पेड़ अपनी पूरी बहार पर...हसीन, तन्दुरुस्त और ताक़त से भरपूर। पर, इस समय उसके गाल दोन के किनारे की पहाड़ी की खड़िया से ज़्यादा सफ़ेद थे। नाक की नोक उभर आई थी। होंठों की चमक और ताज़गी खत्म हो गई थी। वे और पतले पड़ गए थे और दाँतों से पीछे-ही-पीछे हटते मालूम होते थे। सिर्फ़ आँखों की चमक ज्यों-की-त्यों थी। पर भाव उनका भी बदल गया था। अब बीच-बीच में किसी अनजानी मजबूरी से नताल्या अपनी निलछरी पलकें उठाती, चारों ओर देखती और फिर निगाह क्षण-भर को सास पर टिका देती तो आँखों में एक नया अजनबीपन और घबराहट लहरें लेती नज़र आती।...

...पैन्तेली सूर्योदय के समय लौटा। कई-कई रातों के जागरण और टाइफ़स और दूसरी बीमारियों के इलाज। अकूत परेशानी से भारी और कड़वी आँखोंवाले डॉक्टर ने अपना बदन सीधा किया, कूदकर

गाड़ी के नीचे आया, सीट के नीचे से एक बंडल निकाला और घर के अन्दर दाख़िल हुआ। सीढ़ियों पर उसने किरमिच की अपनी बरसाती उतारी और जंगले पर झुककर बहुत देर तक हाथ साफ़ किए। दून्या ने उसके हाथों पर पानी डाला तो उसने नीची पलकें किए-ही-किए उसे देखा और आँख तक मारी। इसके बाद उसने कोई दस मिनट तक नताल्या को देखा; और सबको तो पहले कमरे से बाहर कर दिया।

पैन्तेली और इलीनीचिना बाहर निकलकर बावर्चीख़ाने की ओर बढ़े तो बूढ़े ने पत्नी से फुसफुसाते हुए पूछा—"क्यों, कैसी है नताल्या ?"

"हालत बिगड़ती जा रही है..."

"यह पेट उसने अपने मन से गिरवाया ?"

"बिल्कुल अपने मन से !" इलीनीचिना ने सवाल टालने की कोशिश की।

"गर्म पानी लाओ...जल्दी !" डॉक्टर ने अपना सिर दरवाज़े से बाहर निकालते हुए कहा। फिर पानी गर्म होता रहा कि वह बावर्चीख़ाने में आ गया और बूढ़े के सवाल के जवाब में हाथ हिलाते हुए बोला—"दोपहर के खाने के वक़्त तक ख़त्म हो जाएगी। ख़ून बहुत निकल गया है। कुछ नहीं हो सकता। ग्रिगोरी पैन्तेलेयेविच को पैग़ाम भेज दिया या नहीं ?"

पैन्तेली जवाब दिए बिना, बरसाती में आया। दार्या के देखते-देखते बूढ़ा शेड के नीचे होता हुआ कटाई की मशीन के पास पहुँचा और कंडों की टाल से सिर टिकाकर फूट-फूटकर रोने लगा।

डॉक्टर आधे घंटे तक घर में और रहा। बीच में वह सीढ़ियों पर बैठ गया और थोड़ी देर तक ऊँघता रहा। फिर जब समोवार उबलने लगा तो सोने के कमरे में वापस जाकर उसने नताल्या को कैम्फ़र की सुई लगाई, बाहर आया, दूध माँगा, आती जम्हाई को टाला, पूरे दो गिलास दूध पिया और बोला—"मुझे फ़ौरन वापस पहुँचाओ। व्येशेंस्काया में जाने कितने बीमार और जख़्मी मेरा इन्तज़ार कर रहे हैं, और यहाँ मेरे करने को अब कुछ है नहीं। ऐसे मरीज़ के बचने की अब कोई उम्मीद नहीं है। वैसे मामला ग्रिगोरी पैन्तेलेयेविच का है। और मैं करना क्या नहीं चाहूँगा ! पर साफ़ बात यह है कि मेरे बस का अब कुछ है नहीं। कभी-कभी हम ऐसे मजबूर हो जाते हैं कि लाख चाहने पर भी कुछ नहीं कर सकते। हमारे पास बीमारी का तो इलाज है, पर मौत का कोई इलाज नहीं है। और तुम्हारी इस बहू के बदन से खून इतना बह गया है कि अब जीने के लिए इसमें कुछ बचा नहीं है...बच्चेदानी बुरी तरह फट गई है...उसमें दम बाक़ी नहीं है। मेरे ख़्याल से बुढ़िया ने लोहे के हुक से काम लिया है। हम सब नीम-हकीम ख़तरयेजान हैं, और शायद हमेशा यही बने रहेंगे।

पैन्तेली ने तारान्तास में सूखी घास डाली और दार्या से कहा—"तुम डॉक्टर को पहुँचा आओ। और देखो, नदी पर पहुँचना तो घोड़ी को पानी पिलाना न भूलना।" फिर उसने डॉक्टर को फ़ीस देनी चाही, पर उसने साफ़ इनकार कर दिया—"यह आप कह क्या रहे हैं ? आपको शर्म नहीं आती, पैन्तेली प्रोकोफ़ियेविच ! आप सब अपने लोग हैं और आप मुझे रूबल दिखला रहे हैं ! नहीं, अपने यह रूबल अपने पास रखिए ! आपको तो इसका ख़्याल भी नहीं आना चाहिए। अगर मैं आपकी बहू को बिस्तर से उठाकर खड़ा कर देता तो दूसरी बात होती। मगर ऐसे में..."

मगर सवेरे के छः बजे नताल्या की हालत बहुत अच्छी लगी। उसने मुँह-हाथ धोया, दून्या शीशा लेकर सामने खड़ी हो गई तो उसने उसमें देख-देखकर बाल बाए और चारों तरफ़ नज़र दौड़ाई। अपनों को आस-पास देखकर उसकी आँखें खुशी से खिल उठीं। बोली—"देखो, अब मैं पहले से कहीं अच्छी हूँ। वैसे मैं तो बहुत डर गई थी। मुझे लगा कि मैं तो गई...लेकिन, बच्चे अब तक सो क्यों रहे हैं ? दून्या, ज़रा देखो तो कि अब तक जागे या नहीं ?"

इसी बीच नताल्या की माँ, उसकी छोटी बहन एग्रीपीना के साथ आ गई और बेटी को देखते ही फूट-फूटकर रोने लगी। परन्तु नताल्या ने बार-बार खीझकर टोका—"माँ, तुम इस तरह रो क्यों रही

हो ? मेरी हालत अब उतनी ख़राब नहीं है...तुम मुझे दफ़नाने के इरादे से तो नहीं आई हो न ?...उफ़, आख़िर बतलाओ न कि तुम इस तरह रो क्यों रही हो ?"

एग्रीपीना ने अपनी माँ को कुहनी मारी। लुकिनीचना ने कारण समझकर जल्दी से अपनी पलकें पोंछ डालीं और धीरज-भरे स्वर में बोली–"अरे, तुम सोच क्या गईं, बेटी ? मैं तो रो रही थी, क्योंकि मैं ख़ासी बेअक्ल हूँ। मुन्नी ! तुम्हें देखते ही मेरा दिल एकाएक भर आया। कितनी बदल गई हो तुम !"

फिर मीशात्का की आवाज़ और पोल्युशका की हँसी सुनते ही नताल्या के गालों पर हल्की-सी लाली दौड़ गई। बोली–"यहाँ ले आओ दोनों को। जल्दी बुला लो। वे कपड़े पीछे पहन लेंगे।"

पोल्युशका पहले आई, दरवाज़े पर ठिठकी और अपनी नन्हीं-मुन्नी मुट्ठियों से नींद-भरी आँखें मलने लगी। नताल्या ने मुस्कुराते हुए कहा–"देख, तेरी माँ बीमार हो गई है...यहाँ आ जा मेरी रानी !"

पोल्युशका ने गम्भीरता से बेंचों पर बैठे बड़े-बूढ़ों को आश्चर्य से देखा, माँ के पास गई और परेशान होकर बोली–"तुमने मुझे जगाया क्यों नहीं ? और ये इतने सारे लोग यहाँ क्यों आए हैं ?"

"ये लोग मुझे देखने आए हैं...लेकिन, तुम्हें जगाती मैं क्यों ? तुम क्या करतीं ?"

"मैं तुम्हारे लिए पानी ले आती और तुम्हारे पास बैठती..."

"अच्छा अब जाओ। मुँह-हाथ धोओ, बाल बाओ, नीले आसमानवाले को सिर झुकाओ और फिर आकर यहाँ, मेरे पास बैठो।"

"लेकिन, तुम नाश्ते के लिए तो उठोगी न ?"

"नहीं जानती...शायद नहीं उठूँगी।"

"अच्छा तो तुम्हारा नाश्ता मैं यहाँ ले आऊँगी...ठीक है न, माँ ?"

"बिल्कुल अपने बाप की नक़ल है...सिर्फ़ दिल उसका जैसा नहीं है...इसका दिल कहीं ज़्यादा मुलायम है..." नताल्या ने हल्के से मुस्कुराते हुए कहा, सिर फिर तकिए पर रख लिया और कम्बल पैरों तक इस तरह खींच लिया, जैसे कि बड़ी ठंड लग रही हो।...

लेकिन एक घंटे के बाद नताल्या की हालत और गिर गई। उसने बच्चों को पास बुलाया, उन्हें सीने से लगाया, उन पर रक्षा का क्रॉस बनाया, चूमा और अपनी माँ से बोली–"माँ, इन्हें ले जाओ यहाँ से।"

लुकिनीचना ने बच्चों को एग्रीपीना को सौंपा और अपनी बड़ी बेटी के पास बनी रही।

नताल्या ने अपनी आँखें मूँद लीं और जैसे कि सन्निपात की स्थिति में बोली–"यानी मैं अब उसे नहीं देख पाऊँगी..." और फिर जैसे कुछ याद हो आया। उसने झटके से अपना सिर ऊपर उठाया और कहने लगी–"ज़रा मीशात्का को ले आओ यहाँ।..."

एग्रीपीना का चेहरा आँसुओं से तर हो गया। उसने लड़के को कमरे में कर दिया और ख़ुद बावर्चीख़ाने में चुपचाप सिसकती रही।

मीशात्का की आँखों में उदासी घुली लगी। वह डरते हुए माँ के पलंग की ओर बढ़ा। पर, चेहरे के एकदम बदल जाने के कारण माँ उसे एकदम अजनबी लगी, और जैसे कि उसे मुश्किल से पहचान पाया। नताल्या ने बेटे को पास खींच लिया तो उसे उसका दिल, जाल में फँसी गौरैया के दिल की तरह, ज़ोर-ज़ोर से उछलता लगा। बोली–"नीचे झुको ज़रा, मुन्ने बेटे ! और पास आओ !"

इसके बाद उसने बच्चे के कान में कुछ धीरे से कहा, फिर उसे पीछे हटाया। सवाल-भरी निगाहों से उसकी आँखों में आँखें डालीं, और दर्द से टूटने पर भी मुस्कुराते हुए पूछा–"बेटे, भूलोगे तो नहीं न ! कह दोगे न पापा से ?"

"नहीं, मैं नहीं भूलूँगा।" मीशात्का ने माँ की छिंगुलिया कसकर पकड़ी। उसे अपनी नन्हीं, गर्म मुट्ठी में क्षण-भर दबाए रहा और फिर हाथ छोड़ दिया। फिर, न जाने क्यों, हाथों से अपने को साधते

हुए, पंजों के बल पीछे हटा।

नताल्या ने उसे दरवाज़े तक जाते देखा और इसके बाद चुपचाप दीवार की तरफ़ मुड़ गई।

दोपहर को उसका दम निकल गया।

17

ग्रिगोरी को मोर्चे से गाँव पहुँचने में दो दिन लगे, और इस बीच न जाने कितने तरह के विचार उसके दिमाग़ में आए, न जाने कितनी बातों का उसे ख़्याल आया। चलते समय उसे डर लगा कि स्तेपी के इस लम्बे-चौड़े पसारे में इस वेदना के साथ वह अकेला रह जाएगा और रह-रहकर उसे नताल्या का ही ध्यान आएगा। अतएव, उसने प्रोख़ोर-ज़िकोव को साथ ले लिया, और अपनी स्क्वैड्रन के पड़ाववाले गाँव से बाहर निकलते ही लड़ाई की दास्तान छेड़ दी। पूरी कहानी सुना गया कि ऑस्ट्रियाई मोर्चे पर बारहवीं रेजीमेंट में रहकर उसने किस तरह और कितना काम किया। कैसे रूमानिया में प्रवेश किया और कैसे जर्मनों को मुँह की दी। यानी वह बेरोकटोक बराबर बातें करता गया। इस सिलसिले में उसने अपनी रेजीमेंट के साथियों के कई बार फँस जाने का भी ज़िक्र का किया। कई बार तो वह हँसा भी...

ग्रिगोरी की यह वाचालता भाले-भाले प्रोख़ोर-ज़िकोव को पहले तो बहुत ही असाधारण लगी और आश्चर्य से भरकर उसने उसे कई बार कनखी से देखा। उसे लगा कि ग्रिगोरी काफ़ी परेशान है और इस तरह बीती बातें कर उस परेशानी से छुटकारा पाना चाहता है—शायद इसीलिए जल्दी न होने पर भी कोशिश कर बातचीत खींचता जा रहा है। यही नहीं, ग्रिगोरी ने चेरनीगोव-अस्पताल में अपने रहने की चर्चा की और प्रोख़ोर ने उसे तिरछी नज़र से देखा तो, उसे उसके साँवले गालों पर आँसू बहते नज़र आए। इस पर प्रोख़ोर आदर के कारण कुछ क़दम पीछे हो गया और कोई आधे घंटे तक उसने अपना घोड़ा ग्रिगोरी के घोड़े के पीछे रखा। इसके बाद वह फिर उसके बराबर आया और यों ही किसी विषय पर बातें करने लगा। लेकिन ग्रिगोरी ने उसमें कोई दिलचस्पी नहीं ली और दोपहर तक वे दोनों अगल-बगल चुपचाप मंज़िल तय करते रहे।

ग्रिगोरी ने जल्दी-से-जल्दी घर पहुँचने के लिए, गर्मी के बावजूद घोड़े को पहले तेज़ दुलकी में डाला, फिर सरपट दौड़ाया और सिर्फ़ बीच-बीच में ही रासें खींचकर क़दम चाल में आने दिया। फिर, आग बरसाती किरणों के ठीक सिर पर पड़ने पर ही उसने घोड़ा रोका, उस पर से काठी उतारी और चरने के लिए छोड़ा। वह ख़ुद छाँव में गया, चेहरा नीचे कर ज़मीन पर पड़ रहा और गर्मी घटने तक उसी हालत में बना रहा।

...घोड़ों को एक बार जई दी गई, पर ग्रिगोरी ने दाना देने के सही वक़्त का कोई ख़ास ख़्याल न रखा। नतीजा यह कि लम्बी मंज़िल का अभ्यास होने पर भी पहले दिन की शाम तक उनके पेट धँस गए और उनकी चाल में सुबहवाली बात न रह गई। प्रोख़ोर ने खीझकर सोचा—'हम घोड़ों को चौपट करने का रास्ता क़ायदे से अपना रहे हैं। कौन सवारी करता है इस तरह ? इस शैतान के लिए तो यह तरीक़ा भी ठीक ही है। यह अपना घोड़ा ज़बर्दस्ती इस तरह दौड़ा रहा है तो दौड़ाए। यह तो जब चाहेगा, इसे दूसरा जानवर मिल जाएगा। लेकिन मुझे दूसरा घोड़ा कहाँ मिलेगा ? और अगर हम इसी तरह इन जानवरों को ताबड़तोड़ भगाते रहे तो ये तो मरे समझो। उसके बाद बाक़ी रास्ता या तो पैदल पार करना पड़ेगा या कोई गाड़ी किराए पर लेनी पड़ेगी।''

अगले दिन सवेरे उससे चुप न रहा गया और वह आख़िरकार ग्रिगोरी से बोला—''कोई तुम्हें इस तरह देखेगा तो यही समझेगा कि तुमने घोड़ा कभी रखा नहीं है। कौन दौड़ाता है घोड़ा इस तरह दिन-रात बिना साँस लिए ? देखो तो, जानवर थकान से किस तरह चूर हो गए हैं ! जो भी हो, अब

शाम को इन्हें क़ायदे से खिलाना चाहिए।"

"बढ़ाए चलो...घोड़ा पीछे न रहे।" ग्रिगोरी ने अन्यमनस्कता से उत्तर दिया।

"मैं तुम्हारे बराबर से नहीं चल सकता। मेरा घोड़ा अधमरा हो गया है। क्यों न थोड़ा-सा आराम कर लें ?"

ग्रिगोरी ने कोई उत्तर नहीं दिया। आधे घंटे तक वे चुपचाप घोड़ों को दुलकी दौड़ाते रहे। पर उसके बाद प्रोख़ोर ने दृढ़ स्वर में कहा–"आओ, जानवरों को ज़रा-सी साँस दे दें। मैं इस तरह अब एक क़दम आगे नहीं बढ़ूँगा। सुना तुमने ?"

"चाबुक जमाओ...चाबुक।"

"लेकिन, आख़िर हम कब तक चाबुक जमाते जाएँगे ? यानी जब तक कि घोड़े टाँगें नहीं फैला देंगे ?"

"बेकार ज़बान मत लड़ाओ।"

"रहम करो, ग्रिगोरी-पैन्तेलेयेविच, रहम करो। मैं तुम्हारे मुँह लगना नहीं चाहता, मगर सूरत ही ऐसी हो गई है।"

"ऐसी-तैसी में जाओ तुम। वैसे रुकना ही चाहते हो तो घोड़ा रोक लो और देखो कि अच्छी घास कहाँ है।"

आदमी तार लिए ग्रिगोरी की तलाश में खोपर क्षेत्र में सभी ज़िले मँझाता फिरा। इसीलिए तार देर में मिला, और यही वजह है कि ग्रिगोरी, नताल्या के दफ़नाए जाने के तीन दिन बाद गाँव पहुँचा। घर पहुँचने पर वह छोटे फाटक के पास घोड़े से उतरा। दून्या बाहर भागी आई और फूट-फूटकर रोने लगी। ग्रिगोरी ने उसे हृदय से लगाया और भौंहें चढ़ाकर बोला–"घोड़े को ज़रा मज़े में फिरा दो...टसुए बहाना बन्द करो।" फिर प्रोख़ोर की तरफ़ मुड़ा–"तुम अपने घर जाओ...ज़रूरत होगी तो कहला दूँगा।"

और, इसी बीच बेटे की अगवानी के लिए मीशात्का और पोल्युशका के हाथ पकड़े इलीनीचिना बाहर आ गई।

ग्रिगोरी ने झपटकर बच्चों को बाँहों में भर लिया और काँपती हुई आवाज़ में बोला–"अच्छा, अब रोओ नहीं। आँसू पोंछो, प्यारे बच्चो ! तो, तुम बिना माँ के हो गए ? यानी...यानी, तुम्हारी माँ हम लोगों को बीच में छोड़कर चली गई..."

परन्तु ग्रिगोरी घर में घुसा और उसने पिता का अभिवादन किया, तो उसके भी आँसू गले में आ-आकर फँसने लगे।

"हम नताल्या को किसी तरह बचा नहीं पाए।" पैन्तेली बोला और भचकता हुआ फ़ौरन गलियारे में आ गया।

इलीनीचिना, ग्रिगोरी को सोने के कमरे में ले गई और फिर उसने पूरी कहानी सुनाई। बुढ़िया ने अपनी ओर से सच्चाई दबाई। पर, ग्रिगोरी ने पूछा–"आख़िर पेट गिरवाने की बात उसके दिमाग़ में आई ही क्यों? पता है तुम्हें ?"

"हाँ, पता है।"

"क्या बात थी ?"

"वह एक दिन पहले तुम्हारी...के यहाँ गई थी और उस अकसीनिया ने उसे सब कुछ साफ़-साफ़ बतला दिया था।"

"ठीक, अब समझ में आई बात।" ग्रिगोरी का चेहरा तमतमा उठा और उसकी निगाहें झुक गईं।

वह कमरे के बाहर आया तो चेहरा पीला नज़र आया। उम्र बढ़ गई लगी। निलछरी भौंहें रह-रहकर काँपतीं और होंठ फड़कते रहे। उसने मेज़ के किनारे बैठकर बच्चों को घुटनों पर बिठा लिया फिर

उन्हें कितनी ही देर तक दुलारता रहा। फिर उसने अपने फ़ौजी थैले से सफ़ेद, गर्द से सना चीनी का एक टुकड़ा निकाला, हथेली पर रखकर चाकू से तोड़ा और अपराधी की भाँति मुस्कुराया।

''सिर्फ़ यह ला सका हूँ मैं तुम्हारे लिए...इस तरह का निकम्मा बाप पाया है तुमने...अच्छा, सुनो भागकर अहाते में जाओ और अपने बाबा को बुला लाओ...''

''तुम नताल्या की क़ब्र पर चलोगे ?'' इलीनीचिना ने पूछा।

''बाद में...मौक़ा मिलने पर देखा जाएगा...जो लोग यह दुनिया छोड़कर चले जाते हैं, वे बुरा-भला नहीं माना करते...मीशात्का और पोल्युशका कैसे रहते हैं ? रोते-राते तो नहीं ?''

''पहले दिन तो दोनों बहुत ही रोए...ख़ास तौर पर पोल्युशका तो बहुत ही रोई...लेकिन, अब कुछ ऐसा है जैसे कि बच्चों ने मन-ही-मन कोई फ़ैसला कर लिया है...वे अब हमारे सामने कभी कुछ नहीं कहते...पर, अभी कल रात मैंने मीशात्का को चुपके-चुपके रोते सुना...वैसे उसने मुँह तकिए में छिपा रखा था, ताकि आवाज़ कोई न सुने...लेकिन, मैंने तो इस पर ही सुन लिया और जाकर पूछा—'क्या बात है, मुन्ने आओ, मेरे पास लेटोगे ?' लेकिन वह बोला—'ठीक है, दादी...कोई बात नहीं है...मैं शायद सपना देख रहा था...' तुम उनसे बातें करो...उन्हें थोड़ी ममता दो। कल मैंने दोनों को गलियारे में आपस में बातें करते सुना। पोल्युशका अपने भाई से बोली—'माँ वापस आएगी हम लोगों के पास...वह तो अभी बूढ़ी नहीं है, और जो लोग बूढ़े नहीं होते, वे मरा नहीं करते।' बच्चे हैं, उन्हें अक़्ल ही अभी कितनी है। पर, दिखते इस तरह हैं जैसे कि बड़े सयाने हों...मेरा ख़्याल है कि तुम भूखे होगे...बैठ जाओ...मैं अभी कुछ पकाती हूँ तुम्हारे लिए...तुम इस तरह गुमसुम क्यों बैठे हो आख़िर ?''

ग्रिगोरी सोने के कमरे में गया और यहाँ उसके व्यवहार से ऐसा लगा जैसे कि पहली बार उसे ज़िन्दगी की राह मिल गई हो। उसने ध्यान से दीवारों पर चारों तरफ़ नज़र दौड़ाई और निगाह पलंग पर टिका दी। पलंग पर बिस्तर क़ायदे से लगा और तकिए ठीक-ठाक ढंग से रखे दीखे।...इसी पलंग पर नताल्या ने दम तोड़ा था...यहीं उसकी आवाज़ का तार टूटा था।...

ग्रिगोरी ने कल्पना की...नताल्या ने बच्चों से बिदा ली, उन्हें चूमा और शायद उनके सिरों पर क्रॉस बनाया।...और, पत्नी की मौत का तार पढ़ते समय उसे जैसा लगा था, वैसा ही एक बार फिर लगा। उसके कलेजे में जैसे किसी ने छुरा मार दिया...कान सनसनाने लगे।

घर की छोटी-से-छोटी चीज़ उसे नताल्या की याद दिलाने लगी। ये यादें अजर-अमर लगीं और उसके मन को बुरी तरह कुरेदने लगीं। उसने, न जाने क्यों, एक-एक कर सभी कमरों के चक्कर काटे, फिर बाहर निकला और दौड़कर सीढ़ियों पर चढ़ गया। उसके दिल का दर्द बराबर बढ़ता गया। होते-होते माथे पर पसीना आ गया। उसने डरकर हाथों से सीना जकड़ लिया और सीढ़ियों से नीचे उतरते हुए सोचा—'यह सफ़ेद बूढ़ा घोड़ा दो-एक पहाड़ी ढाल तो सरपट पार कर ही चुका है।'

दून्या उसके घोड़े को अहाते में फिराती रही। अनाज की कोठी के पास जानवर ने लगाम को झटका दिया, ठिठककर ज़मीन पर नथुनों से हवा दौड़ी, गर्दन फैलाई और अपना ऊपरी होंठ फड़काते हुए दाँत निकाल दिए। फिर, वह हींसा और उसने अपने आगे के पैर भद्दे ढंग से मोड़े। इस पर दून्या ने लगाम खींची, पर घोड़े ने एक ध्यान नहीं दिया और ज़मीन पर पसरने लगा।

''इसे लोटने मत दो !'' पैन्तेली अस्तबल से चीख़ा—''देखती नहीं कि उस पर काठी अभी तक कसी हुई है ! तूने अभी तक उसे खोला क्यो नहीं? गधी कहीं की !''

ग्रिगोरी अब भी अपने दिल की धड़कनों की आहट लेते हुए घोड़े की तरफ़ बढ़ा, काठी उतारी और बरबस मुस्कुराते हुए दून्या से बोला—''पापा अब भी चीख़ते हैं ?''

''हमेशा की आदत है।'' दून्या ने जवाब में मुस्कुराते हुए कहा।

''कुछ देर और फिरा लो घोड़े को, दून्या !''

''वैसे तो पसीना सूख गया है, पर तुम कहते हो तो और सही।''

"अगर चाहता हो तो लोट लगा लेने दो इसे...रोको मत !"

"अब...अब...भैया...दुखी हो रहे हो तुम ?"

"और, तुमने उम्मीद क्या की थी ?" ग्रिगोरी ने रुँधे गले से कहा।

दून्या ने दर्द से भाई का कन्धा चूमा, खुद भी भर आई, तेज़ी से मुड़ी और घोड़े को अहाते में ले गई।

ग्रिगोरी अपने पिता के पास पहुँचा। वह बड़ी मेहनत से अस्तबल से लीद साफ़ कर रहा था।

बूढ़ा बोला—"मैं तुम्हारे घोड़े के लिए जगह साफ़ कर रहा हूँ।"

"तुमने मुझसे क्यों नहीं कहा ? मैं खुद ही साफ़ कर लेता।"

"क्या बात कही है ! मैं क्या कुछ अपाहिज हूँ ? बेटे, मैं तो चकमक पत्थर की तरह हूँ। मुझमें कुछ भी घिसता नहीं। अब भी थोड़ी-बहुत दौड़-भाग कर लेता हूँ। कल मैं राई की बोआई की बात सोच रहा हूँ। क्या तुम कुछ दिनों तक ठहरोगे अभी ?"

"एक महीना रहूँगा।"

"यह तो बहुत ही अच्छा होगा। खेत चलोगे मेरे साथ ? काम में लगे रहोगे तो ग़म उतनी चोट नहीं करेगा।"

"मैंने खुद भी यही बात सोची थी।"

बूढ़े ने फावड़ा रखा, आस्तीन से चेहरे का पसीना पोंछा और शान्त मन से बोला—"चलो, घर चलें। तुम थोड़ा-बहुत खा-पी लो। यह...मेरा मतलब दिल का दर्द अब तुम्हें कभी नहीं छोड़ेगा...इससे कोई छुटकारा नहीं...और...इससे बचने से कोई फ़ायदा भी नहीं। असलियत यही है..."

इलीनीचिना ने खाने की मेज़ लगाई और एक साफ़ तौलिया ग्रिगोरी को दिया। और, फिर ग्रिगोरी ने मन-ही-मन सोचा—'इस तरह तो नताल्या सबकुछ करती थी।' पर, अपनी भावनाओं पर पर्दा डालने के लिए वह खाने पर टूट पड़ा। इस बीच बूढ़ा वोद्का की, घास से मुँह-बन्द एक सुराही तहखाने से निकालकर लाया तो ग्रिगोरी ने उसे कृतज्ञता-भरी दृष्टि से देखा। पैन्तेली जमे हुए लहजे में बोला—"हम लोग नताल्या के नाम पर पिएँगे...ऊपरवाला उसकी रूह को चैन बख़्शे !"

दोनों ने एक-एक गिलास वोद्का पी। इसके बाद बूढ़े ने इन्तज़ार किए बिना, गिलास फिर भर दिए और आह भरकर बोला—"एक साल में घर के दो-दो लोग चले गए...मौत को हमारे खानदान से इश्क हो गया है..."

"हटाओ...ऐसी बातें इस वक़्त न करो, पापा !" ग्रिगोरी बोला। उसने एक बार में ही पूरा गिलास गले के नीचे उतार लिया, सूखी मछली का एक टुकड़ा धीरे-धीरे चबाना शुरू किया, और नशे का इन्तज़ार करने लगा कि तकलीफ़देह यादों से किसी तरह जान छूटे !

"इस साल राई की फ़सल खूब अच्छी है और हमने बोआई भी दूसरों से कहीं अच्छी की है।" पैन्तेली ने डींग मारते हुए कहा। पर, ग्रिगोरी ने सहज रूप से समझ लिया कि पापा जान-बूझकर ही इस तरह बातें कर रहे हैं...

"लेकिन, गेहूँ का क्या हाल है ?"

"गेहूँ ? गेहूँ पाले से थोड़ा मारा गया, हालत ऐसी कोई बुरी नहीं है। बीच की फ़सल होगी। जहाँ तक कड़े गेहूँ का सवाल है, दूसरों ने इससे काफ़ी फ़ायदा उठाया है। पर, क़िस्मत की बात कि हमने वह बोया ही नहीं। लेकिन, खैर, कोई बात नहीं। चारों तरफ़ जिस तरह की बर्बादी का बोलबाला है, उसमें अनाज से ही क्या ख़ास फ़र्क़ पड़ जाएगा ? अनाज हो भी तो न बेचा जा सकता है, और न कोठियों में भरकर रखा जा सकता है। लड़ाई के मोर्चे ने इस तरफ़ रुख किया नहीं कि लाल फ़ौजी आए और सारे-का-सारा उठाकर ले गए ! लेकिन, तुम इसकी फ़िक्र न करो। इस साल भी अपने यहाँ इतना अनाज हुआ है कि दो साल तक आराम से काम चल सकता है। ऊपरवाले का लाख-लाख

शुक्र कि हमारी कोठियाँ ऊपर तक भरी हुई हैं और अनाज और कहीं भी रखा है...'' बूढ़े ने होशियारी से आँख मारी और बोला—''दार्या से पूछ लो कि बरसात के दिनों के लिए कितना अनाज जमा कर रखा है हमने ! तहख़ाना तुम्हारी ऊँचाई के बराबर गहरा और तुम्हारे फैले हुए हाथों की आधी चौड़ाई-भर फैलाव में है। इस गुनाहगार ज़िन्दगी ने हमें कंगाल बनाकर रख दिया है, वरना हमारी हालत तो एक ज़माने में अच्छी-ख़ासी थी।''...बूढ़ा नशे में हँसा, पर क्षण-भर बाद ही शान से दाढ़ी पर हाथ फेरते हुए गम्भीर स्वर में बोला—''हो सकता है, तुम्हें अपनी सास का ख़्याल आ रहा हो। इसलिए तुम्हें यह बतला दूँ कि मुझे उनका ध्यान बराबर ही रहा है, और वक़्त-ज़रूरत पर हमने भरसक मदद भी की है। यानी उन्हें मुँह खोलने का मौक़ा भी नहीं मिला कि मैंने अनाज गाड़ी में ऊपर तक भरा, तोला तक नहीं और उनके पास पहुँचा दिया। इससे तुम्हारी नताल्या खुशी से खिल उठी...उसने सुना तो उसकी आँखों में आँसू आ गए...तीसरा गिलास भरूँ, बेटे ? अब हमारी हँसी-खुशी को एक तुम्हीं तो रह गए हो।''

''अच्छा...भर दो !'' ग्रिगोरी ने कहा और अपना गिलास आगे बढ़ा दिया।

इसी समय मीशात्का आया और हिचकते-हिचकते मेज़ की तरफ़ बढ़ा। फिर वह उचककर पिता के घुटनों पर चढ़ गया और भद्दे ढंग से गर्दन में हाथ डालकर उसने उसे जीभर चूमा।

''यह किसलिए बेटे ?'' ग्रिगोरी ने बुरी तरह द्रवित होते हुए पूछा, लड़के की आँसू-भरी आँखों में आँखें डालीं और मुँह दूसरी तरफ़ कर लिया ताकि उसकी साँस की वोद्का की महक लड़के की नाक में जाए।

मीशात्का ने धीमे से जवाब दिया—''माँ सोने के कमरे में पड़ी थीं न...जब ज़िन्दा थीं...तो उन्होंने मुझे अपने पास बुलाया और कहा—'पापा आएँ तो उन्हें मेरी तरफ़ से चूमना, और उनसे कहना कि तुम दोनों को ख़ूब प्यार करें !' उन्होंने कुछ और भी कहा था, पर, वह तो मैं भूल गया...''

ग्रिगोरी ने अपना गिलास नीचे रख दिया और खिड़की की तरफ़ देखने लगा। कमरे में बहुत देर तक ऐसा सन्नाटा रहा कि आदमी का दिल सहज ही घुटने लगे।

''गिलास ख़ाली करो न !'' पैन्तेली ने धीरे से कहा।

''अब नहीं पिऊँगा।'' ग्रिगोरी ने बेटे को घुटने से उठाया, खुद उठ खड़ा हुआ और तेज़ी से बरसाती की तरफ़ बढ़ा।

''ज़रा रुको तो...बेटे...गोश्त नहीं खाओगे ? उबला चूज़ा रखा है, टिकियाँ भी हैं।'' इलीनीचिना स्टोव की तरफ़ लपकी, पर इस बीच ग्रिगोरी ने बाहर निकलकर दरवाज़ा भड़ाक से मार दिया।

फिर वह ढोरों के बाड़े से अस्तबल तक बेमतलब चक्कर काटता रहा। इसके बाद घोड़े पर नज़र पड़ी तो उसने सोचा, 'इसे नहला देना चाहिए।'

वह शेड में आया। यहाँ उसने तैयार रखी कटाई की मशीन के पास देवदार की लकड़ी की चैलियाँ और लकड़ी के कटे हुए टुकड़े देखे। पास ही एक टेढ़ा-मेढ़ा तख़्ता ज़मीन पर पड़ा देखा।

'यहाँ पापा ने ताबूत तैयार किया होगा नताल्या के लिए।' उसने सोचा और तेज़ क़दमों सीढ़ियाँ पारकर घर के अन्दर चला गया।...

पैन्तेली ने अपने बेटे की ज़िद पर जल्दी-जल्दी सारी तैयारी की थी, कटाई की मशीन में घोड़े जोते और पानी से भरी एक पीपिया ऊपर रखी।...

रात होते ही बाप-बेटे खेत के लिए रवाना हो गए।

18

ग्रिगोरी को इतना सन्ताप न सिर्फ़ इसलिए हुआ कि उसे नताल्या से प्यार था और दाम्पत्य-जीवन

के अपने छः वर्षों में उसके साथ रहने का आदी हो गया था, बल्कि उसे इतना शोक इसलिए भी हुआ कि उसने उसकी मौत के लिए अपने को ज़िम्मेदार समझा। अगर नताल्या ने अपने बेईमान पति से नफ़रत की होती, उससे समझौता करने से इनकार कर दिया होता, अपने बच्चों के साथ अपनी माँ के यहाँ चले जाने की धमकी पर अमल किया और वहीं दम तोड़ा होता, तो पति के दिल पर उसकी मौत का इतना बोझ न होता और पछतावे ने उसे इस तरह छेदा न होता। लेकिन उसकी माँ ने उससे कहा—"नताल्या ने तुम्हें माफ़ कर दिया था। वह तुम्हें प्यार करती थी और आख़िरी लमहे तक तुम्हारा नाम लेती रही थी।"

इससे उसका कष्ट और बढ़ा, उसकी आत्मा पर भर्त्सना का बोझ और लदा और गुज़रे ज़माने की बातों और उसके अपने व्यवहार को एक बिल्कुल नई दृष्टि से देखने पर मजबूर हो गया।...

एक वक़्त था जब उसके मन में अपनी पत्नी के प्रति केवल उदासीन विरोध का भाव था। लेकिन इधर सबकुछ बदल गया था और उसके मन में उसके लिए और ही तरह की भावनाएँ उठने लगी थीं। ख़ास तौर पर बच्चों के कारण चीज़ों में ज़मीन-आसमान का अन्तर हो गया था।

यानी, इधर बच्चों के लिए वह जो गहन पितृ-सुलभ स्नेह अनुभव करने लगा था, वह बिल्कुल नई अनुभूति थी। वैसे वह जब भी मोर्चे से थोड़े वक़्त के लिए घर आया, उसने सिर्फ़ अपना फर्ज़ समझकर, पत्नी को ख़ुश करने के लिए बच्चों को दुलराया। लेकिन इस बीच जब भी नताल्या ने उनके प्रति ममता दिखाई तो उसने उसे हमेशा ही अविश्वास से भरे आश्चर्य की दृष्टि से देखा। उसकी समझ में ही न आया कि इतने छोटे-छोटे, अपनी चीख़-पुकार से आसमान को सिर पर उठानेवाले प्राणियों को कोई अपने को भूलकर इस तरह प्यार कर कैसे सकता है। यही कारण है कि बच्चे अभी माँ के दूध पर पल ही रहे थे कि उसने एक दिन रात को नताल्या का मज़ाक बनाते हुए कहा—"तुम इस तरह बौखलाकर उछलने क्यों लगती हो ? बच्चे मुँह भी नहीं खोल पाते कि तुम उठकर खड़ी हो जाती हो। क्या बुरा है, ज़रा हाथ-पैर पटकने और चिल्लाने दो उन्हें। वे कोई सोने के आँसू तो बहाएँगे नहीं।"

और, इस वातावरण में बच्चे भी उसकी तरफ़ से काफ़ी खिंचे-खिंचे रहे। लेकिन उम्र के साथ उनमें पिता के प्रति लगाव बढ़ा। उस लगाव ने पिता के हृदय में प्यार जगाया और इस प्यार ने अपना हाथ नताल्या तक बढ़ा दिया।

अकसीनिया से कट जाने के बाद उसने नताल्या को छोड़ देने की बात गम्भीरता से कभी नहीं सोची। फिर उस औरत के दुबारा पास आने पर भी उसे कभी नहीं खटका कि वह उसके अपने बच्चों की माँ की जगह ले लेगी। अगर बात आती तो, वह तो दोनों के साथ रहता और उनमें से हर-एक को अलग-अलग ढंग से प्यार करता। लेकिन पत्नी नहीं रही तो अब वह सहसा ही अकसीनिया से कट-सा गया। उसका मन उसके प्रति क्रोध से भर उठा। उसे ऐसा लगा जैसे कि उसने अपने और उसके सम्बन्धों को भुनाकर नताल्या की जान ले ली है।

ग्रिगोरी ने खेत में काम कर अपना ग़म भुलाने की भरसक कोशिश की, पर ख़्यालों से उसकी जान नहीं छुटी। उसने जीतोड़ मेहनत कर अपने को चूरचूर कर डाला, कटाई की मशीन पर वह घंटों नहीं बैठा, लेकिन नताल्या का ध्यान इस पर भी उसे आता ही रहा। आपस की मिली-जुली ज़िन्दगी की छोटी-छोटी बातें और घटनाएँ उसे बराबर याद आती रहीं। वह अपनी स्मृति की लगाम ज़रा भी ढीली करता कि मुस्कुराती हुई नताल्या उसके सामने आकर खड़ी हो जाती। उसके दिमाग़ में ताज़ा हो उठता पत्नी का नाक-नक़्शा, चाल-ढाल, जूड़ा बाँधने का ढंग, मुस्कान और आवाज़ का उतार-चढ़ाव।...

तीसरे दिन बाप-बेटे ने जौ की कटाई शुरू की। लेकिन तीसरे दिन दोपहर को पैन्तेली ने घोड़े रोके कि ग्रिगोरी कटाई की मशीन से नीचे कूद पड़ा और ज़मीन पर पड़े तख़्तों पर हेंगा रखकर बोला—

"पापा, मैं एकाध घंटे को घर जाऊँगा ज़रा।"

"क्या बात है ?"

"कुछ नहीं, ज़रा बच्चों को देख आऊँ।"

"ठीक है...देख आओ।" बूढ़े ने फ़ौरन अनुमति दे दी, बोला–"इस बीच हम टाल लगाने को थोड़ा काम कर लेते हैं।"

ग्रिगोरी ने फ़ौरन ही कटाई की मशीन से अपना घोड़ा खोला और उस पर सवार होकर उसे क़दम-चाल के कंकड़ोंवाले रास्ते से बड़ी सड़क पर ले आया। उसके कानों में शब्द गूँजते रहे–'अपने पापा से कहना कि तुम दोनों को ख़ूब प्यार करे।' उसने अपनी आँखें मूँद लीं, रासें ढीली कर दीं और यादों में डूब गया। घोड़ा अपने मन से चलने को आज़ाद हो गया।

गहरे नीले आसमान में हवा से तितर-बितर बादल लगभग स्थिर से लटके रहे। कौए अपने पर आधे फैलाए जहाँ-तहाँ फुदकते रहे। कुछ टालों पर इधर-उधर बैठे रहे और उनमें से सयाने अपने छोटे, अब मुश्किल से ही पर तोलनेवाले बच्चों को चोंच-से-चोंच मिलाकर खिलाते रहे। दूसरी तरफ़ कटाई से ख़ाली फैलाव के ऊपर उनकी काँव-काँव जमी हुई कराहों में घुलती रही।

ग्रिगोरी का घोड़ा मनमाने ढंग से सड़क के किनारे चलता और बीच-बीच में इधर-उधर उगी तिनपतिया घास में मुँह मारता रहा। बीच में दो बार दूसरे घोड़ों की झलक पाकर वह ठिठका और हिनहिनाया। इस पर ग्रिगोरी ने अपने-आपको झकझोरा, घोड़े को आगे बढ़ाया और अनदेखती आँखों से मैदान, धूल से नहाई सड़क, पीली टालों, हरे-भरे खेतों और पकी हुई जुआर पर निगाह जमाई।

और, फिर ग्रिगोरी के घर पहुँचते ही सजा-बजा क्रिस्तोन्या आ धमका। गर्मी के बावजूद उसके बदन पर अंग्रेजी कपड़े की ट्यूनिक और चौड़ी, घुड़सवारीवाली बिरजिस नज़र आई। ख़ुद ऐश के एक बड़े बेंत का सहारा लेता हुआ अन्दर आया और ग्रिगोरी का अभिवादन करने के बाद बोला–"तुम्हीं से मिलने आया हूँ। मैंने सबकुछ सुन लिया है। तुम पर तो मुसीबत ही टूट पड़ी है।...यानी, नताल्या-मिरोनोवना को दफ़नाया जा चुका है न ?"

"तुम मोर्चे से कैसे वापस आए ?" ग्रिगोरी ने उसके प्रश्न की अनसुनी करते हुए पूछा, और खुशी से खिलकर उसके भद्दे शरीर और ज़रा-सा झुके हुए बदन को नीचे से ऊपर तक देखा।

"मुझे गोली लग गई थी। सो, ठीक-ठाक होने के लिए घर भेज दिया गया हूँ। दो गोलियाँ एक साथ मेरे पेट के आरपार हो गई थीं। लगता है कि वे अब भी अन्तड़ियों के पास कहीं हैं...ऐसी-तैसी में जाएँ। इसीलिए तो बेंत इस्तेमाल कर रहा हूँ..."

"कहाँ यह सब हुआ ?"...

"बालाशोव के पास।"

"तो, बालाशोव ले लिया तुम लोगों ने ?"

"हमने हमला किया था...सो, बालाशोव भी ले लिया और पोवोरीनो भी। मैं तो वहीं था।"

"ख़ैर, तो अब यह बतलाओ कि इन दिनों तुम किस रेजीमेंट में हो, और गाँव के और कौन-कौन लोग तुम्हारे साथ हैं ? बैठो...सिगरेट पिओगे ?"

ग्रिगोरी को एक नया चेहरा देखकर और परिवार के बाहर के किसी आदमी से बातें कर बड़ी खुशी हुई, क्योंकि उस आदमी का उसकी अपनी यातना से किसी तरह का कोई सम्बन्ध नहीं था। क्रिस्तोन्या ने स्थिति समझी और अपनी हमदर्दी ग़ैरज़रूरी मानी। इसीलिए उसने धीरे-धीरे विषय बदला और बालाशोव के लिए जाने और अपने ज़ख़्मी होने की कहानी कहने लगा।

फिर, एक लम्बी-चौड़ी सिगरेट के कश लेता हुआ, भारी, मोटी आवाज़ में बोला–"हम सूरजमुखी के पौधों के बीच से पैदल बढ़े। लाल फ़ौजी अपनी मशीनगनों और तोपों से हम पर आग बरसाते रहे। मशीनगनें तो उन्होंने इस्तेमाल कीं ही। वैसे मुझे पहचानना कोई मुश्किल तो है नहीं। मैं चाहे

जितना झुकूँ। नज़र किसी को भी दूर से ही आ सकता हूँ। यही वजह है कि उन्होंने यानी गोलियों ने भी मुझे आसानी से खोज लिया और अपना निशाना बना लिया। कहने को कह सकते हैं कि पूरे क़द ने ख़ासी मदद की, वरना कहीं नाटा होता तो खोपड़ी छलनी हो जाती। पेट में लगी, तो अन्दर की हर चीज़ जैसे खौल उठी। दोनों गोलियाँ गर्म ऐसी थीं, जैसे कि भट्ठी से निकली चली आ रही हों...भाड़ में जाएँ ! मैंने पेट पर ठीक जगह हाथ रखा, तो वे, खाल के नीचे, आस-पास लुढ़कती लगीं। मैंने उन्हें उँगलियों से टटोला और चल दिया। फिर सोचा—यह मज़ाक गन्दा है। भाड़ में झोंको ऐसे मज़ाक को और एक जगह जम जाओ, नहीं तो कोई और तेज़ गोली सनसनाती आएगी और सीने के आर-पार हो जाएगी। सो, मैं वहीं लेट गया और उन पर—मेरा मतलब गोलियों पर रह-रहकर हाथ रखता रहा। वे अब भी जहाँ-की-तहाँ एक-दूसरे से सटी लगीं। मैंने साँस ऊपर खींचनी शुरू की। ख़्याल आया—अगर ऐसा न किया, तो गोलियाँ पेट में धँसती चली जाएँगी—फिर—फिर क्या होगा ?...अगर वे अन्तड़ियों के बीच जा फँसीं तो डॉक्टर कैसे निकालेगा उन्हें ?...फिर यह भी है कि उनसे मुझे कुछ आराम तो मिलेगा नहीं...हर आदमी के बदन के अन्दर पानी-ही-पानी होता है। और मेरे बदन के अन्दर भी पानी-ही-पानी है, इसका मतलब यह है कि गोलियाँ मेरे पेट-भर में उतराती फिरेंगी, और मैं चलूँगा तो खम्भे में लगे घंटे की तरह कभी इधर को जाऊँगा तो कभी उधर को। इससे तो मेरा मामला ही गड़बड़ा जाएगा।...बस तो लेटे-ही-लेटे मैंने सूरजमुखी का एक फूल तोड़ा और उसके लिए कुटकुटाने लगा, पर मन का डर न निकला। इस बीच हमारी फ़ौज आगे निकल गई। ख़ैर, तो...जब बालाशोव लिया गया तो मैं किसी तरह वहाँ पहुँच गया। उस वक़्त मैं तीशान्का के अस्पताल में था। वहाँ का डॉक्टर गौरैया की तरह ऐंठू था। उसने मुझसे पूछा...'गोलियाँ काटकर निकाल दूँ ?' पर मैं कुछ तय न कर पाया, सोचता पड़ा रहा और मैंने सवाल के बदले सवाल कर दिया—'हुज़ूर, क्या ऐसा मुमकिन है कि ये गोलियाँ अन्दर-ही-अन्दर ग़ायब हो जाएँ ?' जवाब मिला—'नहीं, ऐसा नहीं हो सकता।' उस पर मैंने मन-ही-मन इरादा किया—'तब कटवाकर इन्हें नहीं निकलवाऊँगा...ये सब चार सौ बीसियाँ मुझे पता हैं। इसके बाद बैरंग रेजीमेंट को भेज दिया जाऊँगा।'...बस, तो मैंने डॉक्टर से कहा—'नहीं, कटवाकर गोलियाँ मुझे नहीं निकलवानीं...यह तो पेट के अन्दर ही अच्छी...मैं इन्हें घर ले जाकर अपनी बीवी को दिखला दूँगा...इनकी वजह से मुझे परेशानी नहीं है...इनमें कुछ वज़न थोड़े ही है।' फिर तो डॉक्टर मुझ पर ख़ूब बरसा। उसने मुझे जीभर गालियाँ दीं। मगर, एक हफ़्ते की बीमारी की छुट्टी देकर घर आने की इजाज़त दे दी।''

ग्रिगोरी यह कला-हीन कहानी सुनते-सुनते मुस्कुराने लगा। पूछा—''किस रेजीमेंट में हो ?''

''चौथी में।''

''गाँव के और कौन-कौन लोग तुम्हारे साथ हैं ?''

''बहुत-से लोग हैं। अनीकुरका, बेशलेबनोव, अकीम-कोलोवीदिन, स्योमका मीरोशनिकोव, और तीखोन गोरबाचेव, वगैरा-वगैरा।''

''और, हाल क्या है इन कज़्ज़ाकों का ? वे किसी तरह का शिकवा-शिकायत तो नहीं करते ?''

''लगता है कि वे सभी फ़ौजी अफ़सरों से ऊब गए हैं। ऐसे सूअर लोग रख दिए गए हैं हमारे साथ कि उनके साथ काम चलाना मुश्किल है। और, हैं भी सब-के-सब रूसी। उनमें कज़्ज़ाक एक नहीं है।''

और बातें करते-करते क्रिस्तोनिया ने अपनी ट्यूनिक की छोटी आस्तीन खींची, उसे ग़ौर से देखा और अपनी अंग्रेज़ी बिरजिस पर इस तरह हाथ फेरा, जैसे कि अपने बदन पर ऐसे बेशक़ीमती कपड़े होने का उसे ख़ुद यक़ीन न हो।

फिर, विचारों में डूबते हुए बोला—''तुम जानते हो, मुझे अपने पैर के लायक़ जूते नहीं मिले...ब्रिटेन में रहनेवालों के पैर इतने बड़े नहीं होते।...हम लोग तो गेहूँ बोते और गेहूँ खाते हैं, मगर

मुझे लगता है कि इंग्लैंड में हालत रूस की-सी है। वहाँ सिर्फ़ राई खाई जाती है। और अगर लोग राई खाएँगे तो उनके पैर इतने बड़े कहाँ से होंगे ? उन्होंने हमारी पूरी स्क्वैड्रन के लिए जूते-कपड़े और महकदार सिगरेटें दीं...मगर यह है कि चीज़ एक अच्छी नहीं निकली।''

''उन चीज़ों में बुराई क्या है ?''

''बुराई यह है कि बाहर से देखने में तो हर चीज़ ठीक लगती है, पर अन्दर से चौपट होती है।'' क्रिस्तोनिया मुस्कुराया—''तुम्हें पता नहीं है, कज़्ज़ाक फिर लड़ाई से छुटकारा पाना चाहते हैं। इसलिए इस लड़ने-भिड़ने से कोई ख़ास नतीजा निकलेगा नहीं। वे लोग खोपर के इलाक़े से आगे बढ़ने को तैयार नहीं हैं।''

और इस बातचीत के बाद ही क्रिस्तोनिया जाने को हुआ, और ग्रिगोरी ने उसे विदा करने के बाद मन-ही-मन फ़ैसला किया—'मैं एक हफ़्ते बाद मोर्चे पर वापस चला जाऊँगा, वरना यहाँ सदमे और घुटन से जान चली जाएगी...।'

ग्रिगोरी शाम तक घर में रहा। इस बीच अपने बचपन की याद कर उसने मीशात्का को सरकंडों की हवाई-चक्की बना दी और घोड़े के बालों से गौरैया फँसाने का जाल बुन दिया। बेटी के लिए उसने घूमनेवाले पहियों की एक छोटी गाड़ी तैयार कर दी और उसकी छुरी तरह-तरह के अजीबोग़रीब रंगों से रँग दी। उसने चिथड़ों से एक गुड़िया बनाने की भी कोशिश की। लेकिन बात कुछ बनी नहीं, और दून्या को हाथ लगाना पड़ा। तब कहीं जाकर गुड़िया तैयार हुई।

वैसे ग्रिगोरी ने बच्चों की तरफ़ इतना ध्यान तो अब तक कभी दिया था नहीं, इसलिए पहले तो बच्चों को उसके स्नेह पर विश्वास नहीं हुआ, परन्तु बाद में उसके लिए पल-भर को भी उनसे अलग होना दुश्वार हो गया। सो एक दिन शाम को ग्रिगोरी खेत जाने को बाहर निकला तो मीशात्का आँखें भरकर बोला—''तुम हमेशा ऐसा ही करते हो। यानी घर आते देर नहीं होती कि फिर हमें छोड़कर चल देते हो...अपना जाल, अपनी हवाचक्की और अपनी गाड़ी सबकुछ ले लो...हमें नहीं चाहिए...।''

इस पर ग्रिगोरी ने अपने बेटे के नन्हे-मुन्ने हाथ अपनी बड़ी-बड़ी मुट्ठियों में कसे और बोला—''अगर तुम्हें ऐसा लगता है तो आओ समझौता हो जाए...देखो तुम हो कज़्ज़ाक, इसलिए तुम मेरे साथ घोड़े पर सवार होकर खेत चलोगे। वहाँ हम लोग जौ काटेंगे और जमा करेंगे और तुम बाबा के साथ कटाई की मशीन पर बैठोगे। घोड़ों को हाँकोगे और घास में टिड्डे ढूँढ़ोगे। तरह-तरह की चिड़ियाँ तुम्हें दरों में नज़र आएँगी। लेकिन पोल्युशका दादी के साथ घर पर रहेगी। उसे बुरा नहीं मानना चाहिए। वह लड़की है न, तो उसका काम है फ़र्श साफ़ करना और दादी के लिए दोन से छोटी बाल्टी में पानी लाना। औरतें घर के काम के लिए बनी होती हैं। तो, तुम चलोगे ?''

''हाँ...ज़रूर चलूँगा।'' मीशात्का ने प्रसन्नता से भरकर कहा और ख़ुशी से उसकी आँखें चमकने लगीं।

''तुम कहाँ ले जा रहे हो इसे ?'' इलीनीचिना ने अपनी ओर से आपत्ति की—''पता नहीं तुम्हारे दिमाग़ में है क्या ? आख़िर कहाँ सोएगा यह, और कौन वहाँ फ़िक्र करेगा इसकी ? वहाँ मैदान में बच्चा कहीं घोड़ों के बहुत पास चला गया तो वे दुलत्ती चलाकर इसे ढेर कर देंगे। और यह भी न हुआ तो कहीं-न-कहीं कोई साँप डस लेगा इसे।'' फिर दादी पोते की तरफ़ मुड़ी—''बेटे, तुम पापा को अकेले जाने दो...तुम साथ न जाओ...यहीं रहो।''

लेकिन मीशात्का की आँखें क्रोध से जलने लगीं और उनसे चिनगारियाँ फूटने लगीं। बिल्कुल यही हालत गुस्सा आने पर उसके बाबा पैन्तेली की होती थी। सो लड़के ने मुट्ठियाँ भींचीं और आँसू से भर्राए हुए गले से ऊँची आवाज़ में चीख़ा—''दादी, चुप रहो तुम ! चाहे जो हो, मैं तो जाऊँगा...। दादी की बात मत सुनो, पापा !''

ग्रिगोरी ने हँसते हुए बेटे को गोद में उठाया और इलीनीचिना को ढाढस बँधाया—''फ़िक्र मत

करो। मैं इसे अपने पास सुलाऊँगा। घोड़े को लगाम पकड़कर मैदान तक ले जाऊँगा। इसे गिरने नहीं दूँगा। बस तुम इसके कपड़े तैयार कर दो। और माँ, तुम डरो नहीं। इसे हर तरह ठीक-ठाक रखने और सही-सलामत कल शाम तक घर वापस ले आने का ज़िम्मा मेरा है।''

इस तरह ग्रिगोरी और मीशात्का में दोस्ती बढ़ी...।

इस बार ग्रिगोरी पन्द्रह दिन तक तातारस्की में रहा और इस बीच उसने अकसीनिया को सिर्फ़ तीन बार देखा। सो भी देखा तो क्या, झलक पाई। अकसीनिया ने अपने गँवारू दिमाग़ से भी चालाकी बरती और मुलाक़ात हर तरह बरकाई। उसने उसकी निगाह से दूर-ही-दूर रहना बेहतर समझा, औरत की तरह आदमी की मनःस्थिति का सही अनुमान लगाया और अनुभव किया कि ज़रा-सी भी असावधानी या असामयिक प्रेम-प्रदर्शन से वह उसका जानी दुश्मन बन सकता है और उनकी अपनी मोहब्बत पर गहरा काला बादल छा सकता है। उसने प्रतीक्षा की कि पहले ख़ुद ग्रिगोरी उससे मुँह खोलकर बोले। और ग्रिगोरी के ख़ुद मुँह खोलकर बोलने का क्षण आया अपनी रवानगी के एक दिन पहले।

वह अनाज से भरी गाड़ी हाँकता काफ़ी देर से घर लौट रहा था कि साँझ के धुँधलके में, स्तेपी के बिल्कुल पासवाली सड़क पर उसकी नज़र अकसीनिया पर पड़ी। अकसीनिया ने काफ़ी दूर से ही उसको नमन किया और हल्के से मुस्कुराई। मुस्कान चुनौती और अर्थ से भरी लगी। ग्रिगोरी ने नमन का जवाब नमन से दिया और मुँह सिए-ही-सिए उसकी बग़ल से गुज़रना उसके लिए कठिन हो गया। तो अनदेखे ढंग से रासें खींचते और घोड़ों की चाल धीमी करते हुए पूछा—''क्या हालचाल हैं ?''

''सभी-कुछ ठीकठाक है...शुक्रिया, ग्रिगोरी...पैन्तेलेयेविच !''

''ऐसा भी क्या है कि कभी कहीं नज़र ही नहीं आतीं ?''

''बात यह है कि अकसर बाहर खेतों में ही रहना पड़ता है। काम बहुत है और करनेवाली एक मैं हूँ।''

पर, शायद मीशात्का के गाड़ी में बैठे रहने के कारण न ग्रिगोरी ने घोड़े रोके और न आगे बातचीत की। कुछ दूर निकल जाने के बाद पीछे से आवाज़ आई तो वह मुड़ा। अकसीनिया बाड़ के पास खड़ी दीखी।

''अभी तो रहोगे न ?'' औरत ने गुलबहार की पंखुड़ियाँ परेशानी से नोचते हुए पूछा।

''अब तो चलाचली ही समझो। कभी भी जा सकता हूँ।''

इस पर अकसीनिया क्षण-भर को ठिठकी, जैसे कि स्पष्टतः कुछ और पूछना चाहती हो। लेकिन, किसी कारणवश पूछा उसने कुछ नहीं। सिर्फ़ हाथ हवा में लहराया और एक बार भी मुड़कर देखे बिना, जल्दी-जल्दी साझेवाले खेत की तरफ़ बढ़ गई।

19

आसमान में बादल घिरे रहे। पानी ऐसा बरसा जैसे कि बूँदें किसी चलनी से छनकर ज़मीन पर चली आ रही हों। और फिर स्तेपी में चारों ओर बिखरे घास-पात और काँटों की झाड़ी-झाड़ों से एक तरह की जोत-सी फूटने लगी।

प्रोख़ोर को समय से पहले ही जो गाँव से मोर्चे के लिए रवाना होना पड़ा तो उसका मन गुस्से और नफ़रत से भर उठा। वह रास्ते-भरे होंठ सिए रहा और ग्रिगोरी से भी मुश्किल से ही बोला।

एक ख़ास गाँव के पार इन्हें नज़र आए तीन घुड़सवार कज़्ज़ाक। ये कज़्ज़ाक एक क़तार में, घोड़ों को एड़ लगाते बड़े जोश में आपस में बातें करते सुन पड़े। इनमें सयानी उम्र के लाल दाढ़ी और घर के बने भूरे किसानी कोटवाले एक व्यक्ति ने ग्रिगोरी को पहचाना और अपने साथियों को

ज़ोर से कहा–"लेकिन यह तो मेलेख़ोव है, भाइयो !" फिर ग्रिगोरी के बराबर आने पर उसने अपने ऊँचे, कुम्मैत घोड़े की रास खींची और चिल्लाकर बोला–"सलाम ग्रिगोरी पैन्तेलेयेविच !"

"सलाम।" ग्रिगोरी ने जवाब दिया और याद करने लगा कि इस लाल दाढ़ी और उदास चेहरेवाले व्यक्ति को देखा है तो आख़िर मैंने कहाँ देखा है ? पर, याद उसे कुछ नहीं आया। परन्तु यह बात जल्दी ही साफ़ हो गई कि यह कज़्ज़ाक अभी-अभी कॉरनेट बना है और आम कज़्ज़ाक फ़ौजियों से अपने को अलग रखने के लिए इसने अपने किसानीवाले मामूली कोट के कन्धों पर पट्टियाँ टाँक ली हैं।

"आप मुझे नहीं पहचानते ?" उसने अपना घोड़ा ग्रिगोरी के घोड़े के ठीक पास तक लाते, अपना हाथ फैलाते और ग्रिगोरी के चेहरे पर वोद्का की बास में बसी साँसें छोड़ते हुए पूछा। इसके साथ ही इस नए-नए अफ़सर का चेहरा बेवकूफ़ी से भरे आत्म-सन्तोष से चमक उठा, उसकी छोटी-छोटी नीली आँखें ख़ुशी से चमकने लगीं और लाल मूँछों के नीचे होंठों पर हँसी दौड़ गई। ग्रिगोरी को इस सैनिक अधिकारी को इस बेहूदे किसानी कोट में देखकर ख़ासा मज़ा आया और अपनी मुस्कान को छिपाने की कोई भी कोशिश न करते हुए उसने जवाब दिया–"नहीं, मैं तुम्हें नहीं पहचानता। शायद पिछली मुलाक़ात के वक़्त तुम आम फ़ौजी थे। क्या अभी इधर कॉरनेट बनाए गए हो ?"

"आपका निशाना बिल्कुल ही सटीक बैठा। अभी एक हफ़्ते पहले ही यह ओहदा मिला है मुझे ! हमारी मुलाक़ात कुदिनोव की स्टाफ़-मीटिंग के वक़्त हुई थी...मेरा ख़्याल है कि 'माँ मेरी दिवस'[1] के आसपास...। उस वक़्त आपने मुझे एक छोटी-सी मुसीबत से बचाया भी था...आपको याद आ रहा है कुछ...? ऐ...त्रिफ़ॉन...ज़रा धीरे से चलो...मैं अभी पकड़ लेता हूँ तुम्हें।" उसने कुछ दूर पर रुके दूसरे दोनों कज़्ज़ाकों से चिल्लाकर कहा।

ग्रिगोरी को बड़ी मुश्किल से इस लाल बालोंवाले कॉरनेट से अपनी पिछली भेंट का ध्यान आया। उसे उस समय के कुदिनोव के वाक्यों की भी याद आई–"इसका निशाना चूकता कभी नहीं। यह कुलाँचें भरते ख़रगोश को भी गोली मार सकता है...लड़ाई के मामले में बिल्कुल शैतान समझो इसे...स्काउट भी शानदार है...मगर अक़्ल से बच्चा है बिल्कुल...!" इस कॉरनेट ने विद्रोह के समय एक स्क्वैड्रन की कमान सँभाली थी और उस सिलसिले में इससे कोई बहुत बड़ी चूक बन पड़ी थी। इस पर कुदिनोव ने सख़्त सज़ा देनी चाही थी। लेकिन ग्रिगोरी ने बीच में पड़कर इसे माफ़ करवा दिया था और वह स्क्वैड्रन-कमांडर बना रह गया था...।

"मोर्चे से आ रहे हो ?" ग्रिगोरी ने पूछा।

"जी हाँ, नोवोख़ोपेरस्क से छुट्टी पर आ रहा हूँ और अपने नाते-रिश्तेदारों से मिलने के लिए कोई सौ वर्स्ट का ग़ैर-ज़रूरी चक्कर काटा है मैंने। मेरी याददाश्त बुरी नहीं है। ग्रिगोरी पैन्तेलेयेविच...! बड़ी मेहरबानी होगी...मेरी मामूली-सी ख़ातिर मंजूर कर लें...इनकार न करें। मेरे थैले में दो बोतलें सौ फ़ीसदी शराब की हैं। आइए, यहीं खोल लिया जाए उन्हें...क्या राय है ?"

ग्रिगोरी ने बोतलें खोले जाने का प्रस्ताव तो बिल्कुल अस्वीकार कर दिया, पर उस व्यक्ति की एक बोतल की भेंट स्वीकार कर ली।

"आपको होना चाहिए था वहाँ। कज़्ज़ाकों और अफ़सरों को सामान से लाद दिया गया बिल्कुल ।" कॉरनेट ने डींग मारते हुए ऐलान किया–"मैं भी था बालाशोव में। हमने जगह ली और फिर सीधे रेलवे की ओर बढ़े तो हमें सारे रास्ते ट्रकों से भरे मिले। एक ट्रक में चीनी नज़र आई, तो एक ट्रक में वर्दियाँ ही वर्दियाँ, और एक ट्रक में तमाम तरह-तरह की चीज़ें। कुछ कज़्ज़ाक तो चालीस जोड़े तक कपड़े ले गए। और बाद में हम गए और हमने यहूदियों को झकझोरा...आप होते तो हँसते...हमारी स्क्वैड्रन में यहूदियों का एक शिकारी निकला...उसने अट्ठारह घड़ियाँ जुटाईं। इनमें

1. ईसा की माता का दिवस-पर्व–25 मार्च।

दस सोने की थीं। फिर, उसने कुल-की-कुल अपने सीने पर यों लटका लीं, जैसे कि वह उस इलाक़े का सबसे अमीर सौदागर हो। और अँगूठियाँ और ब्रेसलेट जितने उसके पास थे, कोई गिनता उन्हें। हर उँगली पर दो-दो या तीन-तीन...।''

ग्रिगोरी ने उस फ़ौजी के फूले हुए थैले की ओर इशारा किया और पूछा–''और उसमें क्या भर रखा है तुमने ?''

''इसमें...इसमें सभी तरह की चीज़ें हैं।''

''यानी लूट में हिस्सा तुमने भी लिया है ?''

''इसे लूट भला क्यों कहते हैं आप...हमने किसी को लूटा-खसोटा नहीं...हमने तो क़ानूनी तरीक़े से जीता सबकुछ। हमारे रेजीमेंटल कमांडर ने कहा–'शहर ले लो...और दो दिन तक यह हर तरह तुम्हारा रहेगा...।' तो क्या मैं दूसरों से उन्नीस हूँ कुछ ? बस तो, क़ानूनी ढंग से जो कुछ मेरे हाथ लग गया, मैंने ले लिया। दूसरों ने तो इससे कहीं बदतर किया।''

''क्या मुबारक उँगलियाँ हैं !'' ग्रिगोरी ने उस कॉरनेट को नफ़रत से घूरकर देखा और बोला–''तुम्हारी तरह के लोग बड़ी सड़कों के पुलों के नीचे मारे-मारे फिरते हैं...मगर तुम तो लड़ते नहीं। तुमने लड़ाई को लूटमार का वसीला बना लिया है...उफ़...कमीने कहीं के ! एक नया धन्धा मिल गया है तुम्हें। लेकिन, तुम्हें ख़्याल नहीं आता कि एक-न-एक दिन तुम्हारी और तुम्हारे कमांडर की ज़िन्दा खाल खींच ली जाएगी ?''

''किसलिए ?''

''इसी सबके लिए।''

''मगर, कौन खींचेगा खाल ?''

''तुमसे बड़ा अफ़सर।''

व्यक्ति व्यंग्य से मुस्कुराया और बोला–''लेकिन, उनमें कोई किसी को कहने लायक नहीं है। हमने तो सिर्फ़ अपने थैलों या अपनी गाड़ियों में चीज़ें भरी हैं, मगर उन्होंने तो रेलगाड़ियों की रेलगाड़ियाँ दुनिया-भर के सामान से लाद-लादकर रवाना की हैं।''

''तुमने ख़ुद देखा है उन गाड़ियों को ?''

''देखा है। सामान से लदी ऐसी ही एक रेलगाड़ी के साथ तो ख़ुद मैं यारीज़ेंस्काया गया हूँ। उसमें डिब्बे-के-डिब्बे भरे थे चाँदी की तश्तरियों, प्यालों और चम्मचों से। कुछ फ़ौजी अफ़सर अपने घोड़े दौड़ाते आए और गरजकर बोले–'क्या है इन डिब्बों में ? दिखलाओ हमें !' पर, जब मैंने उन्हें बतलाया कि यह जनरल फलाँ का निजी सामान है तो वे चले गए हाथ झुलाते।''

''किस जनरल का सामान था वह ?'' ग्रिगोरी ने आँखें सिकोड़ते और रासों के बीच बेसबरी से उँगलियाँ चलाते हुए पूछा।

फ़ौजी शरारत से मुस्कुराया और बोला–''नाम तो मैं भूल गया।...क्या था भला ?...अरे भाई, आ न याद...! नहीं, उतर गया दिमाग़ से...ख़्याल नहीं आता ! मगर, आप बेकार ही उबल रहे हैं, ग्रिगोरी-पैन्तेलेयेविच ! ऊपरवाला जानता है कि सभी यही कर रहे हैं। जहाँ तक मेरा सवाल है, अगर दूसरे भेड़िए हैं, तो मैं तो मैमना हूँ सिर्फ़। मैंने तो नाम-भर को माल उड़ाया, पर दूसरों ने तो बीच सड़क में लोगों के कपड़े-लत्ते लूटे, उन्हें मादरज़ात नंगा किया, और जहाँ भी यहूदी लड़कियाँ हाथ लगीं, उनकी ज़बर्दरती इज़्ज़त ली। लेकिन, मैंने ऐसा कुछ नहीं किया। मेरी क़ानूनी बीवी है और क्या बीवी है ! औरत नहीं है, बिल्कुल स्टैलियन है !...नहीं, कोई वजह नहीं है कि आप मुझ पर नाराज़ हों। वैसे, रुकिए, ज़रा तो बतलाइए कि आप जा कहाँ रहे हो ?''

ग्रिगोरी ने उस फ़ौजी की तरफ़ झुककर उदास मन से विदा ली, अपने घोड़े को दुलकी में डाला और प्रोख़ोर से बोला–''आओ...बढ़ाओ घोड़ा।''

आगे बढ़ने पर ग्रिगोरी और प्रोख़ोर को एक-एक दो-दो या ज़्यादा की गिनती में और कज़्ज़ाक मिले। सभी घोड़ों पर सवार छुट्टियों पर जाते दीखे। अक्सर बग़ल से गुज़री गाड़ियाँ। इन गाड़ियों को दो-दो घोड़े खींचते। इन पर लदा सामान तिरपाल या कम्बलों से ढँका और क़ायदे से बँधा-बँधाया रहता। इनके पीछे-पीछे रहते ख़ाक़ी ट्यूनिकोंवाले घुड़सवार फ़ौजी। वे अपनी रक़ाबों के बल क़रीब-क़रीब खड़े रहते। उनके गर्द से भरे और धूप से सँवराए चेहरों से ज़िन्दादिली और ख़ुशी टपकती। पर ग्रिगोरी पर नज़र पड़ते ही वे घोड़ों को पूरी रफ़्तार से दौड़ाने लगते, सिट्टी-पिट्टी गुम हो जाती, हाथ, जैसे कि किसी कमान पर, टोपियों के सिरों तक उठ जाते और फिर उनके और ग्रिगोरी के बीच काफ़ी फ़ासला हो जाने पर ही उनके मुँह से बोल फूटता।...

ऐसे में प्रोख़ोर की निगाह एक बार लूट के माल से लदी एक गाड़ी के साथ के घुड़सवारों पर पड़ी। दूर से ही मज़ाक के लहजे में बोला–"सौदागर चले आ रहे हैं।"

मगर, छुट्टी पर जाते जो भी लोग ग्रिगोरी को राह में मिले, वे सभी लूट का माल लादे जा रहे थे, यह कहना ग़लत होगा।...

ग्रिगोरी एक गाँव के कुएँ पर घोड़ों को पानी पिलाने के लिए रुका, तो बग़ल के अहाते से उभरते गाने के स्वर उसके कानों में पड़े। स्वरों के निखार, बहार और सफ़ाई से पता चलता कि गानेवाले जवान कज़्ज़ाक हैं।

"लगता है, किसी फ़ौजी को रुख़्सत किया जा रहा है !" प्रोख़ोर ने पानी से भरी बाल्टी कुएँ से खींचते हुए कहा। पिछली शाम जो बोतल ख़ाली हुई थी, उसने शराब की तलब जगा दी थी। इसलिए घोड़ों को जल्दी-जल्दी पानी पिलाते हुए प्रोख़ोर ने हँसते हुए तजवीज़ की–"क्या ख़्याल है, पैन्तेलेयेविच ? हम लोग भी चलें वहाँ ? शायद रास्ते के लिए एक बोतल मिल ही जाए। झोंपड़ी पर छानी तो सरपत की है, मगर घर किसी अमीर आदमी का मालूम होता है।"

ग्रिगोरी राज़ी हो गया कि ठीक, चलो, देखा जाए कि जवान कज़्ज़ाक को किस तरह अलविदा कही जा रही है ! बस तो, बाड़ से घोड़े बाँधने के बाद, वह प्रोख़ोर के साथ अहाते में घुसा। शेड के नीचे चार गोल नाँदों के पास, चार कसे हुए घोड़े खड़े नज़र आए। एक लड़का जई लेकर खत्ती से बाहर निकला। उसने ग्रिगोरी को एक निगाह देखा और हिनहिनाते घोड़ों की तरफ़ बढ़ा। झोंपड़ी के कोने से संगीत के स्वर हवा की लहरों पर लहराते आए। कोई ऊँची, गूँजती आवाज़ में गाता लगा–

राह कि उस पर क़दम धरा था।
नहीं किसी ने...
नहीं किसी ने...

एक मोटी, धुआँई-सी आवाज़ ने अन्तिम शब्द दोहराए और फिर गानेवाले के स्वर में अपने स्वर मिलाए। इसके बाद और लोगों ने साथ दिया। इस तरह गीत का शानदार प्रवाह चलता रहा और अपना विस्तार करता रहा। वातावरण में उदासी घुलती रही। ग्रिगोरी ने गानेवालों के रस में विघ्न न डालने के विचार से प्रोख़ोर की आस्तीन पर हाथ रखा और धीरे से बोला–"ज़रा रुको...उनकी निगाह अभी तुम पर न पड़े...गाना ख़त्म हो जाने दो।"

"यहाँ कोई रुख़्सत-वुख़्सत नहीं हो रहा। येलांस्काया के कज़्ज़ाक तो हमेशा इसी तरह गाते हैं। लेकिन, ये शैतान के बच्चे गा लेते हैं, यह कौन कम है !" प्रोख़ोर ने सराहना से भरकर कहा, परन्तु साथ-ही-साथ क्रोध से ज़मीन पर थूका भी, जैसे कि शराब की अपनी उम्मीद उसे ख़ाली जाती लगी हो।

दूसरी ओर, सुरीली आवाज़ ने एक ख़ास कज़्ज़ाक की ज़िन्दगी की कहानी का अन्त स्वरों में बुन दिया। कज़्ज़ाक ने लड़ाई के मैदान में अपनी इज़्ज़त के साथ खिलवाड़ किया था–

राह कि उस पर क़दम धरा था नहीं किसी ने...
और, न घोड़े का साया ही कभी
वहाँ पर कहीं पड़ा था...
लेकिन, एक बार क्या हुआ कि कज़्ज़ाकों की
रेजीमेंट के लोग उधर से होकर निकले...
वे सब घोड़ों पर सवार थे,
और कि उनके पीछे-पीछे, सधा और मँजा हुआ भी, घोड़ा सरपट
दौड़ रहा था—
उसकी रग-रग में
बहता था ख़ून न कोई मामूली-सा
बल्कि आग की आग रवाँ थी
और, झूलती थी बाजू से
शानदार, भड़कीली काठी
और रेशमी रासें उसकी
और लगाम तक लटक रही थीं...
उसके पीछे चला आ रहा था भागा कज़्ज़ाक
जवानी का पुतला-सा
गला फाड़कर चीख़ रहा था
'रुको...ज़रा रुक जाओ...मेरे वफ़ादार, अलबेले घोड़े...
आज ज़रूरत मुझे तुम्हारी,
ऐसे में न मुझे छोड़ो तुम...
वरना इन चेचनों का यह गुस्सा मुझको निगल जाएगा...

ग्रिगोरी झोंपड़ी की पुती हुई मुँडेर के पास, गीत के जादू से बँधा-सा खड़ा रहा। इस बीच न घोड़े की हिनहिनाहट उसके कानों में पड़ी और न सड़क से गुज़रती गाड़ियों की खड़खड़ाहट उसने सुनी।

गीत समाप्त हुआ तो एक गानेवाला खाँसा और बोला—

"यह हुआ गाना। पूरे मन से गाया हमने ! औरतो, इसके बदले में तुम्हें फ़ौजियों के रास्ते के लिए कुछ और देना चाहिए। जहाँ तक खाने का सवाल है, यहाँ हमने भरपेट खाया...ईसा का लाख-लाख शुक्र...मगर राह में मुँह में डालने को हमारे पास कुछ भी नहीं है..."

ग्रिगोरी ने संगीत का जादू काटा और टहलता हुआ नुक्कड़ पर आया। यहाँ दरवाज़े के नीचे की आख़िरी सीढ़ी पर बैठे दीखे चार कज़्ज़ाक और उनके चारों तरफ़ नज़र आई आस-पास की औरतों और बच्चों की भीड़।

ये सभी लोग आह भरते, सिसकते और रूमालों के सिरों से अपने-अपने आँसू पोंछते रहे। और ग्रिगोरी सीढ़ियों पर चढ़ा तो लम्बे क़द, काली आँखों और देव-मूर्ति-सुलभ सौन्दर्य के मुरझाए हुए ठस चेहरेवाली एक बुढ़िया लम्बी-लम्बी साँसों के बीच कहती सुन पड़ी—"कैसा अच्छा गाते हो तुम ! कितना दर्द है तुम्हारे गाने में, बेटो ! मेरा ख़्याल है कि तुम सबकी माँएँ होंगी और इनमें से हर माँ लड़ाई के मैदान में अपनी ज़िन्दगी से खेल रहे अपने बेटे की बात सोच-सोचकर घुली जा रही होगी...रो-रोकर अन्धी हुई जा रही होगी।"

इसी बीच ग्रिगोरी ने भीड़ का अभिवादन किया तो बुढ़िया की पीली-सफ़ेद आँखें बिजली की तरह कौंध उठीं। वह सहसा ही गुस्से से भर उठी। बोली—"और, हुजूर, आप इन फूलों को मौत का

रास्ता दिखलाते हैं...है न ? आप इन्हें दूर-दूर ले जाते हैं और ले जाकर लड़ाई के मैदान में कटवा देते हैं।

"हम खुद भी तो मारे जाते हैं, बूढ़ी माँ !" ग्रिगोरी ने भावों में डूबे-ही-डूबे कहा।

कज़्ज़ाकों ने एक अजनबी अफ़सर को वहाँ देखा तो फुर्ती से उछलकर खड़े हो गए, सीढ़ियों पर रखी तश्तरियाँ बचे-खुचे खाने-सहित एक तरफ़ खिसका दीं, ट्यूनिकें दुरुस्त कर लीं और राइफ़लों की पट्टियाँ और अपनी पेटियाँ कस लीं। वे तो राइफ़ल कन्धे पर चढ़ाए-ही-चढ़ाए गाते रहे थे। उनमें से सबसे सयाने कज़्ज़ाक की उम्र पच्चीस साल से अधिक न थी...।

"कहाँ के हो तुम लोग ?" ग्रिगोरी ने फौजियों के ताज़ा, जवानी से भरे चेहरों पर नज़र दौड़ाते हुए पूछा।

"हम लोग एक रेजीमेंट के हैं..." चपटी नाकवाले कज़्ज़ाक ने यों ही ढीलेढाले ढंग से जवाब दिया। उसकी आँखों से मज़ाक टपका।

"मेरा मतलब कि तुम पैदा कहाँ हुए थे...रहनेवाले कहाँ के हो ? यहाँ के रहनेवाले तो नहीं हो न ?"

"हम लोग येलांस्काया के हैं और इस वक़्त छुट्टी पर जा रहे हैं, हुज़ूर !"

ग्रिगोरी ने गायक को आवाज़ से पहचाना और मुस्कुराते हुए पूछा–"तुम्हीं तो गा रहे थे न ?"

"जी हाँ।"

"क्या कहने हैं...तुम्हारी आवाज़ बहुत ही अच्छी है। मगर, तुम गा क्यों रहे थे ? खुशी के लिए ? नशे में तो तुम मालूम होते नहीं !"

गर्द से नहाए, चौड़े माथे और तमतमाए हुए साँवले गालोंवाले एक लम्बे, कम-उम्र फ़ौजी ने बुढ़िया की तरफ़ तिरछी नज़र से देखा और परेशानी से मुस्कुराते हुए, संकोच के साथ उत्तर दिया–"क्या ख़्याल है आपका ? कौन-सी खुशी हो सकती है हमें ? ज़रूरत है कि हमसे गवा भी लेती है। इन इलाक़ों में ज़िन्दगी कुछ यों ही है। लोग क़ायदे से खिलाते-पिलाते नहीं...एक टुकड़ा रोटी दे दी तो दे दी, और बस ! इसलिए हमें गाने की सूझती है ! गाना छेड़ते ही सभी औरतें दौड़ी चली आती हैं। फिर हम दर्द से भरी कोई तान छेड़ देते हैं और इस तान का औरतों के दिलों पर बड़ा असर पड़ता है। इसके बाद वे चरबी या हँडिया-भर दूध या कोई दूसरी अच्छी चीज़ खाने को ला देती हैं...

"हम तो एक तरह के फ़क़ीर हैं, कैप्टन...गाते हैं और ख़ैरात जुटाते हैं !" गायक ने अपने साथियों की तरफ़ देखकर आँख मारते हुए कहा। आँखें परिहास से सिकुड़ उठीं।

एक कज़्ज़ाक ने एक चिकटहा कागज अपनी सीनेवाली जेब से निकाला और ग्रिगोरी की तरफ़ बढ़ाते हुए बोला–"यह है हमारी छुट्टी का पर्चा।"

"मुझे भला इसकी क्या ज़रूरत ?"

"शायद आपका ख़्याल हो कि हम भाग रहे हैं।"

"ठीक है...इसे तो मुठभेड़ होने पर सज़ा देनेवाली फ़ौजी टुकड़ी को दिखलाना।" ग्रिगोरी ने थोड़ा खीजते हुए कहा। लेकिन इस पर भी उनसे अलग होने के पहले सलाह देते हुए बोला–"तुम्हें चाहिए कि तुम रात में मंज़िल तय करो और दिन में कहीं-न-कहीं टिक रहो। यह कागज बिल्कुल बेकार है। देखना कहीं ऐसा न हो कि इसकी वजह से कहीं किसी मुसीबत में फँस जाओ। इस पर मुहर लगी है ?"

"हमारी स्क्वैड्रन के पास मुहर नहीं है।"

"ख़ैर तो ख़्याल रखो और काल्मीकों के बेंतों से अपनी खाल उधड़वाने का इरादा न हो तो मेरी सलाह पर चलो।"

गाँव के बाहर, कोई तीन वर्स्ट के फ़ासले पर, सड़क के सिरे तक फैले छोटे जंगल के पास ही

ग्रिगोरी को फिर दो घुड़सवार अपनी ओर आते दीखे। ये लोग ठिठके, एक क्षण तक घूरते रहे और फिर तेज़ी से मुड़कर जंगल में घुस गए।

"लगता है कि इनके पास काग़ज़ात नहीं हैं।" प्रोखोर ने दलील देते हुए कहा—"तुमने देखा कि ये लोग किस तरह मुड़े और कैसे पेड़ों के बीच ग़ायब हुए ? शैतान के बच्चे, ये दिन में घुड़सवारी करते ही क्यों हैं ?"

फिर तो ग्रिगोरी और प्रोख़ोर को दिन में कितने ही ऐसे लोग मिले, जिन्होंने इन पर नज़र पड़ते ही अपने घोड़े मोड़े और फिर कहीं छिप रहने की हड़बड़ी में अपने हाथ-पैर फुला लिए। होते-होते ऐसे ही एक सयानी उम्र का कज़्ज़ाक पैदल, चोरी-चोरी, घर की तरफ़ बढ़ता मिला। वह तो ग्रिगोरी को देखते ही सूरजमुखी के एक खेत में धँस गया और सिरे पर ख़रगोश की तरह बैठ गया। ग्रिगोरी उधर से गुज़रा तो प्रोख़ोर रक़ाबों के सहारे तना और चीख़ा—"ऐ...देहाती...इस तरह नहीं छिपा करते ! तुमने सिर तो छिपा लिया है, मगर चूतड़ नज़र आ रहे हैं।"...और, फिर गरम होते हुए बोला—"सुनते हो...बाहर आओ निकलकर...ज़रा काग़ज़ात तो दिखलाओ अपने !"

कज़्ज़ाक उछलकर खड़ा हुआ और दोहरा होता हुआ सूरजमुखी के पौधों के बीच से भागा। प्रोख़ोर ठठाकर हँसा और उसने घोड़ा दौड़ाकर आदमी का पीछा करना चाहा, पर ग्रिगोरी ने उसे रोक दिया। "बेकार की बेवकूफ़ी न करो ! भाड़ में झोंको उसे ! वह तो तब तक दौड़ता जाएगा जब तक कि बेदम होकर गिर नहीं पड़ेगा ! हो सकता है कि डर के मारे मर तक जाए..."

"तुम बिल्कुल ग़लत कह रहे हो...भेड़िए के मेल से पैदा हुआ कुत्ता तक उसे पकड़ नहीं सकता। पूरे दस वर्स्ट तक वह साँस न लेगा कहीं। तुमने उसे सूरजमुखी के बीच दौड़ते देखा ? पता नहीं कि ऐसे ज़माने में आदमी में इतनी ताक़त आती कहाँ से है !" इसके बाद प्रोख़ोर ने इन भागनेवालों की कुछ आम बुराई की और फिर बोला—"कैसे गिरोह बनाकर, घोड़ों पर सवार होकर चलते हैं ! जैसे कि मटर हों, और बोरे से भरभराकर निकले चले आ रहे हों। ज़रा हालत सुधारो, पैन्तेलेयेविच, वरना मोर्चा सँभालने को तुम्हारे और मेरे सिवाय और कोई बचेगा नहीं।"

फिर तो, ग्रिगोरी जितना आगे बढ़ा, उतने ही अधिक प्रमाण दोन-सेना की अनैतिकता के मिले और तब मिले जब विद्रोहियों की कुमुक की सहायता से सेना के उत्तरी मोर्चे पर बड़ी-से-बड़ी सफलताएँ प्राप्त कीं। मगर, इसके बाद सेना दुश्मन पर कोई बड़ा हमला करने और उसकी कलाई मरोड़ने की स्थिति में ही न रही। और तो और, वह तो ऐसी भी न रही कि कोई बड़ा हमला हो तो उसका सामना तक कर सके।

जिन ज़िला-केन्द्रों और गाँवों में अगले मोर्चे की रिज़र्व फ़ौजी टुकड़ियाँ पड़ाव डाले रहतीं वहाँ अफ़सर बराबर शराब के नशे में धुत मिलते। लूट के तरह-तरह के माल से लदी मालगाड़ियाँ बोझ से जैसे कराहतीं, पर अभी तक मोर्चे के पिछले हिस्से की तरफ़ रवाना न हो पातीं। किसी भी फ़ौजी टुकड़ी में साठ प्रतिशत से अधिक लोग न मिलते। कज़्ज़ाक बिना इजाज़त लिए छुट्टियों पर चल लेते और स्तेपी का चक्कर लगानेवाली सज़ा देनेवाली फ़ौजी टुकड़ियाँ इस बाढ़ को किसी तरह रोक न पातीं। सरातोव प्रान्त के अधिकृत गाँवों में कज़्ज़ाक इस तरह व्यवहार करते, जैसे कि वे देश के बाहर हों और उन्होंने वे इलाक़े जीत लिए हों। वे आम लोगों को लूटते, औरतों की ज़बर्दस्ती इज़्ज़त उतारते, अनाज के भंडार बर्बाद कर देते और ढोरों को काटकर फेंक देते। सिर मुँड़े जवान और पचास साल से ऊपर की उम्र के लोग फ़ौज में शामिल किए जाते। आगे बढ़नेवाली फ़ौजों में लोग खुल्लमखुल्ला न लड़ने की बातें करते और वोरोनेज़ की तरफ़ बढ़ रही सेनाओं के लोग अफ़सरों का हुक्म मानने से साफ़-साफ़ इनकार कर देते। मोर्चे पर अफ़सरों के मारे जाने तक की अफ़वाहें जहाँ-तहाँ सुनाई पड़तीं।...

ऐसे में दोनों वक़्त मिले कि ग्रिगोरी बालाशोव के पास के एक गाँव में रात काटने को रुका।

ज़रा ज़्यादा पुरानी भर्ती के कज़्ज़ाकों की चौथी रिज़र्व स्क्वैड्रन और तगानरोग-रेजीमेंट की इंजीनियरों की एक कम्पनी वहाँ के सभी रिहायशी मकानों में ठहरी मिली। नतीजा यह कि ग्रिगोरी को अपने लिए जगह खोजने में काफ़ी वक़्त लगाना पड़ा। यों तो कई बार की तरह इस बार भी वह खेतों में ही रात गुज़ार देता, पर हुआ यह कि इस बीच पानी बरसने लगा और प्रोख़ोर मलेरिया के ज़ोर से सिर से पैर तक काँपने लगा। इस तरह कोई छायादार जगह और ज़रूरी हो उठी।

गाँव के नुक्कड़ पर देवदार के पेड़ों से घिरे एक बड़े मकान के पास तोप के गोले की शिकार एक बख़्तरबन्द गाड़ी खड़ी नज़र आई। ग्रिगोरी बग़ल से गुज़रा तो उसने उसके हरे बाजू पर अंकित, अब तक स्पष्ट, शब्द पढ़े—'मौत ले जाए गोरे गलीज़ों को' और नीचे गाड़ी का नाम 'तेहा'। अहाते से बँधे घोड़ों की हिनहिनाहट और लोगों की बातचीत की आवाज़ कानों में आई। घर के पीछे बाग़ में अलाव दहकता और पेड़ों के हरे सिरों के ऊपर धुआँ लहराता नज़र आया। आग की रोशनी में कज़्ज़ाक अलाव के चारों ओर इधर-उधर आते-जाते दीखे। फूस और सूअर के बालों की जलायँध हवा में लटकी-सी मालूम हुई।

ग्रिगोरी घोड़े से उतर, घर के अन्दर गया, और लोगों से भरे नीची छतवाले कमरे में घुसते हुए बोला—"कौन है इस घर का मालिक ?"

"मैं हूँ मालिक...क्या चाहिए आपको ?" स्टोव की टेक लगाकर बैठे, एक मोटे-से किसान ने मुड़कर ग्रिगोरी की ओर देखा, लेकिन अपनी जगह से टस-से-मस न हुआ।

"हम रात बिता सकते हैं यहाँ...दो आदमी हैं ?"

"तरबूज़ में जैसे बीज भरे रहते हैं, वैसे ही यहाँ लोग पहले से ही भरे हुए हैं।" बेंच पर लेटे एक सयानी उम्र के कज़्ज़ाक ने ज़रा सख़्ती से जवाब दिया।

'मुझे तो कुछ नहीं, मगर यहाँ जगह बिल्कुल नहीं है।" मकान-मालिक ने क्षमा माँगते हुए कहा।

"जगह तो हम खुद बना लेंगे...मगर बरसात में बाहर तो नहीं रह सकते न !" ग्रिगोरी ने आग्रह किया—"मेरे साथ मेरा अर्दली है और वह बीमार है।"

बेंच पर लेटा कज़्ज़ाक बुदबुदाया और ज़मीन पर पैर गिराते और ग्रिगोरी की तरफ़ घूरकर देखते हुए, बिल्कुल दूसरे ही लहज़े में बोला—"हुज़ूर, दो छोटे-छोटे कमरों में हम चौदह आदमी हैं। बाक़ी एक कमरा एक अंग्रेज़ अफ़सर ने ले रखा है और उसके साथ भी हमारा एक अफ़सर टिका हुआ है।"

"शायद आप उन लोगों के साथ रह सकें।" सफ़ेद बालों से भरी दाढ़ीवाले एक दूसरे नॉनकमीशन अफ़सर ने उसके कन्धे की पट्टियों से उसका फ़ौजी ओहदा समझा और मित्रतापूर्ण ढंग से कहा।

"नहीं, मैं यहीं रहना पसन्द करूँगा। मुझे ज़्यादा जगह की ज़रूरत नहीं। फ़र्श पर ही पड़ रहूँगा। मेरी वजह से यहाँ किसी को तकलीफ़ नहीं पहुँचेगी।" ग्रिगोरी ने अपना बरानकोट उतारा, हथेली से सिर के बाल ठीक किए और मेज़ के किनारे बैठ गया। प्रोख़ोर घोड़ों के इन्तज़ाम के लिए बाहर चला गया।...

कहना न होगा कि यह सारी बातचीत बग़ल के कमरे में बाक़ायदा सुनाई पड़ी, क्योंकि पाँच मिनट बाद दरवाज़ा खुला और एक चुस्त-सा नाटे क़द का लेफ़्टिनेंट बाहर आया। पूछने लगा—"आप सोने के लिए जगह तलाश कर रहे हैं ?" फिर ग्रिगोरी के कन्धे की पट्टियों पर तेज़ी से निगाह दौड़ाते हुए विनय से मुस्कुराया और बोला—"आप मेरे कमरे में क्यों नहीं आ जाते, स्क्वैड्रन कमांडर साहब ? मेरे साथ ब्रिटिश फ़ौज के लेफ़्टिनेंट कैम्पबेल भी आपको वहाँ ठहरने की दावत देते हैं। हमारे साथ आपको कहीं ज़्यादा आराम रहेगा।...मेरा नाम श्चेग्लोव है...और आपका नाम ?" उसने ग्रिगोरी से हाथ मिलाया और प्रश्न किया—"आप मोर्चे से आ रहे हैं ?...हूँ आप छुट्टी पर आ रहे हैं। आइए, आइए, अन्दर आइए...हमें आपके साथ से बड़ी खुशी होगी। आप शायद भूखे भी होंगे। कुछ-न-कुछ

तो होगा ही हमारे पास आपके खाने के लिए।"

लेफ़्टिनेंट की बेदाग, हरी वर्दी पर सन्त जॉर्ज-क्रॉस झूलता रहा। उसके बूट बहुत ही होशियारी से चमकाए गए लगे। उसके सफ़ाचट चेहरे, बने-सँवरे व्यक्तित्व और आस-पास की हर चीज़ से सफ़ाई टपकती रही। उसके बदन से उभरनेवाली यूडीक्लोन की खुशबू से हवा महमह करती रही।

वह ग्रिगोरी को रास्ता देने के लिए एक ओर को हटते हुए बोला—"दरवाज़ा बाईं तरफ़ है। ख़्याल से चलिए—रास्ते में एक बक्सा रखा हुआ है।"

कमरे में नज़र आया एक अंग्रेज़—गठीला, मजबूत बदन, भूरी आँखें, ऊपरी होंठ के गहरे दाग़ पर पर्दा डालती-सी घनी, काली मूँछें।

लेफ़्टिनेंट कैम्पबेल, ग्रिगोरी को देखते ही उससे मिलने को उठ खड़ा हुआ। रूसी लेफ़्टिनेंट ने दोनों का परिचय एक-दूसरे से कराया और कुछ अंग्रेजी में कहा। अंग्रेज़ ने ग्रिगोरी से हाथ मिलाया। अभी दुभाषिए की ओर देखते हुए कुछ शब्द कहे और उन्हें बैठने का इशारा किया।

कमरे के बीचों-बीच चार कैम्प-बेड एक क़तार में खड़े दीखे। कोने में बच्चों, किटबैगों और चमड़े के सूटकेसों का अम्बार लगा मिला। एक बड़े बक़्से पर दूरबीन के केस, कारतूसों के बक़्से और काले कुन्दे और हल्के-हल्के चमकनेवाली, नई नलीवाली कारवाइन राइफ़ल के साथ एक हल्की मशीनगन रखी नज़र आई। इस क़िस्म की मशीनगन ग्रिगोरी ने इसके पहले कभी न देखी थी।

लेफ़्टिनेंट ने धीमे मधुर स्वरों में कुछ कहा और मेहमान पर स्नेह-भरी नज़र डाली। ग्रिगोरी ने अनजानी, विदेशी भाषा तो नहीं समझी, पर अपने को ही पूरी बातचीत का विषय अनुभव कर थोड़ा-सा अटपटा ज़रूर महसूस किया। रूसी लेफ़्टिनेंट ने मुस्कुराते हुए अंग्रेज की बात सुनी और एक सूटकेस में हाथ डालते हुए बोला—"लेफ़्टिनेंट कैम्पबेल का कहना है कि वे कज़्ज़ाकों की बड़ी इज़्ज़त करते हैं। उन्हें घुड़सवार और शानदार लाजवाब सूरमा समझते हैं।...आप कुछ खाना पसन्द करेंगे ? पीते हैं आप ? लेफ़्टिनेंट कैम्पबेल कहते हैं कि एक ख़ास ख़तरा बराबर बढ़ रहा है...ख़ैर...जाने क्या-क्या बकवास कर रहे हैं वे।"

लेफ़्टिनेंट ने सूटकेस से कई टीन और ब्रैंडी की दो बोतलें निकालीं। फिर बक्से पर झुका। मगर, दुभाषिए का काम करता रहा—"कैम्पबेल कहते हैं कि उस्त-मेदवेदित्स्काया में कज़्ज़ाक अफ़सरों ने उनकी बड़ी ख़ातिर की। उन्होंने दोन की शराब से लबालब लम्बे-चौड़े पीपे का पीपा खाली कर दिया। हर आदमी पीते-पीते लुढ़क गया। फिर कुछ स्कूली लड़कियों के साथ ख़ासा रँग रहा। आप जानते हैं कि अब हालत क्या है ? अब यह उस मेहमान-नवाज़ी का बदला चुकाना अपना हसीन फ़र्ज़ समझते हैं। शिकार आप होंगे। ख़ैर, मुझे अफ़सोस है मगर हो क्या सकता है...आप पीते तो हैं ?"

"शुक्रिया...पीता हूँ।" ग्रिगोरी ने सड़क की गर्द और काठी के चमड़े की कालिख से काले अपने हाथों पर निगाह डालते हुए कहा।

लेफ़्टिनेंट ने टीन मेज़ पर रखे और उन्हें सधे हुए हाथों से चाकू से खोला।

"आप जानते हैं, इस अंग्रेज़ सूअर के बच्चे ने हलाकान कर मारा मुझे। खुद सुबह से शाम तक पीता है। ढालता ही चला जाता है। वैसे पीना-वीना मुझे बुरा नहीं लगता, मगर इस तरह धुआँधार पीना मेरे बस की बात नहीं।" उसने पहले अंग्रेज़ की ओर देखा और फिर आश्चर्यचकित ग्रिगोरी की ओर—"यह तो ख़ाली पेट भी ताबड़तोड़ पीता है।"

अंग्रेज़ लेफ़्टिनेंट ने मुस्कुराकर सिर हिलाया और टूटी-फूटी रूसी में बोला—"हाँ-हाँ...हमें आपकी सेहत का जाम तो पीना ही चाहिए।"

ग्रिगोरी हँसा और उसने माथे पर झूलते बाल पीछे झटके। उसे दोनों अफ़सर पसन्द आए। उस पर अंग्रेज़ी अफ़सर की अर्थहीन मुस्कुराहट और रूसी बोलने का बेहूदा तरीक़ा तो उसे और भी प्यारा लगा।

गिलास पोंछते हुए लेफ़्टिनेंट बोला—"पिछले दो हफ़्तों से लटका रखा है साहब बहादुर ने मुझे अपने गले में...क्या ख़्याल है ? ये हमारे फ़ौजियों को, हमारी दूसरी कोर को मिले टैंक चलाना सिखलाते हैं, और इस सिलसिले में मुझे इनका दुभाषिया बना दिया गया है। मैं बिना अटके खटाखट अंग्रेजी बोलता हूँ, यही मेरे गिरने की वजह है...हमारे यहाँ के लोग भी पीते हैं, लेकिन इस तरह नहीं पीते। आप ख़ुद देखिए कि कितनी बर्दाश्त है इनकी। अगर यह धीरे-धीरे पिएँ तो दिन-भर में ब्रैंडी की चार-पाँच बोतलें ख़ाली समझिए। मज़ा यह है कि नशा इन्हें कभी नहीं होता। इस तरह की पिलाई के बाद चाहिएगा तो क़ायदे से काम भी कर देंगे। मैं तो हार मान गया। मेरे पेट में कुछ गड़बड़ी हो गई है। मैं हर दिन सोकर उठता हूँ तो मेरा दिमाग़ बहुत ही ख़राब रहता है...सारा तन-बदन शराब से इस तरह बसा रहता है कि जलते हुए चिराग़ के सामने बैठने में डर लगता है...शैतान ही जाने कि यह हुआ क्या ?" इस बीच उसने दो गिलास तो ऊपर तक भर दिए, मगर अपना गिलास थोड़ा ही भरा।

गिलास की तरफ़ देखते और हँसते हुए अंग्रेज़ बड़ी ज़िन्दादिली से बातें करने लगा। रूसी लेफ़्टिनेंट ने ज़्यादा न पिलाने की मिन्नत के लिए, अपना हाथ सीने पर जमाए-ही-जमाए उसे जवाब दिया और जब-तब ही क्षण-भर को उसकी काली, स्नेह-भरी आँखें बेचैनी से चमक उठीं।

ग्रिगोरी ने अपने मेहमान-नवाज़ मेज़बानों के गिलासों से अपना गिलास लड़ाया और पूरी शराब एक घूँट में ही साफ़ कर गया।

"वाह !" अंग्रेज़ ने तारीफ़ की और अपना गिलास चाटते हुए, उतनी ही नफ़रत से अपने दुभाषिए की ओर देखा।

इस बीच अंग्रेज़ लेफ़्टिनेंट के मेहनतकशों के-से बड़े-बड़े हाथ मेज़ पर रखे रहे। उसकी खाल के रन्ध्रों में जहाँ-तहाँ ग्रीज़ के निशान दीखते रहे। खाल पेट्रोल के इस्तेमाल और पुराने दाग़ों के कारण काफ़ी खुरदरी लगी। परन्तु उसका चेहरा भरा हुआ, चिकना और लाल नज़र आया। यानी, उस आदमी के चेहरे और हाथों के रँग के बीच ग्रिगोरी को इतना अन्तर समझ पड़ा कि एक बार तो वह उसके चेहरे के ऊपर एक बनावटी मुखड़े तक की बात सोच गया।

"आप मेरी जान बचा रहे हैं।" रूसी लेफ़्टिनेंट ने साथियों के गिलास लबालब भरते हुए कहा।

"यह साहब अकेले नहीं पीते ?" ग्रिगोरी ने पूछा।

"यही तो मुसीबत है। सवेरे तो वे अकेले पी लेते हैं, मगर शाम को इनसे गाड़ी अकेले नहीं चलती। अच्छा, तो उठाइए गिलास..."

"काफ़ी तेज़ है शराब..." ग्रिगोरी ने चुस्की ली, लेकिन इस पर अंग्रेज़ को ताज्जुब करते देखा, तो पूरा गिलास फिर एक बार में ही ख़ाली कर दिया।

"लेफ़्टिनेंट आपको विचित्र आदमी बतला रहे हैं...आपके पीने का ढंग इनको बहुत पसन्द है।"

"आइए, आप चाहें तो हम आपस में अपने-अपने काम की अदला-बदली कर लें।"

"मेरा पूरा यक़ीन है कि इस हालत में आप पन्द्रह दिन में इन्हें छोड़कर भाग खड़े होंगे।"

"लेकिन आपका काम तो बहुत ही मज़ेदार है, क्यों ?"

"लेकिन मैं इस मज़ेदार काम से किसी भी लमहा छुटकारा ले सकता हूँ।"

"पर मोर्चे की हालत तो उससे भी बुरी है।"

"यह भी एक मोर्चा ही है...वहाँ आप गोली या तोप के गोले के किसी टुकड़े के शिकार हो सकते हैं, पर यह होना ऐसा कुछ तय नहीं है...मगर यहाँ मुझे तपेदिक होना बिल्कुल तय है...टीन से कुछ फल लीजिए न...जाँघ के गोश्त का टुकड़ा लेंगे थोड़ा-सा ?"

"शुक्रिया...मेरे पास भी थोड़ा-सा है।"

"अंग्रेज़ इस मामले में अच्छा होता है...वे अपने फ़ौजियों को वैसे नहीं खिलाते-पिलाते, जैसे हम

खिलाते-पिलाते हैं।"

"यानी हम अपने फ़ौजियों को खिलाते-पिलाते हैं ? हमारी फ़ौज अपने गाँव-गिराँव से काफी दूर रहती है।"

"बदक़िस्मती की बात है, मगर बात बिल्कुल सच है। यह खिलाने-पिलाने का तरीक़ा ही तो है कि हमारे फ़ौजी बहुत दूर तक पहुँच नहीं पाते। और यह सूरत और ख़ास ढंग से सामने आती है। ये मौक़ा भी देते हैं कि वे जब चाहें, जैसे चाहें लोगों को लूटें-खसोटें।"

ग्रिगोरी ने रूसी लेफ़्टिनेंट को ग़ौर से देखा और पूछा—"क्या आपको दूर जाने की उम्मीद है ?"

"हम सबका रास्ता एक ही है...आप पूछते क्यों हैं ?" लेफ़्टिनेंट ने नहीं देखा, पर इसी बीच अंग्रेज़ ने बोतल उठाई और उसका गिलास ऊपर तक भर दिया।

"अब तो आपको पीना ही पड़ेगा।" ग्रिगोरी मुस्कुराया।

"हे भगवान् !" लेफ़्टिनेंट ने अपना गिलास देखा और उसके मुँह से आह निकल गई। गालों पर हल्की लाली दौड़ गई।

तीनों ने, मुँह से बिना कुछ बोले, अपने गिलास आपस में लड़ाए।

"हाँ, यह ठीक है कि हम सबका रास्ता एक है, मगर रास्ते पर बढ़ने का ढंग बिल्कुल अलग है..." फिसलन से भरे आड़ू में अपना काँटा गड़ाने की बेकार कोशिश करते और त्योरी चढ़ाते हुए ग्रिगोरी ने बात आगे बढ़ाई—"नतीजा यह है कि हममें से कुछ लोग मंज़िल पहले पूरी करेंगे और कुछ लोग बाद में...सारा नक़्शा गाड़ियों के सफ़र जैसा है..."

"क्या आपका इरादा आख़िर तक सफ़र करने का है ?"

ग्रिगोरी ने नशे का अनुभव तो किया, पर नशे में चूर होने की हद से अब भी काफ़ी दूर रहा। इसलिए मुस्कुराते हुए बोला—"पूरे सफ़र के टिकट के लिए रकम कहाँ से लाऊँगा ! आपकी क्या हालत है ?"

"मेरी हालत...मेरी हालत ज़रा दूसरी है...यानी...अगर गाड़ी न मिली तो मैं बाक़ी मंज़िल पैदल ही तय कर डालूँगा।"

"ठीक, तो आपकी मुराद पूरी हो ! आइए, पिया जाए !"

"चलेगा नहीं अब..."

अंग्रेज़ लेफ़्टिनेंट ने ग्रिगोरी और दुभाषिए के गिलासों से अपना गिलास लड़ाया और चुपचाप पी गया। खाया लगभग कुछ नहीं। इस बीच उसका चेहरा ईंट की तरह लाल हो उठा, आँखें कहीं ज़्यादा चमकने लगीं और हरक़तों में जानी-समझी सुस्ती नज़र आने लगी। फिर इसकी बोतल के ख़ाली होने के पहले वह कोशिश से उठा, जमे हुए क़दमों से सूटकेसों तक गया, ब्रैंडी की तीन बोतलें और निकाल लाया, होंठों-ही-होंठों मुस्कुराया और भारी आवाज़ में कुछ बोला। दुभाषिए ने कहा—"लेफ़्टिनेंट कैम्पबेल कहते हैं कि यह लुत्फ़ अभी और चलना चाहिए। शैतान ले जाए इसे !...आपकी तबीयत तो ठीक है ?"

"बिल्कुल ठीक है।" ग्रिगोरी ने जवाब दिया।

"क्या बर्दाश्त है इस शख़्स की ! आदमी का बदन अंग्रेज़ का है, मगर रूह रूसी सौदागर की है। मेरा ख़्याल है कि मेरा चेहरा नशे से तमतमा रहा है..."

"आपको नशा-वशा कुछ नहीं मालूम होता।" ग्रिगोरी ने झूठ बात कही।

"सचमुच ! मगर इस मामले में तो मुझे आप कुँआरी लड़की समझिए। बिल्कुल कमज़ोर हूँ। लेकिन, अभी तक तो अपनी ज़िम्मेदारियाँ अदा करने लायक हूँ...जी हाँ, अपनी ज़िम्मेदारियाँ पूरी तरह अदा कर सकता हूँ।"...

रूसी लेफ़्टिनेंट भरा हुआ गिलास ख़ाली कर देने के बाद कुछ गड़बड़ा चला था। उसकी काली

आँखों में चिकनाहट-सी आ गई थी, और पलकें रह-रहकर झपने लगी थीं। चेहरे की मांसपेशियाँ ढीली हो गई थीं और होंठ इशारे पर चलने से इनकार करने लगे थे। चिकने गालों पर जहाँ-तहाँ बल पड़ गए थे। चेहरे से ऐसा लगता था, जैसे कि वह आदमी न होकर बैल हो, किसी ने अभी-अभी पंचसेरा हथौड़ा उसके सिर पर दे मारा हो।

"आप तो अब भी पूरी तरह ठीक हैं। शायद आपको पीने की आदत पड़ गई है और अब शराब आप पर असर करती नहीं।" ग्रिगोरी ने कहा। पर, अब तो खुद उस पर भी गिलास अपना रंग दिखला चले थे। लेकिन, अनुभव वह यों कर रहा था, जैसे कि जाने कितनी ढालने की ताव अब भी उसमें हो।

"आप यह बात मज़ाक में तो नहीं कह रहे हैं न ?" रूसी लेफ़्टिनेंट ने खुशी से खिलते हुए कहा—"वैसे शुरू-शुरू में तो मुझे कुछ अटपटा लग रहा था, लेकिन अब तो मैं किसी भी हद तक जाने के लिए तैयार हूँ। किसी भी चीज़ के लिए तैयार हूँ। यों मुझे आप पसन्द आए कैप्टन साहब, आपमें कुछ है जिसके पैर मज़बूत हैं, और जो अपने-आपमें ईमानदार है। मुझे यह बात ख़ूब भाई है। तो आइए, अब इस पियक्कड़ गधे के मुल्क का जाम पी डालें। मैं जानता हूँ कि यह आदमी जानवर है, मगर उसका मुल्क ताज्जुब में डाल देनेवाला है। ब्रिटेन, लहरों पर हुकूमत करो ! हाँ, तो, फिर उठाएँ गिलास ? मगर एक बार में ही पूरा गिलास ख़ाली कर देने की नहीं रही !...यह जाम है आपके मुल्क की सलामती का, मिस्टर कैम्पबेल !" रूसी लेफ़्टिनेंट ने अपना चेहरा मायूसी से सिकोड़ा, गिलास होंठों से लगाया और इसके बाद घुटने के गोश्त का एक टुकड़ा मुँह में डाला—"अजीब मुल्क है ब्रिटेन, स्क्वैड्रन कमांडर...आप सोच नहीं सकते, लेकिन मैं तो वहाँ रहा हूँ। तो, पिया जाए फिर !"

"वह मुल्क चाहे जैसा भी क्यों न हो, पर अपनी माँ, हमेशा दूसरे की माँ से ज़्यादा प्यारी होती है।"

"इस बात की बहस में इस वक़्त मैं नहीं पड़ूँगा...आइए पिएँ।"

"आइए।"

"हमारे मुल्क में बहुत कुछ ऐसा सड़ा-गला है जिसे हमें आग लगाकर राख कर देना चाहिए...तलवार से तार-तार कर देना चाहिए। मगर हम मजबूर हैं और ऐसा लगता है जैसे कि हमारा मुल्क हमारा मुल्क है ही नहीं। भाड़ में जाए। कैम्पबेल समझते हैं कि हम लाल फ़ौजियों का मुकाबला नहीं कर सकते हैं।"

"ऐसा ?"

"जी हाँ, उनका ख़्याल यही है। उनकी राय हमारी फ़ौज के बारे में काफी बुरी है। मगर लाल फ़ौजियों की वे तारीफ़ करते हैं।"

"इन्होंने लड़ाई में हिस्सा लिया है ?"

"जी हाँ, लिया है। यह तो लाल फ़ौजियों के हाथों में आ जाने से बाल-बाल बचे। आग लगे इस ब्रैंडी को !"

"तेज़ चीज़ है...बिल्कुल स्पिरिट की तरह...है न ?"

"बिल्कुल वैसी तो नहीं है।...कैम्पबेल को घुड़सवार फ़ौजियों ने बचाया, वरना तो दुश्मनों के हाथ आ गए थे। बात जुकोव-गाँव की है। लाल फ़ौजियों ने हमारा एक टैंक हथिया लिया...आप कुछ उदास नज़र आते हैं...बात क्या है ?"

"थोड़े दिन हुए कि मेरी बीवी मुझे छोड़कर इस दुनिया से चली गई..."

"यह तो बहुत ही बुरा हुआ...बाल-बच्चे हैं ?"

"बच्चे हैं।"

"तो, यह है आपके बच्चों की सेहत का जाम। मेरे तो बच्चे हैं नहीं...लेकिन शायद हैं...

और...अगर हैं तो शायद गलियों में अख़बार बेच रहे हैं कहीं...कैम्पबेल की एक माशूका है इंग्लैंड में...उसे बराबर ख़त लिखता है...हफ़्ते में दो बार...मेरा ख़्याल है कि दुनिया-भर की बकवास लिखता होगा उसे...मुझे तो क़रीब-क़रीब नफ़रत है इस आदमी से...जी, कुछ कहा आपने ?''

''नहीं, मैंने तो कुछ नहीं कहा। मगर, यह बतलाइए कि यह आदमी लाल फ़ौजियों की इज़्ज़त क्यों करता है ?''

''किसने कहा कि इज़्ज़त करता है ?''

''आपने।''

''नामुमकिन है ! वह उनकी इज़्ज़त नहीं करता...कर नहीं सकता...आप ग़लती पर हैं। मगर मैं पूछता हूँ उससे।''

कैम्पबेल ने नशे में चूर पीले चेहरेवाले लेफ़्टिनेंट की बात ध्यान से सुनी, और फिर अंग्रेज़ी में लम्बा-चौड़ा जवाब देना शुरू किया। पर, ग्रिगोरी ने उसकी बात बीच में ही काट दी। पूछा—''क्या बकबक कर रहा है यह ?''

''इसने लाल फ़ौजियों को महज़ पेड़ों की छाल के जूतों से ही टैंक चलाते देखा है। भला इतना ही काफ़ी है क्या ? कहता है कि उन्हें हराना मुमकिन नहीं है। बेवकूफ़ है। आप उसकी बात का यक़ीन न कीजिए।''

''क्यों न करूँ ?''

''इसलिए कि पूरी बात ही ग़लत है।''

''लेकिन, क्यों ग़लत है ?''

''यह आदमी नशे में बेसिर-पैर की बातें कर रहा है। उन लोगों को हराना मुमकिन नहीं है...आख़िर क्यों मुमकिन नहीं है ? उनमें से कुछ का नाम-निशान मिटाया जा सकता है, और बाक़ी को ज़बर्दस्ती गुलाम बनाया जा सकता है।...अब तक कितनी बोतलें पी चुके हम ?'' रूसी लेफ़्टिनेंट जो अचानक ही मेज़ पर भहराया तो फल का एक टीन उलट गया। फिर वह कोई दस मिनट तक बाजुओं पर सिर रखे बैठा हाँपता रहा।

बाहर रात का अँधेरा घिरा रहा। बरसात की बूँदें झिलमिलियों पर अपनी उँगलियाँ चटकाती रहीं। ऐसे में दूर पर कुछ गरज-सी सुनाई पड़ी। परन्तु, ग्रिगोरी समझ न पाया कि यह बिजली की कड़क है या तोपों की गरज़ ? कैम्पबेल सिगार के धुएँ में लिपटा, ब्रैंडी की चुसकियाँ लेता रहा। ग्रिगोरी ने दुभाषिए को झकझोरा और लड़खड़ाते हुए पैरों से खड़ा हुआ। बोला—''ज़रा पूछिए इससे कि लाल फ़ौजियों से हम जीत क्यों नहीं सकते ?''

''ऐसी-तैसी में जाओ तुम !'' रूसी लेफ़्टिनेंट गरजा।

''मैं कहता हूँ कि पूछिए इससे।''

''भाड़ में जाओ ! शैतान ले जाए तुम्हें।''

''पूछिए इससे...मैं कहता हूँ।''

रूसी लेफ़्टिनेंट, फटी-फटी-सी आँखों से एक क्षण तक ग्रिगोरी की ओर देखता रहा। फिर उसने, ध्यान से बात सुनते, कैम्पबेल से हकलाते हुए कुछ कहा और इसके बाद फिर सिर बाजुओं पर गिरा लिया। कैम्पबेल ने उसे नफ़रत से देखा, ग्रिगोरी की आस्तीन पर हाथ रखा और इशारों-ही-इशारों कुछ समझाने की कोशिश की। उसने झटके से एक आडू की गुठली मेज़ के बीचों-बीच रखी, उसकी बग़ल में अपनी बड़ी हथेली जमाई और जीभ चटकाते हुए सहसा ही उसे हथेली से ढँक लिया।

'बड़े चालाक बनते हो न ! यह बात तो मैं खुद तुम्हें बतला सकता था...' ग्रिगोरी, विचारों में डूबते हुए मन-ही-मन बुदबुदाया। फिर डगमगाते पैरों से उसने मेहमाननवाज़ अंग्रेज़ को अपनी बाँहों में भरा, मेज़ पर हाथ लहराया और एक कमान बनाई—''ख़ातिर के लिए शुक्रिया ! अलविदा...मगर

आप जानते हैं कि मैं क्या कहना चाहता हूँ आपसे ? मैं कहना चाहता हूँ कि यहाँ आपका सिर कोई बीच से दो कर दे, इसके पहले ही जल्दी-से-जल्दी रफूचक्कर हो जाइए और अपने मुल्क को लौट जाइए। यह है ईमानदारी की बात। समझे ? आपको हमारे घरेलू मामलों में टाँग अड़ाने की कोई ज़रूरत नहीं साहबज़ादे ! आप अपने घर लौट जाइए वरना कहीं ऐसा न हो कि पैर टूट जाएँ और आपको बैसाखी इस्तेमाल करनी पड़े।''

लेफ़्टिनेंट उठकर खड़ा हुआ, झुका और बेचारगी से दुभाषिए की ओर देखते और ग्रिगोरी की पीठ स्नेह से ठोंकते हुए, फिर कुछ ज़ोर-ज़ोर से कहने लगा।

ग्रिगोरी को दरवाज़े की कुंडी जैसे-तैसे मिली तो वह गिरता-पड़ता बरसाती में आया। यहाँ पानी की तिरछी फुहारें उसके चेहरे पर पटापट पड़ने लगीं। बिजली की रोशनी में लम्बा-चौड़ा अहाता, गीली बाड़ और बगिया के पेड़ों की चमकदार पत्तियाँ कौंध-कौंध उठीं। दूसरी ओर, सीढ़ियाँ उतरते समय ग्रिगोरी फिसलकर गिर गया और सँभलकर उठा कि बातचीत के स्वर उसके कानों में पड़े।

''ये अफ़सर लोग अब तक ढाल रहे हैं ?'' किसी ने गलियारे में दियासलाई जलाकर उजाला करते हुए पूछा। जवाब में एक भर्राई हुई आवाज़ गूँजी—''वे लोग ढालते जाएँगे और तब तक ढालते जाएँगे जब तक कि गले से आवाज़ का निकलना बन्द न हो जाएगा...।''

20

1918 की तरह इस बार भी ख़ोपर ज़िले की हद पार होते ही दोन सेना का हौसला फिर पस्त हो गया और उसमें हमला करने की ताब न रह गई। ऊपरी दोन प्रदेश के कज़्ज़ाक बागियों के साथ-साथ खोपर प्रदेश के कितने ही कज़्ज़ाकों ने भी जैसे दोन के इलाक़े के बाहर जाकर लड़ना नहीं चाहा। दूसरी तरफ़ लाल सेना दुश्मनों से और जमकर लड़ने लगी। बात यह हुई कि इस बीच उसे ताज़ी कुमुक मिल गई और लड़ने को इलाक़ा सुयोग से ऐसा मिला जहाँ लोगों की उसके साथ पूरी हमदर्दी रही। सो, कज़्ज़ाक एक बार फिर आक्रमण की चिन्ता न कर, सिर्फ़ बचाव की बात सोचने लगे। फिर तो, श्वेत सेना की कमान अपनी तमाम चालाकी के बावजूद उनमें पहले की-सी लगन और आग न जगा सकी। वह लगन और वह आग तो जैसे उनके अपने क्षेत्र की मुठभेड़ों के लिए ही थी और अभी कुछ समय पहले अपना परिचय देकर कहीं उड़नछू हो गई थी। कहने को कज़्ज़ाक सेना का पलड़ा वर्तमान क्षेत्र में दुश्मन के पलड़े से कहीं भारी था। परेशान नवीं लाल सेना के पास थीं ग्यारह हज़ार संगीनें, पाँच हज़ार तलवारें और बावन तोपें; लेकिन कज़्ज़ाक फ़ौजियों के पास थीं चौदह हज़ार चार सौ संगीनें, दस हज़ार छः सौ तलवारें और तिरेपन तोपें।

सबसे भयानक मुठभेड़ें किनारों पर, और ख़ास तौर से कुबान की स्वयंसेवक दक्षिणी सेना की टुकड़ियों के अपने इलाक़ों में हुईं। इस सेना के एक हिस्से ने, जनरल ब्रैंगेल की कमान में, उक्रइन में आगे बढ़ने में कामयाबी पाने के साथ-ही-साथ दसवीं लाल सेना को दबाकर पीछे ढकेलना शुरू कर दिया और सरातोव की दिशा में बढ़ते हुए विरोध और शक्ति के बावजूद शुरू कर दिया।

अट्ठाईस जुलाई को कुबान की घुड़सवार सेना ने कामीशीन नगर ले लिया और बचाव करनेवाले फ़ौजियों को बहुत बड़ी गिनती में क़ैद कर लिया। दसवीं लाल सेना ने हमले का जवाब हमले से दिया तो उसके पैर उखाड़ दिए गए। लाल सेना ने बाएँ बाज़ू पर कुबान घुड़सवारों का ज़ोर बढ़ते देखा तो सही ख़तरा समझा और बोरजेन्कोवो-लातिशेवो-क्रासनी यार-कामेन्का- बान्नोए-रेखा तक पीछे हट गई। इस समय इस सेना के पास रहीं 18,000 संगीनें, 8,000 तलवारें और 132 तोपें, जबकि कुबान की स्वयंसवेक-टुकड़ी के पास रहीं 7,600 संगीनें, 10,750 तलवारें और 68 तोपें। परन्तु श्वेत सेना के पास इन चीज़ों के अलावा टैंकों की यूनिटों और लड़ाई के साथ-साथ जासूसी में भी काम आनेवाले,

कितने ही हवाई जहाजों का भी बल रहा। लेकिन इस पर भी ब्रेंगेल के दाएँ न फ्रेंच हवाई जहाज आ सके और न अंग्रेज़ी टैंक और तोपें। वह कामीशीन के आगे न बढ़ सका और इस इलाक़े में जो लड़ाई जमकर खिंची उसके कारण मोर्चे का नक़्शा जहाँ-तहाँ से थोड़ा बदला।

जुलाई के अधियाते-अधियाते लाल सेनाएँ दक्षिणी मोर्चे के केन्द्रीय क्षेत्र पर बहुत बड़े पैमाने पर हमला करने की तैयारियाँ करने लगीं। फिर नवीं और दसवीं सेना एक हो गईं, और कमान शोरीन के हाथों में आ गई। योजना बनाई गई कि रिज़र्व के लिए दो डिवीज़नें पूर्वी मोर्चे के कज़ान और सरातोव-रक्षा-क्षेत्रों से ली जाएँगी, पर हमला करनेवाली फ़ौजों में टुकड़ियाँ मोर्चे की रिज़र्व फ़ौजों और 56वीं राइफ़ल डिवीज़न से आएँगी।...साथ ही यह भी सोचा गया कि आठवीं सेना की टुकड़ियाँ अलग से हमला करेंगी और इस सिलसिले में मदद दो अतिरिक्त डिवीज़नों से लेंगी।...

हमले के लिए अगस्त के पहले दस दिनों का समय तय हुआ। लाल सेना की हाई कमान ने निश्चय किया कि आठवीं और नवीं सेनाओं के हमले के साथ ही फ़ौजें दुश्मन को बाजुओं से घेरना शुरू करेंगी...दसवीं सेना पर ख़ास तौर पर बड़ी पेचीदा ज़िम्मेदारी होगी...उसे दुश्मन को दोन के बाएँ किनारे पर उलझाए रखना होगा और उत्तरी काकेशिया से आनेवाली उसकी ख़ास फ़ौजों से उसे काट देना पड़ेगा...पश्चिम में चौदहवीं सेना की कुछ टुकड़ियाँ चैपलीनो- लोज़ोवाया-रेखा की तरफ़ बढ़ने का बहाना करेंगी और इस काम में लगी रहेंगी...।

यानी, इधर नवीं और दसवीं सेनाओं के नए वर्गीकरण का प्रस्ताव चलता रहा कि उधर श्वेत-कमान ने हमले का मुँहतोड़ जवाब देने के लिए जनरल ममोनतोव की कोरों के संगठन का काम पूरा कर डाला। कमान इन कोरों की मदद से मोर्चा तोड़ने और लाल सेनाओं पर पीछे से पूरे ज़ोर-शोर से हमला करने के मंसूबे बाँधती रही।

ब्रेंगेल की सेना को ज़ारीत्सिन की दिशा में मिली सफलता के कारण उसका मोर्चा बाईं तरफ़ बढ़ाना, दोन-सेना के पूरे मोर्चे की लम्बाई घटाना और इसके आधार पर उससे कई घुड़सवार डिवीजनें ले लेना बिल्कुल सम्भव लगने लगा।

सात अगस्त को 6,000 तलवारें, 2,800 संगीनें और तीन चार-चार तोपोंवाली बैटरियाँ उरूपिंस्काया ज़िले में जुटाई गईं। दस अगस्त को जनरल ममोनतोव की टुकड़ियों ने आठवीं और नवीं लाल सेनाओं को बीच से अलगाना चाहा और ताम्बोव की तरफ़ से धावा बोल दिया।

श्वेत-कमान का इरादा शुरू-शुरू में यह था कि ममोनतोव की फ़ौजें पीछे से लाल सेना पर हमला करें। जनरल कोनोवालोव की घुड़सवार टुकड़ियाँ उनकी मदद करें। लेकिन ये टुकड़ियाँ जिस इलाक़े में थीं वहाँ ऐसी घमासान लड़ाई हुई कि इनका निकाला जाना बिलकुल नामुमकिन हो गया। इससे ममोनतोव के आगे बड़ी सीमा आ खड़ी हुई। इसीलिए उसे हुक्म दिया गया कि पीछे से हमले के समय वह दुश्मन की क़तारों के बीच दूर तक न जाए, मास्को पर हमला करने की बात ख़्याल में भी न लाए, और दुश्मन के मोर्चे के पीछे की सेवाएँ और संचार-व्यवस्थाएँ आदि बर्बाद कर जल्दी-से-जल्दी प्रमुख श्वेत सेना से आ मिले। परन्तु इसके पहले ममोनतोव और कोनोवालोव को आदेश दिया गया था कि केन्द्रीय लाल सेनाओं पर बाजू और पीछे से भरपूर वार करें, फिर ज़बर्दस्ती राह बनाते हुए रूस की गहराइयाँ भेदें, सोवियत-विरोधी लोगों की भर्ती से अपने फ़ौजियों की गिनती बढ़ाएँ और जैसे भी हो, मास्को की तरफ़ बढ़ें।

आठवीं लाल सेना ने रिज़र्व फ़ौजें बुलवा लीं और इनकी सहायता से बाएँ बाजू पर उसे फिर से अपने पैर ज़माने में कामयाबी मिल गई। लेकिन नवीं लाल सेना के दाएँ बाजू पर काफ़ी गम्भीर चोट पड़ी। मुख्य हमलावर फ़ौज के कमांडर शोरीन ने दोनों सेनाओं के बीच की खाई तो अन्दर-ही-अन्दर पाट दी, पर ममोनतोव की घुड़सवार फ़ौजों का आगे बढ़ना उसके रोके न रुका। इस पर उसने 56वीं डिवीज़न को ममोनतोव की राह रोक देने का हुक्म दिया। इस सिलसिले में उसकी

जिस बटेलियन को गाड़ियों पर सवार पहले से सामपुर भेज दिया गया था, उसे सामना होने पर, ममोनतोव की टुकड़ियों ने पूरी तरह चूर-चूर कर दिया। यही दुर्गति 36वीं राइफ़ल-डिवीज़न के घुड़सवार ब्रिगेड की हुई। इस ब्रिगेड को ताम्बोव-बालाशोव रेलवे के बचाव का काम सौंपा गया था। यानी ममोनतोव की तमाम घुड़सवार टुकड़ियों से लोहा लेने में पूरे-का-पूरा ब्रिगेड थोड़े समय में ही टूट गया।

18 अगस्त को ममोनतोव एक लहर की तरह ताम्बोव में दाख़िल हुआ। परन्तु इससे शोरीन की फ़ौजों के ज़ोरदार हमले में कोई अन्तर नहीं पड़ा। वैसे यह ज़रूर रहा कि उसे पूरी-की-पूरी दो पैदल डिवीज़नें ममोनतोव का बल तोड़ने के काम में लगानी पड़ीं। इसी समय दक्षिणी मोर्चे के उक्रइनी क्षेत्र पर भी आक्रमण कर दिया गया।

उत्तर और उत्तर-पूर्व में, स्तारी-ओस्कोल से बालाशोव तक फैलने और ज़ारीत्सिन की ओर विशेष दबाव रखनेवाला मोर्चा होते-होते बराबर होने लगा। इस बीच कज़्ज़ाक फ़ौजों ने जब-तब ही हमले का जवाब हमले से दिया और हर मज़बूत मोर्चे पर दुश्मन के आगे बढ़ने में बाधा डाली। इसके बावजूद विरोधी सेना कई दृष्टियों से उनसे कहीं ज़ोरदार साबित हुई और कज़्ज़ाकों को पीछे हटना पड़ा। परन्तु कज़्ज़ाक धरती पर क़दम रखते ही लड़ने की पहले जैसी क्षमता उनमें फिर जाग उठी। लोगों का लड़ाई को पीठ दिखाकर भागना तेज़ी से कम हो गया और मध्य-दोन प्रदेश के ज़िलों से कुमुक-पर-कुमुक आने लगी। शोरीन की सेनाएँ दोन के कज़्ज़ाक सेना के प्रदेश में जितनी ही आगे बढ़ीं, कज़्ज़ाकों का विरोध उतना ही बढ़ा, और उन्होंने दुश्मन के दाँत खट्टे करने की उतनी ही कोशिश की। गाँवों की सभाओं में ऊपरी दोन के विद्रोही ज़िलों के कज़्ज़ाकों के लाम पर जाने का आम ऐलान अपनी ओर से किया, गिरजों में प्रार्थनाओं का आयोजन करवाया और बिना समय खोए मोर्चे के लिए रवाना हो गए।

दूसरी तरफ़, शोरीन की लाल सेनाएँ श्वेत सेनाओं से जूझते हुए ज्यों-ज्यों खोपर और दोन के इलाक़े की तरफ़ बढ़ीं, त्यों-त्यों उन्होंने जनता में अपने प्रति अधिक-से-अधिक स्पष्ट विरोध पाया। होते-होते उनमें शुरू का जोश न रहा और उनकी आगे बढ़ने की रफ़्तार घट गई। इस बीच दसवीं लाल सेना ने हमला करने की तैयारी पूरे ज़ोर-शोर से की। परन्तु, श्वेत कमान ने इसके पहले ही कचालिंस्काया और कोतलुबान स्टेशन के बीच क्षेत्र में, तीन कुबान टुकड़ियों और छठी अपनी पैदल डिवीज़न की सेना हर तरफ़ मज़बूत कर ली और हमला बोलने के मंसूबे बाँध लिए।

21

बारह महीनों के अन्दर-अन्दर मेलेखोव परिवार आधा रह गया। पैन्तेली ने एक दिन ठीक ही कहा कि हो-न-हो, इस घर पर ऊपरवाले की नज़र गड़ गई है।

यानी नताल्या की क़ब्र अभी पूरी तरह सूख भी न पाई कि परिवार में सोने का कमरा फिर महक और अनाज के साथ उगनेवाले पौधों से भर उठा। ग्रिगोरी मोर्चे से लौटा कि उसके कोई दस मिनट बाद ही दार्‌या ने दोन में डूबकर अपनी जान दे दी।

शनिवार के दिन, खेत से लौटने के बाद वह दून्या के साथ नहाने गई। वहाँ बावर्चीख़ाने के बाग़ीचे के नीचे दोनों ने कपड़े उतारे और फिर वे दोनों बहुत देर तक मुलायम पैरों से रौंदी हुई घास पर बैठी रहीं।

वैसे सुबह-तड़के से ही दार्‌या उखड़ी-उखड़ी रही थी। वह सिर-दर्द और कमज़ोरी की शिकायत करती रही थी और कई बार सुबक-सुबक रो चुकी थी। सो, नहाने के पहले दून्या ने अपने बाल इकट्ठे किए, सिर पर तिकोनिया रूमाल बाँधा और दार्‌या को कनखी से देखते हुए हमदर्दी से बोली–"तुम कितनी झटक गई हो, दार्‌या, तुम्हारे बदन की नस-नस नज़र आने लगी है।"

"जल्द ही सबकुछ ठीक हो जाएगा..."

"तुम्हारा सिर-दर्द दुरुस्त हो गया ?"

"हाँ, दुरुस्त हो गया...अच्छा तो चलो...नहाया जाए...काफ़ी देर हो चुकी है।" दार्‌या पहले पानी में उतरी, डुबकी लगाई, नाक और मुँह से पानी निकालते हुए सतह पर आई और मंझधार तक तैर गई। वहाँ तेज़ धार ने उसे अपनी लपेट में ले लिया और आगे-ही-आगे बहाती गई।

दून्या ने दार्‌या को मर्दों की तरह ताक़त से हाथ चलाते देखा, खुद कमर-कमर तक पानी में पैठी, मुँह धोया और अपने सीने और धूप से सँवराई, नाजुक गोल-गोल बाँहें पानी से भिगोईं। ओबनिज़ोव की दोनों बहुएँ बग़लवाले बाग़ में पातगोभी को पानी देती रहीं। उनके कानों में दून्या की आवाज़ पड़ी। उसने हँसते हुए दार्‌या को आवाज़ दी—"लौट आओ दार्‌या...कहीं ऐसा न हो कि कोई जर्मन मछली तुम्हें खींच ले जाए।"

दार्‌या मुड़ी, थोड़ी दूर तक तैर आई, फिर पानी के बाहर कमर तक अपना बदन उभारा, सिर के पीछे हाथ बाँधे, चीख़कर कहा—"अलविदा सखियो !" और पत्थर की तरह नदी में पैठ गई।

कोई पन्द्रह मिनट बाद उतरा हुआ चेहरा लिए, सिर्फ़ कमीज़ पहने दून्या घर दौड़ी आई और हाँफते हुए जैसे-तैसे बोली—"दार्‌या नदी में डूब गई, माँ !"

फिर दूसरे दिन तक दार्‌या की लाश की खोज की गई। तड़के तातारस्की के सबसे पुराने और अनुभवी मछुए आरख़ीप-पेस्कोवात्स्कोव ने अपने जाल के छः कोने दार्‌या के डूबने की जगह, धार के आर-पार बिछाए और बाद में देखने लगा कि जाल ठीकठाक तो है। इस बीच दून्या-सहित कितनी ही औरतें और बच्चे किनारे आ जमा हुए। आरख़ीप जाल के चौथे खूँटे को झटकते-झटकते कोई साठ फुट तक निकल गया। वहाँ से उभरते उसके स्वर लोगों ने सुने—"लगता है लाश आ गई जाल में।"

इसके बाद उसने जाल खींचना शुरू किया और गहराई में पैठे चौथे खूँट के मामले में बड़ी ही होशियारी बरती। जल्दी ही दाएँ किनारे पर सफ़ेद-सा कुछ चमका। दोनों बूढ़े पानी पर झुके। नाव ने अपने अगले हिस्से से पानी काटा, और भारी लाश खींचकर ऊपर लाई गई। सभी लोगों के बदनों में एक सिहरन-सी दौड़ गई। एक औरत सिसकने लगी। कुछ दूर पर खड़े क्रिस्तोनिया ने बच्चों से चिल्लाकर कहा, "अच्छा, अब तुम लोग भागो यहाँ से !" दून्या ने आँसुओं के बीच आरख़ीप को नाव के अगले हिस्से पर खड़े होते, और उसे सधे हुए हाथों से खेकर किनारे की तरफ़ लाते देखा। आख़िरकार नाव एक आवाज़ के साथ खड़ियावाले साफ़ किनारे पर आ गई।

नाव में दार्‌या अपने बेज़ान पैर सिकोड़े पड़ी हुई थी। उसका गाल गीले तल से सटा हुआ था। शरीर अभी-अभी नीला पड़ना शुरू हुआ था और मांस में कंटियों के गहरे छेद साफ़-साफ़ नज़र आ रहे थे। वह शायद नहाने से पहले लेनिन का गेटिस उतारना भूल गई थी। सो, घुटने के नीचे, पतली, साँवली पिंडली पर, इसी गेटिस के पास ताज़ी खरोंच से ज़रा-ज़रा ख़ून निकल रहा था। किसी कंटिया की नोक ने पैर पर अपना दाँत गड़ाकर एक टेढ़ी लकीर-सी बना दी थी।

तो, सबसे पहले दून्या पास गई और उसने उधड़ी हुई सिलाईवाले एक बोरे से उसका बदन ढँक दिया। पैन्तेली ने देखते-देखते अपना पतलून चढ़ाया और पानी में हिलकर नाव खींचकर किनारे के ऊपर लाने लगा। एकाध मिनट बाद एक गाड़ी वहाँ आ पहुँची और उस पर रखकर दार्‌या की लाश घर ले आई गई।

दून्या ने अपने मन से डर और घिन की भावना निकाल फेंकी और दोन की गहरी धार की ठंडक से अब तक बर्फ़-सी ठंडी लाश को धोने में माँ का हाथ बँटाया। दार्‌या का थोड़ा-थोड़ा सूजा हुआ चेहरा कुछ अनजाना और अजीब-अजीब-सा लगा। पूरे एक दिन पानी में रहने के कारण बुझी हुई आँखें कुछ चमकती-सी मालूम हुईं। बालू के रुपहले कण बालों में चमके और सेवार के हरे, गीले

तार गालों से चिपके दीखे। बेंच से नीचे झूलते, फैले हुए हाथों की बेचारगी के अन्दाज़ में ऐसी दिल हिला देनेवाली राहत नज़र आई कि उन पर नज़र डालते ही दून्या हड़बड़ाकर पीछे हट गई, स्तम्भित हो उठी और एकदम डर गई। इस मुर्दा औरत और ज़िन्दगी को प्यार करनेवाली उस हँसती, इठलाती दार्या के बीच उसे कुछ भी एकसा न लगा। इसके बाद बहुत समय तक दून्या को जब भी दार्या के पत्थर-से सीने और पेट का लिसलिसापन और कमानी से हाथ-पैरों का कड़ापन याद आया, वह सिर से पैर तक काँप उठी और उसने उसे भुलाने की भरपूर कोशिश की। उसके मन में आशंका घर कर गई कि रात को वह मुझे सपनों में दिखलाई पड़ेगी। इसलिए एक सप्ताह तक वह इलीनीचिना के साथ सोई और हर दिन पलंग पर लेटने से पहले उसने प्रभु से बड़ी-बड़ी मिन्नत की—"ओ नीली छतरीवाले...मुझे उससे बचा...उसे मेरे सपनों में आने से रोक !"

अगर ओबनिज़ोव की पतोहुओं ने दार्या की 'सखियो अलविदा' की चीख़ न सुनी होती तो किसी को कानों-कान ख़बर भी न होती और दार्या दफ़ना दी जाती। लेकिन अब तो आत्महत्या के इरादे का पता देनेवाली इस चीख की चर्चा होते-होते पादरी विसेरिओन तक पहुँची और उसने दृढ़ स्वर में फ़तवा दिया कि खुदकशी करनेवाली इस औरत का अन्तिम संस्कार मैं तो करवाने से रहा। इस पर पैन्तेली बौखला उठा—"क्या मतलब ? तुम इस तरह इनकार क्यों करते हो ? इसका बपतिस्मा नहीं हुआ था क्या ?"

"मैं खुदकशी करनेवालों के अन्तिम संस्कार नहीं करवाया करता। क़ानून इसकी इजाज़त नहीं देता।"

"तो, तुम्हारे ख़्याल से किस तरह दफ़नाया जाए इसे ? कुत्तों की तरह ?..."

"यानी, तुम जहाँ चाहो और जैसे चाहो उसे दफ़ना दो...सिर्फ़ क़ब्रगाह में दफ़ना नहीं सकते...वहाँ तो सच्चे ईसाइयों को ही जगह मिलती है।"

"देखो, थोड़ा रहम करो हम पर।" पैन्तेली ने गिड़गिड़ाकर मिन्नत की—"हमारे ख़ानदान की इज़्ज़त ऐसी अब तक कभी नहीं उछली।"

"मैं कुछ नहीं कर सकता, पैन्तेली, मैं कुछ नहीं कर सकता...मैं तुम्हें गिरजे और प्रभु का सच्चा सेवक समझता हूँ...तुम्हारी मिसाल किसी के सामने रख सकता हूँ। पर इस मामले में कुछ नहीं कर सकता। बात बड़े पादरी तक पहुँच जाएगी और तब मेरी अपनी जान के लाले पड़ जाएँगे।" पादरी अपनी बात पर जमा रहा।

बात बड़े अपमान की थी। पैन्तेली ने उस सूअर दिमाग़वाले पादरी को समझाने-बुझाने की हर तरह कोशिश की, और ज़्यादा रक़म देने की बात कही और सो भी खरे ज़ारशाही रूबलों में अदा करने का वायदा किया। उसने उसे एक साल का एक मेमना तक भेंट किया। लेकिन पादरी किसी तरह न पसीजा तो पैन्तेली ने धमकियों का सहारा लिया।

"मैं दार्या को क़ब्रगाह के बाहर दफ़न नहीं करूँगा। वह कहीं मुझे पड़ी तो मिल नहीं गई है। मेरे अपने बेटे की बीवी है ! उसका आदमी फ़ौजी अफ़सर था। लड़ाई के मैदान में लाल फ़ौजियों से लोहा लेते-लेते खेत रहा था, और खुद उसे सन्त-जॉर्ज मैडल दिया गया था, और तुम उसी के बारे में मुझसे बेसिर-पैर की बातें करते हो ! नहीं पादरी, यह नहीं चलेगा। तुम उसे दफ़न कराओगे और जैसे मैं कहता हूँ, वैसे दफ़न कराओगे। फ़िलहाल उसकी लाश सोने के कमरे में पड़ी रहेगी। मैं फ़ौरन ही ज़िला अतामान को सारी इत्तिला दिए देता हूँ। वह खुद तुमसे बातें कर लेगा।"

पैन्तेली विदा का एक शब्द कहे बिना पादरी के घर से बाहर निकल आया और तेहे में उसने दरवाज़ा भड़ाक से दे मारा। लेकिन धमकी ने अपना असर दिखलाया। आधे घंटे बाद पादरी ने एक आदमी भेजा और कहलवाया कि मैं अन्तिम प्रार्थना के लिए अभी-अभी आता हूँ...।

दार्या को क़ब्रगाह में वाजिब तौर पर प्योत्र की बग़ल में दफ़ना दिया गया।

क़ब्र खोदी गई तो जगह ख़ुद पैन्तेली को बहुत रुची। फावड़े से ज़मीन खोदते समय उसने चारों तरफ़ नज़र दौड़ाई और मन-ही-मन सोचा—इससे ब़ेहतर जगह मेरे लिए दूसरी हो नहीं सकती, और न इसके बाद किसी दूसरी जगह की बात सोचनी ही चाहिए।

प्योत्र की क़ब्र पर अभी-अभी उगे देवदार की कोमल-कोमल टहनियाँ हवा में सरसरा रही थीं। शरद् ने अपने आने का संकेत देते हुए उसकी ऊपर की पत्तियों को पीले रंग से नहला दिया था, जैसे कि यह रंग ज़िन्दगी की ख़िजा का गहरा रंग हो। बछड़ों ने टूटी बाड़ और क़ब्रों के बीच ही जगह रौंद-रौंदकर एक रास्ता-सा बना दिया था। हवाचक्की को जानेवाली पगडंडी बाड़ की बग़ल से जाती थी। आसपास के मैपल, देवदार और बबूल के पेड़ मरनेवालों के नाते-रिश्तेदारों के मेहनती हाथों ने लगाए थे। वे अपनी ताज़गी और हरियाली से हर आनेवाले का स्वागत करते थे। उनके चारों तरफ़ तरह-तरह की लताओं की बाड़ थी, देर से फूलनेवाली सरसों के फूलों की बहार थी, और जई की बालों का पसारा था। क्रॉस एक सिरे से दूसरे सिरे तक अश्कपेचा-बेल को अपनी बाँहों में लपेटे खड़े थे। जगह सचमुच तबीयत ख़ुश कर देनेवाली थी...

सो, बूढ़े ने क़ब्र खोदते समय बीच-बीच में फावड़ा ज़मीन पर फेंका और नम, चिकनी मिट्टीवाली धरती पर बैठकर धुआँ उड़ाया और मौत के बारे में जाने क्या-क्या सोचा। लेकिन अभी, वह समय दूर था जब बड़े-बूढ़े एक बार फिर अपने घरों में चैन से दम तोड़ सकते, और अपने पिताओं और उनके पिताओं की बग़ल में चिर-विश्राम कर सकते...

दार्‌या के मरने के बाद मेलेख़ोव परिवार में और वीरानगी छा गई। परिवार के लोगों ने गाड़ी भर-भरकर अनाज ढोया और उसकी ओसाई की। ख़रबूज़ेवाले खेत से ख़ूब ख़रबूज़े तोड़े। हर दिन ही ग्रिगोरी के समाचार की प्रतीक्षा की, पर मोर्चे पर जाने के बाद उसकी तरफ़ से किसी तरह की कोई ख़बर न आई। इलीनीचिना का दिल दुखा और उसने एक से अधिक बार भरकर कहा—"शैतान कहीं का, अपने बच्चों तक की खोज-ख़बर नहीं लेता। बीवी मर गई है न, तो अब भला हम सबकी उसे क्या परवाह !"

इसके बाद कुछ ऐसा हुआ कि मोर्चे से अधिक-से-अधिक कज़्ज़ाक छुट्टी बिताने घर आने लगे। फिर अफ़वाहें उड़ने लगीं—बालाशोव के मोर्चे पर कज़्ज़ाक हार गए हैं। वे पानी की आड़ में अपने सिर छिपाते और जाड़े तक सिर्फ़ अपना बचाव करने के ख़्याल से दोन की तरफ़ लौटे आ रहे हैं।...लेकिन जाड़े में क्या होगा, इस मामले में मोर्चे के लोग कोई राज़दारी न बरतते और साफ़-साफ़ कहते—"दोन के सामने ही लाल फ़ौजी हमें ऐन समन्दर तक पीछे खदेड़कर दम लेंगे।"

पैन्तेली प्रायः अनाज की ओसाई में व्यस्त रहा और दोन प्रदेश में हवा की तरह सनसनाती अफ़वाओं की तरफ़ ध्यान देता न लगा। पर, चारों तरफ़ घटती घटनाओं से अछूता वह न रह सका। फिर, उसने मोर्चे के और नियराने की बात सुनी तो जैसे बौखला उठा। वह इलीनीचिना और दून्या पर और भी अधिक चीख़ने लगा, और भी ज़्यादा चिड़चिड़ा हो उठा।

अब वह अक्सर ही फॉर्म के काम की कोई-न-कोई चीज़ लेकर बनाने बैठता तो चीज़ हाथ लगाते ही चौपट हो जाती थी। इस पर वह उसे एक ओर फेंक देता और थू-थू करते, और गालियाँ बकते हुए खलिहान की ओर चल पड़ता कि वहाँ शायद मन बदले।

दून्या तो कई बार ऐसी बौखलाहटों की चश्मदीद गवाह रही।

पैन्तेली एक दिन जुआ लेकर बैठा और मरम्मत करने लगा। मगर काम मनमाना नहीं उतरा तो उसने क्या किया कि मारे तेहे के बेवजह कुल्हाड़ी उठाई और जुए के टुकड़े-टुकड़े करके रख दिए। ऐसा ही घोड़े के पट्टे की मरम्मत करते समय भी हुआ।

एक दिन शाम को आग के पास बैठे-बैठे उसने मोम का एक टुकड़ा ऐंठा और पट्टे के फटे हुए गद्दे को सीने लगा। पर शायद सूत सड़ा हुआ था या शायद बूढ़े का चित्त ज़रूरत से ज़्यादा

परेशान था। नतीजा यह कि सूत दो बार बराबर टूट-टूट गया। बस, फिर क्या था, आओ तो जाओ कहाँ ! वह गालियों की बौछार करते हुए झटके से उठ खड़ा हुआ, स्टूल को ठोकर मारकर स्टोव की तरफ़ रवाना कर दिया और कुत्ते की तरह गुर्राते हुए पट्टे के चमड़े के गद्दे को दाँत से चीरने लगा। इसके बाद उसने पट्टा फ़र्श पर लोका दिया और मुर्ग़े की तरह उछल-उछलकर उसे पैरों से रौंदने लगा। आज जल्दी सोने चली गई इलीनीचिना ने शोरगुल सुना तो दहशत से उठकर पलंग पर बैठ गई। लेकिन, जब सारी बात समझ में आई और सारा तूफ़ान देखा तो उस पर लानतें बरसाती हुई बोली–"ऐसी-तैसी में जाओ, पागल हो गए हो ? सचमुच सठिया गए हो ? इस पट्टे ने भला तुम्हारा क्या बिगाड़ा है ?"

पैन्तेली ने क्रोध से जलती आँखों से पत्नी को घूरकर देखा और गरजा–"तू मुँह बन्द कर... गधी कहीं की !" इसके बाद उसने फटे हुए पट्टे का एक हिस्सा उठाया और फेंककर बुढ़िया को मारा।

दून्या का हँसी से पेट फटने लगा। वह गोली की तरह उड़ती हुई बरसाती से निकल गई। पर बूढ़ा थोड़ी देर बाद शान्त हो गया। अब उसने गाली-गलौज के लिए पत्नी से माफ़ी माँगी और बदक़िस्मत पट्टे के फटे हुए टुकड़ों की तरफ़ देख-देखकर सिर खुजलाना और सोचना शुरू किया कि इनका किसी तरह का कोई इस्तेमाल भी हो सकता है क्या, और हो सकता है तो क्या हो सकता है ?

पैन्तेली को उन्माद के ऐसे दौरे अक्सर आए और इलीनीचिना ने होते-होते आड़े आने का एक दूसरा तरीक़ा निकाल लिया। पति ने ज्यों ही कभी गालियों की बौछार शुरू की और घर की कोई चीज़ पटकी-फोड़ी, पत्नी ने बहुत ही विनय के साथ, पर ज़ोर से कहा–"तोड़ डालो...इसे, चूर-चूर कर दो इसे, प्रोकोफ़ियेविच ! मैं और तुम यानी हम दोनों रक़म जुटाकर यह चीज़ फिर ख़रीद लेंगे।" यही नहीं, इलीनीचिना ने कई बार तो इस पटक-फोड़ में पैन्तेली का हाथ तक बँटाया। इसके बाद पैन्तेली हमेशा ही तुरन्त शान्त हो गया, फटी-फटी-सी आँखों से एकाध मिनट अपनी पत्नी को एकटक देखता रहा, फिर जेब में हाथ डालकर तम्बाकू की अपनी थैली निकाली और हैरान होकर किसी सूने कोने में बैठ गया और अपने मन को शान्त करने लगा। ऐसे अवसरों पर उसने सदा ही ऐसे तेहे के लिए मन-ही-मन अपने को कोसा और चीज़ के नुक़सान के लिए पछतावे के लिए हाथ मले।

एक बार तीन महीने का एक सूअर बाड़ में घुस आया और उसके गुस्से का शिकार हो गया। पैन्तेली ने डंडे से उसकी कमर तोड़ दी और उसे हलालने के बाद नाख़ून से उसके बाल नोचने लगा। लेकिन, पाँच मिनट बाद ही उसकी निगाह अपनी बीवी की त्यौरियों पर पड़ी कि जैसे उसने अपना अपराध स्वीकार कर लिया और उसे ख़ुश करने की कोशिश करते हुए बोला–"तुम्हें तो पता है कि यह सूअर का बच्चा महज़ मुसीबत की जड़ था, और कुछ नहीं। और, मर तो वह वैसे भी जाता। इस मौसम में हर साल सूअर ताऊन के शिकार हो जाते हैं। अगर कहीं ऐसा हो जाता तब तो हमारे हाथ कुछ भी न आता। अब कम-से-कम गोश्त तो हमें खाने को मिल ही सकता है। बताओ, बात ठीक है कि नहीं ? लेकिन, तुम बिजली गिरानेवाले बादल की तरह क्यों देख रही हो आख़िर ? मैं तो कहता हूँ कि एक नहीं, तीन-तीन मौतें आएँ उस सूअर के बच्चे को ! फिर, वह पूरा सूअर था भी तो नहीं। नाम-भर को सूअर था ! उसे मारने के लिए डंडे तक की तो ज़रूरत पड़ी नहीं। था वह ऐसा कि कोई उस पर थूक-भर देता तो वह मर जाता। फिर, वह जगह-जगह अपना थूथुन पता नहीं क्यों घुसेड़ता फिरता था ! आलू के कोई चालीस पौधे जड़ से उखाड़कर फेंक दिए उसने।"

"अगर वह आलू के कुल-के-कुल पौधे उखाड़ फेंकता तो भी गिनती तीस से आगे न पहुँचती।" इलीनीचिना ने शान्त भाव से जैसे उसकी बात सही कर दी।

"हो सकता है कि तुम्हारी बात ठीक ही हो ! मगर कुल गिनती चालीस होती तो वह तो चालीस

के चालीसों को बर्बाद कर डालता न ! सूअर था ही ऐसा। हम तो बच गए उस दुश्मन से !'' पैन्तेली ने बिना सोचे-समझे कहा।

X X X

अपने पिता के लाम पर जाने के बाद बच्चे जहाँ-तहाँ भटकने लगे। इलीनीचिना घर के काम़-काज में लगे रहने के कारण उनकी ओर काफ़ी ध्यान न दे सकी। सो मन-मुताबिक वे घंटों-घंटों बगिया के किसी सिरे पर या खलिहान में खेलते रहने लगे। मीशात्का एक दिन दोपहर के खाने के बाद ग़ायब हुआ तो दिन-ढले घर लौटा। दादी ने पूछा तो बोला—''कुछ नहीं, मैं दूसरे लड़कों के साथ दोन के किनारे खेलता रहा।'' पर, पोल्युशका ने सारा राज़ खोल दिया—''यह झूठ बोल रहा है, दादी ! यह तो अकसीनिया चाची के यहाँ गया था।''

इलीनीचिना को इस बात से जितना ही बुरा लगा, उतना ही ताज्जुब हुआ। पूछा—''लेकिन, तुझे कैसे पता ?''

''मैंने खुद उसे अकसीनिया चाची के यहाँ से बाड़ पर इधर आते देखा है।''

''तो, वहीं गया था न तू, मीशात्का ? बोल...बोल...तेरा चेहरा इस तरह लाल क्यों हो रहा है ?''

मीशात्का ने दादी की आँखों में सीधी आँखें डालीं। जवाब दिया—''हाँ, मैं तुमसे झूठ बोल रहा था, दादी ! मैं दोन के किनारे नहीं गया था...अकसीनिया चाची के यहाँ था।''

''तू क्यों गया था वहाँ ?''

''अकसीनिया चाची ने मुझे बुलाया और मैं चला गया।''

''तो, तूने यह क्यों कहा कि तू लड़कों के साथ था ?''

इस पर मीशात्का एक क्षण तक तो चुप रहा। फिर उसने भोलेपन से निगाहें ऊपर उठाईं और फुसफुसाते हुए बोला—''मैं डरा कि तुम बिगड़ोगी...''

''मैं भला क्यों बिगड़ूँगी तुझसे ? नहीं...लेकिन, अकसीनिया ने क्यों बुलाया था तुझे ? क्या करता रहा तू वहाँ ?''

''कुछ नहीं...चाची ने मुझे देखा तो पुकारकर बोलीं—'यहाँ आओ !' और, बस मैं चला गया। अकसीनिया चाची ने मुझे घर के अन्दर ले जाकर कुर्सी पर बिठाया...''

''फिर ?'' इलीनीचिना ने अपनी बढ़ती हुई उत्तेजना पर पर्दा डालने की कोशिश करते हुए बेसब्री से पूछा।

''फिर, मुझे टिकियाँ खाने को दीं और फिर यह दिया।'' मीशात्का ने चीनी का एक टुकड़ा जेब से निकाला, घमंड से दिखलाया और फिर जेब में रख लिया।

''लेकिन, उसने तुमसे कहा क्या ? पूछा कुछ ?''

''मुझसे कहा...मैं अकेली रहती हूँ...तुम जब मन करे तब चले आया करो। मैं तुम्हें अच्छी-अच्छी चीज़ें खाने को दूँगी...लेकिन, यह बात किसी से बतलाना मत—दादी से कहोगे तो बिगड़ेंगी वे।''

''यह कहा उसने ?'' इलीनीचिना ने दबी हुई उत्तेजना के कारण हाँफते हुए कहा—''ठीक...और तुमसे पूछा कुछ ?''

''हाँ।''

''क्या पूछा तुमसे ? बतला दो साफ़-साफ़...डरो नहीं, बेटे !''

''फिर, अकसीनिया चाची ने पूछा कि मुझे पापा की याद आती है या नहीं ? मैंने कहा—आती है। फिर उन्होंने पूछा कि वे कब घर आएँगे और क्या ख़बर है उनकी ? मैंने कहा—मैं कुछ नहीं जानता। वे तो लाम पर हैं।...इसके बाद उन्होंने मुझे अपने घुटनों पर बिठा लिया और परियों की एक कहानी सुनाई।'' मीशात्का की आँखें खुशी से चमकने लगीं—''कहानी बड़ी अच्छी थी। कहानी जिसके बारे

में थी, उसका नाम था वान्या। उसे हंस अपने पंखों पर चढ़ाकर ले गए थे। चाची ने 'बाबा-यागा'[1] नाम की चुड़ैल के बारे में बतलाया था।''

इस तरह मीशात्का ने सबकुछ कबूला तो इलीनीचिना ने अपने होंठ भींच लिए। आख़िर में सख़्ती से बोली—''देखो बेटा, अब न जाना वहाँ और न अकसीनिया कुछ दे तो लेना, वरना कहीं बाबा ने सुन लिया तो बेंत से तेरी खाल उधेड़कर रख देंगे। अब न जाना वहाँ, सुना, बेटे !''

लेकिन इस मनाही के बावजूद मीशात्का दो दिन बाद फिर अकसीनिया के यहाँ जा पहुँचा। इलीनीचिना ने मीशात्का की कमीज़ का निकल गया हिस्सा क़ायदे से रफ़ू किया और कॉलर में सीप का छोटा-सा नया बटन लगा देखा तो तुरन्त ही सबकुछ भाँप गई। उसे लगा कि दून्या तो दिन-भर खलिहान के काम में लगी रही है, उसे वक़्त कहाँ मिला होगा...हो न हो, यह सबकुछ अकसीनिया ने ही किया है। सो उसने लड़के को फटकारते हुए पूछा—''तू फिर पहुँच गया अकसीनिया के यहाँ ?''

''हाँ, गया था।'' मीशात्का ने घबराहट में उगल दिया और बोला—''अब नहीं जाऊँगा, दादी ! इस बार माफ कर दो !''

इलीनीचिना ने मन-ही-मन तय किया—मैं सीधे अकसीनिया से बात करूँगी और उससे साफ़-साफ़ कह दूँगी कि देख, बच्चे को न तो मिठाइयों से फुसला और न कहानियों से परचा।...इस औरत ने नताल्या की जान ले ली और अपना रास्ता साफ़ कर लिया...अब ग्रिगोरी को नए सिर से फँसाने के लिए बच्चों को हिला रही है। कैसी नागिन है ! अपना आदमी सही-सलामत है, मगर इस पर भी मेरे बेटे की बहू बनने के सपने देख रही है। ख़ैर, इन कोशिशों से होना-जांना कुछ नहीं है। फिर, ऐसे तूफ़ान के बाद ग्रिगोरी ही भला उसे क्यों कबूल करेगा ?...

माँ की पैनी और डाही निगाहों से यह बात अनदेखी न रही थी कि ग्रिगोरी जब घर पर था तो अकसीनिया से मिलना उसने जान-बूझकर बरकाया था। इसका कारण उसने समझना चाहा तो लगा कि ग्रिगोरी लोगों की लानत-मलामत के डर से उतना नहीं बिदका, जितना अपनी बीवी की मौत पर मुजरिम उसी को समझकर वह उससे कटा। इस तरह इलीनीचिना ने अपने-आपसे कहा—'नताल्या की मौत से ग्रिगोरी और अकसीनिया के बीच हमेशा-हमेशा को एक दीवार खड़ी हो गई है और अब ऐसे में अकसीनिया इस घर में बहू बनकर तो क्या ही आएगी।'...

सो उसी दिन शाम को वह अकसीनिया से दोन के घाट पर मिली और बोली—''इधर आओ... ज़रा मेरी बात सुनो...मुझे कुछ कहना है तुमसे...।''

अकसीनिया ने शान्त भाव से बाल्टियों की बहंगी नीचे रख दी और अभिवादन करते हुए इलीनीचिना की ओर बढ़ी। इलीनीचिना ने उसके ख़ूबसूरत चेहरे पर नज़र डालते हुए कहना शुरू किया—''सुनो अकसीनिया, तुम दूसरों के बच्चे हथियाने में क्यों लगी हुई हो ? मीशात्का को अपने यहाँ बुला-बुलाकर उसे परचाना क्यों चाहती हो ? किसने कहा तुमसे कि तुम उसकी कमीज़ ठीक कर दो और उसे चीज़ें दिया करो ? आख़िर तुम्हारे दिमाग़ में है क्या ? तुम्हारा ख़्याल है कि उस बच्चे की माँ नहीं रही तो उसकी फ़िक्र करनेवाला कोई नहीं बचा ? यानी, तुम्हारे बिना हमारा काम चलेगा नहीं ? तुम्हारे पास रूह नाम की कोई चीज़ है या नहीं ? तुमने आँखों की सारी शर्म धोकर पी ली है क्या ?''

''लेकिन मैंने तुम्हारा बिगाड़ा क्या है ? तुम इस तरह बिगड़ क्यों रही हो, दादी ?'' अकसीनिया ने क्रोध में आते हुए कहा।

''क्या मतलब है...यानी अभी यह भी है कि तुमने बिगाड़ा क्या है ? तुम्हें नताल्या के बच्चे को हाथ लगाने का क्या हक़ है, जब तुमने ख़ुद उसे मौत के मुँह में ढकेला ?''

''ऐसा तुम कैसे कह सकती हो, दादी ? ज़रा होश की बातें करो। किसने ढकेला उसे मौत के मुँह में ? उसने तो अपनी जान आप दी।''

1. छँटी हुई, बड़ी उम्र की औरत

"और उसकी जड़ में तुम नहीं रहीं ?"

"मुझे उसके बारे में कुछ भी पता नहीं।"

"लेकिन मुझे तो है।" इलीनीचिना आपे से बाहर होते हुए चीख़ी।

"चिल्ला मत, बुढ़िया...मैं कोई तेरी बहू नहीं हूँ कि तेरी आँखें देखूँगी। आँखें दिखलाने को मेरा आदमी ही बहुत है।"

"मैं तुम्हारी नस-नस समझती हूँ। मैं तो यह भी जानती हूँ कि तुम मंसूबे क्या बाँध रही हो। तुम मेरी बहू नहीं हो, लेकिन चाहती हो कि हो जाओ। पहले तुम्हारा इरादा बच्चों को अपने हाथ में ले लेने का है और फिर ग्रीशा को अपनी मुट्ठी में कर लेने का। ठीक है न ?"

"नहीं, तुम्हारे बेटे की बीवी बनने का मेरा कोई इरादा नहीं। तेरा दिमाग़ ख़राब है क्या, बुढ़िया ? मेरा अपना आदमी अभी ज़िन्दा है।"

"यही तो सारा रोना है कि तुम अपने ज़िन्दा आदमी को छोड़कर एक दूसरे आदमी के गले बँधना चाहती हो।"

अकसीनिया का चेहरा एकदम उतर गया। बोली–"मेरी समझ में नहीं आता कि तुम क्यों हाथ धोकर मेरे पीछे पड़ी हुई हो, और क्यों इस तरह कोसाकासी कर रही हो ! मैंने कभी किसी के गले में बँधना नहीं चाहा, और न आज चाहती हूँ। जहाँ तक तुम्हारे पोते के साथ मेरी ममता का सवाल है, इसमें भला बुराई क्या है ? तुम्हें अच्छी तरह पता है कि मेरी अपनी कोई आस-औलाद नहीं है, इसलिए दूसरों के बच्चों को देखकर मुझे खुशी होती है, और इसी नाते मैंने बच्चे को बुला लिया था। और चीज़ों के नाम पर मैंने उसे एक चीनी का टुकड़ा ही तो दिया...इसी को तुम चीज़ें कहती हो ? फिर चीज़ें मैं उसे देने भी क्यों लगी ? नीले आसमानवाला ही जाने कि तुम क्या बक-बका रही हो।"

"मीशात्का की माँ जब तक ज़िन्दा थी, तब तक तुमने उसे कभी अपने यहाँ नहीं बुलाया। लेकिन उसकी आँखें मुँदते ही तुम्हारे दिल में उसके बच्चे के लिए ममता फूट पड़ी !"

"नताल्या थी तब भी वह जब-तब मेरे यहाँ आता था।" अकसीनिया ने हल्के से मुस्कुराए बिना कहा।

"झूठ मत बोल, बेशर्म, रंडी कहीं की !"

"तुम पहले उससे पूछ लो, तब मुझे जो चाहो सो कहो।"

"ख़ैर अब तक कैसा क्या था, इसमें मैं नहीं पड़ती। लेकिन आज कहती हूँ कि अब उस बच्चे को अपने यहाँ बुलाने की हिम्मत न करना। और यह बात तो अपने दिल से निकाल ही दो कि इस तरह तुम ग्रिगोरी का मन जीत लोगी। तुम उसकी बीवी कभी नहीं बन सकतीं, मेरी यह बात याद रखना !"

अकसीनिया का चेहरा ग़ुस्से से ऐंठ उठा। भर्राए गले से बोली–"ज़बान बन्द कर...वह मुझे बीवी बनाना चाहेगा तो तुझसे पूछने नहीं जाएगा...फिर, दूसरों के मामले में टाँग अड़ाने की आदत छोड़ !"

इलीनीचिना ने जवाब में कुछ और कहना चाहा, पर अकसीनिया चुपचाप मुड़ी, अपनी बाल्टियों की बहँगी के पास आई, कराह के साथ बहँगी कन्धे पर रखी, और पानी छलकाती तेज़ी से अपने रास्ते पर बढ़ चली।...

इस घटना के बाद मेलेखोव परिवार का कोई भी सदस्य जब भी आते-जाते राह में अकसीनिया को मिल जाता वह उसका अभिवादन तक न करती और अकूत स्वाभिमान से नाक फुलाती चुपचाप बग़ल से निकल जाती। लेकिन मीशात्का जब भी कहीं अकेला नज़र आता, वह कातर भाव से चारों तरफ़ निगाहें दौड़ाती और किसी को आस-पास न देखती तो भागी-भागी उसके पास पहुँचती, झुकती, बच्चों को सीने से चिपटा लेती, एक साथ हँसते और रोते हुए, उसकी धूप से काली भौंहें और ग्रिगोरी

की-सी उदासी से भरी, काली, नन्हीं-नन्हीं आँखें चूमती और अस्फुट स्वर में धीरे से कहती—"मेरे नन्हे-मुन्ने ग्रिगोरिएविच ! मेरे राजा बेटे ! मैं तुम्हारे लिए किस तरह कलपती रही हूँ ! तुम्हारी अकसीनिया चाची बेवकूफ़ है...उफ़, कितनी बेवकूफ़ है !" और फिर बहुत देर तक उसके होंठों पर मुस्कान थिरकती रहती, और उसकी आँसुओं से डबडबाई आँखें इस तरह ख़ुशी से चमकती रहतीं, जैसे कि अभी वह कम-उम्र, जवान लड़की हो !

...अगस्त के अन्त में पैन्तेली को फ़ौज में बुला लिया गया, और उसके साथ ही हथियार सँभालने लायक़ तातारस्की के सभी कज़्ज़ाक लाम पर चले गए। गाँव में मर्दों के नाम पर बाक़ी रह गए, सिर्फ़ लड़ाई के ज़ख़्मी, नाबालिग़ बच्चे और अपाहिज बूढ़े। लूले-लँगड़े या अपंग लोग तक डॉक्टरी कमीशन के बाद ही इस तरह लहर से बच सके।...

पैन्तेली को गाँव के अतामान का आदेश मिला तो उसने जल्दी-जल्दी अपनी बूढ़ी पत्नी, अपने पोते-पोती और अपनी बेटी से बिदा ली। वह कराहते हुए घुटने तोड़कर ज़मीन पर बैठा, दो बार धरती पर शीश झुकाया और देवमूर्तियों के सामने क्रॉस बनाते हुए बोला—"अलविदा, अज़ीज़ो ! लगता है, अब दुबारा हम एक-दूसरे को देख न पाएँगे। आख़िरी वक़्त आ गया है ! तुम लोगों को मेरा हुक्म है कि रात को अनाज ओसाना, दिन को अनाज ओसाना, और बरसात शुरू होने के पहले यह काम ख़त्म कर लेना। ज़रूरत पड़े तो कोई मज़दूर रख लेना। फिर अगर ख़िज़ाँ के वक़्त तक मैं न आऊँ तो मेरे बिना ही काम चलाना। ख़िज़ाँ के खेत ताक़त-भर जोतना और उसमें राई बो देना। कम-से-कम दो एकड़ में तो राई बोना ही और बीबी, तुम अपने दिमाग़ पर सुस्ती मत छाने देना। काम क़ायदे से चलाना। हाथ-पैर चलाती रहना। ग्रिगोरी और मैं यानी हम दोनों लौटें और चाहे न लौटें, अनाज की तो तुम्हें ज़रूरत पड़ेगी ही, और सबसे ज़्यादा पड़ेगी। लड़ाई लड़ाई है, मगर रोटी भी एक ऐसी चीज़ है कि न हो तो ज़िन्दगी काटे नहीं कटती।...अच्छा, ऊपरवाला तुम सबके सिरों पर हिफ़ाज़त का हाथ रखे !"

इलीनीचिना चौक तक अपने पति के साथ गई, उसे क्रिस्तोनिया के साथ भचक-भचककर तेज़ी से गाड़ी की ओर बढ़ते आख़िरी बार देखा, ऐप्रन के सिरे से अपनी सूजी हुई आँखें पोंछीं और फिर, एक बार भी मुड़कर देखे बिना घर को लौट दी।

खलिहान में गेहूँ का अध-ओसाया अम्बार लगा था, स्टोव पर दूध रखा था और बच्चों ने सुबह से कुछ न खाया था, इसलिए इलीनीचिना राह में कहीं न रुकी। बग़ल से औरतें गुज़रीं तो उसने चुपचाप नमन-भर कर लिया, बातचीत किसी तरह की कोई न की। फिर जब एक परिचिता ने हमदर्दी से पूछा कि अपने सूरमा को रुख़्सत कर आई, तो सिर्फ़ सिर-भर हिला दिया कि हाँ।...

कई दिन बाद, एक दिन तड़के इलीनीचिना ने गायें दुहकर उन्हें बाहर निकाला और अहाते में लौटने लगी कि उसे एक गरज-सी सुनाई दी। उसने मुड़कर देखा तो आसमान में कहीं कोई बादल नज़र न आया। पर गरज ज़रा देर बाद फिर हुई।

"यह गाना तुमने सुना, इलीनीचिना ?" बूढ़े चरवाहे ने इधर-उधर की गायों को हाँककर एक जगह जमा करते हुए पूछा।

"कैसा गाना ?"

"कैसा गाना...अरे, वही धीमे-धीमे सुनाई पड़नेवाला।"

"सुना तो, पर समझ में न आया कि आख़िर यह है क्या ?"

"समझ जाओगी...जल्दी ही समझ जाओगी...वह उधर से आकर जब यहाँ इस गाँव पर चोट करेगा, तो तुम्हारी भी समझ में आ जाएगा...फ़ौरन ही आ जाएगा। यह तोप का धमाका था...वे लोग हमारे बड़े-बूढ़ों की हड्डी-पसली चूरा किए दे रहे हैं..."

इलीनीचिना ने क्रॉस बनाया और बेंत के छोटे फाटक में चुपचाप दाख़िल हो गई।

फिर तो, तोपों के धड़ाके चार दिन तक बराबर होते रहे। वे रात-ढले और फिर ढिन-ढले ख़ास तौर पर ज़ोर से सुनाई पड़ते। लेकिन हवा उत्तर-पूर्व की ओर से बहती तो दूर की घमासान लड़ाई का शोरगुल दिन में भी सुन पड़ता। ऐसे में खलिहान का काम क्षण-भर को रुक जाता। औरतें क्रॉस बनाने लगतीं, लम्बी-लम्बी आहें भरने लगतीं और अपनों की याद कर ईश्वर से प्रार्थनाएँ करने लगतीं। लेकिन इसके बाद ही पत्थर के रोलर फिर गड़गड़ाने लगते, लड़के घोड़ों और बैलों को फिर तेज़ी से हाँकने लगते और कभी न हराई जा सकनेवाली मशक़्क़त फिर अपने अधिकार अपने हाथों में ले लेती।

...अगस्त के अन्तिम दिन आश्चर्यजनक रूप से सुहाने और खुश्क रहे। हवा भूसे का गर्दा गाँव-भर में उड़ाती फिरी। राई के भूसे की सोंधी-सोंधी महक हर जगह लटकी-सी रही, और धूप की बेरहमी के बावजूद ज़र्रे-ज़र्रे से आनेवाली ख़िज़ाँ का संकेत मिलने लगा। मुरझाया हुआ पेड़की के रंग का चिरायता कुछ-कुछ सफ़ेद दीखने लगा। दोन के पार देवदारुओं के सिरे पीले पड़ गए। बग़ीचों में ख़िज़ाँ के सेबों से उभरनेवाली महक और तेज़ हो उठी। दूर का क्षितिज और साफ़ हो उठा, और जाड़ा बिताने के लिए कहीं और जानेवाले पंछियों के पहले दल कटे हुए खेतों में नज़र आने लगे।

फ़ौजी सामान से भरी मालगाड़ियाँ पूर्व की ओर पश्चिम से हेतमान की बड़ी सड़क पर लुढ़क-लुढ़ककर पार जाने के लिए दोन की ओर बढ़ने लगीं। दोन के किनारे बसे गाँवों में शरणार्थी आने लगे। उनमें से कुछ ने बतलाया कि कज़्ज़ाक लड़ते हुए पीछे हट रहे हैं, मगर कुछ ने कहा कि कज़्ज़ाक जान-बूझकर पीछे हट रहे हैं, ताकि उसी झोंक में लाल फ़ौजी भी पीछे चलते चले आएँ और फिर से उन्हें घेरकर तलवार के घाट उतार दें।

इस पर तातारस्की के कुछ लोग भी लड़ने की तैयारी करने लगे। वे अपने बैलों और घोड़ों को ख़ूब खिलाते और रात होने पर अनाज और क़ीमती माल-मते से भरे सन्दूक खाइयों में गाड़ते।...

फिर तोपों के शान्त पड़ जानेवाले धड़ाके पाँच सितम्बर को नए सिरे से और ज़ोर से गूँजे और इस बार कहीं साफ़ सुनाई पड़े। डर और दहशत बढ़ी। लड़ाई, दोन के पार तातारस्की के उत्तर-पूर्व में, कोई चालीस वर्स्ट के फ़ासले पर चलने लगी। अगले दिन तोपों के धड़ाकों ने पश्चिम को भी हिला दिया। मोर्चा बराबर नदी की ओर खिंचता गया।

इलीनीचिना ने ज़्यादातर लोगों के गाँव छोड़कर जाने की तैयारी की बात सुनी तो दून्या से बोली—"चलो, हम भी अपनी तैयारी करें। पर वह परेशान हो गई और असमंजस में पड़ गई। उसकी समझ में न आया कि फ़ार्म और घर का आखिर क्या किया जाए ? बुढ़िया दुविधा में पड़ गई कि औरों की तरह ही सबकुछ छोड़-छोड़कर चल दे या घर पर ही बनी रहे ? पैन्तेली ने जाते समय ओसाई की और ढोरों की तो बात की थी, लेकिन यह बिल्कुल न बतलाया था कि लड़ाई तातारस्की तक खिंच आए तो क्या हो !

आख़िरकार इलीनीचिना ने निश्चय किया—दून्या और बच्चों को सारी कीमती चीज़ों के साथ गाँव के किसी आदमी को सहेज दूँगी, यहाँ से कहीं और भेज दूँगी और खुद घर पर ही बनी रहूँगी। और फिर लाल फौजियों के घुस आने पर भी यहीं बनी रहूँगी।

...17 सितम्बर की रात को पैन्तेली एकाएक घर आया। पर कज़ांस्काया ज़िला-केन्द्र के पास की किसी जगह से गाँव तक पैदल आने के कारण थकान से चूर-चूर और खीझा-खीझा लगा। मगर, आधे घंटे के आराम के बाद वह खाने की मेज़ के किनारे आकर बैठा तो उसका खाना देखकर इलीनीचिना को जीवन का एक नया ही अनुभव हुआ। पैन्तेली ने पातगोभी का कोई आधी बाल्टी शोरबा देखते-देखते साफ़ कर दिया और फिर जुआर की लपसी पर टूटा। बुढ़िया ने ताज्जुब से हाथ पीट लिए।

"हे नीली छतरीवाले !...कितना खा रहे हो तुम, प्रोकोफ़ियेविच ! लगता है, जैसे कि तीन दिन के भूखे हो !"

"अच्छा, तो तुम्हारा ख़्याल है कि मैंने कुछ खाया भी है...बेवकूफ़ कहीं की। पिछले तीन दिनों से तो एक बूँद पानी तक मुँह में नहीं गया।"

"तो फ़ौजियों को वे लोग खाना नहीं देते क्या ?"

"शैतान उन्हें भी वैसा ही खाना दे जैसा फ़ौजियों को लड़ते वक़्त देते हैं।" पैन्तेली ने बिल्ली की तरह घुर्राते हुए जवाब दिया—"जो कुछ तुम्हारे हाथ लग जाए, खा-पीकर ख़त्म कर दो !...पर चोरी करना मैंने अभी तक सीखा नहीं। फिर जवान करें यह सब ! उनके पास रूह जैसी कोई चीज़ बची नहीं। इस गुनहगार लड़ाई ने उन्हें ऐसा उठाईगीरा बना दिया है कि मैंने देखा तो मुझे तो बहुत ही गहरा धक्का लगा। लेकिन बाद में मैंने अपने दिमाग़ का बोझ उतार दिया। वे तो जो कुछ देखते हैं, हड़प लेते हैं, और उसे खींच ले जाते हैं...यह लड़ाई नहीं है, बल्कि यह तो ऊपरवाले के इशारे पर ढहनेवाली क़यामत है।"

"तुम्हें एक साथ इतना खाना नहीं चाहिए था। कहीं कुछ हो न जाए। ज़रा देखो तो कैसे फूल गए हो, बिल्कुल मकड़े की तरह।"

"ज़बान बन्द कर ! थोड़ा-सा दूध ला दे...घर के बड़े-से-बड़े बर्तन में ऊपर तक भरकर।"

इलीनीचिना ने अपने भूख से टूटे पति की हालत देखी तो उसकी आँखें भर आईं। आख़िरकार जब पैन्तेली ने तश्तरी छोड़कर पीठ सीधी की तो पूछा—"अब तो नहीं जाना है ?"

"देखा जाएगा।" बूढ़े ने बात टाली।

"मेरा ख़्याल है कि बड़े अफ़सरों ने तुम सब बड़े-बूढ़ों को घर आने की इजाज़त दे दी है...है न ?"

"उन्होंने किसी को घर लौटने की इजाज़त नहीं दी है। और इजाज़त वे दे भी कैसे सकते हैं, जब लाल फ़ौजी दोन की तरफ़ बढ़े चले आ रहे हैं ? मैं तो उड़ आया यों ही।"

"लेकिन इस तरह उड़ आने के लिए जवाबदेही नहीं करनी पड़ेगी तुम्हें ?"

"अगर पकड़ा जाऊँगा तो ज़रूर करनी पड़ेगी।"

"तो, क्या तुम अपने को छिपाकर रखोगे ?"

"और, तुमने क्या सोचा था कि मैं लोगों के यहाँ मेहमानियाँ खाता फिरूँगा या चौक में नाचता-गाता फिरूँगा ? उफ़, काठ की उल्लू ही रहीं तुम !" पैन्तेली ने गुस्से से ज़मीन पर थूका, लेकिन बुढ़िया अपना तार छेड़ती ही रही—"यानी, अभी दुख-दर्द जैसे हमने कुछ कम उठाए हैं, जो अब तुम्हारी गिरफ़्तारी भी आँखों से देखनी पड़ेगी..."

"ख़ैर, जेल में दिन काटना राइफ़ल लेकर पूरा स्तेपी मैदान मँझाने फिरते से कहीं बेहतर होगा।" पैन्तेली ने थकान से भरे स्वर में कहा—"मैं अब कोई जवान तो रहा ही नहीं हूँ कि एक-एक दिन में चालीस-चालीस वर्स्ट तय करता फिरूँ, खाइयाँ खोदता फिरूँ, डबल-मार्च कर दुश्मन पर हमला बोलता फिरूँ और सिर झुकाकर गोलियाँ बचाते हुए ज़मीन पर रेंगता फिरूँ।...और गोली क्रिवाया रेचका के मेरे एक साथी के कन्धे की हड्डी में ऐसी लगी कि उसने एक बार पैर तक नहीं पटका। इन सारी चीज़ों में कोई बहुत मज़ा नहीं रखा है।"

बूढ़ा अपनी राइफ़ल और कारतूसों की थैली लेकर बाहर गया और उसे भूसे के शेड में छिपा आया। पर जब बुढ़िया ने कोट के बारे में पूछा तो यों ही से ढंग से, ज़रा संकोच से बोला—"मैंने पहन-पहनकर फाड़ डाला; और जो ठीक-ठीक पूछो तो मैंने फेंक दिया। बात यह है कि शुमिलिंस्क के पार दुश्मनों ने ऐसा दबाया कि जिसके पास जो था उसने वहीं फेंक दिया और पागल की तरह भाग निकला। ऐसे में कोटों की फ़िक्र कौन करता ! कुछ लोगों के पास भेड़ों की खालें थीं। उन्होंने तो वे खालें तक फेंक दीं ! ऐसी हालत में कोट तुम्हारे दिमाग़ में क्यों नाच रहा है ? फिर, अगर वह किसी लायक होता तो भी और बात थी...वह तो किसी फ़क़ीर तक को देने लायक़ नहीं रह गया था...।"

वास्तव में कोट ठीक-ठाक और अच्छा था, पर बूढ़े का स्वभाव था कि जो कुछ किसी भी स्थिति में उसे त्यागना पड़ता था, वह उसके लिए अच्छा न रह जाता था। यही कारण है कि उसने कोट के सिलसिले में इस तरह की बातें कीं। इलीनीचिना ने बूढ़े की तबीयत की जानकारी के कारण कोट की अच्छाई-बुराई के बारे में आगे कुछ नहीं कहा।

...फिर रात को परिवार के सदस्यों की अपनी परिषद् बैठी और उसमें निश्चित हुआ कि ज़मीन-जायदाद की हिफ़ाजत और अनाज की गड़ाई के लिए पैन्तेली और इलीनीचिना आखिरी लमहे तक गाँव में ही रहेंगे। पर दून्या घर के सामान के बक्से गाड़ी पर लादकर नाते-रिश्तेदारों के पास लातिशेव या चिर चली जाएगी।

लेकिन योजना पर पूरी तरह अमल हो नहीं पाया। अगले दिन सवेरे दून्या को रुख़सत कर दिया गया। पर दोपहर होते-होते ही काल्मीक-कज़्ज़ाकों की सज़ा देनेवाली फ़ौजी टुकड़ी, घोड़ों पर सवार, तातारस्की आ धमकी। शायद गाँव के किसी कज़्ज़ाक ने पैन्तेली को घर जाते देख लिया था, क्योंकि आने के एक घंटे बाद ही काल्मीक कज़्ज़ाक मेलेखोव के अहाते में नज़र आए। पैन्तेली, घुड़सवारों को देखते ही ग़ैर-मामूली फुर्ती और तेज़ी से हाथों और घुटनों के बल ऊँची-से-ऊँची जगह पर चढ़ गया। इलीनीचिना मेहमानों की अगवानी के लिए निकलकर बाहर आई।

"कहाँ है तेरा बुड्ढा ?" सार्जेंट-मेजर की पट्टियोंवाले, एक गठीले बदन और सयानी उम्र के काल्मीक ने घोड़े से उतरते और बुढ़िया को धक्का देकर बेंत के छोटे फाटक के अन्दर दाख़िल होते हुए पूछा।

"मोर्चे पर है...और कहाँ होगा भला ?" इलीनीचिना ने मोटे ढंग से जवाब दिया।

"घर में ले चल हमें...हम तलाशी लेंगे।"

"किसलिए ?"

"बूढ़े की तलाश के लिए...उफ़, शर्म नहीं आती तुझे...ऐसी और इतनी सयानी होकर झूठ बोलती है ?" एक जवान-से सार्जेंट ने इलीनीचिना का सिर झकझोर दिया और अपने सेट हुए दाँत पीसे।

"इस तरह दाँत मत पीसो, समझे ! मैंने कहा कि पैन्तेली घर पर नहीं है...इसका मतलब है कि वह घर पर नहीं है।"

"बेकार की बात बन्द कर, घर में ले चल हमें...और अगर तू नहीं ले चलेगी, तो हम खुद घर के अन्दर घुस जाएँगे।" नाराज़ काल्मीक ने सख़्ती से कहा और अपने आगे की ओर मुड़े पैरों से लम्बे-लम्बे डग भरता बरसाती की ओर बढ़ा।

और, फिर फ़ौजियों ने कमरों की पूरी तलाशी ली और इसके बाद अपनी बोली में कुछ कहा। इस पर उनमें से दो आदमी पीछे के अहाते की ओर बढ़े और नाटे क़द, चेचक के दागवाले, साँवले, लगभग काले चेहरे और बैठी हुई नाक के काल्मीक ने अपनी चौड़ी, धारीदार शारोवारी उतारी और बरसाती में आया। इलीनीचिना ने खुले दरवाज़े से देखा कि वह आदमी कूदा, उसने उछलकर धन्नियाँ पकड़ीं और अपने को ऊपर खींचा। पाँच मिनट बाद ही वह कूदकर नीचे आया और उसके पीछे-पीछे सावधानी से नीचे कूदा, आहें भरता, धूल से नहाया, मकड़ी का जाला अपनी दाढ़ी में उलझाए पैन्तेली। उसने बुढ़िया को दाँत भींचे देखा तो बोला—"आख़िरकार इन लोगों ने ढूँढ़ ही लिया मुझे ! मौत ले जाए इन्हें। लगता है कि किसी-न-किसी ने बतलाया है..."

तो, पैन्तेली को पहरे में, कारगिंस्काया के ज़िला केन्द्र में ले जाया गया। यहाँ बाद में उसका कोर्ट-मार्शल हुआ। इलीनीचिना घर पर थोड़ी-बहुत रोई। पर इसी समय तोपों के धड़ाके और मशीनगनों की आवाज़ दोन के पार से नए सिरे से साफ़ सुन पड़ी तो वह खत्ती में गई कि कम-से-कम थोड़ा अनाज तो छिपा दे।

22

चौदह गिरफ़्तार भागनेवालों को कोर्ट-मार्शल के दिन गिनने पड़े। कोर्ट-मार्शल में बहुत वक़्त नहीं लगा। फ़ैसले बेरहमी से किए गए। अदालत के प्रधान सयानी उम्र के कैप्टन ने हर अपराधी से नाम, रेजीमेंट और रेजीमेंट से ग़ायब रहने का समय पूछा, फिर अदालत के दूसरे सदस्यों यानी एक हाथवाले एक लेफ़्टिनेंट और आराम की ज़िन्दगी पर पले, दाढ़ी से मढ़े, फूले गालोंवाले सार्जेंट से धीरे-धीरे कुछ बातें कीं और अपना फ़ैसला सुना दिया। ज़्यादातर भगोड़ों को बर्च के बेंत लगाए जाने की सज़ा दी गई और काल्मीकों ने इस काम के लिए निश्चित एक सूने घर में सज़ा को अमल में बदला।...इस समय 1918 की तरह खुलेआम बेंत लगाना सम्भव न था, क्योंकि हर दिन ही लड़ाकू दोन सेना के सदस्य फ़ौज से भाग खड़े होते थे। बीमारी ख़ासी फैल गई थी...।

सो, अदालत में पेश किए जानेवालों में पैन्तेली का नम्बर छठा रहा। वह परेशानी से भरा, पीला चेहरा लिए जजों की मेज़ के सामने हाथ गिराकर आ खड़ा हुआ।

"तुम्हारा कुल-नाम ?" कैप्टन ने अपराधी की ओर देखे बिना पूछा।

"मेलेखोव, हुजूर !"

"तुम्हारा नाम, पिता का नाम...पूरा पता ?"

"मेरा नाम पैन्तेली...बाप का नाम प्रोकोफ़ी...पूरा नाम पैन्तेली-प्रोकोफ़ियेविच—हुज़ूर ?"

कैप्टन ने आँखें सामने के काग़ज़ों से ऊपर उठाईं और बूढ़े को एकटक देखा, पूछा—"कहाँ के हो ?"

"व्येशेंस्काया ज़िले के तातारस्की गाँव का हूँ, हुज़ूर !"

"तुम स्क्वैड्रन कमांडर ग्रिगोरी मेलेखोव के पिता तो नहीं हो ?"

"हूँ, हुज़ूर !" पैन्तेली के बदन में फ़ौरन ही नई जान आ गई। उसे ऐसा लगा जैसे कि बर्च का बेंत उसके बूढ़े शरीर से दूर खिंचता जा रहा है।

"अच्छा यह बताओ कि तुम्हें अपनी हरकत पर शर्म नहीं आती ?" कैप्टन ने दिल तक छेड़ देनेवाली अपनी निगाहें पैन्तेली के बैठे हुए चेहरे पर जमाए-ही-जमाए पूछा।

इस पर बूढ़े ने सारे क़ानून-क़ायदे तोड़ते हुए अपना बायाँ हाथ अपने बाएँ सीने पर रखा और रुआँसी आवाज़ में बोला—"कैप्टन बहादुर...सरकार...मुझे मौक़ा दीजिए कि मैं ऊपरवाले से ज़िन्दगी-भर आपके लिए दुआ माँग सकूँ ! मुझे बेंत की सज़ा न दीजिए। मेरे दो बेटे थे...दोनों शादीशुदा, पर बड़ा लाल फ़ौजियों से लड़ते हुए लड़ाई में मारा गया...मेरे छोटे-छोटे पोते-पोती हैं...क्या ज़रूरी है कि मेरे जैसे टूटे हुए बूढ़े को भी बेंत लगाए जाएँ ?"

"हमें तो फ़ौज के बूढ़ों और जवानों दोनों को ही राह पर लाना है। तुम्हारा ख़्याल था कि तुम फ़ौज से भाग खड़े होगे तो तुम्हें क्रॉस इनाम में दिए जाएँगे ?" एक हाथवाला लेफ़्टिनेंट बीच में बोला। उसके होंठों के सिरे फड़कने लगे।

"क्रॉस भला क्यों चाहूँगा मैं...? मुझे मेरी रेजीमेंट में वापस भेज दीजिए...अब मैं सच्चाई और ईमानदारी से अपना फ़र्ज़ अदा करूँगा...मैं खुद नहीं जानता कि फ़ौज से क्यों भागा...लगता है कि कोई शैतान मेरे सिर पर सवार हो गया।" फिर पैन्तेली अपने अन-ओसाए अनाज, अपने लँगड़े पैर बुरी हालत में पड़े अपने फ़ॉर्म के गाने गा चला। परन्तु, कैप्टन ने हाथ के एक इशारे से उसे शान्त कर दिया और फिर लेफ़्टिनेंट की तरफ़ झुककर उसके कानों में कुछ फुसफुसाने लगा। इस पर लेफ़्टिनेंट ने सिर हिलाया, तो कैप्टन पैन्तेली की ओर मुड़ा—"ठीक : तो तुम्हें जो कहना था, तुम कह चुके न ? मैं तुम्हारे बेटे को जानता हूँ, और मुझे ताज्जुब है कि उसका बाप ऐसा है। तो, फ़ौज से कब भागे तुम ?...एक हफ़्ता पहले ? यानी तुम क्या चाहते हो कि लाल फ़ौजी तुम्हारा गाँव हथिया लें

और तुम्हारी खाल उधेड़कर रख दें ? जवान कज़्ज़ाकों के सामने यही मिशाल रखना चाहते हो तुम ? तो, क़ानून के मुताबिक तो हम लोगों को तुम्हें बेंत लगाए जाने की सज़ा देनी चाहिए, लेकिन तुम्हारा बेटा अफ़सर है और हम उसकी इज़्ज़त करते हैं, इसलिए तुम्हें बेइज़्ज़ती से बचाना चाहते हैं। तुम नॉन-कमीशन अफ़सर रहे हो ?''

''जी, हुजूर !''

''क्या थे तुम ?''

''कारपोरल, हुजूर !''

''तुम्हें उस ओहदे से हटाकर मामूली फ़ौजी किया जाता है।'' कैप्टन ने निगाह ऊपर की और कड़ाई से आदेश दिया—''फ़ौरन जाओ और अपनी रेजीमेंट में रिपोर्ट करो और अपने स्क्वैड्रन कमांडर को इत्तिला दो कि कोर्ट-मार्शल ने अपना फ़ैसला देकर तुमसे कारपोरल का ओहदा छीन लिया है। इस लड़ाई या पहले की किसी लड़ाई में किसी तरह का कोई इनाम मिला है तुम्हें...? अच्छा, जाओ यहाँ से।''

पैन्तेली ख़ुशी से फूला न समाया। उसने गिरजे के सामने खड़े होकर क्रॉस बनाया और पहाड़ियाँ पार कर हवा की रफ़्तार से घर की ओर उड़ चला। राह में घास का मैदान भचक-भचककर पार करते समय उसने सोचा—'ख़ैर इस बार अपने को छिपाकर दिखला दूँगा मैं और इस तरह छिपा दूँगा कि शैतान भी हाथ मलकर रह जाएँगे। भेजें, चाहें तो काल्मीकों की तीन स्क्वैड्रनें भेज दें...अब की इन्हें मेरा पता मिलने से रहा।'

स्तेपी के मैदान में उसे ख़्याल आया कि आते-जाते घुड़सवारों की निगाह बचाने के ख़्याल से उसे सड़क-सड़क चलना चाहिए।

'अगर सड़क-सड़क न चलूँगा तो लोग अदबदाकर सोचेंगे कि मैं फ़ौज से भागकर आ रहा हूँ। फिर कहीं फ़ौजियों से टक्कर हो गई तो इस बार बिना बहस-जिरह के वे बेंत से मेरी पीठ तोड़कर रख देंगे।' जुते खेत छोड़कर केले के पेड़ों से भरे एक वीरान रास्ते पर आते हुए उसने मन-ही-मन कहा और जाने क्यों अब उसे ऐसा लगने लगा जैसे कि फ़ौज से वह पहले कभी नहीं भागा।

पैन्तेली ज्यों-ज्यों दोन की ओर बढ़ा, त्यों-त्यों शरणार्थियों की गाड़ियाँ उसे राह में दीखीं। बसन्त में लोगों के लड़ाई को पीठ दिखाकर पीछे भागने के समय जो दृश्य नज़र आए थे, वे एक बार फिर सामने आने लगे। घरेलू चीज़ों से भरी गाड़ियाँ और मार्च के सिलसिले में बढ़ते घुड़सवार फ़ौजियों में डकारते मवेशी हर ओर फैले मिले। भेड़ों के रेवड़ धूल के बादल उड़ाते रहे। पहियों की चरमराहट, घोड़ों की हिनहिनाहट, इंसानी चीख़ों, अनगिनत टापों की टपाटप, भेड़ों की में-में और बच्चों की रुलाई से पूरा स्तेपी मैदान भरा रहा। उसकी शान्ति का तार रह-रहकर टूटता रहा और वातावरण में हलचल पैदा करनेवाली आवाज़ें रह-रहकर उभरती रहीं।

''कहाँ जा रहे हो, दादा ? लौट आओ...लाल फ़ौजें हमारे ऐन पीछे हैं।'' बग़ल से गुज़रती गाड़ी में बैठे एक कज़्ज़ाक ने कहा। उसके सिर में पट्टी बँधी हुई थी।

''तुम अपने रास्ते जाओ। कहाँ हैं लाल फ़ौजी ?'' पैन्तेली बेहद घबरा गया और ठिठक रहा।

''लाल फ़ौजी दोन की दूसरी तरफ़ हैं। व्येशेंस्काया के पास पहुँचते ही हैं। क्या तुम उनके हाथों सौंप रहे हो अपने को ?''

पैन्तेली ने अपने और लाल फ़ौजियों के बीच नदी के दोन की बात सुनी तो उसे नए सिरे से ढाढस बँधा और उसने अपना सफ़र बराबर जारी रखा। शाम होते-होते वह तातारस्की के पास पहुँच गया। पर पहाड़ी से उतरते समय चारों ओर निगाह दौड़ाई तो गाँव को एकदम वीरान पाकर उसके अचरज का ठिकाना न रहा। गली-सड़क पर कहीं कोई परिन्दा पर भरता न समझ पड़ा। घरों की झिलमिलियाँ बन्द रहीं और उनमें सन्नाटा उमड़ता रहा। न कहीं किसी इंसान की आवाज़ सुन पड़ी

और न कहीं किसी जानवर की। मगर नीचे नदी के किनारे ज़रूर कुछ ज़िन्दगी नज़र आई, पैन्तेली ने वहाँ के हथियारबन्द कज़्ज़ाकों को आसानी से पहचान लिया। वे बजरे घसीट-घसीटकर गाँव में ले जाते लगे। अनुमान लगा कि तातारस्की के कुल-के-कुल लोग जगह छोड़कर चले गए हैं। पैन्तेली किनारे की गली में मुड़कर अपने घर की ओर बढ़ा। इलीनीचिना और पोता-पोती बावर्चीख़ाने में बैठे मिले।

"अरे बाबा आ गए...बाबा," मीशात्का ख़ुशी से चिल्ला पड़ा और उसने बूढ़े के गले में हाथ डाल दिए।

इलीनीचिना की आँखें ख़ुशी से भर आईं। आँसुओं के बीच बोली—"मुझे नहीं उम्मीद थी कि तुम्हें दुबारा देख भी सकूँगी। अब प्रोकोफ़ियेविच, तुम जैसा चाहो करो, पर मैं यहाँ एक लमहा भी रहने को तैयार नहीं। हर चीज़ जलकर राख होनी हो तो हो जाए, पर छूँछे घर की पहरेदारी मुझसे होने से रही। गाँव के करीब-करीब सभी लोग यहाँ से कभी के चले गए हैं, मगर मैं हूँ कि बच्चों को लिए बेवकूफ़ की तरह जहाँ-की-तहाँ बैठी हूँ। मैं तो कहती हूँ कि तुम फ़ौरन ही घोड़ी गाड़ी में जोतो और हम जहाँ सींग समाएँ, वहाँ चले चलें। तुम्हें छोड़ दिया उन अफ़सरों ने ?"

"हाँ।"

"बिल्कुल ?"

"हाँ, बिल्कुल ही समझो जब तक कि दुबारा उनके हाथ न पड़ जाऊँ।"

"लेकिन तुम्हारा यहाँ छिपा रह सकना मुमकिन नहीं। आज सवेरे सामने के किनारे से लाल फ़ौजियों ने गोली चलाना शुरू किया तो हालत बहुत ही नाजुक हो गई। मैंने बच्चों को पूरा वक़्त तहख़ाने में रखा। पर फ़िलहाल वे अपनी जगह नहीं हैं। उन्हें पीछे ठेल दिया गया है। पर यहाँ कुछ कज़्ज़ाक दूध माँगने आए और उन्होंने हमें फ़ौरन ही यहाँ से चले जाने की सलाह दी।"

"कज़्ज़ाक आए ? कहीं अपने गाँव के तो नहीं ?" पैन्तेली ने खिड़की के चौखटे में लगी गोली के निशान को गौर से देखते हुए ज़रा दिलचस्पी से पूछा।

"नहीं...वे लोग यहाँ के नहीं थे...ख़ोपर के थे...मेरा ख़्याल है।"

"अगर ऐसा है तो हमें गाँव छोड़ ही देना चाहिए।" पैन्तेली ने आह भरकर कहा।

तीसरे पहर के काफ़ी बाद पैन्तेली ने कंडों के अम्बार में जगह की, उसमें गेहूँ के सात बोरे लुढ़काए, उसे होशियारी से भरा और उसके ऊपर कंडे पाट दिए। फिर साँझ का धुँधलका होते ही उसने घोड़ी गाड़ी में जोती, भेड़ की खालों के दो कोट, एक बोरा आटा, जई और एक भेड़ उस पर लादी, दोनों गायें पीछे बाँधीं और इलीनीचिना और बच्चों को बोरों पर बिठाते हुए बोला—"अच्छा तो अब ऊपरवाले के सहारे छोड़ दें अपने को हम।"

पैन्तेली ने गाड़ी अहाते के बाहर निकाली, रासें अपनी बूढ़ी पत्नी के हाथों में दीं और पहाड़ी तक गाड़ी की बग़ल-बग़ल पैदल चलता रहा। इस बीच वह रह-रहकर नाक छिनकता और कोट की आस्तीन से अपने आँसू पोंछता रहा।

23

18 सितम्बर को, तीस वर्स्ट की मंज़िल मारकर कमांडर शोरीन की कमान में नवीं लाल फ़ौज की अगली टुकड़ियाँ दोन के किनारे पहुँचीं। 18 सितम्बर को सवेरे लाल फ़ौजों के तोपख़ानों ने मेदवेदित्स्काया के बहाने से कज़ांस्काया ज़िले के पूरे इलाक़े तक आग बरसानी शुरू कर दी। फिर थोड़ी गोलाबारी के बाद पैदल सेना ने बाएँ किनारे के गाँवों और बुकानोव्स्काया, येलांस्काया और व्येशेंस्काया के ज़िला-केन्द्रों पर अधिकार कर लिया। दिन समाप्त होते-होते बाएँ किनारे के एक सौ

पचास वर्स्ट के क्षेत्र से श्वेत सेना साफ़ हो गई। कज़्ज़ाक-स्क्वैड्रन पीछे हटकर पहले से तैयार मोर्चों पर पहुँच गए। नदी पार करने के सभी साधन उनके अपने अधिकार में रहे, पर व्येशेंस्काया का पुल लाल फ़ौजों के हाथों में जाते-जाते बचा। वैसे कज़्ज़ाकों ने काफ़ी पहले से पुल के चारों ओर पुआल जमा कर रखा था और तख़्ते मिट्टी के तेल से भिगो रखे थे कि पीछे हटते समय उसमें आग लगा देंगे। और अब वे आग लगाने जा ही रहे थे कि दूत घोड़ा दौड़ाता आया और ख़बर लाया कि 37वीं रेजीमेंट की एक स्क्वैड्रन पेरेवोज़नी गाँव से पीछे हटकर व्येशेंस्काया के पुल की ओर बढ़ रही है। इस पर, लाल पैदल सेना के दाख़िल होते-होते, कज़्ज़ाक टुकड़ी वहाँ पहुँच गई और मशीनगनों की गोलियों की मार के बावजूद उसने पीछे से आग लगा दी। इसमें उसके अपने दस से ज़्यादा फ़ौजी मारे गए और ज़ख़्मी हुए; और इतने ही घोड़े ख़त्म हो गए।

नवीं लाल सेना की बाईसवीं और तेईसवीं रेजीमेंट ने दोन के किनारे के जो गाँव ले लिए थे, उन्हें सितम्बर के अन्त तक अपने अधिकार में बना रखा।...विरोधी सेनाओं को बीच से बाँटनेवाली नदी उन दिनों दो सौ ग़ज से ज़्यादा चौड़ी न थी, और कहीं-कहीं तो उसकी चौड़ाई ज़्यादा-से-ज़्यादा सत्तर ग़ज थी। ऐसे में लाल फ़ौजियों ने कहीं भी उसे पार करने की कोई कोशिश पूरे ज़ोर से न की। कहीं-कहीं कटान के इस पार से उस पार जाने की चेष्टा की, पर हर जगह उन्हें पीछे ठेल दिया गया।

पूरे दो सप्ताह तक मोर्चे के पूरे इलाक़े में तोपों और छोटे हथियारों से आग बरसती रही। कज़्ज़ाक ऊँचाइयों पर बने रहे और दुश्मन की दोन की तरफ़ बढ़ने की दिन की हर कोशिश बेकार करते रहे। मगर इस इलाक़े के दूसरे स्क्वैड्रनों में प्रायः बूढ़े और सत्रह से उन्नीस साल के बीच कम-उम्र लोग रहे; इसलिए, अपनी कमज़ोरी के कारण न उन्होंने अपने-आप दोन पार करने का यत्न किया और न बाएँ किनारे से हमला कर लाल सेनाओं को पीछे खदेड़ा।

पहले दिन पीछे हटकर दाएँ किनारे पर पहुँचने के बाद से ही कज़्ज़ाकों ने लाल सेना के अधिकारवाले गाँवों के जलकर राख हो जाने की आशा बराबर की। पर यह देखकर उनके ताज्जुब का ठिकाना न रहा कि बाएँ किनारे के एक गाँव से भी धुआँ न उठा। यही नहीं, रात को जो गाँववाले उनके पास आए, उन्होंने बतलाया कि लाल फ़ौज के लोग न सिर्फ़ यह कि किसी की किसी चीज़ को हाथ तक नहीं लगा रहे, बल्कि यह भी कि जो कुछ वे खाते हैं उसकी ख़ासी क़ीमत अदा करते हैं, और तरबूज़ तक खाने पर इसी उदारता का परिचय देते हैं। इससे कज़्ज़ाक जितने ही असमंजस में पड़े, उतना ही आश्चर्य भी हुआ। उन्हें लगा कि बग़ावत के बाद तो लाल फ़ौजियों को विद्रोहियों के गाँवों और ज़िला-केन्द्रों को धूल में मिला देना चाहिए था, पीछे रह गई, लगभग पचास प्रतिशत पुरुषोंवाली आबादी को बेरहमी से नेस्तनाबूद कर देना चाहिए था। परन्तु इसके उल्टे सूचना उन्हें यह मिली कि उन्होंने किसी भी शान्तिप्रिय व्यक्ति को उँगली से नहीं छुआ और हर चीज़ से यह लगा कि बदला लेने का तो उनका किसी तरह का कोई इरादा ही नहीं है।

19 तारीख़ की रात को व्येशेंस्काया के सामने के पड़ाववाले खोपर के कज़्ज़ाकों ने दुश्मन के इस विचित्र व्यवहार की गहराई में जाने का फ़ैसला किया। तुरही की-सी तेज़ आवाज़वाले एक कज़्ज़ाक ने मुँह के दोनों ओर हाथ बाँधे और चीख़कर कहा–"हे, घड़ों-सी लाल तोंदवालो, तुम हमारे घर जला क्यों नहीं रहे ? तुम्हारे बीच जोड़ के लोग हैं क्या ? नहीं हैं तो इधर आओ, हम तुम्हारे साथ कर दें कुछ ऐसे लोग।"

एक ऊँची आवाज़ ने अन्धकार भेदा और जवाब दिया–"तुम हमें मिले नहीं, वरना तुम्हारे घरों के साथ हम तुम्हें भी भूनकर रख देते।"

"ग़रीब हो तुम लोग...है न ? आग जलाने तक को कुछ नहीं है तुम्हारे पास।" कज़्ज़ाक उत्तर में चिल्लाया।

और शान्त, खिले हुए स्वर वापस आए–"इधर आ ज़रा, श्वेत दोगले, फिर देखें कि हम तेरे पतलूनों के अन्दर कैसे अंगारे रख देते हैं कि ज़िन्दगी-भर मज़ा मिलता रहे तुझे !"

चौकियों के बीच गोलियों के सवाल-जवाब हुए, दो-चार-दस बार गोलियाँ चलीं और फिर सन्नाटा छा गया।

...अक्तूबर के आरम्भ में कजांस्काया-पावलोंस्क क्षेत्र में केन्द्रित दो फ़ौजी कोरों की दोन सेना की मुख्य सेनाओं ने हमला बोल दिया। 8,000 संगीनों और 6,000 से अधिक तलवारों की तीसरी दोन-सेना-कोर ने 56वीं लाल सेना डिवीज़न को पीछे खदेड़ दिया और बड़ी ही सफलता से पूर्व की ओर बढ़ना शुरू किया। जल्दी ही जनरल कोनोवालोव की दूसरी सेना की कोर ने भी दोन नदी पार की। इस कोर में ख़ास तौर पर घुड़सवार टुकड़ियाँ रहीं और उन्होंने दुश्मन की पंक्तियों में धँसकर उस पर ताबड़तोड़ कई चोटें कीं। दूसरी ओर अब तक रिज़र्व में रखी गई 21वीं लाल पैदल डिवीज़न को मैदान में लाया गया। इस डिवीज़न ने तीसरी दोन-सेना-कोर का आगे बढ़ना रोका और कुछ समय तक उसे इसमें बड़ी कामयाबी भी मिली। पर बाद में दोनों सेनाओं ने मिल-जुलकर ऐसा दबाव डाला कि उसे मजबूर होकर पीछे हट जाना पड़ा। 14 अक्तूबर की भयानक लड़ाई में दूसरी फ़ौजी कोर ने, 14वीं लाल पैदल डिवीज़न को क़रीब-क़रीब काटकर फेंक दिया। फिर एक सप्ताह के अन्दर-अन्दर लाल फ़ौजों को बाएँ किनारे के क्षेत्र से निकालकर व्येशेंस्काया तक खदेड़ दिया गया। इसके बाद दोन सेना की दोनों कोरें नवीं लाल सेना को बराबर पीछे-ही-पीछे ठेलती रहीं।

लगभग इसी समय जनरल कोनोवालोव की दूसरी फ़ौजी कोर की तरह ही, क्लेत्स्काया-ज़िले में स्थित पहली दोन सैनिक टुकड़ी ने भी नदी पार की।

इस तरह नवीं लाल सेना की बाईं बाज़ू की डिवीज़नों के घिर जाने का खतरा पैदा हुआ तो दक्षिण-पूर्वी मोर्चे के कमांडर ने अपनी फ़ौजों को इकोरेत्स नदी के मुहाने के कुमील्ज़ेंस्काया तक फैली रेखा तक पीछे हट जाने का आदेश दिया। लेकिन नवीं लाल सेना के पैर यहाँ भी जमे नहीं रह सके। आम फ़ौजी भर्ती के सिलसिले में ऊबड़खाबड़ ढंग से संगठित कई कज़्ज़ाक स्क्वैड्रनों ने दाहिने किनारे की ओर से नदी पार की और दूसरी ओर दोन फ़ौजी कोरों की नियमित टुकड़ियों में शामिल होकर लाल सेनाओं को निरन्तर उत्तर की ओर पीछे ठेलते रहे। फलस्वरूप 29 अक्तूबर तक श्वेत सेनाओं ने फ़िलनोवो और पोवोरीनो स्टेशन और नोवोखोपरस्क नगर ले लिया। किन्तु दोन सेना की अक्तूबर की महान् सफलताओं के बावजूद कज़्ज़ाकों में वह आत्मविश्वास न जग सका जिसने वसन्त में उन्हें प्रेरणा दी थी, और जिसके सहारे वे प्रान्त की उत्तरी सीमा तक विजय-पर-विजय प्राप्त करते चले गए थे। सो मोर्चे की अगली पंक्ति के अधिकांश सैनिकों ने अपनी उपलब्धि को अस्थायी समझा और सोचा कि जाड़े के बाद इस तरह आगे बढ़ते रहना मुमकिन नहीं होगा।

फिर दक्षिणी मोर्चे की स्थिति सहसा ही एकदम बदल गई। ओरेलक्रोमी मोर्चे की आम लड़ाई में स्वयंसेवक सेना की हार और वोरोनेज़ क्षेत्र में बुदयोननी की घुड़सवार सेना के शानदार कारनामों ने लड़ाई के नतीजे का फ़ैसला कर दिया। नवम्बर में स्वयंसेवक-सेना को दक्षिण की तरफ़ पीछे हटना पड़ा। इस तरह दोन सेना का बायाँ पक्ष दुश्मन के वार के लिए बिल्कुल सामने आ गया और अन्त में उसे भी पीछे हट जाना पड़ा।

24

पैन्तेली ढाई महीने तक लातीशेव गाँव में अपने परिवार के साथ सही-सलामत रहा। लेकिन, लाल सेनाओं के दोन से पीछे हट जाने की ख़बर पाते ही वह लौट पड़ा।

...तातारस्की से कोई पाँच वर्स्ट पहले वह एक संकल्प के साथ अपनी गाड़ी से उतरकर नीचे

आया और बोला–"यह पैदल चाल अब अपनी बर्दाश्त के बाहर है और इन हरामज़ादी गायों के साथ गाड़ी दौड़ाना मुमकिन नहीं है। दून्या, बैल रोको और गायें अपनी गाड़ी से बाँध लो। कौन जाने हो सकता है कि घर अब तक जलकर राख हो चुका हो !"

बस, तो मन की बेसब्री से परेशान होकर उसने बच्चे अपनी गाड़ी से उठाकर दून्या की बड़ी गाड़ी में बिठाए। इनके साथ ही सारा फालतू सामान उसमें रखा और अपनी हल्की गाड़ी ऊँची-नीची सड़क पर दौड़ा चला। फिर तो पहले वर्स्ट का फ़ासला तय करने में ही घोड़ी पसीने-पसीने हो गई। उसके मालिक ने इतनी बेरहमी उसके साथ आज तक कभी न बरती थी। वह उसकी पीठ पर चाबुक पर चाबुक जमाता रहा। चाबुक क्षण-भर को भी उसने हाथ से नीचे रखा ही नहीं।

"तुम घोड़ी की जान लेकर छोड़ोगे ! ऐसे पागलों की तरह गाड़ी क्यों दौड़ा रहे थे आख़िर ?" इलीनीचिना चीख़ी। इस बीच गाड़ी के डंडे उसने कसकर थाम लिए और हिचकोलों के कारण उसके माथे की नसें दर्द से तन गईं। "जो भी हो, तुम तो मेरी क़ब्र पर आँसू बहाने आओगी नहीं ?... तू...तू घोड़ी की बच्ची, पसीने से भीग रही है...क्यों ? मैं अभी निकालता हूँ तेरा पसीना ! कौन जाने घर की जगह सिर्फ़ खँडहर मिले हमें ?" पैन्तेली ने दाँत पीसते हुए कहा।

परन्तु उसकी आशंका निराधार निकली। घर ज्यों-का-त्यों खड़ा मिला। वैसे हालत ज़रूर ख़राब थी। सभी खिड़कियाँ टूट गई थीं, दरवाज़े कब्ज़ों से अलग हो गए, और दीवारें गोलियों से छेदही हो गई थीं। अहाते की हर चीज़ से बेपरवाही और वीरानी टपक रही थी। अस्तबल का कोना तोप के गोले से झड़ गया था। दूसरे तोप के गोले से दीवार के पास संध हो गई थी। इससे चौखटा चूर-चूर हो गया और कुएँ का लकड़ी का साँचा बीच से दो हो गया था। जिस लड़ाई से पैन्तेली भाग खड़ा हुआ था वह खुद उसके घर में घुस आई थी और बर्बादी के रूप में अपने घिनौने निशान छोड़ गई थी। लेकिन इससे कहीं ज़्यादा नुकसान, तातारस्की में पड़ाव डालनेवाले ख़ोपर के कज़्ज़ाकों ने फ़ार्म को पहुँचाया था। मवेशियों के अहाते में बाड़ें उखाड़ फेंकी थीं और आदमी के क़द के बराबर गहरी खाइयाँ खोद डाली थीं। ऊपर का काम बचाने के लिए खत्ती की एक दीवार ढहा दी थी और उसके लकड़ी के तख़्ते अपनी खाइयों के किनारे-किनारे लगा लिए थे। मशीनगन के लिए एक आड़ बनाने की ख़ातिर पत्थर की दीवार के पत्थर निकालकर फेंक दिए थे। सूखी घास की टाल आधी कर दी थी और घास बड़ी लापरवाही से अपने घोड़ों को खिला दी थी। बेंत की बाड़ों में आग लगा दी थी, और बाहर के बावर्चीख़ाने का स्टोव किसी काम का न छोड़ा था।

सो घर और घर के बाहर की चीज़ों को जो पैन्तेली ने देखा तो अपना सिर थाम लिया। नुकसानों को नुकसान न मानने की हमेशा की आदत ने इस समय उसका दामन छोड़ दिया। इस बार उसके मुँह से बिल्कुल न निकला कि हटाओ भी...ऐसा नुकसान भी क्या हुआ है...तिनके के बराबर समझो...खत्ती न तो कोई मामूली कोट थी, और न उसके बनाने में कोई छोटी रक़म खर्च हुई थी।

"ऐसा लगता है जैसे कि खत्ती अपने यहाँ कभी थी ही नहीं।" इलीनीचिना ने आह भरकर कहा।

"खत्ती कोई ऐसी न थी..." पैन्तेली ने जल्दी-जल्दी कहा, पर वाक्य पूरा न कर सका। उसने अपना हाथ हवा में लहराया और खलिहान में चला गया।

घर की दीवारों में गोलियों और तोपों के गोलों के निशान चेहरे के चेचक के दाग़ों-से लगे। लगा कि दीवारों की किसी ने किसी तरह की कोई परवाह नहीं की। हवा कमरे में सरसराती रही और मेज़ों और बेंचों पर परत-की-परत गर्द जमी रही। ज़र्रे-ज़र्रे ने जैसे चिल्लाकर कहा कि अब नए सिरे से सबकुछ ठीक-ठाक करने में वक़्त लगेगा।

पैन्तेली दूसरे दिन ही घोड़े पर सवार होकर व्येशेंस्काया चला गया और थोड़ी मुसीबत उठाकर अपने डॉक्टर-मित्र से एक सर्टिफ़िकेट ले आया कि कज़्ज़ाक पैन्तेली-प्रोकोफ़ियेविच मेलेख़ोव पैर की तकलीफ़ की वजह से चल-फिर नहीं सकता और उसे बाक़ायदा इलाज की ज़रूरत है। बस तो दुबारा

मोर्चे पर जाने से उसकी जान छूट गई। उसने यह सर्टिफ़िकेट अतामान को दिखलाया और गाँव के प्रशासकों के पास गया तो मामले पर मुहर मारने के लिए हाथ के बेंत पर और ज़ोर दिया। और एक-एक पैर से पारी-पारी भचका।...

सेनाओं के पीछे हटने के अभियान के बाद कज़्ज़ाक जब तातारस्की लौटे तो उन्हें ऐसी तवालत उठानी पड़ी और ऐसी परेशानी का सामना करना पड़ा कि अब तक की ज़िन्दगी की सारी तवालतें और परेशानियाँ हल्की पड़ गईं। खोपर के कज़्ज़ाकों ने उनकी सारी चीज़ें इस तरह इधर-उधर फेंक दी थीं कि लोग उन्हें अहाते-अहाते घूम-घूमकर पहचानते फिरे। वे अपनी गायों की तलाश में स्तेपी में जहाँ-तहाँ भटकते फिरे। मालूम हुआ कि गोलाबारी के तीसरे दिन ही तीन सौ भेड़ों का रेबड़ का रेबड़ गाँव के ऊपरी सिरे से ग़ायब हो गया। गड़रिए के अनुसार, तोप का एक गोला चरती हुई भेड़ों के झुंड के सामने गिरा। उसके गिरते ही भेड़ें डरकर दुमें उठाती हुई स्तेपी में भागीं और जाने कहाँ लापता हो गईं। फिर वीरान गाँव के लोगों के लौटने के एक सप्ताह बाद वे चालीस वर्स्ट के फ़ासले पर मिलीं। पर उन्हें हाँककर गाँव लाया गया और छाँटा गया तो आधी भेड़ें बाहर की निकलीं और तातारस्की की पचास से ज़्यादा भेड़ें ग़ायब मिलीं। बोगातिरयोव-परिवार की सिलाई की मशीन मेलेखोव के बाग़ में पाई गई। पैन्तेली की खत्ती की टीन की चादर अनीकुश्का के खलिहान में पड़ी मिली। यही हालत पास-पड़ोस के हर गाँव में नज़र आई। फिर बहुत समय तक दोन के किनारे के इलाक़ों के पास-दूर के गाँवों के लोग तातारस्की आते रहे और पूछते रहे—"तुमने हमारी गाय तो नहीं देखी ? रंग लाल था...माथे पर एक जगह के बाल ग़ायब थे...बायाँ सींग थोड़ा टूटा हुआ था।...हमारा बछड़ा कहीं घूमते-फिरते आपके गाँव में तो नहीं आ गया ? एक साल का था।"

और कोई सन्देह नहीं कि एक नहीं, जाने कितने एक-एक साल के बछड़े कज़्ज़ाक स्क्वैड्रनों के कड़ाहों और बावर्चीख़ानों में उबाल डाले गए थे, मगर उनके मालिकों ने आशा नहीं छोड़ी, और वे एकदम निराश हो जाने की स्थिति तक स्तेपी के मैदान में उन्हें ढूँढ़ते रहे—मारे-मारे फिरते रहे।

पैन्तेली ने फ़ौज की झंझट से छुटकारा पाने के बाद बाहर की इमारतें ठीक-ठाक कीं और बाड़ें दुरुस्त कीं। खलिहान में अन-ओसाए अनाज के अम्बार लगे रहे और भूख से टूटी चुहियाँ उनके बीच दौड़ लगाती रहीं। पर बूढ़े ने ओसाई के काम में हाथ नहीं लगाया। वैसे वह हाथ लगाता तो लगाता भी कैसे, जबकि फ़ार्म में बाड़ तक नहीं थी, खत्ती की नींव तक ग़ायब थी, और फ़ार्म की हर चीज़ पर बर्बादी के हाथों के काले निशान थे ! फिर यह भी कि ख़िज़ाँ आई तो सुहाना मौसम अपने साथ लाई। ऐसे में ओसाई की ऐसी हड़बड़ी भी भला क्या होती !

दून्या और इलीनीचिना ने दीवारों पर फिर से पलस्तर चढ़ाया, पूरे घर की पुताई की और कामचलाऊ बाड़ खड़ी करने और दूसरे कामों में पैन्तेली का हाथ बँटाया। उन्होंने जाने कहाँ से शीशा हासिल कर लिया। खिड़कियाँ नए सिर से चमका डालीं और गर्मी का बावर्चीख़ाना और कुएँ की सफ़ाई का काम पूरा कर डाला। बूढ़ा खुद कुएँ में उतरा और नीचे गहराई में सर्दी खा गया। फिर एक सप्ताह तक खाँसता और छींकता फिरा। पूरे सात दिन उसकी कमीज़ पसीने से नहाती रही। पर एक बार में ही घर की बनी वोद्का की दो बोतलें साफ़ करते ही और गरम स्टोव के ऊपर थोड़ी देर तक लेटते ही सारी बीमारी यों उड़नछू हो गई जैसे कि किसी ने जादू कर दिया हो।

परन्तु ग्रिगोरी की कोई खोज-ख़बर अब भी नहीं मिली। केवल अक्तूबर के अन्त में ही पैन्तेली को पता लगा कि वह बिल्कुल ठीक है और अपनी रेजीमेंट के साथ कहीं वोरोनेज़-प्रान्त में है। यह सूचना भी सुयोग से ही मिली, गाँव से होकर गुज़रनेवाले ग्रिगोरी की रेजीमेंट के एक जख़्मी कज़्ज़ाक से। बूढ़ा ख़ुशी से खिल उठा और इसी उमंग में लाल मिर्च-मिली वोद्का की दवा की आख़िरी बोतल ढाल गया। बाद में दिन-भर बकबकाता रहा और जवान मुर्ग़े की तरह ऐंठा-ऐंठा फिरता रहा। उसने बग़ल से होकर निकलनेवाले हर व्यक्ति को रोका और बोला—"तुमने ख़बर सुनी ? हमारे ग्रिगोरी ने

वोरोनेज़ ले लिया। हमने तो यहाँ तक सुना है कि उसका ओहदा बढ़ा दिया गया है, और इस वक़्त एक डिवीज़न या शायद एक कोर-की-कोर की कमान उसके हाथों में है। ऐसा फ़ौजी तो दूर-दूर तक ढूँढे नहीं मिलेगा। यह बात तो तुम खुद भी जानते हो...'' इस तरह बुड्ढा अपना राग अलापता रहा और ज़रूरी समझता रहा कि दूसरे भी उसके मन की इस ख़ुशी में हिस्सा बँटाएँ...।

''बेटा तुम्हारा सूरमा है...सूरमा !'' गाँववाले बोले।

पैन्तेली ने ख़ुशी से आँख मारी—''और, सूरमा भला वह होता कैसे नहीं ? आख़िर बेटा किसका है ! मैं कोई डींग नहीं मारता...लेकिन, अपनी जवानी के ज़माने में उससे किसी तरह उन्नीस नहीं था। यह तो मेरा पैर है कि आड़े आता है, वरना मैं तो आज भी उसे अपने से आगे निकलने न दूँ। पूरी डिवीज़न न सही, पर एक स्क्वैड्रन तो मैं सँभाल ही सकता हूँ। अरे, अगर मोर्चे पर मेरे जैसे बूढ़ों की गिनती ज़्यादा होती तो हमने मास्को जाने कब का लेकर दिखला दिया होता। लेकिन फ़िलहाल तो हम सही वक़्त के इन्तज़ार में हैं...ये किसान तो हमारी सँभाल में आते ही नहीं...''

उस दिन पैन्तेली ने जिस अन्तिम व्यक्ति से बातें कीं, वह बेस्खलेबनोव रहा। वह पैन्तेली के अहाते की बग़ल से निकला तो बूढ़े ने बिना चूके उसे टोका—''ए...ठहरो ज़रा, फ़िलिप-अगेविच ! क्या हालचाल है ? इधर आओ न, थोड़ी गपशप हो जाए।''

बेस्खलेबनोव पास आया और उसने पैन्तेली का अभिवादन किया। पैन्तेली ने पूछा—''मेरे ग्रीशा के कारनामे सुने तुमने ?''

''क्यों, ऐसा क्या किया उसने ?''

''अरे, उसे एक पूरी-की-पूरी डिवीज़न की कमान सौंप दी गई है...यानी एक पूरी डिवीज़न उसकी मातहत है।''

''एक पूरी डिवीज़न ?''

''हाँ, एक पूरी डिवीज़न !''

''सचमुच ?''

''सचमुच...और, किसी ऐरे-ग़ैरे को तो कमान इस वक़्त लोग सौंप नहीं देंगे...है कि नहीं ?''

''हाँ, सो तो है।''

पैन्तेली ने अपने साथी के चेहरे पर निगाह टिका दी और अपने प्रिय विषय को लेकर बात खींच चला—''मेरे बेटा है एक और उसने सभी को ताज्जुब में डाल रखा है। इतने क्रॉस मिले हैं उसे कि पूरा एक बक्सा भर जाए ! अब भला क्या कहोगे तुम ? और, लड़का कई बार जख़्मी हुआ है...एक बार तो तोप के गोले का भी शिकार हो चुका है। मैं कहता हूँ कि उसकी जगह कोई दूसरा होता तो कभी का दुनिया छोड़कर चल दिया होता। मगर, वह है कि उसका बाल भी बाँका नहीं हुआ। सबकुछ यों गुज़र गया जैसे बत्तख़ की पीठ से पानी गुज़र जाए। नहीं, भाई, दोन के इलाक़े से सच्चे कज़्ज़ाकों का नाम अभी नहीं मिटा।''

''यह तो तुम ठीक कहते हो, लेकिन पता नहीं क्यों, इनसे कोई ख़ास फ़ायदा मालूम नहीं होता।'' कोई ख़ास बातूनी न होने पर भी, बेस्ख़लेबनोव ने विचारों में डूबते हुए कहा।

''यह बात कैसे कह सकते हो तुम ? ज़रा सोचो कि इन्हीं लोगों ने लाल फ़ौजियों को कहाँ तक ठेल दिया है...उन्होंने उन्हें ऐन वोरोनेज़ तक खदेड़ दिया है, और अब तो वे लोग मास्को के क़रीब पहुँच रहे हैं...''

''वह तो वे लोग एक ज़माने से पहुँचते रहे हैं...''

''हथेली पर तो सरसों उगाई जाती नहीं, फ़िलिप अगेविच ! फिर, तुम्हें यह भी समझना चाहिए कि लड़ाई में जल्दी में कभी कुछ नहीं किया जाता। जल्दी का काम शैतान का होता है। हर काम धीरे-धीरे किया जाता है नक़्शों के मुताबिक...तमाम तरह की चीज़ों को सामने रखकर। रूस में किसानों

की गिनती उतनी ही है जितनी कि टिड्डों या पतिंगों की, मगर हम कज़्ज़ाक भला गिनती में कितने हैं ? बस, मुट्ठी-भर ही तो हैं न !''

''यह सब सही है, मगर लगता यह है कि हमारे फ़ौजी बहुत वक़्त तक अपने पैर जमाए रह नहीं सकेंगे। जाड़े तक मेहमानों को फिर आया समझो। लोग कहते तो ऐसा ही हैं।''

''हाँ, अगर वे मास्को इस वक़्त, जल्दी से ले नहीं लेंगे तो लाल फ़ौजी यहाँ फिर आ जाएँगे। जहाँ तक इसका सवाल है, तुम्हारी बात बिल्कुल ठीक है।''

''लेकिन, तुम्हारा ख़्याल है कि मास्को वे लोग ले लेंगे ?''

''ले लेना चाहिए। वैसे जैसी ऊपरवाले की मर्ज़ी। हमारे फ़ौजी इस मामले में भला क्या कर सकते हैं ! एक-एक कज़्ज़ाक लाम पर चला गया है, यानी बारह की बारहों कज़्ज़ाक कोरें वहाँ हैं। अब भी मास्को नहीं लेते बनेगा क्या ?''

''कौन क्या कह सकता है ! और तुम्हारा क्या हाल है ? लड़ाई से छुटकारा मिल गया क्या ?''

''यह टूटी टाँग लेकर क्या करूँगा मैं ! पैर की यही मुसीबत न होती तो मैं दिखलाता कि दुश्मन से लोहा कैसे लिया जाता है ! हम बूढ़े लोग जुम्बिश नहीं खाते कहीं से ! बड़े मज़बूत हैं।''

''और, यही जुम्बिश न खानेवाले मज़बूत बूढ़े लाल फ़ौजों से घबराकर इस तरह सिरों पर पैर रखकर भागे कि एक के भी पास एक भेड़ की खाल नहीं बची। लोग नंग-धड़ंग हो गए और हर चीज़ उतारकर फेंक दी। कहते हैं कि स्तेपी का पूरा मैदान भेड़ों की खालों से पीला हो गया और फूलों के ग़लीचे-सा लगने लगा।''

पैन्तेली ने बेस्ख़लेबनोव को कनखी से देखा और रुखाई से बोला–''मेरे ख़्याल से तो यह सब झूठ है। हो सकता है कि कुछ लोगों ने अपना बोझ हल्का करने के लिए कुछ चीज़ें उठाकर फेंक दी हों, लेकिन इसी बात को लोग सौ गुना बढ़ा-चढ़ाकर क्यों पेश करते हैं ? कोई बहुत बड़ी चीज़ है–कोट या भेड़ की ख़ाल ही सही। ज़िन्दगी इससे कहीं कीमती है। मैं पूछता हूँ, तुम्हीं बतलाओ, है कि नहीं ? इसके अलावा यह भी है कि हर बूढ़ा पूरे ताम-झाम के साथ क़ायदे से भाग भी तो नहीं सकता। इस बेहूदी लड़ाई में आदमी के पैर बोरज़ोई कुतिया के पैरों की तरह फुर्तीले होने चाहिए। मगर, अब मेरी ही मिसाल लो...ऐसे पैर भला कहाँ मिलेंगे मुझे ? और, इसे लेकर तुम इतने परेशान क्यों हो, फ़िलिप अगेविच ?...ऊपरवाला मुझे माफ़ करे...मगर मैं पूछता हूँ कि उनका ऐसा इस्तेमाल भी क्या है किसी के पास...मेरा मतलब, भेड़ की खालों का ? सवाल भेड़ों की खालों या कोट तक का नहीं है, सवाल है दुश्मन को मुँह की देने का। है कि नहीं ? अच्छा, अलविदा...हम बातों में उलझ गए और मेरा काम सारा पड़ा हुआ है। अरे हाँ, तुम्हारा बछड़ा मिल गया ? अभी भी तलाश जारी है ? कोई ख़बर कहीं से मिली ? मेरा तो ख़्याल है कि खोपर के लोग गटक गए उसे...हड्डियाँ फँसें उनके गलों में !...लेकिन, तुम लड़ाई की फ़िक्र न करो। हमारे फ़ौजी उन किसानों को दबाकर दम लेंगे !'' और पैन्तेली अकड़ता हुआ सीढ़ियों की ओर भचक चला।

परन्तु, साफ़ है कि 'किसानों को दबाना' इतना आसान न था। आख़िरी हमले में भी कज़्ज़ाकों की जान-माल का नुकसान न हुआ हो, ऐसा नहीं था। एक घंटे बाद ही पैन्तेली को ऐसा दुख का समाचार मिला कि उसकी ख़ुशी का सारा नशा हिरन हो गया।

वह कुएँ के ऊपर का लकड़ी का साँचा बनाने में लगा रहा कि एक औरत के रोने और विलाप करने की आवाज़ उसके कानों में पड़ी। फिर, आवाज़ और पास आई तो हाथ की कुल्हाड़ी नीचे रखते हुए पैन्तेली दून्या से बोला–''दौड़कर जा और देखकर आ कि कौन मर गया है।''

दून्या ने जल्दी ही लौटकर बतलाया कि तीन कज़्ज़ाकों की लाशें ऊपरी दोन के मोर्चे से गाँव आई हैं–मरनेवालों में एक है अनीकुश्का, दूसरा क्रिस्तोन्या और तीसरा गाँव के नुक्कड़ का सत्रह साल का एक लड़का।

पैन्तेली ख़बर सुनते ही जैसे गूँगा हो उठा। उसने अपनी टोपी सिर से उतारी और क्रॉस बनाया। कहने लगा–"ऊपरवाला उसे अपनी बाँहों में ले ले ! क्या शानदार कज़्ज़ाक था वह !" उसे क्रिस्तोन्या की मौत से बड़ा धक्का लगा। याद आया कि अभी हाल में ही तो वह उसके साथ तातारस्की से मोर्चे पर गया था...

फिर, उससे काम करते न बना। अनीकुश्का की पत्नी इस तरह चीख़-चीख़कर रोती रही, जैसे कि कोई उसे हलाल कर रहा हो। उसके दर्द से पैन्तेली का हृदय सहज ही भर आया। फिर, इस हृदय-विदारक क्रन्दन से छुटकारा पाने के लिए वह घर में चला आया और उसने दरवाज़ा अन्दर से बन्द कर लिया। सोने के कमरे में दून्या इलीनीचिना को हाँफते-हाँफते सारी कहानी सुनाती मिली–"मैंने देखा माँ...माँ...मैंने देखा न, तो अनीकुश्का का सिर कहीं नज़र ही नहीं आया, चिपचिपा-सा एक लोंदा दीखा सिर की जगह, और बस ! उफ़्...देखने में सबकुछ ऐसा खौफ़नाक था कि कुछ न पूछो। और, जानती हो, गँधा ऐसा रहा था कि एक वर्स्ट दूर से ही बू आने लगे। पता नहीं, लोग उसे घर क्यों ले आए। लेकिन क्रिस्तोन्या गाड़ी के ऐन किनारे, पीठ के बल पड़ा हुआ था...पैर बरानकोट के बाहर झूल रहे थे...देखने में ऐसा साफ़-सुथरा और ऐसा सफ़ेद...ऐसा सफ़ेद लग रहा था, जैसे कि बर्फ़ का बना हो। सिर्फ़ दाईं आँख के नीचे एक छेद था...बस यही, कोपेक सिक्के के बराबर...और, कान के पीछे ख़ून जमा हुआ था।"

पैन्तेली ने भयानक ढंग से थूका, बाहर निकलकर अहाते में आया, कुल्हाड़ी के साथ एक डाँड़ उठाया और भचकते हुए दोन की ओर बढ़ चला। रास्ते में गर्मी के बावर्चीख़ाने के पास मीशात्का खेलता दीखा तो उसने चिल्लाकर उसे आवाज़ दी और बोला–"अपनी दादी से कह देना...मैं ब्रशवुड झाड़ी की लकड़ी काटने के लिए पार जा रहा हूँ...सुनते हो...अरे, सुनते हो बेटे ?..."

दोन के पार, जंगल में शरद की शान्ति का साम्राज्य था। उसकी अपनी एक शान थी। चिनार के पेड़ों से एक सरसराहट के साथ पत्तियाँ झर रही थीं। कँटीली झाड़ियाँ आग की लपट में लिपटी मालूम हो रही थीं और उनकी इनी-गिनी पत्तियों के बीच लाल-बेरी के फल आग की जीभों की तरह चमक रहे थे। शाहबलूत की गली हुई छाल की सड़ाँध पूरे जंगल में भर रही थी। बिलबेरी की घनी झाड़ी ने जैसे ज़मीन को उलझा रखा था और उनकी रेंगती हुई शाखों के जाल के नीचे बेरियों के हल्के नीले गुच्छे बड़ी ही कला से धूप से मुँह छिपाकर दुबके हुए थे। छाया में मुर्दा घास पर अब तक ओस के मोती थे और इसी ओस के कारण मकड़ी का जाला जैसे चाँदी का बना लग रहा था। सिर्फ़ कठफोड़वे की एक कायदे में बँधी...खटखट और गानेवाले ख़ास पक्षियों की चहचहाहट से सन्नाटे का तार टूट रहा था।...

ऐसे जंगल के मौन सौन्दर्य से पैन्तेली को बड़ी राहत मिली। यहाँ झाड़ियों पर उसने क़दम रखे और गिरी हुई गीली पत्तियाँ चरमराईं तो वह अपने-आपसे बोला–'यह है ज़िन्दगी...इसे कहते हैं ज़िन्दगी ! अभी थोड़े वक़्त पहले इनमें जान थी और आज इनकी क़ब्र सज रही है। कैसा शानदार कज़्ज़ाक दुनिया से उठ गया है ! अभी कल की तो बात है कि वह हमारे यहाँ आया और हमने दार्या को जाल डालकर नदी से निकाला तो वह किनारे पर खड़ा रहा। उफ़्...क्रिस्तोन्या ! यानी, दुश्मन की एक गोली तुम्हारे इन्तज़ार में भी थी। और अनीकुश्का...कैसा खुशमिजाज आदमी था ! उसे शराब ढालने और हँसी के ठहाके लगाने से कितना प्यार था और आज वह सिर्फ़ एक मुर्दा है। और कुछ नहीं' !...पैन्तेली को दून्या के वर्णन का ध्यान आया और उसके दिमाग़ की आँखों के आगे एकदम आ गया अनीकुश्का का मुस्कुराता हुआ बिना गलमुच्छोंवाला, झटका हुआ चेहरा। उसे किसी तरह यक़ीन न हुआ कि वही आदमी आज बेजान पड़ा है और उसका सिर पिचनी हो गया है। फिर, बेस्खलेबनोव और अपनी बातों का ख़्याल आया तो उसे बड़ी ही ग्लानि हुई। उसने अपने ऊपर बड़ी लानत बरसाई–'ग्रिगोरी को लेकर मैंने जो बे-सिर-पैर की हाँकी है, वह एक गुनाह है कि और उससे

मैंने ऊपरवाले को नाराज़ किया है। हो सकता है कि गोलियों से छलनी होकर ग्रिगोरी खुद भी इस वक़्त कहीं पड़ा हो। अगर कहीं ऐसा हो गया तो हम बुड्ढों की देखरेख और फ़िक्र भला कौन करेगा !'

इसी समय झाड़ी के नीचे से एक भूरा, जंगली मुर्ग़ा बाहर आया तो पैन्तेली चौंक गया। उसने पता नहीं क्यों, एक छोटे-से पंछी की तिरछी, तेज़ उड़ान बड़े ग़ौर से देखी और फिर आगे बढ़ गया। ताल के पास उसे जंगली झाड़ी के कुछ झुरमुट बड़े पसन्द आए और वह उन्हें काटने में जुट गया। उस समय उसने हर तरह का ख़्याल बचाया। एक साल में ही उसके इतने सगे-सम्बन्धी और इष्टमित्र ईश्वर को प्यारे हो गए थे कि कल्पना-मात्र से उसे घबराहट होती थी। सारी दुनिया बदरंग और काले पर्दे से ढँकी लगने लगती थी।

'मुझे यह झाड़ी तो काटनी ही चाहिए। बड़ी ही अच्छी झाड़ी है। उसकी बाड़ बहुत ही बढ़िया बनेगी।' अपने दुखद विचारों से छुटकारा पाने के लिए वह अपने-आपसे ज़ोर-ज़ोर से बातें करने लगा।

फिर काफ़ी मेहनत कर चुका तो उसने जैकेट उतारी, झाड़ी की कटी हुई लकड़ी के ढेर पर बैठ गया और मुरझाई पत्तियों की तीखी गन्ध से साँसें बरसाते हुए बहुत देर तक देखता रहा, नीली-धुन्ध के सागर में डूबा क्षितिज और अन्तिम लौ देते, शरद के सोने से मढ़े झाड़। पास ही नज़र आया मेपल का एक पौधा। उसके रूप ने जैसे शब्दों में बँधने से इनकार कर दिया। पौधा जड़ से सिरे तक पूरा-का-पूरा, शरद की चिलकन-भरी धूप में जगमगाता रहा और बैंजनी पत्तियों से लदी उसकी शाखें यों फैली रहीं जैसे कि कोई पौराणिक चिड़िया धरती से उड़ने के लिए अपने पर तोल रही हो।

पैन्तेली बैठा बहुत देर तक यह सभी कुछ सराहता रहा। पर, सहसा ही उसकी निगाह पास के ताल पर पड़ी तो झलाझल पानी में तैरती बड़ी-बड़ी कार्प-मछलियों की पीठें सतह के इतने पास नज़र आईं कि उनके पर और तेज़ी से फड़फड़ाती दुमें तक बिल्कुल साफ़ दीख पड़ीं। गिनती में वे कोई आठ लगीं। मछलियाँ जब-तब ही जलकुम्भी की हरी परतों के नीचे ग़ायब हो जातीं, फिर तैरकर साफ़ धारा में निकल आतीं और बेंत से टूटकर गिरी, पानी में डूबती पत्तियों पर फुदकती फिरतीं।...

पैन्तेली को लगा कि वर्षाहीन शरद के इस छिछले तालाब से इन मछलियों को पकड़ना कोई बहुत दुश्वार न होगा। सो, थोड़ी दौड़-धूप के बाद उसने पास के दूसरे ताल के नज़दीक पड़ा, बिना तल्ले का एक बोरा ढूँढ़ निकाला, कार्पोंवाले ताल को लौटा, पतलून उतारा, कराहते और ठंड से गनगनाते हुए पानी में हिला और बोरे का निचला हिस्सा ताल के तल से जमा दिया। फिर रह-रहकर अन्दर हाथ डालकर उसने देखा कि पानी की बौछार करती, बुलबुले छोड़ती, कोई ज़ोरदार मछली फँसी भी या नहीं। और सचमुच ही उसकी मेहनत बेकार नहीं गई। दस-दस पौंड के वजन की तीन कार्पे उसके हाथ आख़िरकार लग गईं। परन्तु इसके बाद ठंड से उसके लँगड़े पैर को तकलीफ़ पहुँचने लगी और शिकार फिर आगे न चला। इस पर भी, दिन-भर की मशक़्क़त का फल उसे कुछ कम न मिला था। हर एक की क़िस्मत में तीस पौंड वज़न की ऐसी तीन मछलियों का शिकार नहीं होता ! उस पर यह कि मछली के शिकार से उसका चित्र बदल गया था, और मन की उदासी कट गई थी...

अब उसने और मछलियाँ पकड़ने के लिए दुबारा आने की बात सोची और चिन्ता से चारों ओर नज़र दौड़ाई कि मोटी सुनहरी, सूअर-सी मछलियाँ किनारे पर रखते उसे कोई देख तो नहीं रहा। सो, उसने शिकार का बोरा क़ायदे से हर ओर से मोड़ा, उसे जैसे-तैसे कन्धे पर लटकाया, झाड़ी की लकड़ी का गट्ठर उठाया और जल्दी-जल्दी नदी की तरफ़ क़दम बढ़ाए।

घर पहुँचा तो उसने सन्तोष से मुस्कुराते हुए इलीनीचिना को अपने शानदार शिकार की पूरी कहानी सुनाई और एक बार फिर कार्पों के लाल ताँबे के रंग की तारीफ़ की, पर इलीनीचिना ने उसकी खुशी में कोई हिस्सा नहीं बँटाया। कारण यह कि वह लाशों को देखकर अभी-अभी लौटी थी। उसका मन दुखी और चेहरा आँसुओं से तर था।

पूछा—"अनीकुश्का को देखने जाओगे तुम ?"

"नहीं, मैं नहीं जाऊँगा। मैंने कोई मुर्दा कभी नहीं देखा क्या ? पहले ही इतनी लाशें देखी हैं कि अब ज़िन्दगी-भर देखने की ज़रूरत नहीं।"

"ऐसा नहीं...तुम्हें जाना चाहिए...दूसरे लोग भला क्या कहेंगे। कहेंगे कि तुमसे इतना भी न हुआ कि आख़िरी बार उन्हें देख तो आते !"

"उफ़...ईसा के लिए मुझे मेरे हाल पर छोड़ दो ! वह मेरे बच्चों का कोई मुँहबोला बाप तो था नहीं कि मैं उसे देखता फिरूँ !" बूढ़े ने गुस्से से तमककर जवाब दिया।

और वह सचमुच ही अन्त्येष्टि तक में सम्मिलित नहीं हुआ। तड़के ही नाव लेकर चला गया और फिर सारे दिन जंगल में बना रहा। वहाँ गिरजे के घंटे की टन-टन उसके कानों में पड़ी तो टोपी उतारने और क्रॉस बनाने को बरबस उसका जी हुआ। लेकिन इसी समय उसे पादरी पर ग़ुस्सा आ गया—'इतनी देर तक घंटे टनटनाने की ऐसी भला क्या ज़रूरत थी ! घंटा बजाता और राग ख़त्म करता ! यह क्या कि एक घंटे तक टन-टन किए चला जा रहा है ! और इस टन-टन से भी कोई फ़ायदा ? इससे सिर्फ़ यह होता है कि लोगों के दिल टीसते हैं और इन्हें ज़रूरत से ज़्यादा मौत का ख़्याल आता है। वैसे ख़िज़ाँ में तो यों भी हर चीज़ मौत का नाम दोहराती है...क्या पेड़ों से झर-झर झरते पात, क्या नीलम के आसमान में उड़ते और गला फाड़कर चिल्लाते कलहंस और क्या घास की मुँह लटकाए उदास पत्तियाँ !...'

और दुख के आघातों से बचने की तमाम कोशिशों के बावजूद जल्दी ही बूढ़े दिल पर एक नई चोट पड़ी। एक दिन खाने के बाद दून्या ने खिड़की से बाहर नज़र दौड़ाई और बोली—

"लोग एक दूसरे आदमी को मोर्चे से लिए चले आ रहे हैं। पीछे एक कसा हुआ घोड़ा बँधा है और गाड़ी बहुत धीरे-धीरे आ रही है...एक आदमी के हाथों में गाड़ी के घोड़ों की रासें हैं और एक दूसरे आदमी की लाश बरानकोट से ढँकी पड़ी है...हाँकनेवाले की पीठ इस तरफ़ है, इसलिए कह नहीं सकती कि वह इस गाँव का है या किसी दूसरे गाँव का !..." दून्या ने निगाह गड़ाई और उसके गाल लिनेन से भी ज़्यादा सफ़ेद हो उठे—"वही है...वही है !" उसने अस्पष्ट ढंग से, धीरे से कहा और अचानक ही उसके मुँह से चीख़ निकल गई—"ग्रीशा को ला रहे हैं लोग...घोड़ा उसी का है।"...और लड़की रोती-चिल्लाती बरसाती की तरफ़ दौड़ी।

इलीनीचिना ने अपनी आँखें हथेलियों से ढँक लीं और बहुत देर तक मेज़ के किनारे बैठी रही। पैन्तेली जैसे-तैसे बेंच से उठा और अन्धे की तरह हाथ से टटोलते हुए दरवाज़े की तरफ़ बढ़ा।

प्रोख़ोर-ज़िकोव ने फाटक खोला, सीढ़ियों से दौड़कर उतरती दून्या पर निगाह डाली और उदास स्वर में बोला—"लो, एक मेहमान आया तुम्हारे यहाँ...तुम लोग हमारे आने की उम्मीद तो नहीं कर रहे थे न !"

"मेरे प्यारे भैया, मेरे दुलारे भैया !" दून्या हाथ मलते हुए कराही।

प्रोख़ोर ने आँसुओं से भीगी दून्या और सीढ़ी पर अवाक् खड़े पैन्तेली को देखा तो बोला—"घबराने की ऐसी कोई बात नहीं...ग्रिगोरी जीता-जागता है...सिर्फ़ टायफ़स का शिकार हो गया है।"

पैन्तेली ने दरवाज़े की चौखट की टेक लगा ली। दून्या उसकी तरफ़ देखकर ख़ुशी से चीख़ी—"ग्रिगोरी ज़िन्दा है...भैया मेरा ज़िन्दा है ! सुनते हो, सिर्फ़ बीमार है, इसलिए घर लाया गया है। जाओ और जाकर माँ को बतला दो ! अरे, तुम इस तरह पत्थर बने वहाँ खड़े क्यों हो ?"

पैन्तेली ने डगमगाते हुए एकाध क़दम बढ़ाए और फिर सीढ़ियों पर ढह पड़ा। दून्या माँ को ढाँढस बँधाने के लिए आँधी की रफ़्तार से उसकी बग़ल से गुज़री। प्रोख़ोर ने गाड़ी सीढ़ियों के पास रोकी और पैन्तेली से बोला—"तुम इस तरह वहाँ बैठे क्यों हो ? जाकर एक कम्बल लाओ तो इसे अन्दर ले चला जाए।"

परन्तु, बूढ़ा ज्यों-का-त्यों, जहाँ-का-तहाँ बैठा रहा। उसके मुँह से एक बोल न फूटा। आँखों से

आँसू जारी रहे, पर चेहरा बिल्कुल गम्भीर बना रहा। एक भी मांसपेशी में कहीं एक हरकत न हुई। दो बार उसने क्रॉस बनाने के लिए हाथ उठाया, पर माथे तक ले न जा सका तो गिरा लिया। उसके गले में जैसे कुछ अटकता और गड़गड़ाता रहा।

प्रोख़ोर ने हमदर्दी से कहा—"तुम ज़रूरत से ज़्यादा सहम गए हो ! आख़िर मैंने पहले से किसी से तुम्हें इत्तिला क्यों नहीं भिजवा दी : मैं बेवकूफ़ हूँ, बिल्कुल बेवकूफ़ हूँ...अब इस बात में किसी तरह का कोई शक रहा ही नहीं। ख़ैर, अब तो उठो, प्रोकोफ़ियेविच ! बीमार को तो अन्दर ले ही चलना है। कम्बल कहाँ है ? या, कहो तो यों ही अन्दर ले चलें इसे।"

"रुको ज़रा।" पैन्तेली ने भर्राए हुए गले से कहा—"मेरे पैर जवाब देते मालूम होते हैं...मैं तो समझा कि मर गया यह ! ऊपरवाला बड़ा मेहरबान है...मुझे उम्मीद नहीं थी..." उसने अपनी पुरानी कमीज़ के गले के बटन नोचकर तोड़ डाले, कॉलर झटके से खोल लिया और मुँह फैलाकर लम्बी साँस ली।

"उठो...उठो...प्रोकोफ़ियेविच !" प्रोख़ोर ने जल्दी की—"इसे अन्दर ले चलने को हम ही हैं या कोई और भी है अन्दर ?"

पैन्तेली बड़ी मुश्किल से उठा, सीढ़ियों से उतरा और बरानकोट फेंककर बेहोश ग्रिगोरी पर झुका। उसके गले में फिर कुछ अटका, लेकिन उसकी चिन्ता न कर वह प्रोख़ोर की ओर मुड़ा—"तुम पैर पकड़ लो...हम इसे अन्दर लिए चलते हैं।"

फिर वे दोनों ग्रिगोरी को सोने के कमरे में ले आए। यहाँ उन्होंने उसके जूते-कपड़े उतारे और उसे पलंग पर लिटा दिया। इसी समय बावर्चीख़ाने से दून्या की चिन्ता से भरी आवाज़ आई—"पापा ! जल्दी यहाँ आओ ! देखो, माँ कैसी हो रही है !"

इलीनीचिना बावर्चीख़ाने के फ़र्श पर पड़ी रही। दून्या घुटनों के बल, उसकी बग़ल में बैठी उसके राख के रंग के चेहरे पर पानी छिड़कती रही। पैन्तेली ने आते ही कहा—"दौड़कर जा और बुढ़िया कपीतोनोवना को बुला ला...जल्दी कर ! वह बदन में खून पहुँचाना जानती है। उससे अपनी माँ का सारा हाल बतलाना और कहना कि ख़ून पहुँचाने की सारी चीज़ें अपने साथ लेती आए !"

लेकिन, दून्या के हाथ पीले होने की उम्र थी। वह गाँव के बीच से नंगे सिर तो निकल नहीं सकती थी, इसलिए उसने एक तरफ़ से एक रूमाल खींचा, सिर में बाँधते हुए लपकी और जाते-जाते बोली—"बच्चे ऐसे डर गए हैं कि जान ही नहीं निकली है...हे नीली छतरीवाले, एक दिन में इतना तूफ़ान, इतनी मुसीबतें !...पापा, ज़रा बच्चों को देखना, मैं अभी-अभी आई।"

शायद दून्या का बस चलता तो वह ठिठककर शीशे में एक नज़र अपने को देख लेती। लेकिन, इस बीच सँभल गए पैन्तेली ने उसे ऐसी कड़ी नज़र से देखा कि वह सिर पर पाँव रख बावर्चीख़ाने से भागी और छोटे फाटक से बाहर निकलते ही उसकी निगाह अकसीनिया पर पड़ी। उसका चेहरा ऐसा सफ़ेद लगा, जैसे कि नसों में कहीं एक बूँद ख़ून न हो। औरत बेंत की बाड़ से टिकी खड़ी रही और उसके हाथ बेजान-से झूलते रहे। धुँधलाई, काली आँखों में आँसू तो एक न झलका, लेकिन उनमें इतनी यातना और ऐसा मौन आग्रह लहरें लेता लगा कि दून्या एक क्षण को ठिठक गई और स्वयं अपने को आश्चर्य में डालते हुए, न चाहने पर भी बोली—"वह ज़िन्दा है...सिर्फ़ टायफ़स हो गया है।"

फिर लड़की अपनी नाजुक, उछलती हुई छातियों को दबाते हुए, किनारे की गली में पूरी रफ़्तार से दौड़ चली। इस बीच परेशान औरतें हर तरफ़ से मेलेखोव के अहाते में मुड़ चलीं। सबके देखते-देखते अकसीनिया बेंत के फाटक के पास से धीरे-धीरे हटी, फिर सहसा ही तेज़ क़दम बढ़ाए, सिर झुकाया और चेहरा अपने हाथों से ढँक लिया।

25

ग्रिगोरी फिर एक महीने में ठीक हो गया। वह नवम्बर के अन्त में पहली बार अपने बिस्तरे से उठा और डगमगाते क़दमों से कमरे के इस पार आकर खिड़की के सहारे खड़ा हो गया। इस समय हड्डी-हड्डी रह जाने के कारण लम्बा और बहुत ही दुबला-पतला लगा।

धरती और फूस की छानियों पर नए बर्फ़ के फूल चमके और अपनी चाँदी से आँखों में चकाचौंध पैदा करने लगे। किनारे की गली में स्लेजों की लीकें नज़र आने लगीं। बाड़ों और पेड़ों ने पाले के निलछरे पर लगा लिए और यह पर ढलते सूरज की धूप में इन्द्रधनुषी रंग बनाने लगे।

ग्रिगोरी अपनी लकड़ी-सी उँगलियों से मूँछों पर हाथ फेरता विचारों में डूबा रहा और खिड़की से बाहर देख-देखकर मुस्कुराता रहा। इस समय कोई उसे देखता तो सोचता कि इतना शानदार जाड़ा इसने शायद पहले कभी नहीं देखा। उसे हर चीज़ ग़ैर-मामूली और ताज़गी से भरी लगी। हर चीज़ से एक नया अर्थ उभरता दीखा, जैसे कि बीमारी से उसकी आँखों की तेज़ी बढ़ गई। उसे आस-पास जाने क्या-क्या नया नज़र आने लगा और पुरानी चीज़ों में जाने कैसे-कैसे नए उलटफेर समझ पड़ने लगे।

वह अपने स्वभाव के प्रतिकूल और आशा के विपरीत गाँव और फ़ार्म की छोटी-से-छोटी घटना में दिलचस्पी लेने लगा। उसकी ज़िन्दगी से सम्बन्धित हर बात का एक नया और गुप्त महत्त्व हो उठा, और हर चीज़ उसे अपनी ओर खींचने लगी। इस तरह उसके सामने जो एक नई दून्या आई, उसे वह थोड़े आश्चर्य से भरकर देखता। चेहरे की सख़्ती, आँखों की पाशविकता और होंठों के कोनों की भयानकता की जगह उसकी हर गतिविधि में एक कोमलता नज़र आती और उसके होंठों पर बच्चों की-सी मुस्कान थिरकती रहती। वह अब-तब ही बचपन से सामने रहनेवाली घर की कोई चीज़ उठा लेता और भौंहें सिकोड़कर उसे यों देखता, जैसे कि वह खुद कोई अजनबी हो, किसी दूर देश से आया हो और उस चीज़ को उसने पहली बार देखा हो।

ऐसे ही इलीनीचिना ने उसे एक दिन एक चर्खे की लाट को हर तरफ़ से परखते देखा तो उसके आश्चर्य का ठिकाना न रहा। पर वह ज्यों ही कमरे में घुसी, ग्रिगोरी कुछ लज्जित-सा होकर लाट को एक तरफ़ रखकर दूर चला गया।

दून्या उसके हड्डी-हड्डी दुबले-पतले शरीर को देखती तो उसे बरबस हँसी आ जाती। वह केवल अन्दर के कपड़ों में कमरे में टहलता, अपना फिसलता पाजामा एक हाथ से साधे रहता, कमर झुकाए रहता। और चलता तो पतले पैर डगमगाने लगते। बैठता तो उसे गिर पड़ने का डर बना रहता और इसीलिए वह किसी-न-किसी चीज़ को हाथ से जकड़े रहता। बीमारी के दौरान काफ़ी बढ़ गए उसके काले बाल हर दिन गिरते जाते। हमेशा माथे पर झूलनेवाले घुँघराले बालों का छल्ला बराबर हल्का पड़ता जाता।...

एक दिन उसने दून्या की सहायता से अपना सिर मूड़ा। पर जब उसने अपना चेहरा अपनी बहन की तरफ़ मोड़ा तो उस्तरा लड़की के हाथ से छूटकर ज़मीन पर जा गिरा, उसने अपना पेट थाम लिया और पलंग पर गिरकर हँसते-हँसते लोट-पोट हो गई।

ग्रिगोरी ने उसे जीभर हँस लेने का पूरा मौक़ा दिया। पर आखिर में उससे और न रुका गया और उसने कमज़ोर काँपती हुई आवाज़ में कहा—"ज़रा सँभलो और अपनी हद में रहो। ऐसा न हो कि बाद में तुम्हें शर्म उठानी पड़े। अब लड़की नहीं बल्कि पूरी औरत हो तुम...पता है तुम्हें...!" उसकी आवाज़ से खीझ टपकी।

"ओह...भैया...मेरे प्यारे भैया...अच्छा हो कि मैं चली जाऊँ यहाँ से। मुझमें अब हँसने की ताक़त बाक़ी नहीं है। अरे तुम ज़रा देखो तो कि लगते कैसे हो ! खेत में खड़े कौओं को डरानेवाले काकभगोड़ा

लगते हो बिल्कुल...!'' दून्या ने यह शब्द जैसे-तैसे हँसी के बीच कहा।

''मैं देखना चाहता हूँ कि टाइफ़स के बाद ख़ुद तुम कैसी लगती हो ! अच्छा उठाओ उस्तरा...बहुत हुआ।''

इलीनीचिना ने बेटे का पक्ष लिया और ज़रा परेशानी से बोली—''लेकिन तू इस तरह हिनहिना भला क्यों रही है ? तू बिल्कुल बेवकूफ़ है, दून्या !''

''लेकिन माँ, ज़रा देखो तो कि भैया लगते कैसे हैं ?'' दून्या ने अपने आँसू पोंछते हुए कहा—''कैसा ऊँचा-नीचा, काला और तरबूज़ की तरह गोल सिर है इनका...उफ़्...मैं और नहीं...!''

ग्रिगोरी ने कहा—''ज़रा शीशा तो देना मुझे !'' फिर उसने शीशे के उस छोटे टुकड़े में आँख गड़ाकर देखा तो बिना आवाज़ किए, ख़ुद भी बहुत देर तक हँसता रहा।

इलीनीचिना ने असन्तोष से कहा—''मगर तुमने अपना सिर मूड़ क्यों डाला, बेटे ? जैसा था वैसा ही रहने देते तो अच्छा होता !''

''यानी गंजा हो जाना तुम इससे बेहतर समझती हो ?''

''ख़ैर छोड़ो...मगर इस तरह तो तुम बहुत ही भद्दे लगते हो।''

''उफ़...लेकिन तुम भी हद करती हो !'' ग्रिगोरी ने अपने ब्रश से साबुन में झाग उठाते हुए गुस्से से कहा।

अब बाहर न जा सकने के कारण वह अधिकांश समय बच्चों के साथ ही काटता। उनसे हर तरह की, हर चीज़ के बारे में बातें करता, मगर नताल्या का ज़िक्र जान-बूझकर बरकाता। परन्तु पोल्युशका ने एक दिन पूछा ही तो लिया—''पापा, अब ममी लौटकर हमारे पास नहीं आएगी ?''

''नहीं मुन्नी, लोग वहाँ से आया नहीं करते।''

''कहाँ से...क़ब्रगाह से ?''

''बेटी, जो लोग मर जाते हैं न, वे फिर लौटकर नहीं आते।''

''लेकिन ममी क्या बिल्कुल मर गईं ?''

''और क्या ! मर तो गई ही हैं।''

''लेकिन मैंने सोचा कि शायद उन्हें हमारी याद आए और वे आ जाएँ...'' पोल्युशका ने बहुत धीरे से कहा।

''बेटी, ममी की बात ही न करो...यही अच्छा है।'' ग्रिगोरी ने रूखे ढंग से कहा।

''लेकिन बात कैसे न करूँ, याद जो आती है। लेकिन मरनेवाले लोगों से मिलने-जुलने, उन्हें देखने नहीं आते ? थोड़ी देर को भी नहीं आते ? कभी नहीं आते ?''

''नहीं, बिल्कुल नहीं आते...। अच्छा अब जाओ और मीशात्का के साथ खेलो।'' और...ग्रिगोरी ने मुँह फेर लिया। साफ़ है कि बीमारी ने उसकी इच्छा-शक्ति समाप्त कर दी थी। सो उसकी आँखें भर आईं तो बच्चों से आँसू छिपाने के लिए वह शीशे से चेहरा सटाकर बहुत देर तक खिड़की के पास खड़ा रहा।

ग्रिगोरी बच्चों से लड़ाई का ज़िक्र करना बिल्कुल पसन्द न करता। पर मीशात्का दुनिया की हर चीज़ से ज़्यादा दिलचस्पी लड़ाई में लेता और अक्सर ही पिता पर सवालों की बौछार कर देता—''लोग किस तरह लड़े ? लाल फ़ौजी कैसे थे ? उन्हें किस चीज़ से मारा गया ? और क्यों मारा गया ?...'' ऐसे में ग्रिगोरी का चेहरा धुँधला उठता। वह खीझकर कहता—''फिर वही पुराना राग छेड़ दिया ? यह...यह लड़ाई तुम्हारे दिमाग़ में हमेशा ही क्यों नाचती रहती है ? आओ बात करें कि गर्मी आएगी तो हम दोनों कैसे चलेंगे और कैसे ताल में कंटियों से मछलियाँ फँसाएँगे ! मैं तुम्हारे लिए कंटिया बना दूँ ? ज़रा बाहर निकलकर अहाते में जाने लायक़ हो जाऊँ तो घोड़े के बालों से तुम्हारे लिए एक बेसी बना दूँगा।''

यानी मीशात्का जब भी लड़ाई की चर्चा छेड़ता, ग्रिगोरी अन्दर-ही-अन्दर शर्म से भर उठता। बच्चे के भोले-भाले सहज प्रश्नों के उत्तर उसे ढूँढ़े न मिलते...और कौन कह सकता है कि क्यों नहीं मिलते ? शायद उसने खुद इन सवालों के जवाब कभी नहीं पाए थे।...पर मीशात्का से छुटकारा पाना आसान न होता। पिता मछली के शिकार की बातें करता तो वह बड़े ध्यान से सुनता लगता, मगर फिर जल्दी ही एक नया सवाल कर देता–"पापा, तुमने लड़ाई में मारा है किसी को ?"

"अच्छा देख, मुझे परेशान करना बन्द कर...समझा !"

"पापा, लड़ाई में जब तुम लोगों को मारते हो तो डर लगता है ? और लोग मारे जाते हैं तो खून बहता है ? बहुत सारा ख़ून बहता है ? मुर्ग़ी के बच्चे या भेड़ के ख़ून से ज़्यादा ख़ून बहता है ?"

"मैंने कहा न कि तुम इस तरह की बातें बन्द करो।"

मीशात्का क्षण-भर को चुप रहता लेकिन इसके बाद ही कुछ सोचते हुए फिर पूछ बैठता–"बाबा ने एक बार एक भेड़ मारी थी...मगर मैं नहीं डरा...हो सकता है कि थोड़ा-बहुत डर लगा हो, लेकिन मैं सचमुच डरा नहीं।"

इस पर इलीनीचिना गुस्से से कहती–"इसे हटाओ यहाँ से...बड़ा होकर यह दूसरा जल्लाद निकलेगा...लोगों को सिर्फ़ मारता ही फिरेगा। जब देखो तब लड़ाई की ही बातें करता रहता है, जैसे कि बात करने को और कुछ इसके पास है ही नहीं। भला किसी ने सुना है कभी कि इतना नन्हा-सा बच्चा और इस ज़ालिम लड़ाई की बात करे ? इधर आ...ले यह पैनकेक...इससे थोड़ी देर तो तेरा मुँह बन्द रहेगा ही।"

पर, उगनेवाले हर नए दिन ने उन लोगों को लड़ाई की याद दिलाई। कज़्ज़ाक मोर्चे से लौटे, ग्रिगोरी को देखने आए और उन्होंने उसे बतलाया कि ओरेल की लड़ाई में कैसे कामयाबी नहीं मिली, कैसे बुदयोन्नी की घुड़सवार फ़ौज ने जनरल श्कूरो और ममोन्तोव की सारी ताक़त तार-तार कर दी, और कैसे सभी मोर्चों से फ़ौजें पीछे हट रही हैं। बोले–"ग्रिबानोव्स्काया की लड़ाई में दो कज़्ज़ाक और मारे गए हैं। जेरासिम-अख़्यात्किन जख़्मी हालत में घर ले आए गए हैं और दिमीत्री गोलोश्चोकोव टाइफस से मर गए हैं।"

ग्रिगोरी दोनों लड़ाइयों में काम आए अपने गाँव के कज़्ज़ाकों की गिनती करने लगा तो तातारस्की में ऐसा एक भी घर न निकला जिसका कोई-न-कोई प्राणी लाम पर मौत का शिकार न हुआ हो।...

ग्रिगोरी अभी घर से बाहर निकलने के लायक़ भी न हुआ कि गाँव का अतामान, ज़िला अतामान का आदेश लेकर आया। आदेश था कि स्क्वैड्रन कमांडर मेलेखोव फ़ौरन ही डॉक्टरी कमीशन के आगे पेश हो और अपनी डॉक्टरी फिर करवाए।

इस पर ग्रिगोरी क्रोध से बोला–"जवाब लिख दीजिए कि मुझे याद दिलाने की ज़रूरत नहीं। चलने-फिरने लायक़ होते ही मैं खुद ही लौट जाऊँगा।..."

फिर, मोर्चा बराबर दोन के पास आता गया। गाँव में हटकर और पीछे चले जाने की बातें नए सिरे से होने लगीं। थोड़े समय बाद क्षेत्रीय अतामान का एक फ़रमान बाज़ार में पढ़कर सुनाया गया कि सभी वयस्क कज़्ज़ाक हटकर पीछे जानेवालों में शामिल रहें।

पैन्तेली चौक से घर आया और ग्रिगोरी से फ़रमान का ज़िक्र कर बोला–"अब क्या करेंगे हम लोग ?"

ग्रिगोरी ने कन्धे झटके–"हम कर ही क्या सकते हैं ? हमें पीछे हटना पड़ेगा। इस हुक्म के बिना भी हर आदमी यहाँ से चला जाएगा।"

"मैं तो तुम्हारी और अपनी बात कर रहा हूँ–हम साथ चलेंगे या क्या होगा ?"

"हम साथ नहीं चल सकते। एकाध दिन में मैं घोड़े पर सवार होकर व्येशेंस्काया चला जाऊँगा।

उधर से गुज़रनेवाली फ़ौजों का अता-पता करूँगा और एक-न-एक रेजीमेंट के साथ हो लूँगा। लेकिन तुम बेघरबार होकर भागोगे या तुम्हारा इरादा फ़ौज में शामिल होने का है ?''

''ऊपरवाला बचाए !'' पैन्तेली ने घबराकर कहा--''उस हालत में तो मैं बूढ़े बेस्ख़लेबनोव के साथ चला जाऊँगा। अभी उसी दिन तो उसने मुझे साथ चलने की दावत दी थी। आदमी लड़ाई-वड़ाई पसन्द नहीं करता और उसके पास घोड़ा भी अच्छा है। सो, हम अपने दोनों घोड़े गाड़ी में जोत लेंगे और चल देंगे। इस तरह अपनी घोड़ी की थोड़ी चर्बी भी कम हो जाएगी। सूअर की तरह खाती रही है, और खड़े-खड़े लातें चलाती रही है, और बस।''

ग्रिगोरी ने प्रस्ताव का पूरे हृदय से समर्थन किया--''तो, ठीक...तुम उसके साथ चले जाओ... लेकिन इसके पहले अपना रास्ता तय कर लो, क्योंकि हो सकता है कि बिल्कुल वही रास्ता मुझे भी लेना पड़े।''

उसने अपने फ़ील्ड-केस के दक्षिणी रूस का एक नक़्शा निकाला, बूढ़े का रास्ता तय किया और एक काग़ज़ पर राह के सारे गाँवों के नाम लिखने लगा। लेकिन पैन्तेली इस बीच बड़े अदब से नक़्शे को देखता-समझता रहा। बोला--''छोड़ो, गाँवों के नाम इस तरह न लिखो। वैसे ये चीज़ें तुम मुझसे कहीं अच्छी तरह समझते हो। फिर नक़्शा कोई मामूली चीज़ नहीं होता। वह झूठ कभी नहीं बोलता और राह सीधी दिखलाता है। लेकिन अगर सड़क मुआफ़िक न पड़ी तो हम करेंगे क्या ? तुमने कहा कि पहले हम कारगिंस्काया से होकर निकलें, ठीक उधर की सड़क कहीं सीधी है, लेकिन इस पर भी चक्कर तो लगाना ही पड़ेगा।''

''लेकिन, आख़िर क्यों ?''

''क्योंकि मेरा एक चचेरा भाई लातिशेव में रहता है और वहाँ मुझे अपने लिए खाना और घोड़े के लिए दाना मिल सकता है। यों अगर मैं अजनबियों के साथ टिकूँगा तो मुझे अपने खाने का इन्तज़ाम आप करना पड़ेगा। फिर, तुम कहते हो कि मैं अस्ताख़ोव गाँव का रास्ता लूँ। सड़क वह भी सीधी है, मैं जानता हूँ। पर मैं मालाख़ोव्स्की से होकर जाऊँगा। वहाँ भी मेरे दूर के नाते-रिश्तेदार रहते हैं और वहाँ अपनी सूखी घास न खिलाकर, मैं दूसरों की सूखी घास घोड़े को आराम से खिला सकता हूँ। देखो न, सूखी घास की टाल-की-टाल तो साथ ले जाना मुमकिन है नहीं। और किसी अनजाने इलाक़े में यह भी हो सकता है कि ऐसे पाना तो क्या, खरीदने जाओ तो भी सूखी घास कहीं न मिले।''

''लेकिन दोन के दूसरे किनारे पर तुम्हारे कोई नाते-रिश्तेदार नहीं हैं क्या ?'' ग्रिगोरी ने शरारत से पूछा।

''हैं तो।''

''तो, मेरा ख़्याल है कि तुम उस तरफ़ भी जाओगे ?''

''बेकार बकवास न करो।'' पैन्तेली गरम हो उठा--''काम की बात करो, बेकार मज़ाक न बनाओ। क्या वक़्त चुना है मज़ाक करने का। अपने ख़ानदान में एक ही आदमी दिमाग़दार निकला है।''

''तो तमाम नाते-रिश्तेदारों के यहाँ चक्कर काटते फिरने की आपको कोई ज़रूरत नहीं। लड़ाई के दौरान लोग पीछे हटते हैं तो पीछे हटते हैं। तमाम रिश्तेदारों से मिलते नहीं फिरते। यह कोई कारनीवाल का मौक़ा तो है नहीं।''

''ख़ैर, तुम मुझे तरीक़े न समझाओ...यह सब मैं तुम्हारे बिना भी जानता हूँ।''

''अगर जानते हो तो जाओ, जिधर से जाना चाहते हो, जाओ।''

''मुझे अपने नक़्शों के हिसाब से हाँकने से कोई फ़ायदा नहीं होगा। सिर्फ़ एक मगपाई- चिड़िया ही ऐसी होती है जो सीधे उड़ती है...यह कहावत तुमने सुनी है या नहीं ? सीधे तो मैं जाने कहाँ

निकल जाऊँ ! शायद वहाँ निकल जाऊँ जहाँ जाड़े में कहीं सड़कें ही नज़र न आती हों। तो ऐसी बकवास करते समय तुम्हारा दिमाग़ भी ठिकाने था या नहीं ? और, तुम कहते हो कि तुमने एक डिवीज़न की कमान सँभाली है।''

ग्रिगोरी अपने पिता के साथ बहुत देर तक उलझा रहा। फिर उसने अपने व्यवहार पर दुबारा विचार किया तो बूढ़े की बातों में उसे बड़ा सार लगा। उसे मानते हुए बोला–''पापा, नाराज़ न हो। मैं तुम्हें अपने मन के रास्ते से जाने को मजबूर न करूँगा। तुम जिस रास्ते चाहो, उस रास्ते जाना ! मैं दोनेत्स के उस पार तुम्हें ढूँढ़ने की कोशिश करूँगा।''

''यही बात तुम्हें बहुत पहले कहनी चाहिए थी।'' पैन्तेली खुश हो उठा। ''तुम दुनिया-भर के नक़्शे और रास्ते सुझाते फिरते हो, लेकिन एक बात तुम्हारी समझ में यह नहीं आती कि नक़्शा एक चीज़ है और मंज़िल तय करना बिल्कुल दूसरी चीज़। घोड़े वहाँ नहीं जा सकते जहाँ दाने-चारे का इन्तज़ाम न हो।...''

बूढ़ा ग्रिगोरी की बीमारी की हालत में भी अपने सफ़र का इन्तज़ाम करता रहा था। उसने घोड़ों को ग़ैर-मामूली परवाह से खिलाया-पिलाया था, स्लेज की मरम्मत की थी, नए फ़ैल्ट-बूट बनने को दे दिए थे, गीली सड़कों पर पानी बचाने के लिए खुद चमड़े के तल्ले दिए थे और काफ़ी पहले से जई बोरों में भरकर रख ली थी। यानी गाँव से हटकर पीछे जाने की तैयारी भी उसने घर के सच्चे मालिक की तरह की थी और रास्ते की ज़रूरत की हर चीज़ ठीक-ठाक कर ली थी। कुल्हाड़ी, हथआरा, छेनी, जूतों की मरम्मत के औजार, सूत के तल्ले, कीलें, हथौड़ा, फीतों की लच्छी, रस्सियाँ, घोड़े की नालें और सभी कुछ तिरपाल में होशियारी से बँधा रखा था और किसी क्षण स्लेज में जमाया जा सकता था। उसने तो एक इस्पात की तराजू और बाट साथ ले जाने की बात की और जब इलीनीचिना ने इसका कारण पूछा तो उसकी भर्त्सना करते हुए बोला–''बुढ़िया, तू जितनी कोशिश अक़्लमन्द बनने की करती है, उतनी ही बेवकूफ़ होती जाती है। तेरा मतलब है कि ऐसे आसान सवाल का जवाब तू खुद नहीं सोच सकती ? यानी, रास्ते में मुझे कुट्टी या घास खरीदते वक़्त उसे तोलने की ज़रूरत पड़ेगी या नहीं ? सूखी घास लोग गज़ से नापकर बेचते हैं क्या ?''

''लेकिन, लोगों के पास अपने बाट नहीं होते ?'' इलीनीचिना ने ताज्जुब से पूछा।

''किसी को क्या मालूम कि कैसे बाट होंगे उनके पास ?'' पैन्तेली ने क्रोध और खीझ से कहा–''हो सकता है कि हम जैसों को ठगने के लिए उन्होंने झूठे बाट रख छोड़े हों। बात यह है। मैं जानता हूँ कि उधर किस-किस तरह के लोग बसते हैं। तीस पौंड सामान देते हैं, और छत्तीस पौंड के दाम वसूलते हैं। फिर, अगर हर पड़ाव पर ऐसे ही घाटे का खतरा हो तो इस्पात का अपना बटखरा मैं क्यों न ले जाऊँ अपने साथ ? इतने बोझ से हम दबकर मर तो जाएँगे नहीं। और यहाँ का काम तो बिना इसके भी चल सकता है। इसकी भला तुम्हें यहाँ ऐसी क्या ज़रूरत ? अगर फ़ौज यहाँ आएगी तो सूखी घास बिना तोले ही लेगी। सवाल उनके सामने सिर्फ़ गाड़ी पर लादकर ले जाने का होगा। बिना सींग के उन शैतानों को देखा है मैंने। मैं उन्हें अच्छी तरह जानता हूँ।''

और तो और, बसन्त में गाड़ी की ख़रीद में रक़म न बरबाद करने के ख़्याल से पहले तो उसने स्लेज पर एक छोटी-सी गाड़ी तक लाद ले जाने का इरादा किया। लेकिन बाद में कुछ सद्‌बुद्धि उपजी तो यह ख़्याल छोड़ दिया।...

फिर, ग्रिगोरी ने भी अपने जाने की तैयारी शुरू की। उसने अपनी मॉज़र राइफ़ल की सफ़ाई की और तलवार ठीकठाक की। नीरोग होने के एक सप्ताह बाद वह अपना घोड़ा देखने गया और उसके चमकते हुए पुट्ठे देखकर उसने सन्तोष की साँस ली। उसे लगा कि बुड्ढे ने अपनी ही घोड़ी की नहीं, बल्कि उसके घोड़े की भी परवाह की है। वह बड़ी कठिनाई से आरामपसन्द घोड़े पर सवार हुआ और उसे काफ़ी दौड़ाकर घर लौटा तो उसने अकसीनिया की खिड़की से किसी को छोटा-सा

सफ़ेद रूमाल हिलाते देखा या शायद उसे ऐसा लगा कि उसने देखा।...

गाँव की एक सभा में तातारस्की के सभी मर्दों ने एक निश्चित दिन गाँव छोड़ देने का निश्चय किया और फिर दो दिन तक औरतें अपने कज़्ज़ाकों के सफ़र के लिए तरह-तरह की चीज़ें पकाती और बनाती रहीं। रवानगी की तारीख़ बारह दिसम्बर तय हुई। ग्यारह की रात को पैन्तेली ने सूखी घास और जई स्लेज में रखी। अगले दिन सवेरे तड़का होते ही भेड़ की खाल का अपना बरानकोट पहना, पेटी कसकर बाँधी, गाड़ी हाँकने के काम के चमड़े के लम्बे-चौड़े दस्ताने पेटी में खोंसे, ईश्वर की प्रार्थना की और परिवार के लोगों से बिदा ली।

जल्दी ही गाँव से पहाड़ी तक सामान से लदी गाड़ियों का ताता बँध गया। औरतें मिले-जुले चरागाह तक आईं, बहुत देर तक रूमाल हिला-हिलाकर अपने घर के मर्दों को रुख़सत करती रहीं। लेकिन फिर धीमी-धीमी हवा चलने लगी और बर्फ़ीली धुन्ध के कारण न तो धीरे-धीरे पहाड़ी पर चढ़ती गाड़ियाँ नज़र आईं और न उनकी अग़ल-बग़ल आगे बढ़ते कज़्ज़ाक।...

व्येशेंस्काया के लिए रवाना होने से पहले ग्रिगोरी एक बार अकसीनिया से मिला। वह गाँव में चिराग़ जलने के बाद उसके यहाँ गया तो अकसीनिया कताई करती मिली और अनीकुश्का की विधवा बग़ल में बैठी मोज़े बुनती और कहानी कहती दीखी। ग्रिगोरी ने किसी और को भी वहाँ देखा तो रूखी आवाज़ में अकसीनिया से बोला–"ज़रा बाहर आना, तुमसे कुछ काम है।"

बरसाती में उसने औरत के कन्धे पर हाथ रखा और पूछा–"हम लोग पीछे हट रहे हैं...मेरे साथ चलोगी तुम ?" अकसीनिया कुछ देर तक चुप रहकर जवाब सोचती रही। फिर, शान्त भाव से बोली–"लेकिन फ़ार्म का क्या होगा और घर का क्या होगा ?"

"यह सब किसी दूसरे को सौंप दो...हमें पीछे तो हटना ही है।"

"लेकिन कब ?"

अकसीनिया अँधेरे में मुस्कुराई और बोली–"तुम्हें याद है, मैंने एक बार तुमसे कहा था कि मैं तुम्हारे साथ दुनिया के दूसरे सिरे तक जा सकती हूँ ? और, मैं तो अब भी वही हूँ। तुम्हारे लिए मेरे दिल में सच्ची मोहब्बत है। मैं चलूँगी और एक बार पीछे मुड़कर न देखूँगी। तो, कल किस वक़्त तुम्हारा इन्तज़ार करूँ ?"

"शाम को...और बहुत सामान साथ मत लेना...कपड़े...ज़्यादा-से-ज़्यादा खाने की चीज़ें, और बस ! फ़िलहाल, मैं चला...अलविदा !"

"अलविदा...लेकिन तुम अन्दर चलो न...वह तो अभी-अभी चली जाएगी। एक ज़माने से तुम्हें देखा नहीं मैंने, मेरे राजा...मेरे ग्रीशा ! मैं तो सोचने लगी थी कि तुम...लेकिन नहीं, मैं नहीं कहूँगी।"

"नहीं, मैं अन्दर नहीं चलूँगा। मुझे अभी-अभी व्येशेंस्काया जाना है...अलविदा...कल मेरी राह देखना।"

ग्रिगोरी बाहर आया और उसने छोटा फाटक पार किया। पर, अकसीनिया मुस्कुराती और अपने सुलगते गालों को हथेलियों से रगड़ती बरसाती में जहाँ-की-तहाँ खड़ी रही।...

व्येशेंस्काया में क्षेत्रीय कार्यालयों, क्षेत्रीय संगठनों और कमीसारियट-स्टोरों के हटाए जाने का काम कभी से शुरू हो गया था।...

ग्रिगोरी ने क्षेत्रीय अतामान के दफ़्तर में मोर्चे की स्थिति के बारे में पूछताछ की, तो एडजुटेंट का काम करनेवाले एक नए रंगरूट ने कहा–"लाल फ़ौजें अलेक्सेयेव्स्काया के बिल्कुल पास तक आ गई हैं। पता नहीं कि हमारी कौन-सी फ़ौजें व्येशेंस्काया होकर गुज़रेंगी। गुज़रेंगी भी या नहीं, यह भी नहीं मालूम। आप ख़ुद देख सकते हैं कि कोई कुछ नहीं जानता...हर आदमी यहाँ से निकल भागने की हड़बड़ी में है...मेरी सलाह मानिए तो यहाँ अपनी रेजीमेंट की तलाश न कीजिए, बल्कि अपने घोड़े पर मिलेरोवो चले जाइए। वहाँ आपको आसानी से पता लग जाएगा कि वह इस वक़्त कहाँ है। वैसे

हर हालत में आपकी रेजीमेंट भी पीछे हटेगी और रेलवे लाइन के किनारे-किनारे पीछे हटेगी।...दुश्मन को क्या दोन पर रोका जा सकेगा ? व्येशेंस्काया तो बिना किसी मुक़ाबले के दुश्मन के हाथ लग जाएगा...इतना तो तय है !''...

ग्रिगोरी काफ़ी रात गए घर लौटा। इलीनीचिना ने उसके लिए खाना तैयार करते हुए कहा–''तुम्हारा वह प्रोखोर आया था। कह गया है कि फिर आएगा, लेकिन तब से अब तक तो आया नहीं है।''

ग्रिगोरी इस ख़बर से खुश हो उठा। उसने जल्दी-जल्दी खाना खाया और फिर प्रोख़ोर के यहाँ गया। प्रोख़ोर ने उसका उदास मन से मुस्कुराते हुए स्वागत किया और बोला–''मैं तो सोच रहा था कि तुम व्येशेंस्काया से ही सीधे पीछे हटनेवालों के साथ हो लिए।''

''तुम कहाँ से फूट पड़े यहाँ ?'' ग्रिगोरी ने हँसते और अपने वफ़ादार अर्दली के कन्धे पर हाथ मारते हुए कहा।

''मोर्चे से ही आया हूँ।''

''उड़ दिए वहाँ से ?''

''क्यों, ऐसा किसलिए सोचा तुमने ? मेरे क़िस्म का फ़ौजी इस तरह पीठ दिखाकर भाग भी सकता है क्या ? मैं आया हूँ मगर मेरी तरफ़ कोई उँगली नहीं उठा सकता। बात यह है कि तुम्हारे बिना गर्म इलाक़ों को जाने का मेरा जी हुआ नहीं। गुनाह हम लोगों ने साथ-साथ कमाए हैं जो आख़िरी फ़ैसला सुनने के लिए भी हम लोग साथ-ही-साथ चलेंगे। हमारे साथ कोई बड़ी पंचायत तो है नहीं, तुम जानते हो !''

''...हाँ, सो तो मैं जानता हूँ, पर यह बताओ कि उन लोगों ने तुम्हें रेजीमेंट से आने कैसे दिया ?''

''यह तो ख़ासी लम्बी दास्तान है। बाद में बतलाऊँगा तुम्हें।'' प्रोख़ोर ने बात टाली और खिन्न हो उठा।

''रेजीमेंट है कहाँ ?''

''शैतान ही जाने कि रेजीमेंट इस वक़्त कहाँ है।''

''तो कब से रेजीमेंट से बाहर हो तुम ?''

''कोई दो हफ़्ते से।''

''यानी तब से अब तक कहाँ रहे ?''

''ऊपरवाला जानता है कि क्या मुसीबत हो तुम भी !'' प्रोख़ोर ने असन्तोष से कहा और अपनी पत्नी की ओर कनखी से देखा–''कहाँ रहे...कैसे रहे...क्यों रहे...फ़िलहाल जहाँ भी रहा हूँ इस वक़्त वहाँ नहीं हूँ...मैंने कहा न कि मैं तुम्हें सब कुछ बतला दूँगा...इसके माने हैं कि बतला दूँगा...ए बीबी थोड़ी-बहुत शराब घर में है कहीं? अपने कमांडिंग अफ़सर से मिला हूँ तो इसकी थोड़ी ख़ातिर तो करनी ही चाहिए...गरज यह कि पीने को कुछ है ?...तो, भागकर...जाओ...कुछ-न-कुछ लेकर आओ...और ख़्याल रखो कि हवा की तरह ही आओ। तुम्हारा आदमी बाहर क्या रहा, तुमने सारे फ़ौजी क़ानून-क़ायदे घोटकर पी लिए...हाथ से बेहाथ हो गई हो तुम...''

''मगर, तुम इस तरह बलबलाए क्यों जा रहे हो ?'' पत्नी ने मुस्कुराते हुए पूछा–''मुझ पर बहुत चीख़ो-चिल्लाओ नहीं। तुम यहाँ के असली मालिक नहीं हो। बारह महीनों में कहीं मुश्किल से दो दिन रहते हो तुम यहाँ।''

''अरे बाबा, मुझ पर हर आदमी चिल्लाता है, मगर मैं तुम्हारे सिवाय और किसी पर नहीं चिल्लाता। रुक जाओ, थोड़ा इन्तज़ार करो...मैं ज़रा जनरल बन जाऊँ...फिर देखना कि मैं दूसरों पर किस तरह गरजता हूँ। लेकिन इस बीच तुम सब्र से काम लो और हँसो...जल्दी से अपनी वर्दी चढ़ाओ और एक-दो-तीन... ।''

और पत्नी बाहर जाने के कपड़े पहनकर चली गई तो प्रोख़ोर ने ग्रिगोरी को भर्त्सना-भरी दृष्टि से देखा। बोला—"तुम्हें समझ ज़रा भी नहीं है, पैन्तेलेयेविच ! मैं औरत के सामने तो तुमसे हर बात बतला नहीं सकता और तुम हो कि अपना कैसे, क्या-क्या, कहाँ दबाए जा रहे हो। ख़ैर पहले तो यह बतलाओ कि टायफ़स ने छोड़ दिया तुम्हें ?"

"हाँ, अब ठीक हूँ...अब तुम अपने बारे में सबकुछ बतला जाओ ! तुम मुझसे कुछ छिपा रहे हो...अन्दर-ही-अन्दर घोट रहे हो कुछ...उगलो उसे ! किस उलझन में फँस गए तुम ? किस तरह भागे तुम ?"

"जो कुछ हुआ वह तो भागने से भी बेहतर रहा।...हुआ यह कि तुम्हें घर पहुँचाने के बाद मैं रेजीमेंट को लौटा तो मुझे तुम्हारी स्क्वैड्रन के तीसरे ट्रुप में भेजा गया। लेकिन लड़ने के मामले में तो मैं सिकन्दर हूँ ही, उस पर मुझे दो लड़ाइयों में हिस्सा लेना पड़ा तो मैंने सोचा—अब अपनी ज़िन्दगी ख़त्म ही समझो ! प्रोख़ोर म्याँ, सिर छिपाने को जगह ढूँढ़ो कहीं...वरना तुम्हारा काम तमाम हुआ ! फिर तक़दीर की बात कि लाल फ़ौजियों ने हमें एकदम दबा दिया और लड़ाई ऐसी घमासान हुई कि हमारा दम मारना मुश्किल हो गया। उन्होंने जहाँ भी मोर्चा भेदा, हमें पीछे ठेला। जहाँ भी ज़रा-सी भी डगमगाहट देखी हमारी रेजीमेंट को पीछे ढकेला-पीसा। नतीजा यह कि एक हफ़्ते के अन्दर-अन्दर हमारी स्क्वैड्रन के ग्यारह कज़्ज़ाक इस तरह दुनिया से उठ गए, जैसे कि किसी गाय ने तुम्हें अपनी जीभ से चाट लिया हो। तो मैं सचमुच ऊब गया और पूरी हालत से सचमुच घबरा उठा।" प्रोख़ोर ने सिगरेट जलाई, थैली ग्रिगोरी की ओर बढ़ाई और इत्मीनान से बोला—"फिर ऐसा हुआ कि जासूसी की गश्त के लिए मुझे कहीं लीस्की के पास जाना पड़ा। इसके लिए भेजे गए हम तीन, और रास्ते में हम तीनों ने अपनी आँखें पूरी तरह खुली रखीं। रास्ते में हमारे घोड़े हल्की दुलकी चाल से एक टीले पर चढ़े कि हमारी निगाह एक सोते से बाहर आते और किनारे पर हाथ रखते एक लाल फ़ौजी पर पड़ी। हम अपने घोड़े दौड़ाकर पास पहुँचे तो वह चिल्लाकर बोला—'कज़्ज़ाको, मैं तो तुम्हारी तरफ़ हूँ। मुझ पर अपनी तलवार का पानी न आज़माना। मैं तो तुममें से एक हूँ।' लेकिन मैं उसकी चपेट में आते-आते बचा, क्योंकि पता नहीं क्यों मैं गरम हो उठा और उसके बिल्कुल पास पहुँचकर बोला—'सूअर के बच्चे, तुमने जब एक बार लड़ने का फ़ैसला किया तो अब तुम्हें हथियार नहीं डालने चाहिए। तुम कमीन हो...सूअर हो ! देखते नहीं कि आज अगर हमारे पैर किसी तरह जमे हुए हैं तो उसके लिए हमें अपने ख़ून की आख़िरी बूँद तक देनी पड़ रही है ? और यहाँ तुम हथियार डाल रहे हो जैसे कि कुमुक ला रहे हो हमारे लिए।' और इसके साथ ही मैंने अपनी तलवार की म्यान उसकी पीठ के आर-पार जमा दी। फिर मेरे दूसरे साथियों ने भी उससे यही कहा—'इस तरह हर क़दम पर रंग बदल-बदलकर लड़ने से फ़ायदा ? अगर तुम्हारी तरह तुम्हारे सभी साथी एक साथ हमसे आ मिलते तो लड़ाई कभी की ख़त्म हो गई होती।' लेकिन...ग्रिगोरी, मैं भला कैसे समझता कि जिस गिरगिट से हम बातें कर रहे हैं, वह अफ़सर है ! इस पर भी निकला वह वही। मैंने उस पर अपनी तलवार की म्यान जमाई तो उसका चेहरा पीला पड़ गया। शान्त भाव से बोला—'मैं अफसर हूँ। तुम्हारी हिम्मत कि तुम मुझ पर हाथ छोड़ो ! एक अर्से पहले मैं हुस्सारों[1] के साथ था और फ़ौजी भर्ती के सिलसिले में लाल सेनाओं के हाथ पड़ गया था। तुम मुझे अपने कमांडर के पास ले चलो। वहाँ मैं सबकुछ बतलाऊँगा।'...इस पर हमने कहा—'अच्छा अपने कागज़ात दो हमें !' मगर उसने ऐंठ से जवाब दिया—'मैं तुमसे बात नहीं करना चाहता...मुझे अपने कमांडर के पास ले चलो' !"

"लेकिन, यह सारा क़िस्सा तुम अपनी बीवी के सामने सुनाना क्यों नहीं चाहते थे ?" ग्रिगोरी ने आश्चर्य से पूछा।

प्रोख़ोर ने जवाब दिया—"इस 'क्यों' के जवाब तक अभी कहाँ आया मैं ! देखो, बात बीच में

1. हलके हथियारोंवाले घुड़सवार फ़ौजी।

न काटो। तो, हमने उसे स्क्वैड्रन में ले जाने का फ़ैसला किया और यही बेवकूफ़ी हो गई। हमें उसे जहाँ-का-तहाँ तलवार के घाट उतार देना चाहिए था और खेल ख़त्म कर देना चाहिए था। लेकिन, हम उसे अपने साथ ले गए और एक दिन बाद वह हमारे स्क्वैड्रन का कमांडर बना दिया गया। क्या शानदार खातिर हुई उसकी ! फिर बैंड बजना शुरू हुआ। एकाध दिन बाद उसने मुझे बुलाया और बोला–'तुम, तुम एक मिले-जुले, न बँट सकनेवाले रूस के लिए लड़ रहे हो...है न सूअर के बच्चे ? मुझे क़ैदी बनाते वक़्त क्या कहा था तुमने ? याद है तुम्हें ?' मैंने अपनी जान जैसे-तैसे छुड़ानी चाही, मगर उसने कोई रहम न दिखाया और मेरी तलवार की म्यान और अपनी पीठ की याद आते ही सिर से पैर तक काँप उठा। कहने लगा–'तुझे पता है कि मैं हुस्सार रेजीमेंट का कैप्टन हूँ और एक बड़े घर का लड़का हूँ...और तू...तू गँवार है...उजड्ड देहाती है...तूने मुझ पर हाथ उठाया ?'...उसने मुझे एक बार बुलाया, दो बार बुलाया, मगर रहम दिखलाने का तो नाम तक न लिया। उसने ट्रुप कमांडर को बुलवाकर मुझे एक बाहरी चौकी पर भेजने और बिन पारी के रखवाली पर तैनात कर देने का हुक्म दिया। साथ ही मेरे सिर बेगार पर बेगार यों मारी जैसे किसी बाल्टी से मटर पर मटर निकलती चली आए। यानी यह कि सूअर के बच्चे ने मेरी ज़िन्दगी हराम कर दी। और, मेरी ही नहीं, बल्कि जासूसी की गश्त के वक़्त के मेरे दोनों साथियों के साथ भी उसने ऐसा ही बर्ताव किया। उन दोनों ने भरसक सबकुछ कहा, लेकिन एक दिन मुझसे बोले–'आओ इसे मिल-जुलकर ख़त्म कर दें, बरना हम तो जीने लायक़ रह ही न जाएँगे।' लेकिन मेरी रूह ने उसके क़त्ल की गवाही न दी, इसलिए मैंने सभी कुछ रेजीमेंटल-कमांडर को बतला देने का फ़ैसला किया। बात यह है कि क़ैदी बनाते वक़्त तो मैं उसे मार सकता था, मगर उसके बाद मेरा हाथ उसके ख़िलाफ़ किसी भी तरह उठ न सकता था। मेरी बीवी चूज़े की गर्दन हलालती है तो मेरी आँखें सिकुड़ उठती हैं...यह तो एक इंसान की जान लेने की बात थी !"

"लेकिन आखिरकार तुमने उसे मार डाला न ?" ग्रिगोरी फिर बीच में बोला।

"ज़रा रुको न...तुम्हें धीरे-धीरे सभी मालूम हो जाएगा। तो, मैं रेजीमेंटल-कमांडर के पास गया और मैंने उसे सबकुछ बतलाया। पर, जवाब में वह सिर्फ़ हँसा और बोला–'एक बार तुम उस पर हाथ उठा चुके हो तो अब परेशान होने की ऐसी कोई बात नहीं, ज़िकोव ! वह क़ानून-क़ायदे के मामले में बहुत ही सही आदमी है। वैसे भी अच्छा और ईमानदार है।' उसके बाद मैं वहाँ से चला आया, पर मैंने मन-ही-मन सोचा–तुम चाहो तो क्रॉस की जगह उस ईमानदार और अच्छे आदमी को अपने गले में लटका लो, मगर मैं उसके स्क्वैड्रन में अब काम करने से रहा। फिर, मैंने किसी दूसरे स्क्वैड्रन में भेजे जाने की बात की। मगर, इसका भी कोई नतीजा न निकला तो मैंने बिल्कुल ही निकल भागने का इरादा किया। पर, कहना एक बात है और करना दूसरी बात।

"फिर, एक हफ्ते के आराम के लिए हमें पीछे भेज दिया गया और एक हफ़्ते के बाद उस शैतान के बच्चे ने आकर फिर मुझे हलाकान कर मारा। मैंने अपने-आपसे कहा–'अब रास्ता सिर्फ़ एक है कि किसी बुरी बीमारीवाली औरत को ढूँढ़ लो और हल्की बीमारीवाली ड्यूटी ले लो। इस बीच लोग पीछे हटने लगेंगे और सबकुछ दब-दबा जाएगा।' सो, मैंने कुछ ऐसा किया जैसा ज़िन्दगी में कभी न किया था। मैं पीछे दौड़-दौड़कर देखने लगा कि बुरी-से-बुरी औरत कौन नज़र आती है। लेकिन कैसे क्या होता ? किसी औरत के चेहरे पर तो लिखा होता नहीं कि उसे यह बीमारी है। यानी, सवाल उठा कि अब करूँ तो करूँ क्या ?" प्रोख़ोर ने पूरी ताक़त से थूका और आहट ली कि पत्नी आ तो नहीं रही है ?

ग्रिगोरी ने मुस्कान छिपाने के लिए अपने मुँह पर हाथ रख लिया और उसकी आँखें चमकने लगीं। हँसते हुए बोला–"तो फिर तुम्हें कोई बीमार औरत मिली ?"

प्रोख़ोर ने आँसू-भरी आँखों से उसे घूरकर देखा। निगाहों से ऐसी शान्ति और उदासी टपकी

जैसे कि वह कोई बूढ़ा कुत्ता हो, जिसके दिन लद चुके हों। बोला—"तुम्हारा ख़्याल है कि ऐसी औरत ढूँढ़ निकालना कोई बहुत आसान है ? वैसे तुम्हें जिस चीज़ की गरज़ न हो, वह हर क़दम पर नज़र आती है, मगर उस वक़्त मैं गला फाड़कर चिल्लाता तो भी कोई फ़ायदा न होता।"

ग्रिगोरी आधा मुड़ते हुए, अन्दर-ही-अन्दर हँसा, फिर चेहरे से हाथ हटाया और फँसती आवाज़ में बोला—"ईसा के लिए मुझे तकलीफ़ न दो। तुम तो यह बतलाओ कि आख़िर में कोई औरत तुम्हें मिली भी या नहीं ?"

"तुम्हें तो मज़ाक की बात लगेगी ही !" प्रोख़ोर आहत स्वर में बोला—"दूसरों की मुसीबतों पर जो हँसते हैं वे सिर्फ़ बेवकूफ होते हैं। कम-से-कम मैं तो यही सोचता हूँ।"

"लेकिन मैं तुम्हारा मज़ाक नहीं बना रहा...ख़ैर, तो फिर हुआ क्या ?"

"तो मैंने यह किया कि जिस जगह ठहरा हुआ था, उसके मालिक की बेटी पर डोरे डालने लगा। औरत थी बिनब्याही, ऐसे ही कम-ज़्यादा कोई चालीस साल की। चेहरा मुहासों से भरा हुआ था और ऐसी लगती थी कि...कुछ न पूछो...ऊपरवाला हमें बचाए ऐसी तमाम औरतों से ! पड़ोसियों से मालूम हुआ कि इधर वह डॉक्टरों के पास दौड़ती भी रही है। मैंने सोचा—'हो-न-हो, यह तो बीमारी दे ही देगी मुझे !' बस, मैं नए मुर्ग़े की तरह उसके आस-पास मँडराने लगा, और उसे ख़ुश करने के लिए तमाम तरह की बातें करने और कहने लगा। वैसे इतनी बातें मुझे आ कहाँ से गईं, मुझे ख़ुद पता नहीं' !" प्रोख़ोर अपराधी की भाँति मुस्कुराया और सारी घटना याद कर कुछ खिल भी उठा—"मैंने उससे शादी का वायदा किया और हर तरह की बकवास की...आख़िरकार मेरी जीत हो गई और बात गुनाह तक आ गई। इसी वक़्त वह एकाएक उठकर चलने और फूट-फूटकर रोने लगी। मैंने उसे चुप करने की कोशिश की। कहा—'तुम्हें कोई अच्छी-बुरी बीमारी है क्या...लेकिन, इससे क्या...कोई बात नहीं...ऐसा होगा तब तो और भी अच्छा होगा।' लेकिन मैं ख़ुद ही डर गया। मुझे लगा—रात का वक़्त है, कहीं किसी ने हमारी आवाज़ सुन ली, और वह कुट्टी के इस शेड में चला आया तो ?...इसीलिए मैं उससे बोला—'ईसा के लिए चीख़ो नहीं...यों अगर तुम्हें कोई बीमारी हो तो भी डरो नहीं। मैं तुम्हें इतनी मोहब्बत करता हूँ कि मैं हर अंजाम के लिए तैयार हूँ।' मगर, वह बोली—'मेरे प्यारे प्रोशेंका, मुझे किसी तरह की कोई बीमारी नहीं है। लेकिन मैं ईमानदार लड़की हूँ। यही वजह है कि डरती हूँ।'...ग्रिगोरी-पैन्तेलेयेविच, मानो और चाहे न मानो, पर उसकी यह बात सुनते ही मेरा सारा बदन बर्फ़ हो गया और सिर से पैर तक पसीने से नहा उठा। मुझे लगा कि हे ईसा, यह क्या हुआ ! यह तो तिनके का आख़िरी सहारा भी गया !...फिर तो मैं उस पर बरस पड़ा...'अगर ऐसा है तो तुम डॉक्टरों के पास दौड़-दौड़कर क्यों जाती रही हो ? ऐसा मौक़ा क्यों देती रही हो कि लोग तुम्हारे बारे में ग़लत राय बनाएँ ?'...औरत बोली—'डॉक्टरों के पास तो मैं जाती रही हूँ चेहरे की सफ़ाई के लिए कोई मरहम लेने की ख़ातिर !'...इस पर मैंने अपना सिर थाम लिया और उससे बोला—'उठ जा यहाँ से, फ़ौरन चली जा...मौत ले जाए तुझे...घिनौनी चुड़ैल कहीं की। मैं तुझे बिल्कुल नहीं चाहता और तुझसे शादी मैं हरगिज़ नहीं करूँगा' !"

प्रोख़ोर ने और ज़ोर से थूका और ज़रा रुक-रुककर बोला—"और इस तरह मेरी सारी मेहनत बेकार चली गई। फिर मैं लौटा और सामान समेट-समेटकर रातों-रात दूसरे क्वार्टर में चला गया। इसके बाद जवानों ने इशारा किया और एक ख़ास खिड़की से मुझे मनमानी नेमत मिल गई। इसके लिए इस बार मैंने सीधे-सीधे काम की बात की। पूछा—'बीमार हो तुम ?' जवाब मिला— 'हाँ, थोड़ी-बहुत हूँ तो !' मैंने कहा—'मुझे तुम्हारी बीमारी का साया भी नहीं चाहिए !'...बस, मैंने उसे बीस रूबल का एक नोट दिया, अपनी दिक़्क़त बताई और अगले दिन अपनी शेखी बघारते हुए हल्की ड्यूटी पर चालू हो गया। और, वहाँ से सीधा घर चला आया।"

"तुम अपना घोड़ा साथ नहीं लाए ?"

"घोड़ा नहीं लाए ? अरे, अपने घोड़े पर आया हूँ, और उसे पूरी रफ़्तार से इस तरह दौड़ाता लाया हूँ, जैसे कि लड़ाई के मैदान में हूँ। साथियों ने मेरा घोड़ा वहाँ भेज दिया था, जहाँ मैं बीमारी की छुट्टी बिता रहा था। लेकिन यह कोई बड़ी बात नहीं है। तुम तो मुझे अब यह बतलाओ कि बीवी से क्या कहूँ ! वैसे तुम कहो तो मैं मुसीबत टालूँ और तुम्हारे साथ रात बिताने के लिए चला चलूँ...क्या ख़्याल है ?"

"नहीं...बिल्कुल नहीं। तुम रात अपने घर में ही बिताओ। कह देना कि तुम जख़्मी हो। कहीं पट्टी-वट्टी बँधी है ?"

"लड़ाई के मैदानवाली पट्टी बँधी है अब तक।"

"तो, बस, उसी से फ़ायदा उठाओ।"

"लेकिन औरत मेरा यक़ीन नहीं करेगी।" प्रोख़ोर ने निराशा से कहा। परन्तु इस पर भी उठा, अपनी काठी के थैले में कुछ खखोरा-खखारी कर सोने के कमरे में घुसा और वहाँ से फुसफुसाते हुए बोला—"अगर इस बीच औरत आ जाए तो उसे बातों में लगा रखना, मैं अभी-अभी आया।"

दूसरी तरफ़, अपनी सिगरेट रोल करते हुए ग्रिगोरी अपनी रवानगी की योजना बनाने लगा—'स्लेज में दोनों ही घोड़े जोत लिए जाएँगे और शाम को गाँव से रवाना हुआ जाएगा। उस वक़्त गाँववाले अकसीनिया को मेरे साथ देख न पाएँगे, हालाँकि बात मालूम तो उन्हें हो ही जाएगी।'

"मगर, स्क्वैड्रन कमांडर की बात तो मैंने पूरी की ही नहीं।" प्रोख़ोर लँगड़ाता हुआ सोने के कमरे से निकला और मेज़ के किनारे आ बैठा—"मेरे बीमार होकर चले आने के तीन दिन बाद हमारे साथियों ने उसे मार डाला।"

"सचमुच !"

"ऊपरवाला गवाह है...लोगों ने लड़ाई के वक़्त उसकी पीठ में गोली मार दी और वह इस दुनिया से कूच कर गया।"

"स्क्वैड्रन के अफ़सरों ने गोली मारनेवाले को पकड़ा नहीं ?" ग्रिगोरी ने तातारस्की छोड़ने के ख़्यालों में डूबे-ही-डूबे पूछा।

"गोली मारनेवाले की तलाश की बात ही कहाँ उठती है ! सारे-के-सारे लोग इस तरह पीछे हटे कि किसी को किसी की बात सोचने का मौक़ा ही नहीं मिला।...लेकिन, वह मेरी बीवी नाम की मादा जाकर मर कहाँ गई। पीने का बड़ा जी कर रहा है...तुम कब यहाँ से जाने की बात सोच रहे हो ?"

"कल।"

"एक दिन और नहीं टाल सकते तुम ?"

"किसलिए ?"

"ज़रा अपनी जुएँ निकाल लेता...अपने साथ जुओं को भी घुड़सवारी कराने में कुछ मज़ा नहीं।"

"जुएँ रास्ते में बीन लेना। यह टालमटोल का वक़्त नहीं है। लाल फ़ौज इस वक़्त जहाँ है, वहाँ से उसे व्येशेंस्काया पहुँचने में दो दिन लगेंगे।"

"तो सुबह रवाना हो रहे हैं हम लोग ?"

"नहीं, रात को चलेंगे। बात कारगिंस्काया तक पहुँचने की है। रात वहीं काटेंगे।"

"लेकिन लाल फ़ौजियों के हाथ तो नहीं आएँगे हम लोग ?"

"जो भी हो, हर सूरत में रवाना होने को तैयार रहना चाहिए।...मेरा ख़्याल था...मैंने सोचा था कि अकसीनिया स्ताख़ोव को भी अपने साथ ले चलूँगा। तुम्हें कोई एतराज़ तो नहीं न ?"

"इससे भला मुझे क्या लेना-देना ? तुम चाहो तो एक से बजाय दो-दो अकसीनियाएँ अपने साथ ले चलो !...वैसे मुश्किल घोड़ों की होगी।"

"अकसीनिया बहुत भारी नहीं है।"

"औरतों के साथ सफ़र करना बेहूदा लगता है...भला यह नई मुसीबत तुम क्यों पालना चाहते हो ? जैसे कि उसके बिना भी कुछ कम तूफ़ानों का सामना करना पड़ेगा हमें !" प्रोखोर ने दूसरी तरफ़ देखकर आह भरी–"मैं जानता था कि तुम उसे अपने गले में हिलगाए फिरोगे। हमेशा एक बीवी चाहिए तुम्हें अपने साथ ! उफ़...ग्रिगोरी पैन्तेलेयेविच..."

"इससे तुम्हारा कोई ताल्लुक नहीं।" ग्रिगोरी ने उदासीन भाव से कहा–"मगर, यह बात अपनी बीवी के सामने मत बड़बड़ा देना कहीं !"

"मैंने उसके सामने कभी कुछ उगला है क्या ? तुम्हें चाहिए कि तुम ज़रा और क़ायदे से जानो ! मगर अकसीनिया अपना घर किस पर छोड़ेगी ?"

इसी समय बरसाती की सीढ़ियों पर आहट हुई और प्रोख़ोर की पत्नी आ गई। उसके फूले हुए, भूरे रूमाल पर बर्फ़ के दाने चमचमाने लगे।

"बर्फ़ तेज़ी से गिर रही है क्या ?" प्रोख़ोर ने गिलास अलमारी से निकाले और तब ख़्याल आने पर पूछा–"कुछ लाई भी हो तुम ?"

पत्नी के गाल गहरे गुलाबी लगे। उसने सीने के पीछे से दो भाप छोड़ती बोतलें निकालीं और मेज़ पर जमा दीं।

"यानी एक बोतल हमें रास्ते में काम देगी।" प्रोख़ोर ने प्रसन्नता से भरकर कहा, वोद्का की महक ली और बोला–"अव्वल दर्जे की है। और, तेज़ ऐसी है कि लुत्फ़ आ जाए !"

ग्रिगोरी ने छोटे-छोटे गिलास भर-भरकर वोद्का ढाली, फिर थकान का बहाना किया और अपने घर चला आया।

26

"यानी, लड़ाई तो ख़त्म हो गई। लाल फ़ौजी हमें इतने ज़ोर से ठेल रहे हैं कि अब हम पीछे ही हटते जाएँगे।" प्रोख़ोर ने स्लेज पहाड़ी के ऊपर की तरफ़ हाँकते हुए कहा।...

नीचे तातारस्की का गाँव निलहरी धुन्ध में लिपटा पड़ा रहा। सूरज क्षितिज के बर्फ़ानी बैंजनी हँसिए की धार के नीचे उतर गया। स्लेज के नीचे बर्फ़ चरमराती रही। दोनों घोड़े क़दम चाल से आगे बढ़ते रहे। ग्रिगोरी स्लेज के पिछले हिस्से में आराम से लेटा रहा। कन्धे काठियों से टिके रहे। अकसीनिया बग़ल में बैठी रही। बदन पर फ़र की गोटवाली भेड़ की खाल की जैकेट रही। सिर के सफेद, फूले हुए रूमाल के नीचे काली आँखें खुशी से चमकती रहीं और लौ देती रहीं। ग्रिगोरी की तिरछी निगाह रह-रहकर जमती रही। उसके तुषार के कारण हल्के गुलाबी गालों पर, उसकी काली घनी भौंहों पर और उसकी बरौनियों की लम्बी कमानों के नीचे के निलहरे सफ़ेद रंग पर। अकसीनिया अपने चारों ओर वातावरण को बड़ी ही उत्सुकता से पीती रही। बर्फ़ के लबादे से ढँके स्तेपी के मैदान को, चाल की रगड़ से चिकनी सड़क को और दूर के क्षितिज की धुन्ध को नज़र गड़ा-गड़ाकर देखती। गाँव-घर से पहली बार बाहर निकली थी, इसलिए उसे हर चीज़ नई और असाधारण लगी और सहज रूप से अपनी ओर खींचती रही। पर, वह बीच-बीच में अपनी पलकें झुका लेती, आँख की बरौनियों पर जमी ओस की सहती-सहती गुदगुदी महसूस करती और कुछ सोच-सोचकर मुस्कुराने लगती। उसे लगता कि एक ज़माने तक दिल और दिमाग़ को जकड़ रखनेवाला सपना आख़िरकार सच बना और एकाएक सच बना। अब मैं अपने ग्रिगोरी के साथ तातारस्की से अपनी पैदाइश के घिनौने ज़िले से बहुत दूर जा रही हूँ...कहीं बहुत दूर जा रही हूँ। इस गाँव में, इस ज़िले में कितना सहा है मैंने ! आधी ज़िन्दगी दिल मसोस-मसोसकर, बिना प्यार के भी एक आदमी के साथ रहकर गुज़ार दी है।

वहाँ के ज़र्रे-ज़र्रे ने जो यादें उभारी हैं, उनसे दिल में घुन-सा लगता रहा है।...

इसके साथ ही वह अपनी बग़ल में बैठे ग्रिगोरी को अपनी पूरी चेतना से सहेजती और मुस्कुराती रही। उसे भूले से भी ख़्याल न आया कि कल के इस सुख के लिए उसने आज कितनी क़ीमत अदा की है। यह आनेवाला कल स्तेपी प्रदेश के क्षितिज की भाँति ही धुन्ध की घनी परत में लिपटा रहा और दूर से इशारा कर उसे बराबर अपने पास बुलाता रहा।...

सहसा ही प्रोख़ोर मुड़ा तो उसने अकसीनिया के लाल, पाले से सूजे होंठों पर काँपती हुई मुस्कान देखी और दर्द से भरी आवाज़ में बोला–"तो...तो तुम दाँत क्या निकाल रही हो ? अपने को नई-ब्याहता समझ रही हो। तुम्हें अपने घर से दूर जाने में बड़ी ख़ुशी महसूस हो रही है।"

"और, तुम्हारा ख़्याल है कि नहीं हो रही है ?" अकसीनिया ने बजती हुई आवाज़ में पूछा।

"क्या बड़ा कारनामा है जिस पर तुम ख़ुश हो रही हो !...औरत, तू है बेवकूफ़...अभी तक तो यही पता नहीं कि यह सफ़र ख़त्म कहाँ और कैसे होगा, इसलिए इतनी जल्दी ख़ुशी से न फूल ! फ़िलहाल, अपने दाँत होंठों के अन्दर ही रख।"

"आनेवाला कल गुज़रे हुए कल से बेहतर ही होगा, बदतर तो होगा नहीं।"

"तुम दोनों को देखता हूँ तो मुझे तो जैसे कोई बीमारी घेरने लगती है..." प्रोख़ोर ने घोड़ों की पीठ पर ज़ोर से चाबुक जमाया।

"तो हमें मत देखो, मुड़ जाओ और अपने होंठों पर ताला लगा लो !" अकसीनिया ने हँसते हुए सलाह दी।

"यानी फिर बेवकूफ़ी की बात कर दी तुमने ? यानी मैं समन्दर के किनारे तक अपने होंठ सिए रहूँ ? क्या शानदार बात कही है तुमने ?"

"तो तुम्हें बीमारी आख़िर क्यों घेर रही है ?"

"तू आख़िर थोड़ा-सा चुप नहीं हो सकती। पराए आदमी के साथ उड़ आई है, शैतान ही जाने कि कहाँ जा रही है, और ऊपर से ज़बान लड़ाती है !...अच्छा मान लो कि उसी वक़्त स्तीपान कहीं से लौट आया और उसने तुम्हें ग़ायब देखा तब क्या होगा ?"

अकसीनिया बोली–"एक बात बतलाऊँ...प्रोख़ोर...देखो, तुम्हें शहर के अन्देशे से दुबला नहीं होना चाहिए...वरना क्या होगा कि कहीं तुम भी क़िस्मत की लपेट में आ जाओगे...समझे !"

"मैं तुम्हारे अन्देशे से दुबला नहीं हो रहा। तुम इस तरह मुझे आँखें मत दिखलाओ। जैसा और जो मुझे लगे, मैं कहने को आज़ाद हूँ...है कि नहीं...? क्या तुम्हारा ख़याल है कि मैं सिर्फ़ कोचवान हूँ और मेरी बात के लिए सिर्फ़ घोड़े बने हैं ? यह एक और बढ़िया बात हुई ! अब तुम चाहो तो बिगड़ो और चाहो तो ख़ुश हो...जो तुम्हारा जी चाहे सो करो, अकसीनिया ! मगर, तुम्हारी ख़बर तो एक लपलपाए बेंत से ली जानी चाहिए और हुक्म ऊपर से दिया जाना चाहिए कि देखो, आँसू आँख से एक न निकले। और क़िस्मत-विस्मत का डर मुझे मत दिखलाओ ! मैं जहाँ जाता हूँ, अपनी क़िस्मत अपने साथ ले जाता हूँ। ख़ास साँचे में ढली है मेरी क़िस्मत ! कहने को खुलकर नहीं गाती, मगर आँखें लगने भी नहीं देती...! और तुम शैतान की आँतो...तुम हर सूरत को हँसने-खेलने की चीज़ समझने की कोशिश करती हो...तुम्हारे कानों के पर्दों में किसी चीज़ से झनझनाहट पैदा नहीं होती।"

ग्रिगोरी मुस्कुराते हुए पूरी बातचीत सुनता रहा। फिर दोनों को शान्त करने की कोशिश करते हुए बोला–"अभी गाँव के बाहर भी हम मुश्किल से ही निकल पाए हैं...तुम दोनों आपस की यह तू-तू मैं-मैं बन्द करो। बड़ा लम्बा रास्ता सामने पड़ा है। अपने मन की निकालने का तुम्हें पूरा मौक़ा मिलेगा।...और तुम अकसीनिया के पीछे हाथ धोकर क्यों पड़ गए हो, प्रोख़ोर ?"

प्रोख़ोर ने ज़रा रुखाई से जवाब दिया–"मैं इसके हाथ धोकर पीछे पड़ गया हूँ, क्योंकि मैं चाहता हूँ कि यह मेरी हर बात काटे नहीं। मुझे तो इस वक़्त ऐसा लग रहा है कि दुनिया में औरत से

बुरी कोई चीज़ नहीं है। पूरी बिच्छूबूटी समझो। तुम्हें पता है मेरे भाई, कि बनानेवाले के नमूने में सबसे गई-बीती चीज़ औरत मानी गई है। अगर मेरा बस चले तो दुनिया में औरत का नाम-निशान न रह जाए। इस वक़्त ऐसा दिमाग़ ख़राब हो रहा है मेरा ! और तुम यह खीसें क्यों बा रहे हो ? सिर्फ़ बेवकूफ दूसरों की मुसीबतों की हँसी उड़ाते हैं।...अच्छा ज़रा रासें सँभालो...मैं थोड़ी देर को उतरूँगा।''

प्रोख़ोर स्लेज से नीचे उतरा, कुछ देर तक पैदल चला। फिर स्लेज में आराम से आ जमा और शान्त हो गया...।

तीनों ने रात कारगिंस्काया में बिताई और दूसरे दिन सवेरे नाश्ते के बाद फिर रवाना हो गए। रात होते-होते वे ताराररस्की से कोई चालीस वर्स्ट दूर पहुँच गए।

रास्ते में शरणार्थियों से भरी गाड़ियों का काफ़िले-का-काफ़िला दक्षिण की ओर बढ़ता मिला। मोरोज़ोव्स्की के पास उन्हें पहले कज़्ज़ाक-ट्रुप दीख पड़े। तीस-तीस चालीस-चालीस घुड़सवारों के स्क्वैड्रन बग़ल से गुज़रे। उनके पीछे आईं उनकी मालगाड़ियाँ। मगर, ग्रिगोरी, अकसीनिया और प्रोख़ोर जितना आगे बढ़े, रात गुजारने के लिए जगह खोजना उतना ही मुश्किल होता गया। शाम होते-होते गाँवों के ठहरने लायक़ सभी स्थान ठसाठस भर गए और उनकी तो कौन कहे घोड़ों तक के खड़े होने की गुंजाइश कहीं नज़र न आई। तावरीदा के एक ज़िले में ग्रिगोरी दर-दर दस्तक देता फिरा, मगर सारी कोशिश बेकार गई। सोने का ठिकाना कहीं न हुआ और उन्हें मजबूर एक शेड में रात गुज़ारनी पड़ी। बर्फ़ानी अंधड़ के कारण उनके कपड़े बुरी तरह भीग गए और वे जमकर बिल्कुल पत्थर हो गए। पूरी रात पलक झँपी तक नहीं। सिर्फ़ तड़का होने के ज़रा पहले उन्होंने अहाते में फूस का अलाव लगाया तो उन्हें थोड़ी गर्मी मिली।

सवेरे अकसीनिया ने सकुचते-सकुचते कहा—''ग्रीशा, हम आज के दिन यहाँ रह लें...क्या ख़्याल है ? रात को ठंड की वजह से नींद बिल्कुल नहीं आई। अच्छा हो कि दिन में थोड़ा आराम कर लिया जाए।''

ग्रिगोरी राज़ी हो गया, और बड़ी कठिनाई के बाद उसने कहीं से एक ख़ाली कोना खोज निकाला...। सुबह दूसरे शरणार्थी तो आगे बढ़ गए, पर सौ घायल लोगों और टायफ़स के मरीज़ों के साथ मोर्चे का एक चल-अस्पताल दिन में भी गाँव में बना रहा।

एक छोटे कमरे में दस कज़्ज़ाक गन्दे कच्चे फ़र्श पर सोते रहे। प्रोख़ोर घोड़ेवाला कपड़ा और खाने का बोरा लाया, दरवाज़े के पास फ़र्श पर थोड़ा फूस बिछाया, एक सोते हुए बूढ़े कज़्ज़ाक को टाँग पकड़कर एक ओर को घसीटा और रूखे पर स्नेह-भरे स्वर में अकसीनिया से बोला—''लेट जाओ यहाँ...तुम तो इतनी थकी लगती हो कि इंसान ही नज़र नहीं आतीं...।''

रात भीगते-भीगते गाँव फिर लोगों से ठसाठस भर गया। रात-भर किनारे की गलियों में अलाव जलते रहे और जगह लोगों की चीख़-पुकार, घोड़ों की हिनहिनाहट और स्लेजों की रगड़ की आवाज़ से गूँजती रही। फिर तड़का होने पर उजाला भी क़ायदे से न हो पाया कि ग्रिगोरी ने प्रोख़ोर को जगाया और फुसफुसाकर कहा—''उठो और घोड़े जोतो...चलना है अब !''

''इतनी जल्दी क्यों चलोगे ?'' प्रोख़ोर ने जम्हाई लेते हुए कहा।

''मैंने जो कहा तुमने सुना...?''

प्रोख़ोर ने काठी से सिर उठाया तो दूर की तोपों की गड़गड़ाहट उसके कानों में पड़ी।

तीनों ने हाथ-मुँह धोया और सूअर के गोश्त की चर्बी का नाश्ता कर अहाते में आए तो यहाँ आवाजाही शुरू होती नज़र आई। स्लेजों की क़तारों के आस-पास लोगों की चहल-पहल नज़र आई। ऐसे में तड़के के अँधेरे में एक भर्राई हुई आवाज़ हवा में बजी—''नहीं तुम खुद दफ़न करना इनको। छः लोगों के लिए क़ब्र खोदने में हमारा आधा दिन निकल जाएगा...।''

"इन्हें दफ़न करना हमारा काम है ?" एक दूसरी आवाज़ ने शान्त भाव से उक्रइनी में जवाब दिया।

"सो तो तुम करोगे ही।" भर्राए हुए स्वरवाला व्यक्ति चीख़ा—"न दफ़न करना चाहते हो तो पड़ा सड़ने दो इन्हें, यहीं इसी अहाते में ! इस काम से मुझे कुछ लेना-देना नहीं।"

"मगर सुनो डॉक्टर, अगर यहाँ मरनेवाले तमाम बेघरबार लोगों को हम दफ़न करने लगे तो हम तो इसी-भर के हो जाएँगे। यह काम तुम ख़ुद नहीं कर लोगे ?"

"भाड़ में जा तू...उल्लू का पट्ठा कहीं का ! चाहता है कि तेरे लिए मैं अपना पूरा अस्पताल लाल फ़ौजियों को सौंप दूँ ?"

ग्रिगोरी ने अपनी स्लेज से सड़क के बीचोंबीच खड़ी दूसरी स्लेजों का चक्कर काटते हुए कहा—"मुर्दों को कोई नहीं पूछता...।"

"ज़िन्दों की फ़िक्र कोई नहीं करता। मुर्दों की कौन कहे !" प्रोख़ोर ने जवाब दिया।

दोन के उत्तरी ज़िलों के सभी लोग दक्षिण की ओर उमड़ चले। बेघरबार लोगों के माल-असबाब से लदी गाड़ियाँ ज़ारीत्सिन से लिखाया जानेवाली रेलवे लाइन से मानीच पहुँचने लगीं। ग्रिगोरी ने पहले सात दिन हर पड़ाव पर तातारस्की गाँव के लोगों को पूछा, पर रास्ते के किसी गाँव में उसे अपने यहाँ का कोई कज़्ज़ाक नहीं मिला। साफ़ है कि पैन्तेली और उसके साथ के लोग उक्रइनी बस्तियों को बचाते हुए बाएँ-ही-बाएँ गए थे, और कज़्ज़ाक गाँवों के बीच से होते हुए ओबलिव्स्काया की तरफ़ बढ़े थे...।

ग्रिगोरी को सिर्फ़ तेरहवें दिन उनका कुछ अता-पता मिला। रात को पड़ाव डालने पर उसे यों ही मालूम हुआ कि व्येशेंस्काया का एक कज़्ज़ाक बग़ल की झोंपड़ी में टायफ़स का शिकार है। ग्रिगोरी ने जानना चाहा कि वह आदमी आख़िर है कहाँ का ! सो वह गया और नीची छतवाले छोटे कमरे में उसे बूढ़ा ओबनिज़ोव फ़र्श पर पड़ा दीखा। उसने बतलाया—"तातारस्की के बेघरबार लोग अभी दो दिन पहले ही यहाँ से गए हैं। उनमें से कितनों को टायफ़स हो गया है और दो आदमी तो रास्ते में ही मर गए हैं। मुझे वे मेरे कहने से यहाँ छोड़ गए हैं।

"अब अगर मैं अच्छा हो गया और लाल कॉमरेडों ने मुझ पर रहम कर मेरी जान बख़्श दी तो किसी तरह घर लौट जाऊँगा। अगर अच्छा नहीं हो सका तो यहीं मर जाऊँगा। मौत अगर आनी है तो आए...कहाँ आती है इससे कोई फ़र्क़ नहीं पड़ता...वह कुछ भी साथ लाती हो, कोई मिठाई लेकर तो साथ आती नहीं।" ग्रिगोरी के अलविदा कहते समय बूढ़े ने कहा। ग्रिगोरी ने उससे अपने पिता के विषय में पूछा तो बोला—"मुझे उनकी कोई ख़बर नहीं क्योंकि मैं आख़िरी स्लेज में था। वैसे मालाखोव्स्की गाँव के बाद मैंने उन्हें देखा नहीं..."

अगले पड़ाव पर ठिकाने के मामले में किस्मत ने ग्रिगोरी का कुछ ज़्यादा साथ दिया। पहले मकान में घुसते ही उसे वेरख़ने-चिर्सकोए गाँव के कुछ परिचित कज़्ज़ाक मिल गए। उन्होंने उसके लिए जगह कर दी और उसने अपने और अपने साथ के लोगों के लिए स्टोव के पास सुविधा कर ली। पन्द्रह कज़्ज़ाक पीपों में भरी मछलियों की तरह वहाँ पड़े दीखे। इनमें तीन टायफ़स के बीमार मिले और एक पाले का शिकार नज़र आया। कज़्ज़ाकों ने सूअर की चर्बी से थोड़ी लपसी बनाई और ग्रिगोरी प्रोख़ोर और अकसीनिया को भी खाने की दावत दी। लेकिन अकसीनिया ने लपसी में हाथ लगाने से इनकार कर दिया।

"क्यों, तुम्हें भूख नहीं है क्या ?" प्रोख़ोर ने पूछा। पिछले कुछ दिनों में उसका व्यवहार इस औरत के प्रति काफ़ी बदल गया था और अब वह उससे बात करता था तो रूखे ढंग से मगर हमदर्दी के

साथ करता था।

"मेरी तबीयत ठीक नहीं है।" अकसीनिया ने अपना रूमाल सिर पर डाला और बाहर अहाते में निकल गई।

प्रोख़ोर ने ग्रिगोरी से पूछा।—"अकसीनिया कहीं बीमार तो नहीं पड़ गई ?"

"कौन जाने कि क्या बात है।" ग्रिगोरी ने हाथ की लपसी की प्लेट नीचे रखी और उसके पीछे-पीछे बाहर आया। अकसीनिया उसे हाथ से सीना जकड़े, सीढ़ियों के पास खड़ी मिली। उसने उसके गले में हाथ डाला और चिन्ता से पूछा—"क्या बात है, रानी ?"

"मेरी तबीयत ठीक नहीं है...सिर भी दर्द कर रहा है।"

"तो झोंपड़ी में चलो और लेट रहो।"

"तुम चलो, मैं अभी आई।"

उसकी आवाज़ मोटी और बेसुरी लगी। हरक़तों में सुस्ती घुली नज़र आई। वह गर्मी से दम घोटनेवाले कमरे में घुसी तो ग्रिगोरी ने उसे बहुत ग़ौर से देखा। उसके गाल तमतमाए लगे और आँखें जलती हुई। ग्रिगोरी का दिल बैठने लगा कि यह तो सचमुच बीमार हो गई। उसे पिछले दिन की बदन की कँपकँपी और मितली की उसकी शिकायत का ध्यान आया। साथ ही यह भी याद आया कि आज सवेरे जब वह सोकर जागी तो उसे इतना पसीना आ रहा था और घुँघराले बाले गर्दन में यों चिपके हुए थे जैसे कि वह अभी-अभी नहाकर उठी हो। फिर अकसीनिया सोती रही थी और वह उसे देखता रहा था। उसके आराम में खलल डालने के डर से उसे जगाने तक की हिम्मत उसकी न पड़ी थी।...

अकसीनिया ने सफ़र की सारी दुश्वारियाँ बड़ी बहादुरी से सही थीं। एक से अधिक बार तो उसने खुद प्रोख़ोर का दिल बढ़ाया था। प्रोख़ोर जब-तब ही कहने लगता था—"शैतान ही जाने कि क्यों होती है यह लड़ाई और किसके दिमाग़ की उपज है यह ! बस यह है कि दिन में गाड़ी पर सवार चलते जाओ...चलते जाओ।...रात हो तो कहीं टिकने तक को ठौर न पाओ...फिर यह भी तो पता नहीं कि यह तूफ़ान चलेगा कब तक।"

लेकिन उस दिन अकसीनिया में वह ताज़गी और वह बात नज़र न आई। फिर दोनों सोए तो ग्रिगोरी को ऐसा लगा जैसे कि वह रो रही हो। सो, धीरे से पूछा—"क्या बात है ?"

"तय है कि मैं बीमार हो गई हूँ...अब क्या होगा ? अब तुम छोड़ दोगे मुझे ?"

"कुछ नहीं...पागल हो तुम। मैं तुम्हें छोड़ क्यों दूँगा ? रोओ मत...शायद तुम्हें रास्ते में सर्दी लग गई है और अपनी तरफ़ से तुम कुछ डर गई हो।"

"ग्रीशा मेरे, टायफ़स हो गया है मुझे।"

"बेकार बकवास न करो। टायफ़स का कहीं कोई निशान नज़र नहीं आता। तुम्हारा सिर बिल्कुल ठंडा है—तुम्हें टायफ़स कहाँ से हो जाएगा ?" ग्रिगोरी ने उसे तसल्ली बँधाई। लेकिन मन-ही-मन वह सच्चाई समझता रहा और चिन्ता करता रहा कि अगर यह बिल्कुल पड़ गई तो क्या होगा ?

"उफ़...इस तरह गाड़ी पर चलते जाना बड़ा ही दुश्वार है।" अकसीनिया ने ग्रिगोरी से बिल्कुल सटकर धीरे से कहा। "ज़रा देखो तो कि हर रात क्वार्टरों में कितने आदमी आकर एक साथ भर जाते हैं। ऐसे में जुएँ तो खा डालेंगी, ग्रीशा ! मर्दों के सामने रहने की वजह से मुझे अपनी सफ़ाई का मौक़ा ही नहीं मिलता।...कल मैं शेड में गई और वहाँ मैंने कपड़े उतारे तो मुझे अपनी कमीज़ में इतनी जुएँ नज़र आईं कि कुछ न पूछो। हे नीली छतरीवाले ! जुओं की ऐसी भरमार तो मैंने ज़िन्दगी में पहले कभी देखी ही नहीं। अब भी जब ख़्याल आता है तो जी मिचलाने लगता है, और कुछ भी खाने को मन नहीं करता।...लेकिन तुमने देखा था कि जो बूढ़ा कल बेंच पर लेटा हुआ था, उसके कपड़ों में कितनी जुएँ थीं ? कोट-भर में रेंग रही थीं।"

"छोड़ो उनका ख़्याल, क्या चीज़ मिली है तुम्हें दिलचस्पी लेने को ! जुएँ सिर्फ़ जुएँ ही होती हैं और कुछ नहीं। और, लड़ाई में हिस्सा लेते वक़्त कोई उनकी गिनती नहीं करता।" ग्रिगोरी ने ज़रा खीझ से कहा।

"मेरे तो बदन-भर में खुजली हो रही है।"

"तुम्हारे क्या, हर एक के बदन में खुजली हो रही है। लेकिन इस वक़्त इस मामले में हो भी क्या सकता है ? चलती चलो। येकातेरीनोदार पहुँचने पर जमकर सफ़ाई की जाएगी।"

"लेकिन साफ कपड़े तो हम पहन ही नहीं सकते।" अकसीनिया ने आह भरकर कहा—"ये जुएँ तो हम सबको खा जाएँगी, ग्रीशा !"

"अच्छा अब तुम सो जाओ। कल सुबह तड़के ही चल देना है।"

मगर ग्रिगोरी को घंटों नींद नहीं आई, और अकसीनिया की भी पलकें नहीं झँपीं। अपना मुँह भेड़ की खाल से ढँककर वह कई बार अन्दर-ही-अन्दर सिसक-सिसककर रोई। फिर बहुत देर तक करवटें बदलती रही और आहें भरती रही। उसे औंघाई सिर्फ़ तब आई जब ग्रिगोरी उसकी ओर मुड़ गया और उसने उसके गले में बाँहें डाल लीं। पर रात में किसी ने दरवाज़ा ज़ोर-ज़ोर से खटखटाया तो ग्रिगोरी की आँख खुल गई। कोई बाहर दरवाज़ा पीटता और चीख़ता सुन पड़ा—"ऐ, कोई है...दरवाज़ा खोलो, वरना उसे तोड़ डालेंगे हम। घोड़े बेचकर सो रहे हैं...शैतान के बच्चो !"

घर का मालिक एक कज़्ज़ाक था—उम्र से सयाना, स्वभाव से गम्भीर। सो, वह उठकर बरसाती में आया और बोला—"कौन हो ? क्या चाहते हो ? अगर रात बिताने को जगह की तलाश कर रहे हो, तो अन्दर आने से कोई फ़ायदा नहीं। लोग ठसाठस भरे हुए हैं। करवटें बदलने की गुंजाइश नहीं है।"

"दरवाज़ा खोलो, मैं कहता हूँ तुमसे।" फिर बाहर से ज़ोर की आवाज़ आई और दूसरे ही क्षण आधे दर्जन कज़्ज़ाक दरवाज़ा तोड़कर सामने के कमरे में घुस आए।

"कौन लोग ठहरे हुए हैं यहाँ ?" उनमें से एक ने पूछा। पूछनेवाला पाले के कारण लोहे की तरह काला लगा और उसके जमे हुए होंठ मुश्किल से हिलते दीखे।

"यहाँ बेघरबार लोग ठहरे हुए हैं—लेकिन, तुम लोग कौन हो ?"

पर, सवाल का जवाब दिए बिना एक कज़्ज़ाक सोने के कमरे में पहुँच गया और चिल्लाने लगा—"ऐ...सुनते हो तुम लोग...बड़े आराम से टाँगें फैलाए पड़े हो। उठो...उठकर बैठो। जल्दी करो, वरना हम तुम्हें क़ायदे से झकझोरकर उठा देंगे।"

"कौन हो तुम...चीख़ रहे हो इस तरह ?" ग्रिगोरी ने भर्राई आवाज़ से पूछा और उठ बैठा।

"मैं अभी बतलाता हूँ तुम्हें कि मैं कौन हूँ।" कज़्ज़ाक ग्रिगोरी की तरफ़ बढ़ा और पैराफ़ीन के छोटे लैम्प की मद्धिम रोशनी में उसकी पिस्तौल की नली चमकी।

"काफ़ी तेज़ मालूम होते हो तुम..." ग्रिगोरी ने इत्मीनान से कहा—"ख़ैर, ज़रा देखें तो तुम्हारा यह खिलौना।" और फुर्ती से कज़्ज़ाक की कलाई अपने हाथ से जकड़कर इस तरह ऐंठी कि आदमी के मुँह से कराह निकल गई और उसने अपनी उँगलियाँ ढीली कर दीं। पिस्तौल खट से ज़मीन पर गिर गई। ग्रिगोरी ने कज़्ज़ाक को एक ओर को ढकेला, बिजली की रफ़्तार से पिस्तौल उठाकर अपनी जेब में रखी और शान्त भाव से बोला—"अब आओ, कुछ बातचीत हो जाए। किस रेजीमेंट के हो तुम ? तुम्हारे जैसे तेज़ कितने आदमी हैं इस रेजीमेंट में ?"

कज़्ज़ाक अपने आश्चर्य की भावना से उभरते हुए चीख़ा—"साथियो, इधर आना ज़रा।"

ग्रिगोरी दरवाज़े के पास पहुँचा, ड्योढ़ी के पास रुका और चौखट से टिकते हुए बोला—"मैं 19वीं दोन रेजीमेंट का कमांडर हूँ...ज़रा चुप रहो और इस तरह चीख़ना बन्द करो। कौन कुत्ते की तरह भोंक रहा है उधर ? ख़ैर, मेरे कज़्ज़ाक साथियो, यह तूफ़ान तुम लोगों ने क्या मचा रखा है ? किसको

झकझोरने जा रहे हो तुम ? किसने तुम्हें दिया इतना और ऐसा हक़ ? क्विक मार्च...चलो यहाँ से।"

"और, तुम इस तरह बलबला क्यों रहे हो ?" एक कज़्ज़ाक चिल्लाया–"हमने बड़े-बड़े स्क्वैड्रन कमांडर देखे हैं। हम क्या रात अहाते में काटेंगे ? यहाँ का हर आदमी बाहर निकल जाए। हमें हुक्म है कि हम हर बेघरबार आदमी को यहाँ से बाहर निकाल दें...समझे ? और, तुम इस तरह गड़बड़ी कर रहे हो। हमारा पाला तुम्हारे जैसे सैकड़ों लोगों से पहले भी पड़ा है।"

ग्रिगोरी सीधे बोलनेवाले के पास जा धमका, भिंचे हुए होंठों से बोला–"नहीं, मेरा जैसा आदमी तुमने पहले कभी नहीं देखा होगा। तुम चाहते हो कि तुम्हारे जैसे बेवकूफ को बीच से दो कर दूँ मैं ? अभी करके रख दूँगा। पीछे मत हो ! यह पिस्तौल मेरी नहीं है। यह तो मैंने तुम्हारे एक साथी से छीनी है। लाओ लौटा दो मुझे यह...और फ़ौरन एक-दो-तीन हो जाओ यहाँ से, वरना इस पर उतर आया तो तुम्हारे बदन पर खाल नहीं बचेगी।" उसने धीरे से उस कज़्ज़ाक को मोड़ा और धक्का दे दिया।

"मैं इसे-खाने-भर को दूँ ?" एक लम्बे-चौड़े कज़्ज़ाक ने अपना चेहरा ऊँट के बाल के टोपे से ढँके-ही-ढँके कुछ सोचते हुए कहा। वह ग्रिगोरी के पीछे खड़ा उसे ग़ौर से देखने लगा, और एक पैर से दूसरे का सहारा लेते समय उसके चमड़े के तल्लेवाले किरमिच के बूट चरमराए।

ग्रिगोरी अपने आपे में न रहा और उसकी ओर मुड़कर मुट्ठियाँ भींच लीं। लेकिन कज़्ज़ाक ने अपना हाथ उठा दिया और मिन्नत के लहजे में बोला–"मेरी बात सुनिए हुजूर, या जो कहिए, मैं आपको कहूँ। ज़रा ठहरिए, मुझ पर मुट्ठी न चलाइए। हम किसी तरह का कोई झगड़ा किया नहीं चाहते। लेकिन आज के इस ज़माने में कज़्ज़ाकों को इस तरह धक्का न दीजिए। 1917 की तरह बुरा वक़्त एक बार फिर आ रहा है। अगर किसी 'मरता क्या न करता' वाले आदमी से आ टकरा गए, तो वह बीच से दो नहीं, पाँच टुकड़े कर देगा आपके। वह तो देखने से ही साफ है कि आपमें दम ख़ासा है और आपकी बात से यह समझते देर नहीं लगती कि कज़्ज़ाक आप भी हैं। इसलिए, आप ज़रा सोच-समझकर मुँह खोलिए, वरना बेकार की मुसीबत मोल लीजिएगा।"

ग्रिगोरी ने जिस आदमी से पिस्तौल ज़बर्दस्ती छीनी थी वह बिगड़ते हुए बोला–"वहाँ खड़े-खड़े तक़रीर ही मत झाड़ते रहो। आओ हम दूसरा दरवाज़ा देखें।" फिर ग्रिगोरी की बग़ल से गुज़रा तो उसे कनखी से देखते हुए बोला–"हम तुम्हें परेशान नहीं करना चाहते अफ़सर। वैसे तो हम तुम्हारा बपतिस्मा कर सकते हैं।"

ग्रिगोरी ने नफ़रत से होंठ सिकोड़े और जवाब दिया–"खुद मेरा बपतिस्मा करोगे तुम ? जाओ-जाओ यहाँ से, वरना तुम्हारा पतलून नीचे आ रहेगा। यानी यह काम भी कर लेते हो तुम ? ख़ैरियत यही समझो कि तुम्हारी पिस्तौल लौटा दी मैंने...तुम्हारे जैसे हातिम को तो पिस्तौल नहीं, भेड़ों के बाल ठीक करने का धन्धा रखना चाहिए अपने पास।"

"आओ साथियो...इससे कहो कि अपनी ऐसी-तैसी में जाए ! कीचड़ में ढेला ही क्यों फेंको कि कपड़ों पर छींटे पड़ें !" बातचीत में हिस्सा न लेनेवाले एक दूसरे कज़्ज़ाक ने हँसते हुए कहा।

कज़्ज़ाक ठंड से अपने जूते खट-खट करते, गालियाँ बकते बाहर जाने को मुड़े। ग्रिगोरी मकान-मालिक से सख़्त आवाज़ में बोला–"यह दरवाज़ा अब दुबारा न खोलना...वैसे अगर ये लोग दुबारा कोई गड़बड़ी करें तो मुझे जगाना।"

इसी बीच वेरखने-चिर्सकोए के कज़्ज़ाक इस शोरगुल से जाग गए, और लेटे-लेटे आपस में धीरे-धीरे बातें करने लगे। एक सयानी उम्र का कज़्ज़ाक आह भरते हुए बोला–"क़ायदा-क़ानून, अदब-लिहाज़ तो जैसे दुनिया से उठ ही गया। लोग अफ़सर से यों बात करते हैं जैसे कि वह कोई ऐरा-गैरा हो। पुराने ज़माने में ऐसा कहाँ मुमकिन था ! इतने में ही दलेल बोल दी जाती कि दम निकल जाता।"

"बात ? बात क्या है ? तुमने देखा नहीं कि वे लोग तो हाथापाई के लिए तैयार थे ? तुमने

उस ऊँट के टोपेवाले चिनार के ठूँठ की बातें सुनी थीं ? कहने लगा–'मैं इसे खाने-भर को दूँ ?' कैसे गुंडे हो गए हैं ये तमाम लोग !"

"तुमने उन्हें इतनी आसानी से निकल कैसे जाने दिया, ग्रिगोरी-पैन्तेलेयेविच ?" एक कज़्ज़ाक ने पूछा।

ग्रिगोरी ने स्नेह-भरे ढंग से मुस्कुराते हुए बात सुनी, और अपने बरानकोट से अपने को ढँकते हुए बोला–"हटाओ भी, तुम्हें उनसे क्या लेना-देना ? वे साफ निकल गए और आमतौर से किसी की सुनेंगे भी नहीं। गिरोह बनाकर इधर-उधर घूमते-फिरते हैं। कोई उनके ऊपर है नहीं। अब कौन फ़ैसला करे उनका और कौन कमांडर बने उनका ? जो आदमी अपने को उनसे इक्कीस साबित करे, वही उनका कमांडर। मेरा ख़्याल नहीं कि उनकी पूरी टुकड़ी में एक भी अफ़सर बाक़ी बच रहा है। मैंने तो स्क्वैड्रन देखी है ऐसी...यतीमों के झुंड लगे हैं बिल्कुल...ख़ैर चलो, सोया जाए।"

अकसीनिया, ग्रिगोरी से धीरे से बोली–"लेकिन तुम उनके पास दौड़कर क्यों पहुँच गए, ग्रीशा ? ईसा के लिए, ऐसे लोगों से मत भिड़ जाया करो ! जंगली हैं...तुम्हें मार डाल सकते हैं।"

"तुम सो जाओ, अकसीनिया ! कल सवेरे जल्दी उठना है। अब तुम्हारी तबीयत कैसी है ? पहले से अच्छी है न ?"

"वैसी ही है।"

"सिर में दर्द अब भी है ?"

"हाँ है...मुझे तो लगता है कि अब मैं उठकर ही नहीं दूँगी...।"

ग्रिगोरी ने उसके माथे पर हाथ रखा और आह भरते हुए बोला–"माथा भट्ठी की तरह जल रहा है। ख़ैर छोड़ो...फ़िक्र मत करो। तन्दुरुस्त औरत हो। सबकुछ ठीक हो जाएगा।"

अकसीनिया ने कोई जवाब नहीं दिया। प्यास से उसका तालू सूखता रहा। उसने बावर्चीखाने में जाकर कई बार गरम-गरम पानी पिया और सर्दी और मिचली को दबाते हुए घोड़े के कपड़े पर लेट रही।

रात में चार टोलियाँ और भी सोने की जगह खोजती आईं। उन्होंने अपनी राइफ़लों के कुन्दों से दरवाज़ा खटखटाया, खिड़की की झिलमिलियाँ खोलीं, खिड़कियाँ खटखटाईं और गईं तभी जब मकान-मालिक ने ग्रिगोरी के कहने पर चिल्लाकर कहा–"चले जाओ यहाँ से...यहाँ ब्रिगेड के हैडक्वार्टर्स के लोग हैं।"

सुबह प्रोख़ोर और ग्रिगोरी ने घोड़े जोते। अकसीनिया ने जैसे-तैसे बाहर के कपड़े पहने और निकलकर अहाते में आई।

इस समय पूर्व में सूरज उगता रहा। चिमनियों से भूरा धुआँ उमड़कर नीले आसमान में घुलता रहा। ऊपर उड़ता एक गुलाबी बादल नीचे के सूरज के प्रकाश से दमक उठा। बाड़ों और शेडों की छतों पर पाले की परत-पर-परत जमी दीखी। घोड़ों के बदन से भाप उठती रही।

ग्रिगोरी ने मदद देकर अकसीनिया को स्लेज में बिठाया। बोला–"तुम लेट जाओ...ज़्यादा आराम मिलेगा।" अकसीनिया ने सिर हिलाया, ग्रिगोरी के पैर ढँक देने पर उसकी ओर आभार से भरकर देखा और फिर आँखें मूँद लीं।...

दोपहर को ख़ास सड़क से कोई दो वर्स्ट के फ़ासले पर जब स्लेज रुकी तो अकसीनिया उतरकर नीचे न आ सकी। ग्रिगोरी उसे हाथ पकड़कर घर के अन्दर ले गया, मकान-मालकिन के बिस्तर तैयार कर देने पर उसने उसे पलंग पर लिटा दिया और अकसीनिया के पीले चेहरे को देखते हुए बोला–"तबीयत बहुत ख़राब है, मेरी रानी ?"

अकसीनिया ने बरबस आँखें खोलीं, धुँधलाई पलकों से उसकी ओर देखा और फिर यों पड़ रही, जैसे कि आधा होश न रहा हो। ग्रिगोरी ने काँपते हाथों से सिर से रूमाल हटाया। औरत के गाल

बर्फ़-से ठंडे लगे, मगर माथा जलता रहा। कनपटियों पर जमे हुए बर्फ के दाने पसीने की शानदार बूँदों में घुल-मिल गए।

शाम होते-होते वह पूरी तरह अचेतन हो गई। लेकिन इस स्थिति के एक क्षण पहले उसने धीरे से पानी माँगा—"थोड़ा-सा पानी दे दो...नहीं तो पिघली हुई बर्फ़ ही दे दो।" और फिर, एक क्षण मौन रहने के बाद बोली—"ग्रीशा को बुला दो ज़रा।"

"मैं हूँ न यहाँ...क्या चाहिए तुम्हें अकसीनिया रानी ?" ग्रिगोरी ने उसका हाथ अपने हाथ में लिया और उसे भद्दे ढंग से सहलाता रहा।

"मुझे छोड़कर चले मत जाना, मेरे राजा !"

"मैं तुम्हें छोड़कर कहीं नहीं जाऊँगा...तुम क्यों सोचती हो कि मैं तुम्हें छोड़कर चला जाऊँगी।"

"अजनबी जगह है...यहाँ मत छोड़ना मुझे...यहाँ तो मैं मर जाऊँगी।"

प्रोख़ोर ने पानी दिया। अकसीनिया ने बहुत ललककर ताँबे के मग के सिरे पर खुश्क होंठ जमाए, थोड़ा-सा पानी पिया और कराह के साथ सिर दुबारा तकिए पर रख लिया। फिर, पाँच मिनट के अन्दर वह जाने क्या-क्या बकने लगी कि समझना मुश्किल हो गया। फिर भी सिरहाने बैठे ग्रिगोरी ने थोड़े-से शब्द समझ ही लिए—"मुझे मुँह-हाथ धोना है...थोड़ा-सा नीला...जल्दी।" फिर उसके अस्पष्ट शब्द फुसफुसाहट में बदल गए, तो प्रोख़ोर ने सिर हिलाया और ग्रिगोरी की भर्त्सना करते हुए बोला—"मैंने कहा था कि इसे इस बार साथ न ले चलो...अब क्या किया जाए ? सज़ा है यह...ऊपरवाला जानता है कि सज़ा है यह ! हम लोग रात क्या यहीं बिताएँगे ?...तुम बहरे हो गए या कुछ और हो गया है तुम्हें ? मैं पूछता हूँ कि रात में हम यहीं रहेंगे क्या ?"

ग्रिगोरी ने कोई जवाब नहीं दिया। वह गुड़ीमुड़ी बना बैठा रहा और उसने क्षण-भर को भी अकसीनिया के चेहरे पर से निगाह नहीं हटाई। मेहमान-नवाज़, दया-मायावाली मकान-मालकिन ने आँखों से अकसीनिया की तरफ़ इशारा किया और प्रोख़ोर से धीरे से पूछा— "यह इसकी बीवी है ? बाल-बच्चे हैं ?"

"हाँ, बीवी है...बाल-बच्चे भी हैं...बाक़ी सबकुछ है...किस्मत-भर साथ नहीं है।" प्रोख़ोर ने बुदबुदाकर जवाब दिया।

ग्रिगोरी अहाते में आया और स्लेज पर बैठकर सिगरेट-पर-सिगरेट फूँकता रहा। सोचता रहा—'अकसीनिया को यहीं, इसी गाँव में छोड़ना पड़ेगा। इसे आगे ले चलने का मतलब मौत को दावत देना होगा।'

पूरी तस्वीर उसकी आँखों के आगे साफ हो उठी। वह उठकर अन्दर गया और अकसीनिया के पलंग के पास जा बैठा। प्रोख़ोर ने फिर पूछा—"रात हम यहीं बिताएँगे न ?"

"हाँ...और, शायद कल भी यहीं रहेंगे।"

थोड़ी देर बाद ही घर का मालिक आ गया। आदमी का क़द छोटा था। आँखें चालाकी से भरी और तेज़ थीं। एक पैर घुटने से कटा हुआ था।

सो, अपना लकड़ी का पैर खट-खट करता, भचकता वह मेज़ के पास आया, बाहर के कपड़े उतारे, प्रोख़ोर को कनखी से देखा और बोला—"सो, आसमानवाले ने मेहमान भेज दिए हैं हमारे यहाँ ?...कहाँ के हैं आप लोग ?" और, जवाब का इन्तजार किए बिना, पत्नी को हुक्म देते हुए बोला—"जल्दी करो...मुझे जो कुछ हो, खाने को दो। पेट में चूहे कूद रहे हैं।"

फिर वह खाने पर टूट पड़ा और बहुत देर तक खाता रहा। उस बीच उसका चकमक दीदा कभी प्रोख़ोर पर जा टिका तो कभी अकसीनिया के जड़-से शरीर पर। ग्रिगोरी ने सोने के कमरे से बाहर आकर उसका अभिवादन किया। मकान-मालिक ने जवाब में सिर हिलाया—"पीछे हट रहे हैं ?"

"हाँ।"

"तो, लड़ाई से जी भर गया, सरकार ?"

"थोड़ा बहुत भर ही गया।"

"यह कौन है...बीवी है आपकी ?" अकसीनिया की ओर देखते हुए सिर हिलाकर उसने पूछा।

"हाँ।"

"तुमने इस औरत को पलंग पर क्यों सजा दिया है ? अब हम लोग कहाँ सोएँगे ?" मकान-मालिक असन्तोष से अपनी पत्नी की ओर मुड़ा।

"औरत बीमार है, वान्या...मैं क्या करती, मुझे रहम आ गया।"

"रहम आ गया ! सब पर रहम करना तो मुमकिन भी नहीं है। फिर, कितने लोग हैं जो गुज़र रहे हैं इधर से। यहाँ तो मेला हो जाएगा, हुजूर !"

ग्रिगोरी मेज़वान और उसकी बीवी की ओर मुड़ा और हाथ सीने पर रखते हुए बोला तो उसकी आवाज़ में आग्रह तो क्या, मिन्नत तक घुल उठी। बोला—"आप भले लोग हैं। मैं मुसीबत में पड़ गया हूँ। ईसा के लिए मेरी मदद करें। अगर हम इसे अपने साथ आगे ले जाएँगे तो यह मर जाएगी। हम छोड़ देना चाहते हैं। मेहरबानी कर इसे यहीं रहने दें। देख-रेख के लिए आप जितना चाहेंगे, मैं आपको दूँगा। और ज़िन्दगी-भर आपका अहसान नहीं भूलूँगा...और कुछ न कहें...इतना रहम करें मुझ पर।"

इस पर पहले तो मकान-मालिक ने साफ इनकार कर दिया। बोला—"बीमार की तीमारदारी के लिए वक़्त हमारे पास कहाँ ! फिर, इसके लिए जगह भी तो नहीं है यहाँ।" लेकिन खाना खाने के बाद आख़िरकार बोला—"ख़ैर...यह तो है ही, किसी की देखरेख कोई बिना कुछ लिए-दिए तो करेगा नहीं...है कि नहीं ? मगर, आप हमें इस काम के लिए देंगे कितना ? कितना दे सकते हैं आप ?"

ग्रिगोरी ने पूरी रक़म अपनी जेब से निकाल ली और मकान-मालकिन की तरफ़ बढ़ा दी। किसान ने ढीले-ढाले ढंग से दोन सरकार के नोटों का बंडल लिया, उँगलियों पर थूककर गिना और पूछा—"ज़ार के नोट नहीं हैं आपके पास ?"

"नहीं।"

"तो, केरेंस्की के रूबल हैं ? ये नोट तो खतरे से खाली नहीं हैं।"

"मेरे पास केरेंस्की के नोट नहीं हैं...यों आप कहें तो मैं अपना घोड़ा छोड़ दूँ ?"

आदमी ने कुछ देर तक सोचा और फिर विचारों में डूबे-डूबे ही बोला—"नहीं, घोड़ा नहीं चाहिए। वैसे तो हम किसानों की निगाहों में घोड़े की ख़ास क़ीमत होती है, मगर आजकल के तूफ़ानी दिनों में इससे हमें कोई फ़ायदा नहीं। अगर श्वेत फ़ौजी न लेंगे तो लाल फ़ौज हमसे इसे छीन लेंगे और हमारे हाथ कुछ नहीं लगेगा। मेरे पास एक बेकाम घोड़ी है, पर इसे भी लोग न छोड़ेंगे और देखते-देखते अहाते से हाँक ले जाएँगे।" फिर वह चुप हो गया और कुछ देर सोचने के बाद जैसे अपनी सफ़ाई देते हुए बोला—"यह न समझिएगा कि मैं कंजूस हूँ...ऊपरवाला बचाए कंजूसी से ! हुजूर आपकी बीवी एक महीना क्या, इसके बाद भी यहाँ रह सकती है, हमारा कोई नुक़सान नहीं। लेकिन, इसे कभी यह देना होगा, कभी वह देना होगा। रोटी, दूध और अंडा वग़ैरा तो चाहिए ही, और इस सबमें रक़म लगती है...है कि नहीं ? फिर इसके कपड़े धुलने चाहिए, खुद इसके नहाने-धोने का इन्तज़ाम होना चाहिए। और दुनिया-भर की दूसरी चीज़ें चाहिए।...मेरी बीवी के पास घर और फ़ार्म का काम रहता है। लेकिन उसे यह सब छोड़-छाड़कर इसकी देख-रेख करनी होगी। यह सबकुछ बहुत आसान नहीं है, इसलिए रक़म देने का बुरा न मानिए और हो सके तो इसमें कुछ और जोड़ दीजिए। मैं अपाहिज आदमी ठहरा। मेरा एक पैर ग़ायब है। आप खुद ही देख सकते हैं। मुझसे तो घर को किसी तरह की कोई आमदनी होती नहीं। हम तो ऊपरवाला जिन्हें यहाँ भेज देता है, उनके सहारे रहते हैं, और रोटी खाकर और क्वास पीकर ज़िन्दगी बसर करते हैं।..."

ग्रिगोरी क्रोध से अन्दर-ही-अन्दर उबलते हुए बोला–"मैं तो किसी भी बात का बुरा नहीं मानता, मेहरबान ! जहाँ तक रक़म का सवाल है, मैंने अपने पास का एक-एक रूबल आपको दे दिया। मेरा बिना रूबलों के भी काम चल सकता है। अब आप मुझसे और क्या चाहते हैं ?"

"तो, आपने अपने पास का एक-एक रूबल दे दिया मुझे ?" आदमी अविश्वास से हँसा–"आपकी तनख़्वाह तो इतनी होगी कि आप चाहें तो अपने घोड़े की काठीवाला थैला भर लें नोटों से !"

ग्रिगोरी का चेहरा पीला पड़ गया। बोला–"आप सीधे-सीधे बतलाइए कि इस बीमार को आप अपने यहाँ रखेंगे या नहीं ?"

"नहीं...अगर आप इस तरह हिसाब-किताब करेंगे तो हम इसे यहाँ भला क्यों रखेंगे !" आदमी चोट खाई आवाज़ में बोला–"यह सबकुछ इतना आसान तो है नहीं...आप तो ख़ुद ही जानते हैं।... एक फ़ौजी अफ़सर की बीवी है...साथ तमाम पंचायत है...पड़ोसी जानने से तो रहेंगे नहीं। उस पर लाल फ़ौजी दरवाज़े पर दस्तक दे रहे हैं...उन्हें मालूम हो जाएगा तो वे हमारे गले पड़ जाएँगे। नहीं, आप इसे यहाँ से ले जाएँ। मगर, पूछ देखें, शायद कोई और पड़ोसी इसे अपने पास रखने को राज़ी हो जाए !" और, कलख के साथ उसने रूबल ग्रिगोरी को थमा दिए, तम्बाकू की थैली निकाली और अपने लिए एक सिगरेट रोल करने लगा।

ग्रिगोरी ने अपना बरानकोट पहना और प्रोख़ोर से बोला–"तुम अकसीनिया के पास रहो...मैं जाता हूँ और जाकर कोई और ठिकाना तय करता हूँ।"

फिर, वह दरवाज़े की कुंडी खोलने लगा कि मालिक ने उसे रोका। बोला–"ज़रा ठहरिए...हुजूर ! ऐसी जल्दी क्या है ? आपका ख़्याल है कि इस बीमार औरत के लिए मेरे दिल में कोई दर्द नहीं ? मुझे उसके लिए बहुत अफ़सोस है। इसके अलावा, मैं ख़ुद फ़ौज में रहा हूँ, और आपकी जगह और ओहदे के लिए मेरे दिल में बड़ी इज़्ज़त है।...लेकिन आप इस रक़म के साथ कुछ और नहीं जोड़ सकते क्या ?"

इस पर प्रोख़ोर अपने ऊपर नियन्त्रण न रख सका और नफ़रत से उसका चेहरा नीला हो उठा। गरजा–"अबे लँगड़े, इसमें हम और क्या बढ़ा सकते हैं ? तेरे रंग-ढंग तो ऐसे हैं कि तेरा दूसरा पैर भी काट दिया जाना चाहिए। ग्रिगोरी-पैन्तेलियेविच, ज़रा मैं इसका बुख़ार उतार दूँ। फिर हम अकसीनिया को स्लेज में बैठा लेंगे और आगे चलेंगे। मौत ले जाए इस शैतान के बच्चे को !"

मकान-मालिक ने बिना बीच में बोले प्रोख़ोर की पूरी बात सुनी और फिर बोला–"कोई वजह नहीं कि आप मेरी इज़्ज़त उतारें। यह तो सौदा तय करने की बात है ताकि आप भी ख़ुश रहें और मैं भी ख़ुश रहूँ। इसमें गुस्से से उबलने और लड़ने-झगड़ने की ऐसी कोई बात नहीं।...तुम इस तरह बौखला क्यों रहे हो, कज़्ज़ाक ? तुम्हारा ख़्याल है कि मैं और रूबल चाहता हूँ ? इसका तो मुझे ख़्याल भी नहीं आया।...मेरा मतलब था कि शायद हुजूर के पास कोई फालतू राइफ़ल या रिवाल्वर हो और वह आप हमें दे सकें। आपके लिए उसकी कोई ऐसी ख़ास क़ीमत नहीं, लेकिन आज की इन मुसीबतों में हमारे लिए वह बहुत बड़ी चीज़ होगी...हमें तो अपने घर तक की रखवाली के लिए हथियार चाहिए। इसीलिए मैंने वह बात कही थी। बस, तो आप रूबल मुझे लौटा दें और एक राइफ़ल ऊपर से दे दें और सौदा ख़त्म। फिर हाथ मिलाकर जहाँ जाना हो चले जाइए और अपनी बीवी को पूरे इत्मीनान से यहाँ छोड़ जाइए। हम उसे अपने घर की ही आदमी समझेंगे। उसकी पूरी देखरेख करेंगे, हर तरह फ़िक्र रखेंगे। मैं क़सम लेकर आपको इस बात का यक़ीन दिला सकता हूँ।"

ग्रिगोरी ने प्रोख़ोर की तरफ़ देखा और शान्त भाव से बोला–"मेरी राइफ़ल और क़ारतूस इसे दे दो...और फिर चलकर स्लेज जोतो।...अकसीनिया यहीं रहेगी...ऊपरवाला गवाह है कि उसे साथ ले चलना मौत को दावत देना होगा।"

27

आगे आनेवाले दिन नीरस और वीरान हो उठे। ग्रिगोरी ने अकसीनिया को उस गाँव में क्या छोड़ा, उसे किसी चीज़ में किसी तरह की कोई दिलचस्पी ही न रही। हर दिन सवेरे वह स्लेज पर सवार होता और बर्फ़ से मढ़े, स्तेपी मैदान में आगे-ही-आगे बढ़ता चला जाता। हर दिन शाम को वह ठहरने की कोई-न-कोई जगह खोजता पड़ रहता और सो जाता। इसी तरह दिन-पर-दिन बीतते गए। इस बीच मोर्चा बराबर, एक-सी गति से दक्षिण की ओर बढ़ता रहा। पर, ग्रिगोरी के मन में उसके बारे में कुछ भी जानने की उत्सुकता न रही। उसने अनुभव किया कि सच्चाई और ईमानदारी से दुश्मन से लोहा लेने का ज़माना लद गया...कज़्ज़ाकों में अब अपने ही ज़िलों का बचाव करने की ख़्वाहिश नहीं रही...हर चीज़ से साफ है कि गोरी फ़ौजें अब अपना आख़िरी दम लगा रही हैं...और जैसे दोन के इलाक़े में वे लाल फ़ौजों का आगे बढ़ना रोक नहीं सकीं, वैसे ही कुबान के इलाक़े में भी अब वे अपने क़दम जमा न सकेंगी...

लड़ाई खात्मे पर आने लगी। अन्त तेज़ी से यों पास आता रहा, जैसे कि ऐसा ही होना लाजिमी हो। कुबान के कज़्ज़ाक हज़ारों की संख्या में मोर्चा छोड़-छोड़कर अपने-अपने गाँव-घरों की ओर उमड़ चले। दोने के कज़्ज़ाक तार-तार कर दिए गए। स्वयंसेवक सेना के सदस्यों की रगों का ख़ून लड़ाई और टायफ़स ने सोख लिया और उनकी शक्ति यों भी एक-चौथाई रह गई। इसलिए सफलता के पंखों पर सवार लाल सेना की बाढ़ को सँभालना और रोकना उनके बस की बात न रही। शरणार्थियों के बीच अफ़वाहें सुन पड़ने लगीं कि जनरल देनिकिन ने कुबान रादा के सदस्यों को जैसे गाजर-मूली की तरह काटकर फेंक दिया है, उससे लोगों में नफ़रत दिन-दूनी, रात-चौगुनी बढ़ती जा रही है।...कहा गया कि कुबान में स्वयंसेवक सेना के ख़िलाफ़ बग़ावत के बीज बोए जा रहे हैं और बिना किसी तरह की बाधा डाले सोवियत सेना को काकेशस का रास्ता देने के लिए लाल सेना के सदस्यों से बातचीत चल रही है।...यह भी बार-बार सुनाई पड़ा कि कुबान और तेरेक के लोग दोन के कज़्ज़ाकों और स्वयंसेवक सेना के जानी दुश्मन हो गए हैं और दोन डिवीज़न और कुबान की कज़्ज़ाक पैदल फ़ौज के बीच मुठभेड़ कभी की हो चुकी है।...

ग्रिगोरी जहाँ भी ठहरा, उसने आस-पास के हर आदमी की बातचीत बड़े ही ध्यान से सुनी और श्वेत सेनाओं की अन्तिम और अनिवार्य पराजय में उसका विश्वास बराबर बढ़ता गया। लेकिन इस पर भी उसे कई बार आशा बँधी कि फूट की शिकार चरित्र की दृष्टि से टूटी हुई और आपस में एक-दूसरे को फूटी आँखों न सुहानेवाली गोरी फ़ौजें शायद इस मुसीबत के धक्के से मजबूर होकर एक हो जाएँ, नए सिरे से दुश्मन के लोहे से लोहा बजाएँ और लाल फ़ौजों की फ़तहों को हार में बदलकर उन्हें पीछे ठेल दें...! लेकिन रोस्तोव के समर्पण के बाद उसकी यह उम्मीद टूट गई और उसने लोगों की इस तरह की बातों पर यक़ीन करना बन्द कर दिया कि बताइस्क की घमासान लड़ाई के बाद लाल फ़ौजें पीछे हटने लगी हैं...।

ग्रिगोरी अपने निकम्मेपन से ऊब उठा और उसने किसी-न-किसी फ़ौजी टुकड़ी में शामिल हो जाना चाहा। लेकिन यह बात सुनते ही प्रोख़ोर ने उसका पूरी शक्ति से विरोध किया। घृणा से भरकर बोला—"तुम्हारा दिमाग़ बिल्कुल ख़राब हो गया है, ग्रिगोरी पैन्तेलेयेविच ! उस दोजख़ में हम अपनी टाँगें कहाँ लटकाते फिरेंगे ? ऊँट एक ख़ास करवट बैठ चुका है, यह बात तो तुम भी साफ़-साफ़ देख सकते हो। इसलिए अब हम अपनी जानें बेकार में क्यों दें ? वैसे भी यह बतलाओ कि क्या हम दो आदमी ही कौन-सी ज़मीन उलट देंगे ? हमें कोई लड़ाई में तो ज़बर्दस्ती झोंक रहा नहीं है। ऐसे में हमें तो जल्दी-से-जल्दी मुसीबत के रास्ते से हट जाना चाहिए। और तुम हो कि यह बकवास तुम्हारे दिमाग़ में आ रही है। नहीं, बस सयाने लोगों की तरह तुम भी अब जल्दी-से-जल्दी पीछे हटो। तुम

और मैं यानी हम दोनों पिछले पाँच वर्षों में काफ़ी लड़ाई देख चुके...लड़ाई में हिस्सा ले चुके। इसीलिए एक बार अपनी जान छुड़ाई थी मैंने कि दुबारा फिर मोर्चे के नाम पर ज़िबह कर दिया जाऊँ ! शुक्रिया ! बड़ी मेहरबानी है तुम्हारी ! मैं तो इस लड़ाई से इतना ऊब गया हूँ कि इसका ख़्याल आते ही हौलदिली होने लगती है। तुम चाहते हो तो हो जाओ शामिल किसी फ़ौजी टुकड़ी में। जहाँ तक मेरा सवाल है मैं तो तुम्हारे साथ जाने से रहा। ऐसी नौबत आएगी तो मैं अस्पताल चला जाऊँगा। बहुत हुआ!।''

ग्रिगोरी बहुत देर तक चुप रहा। फिर बोला–''ठीक है, जैसा तुम कहो। फ़िलहाल हम यहाँ से कुबान चलेंगे, और वहाँ जैसा कुछ होगा, देखा जाएगा।''

फिर प्रोख़ोर ने अपने ख़ास तरीक़े का परिचय दिया। जहाँ भी आबादीवाली जगह रास्ते में नज़र आई, उसने डॉक्टर की खोज की और तमाम सूखी-गीली दवाएँ ले आया। लेकिन अपनी बीमारी को खत्म करने की उसमें कोई विशेष इच्छा न दीखी और उसने एक पाउडर खाने के बाद बाक़ी सभी दवाएँ बर्फ़ पर फेंककर पैरों से रौंद दीं। ग्रिगोरी ने इस नाटक का कारण पूछा तो बोला–''मैं पूरी तरह ठीक होना नहीं चाहता, सिर्फ़ बीमारी को बढ़ने से रोकना चाहता हूँ। ऐसा रहेगा तो मौक़ा पड़ने पर कभी भी अपनी डॉक्टरी करा लूँगा और फ़ौज में वापस भेजे जाने से बच जाऊँगा...।''

बीच में किसी गाँव में एक दुनियादार कज़्ज़ाक ने उसकी बीमारी जानी तो उसे बत्तख़ों के पैरों से तैयार किया गया सत लेने की सलाह दी। इसके बाद प्रोख़ोर जिस नए गाँव में पहुँचा, उसने सामने आनेवाले पहले आदमी से पूछा–''सुनो, इस गाँव में लोग बत्तखें रखते हैं ?'' इस पर आदमी अक्सर ही ताज्जुब में पड़ गया और बोला–''आस-पास कहीं पानी नहीं है, इसलिए यहाँ बत्तख़ रखने का सवाल ही नहीं उठता...।'' बस फिर क्या था, प्रोख़ोर नफ़रत से फुफकार उठा–''तुम लोग भी इंसान कहते हो अपने को ! तुम्हारी भी कोई ज़िन्दगी है ! मेरा ख़्याल है कि तुमने ज़िन्दगी में कभी बत्तख़ की आवाज़ तक न सुनी होगी ! स्तेपी में रहनेवाले काठ के उल्लू हो तुम लोग !...'' और ग्रिगोरी की तरफ़ मुड़ा, ''कोई पादरी गुज़र गया मालूम होता है हमारे रास्ते से। तक़दीर साथ दे नहीं रही। यहाँ बत्तख़ें होतीं तो मैं मुँहमाँगी क़ीमत अदा कर एक बत्तख़ खरीद लेता, या ऐसे न मिलती तो उसे उड़ा देता। फिर...फिर तो मेरा हिसाब-किताब बिल्कुल ठीक हो जाता। इधर बीमारी कुछ ज़्यादा परेशान करने लगी है। पहले तो रास्ते में पलकें भी न झपा पाने के बावजूद मैं इसे बराबर टालता रहा। मगर अब तो जैसे उसी की सज़ा मिल रही है। स्लेज में बैठने में भी तकलीफ़ होती है।''

पर ग्रिगोरी से हमदर्दी का एक शब्द न सुनकर वह चुप हो गया और घंटों होंठ सिए-ही-सिए स्लेज हाँकता रहा।...

इस तरह एक जगह से दूसरी और दूसरी से तीसरी जगह जाते-जाते जो दिन बीते वे बहुत ही लम्बे और थकान से भरे लगे। लेकिन जाड़े की रातें तो उनसे भी आगे निकल गईं, और काटे नहीं कटती लगीं, पर ग्रिगोरी को अपने अतीत और वर्तमान के विषय में सोचने के लिए सहज ही बड़ा समय मिला। वह कई-कई घंटों तक अपनी अजीबोग़रीब उल्टी-सीधी ज़िन्दगी को लेकर उलझता और पुरानी यादें ताज़ा करता रहा। वह मन को घोटनेवाले स्तेपी की बर्फ़ पर निगाहें जमाए स्लेज में बैठा होता या लोगों से ठसाठस भरे किसी कमरे से आँखें बन्द कर दाँत भींचकर लेटा होता, तो उसे या तो एक छोटे-से अनजाने गाँव में पीछे छूट गई, बेहोश अकसीनिया का ध्यान आता या तातारस्की में रह गए अपने घर के लोगों का ख़्याल आता। दोन क्षेत्र में सोवियत-शासन की स्थापना के समाचार से वह एकदम चिन्तित हो उठता और बार-बार अपने-आपसे पूछता–'मेरी वजह से लाल फ़ौजी मेरी माँ या दून्या को सताएँगे तो नहीं ?...' फिर वह अपने मन को धीरज बँधाता और बार-बार राह में सुनी बातें दोहराता कि लाल सेना बड़े ही क़ायदे से मार्च करती है और जिन कज़्ज़ाक ज़िलों पर उसका हक़ हो जाता है, वहाँ के लोगों के साथ बहुत ही अच्छा बर्ताव करती है। धीरे-धीरे उसका मन हल्का हो उठता और अपने व्यवहार के लिए अपनी माँ के ज़िम्मेदार ठहराए जाने की बात उसे

अकल्पनीय, पाशविक और बिल्कुल अनुचित लगने लगती। फिर जब उसे बच्चों की याद आती तो उसका दिल क्षण-भर को कचोट उठता, और लगता कि हो-न-हो, उन्हें भी टायफ़स हो जाएगा। लेकिन बच्चों के लिए इतना मोह होने पर भी वह अनुभव करता कि नताल्या की मौत ने जितना झकझोरा उतना अब कोई भी दूसरा सदमा उसे झकझोर नहीं सकता...।

घोड़ों को थोड़ा आराम देने के ख़्याल से ग्रिगोरी और प्रोख़ोर चार दिन तक साल्स की एक झोंपड़ी में रहे। इस बीच एक से अधिक बार उन्होंने आगे के कार्यक्रम पर विचार किया। इसके पहले उनके वहाँ पहुँचते ही प्रोख़ोर ने पूछा—"हमारी फ़ौजें कुबान में मोर्चे सँभालेंगी या काकेशिया चली जाएँगी ? क्या ख़्याल है तुम्हारा ?"

"मैं नहीं जानता...मगर इससे तुम्हारे लिए क्या फ़र्क़ पड़ेगा ?"

"क्या शानदार बात कही है ! अरे फ़र्क़ क्यों नहीं पड़ेगा...? ज़रूर पड़ेगा। इस रफ़्तार से तो लाल फ़ौजी हमें हाँककर कहीं-का-कहीं, शायद तुर्कों की रियासत के किसी हिस्से में पहुँचा देंगे...और तब..."

"मैं देनीकिन नहीं हूँ। मुझसे न पूछो कि वे हमें हाँककर कहाँ पहुँचा देंगे और कहाँ नहीं।" ग्रिगोरी ने जवाब दिया।

"मैं तो यह सवाल तुमसे इसलिए पूछ रहा हूँ कि मैंने एक अफ़वाह सुनी है। अफ़वाह यह है कि कुबान नदी पर वे अपने बचाव के लिए फिर क़दम जमाएँगे और बसन्त आने पर घर के लिए रवाना होंगे।"

"कौन बचाव के लिए क़दम जमाएगा ?" ग्रिगोरी ने मज़ाक बनाते हुए पूछा।

"...वही अपने कज़्ज़ाक और कैडेट...और कौन ?"

"बकवास कर रहे हो तुम ! देखते नहीं कि चारों तरफ़ हो क्या रहा है ? हर आदमी जल्दी-से-जल्दी खिसक निकलने की कोशिश में है। ऐसे में बचाव के लिए क़दम भला कौन जमाएगा ?"

"साहबज़ादे, यह सब तो मैं अच्छी तरह देख रहा हूँ, और समझ भी रहा हूँ। मगर इस पर भी यक़ीन नहीं जमता।" प्रोख़ोर ने आह भरी—"मगर मान लो कि सवाल सामने आ जाए जहाज़ में बैठकर किसी दूसरे मुल्क को जाने का और वहाँ केकड़े की तरह रेंगने का, तो क्या फ़ैसला करोगे तुम ? जाओगे ?"

"पहले तुम बतलाओ कि तुम क्या करोगे ?"

"मेरी हालत तो यह है कि मैं तुम्हारे साथ हूँ। तुम जहाँ भी जाओगे, मैं जाऊँगा। सभी लोग जाने लगेंगे तो एक अकेला मैं ही तो छोड़ नहीं दिया जाऊँगा..?"

"बिल्कुल यही बात मैं सोच रहा था। भेड़ों के बाड़े में एक बार घुस-भर जाओ फिर तो जो हाल दूसरी भेड़ों का वही तुम्हारा !"

"भेड़ों की क्या ? उनके पास दिमाग़ तो होता नहीं। वे तो कहीं भी जा सकती हैं। नहीं, यह बेकार बात है। बात अक्ल की करो।"

"अच्छा, बेकार सिर न धुनो। वहाँ पहुँचेंगे तो देखी जाएगी। यहीं से मुसीबतों का हिसाब-किताब क्यों करना चाहते हो ?"

"ठीक ऐसा ही सही...अब तुमसे मैं कुछ नहीं पूछूँगा।" प्रोख़ोर ने ग्रिगोरी के प्रस्ताव का समर्थन किया।

लेकिन अगले दिन वे घोड़ों को लेने गए तो उसने बातचीत फिर शुरू की। "तुमने हरे फ़ौजियों के बारे में सुना कुछ ?" एक हेंगे को देखने का बहाना करते हुए उसने यों ही पूछा।

"हाँ...क्या ख़बर है उनके बारे में ?"

"मगर यह हरे फ़ौजी उग कहाँ से आए ? किसकी तरफ़ हैं वे ?"

"लाल फ़ौजों की तरफ़।"

"लेकिन उनको हरा क्यों कहा जाता है ?"

"शैतान ही जाने। शायद इसलिए कि वे जंगल में छिपे रहते हैं।"

"क्या ख़्याल है ? हम दोनों उनकी फ़ौजों में शामिल हो जाएँ ?" प्रोख़ोर ने बहुत देर तक सोचने के बाद सकुचते हुए कहा।

"मेरी तो ऐसी कोई ख़ास तबीयत नहीं।"

"लेकिन हरे फ़ौजियों का साथ देने के अलावा जल्दी घर पहुँचने का कोई दूसरा रास्ता ही नहीं है क्या ? मेरे लिए सभी बराबर हैं। शैतान के बच्चे हरे हों, नीले हों, अंडे की तरह पीले हों...बस मैं तो एक बात चाहता हूँ कि वे लड़ाई के ख़िलाफ़ हों और फ़ौजियों को घर जाने की इजाज़त दे दें...।"

"तो, थोड़ा इन्तज़ार करो...शायद आगे-पीछे ऐसा कुछ मुमकिन हो ही जाए।" ग्रिगोरी ने सलाह-सी दी।

जनवरी के अन्त में एक दिन धुन्ध छाई रही और बर्फ़ बाक़ायदा गलती रही कि ग्रिगोरी और प्रोख़ोर बेलयाग्लिना नाम के गाँव में पहुँचे। वहाँ कोई पन्द्रह हज़ार शरणार्थियों की भीड़ नज़र आई और उनमें से आधे टायफ़स के रोगी मिले। कज़्ज़ाक छोटे अंग्रेजी ओवरकोट, छोटी भेड़ की खालें और लम्बे काकेशियाई कोट पहने गलियों में जहाँ-तहाँ ठहरने की जगह खोजते दीखे। घुड़सवार और स्लेजें सभी दिशाओं में आती-जाती रहीं। हर अहाते में नाँदों के पास दर्जनों हड्डी-हड्डी रह गए घोड़े खड़े पुआल चबाते रहे। सड़कों और किनारे की गलियों में स्लेजें, फ़ौजी गाड़ियाँ और लड़ाई के सामान से भरे बक्से अपनी रक्षा अपने आप करते रहे।...सड़कों से गुज़रते समय प्रोख़ोर ने बाड़ से बँधे एक कुम्मैत घोड़े को बहुत ग़ौर से देखा और बोला–"अरे यह तो अन्द्रेइ का घोड़ा मालूम होता है। इसका मतलब यह है कि हमारी तातारस्की के लोग यहाँ हैं...।" इसके साथ ही वह स्लेज से नीचे कूद पड़ा और पता लगाने के लिए सामने के घर में घुस गया।

कुछ ही क्षणों बाद प्रोख़ोर का चचेरा भाई और पड़ोसी अन्द्रेइ-तोपोल्स्कोव अपना बरानकोट कन्धे पर लटकाए झोंपड़ी से बाहर आया, प्रोख़ोर के साथ गम्भीर भाव से स्लेज की ओर बढ़ा और अपना कालिख से सना हाथ ग्रिगोरी की तरफ़ बढ़ाया।

ग्रिगोरी ने पूछा–"गाँव के और लोग भी हैं तुम्हारे साथ ?"

"हम सब साथ ही दुख-सुख झेल रहे हैं।"

"ख़ैर, सफ़र कैसा रहा ?"

"हर आम सफ़र की तरह...जहाँ भी रात को पड़ाव डाला वहीं अपने साथ के कुछ लोगों और घोड़ों को छोड़ना पड़ा...।"

"मेरे पापा तो ठीकठाक और सही-सलामत हैं ?"

तोपोल्स्कोव ने ग्रिगोरी को नज़र गड़ाकर देखा और आह भरकर बोला–"बहुत बुरी खबर है, ग्रिगोरी पैन्तेलेयेविच...बहुत बुरी ख़बर है...अपने पापा की रूह के लिए ऊपरवाले से मिन्नत करो–वे कल शाम को आसमानवाले को प्यारे हो गए...कल शाम को मर गए..."

"दफ़न कर दिया गया ?" ग्रिगोरी ने पूछा। वह पीला पड़ गया।

"मैं नहीं जानता...तब से मैं उधर गया नहीं...मैं तुम्हें घर दिखला दूँगा...दायाँ पकड़े चले जाओ...नुक्कड़ से चौथा मकान है...दाईं तरफ़।"

प्रोख़ोर ने घोड़े हाँके और फिर टीन की चादर की छतवाले बड़े मकान के बाहर, बाड़ के पास घोड़े रोके। लेकिन तोपोल्स्कोव ने स्लेज अहाते में ले जाने की सलाह दी।

"यहाँ भी काफ़ी लोग हैं...कोई बीस...लेकिन तुम्हें जगह कहीं-न-कहीं मिल जाएगी।" उसने स्लेज

से कूदकर फाटक खोलते हुए कहा।

सबसे पहले ग्रिगोरी उस तवे से तचते कमरे में घुसा, तो गाँव के अपने जान-पहचानी उसे लेटे या एक-दूसरे से सटकर फ़र्श पर बैठे मिले। कुछ जूतों या घोड़ों के साज़ों की मरम्मत करते दीखे। पैन्तेली के साथ आनेवाले बेस्खलेबनोव-सहित तीन आदमी मेज़ पर शोरबा खाते नज़र आए। ग्रिगोरी को देखते ही कज़्ज़ाक उठ खड़े हुए और उसके अभिवादन के उत्तर में उन्होंने उसका एक साथ अभिवादन किया।

"मेरे पापा कहाँ हैं ?" उसने भेड़ की खाल की अपनी टोपी उतारते और कमरे के चारों ओर निगाह दौड़ाते हुए कहा।

"पैन्तेली प्रोकोफ़ियेविच...नहीं रहे !" बेस्खलेबनोव ने शान्त भाव से जवाब दिया। उसने हाथ का चम्मच नीचे रख दिया। मुँह कोट की आस्तीन से पोंछा और क्रॉस बनाया। "वे कल रात गुज़र गए...ऊपरवाला उन्हें अपने रहम के साए में रखे !"

"मुझे पता है...उन्हें दफ़न कर दिया गया ?"

"अभी नहीं। हम आज उन्हें दफ़न करनेवाले थे, पर अभी तक उनकी लाश यहीं है। सोने के कमरे में रखी है। वहाँ काफ़ी तरी है। इस तरफ़..." बेस्खलेबनोव ने बग़ल के कमरे का दरवाज़ा खोला और जैसे कि क्षमा माँगते हुए बोला–"कज़्ज़ाकों ने एक ही कमरे में रहना नहीं चाहा...बड़ी बदबू है...फिर वहाँ वैसे भी बेहतर है...यह कमरा गर्म नहीं रखा गया है।"

लम्बे-चौड़े कमरे में हर तरफ़ से सनई के बीज और चुहियों की गन्ध उठती मिली। एक बेंच पर आटे और मक्खन के पीपे रखे दीखे। पैन्तेली-प्रोकोफ़ियेविच का शव कमरे के बीचों-बीच घोड़ेवाले कपड़े पर रखा नज़र आया। ग्रिगोरी ने बेस्खलेबनोव को खींचकर एक तरफ़ किया और कमरे में जाकर अपने पिता के पास खड़ा हो गया।

बेस्खलेबनोव ने धीमे स्वर में कहा–"तुम्हारे पापा दो हफ़्ते बीमार रहे। लौटते वक़्त मेचेत्का में उन्हें टायफ़स हो गया और यहीं उनकी आँखें हमेशा-हमेशा के लिए मुँद गईं...यह है हमारी ज़िन्दगी !"

ग्रिगोरी ने झुककर अपने पिता के चेहरे पर निगाह गड़ाई। चेहरा बीमारी के कारण काफ़ी बदला हुआ, अजीब और अनपहचाना-सा लगा।...पैन्तेली के पीले, बैठे हुए गालों पर सफ़ेद दाढ़ी उग आई थी। मूँछ चेहरे पर झूल आई थी। आँखें अधमुँदी थीं और आँखों की चमक ख़त्म हो गई थी। बूढ़े के निचले जबड़े के चारों तरफ़ लाल रूमाल बँधा हुआ था और रूमाल की लाली के कारण उसकी दाढ़ी के घुँघराले बाल और भी सफ़ेद और रुपहले लग रहे थे।

अपने पिता का चेहरा एक बार जी-भर देख लेने और उस मनोहर छवि को सदा-सदा के लिए अपने अन्तर् में अंकित कर लेने के लिए ग्रिगोरी झुका, तो भय और घिन से सिर से पैर तक काँप उठा। पैन्तेली के सफ़ेद, मोम-से चेहरे, आँखों के गढ़ों और बैठे हुए गालों पर जुएँ-ही-जुएँ रेंगती रहीं। उन्होंने उसके चेहरे पर एक जीता-जागता, चलता-फिरता पर्दा-सा डाल रखा। वे दाढ़ी में जमा रहीं, बरौनियों में चलती-फिरती रहीं और लम्बी, नीली जैकेट के कड़े कॉलर की पट्टी के पास बहुत बड़ी गिनती में घिरी रहीं।

ग्रिगोरी ने दो दूसरे कज़्ज़ाकों की सहायता से जमी हुई, लोहे-सी कड़ी चिकनी ज़मीन गदालों से खोदकर एक क़ब्र तैयार की। प्रोख़ोर ने लकड़ी के टुकड़ों से एक खुरदरा-सा ताबूत बनाया। फिर दिन ढलते-ढलते उन्होंने पैन्तेली को बाहर निकाला और स्तावरोपाल की धरती को सौंप दिया। और, एक घंटे बाद, गाँव में दीये टिमटिमाए कि ग्रिगोरी स्लेज पर सवार होकर बेलयाग्लिना से बाहर निकला और नोवोपोकरोव्स्काया की दिशा में बढ़ चला।

मगर, कोरेनोव्स्की गाँव में वह खुद बीमार हो गया। प्रोख़ोर ने आधा दिन किसी डॉक्टर की तलाश की। तब कहीं उसकी मुलाक़ात नशे में अधमस्त फ़ौजी सर्जन से हुई। वह भी बड़ी मुश्किल

से झोंपड़ी तक आने को राजी हुआ। उसने अपना बरानकोट उतारे बिना ही ग्रिगोरी की डॉक्टरी परीक्षा की, नब्ज़ देखी और विश्वास के साथ बोला–"टायफ़स है...मेरी सलाह मानिए, कैप्टन, तो आगे बढ़ने का ख़्याल छोड़ दीजिए, वरना रास्ते में ही ख़त्म हो जाइएगा।"

"यानी यहीं रुकूँ और लाल फ़ौजियों का इन्तज़ार करूँ ?" ग्रिगोरी मुस्कुराया।

"ख़ैर...अभी तो वे लोग यहाँ से काफ़ी दूर हैं।"

"लेकिन, इससे क्या, आज दूर हैं, कल पास आ जाएँगे ?"

"इस बात में मुझे कोई शक नहीं। लेकिन, आपके लिए ज़्यादा अच्छा यही होगा कि आप यहीं बने रहें। आगे बढ़कर मौत का सामना करने और यहाँ बने रहकर लाल फ़ौजियों का इन्तज़ार करने के बीच अगर मुझे एक का चुनाव करना हो तो मैं दूसरा फ़ैसला ही मानूँ।"

"नहीं, जैसे भी होगा, मैं यहाँ से चला जाऊँगा।" ग्रिगोरी ने हठ से कहा और अपनी ट्यूनिक पहनी–"कुछ दवा दे दें आप...देंगे न ?"

"जाइए...अगर आप चाहते हैं तो जाइए। आपका मामला है, आप ही तय कीजिए। मेरा काम सलाह देना था, सो मैंने दे दी। अब आप जानें और आपका काम जाने। जहाँ तक दवा का सवाल है, सबसे बड़ी दवा होगी आराम और देख-रेख। मैं दवा का पर्चा लिखकर तो आपको दे सकता हूँ, पर दवा तैयार कहाँ से होगी ! केमिस्ट यहाँ से कहीं और चला गया है, और मेरे पास है सिर्फ़ क्लोरोफ़ार्म आयोडीन और सर्जिकल-स्पिरिट !"

"तो, मुझे थोड़ी-सी स्पिरिट ही दे दीजिए।"

"बड़ी ख़ुशी से ले लीजिए...मगर इससे कोई फ़र्क़ नहीं पड़ेगा। आप रास्ते में ही ख़त्म हो जाएँगे। फ़िलहाल, अपना अर्दली मेरे साथ भेज दीजिए। मैं एक हज़ार ग्राम स्पिरिट अभी-अभी भेजे देता हूँ। मैं तबीयत से आदमी भला हूँ..." डॉक्टर ने सैल्यूट किया और लड़खड़ाते हुए बाहर निकल आया।

प्रोख़ोर दवा ले आया, किसी की दो घोड़ोंवाली गाड़ी कहीं से उड़ा लाया, घोड़े जोते और कमरे में आते हुए गम्भीरता से बोला–"गाड़ी तैयार है, सरकार !"

और फिर उदासी-भरे दिन एक-एक उगने और ढलने लगे।...

कुबान में काकेशिया की तलहटी से वसन्त हड़बड़ाता हुआ आता लगा। स्तेपी की बर्फ़ सहसा ही पिघल चली और जहाँ-तहाँ ज़मीन के काले चप्पे उभर आए। नद-नदियाँ रुपहले स्वरों में गाने लगीं। सड़क पर बर्फ़ के गढ़े-गढ़ैया चमचमाने लगे। दूर का नीलम चमककर बहार का नाम दोहराने लगा, और कुबान का विस्तृत आकाश और गहरा, और नीला और-और गरम हो उठा।

दो दिन के अन्दर-अन्दर जाड़े के गेहूँ ने बर्फ़ की चादर उतार फेंकी और धूप में अपना बदन सुखाने लगा।...

घोड़े दलदल से भरी सड़क पर फचफच करते हुए आगे बढ़े। कहीं कीचड़ में धँस गए तो कहीं पानी में फँस गए। उन्हें अपने पुट्ठों पर बड़ा ज़ोर देना पड़ा। वे पसीने से नहा उठे और भाप हवा में उड़ाने लगे। प्रोख़ोर ने सोच-समझकर उनकी दुमें बाँध दीं, अफ़सर गाड़ी से उतर पड़ा और बग़ल-बग़ल चलता रहा। इस सिलसिले में कई बार उसके पैर दलदल में फँसकर घिसट गए और मन-ही-मन बुदबुदा उठा–'यह तारकोल है, कीचड़ नहीं...ऊपरवाला गवाह है ! ऐसे में रास्ते-भर घोड़े पसीने-पसीने होंगे।'

ग्रिगोरी लिपटा-लिपटाया, चुपचाप गाड़ी में पड़ा रहा। उसे रह-रहकर कँपकँपी छूटती रही। दूसरी तरफ़ मुँह सिए हुए सफ़र करना प्रोख़ोर के लिए दुश्वार हो उठा। उसने बीच-बीच में ग्रिगोरी के पैर या आस्तीन में हाथ लगाया और बोला–"यहाँ हद का दलदल है ! ज़रा नीचे उतरकर चलो तो मालूम हो ! क्या शानदार आदमी हो ! और कुछ न हुआ तो बीमारी का ही तोता पाल लिया !"

"शैतान ले जाए तुम्हें !" ग्रिगोरी ने कहा, पर इतने धीरे से कहा कि सुनाई ही न पड़ा।

फिर रास्ते में जो भी कहीं कोई मिला, प्रोख़ोर ने उसी से पूछा—"आगे कीचड़ कुछ ज़्यादा है या ऐसा ही है ?"

राहगीर जवाब में हँसा और एकाध मजाक की बातें कहकर आगे बढ़ गया। प्रोख़ोर को किसी जीते-जागते आदमी से एकाध बातें कर ख़ुशी हुई। फिर वह कुछ देर तक चुपचाप चलता रहा। बीच-बीच में घोड़े रोक देता और अपने माथे पर से झलकती पसीने की बड़ी-बड़ी बूँदें पोंछ डालता। कई बार घुड़सवार बग़ल से गुज़रे तो प्रोख़ोर का मन हुआ कि उन्हें रोक ले, उनसे एक-दो बातें कर ले। पूछ ले—"क्यों भाई, कहाँ से आ रहे हो और कहाँ जा रहे हो ?"...तो, उसने यह सब किया और आख़िर में कहा—"आगे बढ़ना वक़्त बर्बाद करना है...घोड़े पर सवार होकर जाना तो मुमकिन ही नहीं है...तुम पूछोगे—क्यों ? इसलिए कि उधर से आनेवालों का कहना है कि वहाँ दलदल बड़ा गहरा है...घोड़ों की पीठ तक का डुबान है। गाड़ी के पहिए घूम नहीं पाते...और छोटे क़द के पैदल चलनेवाले लोग लुढ़कते हैं तो सड़क पर ही डूब जाते हैं। वहाँ कोई दुमकटी कुतिया पड़ी रहे तो पड़ी रहे, हम-तुम तो पड़े रह नहीं सकते। फिर सवाल होता है कि हम लोग जान-बूझकर उधर जा ही क्यों रहे हैं आख़िर ? इसलिए कि हमारे पास कोई और काम नहीं है। मैं तो एक बीमार पादरी को लिए जा रहा हूँ...साफ़ है कि लाल फ़ौजियों की और उसकी पटरी आपस में बैठने से रही..."

लेकिन ज़्यादातर घुड़सवारों ने हँसकर उसे कुछ बुरा-भला कहा और अपने घोड़े आगे बढ़ा दिए। वैसे कुछ ऐसे भी निकले जो ठिठके, जिन्होंने उसे घूरकर देखा और उसका ख़ासा अपमान किया। बोले—"यानी बेवक़ूफ़ दोन से भी पीछे हट रहे हैं ? तुम्हारे ज़िले के सब लोग तुम्हारे जैसे ही हैं क्या ?"

...कुबान का एक कज़्ज़ाक अपने गिरोह से पिछड़ गया था। प्रोख़ोर ने देखा तो उसे भी रोकना चाहा, और उससे भी दो-चार बातें करनी चाहीं। पर वह एकदम बिगड़ गया, आपे से बाहर हो गया, और उसने उसके चेहरे पर भरपूर चाबुक जमाना चाहा। मगर प्रोख़ोर उछलकर खड़ा हो गया और नीचे से कारबाइन बन्दूक खींचकर उसने उसके घुटनों पर टिका दी। कुबान का कज़्ज़ाक भद्दी-भद्दी गालियाँ देता, अपना घोड़ा दौड़ाता भागा। प्रोख़ोर ने हँसी के ठहाके लगाते हुए चिल्लाकर कहा—"यह कोई ज़ारीत्सिन तो है नहीं कि तू मकई के खेत में छिप रहेगा। गधा कहीं का...उल्लू का पट्ठा। ज़रा लौटकर आ तो बतला दूँ तुझे। अबे अपना चारजामा तो समेट ले वरना कीचड़ में लथड़ता फिरेगा। भगा दिया...मुर्ग़ी के बच्चों से पाला पड़ा होगा अब तक। हिजड़ा कहीं का। मेरे पास कोई कारतूस गन्दा करने को नहीं है वरना तुझे अभी उड़ा देता। तेरा चाबुक गिर गया...सुनता है बे ?"

प्रोख़ोर अकेलेपन और बेकारी से आधा सनक गया और अपने ढंग से दिलबहलाव का सरंजाम करने लगा।...

ग्रिगोरी बीमारी के पहले दिन से ही जैसे किसी स्वप्न-देश में आ रहा। बीच-बीच में कई बार बेहोश हुआ और फिर होश में आ गया। एक बार बहुत देर तक अचेतन रहने के बाद होश में आया तो प्रोख़ोर उसके ऊपर झुका, और उसकी धुँधलाई आँखों में हमदर्दी से आँखें डालते हुए बोला—"अभी तक ज़िन्दा हो तुम ?"

सूरज आसमान में दमकता रहा। गहरे रंग के पंखोंवाले कलहंस पूरी आवाज़ से किकियाते हुए आसमान के नील सागर की गहराई थाहते रहे। वे उड़ते-उड़ते कभी एक जगह जमा हो गए तो कभी उन्होंने टूटी-फूटी मखमली काली रेखा खींच दी। उष्ण धरती के वक्ष पर जहाँ-तहाँ नई घास के कल्ले फूट आए। उसकी सोंधी-सोंधी उसाँस वातावरण में एक बेहोशी-सी घोलने लगी।

ऐसे में ग्रिगोरी ने वसन्त के जीवनदायी मन्द-पवन से साँसें खींची। प्रोख़ोर की आवाज़ नाम-भर को ही उसके कानों तक पहुँची। आस-पास की हर चीज़ उसे काल्पनिक और बहुत दूर की लगी। पीछे कहीं दूर, बहुत दूर तोपें गरजीं, और उनके धड़ाके पास आते-आते काफ़ी हल्के पड़ गए। गाड़ी के लोहे की हालवाले पहिए कहीं पास ही, एक लय-तान के साथ लड़खड़ाए, घोड़े हींसे-हिनहिनाए

और इंसान की बोली गूँजी। ग्रिगोरी को यह सब किसी दूसरी दुनिया से आता लगा। उसने अपनी पूरी ताक़त लगाकर प्रोख़ोर की आवाज़ सुनी। बात समझी तो लगा कि वह पूछ रहा है—"थोड़ा-सा दूध ले आऊँ...पियोगे ?"

फिर ग्रिगोरी ने जैसे-तैसे अपनी जीभ चलाते हुए खुश्क होंठ चाटे और अनुभव किया कि कोई गाढ़ा तरल पदार्थ मुँह में डाला जा रहा है। ज़ायका ताज़ा होने पर भी जाना-समझा लगा। मगर थोड़ी-सी चुस्कियों के बाद उसने दाँत भींच लिए। प्रोख़ोर ने फ़्लास्क नीचे रख दिया और झुककर कुछ पूछा। ग्रिगोरी ने बात तो नहीं समझी पर उसके होंठों की हरक़त से सवाल का अन्दाज़ लगाया।

"अब तुम्हें यहाँ छोड़ दूँ मैं...क्या ख़्याल है ? आगे सफ़र सफरेगा नहीं तुमसे...है कि नहीं ?"

ग्रिगोरी के चेहरे पर यातना और चिन्ता के बादल घिर आए। एक बार फिर उसने पूरी इच्छा-शक्ति जुटाई और फुसफुसाकर बोला—"मेरा सफ़र तब तक जारी रखो, जब तक कि मैं मर न जाऊँ।..."

प्रोख़ोर के चेहरे से लगा कि उसने बात सुन ली। ग्रिगोरी ने अपने को एक बार फिर इस चीज़ का यक़ीन दिलाया और आँखें मूँद लीं, जैसे कि बेहोशी को राहत समझा।

धीरे-धीरे वह अन्धकार की गहन परतों में खो गया और आस-पास की हर चीज़ों से बेखबर हो गया।...चीख-चिल्लाहट और शोरगुल से भरी दुनिया कहीं पीछे छूट गई।...

28

फिर, अबिंस्काया नाम के गाँव तक ग्रिगोरी को केवल एक घटना याद बनी रही।...एक दिन घुप अँधेरी रात में, हड्डी-हड्डी जमा देनेवाली सर्दी ने उसे झकझोरकर जगा दिया। सड़क पर आगे-आगे कई गाड़ियाँ जाती लगीं। लोगों की आवाज़ों और पहियों की मिली-जुली खड़खड़ाहट से गाड़ियों का क़ाफ़िला काफ़ी लम्बा प्रतीत हुआ।...

ग्रिगोरी की गाड़ी काफ़िले के बीच में रही और घोड़े क़दम चाल से आगे बढ़ते रहे। प्रोख़ोर ने बीच-बीच में ज़बान चटकाई, घोड़े को हाँका और चाबुक नचाया। ग्रिगोरी ने चमड़े के चाबुक की सनसनाहट सुनी और महसूस किया कि घोड़ों ने जुए पर ज़ोर दिया। इससे राह के इक्के-दुक्के पेड़ बज उठे और गाड़ी और ज़ोर से दोड़ने लगी। बहुत बार बीच का बाँस सामने की गाड़ी के पिछले हिस्से से टकरा गया।

ग्रिगोरी ने बड़ी कोशिश से भेड़ की खाल के सिरे खींचकर अपना बदन पूरी तरह ढँका और पीठ के बल लेट गया।

काले आसमान में हवा भारी-भारी बादलों को दक्षिण की ओर लुढ़काने लगी। केवल कभी-कभी ही बादलों की किसी छोटी सन्ध से कहीं कोई सितारा आग की चिनगारी की तरह लौ दे उठा। इसके बाद फिर घटाटोप अँधेरे ने मैदान पर अपनी चादर डाल दी, उदास हवा टेलीग्राफ़ के तारों के बीच घूम-घूमकर सीटियाँ बजाने लगी और पानी की बूँदें, पानीदार मोतियों की तरह झमाझम बरसने लगीं।

घुड़सवारों की एक क़तार सड़क के दाहिने किनारे से आगे बढ़ती रही। ग्रिगोरी ने कज़्ज़ाक घोड़ों के साजों की चिर-परिचित, स्वर-लय-तान में बँधी झनझनाहट सुनी। साथ ही घोड़ों के अनगिन खुरों की छप-छप भी उसके कानों में पड़ी। इस तरह कम-से-कम दो स्क्वैड्रन उधर से गुज़रे, पर खुर दलदल से उसी तरह लड़ते रहे। लगा कि हो-न-हो सड़क के किनारे एक पूरी-की-पूरी रेजीमेंट घोड़ों का सवार चली जा रही है।...

सहसा ही किसी गानेवाले का स्वर, सुनसान मैदान के ऊपर, चिड़िया की तरह पर तोलने लगा—

अरे, नदी के तीर पर
कामीशिन्का तीर पर...
हरे मैदान में—
सरातोव के स्तेपी में...
शानदार उस स्तेपी में...
मेरे भाई रहते थे...

कई सौ स्वर हवा में गूँजे और गाने के साथ कोई बड़ी ही ख़ूबसूरती से नाचने लगा। फिर मोटी आवाज़ें बुझीं, पर वह बजता हुआ स्वर इसके बाद भी कहीं अँधेरे में अपने पर फड़फड़ाता और दिल को रह-हरकर कुरेदता रहा। इस बीच गायक ने अगली पंक्तियाँ छेड़ दीं—

रहते वे कज़्ज़ाक थे...
जैसे दुनिया में रहते हैं...
लोग कि जिनको अपनी आज़ादी प्यारी है...
दोन और ग्रिबेन और याइक के वे कज़्ज़ाक सभी...

ग्रिगोरी के अन्तर् पर किसी चीज़ ने जैसे भरपूर हथौड़ा जमाया। उसके गले में आँसू लटकने लगे और बदन बुरी तरह काँपने लगा। वह बड़ी ही उत्सुकता से गायक के फिर से स्वर छेड़ने की राह देखने लगा। और जब फिर तान छिड़ी तो उसने बहुत ही धीमे स्वरों में गीत के अगले शब्द जैसे गानेवाले को याद दिलाए। उसे तो वे बचपन से याद थे—

नाम कि उनके अतामान का येरमाक था—
बेटा तिमोफ़ी का था वह—
और, कैप्टन उनका लावरेंती का बेटा...
था अस्ताशका नाम का।

गायक के मुँह से पहले शब्द उभरते ही गाड़ियों में सवार कज़्ज़ाकों ने अपनी बातचीत ख़त्म कर दी, गाड़ियाँ चलानेवालों ने घोड़ों को हाँकना बन्द कर दिया और हज़ार गाड़ियों के उस काफ़िले के अगस-पास ऐसा सन्नाटा हो गया कि बस। गायक ने पंक्तियों के वर्ण-वर्ण में स्पष्ट स्वर भरे तो गाड़ियों के पहियों की आवाज़ और घोड़ों के क़दमों की कीचड़ में छप-छप-भर बाक़ी रह गई। युगों-युगों की सीमा चीरकर अजर-अमर रहनेवाले उस पुरातन गीत का पूरे स्तेपी में जैसे साम्राज्य स्थापित हो गया। गीत में सीधे-सादे शब्दों में बतलाया गया था कि कैसे किन्हीं कज़्ज़ाकों के पुरखों ने कभी ज़ारशाही सेनाओं को तार-तार कर दिया था, हाथ की बनाई नावों पर सवार होकर दोन और वोल्गा में ज़ारों के जहाज़ों को बार-बार लूटा था, व्यापारियों, राव-रईसों और गवर्नरों को चूसा था और दूर के साइबेरिया को अपने क़दमों पर झुकाकर छोड़ दिया था। और आज उन्हीं कज़्ज़ाकों के हाड़-मांस, यह लोग रूस के लोगों से मुँह की खाकर, हारकर शर्मनाक ढंग से पीछे भाग रहे थे।...

वे सभी ज़ोरदार गाने की हर पंक्तियाँ साँस खींचकर सुनते रहे। फिर रेजीमेंट आगे निकल गई और गानेवाले शरणार्थियों को पीछे छोड़ गए। लेकिन, इसके बाद भी गाड़ियों के आस-पास ऐसा मौन रहा जैसे कि किसी ने पूरी तरह जादू कर दिया हो। इस बीच न किसी के मुँह से आवाज़ फूटी और न कोई थकान से चूर किसी घोड़े पर चीख़ा-चिल्लाया। दूर से गानों के स्वर हवा की लहरों पर बह-बहकर पीछे आते रहे और बढ़ी हुई दोन की तरह दूर-दूर तक अपने हाथ पसारते रहे—

और, दिमाग़ों में उनके बस एक ख़्याल था
गरमी बीत जाएगी,
रीतेगी उसकी यह गरमी भी तो...
फिर आएगा जाड़ा सर्दी, ठिठुरन लेकर

अरे, भाइयो, अब सवाल है
जाड़ा कहाँ बिताएँगे हम ?
माना याइक पर सवार हो जाएँगे हम,
लेकिन लम्बी मंज़िल तय करना भी बस की बात नहीं है।
अगर वोल्गा फिरे मँझाते
तो चोरों में शामिल हमको सभी करेंगे
अगर कज़ान शहर को जाएँ
तो डर बड़ा ज़ार का होगा...
ज़ार जुल्म का पुतला-सा है...
वह इवान-वैसिलेइच जो है !...

...फिर गायकों के स्वर दूरी में खो गए। लेकिन प्रमुख गायक की आवाज़ रह-रहकर बजती, गूँजती और डूबती और फिर ऊपर उतराती रही। सारे-के-सारे कज़्ज़ाक भावों में डूबे हुए बिना मुँह खोले, उसकी गहराइयों में डुबकियाँ लगाते रहे।...

और, ग्रिगोरी भी जैसे किसी सपने से जागा तो उसने अपने को गरमाहट से भरे कमरे में पाया। उसने आँखें मूँदे-ही-मूँदे, पलंग की साफ़ चादर की ताज़गी हाथ-पैर के जोड़-जोड़ में महसूस की। दवा की तेज़ी नथुनों में पैठने लगी। पहले तो उसने अपने को अस्पताल में समझा पर फिर अपनी राय बदली। बग़ल के कमरे से मर्दों की हँसी के ठहाके, तश्तरियों की झनझनाहट और शराब के नशे से बसी आवाज़ें आईं। एक जानी-पहचानी, भारी आवाज़ में कोई बोला—"और, तुम भी कुछ कम चघड़ आदमी नहीं हो ! तुम हमारी रेजीमेंट का पता चला लेते तो तुम्हारी अपनी मदद हो जाती। ख़ैर... गिलास ख़ाली करो ! तुम शैतान की आँत, अब इस तरह क्या झींक रहे हो !"

नशे में धुत प्रोख़ोर रुआँसा हो गया। बोला—"ऊपरवाला गवाह है...मैं भला कहाँ से जानता ! तुम्हारा ख़्याल है कि उसकी तीमारदारी करना मेरे लिए कुछ आसान रहा ? मैंने उसे घूँट-घूँट पानी पिलाया, ख़ुद चबाकर उसके मुँह में खाने की चीज़ें दीं, जैसे कि वह कोई नन्हा-सा बच्चा हो...उसे दूध पिलाया...सच कह रहा हूँ...ईसा देखनेवाला है...हाँ, मैंने रोटी ख़ुद चबा-चबाकर उसके मुँह में ही डाली...ऊपरवाला झूठ न बुलवाए...मैंने यह सब किया।...मैंने अपनी कटार की नोक से उसकी भिंची हुई दाँती खोली...एक बार तो ऐसा भी हुआ कि पिलाते वक़्त दूध उसके गले में अटक गया और वह मरते-मरते बचा...ज़रा सोचो तो..."

"तुमने कल नहलाया था उसे ?"

"हाँ, नहलाया...उसके बाल सुलझाए...और दूध पर जेब का हर कोपेक खर्च कर दिया।...मुझे अपनी गाँठ की रक़म निकल जाने का कोई कलख नहीं...मुझे ज़रा-भर परवाह नहीं। लेकिन उसका खाना ख़ुद चबाना और फिर उसे खिलाना...उफ़, कुछ न पूछो ! तुम्हारा ख़्याल है कि यों ही हो गया इतना सब ? ऐसा कहीं भूल से कह भी न देना, वरना तुम्हारे ओहदे-वोहदे को एक न सेठूँगा और तुम्हें वह भरपूर हाथ जमाऊँगा कि तुम भी याद रखो।"

फिर, प्रोख़ोर, खारलाम्पी, येरमाकोव ,प्योत्र-बोगातिरयोव और प्लातोन-र्‍याबचिकोव, ग्रिगोरी के कमरे में आए। प्योत्र-बोगातिरयोव की कराकुल की फ़र-टोपी खोपड़ी के पिछले हिस्से पर औंधी रही और उसका चेहरा चुकन्दर की तरह लाल दीखा।

"यह तो आँखें खोले हुए हैं !" येरमाकोव ने पाग़लों की तरह चीख़कर कहा और डगमगाते क़दमों से ग्रिगोरी के बिस्तर की तरफ़ बढ़ा।

मोटा-तगड़ा प्लातोन र्‍याबचिकोव बोतल हिलाते और रोते हुए बोला—"ग्रीशा प्यारे, तुम्हें याद है, चिर के किनारे हम लोगों ने वक़्त कितनी हँसी-ख़ुशी से बिताया था और कैसे लड़े थे हम ! वह

खुशी कहाँ चली गई हमारी ? ये जनरल कैसा खिलवाड़ कर रहे हैं हमारे साथ, और हमारी फ़ौज को इन्होंने क्या-से-क्या बनाकर छोड़ दिया है ! ऐसी-तैसी में जाएँ ये लोग ! नई ज़िन्दगी हुई तुम्हारी...है न ? यह लो, पिओ इसे...फ़ौरन ही तबीयत कहीं अच्छी महसूस करोगे ! ख़ालिस शराब है !"

"तो आख़िरकार हमने तुम्हें ढूँढ़ ही निकाला !" येरमाकोव ने धीरे से कहा। उसकी आँखें खुशी से चमक उठीं। फिर वह ढह पड़ा तो ग्रिगोरी का बिस्तर उसके बोझ से दब-सा गया।

"कहाँ हैं हम लोग ?" ग्रिगोरी ने धीमे स्वर में पूछा और बड़ी कठिनाई से कज़्ज़ाकों के जाने-पहचाने चेहरे पर निगाह डाली।

"हम लोगों ने येकेतेरिनोदार ले लिया है। अब हम लोग जल्दी ही और पीछे हटेंगे। पिओ ग्रिगोरी-पैन्तेलेयेविच...पिओ इसको। मेरे यार आसमानवाले के नाम पर किसी तरह उठकर खड़े हो जाओ ! तुम्हारा इस तरह पड़ा रहना मुझसे नहीं देखा जाता।" र्याबचिकोव ग्रिगोरी के पैरों पर गिर पड़ा। लेकिन बोगातिरयोव और साथियों से कहीं अधिक गम्भीर लगा। चुपचाप मुस्कुराता रहा। उसने ग्रिगोरी को पेटी पकड़कर हल्के से उठाया और सावधानी से फ़र्श पर लिटा दिया।

"बोतल ले लो इसके हाथ से...सारी शराब बिखरा देगा !" नशे में चूर येरमाकोव ने घबराकर कहा और खिलखिलाकर हँसते हुए ग्रिगोरी की तरफ़ मुड़कर बोला—"तुम जानते हो कि कैसे पी रहे हैं हम लोग ? शराब की एक बूँद को भी तरस रहे थे कि किसी दूसरे का माल हाथ लग गया और हमारे जश्न मन चले। हुआ यह कि हमने चाहा कि लाल फ़ौजियों के हाथ न लगे, इसलिए हमने खुद शराब का एक गोदाम लूट लिया। और क्या-क्या माल हाथ लगा...तुम यक़ीन नहीं करोगे !...हमने राइफ़ल से गोली चलाकर एक टंकी में सूराख किया तो शराब ऐसे बह चली, जैसे बम्बे की टोंटी से पानी बहे। फिर तो हमने टंकी गोलियों से छलनी कर दी, और एक-एक आदमी एक-एक सूराख से टोपी, बाल्टी या फ़्लास्क सटाकर जम गया। कुछ लोगों ने तो अंजुली-अंजुली वहीं खड़े-खड़े ढाल ली।...हमने गोदाम के दो रखवालों को काटकर फेंक दिया, शराब हथिया ली और फिर तो मज़ा आ गया !...मेरे देखते-देखते एक कज़्ज़ाक टंकी के ऊपर चढ़ गया और उसने घोड़े की बाल्टी डालकर ऊपर से शराब निकालने की कोशिश की। लेकिन वह खुद ही गिर गया और गोते लगाने लगा। शराब जो उमड़ी तो कंकरीट के फ़र्श पर हमारे घुटनों-घुटनों तक भर गई। कज़्ज़ाक उसमें हिल-हिलकर झुक-झुककर नीचे से उठा-उठाकर पीने लगे; और पी-पीकर वहीं-के-वहीं गिरने लगे।...नज़्ज़ारा अजीब था, लेकिन तुम होते तो तुम्हें भी हँसी आए बिना न रहती ! हमें और ज़्यादा की क्या ज़रूरत...हमने पाँच बाल्टी भर शराब का एक पीपा लुढ़का लिया और हमारे लिए काफ़ी हो गया ! हमने कहा, जी भर पियो, मेरे भाई ! दोन के इलाक़े के लोगों के दिन भी जैसे-तैसे फिर ही गए, प्लातोन तो डूबते-डूबते बचा ! लोगों ने इसे ढकेल दिया और फिर इसे रौंदकर रख दिया। उसने दो बार मुँह भर-भरकर गटकने की कोशिश की, मगर वह भी नाक से बाहर निकल-निकल आने लगी...मैं जाने कैसे-कैसे इसे खींच-खाँचकर वहाँ से बाहर लाया..."

हर कज़्ज़ाक के बदन से शराब, प्याज और तम्बाकू का भभका उठता रहा। ग्रिगोरी का जी मिचलाने और सिर चक्कर खाने लगा। कमज़ोर होने के बावजूद वह मुस्कुराया और उसने आँखें मूँद लीं।

फिर एक सप्ताह तक वह येकेतेरिनोदार में बोगातिरयोव के एक परिचित डॉक्टर के घर में पड़ा रहा। उसके स्वास्थ्य में धीरे-धीरे सुधार होता रहा। इसके बाद प्रोखोर के शब्दों में वह 'दुरुस्त होने लगा', और पीछे हटने का सिलसिला शुरू होने के बाद पहली बार अबिंस्काया नाम के गाँव में घोड़े की पीठ पर सवार हुआ।

नोवोरोस्सिइस्क खाली किया जा रहा था। स्टीमर रूसी धन से भरे थैलों, ज़मींदारों, जनरलों के

परिवारों और प्रभावशाली राजनीतिज्ञों को तुर्की पहुँचा रहे थे। सभी घाटों पर जहाज़ों पर माल दिन-रात लादा जा रहा था। कैडेट दल बनाकर जहाज़ी कुलियों का काम कर रहे थे और फ़ौजी साज-सामान और शरणार्थी-रईसों के ट्रक और बक्से स्टीमरों के मालखानों में भर रहे थे।...

दोन और कुबान के कज़्ज़ाक पिछड़ गए थे। स्वयंसेवक सेना आगे निकल आई थी, और सबसे पहले नोवोरोस्सिइस्क पहुँची थी। सेना के सभी लोग जहाज़ों पर जमा हो गए थे। स्टाफ़ ने दूरदर्शिता से काम लेकर 'दि एम्परर ऑफ़ इंडिया' नाम के ब्रिटिश जहाज़ में शरण ग्रहण कर ली थी। जहाज़ ने पहले से खाड़ी में लंगर डाला। लड़ाई तोन्नेलनाया के पास हो रही थी। शहर की सड़कों पर दसियों हज़ार शरणार्थियों की भीड़ थी। फ़ौजें बराबर चली आ रही थीं, घाटों पर हर तरफ़ लोग ही उमड़ रहे थे। छुट्टा-घोड़े, हज़ारों के दल में, नोवोरोस्सिइस्क के चारों ओर की पहाड़ियों के चूनेवाले ढालों पर जहाँ-तहाँ भटक रहे थे। बन्दरगाह के आस-पास की गलियों में घोड़ों की काठियों, लड़ाई के साज-सामान और फ़ौजी स्टोर की चीज़ों के अम्बार लगे हुए थे। यह सभी सामान लोग छोड़-छाड़कर चले गए थे। शहर में अफ़वाह थी कि सिर्फ़ स्वयंसेवक-सेना की टुकड़ियाँ ही जहाज़ों का इस्तेमाल कर सकेंगी—दोन और कुबान की कज़्ज़ाक टुकड़ियों को ज़बर्दस्ती पैदल मार्च कराकर जॉर्जिया भेजा जाएगा।...

ऐसे में 1920 की 25 मार्च के दिन सवेरे ग्रिगोरी और र्याबचिकोव घाट पर यह जानने के लिए पहुँचे कि दूसरी-दोन-कोर के फ़ौजियों को जहाज़ों में जगह मिलेगी या नहीं ? इसी के एक दिन पहले शाम को कज़्ज़ाकों ने उड़ा दिया था कि देनीकिन ने एक नया फ़रमान जारी किया है, और इस फ़रमान के मुताबिक अपने-अपने घोड़े और साज-सामान बचा रखनेवाले सभी कज़्ज़ाकों को क्रीमिया बैरंग कर दिया जाएगा।

पूरा घाट साल्स्क-प्रदेश के काल्मीकों का अखाड़ा नज़र आया। वे अपने घोड़ों और ऊँटों के साथ लकड़ी की झोंपड़ियाँ तक मानीच और साल से समुद्र तक ले आए थे।...

सो, ग्रिगोरी और र्याबचिकोव के नथुने भेड़ों की चर्बी से भर गए। वे लोगों को धकियाते हुए, घाट पर एक किनारे खड़े, एक बड़े माल-जहाज़ के गैंगवे की तरफ़ बढ़े। मारकोव-डिवीज़न के अफ़सरों का एक रक्षक गैंगवे की पहरेदारी करता दीखा। दोन-सेना के कज़्ज़ाक-तोपची, जहाज़ में जगह पाने के इन्तज़ार में पास ही खड़े मिले। जहाज़ के पिछले हिस्से में ख़ाक़ी तिरपालों से ढँकी तोपें भरी नज़र आईं। भीड़ को कोहनियाते हुए ग्रिगोरी ने एक तेज़-से, काली मूँछवाले सार्जेंट से पूछा—"ये सब किस तोपख़ाने के लोग हैं, दोस्त ?"

सार्जेंट ने ग्रिगोरी को कनखी से देखा और लापरवाही से जवाब दिया—"छत्तीसवीं रेजीमेंट के !"

"कमांडर इसके कारगिन हैं ?"

"हाँ।"

"लोगों को जहाज़ पर सवार कराने का काम किसके ज़िम्मे है ?"

"उस आदमी के ज़िम्मे है...जो रेलिंग के पास खड़ा है...शायद कोई कर्नल या ऐसा ही कुछ है।"

र्याबचिकोच ने ग्रिगोरी की आस्तीन खींची और गुस्से से बोला—"इन्हें झोंको भाड़ में...आओ, यहाँ से चलें। तुम्हारा ख़्याल है कि इस जमघट से कोई मतलब हल हो सकेगा ! इन्हें तो हमारी ज़रूरत लड़ाई के वक़्त थी, अब इन्हें हमसे क्या लेना-देना...!"

सार्जेंट मुस्कुराया और एक क़तार में खड़े तोपचियों की तरफ़ देखकर आँख मारी—"बड़ी क़िस्मतवाले हो यार...ये लोग तो अफ़सरों को नहीं छोड़ते !"

इतने में लोगों को जहाज़ पर चढ़ाने का ज़िम्मेदार अफ़सर फुर्ती से गैंगवे से नीचे आया। उसके पीछे तेज़ी से उतरा एक गंजा अफ़सर। उसने अपने फ़र-कोट के बटन खोल रखे, सील मछली की खाल की टोपी सीने से चिपका रखी और कुछ कहा। पर, उसके पसीने से तर चेहरे और कमज़ोर

निगाहोंवाली आँखों में ऐसी ज़िद रही कि कर्नल मुड़ा और चीख़ा—"मैंने एक बार कह दिया तुमसे ! मुझे परेशान न करो, वरना मैं हुक्म देकर तुम्हें जहाज़ से बाहर निकलवा दूँगा। तुम्हारा दिमाग़ ख़राब है। यह तुम्हारा कूड़ा-कबाड़ कहाँ रख सकते हैं हम ? अन्धे हो तुम ? देख तो रहे हो कि हालत क्या है ! उफ़्...जाओ यहाँ से...नीली छतरीवाले के लिए, जाओ यहाँ से और तुम्हारा जी करे तो जनरल देनीकिन से शिकायत कर दो ! मैंने कहा कि मैं कुछ नहीं कर सकता...इसका मतलब है कि मैं कुछ नहीं कर सकता। तुम रूसी तो समझते हो न ?"

कर्नल इस हठधर्मी अफ़सर से पिंड छुड़ाने के लिए मुड़ा और ग्रिगोरी की बग़ल से गुज़रा। ग्रिगोरी उसका रास्ता रोककर खड़ा हो गया और अपनी टोपी की चोंच पर हाथ रखते हुए खीझ से बोला—"अफ़सर उम्मीद करें कि उन्हें इस जहाज़ में जगह मिल जाएगी ?"

"नहीं, इस जहाज़ में नहीं...इसमें बिल्कुल गुंजाइश नहीं है।"

"लेकिन फिर, दूसरा जहाज़ कौन-सा मिलेगा ?"

"यह आप लोगों को हटाने का इन्तज़ाम करनेवाले लोगों से मालूम कीजिए।"

"हम वहाँ हो आए हैं, लेकिन वहाँ भी कोई कुछ नहीं जानता।"

"ख़ैर, तो मैं भी कुछ नहीं जानता...मुझे निकलने दीजिए।"

"लेकिन आप 36वीं बैटरी को तो जहाज़ में जगह दे रहे हैं...हमारे लिए ही गुंजाइश भला क्यों नहीं है ?"

"मुझे निकलने दीजिए, मैंने कहा न ? मैं इत्तिला देनेवाला दफ़्तर तो नहीं हूँ न !" कर्नल ने ग्रिगोरी को धकियाकर एक ओर करने की कोशिश की, मगर उसने दोनों पैर कसकर जमा लिए और फिर उसकी आँखों से निलहरी चिनगारियाँ दहकने और बुझने लगीं।

"यानी अब आपको हमारी ज़रूरत नहीं रही ? लेकिन इससे पहले आपको हमारी दरकार थी. ..है न ? अपना हाथ दूर कीजिए...आप मुझे इस तरह हटा नहीं पाएँगे।"

कर्नल ने ग्रिगोरी की आँखों में गहराई से आँखें डालीं और मुड़कर देखा। गैंगवे के पास राइफ़लें अड़ाकर खड़े मारकोव के लोग उमड़ती भीड़ के ज़ोर को सँभालने में असमर्थ लगे। ग्रिगोरी को सिर से पैर तक देखते हुए कर्नल ने हारकर पूछा—"किस रेजीमेंट के हैं आप ?"

"मैं उन्नीसवीं दोन-रेजीमेंट का हूँ...बाक़ी लोग दूसरी रेजीमेंट के हैं।"

"आप लोग गिनती में कुल कितने हैं ?"

"दस।"

"मैं कुछ नहीं कर सकता...गुंजाइश बिल्कुल नहीं है।"

र्याबचिकोव ने ग्रिगोरी के नथुने क्रोध से फूलते देखे। ग्रिगोरी उस कर्नल से धीमे से बोला—"खिलवाड़ कर रहा है तू कुत्ते के बच्चे ! हमें फ़ौरन जहाज़ पर चढ़ने की इजाज़त दे, नहीं तो...।"

'ग्रीशा देखते-देखते इस कर्नल के टुकड़े-टुकड़े करके रख देगा।' र्याबचिकोव ने क्रोध और सन्तोष से मन-ही-मन सोचा। पर, इसी समय उसने कर्नल की हिफ़ाजत के लिए, मारकोव के दो फ़ौजियों को अपनी बन्दूकों के कुन्दों से भीड़ चीरकर आगे बढ़ते देखा, तो ग्रिगोरी की आस्तीन पर हाथ रखते हुए बोला—"इन लोगों से उलझो मत, ग्रिगोरी...आओ...चलो चलें...।"

"तुम बेवकूफ़ हो...और अपनी इस बदतमीज़ी के लिए जवाब देना पड़ेगा तुम्हें !" कर्नल ने कहा। उसका चेहरा एकदम पीला पड़ गया। वह मारकोव के फ़ौजियों की तरफ़ मुड़ा और ग्रिगोरी की ओर इशारा करके बोला—"ज़रा इस मिरगी के मरीज़ का इलाज करो। यहाँ की बदअमनी ख़त्म करो...जैसे भी हो। मुझे कमांडेंट से ज़रूरी काम है और लोग हैं कि मेरी राह रोककर तमाम उल्टी-सीधी बातें कर रहे हैं।" वह तेज़ी से ग्रिगोरी की बग़ल से निकल गया।

लम्बे क़द, क़ायदे से तराशी मूँछों और गहरी-नीली ट्यूनिक के कन्धों पर लेफ़्टिनेंट की पट्टियोंवाला, मारकोव रेजीमेंट का एक अफ़सर ग्रिगोरी के पास आया और बोला–''क्या चाहते हो ? गड़बड़ी क्यों कर रहे हो ?''

''स्टीमर में जगह चाहता हूँ और बस !''

''तुम्हारी रेजीमेंट कहाँ है ?''

''नहीं जानता।''

''अपने काग़ज़ात दिखलाओ।''

फूले हुए गालों और बिना कमानी के चश्मेवाले एक दूसरे कम-उम्र फ़ौजी ने जोश में भरी, भारी आवाज़ में कहा–''इन्हें गारद के कमरे में ले चलना चाहिए...यही बेहतर होगा...वक़्त ख़राब न करो, वीसोत्स्की !''

लेफ़्टिनेंट ने ग्रिगोरी के काग़ज़ात सावधानी से पढ़े और लौटाते हुए बोला–''आप अपनी रेजीमेंट तलाशिए।...मेरी सलाह मानिए तो यहाँ से दफ़ा हो जाइए और लोगों को जहाज़ पर चढ़ाने के काम में टाँग न अड़ाइए।'' लेफ़्टिनेंट ने अपने होंठ सिकोड़े, र्‍याबचिकोव को तिरछी निगाह से देखा और ग्रिगोरी के कान के पास मुँह लाकर धीरे से बोला–''सुनिए...आप 36वीं बैटरी के कमांडर से बातें पर लीजिए। यानी, उन फ़ौजियों के साथ खड़े हो जाइए...जहाज़ में जगह हो जाएगी।''

र्‍याबचिकोव ने लेफ़्टिनेंट की फुसफुसाहट सुन ली और ख़ुशी से खिलते हुए बोला–''तुम कारगिन के पास जाओ...मैं दौड़कर दूसरे साथियों को लिए आता हूँ...तुम्हारे किटबैग के अलावा और भी कुछ लाना है क्या ?''

''हम लोग साथ चलेंगे।'' ग्रिगोरी ने तटस्थ भाव से कहा। दोनों लौटे तो उन्हें राह में सेम्योनोव्स्की गाँव का एक परिचित कज़्ज़ाक मिला। वह तिरपाल से ढँकी रोटियों से भरी गाड़ी घाट को लिए जा रहा था।

र्‍याबचिकोव ने आवाज़ लगाई–''हलो फ़ियोद्र...कहाँ जा रहे हो ?''

''ओह...प्लातोन...ग्रिगोरी-पैन्तेलेयेविच...प्रीवियत[1] ! मैं अपनी रेजीमेंट के रास्ते के लिए रोटियाँ लिए जा रहा हूँ ! बड़ी दिक़्क़त से तैयार हुई हैं। वैसे ये रोटियाँ न होतीं तो सफ़र में सिर्फ़ लपसी से काम चलाना पड़ता।''

ग्रिगोरी ने गाड़ी के पास पहुँचकर पूछा–''तुम्हारी ये रोटियाँ तोल की हैं या गिनती की ?''

''कौन आसमान से उतरकर गिनती करता इनकी !...क्यों, तुम्हें रोटियाँ चाहिए क्या ?''

''हाँ।''

''तो, ले लो।''

''कितनी ले लूँ ?''

''जितनी ले जा सको...यहाँ कोई कमी थोड़े ही है।''

इस पर ग्रिगोरी रोटी पर रोटी निकालने लगा तो र्‍याबचिकोव के आश्चर्य का ठिकाना न रहा। फिर, उत्सुकता सीमा में न रही तो आख़िरकार पूछा–''इतनी रोटियों का क्या अचार डालोगे तुम ?''

''ज़रूरत है।'' ग्रिगोरी ने रुखाई से जवाब दिया।

उसने उस आदमी से दो बोरियाँ माँगीं, रोटियाँ उनमें भरीं, उसे धन्यवाद देने के बाद उससे विदा ली और र्‍याबचिकोव को आदेश दिया–''एक बोरी मैं उठाता हूँ...दूसरी तुम उठा लो...हम इन्हें ले चलेंगे।''

''यहीं जाड़ा बिताने का ख़्याल है क्या ?'' बोरी कन्धे पर लादते हुए र्‍याबचिकोव ने हँसकर कहा।

---

1. अभिवादन।

"मैंने ये रोटियाँ अपने लिए नहीं ली हैं।"

"फिर किसके लिए ली हैं ?"

"ये मेरे घोड़े के लिए हैं।"

र्याबचिकोव ने सफ़ाई से बोरी नीचे रख दी और ताज्जुब से पूछा—"मज़ाक कर रहे हो क्या ?"

"नहीं, सचमुच ये रोटियाँ मैंने घोड़े के लिए ली हैं।"

"तो, तो...तुम्हारा इरादा क्या है, पैन्तेलेयेविच ? तुम पीछे रह जाना चाहते हो क्या ? क्या बात है ?"

"तुमने बिल्कुल ठीक समझा। अब बोरी उठाओ और चलो। घोड़े को तो खाने को कुछ-न-कुछ चाहिए ही। घोड़ा बड़े काम की चीज़ है। पैदल आदमी कहाँ-कहाँ जाएगा ?"

फिर, ठहरने के ठिकाने तक र्याबचिकोव ने नाम को भी मुँह नहीं खोला। वह केवल कराहता और बोरी को एक कन्धे पर रखता रहा। परन्तु घर के फाटक पर पहुँचने पर उसने पूछा—"दूसरे साथियों से इन रोटियों का ज़िक्र करोगे या नहीं ?" फिर, जवाब का इन्तज़ार किए बिना, उदास होकर बोला—"ख़्याल तो तुम्हारा ठीक है...मगर हम लोगों के बारे में भी कुछ सोचा ?"

"अपना इन्तज़ाम तो लोगों को आप करना चाहिए।" ग्रिगोरी ने थोड़े अभिमान और अन्यमनस्कता से कहा—"अगर वे हमें ठहरने की जगह न दें तो न दें...कोई ज़रूरत नहीं...हम उन्हें अपने गले में लटकाए रहना क्यों चाहेंगे ? हम वहाँ न जाएँगे और कहीं और तक़दीर आज़माएँगे। बढ़ो...आगे बढ़ो...तुम वहाँ फाटक में जमे क्यों खड़े हो ?"

तुम्हारी बात किसी को भी जहाँ-का-तहाँ कील देने को काफ़ी है।...क्या बात है ? तुमने मुझे अच्छा सबक दिया है, ग्रीशा ! उँगली के पोर को छूकर चारोंखाने चित कर दिया। यही तो मैं कहूँ कि इतनी रोटियों का भला यह क्या करेगा ? अब यह है कि दूसरे कज़्ज़ाकों को मालूम होगा तो तूफ़ान मच जाएगा।"

"ख़ैर...तुम अपनी बात करो...यह बतलाओ कि तुम मेरे साथ ठहरोगे या नहीं ?"

"क्या ?" र्याबचिकोव एकदम चौंक उठा।

"एक बार फिर सोच लो।"

"इसमें सोचने को क्या है ! मैं चला...अभी मौक़ा है...कारगिन की बैटरी के साथ चिपक जाऊँगा और यहाँ से निकल जाऊँगा।"

"पीछे पछताओगे।"

"सचमुच यह ख़्याल है तुम्हारा ? ख़ैर...अपनी खोपड़ी को मैं ज़्यादा कीमती समझता हूँ, मेरे भाई ! मैं नहीं चाहता कि लाल फ़ौजी अपनी तलवारें मेरी गर्दन पर आज़माएँ।"

"तुम्हें एक बार और सोचना चाहिए, प्लातोन ! इस वक़्त जो हालत है..."

"मैं सारी हालत पूरी तरह समझता हूँ, और इसके बाद भी फ़ौरन ही जा रहा हूँ यहाँ से।"

"ख़ैर...जैसा चाहो वैसा करो...मैं तुमसे बहस नहीं करूँगा।" ग्रिगोरी ने नाराज़ होकर कहा और बरसाती की पत्थर की सीढ़ियों पर चढ़ा।...

येरमाकोव, प्रोख़ोर और बोगातिरयोव आदि सभी घर से ग़ायब मिले। उम्र से सयानी और पीठ से कुबड़ी, घर की आर्मीनियाई मालकिन ने बतलाया कि वे लोग कहीं गए हैं...जल्दी ही आते होंगे।

ग्रिगोरी ने एक रोटी के बड़े-बड़े टुकड़े काटे और अस्तबल की ओर बढ़ा। वहाँ उसने टुकड़ों के दो हिस्से किए। एक हिस्सा अपने घोड़े को खिलाया और दूसरा हिस्सा प्रोख़ोर के घोड़े को। फिर उसने पानी लाने के लिए बाल्टी उठाई कि र्याबचिकोव अस्तबल के दरवाज़े पर आया। उसने अपने बरानकोट के अन्दर रोटी के बड़े-बड़े टुकड़े छिपा रखे। दूसरी तरफ़ अपने मालिक की महक पाते ही उसका घोड़ा हल्के से हींसा। ग्रिगोरी मुस्कुराने लगा। र्याबचिकोव बिना कुछ बोले बग़ल से गुज़रा

और रोटी के टुकड़े नाँद में उछालते हुए बोला—"इस तरह दाँत मत निकालो। आख़िर मुझे भी तो अपने घोड़े को खिलाना चाहिए। तुम्हारा ख़्याल है कि मैं यहाँ से ख़ुशी-ख़ुशी चला जाऊँगा ? इसके लिए मुझे आप अपनी गर्दन पकड़कर अपने को उस कमबख़्त स्टीमर तक दौड़ाना पड़ेगा। वहाँ कोई दूसरा रास्ता मेरे सामने न रहेगा। सच पूछो तो डर मुझे घोड़े की तरह हाँक रहा है...मेरे पास सिर तो एक ही है न ? आसमानवाला न करे कि यह ग़ायब हो जाए, वरना मिकायलमास पहुँचने तक दूसरा तो उग नहीं आएगा।"

दूसरी तरफ़ प्रोखोर और बाक़ी लोग शाम होने के क़रीब लौटे। और, जब लौटे तो येरमाकोव के हाथ में शराब की एक बड़ी बोतल दीखी, और प्रोख़ोर का किटबैग गाढ़े पीले द्रव के मुहरबन्द फ़्लास्कों से भरा मिला।

प्रोख़ोर अपनी बोतल की तरफ़ इशारा करते हुए काफ़ी ऐंठा और बोला—"आज की कमाई खासी शानदार रही। सारी रात के लिए काफ़ी समझो...हुआ यह कि हमें इत्तफ़ाक से यों ही मिल गया एक डॉक्टर। कहने लगा—'घाट के एक गोदाम से दवादारू की कुछ चीज़ें निकालने में ज़रा हमारी मदद कर दो'....यानी हम घाट पर गए। हमने देखा कि जहाज़ी मजदूरों ने काम करने से इनकार कर दिया है, और सिर्फ़ कैडेट गोदाम से माल खींच-खींचकर ला रहे हैं। बस ये तो भी कैडेटों के साथ शामिल हो गए। डॉक्टर ने हमारी मेहनत के बदले में हमें खालिस शराब दी और प्रोख़ोर ने ये फ़्लास्क बट्टे-खाते में उड़ा दिए। ऊपरवाला जानता है...मैं मज़ाक ज़रा भी नहीं कर रहा हूँ।"

"लेकिन, उनमें है क्या ?" र्याबचिकोव ने उत्सुकता से पूछा।

"यह चीज़ तो ख़ालिस शराब से भी ज़्यादा ख़ालिस है, भाई मेरे !" प्रोख़ोर ने फ़्लास्क हिलाए और रोशनी के सामने किए, तो गहरे रंग के शीशे के अन्दर कोई गाढ़ा तरल पदार्थ चमका। वह आत्म-सन्तोष की लम्बी साँस लेते हुए बोला—"यानी यह है बाहर के मुल्क की एक ऐसी शराब जो बहुत ही मुश्किल से मिलती है और आदमी का सारा दुख-दर्द छू-मन्तर कर देती है। इसीलिए तो अंग्रेजी जाननेवाला एक कैडेट मुझसे बोला—'हम स्टीमर पर सवार होने के बाद इसे पीएँगे, जी हल्का करेंगे, 'मेरा प्यारा-प्यारा' देश छोड़ेंगे और ऐन क्रीमिया तक ढालेंगे ! फ़्लास्क समुन्दर में फेंक देंगे'।"

"जल्दी भागो और किनारे पहुँचो...उन लोगों ने तुम्हारे लिए जहाज़ रोक रखा है...तुम्हारे बिना उनसे जाते ही नहीं बन रहा है...कह रहे हैं कहाँ है हमारा सूरमाओं का सूरमा...प्रोख़ोर ज़िकोव ? उसके बिना जहाज़ बन्दरगाह से हिल नहीं सकता।" र्याबचिकोव ने मज़ाक बनाते हुए कहा। फिर धुएँ से पीली पड़ी उँगली से ग्रिगोरी की तरफ़ इशारा कर बोला—"ग्रिगोरी का और मेरा इरादा बदल गया है, यानी अब हम दोनों फ़िलहाल नहीं जाएँगे।"

"सचमुच !" प्रोख़ोर के मुँह से कराह निकल गई और आश्चर्य ने ऐसा बौखलाया कि एक फ़्लास्क हाथ से गिरते-गिरते बचा।

"क्या है यह सब ? तुम्हारे दिमाग़ में आख़िर है क्या ?" येरमाकोव ने भौंहें चढ़ाते और ग्रिगोरी की तरफ़ एकटक देखते हुए पूछा।

"हमने यहाँ से जाने का ख़्याल छोड़ दिया है।"

"लेकिन आख़िर क्यों ?"

"क्योंकि हमारे लिए जहाज़ में जगह नहीं है।"

"जहाज़ में जगह आज न सही, कल तो होगी।" बोगातिरयोव ने विश्वास के साथ कहा।

"किनारे गए हो तुम ?"

"क्यों, क्या हुआ ?"

"मेरा मतलब तुमने वहाँ की हालत देखी है ?"

"हाँ देखी है, तो फिर ?"

"फिर...फिर। अगर तुमने वहाँ की हालत देखी है तो कहने को क्या रह जाता है ? वे सिर्फ़ मुझे और र्याबचिकोव को लेने को तेयार थे। इस पर भी एक स्वयंसेवक बोला—'आप कारगिन-बैटरी के लोगों के साथ खड़े हो जाएँ, वरना जगह न मिलेगी'।"

"अभी जहाज़ पर सवार नहीं हुए उसके लोग...मेरा मतलब है बैटरी के लोग ?" बोगातिरयोव ने जल्दी-जल्दी पूछा। जवाब में उसे बतलाया गया कि लोग खड़े हैं और जहाज़ पर चढ़ने के इन्तज़ार में हैं। बस, तो वह खुद भी वहाँ पहुँचने के लिए तैयार हो गया। उसने अपना लिनेन, फालतू शरोवारी और ट्यूनिक किटबैग में रखी, थोड़ी रोटी ली और सबसे विदा लेने लगा।

"कहाँ जा रहे हो, प्योत्र ?" येरमाकोव अपनी ओर से बोला—"पार्टी को इस तरह तोड़कर जाना बेकार है।" बोगातिरयोव ने कोई जवाब दिए बिना, हाथ आगे बढ़ाया, दरवाज़े के पास एक बार और ठिठका और बोला—"ठीकठाक रहना ! अगर ऊपरवाले ने चाहा तो फिर मुलाक़ात होगी।" और वह दौड़ चला।

उसके जाने के बाद कमरे में सन्नाटा हो गया। सन्नाटा जैसे काटने लगा। येरमाकोव बावर्चीख़ाने में गया, मालकिन से चार गिलास ले आया और उनमें शराब भर दी। फिर उसने ठंडे पानी से भरी ताँबे की चायदानी मेज़ पर रखी, सूअर की चर्बी काटी, मुँह सिए-ही-सिए मेज़ के किनारे बैठा, उस पर कुहनियाँ टिकाईं। कुछ देर तक उदास मन से अपने पैरों पर निगाह टिकाए रहा, और सीधे चायदानी की टोंटी से थोड़ा-सा पानी पीने के बाद भर्राई आवाज़ में बोला—"पानी में हमेशा पैराफ़ीन की-सी बू क्यों आती है ?"

कोई कुछ नहीं बोला। र्याबचिकोव भाप छोड़ती तलवार को साफ कपड़े से पोंछने लगा, ग्रिगोरी अपने थैलों में कुछ खँखोरने लगा, और प्रोख़ोर खिड़की से पहाड़ियों के वीरान ढालों पर दृष्टि दौड़ाने लगा। ढालों पर जहाँ-तहाँ ही घोड़े नज़र आते रहे।

"आओ....मेज़ के किनारे आकर बैठो...थोड़ा पिया जाए।" और येरमाकोव ने, दूसरे की राह देखे बिना, एक गिलास शराब एक झटके में गटक ली और फिर थोड़ा-सा पानी पिया। इसके बाद सूअर के गोश्त का एक टुकड़ा चबाते हुए, खुशी से खिली हुई आँखों से ग्रिगोरी की ओर देखकर बोला—"ये लाल कॉमरेड हमें काटकर तो नहीं फेंक देंगे न ?" ग्रिगोरी बोला—"वे हम सबको तलवार के घाट नहीं उतार पाएँगे...हज़ार से ज़्यादा लोग तो यहाँ फिर भी रह ही जाएँगे।"

"मुझे सबसे क्या लेना-देना ?" येरमाकोव हँसा—"मुझे तो फ़िक्र अपनी खाल बचाने की है।"

और, जब काफ़ी ढल चुकी तो बातचीत ने और मज़ेदार मोड़ ले लिया। लेकिन ज़रा देर बाद ही, आशा के विपरीत, बोगातिरयोव लौट आया। उसकी भौंहें चढ़ी रहीं और चेहरा ठंडक से नीला लगा। उसने नए-से अंग्रेज़ी बरानकोटों की गाँठ-की-गाँठ ज़मीन पर फेंकी और चुपचाप अपना कोट उतारने लगा।

"लौट आए...तुम्हारा लौटना मुबारक !" प्रोख़ोर ने अभिवादन में झुकते हुए व्यंग्य से कहा।

बोगातिरयोव ने उस पर गुस्से से भरी नज़र डाली और आह भरकर बोला—"अब अगर देनीकिन के कुल-के-कुल फ़ौजी और ये तमाम-के-तमाम दोगले आकर मेरे सामने घुटने टेकें, तो भी मैं न जाऊँ ! मैं क़तार में खड़ा रहा, ठंड से जमकर बर्फ़ हो गया और सारी मेहनत बेकार। लोग ऐन मेरे पास आकर रुके और मेरे आगे के दो आदमियों में से एक को ले लिया, दूसरे को छोड़ दिया। बैटरी के आधे लोग किनारे छूट गए हैं। क्या कहोगे तुम इसे ?"

"इस क़िस्म के लोगों के साथ इसी तरह का बर्ताव करते हैं वे लोग।" येरमाकोव हँसते-हँसते लोटपोट हो गया और बोतल से शराब छलकाते हुए उसने बोगातिरयोव के लिए एक गिलास ऊपर तक भर दिया—"लो, अपने कलख का जाम पियो। शायद उनका इन्तज़ार है कि आएँगे और आकर तुम्हें ले जाएँगे, क्यों ? देखो...खिड़की से झाँककर देखो। ख़ुद जनरल रैंगेल चला आ रहा है तुम्हें बुलाने

के लिए...आ रहा है न ?"

बोगातिरयोव ने बात का जवाब दिए बिना शराब की भरपूर चुस्की ली और मज़ाक करने-कराने को तैयार न लगा।

अब तक येरमाकोव और र्याबचिकोव दोनों के आधे होश नशे के हाथों में आ गए थे। उन्होंने उस आरमीनियाई बुढ़िया को इतनी पिलाई, इतनी पिलाई कि एक बूँद भी पीने की ताब उसमें न रही। फिर दोनों कहीं-न-कहीं से अकारदीयन बजानेवाले को लाने की बातें करने लगे।

बोगातिरयोव बोला–"अच्छा हो कि तुम स्टेशन चले जाओ...किराए की ले आओ...वहाँ गाड़ी-भर वर्दियाँ मारी-मारी फिर रही हैं।"

"तुम्हारी इन वर्दियों का हमें भला क्या करना ?" येरमाकोव चीख़ा–"तुम जो बरानकोट लाए हो, वे ही हमारे लिए काफ़ी हैं...और, बाकी वर्दियों का होगा ही क्या ? लाल फ़ौजी तो जो कुछ फालतू देखेंगे, वही उतार ले जाएँगे।...अबे प्योत्र नाम के ताज़ी कुत्ते, हमने लाल फ़ौजियों से जा मिलने का फ़ैसला किया है...समझ में आई बात ? हम कज़्ज़ाक हैं या कुछ और हैं ? अगर लाल फ़ौजी हमें जीता-जागता रहने देंगे तो हम उनकी खिदमत करेंगे। हम दोन के कज़्ज़ाक हैं। हमारी रगों में कज़्ज़ाकों का खालिस ख़ून बहता है। हमारा काम लड़ना है? तुम्हें पता है कि मैं तलवार किस शान से चलाता हूँ। दुश्मन को यों काटकर रख देता हूँ, जैसे कोई पातगोभी के टुकड़े करके रख दे ! खड़ा हो जा और देख...मैं दिखला दूँ तुझे अपना हाथ ! क्यों, कमज़ोरी कुछ ज़्यादा महसूस हो रही है क्या ? किसी को तलवार के घाट उतारना चाहिए...फिर हमें इसकी परवाह नहीं कि तलवार के घाट कौन उतरता है...क्यों मेलेख़ोव, मेरी बात ठीक है न ?"

"ज़बान बन्द करो।" ग्रिगोरी ने थकान से भरे स्वर में जवाब दिया।

येरमाकोव ने लाल-सुर्ख़ आँखें झपकाते हुए बक्स पर पड़ी अपनी तलवार की तरफ़ हाथ बढ़ाया। मगर, बोगातिरयोव ने हँसते हुए उसे एक तरफ़ को ढकेल दिया और बोला–"सूरमा अनीका, आपे के बाहर न हो, वरना देखते-देखते दिमाग़ ठंडा कर दूँगा–नशे को सँभाल में रखो, और यह न भूलो कि अफ़सर हो तुम।"

"मैं अपने कन्धे की पट्टियों के साथ-साथ अपनी अफ़सरी का भी इस्तीफ़ा दे दूँगा। इस वक़्त इस अफ़सरी की मुझे उतनी ही दरकार है, जितनी रस्सी के फन्दे की सूअर को। बेकार इसकी याद न दिलाओ फ़िलहाल ! कहो तो मैं तुम्हें तकलीफ़ से बचा दूँ और तुम्हारे कन्धे की पट्टियाँ काटकर तुम्हें नज़र कर दूँ...क्यों ?...पौत्र...मेरे जिगर...रुको ज़रा...अभी एक झटके में तुम्हारी ये पट्टियाँ कन्धे से अलग करता हूँ।"

"अभी नहीं...अभी बड़ा वक़्त पड़ा है इसके लिए।" बोगारितयोव ने अपने बेक़ाबू दोस्त को दूर ढकेलते हुए हँसकर कहा।

इस तरह वे लोग सुबह-तड़के तक शराब ढालते रहे। शाम को ही बाक़ी कज़्ज़ाक भी आ गए थे। उनमें से एक के पास अकारदीयन था। सो, येरमाकोव तब तक कज़्ज़ाक-नृत्य करता रहा, जब तक कि ज़मीन पर ढह नहीं पड़ा। फिर साथी उसे घसीटकर एक किनारे ले गए तो पैर फैलाकर और सिर भद्दे ढंग से पीछे की तरफ झुलाकर वह वहीं नंगे फ़र्श पर सो गया।

हंगामा बराबर चलता रहा।

एक सयानी उम्र का अजनबी कज़्ज़ाक पीते-पीते नशे में धुत हो गया तो सिसकियाँ भरते बोला–"कभी हमारे यहाँ ऐसे ऊँचे बैल थे कि आदमी का हाथ उनके सींगों तक न पहुँचता था। घोड़े हमारे यहाँ क्या थे, शेर थे ! मगर अब क्या बचा है उसी फ़ॉर्म में ? बची है सिर्फ़ एक खौरही कुतिया। और वह भी जल्दी ही मर जाएगी, क्योंकि उसके खाने को कुछ भी नहीं है।"

लेकिन फटा-पुराना सरकाशियन कोट पहने कुबान के एक कज़्ज़ाक ने अकारदीयन-वादक को

नौर्सकाया-नाच की धुन निकालने को कहा और हाथ नचा-नचाकर उचक-उचककर कमरे-भर में इस तरह थिरकता फिरा कि क्या कहिए ! उसके पैरों को देखकर ग्रिगोरी को ऐसा लगा जैसे कि उसके बूटों के तल्ले उस कटे-फटे गन्दे फ़र्श से लग ही नहीं रहे।...

आधी रात होते-होते एक कज़्ज़ाक जाने कहाँ से दो बड़े सँकरे मुँहवाले घड़े ले आया। उनके बाहर एक तरफ़ अधगले, बदरंग लेबिल लगे दीखे, कागों पर मुहर नज़र आई और उसके चेरी से लाल मोम से सीसे के बड़े-बड़े मार्क लटके लगे। घड़ों में शायद एक-एक बाल्टी शराब थी। प्रोख़ोर ने एक घड़ा उठाया और बड़ी मेहनत से लेबिल के विदेशी शब्द पढ़ने की कोशिश की। इस बीच येरमाकोव सोकर जाग उठा। उसने घड़ा प्रोख़ोर के हाथ से छीनकर नीचे रख दिया, अपनी तलवार म्यान से खींचकर तिरछे वार से घड़े की गर्दन उड़ा दी और चिल्लाया—''लाओ अपने-अपने गिलास !''

गाढ़ी, अलबेली महकवाली, तेज़ शराब कुछ ही क्षणों में बँट गई। र्‍याबचिकोव ने मज़े में आकर बार-बार जीभ चटकाई और बुदबुदाते हुए बोला—''यह शराब नहीं है। यह तो आसमानी नेमत है।. ..मरने के ठीक पहले पीने की चीज़ है। फिर पीना भी इसे सिर्फ़ उन लोगों को चाहिए जिन्होंने ज़िदगी में कभी ताश न खेला हो, तम्बाकू की महक न जानी हो और औरत के बदन को हाथ तक न लगाया हो !...यानी, यह समझो कि यह मामूली लोगों के लिए नहीं, पादरियों जैसे पाक-साफ़ लोगों के लिए बनी है।''

इसी समय प्रोख़ोर को अपनी किटबैग में पड़ी दवाईवाली शराब के फ़्लास्कों का ध्यान आया और वह एकदम चिल्लाया—''रुको...प्लातोन...मेरे पास इससे अच्छी शराब है...गोदाम से जो चीज़ मैं लाया हूँ, उसके सामने यह कूड़ा है...अभी देता हूँ यह शराब...उसमें महकदार शहद का मज़ा है...और हो सकता है कि पीने में इससे भी बेहतर लगे...यह पादरियोंवाली शराब नहीं है मेरे भाई, यह तो ज़ारों के पीने की शराब है...एक ज़माने में ज़ार पीते थे इसे...और आज क़िस्मत से यह हमारे हाथ लग गई है।'' वह डींग मारते-मारते एक फ़्लास्क खोलने लगा।

शराब के मामले में हमेशा तैयार र्‍याबचिकोव ने उस गाढ़े द्रव का गिलास-का-गिलास एक साँस में ही गले के नीचे उतार लिया। इसके साथ ही उसका चेहरा पीला पड़ गया और आँखें फटी-फटी-सी रह गईं।

''यह शराब नहीं है...यह तो कारबोलिक है।'' वह भर्राए गले से चीखा। उसने गिलास के बचे-खुचे द्रव का कुल्ला प्रोख़ोर की कमीज़ पर कर दिया और लड़खड़ाते हुए गलियारे की ओर दौड़ा।

''झूठ बोलता है, गधा। यह तो अंग्रेज़ी शराब है। अच्छी-से-अच्छी क़िस्म की ! इसकी बात का यक़ीन न करो, भाइयो !'' प्रोख़ोर दूसरी आवाज़ों को दबाने की कोशिश में चिल्लाया। साथ ही उस द्रव से गिलास भरा और गटक गया। फिर क्या था, देखते-देखते उसका चेहरा र्‍याबचिकोव के चेहरे से भी ज़्यादा पीला पड़ गया।

''क्यों, क्या बात है ?'' येरमाकोव ने नथुने फुलाते और प्रोख़ोर की धुँधलाई आँखों में आँखें डालते हुए पूछा—''ज़ार के पीने की शराब है न ? तेज़...मीठी ? अब बोल शैतान कहीं का...वरना यही फ़्लास्क तेरे सिर पर तोड़ डालूँगा !''

प्रोख़ोर को बड़ी तकलीफ़ हुई, पर वह बोला कुछ नहीं। उसने सिर हिलाया, हिचकियों पर हिचकियाँ लेते हुए झटके से उठकर खड़ा हुआ, और र्‍याबचिकोव के पीछे लपक चला। येरमाकोव के पेट में हँसते-हँसते बल पड़ने लगे। उसने ग्रिगोरी की तरफ़ देखकर आँख मारी और बाहर निकलकर अहाते में आया। पर, एकाध मिनट बाद ही इस तरह ठठाकर हँसता हुआ लौटा कि बाक़ी आवाज़ें उन ठहाकों में डूब गईं।

''आख़िर हुआ क्या ?'' ग्रिगोरी ने खीझते हुए पूछा—''तुम इस तरह हिनहिना क्यों रहे हो बुद्धू कहीं के ?''

"अरे प्यारे, ज़रा जाओ और देखो कि दोनों किस तरह ज़मीन पर लोट लगा रहे हैं। तुम्हें पता है कि शराब के धोखे में क्या पिया उन्होंने ?"

"क्या था ?"

"जुँओं को मारने की कोई अंग्रेज़ी दवा थी।"

"झूठ बात है।"

"ऊपरवाला गवाह है जो मैं ग़लत कह रहा हूँ। गोदाम में मैंने भी इस चीज़ को पहले-पहल शराब ही समझा था। पर मैंने डॉक्टर से पूछा–'यह क्या चीज़ है, डॉक्टर ?'...वह बोला–'दवा है।...' मैंने कहा–'कहीं तमाम दुःख-दर्दों की एक दवा तो नहीं है यह ? शराब है क्या ?' उसने जवाब दिया–'शराब का नाम न लो...यह तो जुँओं को मारने का एक तरह का लोशन है–किसी दोस्त मुल्क ने भेजा है...बाहरी इस्तेमाल की चीज़ है–पीने-पिलाने की नहीं' ?"

"बेवकूफ़ हो तुम, अगर तुम्हें यह बात पता थी, तो तुमने उन लोगों को रोका क्यों नहीं...?" ग्रिगोरी गरम हो गया।

"शैतानों को हथियार डालने के पहले अपनी सफ़ाई कर लेने दो। मैं नहीं समझता कि इससे कोई भी मर जाएगा।" येरमाकोव ने हँसी के अपने आँसू पोंछे और ज़रा दूसरी तरह बोला–"एक बात और भी है कि अब जब पीने बैठेंगे ये लोग तो ज़रा समझ-बूझकर पिएँगे...अब तक तो इनके साथ पीना नामुमकिन रहा है...ऐसे धुआँधार पीनेवालों को तो सबक मिलना ही चाहिए था। ख़ैर, तो हम-तुम शराब चालू रखेंगे या अब थोड़ा रुकेंगे ? मेरा तो ख़्याल है कि पी-पाकर ख़त्म ही किया जाए !"

...फिर दिन निकलने के ज़रा पहले ग्रिगोरी सीढ़ी पर आया, काँपती उँगलियों से अपने लिए सिगरेट रोल की और धुन्ध के बीच नम दीवार से पीठ सटाकर खड़ा हो गया।

घर के अन्दर नशे में धुत लोगों की चीख़-पुकारों, अकारदीयन की सिसकियों और सीटियों की लम्बी खींचों ने आसमान सिर पर उठा रखा। अपनी धुन में मस्त नर्तक अपनी एड़ियों के सहारे नाचते रहे और थकने का जैसे उन्होंने नाम ही नहीं लिया। लेकिन दूसरी ओर खाड़ी से किसी स्टीमर के भोंपू की आवाज़ आती रही। घाटों पर शोरगुल कभी-कभी ठोस गरज का रूप लेता रहा और बीच-बीच में रह-रहकर गूँजती रहीं तेज़ कमानें, घोड़ों की हींसें और इंजनों की सीटियाँ। रेलवे-लाइन के किनारे-किनारे कहीं लड़ाई चलती रही, तोपों के मिले-जुले धड़ाके होते रहे और धड़ाकों के बीच मशीनगनों की खड़ाखड़ सुनाई पड़ती रही। सहसा ही पहाड़ के एक दर्रे के ऊपर एक रॉकेट ने आसमान की ऊँचाइयों को दहकाया, और चारों तरफ़ रोशनी छिटकाई। कुछ क्षणों तक पहाड़ों की कुबड़ी चोटियाँ हरे प्रकाश में लौ देती रहीं। इसके बाद दक्षिण की वसन्ती रात के अँधेरे ने फिर पहाड़ों को घेर लिया और तोपों की गरज ने और ज़ोर पकड़ लिया।

29

समुद्र की तरफ़ से ठंडी, खारी और भारी हवा के झोंके आते रहे और विचित्र अनजाने देशों की महक अपने साथ किनारे तक लाते रहे। लेकिन समुद्र-तटवर्ती उस बेजान, सूखे के शिकार नगर में कज़्ज़ाकों को न सिर्फ़ हवा, बल्कि हर चीज़ पराई और बिरानी लगी। वे जहाज़ पर जगह पाने के इन्तज़ार में, भीड़ लगाए, घाट पर खड़े रहे। हरी झाग से नहाई लहरें आ-आकर किनारे पर उमड़ती रहीं। ठंड से ठिठुरते सूरज की किरणें बादलों से झाँक-झाँककर धरती को देखती रहीं। ब्रिटिश और फ्रेंच बममार-जहाज़ एक तरफ़ खड़े धुआँ देते रहे। एक लड़ाकू जहाज़ का सफ़ेद, डरावना पेंदा पानी के ऊपर उतराता रहा और उसके ऊपर यहाँ से वहाँ तक धुएँ की चादर तनी रही। घाटों में हर तरफ़

सन्नाटा किसी अपशकुन-सा मँडराता रहा। अभी-अभी जहाँ एक मालजहाज़ ने लंगर डाल रखा था, वहाँ गैंगवे से जल्दी-जल्दी लुकाई गई चीज़ें पानी पर लहरती रहीं। इनमें रहीं अफ़सरों के घोड़ों की काठियाँ, सूटकेस, कपड़े, भेड़ की खाल के कोट, लाल फ्लश के गद्दोंवाली कुर्सियाँ और लकड़ी के दूसरे सामान।

सो, सुबह तड़के ही, ग्रिगोरी घोड़े पर सवार होकर घाट पहुँचा। यहाँ अपना घोड़ा प्रोख़ोर को सौंपने के बाद वह बहुत देर तक भीड़ में घूम-घूमकर जान-पहचानियों की तलाश करता, और लोगों की चिन्ता से भरी तरह-तरह की बातें सुनता रहा। सहसा ही उसने सयानी उम्र के, एक रिटायर्ड कर्नल को देखा। कर्नल हवा की रफ़्तार से गैंगवे पर पहुँचा।...उसे आख़िरी जहाज़ में भी जगह देने से इनकार कर दिया गया था।...

इस छोटे क़द के, पंचायती कर्नल के गालों पर खरोंच के निशान थे और थैलियों-सी आँखों में आँसू की बूँदें थीं। उसने अभी कुछ मिनट पहले ही गारद के अफ़सर को तलवारवाली पेटी पकड़कर घसीटा था, कुछ फुसफुसाकर कहा था, और गन्दे रूमाल से तम्बाकू के धुएँ से काली अपनी मूँछें और काँपते हुए होंठ पोंछे थे। फिर, सहसा ही वह अपने-आपमें आता लगा था।...परन्तु, इस घटना के एक क्षण बाद ही किसी तेज़ उँगलियोंवाले कज़्ज़ाक ने चम-चम करते 'ब्राउनिंग' को उसके ख़ूँखार पंजों से दूर खींचा था, और उसे पैर पकड़कर, अफ़सरोंवाले हल्के-भूरे बरानकोट सहित, बक्सों के अम्बार पर ढकेल दिया था।...

और, फिर गैंगवे के चारों ओर लोगों का रेला और ज़ोरों से उमड़ पड़ा। घाटों पर गुत्थमगुत्था मच गई थी और कुछ शरणार्थियों की भराई हुई आवाज़ों ने तूफ़ान खड़ा कर दिया था।...

फिर आख़िरी स्टीमर ने घाट छोड़ा तो औरतों की सिसकियों, बौखलाहट से भरी चीख-पुकारों और कोसा-कासियों से पूरा वातावरण भर उठा। मगर जहाज़ के भोंपू की गूँज बुझ भी न पाई कि लोमड़ी की खाल की टोपीवाला एक जवान कज़्ज़ाक पानी में कूद पड़ा और, तैरते हुए स्टीमर की ओर बढ़ने लगा।

"यानी, इन्तज़ार करते नहीं बना !" एक कज़्ज़ाक आह भरकर बोला।

ग्रिगोरी के पास खड़े एक दूसरे कज़्ज़ाक ने अपनी तरफ़ से कहा—"साफ़ है कि पीछे छूट जाना इसके लिए खतरे से खाली नहीं है...लगता है कि लाल फ़ौजियों को इसने खासा नुकसान पहुँचाया है..."

ग्रिगोरी दाँत भींचकर तैरते काल्मीक को घूरता रहा। काल्मीक के हाथों की हरक़त ज्यों-ज्यों धीमी हुई, त्यों-त्यों उसके कन्धे पानी में हिले। उसका बरानकोट पानी से भीगकर भारी हो उठा और उसे नीचे की तरफ़ खींचने लगा। सहसा ही एक लहर ने लोमड़ी की खालवाली उसकी लाल टोपी सिर से हटाकर अलग कर दी।

"यह पानी में डूबकर रहेगा !" लम्बा काकेशियाई कोट पहने किसी बूढ़े ने हमदर्दी से कहा।

ग्रिगोरी तेज़ी से मुड़ा और अपने घोड़े की तरफ़ बढ़ा। उसने प्रोख़ोर को र्‌याबचिकोव और बोगातिरयोव से काफ़ी गरम होकर बातें करते देखा। इस बीच वे दोनों भी घोड़ों पर सवार होकर वहाँ आ गए थे।...

र्‌याबचिकोव, ग्रिगोरी को देखते ही, काठी पर घूमा, बेसब्री से घोड़े को एड़ लगाई और चिल्लाकर बोला—"जल्दी करो, पैन्तेलेयेविच !"...फिर, ग्रिगोरी के पास आने की राह देखे बिना चीख़ा—"आओ, हम लोग वक़्त रहते पीछे हट चलें। हमने कोई आधी स्क्वैड्रन कज़्ज़ाक जमा कर लिए हैं और हम पहले ग्लेंदज़िक और फिर वहाँ से जॉर्जिया जाने की बात सोच रहे हैं। तुम्हारा इरादा क्या है ?"

ग्रिगोरी, हाथ अपने बरानकोट की जेबों में डाले, बेमतलब भीड़ लगानेवाले कज़्ज़ाकों को चुपचाप एक ओर करता, उन तीनों की तरफ़ बढ़ा।

"अच्छा, तो तुम हमारे साथ चल रहे हो या नहीं ?" र्याबचिकोव ने अपना घोड़ा ग्रिगोरी के पास लाते हुए आग्रह से पूछा।

"नहीं, मैं नहीं चलूँगा।"

"एक कज़्ज़ाक फ़ौजी कमांडर भी हमारे साथ चल रहा है। उसे इंच-इंच रास्ता पता है और वह हमें आँख मूँदकर तिफ़लिस तक ले जा सकता है। चलो ग्रीशा, साथ चलो ! वहाँ से हम जाकर तुर्कों से मिल जाएँगे। क्या कहते हो तुम ? आख़िर हमें अपने को, जैसे भी हो, बचाना ही है। सारा खेल अब ख़त्म होने-होने को हो रहा है, लेकिन तुम तो जैसे अधमरी मछली हो रहे हो।"

"नहीं, मैं नहीं चलूँगा।" ग्रिगोरी ने घोड़े की रासें प्रोख़ोर से लीं और घोड़े की पीठ पर यों सवार हुआ जैसे कि कोई बूढ़ा हो–"मैं नहीं जाऊँगा–कोई फ़ायदा नहीं। फिर वैसे भी काफ़ी देर हो चुकी है...समझे !"

र्याबचिकोव ने मायूसी और गुस्से से चारों ओर निगाह दौड़ाई और अपनी तलवार की अफ़सरीवाली गाँठ तोड़ गिराई।

इस बीच पहाड़ियों की तरफ़ से लाल फ़ौजियों की क़तारें उमड़ चलीं और सीमेंट के एक कारख़ाने के पास मशीनगनें एकदम खड़खड़ाने लगीं। बख़्तरबन्द गाड़ियों से लोगों की क़तारों पर गोलियाँ बरसने लगीं। तोप का पहला गोला एक हवाचक्की के पास आकर गिरा।

"चलो, क्वार्टर चलो...साथियो...बिल्कुल मेरे पीछे-पीछे चले आओ !" ग्रिगोरी ने तनते हुए आदेश दिया। उसमें सहसा ही जैसे नई जान आ गई। लेकिन, र्याबचिकोव ने लपककर ग्रिगोरी के घोड़े की लगाम थाम ली और भयभीत स्वर में चीख़ा–"यहाँ से जाओ मत ! फ़िलहाल, यहीं बने रहो...अरे भाई, मरना हो तो साथ ही मरो...साथ मरना भी उतना नहीं खलता।"

"उफ़्...शैतान कहीं के...चलो...बढ़ो आगे ! मौत का ज़िक्र क्यों करते हो ? एक बेकार की बकबक है यह ?" और, क्रोध से पागल ग्रिगोरी तो आगे कुछ और भी कहता, मगर समुद्र की तरफ़ से आती गरज में उसकी आवाज़ डूब गई।

'एम्पायर ऑफ़ इंडिया' नाम का जहाज़ खाड़ी से बाहर हो गया था, और उसने वहाँ से अपनी बारह इंच के दहानोंवाली तोपों से गोलों की बौछार कर दी थी।...

जहाज़ ने खाड़ी से बाहर जानेवाले सभी स्टीमरों को ढँक लिया। लाल और हरी सेना की नगर के बाहरी हिस्सों की तरफ़ बढ़ती क़तारों को ज़मीन से पाट दिया, और फिर लाल तोपख़ानों को निशाना बनाने के लिए अपनी तोपों के दहाने दर्रे की चोटी की तरफ़ मोड़ दिए। ब्रिटिश तोपों के गोले घाट पर जमा कज़्ज़ाकों के सिरों के ऊपर से उड़ने लगे।...

ऐसे में बोगातिरयोव का घोड़ा कूल्हे के बल बैठ गया तो उसने उसकी लगाम पूरे ज़ोर से खींची और गोलाबारी के तूफ़ान के बीच चिल्लाकर बोला–"भाई जान, ब्रिटिश तोपों की ज़बान काफ़ी तेज़ है। लेकिन, वे अपनी सारी आग सिर्फ़ बर्बाद कर रही हैं, और कुछ नहीं। सिवाय गरज से आसमान सिर पर उठाने के और क्या कर पा रही हैं वे !"

"गरजने दो ब्रिटिश तोपों को ! हमारे लिए इससे कोई फ़र्क़ नहीं पड़ता।" ग्रिगोरी ने मुस्कुराते हुए अपना घोड़ा सनकारा और गली में मुड़ गया। नुक्कड़ पर खड़े छः घुड़सवार, नंगी तलवारें लपलपाते, अपने घोड़े उछालते उसकी ओर लपके।

सबसे आगेवाले घुड़सवार के सीने पर ख़ूनी लाल रंग का रिबन चमका।

भाग : आठ

1

पिछले दो दिन दक्षिणी गरम हवा बहती रही थी...खेतों की बची-खुची बर्फ़ गलती गई...वसन्त की झाग उगलती छोटी-छोटी धाराओं का कल-निनाद थिर हो गया...स्तेपी के नाले-नालियाँ और छोटी-मोटी नदियाँ शान्त हो गईं।...

पर, तीसरे दिन तड़के हवा थम गई और मैदान के पसारे पर धुन्ध के भारी-भरकम बादल उतर आए। पिछले साल की फ़ेदर घास के झुरमुटों पर नमी की चाँदी मढ़ गई। ढूह, खड्ड, गिरजों के घंटों के ऊपर की मेहराबें, और पिरामिट-चिनारों के नुकीले ताज अभेद्य, दूधिया धुँधलके में डूब गए।...दोन के चौड़े स्तेपी मैदान में वसन्त आ गया।

उस दिन सवेरे की धड़ियाँ धुन्ध में नहाई रहीं कि बीमारी से उठने के बाद पहली बार अकसीनिया बाहर निकलकर बरसाती में आई और बहुत देर तक वसन्ती हवा की ताज़गी और नशीली मिठास से अपनी साँसें सींचती रही। फिर वह टहलते-टहलते बगिया तक जा पहुँची और हाथ की बाल्टी नीचे रखकर कुएँ की जगत पर बैठ गई।

अकसीनिया को दुनिया एकदम नई-नई-सी लगी...बहुत ही शानदार...किसी ताज़े जादू से भरी। उसका मन तरह-तरह की भावनाओं से भर उठा और आँखें मन के संकेत पर चमकने लगीं। उसने बच्चों की तरह स्कर्ट का सिरा अपनी उँगलियों में लपेटते हुए आस-पास की हर चीज़ को आँख भर-भरकर देखा। क्या धुन्ध की चादर में लिपटी दूरी, क्या गली हुई बर्फ़ के पानी में किल्लोल करते बग़ीचे के सेब के पेड़, क्या गीली बाड़ें और क्या गहरे पानी से लबालब लीकोंवाली आगे की सड़क सभी कुछ उसे इतना सुन्दर लगा कि कल्पना जवाब दे गई। हर चीज़ में तरह-तरह के रंगों के कोमल फूल खिलने लगे, और ऐसा अनुभव हुआ, जैसे कि धूप का किरीट उनके चारों ओर जगमग कर रहा हो।...

धुन्ध के बीच से झाँकते आसमान के एक झलाझल टुकड़े ने अपने शीतल नीलम से अकसीनिया की आँखों में चकाचौंध पैदा कर दी। सड़ते हुए तिनकों और बर्फ़ से खाली काली मिट्टी से उठती गन्ध उसे इतनी जानी-पहचानी और प्यारी लगी कि उसकी साँसों की लम्बाई बढ़ गई और उसके होंठों के सिरों पर मुस्कुराहट थिरकने लगी। इसी बीच कहीं दूर गाती बुलबुल के सरल-सहज स्वर कानों में पड़े तो उसके मन में अनजाने ही एक उदासी-घुली गाँव-घर की दूरी खटकी, दिल की धड़कन तेज़ हुई और दो छोटे-छोटे आँसू पलकों से ढुलक पड़े।...

फिर, उसे लगा कि एक ज़िन्दगी है जो मुझसे रूठकर फिर मेरे पास आ गई है। बस, तो सोच-विचार त्यागकर वह ज़िन्दगी के नए उल्लास में डूब गई। उसमें अदम्य इच्छा जागी कि वह हर चीज़ को अपने हाथों से छुए, हर चीज़ को अपनी आँखों से देखे। उसके मन ने कहा—नमी से सँवराई-खड़ी कुरान्त की झाड़ी पर हाथ रखकर देख...पीले-गुलाबी, मखमली फूलों से भरे सेब की शाख़ से गाल सटाकर खड़ी हो जा...गिरी हुई बाड़ों को पार कर...सारे रास्तों से दूर दलदल के बीच हिल...और चौड़े खड्ड के पार वहाँ पहुँच जहाँ खेत धुँधलाई दूरी में खो रहे हैं और जहाँ जाड़े की फ़सल में हरियाली

की परियाँ जगमगा रही हैं।...

कई दिन तक अकसीनिया को किसी भी क्षण ग्रिगोरी के आने की आशा रही। पर, फिर घर के मालिक के यहाँ जो पास-पड़ोस के लोग आए, उन्होंने बतलाया कि लड़ाई अब भी चल रही है। कितने ही कज़्ज़ाक जहाजों में बैठकर नोबोरोस्सिइस्क से क्रीमिया चले गए हैं और जो बाक़ी रह गए हैं वे या तो लाल सेना से जा मिले हैं या उन्हें खानों में भेज दिया गया है...

सो, सप्ताह ख़त्म होते-न-होते अकसीनिया ने घर लौटने का पक्का इरादा कर लिया, और मौक़े की बात कि सफ़र के लिए उसे एक साथी भी जल्दी ही मिल गया।

हुआ यह कि एक दिन शाम को नाटे क़द का एक बूढ़ा कुबड़ा बिना दरवाज़ा खटखटाए, घर में घुस आया। अन्दर आने पर झुककर अभिवादन तो उसने किया, पर मुँह से कुछ नहीं बोला और धूल से नहाए अपने अंग्रेजी बरानकोट के बटन खोलने लगा।...कोट की सारी सीवन जहाँ-तहाँ से उखड़ी दीखी और उसके बदन पर बोरे-सा झूलता मालूम पड़ा।

घर के मालिक ने 'मान-न-मान, मैं तेरा मेहमान' के प्रतीक उस आदमी को आश्चर्य से घूरकर देखा। बोला—"भले आदमी, दुआसलाम कुछ नहीं...और उम्मीद शायद यह कर रहे होगे कि यहाँ तुम्हें आराम से ठहरने को जगह मिल जाएगी ?"

बूढ़े ने फुर्ती से अपना बरानकोट उतारा, ड्योढ़ी पर झटका, सावधानी से हुक पर टाँगा, फिर अपनी छोटी, सफ़ेद दाढ़ी पर हाथ फेरा और बोला—"माफ़ करना, मेरे भाई ! लेकिन इस ज़माने में कैसे काम करना चाहिए, यह मैंने ख़ूब सीख लिया है...सीखा है कि पहले अपने कपड़े उतारो और फिर किसी भी मकानवाले से मकान में ठहरने की बात करो, नहीं तो घर में घुस नहीं पाओगे...इन दिनों ऐसा गँवारपन फैल गया है कि कोई किसी मेहमान को देखकर खुश नहीं होता..."

"लेकिन हम तुम्हें रखेंगे क्या ? देखो न, यहाँ तो भीड़ पहले से ही लगी हुई है।" मकान- मालिक ने ज़रा और मुलायम पड़ते हुए कहा।

"मुझे उतनी ही जगह चाहिए, जितनी किसी कुत्ते को...मैं तो यहीं दरवाज़े के पास पैर सिकोड़कर पड़ा रहूँगा और सो जाऊँगा।"

"लेकिन तुम हो कौन, बाबा ? सोवियत लोगों के पास से भागकर आए हो क्या ?" मालकिन ने उत्सुकता से पूछा।

बकबकिया बूढ़े ने दरवाज़े के पास एड़ियों के बल बैठते हुए जवाब दिया—"तुमने बिल्कुल ठीक समझा...मैं उन्हीं लोगों के पास से भागकर आ रहा हूँ...मैं दौड़ता रहा...दौड़ता रहा, यानी समन्दर तक दौड़ता चलता आया हूँ। चुपचाप दुबारा लौटा जा रहा हूँ, दौड़ते-दौड़ते चूर हो गया हूँ...।"

"यह सब तो हुआ...लेकिन तुम हो कौन ? कहाँ के हो ?" घर के मालिक ने अपना सवाल दोहराया।

बूढ़े ने दर्जीवाली एक जोड़ी कैंचियाँ जेब से निकालीं, उन्हें बार-बार उलटा-पलटा और उसी तरह मुस्कुराते हुए बोला—"यह रहा मेरा पासपोर्ट...इसी के सहारे इतना फ़ासला तय कर नोवोरोस्सिइस्क तक आ सका हूँ। लेकिन मेरा घर यहाँ से अभी दूर है...यानी व्येशेंस्काया ज़िले के दूसरी तरफ़ है...और समन्दर के खारे पानी का ज़ायका लेने के बाद अब वहीं वापस जा रहा हूँ।"

"मैं भी व्येशेंस्काया की हूँ, बाबा !" अकसीनिया खुशी से खिलते हुए बोली।

"सचमुच !" बूढ़े ने आश्चर्य से कहा—"कहीं भी अपने देश-गाँव की किसी बहू-बेटी से मुलाक़ात हो जाए तो बड़ी खुशी होती है। वैसे आजकल ताज्जुब इस पर भी नहीं होता। हम तो यहूदियों की तरह पूरी दुनिया में फैले हुए हैं। कुबान में हालत यह थी कि कोई किसी कुत्ते को लकड़ी खींचकर मारता तो वह दोन के किसी-न-किसी कज़्ज़ाक को लगती। जहाँ देखो वहीं कज़्ज़ाक कि इनसे जान छुड़ाना मुश्किल। और मज़ा यह कि दोन के जितने कज्ज़ाक वहाँ इस तरह नज़र आए, उनसे कहीं

ज़्यादा ज़मीन के नीचे मौत से मुँह ढाँके पड़े रहे। मेरे अज़ीज़ो, फ़ौज के इस तरह पीछे हटने के दौरान, मैंने क्या-क्या नहीं देखा ! तुम सोच नहीं सकते कि लोग किस तरह तकलीफ़ें उठा रहे हैं, मुसीबतें झेल रहे हैं। अभी दो दिन पहले की बात है कि मैं ऐसे ही किसी स्टेशन के मुसाफ़िरख़ाने में बैठा था और मेरी बग़ल में बैठी थी किसी शरीफ़ घर की एक चश्मेवाली औरत। औरत चश्मे के अन्दर से जुएँ देख रही थी और जुओं की फ़ौजों की फ़ौजें उसके बदन पर मार्च कर रही थीं। वह उँगलियों से जुएँ बीन-बीनकर फेंक रही थी, और यों मुँह बना रही थी जैसे कि जंगली सेब दाँतों के नीचे आ गया हो। उस पर यह कि वह जितनी जुएँ पकड़-पकड़कर मारती थी, उसके माथे पर उतने ही बल पड़ते जाते थे। ऐसा लगता था जैसे कि औरत अभी दोहरी हुई और अभी मरी। और दूसरी तरफ़ हट्टे-कट्टे लोग दूसरे लोगों को तलवार के घाट उतार देते हैं और उनके चेहरे पर शिकन तक नहीं आती। वे उधर से निगाहें तक नहीं मोड़ते। ऐसे ही एक 'सिकन्दर' को मैंने देखा। उसने तीन काल्मीकों को काटकर फेंक दिया, तलवार अपने घोड़े की अयाल से पोंछी, सिगरेट निकालकर जलाई, अपना घोड़ा मेरे पास लाया और बोला—'ऐसे आँखें फाड़-फाड़कर क्या देख रहे हो, बाबा ? चाहते हो कि तुम्हारे भी बीच से दो टुकड़े कर दूँ ?' मैंने जवाब दिया—''ऊपरवाला मुझे बचाए ! अगर तुम मेरा सिर धड़ से अलग कर दोगे तो मैं रोटी कैसे खाऊँगा ?...' आदमी हँसा और घोड़े को उड़ा ले चला।''

''चाहे जो कहो, मगर इंसान का हाथ आज इंसान के मामले में इतना साफ़ हो चुका है कि उसे उसके मारने में कुछ नहीं लगता...जुएँ मारने में तो कुछ लगता भी है। बगावत के इस ज़माने में इंसान तो ऐसा सस्ता हो गया है कि बस !'' घर के मालिक ने संक्षेप में कहा।

''यह सच है।'' मेहमान ने मेज़बान की हाँ-में-हाँ मिलाई—''आदमी जानवर तो होता नहीं...जानवर ही आसानी से हर चीज़ के आदी हो सकते हैं...इसीलिए मैंने उस औरत से पूछा—'कौन हैं आप ? देखने से किसी मामूली घर की तो मालूम होती नहीं।'...उसने मुझे देखा और चेहरा आँसुओं से तर करते हुए बोली—'मैं जनरल ग्रेचीखिन की बीवी हूँ।'...मैंने मन-ही-मन कहा—'ख़ैर...तुम मेजर की बीवी हो और चाहे जनरल की, लेकिन जुएँ तुम्हारे बदन में वैसी ही हैं जैसे कि किसी खौरही बिल्ली के बदन में।'...और, फिर मैं उससे बोला—'माफ़ कीजिए, मेम साहब...लेकिन अगर आप इन रेंगते हुए कीड़ों को इसी रफ़्तार से मारती रहीं तो माँ-मेरी की दावत के दिन तक तो आपको साँस मिलेगी नहीं...फिर, आपके सारे-के-सारे नाख़ून टूट जाएँगे, सो अलग से ! अरे, इन सबको एक बार में मसल डालिए।'...औरत ने पूछा—'लेकिन यह मुमकिन कैसे है ?'...मैंने कहा—'अपने कपड़े उतारकर किसी कड़ी ज़मीन पर फैला दीजिए और फिर उन पर बोतल फिरा-फिराकर जुओं का काम तमाम कर दीजिए।'...फिर क्या था, मैंने देखा कि जनरल की बीवी अपनी जगह से उठी, भागकर पानी के हौज़ के पीछे गई और अपने कपड़े उतारकर उन पर हरे काँच की बोतल इस तरह फिराने लगी जैसे कि ज़िन्दगी-भर यही करती रही हो। मैंने मन-ही-मन कहा—'नीली छतरीवाले के यहाँ किसी चीज़ की कमी नहीं...हर चीज़ की कसरत है। उसने इन कीड़ों को बड़े घरों के लोगों पर भी छोड़ दिया है कि हमेशा मेहनतकशों का ही ख़ून न चूसते रहो, ज़रा इनके ख़ून का भी मज़ा लो। ऊपरवाला कोई ऐसा-वैसा थोड़े ही है। वह अपना काम ख़ूब जानता है और कभी-कभी लोगों पर रहम न कर ऐसे फ़ैसले करता है कि उससे बेहतर कुछ और दिमाग़ में ही नहीं आता'...।''

दर्ज़ी बेरोकटोक बकता गया और घर के मालिक और मालकिन को अपनी बात में पूरी तरह दिलचस्पी लेते देखकर बोला—''बतलाने को तो मेरे पास तमाम दिलचस्प बातें हैं, पर फिर देखा जाएगा...इस वक़्त थकान बहुत है...और बड़ी नींद आ रही है।''

सो, खाने के बाद सोने की तैयारी करते समय अकसीनिया से बोला—''तो, तुम यहाँ अभी और ठहरने की बात सोच रही हो क्या ?''

''नहीं, मैं घर लौटने की बात सोच रही हूँ, बाबा !''

"तो, मेरे साथ ही चलो...हम दोनों के लिए ही अच्छा रहेगा।"

अकसीनिया बड़ी प्रसन्नता से राज़ी हो गई और अगले दिन घर के मालिक और मालकिन से विदा लेने के बाद दोनों नोवोमिख़ाइलोव्स्की नाम के उस वीरान गाँव से रवाना हो गए।...

बारहवें दिन, रात भीगने के बाद वे मिल्युतिंस्काया नाम के गाँव में पहुँचे, और उन्होंने एक बड़े, देखने में खाते-पीते परिवार के घर में ठहरने की अनुमति माँगी। अगले दिन अकसीनिया के साथ के बूढ़े ने एक सप्ताह तक वहीं ठहरकर सुस्ता लेने और अपने कटे हुए, ख़ून से तर पैरों को ठीक-ठाक कर लेने का फ़ैसला किया। आगे बढ़ना उसे दुश्वार लगा। फिर यह हुआ कि उस बड़े घर में उसके लिए कुछ काम निकल आया, और अपना धन्धा नए सिरे से शुरू करने को उत्सुक वह बूढ़ा तड़पड़ खिड़की के पास आराम से जम गया। यानी उसने ताँबे की कमानियोंवाला अपना चश्मा नाक पर चढ़ा लिया, और तेज़ी से कपड़ा काटने लगा।

फिर, अकसीनिया वहाँ से जाने को हुई तो उस बूढ़े मसख़रे ने उसके सिर पर क्रॉस बनाया और आशा के विपरीत उसकी आँखों में एकाध आँसू भी आ गए। लेकिन उन्हें फ़ौरन ही पोंछते हुए, हमेशा की तरह, हँसकर बोला–

"ग़रज़ खुद तो किसी की माँ नहीं बनती, पर लोगों को लोगों से जोड़ ज़रूर देती है।... तुम अकेली जा रही हो, मेरा दिल बहुत दुःख रहा है...लेकिन...हो कुछ नहीं सकता...बेटी, तुम्हें अकेले ही जाना पड़ेगा, क्योंकि तुम्हारा रहबर लँगड़ा हो गया है और ज़रूरत इसकी है कि कोई जौ की रोटी पका-पकाकर खुद उसे खिलाए...फिर, यह भी है कि सत्तर साल की इस उम्र में तुम्हारे साथ काफी घुड़दौड़ कर चुका मैं...अगर कहीं मेरी बूढ़ी बीवी से मुलाक़ात हो जाए तो कह देना कि तुम्हारा बुड्ढा ठीक-ठाक है...सही-सलामत है। दूरमार तोप के दहाने के सामने रह चुकने के बावजूद ज़िन्दा है, रास्ते में शरीफ़ों के लिए कुछ आजामे-पाजामे सीने लगा है...किसी भी दिन वापस आ सकता है।...कहना, बूढ़ा बुद्धू है...मोर्चे से पीछे हट आया है, और घर लौट रहा है...और दुबारा स्टोव के ऊपर चढ़कर बैठने के लिए तड़फ रहा है..."

...अकसीनिया को रास्ते में कई दिन लग गए। बोकोव्स्काया में उसे उधर ही जाती गाड़ी मिल गई, तो वह उस पर सवार होकर तातारस्की आ गई। शाम ढलते-ढलते अहाते में दाख़िल हुई और उसने ग्रिगोरी के घर पर नज़र डाली तो एक सिसकी गले में घुटकर रह गई। औरत वीरान बावर्चीख़ाने में आकर फूटकर रोई। इस तरह एक अर्से का दिल का बोझ उतारने के बाद नदी से पानी लाई, स्टोव जलाया और मेज़ के किनारे हाथ लटकाकर बैठ गई। फिर विचारों से ऐसी खोई कि दरवाज़े के चरमराने और इलीनीचिना के अन्दर आने का उसे पता ही न चला। हाँ, ग्रिगोरी की माँ को देखकर उसका ख़्यालों का तार ज़रूर टूटा। बुढ़िया शान्त भाव से बोली–"प्रीवियत[1] पड़ोसिन...बहुत दिन बाहर रहीं...।"

अकसीनिया ने घबराहट से उसकी ओर देखा और एकदम उठकर खड़ी हो गई।

"लेकिन तुम इस तरह मुझे घूर क्यों रही हो ? कुछ बोलतीं क्यों नहीं ? कोई बुरी ख़बर तो नहीं लाई ?" इलीनीचिना धीरे-धीरे मेज़ के पास आकर बेंच के सिरे पर बैठ गई। पर, उसकी निगाह प्रश्न बनी अकसीनिया के चेहरे पर उसी तरह गड़ी रही।

"बुरी ख़बर क्यों होगी मेरे पास ? तुम्हारे यहाँ आने की उम्मीद तो थी नहीं...और, तुम आईं तो आहट भी नहीं मिली, इसलिए तुम्हें देखकर थोड़ा-सा चौंक-सी गई थी मैं...और बस !" अकसीनिया ने खीझते हुए कहा।

"तुम तो बहुत ही दुबली हो गई हो...हड्डियाँ-भर बदन पर रह गई हैं।"

"मुझे टायफ़स हो गया था।"

---

1. अभिवादन।

"और हमारा ग्रिगोरी...कैसा है ? उसे कहाँ छोड़ा तुमने ? जीता-जागता तो है न ?"

अकसीनिया ने संक्षेप में ग्रिगोरी की पूरी जानकारी शब्दों में बाँध दी। इलीनीचिना ने बीच में एक शब्द नहीं कहा। बात पूरी होने पर पूछा—"तुमसे जब वह अलग हुआ तो बीमार तो नहीं था न ?"

"नहीं...बिल्कुल बीमार नहीं था।"

"और, उसके बाद तुम्हें उसके बारे में कुछ पता नहीं चला ?"

"नहीं।"

इलीनीचिना ने चैन की साँस ली। "ख़ैर...इस ख़ुशख़बरी के लिए बहुत-बहुत शुक्रिया...यहाँ गाँव में तो जाने क्या-क्या कहा जा रहा है उसके लिए !"

"क्या-क्या कहा जा रहा है ?" अकसीनिया ने बहुत ही धीरे से पूछा।

"उफ़...किस तरह बकवास करते हैं लोग !...उनकी बेसिर-पैर की बातें सुनकर कान पर हाथ रख लेना पड़ता है...जहाँ तक उधर से आनेवालों का सवाल है, इतने गाँववालों में सिर्फ़ एक बेस्खलेबनोव वापस आया है...उसने येकेतेरिनोदार में ग्रिगोरी को अपनी आँखों से बीमार देखा है...बाक़ी किसी की बात का मुझे यक़ीन नहीं।"

"लेकिन, लोगों ने बतलाया क्या-क्या है, दादी ?"

"सुना कि सिनगिन गाँव के एक कज़्ज़ाक ने कहा कि ग्रिगोरी को लाल फ़ौजियों ने नोवोरोस्सिइस्क में मार डाला है। सो...माँ का दिल कैसे मानता !...इतनी लम्बी मंज़िल तय कर सीनगिन गई और उस ख़ास कज़्ज़ाक से मिली। वह बिल्कुल नकार गया। बोला—मैंने न तो ग्रिगोरी को देखा है और न ही उसके बारे में कुछ सुना है।...फिर एक दूसरी अफ़वाह सुनी कि उसे जेल में डाल दिया गया और वहाँ वह टायफ़स से मर गया।"

इलीनीचिना ने पलकें झुका लीं और फिर बहुत देर तक अपने बड़े-बड़े गाँठ-गँठीले हाथ चुपचाप देखती रही। औरत के चेहरे और चेहरे की झूलती खाल से शान्ति टपकती रही। उसके दोनों होंठ भिंचे रहे, पर सहसा ही उसके साँवले गालों पर लाली दौड़ गई और पलकें फड़फड़ाने लगीं। उसने अकसीनिया पर धधकती हुई नज़र डाली और भर्राए हुए गले से बोली—"मैं इस बात पर ज़रा भी यक़ीन नहीं करती...कर नहीं सकती। हो नहीं सकता कि मेरा आख़िरी बेटा भी कोई मुझसे लूटकर ले जाए...वह नीली छतरीवाला किस जुर्म की ऐसी सज़ा देगा मुझे ! अब मुझे थोड़े दिन और जीना है...मेरे दिन तो अब इने-गिने हैं...और, कौन कम सदमे उठाए हैं अब तक जो यह नया पहाड़ गिरेगा मेरे सिर पर ! ग्रीशा सही-सलामत है। मेरे दिल को कभी कुछ ऐसा-वैसा लगा ही नहीं, इसलिए मेरे कलेजे का टुकड़ा...मेरा बेटा अभी ज़िन्दा है।"

अकसीन्यिा कुछ नहीं बोली। सिर्फ़ मुँह मोड़ लिया। इसके बाद बावर्चीख़ाने में बहुत देर तक सन्नाटा रहा। अचानक ही हवा ने बरसातीवाला दरवाज़ा झटके से खोल दिया तो दोन के किनारे के दूर के चिनारों के बीच बाढ़ का पानी लहरें लेता दीखा और पानी के आर-पार जंगली कलहंस एक-दूसरे को चिन्ता से आवाज़ें लगाते सुन पड़े।

अकसीनिया ने उठकर दरवाज़ा बन्द कर दिया और स्टोव के सहारे खड़ी हो गई। ज़रा देर बाद सधे हुए स्वर में बोली—"ग्रिगोरी को लेकर मन मैला न करो, दादी...दुनिया की कोई बीमारी ऐसे आदमी को तोड़ नहीं सकती...वह तो लोहा है बिल्कुल ! उस तरह के लोग मरते नहीं। हम रवाना हुए तो हाथ ठंड से जमे जा रहे थे, मगर उसने रास्ते-भर एक बार भी दस्ताना नहीं पहना।"

"उसे बच्चों की भी याद आती है कभी ?" इलीनीचिना ने बुझे मन से पूछा।

"वह बच्चों की और तुम्हारी, दोनों की ही याद अक्सर करता है...बच्चे ठीक-ठाक तो हैं न ?"

"बच्चे ठीक-ठाक हैं...उन्हें क्या तकलीफ़ हो सकती है ? हाँ, हमारा पैन्तेली-प्रोकोफियेविच ज़रूर

नहीं रहा...हम बिल्कुल अकेले रह गए..."

अकसीनिया ने क्रॉस बनाया, और बुढ़िया ने जिस स्थिर मन से अपने पति के मरने की बात कही, उसे देखकर उसके आश्चर्य का ठिकाना न रहा।

इलीनीचिना मेज़ पर हाथ टेककर उठी। बोली—"मैं यहाँ तुमसे बैठी बातें करती रही और वह देखो...वहाँ अहाते में अँधेरा उतर आया।"

"ज़रा और बैठो न, दादी !"

"नहीं, दून्या घर में अकेली है...अब मुझे जाना चाहिए।" बुढ़िया ने अपने सिर पर रूमाल ठीक करते हुए कहा। बावर्चीख़ाने में चारों तरफ़ नज़र दौड़ाई और त्यौरियाँ चढ़ाते हुए बोली—"तुम्हारा स्टोव धुआँ दे रहा है...तुम्हें चाहिए था कि कहीं गई थीं तो इतने वक़्त के लिए किसी और के यहाँ टिका जातीं...अच्छा...मैं चली...अलविदा !"

फिर दरवाज़े की कुंडी पर हाथ रखा तो बिना गर्दन मोड़े बोली—"घर ठीक-ठाक कर लेना तो आना हमारे यहाँ भी...ज़रूर आना...शायद इस बीच तुम्हें ग्रिगोरी की कुछ खोज-खबर मिल जाए...मिल जाए तो हमें भी बतला देना।"

और उस दिन से अकसीनिया और ग्रिगोरी के परिवार के लोगों के बीच के सम्बन्ध एकदम बदल गए, जैसे कि ग्रिगोरी के जीवन की चिन्ता उन्हें एक-दूसरे के पास ले आई और अपनापे के सूत्र में बाँध गई।

अगले दिन सवेरे दून्या की नज़र अहाते में खड़ी अकसीनिया पर पड़ी तो उसने उसे आवाज़ दी, खुद बाड़ तक बढ़ गई, उसके गलबहियाँ डाल लीं और प्यारे ढंग से मुस्कुराते हुए सहज भाव से बोली—"उफ़...तुम कितनी दुबली हो गई हो, अकसीनिया ! मांस तो हड्डियों पर बचा ही नहीं !"

"ऐसी ऊबड़खाबड़ ज़िन्दगी हो तो आदमी दुबला न होगा तो और क्या होगा !" अकसीनिया जवाब में मुस्कुराई और दून्या के गालों पर भरपूर जवानी और हुस्न के गुलाब खिलते देखकर उसे उससे मन-ही-मन ईर्ष्या हुई।

लड़की ने जाने क्यों आवाज़ धीमी कर ली। पूछा—"माँ कल आई थीं तुम्हारे पास ?"

"हाँ, आई थीं।"

"तो, तुमसे ग्रिगोरी के बारे में भी कुछ पूछा था उन्होंने ?"

"हाँ।"

"और रोई-धोई तो नहीं ?"

"बिल्कुल नहीं...बुढ़ियाँ बड़े ही मज़बूत दिल की है।"

फिर विश्वास-भरी दृष्टि से अकसीनिया की ओर देखती हुई दून्या बोली—"अच्छा होता कि थोड़ा रो लेती...मन हल्का हो जाता...तुम जानती हो, अकसीनिया, इस जाड़े में तो वे जैसे अजीब हो गई हैं, वैसी पहले कभी थीं ही नहीं...उन्होंने पापा की मौत की ख़बर सुनी तो मैं एकदम डर गई...मुझे लगा कि इनका कलेजा फट जाएगा...लेकिन, उन्होंने आँख में एक आँसू नहीं आने दिया। सिर्फ़ बोलीं—'ऊपरवाला तुम्हारे पापा को अपनी बाँहों में ले...उन्हें दुनिया की दुख-मुसीबत से छुटकारा मिल गया है...।' और रात होने तक किसी से कुछ नहीं बोलीं। मैंने उनसे तमाम तरह की बातें करनी चाहीं, पर उन्होंने मुझे साफ़ टाल दिया और मुँह नहीं खोला। ऐसा मन कलपा मेरा कि कुछ न पूछो ! पर शाम को मैं ढोर बाँधकर अहाते से आई तो पूछा—'माँ, खाने को कुछ बनेगा या नहीं ?...' सिर्फ़ तब अपने दिल से ग़म का पत्थर हटाकर उन्होंने बोलना शुरू किया...।" दून्या ने लम्बी आह भरी, और ऊपर देखते हुए पूछा—'हमारा ग्रिगोरी मर गया क्या' ?"

"मैं नहीं जानती, दून्या !"

दून्या ने उसे प्रश्न-भरी, तिरछी दृष्टि से देखा और उसके मुँह से और लम्बी आह निकल गई—"माँ

तो बस भैया के लिए तड़पती रहती हैं। जब ग्रिगोरी का नाम लेती हैं तो उसे अपना सबसे छोटा बेटा कहती हैं और सपने में भी उसके दुनिया से उठ जाने की बात नहीं सोचतीं...लेकिन जानती हो अकसीनिया, अगर उन्हें मालूम हो जाए कि वह सचमुच मर गया, तो सदमे से उनका दम निकल जाएगा। अब एक वही तो है उनकी ज़िन्दगी का सहारा। एक उसी उम्मीद के सहारे तो वे जीती हैं। अब तो जैसे बच्चों तक की उनको दरकार नहीं...फिर, खुद उनका अपना दिल भी तो किसी काम में नहीं लगता...देखो न, एक साल के अन्दर-अन्दर घर के चार-चार आदमी चल बसे हैं..."

अकसीनिया संवेदना से भर उठी। उसने बाड़ पर झुककर दून्या को अपनी बाँहों में भरा और उसे बहुत ही प्यार से चूमा। "माँ को किसी-न-किसी काम में बझाए रहो दून्या...जैसे भी हो, उनका ग़म थोड़ा ग़लत करो।"

"किस काम में बझाएगा कोई उन्हें ?" दून्या ने रूमाल के कोने से आँखें पोंछी। बोली—"तुम आओ कभी हमारे यहाँ और उनसे थोड़ी इधर-उधर की बातें करो। शायद इस तरह थोड़ा बहल...आख़िर हम लोगों से इस तरह कटी-कटी क्यों रहती हो तुम ?"

"मैं आऊँगी...ज़रूर आऊँगी...यक़ीन मानो।"

"मुझे कल खेत जाना है। अनीकुश्का की बेवा के साथ जुताई की बात है। थोड़ा-सा गेहूँ बोने का इरादा है। कुछ बोने-बाने का ख़्याल तुम्हारा भी है ?"

"मैं तो ख़ूब बोआई करूँगी।" अकसीनिया ने उदासी से कहा—"मेरे पास बोने को है। दूसरे बोआई करने से फ़ायदा ! एक अकेली हूँ...मुझे ज़्यादा कुछ नहीं चाहिए...जैसे-तैसे काम चल ही जाएगा।"

"स्तीपान की कोई ख़बर मिली ?"

"नहीं...कोई ख़बर नहीं मिली।" अकसीनिया ने तटस्थ मन से कहा और अपने शब्दों पर स्वयं आश्चर्य करने लगी। "मुझे उसकी ऐसी कोई ख़ास फ़िक्र भी नहीं है।" जाने कैसे, आशा के विपरीत, सच्चाई मुँह से निकल गई और औरत अचकचा गई। फिर, अपनी परेशानी पर पर्दा डालते हुए जल्दी-जल्दी बोली—"अच्छा चलूँ...दून्या, घर में सभी कुछ उल्टा-सीधा पड़ा है...सफ़ाई अलग से करनी है।"

दून्या ऐसी बनी जैसे कि अकसीनिया के मन की परेशानी पर उसकी नज़र पड़ी ही नहीं। दूसरी तरफ़ देखते हुए बोली—"सुनो तो...मैं तो तुमसे यह पूछना चाहती थी कि तुम हमारे काम में थोड़ा हाथ बँटा लोगी ? मिट्टी सूख जाएगी और फिर हम कुछ न कर पाएँगे। कज़्ज़ाक गाँव में दो बचे हैं और वे भी लँगड़े हैं।"

अकसीनिया ने भरसक मदद करने का वचन दे दिया। दून्या तैयारी करने को चल पड़ी और फिर पूरे दिन अगली सुबह के काम का सरंजाम करती रही। उसने अनीकुश्का की बीवी की मदद से बीज छाने, पटेले की मरम्मत की, गाड़ी के पहियों को तेल दिया और बोआई करनेवाला यन्त्र ठीक-ठाक किया। शाम को उसने बोआईवाला थोड़ा-सा अनाज रूमाल में बाँधा, क़ब्रगाह ले गई और प्योत्र, नताल्या और दार्या की क़ब्रों पर छिटक आई कि अगले दिन चिड़िया उड़-उड़कर वहाँ आएँ, फुदक-फुदककर चहचहाएँ और उसका भाई और दोनों भाभियाँ मरने के बाद भी ख़ुशी से भर-भर उठें।

भोले-भाले मन की भोली-भाली कल्पना...क्या कहिए !

केवल तड़का होने के एक घंटा पहले दोन के किनारों पर एक तरह का सन्नाटा बरसा। जंगल में भरा बाढ़ का पानी धीरे-धीरे कल-कल करता, चिनारों के पीले हरे तनों को चारों ओर से धोता और शाहबलूत के पानी में डूबे सिरों को रह-रहकर झकझोरता रहा। झीलें ऊपर तक लबालब रहीं और पानी के अन्दर की सेवार लहरियों के हाथों झुक-झुककर, सरसर-सरसर करती रही। बाढ़ के शिकार

खेतों के तंग कोनों में जहाँ पानी किसी जादू से बँधा-सा रहा और जहाँ झुटपुटे के सितारे धरती पर उतर-उतर आए, वहाँ ध्रुवप्रदेशीय हंस हल्के-हल्के कीके, मुर्गाबियों के निंदासे नेर फुसफुसाए, और कहीं और जाकर बसेरा जमानेवाली बत्तखों के रुपहले स्वर कभी-कभी हवा में बजे। दिन दूरी रात चौगुनी मोटाती किसी मछली ने अक्सर ही अँधेरे में पानी की बौछार की, कोई कँपकँपाती लहर झलाझल पानी की सतह पर दूर तक लोटती चली गई और कोई चिड़िया कहीं चौंककर चीख़-चीख़ उठी। फिर, दोन-किनारे के मैदान ने सन्नाटों की चादर में दुबारा मुँह छिपा लिया। लेकिन, तड़का होते ही पहाड़ियों की खड़ियावाली चोटियों पर गुलाबी दौड़ी कि मन्द-मन्द पवन चलने लगा और नदी की धारा पर बिछलते ही तेज़ हो उठा। नदी के किनारे सात-सात फुट ऊँची लहरें जमा हो गईं, जंगल में पानी ठाठें मारने लगा और पेड़ हवा में झूम-झूमकर हाँफ-हाँफ उठे। इसके बाद पूरे दिन हवा सर्राटे भरती रही और उसने केवल रात भीगने पर दम लिया। और, फिर यह मौसम बराबर कई-कई दिन तक चलता रहा।

पूरे मैदान पर बकाइनी-धुन्ध का पर्दा पड़ा रहा। फिर मिट्टी सूख गई, घास की बाढ़ रुक गई, और शरद की जुताईवाले खेतों में दरारें पड़ गईं। धरती हर घंटे ज़्यादा-से-ज़्यादा खुश्क होती गई।...

ऐसे में तातारस्की के खेतों में शायद ही कोई नज़र आया। गाँव में इने-गिने सफ़ेद दाढ़ीवाले लोग ही दीख पड़े। जो कज़्ज़ाक लौटे वे या तो पाले के मारे बीमार रहे या हाथ-पैर से अपाहिज रहे। नतीजा यह कि खेतों में काम करती मिलीं या तो औरतें या कम-उम्र लोग। हवा खाली गाँव में गर्द उड़ाती फिरी। उसने घरों की झिलमिलियाँ खड़काईं और शेडों की छानियों के फूस में जाने क्या खँखोरती फिरी।

"इस साल हमें रोटी मयस्सर होने से रही।" गाँव के बड़े-बूढ़ों ने कहा–"खेतों में औरतें-ही-औरतें काम कर रही हैं...इस पर भी सिर्फ़ हर तीसरे घर की तरफ़ से बोआई की जा रही है...और, इससे बड़ा दर्द यह है कि धरती बाँझ हो चुकी है...उससे किसी तरह की उम्मीद करना बेकार है !..."

यानी, दून्या और दूसरी औरतें दो दिन बोआई कर चुकीं तो दिन-ढले के वक़्त अकसीनिया बैलों को हाँककर ताल पर लाई। बाँध पर ओबनीजोव का दस साल का लड़का एक ज़ीन कसे घोड़े की लगाम थामे खड़ा दीखा। घोड़ा अपने होंठ चलाता रहा और अपने मखमली, भूरे नथुनों से रह-रहकर बूँदें बरसाता रहा। दूसरी तरफ़, लड़का सूखी मिट्टी के ढेले फेंक-फेंककर पानी में भँवरों पर भँवरें बुनता रहा और उन्हें देख-देखकर खुश होता रहा।

"कहाँ जा रहे हो वान्या ?" अकसीनिया ने पूछा।

"मैं माँ के लिए खाना लेकर आया हूँ।"

"अच्छा...तो, गाँव की कोई नई खबर है तुम्हारे पास ?"

"नहीं...कुछ नहीं है। सिर्फ़ इतना ही कि जेरासिम-बाबा ने कल रात एक शानदार कार्प फँसाई और फ़्योद्र-मेलनीकोव वापस आ गया।"

लड़के ने पंजे के बल खड़े होकर घोड़े के मुँह में लगाम पहनाई और उचककर फुर्ती से काठी पर बैठ गया। फिर, समझदार किसान की तरह पहले तो उसने घोड़े को क़दम चाल में डाला, पर कुछ दूर पहुँचने पर उसने मुड़कर अकसीनिया को देखा और जानवर को तेज़ी से दौड़ा चला। उसकी कमीज़ का पिछला हिस्सा हवा से फूलकर गुब्बारे की तरह फड़फड़ाता रहा।

उधर बाँध पर बैल पानी पीने लगे तो अकसीनिया वहीं पसर गई और फिर उसने गाँव को लौटने का फ़ैसला किया। सोचा–'मेलनीकोव फ़ौजी कज़्ज़ाक है। उसे ग्रिगोरी के बारे में कुछ-न-कुछ पता ज़रूर होगा।'...फिर, बैलों को हाँककर खेमे तक ले जाने के बाद दून्या से बोली–"मैं ज़रा गाँव जा रही हूँ...कल सवेरे फिर आ जाऊँगी।"

"कोई काम है ?"

"हाँ।"

और, वह अगले दिन सवेरे जब लौटकर आई तो दून्या बैलों को जोतती मिली। अकसीनिया तटस्थ मन से एक टहनी झुलाती रही, पर उसकी भौंहें तनी रहीं और उसके होंठ भावावेश से भिंचे रहे।

"फ़्योद्र-मेलनीकोव गाँव आया है। मैं उससे मिली थी। कहता है कि ग्रिगोरी के बारे में उसे कुछ पता नहीं।" उसने नपे-तुले शब्दों में कहा और एड़ियों के बल मुड़कर बोआई के यन्त्र की ओर बढ़ी।

और, बोआई के बाद अकसीनिया ने खुद अपने फ़ार्म पर काम शुरू किया। उसने खरबूज़ोंवाली ज़मीन में तरबूज़ बोए, दीवारों पर पलस्तर चढ़ाया, घर की पुताई की, और बचे-खुचे फूस से शेड पर अच्छी-से-अच्छी छानी डाली। इस तरह व्यस्तता में दिन-पर-दिन गुज़रते गए, पर मन ग्रिगोरी के लिए रह-रहकर बराबर उड़ता रहा। वह स्तीपान के ख़्याल तक से कतराई और जाने क्यों उसे लगा कि अब वह कभी नहीं लौटेगा। इस पर भी जब भी कोई कज़्ज़ाक गाँव आया, उसने पहला सवाल स्तीपान के बारे में ही किया। पूछा—"तुमने मेरे स्तीपान को भी कहीं देखा ?"...इसके बाद उसने गोलमोल ढंग से ग्रिगोरी के बारे में पूछताछ की।

वैसे गाँव के हर आदमी को उन दोनों के सम्बन्धों की जानकारी थी, इसलिए गाँव की पंचायती औरतों ने भी उनके बारे में इधर-उधर की बातें करना बन्द कर दिया था। लेकिन, अकसीनिया किसी के भी सामने अपना मन खोलकर रख देने में सदा ही शरमाई और जब भी किसी चुप्पा फ़ौजी ने गाँव लौटने पर ग्रिगोरी का कोई ज़िक्र नहीं किया तो उसने बड़े संकोच के साथ, आँखें सिकोड़ते हुए पूछा—"लेकिन, तुम्हारी मुलाक़ात अपने पड़ोसी ग्रिगोरी पैन्तेलेयेविच से तो कहीं नहीं हुई ? उसकी माँ को बड़ी फ़िक्र है...बेचारी ग़म में घुली जा रही है..."

पर, सच्चाई यह थी कि नोवोरोस्सिइस्क में दोन सेना के हथियार डाल देने के बाद न तो किसी ने कहीं स्तीपान को देखा था और न ग्रिगोरी को। पर, जून के अन्त में स्तीपान की रेजीमेंट का एक कज़्ज़ाक, अपने गाँव को लौटते समय, रास्ते में अकसीनिया से मिलने आया। कहने लगा—"स्तीपान क्रीमिया चला गया..मैं सच कह रहा हूँ तुमसे !...जहाज़ पर सवार होते तो मैंने उसे अपनी आँखों से देखा है। हाँ, उससे बात करने का मौक़ा ज़रूर नहीं मिला। भीड़ वहाँ ऐसी थी कि लोग एक-दूसरे के ऊपर चढ़े जा रहे थे।"

फिर, जब अकसीनिया ने ग्रिगोरी की बात पूछी तो फ़ौजी ने टालने की कोशिश ज़्यादा की। बोला—"मैंने उसे घाट पर देखा था...कन्धे पर पट्टियाँ नज़र आई थीं...लेकिन, उसके बाद फिर कहीं उससे मुलाक़ात ही नहीं हुई...लाल फ़ौजी तमाम अफ़सरों को मास्को ले गए हैं...कोई नहीं जानता कि इस वक़्त वह कहाँ है..."

परन्तु, इसके बाद एक सप्ताह बाद ही प्रोख़ोर-ज़िकोव तात्रारस्की आया। वह जख़्मी था और मिलेरोवो स्टेशन से गाड़ी पर लादकर लाया गया था।

अकसीनिया ने ख़बर सुनी तो गाय के थन से हाथ हटा लिया, बछड़ा छोड़ दिया और खुद रास्ते में सिर पर रूमाल बाँधती हुई प्रोख़ोर के अहाते की ओर, दौड़ती-सी लपकी। बीच में ख़्याल आया—प्रोख़ोर राज़ समझ लेगा...ख़ैर उसे तो समझना ही चाहिए। लेकिन—अगर कहीं उसने बताया कि ग्रिगोरी मर गया...तब...तब क्या करूँगी मैं...और, हर बढ़ते क़दम के साथ औरत के मन की आशंका बढ़ती गई और हाथ कलेजे को दबाते गए...

प्रोख़ोर उसे देखकर मुस्कुराया और अपना कटा हुआ हाथ पीठ के पीछे कर, उसे बड़े स्नेह से सोने के कमरे में ले आया। बोला—"कहो, अकसीनिया...प्रीवियत...तुम्हें जीता-जागता देखकर कितना खुश हूँ मैं ! हमने तो समझा कि तुम उस छोटे गाँव में ही चल बसीं...उफ़...किस तरह लेटी थीं तुम

वहाँ...कैसी ख़राब थी तुम्हारी तबीयत ! और, इसके बाद कैसे हसीन हो उठते हैं तुम्हारे जैसे लोग...मेरा मतलब है, टायफ़स के बाद ! लेकिन ज़रा देखो कि पोलों ने कैसी पच्चीकारी की है मेरी ! मौत ले जाए उन्हें !'' प्रोख़ोर ने अपनी ख़ाक़ी ट्यूनिक की आस्तीन में लगी गाँठ दिखलाई–''मेरी बीवी ने देखा तो इस तरह धाड़ें मार-मारकर रोई कि क्या कहो ! मगर, मैंने उससे कहा–इस तरह ढरका क्यों बहा रही हो...बिल्कुल बेवकूफ़ हो तुम ! लोग ऐसे भी तो होते हैं जिनके सिर धड़ से अलग हो जाते हैं, पर जो मुँह से उफ़् करके नहीं देते ! वैसे भी हाथ ऐसी चीज़ भी क्या है ! असली हाथ की जगह लकड़ी का हाथ आसानी से लगाया जा सकता है। इस पर मज़ा यह है कि लकड़ी का हाथ हो तो न सर्दी का डर, न कटने का खतरा। बेकार ख़ून बहने का सवाल ही नहीं उठता। बुरी बात सिर्फ़ यह है कि एक हाथ से काम लेना अभी तक मुझे आया नहीं। मुसीबत यह है कि पतलून के बटन बन्द नहीं कर सकता। कीएव से यहाँ तक बटन खुले-के-खुले ही रहे आए। बड़ी शर्म आई। इसलिए, कुछ कहीं गड़बड़ लगे तो तुम भी माफ करना। अरे, आओ...बैठो...मेरी मेहमानी कबूल करो, और मेरी बीवी जब तक आए, तब तक कुछ गपशप करो। मैंने ईसा की उस दुश्मन को वोद्का लेने को भेजा है। यानी, कहाँ तो एक हाथ लिए आदमी घर आया है, और कहाँ उसकी सेहत का जाम पीने के लिए भी घर में कुछ है ही नहीं ! आदमी कहीं चले जाएँ तो तुम तमाम औरतें यों ही रहती हो। मैं तुम लोगों को ख़ूब जानता हूँ...तुम लोग दुमदार शैतान हो, और तुम्हारी दुमें हमेशा गीली रहती हैं।''

''ज़रा यह तो बतलाओ कि...''

''मैं जानता हूँ...सबकुछ बतलाऊँगा तुम्हें।...उसने कहा है कि मैं उसकी तरफ़ से तुम्हारे सामने इस तरह झुकूँ।'' प्रोख़ोर मज़ाक करते हुए झुका, और आँखें ऊपर कीं तो ताज्जुब से बोला–''क्या कहने हैं...यह ख़ूब है। बेवकूफ़ हुई हो...रो क्यों रही हो ? तुम सब औरतें एक मिट्‌टी की बनी होती हो। यानी, आदमी मारा जाए तो रोओ और सही-सलामत घर आ जाए तो रोओ। पोंछो...आँसू पोंछो।...नोवोरोस्सिइस्क में हम दोनों कॉमरेड बुदयोन्नी की चौदहवीं घुड़सवार टुकड़ी में शामिल हो गए। ग्रिगोरी पैन्तेलेयेविच ने कम्पनी की–मेरा मतलब है कि स्क्वैड्रन की–कमान सँभाली। मैं तो अर्दली में रहा ही, फिर मार्च करते हुए हम कीएव पहुँचे। यानी, लड़की, हमने उन पोलों को छटी का दूध याद करा दिया। राह में ग्रिगोरी बोला--'मैं जर्मनों को मार चुका हूँ...तरह-तरह के ऑस्ट्रियनों पर भी तलवार आज़मा चुका हूँ...मैं नहीं समझता कि पोलों की खोपड़ियाँ कुछ ख़ास तरह की बनी होती हैं...मेरा ख़्याल है कि रूसियों के मुक़ाबले उन्हें काटकर फेंक देना कुछ ज़्यादा ही आसान होगा...क्यों, क्या ख़्याल है तुम्हारा ?' और मेरी तरफ़ देखकर उसने आँख मारी और हँसा। लाल फ़ौज में शरीक़ होते ही तो वह जैसे बिल्कुल बदल गया। हर वक़्त ख़ुश नज़र आने लगा और आख़्ता की तरह चमाचम करने लगा। लेकिन फिर ऐसा लगा कि आपस में खटपट हुए बिना रहेगी नहीं।...एक दिन मैंने मज़ाक में कहा–'बहुत हुआ, अब ज़रा रुककर सुस्ता लेना चाहिए माई-बाप कॉमरेड मेलेखोव साहब।'...इस पर वह आँखें नचाता हुआ बोला–'ख़त्म करो इस तरह का मज़ाक...वरना अच्छा न होगा।'...और उसी दिन शाम को उसने मुझे किसी काम से भेजा तो जाने कौन-सा भूत मेरी ज़बान पर बैठ गया कि मैंने फिर उसे माई-बाप और जाने क्या-क्या कह दिया...उफ़ इस पर उसने अपनी मॉज़र-बन्दूक उठा ली। चेहरा बिल्कुल सफ़ेद पड़ गया और भेड़िए के दाँतों की तरह दाँत निकल आए। दाँतों की कम-से-कम एक फ़ौजी टुकड़ी ही उसके मुँह में...मैं तो घोड़े के पेट के नीचे जा दुबका और फिर जान बचाकर निकल भागा...शैतान के हाथों मरते-मरते बचा उस दिन।''

''शायद छुट्‌टी में घर आएगा। अकसीनिया ने अटकते-अटकते कहा।

''इसका ख्याल दिमाग से निकालो। अब तो वह तब तक उन लोगों के साथ रहेगा जब तक कि उसके सारे पिछले गुनाह धुल नहीं जाएँगे। और यह वह करके दम लेगा। बेवकूफ़ी कुछ मुश्किल

तो होतीं नहीं। एक बार एक हमले के वक़्त वह हमें एक छोटे क़स्बे के ऐन क़रीब तक ले गया और मेरे देखते-देखते उसने वहाँ के चार उह्लानों को काटकर फेंक दिया...बँयहत्था तो वह बचपन का है, सो उसने दोनों तरफ़ से मज़ा चखाया उन्हें...लड़ाई के बाद, पूरी रेजीमेंट के सामने खुद बुदयोन्नी ने उससे हाथ मिलाया और उसका और पूरी रेजीमेंट का शुक्रिया अदा किया...ये कारनामे हैं इन दिनों तुम्हारे पैन्तेलेयेविच के।''

अकसीनिया की आँखें अचरज से चौंधिया उठीं...अपने आपे में न रही। होश उसे आया सिर्फ़ ग्रिगोरी के फाटक पर। दून्या बरसाती में दूध दुहती दीखी और सिर झुकाए-ही-झुकाए बोली—''खमीर लेने आई हो ? मैंने पहुँचा देने का वायदा किया था, पर बात दिमाग़ से ही उतर गई।'' परन्तु अकसीनिया की गीली आँखों और खुशी से चमकते चेहरे पर नज़र पड़ते ही वह सबकुछ समझ गई।

अकसीनिया ने अपना आग-सा भभकता चेहरा दून्या के कन्धे पर टिका दिया और खुशी से हाँफकर, फुसफुसाती हुई बोली—''ग्रिगोरी सही-सलामत है...बिल्कुल ठीक है...सबको याद किया है...जाओ...जाओ...और माँ से बतला दो।''

2

तातारस्की के जो कज़्ज़ाक श्वेत सेनाओं के साथ पीछे हटे, उनमें से कोई तीस गर्मी तक लौट आए। लौटनेवालों में ज़्यादातर रहे बूढ़े और सयानी उम्र के फ़ौजी। यानी बीमारों और जख़्मी लोगों के अलावा गाँव में जवान नज़र ही न आए। जवानों में से कुछ तो लाल सेना में रहे। बाक़ी रैंगेल-रेजीमेंटों में शामिल होकर क्रीमिया में वक़्त गुज़ारते और दोन के क्षेत्र पर नए सिरे से धावा बोलने की तैयारी करते रहे।

यों समझिए कि जो लोग गए उनमें से आधे से ज़्यादा कज़्ज़ाकों को तातारस्की की मिट्टी दुबारा देखने को न मिली। कुछ टायफ़स से मर गए, कुछ कुबान की आख़िरी मुठभेड़ में खेत रहे। कुछ मानीच के पार स्तेपी में जमकर बर्फ़ हो गए। दो को पार्टीज़ानों ने क़ैद किया तो फिर उनकी हवा भी न मिली। संक्षेप में यह कि गाँव के जाने कितने कज़्ज़ाक ग़ायब हो गए। औरतों की ज़िन्दगी दूभर हो गई। वे दिन-भर परेशानी और फ़िक्र से घुलती रहतीं, राह में पलकें बिछाए रहतीं। फिर शाम होती और वे चरागाहों से लौटती गायों को सड़क से बाड़ों में हाँकने जातीं तो आँखों पर हथेलियाँ रखकर काफ़ी दूर-दूर तक निगाहें दौड़ाती रहतीं। सोचतीं कौन जाने, शायद शाम की इस बकाइनी धुन्ध को चीरता कोई मुसाफ़िर इधर आता ही हो कि देर आयद, दुरुस्त आयद !...

और कोई कज़्ज़ाक बीमारी से टूटा, जुओं की सेना लिए, शरीर के नाम पर गिनती के हाड़ सहेजे, किसी दिन गाँव लौटता तो उसके घर में खुशियों का ठिकाना न रहता। हर तरफ़ चहल-पहल नज़र आने लगती। गर्द और धूल से काले फ़ौजी के लिए पानी गरम किया जाता। बच्चे अपने पिता का मुँह जोहने में एक-दूसरे से होड़ करते और उसकी हर हरकत आँखें फाड़-फाड़कर देखते। घर की मालकिन यानी उसकी पत्नी प्रसन्नता से आधी पाग़ल हो जाती, दौड़-दौड़कर खाने की मेज़ सजाती और सन्दूक से धुला हुआ जाँघिया निकालने को दौड़ती। लेकिन कपड़ा जाने कब का बदला उससे लेता कि फटा निकलता; और औरत उसकी मरम्मत करने बैठती तो काँपती हुई उँगलियों से सुई में तागा न डाला जाता। सुख के ऐसे अवसर पर, दूर से ही मालिक को पहचान लेने और उसका हाथ चाटते हुए ड्योढ़ी तक चले आनेवाले अहाते के कुत्ते तक को घर में बेरोकटोक आ जाने दिया जाता। प्लेटें-प्याले तोड़ देने, दूध बिखेर देने या ऐसी ही दूसरी ग़लतियाँ कर देने पर भी बच्चे बेदाग़ छूट जाते, और उन्हें डाँट तक न पड़ती। फिर, वह फ़ौजी साफ कपड़े भी न बदल पाता कि दूर-पास की तमाम औरतें घर में आ जमा होतीं, उससे अपने सगे-सम्बन्धियों की कुशल-क्षेम पूछतीं, और उसका

हर शब्द उत्कंठा और आशंका से भरकर सुनतीं। ज़रा देर बाद उनमें से कोई औरत निकलकर अहाते में आ जाती, और आँसुओं से तर चेहरा हथेलियों से ढँककर यों क़दम बढ़ाती, जैसे कि अन्धी हो और रास्ता न टिपता हो। फिर, किसी छोटे घर में कोई औरत अपने विधवापन पर विलाप करती और पतली आवाज़ों में बच्चे उसका साथ देते। इस तरह तातारस्की के एक घर में सुख आता तो दूसरे घरों के लिए दुःख-दर्द अपने साथ लाता।...

वह कज़्ज़ाक दाढ़ी बनाता और मूँछें तराशता तो उसकी उम्र जैसे घट जाती। फिर अगले दिन वह तड़के उठता, फ़ार्म का चक्कर लगाता और देखता कि कौन काम कहाँ एकदम ज़रूरी है। इसके बाद किसी शेड में या छायादार जगह में रन्दा सरसराता या कुल्हाड़ी खटखट करती तो जैसे नगाड़े की चोट पर कहती कि काम के दीवाने, मज़बूत, मर्दाने हाथोंवाला आदमी एक बार फिर अहाते में आया। लेकिन, जिस परिवार के पिता या पति के मरने की खबर मिलती वहाँ अटूट सन्नाटा और वीरानगी बरसती। पत्नी सदमे से गुमसुम होकर पड़ रहती और बच्चे उसे चारों ओर से घेरे रहते, यतीम बच्चे रातोंरात जैसे कि बूढ़े हो उठते।

इलीनीचिना जब भी किसी कज़्ज़ाक की वापसी की खबर सुनती, कहती—"लेकिन, मेरा ग्रिगोरी आख़िर कब घर आएगा ? दूसरे कज़्ज़ाक गाँव चले आ रहे हैं, मगर वह है कि उसका कुछ पता ही नहीं चलता।"

"जवान कज़्ज़ाकों को कोई नहीं आने देता...यह मामूली-सी बात तुम्हारी समझ में क्यों नहीं आती, माँ ?" दून्या खीझ से जवाब देती।

"जवान कज़्ज़ाकों को नहीं आने देते ? मगर फिर, तीख़ोन-जिरासिमोव को कैसे आने दिया ? वह तो ग्रीशा से भी छोटा है।"

"पर, वह तो जख़्मी है, माँ !"

"जख़्मी है...फु" इलीनीचिना आपत्ति करती—"मैंने कल उसे लुहारख़ाने के बाहर देखा...वह तो ऐसे उछल-उछलकर चल रहा था, जैसे कि परेड कर रहा हो। जख़्मी लोग इस तरह नहीं चलते।"

"वह जख़्मी हो गया था, पर अब तो ठीक हो रहा है।"

"मगर, हमारा ग्रिगोरी हज़ार बार जख़्मी नहीं हुआ क्या ? उसके तो बदन-भर में निशान-ही-निशान हैं...तुम्हारे ख़्याल से उसे ठीक-ठाक होने की ज़रूरत नहीं है ?"

दून्या अपनी माँ को समझाने की भरसक कोशिश करती कि फ़िलहाल ग्रिगोरी का इन्तजार करना बिल्कुल बेकार है। पर, इलीनीचिना से कुछ भी कहना मुश्किल हो जाता। वह बेटी को डाँट देती—"चुप कर, बेवकूफ़ कहीं की। मैं तुझसे कम नहीं जानती-समझती। अभी तू मुझे समझाने लायक़ नहीं हुई है। आख़िर मैं तेरी माँ हूँ...मेरा कहना है कि ग्रीशा को घर आना चाहिए...इसके मतलब हैं कि वह घर आएगा और ज़रूर आएगा...मैं तुझसे दिमाग़ लड़ाना नहीं चाहती।"

बुढ़िया बड़ी बेसब्री से बेटे का इन्तज़ार करती और जब-तब उसका नाम भी लेती रहती। मीशात्का जब भी उसकी बात न मानता, वह उसे धमकाती—"बन्दर कहीं का...रुक जा...ज़रा आने दे अपने बाप को...मैं उससे तेरी शिकायत करूँगी, और वह क़ायदे से तेरे कान गरम करेगा।"

इलीनीचिना जब भी खिड़की से देखती और उधर से गुज़रती किसी भी गाड़ी में कोई कज़्ज़ाक घर आता दीखता, तो वह कहती—"देखो, वह भी गाँव लौट आया, मगर हमारे ग्रिगोरी को तो जैसे किसी ने हमेशा-हमेशा के लिए कोठरी में बन्द कर रखा है।..."

बुढ़िया ने ज़िन्दगी-भर तम्बाकू को हाथ न लगाया था, और सिगरेट वग़ैरा पीनेवालों को उसने हमेशा बावर्चीख़ाने से बाहर निकाल दिया था; पर इस माने में भी उसमें अब ख़ासा रद्दोबदल नज़र आता। अक्सर ही दून्या से कहती—"जा, और ज़रा प्रोख़ोर को बुला ला...आकर यहाँ बैठे, एक सिगरेट पिए...यहाँ से मुर्दानगी की बू तो निकले। वैसे तो ग्रीशा के आने पर ही अब यह घर कज़्ज़ाकों के

घर-सा लगेगा।''

इलीनीचिना हर दिन फालतू खाना पका लेती और खाने के बाद पातगोभी का शोरबा बटलोई में भरकर स्टोव पर रख देती। दून्या इसका कारण पूछती तो ताज्जुब से आँखें फैलाकर कहती—''क्यों, शोरबा क्यों नहीं रखना चाहिए मुझे ? अरे, मेरा ग्रीशा अगर कहीं से घर आ जाएगा तो उसे फ़ौरन ही खाने को कुछ-न-कुछ तो गरम तैयार मिलेगा। यह न रहेगा तो जब तक कोई चीज़ पकाई जाएगी तब तक उसे भूखा रहना पड़ेगा !...''

ऐसे-ही-ऐसे एक दिन दून्या ख़रबूज़ के खेत से लौटी तो उसे बावर्चीख़ाने की कील में भाई का पुराना कोट और बदरंग, लाल पट्टीवाली चोंचदार टोपी लटकी नज़र आई। उसने माँ की तरफ़ प्रश्न-भरी दृष्टि से देखा तो माँ ने करुणा से अधिक अपराध की-सी भावना से मुस्कुराते हुए कहा—''ये चीज़ें मैंने बक्से से निकाल ली हैं, दून्या ! अहाते से अन्दर आकर इन्हें देखती हूँ तो घर कुछ ज़्यादा घर-सा लगता है...लगता है जैसे कि ग्रीशा लौट आया है...''

दून्या ग्रिगोरी से सम्बन्धित इन बे-सिर-पैर की बातों से आख़िरकार ऊब गई और ज़्यादा बर्दाश्त न हुआ तो एक दिन माँ पर बरस पड़ी—''माँ, हमेशा एक ही चीज़ के बारे में बातें करते-करते तुम थकती नहीं ! तुम्हारी बकबक से जान हलाकान हो गई। जब देखो तब ग्रीशा...ग्रीशा...ग्रीशा, और बस !''

''अपने बेटे के बारे में बातें करने से भला क्यों थकूँगी मैं ? ज़रा रुको, तुम्हारे बच्चे हो जाएँ...तब पता चलेगा तुम्हें...'' इलीनीचिना ने शान्त भाव से जवाब दिया, ग्रिगोरी की टोपी और कोट अपने कमरे में ले गई, और फिर कई दिन तक बेटे का नाम उसकी ज़बान पर नहीं आया। पर, घास की तैयारी के थोड़ा पहले दून्या से बोली—''मैं ग्रीशा का नाम लेती हूँ तो चिढ़ती है तू...पर, उसके बिना हम जिएँगे कैसे...ख़ुद तेरे दिमाग़ से वह उतरा है कभी, बुद्धू कहीं की ! अब घास काटने का वक़्त आ रहा है, लेकिन घर में कोई ऐसा नहीं है जो और कुछ न करे तो हँसिए की धार तो तेज़ कर दे !...ज़रा देख कि घर की हर चीज़ किस तरह चौपट हो रही है और हमारे साधे कुछ भी नहीं सध रहा है...अरे, मालिक बाहर रहता है तो घर का ज़र्रा-ज़र्रा रोता है उसके लिए।''

दून्या कुछ नहीं बोली। उसने फ़ौरन की समझ लिया कि माँ खेती-बारी के मसलों से परेशान नहीं, बल्कि ये तो सिर्फ़ बहाने हैं। इनके सहारे वे ग्रिगोरी की चर्चा कर अपने दिल का बोझ हल्का करती हैं।...फिर, बेटे के लिए इलीनीचिना की कलप और भी बढ़ गई और उसके छिपाए यह राज़ छिपा नहीं। एक दिन शाम को उसने खाने से इनकार कर दिया तो दून्या ने पूछा—''क्यों, तबीयत तो ठीक है माँ ?''

जवाब मिला—''मैं बूढ़ी हूँ...मेरा दिल कचोटता है ग्रीशा के लिए...अब तो मन ऐसा उचाट रहता है कि किसी चीज़ से नहीं बहलता...दुनिया काटने लगी है जैसे !''

लेकिन, उस परिवार के अहाते का मालिक बनकर ग्रिगोरी नहीं आया...आया कोई और !

घास की कटाई के ज़रा पहले मीशा-कोशेवाइ मोर्चे से लौटा। रात उसने दूर के रिश्तेदारों के यहाँ बिताई। अगले दिन सवेरे मेलेख़ोव-परिवार से मिलने आगा। इलीनीचिना खाना पकाने में लगी रही कि हल्के से दरवाज़ा खटखटाने और कोई जवाब न पाने के बाद वह बावर्चीख़ाने में दाख़िल हुआ और टोपी उतारकर मुस्कुराते हुए बोला—''कहो...इलीनीचिना चाची...तुम्हें मेरे आने की उम्मीद तो नहीं थी न ?''

''प्रीवियत...मगर तुम कौन हो मेरे कि मुझे तुम्हारे आने की उम्मीद हो ?'' इलीनीचिना के कोशेवोइ के चेहरे की तरफ़ नफ़रत से देखते हुए, रुखाई से कहा।

मीशा इस स्वागत से ज़रा भी परेशान न हुआ और बोला—''आख़िरकार हम एक-दूसरे के जान-पहचानी तो हैं ही !''

"हाँ, बस, जान-पहचानी ही हैं।"

"और, इतना मेरे यहाँ आने के लिए काफ़ी है। मैं यहाँ आकर रहने तो आ नहीं रहा।"

"ऐसी खुशी का दिन मेरी क़िस्मत में न हो तभी अच्छा !" इलीनीचिना ने कहा और आगन्तुक की परवाह न कर फिर से खाना पकाने में लग गई।

मीशा ने उसके शब्दों की अनसुनी कर, बावर्चीख़ाने में चारों तरफ़ नज़र दौड़ाई और बोला–"मैं तो आया कि चलूँ, देख आऊँ, तुम लोग सही-सलामत और ठीक-ठाक तो हो, एक साल से ज़्यादा हुआ यहाँ आए।"

"हमें ऐसी कोई याद भी नहीं आई तुम्हारी !" इलीनीचिना ने बर्तन कोयलों पर एक जगह से दूसरी जगह रखते हुए, तुनककर कहा।

इस बीच दून्या सोने के कमरे में अपने बाल ठीक करती रही। मीशा की आवाज़ कानों में पड़ी तो उसका चेहरा पीला पड़ गया और उसने हाथ पीट लिए। हिलने की हिम्मत न हुई। वहीं बेंच पर बैठ गई और पूरी बातचीत कान लगाकर सुनने लगी। इस बीच कभी उसके गालों पर लाली दौड़ गई तो कभी नाक के ऊपर, छोटी-छोटी सफ़ेद लकीरें खिंच गईं। उधर मीशा, बावर्चीख़ाने में, पहले तो ज़ोर-ज़ोर से चहलक़दमी करता रहा, पर बाद में बैठ गया। कुर्सी चरमरा उठी। उसने सिगरेट निकाली और दियासलाई जलाई। तम्बाकू की महक सोने के कमरे में उड़ आई।

"सुना कि पैन्तेली मर गया ?"

"हाँ..."

"और, ग्रिगोरी ?"

इलीनीचिना कुछ देर तक चुप रही और फिर न चाहते हुए भी बोली–"ग्रीशा लाल फ़ौजियों के साथ है और उसकी टोपी पर भी वैसा ही सितारा है जैसा तुम्हारी टोपी पर..."

"यह तो उसकी टोपी पर कभी का लग जाना चाहिए था।"

"अपना काम वह जाने।"

और, मीशा की आवाज़ में उत्सुकता घुल उठी। पूछा–"और, येवदोकिया-पैन्तेलेयेवना कहाँ है ?"

"कपड़े बदल रही है...तुम बहुत तड़के आ गए...शरीफ़ लोग इतने सवेरे किसी के यहाँ नहीं जाया करते।"

"कभी-कभी मजबूरी से भी ग़लत काम करने पड़ते हैं...मैं दून्या से मिलना चाहता था और इसीलिए इस तरह आ गया। इसमें 'इस वक़्त' और 'उस वक़्त' का फ़ैसला मैं क्यों करने बैठता ?"

"उफ़्...मिखाइल...मुझे बेकार ग़ुस्सा न दिलाओ।"

"मैं तुम्हें ग़ुस्सा कैसे दिला रहा हूँ, चाची ?"

"इसी सबसे।"

"किस इसी सबसे ?"

"यानी अपनी इस बातचीत से।"

दून्या ने मीशा की लम्बी आह सुनी तो फिर अधिक सहन न हुआ। वह उछलकर खड़ी हुई, अपनी स्कर्ट ठीक की और बावर्चीख़ाने में आई। मीशा खिड़की के पास बैठा दीखा, और उसके हाथ की सिगरेट ख़त्म होती नज़र आई। वह इतना दुबला-पतला और ज़र्द था कि मुश्किल से ही पहचान में आया। परन्तु दून्या को देखते ही उसकी आँखें खुशी से चमक उठीं और उसके चेहरे पर हल्की लाली दौड़ गई। तेज़ी से उठते हुए भर्राए गले से बोला–"अच्छा...तुम आ गईं...'दोब्रए-ऊत्रा' (गुड-मॉर्निंग)।"

"दोब्रए-ऊत्रा," दून्या ने बहुत ही धीरे से जवाब दिया।

इलीनीचिना ने बेटी को सिर से पैर तक देखते हुए हुक्म दिया–"जाकर पानी ले आ..."

और, दून्या चली गई तो मीशा बड़े धैर्य से उसके लौटने की प्रतीक्षा करता रहा। चुप वह भी रहा, पर आख़िरकार सिगरेट के सिरे को उँगलियों से मसलता हुआ बोला—"तुम मुझसे इस तरह नाराज़ क्यों हो, चाची ! मैंने तुम्हारा कुछ नुक़सान किया है या क्या बात है ?"

इलीनीचिना इस तरह एकदम मुड़ी, जैसे कि बिच्छू ने डंक मार दिया हो। बोली—"तुम यहाँ आते हो तो तुम्हारी रूह तुम्हें कचोटती नहीं ? आँखों की शर्म बिल्कुल ही धोकर पी गए हो तुम ? फिर, मुझसे इस तरह के सवाल करने का तुम्हारा हिआव भी होता है ! क़ातिल हो तुम !"

"क़ातिल कैसे हूँ मैं ?"

"पक्के क़ातिल हो, असली ! प्योत्र को आख़िर किसने मारा ? तुम्हीं ने न ?"

"हाँ !"

"ठीक...तो, उसके बाद फिर रह क्या जाता है, और, अब तुम यहाँ आते हो हम लोगों से मिलने...और इस तरह आकर बैठते हो जैसे कि...।" इलीनीचिना की आवाज़ फँस गई और वह चुप हो गई। फिर, अपने को साधती हुई बोली—"मैं उसकी माँ ही तो हूँ न ? तुम कुछ और समझते हो ?...तुम मुझसे आँखें किस दिल से मिलाते हो...कैसे हिम्मत पड़ती है तुम्हारी ?"

मीशा का चेहरा पीला पड़ गया। इस विषय के उभरकर सामने आने की तो उसे आशा भी थी। सो, खीझ के कारण अटकते हुए बोला—"ऐसी कोई वजह नहीं है कि तुमसे आँखें मिलाने में शर्म आए मुझे। मान लो कि मैं प्योत्र के हाथ आ जाता, तो प्योत्र क्या करता ? तुम्हारा ख़्याल है कि वह मुझे चूमता ? वह मुझे मार डालता। हम उन पहाड़ियों पर नाच-नाचकर एक-दूसरे को चूमने के लिए जमा हुए थे क्या ? किया क्या जाए, लड़ाई होती ही इसलिए है।"

"और, कोरशुनोव को किसलिए मारा था ? चुपचाप ज़िन्दगी बितानेवाले बूढ़ों को मारना भी लड़ाई का ही एक हिस्सा है क्या ?"

"क्यों नहीं है लड़ाई का ही एक हिस्सा ?" मीशा ने आश्चर्य से कहा—"बेशक यह भी लड़ाई है ! मैं चुपचाप ज़िन्दगी बितानेवाले इन बूढ़ों को ख़ूब जानता हूँ। ये चुपचाप ज़िन्दगी बितानेवाले बूढ़े अपने पतलून हाथों से थामे अपने-अपने घरों के अन्दर बैठे रहते हैं, मगर नुक़सान मोर्चे के लोगों से ज़्यादा पहुँचाते हैं। बातूनी ग्रीश्का जैसे बूढ़ों ने ही तो कज़्ज़ाकों को हमारे ख़िलाफ़ उकसाया और उभारा। इन्हीं की बदौलत तो यह सारी लड़ाई छिड़ी। किसने बगावत की हमारे ख़िलाफ़ ! इन्हीं लोगों ने...इन्हीं चुपचाप ज़िन्दगी बितानेवाले लोगों ने। और, तुम हो कि क़ातिल मुझे कहती हो ! पहले तो मैं किसी मेमने या सूअर को भी मार न पाता था और न ही आज मार पाऊँगा। दूसरे लोग हैं जो जानवरों को हलाल कर देते हैं। मैं तो ऐसे मौक़ों पर अपने कान बन्द कर लेता हूँ और आँखें मूँद लेता हूँ...ज़्यादातर तो हट जाता हूँ ऐसी जगह से !"

"मगर हमारे रिश्तेदार..."

"तुम और तुम्हारे रिश्तेदार..." मीशा ने गुस्से के बीच में ही बात काट दी—"तुम्हारे उस रिश्तेदार से हमें उतना ही फ़ायदा पहुँचा, जितना बकरे से किसी को दूध मिलता है। हाँ, नुक़सान उसने ख़ासा पहुँचाया। मैंने उसे बाहर निकल आने को कहा, मगर वह बाहर नहीं आया तो ठौर-की-ठौर ढेर कर दिया गया। मुझे बड़ा गुस्सा आता है इन पर...इन बूढ़े शैतानों पर ! मैं गुस्से में न हूँ तो किसी बकरी के बच्चे पर भी हाथ नहीं उठा सकता...मगर, माफ़ करना, तुम्हारे रिश्तेदार जैसों की बात हो तो, गिनती किए बिना, गाजर-मूली की तरह काटता जा सकता हूँ। मेरे हाथ वैसे बेकार हैं, मगर ऐसे दुश्मनों के मामले में ऐसे सधे हुए हैं कि कुछ न पूछो !"

"तुम्हारी पत्थरदिली ने ही उन्हें हड्डी-हड्डी बनाकर छोड़ दिया है।" बुढ़िया ने ज़हर उगला—"मेरा ख़्याल है कि तुम्हारी रूह काट रही है तुम्हें ?"

"मैं नहीं मानता यह बात !" मीशा मुलायम पड़ते हुए मुस्कुराया—"उस बूढ़े बक्की जैसे लोगों

के लिए मेरी रूह मुझे नहीं कोसती...मुझे तो बुख़ार ने तोड़ दिया, वरना मैं तो, माँ...।''

''मुझे माँ न कहो !'' इलीनीचिना गरम हो उठी—''तुम किसी कुतिया को माँ कहकर पुकारो !''

''देखो, मेरी माँ को कुतिया न कहो।'' मीशा ने गम्भीर होते और क्रोध से आँखें तरेरते हुए कहा—''अपनी हद में रहो...हद से बाहर हो जाओगी तो मुझसे बर्दाश्त न होगा...लेकिन, एक बात तुमसे मैं ज़रूर कहना चाहता हूँ चाची, और, वह यह कि तुम्हें प्योत्र को लेकर मुझसे बिगड़ना नहीं चाहिए। उसने मुँहमाँगी मुराद पाई।''

''तुम क़ातिल हो...क़ातिल ! निकल जाओ यहाँ से...तुम्हें देखने से मेरी आँखों में दर्द होता है।'' इलीनीचिना ने कड़ाई से कहा।

मीशा ने एक दूसरी सिगरेट जलाई और शान्त भाव से पूछा—''अच्छा, तुम्हारे एक दूसरे रिश्तेदार का नाम लूँ, यानी मीत्का-कोरशुनोव का ज़िक्र करूँ...क्या राय है तुम्हारी, वह क़ातिल नहीं है ? और, ख़ुद तुम्हारा ग्रिगोरी क्या है ? अपने दुलारे बेटे के मामले में तुम्हारा मुँह तो शायद ही खुले...मगर वह असली क़ातिल है और इस बात में ज़र्रा बराबर झूठ नहीं है।''

''बकवास बन्द करो।''

''बकवास करने की आदत तो मैंने जाने कबकी छोड़ दी ! लेकिन बतलाओ न कि क्या है तुम्हारा ग्रिगोरी ? हमारे कितने आदमियों को उसने दुनिया से रुख़्सत कर दिया, तुम्हें पता है ? असली बात यह है ! अगर तुम लड़ाई में हिस्सा लेनेवाले हर आदमी को इसी नाम से पुकारना चाहोगी तो मैं कहूँगा कि हम सब क़ातिल हैं ! सवाल तो यह है कि हम किसे मारते हैं और क्यों मारते हैं''...मीशा ने ज़ोर देकर कहा।

इलीनीचिना चुप हो गई, पर मेहमान को वहाँ से हटने का नाम भी लेते न देखा तो सख़्ती से बोली—''अच्छा, बहुत हुआ ! मेरे पास तुमसे बात करने को वक़्त नहीं है। बेहतर हो कि तुम जाओ अपने घर !''

''मेरा कोई एक घर थोड़े ही है...मेरे घर उतने ही हैं, जितने कि किसी ख़रगोश के पास सोने के कमरे !''

यानी, मीशा ऐसी बातों से डरने और ऐसी लानत-मलामतों से घबरानेवाला कहाँ था ! मन से इतना कमज़ोर कहाँ था कि एक क्रुद्ध बुढ़िया के अपमानजनक वाक्यों से डगमगा जाता। वह दून्या के मन के प्यार को समझता था, उसके दिल में अपनी जगह जानता था, और इसीलिए उस बुढ़िया-सहित उसे किसी चीज़ की कोई परवाह न थी।...

अगले दिन वह फिर दून्या के यहाँ आया और उसने इलीनीचिना का अभिवादन यों किया, जैसे कुछ हुआ ही न हो। इसके बाद खिड़की के पास बैठ गया और दून्या का चलना-फिरना, उठना-बैठना सबकुछ ग़ौर से देखने लगा।

इलीनीचिना ने भी अभिवादन के जवाब में कुछ नहीं कहा और बरस ऊपर से पड़ी—''तुम बहुत ज़्यादा आते हो हमारे यहाँ !''

दून्या का चेहरा तमतमा उठा। उसने क्रोध से जलती नज़र अपनी माँ पर डाली और फिर, बिना कुछ बोले, आँखें नीची कर लीं। मीशा बदले में मुस्कुरा उठा। बोला—''मैं तुमसे मिलने नहीं आता चाची इलीनीचिना...तुम्हें डरने की कोई ज़रूरत नहीं।''

''तुम्हारे हक़ में बेहतर यही होगा कि तुम अब इधर का रास्ता ही बिल्कुल छोड़ दो, निकाल दो दिमाग़ से !''

''मगर, यहाँ नहीं आऊँगा तो और कहाँ जाऊँगा मैं ?'' मीशा ने गम्भीर होते हुए पूछा—''तुम्हारे अज़ीज़ मीत्शा की मेहरबानी से दुनिया में अकेला रह गया हूँ, और मैं कोई भेड़िया तो हूँ नहीं कि झोंपड़ी में अकेले पड़ा रहूँ ! चाची, तुम्हें अच्छा लगे और चाहे बुरा, मगर मैं तो यहाँ आऊँगा और

बराबर आऊँगा।" उसने कहा और पैर फैलाकर आराम से बैठ गया।

इलीनीचिना ने उसे बहुत ही घूरकर देखा। लेकिन, आम तरीक़े से घर से निकाल बाहर कर देना बहुत आसान न लगा। आदमी के भारी-भरकम शरीर, सिर साधने के ढंग और होंठों के जमाव ने चिल्ला-चिल्लाकर चुगली खाई कि आदमी ज़िद्दी और अड़ियल है।...

लेकिन, फिर वह चला गया तो इलीनीचिना ने बच्चों को अहाते में भेज दिया और दून्या की ओर मुड़कर बोली–"देख, उससे कह दे कि वह दुबारा यहाँ क़दम न रखे, समझी ?"

दून्या ने बिना पलक झपकाए अपनी माँ की ओर देखा तो उसकी आँखें मेलेखोव-परिवार के हर आदमी की आँखों की तरह ही क्रोध से जलने लगीं। लड़की ने आँखें आक्रोश से सिकोड़ीं और जैसे हर शब्द दाँत से काटते हुए बोली–"नहीं...ऐसा नहीं होगा...वह यहाँ आएगा और ज़रूर आएगा...तुम उसे रोक नहीं सकतीं। वह ज़रूर आएगा।" और, अपने को सँभालने में असमर्थ पाकर उसने अपना मुँह हाथों से ढँक लिया और दौड़ती हुई बाहर बरसाती में निकल गई।

इलीनीचिना खिड़की के पास बैठी बहुत देर हाँफती, चुपचाप सिर हिलाती और अनदेखती आँखों से दूर स्तेपी को देखती रही। उसकी निगाह सचमुच वहाँ जमी रही, जहाँ धूप के साए में खड़े चिरायते के पौधों की गोट ज़मीन को आसमान से अलग करती रही।

...इसके बाद माँ और बेटी में बोलचाल न हुई कि शाम से ज़रा पहले दोन के किनारे की सब्ज़ियों की एक क्यारी में, गिरी हुई बाड़ के पास दोनों चुपचाप बैठी दीखीं। सहसा ही मीशा आया और दून्या के हाथ से फावड़ा लेते हुए बोला–"ये गड्ढे तो बहुत ही कम गहरे हैं...हवा का एक भी तेज़ झोंका आया कि तुम्हारी यह बाड़ उड़ी।" और, इतना कहकर वह खुद गुड्ढे गहराने लगा। फिर बाड़ जमाई, खम्भे साधे और चला गया।

अगले दिन सवेरे उसने दो नए हेंगे और एक पचांगुर का हत्था लाकर मेलेख़ोव परिवार की बरसाती में खड़ा कर दिया और इलीनीचिना का अभिवादन करने के बाद काम की बात करते हुए बोला–"चरागाह की घास काटने का इरादा नहीं है क्या ? और लोग कभी के दोन के पार पहुँच गए ?"

इलीनीचिना कुछ नहीं बोली। उसकी जगह दून्या बोली–"नदी के पार जाने को कुछ नहीं है हमारे यहाँ...पतझर के दिनों से हमारी नाव छानी में पड़ी है और उसका हर तख़्ता सूखकर ऐंठ गया है।"

"तुम्हें बहार के वक़्त उसे पानी में डाल देना चाहिए था।" मीशा ने भर्त्सना-सी की। "इसके छेद बन्द कर दिए जाएँ, क्या ख़्याल है ? नाव के बिना तो काम चलेगा नहीं..."

दून्या ने आज़िज़ी से अपनी माँ की तरफ़ देखा और सोचा कि माँ कुछ कहेगी। पर इलीनीचिना बाक़ायदा गारा सानती रही और यों बनी रही जैसे कि उस बातचीत का उससे कोई सम्बन्ध ही न हो।

"नाव खींचने को थोड़ी रस्सी होगी घर में ?" मीशा ने होंठों-ही-होंठों मुस्कुराते हुए पूछा।

दून्या मालख़ाने में गई और दोनों हाथों में भरकर पटुआ ले आई। अब मीशा ने दोपहर के खाने के समय तक नाव ठीक-ठाक कर दी और बावर्चीख़ाने में आकर बोला–"लो, नाव मैंने नदी में उतार दी है...अब वह पानी सोखेगी...मगर उसे किसी पेड़ के तने से बाँध दो, वरना कोई लेकर चलता बनेगा।" फिर, उसने पूछा–"क्यों चाची, घास की कटाई कैसी चल रही है ? कहो तो हाथ बँटा दूँ...इस समय वैसे भी खाली हूँ।"

"उससे पूछो।" इलीनीचिना ने दून्या की ओर देखकर सिर हिलाया।

"मैं तो घर की मालकिन से पूछ रहा हूँ..."

"कौन कहेगा कि इस घर की मालकिन मैं हूँ।"

दून्या फूट पड़ी और सोने के कमरे में भाग गई।

"ठीक...तो मैं हाथ बटाऊँगा।" मीशा ने अपनी ओर से फ़ैसला दिया—"बढ़ईगीरी के औज़ार कहाँ रखे हैं ? एक नया हेंगा बना दूँ...यहाँ के पुराने हेंगे बेकार लगते हैं मुझे !"

और, वह शेड में चला गया और सीटी बजाते हुए हेंगे के लिए दाँते तैयार करने लगा। नन्हा-मुन्ना मीशात्का नाच-नाचकर आग्रह से उसकी आँखों में आँखें डालने लगा। बोला—"मीशा चाचा, एक छोटा-सा हेंगा बना दो...कोई नहीं बनाता मेरे लिए। हेंगा बनाना न दादी जानती हैं और न बूआ। तुम्हीं बना सकते हो। बहुत अच्छा बनाते हो तुम।"

"मैं बना दूँगा तुम्हारे लिए, मीशात्का...ऊपरवाले की क़सम, ज़रूर बना दूँगा, मगर ज़रा दूर हटकर खड़े हो...ऐसा न हो कि लकड़ी उछलकर तुम्हारी आँख में गिरगिरा जाए।" कोशेवोइ ने हँसते हुए कहा और आश्चर्य से सोचने लगा—'उफ़, लड़का कितना मिलता है अपने बाप से ! पुराने साँचे की असली नई नकल है ! वैसी ही आँखें हैं...वैसी ही भौंहें हैं और वैसे ही गोल होंठ हैं...ग्रिगोरी का कमाल तो है यह !"

और, मीशा छोटा हेंगा बनाने लगा, पर काम पूरा भी न कर पाया कि उसके होंठ नीले पड़ गए और उसका पीला, तमतमाया हुआ चेहरा एकदम उतर गया। उसने सीटी बन्द कर दी, हाथ का चाकू नीचे रख दिया और अपने कन्धे यों सिकोड़े जैसे ठंड लग रही हो।

मीशात्का से बोला—"मिख़ाइल-ग्रिगोरिच, ज़रा मुझे कोई बोरा या ऐसी ही कोई दूसरी चीज़ ला दो...थोड़ा लेटना चाहता हूँ।"

"लेकिन क्यों ?" बच्चे ने उत्सुकता से पूछा।

"मैं बीमार होना चाहता हूँ।"

"लेकिन, क्यों ?'

"उफ़, तू तो बर्र की तरह पीछे पड़ जाता है...क्यों क्या, मेरे बीमार होने का वक़्त आ गया है, और बस, जा...जाकर जल्दी से ले आ कुछ।"

"लेकिन, मेरा हेंगा नहीं बनाओगे ?"

"बाद में बना दूँगा।"

मीशा का बदन सिर से पैर तक कँपकँपाने लगा और उसके दाँत कटकटाने लगे। इस बीच बच्चा बोरा ले आया तो वह उस पर पड़ रहा और फिर टोपी उतारकर उसने अपना चेहरा उससे ढँक दिया।

"तुम सचमुच बीमार हो गए हो क्या ?" मीशात्का ने निराशा-भरे स्वर में पूछा।

"हाँ भाई, तबीयत ख़राब हो गई है।"

"लेकिन, तुम काँप क्यों रहे हो ?"

"बुख़ार आ गया है।"

"पर तुम्हारे दाँत क्यों बज रहे हैं ?"

मीशा ने टोपी के नीचे से एक आँख से परेशान मीशात्का को देखा, हल्के से मुस्कुराया और सवालों के जवाब देना बन्द कर दिया। मीशात्का घबराहट से उसे घूरता रहा और फिर घर के अन्दर भाग गया। बोला—"दादी...दादी...मीशा चाचा छानी में पड़े हैं...सारा बदन काँप रहा है और दाँत कटाकट बज रहे हैं।"

इलीनीचिना ने खिड़की से बाहर नज़र दौड़ाई, मेज़ के पास गई और जाने क्या सोचती रही। बच्चा उसकी आस्तीन से सटते हुए बेसब्री से बोला—"तुम कुछ बोलतीं क्यों नहीं, दादी ?"

इलीनीचिना उसकी ओर मुड़ी और दृढ़ता से बोली—"मुन्ने, कम्बल ले ले और ईसा के उस दुश्मन को ओढ़ने के लिए दे आ। जूड़ी आ गई है, इसीलिए काँप रहा है...जूड़ी एक तरह की बीमारी होती है...कम्बल उठ जाएगा तुझसे ?" वह फिर खिड़की के पास गई, अहाते को एकटक देखती रही और जल्दी-जल्दी बोली—"ठहर...ठहर ज़रा...कम्बल की कोई ज़रूरत नहीं है।"

इस बीच दून्या ने कोशेवोइ को भेड़ की अपनी खाल से ढँक दिया और उस पर झुककर कुछ कहने लगी। फिर, दौरा ख़त्म हो गया तो मीशा दिन-भर घास-कटाई की तैयारी करता रहा। साफ है कि जूड़ी ने उसे झकझोरकर रख दिया। उसकी हर हरक़त से कमज़ोरी टपक रही थी। फिर भी उसने मीशात्का के लिए छोटा-सा हेंगा बना ही दिया।

शाम को इलीनीचिना ने खाना पकाया, बच्चों को लाकर मेज़ के किनारे बैठाया और दून्या की तरफ़ देखे बिना बोली—"जा और बुला ला उसे खाने को...क्या नाम है उसका..."

दून्या गई और बुला लाई तो वह बिना क्रॉस बनाए मेज़ के किनारे आ बैठा। उसका बदन थकान से गठरी बना रहा। पीले चेहरे पर छिटकी पसीने की बूँदों से थकान टपकती रही और खाने के लिए चम्मच मुँह तक ले जाते समय उसका हाथ काँप गया। उसने बीच-बीच में चारों तरफ़ देखते हुए जैसे-तैसे, बेमन से थोड़ा-बहुत खाया। परन्तु, यह देखकर इलीनीचिना के आश्चर्य का ठिकाना न रहा कि जब भी उस 'क़ातिल' की निगाह मीशात्का पर पड़ी, उसकी आँखें ख़ुशी से चमकने लगीं, उनसे ममता और प्यार की चिनगारियाँ फूटने लगीं और होंठों के सिरों पर मुस्कान थिरकने लगी। फिर, उसने अपनी निगाह उधर से हटा ली और अन्यमनस्कता का बादल एक बार फिर उसके चेहरे पर उतर आया।

इलीनीचिना ने उसकी निगाहें बचाकर बार-बार देखा तो बीमारी के कारण वह उसे बहुत ही दुबला और कमज़ोर लगा। भूरी गर्दन-भरी ट्यूनिक के नीचे से गले की हड्डियाँ झाँकती रहीं। कन्धे दबे से रहे, हड्ड उभरे-से दीखे और बच्चों की-सी पतली गर्दन में टेंटुआ बड़ा ही भद्दा लगा। यानी, इलीनीचिना ने उस क़ातिल के लचे हुए बदन और मोम-से चेहरे को जितना ही अधिक देखा, उसका मन अन्दर-ही-अन्दर उतना ही अधिक कलपा, जैसे कि कोई ख़ुद उसके कलेजे के टुकड़े-टुकड़े किए डाल रहा हो। फिर, जिस व्यक्ति को वह इतनी घृणा करती थी...उसके लिए उसके अन्तर् में सहसा ही एक अयाचित करुणा उभरी। यह ऐसी मातृ-सुलभ करुणा रही जो मज़बूत-से-मज़बूत औरत को भी लचा ही देती है। और, इलीनीचिना इस नई भावना को किसी तरह दबा न पाई। उसने तश्तरी भर दूध मीशा की तरफ़ खिसकाया और बोली—"पी लो...उस नीली छतरीवाले के लिए पी लो...तुम इतने कमज़ोर दीखते हो कि मेरा तो जी घबराता है...दूल्हा बनने के सपने देख रहे हो...कैसे शानदार लगोगे उस वक़्त !"

3

गाँव के लोग कोशेवोइ और दून्या के बारे में कानाफूसी करने लगे। एक दिन घाट के पास एक औरत यों ही दून्या से मिली तो साफ़-साफ़ हँसी उड़ाते हुए बोली—"मिख़ाइल को मज़दूरी पर रख लिया है क्या ? जब देखो तब अहाते में ही नज़र आता है !"

इस पर दून्या ने घर लौटकर माँ से बड़ी आरज़ू-मिन्नत की और उसे बड़ा मनाया कि उस उसे मीशा से शादी करने की अनुमति दे दे। पर, बुढ़िया ने एक हठ पकड़ा कि पकड़ा। बोली—"तुम चाहे जितना कहो...मैं तुम्हें उससे शादी करने की इजाज़त हरगिज़ नहीं दूँगी...मेरा दिल तुम्हें दुआएँ कभी नहीं देगा।"

लड़की ने कोई और रास्ता न देखा तो अपनी चीज़बस्त बटोरने लगी। बोली—"ठीक है...मैं जाकर, बिना शादी के ही, उसके साथ रहूँगी।" अब तो बुढ़िया के हाथों के तोते उड़ गए और मजबूरन उसे अपना इरादा बदलना पड़ा। घबराकर कहने लगी—"ज़रा होश की बातें कर ! इन बच्चों को अकेले कैसे सँभालूँगी मैं ? तू चाहती है कि हम सब मर जाएँ ?"

"यह तो तुम अच्छी तरह समझ सकती हो, माँ ! लेकिन, मैं गाँव-भर की हँसी का निशाना नहीं

बन सकती।" दून्या ने अपनी क्वाँरी उम्र की चीज़ें बक्से से बाहर फेंकते हुए शान्त भाव से कहा।

इलीनीचिना होंठ फड़फड़ाते हुए मौन खड़ी रही। फिर बहुत देर बाद देव-मूर्तियोंवाले कोने की ओर यों बढ़ी, जैसे कि पैर मन-मन-भर के हो उठे हों। वहाँ देवताओं के सामने झुकते हुए फुसफुसाई–"ख़ैर बेटी...जो तेरा मन कहे, वही कर...अगर यही तेरे दिमाग़ में है तो यही सही... ऊपरवाला तेरे सिर पर मदद का हाथ रखे..."

दून्या ख़ुशी से खिल उठी और हवा की तेज़ी से झुकी। माँ ने आशीष दी और काँपती हुई आवाज़ में बोली–"मेरी मरहूम माँ ने इसी देवता से दुआ दिलाई थी मुझे...आह...काश कि तेरे पापा तुझे देखते इस वक़्त...याद है, एक बार उन्होंने क्या कहा था तेरे होनेवाले आदमी के बारे में...नीली छतरीवाला ही जानता है कि फ़िलहाल क्या गुज़र रही है मुझ पर..." बुढ़िया मुड़कर बाहर बरसाती में चली गई।

उसके बाद मीशा ने बड़ी कोशिश की और उसे तरह-तरह से समझाया-मनाया, पर लड़की ने ज़िद पकड़ी सो पकड़ी, और एक ही रट लगाए रही कि शादी होगी तो गिरजे में ही होगी। आख़िरकार हज़ार दाँत पीसने के बाद भी, मीशा को उसकी बात माननी पड़ी। उसने मन-ही-मन दुनिया की हर चीज़ को पानी पी-पीकर कोसा और ब्याह की तैयारी यों की, जैसे कोई फाँसी का फन्दा गले में डालने को तैयार हो। फिर वह दिन भी आया। फ़ादर-विसेरियान ने गिरजे में रात को चुपचाप सारा संस्कार पूरा करा दिया, तरुण दम्पत्ति को बधाई दी और उपदेश देते हुए बोला–"सोवियत-कॉमरेड-जवान, देखा तुमने, ज़िन्दगी किस तरह करवटें बदलती है। पारसाल तुमने अपने हाथ से मेरे घर में आग लगाई, उसे आग की लपटों के हवाले कर दिया, और आज मैंने कराई है तो तुम्हारी शादी हुई है। कहा है न कि कुएँ में कभी न थूको, तुम्हें प्यास लग सकती है, और उसके पानी की ज़रूरत पड़ सकती है। ख़ैर, छोड़ो...मुझे ख़ुशी है और दिली ख़ुशी है कि तुम सही रास्ते पर आ लगे हो और तुमने ईसा का गिरजा अपना लिया है।"

मीशा को आख़िरी ठोकर लगी। वैसे भी वह अपने मन की कमज़ोरी पर बहुत लज्जित और अपने-आपसे बहुत नाराज़ था। पर, अब उससे बिल्कुल न रहा गया तो उसने जलती हुई नज़र से पादरी को देखा और दून्या को बचाते हुए धीरे से बोला–"अबे लम्बी अयाल के शैतान, क़िस्मतवर था कि उस वक़्त गाँव से भाग निकला, वरना तेरे घर के साथ तुझे भी जलाकर राख कर दिया होता मैंने ! बात तेरी समझ में आई या नहीं ?"

मीशा की इस आकस्मिक चोट से पादरी आश्चर्य से अवाक् रह गया और पलकें झपकाते हुए उसे एकटक देखता रहा। पर वह अपनी जवान बीवी की आस्तीन को कसकर थामते हुए सख़्ती से बोला–"आओ चलें !" और, अपने फ़ौजी बूट बजाता हुआ दरवाज़े की ओर बढ़ा।

शादी बहुत ही ख़ुश्क रही। न वोद्का का कोई दौर चला, और न गाने हवा में गूँजे। इस अवसर पर best man की भूमिका अदा करनेवाले प्रोख़ोर-ज़िकोव ने अगले दिन अकसीनिया से उसकी शिकायत की और ज़मीन पर बार-बार थूकते हुए बोला–"पूछो मत, कैसी शानदार शादी रही ! गिरजे में मिखाइल ने पादरी को जाने क्या कह दिया कि उसके जबड़े उखड़कर गिरने-गिरने को हो गए और बाल-बाल बचे ! और, जानती हो कि खाने को हमें क्या मिला ? तन्दूरीफ़ाख़्ता और दही...और बस ! काश कि शैतान के बच्चों ने वोद्का की दो-चार बूँदें ही दे दी होतीं ! अरे, ग्रिगोरी-पैन्तेलेयेविच होता तो देखता कि उसकी बहन की शादी किस तरह हुई। अरे, वह होता तो अपना सिर थामकर बैठ जाता ! नहीं, अकसीनिया, बहुत हुआ...अब मैं इन नए छोकरे-छोकरियों की शादी में कभी न जाऊँगा। मैं तो कहता हूँ कि उससे ज़्यादा हँसी-ख़ुशी तो कुत्ते की शादी के मौक़े पर देखी जाती है...वे कम-से-कम एक-दूसरे के बाल तो नोचते हैं और इस नाते कुछ चीख़-पुकार और कुछ शोर-शराबा तो होता है। लेकिन, इन कम्बख़्तों की शादी में न शराब पीने को मिली और न हाथापाई देखने को मिली। इन गुनाहगारों पर और गुनाह चढ़े ! शादी के बाद मेरा दिमाग़ तो ऐसा ख़राब हुआ कि रात-भर नींद

नहीं आई। और सवेरे तक सारा बदन यों खुर-खुर करता रहा, जैसे किसी ने कमीज़ के नीचे मुट्ठी-भर पिस्सू डाल दिए हों..."

कोशेवोइ मेलेख़ोव-परिवार में आकर जमा कि फिर दिनों-दिन चीज़ों की शक्लें बदलती गईं। उसने देखते-देखते बाड़ ठीक-ठाक की, गाड़ी में लाद-लादकर घास खलिहान में पहुँचाई, उसकी टालें लगाईं और टालों के ऊपर सफ़ाई के छप्पर डाले। बोआई का वक़्त आया तो उसने एक नया चबूतरा बनाया, बोआई की मशीन में पाल लगाए, ओसाई के लिए मेहनत से ज़मीन साफ की, ओसाई की पुरानी मशीन ठीक की और घोड़े की काठी की मरम्मत की। यही नहीं, उसने मन-ही-मन बैलों की जोड़ी बदलने के मंसूबे बाँधे और कई बार दून्या से कहा—"सुनो, हमें एक घोड़ा ख़रीदना चाहिए...इन बैलों की जोड़ी को हाँको तो ऐसा लगता है कि खेतों के बजाय किसी को दफ़न करने के लिए क़ब्रगाह चले जा रहे हैं।"

ऐसे-ही-ऐसे गोदाम में उसके हाथ सफ़ेद और नीले रंग का एक टीन लग गया तो उसने घर की, उम्र से सफ़ेद सारी झिलमिलियाँ रँग डालने का फ़ैसला किया और रँग डाला। बस, तो मेलोख़ोव-परिवार का मकान जवान हो उठा और अपने पहले दिन के नीले चौखटों की याद दिलाने लगा।

मीशा बड़ा ही मेहनती किसान साबित हुआ और बुख़ार के बावजूद उसने क्षण-भर को भी काम की चीज़ें हाथ से नीचे नहीं रखीं। दून्या ने उसका हर काम में भरसक हाथ बँटाया।

फिर, दाम्पत्य जीवन के कुछ दिनों के अन्दर-ही-अन्दर उसका हुस्न निखर उठा और उसके कन्धे और कूल्हे चौड़ा उठे। उसके आँखों, चाल-ढाल और बाल बाँधने के ढंग तक में एक नयापन झलकने लगा। उसकी चाल का अब तक का भद्दापन, तबीयत का बचपन और चंचलपन पर लगाकर जाने कहाँ उड़ गया। अब वह प्रतिक्षण मुस्कुराती, स्थिर-चित्त से अपने पति के चेहरे को निहारती, और अपने चारों ओर घटती हर चीज़ से पूरी तरह बेख़बर रहती।...जवानी की ख़ुशी के पास आँखें होतीं भी तो नहीं।...

पर इलीनीचिना इधर जिस अकेलेपन की शिकार हो गई थी, वह दिनों-दिन बढ़ती गई। जिस घर में उसने पूरी ज़िन्दगी गुज़ार दी थी, वहीं अब वह अपने को ग़ैर-ज़रूरी पाने लगी। दून्या और मीशा यों मेहनत करते रहे जैसे कि किसी नई जगह वे कोई नया बसेरा तैयार कर रहे हों। वे इलीनीचिना से कुछ भी न पूछते और फ़ार्म में कुछ नया जोड़ना-घटाना चाहते तो उसकी रज़ामन्दी ज़रूरी न समझते। यही नहीं, वे बुढ़िया से बात करते तो मोह के दो शब्द भी उनकी ज़बान पर न आते। मेज़ पर खाना खाने को बैठते तो उससे इधर-उधर की बातें करते रहते।

नतीजा यह हुआ कि रह गई एक अकेली बुढ़िया और रह गए उसके मन को कचोटनेवाले उदासी से भरे विचार। वह बेटी की ख़ुशी को अपनी ख़ुशी न मान पाई। घर में एक अजनबी का रहना उसे बराबर खला और उस नए आदमी को यानी अपने दामाद को वह अपना कभी न समझ पाई। ख़ुद ज़िन्दगी उसके लिए एक बोझ बन गई। एक साल के अन्दर इतने सारे अपनों के धरती से उठ जाने और स्वयं जिए जाने के कारण वह जैसे टूट गई। सचमुच ऐसी बूढ़ी हो गई कि उसे देखकर सहज ही दया आने लगी। अब तक इतना दुःख भोगने की वजह से अब उसमें और सहने की शक्ति न बची। ऊपर से मन में दहशत बनी रहने लगी कि मौत ने घर का दरवाज़ा देख लिया है तो अभी क्या है, अभी तो जाने कितनी बार वह डेरा डालेगी यहाँ ! दून्या के मामले में मन से समझौता कर लेने के बाद अब केवल एक हसरत उसे दिन-रात सताने लगी कि ग्रिगोरी आए, वह उसके बच्चे उसे सौंप दे और फिर हमेशा-हमेशा को आँखें मूँद ले...इतनी जीतोड़ ज़िन्दगी बिताने के बाद अब तो आराम का उसका अधिकार भी था...

गर्मी के दिन अनन्त रूप से खिंचते रहे। सूरज दमकता रहा और ताप बढ़ता गया। परन्तु इलीनीचिना के मन में उष्णता भरने में वह भी अपने को असमर्थ पाने लगा। वह घंटों, आस-पास

की हर चीज़ से बेख़बर धूप से भरी सीढ़ियों पर बैठी रहती, और पहले की तरह घर में इधर-उधर, फुर्ती से दौड़-धूप करती कभी न दीखती। कुछ करने-धरने का उसका मन ही न होता। सबकुछ उसे बेकार, ग़ैर-ज़रूरी और नक़ली-नक़ली-सा लगता। वैसे अब पहले की-सी ताक़त भी बदन में उसे महसूस न होती। अक्सर मशक़्क़त के घट्टों से भरे हाथ वह देखती और सोचती–'ख़ैर, मेरे यह हाथ अपने हिस्से का काम कर चुके...अब तो दम लेना ही चाहिए...अपनी ज़िन्दगी मैं जी चुकी...बहुत जी चुकी...अब तो सिर्फ़ अपने ग्रीशा को अपनी आँखों से एक बार और देख लूँ और...बस...।'

सो, अपनी पुरानी तेज़ी और स्फूर्ति का अनुभव उसे एक ही बार और हुआ, वह भी थोड़ी ही देर को। एक दिन व्येशेंस्काया से लौटते समय प्रोख़ोर वहाँ आया और दूर से ही चीख़ा–"कुछ खिला-पिला रही हो इलीनीचिना दादी ? तुम्हारे बेटे की चिट्ठी लाया हूँ मैं।"

बुढ़िया पीली पड़ गई और सदा की भाँति इस बार भी, किसी अशुभ समाचार के बिना वह उस पत्र की भी कल्पना न कर पाई। पर प्रोख़ोर ने चिट्ठी पढ़कर सुनाई तो इसमें आधे से ज़्यादा कज़्ज़ाक और घर के प्राणियों के लिए प्यार-दुलार की बातें निकलीं और अन्त में यह ख़बर सुनने को मिली कि पतझर के समय गाँव आने की कोशिश करूँगा।...इलीनीचिना प्रसन्नता से अवाक् रह गई और गुड़ियों के-से आँसू पलकों से बह-बहकर गाल की झुर्रियों में आ अटकने लगे। उसने अपना सिर झुकाया और अपनी आस्तीन और खुरदरी हथेली से उन्हें पोंछा। पर, आँसू कि जैसे रुकना उन्होंने जाना ही नहीं। ऐप्रन पर टपाटप यों झरने लगे जैसे कि मूसलाधार पानी बरस रहा हो।

पर, प्रोख़ोर को सिर्फ़ औरतों का रोना पसन्द न था, बल्कि वह तो उसे किसी तरह सुहाता ही न था। इसीलिए क्रोध से त्योरी चढ़ाते हुए बोला–"क्या गत तुमने अपनी बना ली है, दादी ? तुम्हारी जैसी औरतों की आँखों में जाने कितना पानी बेकार होता है ! तुम्हें तो रोने के बजाय खुश होना चाहिए।...अच्छा...मैं तो चला। अलविदा ! तुम्हें इस शक्ल में देखना मेरे लिए कोई बहुत ख़ुशी की बात नहीं।"

इलीनीचिना ने आँखें पोंछीं और उसे रोका–"तुम इतनी अच्छी खबर लेकर आए हो तो तुम्हें इस तरह कैसे जाने दे सकती हूँ मैं ? ज़रा ठहरो...कुछ थोड़ा-सा खा-पी लो।" बुढ़िया ने बक्से से, बहुत दिनों की रखी एक बोतल निकाली।

प्रोख़ोर ने बैठकर अपनी मूँछों पर हाथ फेरा और पूछा–"तो इतनी प्यारी ख़बर के नाम पर मेरे साथ एक घूँट पियोगी नहीं तुम ?" मगर इसके साथ ही चिन्ता से न जाने किस ज़बान से मुँह से यह बात निकल गई–"अब भी वह साथ ही बैठ जाएगी और बोतल है कि उसमें होंठ भिगोने-भर को भी वोद्‌का नहीं..."

परन्तु इलीनीचिना ने इनकार कर दिया। उसने चिट्ठी मोड़ी और देवमूर्तिवाली टाँड के ऊपर रख दी। लेकिन दूसरे ही क्षण कुछ सोचा। एक क्षण तक उसे हाथों में लिए रही और फिर अपने सीने से लगाकर उसे ऐप्रन के अन्दर रख लिया।

दून्या खेत से लौटी तो उसने पत्र बार-बार पढ़ा। आख़िर मुस्कुराई और आह भरकर बोली–"उफ़्...काश कि वह जल्दी आ जाता...तुम तो पहले जैसी बिल्कुल ही नहीं रही हो, माँ !"

इलीनीचिना ने पत्र बेटी से लिया, फिर अपने सीने में दुबकाकर रखा और मुस्कुराकर ख़ुशी से चमकती हुई आँखों से बेटी की ओर देखती हुई बोली–"मैं तो अब इतनी अनचाही हो गई हूँ कि मुझे देखकर कुत्ते तक नहीं भोंकते। लेकिन मेरा सबसे छोटा बेटा है जिसने अपनी माँ को याद किया है। कैसी चिट्ठी लिखी है उसने ! लिखा है मैं तुम्हारे क़दमों में झुकता हूँ माँ ! बच्चों की भी याद की उसने...तुम्हारा ज़िक्र करना भी तो नहीं भूला है, दून्या !...लेकिन, तुम हँस किस बात पर रही हो ?...तुम बेवकूफ़ हो...बिल्कुल बेवकूफ़ हो।"

"माँ, अब क्या हँस भी नहीं सकती मैं ? लेकिन तुम जा कहाँ रही हो ?"

"मैं आलू की खुदाई करने के लिए बाग जा रही हूँ।"

"मैं खुद यह काम कर लूँगी...तुम नहीं न जाओ। कहाँ तो तुम तबीयत ख़राब होने की बात करती रहती हो, और कहाँ तुमने अपने लिए काम भी ढूँढ़ लिया !"

"नहीं, मैं जाऊँगी...मैं बहुत खुश हूँ और थोड़ी देर बिल्कुल अकेली रहना चाहती हूँ।" इलीनीचिना ने बात सीधे-सीधे मान ली और जवान औरतों की तरह तेज़ी से रूमाल सिर में बाधा।

रास्ते में अकसीनिया को देखने को रुकी, तो पहले तो शोभा के ख़्याल से इधर-उधर की बातें करती रही, बाद में पत्र निकाला और बोली–"मेरे बेटे ने चिट्ठी भेजी है...अपनी माँ का कलेजा ठंडा कर दिया है...छुट्टी में घर आने को लिखा है...लो, पढ़ो और मुझे भी सुनाओ...एक बार और सुन लूँ।"

इसके बाद अकसीनिया को अक्सर ही वह पत्र इलीनीचिना को पढ़कर सुनाना पड़ा। बुढ़िया जब-तब भी शाम को आ धमकी, रूमाल में लिपटा पीला लिफ़ाफ़ा सावधानी से निकाला और आह भरकर बोली–"पढ़ो इसे अकसीनिया...आज दिल पर कुछ बोझ-सा है। मैंने सपने में बचपन का अपना ग्रीशा देखा...बिल्कुल उस शक्ल में सामने आया जिस शक्ल में पढ़ने को जाता था।"

फिर होते-होते वक़्त के हाथों पत्र के शब्द धुँधले हो चले और दो-चार तो पढ़ने में भी नहीं आने लगे। लेकिन इससे अकसीनिया के लिए कोई अन्तर न पड़ा, क्योंकि बार-बार पढ़कर सुनाने के कारण पूरी-की-पूरी चिट्ठी उसे लगभग ज़बानी याद हो गई। नतीजा यह कि कागज़ चिन्दी-चिन्दी हो गया तो भी पहली पंक्ति से अन्तिम पंक्ति तक अविकल सुना देने में किसी तरह की कोई कठिनाई कभी अनुभव न हुई।

पर, पत्र आने के पन्द्रह दिन बाद इलीनीचिना की तबीयत काफ़ी ख़राब हो गई। दून्या खलिहान में बझी रही और बुढ़िया ने उसे काम से काटना उचित न समझा। पर, खाना पकाना उसके लिए अकेले मुमकिन न रहा तो एक दिन बेटी से बोली–"आज मुझसे उठा नहीं जा रहा...घर का कामकाज तुम अकेले ही देख लो।"

"क्यों, तबीयत कुछ ज़्यादा ख़राब हो गई है, माँ ?"

इलीनीचिना ने अपनी समीज़ की सिलवटें दूर करते हुए आँखें नीची किए-ही-किए जवाब दिया–"बदन का जोड़-जोड़ जवाब दे रहा है, जैसे कि अन्दर-ही-अन्दर कोई सब कुछ चूर-चूर किए डाल रहा हो। जब मैं जवान थी तो तुम्हारे पापा बौखला उठते थे और मुझ पर इस्पाती मुट्ठियाँ बरसाने लगते थे...फिर मैं हफ़्तों ऐसे पड़ी रहती थी, जैसे कि बदन में जान ही नहीं रह गई हो। बिल्कुल वैसा ही लग रहा है इस वक़्त भी...बदन की हड्डी-हड्डी टूटती मालूम हो रही है।"

"मिख़ाइल को डॉक्टर के लिए भेजूँ ?"

"क्या ज़रूरत है डॉक्टर की ? उठ ही जाऊँगी जैसे-तैसे !" और दूसरे दिन वह सचमुच उठी और निकलकर अहाते में आई। पर, शाम होते-होते फिर जाकर पलंग पर लेट रही। उसका चेहरा थोड़ा सूज गया, और आँखों के नीचे पानी नज़र आने लगा। रात को कई बार उसने तकियों की टेक लगाकर हाथों के सहारे उठने की कोशिश की और लम्बी-लम्बी साँसें लेने लगी। अक्सर साँस मुश्किल से आई। लेकिन, फिर साँस बदस्तूर आने लगी और वह पीठ के बल आराम से लेट गई। यही नहीं, बिस्तर से उठी भी और कई दिन उसने शान्ति से बिताए। मगर, पूरी दुनिया जैसे उससे अलग-थलग रही और उसने हर तरह अकेले रहना चाहा। ऐसे में अकसीनिया आई तो उसने उसके सवालों के जवाब बहुत उल्टे-सीधे दिए और चली गई तो जैसे सचमुच चैन की साँस ली। बच्चे बाहर खेलते रहे और दून्या ने उसे आकर अपनी बातों से हलाकान किया तो उसने बड़ी ही प्रसन्नता और सन्तोष का अनुभव किया, जैसे कि उसे किसी की हमदर्दी या सान्त्वना की आवश्यकता ही न रही, जैसे कि ज़िन्दगी का एक-एक क्षण दोहराना ही उसका एक काम हो गया। वह घंटों, बिना हिले-डुले,

आँखें मूँदे पड़ी रही और अपनी सूजी हुई उँगलियों से रह-रहकर कम्बल की सलवटें समेटती रही। गुज़रे हुए वर्ष-माह-दिन आए और उसकी निगाहों के आगे से गुज़र गए।”

अचरज ही समझिए कि बुढ़िया की इतनी लम्बी ज़िन्दगी इतनी छोटी और बेचारा हो उठी, उसे इस तरह सताने और घोटने लगी और याद उसके एक बड़े हिस्से से कतराने लगी। पर जाने क्यों उसकी सारी स्मृति और सारे विचार मात्र ग्रिगोरी के चारों तरफ़ चक्कर काटने लगे। शायद इसलिए कि लड़ाई के इन सारे वर्षों में वह उसके लिए चिन्तित रही थी, क्षण-भर को भी उसे उसकी चिन्ता से छुटकारा न मिला था और उसकी ज़िन्दगी का एक सहारा वही था...शायद इसलिए कि बेटे और पति की कसक में वक़्त के साथ वह टीस न रह गई थी, वे उसे अब कभी-कभी याद आते थे और उसे अपने और उनके बीच धुँधलाई धुन्ध का एक सागर ठाठें मारता लगता था।...

अपनी जवानी के दिन, अपनी शादी के लमहे याद आए तो जैसे उसने उन्हें टोका कि नहीं, मुझे तुम्हारी ज़रूरत नहीं...ये मील के पत्थर हैं जो बहुत पीछे छूट गए हैं और इनसे अब न मुझे ख़ुशी होती है, न चैन मिलता है।...जब भी अतीत सामने आकर खड़ा हुआ, वह गम्भीर और अविचलित रही। पर, अपना 'नन्हा-मुन्ना' जब भी कल्पना में आया, चित्र की एक-एक रेखा स्पष्ट हो उठी। इसके साथ ही हर बार उसके दिल की धड़कनें तेज़ हो गईं, गले में कुछ आकर अटक-अटक गया। चेहरा सफ़ेद पड़ गया और वह काफी देर तक बेहोश पड़ी रही। पर होश आते ही फिर अपने छोटे बेटे की बात सोचने लगी और उसे भुलाए न भूली।

एक दिन वह अपने सोने के कमरे में पड़ी रही कि बाहर दोपहर का सूरज दमका। आसमान के दाएँ सिरे पर सफ़ेद बादल हवा के कन्धों पर चढ़कर, आँखों में चकाचौंध पैदा करनेवाले नीलम के सागर की लहरों पर शान से तैरने लगे। दम घोंटनेवाले सन्नाटे का तार निंदासी टिड्डियों की सर-सर से टूटने लगा। बाहर, खिड़की के ऐन नीचे घर की नींव से सटी घास अब तक हरी दीखी और यहीं टिड्डियाँ अपना अड्डा जमाए रहीं। इलीनीचिना ने उनका अनन्त संगीत सुना, कमरे के अन्दर धँस आई घास की बास से अपनी साँस खींची और क्षण-भर को एक सपना उसकी पलकों पर उतर आया। सपने में उसने देखा अगस्त की धूप में तपता स्तेपी का मैदान, गेहूँ की सुनहरी खूँटियाँ और पेड़की के रंग की धुन्ध में नहाया, चमचमाता नीला आसमान।...

उसने साफ़-साफ़ देखे चिरायते के पौधों से पटे मैदान के बीच चरते बैल, गाड़ी और गाड़ी के ऊपर तनी कनात। उसने स्पष्ट सुने टिड्डियों के सर्राटे और अनुभव की चिरायते की तेज़, तीखी महक...देखा तो ख़ुद अपने को पाया हसीन, जवान...बदन कि हर तरफ़ से भरा हुआ...गई पड़ान की तरफ़ तो नीचे की खूँटियों ने पौलियाँ पकड़-पकड़ लीं, हवा ने स्कर्ट से सटे ब्लाउज़ का पसीना सुखा दिया और गर्दन जैसे झुलसा-झुलसा दी। गाल धूप से तमतमा उठे और दिमाग़ की नसों में उमड़ते ख़ून के कारण कान सनसनाने लगे। एक हाथ से उसने दूध से भरी, भारी छातियाँ साधीं, बच्चे की सिसकियाँ सुनकर क़दम तेज़ किए और आगे बढ़ते-बढ़ते ब्लाउज़ के बटन खोले।...

उसने गाड़ी के नीचे लटकते झूले से साँवले ग्रीशा को उठाया तो गर्मी से ख़ुश्क होंठ काँपे और उन पर मुस्कान दौड़ गई। माँ ने क्रॉस के पसीने से तर तागे को दाँत से एक तरफ़ करते हुए जल्दी-जल्दी छाती बच्चे के मुँह में दी और भिंचे दाँतों के बीच से बोली—"मेरे राजा...मेरे नन्हे-मुन्ने बेटे...मेरे हुस्न...तेरी माँ ने तुझे भूख से तलझा डाला..." ग्रीशा ने अब भी सुबकते हुए दूध पीना शुरू किया और अपने छोटे-छोटे दाँत छाती की घुंडी में गड़ा दिए। और पास ही खड़ा, काली मूँछोंवाला जवान पिता हँसिए पर धार धरता दीखा। माँ ने झुकी पलकों से उसकी मुस्कान देखी। गर्मी के कारण साँस लेना दूभर लगा और पसीना भौंहों से बह-बहकर, बूँद-बूँद कर गालों पर आने लगा।...और उसके देखते-देखते रोशनी मद्धिम हुई...फिर और मद्धिम हुई...फिर और मद्धिम हुई।...

बुढ़िया का सपना टूटा। उसने आँसुओं से नहाए चेहरे पर हाथ फेरा और फिर जड़-सी बनी पड़ी

रही। बीच-बीच में उसकी साँस फँस-फँस गई और जब-तब ही उसे दिखलाई पड़ने पर भी कुछ भ न दीखा, जैसे कि देखने की ताक़त किसी ने छीन ली हो।

उस दिन रात गए दून्या और उसका पति सोने को चले गए तो बुढ़िया बची-खुची ताक़त जुटाक उठी और अहाते में आई।

उधर अकसीनिया अपनी गाय की तलाश में बाहर गई थी। गाय दूसरी गायों से अलग होक इधर-उधर हो गई थी। सो, वह लौटी तो उसने इलीनीचिना को धीरे-धीरे, डगमगाते क़दमों से खलिहा की ओर बढ़ते देखा, तो अचरज में पड़कर सोचने लगी--'बीमारी तो है, यह वहाँ क्या करने चल जा रही है ?' फिर, चोरी-चोरी मेलोख़ोव-परिवार के खलिहान के पास की बाड़ की ओर बढ़ी औ वहाँ पहुँचकर अन्दर झाँककर देखा।

आसमान से पूनों का चाँद धरती पर चाँदी बरसाता रहा और हवा स्तेपी की ओर से बह-बहक आती रही। पुआल की एक टाल की घनी छाया नंगी, पत्थर के रोलर से बराबर की गई ज़मीन प पड़ती रही। इलीनीचिना दोनों हाथों से बाड़ का सहारा लिए स्तेपी में दूर-दूर तक नज़र दौड़ाती रही मैदान में घास काटनेवालों के अलाव की आग दूर के छोटे-से सितारे-सी लौ देती रही, और यह सितार जैसे कि पहुँच के बाहर लगा। इलीनीचिना के सूजे हुए चेहरे पर निलहरी चाँदनी की भरपूर छूट दीख और सफ़ेद बालों की लट काले शॉल से बाहर झाँकती नज़र आई।

बुढ़िया बहुत देर तक सँवराते स्तेपी को एकटक देखती रही और फिर ग्रीशा को इस तरह धीं से आवाज़ देने लगी, जैसे कि वह कहीं आसपास ही हो—"ग्रीशा बेटे !...मेरे दुलारे बेटे !"

फिर एक क्षण तक चुप रहने के बाद, एक दूसरी खोखली नीची आवाज़ में बोली—"मेरे हाड़ मांस...मेरी रगों के ख़ून !"

अकसीनिया टीस और आशंका की अवर्णनीय भावना से काँप उठी, बाड़ से पीछे हटी और अप घर की ओर चल दी।

उस रात इलीनीचिना ने समझ लिया कि अब दिन क़रीब हैं...मौत सिरहाने खड़ी है।...दूसरे दि तड़के उसने ग्रिगोरी की कमीज़ बक्से से निकाली और तह कर अपने तकिए के नीचे रख ली। सा ही उसने क़ब्र के दूसरे कपड़े और चलती बिरिया पहनाई जानेवाली कमीज़ भी सहेजकर धर दी

सवेरा होने पर सदा की तरह ही दून्या माँ के कमरे में गई तो इलीनीचिना ने ग्रिगोरी की कमीज तकिए के नीचे से सावधानी से निकाली और बिना कुछ बोले, चुपचाप उसकी तरफ़ बढ़ा दी।

दून्या ने आश्चर्य से पूछा—"यह क्या है ?"

बहुत ही धीमी आवाज़ में जवाब मिला—"ग्रीशा की कमीज़ है...अपने आदमी को दे दो...क दो इसे पहन ले...पुरानी कमीज़ पसीने से गल गई होगी।"

दून्या ने माँ की काली समीज़, कमीज़ और बुने हुए कपड़े के स्लीपर यानी आख़िरी सफ़र क सभी चीज़ें पास ही रखी देखीं और उसका चेहरा पीला पड़ गया।

"ये तमाम चीज़ें तुमने क्यों जमा कर रखी हैं, माँ ? ईसा के लिए इन्हें हटा दो यहाँ से ! ऊपरवाल रहम करे...अभी तुम्हें मरने को बहुत दिन हैं !"

"नहीं, मेरा वक़्त आ गया है बेटी !" इलीनीचिना फुसफुसाई—"मेरी पारी आ गई है...बच्चों क फ़िक्र रखना...ग्रिगोरी के आने तक उनकी पूरी देखरेख करना...मुझे साफ़ नज़र आ रहा है कि मैं उ वक़्त तक चलने से रही !...अरे नहीं, उस वक़्त तक मैं जी नहीं सकती..."

दून्या से आँसू छिपाने के लिए इलीनीचिना ने मुँह दीवार की तरफ़ कर लिया और चेहरा रूमाल से ढँक लिया।...

और फिर तीन दिन बाद उसने शरीर छोड़ दिया। उसकी हमउम्र औरतों ने उसे नहलाया, क़ब्र के कपड़े पहनाए और सोने के कमरे की मेज़ पर लिटा लिया। शाम को अकसीनिया मृतात्मा क

अपनी श्रद्धांजलि अर्पित करने आई तो बुढ़िया को पहचानना कठिन हो गया—कहाँ वह गर्वीली बहादुर इलीनीचिना और कहाँ यह छोटे क़द की बुढ़िया ! अकसीनिया ने उसकी ठंडी पीली भौंह चूमी तो बालों की वही अक्खड़ लटें सफ़ेद रूमाल के नीचे से झाँकने लगीं। छोटे गोल कानों के सीप जवान औरत के-से मालूम हुए।...

अकसीनिया दून्या से पूछकर बच्चों को अपने घर ले आई। वे इस नई मौत से ऐसे डरे रहे कि उनके मुँह से बोल न फूटा, और अकसीनिया ने खाना खिलाकर साथ सुलाया तो दोनों उसकी दोनों बग़ल चिपट गए। इससे उसे बड़ा ही अजीब-अजीब लगा और अपने मन के राजा ग्रिगोरी की याद हो आई, पर अपने मन को दूसरी तरफ़ कर वह उन्हें बहलाने के लिए और दादी की याद भुलाने के लिए अपने बचपन की परियों की कहानियाँ सुनाने लगी। मजबूर यतीम वान्युश्का की कहानी उसने धीरे-धीरे यों कही जैसे कि साथ-ही-साथ गा भी रही हो—

...सुनो...सुनो, हंस राजा सुनो—
कैसे उजले पंख तुम्हारे !—
मुझे इनके सहारे ले चलो।
दूर...बहुत दूर...
वहाँ जहाँ मेरा देश है...
मेरा बड़ा दुलारा देश है...

और कहानी ख़त्म भी न हुई कि बच्चों की पलकों पर नींद उतर आई। मीशात्का एक किनारे होकर कन्धे पर चेहरा टेककर सो गया। अकसीनिया ने बच्चे का सिर सहारे से सीधा कर दिया। सहसा ही किसी ने उसका दिल अपने हाथों में लेकर इस तरह ऐंठा कि उसका गला रुँध गया। फिर वह इस तरह फूट-फूटकर रोई कि सिर से पैर तक सारा बदन सिहर-सिहर उठा। लेकिन अपने आँसू पोंछने के लिए भी वह नहीं हिली, क्योंकि ग्रिगोरी के बच्चे उसकी बाँहों में थे, और उसके हिलने-डुलने से उनकी नींद टूट जाने का डर था...

4

इलीनीचिना की मौत के बाद मीशा घर का पूरा मालिक बन गया। ऐसे में स्वभावतया उसे और मेहनत करनी चाहिए थी। फ़ार्म को नए ढंग से सँवारना चाहिए था, उसे बढ़ाना चाहिए था, पर ऐसा हुआ नहीं, उल्टे मीशा की दिलचस्पी दिन-ब-दिन घटती गई। अब तो वह शाम होते ही बरसाती में निकल जाता और रात के तीसरे पहर तक वहीं बैठा धुआँ उड़ाता रहता—किसी सोच-विचार में डूबा रहता। होते-होते पति का यह परिवर्तन दून्या से भी अनदेखा न रहा। अक्सर तो उसके आश्चर्य का ठिकाना न रहा और वह मन-ही-मन विस्मय में पड़ गई—'यह आख़िर हुआ क्या ? अभी थोड़े ही दिनों पहले की बात तो है कि काम करता था तो इसे तन-बदन की सुध न रहती थी। मगर अब तो यह जब-तब ही, एकाएक बिना किसी ख़ास वजह के हाथ की कुल्हाड़ी या रन्दा ज़मीन पर रख देता है, और आराम करने लगता है !...'

फिर जाड़े की राई की बोआई शुरू हुई, तो भी यही हुआ। मीशा खेत के एक-दो चक्कर लगाने के बाद बैल रोक देता। अपने लिए सिगरेट रोल करता और फिर जुती हुई ज़मीन पर बैठकर बहुत-बहुत देर तक कश खींचता रहता। रह-रहकर उसके माथे पर बल पड़ते रहते।

पर उत्तराधिकार में अपने पिता की व्यवहारबुद्धि पानेवाली दून्या अक्सर ही चिन्तित हो उठती। सोचती—'आदमी कुछ चला नहीं...लगता है कि या तो यह बीमार है, या अब हाथ-पैर हिलाना नहीं चाहता...ऐसे आदमी से शादी की है कि मुसीबत ही नज़र आती है ! मैं और आस-पास के दूसरे लोग

इसके लिए जैसे अजनबी हो उठे हैं। आधे दिन धुआँ उड़ाता है...आधे दिन इधर-उधर मटरगश्ती करता है...पूरा दिन ग़ायब...काम में हाथ लगाने की नौबत ही नहीं आती। तो मुझे इसे परेशान तो नहीं करना चाहिए। पर घुमा-फिराकर बात ज़रूर करनी चाहिए कि अगर तुमने इसी तरह मेहनत की तो घर की ज़रूरतें तो पूरी होने से रहीं।'

बस तो एक दिन बड़े ही नपे-तुले ढंग से दून्या ने उससे पूछा—''मीशा, तुम तो अब बिल्कुल दूसरे ही नज़र आते हो...बुख़ार कुछ ज़्यादा हलाकान कर रहा है क्या ?''

''बुख़ार...बुख़ार से क्या मतलब ? बुख़ार के अलावा भी तो हज़ार बीमारियाँ यहाँ जान को लगने को हैं !'' मीशा ने तुनककर जवाब दिया। बैल सनकारे और बोआई के यन्त्र के पीछे-पीछे चल पड़ा।

दून्या ने आगे और कुछ कहना-सुनना उचित न समझा। उसे लगा कि अपने आदमी को हुक्म देना औरत का काम नहीं। और बात वहीं ख़त्म हो गई।

पर लड़की का निशाना ठीक न बैठा था। मीशा के पहले की तरह खटकर काम करने के आड़े आती थी उसके मन की एक कचोट। कचोट दिनों-दिन बढ़ती गई थी और अपने ही गाँव में इतनी जल्दी जम जाना उसे हर वक़्त खलने लगा था।...बहुत जल्दी खेती-बारी में लग गया...बड़ी हड़बड़ी से काम लिया मैंने ! वह झुँझलाकर सोचता, और क्षेत्रीय समाचारपत्रों में लड़ाई की रिपोर्टें पढ़ने के बाद या लाल सेना से अलग किए गए कज़्ज़ाकों की कहानियाँ किसी भी दिन शाम को सुनने के बाद एकदम खीझ उठता।

लेकिन ख़ास परेशानी उसे होती गाँववालों का रवैया देखकर। उनमें से कुछ खुल्लमखुल्ला कहते—''सोवियत सरकार जाड़ा आते-आते ख़त्म समझो ! रैंगेल तावरिया से आगे बढ़ चुका है और माखनो के साथ रोस्तोवे के पास तक आ पहुँचा है...दोस्त मुल्कों ने नोवोरोस्सिइस्क में भारी फ़ौज जमा दी है।''...संक्षेप में यह कि गाँव में एक-से-एक अफ़वाहें उड़ती रहतीं। कंसेन्ट्रेशन कैम्पों या खानों से लौटे हुए कज़्ज़ाक गर्मी के घर के खानों से मोटे नज़र आते। वे ख़ासे लिए-दिए रहते, रात को घर की बनी वोद्का पीते, मनमाने विषयों पर बातें करते और मीशा से मिलते तो बनावटी तटस्थ भाव के साथ पूछते—''कोशेवोइ, तुम तो अखबार पढ़ते हो। ज़रा रैंगेल के बारे में बतलाओ कुछ। वे लोग जल्दी ही उसका खात्मा कर देंगे क्या ? और यह बात सच है या महज़ गप है कि दोस्त मुल्कों के लोग हमें फिर ताबड़तोड़ दबा रहे हैं ?...''

ऐसे में एक बार इतवार के दिन शाम को आया प्रोख़ोर।...मीशा अभी-अभी खेत से लौटा था और बरसाती के पास खड़ा हाथ-मुँह धो रहा था। दून्या घड़े से उसके हाथ पर पानी डाल रही थी और अपने पति की पतली, धूप से सँवराई गर्दन पर निगाह डालते हुए मोह से मुस्कुरा रही थी।

सो प्रोख़ोर पति-पत्नी का अभिवादन कर बरसाती की नीचेवाली आख़िरी सीढ़ी पर बैठ गया। एक क्षण बाद पूछा—''ग्रिगोरी पैन्तेलेयेविच ने कोई चिट्ठी लिखी...कोई ख़बर भेजी इधर ?''

दून्या बोली—''नहीं....कोई चिट्ठी नहीं आई।''

''तुम उसकी फ़िक्र में क्यों दुबले हुए जा रहे हो ?'' मीशा ने मुँह-हाथ पोंछते हुए प्रोख़ोर की आँखों में आँखें डालीं। होंठों पर गम्भीरता बनी रही।

प्रोख़ोर ने आह भरी और अपनी आस्तीन ठीक की—''हाँ, हो रहा हूँ...इसमें कोई शक नहीं कि मैं उसकी फ़िक्र में दुबला हो रहा हूँ...आख़िर एक ज़माने तक हम फ़ौज में एक साथ रहे हैं...।''

''और अब कुछ और करने की बात सोच रहे हो...है न ?''

''और क्या ?''

''अरे यही उसकी खिदमत !''

''नहीं...अब उसकी खिदमत क्या करूँगा ! वे दिन तो चले गए !''

''मैंने सोचा कि शायद अब भी उसके इन्तज़ार में हो कि तुम्हें फिर उसकी खिदमत का मौक़ा

मिले।'' मीशा अब भी बिना मुस्कुराए कहता गया—''फिर सोवियत सरकार से लड़ने का मौक़ा मिले...।''

''देखो मुझसे इस तरह बात न करो।'' मिख़ाइल प्रोख़ोर ने चिढ़ते हुए कहा।

''क्यों न करूँ आख़िर ? गाँव में इधर-उधर तमाम तरह की बातें सुनता हूँ।''

''तुमने मेरे मुँह से कभी कुछ सुना है ? कहाँ क्या सुन लिया तुमने ?''

''तुमने तो कुछ नहीं कहा, लेकिन तुम्हारी और ग्रिगोरी की तरह ही तो तमाम लोग हैं जो 'अपने लोगों' की राह देख रहे हैं।''

''नहीं, मैं किन्हीं लोगों की राह नहीं देख रहा। मेरे लिए उनसे कोई फ़र्क़ नहीं पड़ता।''

''गुनाह तो यही है कि उनसे तुम्हारे लिए कोई फ़र्क़ नहीं पड़ता। आओ...अन्दर आओ...नाराज़ न हो...मैं तो यों ही हँसी कर रहा था।''

प्रोख़ोर बेमन से सीढ़ियों पर चढ़ा और ड्योढ़ी पार करते हुए बोला—''तुम्हारी हँसी की बातों में मेरे भाई हँसने को कुछ नहीं है...जो गुज़र गया, उसे भूलना ही चाहिए...मैंने तो बीती बातों की क़ीमत अदा की है।''

''लेकिन सारी-की-सारी बीती बातें भुलाई नहीं जा सकतीं।'' मीशा ने मेज़ के किनारे बैठते हुए सख़्ती से कहा—''ख़ैर छोड़ो...आओ, खाना खा लो।''

''शुक्रिया...सचमुच सारी बीती बातें भुलाई नहीं जा सकतीं। मिसाल के तौर पर मेरा एक हाथ जाता रहा है, और इस हादसे को भूलने में मुझे बड़ी ही ख़ुशी होगी...लेकिन इसे भूलना मुमकिन नहीं है...बात दिमाग़ में रह-रहकर ताज़ी होती रहती है।''

दून्या ने मेज़ लगाते-लगाते मीशा की तरफ देखे बिना कहा—''तुम्हारा ख़्याल है कि गोरे फ़ौजियों के साथ जो भी रह चुका है, उसे माफ़ी मिल ही नहीं सकती ?''

''क्या ? और तुम्हारा क्या ख़्याल है ?''

''मेरा ख़्याल...मैं तो सोचती हूँ कि जो बीती बातें कुरेदता है, उसकी आँखें निकाल ली जाती हैं...ऐसा ही तो कहते हैं लोग।''

''बाइबिल में ऐसा लिखा होगा।'' मीशा ने अन्यमनस्क भाव से कहा—''मेरे दिमाग़ से तो आदमी जो कुछ करता है, उसे उसके लिए जवाबदेह होना पड़ता है।''

''सरकार तो ऐसा कुछ कहती नहीं।'' दून्या ने शान्त मन से कहा। उसने एक दूसरे कज़्ज़ाक के सामने मीशा से उलझना ठीक न समझा, पर अन्दर-ही-अन्दर उससे ख़ासी चिढ़ी रही। उसे लगा कि प्रोख़ोर से इसने बेतुका मज़ाक किया है और मेरे भाई के साथ खुल्लमखुल्ला दुश्मनी दिखलाई है।

पर मीशा बोला—''सरकार तुमसे कुछ नहीं कहती। तुमसे वह कहेगी भी क्या ! पर गोरी फ़ौज में काम करनेवाले हर आदमी को सोवियत क़ानून को जवाब देना ही पड़ेगा...।''

''यानी अपने काम के लिए मुझे भी जवाब देना पड़ेगा ?''

''तुम्हें क्यों जवाब देना पड़ेगा ! तुम तो भेड़ हो...चरागाह में चरते रहे और फिर अपने बाड़े में वापस आ गए ! अर्दलियों से कौन क्या पूछेगा ? लेकिन लौटने पर ग्रिगोरी को लोहे के चने चबाने पड़ेंगे। हम उससे पूछेंगे कि बग़ावत क्यों हुई, कैसे हुई, किसने कराई, ख़ुद उसका उसमें कितना हाथ रहा ?''

''और यह सवाल कौन करेगा...तुम ?'' दही का प्याला मेज़ पर रखते-रखते दून्या की आँखें कौंध-सी उठीं।

''हाँ, पूछनेवालों में मैं भी शामिल रहूँगा।'' मीशा ने बिना आवेश में आए जवाब दिया।

''तुम्हारा यह काम नहीं...तुम्हारे बिना भी सवाल-जवाब करनेवालों की कमी न होगी। जहाँ तक

ग्रिगोरी का सवाल है, वह माफ़ी का हकदार हो गया है...उसने लाल फ़ौज का साथ दिया है।''

दून्या की आवाज़ काँपने लगी और वह एप्रेन की झालर उँगलियों में उलझाते हुए मेज़ के किनारे बैठ गई। पर मीशा ने जैसे कि अपनी पत्नी की परेशानी देखी ही नहीं। बिना डगमगाए कहता गया—''मैं भी दो-एक सवाल कर लूँगा...दिलचस्पी रहेगी...जहाँ तक बात माफ़ी की है, वह तो हम लोगों को देखना-समझना पड़ेगा...फिर से सोचना पड़ेगा कि माफ़ी किस हद तक दी जा सकती है...उसने हमारा काफ़ी ख़ून बहाया है। तराजू पर तोलकर देखना पड़ेगा कि ख़ून इस तरफ़ का भारी पड़ता है या उस तरफ़ का... ।''

इस तरह शादी के बाद पहली बार मीशा और दून्या के सम्बन्धों के बीच कोई दरार पड़ी, और बावर्चीख़ाने में ऐसा सन्नाटा हो गया, जो रह-रहकर खटकने लगा। मीशा बीच-बीच में तौलिए से होंठ पोंछते हुए चुपचाप दही खाता रहा। प्रोख़ोर सिगरेट पीता और दून्या को घूरता रहा। फिर उसने खेती-बारी के क़िस्से छेड़ दिए और इसके बाद कोई आधे घंटे तक वहाँ और रहा। चलते-चलते बोला—''किरीलग्रोमोव लौट आया है...तुम लोगों ने सुना ?''

''नहीं सुना...लेकिन वह लौटा कहाँ से है ?''

''लाल फ़ौज से...वह भी पहली घुड़सवार फ़ौज में था।''

''यह वही आदमी है जिसने ममोनतोव की मातहती में काम किया है ?''

''हाँ वही है।''

''बड़ा भारी सूरमा रहा है वह तो !'' मीशा मज़ाक बनाते हुए हँसा।

''हाँ लूटपाट के मामले में सूरमा ही रहा है। ऐसा कोई मौक़ा कहीं नज़र नहीं आया कि वह फ़ौरन तैयार !''

''लोग कहते हैं कि उसने बिना किसी तरह की रू-रियायत के क़ैदियों को गाजर-मूली की तरह काटकर फेंक दिया है और उन्हें मौत के घाट उतार दिया है सिर्फ़ बूटों-जैसी चीज़ के लिए।''

''सुनते तो ऐसा ही हैं।'' प्रोख़ोर ने बात पर मुहर मारी।

''और माफ़ उसे भी कर देना चाहिए...क्यों ?'' मीशा ने धीरे से कहा—''परमपिता ने अपने दुश्मनों को माफ़ कर दिया और हमसे भी ऐसा ही करने को कहा...है न ?''

''इस सवाल का जवाब उतना आसान नहीं है...लेकिन तुम उसके मामले में करोगे क्या ?''

''ख़ैर देखा जाएगा...इस मामले में भी जो कुछ ज़रूरी होगा, मैं करूँगा ही।'' मीशा ने अपनी आँखें सिकोड़ीं—''मैं तो वह करूँगा कि इसके बाद वह दुनिया छोड़ देगा...साथ ही यह भी है कि हज़ार चाहकर भी सज़ा से बच न पाएगा...व्येशेंस्काया में दोन चेका[1] है...उसके लोग उसके गले में प्यार से बाँहें डालेंगे...''

प्रोख़ोर मुस्कुराया और बोला—''कहावत ठीक ही है कि सिर्फ़ पोढ़े लोग ही ऊँट का कूबड़ बराबर कर सकते हैं। वह तो लाल फ़ौज से भी लूटपाट करके ही लौटा होगा। उसकी बीवी मेरी बीवी से दून की ले रही थी कि मेरा आदमी एक ज़नाना कोट, जाने कितने जोड़े कपड़े और जाने कितनी चीज़ें लाया है। आदमी मस्लाक-ब्रिगेड में था और वहाँ से घर आया है। मैं तो सोचता हूँ कि भागकर आया होगा, क्योंकि हथियार साथ हैं।''

''मीशा ने पूछा—'कौन-से हथियार ?''

''अरे एक कारबाइन, एक पिस्तौल और जाने क्या-क्या !''

''सोवियत में उसने अपना नाम दर्ज़ कराया या नहीं, तुम्हें पता है ?''

प्रोख़ोर हँसा और उसने हाथ हिलाया—''उसे तो रस्सी से घसीटकर भी वहाँ ले जाना मुमकिन नहीं है। मैं सोचता हूँ कि भागा हुआ है वह और आज नहीं तो कल घर से खिसक जाएगा। अब

1. 1917 से 1922 के बीच रूसी पुलिस का गुप्तचर विभाग।

यह किरील है जो लड़ाई में अपने और कुछ हाथ दिखलाना चाहता है। लेकिन तुम मेरे बारे में ग़लत सोचते हो। नहीं भाई, मैं अपने हिस्से की लड़ाई लड़ चुका...इस तरह के दिल-बहलाव से मेरा जी पूरी तरह भर चुका।''

फिर प्रोख़ोर जल्दी ही चला गया। इसके बाद मीशा भी घर से बाहर आया। दून्या ने बच्चों को खिलाया-पिलाया और बिस्तर लगाए कि पति लौटा। उसके हाथ में बोरी में लिपटा कुछ दीखा।

''कहाँ गए थे भला तुम ?'' दून्या ने नाराज़ होते हुए पूछा।

''अपना दहेज उगाहने गया था।'' मीशा मज़े से मुस्कुराया, बोरा खोलकर एक राइफ़ल, कारतूसों की एक थैली, एक पिस्तौल और दो हथबम बेंच पर रखे, और एक तश्तरी में थोड़ा-सा पैराफ़ीन बड़ी ही सावधानी से उँडेला।

''यह सब कहाँ से आ गया ?'' दून्या ने भौंहों से हथियारों की तरफ़ इशारा किया।

''ये हथियार मेरे हैं...मोर्चे से साथ लाया था।''

''लेकिन, तुमने अब तक कहाँ छिपा रखा था इन्हें ?''

''जाने दो इस बात को, चाहे जहाँ भी रहे हों, इतना है कि इनकी ख़ासी फिक्र की गई है।''

''बात समझ में नहीं आई...तुम्हें तो अपनी चीज़ें अपने पास रखने का शौक है...फिर तुमने इनका ज़िक्र भी कभी नहीं किया...यानी अपनी बीवी से भी चोरी ?''

मीशा ने बरबस, लापरवाही से मुस्कुराते हुए बीवी को मनाने की कोशिश की। बोला—''तुमसे ज़िक्र करने को इसमें भला क्या था ? यह औरतों का काम नहीं। इन्हें यहीं रहने दो। अब इनका तुम्हारे पास रहना ऐसा कुछ ख़राब नहीं है बीवी।''

''पर इन्हें यहाँ क्यों ले आए हो तुम ? तुम तो अब क़ानून का इतना ख़्याल रखने लगे हो...सभी-कुछ जानते हो...यह काम क्या ग़ैर-क़ानूनी नहीं है ? क्या इसके लिए तुम्हें जवाब देना नहीं पड़ेगा ?''

''तुम बेवकूफ़ हो। किरील ग्रोमोव जब ये हथियार लेकर गाँव आया है तो उसने सोवियत सरकार के लिए ख़तरा पैदा किया है। लेकिन, मैं जब इन्हें यहाँ लाया हूँ तो मैंने सोवियत सरकार की हिफाजत की बात सोची है। आई बात समझ में ? किसे जवाब देना पड़ेगा—मुझे ? तुम जाने क्या बक-बका रही हो। जाओ और जाकर सो रहो।''

उसने अपनी बुद्धि से ठीक ही सोचा कि गोरी फ़ौज के लोग हथियार लेकर लौट सकते हैं। ऐसी हालत में मुझे तैयार रहना चाहिए।...सो, उसने बड़ी मेहनत से राइफ़ल और पिस्तौल साफ़ की और दूसरे दिन उजाला होते ही व्येशेंस्काया जाने का सरंजाम करने लगा।

दून्या ने थैले में रखते समय नाराज़ होकर कहा—''तुम जाने क्यों मुझसे कुछ-न-कुछ छिपाए रहते हो हमेशा ! कम-से-कम यह तो बतला दो कि कब तक के लिए जा रहे हो, और क्यों जा रहे हो ? इसी को ज़िन्दगी कहते हो तुम ? जब मन चाहा तब चल दिए और कुछ भी बतलाने के नाम पर गोल। तुम मेरे अपने आदमी हो या मेरी कमीज़ के महज़ कोई बटन हो ?''

''मैं व्येशेंस्काया जा रहा हूँ, फ़ौजी कमीशन के सामने पेश होने। और क्या जानना चाहती हो तुम ? बाक़ी सबकुछ लौटूँगा तो बतला दूँगा।''

और अपना थैला बग़ल में दबाकर मीशा दोन के किनारे आया। नाव पर सवार हुआ और नाव को तेज़ी से दूसरे किनारे की तरफ़ खे चला।

व्येशेंस्काया पहुँचा तो डॉक्टरी के बाद डॉक्टर ने रुलाई से कहा—''मेरे प्यारे कामरेड, तुम लाल सेना में शामिल होने के लायक़ नहीं। मलेरिया ने तुम्हें कहीं का नहीं छोड़ा है। अच्छा हो कि तुम इलाज करा लो, वरना हालत और ख़राब हो जाएगी। लाल सेना को तुम्हारे जैसे लोगों की ज़रूरत नहीं है।''

"फिर, और कैसे लोगों की ज़रूरत है ? मैं दो साल फ़ौज में रह चुका हूँ और अब मेरी ज़रूरत नहीं है...कैसे हो सकता है ऐसा ?"

"सबसे बड़ी और ज़रूरी बात यह है कि हम जिन लोगों को लें, वे हर तरह ठीक-ठाक और तन्दुरुस्त हों। तुम पहले ठीक हो जाओ, फिर देखा जाएगा...यह नुस्खा लेते जाओ...दवाखाने में कुनैन मिल जाएगी तुम्हें।"

"समझा।" कोशेवोइ ने कमीज़ यों पहनी जैसे किसी आलसी घोड़े के गले में पट्टा डाल रहा हो। लगा कि सिर उसमें जाएगा ही नहीं। पतलून के बटन उसने सड़क पर आकर बन्द किए और सीधा पार्टी की क्षेत्रीय कमेटी के दफ़्तर की ओर बढ़ा।

और, फिर गाँव की क्रान्तिकारी समिति का अध्यक्ष बनकर गाँव लौटा। घर पहुँचने पर, पत्नी से जल्दी-जल्दी बोला—"समझी, अब देखा जाएगा।"

"क्या मतलब ?" दून्या ने अचरज से पूछा।

"वही जो पहले था।"

"पहले आख़िर क्या था ?"

"मैं सदर बन गया हूँ। अब बात समझ में आई।"

दून्या ने खीझ से अपने हाथ पीट लिए और कुछ कहने को हुई परन्तु मीशा उसकी बात सुनने को रुका ही नहीं। शीशे के सामने खड़े होकर अपनी बदरंग, ख़ाकी ट्यूनिक की पेटी ठीक की और सोवियत के दफ़्तर के लिए रवाना हुआ।

बूढ़ा मिख़ेयेव जाड़े में क्रान्तिकारी समिति का अध्यक्ष नियुक्त हुआ था और तब से अब तक वही इस पद पर रहा था। वह कुछ कम-ही-कम देखता और सुनता था और अपनी ज़िम्मेदारियों के कारण काफ़ी परेशान रहता था। इसलिए जब मीशा कोशेवोइ ने उससे अपनी नियुक्ति की बात कही तो वह बहुत ही ख़ुश हुआ।

"ये रहे काग़ज़ात...और यह रही गाँव की मुहर—सँभालो इन्हें, ईसा के नाम पर सहेजो।" उसने क्रॉस बनाते और हाथ मलते हुए, स्वाभाविक प्रसन्नता से कहा—"मैं सत्तर का हुआ। और ज़िन्दगी-भर मैंने कभी कोई ओहदा सँभाला नहीं। अब बुढ़ापे में यह ज़िम्मेदारी गले पड़ गई थी...यह सब तो तुम्हारे जैसे जवान लोगों के लिए है...मुझसे भला काम भी क्या हो सकता है ? न मैं ठीक से सुन सकता हूँ, न ही अच्छी तरह से देख सकता हूँ। मेरा तो वक़्त यह है कि ऊपरवाले की याद करता अपने इने-गिने दिन जैसे-तैसे गुजार देता—मगर उन लोगों को जाने क्या सूझी कि उन्होंने मुझे सदर बना दिया..."

मीशा ने ज़िला क्रान्तिकारी समिति के आदेशों और आज्ञाओं पर सरसरी नज़र डाली और पूछा—"सेक्रेटरी कहाँ है ?"

"क्या ?"

"अरे मैंने पूछा कि सेक्रेटरी कहाँ है ?"

"सेक्रेटरी ? वह राई की बोआई कर रहा है। हफ़्ते में सिर्फ़ एक बार आता है यहाँ...मौत ले जाए उसे !" कभी-कभी ज़िले से कोई काग़ज़ आ जाता है और उससे पढ़वाना ज़रूरी हो जाता है, मगर गाँव-भर में जाल डलवाने पर भी वह हाथ नहीं आता। नतीजा यह कि काग़ज़ कई-कई दिन तक ज्यों-का-त्यों पड़ा रहता है। जहाँ तक मेरा सवाल है, मैं तो लिखना-पढ़ना नाम-भर को जानता हूँ...बिल्कुल नाम-भर को। जैसे-तैसे दस्तख़त-भर बना लेता हूँ। काम सिर्फ़ एक कर सकता हूँ और वह यह है कि मुहर मार लेता हूँ।"

कोशेवोइ ने क्रान्तिकारी समिति की काली दीवारें देखीं तो उसकी भौंहें तन गईं। दीवारों पर जहाँ-तहाँ खरोंचें नज़र आईं और उन पर बाबा आदम के ज़माने का सिर्फ़ एक पर्चा चिपका दीखा।

पर्चा भी मक्खियों की कारीगरी से भरा समझ पड़ा।

बूढ़े मिखेयेव को इस ज़िम्मेदारी से छुटकारा पाने पर ऐसी ख़ुशी हुई कि कोशेवोइ की फटे कपड़े में लिपटी मुहर सहेजते समय वह हँसी तक कर बैठा। बोला—''यह है गाँव की पूरी मिलकियत। नक़द रक़म सौंपने को कुछ नहीं है, और सोवियत हुकूमत के इस ज़माने में भला अतामान की यादगार को लोग वैसे भी कोई ख़ास अच्छी निगाह से नहीं देखते। कहो तो अपनी पुरानी बात मैं तुम्हें नज़र करूँ।'' और, पोपले मुँह से मुस्कुराते हुए उसने ऐश का अपना बेंत मीशा की ओर बढ़ाया। बेंत का हत्था इस्तेमाल से चमकता लगा।

लेकिन कोशेवोइ को हँसी अच्छी न लगी। उसने उस कमरे पर एक बार फिर निगाह डाली और त्यौरी चढ़ाते हुए आह भरकर बोला, ''तुमसे सबकुछ मिल गया। तुमने यहाँ की हर चीज़ सौंप दी बाबा...मान लिया, मगर अब तुम यहाँ से फ़ौरन नौ-दो-ग्यारह हो जाओ।'' उसने आँखों से दरवाज़े की तरफ़ इशारा किया।

उसके बाद वह मेज़ के किनारे आकर बैठ गया और बहुत देर तक वहीं बैठा दाँत पीसता रहा। सोचता रहा—पिछले दिन मैंने कैसे गधेपन में बिताए हैं। जहाँ-तहाँ ज़मीन खुरचता फिरा हूँ, और सिर उठाकर एक बार भी आहट नहीं ली है कि आस-पास आख़िर हो क्या रहा है। किसी चीज़ को क़ायदे से कान नहीं दिया है।

उसे अपने साथ-साथ हर चीज़ पर बड़ा गुस्सा आया। वह अपनी जगह से उठा, ट्यूनिक ठीक की, दूर आँख गड़ाई और दाँत भींचे-ही-भींचे बोला—''हाँ बरखुरदारो, तुम्हें...तुम्हें दिखलाऊँगा मैं कि क्या होती है सोवियत सरकार।''

उसने दरवाज़ा बन्द किया। जंजीर लगाई और चौक पारकर घर की ओर बढ़ा। रास्ते में गिरजे के पास उसकी भेंट ओबनिजोव के लड़के से हुई, लापरवाही से उसकी तरफ़ देखकर सिर हिलाया और बग़ल से गुज़र गया। पर, सहसा ही उसे कुछ ख़्याल आया तो मुड़ा और चिल्लाकर बोला—''ए अन्द्रेयुश्का, रुको ज़रा...सुनो, तुमसे कुछ काम है।''

वह भूरे बालोंवाला शर्मीला लड़का, बिना कुछ बोले, लौट आया। मीशा ने उसकी तरफ़ यों हाथ बढ़ाया जैसे कि वह बच्चा न होकर बड़ा सयाना मर्द हो। बोला—''कहाँ जा रहे थे ? गाँव के उस नुक्कड़ की तरफ़ घूमने जा रहे हो ? सुनो, तुम तो उच्च आरम्भिक पाठशाला में जाते रहे हो,...जाते रहे हो न ? बहुत अच्छा। दफ़्तर का काम-धाम जानते हो कुछ ?''

''दफ़्तर का किस तरह का काम ?''

''अरे, यही छोटा-मोटा मामूली काम...जैसे यह कि दफ़्तर में जो कुछ आया उसे सहेज लिया। और जो कुछ भेजना ज़रूरी हुआ, उसे बाहर भेज दिया।''

''मैं समझा नहीं कॉमरेड कोशेवोइ !''

''अरे भाई, दफ़्तर में काग़ज़ आते हैं...इनके बारे में कुछ जानते-समझते हो तुम ? पता है कुछ काग़ज़ बाहर भेजने के होते हैं और कुछ दूसरे काम आते हैं।'' मीशा ने अपनी उँगलियाँ ऐंठीं और जवाब का इन्तज़ार किए बिना दृढ़ता से कहा—''नहीं जानते हो तो कोई बात नहीं। जल्दी ही सीख जाओगे। अब गाँव की क्रान्तिकारी समिति का सदर मैं हूँ...और तुम पढ़े-लिखे लड़के हो—तुम्हें मैं सेक्रेटरी बनाता हूँ। दफ़्तर जाओ और वहाँ की सारी चीज़ें सहेजो। मेज़ पर पड़ी हैं। मैं अभी आता हूँ।...समझे ?''

''कॉमरेड कोशेवोइ !''

मीशा ने हाथ झटका और अधीरता से बोला—''बाक़ी बातें बाद में होंगी। फ़िलहाल जाओ और अपना काम सँभालो !'' और, वह नपे-तुले क़दम रखते हुए आगे चल दिया।

घर पहुँचने पर उसने नया पतलून पहना, पिस्तौल जेब में डाली और शीशे के सामने खड़ा होकर

कुछ देर तक टोपी जमाता रहा। फिर दून्या से बोला–"मैं काम से कहीं जा रहा हूँ। जल्दी ही लौटूँगा। कोई सदर के नाम पर मुझे पूछे तो बतला देना।"

अध्यक्ष बनते ही मीशा में कुछ परिवर्तन आवश्यक हो गए। वह ज़रा धीरे-धीरे यों चलने लगा, गोया कोई महत्त्वपूर्ण व्यक्ति हो। परन्तु, उसकी यह चाल ऐसी अस्वाभाविक लगी कि कुछ गाँव के लोग उसे देखते ही ठिठक गए और मुस्कुरा-मुस्कुराकर, घूर-घूरकर देखने लगे। प्रोख़ोर-ज़िकोव उसे सड़क पर देखते ही आदर से पीछे हटकर बाड़ के पास पहुँच गया और पूछने लगा–"मगर, यह सब है क्या, मिख़ाइल ? काम के दिन तुमने ऐसे शानदार कपड़े पहन रखे हैं और सड़क पर यों चल रहे हो, जैसे परेड कर रहे हो। आख़िर बात क्या है ? दुबारा शादी करने तो नहीं जा रहे ?"

"ऐसा ही कुछ समझो।" मीशा ने ज़रा मर्यादा से होंठ सिकोड़ते हुए कहा।

और, ग्रोमोव के फाटक के पास उसने थैली निकालने के लिए पतलून की जेब में हाथ डाला और लम्बे-चौड़े अहाते में फैली इमारतों और घर की खिड़कियों पर तेज़ निगाह डाली।

किरील ग्रोमोव की माँ, पशुओं को खिलाने के लिए कद्दू के टुकड़े लिए बरसाती से निकलती दीखी। मीशा ने बड़े आदर से उसका अभिवादन किया और सीढ़ियों की ओर बढ़ा।

"किरील घर पर है, चाची ?"

"हाँ, घर में है...सीधे अन्दर चले जाओ।" बुढ़िया ने उसे रास्ता देने के लिए एक तरफ़ हटते हुए कहा।

मीशा अँधेरी बरसाती में घुसा और थोड़े उजाले में दरवाज़े का हत्था टटोलने लगा।

सफ़ाचट दाढ़ी-मूँछवाले किरील ने सोने के कमरे का दरवाज़ा खोला और उसे देखते ही एक क़दम पीछे हट गया। थोड़ा नशे में नज़र आया। उसने मीशा पर सिर से पैर तक एक निगाह डाली और थोड़ी परेशानी से बोला–"लो भई एक फ़ौजी और हाजिर ! अन्दर आ जाओ, कोशेवोइ...आओ... बैठो। मेरी मेहमानी क़बूल करो। हम लोग पी रहे थे....यही थोड़ी-सी पी रहे थे...।"

"एक मेहमान-नवाज़ी हज़ार पकवानों की कमी पूरी करती है," मीशा ने मेज़ के चारों तरफ़ बैठे मेहमानों को देखते हुए घर के मालिक से हाथ मिलाया।

मीशा को लगा कि वह बेवक़्त आया है। मिख़ाइल के लिए बिल्कुल अनजाने, चौड़े कन्धोंवाले एक कज़्ज़ाक ने कोने पर बैठे-ही-बैठे किरील को तेज़, प्रश्नसूचक दृष्टि से देखा और अपना गिलास झटके से दूर खिसका दिया। मीशा को देखते ही दूसरी तरफ़ बैठे कोरशुनोव के एक सम्बन्धी सेम्योन अख्वात्किन के माथे पर बल पड़ गए और उसने अपनी आँखें इधर से हटा लीं।

किरील ने मीशा से बैठने का आग्रह किया। मीशा बोला–"शुक्रिया...।"

"लेकिन, बैठो न...ऐसा क्यों करते हो कि हमें बुरा लगे ? थोड़ा पियो न !"

मीशा मेज़ के किनारे बैठ गया और अपने मेज़बान के हाथों से घर की बनी वोद्का का गिलास लेते हुए सिर हिलाकर बोला–"मैं तुम्हारे घर लौटने के नाम पर जाम उठाता हूँ, किरील–इवानोविच !"

"शुक्रिया...तुम्हें फ़ौज से लौटे बहुत वक़्त हुआ क्या ?"

"बहुत वक़्त हुआ...मैंने तो इस बीच अपना घर भी बसा लिया।"

"यानी, घर बसा लिया और शादी कर ली...क्या कहते हैं? मगर इस तरह मुँह क्यों बना रहे हो ? गिलास खाली करो न !"

"मुझे अब और नहीं चाहिए...तुमसे कुछ ज़रूरी बातें करनी हैं।"

"भई, यह ज़्यादती है। नहीं चलेगी। आज काम की बात मैं नहीं कर सकता। इस वक़्त तो दोस्तों के साथ जश्न मना रहा हूँ। अगर कोई काम हो तो कल फिर चले आना।"

मीशा मेज़ से उठा और शान्त मन से मुस्कुराते हुए बोला–"काम तो ज़रा-सा है, मगर टाला नहीं जा सकता। एक मिनट के लिए ज़रा बाहर आओ न !"

किरील अपनी मूँछों पर हाथ फेरते हुए एक क्षण तक चुप रहा और फिर उठ खड़ा हुआ।

"यहीं कर लो बात...जमी हुई महफ़िल क्यों उखाड़ते हो ?"

"नहीं, बाहर ही आओ।" मीशा ने धीरे से पर आग्रह के साथ कहा।

"चले जाओ न बाहर...बेकार की बहस क्यों कर रहे हो ?" चौड़े कन्धोंवाले अजनबी कज़्ज़ाक ने कहा।

किरील मीशा को लेकर, बावर्चीख़ाने की तरफ़ बढ़ा और स्टोव के पास कुछ पकाने में व्यस्त अपनी पत्नी से बुदबुदाकर बोला—"ज़रा यहाँ से बाहर चली जाओ, कतेरीना !"...फिर, बेंच पर बैठते हुए रूखे ढंग से बोला—"बतलाओ, बात क्या है ?"

"कितने दिन हुए तुम्हें लौटे ?"

"क्यों, क्या मामला है ?"

"मैं जानना चाहता हूँ कि तुम्हें यहाँ आए कितने दिन हुए ?"

"चौथा दिन है...मेरे ख़्याल से।"

"और अभी तक क्रान्तिकारी समिति के दफ़्तर नहीं गए तुम ?"

"नहीं, अभी तक तो नहीं गया।"

"और, व्येशेंस्काया में फ़ौजी कमीशन के सामने पेश होने जा रहे हो तुम ?"

"तुम कहना क्या चाहते हो ? जिस काम से आए हो, वह बतलाओ न !"

"मैं काम की ही बात तो कर रहा हूँ।"

"अगर ऐसा है तो ऐसी-तैसी में जाओ। आख़िर तुम हो क्या कि मैं तुम्हें हज़ार सवालों के जवाब देता फिरूँ ?"

"मैं क्रान्तिकारी समिति का सदर हूँ...अपनी रेजीमेंट के काग़ज़ात दिखलाओ ज़रा।"

"तो यह बात है।" किरील ने कहा और सहसा ही मीशा को गम्भीर दृष्टि से देखते हुए बोला—"यानी मतलब तुम्हारा यह है ?"

"हाँ...ठीक समझा तुमने। अपने काग़ज़ात दे दो मुझे।"

"मैं आज उन्हें सोवियत के दफ़्तर में ले आऊँगा।"

"नहीं...अभी दिखलाओ...फ़ौरन।"

"कहीं बाँधकर डाल दिए हैं मैंने।"

"डाल दिए हैं कहीं, तो खोज लो।"

"नहीं, फ़िलहाल मैं उन्हें ढूँढ़ने से रहा। घर जाओ मिख़ाइल...बेकार का तमाशा न करो यहाँ।"

"नहीं तमाशा तो छोटा-सा दिखलाऊँगा तुम्हें मैं।" मीशा ने दाहिना हाथ जेब में डाला—"कोट पहनो अपना।"

"छोड़ो भी, मिख़ाइल...और अपना भला चेतो तो अपना हाथ मेरे बदन से दूर ही रखो।"

"चलो मेरे साथ...मैं कहता हूँ।"

"कहाँ चलूँ ?"

"क्रान्तिकारी समिति के दफ़्तर...।"

"मेरी तो ऐसी कोई ख़ास ख़्वाहिश नहीं।" किरील पीला पड़ गया, पर मुस्कुराते हुए बोला।

मीशा थोड़ा बाएँ कटा, जेब से पिस्तौल निकालते हुए खटके पर उँगली रख ली और धीरे से बोला—"चलते हो या नहीं ?"

किरील, बिना कुछ बोले, सोने के कमरे की तरफ़ बढ़ा तो मीशा रास्ते में अड़कर खड़ा हो गया और आँखों से बरसाती के दरवाज़े की तरफ़ इशारा करने लगा।

"साथियो !" किरील बनावटी तटस्थता ओढ़ते हुए चिल्लाया—"मैं तो गिरफ़्तार-सा हो गया

हूँ...वोद्का मेरे बिना ही ख़त्म कर लेना।''

इसी समय सोने के कमरे का दरवाज़ा भड़ाक से बोला और अख़्वात्किन ड्योढ़ी की ओर लपका। लेकिन पिस्तौल अपनी तरफ़ तनी देखकर दरवाज़े के पीछे छिप गया।

''चलो।'' मीशा ने किरील को आदेश दिया।

किरील ऐंठते हुए धीरे-धीरे दरवाज़े की ओर बढ़ा, एक उछाल में ही बरसाती पार की, दरवाज़ा भड़ाक से बन्द किया। उछलते हुए सीढ़ियाँ पार कीं और अहाता पार करने के बाद दोहरा होकर बगिया की तरफ़ भागा। मीशा ने उसे दो बार गोलियाँ मारीं, पर वार खाली गए। फिर, पैर फैलाकर, पिस्तौल की नली टेढ़े-मेढ़े बाएँ हाथ की कुहनी के आरपार जमाकर निशान साधा। तीसरी गोली लगते ही किरील डगमगाता लगा, पर चोट पर क़ाबू पाने के बाद उछलकर हल्के से बाड़ पर चढ़ गया मीशा। बरसाती से निकलकर दौड़ा। इसी समय पीछे के मकान से धाँय से राइफ़ल दगी। गोली ने शेड की सफ़ेद दीवार की चिकनी मिट्टी उधेड़ी तो सामने आवाज़ हुई और पत्थर के भूरे टुकड़े मैदान-भर में बिखर गए।

किरील तेज़ी से दौड़ा। उसका झुका हुआ शरीर सेब के पेड़ों की हरी पत्तियों के बीच कौंधा। मीशा छलाँग मारकर बाड़ पर चढ़ा, लेकिन गिर पड़ा। फिर, वहीं पड़े-पड़े उसने भागनेवाले पर दो बार फ़ायर किया और मुड़कर घर की तरफ़ चेहरा कर लिया। बाहर का दरवाज़ा खुला दीखा और किरील की माँ सीढ़ियों पर खड़ी, आँखों पर हथेली की ओट कर बगिया में निगाह दौड़ाती नज़र आई।

'मुझे बात करने के बजाय उसे ठौर-की-ठौर गोली मार देनी चाहिए थी।' मीशा ने सोचा, कई मिनट तक घर की तरफ़ एकटक देखता रहा और, मशीन की तरह, नपे-तुले ढंग से घुटनों की धूल झाड़ने लगा। इसके बाद उठा, शरीर पर बल देते हुए चढ़कर बाड़ पार की और पिस्तौल की नली नीचे कर घर लौट गया।

5

ग्रोमोव तो उड़ा ही, अख़्वात्किन के साथ ग्रोमोव के कमरे का वह अजीबोग़रीब कज़्ज़ाक भी गाँव से उड़ दिया। रात को दो दूसरे कज़्ज़ाक भी ग़ायब हो गए। सहसा ही व्येशेंस्काया से दोन-चेका की एक छोटी टुकड़ी के लोगों ने कज़्ज़ाकों को गिरफ़्तार किया, और बिना काग़ज़ात के रेजीमेंट से भागकर घर आनेवाले चार लोगों को व्येशेंस्काया की पेनल-कम्पनी के पास भेज दिया।

कोशेवोइ पूरे दिन क्रान्तिकारी समिति के कार्यालय के कमरे में बैठा रहता और सिर्फ़ शाम को घर लौटता। वह हमेशा भरी हुई राइफ़ल सिरहाने रखता, पिस्तौल तकिए के नीचे दबा लेता, और बिना कपड़े उतारे सोने को लेट जाता।

सो, किरीलवाली घटना के तीसरे दिन दून्या से बोला—''आओ, चलो, बरसाती में सोएँ।''

''आख़िर क्यों ?'' दून्या ने आश्चर्य से पूछा।

''वे लोग खिड़की से गोली चला सकते हैं। पलंग खिड़की से सटा हुआ है।''

दून्या, बिना एक शब्द कहे, पलंग चुपचाप बरसाती में ले आई। पर, दूसरे दिन शाम को बोली—''ज़रा यह बतलाओ कि हम लोग कब तक जाल में फँसे ख़रगोशों की तरह रहते रहेंगे ? जाड़ा आ रहा है और क्या उस वक़्त भी हम बरसाती में ही बसेरा जमाए रहेंगे ?''

''जाड़ा अभी दूर है, पर इस बीच तो हमें इसी तरह यहीं रहना होगा।''

''और यह इस बीच कब तक चलेगा ?''

''जब तक कि मैं किरील को ठिकाने न लगा दूँगा।''

"तुम्हारा ख़्याल है कि वह तुम्हारे हाथ आसानी से आ जाने देगा अपने को ?"

"किसी-न-किसी दिन तो हाथ आ ही जाएगा।" मीशा ने विश्वास के साथ उत्तर दिया।

लेकिन उसकी बात ग़लत निकली। किरील ग्रोमोव और उसके साथी दोन के किनारे के इलाक़े में कहीं दूर जा छिपे। फिर अराजकतावादी माखनो के ज़िले के पास आ पहुँचने की ख़बर पाकर वे दूसरे किनारे को लौटे और क्रास्नोकुत्स्काया की बस्ती में चले गए। यहाँ अफ़वाहें कानों में पड़ीं कि माखनो की टुकड़ी वहाँ कभी की पहुँच चुकी है। किरील ने रात तातारस्की में बिताई तो सुयोग से उसकी भेंट सड़क पर प्रोख़ोर-ज़िकोव से हो गई। बोला—"कोशेवोइ को मेरा प्रीवियत कहना और कहना कि मैं जल्दी ही वापस आकर उसका बदला चुका दूँगा।"

अगले दिन सवेरे प्रोख़ोर ने मीशा-कोशेवोइ को किरील से अपनी मुलाक़ात की बात बताई और पूरी तरह बातचीत सुनाई।

प्रोख़ोर की बात सुनने के बाद मीशा बोला—"बहुत ठीक, आने दो। एक बार वह बच निकला। लेकिन दूसरी बार नहीं बचेगा। मैं तो उसका शुक्रगुजार हूँ कि उसने मुझे सबक़ दे दिया है और मैं जान गया हूँ कि उसकी तरह के लोगों के साथ किस तरह का बर्ताव किया जाना चाहिए।"

वास्तव में माखनो अपनी टोली के साथ ऊपरी दोन के क्षेत्र में पहुँच गया था और उसका सामना करने के लिए व्येशेंस्काया से जो बटेलियन भेजी गई थी, उसने उसे कोनकोव के पास मामूली लड़ाई में तार-तार कर दिया था। पर वह केन्द्रीय क्षेत्र की तरफ़ बढ़ने के बजाय मिलेरोवो स्टेशन की तरफ़ बढ़ा था और उत्तर से रेलवे लाइन पार कर स्तारोबेल्स्क की दिशा में पीछे हट गया था। श्वेत गारद के सबसे ज़्यादा काम करनेवाले कज़्ज़ाक उससे जा मिले थे। पर अधिकांश घर पर बने रहकर देखते रहे थे कि देखें, होता क्या है !

कोशेवोइ इस बीच, हर वक़्त ज़मीन से कान लगाए रहा और गाँव में आस-पास घटनेवाली हर घटना को ग़ौर से देखता-समझता रहा। लेकिन तातारस्की के जीवन में कोई विशेष उल्लास बाक़ी न रहा। कज़्ज़ाकों को जहाँ जो कमियाँ दिखाई देतीं, उनके लिए वे सोवियत सरकार को पानी पी-पीकर कोसते। स्थानीय सहकारी समिति द्वारा हाल में खोली गई छोटी दूकान में जैसे कुछ भी न रहता। साबुन, चीनी, नमक, पैराफ़ीन, दियासलाई, गाड़ी के धुरे में लगाने की ग्रीज़ वग़ैरा रोज़मर्रा की ज़रूरत की चीज़ें वहाँ मिलती ही नहीं। उनकी जगह खाली अलमारियों में क़ीमती सिगरेटों के पैकेट और लोहे के इने-गिने बर्तन रखे दीखते। इन चीज़ों को महीनों-महीनों कोई न पूछता।

गाँववाले पैराफ़ीन की जगह पिघला हुआ मक्खन और पिघली चर्बी इस्तेमाल करते। कारख़ानों में तैयार तम्बाकू की जगह घर की उगाई तम्बाकू ले ली जाती। दियासलाइयों की जगह चकमक पत्थरों और लुहारों के बने मामूली लाइटरों से आग जलाई जाती। जल्दी आग पकड़ने के लायक़ बनाने के लिए लकड़ी सूरजमुखी के डंठलों के घोल में उबाली जाती, लेकिन इस पर भी बात न बनती। मीशा क्रान्तिकारी समिति के दफ़्तर से लौटते समय कई बार धुआँ उड़ानेवालों को नुक्कड़ में जमा देखता। वे चकमक पत्थरों से चिनगारी पैदा करने में जुटे रहते और होंठों-ही-होंठों गालियाँ बकते रहते। कई बार फुसफुसाकर कहते—"सोवियत सरकार, ज़रा आग दे न !" आख़िरकार उनमें से किसी एक की कोशिश से सूखी चैली पर चिनगारी गिर पड़ती, और वह थोड़ा-बहुत आग पकड़ लेती तो सभी उस पर टूट पड़ते। फिर अपनी-अपनी सिगरेट जलाने के बाद वे ज़मीन पर उकड़ूँ बैठ जाते और एक-दूसरे को तरह-तरह की ख़बरें सुनाने लगते।

इन सारी चीज़ों के साथ सिगरेट बनाने के लिए किसी तरह का काग़ज़ भी कहीं न मिलता। फलतः कज़्ज़ाकों ने पहले तो गिरजे के रजिस्टरों के काग़ज़ से सिगरेटें बनाईं और फिर घर की हर चीज़ के काग़ज़ में सिगरेट रोल कर डाली। यानी बच्चों की पुरानी स्कूली किताबों और बूढ़ों की धार्मिक पुस्तकों तक की ख़ैर न रही।

अक्सर ही मेलेखोव-परिवार के अहाते का चक्कर लगानेवाले प्रोख़ोर-ज़िकोव ने मिख़ाइल से एक-एक काग़ज़ वसूल लिया और भरे गले से बोला—"मेरी बीवी के खानदानी सन्दूक के ढक्कन में पुराने यह अखबार के काग़ज़-ही-काग़ज़ मढ़े हुए थे। पर मैंने उन्हें चीरकर सिगरेटें बना डालीं। हमारे घर में 'नया करार'[1] की एक जिल्द थी...तुम तो जानते हो कि मज़हबी किताब है यह। लेकिन मैंने उसे भी फूँक दिया और 'पुराना करार'[2] को भी सिगरेटों में फूँक दिया। बुरी बात तो यह है कि इन सन्तों ने करार[3] बहुत लिखे नहीं।...इसके अलावा मेरी बीवी के पास एक रजिस्टर था और उसमें उसने सभी ज़िन्दा और मुर्दा रिश्तेदारों के नाम लिख छोड़े थे। मगर मैंने उसे भी नहीं छोड़ा। अब क्या पातगोभी के पत्तों और पोदीने की पत्तियों को काग़ज़ की तरह इस्तेमाल करूँ ? नहीं मिखाइल, तुम जो चाहे सो कहो, मगर एक अखबार तो दे दो। मैं बिना सिगरेट पिए रह नहीं सकता। जर्मन मोर्चे के ज़माने में तो मैंने कई बार रोटी का अपना राशन दे दिया और एक औंस तम्बाकू ले ली।..."

उस बार शरद में तातारस्की की ज़िन्दगी की साँसें जैसे और पतली पड़ गईं। ग्रीज़ इस तरह नापैद हो गई कि गाड़ियाँ सड़कों पर से गुज़रीं तो उनके पहिए बुरी तरह चरमराए। चमड़े की काठियाँ और जूते तक चिकनाहट की कमी से चिमड़ गए। पर सबसे ज़्यादा कमी खली नमक की। तातारस्की के लोग अक्सर व्येशेंस्काया गए और एक-एक खाई-पी मोटी भेड़ के बदले सिर्फ़ पाँच-पाँच पौंड नमक लेकर सोवियत सरकार को कोसते लौट आए। इस गुनहगार नमक ने मिखाइल के लिए बड़ी मुसीबत खड़ी कर दी। एक दिन बूढ़ों की टोली सोवियत के दफ़्तर आई। टोली के लोगों ने अध्यक्ष को टोपियाँ उतारकर, आदर से अभिवादन किया और बेंचों पर बैठ गए !

एक बोला—"गाँव में नमक नहीं है, सदर साहब।"

"अब साहब-वाहब कोई नहीं रहा।" मीशा ने वक्ता को सही किया।

"माफ़ी चाहता हूँ...आदत पड़ गई है, इसीलिए मुँह से निकल जाता है...खैर कहने का मतलब यह कि साहबों के बिना तो ज़िन्दगी चल सकती है, पर नमक के बिना नहीं चल सकती।"

"अच्छा तो बुजुर्गो, यह बतलाओ कि तुम सब चाहते क्या हो ?"

"सदर, तुम्हें जैसे भी हो, गाँव के लिए नमक तो मँगाना ही चाहिए...बैलगाड़ियों के सहारे मानीच में जाकर यहाँ नमक लाना मुमकिन नहीं है।"

"मैं क्षेत्रीय दफ़्तर को इस मामले में लिख चुका हूँ। उम्मीद है कि वे लोग जल्दी ही यहाँ थोड़ा-बहुत नमक भेजने का इन्तज़ाम करेंगे।"

"लेकिन चिड़ियाँ खेत चुग ही जाएँगी तो पछताने से क्या होगा ?" एक बूढ़ा फ़र्श पर निगाह गड़ाते हुए बोला।

मीशा क्रोध से लाल हो उठा और मेज़ के पास से उठकर अपनी जेबें उलटता हुआ बोला—"मेरे पास तो नमक है नहीं...देखते हो न ? मैं अपने-आप तो नमक लिए फिरता नहीं और फूँक मारकर पैदा भी नहीं कर सकता...समझे न ?"

"तो आखिर आएगा कहाँ से यह नमक ?" चुमाकोव नाम के एक काने बूढ़े ने एक क्षण चुप रहकर चारों तरफ़ आश्चर्य से दृष्टि दौड़ाते हुए कहा—"पुराने ज़माने में पिछली सरकार की हुकूमत में अम्बार लगा रहता था हर जगह...लेकिन आज देखने को नहीं मिलता।"

"हमारी सरकार से इसका कोई मतलब नहीं।" मीशा ने शान्त होते हुए कहा—"अगर कोई सरकार इसके लिए कसूरवार है तो तुम्हारी पिछली सरकार है। उस सरकार के लोग ही हैं जिन्होंने इतनी बरबादी की है कि नमक लाने को आज गाड़ियाँ तक नहीं हैं। सभी रेलवे लाइनें टूटी हुई हैं।

1. न्यू टेस्टामेंट।
2. ओल्ड टेस्टामेंट।
3. टेस्टामेंट।

ट्रक भी किसी काम के लायक़ नहीं हैं।''

फिर मीशा ने कितनी ही देर तक उन बूढ़ों को समझाया कि फ़ौजों के पीछे हटते समय श्वेत गार्दों ने किस तरह राज्य की सम्पत्ति बर्बाद की, किस तरह फैक्ट्रियाँ उड़ा दीं और कैसे गोदामों में आग लगा दी। इस वर्णन में कुछ हिस्सा तो लड़ाई के ज़माने में उसके अपने आँखों देखे अनुभव का रहा, इससे अधिक सुनी-सुनाई बातों का रहा और बाक़ी इन लोगों के मन से सोवियत सरकार का विरोध दूर करने के लिए उसने अपनी कल्पना से गढ़ लिया। यही नहीं, उसने कुछ देर तक सोचा और अपनी सरकार की वक़ालत के लिए, उसे लांछना से बचाने के लिए, कितनी ही ज़ोरदार कहानियाँ बुन लीं। बोला—''ऐसा कुछ बुरा न होगा अगर मैं तुम लोगों को इन सूअर के बच्चों के बारे में एक बात बतलाऊँ...सूअर तो वे हैं ही, इसलिए मेरे सूअर के बच्चे कहने से उनमें कुछ घटे-बढ़ेगा नहीं...पर इस बात से हम सबका फ़ायदा ज़रूर होगा।...तुम्हारा ख़याल है कि इन बुर्जुआ लोगों के पास अक्ल की कोई कमी है ? नहीं...ऐसा नहीं है...वे बेवकूफ़ नहीं हैं। यानी इन लोगों ने रूस-भर से हज़ारों पौंड नमक और चीनी इकट्ठी की, उसे क्रीमिया ले गए और वहाँ जहाज़ों पर लादकर बिक्री के लिए बाहर के मुल्कों को भेज दिया।'' उसकी आँखें चमकने लगीं।

''और, गाड़ी के धुरे में लगाने की ग्रीज़ भी वे गाड़ियों पर लादकर कहीं ले गए ?'' काने चुमाकोव ने अविश्वास से पूछा।

''तुम्हारा ख़्याल है कि तुम्हारे लिए ग्रीज़ यहाँ छोड़ दिया है उन्होंने ? बाबा, तुम सोचते हो कि उन्हें तुम्हारी और मेहनतकश लोगों की कोई ज़रूरत है ? ग्रीज़ खरीदने वाले भी ढूँढ़ लिए होंगे उन्होंने। अरे उनका बस चलता तो लोगों को भूखा मारने के लिए वे तो सबकुछ गाड़ियों में भरकर यहाँ से ले जाते।''

''ख़ैर, यह तो ठीक है।'' एक बूढ़े ने मीशा की बात से सहमत होते हुए—''ये रईस होते ही ऐसे हैं...आख़िरी ज़र्रा तक छोड़ना नहीं चाहते। आदमी जितना दौलतमन्द होता है, उतना ही लालची होता है। यह बात तो हम लोग बाबा आदम के ज़माने से जानते हैं। व्येशेंस्काया में एक ऐसा सौदागर था कि पहली बार फ़ौज पीछे हटी तो उसने हर चीज़ गाड़ियों पर लाद ली और तागे की रील तक अपने साथ ले गया। अरे लाल फ़ौजी दरवाज़े तक आ गए, मगर उसने अहाते से बाहर निकलने का नाम तक नहीं लिया। भेड़ की खाल में सजा-बजा इधर-उधर दौड़-दौड़कर दीवारों से कीलें निकालता रहा। बोला—'ऐसी-तैसी में जाएँ ये लोग...मैं नाम को एक कील तक न छोड़ूँगा इनके लिए।' इसलिए कोई ताज्जुब नहीं कि वे लोग ग्रीज़ भी अपने साथ ले गए हों।''

''यह सब तो ठीक है, मगर नमक के बिना हमारा काम कैसे चलेगा ?'' मकसायेव ने अन्त में शान्त स्वर में पूछा।

मीशा ने सावधानी बरतते हुए सलाह दी—''हमारे कामगार नमक खोदेंगे, मगर इस बीच तुम लोग अपनी गाड़ियाँ मानीच भेज दो।''

''लोग गाड़ियाँ लेकर वहाँ जाना नहीं चाहते। काल्मीक बहुत परेशान करते हैं। वे झीलों पर हमें नमक लेने नहीं देते और हमारे बैल ले जाते हैं ऊपर से। हमारा एक जान-पहचानी गया तो सिर्फ़ चाबुक हाथ में लेकर लौटा। हुआ यह कि एक दिन रात में तीन हथियारबन्द सवार घोड़ों पर सवार होकर आए, उसके बैल हाँक ले गए और उसके गले की तरफ़ इशारा करते हुए बोले—'मुँह न खुले वरना तुम्हारी जान की ख़ैर नहीं।' यह होता है वहाँ जाने का मतलब !''

''आज इन्तज़ार करना पड़ेगा हमें।'' चुमाकोव आह भरकर बोला।

मीशा ने इन बूढ़ों को तो जैसे-तैसे समझा लिया। पर इसी नमक के कारण घर पर उसके और दून्या के बीच खासी कहा-सुनी हो गई। वैसे भी उन दोनों के बीच काफ़ी पहले से मनमुटाव चल रहा था और इसकी शुरूआत हुई थी तब, जब प्रोख़ोर के सामने मीशा ने ग्रिगोरी को कुछ कहा था।

वह छोटी-सी तकरार अभी तक हरी थी। सो, एक दिन खाते समय मीशा बोला—"तुम्हारा शोरबा नमकीन नहीं है, मालकिन ! अगर घर में न हो तो पीठ से झाड़ लो थोड़ा-सा...समझीं !"

"तुम्हारी इस सरकार की हुकूमत में फ़िलहाल तो किसी के भी यहाँ काफ़ी नमक होने से रहा। तुम्हें पता है कि कितना नमक रह गया है घर में ?"

"कितना रह गया है ?"

"बस, दो मुट्ठी।"

"हालत पतली है।" मीशा ने लम्बी साँस खींची।

दून्या फटकार बरसाती हुई बोली—"और लोग तो गरमी में मानीच गए और नमक ले आए, मगर तुम्हें तो इसके बारे में सोचने तक की फ़ुर्सत नहीं मिली।"

"किस चीज़ को गाड़ी में जोतकर चला जाता मानीच ? शादी के पहले साल तुम्हें जोतना तो कुछ जमता नहीं...और, जहाँ तक बैलों का सवाल है..."

"मज़ाक फिर करना...बिना नमक का खाना खाते वक़्त तुम्हीं को मज़ाक सूझ सकता है।"

"तुम आख़िर मुझसे चाहती क्या हो ? कहाँ से ले आऊँ नमक मैं ? तुम औरतें भी ख़ूब ही होती हो कि डकार से नमक पैदा कर दो, मगर कर दो। लेकिन, नमक अगर है नहीं तो थुक्का-फ़ज़ीहत करोगी तुम?"

"दूसरे लोग बैलगाड़ियाँ लेकर मानीच गए और आज उनके यहाँ न नमक की कमी है, और न किसी और चीज़ की कमी है। मगर हम हैं कि सीठा खाना चबा रहे हैं।"

"किसी तरह काम चला लो, दून्या ! जल्दी ही नमक भेजने का इन्तज़ाम करेंगे लोग ! हमारे पास क्या ऐसा टोटा है ?"

"नहीं, तुम्हारे पास तो हर चीज़ की खत्तियाँ भरी हैं।"

"तुम्हारे पास, मानी ?"

"तुम कम्युनिस्टों के पास।"

"अच्छा हम कम्युनिस्ट हैं तो तुम क्या हो फिर ?"

"मैं जो हूँ सो तो तुम देख ही रहे हो। तुम तो गाल-भर बजाते रहे हो—'हमारे पास हर चीज़ होगी...ख़ूब होगी...सब लोग एक ही हालत में जिएँगे...और आराम से जिएँगे...' यही है तुम्हारा आराम से जीना कि शोरबे में डालने को नमक तक नहीं है ?"

मीशा ने चौंकते हुए, पत्नी को घूरकर देखा और पीला पड़ गया। "यह सब क्या है ? दून्या, क्या कह रही हो तुम ? इस तरह तुम्हारी ज़बान से निकलता कैसे है ?"

लेकिन दून्या को मौक़ा मिल गया था। वह भी गुस्से और नफ़रत से ज़र्द पड़ गई और आवाज़ ऊँची कर चीख़ती हुई बोली—"अच्छा तो यह बतलाओ कि ऐसे कैसे जिएगा कोई ? इस तरह आँखें क्या दिखला रहे हो ? जनाब सदर साहब, आपको पता है कि नमक की कमी से लोगों के मसूड़े सूज रहे हैं ? लोग उसके लिए नेचायेव-ढूह तक जाते हैं, खारी मिट्टी खोदते हैं, और इस मिट्टी को शोरबे में डालते हैं।"

"ठीक है, लेकिन बहुत चीख़ो मत...अच्छा तो आगे ?"

दून्या ने हाथ पीट लिए—"आगे और क्या चाहते हो तुम ?"

"लेकिन, हमें तो किसी तरह काम चलाना ही है...आख़िर अब तक चलाया है कि नहीं ?"

"मैं तो चला ही लूँगा...मगर तुम...। मेलेख़ोव खानदान की हो न...ख़ून कहाँ जाएगा ! वही रंग ला रहा है इस वक़्त।"

"ख़ून से तुम्हारा मतलब ?"

"मतलब यह है कि तुम्हारे ख़ानदान ने हमेशा इन्कलाब को पीठ दिखलाई है और वही ख़ून

तुम्हारी रगों में भी दौड़ रहा है!" मीशा ने सधे हुए स्वर में कहा और मेज़ से उठ गया। उसकी आँखें फ़र्श पर गड़ गईं और होंठ काँपने लगे। पत्नी की ओर देखे बिना बोला–"अगर दुबारा तुम्हारे मुँह से इस तरह की बात निकली तो तुम अलग और में अलग...समझीं ! तुम्हारी बातों से दोस्ती नहीं, दुश्मनी टपकती है...दोस्त नहीं दुश्मन हो तुम !"

इस पर दून्या कुछ कहने को हुई, पर मीशा ने त्यौरी चढ़ाकर उसकी ओर देखा और मुट्ठी उठाई। भारी आवाज़ से बोला–"ज़बान बन्द कर !"

दून्या ने बिना किसी झिझक के पति को घूरकर देखा और एक क्षण के बाद, शांत स्वर में प्रसन्नता से भरकर बोली–"खैर...हटाओ...यह भी कोई बात हुई...हम नमक के बिना भी काम चला लेंगे।" इसके बाद वह ज़रा देर चुप रही और फिर मीशा की मनभावन मुस्कान होंठों पर सजाती हुई बोली–"नाराज़ न हो मीशा ! अगर तुम हर छोटी-मोटी बात पर हम औरतों से बिगड़ने लगे तो हो लिया...फिर तो, तुम्हें इसी से छुट्टी न मिलेगी कभी ! अरे, मेरी-जैसी बुद्धू औरत से तुम कुछ उम्मीद ही क्यों करते हो ?...अच्छा यह बतलाओ कि उबले फल ले आऊँ तुम्हारे लिए या दही लोगे ?"

दून्या कम-उम्र होने के बावजूद काफ़ी दुनियादार थी। उसे अच्छी तरह पता था कि कब अपनी बात पर अड़ा जाए और कब पीछे हटकर समझौता कर लिया जाए।

और फिर, पन्द्रह दिन बाद ग्रिगोरी का एक पत्र आया। उसने लिखा–"मैं रैंगेल के मोर्चे पर जख़्मी हो गया हूँ। अच्छा होते ही शायद फ़ौज से छुट्टी मिल जाएगी।" दून्या ने मीशा को सबकुछ बतलाया और पूछा–"मीशा, ग्रिगोरी घर आ जाएगा तो कैसे क्या करेंगे हम लोग ?"

"हम अपनी झोंपड़ी में चले चलेंगे...वह यहाँ रहेगा...बस, ज़मीन-जायदाद में साझा रहेगा।"

"वैसे भी हम साथ नहीं रह सकते...मुझे तो लगता है कि वह अकसीनिया को ले आएगा यहाँ।"

"अगर रह सकते तो भी मैं तुम्हारे भाई के साथ एक ही मकान में कभी न रहता।" मीशा ने तड़पकर उत्तर दिया।

दून्या ने आश्चर्य से भरकर आँखें ऊपर कीं–"भला ऐसा क्यों, मीशा ?"

"इस क्यों का जवाब तो तुम खुद भी अच्छी तरह जानती हो।"

"शायद इसलिए कि उसने गोरे गारदों का साथ दिया है?"

"बिल्कुल ठीक समझा तुमने !"

"यानी आज तुम उसे कितना नापसंद करते हो, और एक ज़माना था कि तुम दोनों कितने दोस्त थे !"

दून्या चरखा कातने लगी और चरखा एक लय-तान के साथ अपने गीत गुनगुनाने लगा। पर, अचानक ही सूत टूट गया, तो दून्या ने चक्के पर हथेली रखी, सूत के दोनों सिरे एक साथ ऐंठे और पति की ओर देखे बिना पूछा–"क्यों मीशा, ग्रिगोरी आएगा तो कज़्ज़ाकों की उसकी नौकरी का क्या होगा ?"

"उस पर मुक़दमा चलेगा...अदालत बैठेगी।"

"लेकिन, क्या सज़ा दी जाएगी उसे ?"

"यह मैं कैसे बतला सकता हूँ...मैं कोई जज तो हूँ नहीं।"

"उसे गोली से तो नहीं उड़ा दिया जाएगा ?"

मीशा ने पलंग पर सोते मीशात्का और पोल्युशका पर एक निगाह डाली, उनकी साँसों की आहट ली और आवाज़ नीची करते हुए बोला–"उड़ाया जा सकता है।" दून्या ने आगे कुछ और नहीं पूछा और अगले दिन गाय दुहने के बाद अकसीनिया के यहाँ गई।

अकसीनिया ने लोहे के बर्तन में पानी भरकर कोयलों पर रखा और हाथ से सीना दबाया। दून्या ने उसका तमतमाया चेहरा देखा तो बोली–"खुशी से फूली न समाओ ! मेरा आदमी कहता है कि

मुक़दमा चलेगा तो उसकी जान आसानी से न छूटेगी। क्या सज़ा मिलेगी उसे, यह ऊपरवाला ही जाने !"

अकसीनिया की आँसू-भरी, लौ देती आँखों में एक क्षण के लिए आशंका और भय घुल उठा। पर, फिर अपनी मुस्कान को ज्यों-का-त्यों सहेजते हुए झटके से पूछा—"लेकिन, आख़िर किसलिए ?"

"बग़ावत के लिए...हर बात के लिए..."

"बकवास है ! उस पर मुकदमा-वुकदमा कुछ नहीं चलेगा। तुम्हारा मिख़ाइल इस मामले में कुछ नहीं जानता। सिर्फ़ बनता बहुत है, जैसे कि दुनिया की हर बात जानता है।"

"शायद न चले मुक़दमा।" दून्या यह कहकर पलभर को शान्त हो गई और फिर मुँह से निकलती आह दबाती हुई बोली—"मीशा ग्रिगोरी से बहुत ही नाराज़ है और इस बात का मेरे दिल पर पत्थर-सा धरा रहता है। मैं तुम्हें बतला नहीं सकती कि कितना बोझ रहता है मेरे मन पर ! ग्रिगोरी के लिए जी बहुत ही दुखी रहता है। दुबारा जख़्मी हो गया है...उसकी ज़िन्दगी तो जैसे तार-तार होकर रह गई है।"

"ख़ैर, आने तो दो उसे, हम लोग बच्चों को साथ लेकर कहीं छिप रहेंगे।" अकसीनिया ने परेशानी से कहा।

पता नहीं क्यों, उसने सिर का रूमाल खोला, फिर सिर पर बाँधा और बेंच के बर्तन यों ही इधर से उठाकर उधर और उधर से हटाकर इधर रखने लगी। उसके मन में जो तूफ़ान उठा, वह जैसे सम्हाल में ही न आया। दून्या ने देखा कि वह बेंच पर बैठी तो उसके हाथ काँपते रहे और वह अपने पुराने, फटे-पुराने ऐप्रन की घुटनों की सिलवटें बराबर करती रही।

दून्या के गले में जैसे कोई चीज़ आकर अटक गई। उसका जी चाहा कि वह कहीं चली जाए और फूट-फूटकर रोए। शांत भाव से बोली—"ग्रिगोरी वापस आ रहा है...पर देखो कि माँ को उसे दुबारा देखना बदा न था...अच्छा, मैं चली...मुझे स्टोव जलाना है।"

गलियारे में अकसीनिया ने दून्या की गर्दन मशीन की तरह चूम ली। इसके बाद लपककर उसका हाथ अपने हाथ में लिया और उस पर भी होंठ रख दिए।

"ख़ुश हो तुम ?" दून्या ने दबी हुई, काँपती आवाज़ में पूछा।

"हाँ...ख़ुश हूँ...थोड़ी ख़ुश तो ज़रूर हूँ।" अकसीनिया ने हँसते हुए जवाब दिया और अपने पलकों के छलछलाते आँसुओं पर मुस्कान का पर्दा डाल दिया।

6

ग्रिगोरी को लाल सेना के विघटित सेनापति के रूप में मिलेरोवो स्टेशन पर गाड़ी और घोड़ों की व्यवस्था मिली। उसने घर के रास्ते में हर उक्रइनी बस्ती में घोड़े बदले और वह उसी दिन ऊपरी दोन की सीमा में पहुँच गया। लेकिन पहले कज़्ज़ाक गाँव में प्रवेश करते ही, लाल सेना से अभी-अभी लौटा एक युवक क्रान्तिकारी समिति का अध्यक्ष उससे बोला—"कॉमरेड कमांडर, आपको बैलों से काम चलाना पड़ेगा...हमारे यहाँ गाँव-भर में घोड़ा एक है और उसका भी एक पैर बेकार है। बात यह है कि फ़ौज के पीछे हटते वक़्त सभी घोड़े कुबान में छूट गए।"

"शायद उस एक घोड़े से ही मेरा काम चल जाए।" ग्रिगोरी ने मेज़ पर उँगलियाँ बजाते और अध्यक्ष की ख़ुशी से चमकती आँखों में आँखें डालते हुए कहा।

"वह घोड़ा आप लेंगे तो कभी भी अपने गाँव न पहुँच पाएँगे...एक हफ़्ते के बाद भी रास्ते में ही नज़र आएँगे...लेकिन फ़िक्र न करें...हमारे यहाँ बैल एक-से-एक अच्छे हैं...तेज़ चलते हैं...और बैलगाड़ी तो यों भी व्येशेंस्काया जाएगी...टेलीफ़ोन के थोड़े-से तार वहाँ भेजने हैं...लड़ाई के दौरान यहाँ

फँसे रह गए थे।...यानी बैलगाड़ी से जाएँगे तो फिर आपको सवारी अदलने-बदलने की ज़रूरत न पड़ेगी...आप ऐन दरवाज़े तक पहुँचा दिए जाएँगे।...''

फिर अध्यक्ष ने अपनी बाईं आँख दबाई और आँख मारकर मुस्कुराते हुए बोला—''हम आपकी गाड़ी के लिए अच्छे-से-अच्छे बैल देंगे, और गाड़ी हाँकने के लिए एक जवान बेवा साथ कर देंगे। हमारे यहाँ एक औरत है, जो बहुत ही गरम है...इतनी गरम है कि दूसरी उस तरह की ढूँढ़े नहीं मिलेगी। यानी उसके साथ आपको पता भी नहीं चलेगा और आप घर पहुँच जाएँगे...मैं ख़ुद फ़ौज में रहा हूँ, इसलिए सब जानता हूँ कि फ़ौजी को क्या चाहिए और क्या नहीं।''

ग्रिगोरी ने बार-बार सोचा और मन-ही-मन तय किया—'उधर जानेवाली किसी भी गाड़ी का इन्तज़ार करना बेकार होगा और पैदल जाना मुमकिन नहीं है। रास्ता लम्बा है, इसलिए चलो बैलगाड़ी ही सही।'

और फिर गाड़ी एक घंटे के अन्दर-अन्दर आ गई। पुरानी गाड़ी के पहिए बुरी तरह चरमराते रहे। पीछे का ढाँचा टूटा दीखा और लापरवाही से लदी सूखी घास के लच्छे जहाँ-तहाँ झूलते नज़र आए।...'यह है लड़ाई का करिश्मा !' ग्रिगोरी ने सवारी देखकर सोचा।

गाड़ीवान औरत चाबुक नचाती, बैलों की बग़ल-बग़ल पैदल आई। औरत का बदन ख़ूबसूरत था और वह ख़ुद काफ़ी सुन्दर। पर भारी-भारी छातियाँ क़द के हिसाब से निकलती हुई थीं और हुस्न को जैसे बिगाड़ती थीं। गोल ठोड़ी पर तिरछा-सा दाग़ था, और इस दाग़ से उसकी उम्र बढ़ती थी। चेहरा गुलाबी भूरा था और नाक की हड्डी के पास ज्वार के बीजों-सी सुनहरी चित्तियाँ थीं।...

औरत ने अपना रूमाल ठीक करते हुए आँखें सिकोड़ीं, ग्रिगोरी को सिर से पैर तक देखा और पूछा—''तुम्हें ले चलना है मुझे ?''

ग्रिगोरी सीढ़ी से उठा और उसने अपना बरानकोट कन्धे पर डाला। बोला—''हाँ मैं ही चलूँगा...तार लाद लिए तुमने ?''

''आख़िर तुम क्या सोचते हो कि क्या हूँ मैं ?'' कज़्ज़ाक औरत बजती हुई आवाज़ में चिल्ला पड़ी—''ये लोग हर दिन मुझे कहीं-न-कहीं भेज देते हैं। और मेरे लिए कोई-न-कोई काम निकाल लेते हैं। आख़िर इन लोगों ने समझा क्या है मुझे ? लादना हो तो ख़ुद लादें तार, वरना मैं गाड़ी खाली ले जाऊँगी।''

इस पर भी उसने तार की गरारियाँ घसीटकर गाड़ी पर लादीं। अध्यक्ष से ज़ोर-ज़ोर से जाने क्या-क्या कहा-सुना और बीच-बीच में ग्रिगोरी को कनखी से देखा। अध्यक्ष हँसा और उसने उस जवान औरत को यों देखा जैसे कि उसकी तारीफ़ करते थक न रहा हो। बीच-बीच में ग्रिगोरी को आँख मारी, जैसे कि कह रहा हो—'देखा आपने, ऐसी औरतें हैं हमारे यहाँ ! कहा नहीं था मैंने आपसे ?'

गाँव के पार भूरा बदरंग स्तेपी यहाँ से दूर वहाँ तक फैला रहा और पतझर का नाम दोहराता रहा। सड़क के पार के पुते हुए खेतों से धुएँ का मटमैला-भूरा रिबन हवा में लहराता रहा। हलवाहे झाड़-झंखाड़ और चरागाह की सूखी घास वग़ैरा जलाते रहे। नतीजा यह कि धुएँ की बू से ग्रिगोरी के दिमाग़ में पुरानी यादें हरी हो गईं और उसका मन कुरेदने लगीं। उसे लगा कि पतझर के दिनों में सुनसान स्तेपी में कभी वह भी खेत जोतता था। रात होने पर आसमान के अँधेरे से नहाते शून्य में चमचमाते हुए सितारों को एकटक देखता रहता था, क्षितिज में उड़ते कलहंसों की कीकें सुनता रहता था।...

वह गाड़ी में बैठे-ही-बैठे खिसका, सूखी घास की तरफ़ बढ़ा और गाड़ीवान औरत को देखने लगा। बोला—''ख़ूबसूरत औरत हो तुम...क्या उम्र है तुम्हारी ?''

''ऐसी ही कोई साठ साल।'' उसने सिर्फ़ आँखों-ही-आँखों मुस्कुराते हुए शोखी से जवाब दिया।

''नहीं, मज़ाक न करो...ठीक-ठीक बतलाओ।''

"बीस साल की हूँ..."

"और बेवा हो ?"

"हाँ..."

"तुम्हारा आदमी कैसे मरा ?"

"उसे मार डाला गया..."

"अभी हाल में ?"

"नहीं, दो साल पहले..."

"बग़ावत के वक़्त ?"

"नहीं, बाद में...पतझर के दिनों में..."

"लेकिन उसके बाद अब तुम्हारा काम कैसे चलता है ?"

"अरे काम का क्या, वह तो किसी तरह चल ही जाता है।"

"अकेलापन खलता नहीं तुम्हें ?"

औरत ने उसे ग़ौर से देखा और मुस्कान छिपाने के लिए होंठों पर रूमाल खींच लिया। इसके साथ ही उसकी आवाज़ और भारी हो गई और उसमें एक नयापन आ गया। बोली–"आदमी काम में बझा रहे तो अकेला-दुकेला कुछ भी नहीं लगता।"

"लेकिन आदमी के बिना ज़िन्दगी वीरान और सूनी नहीं लगती ?"

"नहीं, मैं अपनी सास के साथ रहती हूँ और खेत में काम इतना रहता है कि सिर उठाने का मौक़ा नहीं मिलता।"

"पर आदमी के बिना तुम्हारा काम कैसे चलता है ?"

औरत ने अपना चेहरा उसकी ओर मोड़ा। उसके गालों पर लाली छिटक गई और आँखों में चिनगारियाँ फूटने और बुझने लगीं–"क्या मतलब है तुम्हारा ?"

"मतलब तो मेरा साफ़ ही है।"

उसने अपना रूमाल होंठों से हटाया और जमुहाई लेती हुए बोली–"नेमत की इस ज़िन्दगी में कोई कमी नहीं है। दुनिया में हज़ारों लोग ऐसे हैं जो दूसरों की खुशी के लिए सभी कुछ कर देते हैं।" वह एक क्षण रुकी और फिर कहने लगी–"अपने आदमी के साथ ज़िन्दगी का मज़ा लेने का कोई ख़ास मौक़ा नहीं मिला मुझे। हम लोग सिर्फ़ एक महीने तक साथ रहे और उसे लड़ाई में खींच लिया गया।...मेरा तो काम उसके बिना भी चल ही जाता है...अब तो कुछ आसानी है...जवान कज़्ज़ाक गाँव में लौट आए हैं...पहले ज़रा मुश्किल थी...हे...गंजे...हे...ट...ट...तो फ़ौजी जी, यह है मेरी ज़िन्दगी...समझ गए न तुम !"

ग्रिगोरी ने आगे कुछ नहीं कहा...उसका मन ही न हुआ, ऐसी घुटन महसूस हुई उसे...उसे तो बात शुरू करने के लिए ही पछतावा होने लगा।

ऊँचे, अच्छी खिलाई-पिलाईवाले बैल उसी शान और नपे-तुले क़दमों से चलते रहे। उनमें से एक का बायाँ सींग कभी टूट गया था। और फिर माथे के आर-पार उग आया था।...

ग्रिगोरी कुहनी टेककर आधी आँखें मूँदकर गाड़ी में लेट गया और याद करने लगा कि बचपन में और फिर बाद में बड़े होने पर उसका कैसे-कैसे बैलों से पाला पड़ा। उन सभी के रंग, देह और स्वभाव अलग-अलग थे। सींग तक एक के दूसरे से न मिलते थे। एक बार उसके पास एक ऐसा बैल था जिसका सींग इस बैल के सींग की तरह ही कटा और मुड़ा हुआ था। जानवर बड़ा ही बिगड़ैल और चालाक था। सदा अपनी लाल-लाल आँखें नचाते हुए, कनखी से देखता, पीछे से आदमी के पास आने पर लात चलाने की कोशिश करता, और रातों को ढोरों के साथ चरने को छोड़ दिए जाने पर या तो भागकर घर आ जाता या इससे भी बुरा काम करता कि जंगल या दूर घाटियों में जा

छिपता। फिर ग्रिगोरी उसकी तलाश में घोड़े पर सवार होकर दिन-दिन-भर पूरे-का-पूरा स्तेपी मँझाता फिरता और जब पूरी तरह निराश हो जाता तो सहसा ही किसी दर्रे के तल में किसी अभेद्य कँटीली झाड़ी में या किसी सघन जंगली सेब के पेड़ के नीचे खड़ा मिल जाता। वह टूटे सींगवाला शैतान गर्दन गरियावन से बाहर निकाल लेता। रात को ढोरों के बाड़े के फाटक की आड़ हटा देता, बाहर निकल जाता, तैरकर दोन पार कर लेता और चरागाह में घूमता फिरता। इस तरह ग्रिगोरी को बहुत ही तकलीफ़ देता और तरह-तरह से परेशान करता।...

सो उसने औरत से पूछा–"कैसा है यह टूटे सींगवाला बैल ?...बिगड़ैल तो नहीं है न ?"

"नहीं...लेकिन क्यों...यह सवाल कहाँ से उठ गया ?"

"कुछ नहीं, सिर्फ़ यों ही पूछ लिया...थोड़ी दिलचस्पी हुई।"

"सिर्फ़ बड़े काम का लफ़्ज़ है...आदमी के पास और कुछ कहने को न हो, तो इससे बड़ी मदद मिलती है।"

ग्रिगोरी फिर चुप हो रहा। गुज़रे हुए ज़माने, शान्ति से भरे उन वर्षों, उस समय के कामकाज और लड़ाई से किसी तरह का कोई सम्बन्ध न रखनेवाली हर चीज़ के बारे में सोचना उसे बहुत ही प्यारा लगा। बात यह है कि इन सात वर्षों में वह लड़ाई से इस बुरी तरह ऊब गया था कि कुछ न पूछिए। फलतः लड़ाई या उससे जुड़ी हुई किसी भी घटना का ध्यान आते ही उसका जी मिचलाने लगता था और खीझ से उसके हाथ-पैर सुन्न हो जाते थे।

लड़ाई से उसका जी भर गया था और उसने उससे छुटकारा ले लिया था। आख़िरकार अब वह घर लौट रहा था, नए सिरे से गाँव-घर के काम में लगने और अपने बच्चों और अकसीनिया के साथ चैन से रहने। मोर्चे पर ही उसने फ़ैसला कर लिया था–बच्चों को पालने और हमेशा पास रहने के लिए अकसीनिया को बुलाकर अपने साथ रखने का। उसे लगा कि इस कहानी का भी अन्त होना ही चाहिए, और जब अन्त होना ही है तो जितनी जल्दी हो जाए, उतना ही अच्छा...।

उस समय वह कल्पना करने लगा कि घर पहुँचने पर इस तरह मैं ट्यूनिक और बूट उतारूँगा, इस तरह चौड़े पंजे के सेंडिल पहनूँगा, इस तरह सफ़ेद ऊनी मोज़े में पतलून के पाँयचे खोंसूँगा और ऊनी जैकेट पर घर का बुना कोट डालकर इस तरह खेत में जाऊँगा।...उसने सोचा, हल के हत्थे थामकर नम लीकों के किनारे-किनारे चलने में बड़ा मज़ा आएगा...नथुने टूटती मिट्टी की ताज़ी सोंधी बास और हल की फाल से कटी घास की तीखी गन्ध से भर उठेंगे...अरे और जगह की तो मिट्टी और घास की महक तक कुछ दूसरे ही ढंग की होती है...पोलैंड, उक्रइन और क्रीमिया में कितनी ही बार मैंने चिरायते का डंठल लेकर हथेली में मला और सूँघा तो मन ने नफ़रत से कहा–'नहीं, यह महक अपने यहाँ के चिरायते की महक-सी नहीं है...बिल्कुल ही अलग है...'

पर, गाड़ीवान औरत तो उसके इन विचारों में हिस्सा बँटा नहीं पाई। बेचारी को चुप्पी काटने लगी और उसका मन बात करने को मचलने लगा। उसने बैलों को हाँकना बन्द कर दिया, आराम से जमकर बैठ गई और चाबुक से खिलवाड़ करते हुए ग्रिगोरी के गम्भीर चेहरे और अधमुँदी आँखों को ग़ौर से देखने लगी। अन्दर-ही-अन्दर बोली–'आदमी की उम्र ऐसी कुछ ज़्यादा नहीं है। हालाँकि बाल सफ़ेद हैं...पर, आदमी अपने-आपमें कुछ अजीब ही है। हर वक़्त आँखें सिकोड़े रहता है। आख़िर इसके माथे पर बल क्यों पड़े रहते हैं ? कोई देखे तो समझे कि थकान से इस तरह चूर है, जैसे कोई घोड़ा समझकर इसे गाड़ी में जोतता रहा है।...लगता है कि अपने ज़माने में काफ़ी भोगना पड़ा है इसे !...लेकिन, आदमी देखने-सुनने में बुरा ज़रा भी नहीं है...सिर्फ़ यह है कि सिर के साथ-साथ मूँछों के भी काफ़ी बाल सफ़ेद हैं...इतना न हो तो सोना-ही-सोना है...पर, यह इतना सोचता क्यों है ? पहले तो लगा कि आदमी खुशमिज़ाज है और कुछ हँसी-खुशी की बातें करेगा, पर वह तो चुप हो गया...और मुँह भी खोला तो जाने क्यों बैल के बारे में पूछताछ करने लगा। इसे यह पता नहीं कि

किस चीज़ के बारे में बात करे और किस चीज़ के बारे में न करे ? पर, हो सकता है कि आदमी तबीयत से शर्मीला हो...वैसे लगता तो नहीं...आँखों में एक तरह की सख़्ती है...नहीं, कज़्ज़ाक शानदार है...सिर्फ़ जाने क्यों अजीब-अजीब है थोड़ा-सा ! तो, सिए रह अपने होंठ, कुबड़ा-शैतान कहीं का ! मुझे बड़ी ज़रूरत पड़ी है तेरी ! मैं भी अपनी ज़बान पर ताला लगाए रह सकती हूँ।...घर जाकर बीवी से मिलने की बेचैनी है !...ख़ैर, यह चाहता है तो यही सही...लगाए रहे चुप..इससे बड़ा भला होगा तेरा !'

औरत गाड़ी के बाज़ू से टिक गई और धीरे-धीरे गाने लगी। दिन का पहला पहर अब भी अपनी बहार पर रहा। सड़क की पहरेदारी करती, पिछले साल की भटकटैया की परछाई ने जैसे कि बार-बार दोहराया—अभी क्या है, दोपहर के बाद देखना, मेरी परछाईं चौगुनी से भी ज़्यादा नज़र आएगी।

स्तेपी का पूरा-का-पूरा मैदान इस तरह गुमसुम रहा, इस तरह सुन्न रहा, जैसे कि किसी ने जादू से बाँध दिया हो। धूप में मामूली गर्मी महसूस हुई। हवा के हल्के झोंके सूखी हुई, ललछरी-भूरी घास की पत्तियों को बिना आवाज़ किए, हल्के-हल्के हिलाते-डुलाते रहे। न कहीं चिड़िया की चहचहाहट सुनाई पड़ी और न कहीं जंगली चूहे की सीटी। पीलेपन की झाईं मारते नीले आसमान में न कहीं कोई चील उड़ती दीखी और न कहीं कोई बाज़। केवल एक छाया सड़क के आर-पार फिसली और जब तक ग्रिगोरी सिर उठाकर देखे, तब तक राख के रंग का मटमैला सारंग ज़ोर-ज़ोर से पंख मारता उधर से उड़कर दूर के एक ढूह पर जा बैठा। वहाँ एक खड्ड का साया दूर की बकाइनी उदासियों में घुलता रहा।...

ऐसे गहरे उदास सन्नाटे का अनुभव ग्रिगोरी को इसके पहले सिर्फ़ पतझर के बाद के दिनों में हुआ। उस समय उसे अक्सर ऐसा लगा था जैसे कि मोथा-घास का जो पौधा हवा की चपेट में आया, वह सूखी घास के ऊपर सरसराता चला गया और फिर स्तेपी को पार करता चला गया दूर—बहुत दूर।...

सड़क कहीं ख़त्म होती ही नज़र न आई। वह चक्कर लगाकर ढाल के ऊपर चढ़ी, किसी दर्रे में उतरी, और फिर किसी पठार की चोटी पर चढ़ गई। और, ऐसे में वही वीरान स्तेपी हर तरफ़ पसरा दीखता रहा और चरागाहें इस तरह फैली लगती रहीं जैसे कि इनका कहीं अन्त ही न हो।

सहसा ही ग्रिगोरी ने ढाल पर मैपल का एक झुरमुट देखा तो उसकी आँखें ख़ुशी से चमक उठीं। पहले पाले से ऐंठी उसकी पत्तियाँ चमकती रहीं और उनका रंग झुटपुटे के वक़्त का-सा जामनी लगता रहा। ऐसा लगा जैसे कि किसी ने किसी पड़ाव के अलाव के ठंडे पड़ते अंगारे उन पर छिड़क दिए हों।...

"तुम्हारा नाम क्या है, भले आदमी ?" गाड़ीवान औरत ने ग्रिगोरी के कन्धे को चाबुक से धीरे से छूते हुए पूछा।

वह चौंककर उसकी तरफ़ मुड़ गया। पर, वह किसी और तरफ़ देखने लगी। ग्रिगोरी बोला—"मेरा नाम है ग्रिगोरी...और तुम्हारा ?"

"मेरा नाम क्या...जिस नाम से चाहो पुकार लो।"

" 'चाहे जिस नाम से चाहो पुकार लो' के मानी क्या ? तुम बतलातीं क्यों नहीं ?"

"मैं तो इस चुप्पी से थक गई। चुप्पी साधे-साधे आधा दिन गुज़र गया...मेरा मुँह सूखने लगा है...पर, तुम इतने उदास-उदास-से क्यों हो, ग्रीशा ?"

"मगर, जश्न मनाने को भी क्या है ?"

"क्यों नहीं है...घर जा रहे हो...तुम्हें तो खुश होना चाहिए।"

"मेरी हँसी-खुशी के दिन निकल गए।"

"हँसी-खुशी के दिन निकल गए ! यानी, बूढ़े हो गए तुम ! पर, इतनी कम उम्र में भी तुम्हारे

बाल इस तरह सफ़ेद क्यों हो गए हैं ?''

''यानी, तुम तो सभी कुछ जानना चाहती हो...कह सकती हो कि ऐसे आराम की ज़िन्दगी मैंने अब तक बिताई है कि वक़्त के पहले ही बूढ़ा हो गया हूँ।''

''ग्रीशा, तुम्हारी बीवी है ?''

''हाँ, है...और, मेरी सलाह मानो तो तुम भी जल्दी ही दूसरा आदमी तलाश लो।''

''आख़िर क्यों ?''

''इसलिए कि तुम खिलाड़ी तबीयत से कुछ ज़्यादा हो !''

''तो, क्या यह कोई बहुत बुरी बात है ?''

''हाँ, बहुत बुरी बात भी साबित हो सकती है...एक बार एक तुम्हारी ही तरह की खिलाड़ी औरत से मेरी मुलाक़ात हुई...उसका आदमी भी मर चुका था...सो, वह मज़े लेती रही, लेती रही, मगर फिर उसकी नाक कटकर गिरने को हो गई।''

''उफ़्...हद है !'' औरत ने इस प्रकार बनकर कहा जैसे कि सहज ही आशंकित हो उठी हो...पर, फिर तुरन्त ही व्यावहारिक ढंग से बोली—''बेवा औरत की ज़िन्दगी होती ही ऐसी है। मैं तो कहती हूँ कि भेड़िए का डर हो तो जंगल में जाओ ही क्यों ?''

ग्रिगोरी ने उस पर निगाह डाली तो वह दाँत भींचकर अन्दर-ही-अन्दर हँसती दीखी। उसका झूलता हुआ ऊपरी होंठ फड़कता रहा और झुकी हुई आँखें शरारत से चमकती रहीं।...ग्रिगोरी हँस पड़ा और उसने अपना हाथ उसके गरम, गोल घुटने पर रख दिया। हमदर्दी दिखलाते हुए बोला—''बेचारी... बेचारी ! इन बीस बरसों की ज़िन्दगी में ही कितना दुख-दर्द देखा और सहा है।''

पर, दूसरे ही क्षण औरत के चेहरे से ख़ुशी बिजली के कौंधे की तरह लापता हो गई। उसने झटककर ग्रिगोरी का हाथ हटा दिया। उसकी भौंहें चढ़ गईं और गाल इस तरह तमतमा उठे कि नाक की हड्डी के पास की सारी चित्तियाँ गायब हो गईं। बोली—''हमदर्दी, घर पहुँचने पर, अपनी बीवी के साथ दिखलाना ! मेरे साथ हमदर्दी दिखलानेवाले ऐसे भी काफ़ी हैं...तुम्हारी मुझे कोई ज़रूरत नहीं।''

''सुनो तो, बिगड़ो नहीं।''

''उफ़...ऐसी-तैसी में जाओ तुम।''

''मैंने तो यह बात इसलिए कही, क्योंकि मेरा दिल सचमुच तुम्हारे लिए दुखा।''

''तुम्हारा दुख जाए।'' मर्दानी गाली सफ़ाई से देखते-देखते उसके होंठों पर आ गई और उसकी काली आँखें क्रोध से जलने लगीं।

ग्रिगोरी ने पलकें उठाईं और परेशानी से बोला—''यानी तुम इस तरह की गाली भी इतनी आसानी से दे सकती हो। कैसी जंगली हो तुम !''

''और, तुम क्या हो ? जुओं से भरा बरानकोट पहने कोई सन्त महात्मा। मैं तुम लोगों को अच्छी तरह जानती हूँ कि शादी कर लो फिर तो सबकुछ चलता ही है। लेकिन यह बतलाओ कि यह महात्मागीरी क्या बहुत पहले से अख़्तियार कर रखी है तुमने ?''

''नहीं, ऐसे कोई बहुत पहले से तो नहीं।'' ग्रिगोरी ने हँसते हुए कहा।

''तो मेरे नाम पर यह क़ानून क्यों बघार रहे हो ? यह सब करने के लिए घर पर मेरी सास है।''

''अच्छा, बस करो...इसमें इतना बिगड़ने की क्या बात है ? बिल्कुल बेवकूफ़ हो तुम। मैंने तो महज़ एक बात कही।'' ग्रिगोरी ने समझौते की कोशिश करते हुए कहा—''ज़रा देखो, हम लोग इधर बातों में खोए रहे और उधर बैल सड़क से बिल्कुल हट गए।''

ग्रिगोरी ने गाड़ी में और आराम से लेटते हुए ख़ुशमिज़ाज औरत पर एक सरसरी नज़र डाली तो उसकी आँखों में आँसू छलछलाते हुए मिले। उसे बड़ा अटपटा-अटपटा-सा लगा। मन-ही-मन

सोचा–'हो गया...यह है इनकी आख़िरी ताक़त...ये औरतें हमेशा यही करती हैं।'

इसके ज़रा देर बाद ही उसने बरानकोट के सिरे से अपना चेहरा ढँक लिया और पीठ के बल पड़कर सो गया। फिर उसकी आँख दोनों वक़्त मिलने पर खुली तो साँझ के सितारे आसमान में टिमटिमाते दीखे और उसके नथुने सूखी घास की ताज़ी प्यारी महक से भर उठे।

"बैलों के चारा-पानी का वक़्त हो गया।" गाड़ीवान औरत बोली।

"ठीक...तो रोक लो गाड़ी।" ग्रिगोरी ने कहा, ख़ुद बैलों की जोत खोली, फिर अपने थैले से गोश्त का एक टीन और रोटी निकाली। इधर-उधर से सूखी चैलियाँ जमाकर गाड़ी के पास ही आग जलाई और औरत से बोला–"आओ...बैठो, थोड़ा-सा खाना-पीना हो जाए। बहुत नाराज़ हो लीं।"

औरत आग के पास बैठ गई और मुँह से बिना कुछ कहे, उसने बोरा झाड़कर रोटी और सूअर की, जाने कब की फफूँदी लगी चर्बी का एक लोंदा निकाला। खाने के बाद गाड़ी में जाकर सो गई। पर ग्रिगोरी ने आग बनाए रखने के लिए कंडियों के कुछ टुकड़े उसमें डाले और फ़ौजी तरीक़े के अलाव की बग़ल में ही पड़ रहा। फिर बहुत देर तक आसमान के जगमगाते सितारों को देखता और अपने बच्चों और अकसीनिया की इधर-उधर की बात सोचता रहा। इसके बाद औंघा गया तो उसे जगाया उस हट्टी-कट्टी औरत की ज़ोरदार आवाज़ ने–"सो गए फ़ौजी, नींद आई या नहीं ?"

ग्रिगोरी ने सिर उठाया तो देखा कि औरत गाड़ी से आधी लटकी हुई है...चेहरे पर नीचे की, ठंडी पड़ती आग की हल्की-हल्की रोशनी पड़ रही है...गुलाबी चेहरे पर ताज़गी है, और रूमाल की बेल अँधेरे में चमक रही है। औरत इस तरह मुस्कुराई, जैसे कि उनके बीच किसी तरह की कोई कहा-सुनी कभी हुई ही न हो। साथ ही भौंहें नचाती हुई बोली–"ऐसा न हो कि तुम जम जाओ वहाँ। ज़मीन ठंडी है। बहुत सर्दी लग रही हो तो मेरे पास आ जाओ। मेरी भेड़ की खाल बहुत गरम है। आते हो ?"

ग्रिगोरी ने एक क्षण सोचा और फिर आह भरकर बोला–"शुक्रिया...मगर मेरा जी नहीं कहता...अगर एक-दो साल पहले की बात होती तो...वैसे आग के पास हूँ...सर्दी से जमने की नौबत नहीं आएगी।"

औरत के मुँह से भी आह निकल गई। बोली–"जैसा तुम्हारा मन।" और फिर भेड़ की खाल उसने सिर तक खींच ली।

ज़रा देर बाद ग्रिगोरी उठा, अपनी चीज़बस्त जमा कीं और तातारस्की तक की मंज़िल पैदल ही मार देने का फ़ैसला किया। सोचा–'मैं कमांडर हूँ...फ़ौज से लौट रहा हूँ...दिन में सभी देखेंगे...बैलगाड़ी पर सवार होकर गाँव पहुँचना बहुत ही भद्दा लगेगा। लोग हर तरफ़ बेकार की बातें करने और मज़ाक बनाने लगेंगे। ऐसे भी तड़का होते-होते तो वहाँ पहुँच ही जाऊँगा।'

उसने गाड़ीवान औरत को जगाया। बोला–"मैं पैदल जा रहा हूँ...यहाँ अकेले डर तो नहीं लगेगा तुम्हें ?"

"नहीं, मैं डरनेवाली औरत नहीं...फिर पास ही तो एक गाँव है। लेकिन हुआ क्या ? सब्र नहीं करते बनता ?"

"नहीं...ठीक समझा तुमने। अच्छा...अलविदा...मुझे बुरा आदमी न समझना।"

वह सड़क पर आया और उसने अपने बरानकोट का कॉलर उलटा लिया। बर्फ़ के पहले फूल उसकी बरौनियों पर बरसे। हवा उत्तर की ओर से बहने लगी, और उसकी साँस बर्फ़ की सुहानी महक से बस गई। ग्रिगोरी को यह महक सदा की जानी-पहचानी मालूम हुई।

कोशेवोइ व्येशेंस्काया से शाम को लौटा। दून्या ने उसे फाटक के पास पहुँचते देखा तो जल्दी-जल्दी कन्धे पर शाल डाला। बाहर निकलकर अहाते में आई और अपने पति की ओर चिन्ता से एकटक देखती हुई बोली–"आज सवेरे ग्रीशा आ गया।"

"तो तुम खुशियाँ मनाओ।" ग्रीशा ने तटस्थ भाव से बात में परिहास घोलते हुए कहा और ज़ोर से होंठ भींचते हुए बावर्चीख़ाने में आया। इस बीच उसके गालों की हड्डियों के नीचे की मांसपेशियाँ थरथराती रहीं। दूसरी ओर बूआ के पहनाए, सफ़ेद फ्रॉक में सजी-बजी पोल्युशका अपने पापा के घुटनों पर सवार बैठी रही। पर बहनोई को देखते ही ग्रिगोरी ने बच्ची को धीरे से फ़र्श पर बैठा दिया और मुस्कुराकर अपना बड़ा साँवला हाथ आगे बढ़ाते हुए उससे मिलने को लपका। उसने तो उसे अपनी बाँहों में भरना तक चाहा, पर उसकी स्नेहहीन, भावशून्य गम्भीर आँखें देखते ही अपना मन मार लिया। बोला—"प्रीवियत मीशा !"

"प्रीवियत !"

"एक ज़माना हुआ तुमसे मिले...लगता है कि पूरी एक सदी बाद मुलाक़ात हो रही है।"

"हाँ, सचमुच ज़माना हुआ...तुम्हारा घर लौटना मुबारक।"

"शुक्रिया...अब तो हम नज़दीकी रिश्तेदार हैं एक-दूसरे के ?"

"सो तो है...पर तुम्हारे गाल पर यह ख़ून कैसा है ?"

"कुछ नहीं, जल्दी में दाढ़ी बनाते कट गया।"

दोनों मेज़ के किनारे आ बैठे और एक-दूसरे को ग़ौर से देखने लगे। उनकी निगाहों में जितना अटपटापन रहा उतना ही परायापन। फलतः गम्भीरता से बातचीत आरम्भ करना सम्भव न लगा। फिर भी मीशा ने बड़े आत्म-संयम से काम लिया और फ़ार्म और फ़ार्म में होनेवाले परिवर्तनों की चर्चा छेड़ दी।

ग्रिगोरी खिड़की से पहली निलछरी बर्फ़ से ढँकी धरती और सेब के पेड़ों की नंगी डालों को एकटक देखता रहा। मिख़ाइल से इस तरह मिलने की बात शायद ही कभी उसके दिमाग़ में आई हो।

फिर, जल्दी ही मिख़ाइल बाहर चला गया। गलियारे में उसने सिल्ली पर रगड़-रगड़कर अपने चाकू की धार तेज़ की और दून्या से बोला—"किसी मेमने को हलाल करने के लिए किसी को देखने जा रहा हूँ...घर का मालिक घर आया है तो आख़िर उसकी ख़ातिर तो होनी ही चाहिए। तुम दौड़कर जाओ और कहीं से थोड़ी-सी वोद्का ले आओ। नहीं, ठहरो...तुम प्रोख़ोर के पास जाओ और उससे कहो कि वह, जहाँ से भी हो, वोद्का लेकर आए...इसके लिए उसे दुनिया के दूसरे छोर तक जाना पड़े, तब भी कोई बात नहीं। यह काम वह तुमसे बेहतर कर सकता है। और देखो, साथ ही उसे शाम को यहाँ आने की दावत भी दे आना।"

दून्या का चेहरा ख़ुशी से खिल उठा और उसने अपने पति को मौन कृतज्ञता से भरी दृष्टि से देखा। मन-ही-मन सोचा—'शायद आगे सबकुछ अच्छा-ही-अच्छा हो...लड़ाई ये लोग कर चुके...अब है क्या जिसे लेकर झगड़ा करेंगे ये दोनों ? नीली छतरीवाले ऐसा कर कि ये अक्ल से काम करें !' प्रोख़ोर की झोंपड़ी की तरफ़ बढ़ते हुए उसका अन्तर् आशा से भर गया और आधे घंटे के अन्दर-अन्दर प्रोख़ोर हाँफता हुआ भागा आया।

"ग्रिगोरी-पैन्तेलेयेविच...प्यारे ग्रिगोरी...मैंने तो सोचा था कि तुमसे अब शायद ही मुलाक़ात हो।" वह रुआँसी आवाज़ में चीख़ा और ड्योढ़ी पर लड़खड़ा गया तो हाथ की वोद्का-भरी सुराही टूटते-टूटते बची।

उसने सुबकते, मुट्ठी से आँखें पोंछते और आँसुओं से तर मूँछों पर हाथ फेरते हुए ग्रिगोरी को गले लगाया। ग्रिगोरी के गले में भी कुछ आ अटका, पर उसने अपने को सँभाल लिया। फिर भी बुरी तरह द्रवित होते हुए उसने अपने वफ़ादार अर्दली की पीठ थपथपाई और अस्फुट स्वर में बोला—"यानी हमारी मुलाक़ात फिर हो गई...बड़ी ख़ुशी हुई...प्रोख़ोर, मुझे सचमुच बड़ी ख़ुशी हो रही है। मगर बुड्ढे, तू इस तरह रो क्यों रहा है ? मन कमज़ोर हो गया है ? मन के कलपुर्ज़े ढीले हो गए हैं ? अच्छा यह बतला कि तेरा हाथ कैसा है ? यानी तेरी बीवी ने तेरा दूसरा हाथ अभी तक

नहीं तोड़ा ?''

प्रोख़ोर ने नाक बारम्बार छिनकी और अपनी भेड़ की खाल उतारी।

''अरे बुढ़िया की कुछ न पूछो, अब तो हम दोनों पेड़की जोड़े की तरह रहते हैं। जैसे तुमने अभी-अभी देखा, मेरा दूसरा हाथ अब तक सही-सलामत है, और गोरे गारदों ने जो हाथ काट दिया था वह भी दुबारा उग रहा है...ऊपरवाला देखनेवाला है। एक साल के अन्दर-अन्दर उस पर भी उँगलियाँ न आ जाएँ, तब कहना।'' प्रोख़ोर ने हमेशा की तरह हँसते और अपनी छूँछी आस्तीन झुलाते हुए कहा।

लड़ाई ने उन्हें सिखला दिया था अपनी सच्ची भावनाओं पर मुस्कान का पर्दा डाल लेना और रोटियों और बातों दोनों को ही ख़ासा नमकीन बना लेना। इसलिए ग्रिगोरी इसी तरह हँसता और मज़ाक करता रहा—''बुड्ढे बकरे, क्या हाल हैं ज़िन्दगी के ? रफ़्तार बदस्तूर तेज़ है ?''

''अरे बूढ़ा हुआ तो वह पुरानी बात अब कहाँ से आएगी ? उतनी तेज़ी तो अब सपने की बात हो गई है।''

''मुझसे अलग होने के बाद फिर कुछ नहीं फाँसा तुमने ?''

''क्या मतलब ?''

''मतलब क्या...अरे पिछले जाड़े में जिस माल को लेकर दून की ले रहे थे, वह हाथ लगा कि नहीं ?''

''पैन्तेलेयेविच, क्या कह रहे हो तुम ! ऊपरवाला बचाए ऐसे गुनाहों से ! अब उस ऐयाशी से फ़ायदा भी क्या ? दूसरे, एक हाथ से बात भी क्या बनेगी ! यह सब तो अब तुम्हारे लिए है...जवान आदमी के धन्धे हैं ये सब ! मेरा तो अब वह वक़्त है कि अपनी बुढ़िया से कह दूँ ले भई, बची-बचाई चिकनई से अपने तवे चिकना ले।''

खाइयों में एक-दूसरे का साथ देनेवाले दोनों खड़े एक-दूसरे को देखते और हँसते-हँसाते रहे। इस भेंट की खुशी ही जैसे उनके सँभाले न सँभली।

''लड़ाई को हमेशा-हमेशा के लिए सलाम कर आए ?'' प्रोख़ोर ने पूछा।

''हाँ हमेशा-हमेशा को सलाम कर आया।''

''आख़िरकार पहुँचे किस ओहदे तक ?''

''रेजीमेंट के कमांडर के बाद दूसरी जगह थी मेरी।''

''फिर इतनी जल्दी वापस कैसे भेज दिए गए ?''

ग्रिगोरी के चेहरे पर एक बादल-सा घिर आया। रुखाई से बोला—''उनके लिए मेरा कोई इस्तेमाल नहीं रह गया शायद।''

''यह कैसे ?''

''पता नहीं...शायद मेरे पिछले रिकार्ड की वजह से।''

''लेकिन तुम्हें तो अफ़सरों का चुनाव करनेवाले ख़ास कमीशन ने चुना था...फिर पिछली कारगुज़ारियों का सवाल कैसे उठा ?''

''कौन क्या कह सकता है !''

''लेकिन...मिख़ाइल कहाँ है...नज़र नहीं आता ?''

''अहाते में है...ढोरों को ठिकाने लगा रहा है।''

प्रोख़ोर ग्रिगोरी के और पास आया और आवाज़ धीमी करते हुए बोला—''इन लोगों ने प्लातोन र्‌याबचिकोव को गोली से उड़ा दिया...कोई एक महीने पहले।''

''सचमुच ?''

''ऊपरवाला गवाह है !''

इसी समय बरसाती का दरवाज़ा चरमराया।

"बातें अब बाद में होंगी।" प्रोखोर ज़रा ज़ोर से बोला–"तो साथी कमांडर तुम्हारे घर आने की ख़ुशी में वोद्का तो चलेगी न ? मैं जाकर मिख़ाइल को बुला लाऊँ ?"

"हाँ, बुला लो ज़रा।

दून्या ने मेज़ लगाई। उसका मन उमड़ा कि अपने भाई की ख़ातिर के लिए क्या-क्या न कर डाले। उसने एक साफ़ तौलिया उसके घुटने पर बिछाया। तरबूज़ के सिरके की तश्तरी खींचकर उसकी ओर कर दी और उसका गिलास कम-से-कम पाँच बार पोंछा। वह ग्रिगोरी से संकोच करती और 'तुम' या 'तुम्हें' कहने में सकुचाती लगी।

मिख़ाइल मेज़ पर पहले-पहले बिल्कुल सन्न बैठा रहा और ग्रिगोरी की एक-एक बात बड़े ध्यान से सुनता रहा। वोद्का उसने थोड़ी पी और जितनी भी पी, हिचक-हिचककर पी। पर प्रोखोर गिलास-पर-गिलास ढालता रहा। आख़िरकार उसका चेहरा बिल्कुल ज़र्द पड़ गया और वह अपनी मूँछों पर और भी जल्दी-जल्दी हाथ फेरने लगा।

और फिर बच्चों को सुलाने के बाद दून्या ने उबले हुए गोश्त की एक तश्तरी मेज़ पर रखी और ग्रिगोरी से फुसफुसाकर कहा–"भई, मैं दौड़कर अकसीनिया को बुलाए लाती हूँ...ठीक रहेगा न ?"

ग्रिगोरी ने मुँह से कुछ नहीं कहा, सिर्फ़ सिर हिला दिया। सारी शाम उसका मन कलपता रहा था। उसने यह बात किसी के सामने नहीं आने दे थी। पर दून्या ने उसे हर आहट पर कान देते और कनखी से दरवाज़े की ओर घूरते देखा था। लड़की की निगाह काफ़ी तेज़ थी। उससे कुछ भी बच सकना मुश्किल ही था...।

"और वह कुबान-कज़्ज़ाक तेरेशचेंको...अब भी टुप की कमान उसके हाथों में हैं ?" प्रोख़ोर ने गिलास को इस तरह हाथों से जकड़े-ही-जकड़े पूछा, जैसे कि कोई उसे छीनकर भाग जाने की कोशिश कर रहा हो।

जवाब मिला–"उसे ल्वोव में मार डाला गया।"

"ख़ैर...ऊपरवाला उस पर रहम करे ! घुड़सवारों में शानदार फ़ौजी था वह !" प्रोख़ोर ने जल्दी-जल्दी क्रॉस बनाया और कोशेवोइ की मुस्कान के व्यंग्य की अनदेखी करते हुए ज़ोर की चुस्की ली। "और क्या हालचाल हैं उस आदमी के...अजीब-सा नाम था उसका ? अरे वही जो दाहिने बाजू अपना घोड़ा रखता था...क्या नाम था उसका ?...शायद मैबोरोदा था...वह मोटा, हँसमुख उक्रइन था न एक...उसने ब्रोदी में एक पोलिश अफ़सर को बीच से दो कर दिया था...वह ज़िन्दा और ठीक-ठाक तो है ?"

"बिल्कुल स्टैलियन है अब तक। उसका तबादला मशीनगनवाली स्क्वैड्रन में कर दिया गया है।"

"और अपना घोड़ा तुमने किसको सौंपा ?"

"मेरे पास दूसरा घोड़ा आ गया था बाद में।"

"तो उस सितारेवाले घोड़े का क्या हुआ ?"

"उसे तोप के गोले का एक टुकड़ा लगा और वह मर गया।"

"लड़ाई में ?"

"हमने एक गाँव में पड़ाव डाल रखा था कि तोपों के गोले आ-आकर गिरने लगे, और उसी में उसका काम तमाम हो गया।"

"आह...बहुत ही बुरा हुआ...कैसा शानदार घोड़ा था वह !" प्रोख़ोर ने आह भरी और फिर होंठ गिलास पर जमा लिए।

इसी समय बाहर दरवाज़ा खड़का तो ग्रिगोरी चौंक-सा उठा। अकसीनिया ने ड्योढ़ी के इस पार क़दम रखा और अस्पष्ट शब्दों में कहा–"प्रीवियत !" इसके बाद, बुरी तरह हाँफते और ग्रिगोरी की

फटी-फटी चमचमाती आँखों से एकटक देखते हुए उसने रूमाल उतारा और दून्या के बग़ल में आ बैठी। उसकी भौंहों, बरौनियों और पीले गालों से बर्फ़ के फूल एक-एक करके उड़ने लगे। उसने अपनी आँखें सिकोड़कर हथेली से चेहरा पोंछा, लम्बी साँस ली और केवल तब अपने ऊपर क़ाबू पाते हुए भावना से गद्गद दृष्टि से ग्रिगोरी की ओर देखा।

"साथी-फ़ौजी ! अकसीनिया ! हम साथ-साथ पीछे हटे। हमने साथ-साथ जुओं को ख़ून पिलाया...। दुःख है कि कुबान में तुम्हें छोड़ देना पड़ा, पर और हम करते भी क्या ?" प्रोख़ोर ने अपना गिलास अकसीनिया की ओर बढ़ाया तो वोद्का मेज़ पर छलक गई। बोला–"पियो, ग्रिगोरी पैन्तेलेयेविच की सेहत का जाम पियो ! घर वापस आया है...इसे मुबारकबाद दो। मैंने तुमसे कहा था न कि वह सही-सलामत लौटेगा...और देखो कि लौट आया। सामने बैठा है...नई पिन की तरह चमचमा रहा है।"

"वह काफ़ी मज़े में है...उसकी बात सुनने की ज़रूरत नहीं।" ग्रिगोरी हँसा और उसने प्रोख़ोर की तरफ़ आँखों से इशारा किया।

अकसीनिया ग्रिगोरी और दून्या के सामने झुकी और गिलास थोड़ा उठाया। और उठाने में उसे आशंका हुई कि दूसरे लोग उसके हाथों का काँपना कहीं देख न लें।

"ग्रिगोरी पैन्तेलेयेविच, यह है तुम्हारी अवाई, और दून्या, यह है तुम्हारी ख़ुशी का जाम !"

"और, तुम्हारा...तुम्हारे ग़म का जाम ?" प्रोख़ोर ने हँसी का ठहाका लगाया और मिख़ाइल को बग़ल में कुहनी मारी।

अकसीनिया के चेहरे पर लाली दौड़ गई। उसके कानों के छोटे-छोटे नीचे के हिस्से भी एकदम गुलाबी हो गए। लेकिन प्रोख़ोर की ओर जमकर क्रोध से देखते हुए उसने जवाब दिया–"और यह है मेरी ख़ुशी...मेरी दिली ख़ुशी का जाम।"

प्रोख़ोर का हथियार जैसे किसी ने उसके हाथ से छीन लिया। वैसे इस साफ़गोई का उसके दिल पर बड़ा गहरा असर पड़ा। चिल्लाकर बोला–"लगाओ होंठों से...ऊपरवाले के नाम पर लगाओ होंठों से और एक घूँट में ही आख़िरी बूँद तक गले के नीचे उतार लो...इतनी साफ बात करनी आती है तो इतनी ही सफ़ाई से पीना भी आना चाहिए। अच्छी शराब कोई गिलास में छोड़ता है तो कलख से मेरा कलेजा टूक-टूक हो जाता है।"

अकसीनिया देर तक वहाँ न रही। जितनी देर तक ठहरना उसने ठीक समझा, उतने समय के बाद वह उठ खड़ी हुई। इस बीच भी उसने अपने मन के राजा की ओर कभी-कभी ही देखा और सो भी एकाध क्षण को ही देखा। उसने ग्रिगोरी की निगाह जान-बूझकर बचाई और बरबस दूसरों की तरफ़ देखती रही, क्योंकि ग्रिगोरी के प्रति तटस्थ रहने का ढोंग भरना उसे सम्भव न लगा और दूसरों के सामने अपने मन को खोलकर रख देना उसने ठीक न समझा।

बस, तो ग्रिगोरी की निगाह से उसकी निगाह सीधे-सीधे सिर्फ़ तब मिली जब वह दहलीज तक पहुँच गई। उस निगाह में जाने कितना प्यार और जाने कितना समर्पण घुला रहा। यही कारण है कि वह एक निगाह ही जाने कितना कुछ कह गई। ग्रिगोरी उठा और उसे पहुँचाने के लिए बाहर गया। नशे में धुत प्रोख़ोर पीछे से चीख़ा–"बहुत देर न लगाना। देर लगाई तो एक बूँद न मिलेगी। हम लोग पी-पाकर बराबर कर देंगे।"

ग्रिगोरी ने बरसाती में पहुँचने पर, मुँह से एक शब्द कहे बिना, अकसीनिया की भौंहें और होंठ चूमे और पूछा–"कहो अकसीनिया, क्या हाल है ?"

"उफ़्...इस वक़्त एक साँस में ही सबकुछ बतला देना मेरे लिए मुमकिन नहीं है...कल आना घर...अओगे न ?"

"ज़रूर आऊँगा।"

औरत घर की तरफ़ इस तरह तेज़ी से लपकी जैसे कि वहाँ कोई ज़रूरी काम पड़ा हो। फिर, सिर्फ़ अपने दरवाज़े पर पहुँचने के बाद उसने चाल धीमी की और चरमराती हुई सीढ़ियों पर होशियारी से चढ़ी। अपने मन के विचारों में खोने और अपने अन्तर् की ख़ुशी को सहेजने के लिए उसने जल्दी-से-जल्दी एकान्त चाहा। यह प्रसन्नता उसे बहुत ही अप्रत्याशित लगी।

उसने अपनी जैकेट और रूमाल एक तरफ़ लुकाया और दीयाबत्ती किए बिना सोने के कमरे में पहुँची। रात का गहरा बकाइनी अँधेरा बिना झिलमिली की खिड़की से चोरी-चोरी अन्दर आता रहा। स्टोव के पीछे एक चमगादड़ सुर में गाता रहा। अकसीनिया ने आदत के अनुसार शीशे में अपना चेहरा देखा, और अँधेरे में कुछ भी न दीखने के बावजूद बाल ठीक किए। ब्लाउज़ के सीने की सलवटें दूर कीं, फिर खिड़की के पास आई और बेंच पर ढह पड़ी।

ज़िन्दगी में कितनी ही बार उसकी अभिलाषाएँ झूठी हो चुकी थीं। शायद इसलिए उसकी नई ख़ुशी की जगह बार-बार चिन्ता लेती रही। सवाल उठा–जिन्दगी आख़िर कौन-सा मोड़ लेगी अब ? आगे आख़िर बदा क्या है ? हर औरत की तरह मेरी ज़िन्दगी में भी ख़ुशी नज़र आ रही है, लेकिन इसका सही वक़्त क्या सचमुच निकल नहीं गया है ?

और, वह सारी शाम परेशान और चूर-चूर रही। खिड़की के ठंडे पाले से मढ़े शीशे से गाल सटाए, अन्धकार में दृष्टि गड़ाए, चुपचाप, उदास बैठी रही। अँधेरे में सिर्फ़ बर्फ़ ही हल्के-हल्के चमकती रही।

ग्रिगोरी मेज़ के किनारे आ बैठा। फिर उसने वोद्‌का से गिलास भरा और एक साँस में ही पूरा गिलास खाली कर दिया।

''अच्छी है न ?'' प्रोख़ोर ने पूछा।

''मैं कुछ नहीं कह सकता...मैंने तो एक ज़माने से चखी तक नहीं।''

''बिल्कुल ज़ारोंवाली वोद्‌का है...ऊपरवाला गवाह है।'' प्रोख़ोर ने विश्वास के साथ कहा और झूमते हुए मीशा को बाँहों में भर लिया। मीशा बोला, ''तुम्हें शराब की उतनी ही तमीज़ है जितनी गाय के बछड़े को मोरी के पानी की होती है। मगर...जहाँ तक शराब का मामला है, मैं जानता हूँ कि कौन चीज़ क्या होती है। उफ़् क्या-क्या शराबें पी हैं मैंने अपने ज़माने में ! एक शराब ऐसी होती है कि डाट खोलने के पहले ही उसकी बोतल से झाग निकलने लगते हैं...बिल्कुल वैसे ही जैसे पागल कुत्ते के मुँह से...ऊपरवाला झूठ ने बुलवाए...पोलैंड में हमने मोर्चा तोड़ा और घोड़ों पर सवार होकर आगे बढ़े तो एकाएक एक ख़ास जागीर में जा निकले। उस जागीर में दोमंज़िला या शायद दो से भी ज़्यादा मंज़िलों का एक मकान था...अहाते में मवेशी बिल्कुल गँजे हुए थे...जाने कितनी तरह की चिड़ियाँ इधर-उधर फुदकती फिर रही थीं...थूकने को भी जगह नहीं थी कहीं...कहने की गरज़ यह कि वह ज़मींदार बिल्कुल शहज़ादे की तरह रहता था...हम लोग पहुँचे तो वहाँ अफ़सरों की दावत चल रही थी...हमारी उम्मीद किसे थी...सो, हमने तमाम लोगों को बगिया और सीढ़ियों पर काटकर फेंक दिया..सिर्फ़ एक आदमी को क़ैद किया...आदमी देखने-सुनने में बड़ा अफ़सर लगा...क़ैद होते ही उसकी मूँछें झूल गईं और डर से उसका सारा बदन सुन्न पड़ गया...ग्रिगोरी उस वक़्त था नहीं...उसे स्टाफ़ के दफ़्तर ने बुला लिया था...सो, मालिक हम ही थे...हम सीढ़ियों से उतरकर कमरों में गए तो बड़ी-सी मेज़ सजी-सजाई देखी हमने...क्या-क्या चीज़ें दिखाई पड़ीं मेज़ पर...हम खड़े-खड़े तारीफ़ें करते रहे, पर भूखे होने पर भी खाने की हिम्मत हमारी न पड़ी...हमने सोचा–कौन जाने, इन चीज़ों में कहीं ज़हर-वहर न मिला हो। इस बीच हमारा क़ैदी हमें कनखी से देखता रहा...बस, तो हमने उसे हुक्म दिया–'ऐ...खाओ तो ये चीज़ें ज़रा।' और वह लाख न चाहने पर भी खाने लगा। हमने कहा–'पियो, यह शराब।'...और उसने पी ली...होते-होते हमने उसे हर तश्तरी से थोड़ा-थोड़ा खिला दिया और बोतल से थोड़ा-थोड़ा पिला दिया...नतीजा यह हुआ कि उसका पेट घड़े की तरह फूलता गया और हम खड़े-खड़े तरसते और मुँह से लार टपकाते रहे...और फिर उसे हर तरह ठीक-ठाक देखकर

हम भी मेज़ पर टूट पड़े...फिर तो हमने ख़ूब माल उड़ाए और ख़ूब ढाली...इसी वक़्त उस अफ़सर ने ताबड़तोड़ कै करनी शुरू की...हमने सोचा—'भाड़ में जाए। अपना काम तो हो लिया। यह ज़हरीला साँप जान-बूझकर इस तरह ठूँसता चला गया...और अब इसने हमारी भी जानें लीं।' तो, अपनी-अपनी तलवारें खींचकर हम सब उसकी ओर झपटे, पर उसने अपने हाथ-पैर दोनों हिलाए और चीख़कर बोला—'आपकी मेहरबानी से मैंने थोड़ा ज़्यादा खा लिया है...मगर आप परेशान न हों...खाने में किसी तरह की कोई खराबी नहीं है।' बस, तो हमने फिर शराब पीनी शुरू कर दी...हमने एक बोतल खोली तो उसकी काग बन्दूक की गोली की तरह हवा में उड़ी और झाग का एक बादल-सा छा गया और फिर उस शराब का ऐसा नशा चढ़ा कि उस रात मैं तीन-तीन बार घोड़े से गिरा...यानी घोड़े की पीठ पर सवार होते ही हर बार जैसे हवा मुझे उड़ा-उड़ा ले गई...मगर वही शराब, जो इस ज़माने में एकाध गिलास खाली पेट पीने को मिल जाए तो मैं सौ बरस पार कर जाऊँ...लेकिन आज जो हालत है उसमें कौन जी सकता है इतना ? मिसाल के तौर पर इसे शराब कहेगा कोई ? यह तो ऐसी है कि इसे पियो तो अपने वक़्त के पहले ही सिधार जाओ।'' प्रोख़ोर ने सिर हिलाकर वोद्का की सुराही की तरफ़ इशारा किया और गिलास दुबारा लबालब भर लिया।

दून्या बच्चों के पास सोने को चली गई। इसके ज़रा देर बाद ही प्रोख़ोर भी उठ गया, लड़खड़ाते क़दमों से भेड़ की खाल अपने कन्धों पर डाली और बोला—''मैं खाली सुराही यहाँ से लेकर जाने से रहा। मेरी रूह गवाही नहीं देगी कि मैं ख़ाली बर्तन लेकर यहाँ से जाऊँ। घर पहुँचते ही बीवी मेरा बुख़ार उतारकर रख देगी...इस मामले में उसका जवाब नहीं है। जाने कहाँ से एक-से-एक गन्दी गालियाँ खोज लाती है ! मैं ज़रा भी पीकर घर पहुँचता हूँ कि वह मुझ पर बरसने लगती है—'शराबी बुलडॉग...हथकटे कुत्ते...तू यह है, तू वह है।' इस पर मैं बड़े ही ठंडे दिमाग़ से, शराफ़त के साथ उसे समझाने की कोशिश करता हूँ—'तू बिल्कुल गधी है...कभी किसी बुलडॉग या हथकटे कुत्ते को तूने पीते देखा है ? इस दुनिया में तो ऐसे कुत्ते कहीं नज़र आते नहीं।' फिर तो यह होता है कि मैं उसकी एक बेहूदी बात काटता हूँ तो वह दूसरी कह देती है, और दूसरी काटता हूँ तो तीसरी उगल देती है। और, फिर यह सिलसिला रात-भर चलता रहता है। कभी-कभी मैं इन बातों से ऊब जाता हूँ, छानी में जाकर सो जाता हूँ। फिर, कभी-कभी ऐसा भी होता है कि मैं पीकर घर पहुँचता हूँ और वह बिल्कुल गाली-गलौज नहीं करती। मगर, ऐसे में भी मैं सो नहीं पाता। किसी चीज़ की कमी जैसे खटकती है। बदन में एक तरह की खुजली-सी होने लगती है, आँखें किसी भी तरह लगती ही नहीं और सारी मोहब्बत दम तोड़ती मालूम होती है। बस, तो मैं अपनी बीवी को छेड़ देता हूँ, और फिर उसके मुँह से फूल बरसने लगते हैं। आख़िरकार मेरा सारा नशा काफ़ूर हो जाता है। उस औरत के अन्दर कहीं-न-कहीं शैतान का बासा है, और मैं इस मामले में कुछ भी नहीं कर सकता। मैं भी सोचता हूँ—चलने दो...रियाज़ बढ़ेगा। ठीक है कि नहीं ? अच्छा, मैं चला, अलविदा ! मगर, दूसरा मन करता है कि मैं अपनी औरत की नींद खराब न करूँ और अस्तबल में ही रात बिता लूँ। क्या ख़्याल है ?''

''घर पहुँच जाओगे आराम से ?'' ग्रिगोरी ने हँसते हुए पूछा।

''केकड़े की रफ़्तार से पहुँचूँगा मगर पहुँच जाऊँगा। आख़िर तो मैं कज़्ज़ाक हूँ...है कि नहीं ? तुम्हारे मुँह से ऐसा सवाल सुनकर मेरा दिमाग़ खराब हो गया है।''

''अच्छा...तो...जाओ !''

ग्रिगोरी ने प्रोख़ोर को छोटे फाटक तक पहुँचाया और फिर बावर्चीख़ाने में लौट आया। बोला—''क्यों मिख़ाइल, हम बातें कर अपने मन हल्के कर लें ?''

''ज़रूर कर लें।''

वे मेज़ के आर-पार आमने-सामने बैठ गए, मगर चुप रहे आए। अन्त में ग्रिगोरी ने मौन तोड़ा—''हमारे बीच कोई-न-कोई दीवार है। तुम्हारे चेहरे से साफ़ है कि तुम्हारे जी में कोई-न-कोई

बात खटक रही है। मेरे वापस आने से तुम्हें ख़ुशी नहीं हुई...ठीक है न ?''

''ठीक...तुमने ठीक समझा...मुझे ख़ुशी नहीं हुई।''

''क्यों नहीं हुई ?''

''एक परेशानी और बढ़ी।''

''मैं अपना पेट आप भर लूँगा...तुम फ़िक्र न करो।''

''यह बात मेरे दिमाग़ में नहीं है।''

''फिर क्या है तुम्हारे दिमाग़ में ?''

''हम एक-दूसरे के दुश्मन हैं।''

''हैं नहीं, कभी थे।''

''हाँ थे, और लगता है कि आगे भी रहेंगे।''

''मैं नहीं समझता कि आख़िर आगे भी क्यों रहेंगे ?''

''तुम पर इत्मीनान नहीं किया जा सकता।''

''तुम बिल्कुल ग़लत बात कह रहे हो...बिल्कुल बकवास कर रहे हो।''

''नहीं, न मैं ग़लत बात कह रहा हूँ और न बकवास कर रहा हूँ...सवाल है कि ऐसे वक़्त तुम फ़ौज से वापस क्यों भेजे गए ? दे सकते हो इस सवाल का जवाब ?''

''मैं बिल्कुल नहीं जानता।''

''नहीं, वजह तुम जानते हो, सिर्फ़ बतलाना नहीं चाहते...वे लोग तुम पर यक़ीन नहीं करते—है न ?''

''अगर वे लोग मुझ पर यक़ीन न करते तो अपनी एक स्क्वैड्रन की कमान मुझे न सौंपते।''

''यह कमान तो उन्होंने शुरू में सौंपी थी...लेकिन, तुम अब फ़ौज़ में रहने के लायक नहीं समझे गए तो बात साफ है, मेरे भाई !''

''पर, तुम मेरा यक़ीन करते हो या नहीं ?'' ग्रिगोरी ने मीशा की आँखों में आँखें डालते हुए पूछा।

''नहीं...भेड़िए को चाहे जितना खिलाओ-पिलाओ, मगर मुँह उसका जंग की ही तरफ़ रहता है !''

''तुम पी कुछ ज़्यादा गए हो, मिख़ाइल !''

''छोड़ो यह बात...नशा मुझे उतना ही है, जितना तुम्हें। उन लोगों ने तुम्हारा भरोसा वहाँ नहीं किया और वे तुम्हारा भरोसा यहाँ भी नहीं करेंगे। समझे बात ?''

ग्रिगोरी चुप हो गया। उसने, यों ही, सिरके के खीरे का एक टुकड़ा तश्तरी से उठाया, कुचला और थूक दिया। मिख़ाइल बोला—''मेरी बीवी ने तुम्हें किरील-ग्रोमोव का क़िस्सा सुनाया ?''

''हाँ, सुनाया।''

''मुझे उसका भी यहाँ लौटना पसन्द नहीं आया और उसकी वापसी की बात सुनते ही मैंने दिन के दिन... ।''

ग्रिगोरी के चेहरे का रंग उड़ गया और उसकी आँखों से क्रोध की चिनगारियाँ फूटने लगीं—''यानी मैं तुम्हारे लिए किरील-ग्रोमोव हूँ ?''

''चीख़ो मत...किस मानी में उससे बेहतर हो तुम ?''

''ख़ैर...यह तो तुम जानते हो कि...''

''यह जानने और न जानने का सवाल नहीं है...जानते तो हम सबकुछ एक ज़माने से हैं। अच्छा, मान लो कि तुम्हारी तरह ही मीत्का-कोरशुनोव भी लौट आए, तो मैं क्या कोई जश्न मनाऊँगा...नहीं, अच्छा होता कि तुमने गाँव में अपना मुँह न दिखलाया होता।''

''तुम्हारे लिए अच्छा होता ?''

"मेरे लिए तो अच्छा होता ही, बाक़ी लोगों के लिए भी अच्छा होता...ज़रा धीरे से बात करो।"

"मेरा मुक़ाबला दूसरों से न करो।"

"ग्रिगोरी, मैं तुमसे पहले ही कह चुका...उस बात को लेकर सिर मारने से कोई फ़ायदा नहीं। तुम किसी मानी में बाक़ी लोगों से बेहतर नहीं। सच पूछो तो उनसे भी बदतर हो तुम। तुम उनसे कहीं ज़्यादा ख़तरनाक हो।"

"कैसे ख़तरनाक हूँ मैं ? तुम कहना क्या चाहते हो ?"

"बात साफ़ है...वे कुछ भी हैं तो मामूली कज़्ज़ाक हैं...मगर तुमने तो बग़ावत शुरू की है।"

"मैंने बग़ावत शुरू नहीं की...मैं तो महज़ एक डिवीज़न का कमांडर था।"

"इतना काफ़ी नहीं है क्या ?"

"काफ़ी है या काफ़ी नहीं है, यह तो सवाल ही नहीं है...अगर उस दिन शाम को लाल फ़ौजी मुझे मार डालने के मनसूबे न बाँधते तो मैं शायद बग़ावत में हिस्सा ही न लेता।"

"अगर तुम फ़ौजी अफ़सर न होते तो कोई तुम्हारे बदन को हाथ लगाने तक की बात न सोचता।"

"अगर फ़ौज में न लिया जाता तो अफ़सर मैं होता ही नहीं...यह तो बात को खींचना और तिल का ताड़ बनाना है।"

"बात तुम्हारी लम्बी भी है और सड़ी-गली भी..."

"ख़ैर, जो बीत गया, वह तो बीत गया, उसके लिए अब किया भी क्या जा सकता है !"

दोनों चुपचाप धुआँ उड़ाने लगे। कोशेवोइ ने नाख़ून से सिगरेट की राख झाड़ते हुए कहा—"मैं तुम्हारी बहादुरी के कारनामों के बारे में सभी कुछ जानता हूँ। पूरी दास्तान सुन चुका हूँ। तुमने हमारे अनगिनत लोगों को तलवार के घाट उतार दिया। तुम्हें इस तरह, यहाँ अपनी आँखों के सामने पाना और बर्दाश्त करना, मेरे लिए ज़रा भी आसान नहीं है...यह कोई एक झटके में भूल जाने की चीज़ नहीं।"

ग्रिगोरी व्यंग्य से हँसा—"तुम्हारी याददाश्त के क्या कहने हैं ! तुमने मेरे भाई प्योत्र को काटकर फेंक दिया। मैंने तो तुम्हें उसकी याद नहीं दिलाई—अगर हम हर बात याद करने पर आ गए तो इंसानों की बजाय भेड़ियों का-सा बर्ताव करना पड़ेगा हमें।"

"हाँ, मैंने प्योत्र को मारा...मैं उससे इनकार नहीं करता...और, उस वक़्त, अगर तुम मेरे हाथ आ गए होते तो तुम्हारी भी मैं वैसी ही खातिर करता।"

"लेकिन मैं...जब उन लोगों ने उस्त-खोपर्स्काया में इवान-अलेक्सेयेविच को क़ैद कर लिया तो मैं भागा-भागा घर आया कि कहीं तुम उनके बीच न हो, और कज़्ज़ाक कहीं तुम्हें न मार डालें... लगता है, उस वक़्त मैंने कुछ ज़्यादा जल्दबाजी से काम लिया।"

"क्या कहने हैं आपकी शराफत के !...मैं सोच सकता हूँ कि अगर आप जीत जाते तो मुझसे किस तरह बातें करते ! आप मेरी बोटी-बोटी काटकर रख देते। यह तो वक़्त की बात है कि आज आप इतने मेहरबान नज़र आ रहे हैं..."

"हो सकता है कि दूसरे यही करते...मैं तो अपने हाथ गन्दे करता नहीं।"

"तो यह बात साफ़ है कि तुम किसी दूसरी मिट्टी के बने हो, और मैं किसी दूसरी मिट्टी का बना हूँ।...जहाँ तक मेरा सवाल है, मैं अपने दुश्मनों पर हाथ साफ़ करने से कभी नहीं हिचकता, और ज़रूरत पड़ने पर आज भी मुँह से उफ़ करके नहीं दूँगा।" मिख़ाइल ने बाक़ी वोद्का गिलासों में उँडेली और पूछा—"पियोगे इसे ?"

"ठीक है...पिए लेता हूँ...ऐसी बातें इतनी संजीदगी से नहीं की जातीं...।"

उन्होंने आपस में गिलास लड़ाए और शराब गले के नीचे उतार ली। ग्रिगोरी मेज़ की ओर आगे झुका और अपनी मूँछें ऐंठते हुए, अधमुँदी आँखों से मिख़ाइल को सिर से पैर तक देख गया।

''लेकिन तुम्हें मुझसे डर क्या है, मिख़ाइल ? तुम्हारा ख़्याल है कि मैं सोवियत हुकूमत के ख़िलाफ़ दुबारा बग़ावत कर दूँगा ?''

''मुझे कोई डर नहीं है...लेकिन यह मैं ज़रूर सोचता हूँ कि अगर कुछ हो गया तो फिर तुम उछलकर दूसरी तरफ़ पहुँच जाओगे।''

''तो क्या मैं पोलों से नहीं मिल सकता था ? उस वक़्त तो पूरी एक रेजीमेंट की रेजीमेंट पोलों से जा मिलती।''

''तुम यह कर नहीं सकते थे।''

''नहीं, यह बात नहीं है...मैंने तो यह कभी चाहा ही नहीं। बात यह है कि मैं अपने हिस्से की लड़ाई लड़ चुका और अब किसी की तरफ़ से लड़ने का मेरा जी नहीं। उम्र के हिसाब से कहीं ज़्यादा लड़ाई देख चुका हूँ...बिल्कुल चूर-चूर हो गया हूँ...हर चीज़ से ऊब गया हूँ...क्या इंक़लाब से और क्या इंक़लाब के बदले किए जानेवाले इंक़लाब से ! सबकुछ जाए ऐसी-तैसी में...बाक़ी ज़िन्दगी मैं अपने बच्चों के साथ बिताना चाहता हूँ...फिर से अपनी खेती-बारी में लग जाना चाहता हूँ, और बस ! यक़ीन करो...मिख़ाइल...मेरा यक़ीन करो...दिल की पूरी ईमानदारी से कह रहा हूँ यह बात।''

लेकिन मिख़ाइल की दिलजमई किसी तरह न हुई। ग्रिगोरी ने सच्चाई समझी और आगे कुछ नहीं कहा। उसे क्षण-भर अपने ऊपर खीझ भी आई। सोचने लगा—'मैंने अपनी तरफ़ से इतनी सफ़ाई दी ही क्यों ? अपने को पाक-साफ़ करने की कोशिश ही की क्यों ? क्या ज़रूरत थी कि शराब के नशे में इस तरह की बातें की जाएँ और मिख़ाइल की बेसिर-पैर की नसीहतें सुनी जाएँ ? भाड़ में जाए...' और वह उठ खड़ा हुआ। बोला—''आगे बात करना बिल्कुल बेकार है...काफ़ी बातें हो चुकीं। आखिर में बस एक बात कहना चाहता हूँ—मेरे गले पर ही कुछ आ जाए तो बात और है, वरना मैं हुकूमत के ख़िलाफ़ कभी कुछ न करूँगा। लेकिन मेरी गर्दन पर कुछ आ ही जाएगा तो मैं अपना पूरा बचाव करूँगा। मैं प्लातोन-र्‍याबचिकोव की तरह बग़ावत के नाम पर अपना सिर देने को तैयार नहीं।''

''क्या मतलब ?''

''मतलब वही है, जो मैं कह रहा हूँ। उन्हें चाहिए कि वे लाल फ़ौज की मेरी ख़िदमत को समझें और उस ख़िदमत के सिलसिले में खाए ज़ख़्मों का लेखा-जोखा करें। मैं बग़ावत के नाम पर जेल जाने को तैयार हूँ, लेकिन अगर तुम कहोगे कि नहीं, इसके लिए अपना सिर दो, तो मैं कहूँगा कि यह नहीं होगा, माफ़ करो, ज़रूरत से ज़रा ज़्यादा क़ीमत चाहते हो तुम।''

मिख़ाइल नफ़रत से हँसा—''क्या बात की है तुमने ! क्रान्तिकारी अदालत या 'चेका' के लोग यह तो पूछेंगे नहीं कि तुम क्या चाहते हो और क्या नहीं चाहते ? वे तुमसे सौदेबाज़ी तो करेंगे नहीं। तुम एक बार मुजरिम साबित हुए कि हुए। फिर तो पुराने कर्ज़ साफ़ करने ही पड़ेंगे।''

''ख़ैर देखा जाएगा...।''

''बेशक...वह तो देखा ही जाएगा...।''

ग्रिगोरी ने अपनी पेटी और कमीज़ उठाई, भुनभुनाते हुए बूट उतारना शुरू किया और उनके टूटे हुए तल्लों को ज़रा ज़्यादा ग़ौर से देखते हुए बोला—''हम लोग क्या साथ रहेंगे यहाँ ?''

''इस सवाल के तय होने में बहुत वक़्त न लगेगा...मैं अपनी जगह ठीक कराए लेता हूँ, और फिर वहाँ चला जाऊँगा।''

''हाँ, हम दूर-ही-दूर रहें तभी अच्छा...साथ हम नहीं रह सकते।''

''हाँ, साथ हम सचमुच नहीं रह सकते।''

''ख़ैर मैं यह नहीं समझता था कि मेरे बारे में तुम्हारी यह राय है...फिर भी मेरा ख़्याल है कि...।''

"मेरे दिल में जो कुछ था मैंने तुमसे साफ़-साफ़ कह दिया...अच्छा यह बताओ कि तुम व्येशेंस्काया कब जा रहे हो ?"

"जल्दी ही किसी-न-किसी दिन हो आऊँगा।"

"यह कुछ नहीं...तुम्हें कल ही जाना होगा।"

"मैंने अभी-अभी चालीस वर्स्ट की मंज़िल पैदल तय की है, और मैं बुरी तरह थका हुआ हूँ। तो कल आराम करूँगा और परसों चला जाऊँगा वहाँ।"

"हुक्म तो फ़ौरन ही नाम दर्ज़ कराने का है। तुम कल ही जाओ।"

"एक दिन आराम कर लेना कोई गुनाह है क्या ? कहीं भाग तो जाऊँगा नहीं।"

"कौन जाने कि क्या करो और क्या न करो तुम, मैं तुम्हारी ज़िम्मेदारी अपने ऊपर नहीं ले सकता।"

"कैसे सूअर हो गए हो तुम, मिख़ाइल...?" ग्रिगोरी ने अपने पहले के गहरे दोस्त के गम्भीर चेहरे की ओर देखकर आश्चर्य से कहा।

"देखो बेकार को सूअर-वूअर न बनाओ...मुझे यह सब सुनने की आदत नहीं है..." मिख़ाइल ने तेज़ी से साँस ली और अपनी आवाज़ ऊँची की–"ये फ़ौजी अफसरोंवाली अपनी आदतें छोड़ो ! तुम कल जाओ व्येशेंस्काया...अगर ऐसे न जाओगे तो मुझे सिपाहियों के साथ भेजना पड़ेगा तुम्हें...समझे ?"

"हाँ समझ गया...अब सबकुछ मेरी समझ में आ गया।" ग्रिगोरी ने कमरे से बाहर जाते-जाते मिख़ाइल की पीठ की तरफ़ घृणा से देखा और फिर बिना कपड़े उतारे उसी तरह पलंग पर पड़ रहा।

बस तो सबकुछ आशा के अनुरूप ही हुआ। आख़िर ग्रिगोरी ने वापसी पर और उम्मीद ही किस तरह के बर्ताव की की थी ? आख़िर उसने यह सोचा ही क्यों था कि लाल सेना के थोड़े दिनों के काम से पहले के सारे पाप धुल जाएँगे ? शायद मिख़ाइल ने ठीक ही कहा था कि हर चीज़ माफ़ नहीं की जाएगी और पुराने कर्ज़े तो पूरी तरह चुकता करने ही पड़ेंगे...।

ग्रिगोरी ने सपने में देखा स्तेपी का खुला मैदान और मैदान में हमले के लिए तैयार एक रेजीमेंट। सहसा ही दूर से कमान की आवाज़ कान में आई–"एक स्क्वैड्रन...!" इस आवाज़ के साथ ही ग्रिगोरी ने समझा कि उसके घोड़े के बन्द कसे हुए नहीं हैं। तो उसने बदन का पूरा बोझ बाईं रक़ाब पर डाला। काठी नीचे से फिसल गई। शर्म और डर से भरकर वह बन्द कसने के लिए घोड़े की पीठ से कूदकर नीचे आया। इसी समय घोड़ों की टापों की टपाटप एकाएक बढ़ी और फिर तेज़ी से हल्की पड़ गई। पता चला कि रेजीमेंट ने बिना उसके ही हमला बोल दिया...।

उसने करवट बदली और नींद खुली तो भर्राए गले की अपनी ही कराह अपने कानों से सुनी।

खिड़की के बाहर नज़र दौड़ाई तो लगा कि दिन का उज़ाला अभी-अभी ही छिटकने लगा और शायद रात को हवा ने झिलमिली खोल दी है...पाले से मढ़े शीशे से ढलते चाँद की चमचमाती थाली दीखी। ग्रिगोरी ने अपनी थैली खँखोरी और सिगरेट जलाई। उसका दिल अब तक ज़ोर-ज़ोर से धड़कता रहा। दिल ने कहा–'सपना था कि बकवास थी ! यानी लड़ाई के वक़्त और तुम पीछे छूट गए...! और सुबह की उन पहली घड़ियों में एक बार भी उसके अन्तर् ने यह न कहा कि अभी क्या है, अभी तो कई बार लड़ाई पर जाना पड़ेगा–सपने में नहीं, होशहवास में !'

7

दून्या दूध दुहने के ख़्याल से तड़के ही उठ बैठी। ग्रिगोरी खाँसता और बावर्चीख़ाने में चहलक़दमी करता रहा। दून्या ने बच्चों को अच्छी तरह कम्बल ओढ़ाया, फुर्ती से कपड़े पहने और बावर्चीख़ाने में आई। भाई बरानकोट के बटन बन्द करता दीखा।

"इतने सवेरे कहाँ जा रहे हो भैया ?"

"ज़रा गाँव का एक चक्कर लगाने जा रहा हूँ...।

"पहले कुछ नाश्ता तो कर लो।"

"नहीं, कुछ भी खाने की तबीयत नहीं है...सिर दर्द कर रहा है।"

"तो नाश्ते के वक़्त तक तो आ जाओगे न ? मैं स्टोव जलाने जा ही रही हूँ।"

"मेरा इन्तज़ार न करना...मैं देर से लौटूँगा।"

ग्रिगोरी निकलकर सड़क पर आया। अनुभव हुआ कि सुबह से ही बर्फ़ गलने लगी है, हवा दक्षिण की ओर से बढ़ रही है और उसमें नमी के साथ गर्मी भी है।...सो मिट्टी-मिली बर्फ ग्रिगोरी के बूटों की एड़ियों से चिपक-चिपक गई। गाँव के मध्य भाग की ओर धीरे-धीरे क़दम बढ़ाते हुए बचपन से जाना-पहचाना एक-एक घर और एक-एक शेड उसने ग़ौर से देखा। जैसे कि किसी अजनबी बस्ती में आ गया। पिछले साल कोशेवोइ ने सौदागरों के जो मकान और दुकानें जला दी थीं, उनके अधजले काले खँडहर चौक में खड़े मिले। गिरजे की अधढही दीवार जैसे मुँह फैलाकर जम्हाई लेती रही।

'ईंटें स्टोव बनाने के काम आ गई होंगी।' ग्रिगोरी ने तटस्थ भाव से सोचा। छोटा गिरजा पिछले ज़माने की तरह ही ज़मीन में धँसता लगा। उसकी लम्बी बिना पॉलिश की छत में ज़ंग नज़र आई। दीवारें नमी से भूरी मालूम हुईं। जहाँ का पलस्तर उखड़ गया था, वहाँ की चमकदार ताज़ी ईंटें रह-रहकर बाहर झाँकती समझ पड़ीं।

सड़कें और गलियाँ वीरान मिलीं। कुएँ के पास दो-तीन निंदासी औरतें उसकी बग़ल से गुज़रीं। उन्होंने झुककर उसका इस तरह अभिवादन किया, जैसे कि वह परदेसी हो। उसके आगे निकल जाने पर वे ठिठकीं और उसे एकटक देखती रहीं।

वह मुड़ा तो उसे ख़्याल आया कि माँ और उसे नताल्या की क़ब्र पर जाना चाहिए। बस तो वह क़ब्रगाह की सड़क पर बढ़ चला, परन्तु कुछ दूर जाने के बाद रुक गया। वहाँ गए बिना भी उसे अपना मन काफ़ी भारी और उदास लगा। मन-ही-मन बोला—'फिर कभी हो आऊँगा क़ब्रों पर !'...इस फ़ैसले के साथ ही वह मुड़ दिया और उसके कदम प्रोख़ोर के घर की तरफ़ बढ़ने लगे। रास्ते में सोचने लगा—'माँ या नताल्या के लिए मेरे वहाँ जाने या न जाने से क्या फ़र्क़ पड़ता है ! उनके लिए दोनों बराबर हैं। उनकी रूहें आराम कर रही हैं। उनकी क़ब्रों पर बर्फ के फूल बिछे होंगे, मगर अन्दर की ज़मीन ज़रूर ठंडी होगी...ख़ैर उन्होंने अपना वक़्त गुज़ारा...ज़िन्दगी कितनी जल्दी सपने की तरह गुज़र गई। अब वहाँ वे लोग अग़ल-बग़ल लेटी हुई हैं...मेरी बीवी और मेरी माँ...प्योत्र और मेरी भाभी दार्या...पूरा ख़ानदान-का-ख़ानदान दूसरी दुनिया में पहुँच गया है...वहाँ उन सभी को चैन है...सिर्फ़ मेरे पापा एक ऐसे हैं, जो अनजाने मुल्क में पड़े हुए हैं...अजनबियों के बीच, हो-न-हो, वे ऊब रहे होंगे...।'

इसके बाद ग्रिगोरी ने आसपास, इर्द-गिर्द नज़र नहीं दौड़ाई। वह अपने पैरों और ज़मीन पर पड़ी गलती हुई बर्फ़ को एकटक देखता हुआ आगे बढ़ता गया। बर्फ़ इतनी मुलायम लगी कि क़दमों के नीचे आ-आकर भी जैसे उसने अपना किसी तरह का कोई अहसास नहीं कराया।

सहसा ही उसे अपने बच्चों का ध्यान हो आया। सोचने लगा—'दोनों कितने अजीब हो गए हैं ! बिल्कुल बँधे-बँधे-से रहते हैं। बहुत ही कम बोलते हैं। इस उम्र में तो ऐसा नहीं होना चाहिए। उनकी अपनी माँ थी तब तो वे ऐसे नहीं थे। मौत की बड़ी क़ीमत अदा की है उन्होंने। हमेशा सहमे-सहमे-से मालूम होते हैं।...और मुझे देखते ही पोल्युशका फूट क्यों पड़ी थी ? बच्चे किसी से मिलते हैं तो अक्सर रोते तो नहीं ! वह तो बच्चा जैसे रही ही नहीं। आख़िर मुझे देखने पर उसे किस बात का ख़्याल हो आया ? और मैंने उसे गोद में लिया तो उसकी आँखें कौंध आख़िर क्यों उठीं ? शायद अब तक उसने अपने पापा को मर गया माना हो, और उसके आने की उम्मीद ही न की हो। शायद इसीलिए

उसे देखते ही डर गई हो। ख़ैर, इन बच्चों के लिए मुझे अपने ऊपर लानत बरसाने की ज़रूरत नहीं...लेकिन इतना ज़रूर है कि मुझे अकसीनिया से कहना चाहिए कि अब वह उन्हें ममता दे और जहाँ तक हो सके, माँ की कमी खलने न दे !...हो सकता है कि बक़्त के साथ उन्हें इस सौतेली माँ से भी लगाव हो जाए ! औरत भली है...दया-मायावाली है...मुझे प्यार करती है। इसी नाते मेरे बच्चों को भी ज़रूर ही अपनाएगी और उन्हें जी-भर दुलार देगी...!'

पर यह विषय भी उसे काफ़ी दर्द-भरा और भारी लगा।

उसे सबकुछ जैसा आसान लगा था, वैसा निकला नहीं। ज़िन्दगी अभी कुछ समय पहले जितनी सहज प्रतीत हुई थी, उतनी साबित नहीं हुई। अपने भोले-भाले स्वभाव और अपनी बाल- सुलभ सरलता के आधार पर उसने कभी सोचा था कि मैं घर पहुँचा नहीं और मैंने अपने फ़ौजी बरानकोट को उतारकर किसानोंवाला कोट पहना नहीं कि सबकुछ मुँह का कौर हुआ। उसने कभी सोचा था कि घर पर मुझसे कोई कुछ न कहेगा...डाँट-फटकार बिल्कुल न होगी...सबकुछ अपने- आप ठीक-ठाक हो जाएगा। और मैं अपनी ज़िन्दगी के आख़िरी दिन तक चैन से जिऊँगा...खेती-बारी करूँगा...ख़ानदान पालूँगा...और मेरा ख़ानदान दूसरों के लिए एक मिसाल होगा...लेकिन नहीं, सपने जब सच्चाई के धरातल पर उतरे तो उसकी कलई देखते-देखते उतर गई...

वह ज़िकोव के घर पहुँचा तो छोटा फाटक एक कब्ज़े पर झूलता मिला। उसने उसे बड़ी होशियारी से खोला। प्रोख़ोर क़ायदे के जोड़ोंवाले फ़ैल्ट के बूट पहने, और तिकोनी टोपी अपनी आँखों तक खींचे, दूध की ख़ाली बाल्टी झुलाता सीढ़ियों की ओर बढ़ता दीख पड़ा। बर्फ़ पर दूध की सफ़ेद बूँदें जहाँ-तहाँ पड़ी रहीं।

"रात चैन से बीती, कॉमरेड-कमांडर ?" प्रोख़ोर ने ग्रिगोरी का अभिवादन किया।

"ऊपरवाले का रहम है।"

"सुबह भी थोड़ी-सी वोद्का चाहिए थी—मेरा दिमाग़ तो बिल्कुल ऐसा हो रहा है, जैसी यह ख़ाली बाल्टी।"

"बात तो क़ायदे की कही है तुमने...मगर यह बाल्टी ख़ाली क्यों है ? खुद गाय दुही है क्या ?"

प्रोख़ोर ने जवाब में सिर हिलाया तो टोपी खोपड़ी के पहले हिस्से पर जा पहुँची। सहसा ही ग्रिगोरी का ध्यान गया तो उसे अपने मित्र का चेहरा ग़ैर-मामूली तौर पर उदास लगा।

"अरे, मैं न दुहूँगा तो क्या वह शैतान की बच्ची गाय दुहेगी मेरे लिए ? हाँ, मैंने ही दूध दुहा है। इसके बदले उसका पेट ऐंठ-ऐंठकर न रहे, तब कहना।" प्रोख़ोर ने क्रोध से बाल्टी एक तरफ़ को लुकाई और उसी रौ में बोला—"आओ, अन्दर चलें।"

"तुम्हारी बीवी ने दूध क्यों नहीं दुहा ?" ग्रिगोरी ने यों ही पूछा।

"शैतान लग गए हैं उसे।...मैं कल रात आया तो मुझे देखते ही हाथ धोकर पीछे पड़ गई। तमाम तक़रीरें दे डालीं...हुक्म दे दिए और फिर बोली—'मैं काले बेर बीनने के लिए गाड़ी से क्रूजलिंस्की जा रही हूँ...मकसायेव की बहुएँ भी साथ जा रही हैं...।' मैंने मन-ही-मन कहा—'जाओ भी, तुम्हारा जी करे तो नाशपातियाँ बीनने जाओ...जान तो छूटे तुमसे किसी तरह !...फिर, मैं उठा, स्टोव जलाया और गाय दुही। दुहाई में कहीं कोई गड़बड़ी नहीं हुई। सोच सकते हो तुम कि आदमी एक हाथ से ऐसे-ऐसे काम भी कर सकता है ?"

"अरे ! तो तुम किसी औरत से कहते और वह दुह देती...निरे काठ के उल्लू हो तुम !"

"काठ का उल्लू होती है भेड़...माँ-मेरी की दावत के दिन तक अपनी माँ के थन से ही चिपकी रहती है, मगर मैं तो ज़िन्दगी-भर कभी ऐसे नहीं रहा। इसलिए मैंने सोचा कि मैं ही कर लूँगा सबकुछ। और आख़िरकार कर भी लिया। मैं गाय के थनों के पास उकड़ूँ बैठ गया। लेकिन, पहले तो वह एक जगह खड़ी नहीं हुई—कभी इधर को हट तो कभी उधर को हट...यह देखकर मैंने अपनी टोपी उतार

ली कि शायद इसे देखकर भड़कती हो, मगर उससे भी कोई बात नहीं बनी। होते-होते मेरी कमीज़ पसीने से तर हो गई, तब कहीं वह सधी। फिर मैंने दूध निकालना शुरू किया और काम ख़त्म कर बाल्टी खींचने को हाथ बढ़ाया कि गाय ने नाचना शुरू कर दिया। नतीजा यह कि बाल्टी एक तरफ़ को लुढ़क गई और मैं दूसरी तरफ़ को। यह तमाशा हुआ। वह गाय थोड़े ही है, वह तो शैतान है और इस शैतान के सींग हैं। मैंने उस जानवर के मुँह पर थूक दिया और चला आया। दूध के बिना भी काम चल जाएगा। थोड़ी शराब चलेगी।''

''घर में है ?''

''एक बोतल है...जाने कब से छिपाकर रखे रहा हूँ।''

''हम दोनों के लिए काफ़ी होगी।''

''आओ...अन्दर तो आओ। मेरे मेहमान, कुछ अंडे-वंडे तलूँ। दो सेकेंड में तैयार हो जाएँगे।''

ग्रिगोरी ने सूअर की थोड़ी-सी चर्बी काटी और आग जलाने में प्रोख़ोर की मदद की। फिर दोनों चुपचाप ध्यान से देखते रहे। चर्बी के छोटे-छोटे टुकड़े छनछनाए, पिघले और फ्राइंग-पैन में फिसलने लगे। इसके बाद प्रोखोर ने देव-मूर्तियों के पीछे से गर्द में नहाई एक बोतल निकाली और सफ़ाई देते हुए बोला—''अपनी बीवी की निगाहों से बचाकर जो कुछ रखना चाहता हूँ, वह यहीं रखता हूँ मैं।''

दोनों मित्र छोटे, ख़ूब गरम सोने के कमरे में बैठकर खाने-पीने और धीमे-धीमे बातें करने लगे। ठीक भी है...अगर ग्रिगोरी प्रोखोर से अपने मन की बात न कहता तो फिर किससे कहता ?

वह मेज़ के किनारे लम्बे-लम्बे, कसे हुए पैर फैलाए बैठा रहा और गहरी, भारी, फटी-फटी-सी आवाज़ में बातें करता रहा। बोला—''मैं जब तक फ़ौज में रहा या जब तक घर के रास्ते में रहा, मैंने कितनी हसरत से सोचा कि लड़ाई का यह शैतानी रोज़गार ख़त्म...अब इस तरह अपनी धरती के सीने से लगकर रहूँगा...इस तरह अपने ख़ानदान के लोगों के बीच आराम की ज़िन्दगी बसर करूँगा...आख़िर सात साल तक घोड़े से नीचे क़दम न रखना, कोई मज़ाक बात तो है नहीं। इतने वक़्त के बाद तो हर रात लड़ाई के सपने आने लगते हैं और वही सब तूफ़ान नज़र आते हैं कि यह तो तुम दुश्मन को मार रहे हो या दुश्मन तुम्हें मार रहा है...लेकिन, प्रोख़ोर, अब लगता है कि हसरत पूरी कभी न होगी...मंसूबे मंसूबे ही रह जाएँगे...मुझे तो दिखलाई यह पड़ रहा है कि ज़मीन की देखरेख करेंगे दूसरे लोग...उसे जोते-बोएँगे दूसरे लोग...मैं नहीं...''

''मिख़ाइल से कल कोई बातचीत हुई ?''

''हाँ। तबीयत बाग़-बाग़ हो गई।''

''उसने कहा क्या ?''

ग्रिगोरी ने दो उँगलियों से तलवारों की कैंची बनाई। बोला—''यह है हमारी दोस्ती की सूरत। वह गोरे गारदों की मेरी नौकरी रह-रहकर मेरे चेहरे पर मारता है। उसका ख़्याल है कि मैं नई हुकूमत का दुश्मन हूँ और उसके लिए अपनी बग़ल में छुरी छिपाए फिरता हूँ। उसे दुबारा बग़ावत के भड़क उठने का डर है, लेकिन मुझे ज़र्रा बराबर तमन्ना नहीं है अब इस या उस बग़ावत की, यह बात वह समझता ही नहीं...बेवकूफ़ कहीं का।''

''यही बात उसने मुझसे कही थी।''

ग्रिगोरी के होंठों पर दर्द-भरी खोखली मुस्कान दौड़ गई। कहने लगा—''पोलैंड की मार्च के वक़्त हमें एक उक्रइन मिला और उसने अपने गाँव की हिफ़ाजत के लिए हमसे हथियार माँगे। बात यह थी कि डाकुओं ने उसकी जगह लूट ली थी और उसके सारे ढोर-डंगर काटकर फेंक दिए गए थे। पर रेजीमेंट का कमांडर मेरे सामने बोला—'तुम्हें हथियार दें हम, ताकि तुम ख़ुद डाकुओं से जा मिलो।' मगर वह उक्रइनी हँसा और बोला—'हमें हथियार-भर दे दो, साथी...फिर देखो हम डाकुओं को गाँव के पास न फटकने देंगे और तुम्हें भी गाँव से दूर-ही-दूर रखेंगे।' और इस वक़्त बिल्कुल उसी उक्रइनी

की तरह मेरा दिमाग़ काम कर रहा है...मैं सोचता हूँ कि कितना अच्छा होता कि तातारस्की में न गोरे गारद आते और न लाल फ़ौजी। मेरे ख़्याल से तो मेरे रिश्तेदार मीत्का कोरशुनोव और मिख़ाइल कोशेवोइ दोनों एक ही रंग में रँगे हैं। मिख़ाइल सोचता है कि गोरे गारदों से मुझे इतनी मोहब्बत है कि मैं उनके बिना जी नहीं सकता। उल्लू का पट्ठा कहीं का ! मुझे उनसे सचमुच बड़ी मोहब्बत है। थोड़े वक़्त की बात है—हम क्रीमिया में बढ़ रहे थे कि कोरनीलोव का एक नाटा-छोटा कर्नल मुझसे आ टकराया...अंग्रेज़ी-काट की मूँछें थीं उसकी, सो मैंने ऐसे ठाठ से उसका हिसाब-किताब किया कि मेरा कलेजा खुशी से खिल गया। उस नाटे कर्नल के सिर पर बाक़ी रह गई आधी टोपी और धड़ पर रह गया आधा सिर...उसका अफ़सरोंवाला सफ़ेद तुर्रा तो हवा में उड़ता चला गया...ऐसी मोहब्बत है मुझे इन गोरे गारदों से ! उन्होंने ज़िन्दगी में मुझे कुछ कम तकलीफें नहीं दी हैं। मैं अपने ख़ून की क़ीमत अदा कर अफ़सर के ओहदे तक पहुँचा, लेकिन अफ़सरों के बीच मैं सदा हंसों की पाँत में कौआ ही समझा गया। सूअर के बच्चों ने मुझे आदमी तो कभी समझा ही नहीं। मुझसे हाथ मिलाने में उन्हें हमेशा घिन छूटी...गाज गिरे उन पर...इसके बाद तो उनका नाम लेने में भी मेरा जी मिचलाने लगता है। और यह कहना तो कमाल ही है कि मैं दुबारा उनकी हुकूमत चाहता हूँ। यानी...मैं जनरल फ़ित्शालौरोव को यहाँ आने की दावत देना चाहता हूँ।...यह खेल भी एक बार कर देखा...पूरे एक साल तक हिचकियाँ आती रहीं। काफ़ी हो लिया...सबक सीख लिया मैंने...खुद मुझी पर बीती है।''

प्रोख़ोर, गरम चर्बी में रोटी तलते हुए बोला—''अब बग़ावत-अगावत तो होती नहीं। पहली बात तो यह कि कज़्ज़ाक ही कितने हैं ! जो वापस आए हैं उनकी भी आँखें खुल गई हैं। हमारे इन भाइयों ने लड़ाई में इतना ख़ून बहाया है और अब ये इतने होशियार और अमन-पसन्द हो गए हैं कि गर्दनों में फन्दे डालकर भी इन्हें बग़ावत में खींचना मुमकिन नहीं है। फिर यह भी है कि लोग चैन की ज़िन्दगी के लिए तड़प रहे हैं। काश कि तुम लोगों को इस गर्मी में काम करते देखते ! उन्होंने सूखी घास की टालों पर टालें लगा डालीं और कटाई करने पर आए तो एक दाना भी खेत में बाक़ी नहीं छोड़ा। वे थकान से कराह रहे हैं, लेकिन इस पर भी इस तरह जुताई और बोआई कर रहे हैं, जैसे कि उनमें से हर एक सौ साल जीने के सपने देख रहा हो। नहीं, बग़ावत का तो सवाल उठाना ही बकवास है। बिल्कुल बेमतलब बात है। वैसे यह तो ऊपरवाला ही कह सकता है कि कज़्ज़ाकों के मन में कब क्या आ जाएगा।

''क्या आ जाएगा उनके मन में ? क्या कहना चाहते हो तुम ?''

''मिसाल के लिए हमारे पड़ोसियों के दिमाग़ों में कुछ आ गया है...''

''क्या ?''

''क्या से क्या फ़र्क पड़ता है ! वोरोनेज़ के इलाक़े में बोगुचार के पार कहीं लोगों ने सिर उठा लिए हैं।''

''बेकार की बात है।''

''नहीं, बेकार की बात बिल्कुल नहीं है। मिलिशिया के एक आदमी ने कल मुझे यह खबर दी है। लगता है कि अफ़सर वहाँ मिलिशिया भेजने का इरादा कर रहे हैं।''

''वहाँ यानी कहाँ ?''

''मोनास्तिर्‌शचिना, सुखोई-दोनेत्स, पासेका, स्ताराया, नोवया कालीत्वा और ज़िले की और जगहों को। कहते हैं कि बग़ावत बड़े पैमाने पर की गई है।''

''लेकिन इसका ज़िक्र तुमने कल क्यों नहीं किया...गधे कहीं के ?''

''मिख़ाइल के सामने मैंने जान-बूझकर यह बात नहीं छेड़ी। फिर ऐसी बातें करने में मज़ा भी तो कुछ नहीं है। मैं तो अग़ावत-बग़ावत का नाम तक सुनना नहीं चाहता।''

ग्रिगोरी का चेहरा उतर गया। कुछ देर सोचने के बाद बोला—''बुरी खबर सुनाई तुमने।''

"लेकिन, तुम्हें इससे क्या लेना-देना ! खोखोलों को होना हो तो वे फ़िक्र से दुबले हों। इतनी ठोकरें पड़ेंगी कि चूतड़ कटकर गिर जाएँगे। तब समझ में आएगा उनके कि सिर उठाना किसे कहते हैं। मगर, इसका तुमसे या मुझसे कोई मतलब नहीं। मुझे उन खोखोलों के लिए कोई अफ़सोस नहीं।"

"ऐसा नहीं है...इससे मेरी गुत्थी उलझेगी।"

"वह कैसे ?"

"तुम्हारी समझ में नहीं आता ? अगर रीजन के अफ़सरों की राय मेरे बारे में वही हुई जो कोशेवोइ की है, तो मैं जेल में ठूँसे जाने से बचाए नहीं बचता। बग़ल के इलाक़े के लोग सिर उठा रहे हैं, मैं अभी कल तक अफ़सर रहा हूँ और बाग़ी के नाम से जाना-माना जाता रहा हूँ...अब हुई बात साफ़ ?"

प्रोख़ोर ने मुँह चलाना बन्द कर दिया और सोच में पड़ गया। यह बात उसे पहले खटकी ही न थी।...मगर, इस वक़्त शराब के कारण उसके दिमाग़ ने काफ़ी धीरे-धीरे, और सो भी काफ़ी मुश्किल से काम किया। ताज्जुब से पूछा—"मगर, तुम इस झगड़े में आते कहाँ हो, पैन्तेलेयेविच ?"

ग्रिगोरी की भौंहों पर बल पड़ गए और उसने कोई जवाब नहीं दिया, जैसे कि बग़ावत के इस समाचार ने उसे हिलाकर रख दिया हो। इसी समय प्रोख़ोर ने गिलास उसकी ओर बढ़ाया, पर ग्रिगोरी ने अपने दोस्त का हाथ एक तरफ़ को झटक दिया और दृढ़ता से बोला—"अब मुझे नहीं पीना।"

"अरे, बस...एक गिलास और पियो...जब तक चेहरे का रंग एकदम बदल न जाए, तब तक पियो। हँसी-ख़ुशी से भरी इस ज़िन्दगी का महज़ एक इलाज है, और वह है वोद्का।"

"तुम बदलो अपने चेहरे का रंग। दिमाग़ ने काम करना यों ही बन्द कर दिया है....देर-सवेर मरकर रहोगे। मुझे अपना नाम दर्ज कराने आज व्येशेंस्काया जाना है।"

प्रोख़ोर ने उसे घूरकर देखा तो उसका धूप से सँवराया चेहरा गहरा भूरा लगा। सफ़ेदी सिर्फ़ उलटे हुए बालों की जड़ों में ही नज़र आई। आदमी मन से काफ़ी शान्त रहा। उसने ज़िन्दगी में कितना ही कुछ देखा था और लड़ाई और मुसीबतों ने प्रोख़ोर को उसके स्नेह-सूत्र में बाँध दिया था। वह उसका अपना हो उठा था।

उसकी कुछ-कुछ सूजी आँखों से उदासी टपकी और निगाह से सख़्ती और थकान। प्रोख़ोर ने पूछा—"तुम व्येशेंस्काया जा रहे हो...तुम्हें डर नहीं लगता कि वे लोग तुम्हें जेल में डाल देंगे ?"

ग्रिगोरी ने तड़ से जवाब दिया—"यही तो डर लग रहा है, भाईजान ! मैंने जेल कभी देखी नहीं, इसलिए मुझे मौत से ज़्यादा डर जेल जाने से लगता है। लेकिन, लगता है कि इसका मज़ा भी एक बार चखना ही पड़ेगा।"

"तुम्हें घर नहीं आना चाहिए था।" प्रोख़ोर हमदर्दी से बोला।

"लेकिन, घर न आता तो फिर जाता कहाँ ?"

"तुम कस्बे में कहीं छिप रहते, यह ऊँट किसी करवट बैठ जाने देते और तब आते।"

ग्रिगोरी ने हाथ हिलाया और हँसा—"यह मेरे काम करने का तरीक़ा नहीं। इन्तज़ार से बुरा कोई नहीं। फिर मैं अपने बच्चों को कैसे छोड़ देता ?"

"क्या बात कही है ! आख़िर अभी तक तुम्हारे बिना भी तो रहते ही रहे हैं वे। बाद में उन्हें भी ले जाते और उनके साथ ही अपनी जानेमन को भी ले जाते। अरे हाँ, यह बताना तो तुम्हें भूल ही गया कि तुम्हारे यानी तुम्हारे और तुम्हारी अकसीनिया के पुराने मालिक इस दुनिया से चल बसे।"

"यानी, दोनों लिस्तनित्स्की नहीं रहे ?"

"हाँ, यही नाम तो है। फ़ौज पीछे हटी तो मेरा रिश्तेदार जाखार छोटे लिस्तनित्स्की का अर्दली रहा। उसने बताया कि बूढ़ा तो मोरोज़ोव्स्की में टायफ़स से मर गया। छोटा लिस्तनित्स्की येकेतेरीनोदार पहुँच गया। पर वहाँ उसकी बीवी जनरल पोकरोवस्की से फँस गई। यह उससे बर्दाश्त न हुआ और उसने गुस्से में अपने को ही गोली मार ली।"

"ख़ैर...भाड़ में जाएँ वे दोनों।" ग्रिगोरी ने तटस्थ मन से कहा—"मैं तो उन शरीफ़ लोगों के लिए दुखी हूँ जो इस धरती से उठ गए हैं। इन दोनों के लिए सीना पीटने कोई नहीं बैठेगा।" फिर वह उठा, बरानकोट पहना और दरवाज़े के हत्थे को पकड़कर कुछ सोचते हुए बोला—"हालाँकि मैंने कहा कि भाड़ में जाएँ लिस्तनित्स्की...मगर छोटे लिस्तनित्स्की या मीशा-कोशेवोइ जैसों से मुझे डाह बहुत होती है...उनके सामने हर चीज़ शुरू से ही साफ़ रही है, लेकिन मेरे सामने तो आज भी कुछ भी साफ़ नहीं है। दोनों के सामने सीधे रास्ते हैं और दोनों के सामने एक मंज़िल रही है। लेकिन, मैं 1917 से अब तक बराबर शराबी की तरह एक ही घेरे का चक्कर काटता रहा हूँ...मैं गोरे गारदों से कट गया, मगर लाल फ़ौजियों में नहीं खपा...मैं तो जैसे जमे हुए पानी के छेद में उतराता हुआ गोबर हूँ...देखो न प्रोख़ोर, मुझे चाहिए था कि मैं लाल फ़ौजियों के साथ चिपक जाता...उस हालत में जो कुछ होता मेरे भले के लिए होता। तुम तो जानते हो कि शुरू में मैंने पूरी ईमानदारी से सोवियत सरकार की खिदमत की। मग़र बाद में सबकुछ गड़बड़ा गया। गोरे गारदों में उनकी कमान के लोगों के बीच मैं अजनबी माना गया...हमेशा शुबहा की नज़र से देखा गया...और आख़िर होता भी क्या ? मैं एक किसान का बेटा, बेपढ़ा-लिखा कज़्ज़ाक...मेरी उनसे रिश्तेदारी कौन-सी हो सकती थी ? बस, तो उन्होंने मेरा कभी यक़ीन नहीं किया। और, यही हालत मेरी लाल फ़ौजियों के बीच हुई। आख़िर मैं अन्धा तो नहीं हूँ न...कमीसारों और स्क्वैड्रन के कम्यूनिस्टों की निगाह मैंने ख़ूब समझी...एक बार लड़ाई के दौरान तो उन्होंने मेरे मामले में ऐसी होशियारी बरती कि जहाँ मेरा क़दम पड़ा, वहाँ उनकी नज़र पड़ी। शायद उन्होंने सोचा—'ओ यह सूअर पहले का गोरा गारद कज़्ज़ाक अफ़सर है...हमें चौकस रहना चाहिए...कहीं ऐसा न हो कि दग़ा दे जाए हमें।' और जब मैंने यह देखा तो मेरी नसों का ख़ून जम गया। और बाद में तो उनका इस तरह यक़ीन न करना मेरी बर्दाश्त के बाहर हो गया। आख़िरकार गर्मी से तो पत्थर तक पिघल जाता है। और यह सचमुच बहुत ही अच्छा हुआ कि उन्होंने मुझे फ़ौज से घर भेज दिया। इससे बात जल्दी ही ख़त्म हो गई।' " उसने अपना भर्राता गला साफ़ किया, एक क्षण चुप रहा और फिर प्रोख़ोर की तरफ़ देखकर बदलती हुई आवाज़ में बोला—"खाने के लिए शुक्रिया ! अब मैं चला। ठीक-ठाक रहना। अगर सही-सलामत वापस आ गया तो शाम तक आऊँगा तुमसे मिलने। मगर यह बोतल तो हटा दो यहाँ से...नहीं तो तुम्हारी बीवी आकर फ्राइंग पैन तोड़ डालेगी तुम्हारी पीठ पर।"

प्रोख़ोर सीढ़ियों तक उसके साथ गया और बरसाती में पहुँचने पर फुसफुसाकर बोला—"उफ़्...पैन्तेलेयेविच, देखना कि वे लोग तुम्हें वहीं न रख लें।"

"देखो, देखूँगा।" ग्रिगोरी ने उत्तर दिया।

फिर ग्रिगोरी घर नहीं गया। यह दोन के किनारे आया। यहाँ उसने किनारे से किसी की नाव खोली, अँजुरी-अँजुरी कर पानी निकाला। बाड़ से एक सरकंडा खींचा, किनारे की बर्फ़ काटी और नाव खे चला।

हवा के थपेड़ों से चंचल गहरी-हरी लहरें पश्चिम की ओर उमड़ती रहीं। वे किनारे के शान्त पानी की हल्की झलाझल बर्फ़ चटखाती रहीं और सेवार के पन्ने से हरे पसारे को रह-रहकर झकझोरती रहीं। जम हुए पानी के बिल्लौरी टुकड़े जहाँ-तहाँ चमचमाते रहे और पानी से धुल-धुलकर किनारे के कंकड़ हल्के-हल्के खड़खड़ करते रहे। लेकिन, मँझधार में तेज़ और जमे हुए प्रवाह के बीच लहरें नाव के बाएँ बाज़ू पर आ-आकर पानी की बौछार करती रहीं और किनारे के जंगल में हवा के बराबर हरहराने की गूँज होती रही।

ग्रिगोरी ने दूसरे तट पर पहुँचने पर नाव का आधा हिस्सा पानी के बाहर निकाला, फिर ज़मीन पर बैठकर बूट उतारे और आसानी से चलने के लिए पैर की पट्टियाँ फिर से बाँधीं।

दोपहर होते-होते वह व्येशेंस्काया पहुँच गया।

क्षेत्रीय सैनिक-कमीसारियेट में बड़ी भीड़ नज़र आई और काफ़ी शोरगुल सुन पड़ा। टेलीफ़ोन की घंटियाँ ज़ोर-ज़ोर से घनघनाती रहीं, फ़ौजियों के आने-जाने पर दरवाज़े भड़ाक-भड़ाक बजते रहे और अलग-अलग कमरों से टाइपराइटरों की खड़-खड़ सुनाई पड़ती रही। गलियारे में भेड़ की खाल की जैकेट से लैस एक नाटे आदमी को घेरे खड़े कोई एक दर्जन लाल सैनिक ज़ोर-ज़ोर से बातें करते एक-दूसरे के बीच में बोलते और हँसी के ठहाके लगाते रहे। ग्रिगोरी ने गलियारे में कदम रखा कि दो लाल सैनिक एक मशीनगन की गाड़ी दूसरी तरफ़ के किनारे से इस तरफ़ लाते दीखे। लकड़ी के ऊँचे-नीचे फ़र्श पर गाड़ी के छोटे-छोटे पहिए खड़खड़ाते रहे। मशीनगन के साथ के लोगों में से एक लम्बा हट्टा-कट्टा आदमी हँसते हुए चिल्लाकर बोला—''सज़ा देनेवाली कम्पनी के लोगो...एक तरफ़ हो जाओ...वरना तुम पर चढ़ा दूँगा गाड़ी।''

ग्रिगोरी ने मन-ही-मन सोचा—'लगता है कि जैसे सचमुच लोग बग़ावत को दबाने की तैयारी में हैं।'

उसे रजिस्ट्रेशन में बहुत देर न लगी। जल्दी-जल्दी उसके काग़ज़ात देखने के बाद फ़ौजी कमीसारियेट बोला—''दोन-चेका के राजनीतिक विभाग में जाइए। आप पहले अफ़सर रहे हैं, इसलिए आपको वहाँ हाज़िर होना पड़ेगा।''

''बहुत अच्छा।'' ग्रिगोरी ने सेल्यूट मारी, पर उसके मन की उथल-पुथल अब तक कहीं से घटी नहीं।

चौक में उसके कदम अपने-आप रुक गए। अन्तर् अपनी पूरी शक्ति से विद्रोह करने लगा। मन ने कहा—'तुम्हें उस महक़मे में जाना है, मगर वहाँ तुम जेल में ठूँस दिए जाओगे।' वह आशंका, भय और घृणा से काँप उठा और स्कूट के पास खड़ा-खड़ा अनदेखी आँखों से देखता रहा तो उसके सामने आ गई जेलख़ाने की ज़मीन, तहख़ाने में जानेवाली एक गन्दी सीढ़ी से नीचे उतरते उसके अपने पैर और पीछे पिस्तौल का हत्था कसकर जकड़े, पिस्तौल उसकी ओर ताने एक आदमी।...उसने अपनी मुट्ठियाँ बाँध लीं और अपने हाथों की फूली हुई नीली नसों पर नज़र डाली। सोचा—'और, इन्हीं हाथों को बाँध लेंगे वे।' उसके चेहरे पर ख़ून दौड़ गया—'नहीं, आज वहाँ नहीं जाऊँगा। ज़रूरत होगी तो कल चला जाऊँगा। आज का दिन अपने बच्चों के साथ बिताऊँगा, अकसीनिया से मुलाक़ात करूँ...और कल व्येशेंस्काया लौट आऊँगा। इतना ज़्यादा चल पड़ने से पैर दर्द करते हों तो करें। आज तो मैं जाऊँगा ही, कल लौट आऊँगा...ज़रूर लौट आऊँगा यानी जो होना हो कल हो, आज कुछ नहीं...'

''ओह मेलेख़ोव, उमरें हो गईं तुमसे मिले !''...

ग्रिगोरी ने मुड़कर देखा। प्योत्र की रेजीमेंट का साथी दोन सेना की 28वीं विद्रोही रेजीमेंट का पूर्व-सेनापति याकोव-फ़ोमीन पास आया। वह ग्रिगोरी को बिलकुल बदला हुआ लगा।

अब उसके बदन पर अतामान रेजीमेंट के ज़माने के भद्दे, लापरवाही से पहने गए कपड़े न थे। इन वर्षों में उसमें ज़मीन-आसमान का अन्तर हो गया था। घुड़सवार फ़ौज का शानदार काट का कोट उसके बदन पर बहुत ही फिट बैठ रहा था। लाल मूँछें किसी चीज़ से ऐंठी हुई थीं। उसकी चाल की आन-बान-शान, आत्म-सन्तोष से भरी मुस्कान और उसके आस-पास की हर चीज़ से लगता था कि उसे अपने बड़प्पन और विशेष सम्मान का पूरा बोध है।

सो, ग्रिगोरी से हाथ मिलाते और उसकी आँखों में अपनी बड़ी-बड़ी नीली आँखें डालते हुए उसने पूछा—''कैसे आए यहाँ ?''

''फ़ौज से अलग कर घर भेज दिया गया था...फ़ौजी कमीसारियट से अभी-अभी मिलकर चला आ रहा हूँ।''

''आए देर हुई ?''

''नहीं, कल ही गाँव पहुँचा।''

"मुझे अक्सर ही तुम्हारे भाई प्योत्र-पैन्तेलेयेविच का ख़्याल आता है। शानदार कज़्ज़ाक था, मगर उसकी मौत बुरी हुई। हमारी तो दाँत-काटी रोटी थी।...तुम्हें पिछले साल की बग़ावत में हिस्सा नहीं लेना चाहिए था मेलेख़ोव ! वह तुमने बड़ी ग़लती की।"

ग्रिगोरी को जवाब में कुछ कहना ज़रूरी लगा। बोला—"हाँ, कज़्ज़ाकों ने ही ग़लती की..."

"किस फ़ौज में थे तुम ?"

"पहले घुड़सवार ब्रिगेड में।"

"क्या थे ?"

"स्क्वैड्रन-कमांडर।"

"अच्छा...इस वक़्त मैं भी स्क्वैड्रन-कमांडर हूँ। यहाँ व्येशेंस्काया में एक बचाव-टुकड़ी है।" फिर अपने चारों तरफ़ निगाह दौड़ाकर, आवाज़ नीची कर बोला—"सुनो, चलते चलो...मेरे साथ चलो थोड़ी दूर...यहाँ लोग बहुत हैं...बात करने का मौक़ा न मिलेगा।"

दोनों सड़क पर बढ़ते गए। ग्रिगोरी को कनखी से देखते हुए फ़ोमीन बोला—"घर पर ही रहने की सोच रहे हो ?"

"हाँ, वहीं रहूँगा...और कहाँ रह सकता हूँ ?"

"खेतीबारी करने का इरादा है ?"

"हाँ।"

फ़ोमीन ने हमदर्दी से सिर हिलाया और आह भरी। "मेलेख़ोव, बहुत बुरा वक़्त चुना है तुमने...सचमुच बहुत बुरा वक़्त चुना है।...अभी साल-दो साल तुम्हें आना नहीं चाहिए था।"

"क्यों नहीं आना चाहिए था ?"

फ़ोमीन ने ग्रिगोरी की बाँह पर हाथ रखा और उसकी ओर थोड़ा झुकते हुए धीरे-से बोला—"इलाक़े में उथल-पुथल है...कज़्ज़ाक खाने के सवाल को लेकर काफ़ी गरम हैं...बोगुचार ज़िले में लोग बग़ावत कर रहे हैं। उन्हें दबाने के लिए हम लोग आज जा रहे हैं। मेरी सलाह मानो जवान, तो तुम यहाँ से फ़ौरन ही खिसक दो। प्योत्र मेरा बड़ा दोस्त था, इसीलिए तुम्हें यह राय दे रहा हूँ मैं !"

"लेकिन, जाने को कहीं ठौर भी तो हो।"

"अरे, यहाँ से दूर रहकर चीज़ों को देखो-समझो ! मैं तो तुमसे यह इसलिए कह रहा हूँ कि राजनीतिक विभाग पहले के अफ़सरों को गिरफ़्तार कर रहा है। इसी हफ़्ते तीन अलमबरदार दुदारेवका से और एक रेशेतोवका से लाया गया है। दोन के दूसरे कनारे से तो लोगों के झुंड-के-झुंड लाए जा रहे हैं। ये लोग तो इस वक़्त मामूली कज़्ज़ाकों को भी कस रहे हैं...अब अपना फ़ैसला आप कर लो, ग्रिगोरी-पैन्तेलेयेविच !"

"सलाह के लिए शुक्रिया...मगर मैं इस सबके बावजूद कहीं जाऊँगा नहीं।" ग्रिगोरी ने हठपूर्वक कहा।

"ख़ैर, तुम जानो, तुम्हारा काम जाने।"

फिर फ़ोमीन, क्षेत्र की स्थिति, क्षेत्रीय अधिकारियों से अपने सम्बन्धों और क्षेत्रीय सैनिक कमीसार शाखायेव की चर्चा करने लगा। पर ग्रिगोरी अपने विचारों में ही डूबा रहा, इसलिए उसकी बातें उसने ध्यान से सुनी नहीं।

इस तरह तीन ब्लाकों तक वे साथ रहे कि फ़ोमीन एकदम रुका, "मुझे किसी से मिलने जाना है...अच्छा, 'पॅका'।[1] अपनी फ़र की टोपी पर हाथ रखकर उसने सैल्यूट मारी। ग्रिगोरी से उदास मन से अलग हुआ और किनारे की एक गली में मुड़ गया। इस समय वह जिस तरह शान से तनकर चला, उससे उसकी नई पेटी चरमराई और पूरा नक़्शा बहुत भद्दा लगा। ग्रिगोरी उसे कुछ देर तक

1. फिलहाल अलविदा !

देखता रहा और फिर लौट दिया।...

वह राजनीतिक विभाग पहुँचा और वहाँ की पत्थर की सीढ़ियों पर चलते समय मन-ही-मन बोला–'अगर खेल ख़त्म ही होना है तो हो...जितनी जल्दी हो, उतना ही इच्छा ! मामले को खींचने से कोई फ़ायदा नहीं...ग्रिगोरी, अगर तुम्हें उस वक़्त नुक़सान पहुँचाना आता था, तो इस वक़्त उसकी क़ीमत अदा करना भी आना चाहिए...उसके लिए जवाब भी देना चाहिए।'

8

सवेरे कोई आठ बजे अकसीनिया ने स्टोव के कोयले उलटे-पलटे और बेंच पर बैठकर ऐप्रन से अपना तमतमाया हुआ, पसीने से तर चेहरा पोंछने लगी...

खाने की तवालत से फ़ुर्सत पाने के लिए वह तड़के ही उठ बैठी थी। उसने चूज़ा उबाल लिया था। पैन-टिकियाँ बना ली थीं। पकौड़ियों पर ख़ूब क्रीम डाल दी थी और उन्हें तल लिया था। उसे पता था कि ग्रिगोरी को पकौड़ियाँ बहुत पसन्द हैं। यानी, उसे ग्रिगोरी के साथ खाने की आशा थी, इसीलिए उसने ख़ास चीज़ें तैयार की थीं...

उसका बड़ा जी चाहा कि वह किसी-न-किसी बहाने मेलेख़ोव-परिवार में जाए और एकाध मिनट वहाँ रहकर अपने मन के राजा की एक झाँकी ले आए। उसे अजीब-सा लगा कि बग़ल में हो और वह उसकी एक झलक को तरसे। इस पर भी उसने अपना मन मार लिया और गई नहीं। उसे लगा कि इस उम्र में इस तरह चंचल होना भी क्या !

उसने हाथ-मुँह कहीं ज़्यादा मन और सावधानी से धोया, कसीदेवाली समीज़ के ऊपर साफ़ कमीज़ पहनी, और स्कर्ट चुनने के लिए बहुत देर तक खुले बक्से के सामने खड़ी रही। काम के मामूली दिन ख़ास कपड़ों की वैसे कोई ज़रूरत न थी, पर उसका किसी तरह जी न माना कि आज के दिन भी वह रोज़ के-से कपड़े पहने। मगर उसकी समझ में न आया कि निकाले तो निकाले क्या ? उसके माथे पर बल पड़ गए और उसने लोहा की हुई तमाम स्कर्टें लापरवाही से उलट डालीं। आख़िरकार उसने गहरी-नीली स्कर्ट और काली गोटवाली नई, नीली चोली निकाल ली। इससे अच्छे कपड़े उसे नज़र ही न आए। सोचा उसने–'मैं क्यों फ़िक्र करूँ कि पड़ोसी क्या सोचेंगे और क्या नहीं सोचेंगे ? उनका हो काम का दिन...मेरा तो आज जश्न का दिन है...'

सो, उसने जल्दी-जल्दी सारे कपड़े पहने और शीशे के सामने जा खड़ी हुई, आश्चर्य से भरी। मन्द मुस्कान उसके होंठों पर दौड़ गई। उत्सुकता से भरी और प्रसन्नता से चमकती आँखें उसे एकटक देखने लगीं। उसने अपना चेहरा ग़ौर से देखा और उसके मुँह से सन्तोष की साँस निकल गई। उसे लगा, 'नहीं, अभी मेरा हुस्न मुरझाया नहीं...अभी भी कितने ही कज़्ज़ाक ऐसे निकलेंगे जो मुझे देखते ही राह में ठिठक जाएँगे और मुझे हसरत से घूरते रह जाएँगे।'

और शीशे के सामने अपनी स्कर्ट ठीक करते समय उसने ज़ोर से कहा–"हाँ, ग्रिगोरी-पैन्तेलेयेविच, अब देखो ज़रा !" फिर अपने चेहरे पर लाली दौड़ते देखकर मन-ही-मन हँस पड़ी। इस पर भी कनपटियों पर कुछ सफ़ेद बाल दीख ही गए तो उसने उन्हें तोड़कर फेंक दिया। उसे लगा कि ग्रिगोरी को ऐसा कुछ दिखलाई नहीं पड़ना चाहिए जिससे उसे उसकी उम्र का ख़्याल आए। उसके लिए तो उसने आज सात साल पहले के रूप का गुलाब अपने चेहरे पर खिलाने की कोशिश की।

फिर दोपहर के खाने के समय तक वह जैसे-तैसे घर पर बनी रही। लेकिन, इसके बाद अपने को रोक न पाई और सफ़ेद बकरे की खाल का शॉल अपने कन्धे पर डालकर मेलेख़ोव-परिवार के घर की ओर चल पड़ी। दून्या घर में अकेली मिली। अकसीनिया ने उसका अभिवादन किया और पूछा, "अभी तक खाना नहीं हुआ तुम्हारे यहाँ ?"

"ऐसे घुमक्कड़ घर में हों तो कहीं वक़्त पर खाना हो सकता है ? मीशा सोवियत के दफ़्तर में है। ग्रिगोरी व्येशेंस्काया गया है। बच्चों को खिला चुकी हूँ...बड़ों का इन्तज़ार है।"

अकसीनिया को यह सुनकर बड़ी निराशा हुई, पर अपनी किसी गतिविधि या बात से उसने मायूसी झलकने नहीं दी। बोली—"मैंने तो सोचा कि सभी लोग इस वक़्त घर पर ही होंगे। अच्छा ग्रीशा, मेरा मतलब, ग्रिगोरी-पैन्तेलेयेविच लौटेगा कब तक ? आज आ जाएगा न ?'

दून्या ने अपनी पड़ोसिन के शानदार कपड़ों पर निगाह डाली और ज़रा हिचकती हुई बोली—"वह अपना नाम दर्ज कराने गया है।"

"कब तक लौटने की उम्मीद है ?"

दून्या की आँखें छलछला आईं। अपनी अटकती आवाज़ में फटकार घोलते हुए बोली—"क्या वक़्त चुना है तुमने इस तरह सजने का...तुम्हें यह पता नहीं कि हो सकता है कि वह बिल्कुल लौटकर आए ही नहीं..."

"क्या मतलब ?"

"मिख़ाइल का कहना है कि उसे व्येशेंस्काया में गिरफ़्तार कर लिया जाएगा..." दून्या की पलकों से आक्रोश-भरे आँसू टपकने लगे। उसने आस्तीन से आँखें पोंछीं और चीख़ पड़ी—"गाज गिरे...इस ज़िन्दगी पर गाज गिरे...पता नहीं यह सब ख़त्म कब होगा ? ग्रीशा वहाँ चला गया है, और बच्चे जैसे पाग़ल हो गए हैं। मुझे दम-भर को भी चैन नहीं लेने देते। बार-बार पूछते हैं—पापा कहाँ गए हैं ? कब तक लौटेंगे ? अब मैं कहाँ से जवाब दूँ ? मैंने बच्चों को तो अहाते में भेज दिया है, पर मेरा अपना दिल कचोट रहा है...क्या कहोगी तुम इस कम्बख़्त ज़िन्दगी को ? लाख कलेजा छलनी कर डालो, मगर किसी को कभी चैन नहीं मिलता।"

"अगर वह शाम तक वापस नहीं आएगा तो कल मैं खुद व्येशेंस्काया जाऊँगी और पता चला लाऊँगी।" अकसीनिया ने यह बात ऐसे तटस्थ भाव से कही, जैसे कि किसी ऐरे-गैरे की चर्चा कर रही हो, और परेशानी की ज़रा भी ज़रूरत न हो।

दून्या ने उसके चित्त के सन्तुलन और मन के सब्र का अचरज करते हुए आह भरकर कहा—"आज इसका इन्तज़ार करने से कोई फ़ायदा नहीं...यह तो साफ़ है...आते ही हज़ार तरह की मुसीबतों से घिर गया है।"

"हमें अभी तक कुछ पता तो है नहीं...तुम रोना बन्द करो, दून्या, वरना बच्चे जाने क्या ख़्याल करेंगे।...अच्छा...मैं चली। अलविदा !"

ग्रिगोरी शाम होने के काफ़ी देर बाद लौटा, घर में थोड़ी देर रहा और फिर अकसीनिया से मिलने चल दिया...

परन्तु अकसीनिया पूरे दिन जिस तरह चिन्ता में घुलती रही, उसने दोनों की मुलाक़ात का मज़ा किरकिरा कर दिया...शाम होते-होते उसे ऐसा लगने लगा, जैसे कि वह बिना कमर लचाए सारे दिन काम करती रही है। आख़िरकार इन्तज़ार करते-करते उसका दिल टूट गया और वह थकान से चूर होकर पलंग पर जा लेटी। लेकिन खिड़की के बाहर पैरों की आहट आते ही औरत कमसिन लड़की की तरह फुर्ती से उठकर खड़ी हो गई।

उसने ग्रिगोरी को देखते ही उसके गले में हाथ डाल दिया। पूछा—"तुमने मुझे बतलाया क्यों नहीं कि तुम व्येशेंस्काया जा रहे हो ?..." और इसके साथ ही वह उसके बरानकोट के बटन खोलने लगी।

"कहने का मौक़ा ही नहीं मिला...मैं बड़ी हड़बड़ी में था।"

"तुम उधर गए और इधर हमने यानी दून्या ने और मैंने रो-रोकर आँखें काली कर डालीं—हमने सोचा कि अब तुम लौटोगे ही नहीं।"

ग्रिगोरी उदास मन से मुस्कुराया।

"नहीं, अभी वह नौबत नहीं आई।" और, एक क्षण रुकने के बाद फिर बोला—"कम-से-कम अभी तक तो जान बची ही है।"

वह लँगड़ाता हुआ गया और मेज़ के किनारे जा बैठा। खुले दरवाज़े से सोने के कमरे में नज़र आया कोने में पड़ा लकड़ी का चौड़ा पलंग, और बक्से की हल्के-हल्के चमकती ताँबे की पत्तियाँ। पूरी व्यवस्था को देखकर उसे जवानी के दिनों में, स्तीपान के न रहने पर, वहाँ अपना आना याद हो गया। कोई फेर-बदल कहीं समझ ही न पड़ा। ऐसा लगा जैसे कि वक़्त इस तरफ़ से तो गुज़रा, पर उसने अन्दर झाँककर नहीं देखा। और तो और, हॉप की ताज़ी लतरों, रगड़े हुए साफ़ फ़र्श और अजवाइन के मुरझाए पौधों से भी वैसी ही भीनी-भीनी महक आती रही। यों अनुभव हुआ जैसे कि अभी कल सवेरे ही वह यहाँ से गया हो...पर, वास्तव में समय कितना बीत चुका था।...

उसने उमड़ती आह रोकी और जान-बूझकर सिगरेट रोल करने लगा। लेकिन, जाने क्यों उसके हाथ काँपने लगे और तम्बाकू घुटनों पर बिखर गई।

अकसीनिया ने जल्दी-जल्दी मेज़ लगाई। लपसी को गरम करना ज़रूरी लगा तो भागकर शेड से लकड़ी लाई और हाँफते हुए स्टोव में आग जलाने लगी। चेहरा पीला नज़र आया। उसने मुँह से फूँक-फूँककर कोयले दहकाने की कोशिश की तो चिनगारियाँ इधर-उधर उड़ने लगीं। इसके बावजूद उसने गुड़ीमुड़ी बनकर बैठे, धुआँ उड़ाते ग्रिगोरी को बीच-बीच में भर-आँख देख ही लिया।

"कैसा, क्या रहा ? हर बात का फ़ैसला हो गया ?"

"सबकुछ ठीक ही रहा।"

"तब फिर तुम्हारी गिरफ़्तारी की बात दून्या के दिमाग़ में कहाँ से आ गई ? उसने तो मुझे बहुत ही डरा दिया।"

ग्रिगोरी की भौंहें चढ़ गईं और उसने खौफ से हाथ की सिगरेट एक तरफ़ को फेंक दी।

"मिख़ाइल उसके कान फूँकता रहा है। वही तो मेरे लिए सारी मुसीबत खड़ी कर रहा है।"

अकसीनिया मेज़ के पास गई तो ग्रिगोरी ने उसे अपनी तरफ़ खींचकर कस लिया और उसकी आँखों की तरफ़ देखते हुए बोला—"लेकिन, सच बात यह है कि मेरी हालत डाँवाडोल है। मैं वहाँ गया तो ख़ुद भी मुझे लगा कि अब मैं लौटता नहीं। इससे तो इनकार नहीं कि बग़ावत के ज़माने में एक डिवीज़न की कमान मेरे हाथों में थी और मैं स्क्वैड्रन-कमांडर था। मेरे जैसे लोग तो फ़ौरन से पेश्तर धर ही लिए जाते हैं।"

"लेकिन, वहाँ के लोगों ने तुमसे क्या कहा ?"

"वहाँ मुझे एक फ़ार्म भरने को दिया गया और मुझे बताना पड़ा कि फ़ौज में मैंने क्या-क्या किया है। लेकिन, लिखने की आदत तो मुझे है नहीं...वैसे भी लिखने का काम मैंने कम ही किया है...इसलिए दो घंटे लगे मुझे सारा कुछ लिखने में। फिर दो फ़ौजी कमरे में आए और उन्होंने मुझसे बग़ावत के बारे में तरह-तरह के सवाल पूछे। लोग ठीक-ठाक ही लगे। मुझसे काफ़ी मोहब्बत से बातें करते रहे। उनमें से ज़रा सयानी उम्र के एक आदमी ने पूछा—'चाय पियोगे...वैसे यह है कि काम सेक्रीन से चलाना पड़ेगा।' मैंने सोचा—'क्या करना है मुझे चाय का ? यहाँ से सही-सलामत वापस लौट सकूँ, यही बहुत है।...' "

फिर ज़रा देर चुप रहने के बाद नफ़रत से यों बोला, जैसे कि किसी बाहरी से बातचीत कर रहा हो—"हिसाब-किताब साफ़ करते-करते मेरी तो आँखें छलछला आईं। मैंने खासा बुज़दिल पाया अपने को।"

वह अपने-आप पर काफ़ी खीझा लगा कि व्येशेंस्काया में न वह हिम्मत से काम ले सका और

न अपने मन की दहशत निकाल सका। और गुस्सा उसे इस बात पर आया कि डर बे-बुनियाद साबित हुआ। उसकी सारी परेशानी बेहूदी और शर्मनाक मालूम हुई। वह तो सारे रास्ते यही सोचता रहा था। शायद इसीलिए उसने अपने-आप पर हँसते हुए अकसीनिया से सबकुछ बतलाया और ज़रा बढ़ा-चढ़ाकर बताया।

अकसीनिया ने उसकी पूरी बात ध्यान से सुनी, फिर अपने हाथ छुड़ाए और स्टोव के पास गई। आग जलाते हुए पूछा—"आगे का क्या है अब ?"

"एक हफ़्ते के अन्दर-अन्दर वहाँ फिर जाकर हाज़िर होना है मुझे।"

"तुम्हारा ख़्याल है कि आख़िरकर वे तुम्हें गिरफ़्तार कर ही लेंगे ?"

"लगता तो ऐसा ही है कि देर-सवेर गिरफ़्तार कर ही लिया जाऊँगा।"

"उस हालत में हम लोग क्या करेंगे ? हम कैसे रहेंगे, ग्रीशा ?"

"कुछ समझ में नहीं आता...बाद में बात करेंगे इस मामले में...मुँह-हाथ धोने को थोड़ा पानी है ?"

ग्रिगोरी मुँह-हाथ धोने के बाद खाने को बैठा तो औरत की सुबह की खुशी लौट आई और सारे बाँध तोड़ चली। उसके मन का राजा पास ही नज़र आया कि न देखने में चोरी से काम लेने की ज़रूरत और न यह सोचने की मजबूरी कि दूसरे देख रहे हैं या नहीं देख रहे हैं। उसकी निगाहों ने सीधे-सीधे सबकुछ साफ़-साफ़ बेहिचक कह दिया।

...हे भगवान् ! वह उसके लिए कितनी कलपी थी ! उसके मोटे, खुरदरे हाथों के लिए उसके शरीर का अंग-अंग किस तरह प्यासा हो उठा था !

सो, उसने खाने की किसी चीज़ को हाथ से छुआ तक नहीं। वह आगे की ओर झुककर ग्रिगोरी का खाना देखती रही। उसकी धुँधलाई आँखें उसके चेहरे, ट्यूनिक के ऊँचे कॉलर से कसी साँवली गर्दन, चौड़े कन्धों और मेज़ पर रखे हाथों पर प्यार बरसाती रही। वह उसके बदन से उमड़ती पसीने और तम्बाकू की खारी, चिर-परिचित गन्ध से अपनी साँस सींचती रही। उसे लगा कि यह गन्ध बेशक़ीमती है और सिर्फ़ उसके तन-बदन से उभर सकती है। इस गन्ध के सहारे ही आँखों पर पट्टियाँ बाँधकर भी, हज़ार लोगों में वह अपने ग्रिगोरी को पहचान लेती। उसके चेहरे पर गुलाब खिल गए और दिल की धड़कनों की रफ़्तार तेज़ हो गई। पर, आज शाम को घर की मालकिन के रूप में अपने कर्त्तव्यों के पालन में वह सचमुच असमर्थ हो उठी। ग्रीशा के अलावा, आस-पास उसे और कुछ दीखा ही नहीं। लेकिन, ग्रीशा ने उसकी चिन्ता की अपेक्षा भी न की। ख़ुद अपने लिए रोटी काटी, ख़ुद स्टोव से नमकदानी खोज लाया और ख़ुद अपनी तश्तरी में दुबारा लपसी उँडेल ली।

मुस्कुराकर जैसे कि माफ़ी माँगते हुए बोला—"बिल्कुल कुत्ते की तरह भूखा हो रहा हूँ। सुबह से कुछ नहीं खाया है।"

और, अब, इस वाक्य के बाद अकसीनिया को अपने घरेलू कर्त्तव्य का ध्यान आया। वह तेज़ी से उछलकर खड़ी हो गई—"उफ़ कैसा दिमाग़ हो गया है मेरा ! मैं तुम्हें पकौड़ियाँ और पैनकेक देना तो बिल्कुल भूल ही गई ! लो, थोड़ा-सा चूज़ा तो लो ! और खाओ...जी भरकर खाओ, मेरे राजा ! अभी लाई हर चीज़ !"

लेकिन ग्रिगोरी एक-एक कर सारी चीज़ें इस तरह और इतनी देर तक खाता रहा, जैसे कि पूरे एक हफ़्ते से खाना न खाया हो। कहने-सुनने की ज़रूरत ही नहीं हुई। औरत बड़े धैर्य से राह देखती रही, पर आख़िरकार और न रुका गया तो उसकी बग़ल में बैठ गई। उसने बाएँ हाथ से उसे अपनी ओर खींचा और दाएँ हाथ से कसीदेकारीवाली, साफ़ तौलिया लेकर अपने प्रियतम के चिकने होंठ और ठुड्डी पोंछ दी। इसके बाद साँस खींचकर उसने आँखें बन्द कीं तो उनसे छोटी-छोटी नारंगी चिनगारियाँ फूटने लगीं। और फिर औरत ने अपने होंठों से उसके होंठ भींच लिए।

मनुष्य के मन की प्रसन्नता सचमुच बहुत ही सहज होती है। जो भी हो, उस दिन शाम को अकसीनिया की ख़ुशी का ठिकाना न रहा।

9

ग्रिगोरी को कोशेवोइ से मिलना बहुत ही खलने लगा, बर्दाश्त के बाहर हो गया। उसके मन ने कहा—मेरे और उसके ताल्लुक तो, वापसी के बाद, पहले दिन ही साफ़ हो गए। अब मिलने-बोलने-बतलाने को रहा ही क्या है ? और, उससे फ़ायदा भी क्या है ?

शायद मिख़ाइल को भी ग्रिगोरी से मिलना-जुलना उतना ही खला। उसने दो मज़दूर रख लिए और उन्होंने तड़-पड़ उसका छोटा घर ठीक-ठाक कर दिया। छत की अधसड़ी धन्नियों की जगह नई धन्नियाँ लगा दीं। गिरती दीवारें नए सिरे से बना दीं, नए चौखटे लगा दिए और दरवाज़े नए कर दिए।

व्येशेंस्काया से लौटने के बाद ग्रिगोरी गाँव की क्रान्तिकारी समिति में गया, सैनिक कमीसारियट द्वारा प्रमाणित अपने काग़ज़ात कोशेवोइ को दिए, मुँह से एक शब्द कहे बिना वापस आ गया, और काम की थोड़ी चीज़बस्त और बच्चों को लेकर अकसीनिया के यहाँ जाकर रहने को चलने लगा। दून्या ने उसे नए घर में जाते देखा तो फूट पड़ी और आग्रह से बोली—"मेरे दुलारे भैया, मुझसे नाराज़ न हो...मैंने तुम्हारी कोई बुराई नहीं की है।"

भाई ने बहन को धीरज बँधाया—"तुमसे नाराज़ होने की क्या बात है ? जब तुम्हारा जी चाहे, वहाँ आना और आकर मिल जाना। तुम्हारे अपनों के नाम पर खानदान में एक मैं ही तो बाक़ी बचा हूँ। मुझे तुमसे हमेशा मोहब्बत रही है और आज भी है...लेकिन...तुम्हारा आदमी..वह कुछ और ही क़िस्म का इंसान है। मेरे यहाँ से जाने में तुम्हारा और मेरा रिश्ता थोड़े ही टूट जाएगा !"

"हम दोनों जल्दी ही यहाँ से चले जाएँगे...तुम इस तरह बिगाड़कर कहीं मत जाओ।"

"तुम यहाँ से भला क्यों जाओगी ?" ग्रिगोरी ने परेशानी से कहा—"बहार तक तो यहाँ रहो ही। तुम मेरे लिए कोई मुसीबत नहीं। फिर, अकसीनिया के यहाँ बहुत जगह है...मैं बच्चों के साथ वहाँ बहुत आराम से रह सकता हूँ।"

"तुम अकसीनिया से शादी करने जा रहे हो, ग्रीशा ?"

"अभी बहुत वक़्त पड़ा है इसके लिए।" ग्रिगोरी ने अनिश्चय से कहा। परन्तु दून्या जैसे फ़ैसला देती हुई बोली—"तुम उससे शादी कर लो, भैया...बड़ी अच्छी औरत है। माँ ज़िन्दा थीं तो कहती थीं कि एक वही औरत तुम्हारी बीवी बनने के लायक है। अपनी ज़िन्दगी के आख़िरी दिनों में वे उसे बहुत मानने लगी थीं। अक्सर उससे मिलने भी जाती थीं।"

ग्रीशा मुस्कुराते हुए बोला—"तुम तो जैसे मजबूर कर रही हो मुझे ! मगर, उससे न करूँगा तो और किससे शादी करूँगा मैं ? तुम्हारा ख़्याल है कि उस बूढ़ी अन्द्रोनीखा को बीवी बनाकर लाऊँगा ?"

अन्द्रोनीखा गाँव में सबसे बड़ी उम्र की, चुड़ैल-सी औरत थी। सौ साल कभी के पूरे कर चुकी थी। सो, उसकी दोहरी कमर का ख़्याल आते ही दून्या ठठाकर हँस पड़ी।

"कैसी बातें करते हो, भैया ? मैं तो सिर्फ़ यों ही पूछ रही थी। फिर, मेरे पूछने की एक वजह यह भी थी कि तुम अपनी शादी का ज़िक्र कभी करते ही नहीं।"

"मैं चाहे जिसे बीवी बनाने का इरादा करूँ, पर शादी में तुम्हें ज़रूर बुलाऊँगा।" ग्रिगोरी ने हँसकर कहा, बहन की पीठ थपथपाई और मन का बोझ-सा उतारते हुए घर से चला आया।

सच तो यह कि उसे इसकी चिन्ता ही न थी कि वह कहाँ रहता है और कहाँ नहीं। वह तो सिर्फ़ चैन से रहता था। लेकिन, यह मन की शान्ति उसे ढूँढे से भी न मिल पा रही थी।

तो, अकसीनिया के यहाँ दो-चार दिन उसने इस तरह काहिली में गुज़ारे कि ख़ुद अपने को ही काटने लगे। उसने उसके फार्म के एक-दो कामों में हाथ लगाया भी, तो उसे कुछ कर सकना मुमकिन न लगा। किसी चीज़ में जैसे उसकी तबीयत जमी ही नहीं। अपने भविष्य का अनिश्चय उसे काटता रहा और उसकी ज़िन्दगी हराम करता रहा। एक क्षण को भी यह बात उसके दिमाग़ से न उतरी कि मैं कभी भी पकड़कर जेल में ठूँस दिया जा सकता हूँ और जेल में ठूँस दिया जाना ही क्या है, गोली से भी उड़ाया जा सकता हूँ।

ऐसे में अकसीनिया की जब भी आधी रात के वक़्त आँख खुली, उसने उसे जागता पाया। वह हमेशा पीठ के बल लेटा, हाथ सिर के नीचे रखे, भावहीन, कड़ी निगाहों से अन्धकार भेदता मिला। अकसीनिया को उसकी चिन्ता की पूरी जानकारी रही, पर उसकी सहायता कर सकने का रास्ता उसकी समझ में कुछ न आया। उसे पीड़ित देखकर वह सदा ही दुखी रही और उसके साथ जीने के मंसूबे तक उसे बुझते समझ पड़े। पर, उसने उससे पूछा कभी कुछ नहीं कि जो कुछ तय करना हो यह अपने आप करे।...सिर्फ़ एक दिन ऐसा हुआ कि उसकी आँख खुली तो उसने अपने पास ही सिगरेट जलती देखी। बोली–"ग्रीशा, तुम तो बिल्कुल सोते ही नहीं। कुछ दिनों के लिए गाँव छोड़ ही क्यों न दो ! या कहो तो हम लोग भी चलें और कहीं छिप रहें ?"

ग्रिगोरी ने अपने पैर कम्बल से अच्छी तरह ढँक लिए। जवाब दिया–"सोचूँगा...फिलहाल, तुम सो जाओ।"

"फिर, जब कुछ अमन-चैन हो जाएगा, हम यहाँ लौट जाएँगे...क्यों, क्या ख़्याल है ?"

उसने फिर यों ही-सा जवाब दिया, जैसे कि इस विषय में कोई फ़ैसला किया ही न हो–"खैर देखो, क्या होता है ! तुम सो रहो, अकसीनिया !" और, उसने उसके नंगे, रेशम की तरह ठंडे कन्धे पर अपने होंठ जमा दिए।

परन्तु, फ़ैसला तो मन-ही-मन वह कर ही चुका था–'मैं अब दुबारा व्येशेंस्काया न जाऊँगा। राजनीतिक विभाग का वह आदमी मेरा इन्तज़ार करता हो तो करे। बग़ावत की दास्तान मुझसे सुनते वक़्त कैसे बैठा था मेज़ की दूसरी तरफ़ पसरकर...बरानकोट कन्धों पर डाले...उँगलियाँ चटखाते और बनावटी जम्हाइयाँ लेते हुए ! ख़ैर, अब फिर उसे वह दास्तान सुनने को मिलने से रही। कहानी ख़त्म हो चुकी। जिस दिन वहाँ पहुँचने की बात है, उस दिन मैं गाँव से ही ग़ायब हो जाऊँगा। ज़रूरी होगा तो लम्बे वक़्त तक ग़ायब रहूँगा।"

पर, वह कहाँ जाएगा, यह बात उसके सामने साफ़ न थी। निकल भागने का इरादा उसने ज़रूर कर लिया था क्योंकि न तो वह मरना चाहता था और न जेल में बन्द रहना चाहता था। परन्तु, अपने इस निश्चय का ज़िक्र उसने अकसीनिया से पहले से करना ठीक न समझा था।

सो, उसने सोचा–'इसके दिन मेरे साथ इने-गिने हैं। इनमें ज़हर घोलने से कोई फ़ायदा नहीं। वैसे भी दिन कोई ख़ास हँसी-खुशी से नहीं गुज़र रहे। अपने फ़ैसले का ज़िक्र तो मैं इससे आख़िरी दिन करूँगा। इस वक़्त मेरी बग़ल में चेहरा दुबकाए सो रही है तो सोने दो। इस बीच कई बार कह चुकी है कि तुम्हारी बाँह की छाँह में सोना मुझे बहुत ही अच्छा लगता है। तो ठीक फिलहाल सोने दो इसे। बेचारी...बेचारी...मेरे सीने से लगकर सोने की गिनती की घड़ियाँ बाक़ी रह गई हैं इसकी...इस तरह एकाध दिन बीते। क्रम-सा बँध गया। सवेरा होता तो ग्रिगोरी बच्चों से खेलता और फिर बेमतलब ही, गाँव में इधर-उधर चहलकदमी कर आने को निकल पड़ता। लोगों के साथ उठता-बैठता तो तबीयत ज़रा बहल जाती।

ऐसे ही ऐसे एक दिन प्रोखोर बोला–"सुनो, चलो निकिता मेलनीकोव के यहाँ चलें। थोड़ा पीना-पिलाना रहेगा, और साथ ही अपनी पुरानी रेजीमेंट के जवान कज़्ज़ाकों से भी मुलाक़ात हो जाएगी।" पर, ग्रिगोरी ने साफ़ इनकार कर दिया। वह गाँववालों से बातें कर चुका था, और जानता

था कि अनाज-वसूली को लेकर वे काफ़ी असन्तुष्ट हैं। वह यह भी समझता था कि पीना-पिलाना होगा तो यह बात भी छिड़ेगी। पर, वह नहीं चाहता था कि उस मामले में सन्देह उस पर किया जाए। वह तो परिचितों से मिलने पर राजनीतिक बातें करने से यों भी बचता था। राजनीति उसके जीवन में काफ़ी रही थी, और उसकी ज़िन्दगी को काफ़ी हद तक चौपट कर चुकी थी।

उसकी तरफ़ से यह सावधानी वैसे भी आवश्यक थी, क्योंकि अनाज-वसूली कुछ ख़ास हो नहीं पा रही थी और परिणामस्वरूप तीन बूढ़े, सिपाहियों के साथ, व्येशेंस्काया रवाना कर दिए गए थे।...

अगले दिन सहकारी दूकान के पास उसकी भेंट, लाल सेना से अभी-अभी लौटे, तोपची ज़ाखार क्राम्स्कोव से सहसा ही हो गई। वह नशे में धुत, लड़खड़ाता नज़र आया, परन्तु ग्रिगोरी के पास आते ही अपनी गन्दी जैकेट के सभी बटन बन्द करते हुए, भर्राए गले से बोला–"हमेशा तन्दुरुस्त रहो, ग्रिगोरी-पैन्तेलेयेविच !"

"तुम्हें भी ऊपरवाला हमेशा सेहतमन्द रखे !" ग्रिगोरी ने मोटे-तगड़े तोपची की ज़ोरदार मुट्ठी हिलाई।

"मुझे पहचाना ?"

"क्यों, पहचानूँगा क्यों नहीं ?"

"याद है, पिछले साल तुम्हारी जान बोकोव्स्काया के पास हमारे तोपख़ाने ने कैसी बचाई थी ? हम न होते तो तुम्हारी घुड़सवार टुकड़ी को दाँतों चने चबाने पड़ जाते। उस दिन लाल फ़ौजियों को हमने किस तरह मसला। अव्वल दर्जे की तोप थी उस दिन मेरे हाथ में।" ज़ाख़ार ने अपने चौड़े सीने पर मुट्ठी बजाई।

ग्रिगोरी ने निगाह बचाकर चारों तरफ़ देखा तो ज़रा दूर पर ही खड़े हुए लोग बातचीत सुनते दीखे। उसके होंठ फड़के। उसने क्रोध से दाँत पीसे और धीरे से बोला–"तुम नशे में हो। जाओ और सो रहो। बेकार गाल न बजाओ।"

"नहीं, मैं नशे में नहीं हूँ।" तोपची आपे से बाहर होते हुए चीख़ा–"शराब का नशा नहीं है...अगर कोई नशा है तो दुःख-दर्द का है...मुसीबतों का है। मैं घर वापस आया हूँ...मगर यहाँ की ज़िन्दगी भी कोई ज़िन्दगी है...दोज़ख है हर तरफ़...कज़्ज़ाक यहाँ रहते नहीं और जो रहते हैं, उनमें एक कज़्ज़ाक नहीं है। आधा अटन नाज उन्होंने एक अकेले मुझसे वसूल लिया है...क्या कहोगे इसे तुम ? बोया-काटा था उन्होंने जो अनाज पर हक़ जमाने को आ गए ?"

उसने ख़ून की तरह लाल-लाल आँखों से घूरकर देखा, लड़खड़ाते हुए ग्रिगोरी के हाथ पर ज़ोर का हाथ मारा और वोद्का की बू से उसका चेहरा भर दिया–"मगर, तुमने यह बिना धारियों का पतलून क्यों पहन रखा है ? किसान बन गए क्या ? यह हम नहीं होने देंगे। प्यारे ग्रिगोरी- पैन्तेलेयेविच, एक बार फिर जमकर लोहा लेना होगा। पिछले साल की तरह हम फिर नारे लगाएँगे–'कम्यून मुर्दाबाद, मगर सोवियत हुकूमत ज़िन्दाबाद'।"

ग्रिगोरी ने उसे भद्दे ढंग से एक ओर ढकेल दिया और बुदबुदाया–"जा घर जा अपने, शराबी, सूअर कहीं का...समझता भी है कि क्या कह रहा है ?"

क्राम्स्कोव ने एक हाथ झटके से आगे बढ़ाया, तम्बाकू के दागों से भरी अपनी उँगलियाँ फैलाईं और अटकते हुए बोला–"अगर...कोई...ऐसी-वैसी ग़लत बात मुँह से निकल गई हो तो माफ़ कर दो। मुझे अफसोस है...मगर तुमसे पूरी ईमानदारी से बात कर रहा हूँ...तुम्हें अपना कमांडर जानकर तुमसे कहना चाहता हूँ कि एक बार तो फिर लोहा लेना ही पड़ेगा।"

ग्रिगोरी चुपचाप मुड़ा और चौक पार कर घर की ओर बढ़ दिया। पर, इस बेवक़्त की बातचीत का असर उसके दिमाग़ पर शाम तक बना रहा। उसे नशे में धुत क्राम्स्कोव की चीख़ों, हमदर्दी से भरी चुप्पी और मुस्कानों का ध्यान रह-रहकर आता रहा। उसने सोचा–'मुझे जल्दी-से-जल्दी निकल

जाना चाहिए यहाँ से..इस तरह रहने से कोई फ़ायदा नहीं...'

उसे शनिवार को व्येशेंस्काया पहुँचना था। यानी तीन दिन में अपना प्यारा गाँव यों भी छोड़ देना था। पर, यह नौबत ही नहीं आ पाई। बृहस्पति की रात को वह सोने की तैयारी में रहा कि किसी ने बहुत ही ज़ोर-ज़ोर से दरवाज़ा खटखटाया। अकसीनिया बाहर निकलकर बरसाती में गई। पूछा—"कौन है ?" ग्रिगोरी ने सवाल तो सुना, पर जवाब नहीं सुना। इसलिए उत्सुक होकर पलंग से उठा और खिड़की के पास पहुँचा। इसी समय गलियारे में सिटकनी बजी और सामने आई दून्या। ग्रिगोरी ने उसका पीला चेहरा देखते ही, बिना कुछ पूछे बेंच से अपनी टोपी और बरानकोट उठा लिया।

"भैया...!"

"क्या बात है ?" बरानकोट की बाँहों में हाथ डालते हुए उसने धीरे से पूछा।

दून्या तेज़ी से हाँफती हुई, जल्दी-जल्दी बोली—"भैया, तुम यहाँ से फ़ौरन भाग जाओ। व्येशेंस्काया से चार घुड़सवार आए हैं और सोने के कमरे में बैठे हैं...उन्होंने बात फुसफुसाकर की, मगर मैंने सभी कुछ सुन लिया...मिख़ाइल कहता है कि तुम्हें फ़ौरन ही गिरफ़्तार कर लिया जाना चाहिए...वह उनसे तुम्हारे बारे में सभी-कुछ बतला रहा है...तुम निकल भागो यहाँ से।"

ग्रिगोरी उसके पास पहुँचा और उसके गले में हाथ डालकर उसने उसका गाल भरपूर स्नेह से चूमा। बोला—"शुक्रिया...दून्या, तुम लौट जाओ, वरना वे लोग समझ जाएँगे कि तुम यहाँ आई हो। जाओ...अलविदा !" फिर अकसीनिया की ओर मुड़ा—"रोटी जल्दी करो...नहीं, पूरी रोटी न दो...सिर्फ़ बड़ा-सा टुकड़ा दे दो एक।"

इस तरह उसकी चैन की ज़िन्दगी ने उससे रुख़सत ले ली...वैसे रही भी वह कै दिन थी !

ग्रिगोरी ने इस तरह तड़पड़, मगर आत्मविश्वास के साथ काम किया, जैसे कि लड़ाई के मैदान में हो। वह सोने के कमरे में आया और बच्चों को चूमने के बाद उसने अकसीनिया को बाँहों में भर लिया। बोला—"अच्छा फिलहाल अलविदा...तुम्हें मेरी ख़ैर-ख़बर जल्दी ही मिल जाएगी...प्रोख़ोर बतला देगा तुम्हें। बच्चों की फिक्र रखना...दरवाज़ा अन्दर से बन्द कर लो। अगर वे लोग यहाँ आकर खटखटाएँ तो कहना कि ग्रिगोरी व्येशेंस्काया गया है। अच्छा, मैं चला...बेकार दुखी न हो अकसीनिया !" और उसने उसे चूमा तो खारी आँसू उसके होंठों पर आकर टपाटप गिरने लगे।

पर, उसे धीरज बँधाने या उसके मायूस, टूटे हुए दिल की बातें सुनने का समय उसके पास नहीं था। उसने अकसीनिया की बाँहें धीरे से अलग कीं, गलियारे में आया, आहट ली और फिर बाहर का दरवाज़ा पूरा खोला। दोन की तरफ़ से आती हवा के झोंके ने उसके मुँह पर तमाचा-सा मारा। ग्रिगोरी ने अँधेरे का आदी होने के लिए क्षण-भर को अपनी आँखें मूँद लीं।

ग्रिगोरी ने सड़क पर पैर बढ़ाए तो बर्फ़ नीचे चरमराई। अकसीनिया ने यह आवाज़ सुनी और हर क़दम के साथ उसके दिल की कचोट बढ़ती गई। फिर, कदमों की आवाज़ दूरी में खो गई तो उसने बेंतोंवाला छोटा फाटक बन्द कर दिया। हर तरफ़ सन्नाटा भायँ-भायँ करने लगा। सिर्फ़ हवा, दोन के पार के जंगल में सर्राटे भरती रही।

अकसीनिया ने हवा के झकझोरों के बीच भी आहट लेने की कोशिश की, पर कुछ भी सुनाई न पड़ा। उसका शरीर एकदम बर्फ़ हो उठा। फिर, वह बावर्चीख़ाने में गई और उसने चिराग़ बुझा दिया।

10

सोवियत सरकार की अनाज-वसूली की नीति कामयाब न हुई तो 1920 की बहार के बाद के दिनों में हुकूमत ने इस काम के लिए ख़ास टुकड़ियाँ बना दीं। फलस्वरूप दोन की कज़्ज़ाक आबादी के

बीच उथल-पुथल मच गई। ऊपरी दोन के शुमिलिंस्काया, कज़ांस्काया, मिगुलिंस्काया, मेश्कोव्स्काया, व्येशेंस्काया और येलांस्काया ज़िलों के साथ-साथ दूसरी जगहों में भी छोटे-छोटे हथियारबन्द जत्थे बन गए। संगठन के मूल में रहा अमीर कज़्ज़ाकों का सरकारी अनाज-वसूली का विरोध और इस आग में घी का काम किया इस मामले में ज़्यादा-से-ज़्यादा सख़्ती बरतने और कड़े-से-कड़े कदम उठाने के सोवियत सरकार के फ़ैसले ने।

अधिकांश जत्थों में रहे पहले के सक्रिय श्वेत-गारद, स्थानीय कज़्ज़ाक शामिल हुए और इनमें से एक-एक जत्थे में पाँच-पाँच से बीस-बीस के बीच लोग रहे। यह रहे 1918 और 1919 में सज़ा देनेवाली फ़ौजी टुकड़ियों के सदस्य; सोवियत सरकार की सितम्बर की फ़ौजी भरती से जान चुरानेवाले पहले की दोन सेना के नॉन-कमीशन अफ़सर और जूनियर अफ़सर, और पिछले वर्ष के विद्रोह के समय फ़ौजी लूटपाट कर और क़ैद लाल फ़ौजियों को फाँसी देकर नाम कमानेवाले क़ातिल। संक्षेप में यह कि सोवियत शासन में किसी भी तरह कहीं भी पैर न जमा सकनेवाले तमाम लोग इस तरह एक सूत्र में बँधे।

ये जत्थे अलग-अलग गाँवों में अनाज उगाहनेवाली टुकड़ियों पर टूट पड़े। उगाही के केन्द्रों को जानेवाली अनाज से भरी गाड़ियाँ राह में उलट दीं और सोवियत शासन के प्रति वफ़ादार रहनेवाले कम्यूनिस्टों और ग़ैर-पार्टी कज़्ज़ाकों को मार डाला।

इन जत्थों को पूरी तरह बर्बाद कर देने का काम व्येशेंस्काया और बाज़की के गाँव में तैनात एक रक्षक बटालियन को सौंपा गया। लेकिन जत्थे पूरे दोन प्रदेश में फैले रहे और इन्हें कुचलने की सारी कोशिश बेकार गई, क्योंकि सबसे बड़ी बात यह कि स्थानीय लोगों की हमदर्दी दंगाइयों के साथ रही। उन्होंने उनके खाने-पीने की व्यवस्था तो की ही, उन्हें लाल सेना की गतिविधि की सूचना बराबर दी और छिपाकर अधिकारियों के हाथों में पड़ने से बचाया। इसके अतिरिक्त एक समाजवादी क्रान्तिकारी ज़ारशाही सेना का भूतपूर्व स्टाफ-कैप्टन, बटेलियन कमांडर कापारीन क्षेत्र की क्रान्ति-विरोधी शक्तियों को दबाने के मामले में ज़रा भी उत्सुक न लगा और उसने उनके ख़िलाफ़ की जानेवाली हर कार्रवाई की कलाई मरोड़ी। केवल क्षेत्रीय पार्टी कमेटी के अध्यक्ष द्वारा विवश किए जाने पर ही कभी-कभी अपनी टुकड़ियाँ लेकर जहाँ-तहाँ गया। मगर जल्दी-से-जल्दी व्येशेंस्काया लौट आया। बहाना बनाया कि व्येशेंस्काया, उसके क्षेत्रीय संगठनों और गोदामों को अरक्षित छोड़कर न तो मैं अपनी फ़ौजी टुकड़ियाँ इधर-उधर भेज सकता हूँ, और न ग़फलत में आकर ख़तरे मोल ले सकता हूँ...।

सो कोई चार सौ संगीनों, और चौदह सौ मशीनगनों से लैस उस बटेलियन ने गढ़ की रक्षा की। लोग क़ैदियों की रक्षा करते, पानी लाते, जंगल के पेड़ काटते और अपने अनिवार्य कर्त्तव्य के रूप में स्याही के लिए माजूफल बटोरते रहे। बटेलियन ने अनगिनत क्षेत्रीय संगठनों और दफ़्तरों की स्याही और लकड़ी की ज़रूरतें बड़ी ही कामयाबी से पूरी कीं। पर इस बीच इलाक़े में बाग़ी जत्थों की गिनती ताबड़तोड़ बढ़ती गई। मगर जब तक दिसम्बर का महीना नहीं आया और ऊपरी दोन-क्षेत्र की सीमा पर स्थित वोरोनेज़ प्रान्त के बोगुचार ज़िले में लोगों ने एकदम सिर नहीं उठा लिए, तब तक बटेलियन इमारती लकड़ी बदस्तूर काटती रही और माजूफल बाक़ायदा बटोरती रही, परन्तु फिर मजबूरी हो गई और यह सिलसिला एकदम हट गया। दोन प्रान्त के फ़ौजी कमांडर के हुक्म से तीन फ़ौजी कम्पनियों और एक मशीनगन विभागवाली इस बटेलियन को बग़ावत को कुचलने के लिए भेजा गया। उसके साथ ही इस काम में योग देने के लिए भेजी गई एक घुड़सवार टुकड़ी, अनाज-वसूलीवाली बारहवीं रेजीमेंट की पहली बटेलियन और दो छोटी-छोटी स्थानीय रक्षा-टुकड़ियाँ...।

फिर सुख़ोई-दोनेत्स नामक गाँव के पास जो मुठभेड़ हुई तो याकोव फ़ोमीन की कमान में व्येशेंस्काया की स्क्वैड्रन ने बाजू से बाग़ियों की क़तारों पर हमला किया, उन्हें घेरकर मार भगाया और पीछे खदेड़ते समय कोई एक सौ सत्तर लोगों को काटकर फेंक दिया। उनके अपने सिर्फ़ तीन

आदमी मारे गए। कुछ इने-गिने लोगों को छोड़कर स्क्वैड्रन में सभी कज़्ज़ाक रहे और प्रायः ऊपरी दोन के इलाक़े के रहनेवाले निकले। नतीजा यह हुआ कि इस लड़ाई में उन्होंने एक बार फिर सदियों पुरानी कज़्ज़ाक परम्पराओं के प्रति अपनी वफ़ादारी का परिचय दिया। लड़ाई ख़त्म होने पर साथ के दो कम्यूनिस्ट लाख विरोध करते रहे, मगर उन्होंने अपने पुराने बरानकोट और रूईदार जैकेटें उतार फेंकीं और भेड़ की शानदार खालें मुर्दा बाग़ियों के ऊपर से उतारकर ख़ुद ओढ़ लीं।

विद्रोह के दब जाने के कुछ दिन बाद स्क्वैड्रन को कज़ांस्काया बुला लिया गया। फ़ोमीन ने अपनी फ़ौजी ज़िम्मेदारियों से राहत पाने के बाद यहाँ जी-भर आराम और तबीयत-भर ऐश की। यह पूरी तरह बिगड़ा हुआ, औरतबाज़, बैठकबाज़ कज़्ज़ाक कई-कई रातों को बराबर ग़ायब रहा और हर दिन तड़का होने पर ही ठिकाने पर लौटा। एक दिन शाम को उसके मुँह-लगे फ़ौजियों ने उसे चमाचम बूट पहने सड़क पर जाते देखा तो आपस में एक-दूसरे को आँखें मारते हुए बोले—"यानी हमारा स्टैलियन फिर घोड़ियों के पास चला...अब सुबह होने तक इसकी परछाईं तक मिलने से रही...।"

यों स्क्वैड्रन के कमीसार या राजनीतिक निर्देशक को तो कभी मालूम न हुआ; पर फ़ोमीन के यार-कज़्ज़ाकों ने जब भी उसे वोद्का का लालच दिलाया और परियों से रोशन जश्न का ज़िक्र किया, वह बिना चूके उनमें से किसी के भी यहाँ पहुँच गया। होते-होते ये दावतें आदत बन गईं। जश्न जब-तब ही रखे जाने लगे और वह उनमें अक्सर ही जाने लगा। लेकिन जल्दी ही वह जीवट का कमांडर इस नई ज़िन्दगी से ऊब गया। उसका जी जैसे कि भर गया, और वह दिल बहलाने के सारे नए तरीक़े रहे-रहे भूलने लगा। ऐसे में न हर शाम उसने जूते चमचमाए और न हर दिन दाढ़ी बनाई। वह स्क्वैड्रन के अपने साथियों के यहाँ तो पीने-पिलाने के लिए भूले-भटके जाता रहा, पर बातचीत में हिस्सा लेना उसने सचमुच बन्द कर दिया।

फिर व्येशेंस्काया से एक रिपोर्ट आई तो लगा कि ऐसी हालत में यह सब बकवास चलनी नहीं चाहिए। रिपोर्ट में दोन-चेका के राजनीतिक विभाग ने नपे-तुले शब्दों में लिखा कि उस्तमेदवेदित्स्काया के पास मिख़ाइलोवका में गढ़रक्षक बटेलियन ने वाकुलीन की कमान में विद्रोह कर दिया है।...वाकुलीन उसका रेजीमेंट का साथी और दोस्त था। कभी मिरोनोव की विद्रोही सेना में उन्होंने साथ काम किया था, और बुदयोन्नी की घुड़सवार-फ़ौज द्वारा उस सेना के घिर जाने पर उन्होंने हथियारों के अम्बार एक साथ लगाए थे। दोनों के बीच मित्रता के सम्बन्ध इस बीच बराबर रहे थे। उनमें कभी किसी तरह की कोई ढील न पड़ी थी और अभी थोड़े समय पहले सितम्बर के आरम्भ में वाकुलीन व्येशेंस्काया आया था। उस समय भी उसने दाँत पीसकर कहा—"आज तो इन्हीं कसीमारों की हुकूमत है। वे अनाज वसूल कर-करके इन किसानों की ज़िन्दगी चौपट कर रहे हैं। और देश को बर्बादी के रास्ते पर ढकेल रहे हैं।" और अपने अन्तर्‌तम में अपने मित्र की बात से सहमत होने पर भी फ़ोमीन ने विवेक और सावधानी से काम लिया था। यों भी वह बहुत चौकन्ना रहता था और न हड़बड़ी में कभी कुछ करता था, और न फ़ौरन ही अपने को किसी तरह बाँधता था...।

परन्तु, वाकुलीन की बटेलियन के बग़ावत करने की ख़बर पाते ही उसकी स्वभावगत सावधानी ने उसका हाथ सहसा ही छोड़ दिया।...

एक दिन शाम को, स्क्वैड्रन के व्येशेंस्काया के लिए रवाना होने से ज़रा पहले कितने ही कज़्ज़ाक ट्रूप-कमांडर अलफ़ेरोव के यहाँ जमा हुए। वोद्का घोड़ेवाली बाल्टी में लबालब भर दी गई। मेज़ के चारों तरफ़ बैठे लोग बड़े जोश में बातें करने लगे। शराबियों की इस महफ़िल में फ़ोमीन बातें चुपचाप सुनता रहा और उसने उसी तरह धीरे से बाल्टी की सारी वोद्का नीचे लुढ़का दी। पर एक कज़्ज़ाक ने सुखोई-दोनेत्स के पास के हमले की याद दिलाई तो विचारों में खोए-खोए ही अपनी मूँछ ऐंठता हुआ बोला—"माना कि हमने उक्रइनों को गाजर-मूली की तरह काटकर फेंक दिया, मगर कहीं ऐसा न हो कि अब हम इसी तरह काटकर फेंक दिए जाएँ। मान लो कि व्येशेंस्काया पहुँचने पर हमें लगे

कि अनाज की वसूली करनेवाली टुकड़ियाँ लोगों के घरों का दाना उँडेलकर ले गई हैं...तब बतलाओ कि क्या होगा ? कज़ांस्काया के लोगों को तो इन टुकड़ियों के ये लोग फूटी आँखों नहीं सुहाते। वे बुहारियों से झाड़-झाड़कर खत्तियाँ खाली करते रहे हैं।"

कमरे में सन्नाटा छा गया। फ़ोमीन ने अपने साथियों की ओर देखा और बरबस मुस्कुराते हुए बोला—"मैं तो महज़ मज़ाक कर रहा था...ख़्याल रखना और किसी के सामने बेकार मुँह न खोलना...पता नहीं हँसी की बात का मतलब कौन क्या लगा ले।..."

फिर, व्येशेंस्काया लौटते समय अपनी घुड़सवार टुकड़ी के आधे ट्रुप के साथ वह अपने गाँव, रुबेज़नी की तरफ़ मुड़ आया। घर के फाटक के पास घोड़े से उतरा, रासें साथ के एक आदमी को थमाईं और अन्दर दाख़िल हुआ। यहाँ उसने भावहीन ढंग से झुककर अपनी पत्नी का अभिवादन किया, माँ को नमन किया। आदर से हाथ मिलाया और अपने बच्चों को सीने से लगाया। फिर स्टूल पर बैठते और अपनी तलवार, अपने घुटनों के बीच रखते हुए पूछा—"लेकिन पापा कहाँ हैं ?"

"चक्की पर गए हैं।" माँ ने जवाब दिया और बेटे को सिर से पैर तक कड़ी नज़रों से देखते हुए जैसे आदेश दिया—"टोपी उतार...पापी कहीं का ! देवताओं के नीचे टोपी लगाकर भला कौन बैठता है ? उफ़ याकोव, मुझे लगता है कि तुम्हारा दिमाग़ एक-न-एक दिन ख़राब होकर ही रहेगा।"

फ़ोमीन ज़बर्दस्ती मुस्कुराया, टोपी उतारकर हाथ में ले ली, मगर बाहर के कपड़े उतारने की नहीं सोची।

माँ ने फिर पूछा—"कोट क्यों नहीं उतारते आख़िर ?"

"मैं तो एकाध मिनट को तुम सबको देखने आया हूँ।...काम के मारे वैसे कभी साँस तो मिलती नहीं।"

"चलो-चलो, तुम्हारे काम का सबको पता है।"...बुढ़िया ने रुखाई से कहा और व्येशेंस्काया में औरतों के साथ गुलछर्रे उड़ाने की ओर संकेत किया। अफ़वाहें पर लगाकर रुबेज़नी तक आ चुकी थीं।

समय से पहले ही बूढ़ी, चेहरे से पीली और सबकी निगाहों में गिरी हुई वह औरत यानी फ़ोमीन की बीवी घबराकर सास की ओर देखने लगी और उठकर स्टोव के पास चली गई। फिर अपने पति को खुश करने के लिए, उसका अनुग्रह करने के लिए और अधिक नहीं तो एक बार ही उसकी कृपा-दृष्टि से कृत्कृत्य होने के लिए उसने स्टोव के नीचे के कपड़े का टुकड़ा उठाया, आकर घुटनों के बल बैठी और उसके बूटों का कीचड़ साफ़ करने लगी।

"कैसे शानदार बूट हैं तुम्हारे, याकोव ? लेकिन गीली मिट्टी बहुत चिपकी हुई है...मैं अभी साफ़ कर चमकाए देती हूँ इन्हें।" बिना सिर ऊपर उठाए उसने बहुत ही धीरे से कहा और फ़ोमीन के चारों ओर, घुटनों के बल घूमने लगी।

फ़ोमीन को कभी इस औरत से बहुत प्यार था, पर इधर वर्षों से वह उसके साथ न रहा था और उसके मन में उसके लिए एक घृणाभरी करुणा के अतिरिक्त और कुछ न था...न कोई प्यार...न कोई स्नेह...और न कोई ममता। पर औरत उसे उसी तरह प्यार करती और उसका हर गुनाह माफ़ करती गई थी। उसके देर-सवेर लौटने की आशा भी उसने अपने मन में कहीं-न-कहीं चुपचाप, सँजो रखी थी। फार्म का सारा कामकाज सँभालना, बच्चों को पालना-पोसना और सनकी सास को खुश रखने के लिए भरसक सभी कुछ करते रहना, इतने समय से उसकी ज़िन्दगी थी। खेती-बारी के काम का ज़्यादातर बोझ उसी के कन्धों पर था। इस तरह जीतोड़ मेहनत और दूसरे बच्चे की पैदाइश के बाद लग जानेवाली बीमारी ने उसे चूसकर रख दिया था। हर साल बदन की ताक़त चुसती गई थी, कमज़ोरी आती गई थी, चेहरे के गुलाब मुरझाते गए थे और बुढ़ापे ने उम्र से पहले ही गालों पर झुर्रियों का मकड़ी का जाला बुन दिया था। समझदार पर बीमार जानवरों की आँखों में नाचनेवाली भयजन्य विनय की भावना

उसकी आँखों में भी नज़र आने लगी थी। पर तेज़ी से बुढ़ाने और हर दिन स्वास्थ्य के गिरते जाने का अनुभव खुद उसे जैसे कभी हुआ ही न था। उसके अन्तर् में अब भी कहीं आशा लौ देती थी और साल-छः महीने बाद भी पति से मिलने पर उसके मन में उसके लिए इस तरह प्यार उमड़ता था कि निढाल हो उठती थी। मन-ही-मन उसकी सराहना करते थकती न थी।...

फ़ोमीन ने अपनी पत्नी की दोहरी कमर, उसके कन्धों की उभरी हुई शानदार हड्डियाँ और बूटों की गीली मिट्टी पोंछते हुए बड़े-बड़े मेहनती हाथ नज़र गड़ाकर देखे। मन-ही-मन सोचा–'औरत हसीन है, इसमें दो राय नहीं...यानी यह औरत है जिसके साथ कभी मैं रातें बिताता था। पर अब तो चेहरे से किस तरह उम्र टपकने लगी है। कैसे बुढ़िया लगने लगी।"

"चलो-चलो...काफ़ी है...हो गए साफ़ बूट, अभी फिर कीचड़ में सन जाएँगे।" पत्नी के हाथों से पैर छुड़ाते हुए उसने नाराज़ होकर कहा।

औरत ने बड़ी कोशिश से कमर सीधी की और उठकर खड़ी हो गई। चेहरे पर हल्की-हल्की लाली दौड़ गई। प्यार के साथ-साथ कुत्तों की-सी वफ़ादारी ने भी आँसू-भरी आँखों के कोनों से उसे झाँककर देखा तो फ़ोमीन दूसरी तरफ़ को मुड़ गया और अपनी माँ से बोला–"ख़ैर, और हालचाल क्या है...कैसा कामकाज चल रहा है ?"

"कोई नई बात नहीं...सब बदस्तूर है।"

"अनाज वसूल करनेवाली कोई टुकड़ी अभी तक यहाँ आई या नहीं ?"

"अभी कल ही तो यहाँ से नीज़्ने-क्रीव्स्काया गई है।"

"हमारे यहाँ से भी अनाज वसूला उन लोगों ने ?"

"हाँ, यहाँ से भी लिया...कितना अनाज लिया उन लोगों ने दावीदका ?"

"दादा ने देखा था...वे ही जानते हैं। मेरे ख़्याल से दस बोरे ले गए हैं।" बच्चे ने जवाब दिया। चौदह साल के उस बच्चे की बड़ी नीली आँखें, बिल्कुल अपने पिता की आँखों-जैसी थीं।

"उ...फ़...।" फ़ोमीन उठा और अपने बेटे पर एक तेज़ नज़र डालकर अपनी पेटी ठीक करने लगा। फिर एक सवाल मन में आते ही उसका चेहरा ज़र्द पड़ गया। पूछा–"तुमने उन लोगों से मेरा नाम नहीं लिया ? उन्हें पता तो लगता कि वे किसका अनाज उठाकर ले गए यहाँ से।"

बुढ़िया ने हाथ झटका और मुस्कुराई तो उसकी आवाज़ में कुछ-कुछ हिक़ारत भी घुल उठी। बोली–"उन्होंने तुम्हारे नाम से कोई ख़ास रोब नहीं खाया। उनका कमांडर बोला–'जिनके पास जितना फालतू होगा, उसे उतना सब देना पड़ेगा। इस मामले में कहीं किसी तरह का कोई फ़र्क नहीं किया जाएगा। चाहे फ़ोमीन हो चाहे खुद क्षेत्रीय अध्यक्ष, अनाज फालतू होगा तो हम लेंगे। हम किसी को नहीं जानते।'...और इसके बाद वे लोग अनाज की खत्तियाँ खखोरने लगे।"

"इन लोगों से भी समझूँगा माँ...मैं इन लोगों से भी समझ लूँगा।" फ़ोमीन ने भारी आवाज़ में कहा और घर के लोगों से जल्दी-जल्दी विदा लेकर चलता बना।

घर के इस दौरे के बाद वह बड़ी ही सतर्कता से अपनी स्क्वैड्रन के लोगों के मन की थाह लगाने लगा। जल्दी ही उसे पूरा विश्वास हो गया कि अधिकांश लोग अनाज-वसूली की नीति से असन्तुष्ट हैं। उनकी पत्नियाँ और दूर-पास के नाते-रिश्तेदार आ-आकर अनाज वसूली करनेवाली टुकड़ियों की कहानियाँ उन्हें सुनाते थे कि कैसे कहाँ-कहाँ उन्होंने तलाशी ली और बोआई और खाने-भर को छोड़कर बाक़ी सारा अनाज ढो ले गए।...

फलतः रक्षक-बटेलियन की जो बैठक बाजकी में जनवरी के अन्त में हुई, उसमें क्षेत्रीय सैनिक कमीसार शाखायेव का बोलना लोगों ने असम्भव कर दिया। क्षण-क्षण पर बात काटी और बीच-बीच में चीख़-चीख़कर कहा–"अनाज-वसूली करनेवाली टुकड़ियाँ वापस बुला लो।"

"अब तो हमारा अनाज लेना बन्द कर लो।"

"अनाज-वसूली करनेवाले कमीसारों का नाम मिटे।"

बदले में रक्षक टुकड़ी के लाल सैनिकों ने चिल्लाकर कहा–"क्रान्ति-विरोधी हो तुम सब।"

"इन सूअर के बच्चों के गिरोह तोड़ो और इन्हें अलग-अलग रेजीमेंटों में भेजो।"

बैठक तूफ़ानी रही और काफ़ी देर तक चली। रक्षक-बटेलियन के इने-गिने कम्यूनिस्टों में से एक चिन्तित होते हुए फ़ोमीन से बोला–"इस मौक़े पर अपनी तरफ़ से तुम कुछ कहो, कॉमरेड-फ़ोमीन ! ज़रा देखो कि तुम्हारी स्क्वैड्रन के लोग क्या तमाशा कर रहे हैं।"

फ़ोमीन होंठों-ही-होंठों मुस्कुराया–"लेकिन मैं तो पार्टी का सदस्य नहीं हूँ...मेरी बात ध्यान से सुनेगा कोई ?"

इस तरह फ़ोमीन ने अपना मौन नहीं तोड़ा और बैठक समाप्त होने से बहुत पहले ही वहाँ से उठकर चला गया। उसके साथ ही बटेलियन-कमांडर कापारिन भी उठ गया। फिर व्येशेंस्काया के रास्ते में नई परिस्थितियों की चर्चा चली तो दोनों को अपने विचार बहुत-कुछ एक-से लगे। एक सप्ताह बाद फ़ोमीन के ठिकाने पर बातें करते हुए कापारिन ने साफ़-साफ़ कहा–"इस वक़्त हालत यह है कि 'करो या मरो।' यानी या तो हमें फ़ौरन ही कोई-न-कोई कदम उठाना चाहिए या कभी कोई कदम न उठाने का फ़ैसला कर सब्र से बैठ रहना चाहिए। याकोव येफ़िमोविच, मौक़ा मिला है तो हमें इससे फ़ायदा उठाना ही चाहिए। बहुत ही सही वक़्त है। कज़्ज़ाक हमारा पूरा साथ देंगे। पूरे इलाक़े में तुम्हारा बड़ा मान है। इससे मुआफ़िक हवा दुबारा कभी न मिलेगी। आख़िर चुप क्यों हो ? कुछ तो सोचो।"

"मुझे सोचना क्या है ?" फ़ोमीन ने नीची आँखों ही कापारिन की ओर देखते हुए कहा–"सवाल तो तय हो ही चुका है...अब तो एक नक़्शा-भर बनाना है कि सब कुछ ठीक-ठाक ढंग से चले और कोई गड़बड़ी कहीं न हो...बस, तो, आओ, उस नक़्शे के बारे में ही बातें कर लें।"

परन्तु, फ़ोमीन और कापारिन की इस दोस्ती ने सन्देह उपजाया और यह अनदेखी न रही। बटेलियन के कम्यूनिस्टों ने पूरी निगरानी का इन्तजाम कर दिया और अपने मन के सन्देह की बात राजनीतिक विभाग के अध्यक्ष अर्तेमयेव और सैनिक कमीसार शाखायेव को पहुँचा दी।

अर्तेमयेव ने हँसते हुए कहा–"एक बार दहशत खानेवाला दो बार शरमाता है। कापारिन बुज़दिल है। तुम्हारा ख़्याल है कि वह पक्के इरादे के साथ कोई बड़ा कदम उठा सकता है। जहाँ तक फ़ोमीन का सवाल है, उस पर निगाह रखी जाएगी और काफ़ी जमकर रखी जाएगी। वैसे बिल्कुल मुमकिन नहीं लगता कि वह खुद कुछ करने की हिम्मत करेगा।" फिर जैसे अपनी ओर से फ़ैसला दिया–"यह सब तुम्हारे दिमाग़ का खलल है।"

पर, षड्यन्त्रकारियों के बीच समझौता पहले ही हो गया, इसलिए फ़ोमीन पर अब निगाह रखना बेकार ही रहा। उनके बीच निश्चित हुआ कि विद्रोह बारह मार्च को आठ बजे सवेरे आरम्भ किया जाए। उस दिन फ़ोमीन अपने स्क्वैड्रन को लड़ाई के पूरे साज-सामान के साथ सुबह के अभ्यास के लिए बाहर ले जाए और इसी समय व्येशेंस्काया के बाहरी इलाक़े में ठहरी मशीनगनवाली टुकड़ी पर अचानक ही हमला बोल दिया जाए, मशीनगनें छीन ली जाएँ और इसके बाद क्षेत्रीय संगठनों के माँजे जाने के काम में रक्षक-सेना की भरपूर सहायता की जाए।

पर, कापारिन का मन दुविधा में पड़ा कि शायद पूरा बटेलियन मेरा साथ दे। और, उसने मन का यह चोर फ़ोमीन के सामने रख पूरी बात ध्यान से सुनने के बाद कहा–"मशीनगनें हाथ में आ जाएँ, फिर तो दो मिनट में तुम्हारी बटेलियन के पूरे-के-पूरे लोगों का मुँह बन्द हो जाएगा।"

इस बीच फ़ोमीन और कापारिन पर बहुत ही कड़ी निगाह रखी जाने लगी। पर, उसका नतीजा कुछ न निकला। वे आपस में बहुत ही कम मिले। जब मिले तो फ़ौजी काम से ही मिले। हाँ, फ़रवरी के अन्त में ज़रूर एक गश्तीटुकड़ी ने एक रात उन दोनों को एक ख़ास सड़क पर, एक साथ देखा। उस समय फ़ोमीन अपने घोड़े की लगाम थामे आगे-आगे चलता नज़र आया और कापारिन उसकी

बग़ल में क़दम बढ़ाता दीखा।

गश्ती टुकड़ी ने अपनी रिपोर्ट देते हुए कहा–"हमने ललकारा तो कापारिन ने जवाब में कहा–'दोस्त !' और फ़ोमीन को अपने क्वार्टर में ले गया। फ़ोमीन ने वहाँ अपना घोड़ा बरसाती के जंगले से बाँधा। क्वार्टर में कोई दीया-बत्ती नहीं की गई। तड़के चार बजे फ़ोमीन बाहर निकला, घोड़े पर सवार हुआ और अपने क्वार्टर की तरफ़ रवाना हो गया। इससे ज़्यादा हमसे कुछ नहीं कह सकते।"

क्षेत्रीय सैनिक सेनापति शाखायेव ने कोड-भाषा में एक तार दोन-प्रदेश के फ़ौजी कमांडर के नाम भेजा और उसमें फ़ोमीन और कापारिन की संदिग्ध स्थिति के बारे में सबकुछ लिखा। दो-चार दिनों में ही तार का जवाब आ गया कि दोनों को उनकी जगहों से हटा दिया जाए और गिरफ़्तार कर लिया जाए।

फिर, क्षेत्रीय पार्टी ब्यूरो की एक बैठक बुलाई गई। बैठक में तय किया गया कि फ़ोमीन को एक सन्देश भेजा जाए। सन्देश में कहा जाए कि क्षेत्रीय सैनिक कमीसारियट का हुक्म है कि तुम नोवोचेरकास्क लौट जाओ, फ़ौजी-कमांडर के सामने हाज़िर हो, और यहाँ अपनी बटेलियन अपने सहायक ओवचिन्निकोव को सौंप दो।

साथ ही आशंका हुई कि फ़ोमीन की गिरफ़्तारी की ख़बर पाते ही कहीं वह बटेलियन बग़ावत न कर दे। इसलिए तय पाया कि कज़ांस्काया में हथियारबन्द जत्थे के आ धमकने का बहाना बनाकर उसे उसी दिन वहाँ भेज दिया जाए और अगले दिन षड्यन्त्रकारियों को गिरफ़्तार कर लिया जाए।

रक्षक-सेना की दूसरी कम्पनी के कमांडर त्काशेंको नाम के कम्यूनिस्ट को आदेश दिया गया कि अपनी बटेलियन के कम्यूनिस्टों और प्लैटून कमांडरों को बग़ावत की हालत से आगाह कर दो और अपनी कम्पनी के साथ-साथ, मशीनगनवाली टुकड़ी को भी लड़ाई के लिए पूरी तरह तैयार रखो।

फ़ोमीन को अगले दिन सवेरे वापसी का हुक्म मिल गया। उसने बहुत ही शान्त और सधे स्वर में कहा–"ठीक है...तुम स्क्वैड्रन सँभालो, ओवचिन्निकोव ! मैं नोवोचेरकास्क चला। स्क्वैड्रन का हिसाब-किताब देखना चाहते हो ?"

ओवचिन्निकोव ग़ैरपार्टी-ट्रुप कमांडर था। उसे न कभी चेतावनी मिली थी और न उस पर किसी तरह का कोई सन्देह किया गया था। वह स्क्वैड्रन के काग़ज़ात में डूब गया।

फ़ोमीन को मौक़ा मिला तो उसने फ़ौरन ही कापारिन के नाम एक पत्र लिखा–"हम आज ही पूरी कार्रवाई करेंगे। मुझे वापस बुला लिया गया है। तैयार रहना।" और बरसाती में उसने चिट अपने अर्दली को देते हुए फुसफुसाकर कहा–"इसे अपने गाल में दबा लो। घोड़े पर सवार होकर कदम चाल से कापारिन के पास जाओ, यह काग़ज़ उसे दो और फ़ौरन ही लौट आओ ! हाँ, ख़्याल रखना, अगर सड़क पर तुम्हें कहीं कोई रोके-टोके तो इसे साफ़ निगल जाना।"

उधर कज़ांस्काया ज़िला-केन्द्र ले जाने का हुक्म मिला तो ओवचिन्निकोव ने मार्च की तैयारी की और स्क्वैड्रन को गिरजे के चौक में परेड कराना शुरू किया। फ़ोमीन अपने घोड़े पर सवार होकर उसके पास पहुँचा। बोला–"मैं अपनी स्क्वैड्रन के लोगों से अलविदा तो कह लूँ ?"

"ज़रूर...ज़रूर, मगर जल्दी करो...हमें रोको नहीं।"

और फिर अपना उछलता हुआ घोड़ा स्क्वैड्रन के सामने रोकते हुए फ़ोमीन ने लोगों की तरफ़ देखकर, चिल्लाकर कहा–"साथियो, तुम सब मुझे जानते हो। तुम जानते हो कि मैंने किस चीज़ के लिए हमेशा कशमकश की है। मैं हमेशा तुम लोगों के साथ रहा हूँ। लेकिन, आज मैं तुम्हारे साथ नहीं रह सकता, क्योंकि कज़्ज़ाक लूटे जा रहे हैं, और अनाज उगानेवालों से उनका अनाज लूटा जा रहा है। यही वजह है कि तुम्हारी कमान मेरे हाथों से ले ली गई है, और मैं अच्छी तरह जानता हूँ कि मेरे मामलों में लोगों के इरादे क्या हैं ! बस, तो, इसीलिए तुमसे अलविदा कहना चाहता हूँ मैं..."

एक क्षण तक स्क्वैड्रन के लोग बीच-बीच में चिल्लाए-चीख़े, मगर फ़ोमीन रक़ाबों पर तनकर

खड़ा हो गया और आवाज़ ऊँची करते हुए और तेज़ी से बोला–"अगर तुम इस लूटपाट और डाकेज़नी से अपने को छुटकारा दिलाना चाहते हो तो अनाज-वसूली करनेवाली टुकड़ियों को बाहर निकाल दो और शाखायेव जैसे कमीसारों को मार डालो...वे दोन तक बढ़ आए हैं..."

उसके अन्तिम शब्द कोलाहल में डूब गए। वह एक क्षण तक रुका और फिर उसने ऊँची आवाज़ में कमान दी–"दाएँ...तीन-तीन की क़तार में...क्विक-मार्च !"

स्क्वैड्रन ने कमान का पूरा पालन किया। ओवचिन्निकोव सारा-कुछ देखकर अवाक् रह गया। घोड़ा दौड़ाता हुआ फ़ोमीन के पास पहुँचा और पूछने लगा–"जा कहाँ रहे हो, साथी फ़ोमीन ?"

फ़ोमीन ने, गर्दन मोड़े बिना, उसी तरह उत्तर दिया–"कुछ नहीं, गिरजे के चारों ओर ज़रा घुड़सवारी करने..."

पिछले कुछ क्षणों में जो कुछ सामने आया, उसका महत्त्व ओवचिन्निकोव ने केवल अब समझा, और अपना घोड़ा क़तार से बाहर निकाल लिया। उसके बाद बाहर आया राजनीतिक निर्देशक, उप-कमीसार और एक और आदमी। परन्तु उनके कोई दो सौ क़दम निकल जाने के बाद उन पर फ़ोमीन की नज़र पड़ी। अपना घोड़ा मोड़ते हुए चीख़ा–"ओवचिन्निकोव...हाल्ट !" परन्तु वे चारों अपने घोड़ों को हवा की रफ़्तार से दौड़ा चले। बर्फ़ घोड़ों की टापों के नीचे से उछल-उछलकर चारों तरफ़ उड़ने लगी। फ़ोमीन ने हुक्म दिया–"आर्म्स ! ओवचिन्निकोव को गिरफ़्तार कर लो ! पहला ट्रुप... पीछा करे इन लोगों का !"

और, गोलियाँ बरसने लगीं। पहले ट्रुप के सोलह लोग उन तीनों का पीछा कर चले। इस बीच फ़ोमीन ने बाक़ी स्क्वैड्रन को दो हिस्सों में बाँट दिया। पहले हिस्से को, तीसरे ट्रुप के कमांडर चुमाकोव के अधीन मशीनगनवाली टुकड़ी को निहत्था करने के लिए भेज दिया, और दूसरे हिस्सों को लेकर ख़ुद गाँव के बाहरी इलाक़ों की ओर चल पड़ा। वहाँ रक्षा-सेना की कम्पनी ने बड़े-बड़े अस्तबलों में पड़ाव डाल रखा था।

पहली विद्रोही टोली गोलियों से हवा को छलनी करती और तलवारें लपलपाती ख़ास सड़क पर घोड़े दौड़ा चली। रास्ते में लाल-सेना की मशीनगनवाली टुकड़ी के लोग अपने-अपने क्वार्टरों से दौड़ते हुए निकले तो उसने उनमें से चार को तलवार के घाट उतार दिया।

मशीनगनवाली टुकड़ी के लोग जिस घर में ठहरे हुए थे, वह बाक़ी गाँव से ज़रा अलग-थलग था। लेकिन, उसमें और बाक़ी घरों में सिर्फ़ कोई दो सौ कदमों का फ़ासला था।

सो, मशीनगनों ने कज़्ज़ाकों को बिल्कुल पास से भूनना शुरू किया, तो वे फ़ौरन ही वापस हो लिए। पर, उनमें से तीन पास-से-पास की गली में भी मुड़ न पाए कि वे गोलियों के शिकार हो गए और अपनी काठियों से नीचे आ रहे।

मशीनगनचालकों पर एकदम हमला कर उन्हें हथिया लेने की पूरी कोशिश बेकार गई और विद्रोहियों ने इस दिशा में दुबारा प्रयत्न नहीं किया। टोली का कमांडर अपने फ़ौजियों को छानी के नीचे-नीचे ले चला और, घोड़े से बिना उतरे, पत्थर के शेड से चालाकी से झाँकते हुए बोला–"उन्होंने दो को और ले डाला।" उसने अपनी फ़र की टोपी से पसीने से तर भौंहें पोंछीं और दूसरों की तरफ़ मुड़ा–"जवानो, पीछे लौट चलो...जाए और फ़ोमीन अकेला मशीनगनों को हथियाए...बर्फ़ पर कै लोगों को पड़ा छोड़ आए हैं हम–तीन को न ? ख़ैर, अब वह ख़ुद ज़ोर लगाकर देखे ज़रा !"

गाँव के पूर्वी बाहरी इलाक़े में गोलियाँ चलनी शुरू हुईं तो कम्पनी का कमांडर त्काचेंको भड़भड़ाकर बाहर निकला और रास्ते में कपड़े पहनते हुए बैरकों की तरफ़ भागा। वहाँ कोई तीस लाल सैनिक पहले से ही एक क़तार में खड़े दीखे। उन्होंने उसका अभिवादन किया और साथ ही सवालों की बौछार कर दी–"गोलियाँ कौन चला रहा है ?"

"आख़िर मामला क्या है ?"

पर कमांडर ने सवालों के जवाब दिए बिना, बैरकों से उमड़ते लाल फ़ौजियों को भी क़तार में खड़ा होने का हुक्म दिया। बैरकों में दौड़कर आ गए। क्षेत्रीय प्रशासन के कई कम्यूनिस्ट कार्यकर्त्ता भी उन्हीं में शामिल हो गए। राइफ़लें गाँव में जहाँ-तहाँ गोलियाँ बरसाने लगीं। इसी समय बाहरी इलाक़े में, पश्चिम की ओर कहीं हथबम का धड़ाका हुआ। कोई पचास घुड़सवारों को, नंगी तलवारें चमकाते हुए, बैरकों की ओर आता देखकर त्काचेंको ने इत्मीनान से अपनी पिस्तौल केस से बाहर निकाली। क़तारों में सन्नाटा छा गया और हुक्म पाने के पहले ही फ़ौज़ियों ने अपनी राइफ़लें तैयार कर लीं।

''लेकिन ये तो अपने ही आदमी हैं। देखो न, वह रहा हमारी अपनी बटेलियन का कमांडर कॉमरेड कापारिन।'' एक लाल सैनिक चिल्लाकर बोला।

घुड़सवार, जैसे कि कमान पर, गली के किनारे-किनारे बढ़े और घोड़ों की गर्दनों से सटते हुए पूरी रफ़्तार से बैरकों की ओर उठ चले।

''देखो, ये लोग पास न आने पाएँ।'' त्काचेंको ने पूरी आवाज़ से चीख़कर कहा।

और इसी समय जो गोलियाँ चलीं तो उसकी आवाज़ डूब गई। दूसरी तरफ़ घुड़सवार अभी सौ कदम दूर ही रहे कि उनमें से चार हड़बड़ाकर काठियों से नीचे आ रहे और बाक़ी तितर-बितर होकर लौट गए। गोलियाँ उनका पीछा करती रहीं। एक घुड़सवार हल्का ज़ख़्म खाने पर भी काठी से खिसककर नीचे आ गया। पर रासें उसने हाथों से नहीं छोड़ीं और सरपट दौड़ते घोड़े के साथ कोई सौ गज़ तक घिसटता चला गया। पर इसके बाद उसने अपने पैर जमाए। रक़ाब और काठी का पिछला हिस्सा कसकर थामा, देखते-देखते फिर घोड़े पर सवार हुआ। उसे झटके से मोड़ा और सबसे पास की गली में ग़ायब हो गया।

पहली टुकड़ी के लोगों को ओवचिन्निकोव की तलाश में कोई कामयाबी नहीं मिली और वे गाँव लौट आए। कमीमार शाख़ायेव को ढूँढ़ने का भी कोई नतीजा नहीं निकला। वह न वीरान फ़ौजी कमीसारियट में मिला और न अपने क्वार्टर में। बात यह हुई कि गोलियों की आवाज़ सुनते ही वह दौड़ता हुआ दोन के किनारे पहुँचा। जमे हुए पानी की बर्फ़ पारकर जंगल में धँसा। वहाँ से बाज़की गाँव पहुँचा और अगले दिन व्येशेंस्काया से पचास वर्स्ट से ज़्यादा दूर उस्त-खोपर्स्काया के ज़िले में जा जमा।

अग्रगण्य क्षेत्रीय अधिकारियों में से अधिकांश समय रहते बच निकले और उनकी खोज फिर ख़तरे से खाली न लगी, क्योंकि इस बीच मशीनगनवाली टुकड़ी के लाल फ़ौजी हल्की मशीनगनें लेकर व्येशेंस्काया के मध्य भाग की ओर बढ़ गए और उन्होंने ख़ास चौक को जानेवाले सभी रास्ते घेर लिए।

दूसरी ओर स्क्वैड्रन के लोग तलाश का काम छोड़कर दोन के किनारे आए और फिर घोड़ों पर सवार होकर गिरजे के चौक में पहुँचे। यहीं से उन्होंने ओवचिन्निकोव का पीछा करना शुरू किया था।

होते-होते जल्दी ही सभी लोग वहाँ जमा हो गए। फ़ोमीन ने उनमें से कुछ की गारद बिठा दी और बाक़ी लोगों को क्वार्टरों में जाने का हुक्म दिया, लेकिन हिदायत दी कि घोड़े बराबर कसे खड़े रहें।

फिर फ़ोमीन, कापारिन और ट्रुप कमांडर आपस में सलाह-मशविरा करने के लिए गाँव के बाहर के एक मकान में जमा हुए।

''सारा खेल चौपट हो गया।'' कापारिन ने बेंच पर ढहते हुए निराशा से कहा।

''हाँ, बात तो ऐसी ही है...ज़िला-केन्द्र हम हथिया नहीं सके, तो अब यहाँ क़दम जमाए रखना मुश्किल ही होगा।'' फ़ोमीन ने शान्त भाव से कहा।

चुमाकोव ने प्रस्ताव सामने रखा। ''पूरे इलाक़े में घेरा डाल दिया जाए, याकोव-येफ़िमोविच ! अब सहमने से कोई फ़ायदा नहीं। आख़िर मौत आने से पहले तो हम मरेंगे नहीं। हमें कज़्ज़ाकों को उभारना

चाहिए और इस तरह ज़िला-केन्द्र को हथियाना चाहिए।''

फ़ोमीन ने मुँह से बिना कुछ कहे उसे घूरकर देखा और कापारिन की ओर मुड़ा। ''अब दिमाग़ ख़राब हो रहा है, सरकार ! यह रोना-धोना ख़त्म कीजिए। जैसा फन्दा गले में भेड़ के मारने पर पड़ेगा, वैसा ही मेमने को हलालने पर पड़ेगा। जब एक कदम साथ-साथ उठाया है, तो अब आख़िर तक साथ-साथ चलिए। क्या ख़्याल है ? अब यह बतलाइए कि हम व्येशेंस्काया से पीछे हटें या एक बार फिर कोशिश करें ?''

चुमाकोव तड़ से बोला–''नहीं, अब दूसरे लोग करें कोशिश। मैं मशीनगन का सामना करने नहीं जा रहा। यह बेकार का खिलवाड़ है। इससे आना-जाना कुछ नहीं।''

''मैं तुमसे तो पूछ नहीं रहा। तुम चुप रहो।'' फ़ोमीन ने चुमाकोव पर नज़र डाली, मगर उसने अपनी आँखें दूसरी तरफ़ कर लीं।

कापारिन एक क्षण बाद बोला–''हाँ, यह बात तो ठीक है...दुबारा कोशिश करने का कोई मतलब नहीं होता। लाल फ़ौजियों के पास हमसे बेहतर हथियार हैं। उनके पास चौदह मशीनगनें हैं जबकि हमारे पास मशीनगन एक नहीं है...लोग भी उनके पास ज़्यादा हैं...हमें तो पीछे हटकर और कज़्ज़ाकों को उभारकर बग़ावत की तैयारी करनी चाहिए। यानी, जब तक लाल फ़ौज़ों को कुमुक मिलेगी, तब तक पूरे इलाक़े में आग फैल जाएगी। अब तो एक तिनके का जो आख़िरी सहारा है, वह यही है।''

काफ़ी देर तक चुप रहने के बाद फ़ोमीन बोला–''ख़ैर, तो हमें इसी तिनके का सहारा लेना होगा...ट्रुप कमांडर, तुम फ़ौरन जुट जाओ, साज-सामान देखो और पता लगाओ कि हर आदमी के पास कितने-कितने कारतूस हैं। साथ ही सख़्त हुक्म दे दो कि एक भी कारतूस बर्बाद न किया जाए। इसके बाद जो भी यह हुक्म तोड़ेगा उसकी गर्दन मैं खुद अपनी तलवार से उड़ा दूँगा। लोगों से कह दो यह !'' फिर एक क्षण तक चुप रहने के बाद, उसने मेज़ पर ज़ोर से मुट्ठी मारी। ''उफ़्...कमबख़्त मशीनगनें ! काश कि हमने उनमें से चार भी हथिया ली होतीं...अब क्या, अब तो वे लोग हमें यहाँ से खदेड़ बाहर करेंगे ही। अच्छा, तो यह बातचीत अब ख़त्म...अगर हम हाँककर बाहर ही न कर दिए गए तो रात व्येशेंस्काया में बिताएँगे और कल तड़के इलाक़े में आगे कदम बढ़ाएँगे...''

और रात चैन से बीत गई। व्येशेंस्काया के एक सिरे पर विद्रोही स्क्वैड्रन के लोग रहे और दूसरे छोर पर कम्यूनिस्टों और नवागन्तुक जवान कम्यूनिस्टोंवाली रक्षक-सेना के सदस्य। यानी दोनों पक्षों के बीच मकानों के सिर्फ़ दो सिलसिले रहे, मगर रात में हमला करने की हिम्मत दो में से एक की भी न हुई।

अगले दिन सवेरे बाग़ियों ने बिना लड़े गाँव छोड़ दिया, और दक्षिण-पूर्व की ओर बढ़ चले।

11

ग्रिगोरी अपना गाँव छोड़ने के बाद, तीन सप्ताह तक, येलांस्काया ज़िले के वेर्ख़ने-क्रिव्स्कोइ नाम के गाँव में अपनी रेजीमेंट का एक जान-पहचानी कज़्ज़ाक के यहाँ रहा। इसके बाद वह गोरबातोव्स्की नामक गाँव में चला गया, और एक महीने से अधिक समय तक अकसीनिया के दूर के एक रिश्तेदार के साथ टिका रहा।

यहाँ वह दिनों-दिन घर के अन्दर बन्द रहा। सिर्फ़ रात को बाहर निकलकर अहाते में आया। लेकिन यह ज़िन्दगी क़ैद की ज़िन्दगी से बेहतर किसी मानी में न लगी। निकम्मेपन के कारण मन गिरा-गिरा-सा बराबर रहा। इसके अलावा वह निरन्तर अपने बच्चों और अकसीनिया की ओर खिंचता रहा।

अक्सर ही रात को नींद न आती तो वह बरानकोट पहनता और तातारस्की लौटने का पक्का

इरादा करता। परन्तु फिर विचार बदल जाता। वह अपना कोट उतार देता और कराह के साथ चेह तकिए में गड़ाकर, पलंग पर पड़ रहता। ज़िन्दगी ज़रूरत से ज़्यादा इम्तहान लेती लगती। मेज़बा उसके साथ बड़ी हमदर्दी दिखलाता, लेकिन ऐसे मेहमान को हमेशा अपने यहाँ बनाए रखना उसे ब के बाहर की बात लगती।

एक दिन रात को ग्रिगोरी खाना खाने के बाद अपने कमरे में गया तो मालकिन की नफ़र से भरी पतली आवाज़ उसके कानों में पड़ी—"यह खटराग आख़िर ख़त्म कब तक होगा ?"

"कैसा खटराग ? क्या कह रही हो तुम ?" मालिक ने भारी आवाज़ में पूछा।

"मेरा मतलब है कि इस अपाहिज अजगर से आख़िर हमें कब छुटकारा मिलेगा ?"

"ज़बान बन्द कर !"

"मैं बिल्कुल ज़बान बन्द नहीं करूँगी...अनाज घर में इतना थोड़ा है कि बिल्ली भी देखे तो दे। मगर, तुम हो कि इस पर भी इस कुबड़े को घर में डाले हुए हो...दिन-पर-दिन ठुँसाते जा र हो, शैतान के बच्चे को ! मैं पूछती हूँ कि यह कब तक चलेगा ? और मान लो कि सोवियत क जानकारी हो जाए इस बात की ? वे लोग हमारे सिर धड़ से अलग कर देंगे और हमारे बच्चे यती होकर रह जाएँगे।"

"मुँह बन्द कर, अवदोत्या !"

"मैं किसी तरह मानूँगी नहीं। हमारे आगे बच्चे हैं, और हमें उनकी भी तो बात सोचनी है कितना अनाज है हमारे घर में जो तुम इस काहिल का पेट भाटते जा रहे हो ? वह कौन है तुम्हारा भाई है, भतीजा है, साला है, बहनोई है, क्या है ? तुम्हारा कोई पास-नज़दीक का नाते-रिश्तेदार तव तो है नहीं। मगर इसके बाद भी, उसके खाने-पीने का बोझ तुमने अपने ऊपर उठा रखा है. उफ़...गंजे, शैतान की आँत...तू खुद मुँह बन्द कर, और मुझे मत डरा...नहीं तो कल चली जाऊँ सोवियत में और बतला आऊँगी कि घर में कैसा गुलाब उगा रखा है तूने !"

अगले दिन मालिक ग्रिगोरी के कमरे में आया और फ़र्श पर नज़र गड़ाए-ही-गड़ाए बोला- "ग्रिगोरी-पैन्तेलेयेविच, तुम जो चाहो सो सोचो मेरे बारे में, मगर अब तुम्हारा यहाँ टिका रहना मुमकि नहीं है। मैं तुम्हारा बड़ा लिहाज करता हूँ। वैसे तुम्हारे पापा थे तो मैं उनको भी जानता था औ उनकी भी बड़ी इज़्ज़त करता था। लेकिन अब तुम्हें यहाँ रखना और खाना खिलाना मुश्किल है अब तो डर यह भी है कि कहीं लाल अफ़सरों को तुम्हारे यहाँ रहने का पता न चल जाए ! मेरे साम पूरा खानदान है और मैं तुम्हारे नाम पर अपना सिर देने को तैयार नहीं हूँ। ईसा के लिए मुझे माफ़ करो...और जैसे भी हो, मेरी जान छोड़ो !"

"ठीक !" ग्रिगोरी ने रुखाई से कहा—"यहाँ पनाह देने और खिलाने-पिलाने के लिए बहुत-बहुत शुक्रिया ! हर चीज़ के लिए बहुत-बहुत शुक्रिया ! यह तो मैं समझ गया हूँ कि मैं तुम्हारे लिए एव बोझ हूँ, मगर अब सवाल यह है कि मैं जाऊँ तो जाऊँ कहाँ ? मेरे तो सभी रास्ते बन्द हैं।"

"यह तो तुम्हारे अपने तय करने की बात है..."

"अच्छा, मैं आज चला जाऊँगा यहाँ से...हर चीज़ के लिए तुम्हें बहुत-बहुत शुक्रिया अर्तामोन वैसिलयेविच..."

"शुक्रिया की ऐसी कोई ज़रूरत नहीं।"

"तुम्हारी इस मेहरबानी को मैं कभी नहीं भूलूँगा। शायद मैं भी किसी दिन तुम्हारे काम आ सकूँ।"

मेज़वान द्रवित हो उठा और उसने स्नेह से ग्रिगोरी की पीठ थपथपाई। बोला—"इसकी क्या बा है ? जहाँ तक मेरा सवाल है, तुम दो महीने और भी यहाँ रहते तो भी मेरे लिए कोई ख़ास फ़र नहीं पड़ता। लेकिन, झगड़ा तो सारा मेरी बीवी का है। वह नहीं चाहती कि तुम यहाँ रहो। हर दि मेरी जान को पड़ी रहती है। भाड़ में जाए वह ! ग्रिगोरी-पैन्तेलेयेविच, हम दोनों कज़्ज़ाक हैं, और ह

दोनों सोवियत हुकूमत के ख़िलाफ़ हैं। मैं तुम्हारी भरसक मदद करूँगा। तुम आज यागोदनी चले जाओ। मेरे बेटे का ससुर वहाँ रहता है। मेरा नाम लेना। वह तुम्हें अपने बेटे की तरह रखेगा। और जब तक हो सके खिलाए-पिलाएगा। हम लोग बाद में आपस में हिसाब-किताब कर लेंगे। यह सब हो जाएगा, मगर इस वक़्त तो तुम यहाँ से चले ही जाओ। मैं यहाँ तुम्हें रख नहीं सकता। बीवी हाथ धोकर मेरे पीछे पड़ी है। दूसरे कहीं सोवियतवालों को पता लग गया तो और मुसीबत समझो ! तुम जब तक यहाँ रहे, मज़े में रहे, यह भी कुछ कम नहीं है, ग्रिगोरी-पैन्तेलेयेविच ! मुझे अपने सिर का भी तो कुछ-न-कुछ ख़्याल है।''

ग्रिगोरी काफ़ी रात गए वहाँ से निकला। पर, वह गाँव के ऊपर की पहाड़ी की हवाचक्की तक भी न पहुँच पाया कि तीन घुड़सवार जैसे धरती फोड़कर उग आए और उसे टोकते हुए बोले– ''रुक...ओ...सूअर के बच्चे...रुक ! कौन है तू ?''

ग्रिगोरी का दिल ज़ोर-ज़ोर से धड़कने लगा। पर, वह कुछ कहे बिना, ठहर गया। भागना पागलपन होता। दो गज़ आगे जाना भी मुश्किल हो जाता। सड़क के पास न कहीं कोई छेद-सूराख़ था और न कहीं कोई झाड़-झंखाड़ था। यहाँ से वहाँ तक फैला सिर्फ़ खाली मैदान।

''कम्यूनिस्ट हो ! लौटो...मौत ले जाए तुम्हें ! चलो...क्विक मार्च !''

इतने में ही एक दूसरा आदमी ग्रिगोरी के पास अपना घोड़ा लाया और हुक्म देते हुए बोला–''हाथ ऊपर करो...हाथ जेबों से निकालो–निकालो, नहीं तो तुम्हारे सिर के टुकड़े-टुकड़े करके रख दूँगा अभी।''

ग्रिगोरी ने हाथ चुपचाप जेबों से निकाल लिए। पर, उसकी समझ में अब तक यह नहीं आया कि आख़िर यह हुआ क्या, और ये लोग हैं कौन ? फिर भी उसने पूछा–''कहाँ चलना है ?''

''गाँव चलो...लौटो।''

एक घुड़सवार उसके साथ गाँव तक गया। बाक़ी दो चरागाह के पास अलग हो गए और बड़ी सड़क पर अपने घोड़े बढ़ा चले।

ग्रिगोरी बिना कुछ बोले, कदम बढ़ाता रहा। पर, सड़क के पास पहुँचने पर उसने अपनी रफ़्तार धीमी कर ली और पूछा–''सुनो, तुम आख़िर हो कौन ?''

''चलो...चलो...बेकार बात न करो...हाथ पीछे रखो...सुनते हो ?''

ग्रिगोरी ने चुपचाप आदेश का पालन किया, लेकिन थोड़ी देर बाद फिर पूछा–''यह सब तो ठीक है, मगर तुम हो कौन ?''

''रूसी सनातनी[1] समझते हो मुझे ?''

''मैं तो ख़ुद सनातनी नहीं हूँ।''

''ठीक, तो ख़ुशी मनाओ कि तुम सनातनी नहीं हो।''

''लेकिन, तुम मुझे कहाँ लिए चल रहे हो ?''

''कमांडर के पास...चल...चल...साँप कहीं का...नहीं तो, अभी मैं...''

उस आदमी ने ग्रिगोरी के बदन में तलवार की नोंक चुभोई। नोक के तेज़ ठंडे इस्पात ने बरानकोट के कॉलर और फ़र की टोपी के बीच के गर्दन के खुले हिस्से में डंक-सा मारा। क्षण-भर को उसके अन्तर् में डर बिजली की तरह कौंध उठा और इसके बाद उसे क्रोध आया। मगर, क्या कर सकता था उसका यह क्रोध !

उसने अपना कॉलर उलटा और पहरेदार को भर-निगाह देखने के लिए आधा मुड़ते हुए, दाँत पीसकर बोला–''बेवकूफ़ी का काम मत करो, समझे ! नहीं तो तलवार देखते-देखते तुम्हारे उस हाथ से इस हाथ में आ जाएगी...''

---

1. ऑरथॉडॉक्स।

"बढ़...बढ़...आगे बढ़...गधा कहीं का ! बेकार ज़बान मत चला, वरना अभी इस दुनिया से दूसरी दुनिया में भेज दूँगा...हाथ पीछे कर !"

ग्रिगोरी कुछ कदम मौन चला और फिर बोला–"मैं वैसे भी चुप हूँ...तुम्हें गाली-गलौज करने की ज़रूरत नहीं। कैसे सूअर हो तुम !"

"पीछे मुड़कर मत देख।"

"मैं पीछे मुड़कर नहीं देख रहा।"

"मुँह बन्द कर और कदम और तेज़ कर !"

"तुम दौड़ाना चाहते हो मुझे ?" ग्रिगोरी ने अपनी बरौनियों से बर्फ़ झाड़ते हुए पूछा।

साथ के सवार ने मुँह से कुछ न कहकर, केवल घोड़े को सनकारा। जानवर के पसीने और रात की नमी से तर, सीने ने ग्रिगोरी को पीछे से धक्का दिया।

"इतनी ज़्यादती मत करो !" ग्रिगोरी ने घोड़े के सीने को हाथ से पीछे ठेलते हुए कहा। घुड़सवार ने अपनी तलवार ग्रिगोरी के सिर के पास लाते हुए शान्त स्वर में कहा–"तू आगे बढ़ता चल...कुतिया का बच्चा...दोगला कहीं का !...बेकार की बातें न बना, वरना मंज़िल तक पहुँचने की भी नौबत न आएगी ! इस तरह के कामों में मेरा हाथ बहुत ही साफ़ है ! अब होंठ नाम को भी न खुलें...समझा न !"

फिर, गाँव तक दोनों चुपचाप गए और पहला अहाता सामने आते ही सवार घोड़े की रास खींचते हुए बोला–"फाटक में दाख़िल हो...अन्दर चलो।"

ग्रिगोरी खुले फाटक से अन्दर आया तो अहाते के बीचोंबीच उसे एक लम्बा-चौड़ा, टीन की छतवाला मकान नज़र आया। शेड के नीचे घोड़े हींसते और मुँह चलाते दीखे। बरसाती के आसपास छः हथियारबन्द लोग चहलक़दमी करते मिले। साथ के सवार ने घोड़े से उतरते हुए तलवार से हवा काटी और बोला–"गलियारे से होकर सीधे चले जाओ...पहली मंज़िल पर बाएँ से ! चलो, आगे बढ़ो...इधर-उधर निगाहें दौड़ाने की ज़रूरत नहीं। कितनी बार कहनी पड़ेगी तुमसे एक ही बात ?"

ग्रिगोरी धीरे-धीरे बरसाती की सीढ़ियों पर चढ़ा तो घुड़सवार-फ़ौजियोंवाला लम्बा ओवरकोट डाटे और लाल सेनावाली टोपी लगाए एक आदमी जंगले के पास खड़ा दिखलाई पड़ा। बोला, "किसी को पकड़कर लाए हो ?"

"हाँ।" ग्रिगोरी के साथ आए सवार ने परिचित भर्राई हुई आवाज़ में कहा–"हवाचक्की के पास पकड़ा।"

"कौन है...पार्टी के ग्रुप का सेक्रेटरी है ?"

"शैतान ही जाने कि कौन है ! कोई सूअर का बच्चा होगा। लेकिन, जल्दी ही सबकुछ मालूम हो जाएगा इसके बारे में।"

'या तो यह गोरे गारदों का गिरोह है या व्येशेंस्काया की चेका के लोग चालाकी से काम ले रहे हैं, और गोरे गारद होने का बहाना बना रहे हैं। जो भी हो, मैं तो बुरी तरह फँस गया।' ग्रिगोरी ने जान-बूझकर पीछे रहते हुए सोचा और कुछ याद करने की कोशिश करने लगा।

फिर, दरवाज़ा खोलते ही सबसे पहले उसके सामने पड़ा फ़ोमीन। वह एक मेज़ के पास बैठा था और उसे चारों ओर से घेरे बैठे थे फ़ौजी वर्दियाँ पहने कितने ही लोग। ग्रिगोरी इनमें से किसी को भी न जानता था। बरानकोट और भेड़ की खालें पलंग पर उल्टी-सीधी पड़ी थीं, कारबाइन-बन्दूकें बेंच के पास जमा थीं और ख़ुद बेंच पर तलवारों, कारतूस के झोलों और घुड़सवारी के थैलों का अम्बार लगा था। लोगों, बरानकोटों और आस-पास की तमाम चीज़ों से घोड़े के पसीने की तेज़ बू उड़ रही थी।

ग्रिगोरी ने अपनी फ़र की टोपी उतारी और शान्त भाव से अभिवादन किया।

"अरे, मेलेख़ोव ! सच ही कहा कि स्तेपी का मैदान भले ही लम्बा-चौड़ा हो, मगर रास्ता सँकरा है। किस्मत ने हम लोगों को फिर एक-दूसरे से मिला दिया। मगर तुम आ कहाँ से रहे हो ? कोट उतारो, आओ और बैठो इधर।" फ़ोमीन उठा और हाथ आगे करते हुए ग्रिगोरी की ओर बढ़ा—"इस जगह के आस-पास भला क्या करते घूम रहे थे तुम ?"

"मैं काम से गाँव आया था।"

"किस काम से आए थे ? बड़ा लम्बा रास्ता तय किया तुमने।" फ़ोमीन ने ग्रिगोरी की ओर प्रश्नसूचक दृष्टि से देखा—"ठीक-ठीक बतला दो...यहीं कहीं छिपे हुए थे...यही न ?"

"हाँ, सच बात तो यही है।" ग्रिगोरी ने बरबस मुस्कुराते हुए जवाब दिया।

"लेकिन हमारे आदमियों के हाथ कहाँ आ गए तुम ?"

"गाँव के बाहर।"

"जा कहाँ रहे थे ?"

"बिल्कुल नाक की सीध में।"

फ़ोमीन ने फिर ग्रिगोरी की आँखों की तरफ़ ग़ौर से देखा और मुस्कुराया—"मैं तुम्हारे मन की बात समझ सकता हूँ। तुम्हारा ख़्याल है कि तुम हमारे हाथ आ गए हो, तो अब हम तुम्हें व्येशेंस्काया ले जाएँगे। नहीं मेरे भाई, अपना रास्ता वह नहीं है...तुम्हें डरने की ज़रूरत नहीं...हम सोवियत हुकूमत की नौकरी को सलाम कर चुके...हमारी उसकी साथ पटी ही नहीं।"

"तलाक़ दे दिया हमने।" स्टोव के पास धुआँ उड़ाते, सयानी उम्र के एक कज़्ज़ाक ने गहरी आवाज़ में कहा। इस पर मेज़ के पास बैठे एक दूसरे व्यक्ति ने हँसी का ठहाका लगाया।

"तुमने मेरे बारे में कुछ सुना नहीं ?" फ़ोमीन ने ग्रिगोरी से पूछा।

"नहीं।"

"ख़ैर, तो आओ बैठो...बातें होंगी...देखो पातगोभी का शोरबा और गोश्त लाओ मेहमानों के लिए।"

ग्रिगोरी ने फ़ोमीन की किसी भी बात पर विश्वास न किया और उसका चेहरा उसी तरह पीला पड़ा रहा। उसने नपे-तुले ढंग से कोट उतारा और मेज़ के पास आकर बैठ गया। उसका जी सिगरेट पीने को हुआ, लेकिन ख़्याल आया कि पिछले दो दिन से पास कुछ भी तो नहीं है।

"सिगरेट-विगरेट है कुछ ?" उसने फ़ोमीन से पूछा।

फ़ोमीन ने अनुग्रह-सा करते हुए अपना चमड़े का सिगरेट-केस उसकी तरफ़ बढ़ाया। पर सिगरेट लेते समय ग्रिगोरी का हाथ काँपता देखा तो होंठों-ही-होंठों फिर मुस्कुराया—"हमने सोवियत हुकूमत के ख़िलाफ़ सिर उठाया है। हम आम जनता के साथ हैं और अनाज-वसूली और कमीसारों से हमारा तीन और छः का रिश्ता है। एक ज़माने तक उन्होंने हमें बेवकूफ़ बनाया है, लेकिन अब हम उन्हें बेवकूफ़ बनाएँगे। समझे, मेलेख़ोव ?"

ग्रिगोरी ने कुछ नहीं कहा। वह सिगरेट के लम्बे-लम्बे कश-भर लेता रहा। होते-होते उसका सिर चक्कर खाने लगा और जी मिचलाने लगा। उसने केवल अब समझा कि पिछले एक महीने से क़ायदे का खाना न खाने के कारण उसे कितनी कमज़ोरी आ गई है। सो, सिगरेट बुझाकर वह खाने पर टूट पड़ा। इस बीच फ़ोमीन ने उसे पूरी कहानी संक्षेप में सुनाई और बताया कि कैसे विद्रोह हुआ और कैसे इस सिलसिले में पूरे इलाक़े में जहाँ-तहाँ मारे-मारे फिरना पड़ा। यही नहीं, इस भटकन को उसने हमलों का नाम दिया। ग्रिगोरी सबकुछ चुपचाप सुनता रहा और रोटी और मैमने का कच्चा-पक्का गोश्त बिना चबाए ही गले के नीचे उतारता रहा।

"मगर तुम तो दूसरे लोगों के यहाँ मेहमान क्या रहे, दुबले हो गए।" फ़ोमीन ने सहृदयता से हँसते हुए कहा।

ग्रिगोरी ने हिचकियाँ लेते हुए, झटके से कहा—"कोई सास के घर तो रहा नहीं।"

"यह तो नज़र ही आ रहा है...फ़िलहाल, खाओ और जी भर खाओ...हमारे यहाँ कोताही किसी चीज़ की नहीं।"

"शुक्रिया...अब तो एक सिगरेट और चाहिए।" ग्रिगोरी ने अपनी ओर बढ़ती सिगरेट ली, बेंच पर रखे बर्तन के पास पहुँचा और लकड़ी के मग में थोड़ा-सा पानी उँडेला। पानी बर्फ़ की तरह ठंडा और चखने में थोड़ा-थोड़ा खारी लगा। सो, इस तरह छककर खाने के बाद उसने दो मग पानी पिया और फिर सिगरेट का धुआँ उड़ाने लगा।

फ़ोमीन ग्रिगोरी की बग़ल में आ बैठा और अपनी कहानी जारी रखते हुए बोला—"कज़्ज़ाक भी कुछ साथ दे नहीं रहे हैं...पिछले साल की बग़ावत ने इन्हें हिलाकर रख दिया है...इस पर भी कुछ वालंटियर हमारे साथ हैं...कोई चालीस आदमी आ गए हैं...लेकिन हमारा मक़सद इससे पूरा नहीं होता। हमारा मक़सद सचमुच तब पूरा होगा, जब पूरे-का-पूरा इलाक़ा सीना तानकर खड़ा हो जाएगा और खोपर और उस्त-मेदवेदित्साया के इलाक़े भी हमारी मदद को आ जाएँगे। इस वक़्त क्या, उस वक़्त हम सोवियत हुकूमत से दो-दो बातें करेंगे।"

इस बीच मेज़ के पास बैठे दूसरे लोग आपस में ज़ोर-ज़ोर से बातें करते रहे और ग्रिगोरी ने फ़ोमीन की बातें सुनते-सुनते उनमें से एक-एक को ग़ौर से देखा। उसने फ़ोमीन का यक़ीन अब भी न किया और हर बात के पीछे चालाकी देखते हुए अपनी ज़बान बराबर बन्द रखी। लेकिन, फिर चुप्पी साधे रहना मुमकिन न रहा। उसने आती हुई औंघाई को टालने की कोशिश करते हुए पूछा—"कॉमरेड-फ़ोमीन, अगर तुम हर बात संजीदगी से कह रहे हो तो ज़रा यह बतलाओ कि तुम चाहते क्या हो ? नई लड़ाई शुरू करना चाहते हो ?"

"इसका ज़िक्र तो मैं तुमसे कर ही चुका।"

"यानी तुम सरकार बदलना चाहते हो ?"

"हाँ।"

"अरे, इस सरकार की जगह किस तरह की सरकार चाहते हो तुम ?"

"यही अपनी कज़्ज़ाक सरकार।"

"यानी अतामानों की सरकार ?"

"ख़ैर, अतामानों की इस चर्चा को फ़िलहाल एक किनारे रखो, इस पर बातचीत फिर होगी, हम तो वह सरकार चाहेंगे जो आम जनता खुद बनाए। लेकिन यह मसला इस वक़्त सामने नहीं है। साथ ही मैं राजनीति की गहराइयों में जाना चाहता भी नहीं। मेरा काम तो है कम्यूनिस्टों और कमीसारों की जड़ खोदना। सरकार के बारे में तुम्हें सबकुछ मेरा चीफ़-ऑफ़-स्टाफ़ कापारिन बताएगा। इस मामले में मैं उसके दिमाग़ से चलता हूँ। आदमी वह अक्लमन्द और पढ़ा-लिखा है।" फिर फ़ोमीन, ग्रिगोरी की तरफ़ झुककर फुसफुसाते हुए बोला—"कापारिन पहले ज़ारशाही फ़ौज में स्टाफ़ कैप्टन रहा है। होशियार आदमी है। इस वक़्त दूसरे कमरे में सो रहा है। तबीयत शायद ठीक नहीं है। बात यह है कि इस तरह की ज़िन्दगी की आदत तो है नहीं। बड़ी-बड़ी लम्बी मंज़िलें मारी हैं हमने।"

इसी समय अचानक ही बरसाती में कदमों की आहट हुई। चीख़-पुकार सुनाई पड़ी। कराह के साथ एक घुटी हुई आवाज़ कानों में पड़ी—"दो तो इसे खाने-भर को।" इसके साथ ही मेज़ के पास की बातचीत ख़त्म हो गई और फ़ोमीन उत्सुकता से दरवाज़े की ओर देखने लगा। दरवाज़ा भड़ाक से खुला तो भाप का एक सफ़ेद बादल-सा कमरे में उमड़ा। छींटदार खाक़ी जैकेट और भूरे फ़ेल्ट-बूट पहने एक लम्बे क़द के, नंगे-सिर आदमी की पीठ पर किसी ने पीछे से भरपूर हाथ जमाया तो वह कमरे के अन्दर लड़खड़ाता चला आया और उसका कन्धा स्टोव के बाहर निकले हुए हिस्से से ज़ोर से जा टकराया। बरसाती में खुशी से भरी आवाज़ें गूँजीं। फिर दरवाज़ा बन्द कर दिया गया।

"एक आदमी और रहा यह।"

फ़ोमीन उठा और उसने अपनी ट्यूनिकवाली पेटी ठीक की। इसके बाद अधिकार के साथ पूछा—"कौन हो तुम ?"

छींटदार जैकेटवाले आदमी ने, हाँफते हुए, अपने बालों पर हाथ फेरा, कन्धे झटके और दर्द से ऐंठ उठा। उसकी रीढ़ की हड्डी पर चोट की गई थी...शायद राइफ़ल के कुन्दे से।

"बोल नहीं सकते ? मुँह में ज़बान नहीं है ? कौन हो तुम ?" मैंने पूछा।

"लाल फ़ौजी हूँ।"

"किस यूनिट के ?"

"बारहवीं अनाज-वसूली-रेजीमेंट का।"

"क्या बात है ! यह रहा शिकार।" मेज़ के पास बैठे एक आदमी ने मुस्कुराकर फतवा-सा दिया।

फ़ोमीन ने अपने सवाल जारी रखे—"यहाँ क्या कर रहे थे तुम ?"

"हमें बचाव का इन्तज़ाम करना था...इसलिए भेजे गए थे।"

"ठीक। तुम्हारे साथ के लोग गाँव में थे...कितने थे गिनती में ?"

"चौदह।"

"बाक़ी लोग कहाँ हैं ?"

लाल सैनिक ने इस प्रश्न का कोई उत्तर नहीं दिया। मुँह खोलने में मुश्किल होने लगी। आवाज़ में पानी के बुलबुले-से फूटे और मुँह के बाएँ कोने से ख़ून की पतली धार बहकर ठुड्डी पर आने लगी। उसने हाथ से होंठ पोंछे, हथेली देखी और पतलून पर रगड़ ली।

"यह हैं, तुम्हारे सूअर...।" उसने ख़ून निगलते हुए पानी के बीच से उभरते से स्वर में कहा—"मेरे फेफड़े जख़्मी कर दिए हैं।"

"कोई बात नहीं...डरो मत, हम तुम्हारा इलाज करवा देंगे।" एक मोटे कज़्ज़ाक ने मेज़ के पास से उठते और दूसरों की तरफ़ देखकर आँख मारते हुए व्यंग्य से कहा।

"तुम्हारे बाक़ी साथी कहाँ हैं ?" फ़ोमीन ने फिर पूछा।

"वे लोग मालगाड़ी के साथ येलांस्काया चले गए हैं।"

"और तुम कहाँ के हो ? किस ज़िले में पैदाइश हुई तुम्हारी ?"

उस आदमी ने क्रोध से जलती आँखों से फ़ोमीन की तरफ़ देखा, ख़ून का थक्का फ़र्श पर थूका और साफ़, बजती हुई भारी आवाज़ में बोला—"प्सकोव-इलाक़े का हूँ मैं।"

"प्सकोव, मास्को...हम तुम्हारी क़िस्म के लोगों को ख़ूब जानते हैं।" फ़ोमीन ने हँसी उड़ाते हुए कहा—"दूसरों का अनाज छीनने के लिए काफ़ी दूर आना पड़ा तुम्हें, साहबज़ादे ! तो अब, क्या चाहते हो ? क्या करें हम तुम्हारे साथ ?"

"जाने दीजिए मुझे। छोड़ दीजिए।"

"साहबज़ादे, आदमी तुम भोले-भाले हो।...शायद इसे छोड़ ही देना चाहिए...क्यों, क्या राय है, दोस्तो ?" मूँछों-ही-मूँछों मुस्कुराते हुए फ़ोमीन मेज़ के पास बैठे लोगों की तरफ़ मुड़ा।

ग्रिगोरी ने भूरे, धूप में सँवराए शान्त चेहरों पर समझदारी की मुस्कान देखी। एक आदमी बोला—"दो महीने यह हमारे साथ रहे...हमारा साथ दे...इसके बाद हम इसे इसकी बीवी के पास रवाना कर देंगे।"

फ़ोमीन ने भी अपनी मुस्कान छिपाने का असफल प्रयत्न करते हुए कहा—"हमारा साथ देना पसन्द करोगे तुम ? हम तुम्हें घोड़ा देंगे, काठी देंगे और फेल्ट-बूटों की जगह पिंडलियों तक के लम्बे, नए बूट देंगे।...तुम्हारे यहाँ के कमांडर इन चीज़ों का काफ़ी ख़्याल नहीं रखते। इसे जूता कहते हो तुम ? बर्फ़ गल रही है और ऐसे में इन फ़ेल्ट-बूटों में बाहर जाओगे तुम। तो, आते हो हमारे साथ ?"

"बेचारा किसान है...ज़िन्दगी में घोड़े की पीठ पर काहे को सवार हुआ होगा कभी !" एक दूसरे कज़्ज़ाक ने बनावटी आवाज़ में कहा, जैसे कि अपनी तरफ़ से मज़ाक किया।

लाल सैनिक मौन रहा। इस बीच उसकी आँखें साफ़ हो गईं और स्वाभाविक ढंग से चमकने लगीं। उसने स्टोव की टेक लगा ली और चारों तरफ़ निगाह दौड़ाई। पर जब-तब ही दर्द के कारण उसके माथे पर बल पड़े और साँस लेने में दिक्कत होने पर मुँह फैल गया।

"तो तुम हमारे साथ आ रहे हो या नहीं ?" फ़ोमीन ने फिर पूछा।

"लेकिन आप लोग हैं कौन ?"

"हम लोग हैं कौन ?" फ़ोमीन ने भौंहें ऊपर उठाईं और गलमुच्छों पर हथेली फेरी—"हम मेहनतकश लोगों की तरफ़ से लड़नेवाले लोग हैं। हम कमीसारों और कम्यूनिस्टों की ज़्यादतियों के ख़िलाफ़ हैं। हम नहीं चाहते कि वे लोगों को तरह-तरह से सताएँ। यानी ये हैं हम लोग।"

ग्रिगोरी को लाल सैनिक के चेहरे पर आकस्मिक मुस्कान थिरकती दीखी।

"तो ये हैं आप लोग...मैं इसी ताज्जुब में पड़ा हुआ था कि किन लोगों से पाला पड़ गया।" बन्दी मुस्कुराया तो उसके ख़ून से नहाए दाँत चमके और उसके शब्दों से ऐसा लगा, जैसे कि इस समाचार से उसे जितना आश्चर्य हुआ उतनी ही प्रसन्नता का अनुभव हुआ। लेकिन उसकी आवाज़ में एक खटका ऐसा भी लगा कि सभी लोगों के कान खड़े हो गए—"तो अपने लफ़्ज़ों में आप जनता की तरफ़ से लड़नेवाले लोग हैं ? हूँ...! हो सकता है। मगर हमारी नज़र में तो आप सिर्फ़ डाकू हैं। और कुछ नहीं। और आप चाहते हैं कि मैं आपका साथ दूँ ? यानी मानना पड़ेगा कि मज़ाक करने का माद्दा आपमें ख़ासा है।"

"तुम्हारी ज़बान भी कुछ ज़्यादा-ही-ज़्यादा चलती है।" फ़ोमीन ने अपनी आँखें चढ़ाईं और सख़्ती से पूछा—"कम्यूनिस्ट हो ?"

"नहीं...बिल्कुल नहीं...मैं पार्टी का आदमी नहीं हूँ।"

"ऐसा लगता तो नहीं..."

"ईमान की बात है कि मैं पार्टी का आदमी नहीं हूँ।"

फ़ोमीन ने अपना गला साफ़ किया और मेज़ के पास बैठे लोगों की तरफ़ मुड़ा—"चुमाकोव, कर दो इसका काम तमाम।"

"मुझे मारने से कोई फ़ायदा नहीं होगा...और मुझे मारने की वैसे कोई वजह भी नहीं है।" क़ैदी ने शान्त भाव से कहा।

जवाब किसी ने कुछ नहीं दिया। ख़ूबसूरत बदन का, अंग्रेज़ी चमड़े की जर्किनवाला, चुमाकोव नाम का कज़्ज़ाक बेमन से अपनी जगह से उठा और अपने चमकीले भूरे बाल बराबर करने लगा। फिर बेंच पर जमा तलवारों के बीच से अपनी तलवार उठाते और अँगूठे से उसकी धार देखते हुए बोला—"मैं तो ऊब गया इस धन्धे से !"

फ़ोमीन ने अपनी तरफ़ से सलाह दी—"तुम खुद मत करो यह काम...अहाते में तमाम लोग हैं...किसी से कह दो।"

चुमाकोव ने क़ैदी को सिर से पैर तक देखा और बोला—"सामने जाकर खड़े हो, साहबज़ादे !"

लाल सैनिक ने कन्धे झटके और लड़खड़ाता हुआ दरवाज़े की तरफ़ बढ़ा तो फ़र्श पर उसके गीले फ़ेल्ट-बूटों के निशान बन गए।

"अन्दर आए थे तो पैर रगड़कर आते...यह क्या कि आए और फ़र्श गन्दा कर दिया...अजीब जानवर हो तुम भी, बिरादर !" चुमाकोव ने उसके पीछे जाते हुए बनावटी गुस्से से कहा।

फ़ोमीन ने पीछे से चिल्लाकर कहा—"लोगों से यह कहो कि इसे गली या खलिहान में ले जाएँ। घर के पास मारोगे तो आस-पास के घरों के मालिक शिकायत करेंगे।"

इसके बाद वह आकर ग्रिगोरी के पास बैठ गया और बोला—"पूछताछ हम यों ही करते हैं और देखते-देखते मुक़दमा ख़त्म कर देते हैं...क्या ख़्याल है ?"

"हाँ, सो तो है।" ग्रिगोरी ने उसकी निगाहें बरकाते हुए कहा। फ़ोमीन ने आह भरी—"और कोई चारा नहीं है। अब तो यही करना पड़ेगा...।" और वह कुछ कहने को हुआ ही कि इतने में गलियारे में पैरों की आवाज़ हुई। कोई चीख़ा और बन्दूक का खटका हुआ।

"यहाँ पता नहीं क्या तूफ़ान कर रहे हैं ये लोग !" फ़ोमीन ने नाराज़ होते हुए कहा।

मेज़ के पास बैठा एक आदमी झटके से खड़ा हुआ और ठोकर से दरवाज़ा खोलकर चीख़ा—"क्या हो रहा है यहाँ ?"

पर चुमाकोव अन्दर आया और तेज़ी से बोला—"वह शैतान का बच्चा तो ख़ासा तेज़ निकला। सबसे ऊपर की सीढ़ी से कूदकर चलता बना। मुझे एक कारतूस उस पर बर्बाद करना पड़ा। अब बाहर कज़्ज़ाक उसका हिसाब-किताब कर रहे हैं।"

"उनसे कहो कि उसे अहाते से गली में घसीट ले जाएँ।"

"मैंने पहले ही कह दिया है, याकोव-येफ़िमोविच !"

इसके बाद कमरे में एक क्षण तक सन्नाटा रहा। फिर किसी ने जमुहाई लेते हुए पूछा—"मौसम कैसा है, चुमाकोव ? आसमान साफ़ हो रहा है ?"

"नहीं, बादल घिरे हुए हैं..."

"अगर पानी बरसा तो बची-बचाई बर्फ़ भी बह जाएगी।"

"आख़िर तुम क्यों चाहते हो कि पानी बरसे ?"

"मैं नहीं चाहता कि बरसे...कीचड़ में छप-छप करते हुए चलना मुझे पसन्द नहीं।"

ग्रिगोरी उठा और उसने पलंग से अपनी टोपी उठाई। फ़ोमीन ने पूछा—"कहाँ जा रहे हो ?"

"ज़रा यों ही ताज़ा हवा लेने।" और वह बाहर निकलकर बरसाती की सीढ़ियों पर आया।

इस समय चाँदनी बादलों के बीच से हल्के-हल्के छनती रही; और लम्बे-चौड़े अहाते, शेडों की छानियों, चिनारों के सिरों और खूँटों से बँधे कपड़ों से ढँके खड़े घोड़ों के साथ-साथ हर चीज़ पर आधी रात की रोशनी बरसती रही।

ऐसे में बरसाती से कुछ क़दम के फ़ासले पर वह सैनिक पड़ा रहा और उसका सिर गलती हुई बर्फ़ की तलैया के मद्धिम चमकते पानी में उतराता रहा। तीन कज़्ज़ाक उसके ऊपर झुककर आपस में धीरे-धीरे बातें करते जाने क्या करते रहे !

उनमें एक घबराहट से भरे स्वर में बोला—"अभी साँस ले रहा है...ऊपरवाले की कसम ! इस तरह मारा जाता है, बेहूदा, गधा कहीं का ? मैंने कहा था कि सिर पर भरपूर वार करो। अरे, तू बिल्कुल काठ का उल्लू है !"

ग्रिगोरी को यहाँ लानेवाला, कर्कश आवाज़ का कज़्ज़ाक बोला—"निकल जाएगा दम...एक साँस और...और दम निकल जाएगा ! लेकिन ज़रा ऊपर उठाओ न इसे ! मुझसे इसका यह कोट तो किसी तरह उतरता ही नहीं...बाल पकड़कर ऊपर उठाओ ज़रा...ठीक...और अब पकड़े रहो ऐसे ही !"

ग्रिगोरी ने पानी का छपाका सुना। इसी समय क़ैदी के ऊपर झुके लोगों में से एक आदमी सीधा हुआ। कर्कश आवाज़वाला कज़्ज़ाक छींटदार जैकेट बदन से खींचते हुए कराह दिया और एकाध क्षण बाद बोला—"मेरा हाथ बहुत हल्का है...इसीलिए मुझ पर नहीं फुफकारा वह। घर पर कभी सूअर को हलालने का मौक़ा आया तो...अरे साधे रहो उसे...गिरने मत दो...ऐसी-तैसी में जाए...हाँ तो मैं कह रहा था कि घर पर कई बार सूअर हलालने का मौक़ा मिला और मैंने चाकू ऐन गर्दन के आर-पार कर दिया, मगर इस पर भी कमबख्त जानवर उठा और अहाते-भर में टहल आया...और फिर काफ़ी देर तक टहलता रहा। यानी ख़ून की नदी बहती रही, पर जानवर ज़िन्दा बना रहा...यानी अगर ऐसा

है तो हल्का हाथ तो हुआ ही। अच्छा ठीक है, अब लिटा दो इसे...अब भी साँस चल रही है...हो नहीं सकता...मैंने तो गर्दन बीच से करीब-करीब दो कर दी है।''

तीसरे आदमी ने लाल फ़ौजी की जैकेट उसके फैले हुए हाथ के ऊपर डाल दी। बोला—''हमने इसका बायाँ अंग खून में डुबो दिया है...मेरे हाथ चिपक रहे हैं...फु...कैसी गन्दगी है !''

''साफ़ हो जाएँगे हाथ...ख़ून है, कोई ग्रीज़ थोड़े ही है।'' कर्कश आवाज़वाला कज़्ज़ाक बोला और फिर ज़मीन पर बैठ गया—''छूट जाएगा या कम-से-कम धुल तो जाएगा ही। ऐसी कोई ख़ास बात नहीं है।''

''अच्छा अब क्या इरादा है तुम्हारा ? अब क्या उसका पतलून भी उतार लोगे तुम ?'' पहले कज़्ज़ाक ने मन के असन्तोष को वाणी देते हुए कहा।

कर्कश आवाज़वाले व्यक्ति ने तड़ से उलटकर जवाब दिया—''अगर तुम हड़बड़ी में हो या तुम्हारा घोड़ों के पास जाना ज़रूरी हो तो तुम जाओ...यहाँ तुम्हारे बिना भी काम चल जाएगा। हम अच्छी चीज़ों को इस तरह छोड़ नहीं सकते।''

ग्रिगोरी मुड़ा और घर के अन्दर चला गया। फ़ोमीन ने तेज़ी से उस पर नज़र डालते हुए उसका स्वागत किया और उठकर खड़ा हो गया। कहने लगा—''चलो दूसरे कमरे में चलकर बातें करेंगे... यहाँ बड़ा हंगामा है।''

दूसरा कमरा काफ़ी बड़ा और गरम महसूस हुआ। पर चुहियों और पटसन के बीजों का भभका उठता रहा। पलंग पर छोटे क़द का एक आदमी ख़ाक़ी ट्यूनिक पहने गन्दे तकिए से गाल सटाए सोता दीखा। उसके बाल बिखरे रहे और उन पर रोओं और चिड़ियों के छोटे-मोटे परों का छिड़काव-सा नज़र आया। छत से लटकते लैम्प की रोशनी उसके पीले गालों और बढ़ी हुई दाढ़ी से भरे चेहरे पर पड़ती रही।

फ़ोमीन ने सोनेवाले को जगाया—''उठो...कापारिन...देखो मेहमान आया है एक...यह हैं ग्रिगोरी-मेलेख़ोव...हमारे दोस्त...कभी स्क्वैड्रन कमांडर थे।''

कापारिन ने पैर पाटी से नीचे झुकाए, चेहरे पर हाथ फेरा और उठ बैठा—''बड़ी ख़ुशी हुई तुमसे मिलकर...मैं हूँ स्टाफ़-कैप्टन कापारिन।''

फ़ोमीन ने ग्रिगोरी के लिए बड़े स्नेह से एक कुर्सी खींची और खुद पास पड़े एक बक्से पर बैठ गया। उसने एक नज़र में ही भाँपा कि क़ैदी के क़त्ल से ग्रिगोरी का मन बुरी तरह उदास हो गया है। बोला—''तुम यह न सोचो कि सारे क़ैदियों के साथ हम इसी तरह का बर्ताव करते हैं। यह तो अनाज-वसूली करनेवाली टुकड़ी का आदमी था; और हम ऐसे लोगों और कमीसारों तक को इस तरह जाने नहीं दे सकते।...वैसे मामूली लोगों को हम छोड़ देते हैं। कल ही हमने मिलिशिया के तीन आदमियों को पकड़ा, मगर उनके घोड़े, काठियाँ और साज-सामान लेकर उन्हें आज़ाद कर दिया। उन्हें मारने से फ़ायदा ?''

ग्रिगोरी मौन रहा और घुटनों पर हाथ रखे अपने ही विचार में डूबा रहा। फ़ोमीन की आवाज़ तो जैसे उसने नींद में सुनी।

फ़ोमीन कहता गया—''फ़िलहाल हम इस तरह अपनी लड़ाई चला रहे हैं, लेकिन इस पर भी कज़्ज़ाकों को उभारने का हमारा ख़्याल है।...सोवियत हुकूमत चल नहीं सकती। देखो न क़रीब-क़रीब हर जगह ही लड़ाई छिड़ी हुई है। क्या साइबेरिया, क्या उक्रइन और क्या पेत्रोग्राद, हर जगह लोग बग़ावत कर रहे हैं। पूरे-के-पूरे बेड़े ने गदर मचा दिया है...उस गढ़ी में...क्या नाम है उसका ?''

''क्रोन्स्ताद्त्।'' कापारिन ने सहायता की।

ग्रिगोरी ने सिर उठाया, ख़ाली-ख़ाली-सी अनदेखती आँखों से फ़ोमीन की ओर देखा और फिर कापारिन को एकटक देखने लगा।

''लो, सिगरेट पिओ।'' फ़ोमीन ने अपना सिगरेट-केस आगे बढ़ाया–''हाँ, पेत्रोग्राद ले लिया गया है, और लोग मास्को के पास तक पहुँच गए हैं। और हर जगह एक ही राग छिड़ा हुआ है। ऐसे में कोई वजह नहीं कि हम बैठे ऊँघते रहें। हम कज़्ज़ाकों को उभारेंगे, सोवियत हुकूमत का नाम-निशान मिटा देंगे और अगर कैडेट हमारा साथ दे देंगे तो फिर मज़ा आ जाएगा। हम तो कहते हैं कि पढ़े-लिखे कैडेट सरकार बनाएँ। हम उनकी मदद करेंगे।'' इसके बाद एक क्षण तक चुप रहने के बाद बोला–''तुम्हारा क्या ख़्याल है मेलेख़ोव ? अगर कैडेट काला सागर के इलाक़े में ज़ोर मारें और हम उनके साथ जा मिलें तो वे यह तो मानेंगे न कि पीछे के इलाक़ों में सबसे पहले हमने सिर उठाया ? कापारिन कहता है कि मानेंगे और इसकी तारीफ़ करेंगे। मिसाल के लिए इसके लिए तो मुझे गुनाहगार ठहराएँगे नहीं कि 1918 में जब अट्ठाईसवीं रेजीमेंट पीछे हटी तो मैं उसके आगे-आगे रहा और दो साल मैंने सोवियत सरकार की ख़िदमत की ?''

'तो इस निशाने पर गोली बिठा रहे हो तुम ! तुम बेवकूफ़ हो, हालाँकि घुटे हुए बेवकूफ़ हो !' ग्रिगोरी ने बनावटी ढंग से मुस्कुराते हुए सोचा। फ़ोमीन उसके उत्तर की प्रतीक्षा में रहा। साफ़ है कि इस समस्या ने उसका दिल-दिमाग़ घेर रखा था।

ग्रिगोरी ने हिचकते हुए कहा–''इसमें वक़्त लगेगा।''

''सो तो लगेगा ही...सो तो लगेगा ही।'' फ़ोमीन ने सहमति प्रकट की–''ये सब बाद में सोचने की बातें हैं। इस वक़्त तो हमें कदम उठाना चाहिए और पीछे के इलाक़ों में कम्यूनिस्टों को तार-तार कर देना चाहिए। अब हम उन्हें चैन की साँस किसी तरह लेने देने से रहे ! उनका ख़्याल है कि अपने पैदल फ़ौजियों को गाड़ियों में भरकर वे हमारा पीछा कर सकते हैं। तो करें...कर देखें कोशिश। जब तक घुड़सवार फ़ौज उनकी मदद को आएगी, तब तक हम पूरे-का-पूरा इलाका उलटकर रख देंगे।''

ग्रिगोरी ने फिर विचारों में डूबते हुए अपने पैरों की ओर देखा। कापारिन माफ़ी माँगकर पलंग पर लेट गया। हल्के-हल्के मुस्कुराते हुए बोला–''मैं बहुत थका हुआ हूँ...बात यह है कि मंज़िलों पर मंज़िलें मारनी पड़ती हैं...पागलों की तरह...मगर, सोने को वक़्त बहुत थोड़ा मिल पाता है।''

''काफ़ी वक़्त हुआ...हम भी सो जाएँ अब !'' फ़ोमीन उठा और उसने अपना भारी हाथ ग्रिगोरी के कन्धे पर रखा–''मेलेख़ोव, तुमने उस दिन व्येशेंस्काया में मेरी सलाह मान ली...बड़ी ही अक़्लमन्दी का काम किया। अगर उस वक़्त तुम छिप न गए होते तो वे लोग तुम्हें ख़त्म कर देते। तुम व्येशेंस्काया के बाहर की बलुही पहाड़ियों पर पड़े होते और तुम्हारे नाख़ून सड़-गल गए होते। मेरी यह बात बिल्कुल सच समझो तुम !...ख़ैर तो तुमने तय क्या किया ? बतला दो...और फिर सोने चलें !''

''क्या बतला दूँ तुम्हें मैं ?''

''यही कि तुम हमारा साथ दोगे या नहीं, या क्या करोगे ? आख़िर ज़िन्दगी-भर तो दूसरों के घरों में छिपते फिरोगे नहीं ?''

ग्रिगोरी को तो इस सवाल की आशा थी ही। सो उसने अपने-आपसे कहा–'भाई मेरे, रास्ते तीन हैं। पहला कि गाँव-गाँव मारे-मारे फिरो, भूखे-प्यासे, बेघरबार मरो, और फ़िक्र से आप अपना कलेजा छलनी करते रहो कि कोई-न-कोई मेज़बान किसी-न-किसी दिन दगा दे दे और अफ़सरों को पता दे आए; दूसरा कि राजनीतिक विभाग में चलो और हथियार डाल दो; तीसरा कि फ़ोमीन का साथ पकड़ लो। अब इनमें से एक का चुनाव कर लो...।'

और उसने अपना रास्ता चुन लिया। उस दिन शाम को पहली बार उसने फ़ोमीन की आँखों में सीधे आँखें डालीं और मुस्कुराते हुए बोला–''मैं क्या चुनूँ और क्या न चुनूँ ? मेरी हालत तो परी देश की कहानी के राजकुमार-सी है। यानी बाईं तरफ़ गए कि घोड़े से हाथ धोया; दाईं तरफ़ गए कि मारे गए।...फिर मेरे सामने तो तीन रास्ते हैं, लेकिन इनमें से एक भी मेरी मंज़िल की तरफ़ नहीं जाता...''

"तुम अपनी बात करो...और परी-कहानियों को फ़िलहाल एक तरफ़ रखो...यह सारी-की-सारी बाद में कह लेना..."

"मेरा अपना कोई ठौर-ठिकाना नहीं है...यानी चुनाव तो हो ही गया..."

"यानी ?"

"यानी कि मैं तुम्हारे जत्थे में शामिल होता हूँ।"

फ़ोमीन के माथे पर बल पड़ गए और वह असन्तोष से मूँछें चबाने लगा। "यह लफ़्ज़ छोड़ो। तुम हमारी टोली को जत्था क्यों कहते हो ? यह नाम तो हमें कम्यूनिस्ट देते हैं। तुम्हें यह ज़ेबा नहीं देता। हम तो सीधे-सीधे वे तमाम लोग हैं जिन्होंने हुकूमत के ख़िलाफ़ सिर उठाया है। बात जितनी ही मुख्तसर है, उतनी ही दोटूक है।"

पर फ़ोमीन का यह असन्तोष क्षणिक रहा। सच तो यह है कि ग्रिगोरी के फ़ैसले से वह खुशी से खिल उठा और यह प्रसन्नता उसके छिपाए छिपी नहीं। हाथ रगड़ते हुए बोला–"अरे भाई, एक और साथी मिला। सुनते हो, स्टाफ़-कैप्टन ?...मेलेखोव हम तुम्हारी कमान में ट्रुप दे देंगे...वैसे अगर तुम ट्रुप की कमान सँभालना न चाहते हो तो स्टाफ़ पर रहो...कापारिन के साथ...मैं तुम्हें खुद अपना घोड़ा दे दूँगा...मेरे पास एक घोड़ा फ़ालतू है।"

12

तड़का होते-होते हल्का-हल्का कोहरा पड़ने लगा। गढ़े-गढ़ैयों पर जमे हुए पानी की झिल्ली तन गई। बर्फ मोटी पड़ गई और बुरी तरह चरमराने लगी। घोड़ों की टापों ने बर्फ़ पर गोल निशान छोड़े। जहाँ कल बर्फ़ गलने से नंगी ज़मीन निकल आई थी और जहाँ पिछले साल की मुर्दा घास अब भी ज़मीन के सीने से सटी हुई थी, वहाँ घोड़ों के पैर पड़े तो बहुत मामूली निशान बने और खोखली-खोखली-सी झनझनाहट हुई।

फ़ोमीन का जत्था, गाँव के बाहर क़तार बनाकर खड़ा हुआ। अगुआ-पड़ताली गश्ती के छः घुड़सवार बीच-बीच में दूर सड़क पर नज़र आते रहे।

फ़ोमीन अपना घोड़ा ग्रिगोरी के पास लाया और मुस्कुराते हुए बोला–"वे रहे मेरी फ़ौज के लोग ! ऐसे जवान हों तो खुद शैतान के टुकड़े-टुकड़े किए जा सकते हैं।"

ग्रिगोरी ने क़तार पर एक नज़र डाली और दर्द से मन-ही-मन सोचा–'अगर तुम और तुम्हारी फ़ौज के लोग मेरी बुदयोन्नी-स्क्वैड्रन से टकरा जाते तो आधे घंटे के अन्दर-अन्दर तुम्हारी धज्जियाँ उड़ जातीं।"

फ़ोमीन ने अपने चाबुक से इशारा किया और पूछा–"क्या ख़्याल है तुम्हारा इनके बारे में ?"

ग्रिगोरी ने नीरस ढंग से कहा–"क़ैदियों का काम तमाम करने और मुर्दों के कपड़े उतारने के लिए लोग ऐसे कोई बुरे नहीं। लेकिन कह नहीं सकता कि लड़ाई के मैदान में कैसे हाथ दिखलाएँगे ये !"

फ़ोमीन ने काठी पर मुड़ते हुए हवा की तरफ़ पीठ की, सिगरेट जलाई और बोला–"लड़ाई के मैदान में इनके हाथ देखने का भी मौक़ा मिलेगा तुम्हें। हमारे ज़्यादातर लोग बाक़ायदा फ़ौज से आए हैं, इसलिए वक़्त पर तुम्हें नीचा नहीं देखना पड़ेगा।"

लड़ाई के हथियारों और रसद की चीज़ों से भरी दो-दो घोड़ोंवाली छः गाड़ियाँ, क़तार के बीचोबीच ला जमाई गईं। फिर फ़ोमीन का घोड़ा सरपट दौड़ता आगे पहुँचा और उसने आगे बढ़ने की कमान दी। टीले पर पहुँचने पर वह फिर ग्रिगोरी के पास आया और बोला–"क्यों, कैसा है मेरा घोड़ा ? तुम्हें पसन्द है ?"

जवाब मिला—"अच्छा घोड़ा है।"

वे लोग कुछ देर तक घोड़ों पर अगल-बग़ल आगे बढ़ते रहे। इसके बाद ग्रिगोरी ने पूछा—"तातारस्की से होकर चलेंगे हम लोग ?"

"अपने घर के लोगों से मिलना चाहते हो ?"

"हाँ, ज़रा मिल लेंगे।"

"ठीक...तो हम उधर से ही चलेंगे। वैसे मेरा इरादा चिर चलने और कज़्ज़ाकों को थोड़ा झकझोर देने का है।"

लेकिन कज़्ज़ाक 'झकझोरे जाने' के लिए तैयार न थे। ग्रिगोरी को दस्ते के साथ कुछ दिन रहने के बाद ही, इस बात का यक़ीन हो गया।

यों समझिए कि दस्ते के लोग जब भी कोई गाँव या ज़िला-केन्द्र हथियाते, फ़ोमीन हुक्म देकर वहाँ के लोगों की सभा बुलवाता। ऐसे अवसर पर अक्सर तो वह ख़ुद ही बोलता। पर कभी-कभी उसकी जगह कापारिन भाषण देता। इस तरह अनाज-उगाही के कारण कन्धों पर पड़ रहे बोझ की चर्चा की जाती और कहा जाता कि अगर सोवियत सरकार का तख़्ता पलटा न जाएगा तो नतीजा सिर्फ़ एक निकलेगा—यानी हर तरफ़ बर्बादी नज़र आएगी और पूरी बर्बादी नज़र आएगी।

फ़ोमीन की वक्तृता, कापारिन की वक्तृता की भाँति व्याकरण की दृष्टि से पूरी तरह शुद्ध और क्रमबद्ध तो न होती, लेकिन हमेशा बोलता वह ऐसी भाषा में जो कज़्ज़ाकों के गले के नीचे उतरती चली जाती। भाषण के अन्त में प्रायः कुछ रटे-रटाए वाक्य चिपकाता—"आज से हम तुम सबको अनाज देने की इस मुसीबत से बरी करते हैं। अब अनाज-उगाही के सदर मुक़ामों को गाड़ियाँ भर-भरकर अनाज भेजने की कोई ज़रूरत नहीं। निकम्मे कम्यूनिस्टों का पेट बहुत भर चुके। अब बस हुआ। वे तुम्हारे अनाज के सहारे फूल-फूलकर कुप्पा हुए हैं। मगर दूसरे के बल पर जीने के दिन उनके लद गए। तुम लोग आज़ाद हो। अपने को हथियारों से लैस कर हमारे निज़ाम के हाथ मज़बूत करो।...कज़्ज़ाक...हुर्रा !"

इन सभाओं में पुरुष तो ज़मीन पर आँखें गड़ाए चुप खड़े रहते, लेकिन औरतों की ज़बानें चलने लगतीं और उनके बीच से व्यंग्य-भरे सवालों की बौछार होने लगती।

"तुम्हारा निज़ाम तो ठीक ही लगता है, मगर हमारे इस्तेमाल के लिए साबुन लाए हो तुम ?"

"कहाँ रहती है तुम्हारी सरकार—तुम्हारे घोड़े की काठीवाले थैले में ?"

"लेकिन तुम ख़ुद किसका अनाज खा-खाकर जी रहे हो ?"

"मेरा ख़्याल है कि अभी-अभी तुम अहाते-अहाते झोली फैलाते फिरोगे।"

"ओ बाबा, इनके पास तलवारें हैं...ये तो किसी से पूछेंगे भी नहीं और चूज़ों को हलालना शुरू कर देंगे।"

"कहना तो बहुत आसान है कि हम गाड़ियाँ भर-भरकर अनाज न भेजें...मगर तुम आज यहाँ हो और कल कहीं और होगे...शिकारी कुत्तों के ढूँढ़े भी न ढूँढ़े जाओगे...उस हालत में जवाबदेही तो आख़िरकार हमीं को करनी पड़ेगी न !"

"हम अपने आदमियों पर तुम्हें हाथ न रखने देंगे...लड़ाई लड़नी है तो जाओ और ख़ुद जान दो।"

यही नहीं, औरतें तो अपनी सनक में और जाने क्या-क्या बक जातीं। बात यह थी कि लड़ाई के वर्षों ने उनके सारे भ्रम दूर कर दिए थे, वे नई लड़ाई की सम्भावना-मात्र से डरने लगी थीं और उन्होंने एक बार मायूस होने के बाद अब अपने पतियों को अपने से अलग न करने की ज़िद-सी ठान रखी थी।...

फ़ोमीन, उल्टी-सीधी चीख-पुकारें तटस्थ मन से सुनता, उनकी क़ीमत समझता, लोगों के शान्त

हो जाने की राह देखता और फिर कज़्ज़ाकों की ओर मुड़ता। पर कज़्ज़ाक गम्भीरता से दोटूक जवाब देते। "हमें सताओ मत, साथी फ़ोमीन...लड़ाई हम काफ़ी लड़ चुके।"

"बग़ावत की भी आज़माइश कर देखी है...1919 में हमने सिर उठाया था न !"

"हमारे पास बग़ावत करने को कुछ भी नहीं है, और बग़ावत करने का मतलब भी कुछ समझ में नहीं आता। फ़िलहाल तो उसकी कोई ज़रूरत महसूस होती नहीं।"

"यह बोआई का वक़्त है, लड़ाई का नहीं।"

ऐसे-ही-ऐसे एक दिन भीड़ के पीछे से कोई चीख़ उठा—"इस वक़्त तो बड़ी मीठी-मीठी बातें बना रहे हो, मगर 1919 में जब हमने सिर उठाया था तब कहाँ गए थे तुम ? बहुत देर से चौंके, फ़ोमीन !"

ग्रिगोरी ने देखा कि फ़ोमीन का चेहरा बदला, पर उसने अपने आप पर क़ाबू रखा और कोई जवाब न दिया।

पहले हफ़्ते जब कज़्ज़ाकों ने तरह-तरह के एतराज़ सामने रखे और साथ देने के अनुरोध पर साफ़ इनकार कर दिया, तो फ़ोमीन ने सबकुछ चुपचाप सुना और शान्त रहा। औरतों की चीख़-चिल्लाहट तक उसे हिला न पाई। वह सिर्फ़ मूँछों-ही-मूँछों मुस्कुराया और अकड़कर बोला—"ठीक है, पर रास्ते पर ले आएँगे इन्हें।" लेकिन इसके बाद उसे पूरी कज़्ज़ाक आबादी अपने खिलाफ़ लगी और सभाओं में बोलनेवालों के प्रति उसका अपना रवैया बिल्कुल बदल गया। अब घोड़े से उतरे बिना, उसने बातें कम कीं, धमकियाँ ज़्यादा दीं। लेकिन इस पर भी नतीजा वही रहा और जिन कज़्ज़ाकों का उसे बड़ा भरोसा रहा, उन्होंने ही उसकी बातें जैसे चुप-चुप सुनीं, वैसे ही चुपचुप वे अपने-अपने घरों को चले गए।...

एक गाँव में फ़ोमीन का भाषण समाप्त होते ही एक कज़्ज़ाक-बेवा जवाब देने को उठ खड़ी हुई। लम्बी, हट्टी-कट्टी औरत, मर्दों की तरह ज़ोर-ज़ोर से हाथ नचा-नचाकर, बिल्कुल मर्दानी आवाज़ में चीख़ने लगी। उसके चौड़े, चेचक के दाग़ों से भरे चेहरे पर क्रोध के साथ संकल्प झलका और होंठ रह-रहकर नफरत से फड़के। उसने घोड़े की काठी पर पत्थर की तरह जमे-बैठे फ़ोमीन की तरफ़ अपना सूजा हुआ लाल हाथ दिखा-दिखाकर बातें नहीं कीं, बातों के डंक मारे। "यहाँ क्यों मुसीबत खड़ी कर रहे हो ? हमारे कज़्ज़ाकों को हाँककर कहाँ से जाना चाहते हो तुम...किस सूराख में ? तुम्हारी इस कम्बख़्त लड़ाई ने अभी क्या कुछ कम औरतों को बेवा बनाया है ? अभी क्या कुछ कम बच्चे यतीम हुए हैं ? तुम मुसीबतों के नए पहाड़ ढाना चाहते हो हमारे सिर पर ?...ज़रा देखो कि क्या ठाठ का ज़ार आया है रेवेजनी गाँव से, हमें आज़ादी देने ! पहले अपना घर ठीक-ठाक करो और उसे बर्बादी से बचाओ। पीछे सिखाना हमें कि हम कैसे जिएँ और कैसे न जिएँ, कौन-सी हुकूमत मानें और कौन-सी न मानें। हमें अच्छी तरह पता है कि अभी तो तुम्हारे घर के अन्दर तुम्हारी बीवी तक के गले का पट्टा कटा नहीं है। लेकिन तुम मूँछें फुलाए, घोड़े पर सवार लोगों के दिमाग़ खराब करते फिर रहे हो। अरे, अगर खुद हवा ने ही न साधा होता तो तुम्हारा अपना घर अब तक कभी का मिट्टी में मिल गया होता। क्या शानदार रहनुमा हो तुम !...कुछ बोलो न...आख़िर चुप क्यों हो ? कुछ झूठ कह रही हूँ मैं ?"

इस पर भीड़ में हँसी की एक लहर ने हवा की तरह सर्राटा भरा और हवा की तरह ही थम गई। काठी की कमानी पर रखे फ़ोमीन के बाएँ हाथ की उँगलियाँ रासों के बीच चलने लगीं और बँधे हुए गुस्से से उसका चेहरा काला पड़ गया। वह शान्त रहा और इस भद्दी स्थिति से निकलने का कोई रास्ता खोजने लगा।

"और क्या है तुम्हारी यह सरकार, जिसका साथ देने की दावत तुम हमें दे रहे हो ?" औरत पूरी ताक़त से चीख़ती गई, हालाँकि इस बीच उसकी शक्ति जवाब दे चली।

उसने अपने हाथ कमर पर रखे और चूतड़ मटकाती फ़ोमीन की ओर बढ़ चली। भीड़ के लोगों ने अपनी हँसी छिपाते हुए और अपनी आँखें नीची करते हुए रास्ता दे दिया। साथ ही एक दूसरे से छेड़-छाड़ करते हुए उन्होंने यों घेरा बना दिया, जैसे कि कोई नाचने जा रहा हो।

"तुम्हारे जाने के बाद तुम्हारी सरकार एक लमहा न चलेगी।" विधवा ने अपनी भारी, गहरी आवाज़ में कहा—"यह सरकार तुम्हारे पीछे-पीछे घिसटती चलती है और एक घंटे से ज़्यादा एक जगह नहीं टिकती। आज यह तुम्हारे इस घोड़े पर नज़र आती है तो कल धूल में तुम्हारी इस तोंद के ऊपर दिखलाई देगी। यह हो तुम और ऐसी है तुम्हारी यह सरकार !"

फ़ोमीन ने घोड़े को एड़ लगाई और उसे भीड़ में धँसाया। हर तरफ़ लोग हड़बड़ाकर पीछे हट गए। सिर्फ़ औरत घेरे के बीच में खड़ी रही। फ़ोमीन के दाँत भिंचे रहे और उसका चेहरा गुस्से से सफ़ेद रहा, मगर ज़िन्दगी में कितना ही कुछ देख चुकने के कारण वह उसे शान्त मन से घूरती रही।

फ़ोमीन ने अपना घोड़ा उसके पास बढ़ाया और चाबुक ऊपर उठाया। "मुँह बन्द कर अपना...चित्तीदार गिद्ध कहीं की ! यहाँ हंगामा आख़िर क्यों मचा रखा है तूने ?"

घोड़े के दाँत निकल आए और रास से खिंचकर उसका थूथन बेधड़क औरत के सिर से ऐन ऊपर तन गया। झाग का पिलछरा-हरा थक्का लगाम से उड़ा और औरत के काले रूमाल पर चू पड़ा। इसके बाद गाल पर भी गिर गया। उसने उसे हाथ से पोंछा और एक क़दम पीछे हट गई।

"यानी, तुम जो चाहे सो कहो, मगर हम मुँह न खोलें ?" फ़ोमीन की क्रोध से फटी-फटी-सी जलती हुई आँखों को घूरते हुए औरत चीखी। फ़ोमीन ने उसे मारा नहीं, पर चाबुक लपलपाते हुए गरजा—"बोलशेविक...ग़लीज़ कहीं की ! अभी तेरा सारा सूअरपन झाड़कर रख दूँगा। तेरी अपनी स्कर्ट से बँधवाकर तुझे इतने बेंत लगवाऊँगा कि तबीयत हरी हो जाएगी। देखते-देखते होश ठिकाने आ जाएँगे।"

औरत और दो क़दम पीछे हटी। सहसा ही फ़ोमीन की तरफ़ पीठ कर ज़मीन पर झुकी और उसने अपनी स्कर्ट का पिछला सिरा एकदम उलट दिया—"सूरमा-अनीका, यह चीज़ शायद तुमने कभी देखी नहीं, तो आज देख लो..." उसने चीख़कर कहा और ताज्जुब में डालनेवाली फुर्ती से सीधी होती हुई फिर फ़ोमीन की तरफ़ मुड़ी—"मुझे...यानी मुझे बेंत लगवाओगे...बड़ा दम मालूम होता है तुम्हारे बेंत में !"

फ़ोमीन ने बौखलाकर थूका और पिछड़ते हुए घोड़े को रोकने के लिए रासें खींचीं।

"ज़बान बन्द कर...लद्द घोड़ी कहीं की ! मांस का एक भारी-भरकम लोथड़ा है तू, और कुछ नहीं।" वह तेज़ आवाज़ में बोला और गम्भीर बनने का निष्फल प्रयत्न करते हुए घोड़ा नचाया।

भीड़ के लोग आपस में बुदबुदाने और हँसने लगे। फ़ोमीन का एक आदमी उसके आहत सम्मान की रक्षा के लिए कारबाइन बन्दूक ताने औरत की ओर लपका। पर, उससे दो हाथ ऊँचे एक कज़्ज़ाक ने अपने चौड़े कन्धे से उसकी आड़ कर ली। शान्त और सधे हुए ढंग से बोला—"यह सब नहीं चलेगा !"

इसी समय तीन दूसरे कज़्ज़ाक आगे आए, और उन्होंने औरत को धक्का देकर पीछे कर दिया। उनमें से चमकदार बालोंवाले कम-उम्र कज़्ज़ाक ने फ़ोमीन के आदमी के कानों में फुसफुसाकर कहा—"किसको अपनी गोली का निशाना बनाने जा रहे हो और क्यों ? गोया, औरत को मारना कोई बड़ा आसान काम है ! मर्दानगी दिखलानी है तो लड़ाई के मैदान में जाकर दिखलाओ...अपने घर में तो शेर सभी बनते हैं !"

फ़ोमीन अपने घोड़े को क़दम चाल से बाड़ के पास ले गया, रकाबों पर बल देकर तना और धीरे-धीरे तितर-बितर होती भीड़ के लोगों को सम्बोधित करते हुए चिल्लाकर बोला—"कज़्ज़ाको, ख़ूब सोच लो...एक बार और सोच लो ! अभी तो हम तुमसे सीधे-सीधे बातें कर रहे हैं, मगर एक हफ़्ते

बाद लौटकर आएँगे, तो हमारी ज़बान बिल्कुल दूसरी ही होगी।''

पता नहीं क्यों और कैसे इस बीच उसका मन बिल्कुल बदल गया, वह हँसी-मज़ाक करने लगा और उछलते हुए घोड़े को साधते हुए ज़ोर से बोला—''हम लोग बुज़दिल नहीं हैं...तुम औरतों से हमें डरा नहीं सकते !'' इसके बाद उसने कुछ बातें ऐसी कहीं जिनका ज़िक्र यहाँ हो नहीं सकता...

फिर बोला—''हमने चेचक के दाग़ोंवाली तो देखी ही है, जाने कितने-कितने दूसरे दाग़ोंवाली औरतें भी देखकर फेंक दी हैं...फ़िलहाल हम जाते हैं; मगर फिर आएँगे और अगर उस वक़्त तुम लोग अपने मन से हमारी टुकड़ी में शामिल न होगे तो हम तमाम जवान कज़्ज़ाकों का नाम ज़बर्दस्ती लिख लेंगे। बात समझ में आई न ! हमारे पास वक़्त नहीं है कि हम तुम्हारी बलाएँ लें, और आँखों में आँखें डाले रहें।''

भीड़ के लोगों के दिल इस बीच एक क्षण तक सर्द रहे, मगर इसके बाद लोग फिर हँसने और सरगर्मी से बातें करने लगे। फ़ोमीन ने अब भी मुस्कुराते हुए हुक्म दिया—''घोड़ों पर सवार हो !''

ग्रिगोरी का चेहरा हँसी दबाए रहने के कारण नीला पड़ गया और उसी हालत में उसने अपना घोड़ा अपने ट्रुप की ओर बढ़ाया।

फ़ोमीन की टुकड़ी, कीचड़ से भरी सड़क, जैसे-तैसे पार कर, टीले की चोटी पर पहुँची और वह जान का दुश्मन गाँव आँख से ओझल हो गया। परन्तु ग्रिगोरी को बीच-बीच में हँसी आती रही। मन-ही-मन सोचता रहा, यह तो बड़ी ही अच्छी बात है कि हम कज़्ज़ाकों को अपने मज़ाकों से इतना प्यार है। हमारी ज़िन्दगी में मज़ाक दर्द से ज़्यादा जीता है। ऊपरवाला गवाह है कि ज़िन्दगी में अगर सिर्फ़ संजीदगी होती, तो मैं तो जाने कब का गले में फन्दा डालकर लटक गया होता ! और, फिर ग्रिगोरी की तबीयत काफ़ी देर तक मिली रही। केवल दूसरा पड़ाव आने पर ही उसके मन को फिर कटुता और चिन्ता ने घेरा। बार-बार ख़्याल आया कि न तो हमें कज़्ज़ाकों को उभारने में कामयाबी मिलेगी, और न फ़ोमीन के नक़्शे पूरे उतरेंगे। ये इमारतें तो ढहनी ही हैं, तो ये ढहकर ही रहेंगी।

13

फिर वसन्त आया। धूप में और गर्मी आ गई। पहाड़ियों के दक्षिणी ढालों पर बर्फ़ गलने लगी और दोपहर को पिछले साल की सूखी घास से ढँकी धरती पर बकाइनी धुन्ध छाई रहने लगी। ढूहों पर रेत-भरी मिट्टी के बीच आधे दबे गोल पत्थरों के नीचे से नई घास की हरी-हरी, पतली-पतली, प्यारी पत्तियाँ झाँकने लगीं। जुते हुए खेतों ने बर्फ़ का कण-कण झाड़ फेंका। जाड़े की वीरान सड़कों से कौए खलिहानों और गली हुई बर्फ़ के पानी से लबालब, जाड़े की फ़सलों के खेतों में उड़ आए। घाटियों में बर्फ़ अब भी नीली झाईं मारती रही और यहाँ की साँसों में अब भी तीखी ठंडक घुली रही। लेकिन नालों में बहार का संकेत देनेवाले सोते बर्फ़ के नीचे कल-कल करने लगे। मैदान के चिनारों की शाखें, निगाह की पकड़ में आनेवाली हल्की-हल्की हरियाली से नहाने लगीं।

इसके साथ ही मेहनत-मशक्कत के दिन आए और फ़ोमीन के जत्थे के लोग धीरे-धीरे कम होने लगे। रात के हर पड़ाव के बाद दो-दो तीन-तीन लोग कम नज़र आने लगे। होते-होते एक दिन सवेरे टुकड़ी के आधे लोग ग़ायब मिले। फिर आठ आदमी अपने घोड़ों और साज-सामान के साथ, हथियार डालने के लिए व्येशेंस्काया चले गए। धरती ने जोताई और बोआई के लिए अपने बेटों से गुहार की, कज़्ज़ाकों को अपने मोह से खींचा तो संघर्ष को निरर्थक समझकर जत्थे के कितने ही लोग चुपचाप उड़ दिए और घोड़ों पर सवार होकर अपने-अपने घर जा पहुँचे। बचे सिर्फ़ ऐसे गए-बीते लोग जिनका जाना हर तरह असम्भव रहा। इन लोगों ने सोवियत शासन का विरोध करने के लिए बड़े-से-बड़े जुर्म किए थे, और इन्हें माफ़ी की किसी तरह की कोई आशा न थी।

सो, अप्रैल का आरम्भ होते-होते फ़ोमीन की कमान में तलवारों से लैस सिर्फ़ अड़सठ आदमी रह गए। पर, ग्रिगोरी अब भी जत्थे में बना रहा। वह घर लौटने का हिसाब न जुटा पाया।

वैसे उसे अच्छी तरह पता था कि फ़ोमीन अपनी बाज़ी हार गया और आज नहीं तो कल यह जत्था टूट ही जाएगा। वह यह भी जानता था कि लाल सेना की घुड़सवार टुकड़ी से कहीं भी जमकर मुठभेड़ हुई नहीं कि जत्थे का एक-एक आदमी ख़त्म हुआ। इस पर भी उसने फ़ोमीन का साथ नहीं छोड़ा और मन-ही-मन गुप्त योजना बनाई–'गरमी तक खिंच जाए किसी तरह ! उसके बाद मैं टुकड़ी के अच्छे-से-अच्छे दो घोड़े लूँगा, रातों-रात तातारस्की पहुँचूँगा और वहाँ से अकसीनिया को लेकर दक्खिन चला जाऊँगा...दोन का स्तेपी का मैदान इस छोर से उस छोर तक फैला हुआ है। हज़ारों सुनसान रास्ते हैं। गरमी में सभी सड़कें चालू रहती हैं, और मौक़ा पड़ने पर कहीं भी पनाह ली जा सकती है।' उसने आगे सोचा–'घोड़े कहीं छोड़ दूँगा, अकसीनिया के साथ पैदल कुबान चला जाऊँगा और फिर काकेशिया की तलहटी की पहाड़ियों में आबादी से दूर, कहीं मुसीबत का वक़्त काट दूँगा। इसके सिवाय और कोई रास्ता नज़र ही नहीं आता।'

पर कापारिन की सलाह पर फ़ोमीन ने, बर्फ़ टूटने से पहले-पहले दोन पार कर बाएँ किनारे पहुँचने का निश्चय किया। उसे लगा कि ख़ोपर के इलाक़े में घने जंगल बहुत हैं, और वहाँ, मौक़ा पड़ने पर पिछयाए जाने से छुटकारा पाया जा सकता है।

फलतः दस्ते ने रिबनी गाँव के पास दोन पार की। जहाँ धार तेज़ मिली, वहाँ की बर्फ़ पहले से ही ग़ायब दीखी, और अप्रैल की तेज़ धूप में पानी ऐसा चमचमाता लगा, जैसे कि उसके ऊपर चाँदी की ऊँची-नीची सीढ़ियाँ बनी हों। लेकिन जहाँ बर्फ़ का अम्बार दो फुट गहरा रहा, वहाँ नदी पत्थर-सी कड़ी पड़ी रही। नतीजा यह कि टूटे हुए सिरे पर टहनियाँ बिछाई गईं। एक-एक कर सभी घोड़ों को पार पहुँचाया गया, फिर खुद उस तरफ़ पहुँच गया। एक पड़ताली गश्ती-टुकड़ी आगे-आगे भेजी गई और येलांस्काया ज़िले की तरफ़ बढ़ना शुरू कर दिया।

दूसरे दिन ग्रिगोरी को सुयोग से अपने गाँव तातारस्की का एक आदमी मिल गया। वह काना-बूढ़ा अपने नाते-रिश्तेदारों से मिलने ग्रियाज़नोव्स्की जा रहा था, और उस गाँव के पास ही, अनायास ही, जत्थे के सामने पड़ गया था।

ग्रिगोरी बूढ़े को एक ओर ले गया। पूछा–"बाबा, मेरे बच्चे तो ठीक-ठाक, सही-सलामत हैं न ?"

"ऊपरवाले का रहम है, ग्रिगोरी-पैन्तेलेयेविच ! सभी सही-सलामत और ठीकठाक हैं।"

"बाबा, मुझे एक बड़ी ज़रूरी बात कहनी है। तुम गाँव में मेरी बहन येवदोकिया-पैन्तेलेयेविना को मेरा बहुत-बहुत प्यार कहना...प्रोख़ोर-ज़िकोव को मेरी याद दिलाना, और अकसीनिया से कहना कि मैं जल्दी ही आऊँगा। लेकिन, ख़्याल रखना कि मुझसे यहाँ मिलने की बात किसी के सामने भूल से भी होंठों पर न लाना। करोगे न इतना ?"

"करूँगा...ज़रूर करूँगा, बेटे...तुम डरो मत...तुमने जो-कुछ कहा है, मैं वह सब कुछ, वैसे ही कह दूँगा उन लोगों से।"

"गाँव की और ख़बर क्या है ?"

"कोई बात नई नहीं है....सबकुछ बदस्तूर है।"

"कोशेवोइ अब भी सदर है ?"

"हाँ, अब भी सदर वही है।"

"वह मेरे घरवालों को सताता तो नहीं ?"

"मैंने तो कुछ सुना नहीं। इसके मानी हैं कि उन लोगों को हाथ नहीं ही लगाया होगा उसने। फिर, उन्हें तंग वह करेगा भी क्यों ? तुम्हारी हरक़तों के लिए तुम्हारे घरवाले ज़िम्मेदार नहीं हैं।"

"वैसे गाँव में लोग क्या कहते हैं मेरे बारे में ?"

बूढ़ा नाक छिनकता और काफ़ी देर तक लाल रूमाल से अपनी मूँछें और दाढ़ी पोंछता रहा। इसके बाद सवाल टालने की कोशिश करते हुए बोला—"ऊपरवाला जाने...तरह-तरह की बातें सुनाई पड़ती हैं...जो जिसके जी में आता है, वही कह देता है...वैसे तुम सोवियत हुकूमत से समझौता जल्दी ही कर नहीं रहे ?"

ग्रिगोरी इस सवाल का जवाब देता भी तो क्या देता ? टुकड़ी के पीछे-पीछे जाने की कोशिश करते, अपने घोड़े को रोकते हुए मुस्कुराकर बोला—"कुछ नहीं कह सकता, बाबा ! फ़िलहाल तय कुछ भी नहीं है।"

"यह क्यों ? हमने सिरकैशियनों से लड़ाई लड़ी, तुर्कों से लड़ाई लड़ी, और आख़िर में सुलह हो गई। लेकिन तुम...तुम सब अपने ही लोग हो और एक-दूसरे के साथ समझौता नहीं कर सकते... यह बात ठीक नहीं है, ग्रिगोरी...पैन्तेलेयेविच...सचमुच यह बात बिल्कुल ठीक नहीं है...ऊपरवाला सब पर अपना रहम बरसाता है...वह सबको देखता है...मगर याद रखना मेरी बात कि वह तुम सबको माफ़ नहीं करेगा...। मैं तुमसे पूछता हूँ कि नीले आसमानवाले की मोहब्बत में यक़ीन रखनेवाले रूसी क्या आपस में ही इस तरह लड़ते जा सकते हैं कि यह रगड़ा कहीं ख़त्म हो ही नहीं। थोड़ी-बहुत लड़ाई की बात और है...लेकिन तुम एक-दूसरे की जान के गाहक रहे हो, और इसको यह चौथा साल है...मेरे बूढ़े दिमाग़ में तो यह आता है कि अब यह मारकाट ख़त्म होनी चाहिए।"

ग्रिगोरी ने विदा ली और अपनी टुकड़ी को पकड़ने के लिए घोड़ा सरपट दौड़ाया। बूढ़ा अपनी लकुटिया पर झुका आस्तीन से अपनी ख़ाली आँख का गढ़ा रगड़ता और दूसरी तेज़ आँख से ग्रिगोरी को एकटक देखता रहा। फिर उसके शानदार व्यक्तित्व की सराहना से उसका मन भर उठा तो धीरे-धीरे फुसफुसाकर अपने-आपसे बोला—'क्या शानदार कज़्ज़ाक है...क्या शानदार बदन है...क्या शानदार सबकुछ है...मगर आदमी चौपट है...रास्ते से भटक गया है। हक़ की बात तो सिरकैशियनों से लड़ना है। मगर देखो कि इसके जी में समाया क्या है। आख़िर सरकार के लिए जाने देने का खलल क्यों है इनके दिमाग़ों में ? आख़िर सोच क्या रहे हैं, ये तमाम जवान कज़्ज़ाक ? ग्रीशा से कुछ उम्मीद रखना वैसे ही बेकार है...उस ख़ानदान के तो कुल-के-कुल लोग चौपट रहे हैं और ज़िन्दगी-भर चौपट रहे हैं ! इसका बाप मर गया। मगर ज़िन्दा था तो बिल्कुल इसी मिट्‌टी का बना था...और उसका बाबा प्रोकोफ़ी...मैंने तो उसे भी देखा है...आदमी क्या था, जंगली सेब था पूरा ! लेकिन सवाल तो यह है कि इसके सिवाय और भी तो कज़्ज़ाक हैं, और उनकी तबीयत में आख़िर क्या है ?...ऊपरवाला मेरा गुनाह माफ़ करे...मेरी समझ में कुछ-नहीं आता...।'

अब फ़ोमीन ने किसी नए गाँव पर अधिकार किया तो वहाँ के लोगों की कोई सभा नहीं बुलाई। अनुभव से उसने बहुत-कुछ सीखा और प्रचार बिल्कुल बेमतलब लगने लगा। उसे अपनी टोली के लोगों को ही साथ बनाए रखने के लिए इतना प्रयत्न करना पड़ा कि नए लोगों को जत्थे में शामिल करने की उसने कोशिश ही नहीं की। वह प्रायः उदास और गुमसुम रहने लगा और मन की शान्ति के लिए वोद्‌का की शरण लेने लगा। होते-होते यह हालत हो गई कि जब भी रात में किसी गाँव में पड़ाव डाला गया, शराबखोरी की महफ़िलें गरम हो उठीं और अपने अतामान की देखादेखी उसके साथ के लोग भी ढालने लगे। नतीजा यह हुआ कि रोबदाब-क़ायदा-क़ानून ख़त्म हो गया, और लूटपाट आम हो गई। जत्थे के पास पहुँचने पर जो भी सोवियत कर्मचारी जानें बचाने के लिए भागे उनके घर की एक-एक चीज़ खखोर ली गई और लादने लायक़ सभी सामान घोड़ों पर लाद लिया गया। कई लोगों ने तो कई बार काठियोंवाले थैलों में चीज़ें इस तरह ठूँस-ठूँसकर भरीं कि वे फटने-फटने को हो गए। एक दिन ग्रिगोरी ने अपने जत्थे के एक आदमी को सिलाई की मशीन लेकर जाते देखा।

मशीन हाथ से चलाने की थी और उस आदमी ने रासें काठी की कमानी में अटकाकर चीज़ को बाईं बग़ल में दबा रखा था...।

ग्रिगोरी ने उसे इस काम से रोका, मगर उसने एक नहीं सुनी और ग्रिगोरी के चाबुक का स्वाद चखने पर ही उस मशीन को जहाँ-का-तहाँ छोड़ा।

उस दिन शाम को ग्रिगोरी और फ़ोमीन के बीच काफ़ी तेज़ बातें हुईं। हुआ यह कि शराब चलती रही और दोनों कमरे में अकेले रहे। फ़ोमीन मेज़ के पास बैठा रहा और उसका चेहरा नशे से तमतमाया रहा। ग्रिगोरी, लम्बे-लम्बे डग भरता, कमरे में चहलक़दमी करता रहा। सहसा ही फ़ोमीन गुस्से से चमकते हुए बोला–"बैठ जाओ...इस तरह टहलते मत फिरो...मुझे अच्छा नहीं लगता।" पर ग्रिगोरी ने उसके शब्दों की ओर कुछ भी ध्यान नहीं दिया और वह उस छोटे कमरे में उसी तरह घूमता रहा। आख़िरकार बोला–"फ़ोमीन, मेरा जी ऊब गया इस तूफ़ान से ! यह लूटपाट और यह शराबखोरी बन्द करो।"

"क्यों, कल रात कोई खराब सपना देखा क्या ?"

"ज़्यादा मज़ाक अच्छा नहीं...लोग हमारे बारे में उल्टी-सीधी बातें करने लगे हैं।"

फ़ोमीन ने हिचकते हुए कहा–"यह तो मेरे साथ-साथ तुम भी जानते हो कि मैं इन जवानों का कुछ नहीं कर सकता।"

"लेकिन तुम इनका कुछ करने की कोशिश तो कर नहीं रहे।"

"ख़ैर छोड़ो, मुझे तुमसे सीख नहीं लेनी...साथ ही यह भी है कि लोग भी इस लायक़ नहीं हैं...हम इन सूअरों के लिए मरते फिर रहे हैं, मगर यह सब...अब तो मैं सिर्फ़ अपनी फ़िक्र करूँगा...और बस !"

"लेकिन अजब यह है कि तुम तो अपनी फ़िक्र भी नहीं कर रहे। इस सदाबहार शराबखोरी की वजह से तुम्हें तो सोचने का भी वक़्त नहीं मिलता। पिछले चार दिनों से तुम आदमी नहीं रहे हो, और तुम्हारे साथ ही बाक़ी लोग भी ढाल रहे हैं। वे तो चौकियों पर तैनात होने पर भी पीते हैं और रात-भर पीते रहते हैं। आख़िर तुम्हारा इरादा क्या है ? तुम चाहते हो कि हम किसी गाँव में फँस जाएँ और शराब के ये दौर चलते रहें कि काटकर फेंक दिए जाएँ ?"

"और तुम्हारा ख़्याल है कि मौत से बच सकते हैं हम !" फ़ोमीन ने मज़ाक बनाते हुए कहा–"एक-न-एक दिन तो मरना ही है। जिस बर्तन में पानी भरकर लाया जाता है, वह भी एक-न-एक दिन तो टूट ही जाता है। यह बात तुम जानते हो न ?"

"अगर ऐसा है तो चलो, कल ही व्येशेंस्काया चलें और हथियार डाल दें कि लो, आ गए हम...हम अपने को सौंपते हैं तुम्हें !"

"नहीं, फ़िलहाल तो हम ज़िन्दगी का मज़ा लेंगे।"

ग्रिगोरी मेज़ की दूसरी तरफ़ ठहर ही गया, पैर फैलाकर खड़ा हो गया और सधे हुए शान्त स्वर में बोला–"मगर तुम जत्थे के लोगों को क़ायदे में लाकर यह लूटपाट और शराबखोरी ख़त्म न करोगे तो मैं तुम्हारा साथ छोड़ दूँगा, और आधे लोगों को अपने साथ ले जाऊँगा।"

"ज़रा कोशिश करके देखो !" फ़ोमीन ने धमकी दी।

"इसमें ज़्यादा कोशिश की ज़रूरत नहीं पड़ेगी..."

"देखो...तुम...तुम इस तरह मुझे धमकाना बन्द करो।" फ़ोमीन ने अपनी पिस्तौल के केस पर हाथ रखा।

"पिस्तौल हाथ में न लेना, वरना तुम्हारी गोली से पहले मैं तुम्हारे पास पहुँच जाऊँगा।" ग्रिगोरी ने जल्दी-जल्दी कहा और पीले पड़ते हुए अपनी तलवार प्यार से आधी बाहर निकाल ली।

फ़ोमीन ने हाथ मेज़ पर रख लिए और मुस्कुराने लगा–"किसलिए परेशान कर रहे हो तुम मुझे ? मेरा सिर यों ही फटा जा रहा है। ऊपर से तुम बेवकूफ़ी की बातें कर रहे हो। अपनी तलवार म्यान

में कर लो। यानी मैं तुमसे मज़ाक नहीं कर सकता क्या ? बिल्कुल छुई-मुई के फूल मालूम होते हो–बिल्कुल सोलह साल की लड़की की तरह...''

''मेरे जो मन में था, मैंने तुमसे कह दिया...अब इसे समझ लो और सहेजकर दिल में रख लो...हममें से हर एक का दिमाग़ तुम्हारे जैसा तो है नहीं...''

''वह तो मैं जानता हूँ।''

'बस तो इसे समझ लो और हमेशा याद रखो ! तुम्हें कल सुबह हुक्म देना है कि सारे थैले खाली कर दिए जाएँ...हमारे इन फ़ौजियों के ये घोड़े फ़ौजी काम के लिए हैं। वे किसी कारवाँ के लद्दू-घोड़े नहीं हैं। उस पर मज़ा यह है कि ये लुटेरे आम जनता के नाम पर जान की बाज़ी लगाने का दावा भी करते हैं। इन्होंने लूट का सामान लाद लिया है और अब ये बिसातियों की तरह गाँव-गाँव सौदागरी करते चलते हैं। मेरी तो गर्दन शर्म से झुक जाती है। सोचता हूँ कि मैं तुम्हारे इस जत्थे में आख़िर शामिल हुआ हुआ ही क्यों ?'' ग्रिगोरी ने गुस्से और नफ़रत से ज़मीन पर थूका और वहाँ से हटकर खिड़की के पास जा खड़ा हुआ।

फ़ोमीन ने हँसी का ज़ोर का ठहाका लगाया और बोला–''अभी एक बार भी किसी घुड़सवार टुकड़ी ने दबोचा नहीं हमें। जब कोई शिकारी किसी मोटे-तगड़े भेड़िए को दौड़ाता है तो भेड़िए की सारी खाई-पी डकार में ही निकल जाती है। मतलब यह है कि अगर हमारे इन बदमाशों का भी क़ायदे से शिकार किया जाता तो इनकी यह सारी मस्ती हिरन हो जाती।...तो ठीक है, मेलेख़ोव, तुम बेकार परेशान न हो, सबकुछ दुरुस्त कर लूँगा। बात यह है कि मेरे मुँह का ज़ायका ज़रा बिगड़ गया था, और इस ग़फलत में इनकी लगाम मुझसे कुछ ढीली हो गई थी। अब उसे खींच दूँगा थोड़ा। हम अपनी टुकड़ी तार-तार नहीं होने देंगे और दुख-दर्द का जाम एक साथ पिएँगे।''

और उन लोगों की यह बातचीत ख़त्म भी न हो पाई कि पातगोभी का भाप छोड़ता शोरबा लेकर घर की मालकिन कमरे में आ गई। साथ ही चुमाकोव और दूसरे कज़्ज़ाक भी अन्दर घुस आए।

लेकिन बातों का असर हुआ। अगले दिन सवेरे फ़ोमीन ने हुक्म देकर थैले ख़ाली करवाए और सामान अपनी देख-रेख में बाहर पहुँचाया। इस सिलसिले में एक धराऊ-लुटेरे ने बड़ी फूँ-फाँ की और लूट का माल देने को किसी तरह राजी ही न हुआ। इस पर फ़ोमीन ने उसे खड़े-खड़े गोली से उड़ा दिया और अपने बूट से उसकी लाश एक तरफ़ को ठेलते हुए बोला–''उठाकर बाहर फेंक दो इसे। सूअर के बच्चो, यह लूटपाट करो बन्द...बहुत हो चुकी। सोवियत हुकूमत के ख़िलाफ़ मैंने तुम्हें इसलिए उभारा था ? ज़िन्दा तो ज़िन्दा मुर्दा दुश्मन का पतलून तक उतार लेने का हक़ तुम्हें है। और चाहो तो उतार सकते हो। लेकिन ख़बरदार जो उनके घर के लोगों को तुमने उँगली से भी छुआ। हम औरतों से लड़ने नहीं आए, और जो ऐसा करेगा, उसकी वही हालत होगी जो इस गधे की हुई है !''

फ़ौजियों के बीच धीरे-धीरे भनभनाहट शुरू हुई, और फिर ख़त्म हो गई।

इस तरह व्यवस्था स्थापित हो गई-सी लगी। टोली के लोग दो-तीन दिन तक दोन के बाएँ किनारे पर चक्कर काटते, स्थानीय-रक्षा-दलों के छोटे-छोटे दस्तों से टक्कर लेते और उन्हें बर्बाद करते रहे।

फिर टुकड़ी शुमिलिंस्काया ज़िले में पहुँची तो कापारिन ने वोरोनेज़ प्रान्त के सीमा-क्षेत्र में प्रवेश करने का प्रस्ताव सामने रखा। बोला–''वहाँ के लोगों ने अभी-अभी सोवियत हुकूमत के ख़िलाफ़ सिर उठाया था। इसलिए वे हमारी बड़ी मदद करेंगे।'' लेकिन जवाब में फ़ोमीन ने अपनी तजवीज़ सामने रखी तो सभी ने उसका एक स्वर से समर्थन किया। फ़ोमीन बोला–''हम अपने इलाक़े के बाहर क़दम न रखेंगे।''

परन्तु बाद में टुकड़ी के लोगों की कई बैठकें हुईं, और फ़ैसला बदलना पड़ा, क्योंकि उन्हें एक घुड़सवार टुकड़ी से मुठभेड़ बचाने के लिए चार दिन तक बराबर पूर्व की ओर पीछे हटना पड़ा। यह टुकड़ी उनका पीछा करते-करते कज़ांस्काया ज़िले से यहाँ तक चली आई थी।

लेकिन उनके रास्ते रोकना कठिन हो उठा क्योंकि खेतों में बसन्तकालीन कार्य चलता रहा, और स्तेपी के दूर-से-दूर स्थानों के लोग भी काम में जुटे रहे।

सो उस दिन टुकड़ी सदा की तरह, रात में पीछे हटी, और सवेरा होने पर घोड़ों के दाने-पानी के लिए रुकी कि दुश्मन की पड़ताली गश्ती टुकड़ी के लोग घोड़ों पर सवार पास ही नज़र आए और हल्की मशीनगन देखते-देखते खड़खड़ाने लगी। ऐसे में फ़ोमीन के लोगों ने घोड़ों के मुँह में जल्दी-जल्दी जैसे-तैसे लगामें डालीं और उड़ दिए। व्येशेंस्काया ज़िले में मेलनीकोव गाँव के पास फ़ोमीन को दुश्मन को चकमा देने में कामयाबी मिल गई और वह अपनी टुकड़ी के साथ साफ़ बच निकला। फिर अपनी ही जासूसी गश्ती टुकड़ियों की रिपोर्ट से उसे पता चला कि लाल घुड़सवार टुकड़ी की कमान, बुकानोव्स्काया ज़िले के एक बहुत ही ज़हीन और पक्के-दिल आदमी के हाथ में है...उस टुकड़ी में इस टुकड़ी से लगभग दुगुने लोग हैं...छः हल्की मशीनगनें हैं और ताज़ा घोड़े हैं...इन घोड़ों ने लम्बी मंज़िलें तय नहीं की हैं और ये ज़रा भी थके नहीं हैं।

ऐसी परिस्थिति में फ़ोमीन के लिए लड़ाई बरकाना और अपने फ़ौजियों और घोड़ों को आराम देना ज़रूरी हो गया। उसने सोचा–'खुली लड़ाई में तो मुमकिन है नहीं...पर अब मैं छिपकर एकदम धावा बोलकर लाल घुड़सवार टुकड़ी को तोड़ूँगा। इसके बाद वह पहले की तरह हमारा पीछा न कर सकेगी और शायद उससे ही हमें कुछ मशीनगनें और राइफ़ल की गोलियाँ भी मिल जाएँगी।'

परन्तु फ़ोमीन के अनुमान ग़लत निकले और ग्रिगोरी के मन में दस्ते को लेकर जो शंका थी उसकी पुष्टि 18 अप्रैल को हो गई।

17 अप्रैल की शाम को फ़ोमीन और दस्ते के आम फ़ौजियों ने धुआँधार पिलाई की। तड़के उन्होंने रात के पड़ाववाला गाँव छोड़ा। परन्तु रात-भर के जागरण के कारण अधिकांश लोग घोड़ों की पीठों पर बैठे-ही-बैठे ओंघाने लगे। सवेरे कोई नौ बजे वे ओज़ोगिन गाँव के पास के जंगल के बाहर रुके। फ़ोमीन ने गारद तैनात कर घोड़ों को जई खिलाने का हुक्म दिया।

इसी समय पूर्व की ओर से अंधड़-सा चलने लगा। रेतीली गर्द के भूरे-भूरे बादल क्षितिज पर नीचे उतर आए और उन्होंने पूरे स्तेपी पर अँधेरे की एक चादर-सी तान दी। सूरज की किरणें कोशिश करके भी यह चादर भेद नहीं पाईं। लोगों के बरानकोटों के सिरे और घोड़ों की अयालों और दुमों के बाल हवा में उड़ने लगे। जानवरों ने हवा की ओर पीठ की और जंगल के किनारे फैली हॉथर्न की झाड़ियों के बीच जाकर पनाह ली। गर्द के रेतीले कण लोगों की आँखों में आ-आकर पड़ने लगे, और बिल्कुल पास की चीज़ को भी देख पाना असम्भव हो गया।

ग्रिगोरी ने अपने घोड़े का मुँह और आँखें बड़ी सावधानी से साफ़ कीं, जई की कंडिया उसकी गर्दन में लटकाई और कापारिन के पास गया। कापारिन बरानकोट में जई भरकर अपने घोड़े को खिलाता मिला।

''क्या जगह चुनी है तुमने ठहरने के लिए !'' ग्रिगोरी ने चाबुक से जंगल की ओर इशारा करते हुए कहा।

कापारिन ने अपने कन्धे झटके, ''मैंने तो उस बेवकूफ़ से कहा था, लेकिन उससे बहस कौन करे !''

''हमें स्तेपी के अन्दर या गाँव के बाहर रुकना चाहिए था।''

''जंगल से हमला हो सकता है ? क्या ख़्याल है तुम्हारा ?''

''हाँ, हो सकता है।''

''मगर, दुश्मन तो दूर है...''

''मगर दुश्मन पास भी तो हो सकता है...वे कोई पैदल फ़ौजी तो हैं नहीं।''

''जंगल छूँछा है इस वक़्त...वे लोग आएँगे तो दिखलाई पड़ जाएँगे।''

"मगर उन्हें देखेगा कौन ? क़रीब-क़रीब सभी लोग तो सो रहे हैं। मैं तो सोचता हूँ कि गारद के लोग तक शायद ही जाग रहे हों।"

"कल रात की पिलाई के बाद तो लोग खड़े होने की हालत में नहीं हैं...कोई जगा नहीं सकता उन्हें !" कापारिन के माथे पर बल पड़े, जैसे कि उसे बहुत दर्द महसूस हो रहा हो। फिर धीरे से बोला–"ऐसा रहबर है हमारा कि हमारी नाव तो डूबी समझो। आदमी बोतल की तरह खोखला है और ऐसा बेवकूफ़ है कि क्या कहो ! मैं कहता हूँ कि कमान तुम अपने हाथों में क्यों नहीं ले लेते ? क्यों नहीं चाहते तुम ? कज़्ज़ाक तुम्हारा अदब करते हैं और बहुत खुशी-खुशी तुम्हारा हर हुक्म बजाएँगे।"

"मैं कमान अपने हाथों में लेना बिल्कुल नहीं चाहता। मैं तो दो-चार दिन का मेहमान हूँ यहाँ।" ग्रिगोरी ने उत्तर दिया और अपने घोड़े की ओर बढ़ा। परन्तु बिना सोचे-समझे अपने अन्दर की बात सामने रख देने के कारण उसे मन-ही-मन दुख होने लगा।

कापारिन ने बरानकोट की बची-खुची जई ज़मीन पर उँडेली और ग्रिगोरी के पीछे लपका। फिर उसके साथ-साथ बढ़ते काँटों से भरी एक शाख़ तोड़ते और फूली हुई कलियों को उँगलियों से दबाते हुए बोला–"मेलेख़ोव, मेरा ख़्याल है कि अगर हम मास्लाक के ब्रिगेड जैसी किसी बड़ी सोवियत की ख़िलाफ़त करनेवाली फ़ौज में शामिल न होंगे तो अब बहुत देर तक क़दम जमाए रखना मुमकिन न होगा। मास्लाक इलाक़े के दक्खिनी हिस्से में कहीं घूम रहा है। हमें उससे मिलना चाहिए वरना एक दिन हम गाजर-मूली की तरह काटकर फेंक दिए जाएँगे...।"

"लेकिन यह तो बाढ़ का वक़्त है। हम दोन पार नहीं कर सकते।"

"अभी न सही–लेकिन बाढ़ का पानी उतरते ही हमें पीछे हट जाना चाहिए...क्या राय है तुम्हारी ?"

ग्रिगोरी ने कुछ सोचने के बाद जवाब दिया–"ठीक है...हमें यह इलाक़ा तो ख़ाली कर ही देना चाहिए...यहाँ लटके रहना बिल्कुल बेकार है...।"

कापारिन और उमंग में आ गया। बोला–"हमें उम्मीद थी कि लोग हमारा साथ देंगे। मगर इस मानी में सिर्फ़ मायूसी हाथ लगी हमें। अब तो फ़ोमीन को जैसे भी हो, समझाना चाहिए, बिना मतलब पूरा इलाक़ा मँझाते फिरने से रोकना चाहिए और किसी और मज़बूत फ़ौज का दामन पकड़ने पर ज़ोर देना चाहिए।"

ग्रिगोरी बकवास सुनते-सुनते थकने लगा। इस बीच उसने निगाह अपने घोड़े पर गड़ा रखी। कंडिया ख़ाली होते ही उतारी, मुँह में लगाम दी और तंग कसी।

कापारिन ने कहा–"अब तो एक अर्से तक हम आगे बढ़ नहीं सकेंगे। इसलिए यह जल्दबाजी और हड़बड़ी बिल्कुल बेमानी है।"

ग्रिगोरी ने जवाब दिया–"अच्छा हो कि तुम जाओ और अपना घोड़ा कसो। बाद में ज़ीन कसने का मौक़ा न मिलेगा।"

कापारिन ने उसे बहुत ही घूरकर देखा और गाड़ियों की क़तार के पास खड़े अपने घोड़े की तरफ़ कदम बढ़ाए।

ग्रिगोरी अपने घोड़े को लगाम से साधे फ़ोमीन के पास पहुँचा तो कमांडर, उबले चूज़े का पंख कुटकुटाता, अपने लबादे पर टाँग फैलाए पड़ा मिला। वह उसे देखते ही एक तरफ़ को खिसक गया और ग्रिगोरी को बैठने का इशारा करते हुए बोला–"आओ बैठो, थोड़ा आराम कर लो।"

"अब यहाँ से निकल चलना चाहिए...आराम के लिए वक़्त नहीं है।" ग्रिगोरी ने कहा।

"घोड़े दाना-पानी लें तो हम लोग आगे बढ़ें।"

"घोड़ों को दाना-पानी बाद में भी कराया जा सकता है।"

"ऐसी जल्दी क्या पड़ी है ?" फ़ोमीन ने हड्डी लुकाई और हाथ लबादे में पोंछे।

"दुश्मन हमें यहाँ आ दबोचेगा...बहुत ही ख़तरनाक जगह है यह।"

"कैसे आ दबोचेंगे हमें वे शैतान के बच्चे ? गश्ती टुकड़ी के लोग अभी-अभी आए थे। बतला गए हैं कि पहाड़ी पर कहीं कोई आदमी नहीं है। लगता है कि लोग रास्ते में भटक गए हैं कहीं। अगर ऐसा न होता तो हमारा पीछा कर रहे होते। जहाँ तक हमले का सवाल है, बुकानोव्स्काया ज़िले से हमें इस तरह का कोई ख़तरा नहीं होना चाहिए। वहाँ का सैनिक कमीसार, आदमी तो बहादुर है, लेकिन उसकी कमान में फ़ौजी बहुत नहीं हैं और वह सामने आकर हमारा सामना शायद ही करे। मेरा ख़्याल है कि यहाँ हम जी-भर आराम कर लें, इस हवा को रुक जाने दें और तब यहाँ से चलें।...ग्रिगोरी बैठो...लो थोड़ा-सा चूज़ा खाओ...इस तरह सवार क्यों हो मेरी खोपड़ी पर ? मेलेख़ोव, मुझे लगता है कि अब तुम बुज़दिल हो गए हो, और हालत यह हो गई कि जो भी झाड़ी सामने आएगी, तुम उसके चारों ओर घोड़ा नचाते फिरोगे।" उसने अपने हाथ से आधा घेरा बनाया और जी खोलकर हँसा।

ग्रिगोरी उसे बुरा-भला कहते हुए वहाँ से चला आया, एक झाड़ी में घोड़ा बाँधकर पास ही लेट गया और हवा से बचाव करने के लिए बरानकोट का पल्ला चेहरे पर खींच लिया। हवा ने सीटियाँ बजा-बजाकर और बदन के ऊपर झुकी लम्बी-सूखी घास की पत्तियों ने सर-सर की मधुर लोरियाँ सुना-सुनाकर उसे सुला दिया।

फिर, उसकी आँख तब खुली जब मशीनगनें खड़खड़ाने लगीं और उनका यह सिलसिला काफ़ी देर तक चलता रहा। उसने चौंककर उठते ही झटके से अपना घोड़ा खोला। इसी समय बाक़ी सभी आवाज़ों को दबाता हुआ फ़ोमीन का स्वर गूँजा—"टुकड़ी घोड़ों पर सवार हो।" इस बीच जंगल की दाईं ओर से दो-तीन मशीनगनें गोलियाँ बरसाने लगीं।

ग्रिगोरी घोड़े पर सवार हुआ। उसने एक नज़र में ही सारी स्थिति का अनुमान लगा लिया। जंगल के सिरे पर गर्द के बादल के कारण देखना सहज न रहा, तो कोई पचास लाल सैनिक धावा बोलते और पीछे हटकर पहाड़ियों तक पहुँचने का पूरा रास्ता काटते समझ पड़े। उनकी चमचमाती तलवारें हल्की-हल्की धूप में निलछरा रंग घोलती लगीं। जंगल के झाड़ी से ढके, एक ढूह से मशीनगनें ताबड़तोड़ गोलियाँ उगलती रहीं। बाईं तरफ़ लाल सेना की लगभग आधी स्क्वैड्रन के लोग चुपचाप तलवारें लपलपाते हुए घेरे को पूरा करने की कोशिश में अपने घोड़े सरपट दौड़ाते रहे। ऐसे में विद्रोही-टुकड़ी के बचाव का सिर्फ़ एक रास्ता रहा कि वह बाईं ओर के हमलावरों की पतली क़तार भेदे और दोन की तरफ़ पीछे हटे। सो, ग्रिगोरी ने चिल्लाकर फ़ोमीन से कहा—"मेरे पीछे-पीछे चले आओ।..." और अपनी तलवार म्यान से निकालकर अपना घोड़ा हवा की रफ़्तार से दौड़ा दिया। फिर कोई चालीस ग़ज़ निकल जाने के बाद उसने मुड़कर देखा तो क़रीब बीस ग़ज़ के फ़ासले पर फ़ोमीन, कापारिन, चुमाकोव और कई दूसरे लोग अपने घोड़े सरपट दौड़ाते हुए आते नज़र आए। अब जंगल की मशीनगनें शान्त हो गईं और सिर्फ़ धुर दक्षिणवाली मशीनगन रुक-रुककर मालगाड़ियों के आसपास फ़ोमीन के साथियों को अपने क्रोध का शिकार बनाती रही। ज़रा देर बाद उस मशीनगन ने भी जैसे हाथ खींच लिया तो ग्रिगोरी को लगा कि दुश्मन कैम्प के ऐन सिरे पर पहुँच गया है, और पीछे के लोग तलवार के घाट उतारे जा रहे हैं। उनके इस अनुमान की आधार रही मायूसी से भरी चीख-पुकार और अपने बचाव के लिए चलाई गई छिटपुट गोलियाँ। लेकिन पीछे मुड़कर देखने का समय उसके पास नहीं था। यानी, उसकी ओर उमड़ते लाल सैनिकों की ओर उसका घोड़ा सरपट दौड़ता रहा कि भेड़ की खोल के छोटे कोटवाले एक फ़ौजी को उसने अपने निशाने के लिए मन-ही-मन तय कर लिया। फ़ौजी के भूरे घोड़े की रफ़्तार कोई बहुत तेज़ न रही। एक क्षण में ही ग्रिगोरी के सामने कौंध गया घोड़े का झाग से नहाया सफ़ेद सीना, घोड़े पर सवार जवान का उत्तेजना से तमतमाया चेहरा और उसके

पीछे, दोन तक फैलता चला गया स्तेपी के मैदान का पसारा। दूसरे ही क्षण उसके लिए ज़रूरी हो गया विरोधी का वार बचाना और अपनी तलवार हाथ में साधना।

बस, तो, घुड़सवार अभी कोई दस गज के फ़ासले पर रहा कि ग्रिगोरी ने अपना बदन तेज़ी से बाईं तरफ़ झटका, सिर के ऊपर तलवार की तेज़ सनसनाहट महसूस की और दूसरे घोड़े की बग़ल से गुज़रते हुए, सीधे होकर सवार के सिर पर अपनी तलवार से भरपूर वार किया। हाथ ने जैसे झटका अनुभव ही नहीं किया। लेकिन पीछे मुड़ने पर उसने देखा कि आदमी काठी से धीरे से नीचे खिसका और भेड़ की खाल के पीले कोट की पीठ ख़ून की गाढ़ी धार से भर उठी। भूरा घोड़ा मुँह ऊपर उठाए, तेज़ दुलकी मारता इस तरह किनारा काटने लगा जैसे कि अपनी परछाईं से डर रहा हो।

ग्रिगोरी अपने घोड़े की गर्दन तक झुक गया और उसने अपनी तलवार नीची कर ली। उसके सिर के ऊपर गोलियाँ तेज़ी से सर्राटे भरती रहीं। जानवर के कान सिर से लग गए और सिरों पर पसीने की बूँदें झलकने लगीं। ग्रिगोरी ने अपने ऊपर चलाई गई गोलियों की सीटियाँ और अपने घोड़े के तेज़ी से हाँफने की आवाज़-भर सुनी। उसने मुड़कर देखा तो उसकी नज़र फ़ोमीन और चुमाकोव पर पड़ी। कापारिन अब भी दूर उनसे कोई सौ क़दम के फ़ासले पर रहा। दूसरे टुप का, स्तेरलयादनिकोव नाम का केवल एक लँगड़ा सैनिक हमला करनेवाले दो घुड़सवार फ़ौजियों से जूझता किसी तरह आगे बढ़ता लगा। समझ में आया कि फ़ोमीन के पीछे भागनेवाले बाक़ी सभी आठ या नौ सैनिक तलवार के घाट उतार दिए गए हैं, उनके घोड़े दुमें लहराते सभी दिशाओं में भाग रहे हैं, लाल सैनिक उनका पीछा कर उन्हें पकड़ रहे हैं, फ़ोमीन के फ़ौजी का सिर्फ़ एक कुम्मैत घोड़ा अपने मालिक की लाश घसीटता कापारिन की बग़ल में हींसता हुआ सरपट दौड़ रहा है और मालिक है कि गिरते समय उसका पैर रक़ाब में फँसा-का-फँसा रह गया है।

ग्रिगोरी ने बलुहे ढूह के पार पहुँचने के बाद अपना घोड़ा रोका, कूदकर ज़मीन पर आते हुए अपनी तलवार झटके से म्यान में डाली, मात्र एक हफ़्ते की ही ट्रेनिंग में कुशल अपने घोड़े को देखते-देखते लिटाया और इस आड़ के पीछे से अपनी सारी-की-सारी गोलियाँ चला डालीं। पर, हड़बड़ी और परेशानी के कारण निशाने सधे नहीं और सिर्फ़ आख़िरी गोली से एक लाल सैनिक का घोड़ा गिर सका। इस पर भी फ़ोमीन के पाँचवें फ़ौजी को पीछा करनेवालों से जान बचाकर भागने का मौक़ा मिल गया।

"घोड़े पर सवार हो और यहाँ से उड़ दो, वरना दुश्मन के हाथ पड़ जाओगे।" फ़ोमीन ने ग्रिगोरी के बराबर आने पर चिल्लाकर कहा।

ख़ून ख़ूब बहा। पूरी टुकड़ी के लोग मारे गए। सिर्फ़ पाँच फ़ौजी जान बचाकर भाग सके। उन्हें अन्तोनोवस्की गाँव तक खदेड़ा गया और गाँव के चारों ओर के जंगल में उनके छिप जाने पर ही दुश्मन ने उनका पीछा करना छोड़ा।

जो पाँच फ़ौजी बचे उन्होंने पागलों की तरह घोड़े सरपट दौड़ाए और राह में मुँह तक नहीं खोला। इस बीच छोटी-सी नदी पड़ी और वहाँ कापारिन का घोड़ा गिरा तो कुल मिलकर भी उसे उठा न सके। दूसरे घोड़े भी थकान से चूर-चूर हो गए। वे लड़खड़ाने लगे, क़दम बढ़ाना मुश्किल हो गया और मुँह से झाग के सफ़ेद थक्के जहाँ-तहाँ ही नज़र आने लगे।

ग्रिगोरी ने घोड़े से उतरते और फ़ोमीन की निगाह बचाते हुए कहा—"तुम्हें तो फ़ौजी टुकड़ी की कमान सँभालने के बजाय भेड़ें चरानी चाहिए।" इस पर फ़ोमीन कुछ नहीं बोला और नीचे उतरकर अपने घोड़े की ज़ीन खोलने लगा। लेकिन फिर उसने ज़ीन छोड़ दी, पौधों से भरे पास के टीले पर जा बैठा, और भय से भरी आँखों से चारों ओर नज़र दौड़ाते हुए बोला—"घोड़ों को यहीं छोड़ना पड़ेगा हमें!"

"फिर क्या होगा ?" चुमाकोव ने पूछा।

"फिर हम पैदल दोन के उस पार चलेंगे।"

"कहाँ चलेंगे ?"

"रात भीगने तक जंगल में रुकेंगे और फिर नदी पार कर फ़िलहाल रुबेज़नी में छिपेंगे। मेरे कितने ही रिश्तेदार हैं वहाँ।"

"एक दूसरा शानदार तीर देखिए आपका।" कापारिन क्रोध से लाल होते हुए बोला–"तुम्हारा ख़्याल है कि वहाँ दुश्मन हमारी तलाश नहीं करेगा ? अरे अब तो वह वहीं खोजेगा हमें। तुम्हारे पास दिमाग़ है या और कुछ ?"

"अच्छा तो वहाँ नहीं चलेंगे तो और कहाँ चलेंगे हम ?" फ़ोमीन ने उदास मन से पूछा।

ग्रिगोरी ने गोलियाँ और एक टुकड़ा रोटी अपने थैले से निकाली और बोला–"यानी, बातचीत कुछ देर तक करने का इरादा है क्या ? आओ चलें, घोड़े बाँधें, उनकी ज़ीनें खोलें और आगे बढ़ें, वरना लाल फ़ौजी यहीं धर लेंगे हमें।"

चुमाकोव ने हाथ का चाबुक ज़मीन पर फेंका, पैर से रौंदकर कीचड़ में दबाया और काँपती आवाज़ में कहने लगा–"तो अब पैदल चलना पड़ेगा। हमारे सभी साथी नेस्तनाबूद हो गए हैं। हे माँ-मेरी, दुश्मन ने किस तरह झकझोरा हमें ! मुझे उम्मीद नहीं थी कि मैं आज ज़िन्दा बचकर निकल आऊँगा...मौत अपने सिर पर मँडराती देखी मैंने।"

इसके बाद उन्होंने चुपचाप ज़ीनें खोलीं, चारों घोड़े आल्डार की झाड़ी से बाँधे और ज़ीनें अपनी बाँहों में भरकर, भेड़ियों की तरह एक-दूसरे के पीछे-पीछे एक-एक की क़तार में बढ़ चले। रास्ते में जहाँ घनी झाड़ियाँ मिलीं, वहाँ उन्हें ओट मिल गई।

14

बसन्त में जब दोन में बाढ़ आती है और पानी सभी निचली चरागाहों में भर जाता है, तब भी रुबेज़नी गाँव के सामने के बाएँ किनारे का एक ऊँचा हिस्सा सूखा और पानी से बिल्कुल अछूता रहता है। फिर यह कि नए सरपतों, शाहबलूतों और निलछरी ओसिरबेंत की झाड़ियों से भरा यह द्वीप नदी के किनारे की पहाड़ियों से दूर से ही नज़र आता है।

गरमी में जंगली हॉपर-लतरें पेड़ों के सिरों तक चढ़ जाती हैं, नीचे की ज़मीन अभेद्य काँटेदार काली बेरियों की झाड़ियों से भर जाती है, निलछरी नीली लबलबी लताएँ झाड़ियों को हर ओर से घेर लेती हैं और खुली जगहों में उपजाऊ मिट्टी के रस से प्राण खींचकर, घास आदमी के क़द से भी ज़्यादा ऊँची हो जाती है।

इन दिनों दोपहर में भी जंगल में उजियाले के साथ अँधियारा घुला-सा रहता है। हर तरफ़ शान्ति और तरी रहती है। ऐसे में मौन का तार सिर्फ़ काले और पीले पंखोंवाली ओरिओल चिड़ियाँ तोड़ती हैं और कोयलें किसी की ज़िन्दगी के अनजिए वर्षों की गिनती करने में एक-दूसरे से होड़ करते थकती नहीं। लेकिन जाड़े में जंगल बिल्कुल लुटा-लुटा-सा वीरान होता है। उसके पैरों में मौन के-से सन्नाटे की बेड़ियाँ पड़ी रहती हैं। आसमान की बदरंगी के बीच पेड़ों के सिरों के काँटे और काले लगते हैं। झुरमुटों के बीच सिर्फ़ भेड़ियों के बच्चे पनाह पाते हैं। वे दिन-भर बर्फ़ से लदे, सूखे घास-पात पर पड़े रहते हैं।

सो ग्रिगोरी मेलेख़ोव और रक्तपात से बचकर निकल आनेवाले दस्ते के बाक़ी लोगों ने यहीं अपना पड़ाव डाला और भरपूर आराम की ज़िन्दगी बिताई। जहाँ तक खाने का सवाल है, फ़ोमीन का चचेरा भाई जो कुछ अच्छा-बुरा सड़ा-गला ले आया, उन्होंने खाया। अक्सर उनका पेट नहीं भरा। पर घोड़ों की काठियों को सिरहाना बनाकर वे जब भी लेटे, जी-भर सोए। रात को उन्होंने पारी-पारी से पहरा

दिया और आग भूलकर भी न जलाई कि कोई उनका पता न पा ले।

द्वीप के चारों ओर का बाढ़ का पानी दक्षिण की ओर उमड़ता रहा। जहाँ पुराने देवदार के पेड़ राह के आड़े आए वहाँ वह धमकी देते हुए हहराया। लेकिन बाद में संगीत-भरे स्वर में मर्मर ध्वनि करता आगे बढ़ा तो बीच की झाड़ियों के सिरे हवा में लहर-लहर उठे।

ग्रिगोरी जल्दी ही आस-पास के पानी के निरन्तर कलकल का आदी हो गया। वह ढलवाँ कटे हुए किनारे के पास घंटों पड़ा रहता और पानी के पसारे और धूप से नहाई, बकाइनी धुन्ध में लिपटी नदी के किनारे की पहाड़ियों को घूरता रहता। उसे लगता कि वहाँ...धुन्ध के पार, उसका अपना गाँव है...अकसीनिया है...और उसके अपने बच्चे हैं...तो, उसके उदासी से भरे विचार पर लगाकर उड़ते और वहीं पहुँच जाते। उसे अपने स्वप्न याद आते तो क्षण-भर को उसके मन में हसरत धधकने-सी लगती और वह एक बेजार नफ़रत से उबलने-सा लगता। लेकिन वह इन भावनाओं को दबाता और दोन के किनारे की पहाड़ियों की तरफ़ से नज़र बचाने की कोशिश करता। उसे दुखभरी यादों को बेलगाम छोड़ना बेमतलब समझ पड़ता। ज़िन्दगी यों भी काफ़ी दर्दीली महसूस होती। साफ़ है कि लड़ाई में खाए ज़ख़्मों, लड़ाई की मुसीबतों और टायफ़स के अपना काम करने के कारण उसके दिल की धड़कन अपना रंग दिखलाती रहती और इसका भान उसे बराबर होता रहता। बाईं छाती के नीचे सीने में कभी-कभी ऐसी पीड़ा उठती कि उसे छेद-छेद देती। तकलीफ़ इस तरह असह्य हो उठती कि उसके होंठ खुश्क हो जाते और कराह भी गले में आकर फँस-फँस जाती। लेकिन इस व्यथा से मुक्ति पाने का वह एक टकसाली रास्ता खोज निकालता, यानी वह गीली ज़मीन से अपना बायाँ सीना सटाकर लेट रहता या अपनी कमीज़ ठंडे पानी से भिगो लेता, और इसके बाद दर्द धीरे-धीरे, मगर बेमन से उसके तन से रुख्सत ले लेता।...

ऐसे में होते-होते वातावरण में ठहराव आ गया और मौसम सुहाना हो गया। अब सिर्फ़ कभी-कभी ही हवा ऊपर के छोटे-छोटे, उजले बादलों को छेड़ती और वे आसमान के नीलम पर इस पार से उस पार तक उतरते चले जाते। उनके साये बाढ़ के पानी में तैरते हंसों की तरह सरकते और दूर के किनारे को छूते ही उड़नछू हो जाते।...

ग्रिगोरी को किनारे पर भयंकर रूप से उमड़ती तेज़ धार को एकटक देखना, पानी के मर्मर-संगीत को तन्मय होकर सुनना भला लगता। किसी और चीज़ का ख़्याल करना, मन को तकलीफ़ देनेवाली किसी भी चीज़ की बात को दिमाग़ में आने तक देना उसे खलता। वह सनकी की तरह, अनन्त रूप से बदलते हुए धार के घेरे को घंटों घूरता रहता। लहरियाँ रह-रहकर अपने रूप बदलतीं। जहाँ सरपत की टहनियों, रूखी-सूखी पत्तियों और जड़ों सहित उखड़ी घास के गुच्छों को अपनी सतह पर सहेजे अभी-अभी स्थिर गति से बहती धारा दीख पड़ती, वहीं दूसरे ही क्षण एक अजूबा कुप्पी-सी बन जाती। यह कुप्पी अपनी पहुँच की हर चीज़ को मरभुखे की तरह गटक लेती और फिर ज़रा देर बाद ग़ायब हो जाती। फिर वहीं पानी उबलने लगता और बेतरतीब भँवरें चक्कर काटने लगतीं। ये भँवरें कभी सेवार की काली-पड़ी जड़, कभी शाहबलूत की कोई चौड़ी पत्ती और कभी, न जाने कहाँ से बह आए, पुआल के ढेर-के-ढेर तिनके ऊपर उछाल देतीं।

शाम को सूरज डूबने के बाद, पश्चिम का आसमान चेरी की लाली से नहाया रहता कि किसी लम्बे-चौड़े देवदार के पीछे से चाँद उगता। चाँदनी दोन पर चाँदी की शीतल लपटें बरसा देती। जहाँ हवा बढ़-बढ़कर लहरियों से छेड़ा करती, वहाँ ये लपटें टूटकर परछाइयों में ढल जातीं या काजल के तालों में बदल जातीं। रात के समय पूरे द्वीप में, पानी के कल-कल के गले में बाँहें डालकर उत्तर की ओर उड़ते कलहंसों के दलों के स्वर गूँजते। इन चिड़ियों को रोकने-टोकनेवाला कोई न होता, और वे अक्सर ही द्वीप के पूर्वी सिरे पर बसेरा ले लेतीं। पीछे की तरफ़, पानी-भरे जंगल के बीच नर-मुर्गाबी चुनौती देता, बत्तखें की-की करतीं और ध्रुव-प्रदेश के हंस और आम कलहंस धीरे-धीरे कीकते

और आपस में सवाल-जवाब करते...

ऐसे-ही-ऐसे एक दिन ग्रिगोरी दबे-पाँवों किनारे गया तो उसने द्वीप के पास ही हंसों का एक बड़ा झुंड देखा। सूर्य अभी अस्ताचल में ही रहा, पर जंगल के पार उषा की चटख लाली छिटकती मिली। यह लाली लहरों में छनी तो पानी में गुलाब घुले, और सूर्योदय की प्रतीक्षा में पूर्व की ओर मुँह मोड़कर बैठी बड़ी-बड़ी शानदार चिड़ियाँ गुलाबी मालूम हुईं। पर तट पर सरसराहट होते ही वे ज़ोर-ज़ोर से चीख़कर उड़ दीं; और जंगल से ऊपर उठीं तो उनके बर्फ़ के-से उजले पंखों की अद्‌भुत चमक से ग्रिगोरी की आँखों में चकाचौंध पैदा हो गई।

...इस बीच फ़ोमीन और उसके हर साथी ने अपना वक़्त, अपने ढंग से काटा। मेहनती स्तेरलयादनिकोव अपने लँगड़े पैर को आराम देते हुए सुबह से रात तक काम में लगा रहता। वह या तो कपड़ों और जूतों की मरम्मत करता रहता या होशियारी से अपने हथियारों की सफ़ाई करता रहता। रात के समय गीली ज़मीन पर सोने से कापारिन के स्वास्थ्य में कोई सुधार नज़र न आता और वह सिर तक भेड़ की खाल खींचे दिनों-दिन धूप में पड़ा खों-खों करता रहता। फ़ोमीन और चुमाकोव, मामूली काग़ज़ को काटकर बनाए गए ताश के पत्ते हर वक़्त पीटते रहते। ग्रिगोरी द्वीप में इधर-उधर चहलक़दमी करता और घंटों पानी के किनारे बैठा रहता। वे अब आपस में कम-ही-कम बातें करते जैसे कि कहने लायक सभी बातें जाने कब की कर और कह चुके हों। एक-दूसरे से मिलते वे खाने के वक़्त या शाम को फ़ोमीन के चचेरे भाई की राह देखते वक़्त। उन पर हर वक़्त ऊब सवार रहती। यानी, यह समझिए कि इस द्वीप के पूरे प्रवास-काल में ग्रिगोरी ने सिर्फ़ एक बार चुमाकोव और स्तेरलयादनिकोव को देखा कि न जाने कैसे उनके मन से बोझ उतरा और वे दोनों गरजते, हँसी-मजाक करते और रह-रहकर एक जगह पैर पटकते हुए आपस में कुश्ती लड़ने लगे। उनके पैर घट्टों-घट्टों तक सफ़ेद बालू में धँस गए। लँगड़ा स्तेरलयादनिकोव जहाँ ज़्यादा ताक़तवर था, वहीं चुमाकोव ज़्यादा फुर्तीला। वे पैरों पर निगाह जमाए, कन्धे आगे की ओर किए, एक-दूसरे की कमर कसे गुँथे रहे कि उनके चेहरे ज़ोर पड़ने से सफ़ेद पड़ गए और साँस तेज़ हो गई। ग्रिगोरी को यह तमाशा देखकर बड़ा ही मज़ा आया। इस बीच ठीक मौक़ा पाते ही चुमाकोव अपने विरोधी को अपने साथ घसीटते हुए, सहसा ही ज़मीन पर पीठ के बल लेट गया और ऐसे पैर चलाए कि स्तेरलयादनिकोव दूर जा गिरा।

फिर एक क्षण बाद ही ध्रुव-प्रदेश की बिल्ली की तरह फुर्ती से वह झपटकर उसके सीने पर सवार हो गया। स्तेरलयादनिकोव नीचे हाँफते और हँसते हुए बोला—"लेकिन, तुम धोखेबाजी कर रहे हो...हमने एक-दूसरे को लोका देने की बात तय ही नहीं की थी।"

"तुम लोग तो जवान मुर्गों की तरह एक-दूसरे से गुँथे हुए हो...चलो, फ़िलहाल मामला यहीं छोड़ो...हाँ, अगर सचमुच लड़ ही रहे हो तो बात और है।" फ़ोमीन बोला।

लेकिन, उनका सचमुच लड़ने का इरादा तो था नहीं, इसलिए एक-दूसरे को बाँहों में जकड़े वे बालू पर आ बैठे और चुमाकोव ने प्यारी, भाती आवाज़ में गाना छेड़ दिया। स्तेरलयादनिकोव ने अपना पतला स्वर मिलाया और फिर वे, आशा के विपरीत लय-तान में बेधकर गाते रहे।

पर सहसा ही स्तेरलयादनिकोव से रहा न गया और अपनी उँगलियाँ चटकाते और लँगड़े पैर से बालू उड़ाते हुए वह नाचने लगा। चुमाकोव ने गाते-ही-गाते अपनी तलवार उठाई, बालू में एक छिछला गढ़ा खोदा और बोला—"अबे ओ लँगड़े, ठहर ज़रा...तेरा एक पैर छोटा पड़ता है और हमवार ज़मीन पर तुझसे क़ायदे से नाचते नहीं बनता...तो, या तो तू ढाल पर नाच या अपना लम्बा पैर इस गढ़े में साध ले...फिर देख कैसा जमता है तेरा नाच...बस...शुरू कर।"

स्तेरलयादनिकोव ने भौंहों का पसीना पोंछा, और अपना ठीकठाक पैर गढ़े में जमा लिया। बोला—"तुम ठीक कहते हो...अब सचमुच आसानी होती है।"

चुमाकोव ने हँसी से हाँफते हुए तालियाँ बजाईं और तेज़ी से गाने लगा। स्तेरलयादनिकोव का चेहरा सभी नर्तकों की तरह गम्भीर हो उठा और वह पूरी गति से नाचने लगा। यही नहीं, उसने इस नाच के सिलसिले में, कूल्हों के बल ज़मीन पर बैठने और पैर चलाने की भी कोशिश की।...

दिन एक तरह से बीतते गए। हर रोज अँधेरा होते ही वे सब-के-सब फ़ोमीन के चचेरे भाई का बेताबी से इन्तज़ार करते। वे नदी के किनारे जमा होते, दबे स्वरों में बातें करते और अपने बरानकोटों के सिरों के नीचे जलती हुई सिगरेटें छिपाते हुए धुआँ उड़ाते।...

आख़िरकार उन्होंने एक सप्ताह और ठहरने, रात को नदी पार कर दाहिने तट पर पहुँचने, घोड़े हथियाने और फिर दक्षिण की ओर बढ़ने का निश्चय किया। इस बीच अफ़वाह उनके कानों में पड़ गई थी कि मास्लाक का ब्रिगेड अब भी प्रदेश के दक्षिणी इलाक़े में कहीं घूम-फिर रहा है।...

सो फ़ोमीन ने घोड़े तलाशने और आसपास की हर घटना की सूचना देने का काम अपने रिश्तेदारों को सौंपा। पता चला कि फ़ोमीन की खोज में बायाँ किनारा मँझाया जा रहा है, और रुबेज़नी आकर और उसके घर की तलाशी लेकर लाल फ़ौजी अपने-अपने घोड़ों पर सवार होकर वहाँ से चलते बने हैं।...

होते-होते चुमाकोव एक दिन नाश्ते के वक़्त बोला—''यहाँ से जल्दी ही निकल चलना चाहिए। आख़िर यहाँ जमे रहने से फ़ायदा भी क्या होगा ! तो, क्यों न कल ही यह जगह छोड़ दें हम लोग ?''

फ़ोमीन बोला—''पहले यह तो मालूम हो जाए कि घोड़े मिलेंगे या नहीं ! ऐसी हड़बड़ी भी क्या है ? खाना-वाना ज़रा क़ायदे का मिले तो मैं तो जाड़े तक यहाँ से टस-से-मस होने का नाम न लूँ। ज़रा देखो कि यह जगह कितनी ख़ूबसूरत है। थोड़ा आराम कर लें, फिर चलेंगे यहाँ से। दुश्मन हमारे लिए चाहे जितना जाल डालें मगर हम आसानी से उनके हाथ आने से रहे ! मैं जानता हूँ कि मेरी बेअक्ली रही कि हम इस तरह तार-तार होकर रह गए। बात बड़े दर्द की है, लेकिन क़िस्सा यहीं ख़त्म नहीं होता। कोई बात नहीं। घोड़े मुहैया होते ही हम आस-पास के गाँवों में चलेंगे और एक हफ़्ते के अन्दर-अन्दर आधी स्क्वैड्रन जमा हो जाएगी। हो सकता है कि पूरी कम्पनी ही बन जाए। मेरा ख़्याल है कि हमें अपने काम के आदमी मिल जाएँगे। न मिल जाएँ तब कहना।''

''बकवास है। बेकार की अकड़ और शेखी की बातें हैं।'' कापारिन खीझकर बोला—''कज़्ज़ाकों ने हमें नीचा दिखाया है। वे हमारे कदमों पर नहीं चले और आगे भी नहीं चलेंगे। हमें न तो सच्चाई से आँखें बचानी चाहिए और न बेसिर-पैर की उम्मीदों से अपने को धोखे में डालना चाहिए।''

''क्यों...क्यों नहीं चलेंगे कज़्ज़ाक हमारे कदमों पर ?''

''क्योंकि पहले नहीं चले; और पहले नहीं चले तो अब भी नहीं चलेंगे।''

''देखा जाएगा।'' फ़ोमीन ने चुनौती-भरे स्वर में जवाब दिया—''मैं तो हथियार डालने से रहा।''

कापारिन व्यर्थ की बातों से जैसे थकते हुए बोला—''इन बातों में रखा कुछ नहीं है।''

''शैतान की खोपड़ी !'' फ़ोमीन क्रोध से उबलकर चीख़ा—''तू यहाँ लोगों के हाथ-पैर क्यों फुला रहा है ? ये ढरके...ये आहें-कराहें...तू तो मुर्दा जड़ों से भी गया-बीता है। अगर ऐसा है तो सवाल यह है कि आख़िर हमने सिर उठाया ही क्यों था ? अगर तेरी नसें इस तरह कमज़ोर हैं तो तू इस बग़ावत में शामिल ही क्यों हुआ था ? तू ही तो है जिसने मुझे बग़ावत के लिए भड़काया, और अब तू हाथ झाड़कर निकल जाने के मंसूबे बाँध रहा है ! और कुछ कहना है तुझे ?''

''मुझे तुझसे कुछ नहीं कहना...भाड़ में जा तू...बेवकूफ़ कहीं का।'' कापारिन ने बौखलाते हुए कहा। वह सिर से पैर तक काँपने लगा तो उसने भेड़ की खाल अच्छी तरह ओढ़ ली और कालर उलट लिया।

''ये मख़मल के गद्दों पर पले लोग बड़े नाजुक होते हैं। कुछ भी हुआ नहीं कि हिम्मत हवा और हाथ-पाँव ढीले।'' फ़ोमीन आह भरते हुए बोला।

फिर वे बैठे कुछ देर तक पानी के एक तरह से हहराने की आवाज़ सुनते रहे। इसी समय एक कीकती बत्तख़ का पीछा करते मुर्गाबियों के दो नर सिर के ऊपर से गुज़रे। मैनाओं का एक दल अपने बोलों से आसमान सिर पर उठाता, घाटी में उतरा, पर इनसानों को देखते ही फिर उड़ दिया। ऐसा लगा कि जैसे कि काले, रेशमी फीते हवा में लहराते चले जा रहे हों।

ज़रा देर बाद कापारिन वापस आया, और फ़ोमीन की ओर देखकर तेज़ी से पलकें झपकाते हुए बोला—"मैं आज रात को गाँव जाना चाहता हूँ।"

"किसलिए ?"

"अजीब सवाल है। तुम्हारी आँखें नहीं हैं ? तुम्हें नज़र नहीं आता कि मुझे बुरी तरह सर्दी लग गई है और खड़े होने में पैर कँपकँपाते हैं ?"

"ठीक, लेकिन इससे हुआ क्या ? तुम्हारा ख़्याल है कि गाँव जाने से तुम्हारी सर्दी दूर हो जाएगी ?" फ़ोमीन ने बहुत ही शान्ति से पूछा।

"कुछ रातें किसी गरम जगह बितानी चाहिए मुझे।"

"तुम गाँव-आँव कहीं नहीं जाओगे।" फ़ोमीन ने दृढ़ता से कहा।

"यानी, यहीं फ़ना हो जाऊँगा मैं ?"

"हो जाओ फ़ना !"

"लेकिन, आख़िर मैं जा क्यों नहीं सकता ? आजकल सर्दी में सोना मौत होगा मेरे लिए।"

"और गाँव में जाने पर तुम्हें कहीं दुश्मन ने धर पकड़ा तब ? यह बात आई है तुम्हारे दिमाग़ में ? तब तो...तब तो हम सब ख़त्म हो जाएँगे। तुम्हारा ख़्याल है कि तुम्हें जानता नहीं मैं ? पहली जिरह में ही हमें ले डूबोगे तुम ! और यह गद्दारी तो तुम रास्ते में ही करोगे...पहले...व्येशेंस्काया तो बाद में पहुँचोगे।"

चुमाकोव ने हँसी का एक ठहाका लगाया और बात का पूरा समर्थन करते हुए सिर हिलाया। लेकिन, कापारिन ज़िद पकड़ गया। बोला, "नहीं...मैं तो जाऊँगा ही...तुम्हारी इन शानदार कठबैठियों से मेरा इरादा बदलने का नहीं।"

"लेकिन, मैंने तुमसे कहा कि फ़िलहाल, आराम से बैठो।"

"पर, याकोव-येफ़िमोविच, तुम्हारी समझ में यह नहीं आता कि जानवरों की-सी यह ज़िन्दगी मुझसे अब आगे नहीं चलेगी। मुझे प्ल्युरिसी तो है ही, शायद निमोनिया भी है।"

"यह कोई बात नहीं...थोड़ा धूप में लेटोगे तो ठीक हो जाओगे।"

इस पर कापारिन ने जमी हुई आवाज़ में कहा—"जो भी हो, मैं आज जाऊँगा...मुझे रोकने का तुम्हें कोई हक़ नहीं। हर हालत में जाऊँगा मैं।"

फ़ोमीन ने उसे घूरकर देखा, सन्देह से भरकर आँखें सिकोड़ीं और चुमाकोव की तरफ़ देखकर आँखें मारते हुए उठ खड़ा हुआ—"कापारिन, लगता है तुम सचमुच बीमार हो गए हो...तुम्हें बुख़ार काफ़ी तेज़ है...तुम्हारा माथा देखूँ ज़रा।" और अपना हाथ फैलाते हुए, वह कापारिन की तरफ़ बढ़ा।

कापारिन ने फ़ोमीन के चेहरे के भाव पढ़े, झटके से पीछे हटा और चीख़कर बोला—"हटो... दूर हटो।"

"चीख़ो मत...इस तरह चिल्ला क्यों रहे हो ? मैं जानना चाहता हूँ कि आख़िर मामला क्या है ?" फ़ोमीन ने कापारिन के पास पहुँचकर उसका कॉलर थाम लिया—"सूअर कहीं के...दुश्मन को सौंप देना चाहते हो अपने को ?" और, उसने ज़ोर लगाकर उसे ज़मीन पर दे मारने की कोशिश की।

ग्रिगोरी बीच-बचाव बड़ी मुश्किल से कर पाया। उसे अपनी पूरी ताक़त लगा देनी पड़ी।

खाने के बाद गगारिन झाड़ी पर कोई धुला कपड़ा फैला रहा था कि कापारिन उसके पास पहुँचा और बोला—"मैं तुमसे अकेले में कुछ बातें करना चाहता हूँ...आओ, ज़रा बैठो इधर..." और वे एक

गिरे हुए देवदार के सड़े-गले तने पर बैठ गए।

कापारिन खाँसते हुए बोला—"क्या ख़्याल है तुम्हारा उस गधे के बर्ताव के बारे में ? तुमने बीच-बचाव कर दिया। मैं तुम्हारा बड़ा एहसानमन्द हूँ। तुमने तो वही किया जो एक शानदार अफ़सर को करना चाहिए। लेकिन, अजब बेहूदगी है...मुझसे अब और नहीं चलेगा। हम जानवरों की-सी ज़िन्दगी बिताते हैं यहाँ...जाने कब से गरम खाना हमने आँखों से नहीं देखा ! उस पर इस तरह हर दिन गीली ज़मीन पर सोना...मुझे सर्दी लग गई है और पसलियों में बुरी तरह दर्द हो रहा है। आग के पास बैठना, गरम कमरे में सोना और अन्दर के कपड़े बदलना मेरे लिए एकदम ज़रूरी हो गया है। साफ़ कमीजों और चादरों के तो मुझे सपने आते हैं। नहीं, इस तरह मुझसे नहीं चल सकता !"

ग्रिगोरी ने मुस्कुराकर पूछा—"तुमने सोचा था कि लड़ाई के मैदान में हर तरह की ऐश का सरंजाम रहेगा और तुम आराम से लड़ोगे ?"

"लेकिन, आख़िर यह लड़ाई भी क्या है ?" कापारिन जोश में आते हुए बोला—"यह लड़ाई नहीं है...यह तो ऐसा है कि चैन की साँस न लो और इधर-उधर मारे-मारे फिरो, सोवियत मज़दूरों को एक-एक कर तलवार के घाट उतारो और उड़ दो। हाँ, यह सचमुच लड़ाई होती अगर लोग हमारी मदद करते, अगर बग़ावत छिड़ जाती...मगर, इसे लड़ाई कौन कहेगा...यह कोई और कहीं की लड़ाई नहीं है।"

"इसके सिवाय कुछ और हम कर भी तो नहीं सकते। तुम क्या यह चाहते हो कि हम हथियार डाल दें ?"

"तुम्हारी बात अपनी जगह ठीक है...मगर हम भी आख़िर क्या करें ?"

ग्रिगोरी ने कन्धे झटके और द्वीप में इधर-उधर लेटे रहने पर अक्सर ध्यान में आनेवाली बात को शब्दों में बाँधते हुए बोला—"आज़ादी आधी ही सही, शानदार क़ैदख़ाने से तो बेहतर होती है। तुम जानते हो, अपने यहाँ कहावत है कि क़ैदख़ाने की मज़बूत सलाखों से सिर्फ़ शैतान खुश होता है।"

कापारिन एक टहनी से बालू पर तरह-तरह के नमूने बनाने लगा, और कुछ देर चुप रहने के बाद बोला—"हथियार डाल देना ऐसा कोई ज़रूरी नहीं है...ज़रूरी है बोलशेविकों से लोहा लेने के लिए तरीक़े निकालना...दम घोट देनेवाली इस सड़ी-गली फ़िज़ा से तो हमें किसी तरह बाहर निकलना ही है...तुम तो पढ़े-लिखे आदमी हो..."

"ऐसी राय तुमने किस तरह बना ली ?" ग्रिगोरी हँसा—"मैं तो यह बात तक सही ढंग से नहीं कह सकता।"

"मगर फ़ौजी अफ़सर हो तुम।"

"सिर्फ़ मौक़े की बात है।"

"नहीं, मज़ाक की बात अलग है, पर तुम अफ़सर हो, अफ़सरों के बीच तुम्हारी अपनी जगह है, तुमने असली इंसान देखे हैं और तुम फ़ोमीन की तरह छिछोरे नहीं हो ! तुम्हें तो यह बात समझनी चाहिए कि हमारा यहाँ रहना बिल्कुल बेमानी है, और खुदकशी करने के बराबर है। फ़ोमीन की वजह से ही हम जंगल में तार-तार हुए और अगर अब भी हम अपनी क़िस्मत उसकी क़िस्मत के साथ नत्थी रखेंगे तो आगे भी बार-बार यही नौबत होगी। वह लफंगा है, और इस मामले में बिल्कुल काठ का उल्लू है ! हम उसके साथ रहेंगे तो कहीं के न होंगे।"

ग्रिगोरी ने पूछा—"तो तुम्हारा सुझाव है कि हम हथियार डाल दें, मगर फ़ोमीन को छोड़ दें ? ठीक...मगर जाएँगे कहाँ हम ? मास्लाक के पास ?"

"नहीं, वह एक दूसरा जाँबाज़ है...ज़रा और बड़ा...मैं तो इस पूरे मामले में कुछ और ही ढंग से सोचता हूँ...यानी, मास्लाक के पास तो हमें जाना किसी सूरत में नहीं।"

"तो, फिर कहाँ जाना है ?"

''व्येशेंस्काया चला जाए।''

ग्रिगोरी ने खीझ से अपने कन्धे झटके—''मैं तो इसे यों समझता हूँ जैसे कोई खोटे सोने के पीछे खरा सोना लुटा दे...मुझे यह पसन्द नहीं।''

कापारिन ने चमकती आँखों से उसे तेज़ी से देखा—''तुम बात समझे नहीं, मेलेख़ोव...अच्छा, यह बतलाओ कि मैं तुम्हारा यक़ीन कर सकता हूँ ?''

''पूरी तरह।''

''अफ़सर हो...अफ़सरी-ईमान की क़सम ?''

''कज़्ज़ाक हूँ...कज़्ज़ाक-ख़ून की क़सम।''

कापारिन ने फ़ोमीन और चुमाकोव की तरफ़ देखा और उनके दूर होने पर भी, बात न सुन पाने की स्थिति में होने पर भी आवाज़ नीची करते हुए बोला—''मैं जानता हूँ कि फ़ोमीन और दूसरे लोगों से तुम्हारे ताल्लुक क्या और कैसे हैं। उनकी निगाह में तुम उतने ही बाहरी हो, जितना मैं। मैं नहीं जानना चाहता कि सोवियत हुकूमत के ख़िलाफ तुमने हथियार क्यों उठाया...अगर मैं ठीक समझता हूँ, तो तुमने हथियार उठाया है जो कुछ गुज़र चुका है उसकी वजह से और गिरफ़्तारी के डर की वजह से...है न ?''

''तुमने तो कहा न कि वजह जानना तुम नहीं चाहते।''

''ठीक...ठीक...यह तो मैंने यों ही कहा। अब ज़रा अपने बारे में तुम्हें कुछ बतला दूँ मैं...पहले मैं फ़ौजी अफ़सर था और समाजवादी-क्रान्तिकारी पार्टी में शामिल था। मगर, बाद में मेरे ख़्याल बिल्कुल बदल गए...मुझे लगने लगा कि रूस को अगर कोई बचा सकता है तो बादशाहत बचा सकती है...और सिर्फ़ बादशाहत बचा सकती है...खुद क़िस्मत ने हमारे अपने मुल्क के माथे पर यह लकीर खींची है...और वही आगे-आगे यह रास्ता दिखला रही है।...सोवियत सरकार का अपना निशान है—हथौड़ा और हँसिया...'मोलोत' और 'सेर्प'...ठीक है न ?'' कापारिन ने हाथ की टहनी से बालू पर हथौड़ा और हँसिया बनाया और लौ देती हुई आँखें गगारिन के चेहरे पर जमाईं—''अब ज़रा इन दोनों लफ़्ज़ों को मिलाकर उलटी तरफ़ से पढ़ो...समझ में आया कुछ ? लफ़्ज़ बनेगा 'प्रेसतोलोम', यानी सिर्फ़ शाही तख़्त की मदद से ही क्रान्ति और बोलशेविक हुकूमत का ख़ात्मा किया जा सकता है। जानते हो, यह ख़्याल मेरे दिमाग़ में पहले-पहले आया तो मैं एक अनजाने डर से एकदम भर उठा और सिर से पैर तक काँप गया, क्योंकि इस चीज़ को इस तरह देखो तो लगेगा कि खुद ऊपरवाले की उँगली हमारी मुसीबतों की तरफ़ है और वह खुद चाहता है कि इनके दिन लदें।''

कापारिन उत्तेजना से हाँफने लगा और चुप हो गया। उसने ग्रिगोरी की तरफ़ निगाहें जमाकर देखा तो आँखों के पीछे से जैसे पागलपन का संकेत मिला। लेकिन, कापारिन की बात से ग्रिगोरी न डर से भरा और न सिर से पैर तक काँपा। वह चीज़ों को और गम्भीर और यथार्थवादी दृष्टि से समझने का आदी था। इसलिए जवाब में बोला—''कहीं किसी की कोई उँगली नहीं है...जर्मनी की लड़ाई के ज़माने में मोर्चे पर थे तुम ?''

कापारिन इस सवाल से हैरान हो गया और एकदम कोई उत्तर न दे सका। फिर, ज़रा सँभलकर बोला—''लेकिन, यह सवाल इस वक़्त कहाँ से आया तुम्हारे दिमाग़ में ? नहीं, मैं तो सचमुच मोर्चे पर नहीं था।''

''तो, लड़ाई के दौरान कहाँ थे तुम ? पीछे की तरफ़ ?''

''हाँ।''

''बराबर ?''

''हाँ, मेरा मतलब...बराबर तो नहीं रहा, मगर फिर भी रहा...लेकिन, यह सवाल पूछा क्यों तुमने ?''

"छोड़ो...बात यह है कि 1914 से आज तक मैं बराबर मोर्चे पर रहा हूँ...सिर्फ़ कभी-कभी ही, थोड़े-थोड़े वक़्त के लिए मोर्चे से हटा हूँ...सो, जहाँ तक उँगली की तुम्हारी बात का सवाल है, वह ऊपरवाले की उँगली कैसे हो सकती है, जब आसमान की नीली छतरी के पार, ऊपरवाला कोई है ही नहीं...इस बकवास से मेरा यक़ीन उठे तो अब एक ज़माना हुआ। 1915 में पहले-पहले सचमुच की लड़ाई देखी मैंने। तब से लेकर आज तक मेरा ख़्याल रहा है कि 'ऊपरवाला' या नीली छतरीवाला जैसा कहीं कुछ नहीं है...बिल्कुल नहीं है। अगर होता तो इंसानों को वह सबकुछ करने देता जो वे आज कर रहे हैं...हम आगे बढ़कर लड़नेवालों का तो उससे पीछा जाने कब का छूट चुका है...अब वह सिर्फ़ रह गया है औरतों और बूढ़ों के लिए, और वे जाएँ और उसके ख़्याल में डूबकर हल्के हों...तसल्ली हासिल करें...ऊपरवाले की कहीं कोई उँगली नहीं है, और बादशाहत अब बिल्कुल नहीं चल सकती। बादशाहत को आम लोगों ने हमेशा-हमेशा के लिए मिटा दिया है, और यह खिलवाड़ जो तुम कर रहे हो, यह लफ़्ज़ों को इस तरह उलट-पुलटकर पढ़ने की कोशिश जो तुम कर रहे हो, यह महज़ बच्चों का तमाशा है, और कुछ नहीं। बुरा न मानना। फिर मेरी समझ में यह नहीं आता कि यह सारा-कुछ मुझे क्यों बतला रहे हो तुम ? बात ज़रा और खुलकर और साफ़-साफ़ कहो। मैंने कैडेटों की अकादमी में तालीम कभी नहीं पाई, और पढ़ा-लिखा भी ज़रा कम ही हूँ, हालाँकि उसके बिना भी अफ़सर रहा हूँ। अगर मेरी तालीम और क़ायदे की होती तो मैं यहाँ तुम्हारे साथ बाढ़ की वजह से कट गए भेड़िए की तरह, इस जज़ीरे पर बैठा न होता।" गगारिन की आवाज़ में दर्द छलका और भाव चेहरे पर झलक आया।

"इससे कोई फ़र्क नहीं पड़ता।" कापारिन जल्दी-जल्दी बोला–"कोई फ़र्क नहीं पड़ता कि तुम ऊपरवाले में यक़ीन करते हो या नहीं...यह तो अपने यक़ीदे और अपनी तबीयत का सवाल है। साथ ही इससे भी कोई फ़र्क नहीं पड़ता कि तुम बादशाहत चाहते हो, या विधानसभा चाहते हो या अपनी हुकूमत के लिए लड़नेवाले एक कज़्ज़ाक हो। इसमें काम की बात सिर्फ़ इतनी है कि हम एक हैं क्योंकि सोवियत हुकूमत के मामले में हमारा रवैया एक है। मानते हो यह बात ?"

"आगे चलो।"

"यानी, हमने कज़्ज़ाकों की आम बग़ावत से उम्मीद लगाई...है न ?" मगर, वह उम्मीद काम न आई, और अब कोई दूसरा रास्ता निकालना है। हम बोलशेविकों से अब भी लड़ सकते हैं, पर यह तो ज़रूरी नहीं कि हम फ़ोमीन को ही अपना सरगना मानकर लड़ें। आज तो सबसे बड़ी बात है अपनी जान बचाना...और इसी के लिए मैं तुमसे समझौता करना चाहता हूँ।"

"कैसा समझौता ? किसके ख़िलाफ़ समझौता ?"

"फ़ोमीन के ख़िलाफ़।"

"मैं तुम्हारी बात नहीं समझा।"

"बात बहुत आसान है। मैं तुम्हें दावत देता हूँ कि आओ और मेरा साथ दो।" कापारिन एकदम उत्तेजित हो उठा और हाँफते हुए आगे बोला–"तुम और मैं मिलकर यानी हम दोनों इन तीनों को मार डालें और व्येशेंस्काया चले चलें...क्या ख़्याल है ? इस तरह हमारी बचत हो जाएगी और सोवियत सरकार की इस खिदमत से, इस सज़ा से बच निकलेंगे, जीते रहेंगे। समझ में आई बात ? हम ज़िन्दा रह सकेंगे। और यह कहने की ज़रूरत नहीं कि मौक़ा मिलते ही फिर बोलशेविकों के ख़िलाफ़ हथियार उठा सकेंगे। मगर यह तब होगा कि जब क़ायदे से, किसी बड़े पैमाने पर बात बनेगी। बोलो, राजी हो तुम ? इतना याद रखो कि आज की इस बीती हालत से छुटकारा पाने का सिर्फ़ एक यही रास्ता है और ठीक रास्ता है।"

"लेकिन यह काम होगा कैसे ?" ग्रिगोरी ने पूछा और वह अन्दर-ही-अन्दर नफ़रत से काँपने लगा। परन्तु उसने पूरी शक्ति से अपनी भावना पर पर्दा डालने की कोशिश की।

"मैंने सबकुछ सोच लिया है। यह काम हम रात के वक़्त, ठंडे लोहे की मदद से करेंगे। कज़्ज़ाक खाना लेकर अगले दिन रात को आएगा, लेकिन तब तक हम नदी के उस पार तक पहुँच चुकेंगे, और बस। बहुत ही आसान है सबकुछ...अक्ल और चालाकी का कुछ काम ही नहीं इसमें।"

ग्रिगोरी ने मुस्कुराते हुए, बनावटी स्नेह के साथ कहा–"सुनने में तो बात बहुत ही प्यारी लगती है। मगर कापारिन, आज सवेरे जब तुम सर्दी से बचकर भरकने के लिए गाँव जाना चाहते थे, तो तुम्हारा इरादा क्या इस बहाने व्येशेंस्काया जाने का था ? फ़ोमीन ने बात भाँपी या नहीं ?"

कापारिन ने मुस्कान के बदले मुस्कान होंठों पर ही सजाते हुए ग्रिगोरी को ग़ौर से देखा, पर उसके चेहरे से थोड़ी परेशानी झलकी–"सच पूछो तो हाँ, इरादा व्येशेंस्काया जाने का ही था। बात यह है कि अपनी चमड़ी बचाने का सवाल सामने हो तो तरीक़े के चुनाव का ख़ास ख़्याल कोई नहीं करता।"

"इसका मतलब यह है कि तुम हमारे साथ गद्दारी करते ?"

कापारिन ने स्वीकार किया–"लेकिन अगर वे लोग तुम्हें यहाँ इस जज़ीरे में पकड़ लेते तो मैं अपनी तरफ़ से पूरी कोशिश करता कि निजी तौर पर तुम्हें कोई तकलीफ न हो।"

"लेकिन खुद तुमने हम सबको क्यों नहीं मार डाला ? रात के वक़्त काम ख़ासा आसान होता।"

"इसमें काफ़ी ख़तरा होता...मैं एक से निबट रहा होता तो बाक़ी।..."

ग्रिगोरी ने अपनी पिस्तौल झटके से हाथ में लेते हुए धीरे से कहा–"अपने हथियार यहाँ रख दो...रख दो, वरना यहीं-की-यहीं तुम्हें गोली से उड़ा दूँगा...मैं अभी खड़ा होकर आड़ करता हूँ ताकि फ़ोमीन न देखे...तुम अपनी पिस्तौल मेरे पैर के पास फेंक दो...इरादा क्या है ? गोली चलाने की बात भी दिमाग़ में न लाना, वरना देखते-देखते तुम्हें इस दुनिया के पार भेज दूँगा।"

कापारिन स्थिर बैठा रहा। मगर उसका चेहरा एकदम ज़र्द पड़ गया और वह अपने सफ़ेद होंठ हिलाते हुए बोला–"मारो नहीं मुझे।"

"मैं तुम्हें मारूँगा नहीं, लेकिन तुम्हारे हथियार ज़रूर छीन लूँगा तुमसे।"

"तुम धोखा करोगे मेरे साथ।"

कापारिन के रोएँदार गालों पर आँसू ढुलक चले। ग्रिगोरी के चेहरे पर नफ़रत और रहम के बल पड़े और उसने ज़ोर से कहा–"फेंको अपनी पिस्तौल...फेंको। मैं तुम्हारे साथ धोखा नहीं करूँगा, हालाँकि करना चाहिए...कैसे घिनौने कुत्ते के बच्चे साबित हुए हो तुम !"

कापारिन ने अपनी पिस्तौल गगारिन के पैरों के पास फेंक दी। गगारिन बोला–"और वह ब्राउनिंग ? उसे भी सौंपो फ़ौरन। तुम्हारी ट्यूनिक की सीनेवाली जेब में है।"

कापारिन ने चमचमाता, निकल की पॉलिशवाला ब्राउनिंग भी निकालकर फेंक दिया और चेहरा हाथ से ढँककर फफक-फफककर रोने लगा।

"बन्द कर यह ढरका बहाना...ग़लीज कहीं का !" ग्रिगोरी ने तेज़ी से कहा और उस पर एक भरपूर हाथ जमाने की अपनी इच्छा जैसे-तैसे रोकी।

"तुम धोखा करोगे मेरे साथ। मैं तो कहीं का भी नहीं रहा।"...

"मैंने कहा कि मैं धोखा नहीं दूँगा तुम्हें। मगर हमारे यहाँ से रवाना होते ही मुँह काला कर लेना और अपने बचाव का इन्तज़ाम आप करना। तुम्हारे जैसों की ज़रूरत हमें नहीं।"

कापारिन ने चेहरे से हाथ हटाया तो उसके आँसुओं से तर गाल, सूजी हुई आँखें और कँपकँपाता हुआ निचला जबड़ा देखने में बहुत ही भयानक लगा। हकलाते हुए बोला–"तब क्यों...तब क्यों इस तरह निहत्था कर दिया तुमने मुझे ?"

ग्रिगोरी बेमन से बोला–"ताकि तुम कहीं पीछे से मुझ पर गोली न चला दो। तुम्हारे जैसे लोग...तुम्हारे जैसे पढ़े-लिखे लोग कुछ भी कर सकते हैं...तुमसे कुछ भी बाक़ी नहीं।...और मज़ा यह

है कि उँगली, ज़ार और आसमानवाले को लेकर कैसे गाल बजा रहे थे तुम !...तुम आदमी नहीं, जानवर हो और घिनौने जानवर हो।''

कापारिन बार-बार ज़मीन पर थूकता रहा। गगारिन ने फिर उसकी तरफ़ आँखें उठाकर भी नहीं देखा और धीमी चाल से, अपने साथियों के पास लौट आया।

स्तेरलयादनिकोव मोम लगे तागे से, अपनी ज़ीन को एक जगह से सीता और सीटी बजाता मिला। फ़ोमीन और चुमाकोव घोड़े की पीठ पर बिछाए जानेवाले कपड़े पर लेटे, हमेशा की तरह, ताश खेलते नज़र आए।

फ़ोमीन ने ग्रिगोरी पर एक तेज़ निगाह डाली और पूछा—''कापारिन क्या कह रहा था तुमसे ? क्या बातें हुईं तुम लोगों में ?''

''ज़िन्दगी का रोना रो रहा था, और जाने क्या-क्या बक-बक कर रहा था।''

ग्रिगोरी ने अपने वचन की रक्षा की और कापारिन के साथ धोखा नहीं किया। लेकिन उसी दिन शाम को उसने मौक़ा निकाला, उसकी राइफ़ल से खटका निकालकर छिपाकर रख दिया और लेटते-लेटते अपने-आपसे बोला—'रात में कौन जाने, क्या आए इस शैतान के दिमाग़ में !'

अगले दिन सवेरे फ़ोमीन ने ग्रिगोरी को जगाया, और उस पर झुकते हुए धीरे से पूछा— ''कापारिन के हथियार तुमने छीने इससे ?''

''क्या ? कैसे हथियार ?'' ग्रिगोरी कुहनी के सहारे उठा और उसने दर्द से कन्धे सीधे किए। उसका बरानकोट, फ़र की टोपी और बूट वगैरह सभी कुछ ओस से गीला लगा। साथ ही उसे अपनी हड्डी-हड्डी ठंड से अकड़ी महसूस हुई।

''हमें उसके हथियार मिल नहीं रहे। तुमने लिए हैं क्या ?...उठो न, मेलेख़ोव !''

''क्यों...लिए तो हैं मैंने उसके हथियार...मगर हुआ क्या ?''

इस पर फ़ोमीन ने कुछ कहा और चला गया। ग्रिगोरी उठा और अपना बरानकोट झाड़ने लगा। थोड़ी दूर पर चुमाकोव नाश्ता तैयार करता दीखा। उसने बची-बचाई एकमात्र तश्तरी धोई, रोटी के एक बड़े टुकड़े को सीने से अड़ाकर चार बराबर-बराबर के टुकड़े काटे, फिर सुराही से तश्तरी में दूध उँड़ेला और जुन्हरी की खीर मुँह में डालते हुए ग्रिगोरी की तरफ़ देखा। बोला—''आज देर तक सोते रहे तुम, मेलेख़ोव ! ज़रा देखो तो कि सूरज कहाँ-का-कहाँ पहुँच गया !''

''जिस आदमी की रूह साफ़ होती है, वह हमेशा जमकर सोता है।'' स्तेरलयादनिकोव ने लकड़ी का चम्मच धोकर और अपने बरानकोट के सिरे से पोंछते हुए कहा—''लेकिन कापारिन को सारी रात नींद नहीं आई...सिर्फ़ करवटें बदलता रहा।''

फ़ोमीन ग्रिगोरी को देखकर मुस्कुराया।

''बैठो और नाश्ता कर लो, बटमारो !'' चुमाकोव बोला और फिर दूसरों की राह देखे बिना अपना दूध पीने लगा। इसके बाद उसने रोटी के टुकड़े में दाँत गड़ाए। इसी समय ग्रिगोरी ने अपना चम्मच उठाया और दूसरों को घूरकर देखते हुए पूछा—''कापारिन कहाँ है ?''

पर फ़ोमीन और स्तेरलयादनिकोव चुपचाप खाते रहे। चुमाकोव ने ग्रिगोरी पर निगाह तो जमाई, पर बोला वह कुछ नहीं।

''कापारिन आख़िर है कहाँ ?'' ग्रिगोरी ने फिर यों पूछा, जैसे कि रात में जो कुछ घटा हो और उसका धुँधला-धुँधला आभास उसे हो गया हो।

''कापारिन अब तक जाने कहाँ-का-कहाँ पहुँच गया होगा।'' चुमाकोव ने स्थिर स्वर में, मुस्कुराते हुए कहा—''वह रोस्तोव की तरफ़ बहता चला जा रहा होगा। शायद उस्त-खोपर्स्कायाा के पास टक्कर खा रहा हो कहीं। उसकी भेड़ की खाल लटक रही है, वह...वहाँ।''

''तुम लोगों ने सचमुच मार डाला उसे ?'' ग्रिगोरी ने कापारिन के भेड़ की खाल के कोट पर

निगाह डालते हुए पूछा।

वैसे पूछने का मतलब कुछ नहीं था। सारा-कुछ अपनी कहानी आप कह रहा था। इस पर भी जाने क्यों, ग्रिगोरी ने सवाल कर ही तो दिया। पर, पहले कोई कुछ नहीं बोला तो उसने प्रश्न दोहराया।

"हुआ क्या...बेशक हमने मारा उसे।" चुमाकोव ने कहा और अपनी भूरी औरतों-सी ख़ूबसूरत आँखों की पलकें झुका लीं–"मैंने उसे मारा...यहीं, यानी लोगों को मारना ही मेरा काम है इन दिनों।"

ग्रिगोरी ने उसे ग़ौर से देखा तो उसके चेहरे से जितनी शान्ति टपकी, उतनी ही प्रसन्नता उसके भूरे गलमुच्छे चेहरे की सँवराई के कारण और लौ देने लगे। भौंहों और क़ायदे से सँवराए गए बालों का रंग ज़रा गहरा मालूम हुआ।

एक शब्द में यों कह सकते हैं कि फ़ोमीन के दल का यह सम्मानित जल्लाद देखने-सुनने में सचमुच सुन्दर था।...उसने अपना चम्मच मोमजामे पर रख दिया। हाथ के पिछले हिस्से से अपनी मूँछें पोंछी और बोला–"तुम्हें याकोव-येफ़िमोविच का एहसान मानना चाहिए, मेलेख़ोव ! उसने तुम्हारी जान बचाई, वरना दोन में कापारिन के साथ-साथ बहते चले जा रहे होते इस वक़्त।"...

"आख़िर क्यों ?"

चुमाकोव सँभल-सँभलकर धीरे-धीरे बोला–"कापारिन अपने को दुश्मन को सौंप देना चाहता था...यह बात हमसे छिपी न रही थी। इस पर वह काफ़ी देर तक कल तुमसे बातें भी करता रहा। तो, हमने और याकोव-येफ़िमोविच ने उसे इस गुनाह से बचाने की बात सोची...गगारिन को सबकुछ साफ़-साफ़ बतला दूँ ?" उसने प्रश्नभरी दृष्टि से फ़ोमीन की ओर देखा।

फ़ोमीन ने सिर हिलाया, और चुमाकोव खीर की जुन्हरी के कच्चे दानों को दाँत से चबाता हुआ, आगे बोला–"मैंने शाम शाहबलूत की लकड़ी का एक डंडा तैयार किया और याकोव-येफ़िमोविच से कहा–मैं कापारिन और मेलेख़ोव, दोनों का ही हिसाब साफ़ कर दूँगा एक साथ। लेकिन, वह बोला–कापारिन को बेशक ख़त्म कर दो, पर देखो, मेलेख़ोव को हाथ न लगाना।...यानी, इस तरह पूरी बात तय हुई और मैं कापारिन के सो जाने का इन्तज़ार करता रहा। फिर, जब वह सो गया और मैंने तुम्हारे भी खर्राटे सुन लिए तो मैं दबे-पाँव उसके पास गया और मैंने सोंटा पूरी ताक़त से उसके सिर पर दे मारा। हमारे उस स्टाफ़ कैप्टन ने पैर तक नहीं पटके। उसने बड़े अन्दाज़ से हाथ फैलाए और इस जहान से रुख़्सत ले ली। हमने उसकी तलाशी ली, हाथ-पैर पकड़कर उठाया, नदी के किनारे पहुँचाया, उसके बूट, ट्यूनिक और भेड़ की खाल सहेजी और पानी में लुका दिया। मगर, तुम सोते रहे और तुम्हें इस सबकी कानों-कान ख़बर तक नहीं लगी। हालाँकि याकोव येफ़िमोविच ने तुम्हें हाथ लगाने से मना कर दिया था, तो भी मुझे लगा कि ये दोनों कल जाने क्या षड्यन्त्र करते रहे हैं। कुछ दाल में काला ही समझो जब पाँच में से दो आदमी कट जाएँ और दूसरों से अलग जाकर कुछ घुस-फुस करने लगें !...बस, तो मैं पंजों के बल तुम्हारे पास पहुँचा और मैंने तुम्हें तलवार के घाट उतार देने की तैयारी की। डंडा मुझे बेकार लगा। मन ने कहा–'तुमसे कहीं मज़बूत है गगारिन...अगर एक हाथ में ही काम तमाम न हुआ और वह उठकर बैठ गया तो तुम्हारी अपनी जान के लेने-के-देने पड़ जाएँगे !' लेकिन, फ़ोमिन ने कुछ होने नहीं दिया। आड़े आ गया। बोला–'उसे उँगली से भी मत छूना। वह हमारे साथ है और हम उसका यक़ीन कर सकते हैं।'...इसके बाद हम दोनों के बीच बातें हुईं, मगर यह समझ में न आया कि कापारिन के हथियार हुए तो हुए क्या ? इस तरह तुम्हारी जान बच गई और तुम चैन की नींद सोते रह गए। मगर सोते हो तुम घोड़े बेचकर ! इतना सब सोचा गया, मौत तुम्हारे सिर पर मँडराती रही और तुम टाँगें फैलाए बेख़बर पड़े रहे।"

ग्रिगोरी शान्त भाव से बोला–"और, तुमने मुझे बेकार मार डाला होता...बेवकूफ़ हो तुम ! मेरी और कापारिन की कोई साज़िश नहीं थी।"

"लेकिन, उसके हथियार तुम्हारे पास कैसे आ गए ?"

ग्रिगोरी मुस्कुराया–"मैंने कल उसकी पिस्तौल उससे छीनी और शाम को उसकी राइफ़ल का खटका निकालकर घोड़ेवाले कपड़े के नीचे छिपाया।"...फिर उसने अपनी और गगारिन के बीच की पूरी बातचीत सुनाई और कैप्टन बहादुर के इरादों का ज़िक्र किया।

फ़ोमीन ने नाराज़गी दिखलाते हुए कहा–"लेकिन, ये सारी बातें तुमने कल क्यों नहीं बतलाईं ?"

ग्रिगोरी ने स्पष्ट रूप से स्वीकारा–"उस घिनौने शैतान पर पता नहीं क्यों मुझे रहम आ गया !"

इस पर चुमाकोव सचमुच आश्चर्य में पड़ते हुए बोला–"उफ़...मेलेख़ोव...तुम अपना यह रहम भी वहीं दबा आओ, जहाँ कापारिन की राइफ़ल का घोड़ा दबाकर रखा है तुमने ! दफ़न कर आओ घोड़ेवाले कपड़े के नीचे। इस रहम से तुम्हारा कुछ भी भला होने से तो रहा !"

"अच्छा, आप मुझे नसीहत न दीजिए। मैं जानता हूँ कि मुझे क्या करना चाहिए और क्या नहीं करना चाहिए।" ग्रिगोरी ने रुखाई से जवाब दिया।

"मैं तुम्हें नसीहत क्यों देने लगा ! मगर ज़रा सोचो कि तुम्हारे इस रहम की बदौलत अगर कल रात, बेवजह मैंने इस दुनिया से तुम्हारा रवन्ना काट दिया होता तो ?...तो क्या होता ?"

"अच्छा ही होता...सस्ता छूटता मैं !" ग्रिगोरी ने एक क्षण सोचने के बाद कहा–फिर, जैसे अपने-आपसे बोला–"दिन के भरे उजाले में मौत सामने आती है तो इंसान के यों ही छक्के छूट जाते हैं...दम अटक-अटककर निकलता है...मगर, कोई सोता हो और उस वक़्त मौत सिरहाने आ खड़ी हो तो काम ज़रा आसान हो जाता है..."

15

एक दिन, रात को उन लोगों ने नाव से नदी पार की तो नीज़्नीक्रीव्स्काया गाँव का अलेक्सान्द्र- कोशेलेव नाम का कज़्ज़ाक किनारे जैसे उनके इन्तज़ार में खड़ा मिला। उसने फ़ोमीन का अभिवादन किया और बोला–"मैं भी तुम्हारे साथ चलूँगा, याकोव-येफ़िमोविच ! घर पर रहते-रहते ऊब गया हूँ।"

फ़ोमीन ने ग्रिगोरी को कुहनियाया और फुसफुसाकर बोला–"देखा ? मैंने तो तुमसे पहले ही कहा था ! हम जज़ीरे से दूर जा भी नहीं पाए कि लोग आ गए...एक आदमी तो यहीं रहा ! इसे मैं जानता हूँ...कज़्ज़ाक लड़ाई के मामले में ख़ासा जाँबाज़ है। आसार अच्छे नज़र आते हैं। अब अपनी गाड़ी चल निकलेगी।"

फ़ोमीन के स्वर ने उसकी सन्तोष-भरी मुस्कान पर मुहर मारी। साफ़ है कि एक नए साथी के आने से उसे सचमुच बड़ी ख़ुशी हुई। यानी, कामयाबी से नदी पार कर लेने और ऐन इसी वक़्त एक और आदमी के साथ आ जाने से वह फूला न समाया और उसकी आशाओं के नए पर निकल आए।

"तो एक राइफ़ल और पिस्तौल के अलावा तुम्हारे पास जंगी दूरबीन भी है ?" उसने कोशेलेव के सामान को अँधेरे में ही देखते-समझते और सन्तोष की साँस लेते हुए कहा–"लो सहेजो...यह रहा एक कज़्ज़ाक। असली कज़्ज़ाक है यह। कोई ओगला-दोगला कुत्ता नहीं है।"

इस बीच फ़ोमीन का चचेरा भाई, छोटे घोड़ेवाली एक गाड़ी लेकर आ गया, और ख़ुद जल्दी में होने के कारण फ़ोमीन को हड़बड़ियाते हुए धीरे से बोला–"काठियाँ गाड़ी में रख दो और ईसा के लिए जल्दी करो...रात भीग रही है और अभी लम्बी मंज़िल सामने है।" पर द्वीप से सही-सलामत निकल आने और अपने गाँव की बलवती धरती पर अपने कदम महसूस करने के कारण फ़ोमीन बड़े इत्मीनान की साँस लेता लगा। उसने घर पर एकाध घंटे रुककर गाँव के जान-पहचानियों से मिल-भर लेने का फ़ैसला किया।...

...तड़का होने के ज़रा पहले यागोदनी गाँव के पास के घोड़ों के झुंड से अच्छे-से-अच्छे घोड़े चुने गए और उन पर जीनें कस ली गईं। चुमाकोव घोड़ों के बूढ़े रखवाले से बोला–"बाबा, इन घोड़ों

के लिए बहुत परेशान होने की ज़रूरत नहीं।...फ़िक्र की ऐसी कोई बात नहीं...हम थोड़ी दूर तक इन घोड़ों पर सवारी करेंगे और बेहतर घोड़ों के मिलते ही इन्हें उनके मालिक को लौटा देंगे। कोई कुछ पूछे तो कह देना कि क्रास्नोकुत्स्काया के मिलिशिया के लोग घोड़े ले गए हैं...जाओ और वहाँ से वापस ले आओ...मैं क्या, वे लोग दुश्मन के एक दस्ते का पीछा कर रहे थे।''

फिर बड़ी सड़क पर आते ही उन लोगों ने फ़ोमीन के चचेरे भाई को विदा दिया, बाईं ओर मुड़े और घोड़ों को तेज़ दुलकी में डालते हुए दक्षिण-पश्चिम की ओर उड़ चले।

एकाध दिन पहले ही मास्लाक के दस्ते के मेशकोव्स्काया-स्तनीत्सा के पास ही नज़र आने की अफ़वाह इन लोगों के कानों में पड़ गई थी, इसलिए फ़ोमीन उसी तरफ़ बढ़ा कि दस्ता मिल जाए तो हम पाँचों भी उसी में शामिल हो जाएँ।

मास्लाक के दस्ते की तलाश में वे लोग तीन दिन तक स्तेपी के तमाम रास्तों के चक्कर काटते फिरे। पर, बड़े गाँवों और बस्तियों को उन्होंने बराबर बरकाया। फिर कारगिंस्काया बस्ती की सीमा के उक्रइनी गाँवों में उन्होंने अपने घोड़े छोड़े और बदले में मोटे-तगड़े, तेज़ उक्रइनी घोड़े कसे।

चौथे दिन, सवेरे एक गाँव के पास ही ग्रिगोरी की नज़र पड़ी तो उसने पहाड़ियों की दूर की घाटी में घुड़सवारी की एक क़तार को उस पार से इस पार आते देखा। सड़क पर कम-से-कम दो स्क्वैड्रन समझ पड़े। उनके आगे-आगे और अगल-बग़ल नज़र आईं छोटी-छोटी गश्ती टुकड़ियाँ।

फ़ोमीन ने आँखों पर दूरबीन चढ़ाई। बोला–''यह या तो मास्लाक का दस्ता है या...।''

''हो सकता है पानी हो...हो सकता है बर्फ़ हो...हो सकता है हो और हो सकता है कि न हो।'' चुमाकोव ने मज़ाक उड़ाते हुए कहा–''ज़रा गौर से देखो याकोव-येफ़िमोविच...क्योंकि अगर लाल फ़ौजी हों तो हमें चाहिए कि हम मुड़ें और फ़ौरन ही उड़ दें।''

''लेकिन यहाँ से कैसे बताया जा सकता है कि ये कौन हैं और कौन नहीं हैं ?'' फ़ोमीन ने खीझते हुए कहा।

इसी समय स्तेरलयादनिकोव चीख़ उठा–''देखो। उन लोगों ने ताड़ लिया हमें। एक टुकड़ी-की-टुकड़ी इसी तरफ़ बढ़ी आ रही है।''

और, उसकी बात ठीक थी। ये लोग सचमुच ताड़ लिए गए थे। इस पर क़तार की दाईं ओर की एक टुकड़ी तेज़ी से मुड़ी थी और घोड़े इन्हीं लोगों की तरफ़ ताबड़तोड़ दौड़े चले आ रहे थे।...

बस, तो फ़ोमीन ने दूरबीन जल्दी-जल्दी केस में डाली। इस पर ग्रिगोरी मुस्कुराता रहा। वह ज़रा झुका और उसने फ़ोमीन के घोड़े की लगाम लपककर थाम ली।

''हड़बड़ाओ नहीं...उन लोगों को ज़रा और पास आने दो...गिनती में बारह ही तो हैं...ज़रूरत पड़ेगी तो हम घोड़ों को दौड़ा देंगे, और निकल भागेंगे। घोड़े हमारे ताज़ा हैं...उन्हें डर किस बात का है ? अपनी दूरबीन से देखो तो ज़रा।''

बारह घुड़सवार बराबर पास आते गए और उनके आकार प्रति पल बढ़ते गए। आख़िरकार पहाड़ी की ऊँची घास की पृष्ठभूमि में वे बिल्कुल साफ़ नज़र आने लगे।

ग्रिगोरी और उसके साथ के बाक़ी लोग फ़ोमीन को एकटक देखते रहे। दूरबीन साधनेवाले फ़ोमीन के हाथ थोड़े-थोड़े काँपने लगे। साथ ही उसने इस तरह आँखें गड़ाकर देखा कि धूप की तरफ़वाले उसके गाल पर एक आँसू ढुलक आया। अन्त में ज़ोर से चिल्लाया–''अरे, ये तो लाल फ़ौजी हैं। टोपियों के लाल-सितारे साफ़ चमक रहे हैं।'' और उसने अपना घोड़ा एकदम मोड़ लिया। बाक़ी लोग भी घोड़े ताबड़तोड़ दौड़ा चले। पीछे से रह-रहकर गोलियों की आवाज़ आई। कोई दो वर्स्ट तक ग्रिगोरी फ़ोमीन की बग़ल में रहा, और इस बीच रह-रहकर पीछे मुड़कर नज़र दौड़ाता रहा।

फ़ोमीन चुप और उदास रहा कि अपने घोड़े की लगाम थोड़ी खींचते हुए चुमाकोव बोला–''हमें गाँवों से दूर-ही-दूर रहना चाहिए और व्येशेंस्काया के मैदान की तरफ़ बढ़ना चाहिए।...उधर सूना कुछ

ज़्यादा है।''

लगा कि घोड़ों को अगर इसी तरह कुछ वर्स्ट और सरपट दौड़ना पड़ा तो वे चूर-चूर होकर रह जाएँगे। अभी ही उनकी फैली हुई गर्दन झाग और पसीने से नहा उठी है।...ग्रिगोरी ने कमान दी–''घोड़े धीमे करो...इतनी तेज़ी की कोई ज़रूरत नहीं।''

होते-होते पीछे के बारह घुड़सवारों में केवल नौ बाक़ी बचे। बाक़ी राह में ही गिर गए। सो ग्रिगोरी ने मन-ही-मन अपने और उनके बीच की दूरी का अनुमान लगाया और चिल्लाकर बोला–''अब रुको और दुश्मन पर गोलियों के दो लहरे तो बरसा ही दो।''

पाँच के पाँचों ने घोड़े धीमे कर दुलकी में डाल लिए, फिर ख़ुद नीचे ज़मीन पर सरक आए और अपनी राइफ़लें हाथों में ले लीं।

''घोड़ों की लगामें साधो। एकदम बाईं तरफ़ के आदमी पर निशाना साधो...और, अब...फ़ायर !''

प्रत्येक ने कारतूस की एक-एक पेटी समाप्त कर दी, एक लाल फ़ौजी के घोड़े का काम तमाम कर दिया, फिर घोड़ों पर सवार होकर भाग निकले। दुश्मन ने उनका पीछा यों ही-सा किया, काफ़ी देर से गोलियाँ चलाईं और आख़िरकार पीछा करने का इरादा बिल्कुल छोड़ दिया।

''घोड़ों को पानी पिला लेना चाहिए...वह...वहाँ एक तलैया नज़र आ रही है।'' स्तेरलयादनिकोव ने दूर के नीले धब्बे की तरफ़ चाबुक से इशारा करते हुए कहा।

ग्रिगोरी और उसके साथियों ने घोड़े तेज़ कदम-चाल में डाले, राह की हर खोह और हर खड्ड के मामले में सावधानी बरती और मैदान की ऊँची घास की आड़-ही-आड़ चलने की कोशिश की।

तलैया पर उन्होंने घोड़ों को पानी पिलाया और फिर चल दिए। घोड़े कदम-चाल में रखे, बाद में दुलकी में। दोपहर हुई तो घोड़ों को खिलाने के ख़्याल से एक गहरे खड्ड में रुके। फ़ोमीन, कोशेलेव को आदेश देते हुए बोला–''तुम पास के ढूह पर पैदल चढ़ जाओ, वहीं कहीं ज़मीन पर लेट रहो और चौकसी करो। ख़्याल रखना, घुड़सवारों की मैदान में कहीं भी झलक मिलते ही आगाह करना और फ़ौरन ही भागकर घोड़ों के पास आ जाना।''

ग्रिगोरी ने अपने घोड़े की ज़ीन ढीली की, उसे चरने को छोड़ा और ख़ुद, पास ही, खड्ड के ढाल पर एक ख़ुश्क जगह लेट रहा।

खड्ड के धूपवाले इस बाजू पर घास कहीं लम्बी और कहीं घनी थी। धूप से तपती काली मिट्टी की साँस मुरझाते वॉयलेट-फूलों की भीनी-भीनी गन्ध के प्राणों में विष घोलने में असमर्थ थी। वॉयलेट खाली बंजर जगहों में मुस्कुराते, लम्बी तिपतिया घास के सूखे डंठलों के बीच से झाँकते, और एक पुराने खेत की मेड़ के सिरे पर फैलकर तरह-तरह के रंगीन चित्र आँक रहे थे। और तो और, चकमक पत्थर जैसी कड़ी, अछूती ज़मीन तक की पिछले साल की मुर्दा घास की पत्तियों को चीरकर, सिर उठाकर, अपनी बच्चों-जैसी नीली-निर्मल आँखों से दुनिया को भर-निगाह देख रहे थे। पर, इस वीराने में भी, उनकी साँसों की गिनती जैसे किसी ने हर ही ली थी। बेचारों के दिन पूरे हो चुके थे। अब उनकी जगह त्युलिप ले रहे थे और सूरज की तरफ़ देख-देखकर अपने सुर्ख़, सफ़ेद और पीले जाम छलका रहे थे। हवा फूलों की तरह-तरह की सुगन्धियों को एक-दूसरे में पिरोकर दूर-दूर लिए जा रही थी।

चोटियों से घिरे उत्तरी ढाल के नुकीले कंकड़ोंवाले हिस्से में अब भी बर्फ़ थी। बर्फ़ ने सिल्लियों की शक्ल ले ली थी। उससे भाप उठ रही और एक ठिठुरन-सी उमड़ रही थी। ठिठुरन अपने साथ ला रही थी सिर्फ़ वॉयलेट के बुझे हुए फूलों की हल्की-हल्की, उदासी से भरी महक, और यह महक ऐसी लग रही थी, जैसे कि याद हो जाने किस गुज़रे हुए जमाने की, जाने किसी की...

ग्रिगोरी कुहनियों के बल टाँग फैलाकर लेटा आराम करता रहा और धूप की धुन्ध से नहाए स्तेपी मैदान, दूर के सिलसिले के किनारे-किनारे फैले, नीले रंग की झाईं मारते बड़े-बड़े ढूहों और ढाल की सीमा

पर, दूधिया पत्थर की तरह पल-पल पर रंग बदलनेवाले मृगजल के प्रवाह को प्यासी निगाहों से पीता रहा। फिर एक क्षण को उसने आँखें मूँद लीं और दूर-पास की बुलबुलों के गीत, चरते हुए घोड़ों के हल्के कदमों की आहट, हींस की आवाज़, लगामों की खनखनाहट और नई घास में इधर-उधर डोलती हवा की फुसफुसाहट सुनता रहा। साथ ही उसने खुरदरी ज़मीन से अपना बदन सटाया तो उसका अन्तर् एक अजीब तरह की विरक्ति और शान्ति से भर उठा। भावना चिरपरिचित लगी। बात यह कि वह जब भी चिन्ता से घिरा था, उसे ऐसा ही अनुभव हुआ था और उसने आस-पास की हर चीज़ को बिल्कुल ही नई नज़र से देखा था। ऐसे में हर बार उसकी दृष्टि जैसे और पैनी हो गई थी और कान और सध गए थे। फिर यह कि परेशानी के ऐसे क्षणों बाद पहले की हर अनदेखी चीज़ उसका ध्यान अपनी ओर खींचने लगी थी।

सो, इस समय भी उसने किसी छोटी चिड़िया का पीछा करनेवाले छोटी जाति के बाज़ की सीटियाँ बड़ी उत्सुकता से सुनीं और उसकी उड़ान की टेढ़ी काट बड़ी ही दिलचस्पी से देखी। बड़े ही मन से उसने देखा अपनी दोनों कुहनियों के बीच कशमकश करते एक काले गुबरैले का जान-बूझकर रेंगना और अछूते सौन्दर्य से जगमग करते ख़ूनी-लाल रंग के त्युलिप के एक फूल का हल्के-हल्के हवा में लहराना।

फूल बिल्कुल पास ही, जंगली चूहे के एक धँसे हुए बिल के सिर पर उगा दीखा, जैसे कि हाथ को दावत दे रहा हो कि फैलो, आगे बढ़ो और मुझे चुन लो। पर गगारिन बिना हिले-डुले लेटा रहा और फूल और सुबह की ओस की बूँदों को अपनी परतों में सहेजकर रखनेवाली उसकी कड़ी पत्तियों की मन-ही-मन सराहना करता रहा। बाद में उसने उधर से निगाह हटा ली और बिना कुछ सोचे-समझे एक बाज़ पर बहुत देर तक जमा रखी। बाज़ क्षितिज के ऊपर, जंगली चूहों के बिलों के मुर्दा शहर पर मँडराता रहा।...

कोई दो घंटे के बाद ग्रिगोरी और उसके साथी फिर घोड़ों पर सवार हुए और रात होने-होने तक येलांस्काया-ज़िले के जाने-पहचाने गाँवों में पहुँच जाने के ख़्याल से बढ़ चले।

कहना न होगा कि इस बीच लाल सेना की गश्ती टुकड़ी के इन लोगों की ख़बर टेलीफ़ोन के अधिकारियों तक पहुँचा दी। नतीजा यह कि ये लोग कामेन्स्काया बस्ती में पूरी तरह दाख़िल भी न हो पाए कि नदी के पार से गोलियों ने इनकी अगवानी की। उनकी सनसनाहट से डरकर फ़ोमीन एक ओर को मुड़ गया। बाक़ी लोगों ने भी आग की बारिश के बीच, बस्ती के बाहरी इलाक़ों का चक्कर काटा और व्येशेंस्काया के घोड़ोंवाली चरागाह की तरफ़ तेज़ी से घोड़े बढ़ाए। मगर, दूसरी बस्ती के पार मिलिशिया की एक छोटी टुकड़ी ने इनके आड़े आने की कोशिश की।

फ़ोमीन बोला—"क्यों न हम बाएँ से इनके चारों ओर होकर निकल चलें !"

परन्तु ग्रिगोरी दृढ़ स्वर में बोला—"हम हमला बोलेंगे इन पर। ये लोग गिनती में नौ हैं, और हम पाँच...इनके बीच से आगे बढ़ेंगे हम !"

चुमाकोव और स्तेरलयादनिकोव ने उसका समर्थन किया। इस पर सभी ने अपनी तलवारें निकाल लीं और थकान से चूर-चूर घोड़ों को कदम-चाल में डाल दिया। मिलिशिया के सिपाहियों ने, घोड़ों पर चढ़े ही चढ़े, गोलियाँ की बौछार की और फिर हमला बचाने के ख़्याल से एक तरफ़ को कट गए।

कोशेलेव ने मज़ाक बनाते हुए कहा—"बड़े गए-बीते लोग हैं। इधर-उधर से गोलियाँ चलाकर वक़्त खींचते रहेंगे, मगर जमकर लड़ेंगे नहीं।"

फ़ोमीन और उसके साथी, मिलिशिया के सिपाहियों के ज़ोर पकड़ने पर हर बार गोलियों का जवाब गोलियों से देते हुए पूर्व की तरफ़ पीछे हटे। उन्होंने बीच-बीच में झटके से मुड़कर देखा, पर ठिठके वे ज़रा भी नहीं। यानी भागे ऐसे जैसे कि वे भेड़िए हों और शिकारी कुत्ते उन्हें दौड़ा रहे

हों। इसी सिलसिले में स्तेरलयादनिकोव घायल हो गया। गोली ने उसके बाएँ पैर की हड्डी छेद दी। वह पीला पड़ गया और दर्द से कराह उठा–"पैर में गोली मारी है...और पैर यह वही है... लँगड़ावाला...सूअर की मौत मिले तुम्हें !"

चुमाकोव ठठाकर हँसा और इतना हँसा कि आँख से आँसू बहने लगे। फिर, उसने स्तेरलयादनिकोव को घोड़े पर बिठाया तो ठहाका लगाते हुए बोला–"भला उन्होंने इसी पैर को क्यों चुना ? जान-बूझकर गोली चलाई होगी इस पर ! तुम्हें लँगड़ाते देख लिया होगा और सोचा होगा कि इसके लँगड़े पैर को निशाना बनाओ...यह फ़ौरन हाथ लग जाएगा। उफ़्...स्तेरलयादनिकोव...उफ़...तुम जान लेकर छोड़ोगे मेरी !...तुम्हारा पैर तो जितना है, अब उसका भी एक-चौथाई रह जाएगा...तब...तब...भला तुम नाचोगे कैसे ? मुश्किल मेरी आएगी...मुझे और दो फुट गहरा गड्ढा खोदना पड़ेगा।"

"बक-बक बन्द कर...गधा कहीं का ! अभी तेरे लिए वक़्त नहीं है मेरे पास ! ज़बान बन्द कर...ईसा के लिए ज़बान बन्द कर !" स्तेरलयादनिकोव ने दर्द से काँपते हुए कहा।

इसके कोई आधे घंटे बाद अनगिन खड्डे सामने आए और वे एक खड्ड से गुज़रने लगे कि वह बोला–"थोड़ा रुको और साँस ले लो...मैं ज़रा ज़ख़्म का इन्तज़ाम कर लूँ...बूट भर गया है ख़ून से !"

लोग रुक गए और ग्रिगोरी ने घोड़े थाम लिए। फ़ोमीन और कोशेलेव, मिलिशिया के दूर मँडराते सिपाहियों पर, बीच-बीच में गोलियाँ चलाते रहे। चुमाकोव बूट खींचने में स्तेरलयादनिकोव की मदद करने लगा। बोला–"लेकिन, बहुत खून निकल गया...सचमुच, बहुत ही ज़्यादा ख़ून निकल गया।" फिर उसने भौंहें सिकोड़ते हुए बूट में भरा ख़ून ज़मीन पर उँडेला और पतलून के ख़ून से शराबोर पाँयचे को फाड़ने को हाथ लगाया। मगर स्तेरलयादनिकोव ने रोक दिया–"अच्छा-खासा पतलून है...इसे चौपट करने से कोई फ़ायदा नहीं।" वह हथेलियाँ टेककर, पिछियाकर बैठ गया और ज़ख़्मी पैर ऊपर उठाते हुए बोला–"उतार लो इसे...लेकिन ज़रा धीरे से खींचना !"

चुमाकोव ने उसकी जेबें खँखोरते हुए पूछा–"पट्टी है कोई ?"

"अट्टी-पट्टी की क्या ज़रूरत है ? वैसे ही काम चल जाएगा।" स्तेरलयादनिकोव ने कहा, जख़्म का मुँह देखा-समझा, कारतूस के केस से दाँतों से एक कारतूस खींची, उसकी बारूद हथेली पर डाली, थूक से मिट्टी सानी और फिर वह मिट्टी बारूद में मिलाई। इस तरह मरहम तैयार कर उसने घाव के दोनों सूराख भरे और सन्तोष-भरे स्वर में बोला–"आज़माई हुई दवा है यह...इससे जख़्म सूख जाएगा और दो दिन के अन्दर भर जाएगा।"...

इस बार वे पाँचों रवाना हुए तो चिर-नदी के पहले कहीं नहीं रुके। मिलिशिया के सिपाही दूर रहे। हाँ, जब-तब गोलियाँ ज़रूर चलाते रहे। फ़ोमीन ने बार-बार मुड़कर देखा और बोला–"बात क्या है, ये लोग हम पर निगाह रख रहे हैं, या कुमुक का इन्तज़ार कर रहे हैं ? कोई-न-कोई वजह ज़रूर है कि इन्होंने इतनी दूरी बना रखी है।"

चिर नदी इन लोगों ने एक गाँव के पास के घाट से पार की और एक पहाड़ी के ढाल पर थकान से चूर घोड़ों को कदम-चाल से चढ़ाया। यही नहीं, उन्हें इनकी लगामें थामकर इन्हें खींचना तक पड़ा। बीच-बीच में इन जानवरों की बग़लों और पुट्ठों का झाग जमा हुआ तो वह भी साफ़ किया।

फ़ोमीन की चिन्ता सार्थक निकली। एक गाँव से कोई पाँच वर्स्ट के फ़ासले पर, ताज़ा, तेज़ और फुर्तीले घोड़ों पर सवार सात लोगों ने इन लोगों का पीछा किया।

कोशेलेव उदास होकर बोला–"अगर हमें ये लोग आपस में एक-दूसरे को सौंपते गए, तो हमारा तो काम हो लिया !"

तो, जाने-समझे रास्तों को बरकाते, मुड़-मुड़कर गोलियाँ चलाते, और हर बार खुद मोड़ लेते हुए, इन लोगों ने स्तेपी मैदान के बीच घोड़े दौड़ाने शुरू किए। इस सिलसिले में दो आदमी घास के बीच

लेट गए और अपना पीछा करनेवालों पर गोलियाँ चलाने लगे। बाक़ी लोग कोई पाँच सौ गज़ आगे निकल गए और घोड़ों से उतरकर दुश्मन पर आग बरसाने लगे। फिर पहलेवाले दोनों लोग हज़ार गज आगे जाकर घास में लेटकर गोलियाँ चलाने की तैयारी करने लगे। इस तरह इन लोगों ने मिलिशिया का एक आदमी, और मिलिशिया के एक दूसरे सिपाही का घोड़ा मार डाला। थोड़ी देर बाद ही चुमाकोव के घोड़े को भी गोली लग गई।

परछाइयों ने अपने आकार बढ़ाए। सूरज के क़दम अस्ताचल की ओर बढ़े। ग्रिगोरी की सलाह पर ये लोग साथ-साथ रहे और अपने घोड़ों को कदम-चाल से आगे बढ़ाते रहे। चुमाकोव बाजू में बना रहा। ज़रा देर बाद उन्होंने दो घोड़ोंवाली एक गाड़ी पहाड़ी के सिरे पर देखी और सड़क की तरफ़ मुड़े। सयानी उम्र के, दाढ़ीवाले गाड़ीवान ने चाबुक लगाकर घोड़ों को सरपट दौड़ाया, पर गोलियों ने गाड़ी रोक दी।

"मैं इस गधे के बच्चे का एक हाथ में ही काम तमाम किए देता हूँ...इसे घोड़े भगाने का मज़ा मिल जाएगा।" कोशेलेव ने दाँत पीसकर कहा और अपने घोड़े पर चाबुक सटकारता आगे निकल चला।

"उसे हाथ मत लगाना, साशा...मेरा हुक्म है !" फ़ोमीन ने चेतावनी दी और दूर से ही गाड़ीवान से चिल्लाकर कहा–"बाबा, घोड़े खोल दो...सुनते हो ? अपनी जान देना न चाहते हो तो घोड़ों को खोल दो !"

बूढ़े ने बड़ी आरज़ू-मिन्नत की, पर इन लोगों ने एक नहीं सुनी, ख़ुद घोड़ों को बमों से बाहर किया, रासें और पट्टे खोले और जानवरों पर जल्दी-जल्दी ज़ीनें कसीं।

बूढ़े ने रोते हुए भीख-सी माँगी–"बदले में कम-से-कम अपना ही एक घोड़ा छोड़ दो।"

कोशेलेव बोला–"होश में रहो...कहीं ऐसा न हो कि तुम्हारे दाँत उखड़कर बाहर आ रहें...घोड़ों की ज़रूरत हमें ख़ुद है। तुम तो ऊपरवाले का शुक्रिया अदा करो कि तुम जीते-जागते सही-सलामत खड़े हो।"

फ़ोमीन और चुमाकोव नए घोड़ों पर सवार हो गए, परन्तु इसके ज़रा देर बाद ही इन लोगों का पीछा करनेवाले छः घुड़सवारों में तीन और आ मिले।

फ़ोमीन बोला–"हमें घोड़े और तेज़ी से उड़ाने चाहिए...आओ साथियो !...अगर रात होते-होते हम क्रीव्स्की की घाटियों तक पहुँच गए, तो समझ लो कि बच गए।"

उसने चाबुक जमाया और उसका घोड़ा आगे-आगे सरपट दौड़ चला। बाएँ हाथ से उसने एक दूसरा घोड़ा साध रखा। इन दोनों जानवरों की टापों से त्युलिप के लाल फूल हर तरफ़ उड़ने लगे तो ऐसे लगे जैसे कि ख़ून की बड़ी-बड़ी बूँदें हों। फ़ोमीन के पीछे-पीछे घोड़े पर सवार ग्रिगोरी ने लाली की यह बौछार देखी और पलकें मूँद लीं। जाने क्यों उसका सिर चक्कर खाने लगा और एक जानी-पहचानी-सी पीर दिल को कचोटने लगी।

इस तरह घोड़े दौड़ते-दौड़ते अधमरे हो गए और ये लोग भी घुड़सवारी और भूख से चूर-चूर अनुभव करने लगे। स्तेरलयादनिकोव का चेहरा लिनेन-सा सफ़ेद पड़ रहा और वह काठी पर बुरी तरह हिलने-डुलने लगा। एक ओर बहुत ज़्यादा ख़ून निकल जाने से एकदम कमज़ोरी आ गई तो दूसरी ओर प्यास और मतली ने झकझोरकर रख दिया। उसने थोड़ी-सी सूखी रोटी मुँह में डाली, मगर वह फ़ौरन ही बाहर आ गई।

साँझ के धुँधलके में क्रीव्स्की गाँव के पास उन्हें स्तेपी से लौटते घोड़ों का एक झुंड मिला। इस झुंड के बीच से उन्होंने कुछ गोलियाँ चलाईं, मगर फिर किसी को पीछा करता न देखकर ख़ुशी से फूले न समाए।

हुआ यह कि काफ़ी पहले, पीछा करनेवालों ने अपने घोड़े एक-दूसरे से सटाए, स्थिति पर विचार

किया और लौटा दिए।

ग्रिगोरी और उसके साथ के लोग क्रीव्स्की में, दो दिन, फ़ोमीन के एक परिचित के यहाँ रहे। मेज़बान मालदार आदमी था, इसलिए उसने स्वागत में किसी तरह की कोई कोर-कसर न की। घोड़ों को अँधेरे शेड में रखा गया, उन्हें खाने को पेट से ज़्यादा जई दी गई और दूसरे दिन की शाम होते-होते वे बिल्कुल ताज़ा हो गए। उनमें नई जान आ गई। लोगों ने पारी-पारी से घोड़ों की रखवाली की, मकड़ी के जालों की बन्दनवार के, भूसेवाले शेड में फ़र्श पर चैन की नींद ली, और खाया-पिया इतना कि द्वीप पर बीते दिनों की कमी हर तरह पूरी हो गई। वहाँ तो आधा पेट खाकर समय काटना पड़ा था।...

यों तो वे दूसरे दिन उस गाँव से चल देते, पर स्तेरलयादनिकोव के कारण ऐसा हो न सका। उसके जख़्म की हालत और बिगड़ गई, सिरों पर आग-सी लाली नज़र आने लगी। शाम होते-होते पैर सूज गया और वह खुद बेहोश हो गया। प्यास उसे तोड़ती रही, सो अलग से। रात में जब भी होश आया, उसने पानी की माँग की और टूटकर पानी पिया। परन्तु, दर्द के कारण, किसी की मदद से भी उठना दुश्वार हो गया। उसने पेशाब लेटे-ही-लेटे किया और बराबर कराहता रहा। आहों-कराहों में कमी करने के ख़्याल से लोग उसे उठाकर शेड के दूर के कोने में ले गए। मगर उससे भी कोई अन्तर नहीं पड़ा, उल्टे, कभी-कभी कराहें इतनी तेज़ हो गईं कि क्या कहिए। इसके साथ ही सन्निपात हो गया और वह रह-रहकर चीख़ने-चिल्लाने लगा।

फिर उसकी भी देख-रेख ज़रूरी हो गई। उसे पानी दिया गया, उसका तपता माथा पानी से तर किया गया और ज़ोर से कराहने या बोलने के समय हर बार उसके मुँह पर हथेली या टोपी रखी गई।

दूसरे दिन के समाप्त होते-होते वह ज़रा सँभला और अपने को बेहतर बतलाते हुए चुमाकोव की तरफ़ उँगली दिखलाकर बोला—"यहाँ से कब जा रहे हो तुम लोग ?"

"आज रात को।"

"मैं भी चलूँगा...मुझे यहाँ मत छोड़ देना...ईसा के लिए।"

फ़ोमीन धीरे से बोला—"लेकिन, तुम कैसे चलोगे ? किस लायक़ हो ? तुम तो हिल-डुल भी नहीं सकते।"

"मैं हिल-डुल तक नहीं सकता ? देखो ज़रा !" स्तेरलयादनिकोव ने बड़ी कोशिश से अपने को आधा उठाया और फिर फ़ौरन ही ढह पड़ा। उसका चेहरा तमतमा उठा और भौंहों पर पसीने की छोटी-छोटी बूँदें झलकने लगीं।

चुमाकोव ने दृढ़ स्वर में कहा—"हम ले चलेंगे तुम्हें...हम साथ ले चलेंगे तुम्हें...तुम डरो नहीं। आँसू पोंछो...तुम औरत तो नहीं हो न !"

"ये तो पसीने की बूँदें हैं।" स्तेरलयादनिकोव ने नीचे से फुसफुसाते हुए कहा और अपनी आँखों पर टोपी खींच ली।

"हम तो तुम्हें ख़ुशी-ख़ुशी यहाँ छोड़ जाते, मगर दिक़्क़त यह है कि इस घर का मालिक राज़ी नहीं होगा इसके लिए...तुम अपना दिल छोटा मत करो, वैसिली ! तुम्हारा पैर ठीक हो जाएगा और तुम और मैं यानी हम दोनों फिर डटकर कुश्ती लड़ेंगे और कज़्ज़ाक नाच नाचेंगे।"

दूसरों के मामले में हमेशा सख़्ती और जंगलीपन बरतनेवाले चुमाकोव ने ये शब्द इतने शान्त भाव से, इतनी ममता से और इतनी ईमानदारी से कहे कि ग्रिगोरी आश्चर्य से उसकी ओर देखने लगा।

फिर तड़के से ज़रा पहले उन लोगों ने उस गाँव से रवाना होने की तैयारी की। उन्होंने स्तेरलयादनिकोव को जैसे-तैसे घोड़े की काठी पर बिठाया, परन्तु वह सधा न रह सका। कभी इस

ओर को लुढ़क गया तो कभी उस ओर को। अन्त में चुमाकोव उसकी बग़ल में बैठा और उसने अपना दाहिना हाथ ज़ख़्मी साथी की कमर में डाल दिया।

"इस तरह घसीटना मुश्किल होगा। हमें तो इसे कहीं-न-कहीं छोड़ ही देना होगा।" फ़ोमीन ने ग्रिगोरी के घोड़े के बराबर अपना घोड़ा लाते हुए, सिर हिलाकर धीरे से कहा—"यानी मार डालोगे इसे, क्यों ?"

"और...और हो ही क्या सकता है ? उसकी आँखों में आँखें डालीं तुमने ? जहाँ तक हमारा सवाल है, हम उसके लिए कर भी क्या सकते हैं ?"

फिर वे कुछ देर तक चुपचाप अपने घोड़ों को कदम-चाल से चलाते रहे। इसके बाद चुमाकोव की जगह ग्रिगोरी ने ली और फिर ग्रिगोरी की जगह कोशेलेव ने।...

सूरज उगा। नीचे, दोन की सतह के ऊपर धुन्ध अब भी मँडराती रही। पर पहाड़ियों से स्तेपी मैदान दूर-दूर तक निर्मल और चमाचम नज़र आता रहा। आसमान के गुम्बद का नीम हर क्षण गहराता गया और क्षितिज पर पंखोंवाले, छोटे-छोटे बादल जमे-से लगने लगे। शबनम ने घास की पत्तियों पर रुपहली ज़री का बारीक़ काम किया। लेकिन घोड़े जहाँ-जहाँ से गुज़रे वहाँ-वहाँ गहरे रंग का रास्ता बन गया और यह रास्ता जैसे पानी पर बहता रहा। स्तेपी को चारों ओर से घेरनेवाले अकूत सन्नाटे का तार सिर्फ़ बुलबुलों ने तोड़ा।

बेचारे स्तेरलयादनिकोव का सिर घोड़े की हर हरकत के साथ उछल-उछल जाता रहा। आख़िरकार वह धीरे से बोला—"उफ़...अब सहा नहीं जाता।"

हेतमान की बड़ी सड़क के पास एक सारस, घोड़ों की टापों के बीच से एकाएक ऊपर उठा। उसके पैरों की फड़फड़ाहट ने स्तेरलयादनिकोव को जैसे बेहोशी से होश में ला दिया। बोला—"भाइयो, घोड़े से नीचे उतार दो मुझे !"

कोशेलेव और चुमाकोव ने उसे बड़ी सावधानी से काठी से नीचे उतारा और गीली घास पर लिटा दिया।

"लाओ, तुम्हारा पैर देखें तो ज़रा...अच्छा, अपने पतलून के बटन तो बन्द करो !" चुमाकोव ने उसकी बग़ल में बैठते हुए कहा।

...स्तेरलयादनिकोव का पैर, इस बीच बहुत ही अधिक सूज गया था। खाल में कहीं एक सिकुड़न न थी और उसने पतलून के पाँयचे की पूरी जगह घेर ली थी। ऐन चूतड़ तक खाल गहरी बैंजनी पड़कर धब्बों से भर गई थी। धब्बे छूने पर काफ़ी चिकने और मुलायम लगते थे। ऐसे ही मगर ज़रा हलके रंग के धब्बे उसके साँवले, धँसे हुए पेट पर भी नज़र आ रहे थे। ज़ख़्म के साथ-साथ पतलून पर सूख गए भूरे ख़ून से भी भयानक बू आ रही थी।...

ऐसे में चुमाकोव ने अपने मित्र का पैर ग़ौर से देखना शुरू किया तो अपनी नाक झटके से ऊपर उठा ली, भौंहें सिकोड़ लीं और मतली जैसे-तैसे रोकी। उसके बाद उसने स्तेरलयादनिकोव की झुकी हुई, नीली पलकों को पास से, ध्यान से देखा, फ़ोमीन की ओर आँखें कीं और बोला—"लगता है कि बदन का अन्दर से सड़ना शुरू हो गया है...ठीक है।...तुम्हारी हालत ठीक नहीं है, वैसिली-स्तेरलयादनिकोव ! हालत सचमुच काफ़ी ख़राब है। उफ़्...वास्या...वास्या...इतनी तकलीफ़ तुम्हें क्यों हुई आख़िर ?"

स्तेरलयादनिकोव लम्बी-लम्बी साँस लेता रहा और कोई जवाब दे न पाया। फ़ोमीन और ग्रिगोरी, जैसे कि किसी कमान पर घोड़ों से उतरे और हवा के रुख को बचाते हुए उसकी ओर बढ़े। वह कुछ देर तक स्थिर लेटा रहा, फिर हाथ के बल उठकर बैठा और ख़ून-सी लाल आँखों से उसकी ओर देखते हुए बोला—"भाइयो, मुझे मौत के हाथों सौंप दो...मैं यों भी ज़िन्दा नहीं हूँ...एकदम टूट गया हूँ...मेरी ताक़त पूरी तरह जवाब दे गई है..."

वह फिर पीठ के बल लेट गया और आँखें बन्द कर लीं। फ़ोमीन और उसके साथ के दूसरे लोगों को यों भी इस अनुरोध की आशा थी। सो, कोशेलेव की तरफ़ देखकर आँख मारते हुए फ़ोमीन दूसरी ओर को मुड़ गया। कोशेलेव ने विरोध में कुछ न कहा, झटके से कन्धे से राइफ़ल उतारी और चुमाकोव के होंठों की हरक़तों को पढ़ते हुए सुनने से अधिक समझा—"गोली मार दो !" पर, स्तेरलयादनिकोव ने फिर आँखें खोल लीं, और अपनी उँगली से नाक की हड्डी की तरफ़ इशारा करते हुए बोला—"यहाँ गोली मारता ताकि रोशनी फ़ौरन ही गुल हो जाए...अगर कभी गाँव की तरफ़ जाना हो तो मेरी बीवी को पूरा क़िस्सा सुना देना और कह देना कि वह अब मेरा इन्तज़ार न करे।"

कोशेलेव, बहुत देर तक, राइफ़ल के खटके से खिलवाड़ करता लगा। उस बीच स्तेरलयादनिकोव को समय मिल गया, और उसने पलकें झुकाते हुए कहा—"मेरे बीवी है सिर्फ़...बच्चे नहीं हैं...एक बच्चा हुआ था, पर वह पेट में ही मर गया था...फिर और कुछ हुआ नहीं।"

कोशेलेव ने दो बार राइफ़ल तानी, पर दोनों ही बार झुका ली और चेहरे की ज़र्दी बराबर बढ़ती गई। इस पर चुमाकोव ने कन्धा पकड़कर उसे क्रोध से ढकेल दिया और राइफ़ल उसके हाथ से छीन ली।

"अगर काम नहीं कर सकते तो ज़िम्मा मत लो...छुईमुई के फूल हो निरे !" भर्राए गले से वह चीख़ा, टोपी उतारी और बालों पर हाथ फेरे।

"जल्दी करो !" फ़ोमीन ने एक पैर रक़ाब में रखते हुए कहा।

चुमाकोव ने सार्थक शब्दों की खोज करते हुए शान्त भाव से, धीरे से कहा—"वैसिली, अलविदा... ईसा के लिए मुझे और मेरे सभी साथियों को माफ़ कर देना...अब मुलाक़ात दूसरी दुनिया में होगी। और यहाँ हमने जो-कुछ अच्छा-बुरा किया है, उस पर फ़ैसला वहाँ दिया जाएगा...तुम्हारी बात तुम्हारी घरवाली तक ज़रूर पहुँचा दी जाएगी।"

चुमाकोव ने उत्तर की प्रतीक्षा की, पर स्तेरलयादनिकोव चुप रहा। मौत के इन्तज़ार में उसका चेहरा पीला पड़ गया। केवल उसकी बरौनियों के बाल, जैसे कि हवा, फड़फड़ाए। साथ ही उसके बाएँ हाथ की उँगलियों में हरक़त हुई और वह जाने क्यों अपनी ट्यूनिक का एक ढीला बटन ठीक करने लगा।

ग्रिगोरी ने अब तक जाने कितनी मौतें देखी थीं। इस पर भी स्तेरलयादनिकोव को मरता देखने की हिम्मत वह न जुटा सका, अपने घोड़े की रासें तेज़ी से खींचता जल्दी-जल्दी आगे बढ़ गया, और इस गोली की राह यों देखने लगा, जैसे कि खुद उसकी अपनी खोपड़ी में मारी जा रही हो। उसके दिल ने एक-एक क्षण की गिनती की। परन्तु, जब पीछे गोली की आवाज़ हुई तो उसके घुटने काँप गए और वह बड़ी मुश्किल से पिछड़ते हुए घोड़े को सँभाल सका।

फिर कोई दो घंटे तक वे घोड़ों पर सवार मंज़िल तय करते रहे, पर मुँह उनमें से एक ने भी नहीं खोला। उसके बाद मौन तोड़ा चुमाकोव ने। आँखों पर हथेली की ओट करते हुए, भारी गले से बोला—"मैंने गोली उसे पता नहीं क्यों मार दी ? उसे स्तेपी में कहीं छोड़ दिया जाता। बेकार का गुनाह अपने ऊपर लिया मैंने। वह अब भी मेरी आँखों के आगे नाच रहा है।"

फ़ोमीन बोला—"आख़िर तुम कब आदी होगे इन चीज़ों के ? इतने लोगों को तुम तलवार के घाट उतार चुके, मगर अटपटा तुम्हें अब भी लगता है...आख़िर क्यों ? तुम्हारे पास दिल नहीं है...दिल की जगह ज़ंगलगा लोहे का एक ढोंका है।"

चुमाकोव का चेहरा तमतमा उठा। उसने फ़ोमीन की ओर क्रोध से नज़र गड़ाकर देखा और बोला—"इस वक़्त मुझसे मत उलझो, याकोव-येफ़िमोविच ! मुझे छेड़ोगे तो तुम्हें ठिकाने लगाकर छोड़ूँगा...हाँ, तुम्हें भी ठिकाने लगा दूँगा...और, सो भी बड़ी ही आसानी से देखते-देखते।"

"तुमसे भला क्यों उलझूँगा मैं ! मुझे अपनी ही परेशानियाँ कौन कम हैं !" फ़ोमीन ने समझौता-सा

करते हुए कहा और धूप के कारण आँखें सिकोड़ते हुए पीठ के बल लेटकर आराम से हाथ-पैर फैला दिए।

16

ग्रिगोरी की आशा के विरुद्ध अगले दस दिनों के दौरान चालीस से अधिक कज़्ज़ाक फ़ोमीन के दस्ते में आ शामिल हुए। ये सोवियत सेनाओं द्वारा तार-तार कर दिए गए छोटे-छोटे दस्तों के बचे-खुचे लोग थे। इनके नेता रह गए थे और पूरे इलाक़े में जहाँ-तहाँ मारे-मारे फिरते थे। इनके सामने कोई उद्देश्य न रह गया था, और इसीलिए ये बड़ी ख़ुशी-ख़ुशी फ़ोमीन से आ मिले थे। उनके लिए सबकुछ बराबर था। वे किसी की मातहत रह सकते थे और किसी को भी तलवार के घाट उतार सकते थे। चाहते सिर्फ़ इतना थे कि खानाबदोशों की-सी आज़ाद ज़िन्दगी बिताते रहें और जो हाथ आ जाए उसे लूटते-खसोटते रहें। इनमें से कितने ही लोग देखने में छँटे हुए गुंडे लगते थे। यही कारण है कि फ़ोमीन ने इन्हें देखा तो नफ़रत से भरकर ग्रिगोरी से बोला—"मेलेख़ोव, हमारे दस्ते में शामिल होनेवाले ये तमाम लोग हर तरह गए-बीते हैं...इंसान नहीं हैं। ये तो फाँसी के तख़्ते और फाँसी के फन्दे के लिए चुने गए लोग हैं।"

बात यह है कि फ़ोमीन अपने अन्तरतम में अपने को अब भी मेहनतकशों के लिए लड़नेवाला समझता था और पहले की तरह तो अक्सर नहीं, लेकिन फिर भी जब-तब कहता था—"हम कज़्ज़ाकों को आज़ादी दिलानेवाले लोग हैं।" वह बेहूदी-से-बेहूदी आशा को सीने से लगाकर रखता था, सच्चाई को साफ़ नकार जाता था, अपने साथियों द्वारा की गई लूट-पाट से आँख बचा जाता था और कहता था—"यह सारा तूफान ज़रूरी है...इस सूरत से मुझे समझौता करना चाहिए...हाँ, जल्दी ही वह वक़्त आएगा और लूटपाट करनेवाले इन लोगों से छुटकारा ले लूँगा, और डाकुओं के महज़ एक छोटे दस्ते का अतामान न रहकर, बाग़ी फ़ौजों का सच्चा कमांडर बन जाऊँगा।"

...लेकिन चुमाकोव तो अब भी संकोच न करता, फ़ोमीन के सभी साथियों को लुटेरे डाकुओं की संज्ञा देता और पूरी आवाज़ से बहस कर खुद फ़ोमीन को लुटेरा और डाकू साबित करता। कहता—"तुम और कुछ हो ही नहीं सकते...हाँ काम ज़रा बड़े पैमाने पर करते हो।" यानी वे दोनों जब भी एक-दूसरे को अकेले मिलते, उनमें धुआँधार बहस छिड़ जाती और वे आपे से बाहर होते।

फ़ोमीन गुस्से से लाल होते हुए चीख़ता—"मेरी लड़ाई तो सोवियत हुकूमत से है और यह उसूल की लड़ाई है...और तुम हो कि मुझे जाने क्या समझते हो। बेवकूफ़ कहीं के, तुम्हारी समझ में यह नहीं आता कि मैं एक ख़ास ख़्याल को लेकर अपनी लड़ाई चला रहा हूँ ?"

चुमाकोव जवाब देता—"मुझे चकमा देने की कोशिश न करो, और न मेरी आँखों पर पर्दा डालो। मैं कोई बच्चा नहीं हूँ कि तुम मुझे जो चाहोगे सो समझा दोगे। उसूल...फूः। तुम तो पैदाइशी डाकू हो...और सिर्फ़ डाकू हो। और अगर हो तो मेरी समझ में नहीं आता कि इस लफ़्ज़ से इस तरह भड़कते क्यों हो ?"

"क्योंकि यह बेइज़्ज़ती की बात है।...तेरी ज़बान कटकर गिर जाए।...मैंने सरकार के ख़िलाफ़ सिर उठाया है और सरकार के ख़िलाफ़ हथियार उठाए हैं...इतने से ही तो मुझे डाकू नहीं कहा जा सकता।"

"बिल्कुल इसीलिए डाकू हो तुम ! सरकार के ख़िलाफ़ लड़ने की वजह से ही डाकू कहा जाना चाहिए तुम्हें ! लुटेरे और बटमार शुरू से ही सरकार के ख़िलाफ़ रहे हैं। कोई सवाल नहीं कि सोवियत सरकार क्या है और कैसी है...वह एक सरकार है, 1917 से काम कर रही है और जो भी उसके ख़िलाफ़ कदम उठाता है, वह सिर्फ लुटेरा है, डाकू है।"

"तुम तो बहुत ही काठ के उल्लू निकले ! अच्छा, जनरल क्रॉसनोव और देनिकिन...वे भी बटमार और डाकू थे ?"

"और क्या थे वे ? वे लुटेरे थे...सिर्फ़ यह कि उनके कन्धों पर फ़ौजी पट्टियाँ थीं...और, फ़ौजी पट्टियों से कोई ख़ास फ़र्क नहीं पड़ता...तुम्हारे और मेरे कन्धों पर भी वे पट्टियाँ हो सकती हैं।"

फ़ोमीन हाथ पटकता, थूकता और कोई कारगर दलील न सोच पाकर बेकार का झगड़ा ख़त्म कर देता। सोचता—'चुमाकोव से बहस करने से फ़ायदा ?'

तो, जो लोग दस्ते में आ शामिल हुए थे, उनमें से अधिकांश के पास क़ायदे के कपड़े और शानदार हथियार थे। लगभग सभी के पास ठाठ के घोड़े थे। ये घोड़े बिना रुके चलते जा सकते थे और एक सौ वर्स्ट आसानी से तय कर सकते थे। इनमें से कुछ लोगों के पास दो-दो तक घोड़े थे। एक पर वे सवारी करते थे तो दूसरा बग़ल-बग़ल चलता था। ज़रूरत पड़ने पर वे एक से उतरकर दूसरे पर सवार हो जाते थे। इस तरह दोनों को ही पारी-पारी से आराम मिल जाता था और दो घोड़ेवाले लोग एक दिन में दो सौ वर्स्ट की मंज़िल मार लेते थे।...

ऐसे ही एक दिन फ़ोमीन, ग्रिगोरी से बोला—"अगर शुरू से ही हममें से हर एक के पास दो-दो घोड़े होते तो दुनिया में कोई ताक़त ऐसी न होती जो हमें पकड़ लेती। मिलिशिया और लाल फ़ौजी न लोगों से घोड़े छीनते हैं और न उन्हें यह पसन्द है। लेकिन हम तो जो मन में आए, वह कर सकते हैं। हमें अपने हर आदमी के लिए एक फ़ालतू घोड़े का इन्तज़ाम करना चाहिए। मैं कहता हूँ कि इतना हो जाए तो दुश्मन हमें क्या ही पकड़ पाए। अपने बूढ़े सयाने बतलाते हैं कि तातार इसी तरह धावे बोलते थे। उनमें से हर एक के पास कम-से-कम दो घोड़े होते थे। कभी-कभी तीन भी होते थे। ऐसे घुड़सवार किसके हाथ आ जाते भला ? और अब हमें भी यही करना चाहिए। तातारों की अक्ल का मैं बड़ा कायल हूँ।"

और उन लोगों ने जल्दी ही और घोड़े हथिया लिए और वे कुछ समय तक सचमुच ही दुश्मन के हाथ नहीं आए। व्येशेंस्काया में नए सिरे से संगठित मिलिशिया के लोगों ने उन्हें पकड़ने की बड़ी कोशिश की। पर, मेहनत बेकार गई। फ़ोमीन के साथियों ने, गिनती में कम होने पर भी फालतू घोड़ों की मदद से बड़ी ही आसानी से दुश्मन के छक्के छुड़ा दिए। वे काफ़ी आगे रहे। इस तरह खतरनाक मुहिम का कोई मौका ही नहीं आया।

लेकिन इस पर भी मई के मध्य में फ़ोमीन के दस्ते से लगभग चौगुनी सेना ने दोन के सामने, उस्त-खोपर्स्काया ज़िले के बोवरोवस्की गाँव के पास दस्ते को घेर लिया। परन्तु थोड़ी लड़ाई के बाद दस्ते के लोग क़तार भेदकर नदी के किनारे की ओर भाग निकले। इस सिलसिले में उनके आठ आदमी मारे गए और घायल हुए। इसके थोड़े समय बाद फ़ोमीन ने ग्रिगोरी से चीफ़-ऑफ़-स्टाफ़ का पद सँभालने को कहा। बोला—"हमें किसी पढ़े-लिखे आदमी की ज़रूरत है, ताकि हम एक नक़्शा बनाकर चल सकें, वरना एक-न-एक दिन दुश्मन हम पर हावी हो जाएँगे और हमें झकझोरकर रख देंगे। यह ज़िम्मेदारी तुम अपने ऊपर ले लो, ग्रिगोरी- पैन्तेलेयेविच !"

ग्रिगोरी ने ज़रा मौज में आते हुए कहा—"मिलिशिया के लोगों को पकड़ने और उनके सिर धड़ से अलग करने के लिए चीफ़-ऑफ़-स्टॉफ़ की ज़रूरत नहीं।"

"हर फ़ौजी टुकड़ी का अपना एक स्टॉफ़ होना चाहिए।"

"वैसे अगर स्टॉफ़ के बिना तुम्हारा काम नहीं चलता हो, तो चुमाकोव को बना दो स्टॉफ़।"

"लेकिन तुम इस ज़िम्मेदारी से क्यों बचना चाहते हो ?"

"मुझे पता ही नहीं कि उसके मानी क्या होते हैं ?"

"और चुमाकोव जानता है।"

"नहीं, जानता तो चुमाकोव भी नहीं।"

"तब फिर इस काम के लिए तुम उसका नाम क्यों ले रहे हो ? तुम फ़ौजी अफ़सर हो, और तुम्हें तो इसकी जानकारी होनी चाहिए। लड़ाई के सारे दाव-पेंच वग़ैरह तुम तो जानते ही होगे।"

"जैसे तुम इस दस्ते के कमांडर हो, बिल्कुल वैसा ही मैं फ़ौजी अफ़सर रहा हूँ। हमने तो सिर्फ़ एक दाव-पेंच जाना है, और वह यह कि पूरे स्तेपी के चक्कर काटो और आँखें हर वक़्त खुली रखो।" ग्रिगोरी ने व्यंग्य से कहा।

फ़ोमीन ने ग्रिगोरी की ओर देखकर आँख मारी और उँगली से धमकी दी।

"मैं तुम्हारी बात समझ गया। अपने को आड़ में रखना चाहते हो। सामने आना नहीं चाहते। इससे बच नहीं सकोगे, मेरे भाई ! क्या फ़र्क पड़ता है कि तुम ट्रुप-कमांडर हो या चीफ़-ऑफ़-स्टॉफ़ ! तुम्हारा ख़्याल है कि तुम दुश्मनों के हाथ लग जाओगे तो वे तुम्हारे साथ किसी तरह की रू-रियायत बरतेंगे ? ख़ैर न मानते हो तो न मानो, मौक़ा पड़ने पर देख लेना।"

"यह तो बात ही मेरे दिमाग़ में नहीं आई...ग़लत सोच रहे हो तुम।" ग्रिगोरी ने अपनी तलवार की मूठ पर नज़र गड़ाते हुए कहा—"लेकिन जिस काम के बारे में मैं कुछ नहीं जानता, उसे अपने हाथ में ले नहीं सकता।"

"ख़ैर, अगर तुम नहीं चाहते तो न सही। हमारा तुम्हारे बिना भी जैसे-तैसे काम चल ही जाएग़ा।" फ़ोमीन ने क्रुद्ध होते हुए कहा।

इस बीच इलाक़े में स्थिति पूरी तरह बदल गई। जो खाते-पीते कज़्ज़ाक फ़ोमीन का पहले खुले दिल से स्वागत करते थे, उनके दरवाज़े उसके लिए बिल्कुल बन्द हो गए। अब दस्ता जब भी किसी गाँव में पहुँचा, वहाँ के घरों के मालिक जल्दी-जल्दी इधर-उधर हो गए और बाग़-बगीचों में जा छिपे। व्येशेंस्काया आने पर क्रान्तिकारी अदालत के लोगों ने फ़ोमीन की खातिर करनेवाले कितने ही कज़्ज़ाकों को कड़ी-से-कड़ी सज़ा दी। फिर इसकी खबर हवा की तरह अलग-अलग ज़िलों में फैल गई, और उसका असर इन लुटेरों की तरफ़ खुल्लमखुल्ला दोस्ती का हाथ बढ़ानेवाले लोगों पर भी पड़ा।

फ़ोमीन ने एक पखवारे के अन्दर-अन्दर ऊपरी दोन के सभी ज़िलों का दूर-दूर तक दौरा कर डाला। अब तक दस्ते के तलवार-बन्द लोगों की गिनती एक सौ तीन तक पहुँच गई और उनका पीछा करनेवाले भी कुछ इने-गिने घुड़सवार ही न रह गए, बल्कि दक्षिणी मोर्चे से भेजी गई तेरहवीं घुड़सवार रेज़ीमेंट में कई स्क्वैड्रनें उस काम में लग गई।

फ़ोमीन के दस्ते में हाल में शामिल होनेवाले लोग इलाक़े के अलग-अलग हिस्सों के थे और चक्करदार सड़कों से दोन तक पहुँचे थे। इनमें से कुछ लोग क़ैदियों के गिरोह, जेलख़ानों और जेल के कैम्पों से एक-एक कर भाग आए थे। लेकिन ज़्यादातर लोग या तो कई दर्जन घुड़सवारों के मिले-जुले दल के सदस्य थे, या तौर-तार हो गए और कुरोचकिन-दस्ते के बचे हुए आदमी थे। घुड़सवार मास्लाक से कट गए थे और अपनी इच्छा से अलग-अलग टुकड़ियों में बँट गए थे, पर कुरोचकिन दस्ते के लोगों ने इस तरह बिखरना पसन्द न किया था। उन्होंने अपनी एक टुकड़ी अलग बना ली थी, अपने को एक दृढ़ सूत्र में बाँध लिया था और अपने को दस्ते के दूसरे लोगों से अलग-थलग रखा था। फिर क्या लड़ाई के समय और पड़ावों के वक़्त, उनका अपना हिसाब अलग ही रहा था ? यही नहीं, जब भी उन्होंने कोई सहकारी दूकान या गोदाम लूटा था, लूट का पूरा माल एक जगह जमा किया था और फिर, पूर्ण समानता सिद्धान्त के आधार पर, उसे आपस में बराबर-बराबर बाँट लिया था।

...फटे-पुराने सिरकैशियन कोटों से लैस, तेरेक और कुबान के कई कज़्ज़ाकों, दो काल्मीकों, जाँघों तक पहुँचनेवाले हंटिंग बूटों के एक लातवियन और धारीदार जर्सियों और नौसैनिकों के बदरंग किटोंवाले पाँच नौ-सैनिक अराजकतावादियों के कारण फ़ोमीन के दस्ते में विविधता आ गई थी। दस्ता रंग-बिरंगा हो उठा था।

चुमाकोव ने एक दिन पूरी क़तार पर नज़र दौड़ाते हुए फ़ोमीन से कहा—"तुम अब भी कहोगे

कि तुम्हारी कमान में लुटेरे और डाकू नहीं हैं ? क्या नाम दोगे तुम इन तमाम लोगों को ? किसी ख़ास उसूल के लिए लड़नेवाले हैं ये सब ? बस बिना फ्रॉकवाले एक पादरी और पतलूनों में सजे-बजे कुछ सूअरों की कसर है...ये और आ जाएँ तो दस्ता पहुँचे हुए फ़क़ीरों की एक जमात हो जाए।''

फ़ोमीन ने बात अनसुनी कर दी। वह तो अधिक-से-अधिक लोगों को अपने दस्ते में शामिल करने में उलझा रहा और स्वयंसेवकों को स्वीकार करते समय उसने किसी भी बात की तरफ़ कोई ध्यान नहीं दिया। वह अपनी कमान में आने की इच्छा रखनेवाले हर आदमी से ख़ुद सवाल-जवाब करता और रुखाई से कहता–''तुम बिल्कुल ठीक हो। मैं तुम्हें लूँगा। अब जाकर मेरे चीफ़-ऑफ़- स्टॉफ़ चुमाकोव से मिलो। वह तुम्हें किसी खास ट्रुप में भेज देगा और हथियार दे देगा।''

इसी सिलसिले में मिगुलिंस्काया ज़िले के एक गाँव में शानदार कपड़ों और घुँघराले बालोंवाला एक साँवला, कम-उम्र जवान फ़ोमीन के पास लाया गया। जवान ने फ़ोमीन के दस्ते में शामिल होने की ख्वाहिश ज़ाहिर की। पूछताछ के बाद पता चला कि वह रोस्तोव का रहनेवाला है, हथियारबन्द डकैती के मामले में हाल में सज़ा पा चुका है, परन्तु रोस्तोवे जेल से भाग निकला है, और फ़ोमीन का ज़िक्र सुनकर ऊपरी दोन के इस इलाक़े में चला आया है।...

फ़ोमीन ने उससे पूछा–''कहाँ के हो ? आर्मीनिया के या बुलगारिया के ?''

''मैं यहूदी हूँ,'' लड़के ने ज़रा परेशानी के साथ जवाब दिया।

इस पर फ़ोमीन आश्चर्य से अवाक् रह गया, कुछ देर तक उसके मुँह से बोल न फूटा, और उसकी समझ में न आया कि इस अप्रत्याशित परिस्थिति में करे तो करे क्या !

थोड़ा सोचने के बाद उसने एक लम्बी साँस भरी और बोला–''ख़ैर, तुम अगर यहूदी हो तो हो। हम यहूदियों पर भी नाक नहीं चढ़ाते। हमें एक आदमी और मिला। पर घुड़सवारी कर लेते हो तुम ?...नहीं कर सकते ? कोई बात नहीं, सीख लोगे। तुम्हें कोई सीधी क़िस्म की घोड़ी दे दी जाएगी, और तुम्हें यह काम भी आ जाएगा। फ़िलहाल चुमाकोव के पास जाओ...वह तुम्हें किसी-न-किसी ट्रुप में भेज देगा।''

और कुछ क्षणों के बाद ही क्रोध से लाल चुमाकोव घोड़ा दौड़ाता, फ़ोमीन के पास आया और रासें खींचकर जानवर को पिछले पैरों के बल खड़ा करता हुआ बोला–''तुम पागल हो गए हो या महज़ मज़ाक सूझा है तुम्हें ? यह यहूदी क्यों भेज दिया तुमने मेरे पास ? मैं उसे क़बूल नहीं करूँगा...जहाँ कहीं उसका सींग समाए, वहाँ चला जाए।''

फ़ोमीन ने शान्त भाव से कहा–''ले लो उसे...ले लो...हमारे दस्ते में एक आदमी और बढ़ेगा।''

परन्तु चुमाकोव के मुँह से गुस्से के मारे झाग निकलने लगा और वह चीख़ा–''मैं नहीं लूँगा उसे...मैं उसे जान से मार डालूँगा, मगर दस्ते में शामिल नहीं करूँगा...कज़्ज़ाक उसे लेकर आसमान सिर पर उठा रहे हैं...तुम जाओ और ख़ुद बात करो उनसे।''

मगर इधर बहस और गरमागरमी चलती रही, और उधर कज़्ज़ाकों ने उस यहूदी को एक मालगाड़ी के पास धर पकड़ा और उसके बदन की कसीदेकारी की कमीज़ और सूती पाजामा उतार लिया। एक कज़्ज़ाक ने कमीज़ ख़ुद पहनते हुए कहा–''गाँव के पार वह...वहाँ पुरानी झाड़ी नज़र आती है तुम्हें ! बस तो दुलकी चाल से दौड़ते हुए जाओ, और वहाँ लेट रहो...यानी तब तक लेटे रहो जब तक कि हम यहाँ से चले न जाएँ...उठना सिर्फ़ हमारे जाने के बाद–और जहाँ चाहो वहाँ चले जाना...वैसे अब हमारे पास आने की हिम्मत न करना, वरना मार डाले जाओगे। बेहतर तो यह है कि तुम रोस्तोव लौट जाओ, अपनी अम्मीजान के पास ! लड़ना यहूदियों के बस का नहीं है। आसमानवाले ने तुम्हें तिजारत सिखाई है, लड़ाई नहीं। लड़ाई हम तुम्हारे बिना भी चला लेंगे।''

इस तरह उस यहूदी को तो नहीं लिया गया, मगर उसी दिन कज़्ज़ाकों ने व्येशेंस्काया ज़िले के सभी गाँवों से लोगों के परिचित, 'अक़्ल के धनी' पाशा को पकड़ा और हँसी से लोटपोट होते हुए

दूसरे ट्रुप में भेज दिया।

हुआ यह कि उसे स्तेपी में पकड़ा गया, गाँव लाया गया और एक मृत लाल सैनिक की वर्दी ठाठ से पहनाई गई। इसके बाद कज़्ज़ाकों ने उसे राइफ़ल चलाकर दिखलाई और बहुत देर तक तलवार चलाना सिखलाया।

ग्रिगोरी अपने घोड़ों की तरफ़ बढ़ा कि उसने भीड़ जमा देखी और वह इधर ही चल पड़ा कि आख़िर बात क्या है ? फिर हँसी के ठहाके उसके कानों में पड़े तो उसने कदम और तेज़ी से बढ़ाए। इसी समय पूर्ण शान्ति के बीच उसने किसी के निर्देश से भरे स्वर सुने–"नहीं, ऐसे नहीं पाशा ! ऐसे तलवार कौन चलाता है ? इस तरह तो लकड़ी-भर कट सकती है, आदमी नहीं। इस तरह चलाओ...इस तरह...देखा ? जब किसी को पकड़ो तो उसे फ़ौरन घुटनों के बल बैठने का हुक्म दो वरना अगर वह खड़ा रहेगा तो थोड़ी मुश्किल होगी...फिर...तुम यों...यों पीछे से आकर उसकी गर्दन पर भरपूर वार करो...कोशिश करो कि हाथ सीधा न पड़कर ज़रा तिरछा पड़े...।"

'बुद्धि का धनी' पाशा, डाकुओं से घिरा, अपनी नंगी तलवार की मूँठ पकड़े अटेंशन खड़ा रहा और मुस्कुराकर ख़ूबसूरती से अपनी उंभरी हुई भूरी आँखें सिकोड़ते हुए निर्देशक कज़्ज़ाक की बातें सुनता रहा। उसके होंठों के कोनों से यों पानी टपकता रहा जैसे कि वह कोई घोड़ा हो और उसके मुँह में कोई झागदार खाने की चीज़ हो। थूक ताँबे के रंग की दाढ़ी से बह-बहकर सीने पर आता रहा कि सहसा ही उसने अपने गन्दे होंठ चाटे और तुतलाते हुए बोला–"मैं सबकुछ समझ गया...प्यारे–भाई...अब बिल्कुल ऐसे ही करूँगा सबकुछ...जब भी किसी को क़ैद करूँगा घुटनों के बल बिठा लूँगा। और ऐन गर्दन पर तलवार जमाऊँगा...मगर सुनो, तुम लोगों ने मुझे पतलून, कमीज़ और बूट तो दिए, पर कोट नहीं दिया...कोट मेरे पास नहीं है...वह भी दे दो तो मैं तुम्हारा जी ख़ुश करके दिखा दूँ ! पूरी ताक़त लगा दूँ अपनी।"

एक कज़्ज़ाक बोला–"कोई कमीसार मार डाला कहीं, कोट भी हो जाएगा...लेकिन ज़रा यह बतलाओ कि पिछले साल तुमने शादी किस तरह की ?"

पाशा की फैली-फैली-सी झलाझल आँखों में जैसे कोई दहशत झलकी। उसने एक झटके में अनगिनत गालियाँ दे डालीं और फिर हँसी के ठहाकों के बीच जाने कहाँ की कहानी सुनाने लगा। ग्रिगोरी को पूरा दृश्य ऐसा घिनौना लगा कि वह सिर से पैर तक गनगना उठा और तेज़ी से मुड़ गया। उसका मन अपने प्रान्त और अपनी आज की गई-बीती ज़िन्दगी के प्रति घृणा से भर उठा। उसने मन-ही-मन सोचा–'और ऐसे लोगों की क़िस्मत के साथ अपनी क़िस्मत नत्थी कर रखी है मैंने !'

वह घोड़ों के खूँटों के पास लेट गया, और उसने उस बुद्धू की चीख़-पुकारों और कज़्ज़ाकों की गगन-भेदी हँसी को अनसुना करने की कोशिश की। साथ ही खा-पीकर मस्त नज़र आते घोड़ों की तरफ़ देखते हुए फ़ैसला किया–'मैं कल यहाँ से निकल भागूँगा...अब और नहीं चलेगा–।'

इसके बाद उसने बहुत ही सावधानी और समझ-बूझ से दस्ता छोड़ने की तैयारी की। मिलिशिया के उशाकोव नाम के एक मृत सिपाही के काग़ज़ात उसने पहले ही लेकर अपने बरानकोट के अस्तर में सी लिए थे। कोई दो सप्ताह से अपने घोड़ों को सरपट दौड़ के लिए तैयार करता रहा था। उसने उन्हें समय से पानी पिलाया था, बड़ी मेहनत से खरहरा किया था। और सही-ग़लत ढंग से जैसे भी हुआ, हर रात उनके लिए दाना मुहैया किया था। नतीजा यह कि उसके घोड़े बाक़ी सभी घोड़ों से कहीं अच्छी हालत में थे, और उन्हें देखकर पूरा भरोसा बँधता था कि कोई कितना ही पीछा करे, सवार को पा नहीं सकता।

तो ग्रिगोरी उठा, पास की झोंपड़ी में गया और खत्ती की ड्योढ़ी पर बैठी वृद्धा से आदर से बोला –"हँसिया है, दादी ?"

"था तो एक हँसिया घर में, पर पड़ा जाने कहाँ है ! ऐसी क्या ज़रूरत आ पड़ी हँसिए की ?"

"तुम्हारी बगिया से अपने घोड़ों के लिए थोड़ी हरियाली काटना चाहता था...काट लूँ ?"

बुढ़िया थोड़ा सोचने के बाद बोली—"हमारी गर्दनों से कब बोझ उतरेगा तुम लोगों का ! आज तो यह कुछ नहीं है, लेकिन कभी यह दे दो तो कभी वह दे दो। एक झुंड आता है और अनाज की माँग करता है। दूसरा गिरोह आता है और जिस चीज़ पर नज़र पड़ती है, उसे ही घसीट ले जाता है। मैं हँसिया नहीं दूँगी तुम्हें...तुम्हारा जो जी आए, सो करो...पर हँसिया हरगिज़ नहीं दूँगी मैं।"

"घास की ही तो बात है, थोड़ी-सी ले लेने दो, बुढ़िया माँ !"

"तुम्हारा ख़्याल है कि नंगी ज़मीन में अब और घास उगेगी ? अपनी गाय को भला क्या खिलाऊँगी मैं ?"

"यानी स्तेपी में घास ही नहीं है ?"

"तो जाओ स्तेपी में और काट लाओ वहाँ से, साहबज़ादे ! मैदान में तो घास ही घास है।"

ग्रिगोरी ने खीझते हुए कहा—"दादी, बेहतर यही है कि तुम मुझे हँसिया दे दो और मैं थोड़ी-सी घास काट लूँगा। बाक़ी ज्यों-की-त्यों रह जाएगी। वरना, अगर हमने अपने घोड़े कहीं छोड़ दिए तो तुम्हारी बगिया में घास की एक पत्ती बाक़ी न बचेगी।"

बुढ़िया ने ग्रिगोरी की तरफ़ तेज़ निगाहों से देखा, रास्ते से हट गई और बोली—"जाओ और हँसिया उठा लो ख़ुद...शेड में टँगा होगा कहीं।"

ग्रिगोरी को शेड में एक टूटा हुआ हँसिया मिला और एक बग़ल से गुज़रा तो बुढ़िया के शब्द उसके कानों में पड़े—"तुम्हें मौत भी नहीं पूछती...भाड़ में जाओ तुम !"

परन्तु ग्रिगोरी इसका आदी हो गया था। दस्ते के बारे में कज़्ज़ाक क्या सोचते हैं, यह बात वह एक अरसे से जानता था। सो सफ़ाई से घास, जड़-सहित काटते हुए उसने सोचा—'ये लोग भी अपनी जगह ठीक ही तो सोचते हैं। हमसे उन्हें क्या फ़यदा ? हमारी ज़रूरत किसी को भी तो नहीं। हम हर एक के आराम से जीने और चैन से काम करने के आड़े ही तो आते हैं। अब यह सब ख़त्म होना चाहिए, और जल्द-से-जल्द ख़त्म होना चाहिए...।'

और अपने विचारों में डूबा, वह घोड़ों को दूब की कोमल पत्तियाँ अपने काले, मखमली होंठों से उठाते हुए देखता रहा। फिर उसका यह तार तोड़ा जवानी से उमड़ती एक भारी आवाज़ ने—"कैसा शानदार घोड़ा है ! घोड़ा है कि हंस है सचमुच !"

ग्रिगोरी ने बोलनेवाले की तरफ़ देखा तो मालूम हुआ कि फ़ोमीन के दस्ते में हाल में शामिल होनेवाला एक कमउम्र कज़्ज़ाक उसके भूरे घोड़े को एकटक देख रहा है और गद्गद भाव से सिर हिला रहा है।

कज़्ज़ाक ने घोड़े को मुग्ध मन से देखा और जीभ चटकाते हुए उसके चारों तरफ़ कई चक्कर काटे। पूछा—"यह घोड़ा तुम्हारा है ?"

"क्यों ? क्या बात है ?"

"आओ, अदला-बदली कर लें। मेरे पास दोन की ख़ालिस नस्ल का एक कुम्मैत घोड़ा है। वह बड़ी-से-बड़ी अड़चन पार कर सकता है और बड़ा ही जानदार है। जानदार तो इतना है कि तुम्हें आसानी से यक़ीन नहीं आएगा। यह समझो कि बिजली है...बिल्कुल बिजली !"

"ऐसी-तैसी में जाओ तुम !" ग्रिगोरी ने उत्साहरहित मन से कहा।

कज़्ज़ाक एकाध क्षण तक तो चुप रहा, मगर फिर लम्बी आह भरकर पास ही बैठ गया, बहुत देर तक घोड़े को घूरता रहा और फिर बोला—"तुम्हें पता है, इस घोड़े को हँफनी छूटती है।"

ग्रिगोरी कुछ नहीं बोला और एक तिनके से दाँत कुरेदता रहा। यह सीधा-सादा लड़का जैसे उसके मन में जगह करने लगा।

लड़के ने ग्रिगोरी की ओर मिन्नत-भरी नज़रों से देखा और शान्त-भाव से पूछा—"अदला-बदली

नहीं करोगे, चाचा ?"

"नहीं...बिल्कुल नहीं करूँगा...अपने घोड़े के साथ तुम अपने को भी जोड़ दो तो भी नहीं करूँगा।"

"लेकिन यह घोड़ा तुम्हें मिला कहाँ ?"

"मैंने ईजाद किया है इसे।"

"हटाओ भी, ठीक-ठीक बतला दो न !"

"तो यह घोड़ा भी वैसे ही मिला, जैसे आम तौर पर घोड़े मिलते हैं...किसी घोड़ी ने पैदा किया इसे भी !"

"ऐसे बेवकूफ़ आदमी से बात करने से कोई फ़ायदा नहीं," लड़के ने खीझते हुए कहा और वहाँ से हट गया।

...ग्रिगोरी के सामने पूरा गाँव, मुर्दे की तरह वीरान और बेजान पड़ा रहा। फ़ोमीन के लोगों के अलावा कहीं कोई नज़र नहीं आया। गली में यों ही छोड़ दी गई एक गाड़ी, अहाते में चिराई के लिए तैयार लकड़ी के एक कुन्दे, उसमें हड़बड़ी में गड़ा दी गई कुल्हाड़ी, आधे रन्दे के बाद छोड़ दिए गए, पास ही पड़े लकड़ी के एक तख्ते, सड़क के बीचोंबीच घास की छोटी-छोटी पत्तियाँ, सुस्ती से चरते, बँधे हुए बैलों और कुएँ की जगत के पास औंधी पड़ी एक बाल्टी ने जैसे चिल्ला-चिल्लाकर कहा कि गाँव की ज़िन्दगी और चैन की साँस किसी ने एकदम घोट दी है, गाँववालों ने अपने-अपने काम अधूरे छोड़ दिए हैं, और वे जाकर जहाँ-तहाँ छिप गए हैं।...

...आज तो बात ग्रिगोरी के अपने देश की थी और उसे यहाँ यह दिन देखना पड़ा था। परन्तु ऐसा ही अनुभव उसे एक बार और भी हुआ था। यानी, जब कज़्ज़ाक-रेजीमेंटों के घुड़सवारों ने पूर्व-प्रशिया में प्रवेश किया था, तो भी लोग इसी तरह टूटे थे और इसी तरह मायूस होकर सिर पर पैर रखकर भागे थे। उस समय जर्मनों ने उसका स्वागत किया था, पर निगाहों से उस पर उदासी और नफ़रत बरसाई थी। और, आज बिल्कुल वही ऊपरी दोन के कज़्ज़ाक कर रहे थे।...

ग्रिगोरी को बुढ़िया का एक-एक शब्द याद आया और कमीज़ के कॉलर का बटन खोलते हुए उसने दर्द से चारों ओर नज़र दौड़ाई। पुरानी पीर आज फिर दिल को कुरेदने और कचोटने लगी।

सूरज धरती पर आग बरसाता रहा। गर्द, कुत्ताघास और घोड़ों के पसीने की बू जैसे गली की हवा में लटकी रही। बगिया में टूटे-फूटे बसेरों से लदे, लम्बे-चौड़े बेंतों पर कौए काँव-काँव करते रहे। घाटी के कहीं ऊपर के पानी से लबालब, एक जलधारा धीरे-धीरे बहती और गाँव को बीच से बाँटती रही। पानी की तरफ़ ढालू कज़्ज़ाकों के अहाते घनी बगीचियों से भरे रहे। चेरी के पेड़ों की पत्तियाँ झोंपड़ियों की खिड़कियों पर आड़ किए रहीं। सेब के पेड़ अपनी शाखों की लम्बी बाँहें बढ़ाकर अपनी हरी पत्तियों और फलों की एक झाँकी सूरज को देते रहे।

ग्रिगोरी ने जंगली झाड़ी से भरे अहाते, पीली झिलमिलियों और फूस के छप्परवाली झोंपड़ी और कुएँ के दमकले पर एक धुँधली नज़र डाली। खलिहान के पास, टहनियों की पुरानी बाड़ के एक खूँटे के ऊपर घोड़े की पानी से गली एक खोपड़ी टँगी दीखी। उसकी आँखों के खाली गढ़ों में सिपाही जमुहाई लेती लगी। उसी खूँटे पर लौकी की हरी बेल चक्कर काटकर प्रकाश की ओर बढ़ती नज़र आई। सिरे पर उसके तन्तु खोपड़ी के दाँतों और उभरे हुए हिस्सों से चिपटे मालूम हुए और उसका आज़ाद सिरा, सहारे की तलाश में, पास के गुलदार के झाड़ की ओर हाथ बढ़ाता समझ पड़ा।

ग्रिगोरी को यह तो याद आया कि यह सब उसने पहले भी देखा है, पर यह स्पष्ट न हुआ कि कभी सपने में देखा है या दूर छूट गए बचपन में देखा है। सो, भावावेश-भरे कलप ने सहसा ही उसे जकड़ लिया। वह बाड़ के नीचे, सीने के बल लेट गया और हथेली से चेहरा ढँककर जाने कब तक पड़ा रहा। उठा केवल तब जब उसके कानों में ज़ोर की आवाज़ पड़ी—"अपने-अपने घोड़ों पर सवार हो जाओ !"

उस दिन रात को मार्च करते-करते वह, क़तार से अलग हो गया जैसे कि काठी ठीक करने के लिए नीचे उतरा और फिर एक जगह खड़ा होकर घोड़ों की दूरी में डूबती टपाटप सुनता रहा। इसके बाद उछलकर घोड़े पर सवार हुआ और फिर सड़क से समकोण बनाते हुए जानवर को सरपट दौड़ा चला।

कोई पाँच वर्स्ट तक उसने अपने घोड़ों को अन्धाधुन्ध दौड़ाया और नाम को भी दम नहीं लिया। मगर, फिर घोड़ा क़दम-चाल में डाल लिया और आहट लेने लगा कि कोई पीछा तो नहीं कर रहा है ? पर, स्तेपी में हर ओर सन्नाटा भाँय-भाँय करता रहा। बलुहे खड्डों में केवल चहा पंछी एक-दूसरे को दर्द से आवाज़ देते रहे और कहीं दूर, बहुत दूर कोई कुत्ता भूँकता रहा।

काले आसमान में टिमटिमाते सितारों का सोना छिटका रहा। स्तेपी से पूरे मैदान में हर तरफ़ सन्नाटे का राज्य रहा और हवा चिरायते की जंगली और तीखी गन्ध से भारी-भारी रही।

ऐसे में ग्रिगोरी रक़ाबों में पैर जमाकर खड़ा हो गया, और चैन की गहरी साँस लेने लगा।

17

ग्रिगोरी, तड़का होने के बहुत पहले ही, तातारस्की के पहले पड़नेवाले चरागाह में पहुँच गया और गाँव के नीचे, नदी के उथले पानी के पास कपड़े उतार डाले, फिर, उसने कपड़ों, बूटों और हथियारों को घोड़ों के सिरों में बाँध लिया, कारतूस की थैली दाँतों से जकड़ ली और जानवरों के साथ तैरना शुरू किया। बर्फ़-से ठंडे पानी ने बदन छेद-छेद दिया तो अपने को गरम रखने के लिए उसने दायाँ हाथ पूरी तेज़ी से चलाया, बाएँ हाथ से रासें साध रखीं और हींसते और हिनहिनाते घोड़ों को आगे-ही-आगे खींचता रहा।

किनारे पहुँचने पर उसने जल्दी-जल्दी कपड़े पहने, घोड़ों के बन्द कसे और एक पर सवार होकर जल्दी-जल्दी गाँव की ओर बढ़ा। बरानकोट, काठी के पट्टे और कमीज़ पानी से तर-बतर रही और उसके बदन को ठंड से जमाती रही। उसके दाँत कटकटाते रहे, पीठ गनगनाती रही और वह सिर से पैर तक काँपता रहा। लेकिन, घोड़ा दौड़ाने के कारण थोड़ी देर बाद ही बदन में गरमी आ गई और गाँव के पास पहुँचने पर वह नीचे उतरकर, पैदल चलने लगा। अब उसने चारों तरफ़ नज़र गड़ागड़ाकर देखा, हर चीज़ की आहट ली और घोड़ों को नाले में छोड़ने का फ़ैसला किया। इसके लिए वह ढालू हिस्से के नीचे उतरा तो कंकड़ घोड़ों की टापों के नीचे खड़खड़ाए और उनकी नालों की रगड़ से आग की चिनगारियाँ फूटने लगीं।

उसने अपने बचपन के गवाह एल्म के पेड़ से घोड़े बाँधे और गाँव की ओर चल पड़ा।

सामने झलका मेलेख़ोव-परिवार का पुराना घर, सेब के पेड़ों का अँधेरा झुरमुट और सप्त-ऋषि की तरफ़ हाथ उठाए कुएँ का दमकल। ग्रिगोरी उत्तेजना से हाँफने लगा, नदी में पैठा, बड़ी सावधानी से रेंगता हुआ अस्ताख़ोव-दम्पती के अहाते के पेड़ों की टहनियोंवाले फाटक में दाख़िल हुआ और बिना झिलमिलीवाली खिड़की के पास पहुँचा। इस समय सिर्फ़ अपने दिल की तेज़ धड़कन और अपने दिमाग़ की नसों में उमड़ते ख़ून की तेज़ी उसे सुन पड़ी। उसने खिड़की का चौखटा इस तरह धीरे-धीरे खटखटाया कि आवाज़ उसके कानों में भी मुश्किल से ही पड़ी।

अकसीनिया चुपचाप खिड़की के पास आई, और बाहर झाँककर देखा। सहसा ही उसके हाथों ने सीना जकड़ लिया और होंठों से हल्की कराह निकल गई। ग्रिगोरी ने खिड़की खोलने का इशारा किया और राइफ़ल अपने कन्धे से उतार ली। अकसीनिया ने खिड़की पूरी तरह खोल दी।

वह फुसफुसाते हुए बोला–"और धीरे से खोलो...बिल्कुल आवाज़ न हो !...कैसी हो तुम ?... दरवाज़ा बिल्कुल न खोलो...मैं खिड़की से ही आ जाऊँगा।"

ग्रिगोरी घर की दीवार के उभरे हुए हिस्से पर खड़ा हुआ तो अकसीनिया ने अपनी नंगी बाँहें उसकी गर्दन में डाल दीं। इसके बाद वे प्यारी-प्यारी बेशक़ीमती बाँहें इस तरह काँपीं और सिहरीं कि वह कम्पन और सिहरन ग्रिगोरी से भी अनजानी न रही। बहुत अस्फुट स्वर में हकलाते हुए बोला– "अकसीनिया...ठहरो...यह राइफ़ल ले लो ज़रा !"

और अपनी तलवार की मूठ थामकर, खिड़की का दासा पारकर अन्दर जा पहुँचा। उसने अकसीनिया को सीने से लगाना चाहा। लेकिन उसने घुटनों के बल बैठकर उसके पैर पकड़ लिए और उसके गीले बरानकोट से चेहरा सटा लिया। दबी हुई सिसकियों से बुरी तरह कँपकँपाने लगी। ग्रिगोरी ने उसे उठाकर बेंच पर बिठाया। वह उससे सटकर, अपना चेहरा उसके सीने में छिपाकर चुप बनी रही, बार-बार सिर से पैर तक सिहरती रही और अपनी सिसकियाँ दबाने और बच्चों की नींद में बाधा न डालने के ख़्याल से बरानकोट का सिरा रह-रहकर मुँह में देती रही।

यानी, ऐसा लगा कि सदा की इतनी मज़बूत औरत को भी यातना और दर्द ने तोड़ दिया। उसका अपना जीवन भी पिछले कुछ महीनों से बड़ा ही कटु रहा था।...ग्रिगोरी ने उसकी पीठ पर फैले बालों और जलते हुए, पसीने से तर माथे पर प्यार से हाथ फेरा। पूछा–"बच्चे ठीक-ठाक हैं ?"

"हाँ।"

"और, दून्या ?"

"दून्या भी जीती है...सही-सलामत है।"

"मिख़ाइल घर पर है ?...लेकिन, सँभलो न...रोना बन्द करो...मेरी सारी कमीज़ तर हो गई तुम्हारे आँसुओं से...अकसीनिया...मेरी रानी...बस भी करो न ! आँसुओं का मौक़ा नहीं है...वक़्त बहुत ही थोड़ा है...हाँ, मिख़ाइल घर पर है ?"

अकसीनिया ने अपना चेहरा पोंछा और गीली हथेलियों से ग्रिगोरी को दुलराने लगी। फिर आँसुओं के बीच मुस्कुराते और अपने मन के राजा को प्यासी निगाहों से एकटक देखते हुए धीरे से बोली–"अब नहीं रोऊँगी...अब बिल्कुल नहीं रोऊँगी मैं...मिख़ाइल तातारस्की में नहीं है...पिछले दो महीनों से व्येशेन्स्काया में है...किसी फ़ौजी टुकड़ी में काम कर रहा है...इधर आओ, और ज़रा बच्चों को तो देखो...हमें तुम्हारे आने की बिल्कुल उम्मीद नहीं थी...ज़रा भी उम्मीद नहीं थी..."

मीशात्का और पोल्युशका, हाथ-पैर फैलाए, आराम से, पलंग पर सोते दीखे। ग्रिगोरी ने पास पहुँचकर, झुककर उन्हें देखा, एकाध क्षण ज्यों-का-त्यों खड़ा रहा और फिर दबे पाँवों लौटकर अकसीनिया के पास आ बैठा। अकसीनिया ने पूछा–"तुम कैसे हो ? यहाँ तक किस तरह आए ? और अब तक कहाँ रहे ? मान लो दुश्मन तुम्हें पकड़ ले तो ?"

"मैं तो तुम्हें लेने आया हूँ। मेरा ख़्याल नहीं है कि मुझे पकड़ सकेंगे वे लोग।...तुम चलोगी मेरे साथ ?"

"कहाँ ?"

"मेरे साथ ! मैं फ़ोमीन के दस्ते में था, पर अब उससे अलग हो गया हूँ...तुमने सुनी मेरी बात ?"

"हाँ, सुनी...पर कहाँ ले चलोगे तुम मुझे ?"

"दक्खिन की तरफ़ चलेंगे हम दोनों...कुबान या उससे भी आगे। फिर, जैसे भी बनेगा, हम जिएँगे। खाने-पीने का भी कुछ-न-कुछ इन्तज़ाम होगा ही। मैं तो कोई भी काम कर सकता हूँ। मेरे हाथों को ज़रूरत है काम करने की, लड़ने की नहीं...पिछले कुछ महीनों से मेरा दिल इस तरह टूटा-टूटा रहा है कि कुछ न पूछो...लेकिन, ख़ैर...ये सारी बातें बाद में होंगी।"

"मगर, बच्चों का क्या होगा ?"

"इस वक़्त हम उन्हें दून्या के साथ छोड़ देंगे...पीछे देखा जाएगा...बाद में उन्हें भी ले जाया जाएगा....क्यों...तुम चलोगी न मेरे साथ ?"

"ग्रीशा...मेरे मन के राजा...ग्रीशा...."

"नहीं...अब नहीं...अब रोओ मत, रानी ! बहुत हो लिया। इसके लिए बाद में बहुत वक़्त मिलेगा...फ़िलहाल...तैयार हो जाओ...घोड़े साथ हैं...नाले में कसे खड़े हैं...क्यों, तो चलोगी न...?"

"क्यों...चलूँगी क्यों नहीं।" अकसीनिया अचानक ही ज़ोर से बोली, पर आशंका से भरकर होंठों पर हाथ रखने के बाद सोते हुए बच्चों की ओर देखने लगी। फिर फुसफुसाती हुई बोली—"तुमने क्या सोचा था ? अकेलेपन से तार-तार मेरी यह ज़िन्दगी कोई बहुत रस से भरी है क्या ? ग्रीशा, मेरे राजा, मैं चलूँगी...ज़रूर चलूँगी...तुम्हारे पीछे-पीछे पैदल चलूँगी...तुम्हारे पीछे-पीछे रेंग-रेंगकर मंज़िल पार करूँगी, मगर यहाँ अब किसी तरह नहीं रहूँगी...तुम्हारे बिना रह भी नहीं सकती...तुम मुझे अपने हाथों से मार डालो, मगर अब यहाँ मत छोड़ो।"

अकसीनिया ने ग्रीशा को पास खींच लिया। ग्रीशा ने उसे चूमा और तेज़ी से खिड़की पर एक निगाह डाली, जैसे कि कहना चाहता हो, गर्मी की रातें छोटी होती हैं...जल्दी करो न !

अकसीनिया बोली—"क्यों न लेट रहो और आराम कर लो थोड़ा-सा ?"

ग्रीशा घबराकर चिल्ला उठा—"आख़िर तुम्हारे दिमाग़ में है क्या ? तड़का होने का वक़्त हो रहा है। हमें जल्दी-से-जल्दी चलना चाहिए यहाँ से। तुम कपड़ा पहनो और ज़रा दून्या को बुला लाओ। उससे बातें कर ली जाएँ। हमें अँधेरे-ही-अँधेरे सुर्खोइ-घाटी पहुँच जाना चाहिए। दिन हम जंगल में बिताएँगे, सफ़र रात में करेंगे...तुम घोड़े पर तो चढ़ सकती हो न ?"

"अरे, जैसे भी होगा, चली चलूँगी मैं, और घोड़े पर सवार होने में तो बहुत ही ख़ुशी होगी मुझे। लेकिन, मुझे बराबर लग रहा है कि कहीं मैं सपना तो नहीं देख रही। मैं तुम्हें तो अक्सर सपने में देखती हूँ, लेकिन हर बार नए होकर आते हो तुम मेरे सामने।" उसने, दाँतों में बाल-पिनें दबाकर, जल्दी-जल्दी बाल काढ़े और इतने धीरे-धीरे बातें कीं कि ग्रिगोरी की समझ में कुछ भी नहीं आया। फिर औरत ने जल्दी-जल्दी कपड़े पहने और दरवाज़े की ओर बढ़ी। पूछा—"बच्चों को जगा दूँ ? उनसे भी मिल लो ज़रा।"

"नहीं, बिल्कुल मत जगाओ।" ग्रिगोरी ने दृढ़ स्वर में कहा। अपनी टोपी से थैली निकाली और सिगरेट रोल करने लगा। लेकिन अकसीनिया के बाहर निकलते ही वह पलंग के पास गया और उसने बच्चों को बार-बार चूमा। इसी समय उसे नताल्या का ख़्याल हो आया और इसके साथ ही शुरू की बदनसीबी से भरी ज़िन्दगी की जाने कितनी बातें याद हो आईं। उसकी आँखें भर आईं।

इस बीच दून्या आ गई और ड्योढ़ी पार करती हुई बोली—"अरे...भैया...प्रीवियत[1] तो तुम घर आ गए ? तुम पूरे मैदानी इलाक़े में इस तरह मारे-मारे फिरे..." और उसकी आवाज़ पीड़ा से भारी हो उठी—"ख़ैर...बच्चे अपने बाप को भर-आँख देखने को आज तक सही-सलामत हैं...बेचारे बाप के रहते यतीम हो गए हैं।"

ग्रिगोरी ने बहन को गले लगाया और सख़्ती से बोला—"धीरे से बोलो ! बच्चों को जगा दोगी क्या ?...छोड़ो...ये सब बेकार की बातें छोड़ो...यह सब तो मैं पहले भी सुन चुका हूँ...मेरे अपने ही दुःख-दर्द कुछ कम नहीं हैं...यह सब सुनने के लिए तो मैंने तुम्हें बुलाया नहीं। यह बतलाओ कि तुम इन बच्चों को ले जाओगी और इनकी देखभाल करोगी ?"

"लेकिन तुम जा कहाँ रहे हो ?"

"मैं यहाँ से जा रहा हूँ, और अकसीनिया को अपने साथ लिए जा रहे हूँ। तुम बच्चों की देखरेख कर लोगी ? कोई काम मिल जाए...फिर, मैं आकर ले जाऊँगा इन्हें।"

"इसमें पूछने की क्या बात है ? अगर तुम दोनों चले जाओगे तो मैं तो बच्चों को ले ही जाऊँगी। वे न तो सड़कों पर छोड़ दिए जा सकते हैं और न अजनबियों को सौंप दिए जा सकते हैं।"

1. अभिवादन।

ग्रिगोरी ने मुँह से कुछ कहे बिना अपनी बहन को चूमा और बोला—"बहुत-बहुत शुक्रिया...मेरी बड़ी प्यारी बहन है तू...मैं जानता था कि तू इनकार नहीं करेगी।"

नताल्या बक्से पर बैठ गई और पूछा—"तुम जा कब रहे हो ? फ़ौरन ?"

"हाँ।"

"लेकिन घर और फ़ार्म का क्या होगा ?"

अकसीनिया ने सकुचते हुए कहा—"तुम जो चाहो सो करना ! चाहो तो घर में किसी को रख लेना वरना जो जी में आए वही ठीक। वैसे जो कपड़े-लत्ते और दूसरी चीज़ें हों, उन्हें ख़ुद ले लेना।"

दून्या ने पूछा—"लेकिन, मैं लोगों से क्या कहूँगी ? जब वे मुझसे पूछेंगे कि कहाँ गईं तुम, तो क्या जवाब दूँगी मैं ?"

"कह देना कि मैं कुछ नहीं जानती।" ग्रिगोरी ने कहा और अकसीनिया की ओर मुड़ा—"अकसीनिया, ज़रा जल्दी करो न। बहुत साज-सामान अपने साथ न लो...ले लो सिर्फ़ एक गरम जैकेट, दो-तीन कमीज़ें, सारी-की-सारी लिनेन और एकाध वक़्त का खाना और बस।"

उषा की प्रकाश-किरणें अन्तरिक्ष से झाँकीं कि ग्रिगोरी और अकसीनिया ने दून्या से विदाई ली और अब तक सोते बच्चों को चूमकर दोनों बाहर आए। इसके बाद नाले की तरफ़ बढ़े।

ग्रिगोरी बोला—"हम दोनों इसी तरह एक बार यागोदनोये गए थे...मगर उस वक़्त तुम्हारी गठरी ज़रा और बड़ी थी और ख़ुद हम जवान कहीं ज़्यादा थे।"

अकसीनिया ने हर्ष से भरकर कनखी से उसकी ओर देखा और जवाब दिया—"लेकिन मेरा मन बराबर डर रहा है कि मैं हमेशा की तरह कहीं आज भी महज़ सपना ही तो नहीं देख रही। इसलिए तुम अपना हाथ इधर करो ताकि मैं उसे छूकर मन को यक़ीन दिलाऊँ।" औरत धीरे से हँसी और चलते-चलते ग्रिगोरी के कंधे से सट गई।

ग्रीशा ने देखा तो उसे उसकी आँखें आँसुओं से सूजी हुई, पर ख़ुशी से लौ देती लगीं। सुबह के अँधेरे में गालों पर पीलापन छिटका नज़र आया। उसके होंठों पर मुस्कान दौड़ गई और वह मन-ही-मन सोचने लगा—'तैयार होकर इस तरह आई है जैसे किसी के घर मेहमानी खाने जा रही हो। किसी चीज़ से डरती नहीं। औरत दिलेर है।'

फिर जैसे कि उसके मन के विचारों के जवाब में अकसीनिया बोली—"देखा कैसी औरत हूँ मैं...तुमने जैसे कि सीटी-भर दी और मैं कुत्ते की तरह तुम्हारे पीछे दौड़ती चली आई...ग्रीशा, तुम्हारे लिए मेरे मन में इतना प्यार और इतनी कलप है कि उसी में जकड़ उठी हूँ मैं...बच्चों के लिए मन ज़रूर दुःख रहा है...मगर...ख़ैर...अब तो मैं तुम्हारे कदमों के पीछे-पीछे चलूँगी...मुझे मौत तक की कोई परवाह नहीं।"

घोड़े पैरों की आहट पाकर हींसे। इस बीच आसमान में उजाला और छिटक गया और पूर्व की ओर एक हिस्सा गुलाबी में नहा उठा। दोन के पानी से धुन्ध बराबर उठती रही।

ऐसे में ग्रिगोरी ने घोड़े खोले और अकसीनिया को मदद देकर एक पर बिठाया तो उसके पैरों के हिसाब से रक़ाबों की पट्टियाँ कुछ बड़ी लगीं। उसे अपनी अक्ल पर ग़ुस्सा आया। उसने पट्टियाँ छोटी कीं और फिर दूसरे घोड़े पर ख़ुद सवार हो गया। बोला—"मेरे पीछे-पीछे रहना अकसीनिया ! नाले से बाहर निकलते ही हम घोड़े सरपट दौड़ाएँगे। तुम बहुत हिलना-डुलना मत। साथ ही, रासें ढीली मत करना...तुम्हारे घोड़े को यह पसन्द नहीं। और हाँ, अपने घुटनों का ख़्याल रखना। घोड़ा अक्सर खिलवाड़-खिलवाड़ में घुटनों में दाँत मार देता है...अच्छा...तो फिर...चलो।"

सुर्खोई घाटी तक का कोई आठ वर्स्ट का फ़ासला उन्होंने जल्दी ही तय कर लिया और सूरज निकलते-निकलते वे जंगलों के पास के इलाक़े में पहुँच गए। यहाँ ग्रिगोरी घोड़े से उतरा और हाथ देकर अकसीनिया को उसके घोड़े से नीचे उतारने लगा। मुस्कुराते हुए बोला—"क्यों, कैसा

लगा ? आदत न हो तो घुड़सवारी काफ़ी तकलीफ़ देती है...है न ?"

अकसीनिया का चेहरा इस नए अभ्यास से तमतमाया रहा और उसकी काली आँखें बिजली-सी कौंध-कौंध उठीं। उसने ग्रिगोरी की तरफ़ देखा। "अच्छा लगा...कम-से-कम पैदल चलने से तो बेहतर रहा ही।" फिर ज़रा परेशानी से मुस्कुराई—"ग्रीशा, तुम ज़रा मुड़ो तो...देखूँ...पीछे चिपका हुआ है कुछ..."

"कुछ नहीं है...जो कुछ भी है, छूट जाएगा।" ग्रिगोरी ने उसे विश्वास दिलाया—"थोड़ा चलो, लगता है कि तुम्हारे पैर काँप रहे हैं।" फिर, आँखें सिकोड़कर, स्नेह और छेड़छाड़-भरे स्वर में बोला—"हो तुम शानदार कज़्ज़ाक !"

घाटी के सिरे पर एक हरी-भरी, हमवार, जगह देखकर बोला—"यहाँ पड़ाव रहेगा अपना...तुम ठीक-ठाक हो लो, अकसीनिया !"

उसने ज़ीनें खोलीं, घोड़े बाँधे और काठियाँ और हथियार पास की एक झाड़ी के नीचे ला रखे। घास ओस से नहाई लगी और ओस की बूँदों के नीचे, घास की पत्तियाँ सिलेटी-भूरी मालूम हुईं। लेकिन, ढाल पर जहाँ तड़के का अन्धकार अब भी थोड़ा-बहुत बना हुआ था, वहाँ घास का रंग हलका नीला प्रतीत हुआ। फूलों की अधखुली पलकों के साए में शहद की बड़ी, नारंगी मक्खियाँ ऊँघती रहीं। स्तेपी के ऊपर बुलबुलों के बजते हुए स्वर गूँजते रहे और मैदान के अनाज के खेतों और घास के पसारों के बीच बटेरें कहती रहीं—"सोने का वक़्त हुआ...सोने का वक़्त हो गया !"

ग्रिगोरी ने पास के, नए शाहबलूत के पेड़ के पास की घास पैरों से रौंदी और एक काठी को टेक लगाकर पड़ रहा। और फिर लवा-पंछियों के तेज़ स्वरों, चातक-पंछियों की लोरियों और दोन के उस पार के, रात में भी पूरी तरह ठंडे न पड़नेवाले रेतकणों के पास से आनेवाली हवा उसे थपक-थपककर सुलाने लगी। यानी, उसकी जगह कोई और होता तो शायद अपनी मनमानी करता, और बराबर कई रातें पलकों में ही बिताने के कारण नींद पर उसका अपना कोई बस न चला। ऊपर से ही बटेरों ने बार-बार आग्रह किया तो उसने अपनी पलकें मूँद ही लीं। अकसीनिया बग़ल में चुपचाप बैठ गई, विचारों में डूबते हुए, एक फूल की बैंजनी पंखड़ियाँ अपने होंठों से चुनने लगी, और, दाढ़ी की खूँटियों से भरे गालों को फूल के डंठल से छेड़ते हुए, धीरे से बोली—"ग्रीशा...यहाँ कोई पकड़ नहीं सकता हम दोनों को ?"

ग्रिगोरी ने जैसे-तैसे ऊँघ काटी और भर्राई आवाज़ में बोला—"मैदान में हर तरफ़ सन्नाटा है...कहीं कोई नहीं है...अकसीनिया, मैं थोड़ा-सा सो लूँ...तुम घोड़ों पर नज़र रखना...बाद में तुम भी सो लेना...मैं नींद और थकान से चूर-चूर हूँ...पिछले चार दिन से...ख़ैर इसकी बात पीछे होगी।"

"सो जाओ...राजा मेरे...आराम से सो जाओ।" अकसीनिया उस पर झुकी, ग्रिगोरी की भौंह के ऊपर से बालों का एक लच्छा हटाया और उसे हल्के से चूम लिया। ज़रा देर बाद फुसफुसाती हुई बोली—"मेरे राजा...मेरे ग्रीशा, तुम्हारे तो सफ़ेद बाल हैं ! तो, बूढ़े हो रहे हो तुम ? लेकिन, अभी कल की ही तो बात है कि तुम कमउम्र थे...जवान थे..." उसने मुस्कुराते हुए, उदासी से भरी निगाह उसके चेहरे पर डाली।

ग्रिगोरी चैन से सो गया और नींद में उसका मुँह थोड़ा खुल गया। उसकी काली बरौनिया और उनके सिरे धूप में धीरे-धीरे कँपकँपाते रहे। ऊपरी होंठ रह-रहकर फड़कता रहा और इस तरह भिंचे हुए उजले दाँत चमक-चमक जाते रहे।

अकसीनिया ने उसे गौर से देखा और अब उसकी समझ में आया कि उससे बिछुड़ने के बाद, पिछले कुछ महीनों में वह सचमुच कितना बदल गया है ! भौंहों के बीच के गहरे, सीधे बलों, मुँह के भावों और गाल की उभरी हुई हड्डियों से सख़्ती ही नहीं, बेरहमी तक छलकती लगी। औरत को पहली बार लगा कि घोड़े पर सवार, हाथ में नंगी तलवार लिए, यह आदमी लड़ाई के मैदान में बहुत

ही खूँखार लगता होगा। उसने आँखें नीची कर उसके बड़े-बड़े गाँठ-गंठीले हाथों पर एक निगाह डाली और जाने क्यों उसके मुँह से एक सर्द आह निकल गई।

थोड़ी देर बाद वह उठी, और शबनम से भीगने से बचाने के लिए अपनी स्कर्ट के सिरे को ऊपर उठाए हुए मैदान के दूसरे सिरे की ओर बढ़ी। पास ही पानी की एक धारा कंकड़ों से खिलवाड़ करती, धीरे-धीरे बहती मिली। दोनों तरफ़ के पत्थरों पर हरी काई की गोट लगी दीखी। अकसीनिया धारा के पास पहुँची, ठंडा पानी पिया, हाथ-मुँह धोया और सूखे रूमाल से तमतमाया हुआ चेहरा पोंछा। उसके होंठों पर शान्ति-भरी मुस्कान खिल गई...आँखें ख़ुशी से लौ देने लगीं। ग्रिगोरी एक बार फिर मिल गया था उसे। अनजानी उँगलियाँ इशारे कर रही थीं और खुशियों के देश की तरफ़ एक बार फिर बुला रही थीं उसे...हालाँकि इन खुशियों की चाँदनी चार दिन की थी...पर, कितनी रातें उसने पलकों में काटी थीं और सिर्फ़ आँसू बहाए थे...कितने दुःख उठाए थे पिछले कुछ महीनों में...अभी परसों ही वह बाग़ में थी कि पास के खेतों में आलू की खुदाई करते-करते औरतों ने दर्द-भरा एक गाना छेड़ दिया था...इस तरह दिल के जाने किस जख़्म का टाँका खुल गया था कि वह तड़प-तड़प उठी थी और लाख न चाहते हुए भी कान लगाकर सुनती रही थी...गीत में कहा गया था :

मेरे दूधिया कलहंस, लौट आओ,
अब तो घर लौट आओ।
तैरना ख़त्म करो।
बहुत वक़्त हो गया, पानी में तैरना ख़त्म करो।
अब तो मेरे आँसुओं का तार टूटना चाहिए।
पलकों के सारे मोती रीत गए हैं।
मैं यानी एक अबला।
अकेले पड़ी।
जाने कब से रो रही हूँ !

औरत ऊँचे स्वर में अपनी फूटी क़िस्मत का रोना रोती रही थी और अकसीनिया पर उसका अपना काबू न रह गया था...आँखों से आँसू बह चले। इस पर अपने मन की कचोट और तड़प को बहलाने के लिए उसने काम में डूबना चाहा था। लेकिन आँखें धुँधला उठी थीं। आँसू आलू के पौधों और मेरे हाथों पर टपाटप गिरने लगे थे, और कुछ भी देखना मुश्किल और काम नामुमकिन हो गया था। उसने खुरपी एक तरफ़ रख दी थी। खुद ज़मीन पर पड़ रही थी और फिर हाथों में चेहरा छिपाकर फूट-फूटकर रोती रही थी।

यानी, अभी कल ही अकसीनिया अपनी ज़िन्दगी पर लानत बरसा रही थी और आस-पास की हर चीज़ उसे बादलों से भरे दिन-सी नीरस और उदास लग रही थी। लेकिन आज सबकुछ बदल गया था...अब वही हर चीज़ उसे खुशी से खिली, और चमाचम नज़र आ रही थी, जैसे कि गर्मी का दिन हो और बादल टूटकर बरसने के बाद अभी-अभी छँटे हों।

सो, उगते सूरज की तिरछी किरणों में दहकती शाहबलूत की पत्तियों को एकटक देखते हुए अकसीनिया ने सोचा—'यह ज़िन्दगी हमें भी हमारी जगह देगी।'

झाड़ियों के पास और धूप के ऐन नीचे, रंग-बिरंगे, खुशनुमा फूल मह-मह करते दीखे। अकसीनिया ने अंजरी भर चुने, ग्रिगोरी के पास जा बैठी और अपनी जवानी के दिनों की याद में माला गूँथने लगी।

माला गुँथ गई तो वह उसे सराहती बैठी रही। फिर, उसने उसमें जंगली जवा के कई गुलाबी फूल गूँथे और उसे ग्रिगोरी के माथे पर सजा दिया।

कोई नौ बजे घोड़ों के अचानक हिनहिनाने पर ग्रिगोरी चौंककर उठ बैठा और हथियारों की तलाश

में चारों तरफ़ हाथ दौड़ाने लगा।

अकसीनिया शान्त भाव से बोली—"कोई भी तो नहीं है कहीं...तुम इस तरह डर क्यों गए ?"

ग्रिगोरी ने अपनी आँखें मलीं और नींद भरे-ही-भरे मुस्कुराया—"मैं तो खरगोश की तरह चौकन्ना रहने का आदी हो गया हूँ...सोता हूँ तो भी एक आँख से झाँकता रहता हूँ और मामूली-से-मामूली आहट पर चौंकता रहता हूँ...आदत छोड़ने में वक़्त लगता है, रानी...मैं बहुत देर तक सोता रहा क्या ?"

"नहीं...ऐसा तो नहीं है...तुम और सोना चाहते हो क्या ?"

"इसकी न पूछो...बदन को पूरा आराम तो तब मिले जब मैं चौबीसों घंटे सोता रहूँ...ख़ैर, आओ, चलो, नाश्ता कर लें...घोड़े की काठीवाले मेरे थैले में रोटी और चाकू है...तुम निकालो...इस बीच मैं जाकर घोड़ों को पानी पिलाए लाता हूँ।"

ग्रिगोरी उठा और अपना बरानकोट सँभालकर कन्धे झटकने लगा। इस बीच धूप में ख़ासी तपन आ गई। हवा से पेड़ों की पत्तियाँ खड़खड़ाने लगीं और इस तरह खड़खड़ाने लगीं कि जलधारा की मन्द कलकल खो-खो गई।

वह घोड़ों को लेकर जलधारा के किनारे पहुँचा। वहाँ उसने कंकड़ों और पेड़ों की टहनियों की मदद से बाँध बनाया, तलवार से मिट्टी खोदी और कंकड़ों के बीच की सन्धों में भर दी। इस तरह पानी बाँध के उस पार जमा हो गया तो उसने घोड़ों को नीचे उतारा, जी भर पानी पीने दिया, फिर उनकी लगामों के दहाने हटाए और उन्हें दुबारा चरने को छोड़ दिया।

नाश्ता करते समय अकसीनिया बोली—"यहाँ से कहाँ चलेंगे हम लोग ?"

"मोरोज़ोव्स्की ! हम प्लातोव तक घोड़ों पर चलेंगे और बाद में पैदल।"

"घोड़ों का क्या होगा ?"

"इन्हें छोड़ देंगे कहीं।"

"यह तो बहुत ही ख़राब बात होगी, ग्रिगोरी ! बड़े अच्छे घोड़े हैं। भूरावाला तो ऐसा है कि देखते जाओ, देखते जाओ, जी ही नहीं भरता। उसे भी छोड़ दोगे तुम ? वह तुम्हें मिला कहाँ था ?"

"मिला कहाँ था ?" ग्रिगोरी मुस्कुराया और साथ ही उसका मन ग्लानि से भर उठा—"मैंने यह घोड़ा एक उक्रइनी से लूटा था।"

और, थोड़ी देर चुप रहने के बाद बोला—"ख़राब बात हो और चाहे अच्छी बात हो, इन जानवरों को राह में कहीं-न-कहीं छोड़ना तो पड़ेगा ही...घोड़ों की तिजारत तो हमारा पेशा है नहीं।"

"लेकिन, यह राइफ़ल तुमने अपने साथ क्यों लाद रखी है ? फ़ायदा ? आसमानवाला न करे कि उस पर किसी की नज़र पड़े...कहीं पड़ गई तो इसकी बदौलत हमारी मुसीबतों की गिनती न रहेगी।"

"रात में किसकी नज़र पड़ेगी ?" साथ रखी है वक़्त-ज़रूरत के लिए। इसके बिना कुछ ख़ाली-ख़ाली-सा लगता है। वैसे घोड़े कहीं छोडूँगा तो साथ ही इसे भी छोड़ दूँगा। इसके बाद इसकी ज़रूरत रहेगी नहीं।"

नाश्ते के बाद दोनों बरानकोट पर लेट गए। फिर ग्रिगोरी ने नींद को टालने की बड़ी कोशिश की, मगर वह तो घिर-घिरकर आने लगी। दूसरी तरफ़...अकसीनिया ने कुहनी की टेक लगाकर उसे पूरी दास्तान सुनानी शुरू की कि उसके बिना कैसे-कैसे ज़िन्दगी काटी और पिछले कुछ महीनों में कितना कुछ सहा। ग्रिगोरी टूटकर घिरती नींद के बीच उसकी बातें सुनता रहा, पर आलस्य से भारी पलकें उसके खोले न खुलीं। बीच-बीच में तो पूरी बात-की-बात ही गोल हो गई। पहले आवाज़ दूर से आती लगी। फिर एकदम हल्की पड़ी और फिर बिल्कुल डूब-डूब गई। वह सिहरा और जागा, मगर कुछ क्षणों में ही पलकें दुबारा बन्द हो गईं। थकान इच्छा और कामना से इक्कीस बैठी।

अकसीनिया कहती गई—"बच्चे तुम्हारे लिए बहुत कलपे। अक्सर पूछा—'पापा कहाँ हैं ?' मैंने उन्हें दुलार से सहेजा और उन्हें बहलाने की भरसक कोशिश की। नतीजा यह हुआ कि दोनों मुझसे

ख़ूब हिल गए और उनका दून्या के यहाँ जाना कम हो गया। पोल्युशका शरारती नहीं है...सीधी है...मैंने उसके लिए कपड़े के लत्तों की गुड़ियाँ बना दीं तो वह मेज़ के नीचे बैठकर उन्हीं में उलझी रहने लगी। लेकिन मीशात्का ने एक बार परेशानी पैदा कर दी। गली से सिर से पैर तक काँपता हुआ, भागा-भागा आया। मैंने पूछा–'क्या हुआ ?'...बस, फूट पड़ा और फिर फफक-फफककर रोया। बोला–'मेरे साथ लड़के खेलते नहीं...कहते हैं तुम्हारा पापा डाकू है...माँ, क्या पापा सचमुच डाकू हैं ? और, डाकू कहते किसे हैं ?' मैंने कहा–'तुम्हारे पापा डाकू बिल्कुल नहीं...सिर्फ़ क़िस्मत के हेटे हैं।' इस पर उसने सवालों की झड़ी लगा दी–'पापा क़िस्मत के हेटे क्यों हैं ?' और 'क़िस्मत का हेटा होता क्या है ?' मुझसे जवाब देते न बना। ये बच्चे अपने-आप ही मुझे माँ कहने लगे। ग्रीशा, तुम मत समझना कि मैंने सिखलाया है इन्हें। लेकिन, मिख़ाइल बच्चों के साथ हमेशा ही मोहब्बत से पेश आया...इनके मामले में उसने हमेशा ही ममता बरती। मुझसे तो मुँह तक खोलकर नहीं दिया...मुझे देखा तो या तो पीठ फेर ली या तेज़ी से बग़ल से निकल गया। मगर, बच्चों के लिए तो कई बार व्येशेंस्काया तक से चीनी लाया।...प्रोख़ोर तुम्हारे लिए बराबर कलपा। अक्सर बोला–'हमने एक सचमुच नेक आदमी खो दिया।'...अभी पिछले हफ़्ते आया और तुम्हारी बातें करते-करते उसकी आँखें छलछला आईं।...हाँ, वे लोग आए तो उन्होंने मेरे घर की तलाशी ली...कोना-कोना उलटकर फेंक दिया।''

परन्तु ग्रिगोरी पूरी बात सुन न पाया और बीच में ही सो गया। उसके सिर के ऊपर एक नए एल्म के पेड़ की पत्तियाँ हवा में सरसराने लगीं और रोशनी के पीले ताने-बाने उसके चेहरे के आर-पार तन उठे। अकसीनिया उसकी बन्द पलकें बहुत देर तक चूमती रही। फिर उसके बाजू की टेक लगाकर ख़ुद भी सो गई और सपनों में भी मुस्कुराती रही।

रात काफ़ी भीग गई और चाँद उग आया, तब कहीं वे दोनों सुख़ोंइ की घाटी से रवाना हुए। कोई दो घंटे घोड़े दौड़ाने के बाद वे टीले से नीचे उतरे और चिर-नदी के किनारे पहुँचे। इस समय चरागाह में मुर्ग़ाबियाँ कीकती रहीं, नदी के नरकुलोंवाले हिस्सों में मेढ़क टर्र-टर्र करते रहे और दूर कहीं तितलौवा की खोखली आवाज़ रह-रहकर हवा में भाँय-भाँय करती रही।

नदी के किनारे-किनारे फैली बगीचियों में धुन्ध और भी उदास और मलिन लगने लगी।

...ग्रिगोरी छोटे पुल के पास ही रुका।...आधी रात का सन्नाटा पूरे गाँव पर छाया रहा कि उसने घोड़े को एड़ लगाई और एक तरफ़ को मुड़ा। पुल पार करने का ख़्याल उसे न भाया, क्योंकि सन्नाटे पर यक़ीन करना वाजिब न जँचा और मन अन्दर-ही-अन्दर डरा।

गाँव के बाहर ग्रिगोरी ने, अकसीनिया के साथ नदी पार की और एक पतली गली में मुड़ा ही था कि पास की खाई से एक आदमी उभरा...तीन उसके बाद उभरे–''रुको...कौन है ?''

ग्रिगोरी चीख़ पर इस तरह चौंका, जैसे कि उस पर किसी ने चोट कर दी हो। उसने एकदम रासें खींचीं, अपने-आप पर क़ाबू पाते हुए चिल्लाकर जवाब दिया–''दोस्त !'' तेज़ी से घोड़ा मोड़ा और अकसीनिया से धीरे से बोला–''लौटो ! मेरे पीछे-पीछे आओ।''

अनाज की वसूली से सम्बन्धित फ़ौजी टुकड़ी द्वारा रात की रखवाली के लिए चौकी पर तैनात चारों आदमी चुपचाप, धीरे-धीरे उन दोनों की ओर बढ़े। उनमें से एक सलाई जलाकर सिगरेट सुलगाने लगा। ग्रिगोरी ने अकसीनिया के घोड़े पर पूरी ताक़त से चाबुक जमाया। जानवर पीछे हटा और सरपट दौड़ दिया। ग्रिगोरी अपने घोड़े की गर्दन पर दोहरा हो उठा और उसने पहले घोड़े के पीछे-पीछे अपना घोड़ा डाल दिया। कुछ क्षणों तक काटता-सा मौन चलता रहा। पर इसके बाद गोलियाँ बरसने लगीं और राइफ़लों की आग अन्धकार भेदने लगी। ग्रिगोरी ने गोलियों की सरसराहट और चीख़ साथ-साथ सुनी–''हथियार सँभालो।''

भूरा घोड़ा जान छोड़कर अन्धाधुन्ध दौड़ता रहा कि नदी से कोई दो सौ गज़ के फ़ासले पर

ग्रिगोरी के घोड़े ने उसे पकड़ लिया और ग्रिगोरी बराबर आते हुए अकसीनिया से बोला–"और नीचे झुको...अकसीनिया और नीचे झुको।"

लेकिन उसने रासें खींचीं और अपने को पीछे की ओर झटकते हुए एक ओर को लुढ़कने लगी। इसके बाद गिरने-गिरने को हुई कि ग्रिगोरी ने उसे साध लिया। भर्राए हुए गले से पूछा–"ज़ख़्मी हो गई हो ? कहाँ लगी गोली ? बोलो न !"

अकसीनिया चुप रही और उसकी बाँहों पर अधिक-से-अधिक झूलती गई। उसने घोड़ा दौड़ाते-दौड़ाते उसे सीने से कसे रखा। लेकिन वह जल्दी ही हाँफने लगा और फुसफुसाते हुए बोला–"ऊपरवाले के नाम पर कुछ तो बोलो ! आख़िर तुम्हें हुआ क्या ?"

लेकिन औरत के मुँह से न एक शब्द निकला और न एक आह-कराह...

गाँव से कोई दो वर्स्ट बाद ग्रिगोरी तेज़ी से सड़क से कटा, पास की घाटी की ओर बढ़ा, नीचे उतरा और अकसीनिया को उसके घोड़े से उतारकर धीरे से ज़मीन पर लिटाया।

इसके बाद उसने उसकी गरम जैकेट उतारी, पतला, सूती ब्लाउज़ चीरा और जख़्म देखना शुरू किया। पता चला कि गोली बाएँ कन्धे की हड्डी चीरती हुई बदन में धँसी और गले की दाईं हड्डी के नीचे से निकल गई। ग्रिगोरी ने ख़ून से तर, काँपते हुए हाथों से काठी के थैले से लड़ाई के मैदानवाली अपनी पट्टियाँ और एक साफ़ बनियान निकाली। फिर उसने अकसीनिया को उठाकर अपने घुटने का सहारा दिया और गले की हड्डी के नीचे उमड़ती ख़ून की धार को रोकने की कोशिश करते हुए घाव पर पट्टी बाँधना शुरू किया। मगर बनियान और पट्टियाँ जल्दी ही ख़ून से नहा उठीं और काली पड़ गईं। ख़ून अधखुले मुँह से भी बहता दीखा और गले के अन्दर भी छलछलाता प्रतीत हुआ। ग्रिगोरी आशंका से सुन्न पड़ गया और उसे सारा खेल ख़त्म लगा। लगा कि जीवन की भयानकतम घटना घट गई।

उसने अकसीनिया को हाथों में साधकर सीधा ढाल पार किया, घास और चरागाही हरियाली से भरा पतला रास्ता तय किया और पूरी सावधानी से घाटी की ओर बढ़ा। औरत का सिर बेसहारा होकर उसके कन्धे पर झूलता रहा। गले से सीटी की-सी आवाज़ होती रही, साँस सिसकियाँ भरती रही, बदन से ख़ून बराबर चुसता रहा और मुँह से बह-बहकर ग्रीशा के सीने पर आता रहा।

घोड़े उन दोनों के पीछे-पीछे घाटी तक आए और हींसते और लगाम के दहाने बजाते हुए हरी-भरी रस-भरी घास चरने लगे।

अकसीनिया ने तड़का होने से ज़रा पहले ग्रिगोरी की बाँहों में दम तोड़ दिया। होश आने का सवाल ही नहीं उठा। ग्रिगोरी ने बर्फ़-से ठंडे ख़ून से खारे उसके होंठ धीरे से चूमे, उसे सहारे से घास पर लिटाया और ख़ुद उठकर खड़ा हुआ। मगर इसी समय जैसे किसी ने उसके सीने पर ज़ोर का घूँसा जमाया और वह ढह पड़ा। पर दूसरे ही क्षण वह आशंकित हृदय से, झटके से उठकर खड़ा हो गया। मगर दुबारा गिर पड़ा और इस बार सिर पत्थर से टकरा गया। इसके बाद पड़े-ही-पड़े उसने म्यान से तलवार बाहर खींची और उसकी मदद से क़ब्र खोदने लगा। मिट्टी जितनी ही नम, उतनी ही मुलायम महसूस हुई। ग्रिगोरी ने जल्दी-जल्दी हाथ चलाने शुरू किए, मगर सहसा ही अन्दर से गला घुटता-सा लगा तो आसानी से साँस लेने के लिए उसने कमीज़ का गर्दनवाला हिस्सा खींचकर चीर डाला। इस प्रकार सुबह की तरी, और ताज़गी से भरी हवा पसीने से तर-बतर सीने तक पहुँची तो उसे बहुत ही राहत मिली और काम उतना मुश्किल न रहा। उसने एक पल को भी दम नहीं लिया और बराबर मिट्टी खोदता रहा। मगर कमर तक गहरी क़ब्र की तैयारी में, फिर भी बहुत वक़्त लग गया।

इस बीच दिन चढ़ आया। ग्रिगोरी ने अपनी अकसीनिया को क़ब्र में उतारा तो लिटाकर उसके ज़र्द साँवले हाथ सीने पर रख दिए और चेहरा रूमाल से ढँक दिया कि आसमान को अपलक निहारती,

अधखुली आँखों में मिट्टी न पड़े।

इसके बाद उससे विदाई ली। सहसा ही मन के अन्दर से कोई विश्वास झाँककर बोला–'यह अलगाव बहुत दिन नहीं चलेगा...हम जल्दी ही मिलेंगे।'

फिर, ग्रिगोरी ने हथेलियों से ढूह पर नम, पीली, चिकनी मिट्टी डाली और जाने कितनी देर तक सिर झुकाए, घुटनों के बल मज़ार की बग़ल में बैठा रहा। उसका बदन हल्के-हल्के हरक़त करता रहा।

अब उसे जल्दी कुछ न रही...उसका सबकुछ उसके देखते-देखते दफ़न हो गया !

सूरज पूर्व की ओर से बहती, गरम हवा की धुआँ-भरी धुन्ध को भेदता घाटी के ऊपर उठा। किरणों ने ग्रिगोरी के सिर के बालों में चाँदी घोल दी और वे उसके पीले भयानक चेहरे पर फिसल आईं। वह जैसे कि घनघोर नींद से जागा और सिर उठाकर देखने लगा–ऊपर का आसमान और आसमान में दमकता सूरज। आसमान उसे काला लगा और आँखों की रोशनी हर लेनेवाले सूरज का गोला साँवला नज़र आया।

18

बसन्त के आरम्भ में बर्फ़ गलती है और जाड़े में नीचे दबी रहनेवाली घास सूखना शुरू करती है तो स्तेपी में जहाँ-तहाँ आग लग जाती है। फिर हवा के झोंकों के इशारे पर आग की लपटों की धाराएँ प्रवाहित हो उठती हैं। वे खुश्क फ़ॉक्सटेल-घास को निगल लेती हैं, भटकटैया के लम्बे-लम्बे डंठलों पर उछलती फिरती हैं, मगवोर्ट के भूरे सिरों पर फिसलती हैं, और गढ़े-गढ़ैयों में फैल जाती हैं। बाद में आग से काली ज़मीन की जलायँध पूरे पसारे के ऊपर टँगी-सी रहती है। वैसे जहाँ यह सब नहीं होता, वहाँ हर ओर नई घास उगती है। हरियाली बड़ी ही सुहावनी लगती है। अनगिनत बुलबुलें आसमान के नीम में पर तोलती हैं, प्रवासी कलहंस घास-पात पर इधर-उधर मुँह मारते हैं और सारस गर्मी के अपने बसेरे ठीक-ठाक करते हैं।

लेकिन दावानल जिधर से भी गुज़रता है, उधर ही धरती वीरान हो जाती है और कोयला बन जाती है। वहाँ कोई पंछी घोंसला नहीं बनाता, कोई जानवर नहीं आता। सिर्फ़ हवा सफ़ेद राख और काली गर्द लिए-दिए दूर-दूर तक सर्राटे भरती रहती है।

आग में झुलसे स्तेपी की तरह, ग्रिगोरी की ज़िन्दगी भी कोयला होकर रह गई। वह अपने मन की हर प्यारी चीज़ से महरूम हो गया। बेरहम मौत ने उससे सबकुछ छीन लिया, सभी कुछ मिटाकर रख दिया। बचे महज़ बच्चे। लेकिन, इस पर भी वह खुद धरती से इस तरह चिपका रहा, जैसे कि उसकी टूटी और बिखरी हुई ज़िन्दगी का उसके और दूसरों के लिए सचमुच कोई बड़ा महत्त्व हो।...

सो, अकसीनिया को दफ़न करने के बाद वह तीन दिन तक स्तेपी में मारा-मारा फिरता रहा। लेकिन न तो घर लौटा और न हथियार डाल देने की नीयत से व्येशेंस्काया गया। चौथे दिन घोड़े उस्तखोप्योर्स्काया ज़िले के एक गाँव में छोड़े, दोन पार की और स्लाशचेव्स्की के शाहबलूत के जंगल की तरफ़ पैदल रवाना हुआ। इसी जंगल के सिरे पर पिछली अप्रैल के महीने में फ़ोमीन के दस्ते ने मुँह की खाई थी। उस समय भी यानी पिछली अप्रैल में भी उसने भागकर आनेवाले लोगों के वहीं कहीं बसने की बात सुनी थी।

तो फ़ोमीन के पास लौटने की बात तो उसके दिमाग़ में न आई, पर इन लोगों से मिलने का फ़ैसला उसने ज़रूर किया।

फिर कई दिन तक लम्बा-चौड़ा जंगल मँझाता फिरा। इस बीच भूख से कलेजा मुँह को आ गया, मगर इंसान की कोई बस्ती कहीं नज़र नहीं आई।

इस पर अकसीनिया की मौत के कारण तो वह आदमी ही बिल्कुल दूसरा समझ पड़ने लगा। अब उसमें न वह जान नज़र आती, और न वह हिम्मत ठाठें मारती। अब तो एक टहनी भी कहीं टूटती, एक पत्ता भी घने जंगल में खड़खड़ाता और एक पंछी भी कहीं रात में बोल देता तो वह चौंक उठता और डर जाता। खाने के नाम पर बस, जंगली स्ट्रॉबेरियों के कच्चे फल, छोटी-छोटी जंगली साँपछतरियाँ, और जैतून की पत्तियाँ खाता। नतीजा यह कि बराबर झटकता जाता।...

होते-होते पाँचवें दिन वह भागकर आनेवाले उन लोगों को सुयोग से मिल गया, और वे उसे अपनी खाई में ले गए।...

वे लोग गिनती में सात थे। सभी स्थानीय गाँव के थे और फ़ौजी भरती से बचने के लिए, पिछले साल, पतझर में यहाँ आ बसे थे। उनकी खाई बिल्कुल कमरे जैसी थी। अन्दर बिल्कुल घर का-सा आराम मिलता था। शायद ही कभी किसी चीज़ की कमी महसूस होती हो। रात को वे अक्सर अपने-अपने घर चले जाते, और लौटते तो डबल रोटी के छोटे टुकड़े, मामूली रोटियाँ, आटा और आलू साथ ले आते। इसके अलावा वे अक्सर ही किसी-न-किसी गाँव से एक-न-एक भेड़ पकड़ लाते और इस तरह गोश्त भी मुहैया हो जाता।...

बस तो, उन लोगों में से एक ने, यानी कभी बारहवीं कज़्ज़ाक रेजीमेंट में काम करनेवाले एक कज़्ज़ाक ने ग्रिगोरी को पहचाना और बिना किसी ख़ास टालमटोल के इस दल में शामिल कर लिया गया।

इसके बाद दिन-पर-दिन बीतते गए, मगर मन से वह बराबर इतना टूटा रहा कि दिनों की गिनती ही दिमाग़ से निकल गई। इस प्रकार वह अक्तूबर तक जैसे-तैसे उस जंगल में रहा। पर पतझर आरम्भ होते ही वर्षा की झड़ी लगी और फिर सर्दी आई तो उसमें एक नई तड़प-सी अप्रत्याशित रूप से पैदा हो गई, और वह कलपने लगा अपने बच्चों को देखने के लिए, अपने गाँव की एक झलक पाने के लिए...

अब समय काटने के लिए वह दिनों-दिन तख़्तों के पलंग पर बैठकर लकड़ी के चम्मच बनाता, तश्तरियाँ गहराता और नाजुक लकड़ी से लोगों और जानवरों की मूर्तियाँ गढ़ता। यानी, वह हर तरह के ख़्याल से बचने और कलप के ज़हर को अन्दर ही घुलने से बचाने की कोशिश करता। दिन में तो वह अपने प्रयत्नों में सफल हो जाता, मगर रात होते ही पिछली यादें घेर लेतीं, हसरत उसके दिल को ऐंठ-ऐंठ देती और वह पुआल के बिस्तरे पर करवटें बदलता रहता। क्षण-भर को भी पलक न झपती। दिन में किसी तरह की कोई शिकायत उसके मुँह से न निकलती, पर रात को वह अक्सर सिर से पैर तक काँपता हुआ उठता और चेहरे पर हाथ फेरता तो गाल और छः महीने की बढ़ी दाढ़ी के बाल आँसुओं से तर मिलते।

अगर किसी तरह आँख लग भी जाती तो वह बच्चों, अकसीनिया, माँ और सभी मृत सगे-सम्बन्धियों को सपने में देखता। उसे अपनी पूरी ज़िन्दगी अतीत के चारों ओर लिपटी लगती और वह अतीत उसे क्षणिक और उड़ जानेवाली नींद-सा मालूम होता। अक्सर सोचता—'बस, एक बार...सिर्फ़ एक बार पुरानी जगहों की एक झाँकी मिल जाए...सिर्फ़ एक बात अपने बच्चों को भर-नज़र देख लूँ...फिर आँखें मुँदती हों तो भले ही मुँद जाएँ !...'

ऐसे में बसन्त के आरम्भ में एक दिन अचानक ही चुमाकोव जाने कहाँ से आ गया, और कमर तक भीगा रहने पर भी हमेशा की तरह खुश और चुस्त लगा। उसने आग के पास खड़े होकर अपने कपड़े सुखाए, और फिर तख़्तों के पलंग पर, ग्रिगोरी की बग़ल में जा बैठा। बोला— "तुम्हारे चले आने के बाद हमने बड़ी लम्बी-लम्बी मंज़िलें मारीं, मेलेख़ोव ! हमने क़रीब-क़रीब अस्त्राख़ान तक धावा

मारा...काल्मीक का मैदान मँझाया...बड़ी-लम्बी-चौड़ी दुनिया देख डाली। और, जितना ख़ून बहाया, उसका तो कोई हिसाब ही नहीं है ! लाल फ़ौजियों ने याकोव- येफ़िमोविच की बीवी को धरोहर की शक्ल में रख लिया और उसकी सारी ज़मीन-जायदाद ज़ब्त कर ली। नतीजा यह कि वह पाग़ल हो गया और उसने सोवियत हुकूमत की मातहत काम करनेवाले हर आदमी को तलवार के घाट उतारने का हुक्म दे दिया। और, हम मुदर्रिसों, डॉक्टरों और खेतिहर-रहनुमाओं वग़ैरा सभी को काट-काटकर फेंकने लगे।...कहना मुश्किल है कि हमने किसे बख़्शा ! लेकिन आज हालत यह है कि उन्होंने हमें हमेशा-हमेशा के लिए मिटाकर रख दिया है !'' चुमाकोव आहें भरते और अब भी ठंड से काँपते हुए बोला—''उन्होंने पहले हमारी ताक़त तीशांस्काया के पास तोड़ी और फिर दुबारा, अभी एक हफ़्ते पहले, हमें सोलोम्नी के पास कुचला। रात को तीन तरफ़ से घेर लिया। सिर्फ़ पहाड़ी की चोटी का एक रास्ता छोड़ा, मगर वहाँ घोड़ों के पेट तक बर्फ रही। इसके बाद तड़का होते ही मशीनगनों ने आग बरसानी शुरू की। इस तरह ख़ात्मे की शुरुआत हुई।...लाल फ़ौजियों ने हमें गाजर-मूली की तरह काटा। सिर्फ़ दो लोग बचकर निकल पाए—एक मैं, और एक फ़ोमीन का कमउम्र बेटा दावीदका...फ़ोमीन पिछले पतझर से उसे बराबर अपने साथ ही रखता रहा था...याकोव-येफ़िमोविच ख़ुद मारा गया...मेरे देखते-देखते मार डाला गया...पहली गोली पैर में लगी और घुटने की हड्डी उड़ा ले गई...दूसरी गोली खोपड़ी के आर-पार हो गई। तीन बार अपने घोड़े से गिरा...हमने हर बार उसे उठाया और काठी पर बिठाया, मगर थोड़ी दूर के बाद ही वह फिर भहरा पड़ा। तीसरी गोली, दाईं तरफ़ पसलियों में लगी...इसके बाद हम मजबूर हो गए और हमें उसे जहाँ-का-तहाँ छोड़ देना पड़ा। मैंने थोड़ी देर तक घोड़ा सरपट दौड़ाने के बाद मुड़कर देखा तो वह ज़मीन पर पड़ा दीखा और दो घुड़सवार तलवारों से उसकी बोटी-बोटी काटते नज़र आए...''

ग्रिगोरी तटस्थ भाव से बोला—''ख़ैर...यह तो होना ही था।''

चुमाकोव ने रात खाई में बिताई और सुबह होते ही चलने को उठ खड़ा हुआ। ग्रिगोरी ने पूछा—''कहाँ जा रहे हो तुम ?''

चुमाकोव ने मुस्कुराते हुए जवाब दिया—''ऐशो-आराम की ज़िन्दगी की तलाश में। तुम चलोगे मेरे साथ ?''

''नहीं...तुम अकेले ही जाओ।''

''तुम ठीक कहते हो...मेरी तुम्हारे साथ निभ भी तो नहीं सकती। तुम्हारा पेशा है प्याले और चम्मच बनाना, और इसमें मुझे कोई दिलचस्पी नहीं है।'' चुमाकोव ने चुटकी लेते हुए कहा, टोपी उतारी और झुकते हुए बोला—''अमनपसन्द-डाकुओ...ऊपरवाला तुम्हें बचाए....मेहमान-नवाज़ी और पनाह के लिए बहुत-बहुत शुक्रिया...नीली छतरीवाला तुम्हारी ज़िन्दगी को ख़ुशी बख़्शे ! यहाँ तो ख़ासी घुटन महसूस होती है। दिन-रात महज़ उँगलियाँ चटकाते रहते हो...यह भी कोई ज़िन्दगी है ?''

चुमाकोव चला गया। ग्रिगोरी इसके बाद सिर्फ़ एक सप्ताह जंगल में और रहा। फिर वहाँ से रवाना होने की तैयारी करने लगा।

वहाँ रहनेवालों में से एक ने पूछा—''घर जा रहे हो ?''

और, इस खाई में आने के बाद पहली बार ग्रिगोरी हल्के-हल्के मुस्कुराया और बोला—''हाँ, घर जा रहा हूँ।''

''बहार तक रुको...मई-दिवस पर सरकार की तरफ़ से आम माफ़ी दी जाएगी...और तब हम सभी लोग अपने-अपने घर चलेंगे !''

''नहीं...मैं ठहरूँगा नहीं।'' ग्रिगोरी ने जवाब दिया और सभी से विदा ली।...

अगले दिन सवेरे वह दोन के ठीक सामने बसे अपने तातारस्की गाँव में पहुँच गया, वहाँ अपने अहाते को एकटक देखता बहुत देर तक खड़ा रहा और प्रसन्नता और उमंग से उसके चेहरे का रंग

ज़र्द पड़ता गया। फिर उसने राइफ़ल कन्धे से उतारी, उसे साफ़ करने का पटुआ और मशीनी तेल की छोटी-सी शीशी निकाली और जाने क्यों कारतूस गिन डाले। बारह पूरे क्लिप और छब्बीस छुट्‌टा गोलियाँ निकलीं।

चट्टान के नीचे की बर्फ़ सिरे से पीछे हट गई लगी। हरा पानी रह-रहकर बौछार करता और किनारे की बर्फ़ की परत को तोड़ता दीखा। ग्रिगोरी ने अपनी राइफ़ल और पिस्तौल नदी में लुका दी, फिर कारतूस फेंक दिए और अपने हाथ बरानकोट के सिरे से रगड़-रगड़कर पोंछ लिए।

उसने गाँव के नीचे की तरफ़ से नदी पार की और मार्च की नीली, अध-गली, ऊँची-नीची बर्फ़ पर लम्बे-लम्बे डग भरता घर की ओर बढ़ा। पर अभी थोड़ा फ़ासला रहा कि मीशात्का घाटवाले ढाल पर नज़र आया। पिता अपनी सँभाल में नहीं रहा और दौड़ता हुआ बेटे की ओर लपका।

मीशात्का पत्थर से लटकते बर्फ़ के नीले टुकड़ों को तोड़ता और फिर उन्हें ढाल पर फेंक-फेंककर एकटक देखता रहा। दूसरे शब्दों में, उनका पूरा मज़ा लेता रहा।

ग्रिगोरी ढाल के पास पहुँचा और हाँफते हुए, भरे हुए गले से बेटे को आवाज़ देने लगा–"मीशात्का...नन्हे-मुन्ने, बेटे मेरे !"

मीशात्का ने डर से भरकर उसकी ओर देखा और पलकें झुका लीं। यानी, दाढ़ी और भयावने चेहरे से उसने मन-ही-मन अनुमान लगाया और अपने पिता को पूरी तरह पहचान लिया।

दूसरी ओर ग्रिगोरी की हालत अजीब हो उठी। शाहबलूत के जंगल में बच्चों की याद आने पर वह जो प्यार-दुलार-भरे शब्द हर रात होंठों-ही-होंठों दोहराता रहा था, इस समय ये सबके-सब एकदम दिमाग़ से उतर गए। वह घुटनों के बल बैठ गया और बच्चे के गुलाबी नन्हे-नन्हे ठंडे हाथ चूमने लगा। आवाज़ गले में फँसने लगी। मुँह से केवल निकला–"मेरे नन्हे राजा...मेरे प्यारे बेटे..."

फिर ग्रिगोरी ने बच्चे को गोद में उठा लिया और भावावेश से लौ देती, प्यासी आँखें मीशात्का के चेहरे पर टिका दीं। पूछा–"तुम सब लोग कैसे हो ? बूआ कैसी हैं ? पोल्युशका कैसी है ? सब लोग ठीक-ठाक तो हैं ?"

मीशात्का ने, अब भी अपने पिता की ओर देखे बिना, शान्त भाव से उत्तर दिया–"दून्या बूआ ठीक हैं। लेकिन पोल्युशका पतझर में मर गई...उसे डिप्थीरिया हो गया था...फूफा मिख़ाइल लाम पर हैं।"

इस तरह आज ग्रिगोरी की एक ज़माने की हसरत पूरी हुई। इस छोटी-सी हसरत ने उसकी अनेक रातें काली की थीं, पलक नहीं लगने दी थी...और, कलप से तलझा-तलझाकर रखा था। सो इस समय उसका अपना घर सामने था...वह खुद अपने फाटक पर खड़ा था...और, उसका दुलारा बेटा उसकी बाँहों में था।

इतना ही तो ज़िन्दगी ने बाक़ी छोड़ा था उसके लिए...बस, इतना ही तो था, जिसने उसकी साँसों का तार इस धरती और इस लम्बी-चौड़ी दुनिया से जोड़ रखा था।

नीचे धरती और लम्बी-चौड़ी दुनिया पड़ी दमक रही थी...आसमान से ठिठुरन से ऐंठी-अकड़ी धूप बरस रही थी।

●●●